「十四五」國家重點出版物出版規劃項目

二〇二一—二〇三五年國家古籍工作規劃重點出版項目

中華古籍保護計劃

ZHONG HUA GU JI BAO HU JI HUA CHENG GUO

·成果·

國家珍貴古籍叢刊

宋本王狀元集百家注分類東坡先生詩

一

（宋）蘇軾　撰

題（宋）王十朋　纂集

國家圖書館出版社

圖書在版編目（CIP）數據

宋本王狀元集百家注分類東坡先生詩：全五册 /（宋）蘇軾撰；題（宋）王十朋纂集. -- 北京：國家圖書館出版社，2024.12. --（國家珍貴古籍叢刊）. ISBN 978-7-5013-8193-7

Ⅰ. I222.744

中國國家版本館CIP數據核字第2024XR8044號

書　　名　宋本王狀元集百家注分類東坡先生詩（全五册）
著　　者　（宋）蘇　軾　撰　題（宋）王十朋　纂集
叢 書 名　國家珍貴古籍叢刊
責任編輯　黄　鑫
封面設計　翁　涌

出版發行　國家圖書館出版社（北京市西城區文津街7號　100034）
　　　　　（原書目文獻出版社　北京圖書館出版社）
　　　　　010-66114536　63802249　nlcpress@nlc.cn（郵購）
網　　址　http://www.nlcpress.com
排　　版　愛圖工作室
印　　裝　北京金康利印刷有限公司
版次印次　2024年12月第1版　2024年12月第1次印刷

開　　本　710×1000　1/16
印　　張　95.25
書　　號　ISBN 978-7-5013-8193-7
定　　價　760.00圓

《國家珍貴古籍叢刊》編纂委員會

主　編　張志清

副主編　魏　崇　王紅蕾　殷夢霞　陳紅彦

編　委（按姓氏拼音排序）

陳　超　陳建龍　陳　軍　陳思和　杜希林
方家忠　郭　晶　郭欣萍　何文平　洪　琰
胡海榮　黄賢金　金兼斌　廖生訓　林旭東
劉偉成　毛雅君　王　龍　王　沛　謝冬榮
周雲岳　祝　暉

顧　問　李致忠　安平秋　史金波　朱鳳瀚

《國家珍貴古籍叢刊》前言

中國古代文獻典籍是中華民族創造的重要文明成果。這些典籍承載着中華五千年的悠久歷史，不僅是中華優秀傳統文化的重要載體之一，還是民族凝聚力和創造力的重要源泉，更是人類珍貴的文化遺産。

黨的十八大以來，以習近平總書記爲核心的黨中央站在實現中華民族偉大復興的戰略高度，對傳承和弘揚中華優秀傳統文化作出一系列重大决策部署。習近平總書記多次圍繞中華優秀傳統文化保護弘揚、挖掘闡發、傳播推廣、融合發展作出重要論述，强調『要加强對中華優秀傳統文化的挖掘和闡發』，讓『書寫在古籍裏的文字都活起來』。二〇二三年，習近平總書記在文化傳承發展座談會上强調，祇有全面深入瞭解中華文明的歷史，纔能更有效地推動中華優秀傳統文化創造性轉化、創新性發展，更有力地推進中國特色社會主義文化建設，建設中華民族現代文明。黨和國家的高度重視和大力支持，把中華珍貴典籍的保護和傳承工作推上了新的歷史高度。

保護好、傳承好、利用好這些文獻典籍，對於傳承和弘揚中華民族優秀傳統文化，維護國家統一和民族團結，推動社會主義文化大發展大繁榮，促進國際文化交流和構建人類命運共同體，都具有十分重要的意義。二〇〇七年，國家啓動了『中華古籍保護計劃』。該計劃在文化和旅游部領導下，由國家古籍保護中心負責實施，十餘年來，古籍保護成效顯著，在社會上産生了極大反響。迄今爲止，國務院先後公布了六批《國家珍貴古籍名録》，收録了全國各藏書機構及個人收藏的珍貴古籍一萬三千零二十六部。

爲深入挖掘這些寶貴的文化遺産，更好地傳承文明、服務社會，科學合理有效地解决古籍收藏與利用的矛盾，二〇二四年，國家古籍保護中心啓動《國家珍貴古籍叢刊》叢書項目。該項目入選《二〇二一—二〇三五年國家古籍工作規劃》重點出版項目，是貫徹落實新時代弘揚中華優秀傳統文化的重要舉措。

本《叢刊》作爲古籍數字化的有益補充，將深藏内閣大庫的善本古籍化身千百，普惠廣大讀者。根據『注重普及、體現價值、避免重複』的原則，從入選第一至六批《國家珍貴古籍名録》的典籍中遴選出『時代早、流傳少、價值高，經典性較强、流傳度較廣』的存世佳槧爲底本，尤其重視『尚未出版過的、版本極具特殊性的、内容膾炙人口的』善本。通過『平民化』的出版方式進行全文高精彩印，以合理的價格、上乘的印刷品質讓大衆看得到、買得起、用得上。旨在用大衆普及活化推廣方式出版國家珍貴古籍，讓這些沉睡在古籍中的文字重新煥發光彩，爲學術界、文化界乃至廣大讀者提供豐富的學術資料和閱讀享受，更爲廣大學者、古籍保護從業人員、古籍收藏愛好者從事學術研究、版本鑒定、保護收藏等提供一部極爲重要的工具書。

本《叢刊》由國家圖書館出版社出版，在編纂過程中，保持古籍的原貌，力求做到影印清晰、編排合理。本《叢刊》不僅全文再現古籍的内容，每部書還附一篇名家提要，爲研究古籍流傳、版本變遷、學術思想等内容，提供重要資料。通過本《叢刊》的出版，我們相信對於推動古籍整理與研究工作、傳承中華優秀傳統文化、增强民族文化自信具有重要意義，也將有助於更多的人瞭解和認識中華文化的博大精深，激發人們對傳統文化的熱愛與傳承意識，爲中華民族的偉大復興貢獻力量。

《國家珍貴古籍叢刊》項目啓動以來，得到專家學者的廣泛關注，以及全國各大圖書館的大力支持。同時，我們也期待更多的學者、專家及廣大讀者能够關注和支持古籍保護工作，共同爲傳承和弘揚中華優秀傳統文化而努力。

國家古籍保護中心

二〇二四年九月

《國家珍貴古籍叢刊》出版説明

爲更好地傳承文明，服務社會，科學合理有效地解决古籍收藏與利用的矛盾，國家古籍保護中心聯合全國古籍重點保護單位，開展《國家珍貴古籍叢刊》高精彩印出版項目，以促進古籍保護成果的揭示、整理與利用，加强古籍再生性保護和研究。

《叢刊》所選文獻按照『注重普及、體現價值、避免重複』的原則，遴選出『時代早、流傳少、價值高，經典性較强、流傳度較廣』的存世佳槧爲底本高精彩印。按經、史、子、集分類編排，所選每種書均單獨印行，分批陸續出版。各書延聘專家撰寫提要，介紹該文獻著者、基本内容及其學術價值、版本價值，同時説明入選《國家珍貴古籍名録》批次、名録號等；各書編有詳細目録、設置書眉，以便讀者檢索和閲讀；正文前列牌記展示該文獻館藏單位、版本情况和原書尺寸信息。

國家圖書館出版社

二〇二四年九月

（宋）蘇軾 撰
題（宋）王十朋 纂集

王狀元集百家注分類東坡先生詩

宋建安黄善夫家塾刻本

據國家圖書館藏宋建安黄善夫家塾刻本影印原書版框高二十點九厘米寬十三點四厘米

《王狀元集百家注分類東坡先生詩》二十五卷，宋蘇軾撰，題宋王十朋纂集，《東坡紀年録》一卷，宋傅藻撰。宋建安黄善夫家塾刻本，十二册，每半葉十三行，行二十二字至二十三字不等，小字雙行二十七字至二十九字不等。細黑口，左右雙邊。卷一至四、九至十二配另一印本。

蘇軾（一〇三七—一一〇一），北宋文學家、書畫家，字子瞻，號東坡居士，眉州（今屬四川省眉山市）人。宋仁宗嘉祐二年（一〇五七）進士，官至翰林學士，知制誥、禮部尚書，先後知密州、徐州、湖州。因反對王安石新法，獲罪貶謫黄州，後又貶惠州、儋州，北還至常州病逝，南宋孝宗時謚號『文忠』。詩文著作有《東坡七集》等，書迹有《答謝民師論文帖》等，畫迹有《枯木怪石圖》等。蘇軾是北宋中期文壇領袖人物，詩、詞、文、書、畫等方面均取得了卓越的成就，是『唐宋八大家』之一，與父親蘇洵、弟弟蘇轍并稱『三蘇』。

王十朋（一一一二—一一七一），字龜齡，温州樂清（今屬浙江温州）人，初在梅溪講學，『受業者以百數』。待秦檜死後始應試，宋紹興二十七年（一一五七）中進士第一，歷任秘書郎、侍御史等職。屢次上書建議整頓朝政，收復北方失地。宋孝宗隆興元年（一一六三），南宋北伐失利，朝中主和者蜂擁而起，王十朋再上疏，譴責『王師一不利，横議蜂起』的現象，期望孝宗不要動摇。

後知饒州、湖州、泉州等地，又任龍圖閣學士，年六十而卒，謚號『忠文』。著作有《梅溪集》等，另有纂輯東坡詩集事，《宋史》有传。

此書題名《王狀元集百家注分類東坡先生詩》（以下簡稱《百家注》），明朝以前的學者大都承認王狀元即王十朋纂集此書，直至清代編纂《四庫全書》之時，四庫館臣則認爲王十朋纂集云云全係僞造。現代學者研究之後，認爲此種説法未免武斷，如書中有五十條王十朋的注釋，其中有十一條注釋，涉及蘇詩中不同作品之間的内容類似，係可以互見互注的注文，可知王十朋不僅對内容十分熟悉，更能够整體把握《百家注》的框架；他還能够以編者的身份决定趙次公注的去取，等等。此外，《百家注》所收的注家中，有近半與王十朋往來交游，還有許多參注者是與他關係密切之親朋僚屬，由此可知《百家注》即使不是王十朋親手編成，也與他有極大的關係，近年來海峽兩岸學者對此研究成果頗多，傾向王十朋爲此書編者。是書前有趙夔序，云：『三十年中，殫精竭慮，僕之心力盡於此書，今乃編寫刊行，願與學者共之。』其編纂之功，亦不可小視。

今傳宋蘇詩注本有兩個系統：一是題名王十朋纂集的《王狀元集百家注分類東坡先生詩》，屬於分類注解，也被稱爲『類注』系統；另一種是宋施元之、顧禧、施宿合作完成的《注東坡先生詩》，屬編年體注解系統，惜已無完帙。

王十朋所輯的百家注本并非一時一地完成，而是經歷了一個逐漸積纍的成書過程，從四家注、五家注擴展到八家注、十家注，最後纍積爲百家注本。所謂『自八而十，自十而百，固非略矣』。又由原來的編年體注解演化爲分類注解，最後形成此書。此書凡二十五卷，序後列『百家注姓氏』，收九十餘家，次列傅藻編纂的《東坡紀年録》，最後列『百家注東坡先生詩門類』，包括『紀行』『述懷』『咏史』等共七十九類，共收詩二千一百餘首，又有總目列後。此書前有『王十朋龜齡纂集』字樣，全書首列趙夔、王十朋序各一篇，姓氏後有雙行木牌記『建安黄善夫刊於家塾之敬室』，牌記及全書字體、版式與黄善夫所刻《史記》頗爲類似。書中避諱至『敦』字，學者判斷此本爲南宋中葉刻本。據傅增湘先生云，卷廿五第十九葉至二十六葉亦爲宋板配補。此書爲蘇詩注本分類系統之始，長於徵引故事，誠如王十朋自序中所言：『搜索諸家之釋，裒而一之，剗繁剔冗』有彙集衆家注釋之功。

現存宋刻本《王狀元集百家注分類東坡先生詩》四種，一種爲黄善夫家塾刻本；第二種爲宋刻本，每半葉十一行，大字十九，小字二十五，細黑口，左右雙邊；第三種宋刻本爲《集注東坡先生詩前集》十八卷，趙夔、師尹等注，此書卷四配另一宋刻本；第四種宋刻本每半葉十一行，行十九字，細黑口，左右雙邊，存十五卷。上述刻本行款與補配部分有别，據何底本待考。又存劉辰翁批點本三種，兩種爲元刻本，其中一種存一卷，一種存十九卷，行款均爲每半葉十二行，行二十一字，黑口，左右雙邊。第三種版本年代待定。

此本鈐印有『宗室文慤藏』『盛昱氏』『景賢』『景賢曾觀』『完顔景賢字亨父號樸孫一字任齋號小知盦』『咸熙堂鑒定』『寒雲鑒賞之印』『寒雲秘笈珍藏之印』『涵芬樓』『海鹽張元濟』。知此書爲晚清愛新覺羅·盛昱鬱華閣遺書，後由清末藏書家、鑒賞家完顔景賢售與袁克文，復藏於涵芬樓。此書見録於《藏園群書經眼録》等書，今藏國家圖書館。

此本入選第一批《國家珍貴古籍名録》（名録號〇一一〇七）。（張偉麗）

總目録

第一册

第二册

第三册

第四册

第五册

第一册目録

卷三

百家註東坡先生詩序

西蜀趙公　夔　堯卿　撰

昔杜預註春秋左傳顔籀註班固漢書時人謂征南祕書爲丘明孟堅忠臣又李善於梁宋之間開文選之學注六十卷流傳於世皆僕所喜而慕之者此注東坡詩集所以作也東坡先生讀書數千萬卷學術文章之妙若太山北斗百世尊仰未易可窺測藩籬況堂奥乎然僕自幼歲誦其詩文手不暫釋其初如涉大海浩無津涯孰辨淄澠涇渭而魚龍異状莫識其名既窮山海變怪然後了然無有疑者崇寧年間

年志於學逮今三十年一句一字推究來歷必欲見其用事之處經史子傳僻書小說圖經碑刻古今詩集本朝故事無所不覽又於道釋二藏經文亦常遍觀抄節及詢訪耆舊老成間其一時見聞之事有得既已多矣頃者赴調京師繼復守官累與小坡叔黨遊從至熟叩其所未知者叔黨亦能爲僕言之僕既慕先生甚切精誠感通一日夢先生野服乘驢若世之所畫李太白者惠然見訪僕方坐一室中書史環列起而迎見先生顧僕喜曰天下之樂莫大於此了無它語又一日夢與先生對談因問水仙王事即荅

以茫昧之語殊不可曉不知何意也僕於此詩分五十門總括殆盡凡偶用古人兩句用古人一句用古人六字五字四字三字二字用古人上下句中各四字三字一字相對止用古人意不用字所用古人字不用古人意能造古人意能造古人不到妙處引一時事一句中用兩故事疑不用事而是用事疑是用事而不用事使道經僻事釋經僻事小說僻事碑刻中事州縣圖經事錯使故事使古人作用字成一家句灋全類古人詩句用事有所不盡引用一時小話不用故事而句灋高勝句灋明白而用意深遠用字

或有未穩無一字無來歷點化古詩摭言間用本朝名人詩句用古人詞中佳句改古人句中借用故事有偏受之故事有參差之語言詩中自有奇對自撰古人名字用古謠言用經史註中隱事間俗語俚諺詩意物理此其大畧也三十年中殫精竭慮僕之心力盡於此書今乃編寫刊行願與學者共之若乃事有遺誤當俟博雅君子補而鐫之庶俾先生之詩文與左傳漢書文選並傳無窮而僕於杜預顏籀李善三子亦庶幾焉雖然尚有可以言者先生之用事不可謂無心先生之用古人詩句未必皆有意耳蓋胷中

之書汪洋浩博下筆之際不知爲我語耶它人之語也觀者以意逆之可也

狀元王公十朋龜齡譔

昔秦近君註堯典二字至十餘萬言而君子譏其繁丁子襄註周易一書纔二三萬言而君子恨其畧訓註之學古今所難自非集衆人之長殆未易得其全體況東坡先生之英才絶識卓冠一世平生斟酌經傳貫穿子史下至小說雜記佛經道書古詩方言莫不畢究故雖天地之造化古今之興替風俗之消長與夫山川草木禽獸鱗介昆蟲之屬亦皆洞其機而貫其妙積而爲學

中之文不啻如長江大河汪洋閎肆變化萬狀則凡波
瀾於一吟一詠之間者詎可以一二人之学而窺其涯涘
哉予舊得公詩八註十註而事之載者十未能五故
常有窺豹之嘆近於暇日搜索諸家之釋裒而一之
剗繁剔冗所存者幾百人庶幾於公之詩有光雖然
自八而十自十而百固非畧矣而亦未敢以繁言蓋
以一人而肩烏獲之任則折筋絶體之不暇一旦而均
之百人雖未能舂容乎通衢張王乎大都而北燕南
越亦不難到此則百註之意也若夫必待讀遍天下
書然後盡韓公策則又望諸後人焉

百家註分類東坡先生詩姓氏

狀元王公　十朋龜齡　纂集

豫章黃氏庭堅字魯直

黃氏少度

后山陳氏師道字無己一字履常號彭城居士

陳氏希仲

陳氏元龍

陳氏體仁

陳氏德溥

潘氏大臨字邠老

潘氏大觀字仲達

謝氏逸字無逸號溪堂先生

謝氏邁字幼盤

洪氏芻字騶父
洪氏朋字龜父
洪氏炎字玉父
饒氏節字德操
臨安李氏堯祖字唐卿
李氏彭字商老
李氏𢒰字德載
徐氏俯字師川
徐氏持晦
東溪詩僧祖可字正平
汪氏洋字養源
汪氏革字信民
汪氏彥章

汪氏端本字子之
季氏鎛字希肖
晁氏冲之字叔用
高氏荷字子勉
韓氏駒字子蒼
楊氏符字信祖
夏氏倪字均父
蘄陽林氏敏功字子仁蘄州人贈高隱處士
林氏敏修字子敬
林氏子來
林氏明仲
林氏致約
何氏覬字人表

真隱詩僧善權字巽中
曾氏公衮
秦氏少儀
蘇氏養直
元氏不伐
苕溪胡氏仔
胡氏邦衡
西蜀趙氏夔字堯卿前知榮州
西蜀趙氏次公字彦材
趙氏若拙
趙氏元序
建安劉氏子翬字彦冲號屏山先生
劉氏珙字共父

沈氏敦謨

曹氏夢良

程氏縯字季長

程氏天祐

永嘉丁氏鎮叔

丁氏惠安

漢陽張氏拭字欽夫號南軒先生

歷陽張氏孝祥字安國號于湖居士

永嘉張氏器先

吴氏憲

吴氏季南

吴氏明可

吴氏少雲

永嘉孫氏彥忠
西蜀孫氏倬字瞻民
孫氏子尚
崔氏肅之
賈氏巖老
薛氏士昭
薛氏元肅
萬氏先之
萬氏申之
萬氏大年
永嘉甄氏雲卿
龔氏實之
芮氏國器

馮氏方字圓仲

喻氏叔奇

毛氏叔度

朱氏邦翰

永嘉項氏用中

西蜀宋氏援字正輔

宋氏彦材

周氏成祖

永嘉葉氏思文

葉氏飛卿

鹿氏伯可

師氏尹字民瞻

任氏居實字文犪

傅氏藻字薦可撰紀年

東萊呂氏祖謙字伯恭分詩門類

王氏直方字立之

王氏性之

永嘉王氏十朋字龜齡

王氏壽朋字夢齡

王氏百朋字昌齡

建安黄善夫刊
于家塾之敬室

百家註分類東坡先生詩姓氏

東坡紀年録

僊谿傅　藻　編纂

公姓蘇諱軾字子瞻一字和仲眉州眉山縣人也蘇氏出高陽而蔓延於天下唐神龍初長史味道刺眉一子留眉眉有蘇氏自此始公高大父祐曾大父杲大父序三世皆不顯序三子曰澹曰渙曰洵洵字明允公父也澹渙皆以文學舉進士而渙至都官郎中序以渙官故任大理評事致仕累贈尚書職方員外郎明允少不喜學年二十有七始發憤讀書六年而大究六經百家之書娶大理寺丞程文應之女生三子曰景先曰軾曰轍景先早世嘉祐間明允與公同其季子由至京師父子皆知名時號三蘇而以老蘇别其父歐陽文忠公得老蘇著書二十二篇以爲荀卿子文也乃缴進之召試紫微閣辭不就遂除祕書省校

書郎會修纂建隆以來禮書授霸州文安縣主簿食其祿
與陳州項城令姚闢同著太常因革禮一百卷書奏未報
卒年五十八　英宗聞而哀之特贈光祿寺丞公曾大父
以公與子由登朝贈太子太保大父贈太子太傅父贈太
子太師程氏追封成國太夫人公娶鄉貢進士王方之女
諱弗亦眉人也追封通義郡君繼室以其從女弟諱閏之
字季章封同安郡君子三人長曰邁雄州防禦推官知瀛
州河間縣次曰迨次曰過皆承務郎孫男十四人簞符箕
筌籌簣簦籥籍節笈箄篴笠公有東坡集四十卷後集二
十卷奏議一十五卷內外制一十卷責齊安日因宮師之
學作易傳九卷又作論語說五卷儋耳又作書傳初公與
子由師其宮師最好賈誼陸贄書後讀莊子以爲得其心
晚讀釋氏書深有所悟參之孔老博辯無礙浩然不見其涯

也宫師公慶曆間官學四方成國夫人親授公書問古今成敗輙能語其要比冠學通經史日數千言嘉祐二年唱第錫宴瓊林與蔣魏公接席情話約卜居陽羡初倅錢塘誘親黨單君貺問田及移臨汝自言有田陽羡建中靖國初奉祠玉局留毗陵居無何請老而終公生岷峨負當世大名道德文學政事輝映今昔自居雪堂遂成求田之計而文登謝表云買田陽羡誓畢此生乃卒如其言夫豈偶然者公之薨也吳越之民相與哭於市君子相與弔於家訃聞四方人皆咨嗟出涕太學士人數百相率飯僧惠林佛舍公之於文得之於天山谷嘗評云公文字言語歷劫贊揚有不能盡者

景祐三年丙子

十二月十九日卯時公生於眉山縣紗縠行私第

景祐四年丁丑
寶元元年戊寅
寶元二年己卯
康定元年庚辰
慶曆元年辛巳
慶曆二年壬午 先生七歲
是年公知讀書上韓太尉與梅直講書云某七八歲知
讀書祭歐陽文忠公曰某自齠齔以學爲嬉童子何知
惟公我師晝誦其文夜夢見之
慶曆三年癸未 先生八歲
是年公入小學道士張易簡爲師見書陳太初事范文
正公文集序曰某始總角入鄉校士有自京師來者以
魯人石守道所作慶曆聖德詩示鄉先生某從旁竊觀

則能誦習其詞問先生所以頌十一人者何人也先生曰童子何用知之某曰此天人也邪則不敢知若亦人耳何爲其不可先生奇某言盡以告之且曰韓范富歐陽此四人者人傑也時雖未盡了則已私識之矣又曰以八歲知敬愛公

慶曆四年甲申

慶曆五年乙酉

慶曆六年丙戌

慶曆七年丁亥先生十二歲

是年公祖父亡與曾子固書云某逮事祖父祖父之歿某年十二矣鍾子翼哀詞曰慶曆丁亥某始年十二先君宫師歸自江南曰吾南游至虔有隱君子鍾君與其弟槩從吾游

是年於所居紗縠行宅隙地中與羣兒鑿地爲戲得天
石研而用之且爲之銘
慶曆八年戊子先生十三歲
皇祐元年己丑
皇祐二年庚寅
皇祐三年辛卯
皇祐四年壬辰
皇祐五年癸巳
至和元年甲午
至和二年乙未
是年公至成都樂全先生文集序云某年二十以諸生
見公成都公一見待以國士作後正統論
嘉祐元年丙申先生二十一歲

公自蜀舉進士入京鳳鳴驛記云嘉祐丙申舉進士過扶風六祖贊云嘉祐初舉進士館於興國寺浴堂老僧德香之院范文正公文集叙云嘉祐元年始舉進士至京師牛口見月詩云忽憶丙申年京師大雨滂

嘉祐二年丁酉 先生二十二歲

春赴禮部文忠公知舉患時文以詭異相高思欲救之梅聖俞與其事得公論刑賞以示文忠公公驚喜欲以冠多士疑曾子固所爲子固文忠公門下士也乃寘第二復以春秋義第一文忠公嘗令晁美叔與公交謂公必名世且以書抵聖俞曰讀軾書不覺汗出快哉快哉老夫當避此人放出一頭地文忠公未嘗以此許人也公上梅直講書云今年春天下之士羣至于禮部執事與歐陽公實親試之誠不自意獲在第二殿試中丙科

升一甲章衡爲牓首賜進士及第遂上所業及上韓魏公富鄭公曾丞相并兩制等書乞應制舉上韓魏公書曰某生二十有二年矣上曾丞相書云某自爲學至于今十有五年祭文忠公曰十有五年乃克見公公爲撫掌歡笑改容此我輩人餘子莫羣我老將休付子斯文四月八日母成國太夫人云訃至公丁憂歸

嘉祐三年戊戌

嘉祐四年己亥 先生二十四歲

公服除冬侍宮師適楚南行前集叙曰己亥之歲侍行適楚時十二月八日江陵驛書　是年荆州上王兵部書曰自蜀至楚舟行六十日過郡十一縣二十有六公由水路至嘉州入嘉陵江由瀘渝涪忠夔等州入峽江故作嘉州過宜賓泊斗牛望夫臺仙都觀入峽出峽等

詩自荆門出陸由宜城襄鄧唐許尉氏至京故作浰陽早發漢水竹葉酒留尉氏阮籍嘯臺許州西湖等詩

嘉祐五年庚子 先生二十五歲

公正月過唐作新渠詩過許見范堯夫文正公文集序曰其後過許始識公之仲子今丞相堯夫是年入都授河南府福昌簿不赴

嘉祐六年辛丑 先生二十六歲

是年應制科文忠公薦公祕閣試六論舊不起草故文多不工公始具草文義燦然時以爲難又荅制策復入三等授大理評事簽書鳳翔府簽判詩序有曰嘉祐六年予與子由同舉制策寓懷遠驛時年二十有六而子由年二十有三上吴内翰書云今年春天子将求直言之士而其適來調官京師舍人楊公不知其不肖而采

其鄙野之文五十篇奏之於天子使與明詔之末上呂
龍圖書云某西蜀之鄙人幼承家訓長知義方粗識名
教遂堅晩節兩登進士舉一中茂材科　冬赴鳳翔任
十一月十九日與子由別於鄭西門之外作詩　十二
月作鳳翔八觀詩其石鼓詩云冬十二月歲辛丑我初
從政見魯叟

嘉祐七年壬寅　先生二十七歲

公在鳳翔　二月分决屬縣囚十三日出府至寶雞號
郿盩厔四縣既畢事因朝謁太平宫宿於南溪遂並南
山而西至樓觀大秦寺延生觀仙游潭十九日乃歸所
過作詩又作樓觀等十一題寄子由　七月二十四日
禱雨磻溪宿虢縣二十五日渡渭宿於僧舍二十六日
至磻溪自磻溪往陽平二十七日至斜谷由下馬磧懷

趙薦及磻龍寺等詩　重九不與府會獨遊普門寺僧閣有懷子由作詩二十日微雪懷子由作詩　是年作喜雨亭記又荅趙薦并餽歲等詩并子由不赴商州及和子由蠶市等詩

嘉祐八年癸卯 先生二十八歲

英宗即位　公在鳳翔覃恩轉大理寺丞　是年作思論　又作授經臺調水符往南溪等詩

治平元年甲辰 先生二十九歲

公在鳳翔磨勘轉殿中丞冬任滿還京至華陰作詩寄子由

治平二年乙巳 先生三十歲

公在京師差判登聞鼓院

英宗在藩邸聞公名欲以唐故事召入翰林宰相限以

近例召試祕閣及試二論皆入三等除直史館　五月二
十八日夫人王氏卒六月六日殯于京城外夫人有子邁
治平三年丙午 先生三十一歲
公在京師是年始見范蜀公文正公文集序云又六年
始見其叔彝叟京師　四月二十五日丁父宮師憂奉柩
歸蜀
治平四年丁未 先生三十二歲
神宗即位九月十五日題摹本蘭亭記後
熙寧元年戊申 先生三十三歲
公服除　十月二十六日作四菩薩閣記　是年和子
由記園中草木木山引水寄題古東池綠筠堂等詩
熙寧二年己酉 先生三十四歲
還　朝差判官誥院兼尚書祠部　三月送錢藻守婺詩

是年送任伋倅黄王頤赴建董傳留别安惇西歸醉墨堂等詩

熙寧三年庚戌先生三十五歲

公在京師　三月送劉攽倅海陵曾鞏倅越詩　十一月二十日送章子平出牧鄭州作詩及叙　是年送吕希道守和文與可守陵王晦夜坐等詩

熙寧四年辛亥先生三十六歲

遷太常博士攝開封府推官有能吏聲以言事議論大不恊乞外任除通判杭州　五月作張方平赴南京留臺詩又次韻讀杜詩詩　七月二日作渦口遇風詩來陳和舟中八詩至陳同子由過汝陰見歐陽公作石屏燕西湖詩十六日記所見作詩是月作潁州别子由出潁口壽州李少卿出餞濠州七絶泗州塔龜山洪澤遇

風廣陵會三同舍遊金山等詩　十一月到杭州作寄子由詩臘月遊孤山訪僧作詩又和李杞并自和

熙寧五年壬子　先生三十七歲

公在杭州　二月作蔡冠卿知饒詩　三月二十二日觀花吉祥寺作牡丹記序并詩　閏七月哭歐陽公於孤山次韻惠思詩是月監試作呈試官煎茶催考校榜出後等詩　八月十日夜登望海樓作詩十七日復登作詩　重九日遊西湖及諸寺所至有詩及不赴府會詩十月十日作送進士詩序　冬至日遊吉祥寺作詩後十日復至作詩　十二月以事至湖州與孫守約有言及時事者罰一大盞作詩云若對青山談世事直須舉白便浮君又作莘老求墨妙亭詩并記及贈寄等詩畫魚歌　是年作墨寶堂記并和沈立之留別蔡準見邀次

韻子由柳子玉等詩又作送杜子方陳珪戚秉道詩

熙寧六年癸丑 先生三十八歲

公在杭州　正月九日作雜興荅鮮于子駿上元祥符寺九曲觀燈作詩過僧可久房無燈火作詩二十一日述古邀城外尋春作詩二十七日遊風水洞作詩又作李佖留待及和等詩　五月望與呂仲甫輩泛湖留北山作詩　八月望觀潮作詩又再遊風水洞作詩并臨江仙九月和劉攽詩　十二月與李杞因獵遊孤山作詩　冬以事至姑蘇爲王誨作　仁宗御飛白記又作三瑞堂詩　是年作和陳述古十月牡丹劉恕見寄錢顗送茶及寄孫覺等詩　除夜宿常州城外作詩

熙寧七年甲寅 先生三十九歲

元日以事過丹陽作寄魯元翰又柳子玉鶴林招隱并與

子王景純唱和等詩是月秀州贈錢端公文長老等詩二十九日過毗陵跋李後主書　五月作錢公輔哀詞又次韻周邠詩　六月自常潤還所至作詩　秋捕蝗至浮雲嶺作懷子由詩至於潛作贈毛國華野翁亭綠筠軒於潛女詩又同年臨安令劇飲并所至諸縣有詩　九月移知密州是月作勤上人詩集序　十月赴密州早行馬上作沁園春　十一月三日到任　十二月作凫繹先生文集序　是年常潤道中懷述古并合述古詩蘇州雨中飲酒金山飲醉大風留金山留別金山二長老留京口和蘇守王規甫觀燈什次韻孫巨源水車等詩自京口還寄述古作卜筭子行香子杭妓迓新守楊元素寄規甫作菩薩蠻送述古赴南都作清平樂南鄉子菩薩蠻江神子送述古迓元素作訴衷情述古將去作虞美人荅

元素浣溪沙和元素泛金船移守密和元素南鄉子再過蘇贈閭丘公顯作浣溪沙過吳興李公擇生子作減字木蘭花作六客詞爲定風波別公擇作蝶戀花赴密過蘇有問這回來不來者其色淒然蘇守嘉之令求詞作阮郎歸潤州和元素菩薩蠻多景樓與孫巨源相遇作採桑子送巨源作更漏子離京口呈元素作醉落魄訴衷情得鄉書作蝶戀花代人寄遠作少年遊金山送子玉作昭君怨贈潤守許仲塗作減字木蘭花別潤守作南鄉子海州寄巨源作永遇樂　除夜作贈段屯田詩曰龍鍾三十九勞生已强半

熙寧八年乙卯 先生四十歲

公在密州　上元作蝶戀花二十日記夢作江神子春禱常山得雨次韻章傳道喜雨詩　首夏作官舍即事詩

四月十一日作送劉述詩　六月和李常詩　中夏旱再禱雩泉皆應如響作雩泉記留別詩　以旱蝗齋素方春牡丹盛開不獲賞九月忽開一朶雨中特置酒作雨中花　冬祭常山回與同官習射放鷹作詩和梅户曹會獵鐵溝行荅喬太博莫笑銀杯小并唱和詩　又作江神子　是年作趙倅成伯家宴贈楊姐詩又成伯室誕辰口號後杞菊賦增治城上故臺名之曰超然作記又作大悲閣記又於超然臺作望江南送東武令趙晦之歸海州作減字木蘭花贈晦之吹簫侍兒作水龍吟

熙寧九年丙辰先生四十一歲

公在密州遷祠部員外郎　正月五日跋赤溪山主頌七日書瑯琊篆後立春日請成伯主會作詩　上巳日流觴於南禪小亭作滿江紅　四月作玉盤盂詩　六月

作山堂銘　中秋懽飲達旦作水調歌頭　十一月朔作李氏山房藏書記祭山神有文　十二月移知徐州別徐州東武雪中送章傳道東武道中皆作江神子除夜留濰州

熙寧十年丁巳先生四十二歲

元日早晴離濰州作詩青州道上大雪作詩　二月三日作送范鎮遊洛詩并次韻是月復與子由會於澶濮之間相從赴彭城到京作送范蜀公詩　三月一日與王詵會四照亭有倩奴者求曲遂作洞仙歌喜長春與之明日晉卿送韓幹畫馬跋以詩　五月到徐州范德孺作滕縣文正公集序曰其後十一年與其季德孺同僚于徐　五月六日作寄題司馬君實獨樂園詩　六月十一日保母楊氏卒　七月十七日河決八月十一日水及徐城十月

五日水退作河復詩修城捍水以活徐人作黃樓東門之上二十一日作王詵寶繪堂記　重九邀仲屯田爲大水所隔作詩是月作送李邦直修國史詩　十月作表忠觀碑　是年荅任師中詩曰我今四十二衰髮不滿梳過齊時公擇守齊席上作南鄉子又作蝶戀花別公擇　子由過中秋而別作水調歌頭又作書曆公詩後彭城感前約逍遥堂別觀百步溪詩放鶴亭記

元豐元年戊午　先生四十三歲

公在徐州　三月始識王子高作芙蓉城詩春旱置虎頭石潭中作起伏龍行謝雨道中作浣溪沙　四月九日書鮮于子駿楚辭後是月次韻潛師放魚詩　六月題王禹偁碑陰　七月望觀月黃樓作詩又作眉州遠景樓記二十二日作滕縣公堂記　八月作詩題張方平詩卷末　九月王

鞏來先作定國將見過詩定國十日往返作詩幾百篇及
登松山荅定國見過見寄次韻同泛舟獨眠留別等詩九日
黃樓作詩又次韻定國詩又作千秋歲晦日黃樓作鹿鳴
燕詩并叙　十月十二日作日喻望日觀月黃樓作詩
十一月八日作雲龍山放鶴亭記十九日作莊子祠堂記
十二月遣人訪獲石炭作詩又荅田國博詩　冬祈雪出
城馬上作詩　是年作登雲龍山石盤遊戲馬臺過張天驥
山人訪遊園與梁先左藏舒煥教授顔復長道孫勉頓起泛
舟及唱和又李公擇唱和送梁知莫州送孫頓顔李等詩
又作陽關詞又藏春園贈田楚州小鬟送顔梁作浣溪沙

元豐二年己未　先生四十四歲

人日獵城南會者十人以身輕一鳥過槍急萬人呼爲韻
分得過字又代雷勝鳥字詩十五日作王鞏之祖懿敏公

真賛二十四日作思堂記晦日遊桓山作記會者十人以春水滿四澤夏雲多奇峯爲韻分得澤字又代戴道士四字詩　二月移知湖州別徐州作江神子　三月至南京馬上作詩二十七日作靈壁張氏園亭記是日作宿州次韻劉涇泗州孫景山西軒舟中夜起次韻高郵秦太虚去金山五年而復至遊常州無錫惠山賜惠山贈惠表秦觀參寥會松江詩　四月二十日到湖州　五月五日遍遊諸寺作詩　是月過賈收耘老水閣作詩又次前韻耘老小妓號雙荷葉作詞七月七日作與可畫篔簹谷偃竹記是月太子中允權監察御史何大正舒亶諫議大夫李定言公作爲詩文謗訕朝政及中外臣寮無所畏憚國子博士李宜之狀亦上七月二日崇政殿進呈奉聖旨後批四狀三日進呈奉　聖旨送御史臺根勘二十

八日皇甫遵到湖州追攝過南京文定張公上劄　范蜀公上書救之　八月十八日赴臺獄中作寄子由二詩時獄吏必欲寘之死地煅煉久之不决子由請以出身官爵贖之而上亦終憐之促具獄　十二月二十四日得旨責檢校尚書水部員外郎黄州團練副使本州安置二十九日受勑

元豐三年庚申先生四十五歲

正月過陳子由自南都來三日而别與文郎逸民飲作詩十八日蔡州道上遇雪作詩過新息示任師中過淮作詩　二月一日到黄州寓居定慧院之東作初到黄月夜偶出安國寺浴安國尋春海棠土人不知貴二十六日雨中熟睡雨晴後步雨中看牡丹樂著作野步王齊萬寓居竹下開嘯軒杜沂見餉五禽言等詩　四月上文

潞公書云某始就逮赴獄有一子稍長徒步相隨其餘守
舍皆婦女幼穉至宿州御史符下就家取文書州郡望風
遣吏發卒圍舡搜取老幼幾怖死既去婦女恚駡曰是好
著書書成何所得而怖我如此悉取燒之比事定重復
尋理十亡其七八矣到黄無所用心輒復覃思於易論語
端居深念若有所得遂因先子之學作易傳九卷又自以
意作論語說五卷　五月子由來齊安以詩迎之又作
曉至巴河同遊西山次韻等詩十一夜夢遊何人家食
石芝明日作詩是日遷居臨臯亭作詩　九月望讀戰
國策書商君事二十五日書杜羔事贈朱康叔　十月
九日孟亨之置酒秋風亭有雙拒霜獨向君猷而開坐
客喜笑以爲非史君莫當此花作定風波又作守倅不
飲詩　十二月二日作石氏畫苑記十八日書蒲永昇畫

後是月荅秦太虚書曰初到黄廩入既絶人口不少私甚憂之但痛自節儉日用不得過百五十每月朔便取四千五百錢斷爲三十塊掛屋梁上平旦用畫义挑取一塊却藏去义乃以大竹筒别貯用不盡者以待賓客此賈耘老法也荅李端叔書云得罪以來深自閉塞扁舟草屨放浪山水間與樵漁雜處往往爲醉人所推罵輒自喜漸不爲人識　是年作勝相院經藏記

元豐四年辛酉先生四十六歲

公在黄州　正月二十日往岐亭郡人潘古郭送於女王城道上見梅花作詩　四月八日飯僧于安國寺作應夢羅漢記　端午作少年遊贈徐君猷十二日作評書唐林夫六家書後　六月二十二日陳季常自岐亭來訪作詩　十月二十二日作聞捷詩并叙是月姪安

節來作夜坐冬至日贈安節等詩安節歸以伯父送先人詩人希野店休安枕路入靈關穩跨驢之句為韻作詩送之　十二月二日雨後微雪君猷攜酒見過作浣溪沙明日酒醒大雪又作二十五日大雪始晴夢人以雪水烹小團茶以獻夢中作回文詩雪後乾明寺宿杭州故人信至作詩　是年馬正卿為於郡中請得故營地數十畝使得躬耕其中地既久荒墾闢之勞釋耒而歎乃作東坡八詩自是始號東坡居士

元豐五年壬戌先生四十七歲

公在黄州　正月二日書歐陽公黄牛廟詩後又作文祭與可及堂兄子正十七日夢扁舟渡江中流回望棲霞樓中歌樂雜作舟中人言公顯方會客覺而異之乃作水龍吟二十日與潘郭二生出郊記去年是日同至

女王城作詩乃和前韻又因至汪氏居作詩　寒食作雨詩有曰我自來黄州已過三寒食徐守分新火作詩春躬耕東坡築雪堂居之擬斜川之遊以淵明歸去來詞檃括爲哨遍　五月以怪石供佛印作怪石供詩　七月六日與文甫飲家釀白酒集古人句作墨作詞爲定風波十二日書伯父中都公啓事後既望泛舟於赤壁之下作赤壁賦又懷古作念奴嬌　九月彭城曹煥子文將往筠見子由求詩贈行重九涵暉樓作南鄉子呈君猷　十月望步自雪堂歸於臨皋二客從之過黄泥之坂復遊赤壁之下作赤壁後賦　十二月十九東坡生日也置酒赤壁磯下踞高峯俯鵲巢酒酣笛聲起於江上客有郭古二生頗知音謂坡曰笛聲有新意非俗工也使人問之則進士李委聞坡生日作新曲曰鶴南飛

以獻呼之使前則青巾紫裘腰遂而已既奏新曲又快作數弄嘹然有穿雲裂石之聲坐客皆引滿醉倒委求詩作一絶句王郎以詩見慶次其韻

元豐六年癸亥先生四十八歲

公在黄州　正月二十日復出東門用前韻作詩　二月三日點燈會客作詩　上巳日與二三子出遊隨所見作數句明日集為詩　七月望書劉廷式事二十七日生小子遯小名幹兒　閏八月作土琴詩　居黄三見重九每歲與君猷會于栖霞樓君猷將去念此憫然故作醉蓬萊又作好事近送君猷　十月望書唐林夫筆說　十一月十二日為張夢得書昆陽賦十九日書四箴

元豐七年甲子先生四十九歲

是年快哉亭作水調歌頭贈張偓佺

正月二十五日特授汝州團練副使本州安置　四月一日將自黄移汝留别雪堂鄰里作滿庭芳　六月作黄州安國寺記又作别黄過江行武昌用岐亭韻初入廬山二十四日宿廬山廬山二勝自興國往筠先寄遲适遠　端午遊真如别子由至奉新等詩　六月九日作石鍾山記略云余自齊安舟行適臨汝而長子邁將赴饒之德興尉送之至湖口二十三日舟過蕪湖　七月二十八日幼子遯病亡於金陵作詩哭之曰吾年四十九覊旅失幼子又作同王勝之遊蔣山詩賞心亭送勝之作漁家傲至真州再和蔣山詩　十月二十六日書韓魏公詩後　十一月晦日與劉仲達相逢泗上同遊南山作滿庭芳　十二月同泗州太守游南山過七里灘作行香子蕭淵東軒作詩二十四日從劉倩叔游南山作浣溪沙二十八日浴

雍熙塔下戲作如夢令　除夜黄師是送酥酒作詩

冬作水龍吟記子微太白之事　是年和李太白尋陽

紫極宫感秋詩

元豐八年乙丑　先生五十歲

元日雪中過淮謁客作詩四日離泗州表請常州居住

略云一從吏議坐廢五年近蒙恩除汝州累重道遠不

免舟行自離黄州風濤驚恐舉家重病一子喪亡今雖

至泗州而貲用罄竭去汝尚遠難於陸行二十餘口飢寒

朝夕與其強顏忍耻干求於衆人不若歸命投誠控告

於君父臣有薄田在常州宜興縣粗給飦粥欲望

聖慈許常州居住書朝奏夕報可　二月葬保母楊氏

于宋作銘又作薦誠院五百羅漢記妙峯亭詩蒙恩放

歸陽羡復作滿庭芳至高郵作陳處士畫鴈詩　七月

二十五日金山贈杜介詩又作妙高臺夢中作與元老等詩京口作王中父哀詞至常州作與孟震遊僧舍贈報恩老歸宜興留題竹西寺等詩　哲宗即位復朝奉郎　八月十七日得旨除知登州　九月書楞伽經後過密題高麗亭次韻趙明叔喬禹功和昔年留别超然臺贈密守霍翔詩　十月十五日到登州二十日召爲禮部員外郎作孫氏松堂遺直坊等詩晦日作海市詩過萊州雪後望三山作詩過濟州作真相院舍利塔銘　十一月七日書吳道子畫後　是月到京供禮部職　十二月以七品服入侍延和賜緋魚除起居舍人

元祐元年丙寅先生五十一歲

公在京師　正月除中書舍人辭免狀云臣頃自貶所起知登州到任五日而召以省郎到省半月而擢爲右史

云云　今又冒榮直授躐等驟遷非惟其人旣難以處不試而用尤非所安　二月八日朝退獨在起居讀儒林傳感申公事作小詩　閏二月八日題子由日本扇詩後　四月作法堂寺鍾銘　九月一日司馬温公薨作祭文行狀十月十二日書黄泥坂辭遺王晉卿是月除翰林學士知制誥　十一月供翰林學士職尋除侍讀召入院九日考試館職與聖求會宿玉堂作武昌西山詩　十二月五日與狄詠同館北客書狄武襄事

元祐二年丁卯先生五十二歲

公在翰苑　每時各有内制　九月一日作石舍人北使序十五日邇英殿講論語終篇賜御書詩翌日進詩又進讀故事入説十九日作祭王宜甫文　十二月作送喬仝寄賀水部詩賀五代人得道不死仝曰吾師嘗於密州

識君於常山道上意若喜君　是年作司馬温公神道碑又作富鄭公神道碑又作趙清憲公神道碑鄭公以元豐六年閏六月二十一日薨于洛陽至是其子紹庭請于朝命公撰碑清獻公以元豐七年八月二十六日薨于杭至是其子岏請于朝命公撰碑又作贈寫眞道士李得素曰五十之年初過二衰頽記我今如此

元祐三年戊辰　先生五十三歲

公在翰苑　每時各有内制　知貢舉會大雪士坐庭中噤不能言公寛其禁約而巡鋪内臣過爲凌辱傷動士心公奏撻而逐之士皆悦服試院次韻魯直畫馬送李方叔作詩　二月八日夜會于伯時齋舍書鬼仙詩　三月二十日同錢穆父遊金明池始見其雪中詩因次韻　四月五日跋宋漢傑畫　五月一日與子由同轉對次韻子

由詩　九月十八日作文驥字說　臥病逾月請郡不許
復直玉堂　十一月一日鏁院是日苦寒詔賜官燭法酒呈
同院作詩　十二月六日書詩人寫物之功付過八日龍
興節侍宴前一日微雪與子由王定國清虛堂小飲作
詩　立春日賜幡勝次韻劉貢父詩
元祐四年己巳　先生五十四歲
上元日侍宴端門次韻王晉卿詩　內制止於二月
二月二十二日奏告東太一宮十神大祝文　是月三上
章乞越州三月得旨以龍圖閣學士左朝奉郎知杭州
公直玉堂有贈送次韻和荅之詩幾數百篇以歲月
未分先後難辨姑輒闕之以俟它日
四月十六日跋邢敦夫賦十七日書　太宗賜守臣御書
翁子後二十一日作范文正公文集叙所謂又十三年乃

克爲之者也　重九日和蘇堅點絳唇　冬至日作書文登石渦遺垂堂老人詩是年作范蜀公墓誌銘蜀公以元祐三年閏十二月薨又作去杭十五年復游西湖莫同年雨中飲湖上同秦仲二子游寶山書辨才白雲堂壁文登石遺梅子明參寥得智果院分韻等詩又送子由使契丹詩云單于若問君家世莫道中朝第一人子由過虜往往有問公安否子由至涿州寄詩曰誰將家譜到燕都識底人人問大蘇莫把聲名動蠻貊恐妨它日卧江湖又次韻子由涿州詩

元祐五年庚午先生五十五歲

公在杭州　二月十七日書高麗公案二十六日過金丈寺再觀李西臺詩書其後二十七日作參寥泉銘　寒食次韻劉景文周次元同游西湖詩　三月八日同楊次

公過劉景文題文忠公墨跡　四月十八日真覺院賞枇杷作詩又和景文韻　重九日再和蘇堅前年點絳唇韻又次韻伯固詩十七日書醉道士石詩十八日書朱象先畫後　十二月八日作六一泉銘十二日同景文義伯聖從遊七寶寺題詩竹上除夜作獄空詩和通守時韻　是年作垂雲花開雜花開盡賞牡丹遊虎丘怡然餉新茶謝曹子方惠茶曹輔寄新芽新茶送程簽之邵登垂雲亭寒碧軒此君軒蒜山亭南漪堂龍井泉過溪亭介亭題蘭蕙紫薇花梅花等詩又與劉景文楊次公衣公濟楊公濟程之邵林子中葉教授次韻和荅等詩又送張山人歸彭城之邵赴闕詩又仲天貺自眉來詩

元祐六年辛未　先生五十六歲

上元次韻劉景文詩二十三日題伯時畫支遁養馬圖

二月三日作詩并櫻筍餉殊老九日被旨再除翰林承
旨次韻劉景文西湖席上詩　三月六日作別南北山道
人詩九日罷杭守辭天竺作詩十九日宿吳江常州太
平寺觀牡丹作詩四月到闕二日作送聰師歸孤山叙
五月入院作六月朔祭劉氏文　六月十八日作上清宫碑
二十四日跋吳君采琴説是月作破琴詩東堂次諸公韻
閏六月十三日跋張乖崖書後　八月十三日作茶説是
月除龍圖閣學士知潁州　九月望觀月聽琴西湖作詩
又作祭歐陽文忠公文　秋作昭靈廟碑　十月二十五
日以旱請教授陳師道并男迨迎張龍公作文　十一月
一日作聚星堂雪詩禱雨既應次景文韻十日作送張
龍公文十四日在告獨酌試滑盞有懷諸君子以詩招之
十二月八日爲文定張公舉哀於薦福院文定公以是月

二日薨於南都將屬纊不問後事但言伸意子瞻兄弟二
十三日作李簡夫詩集序祭辯才文　是年作感舊别
子由詩序云元祐六年予自杭召還寓子由東府數月復
出領汝陰時予年五十六矣又作趙德麟字説又作泛
潁到潁公帑竭禱雨既應潁大夫廟喜景文至屏山贈
叔弼雪詩留景文送王竦及季默赴闕及與趙景貺陳
履常劉景文趙德麟歐陽季默叔弼次韻贈送等詩生日
景文以古畫松鶴爲壽詩且貺佳篇次韻謝
元祐七年壬申　先生五十七歲
上元和履常雪中觀燈詩　二月十五夜與德麟小酌聚
星堂作減字木蘭花十七日書柳子厚瓶賦後是月移
知揚州淮上早發作詩　三月上巳日過濠與迨過遊
塗山荆州記所見次韻王滁州見寄作詩十六日到任

是月作韓文公廟碑　四月二十七日跋醉翁亭記是月
次韻徐仲車德麟湖成見懷詩無咎以詩相迎久不暇
荅昨日始次其韻　五月端午小集石塔作詩二十四
日會無咎隨齋汲泉漬白芙蓉不復有病暑意作減字
木蘭花　七月和淵明飲酒詩二十首以土物寄少游作
詩　八月作張文定公滕元發誌銘　九月以兵部尚書
召兼侍讀郊祀爲鹵簿使尋除端明殿學士兼翰林侍
讀學士守禮部尚書行宿泗閒見張天驥　重九與定
國相遇于宋至都門先寄子由作詩　冬至作郊祀慶
成次韻錢蔣從駕郊丘瞻望天光退而相慶作詩
元祐八年癸酉先生五十八歲
元日立春次韻秦少游詩上元侍飲樓上呈同列詩十六
日贈別潁叔詩　六月汝公乞詩用前韻　八月一日

夫人王氏卒于過夫人所生二日作祭文是月以二學士知定州　九月十四日東府雨中别子由詩曰庭下梧桐樹三年三見汝前年適汝陰見汝鳴秋雨去年秋雨時我自廣陵歸今年中山去白首歸無期自杭還京和子功月石屏純父涵星硯邂逅德麟叔盎畫馬等詩及與王定國蔣頴叔錢穆父王晉卿王仲至秦少游等次韻詩　十一月作祭韓忠獻公文又作釋迦文佛頌　十二月二十三日到定州

紹聖元年甲戌先生五十九歲

立春日小集作詩呈李端叔次韻曾仲錫元日見寄　二月二十日子由生日以檀香觀音像及新合印香銀篆盤爲壽作詩　二十三日作松醪賦　三月二十日開園作詩　四月十六日作北嶽祈雨祝文　二十日作雪浪齋銘

二十四日題三國名臣贊是月奉命追一官落兩職以承議郎知英州公在定州作送王敏仲北使求穆叔遁酒雪浪石沈香石劉醜廝石芝送翟安常赴闕中山松醪寄王引進謝端叔鴛鴦竹石圖等詩又次韻及留別王雄州詩馬教授文登人嘗食石芝詩請同賦南遷過湯陰得豆麥粥作詩臨城道中作詩叙云始予赴中山連日風埃未嘗了了見太行也今將適嶺表頗以爲恨過内丘天氣清徹西望太行草木可數忽悟歎曰予南遷其速返乎退之衡山之祥也途中寄定武同僚過杞贈馬夢得過高郵寄孫君孚過長蘆贈夫老次韻聞復憶中和堂作詩　六月七日泊金陵阻風蔣山泉老召食不及往作詩九日阿彌陁像成奉安于金陵清涼寺作贊并贈和老詩慈湖夾阻風作詩至太平當塗縣奉告責授寧遠

軍節度副使惠州安置過南康望湖亭過廬山下廬山
壽師竹軒湖口壺中九華江西江水煎茶作詩過廬陵
作秧馬歌　八月七日入贛過惶恐灘作詩九日評孔文
舉淵明詩十七日過虔州作鬱孤臺訪樂天天竺寺詩
書八境圖廉泉塵外亭贈慈雲老等詩過大庾嶺過韶
州南華望韶石英州碧落洞作詩　九月十三日遊廣
州清遠峽山寺舟中寄耘老顧秀才談惠風物浴日亭
蒲澗寺發廣州等詩二十六日艤舟泊頭肩輿于羅浮
山入寶積寺禮天竺瑞像作羅浮題名及游羅浮示過
詩　十月二日到惠州寓合江樓作詩十三日與程鄉
令侯晉叔歸善簿譚汲游大雲寺野飲萬家春於松下
設松黃湯作浣溪沙十八日遷于嘉祐寺松風亭作詩
二十日作思無邪齋銘食檳榔作詩　十一月作自笑戲

朝雲詩二十六日松風亭下梅花盛開作詩造桂酒成詩詹守見和復次韻　十二月十二日與過游白水山佛跡院浴於湯池作記并詩和詹守攜酒見過詩

紹聖二年乙亥先生六十歲

公在惠州　正月十日寄鄧道士詩十二日跋王六軍斫鱠圖及遠近景圖十三日書東皋子傳後上元夜作詩有曰前年侍玉輦端門萬枝燈又曰去年中山守老病亦宵興今年江海上雲房託山僧亦復舉膏火松間見層層十六日飲嘉祐寺野人家作詩二十四日和過羅浮栖禪韻寄邁迨二十六日林媪家雜花開作詩三月四日再遊佛跡巖歸臥既覺聞過誦淵明歸田園居詩六首乃悉次其韻始予在廣陵和飲酒詩二十首今復為此要當盡和其詩乃已爾　九月書外曾祖程公逸

事十三日書桂酒頌後云僕眼五十後頗昏今復瞭然
天意復令見子由與平生故人耶十九日遷居合江樓
二十九日攜酒魚過詹史君食槐葉冷淘作詩　四月
十一日初食荔枝作詩十三日再書五十年前所作梁
處士緑筠亭詩　五月二十七日作虔州崇慶院藏經
記　六月九日書柳子厚大鑒禪師碑陰十二日酒醒
步月作詩　十九日跋大鑒碑尾　八月一日書金光
明經後二十七日書養生説　九月和淵明貧士詩七
首又作江水詩以殘夜水明樓爲韻　十一月一日菊
花始開和淵明己酉歲重九詩九日夜夢論神仙道術
作詩　是年與陳季常書略云自當塗聞命便遣還骨
肉陽羨獨與幼子過及老雲并二庖婢過嶺到惠將半
年風土食物不惡吏民相得甚厚孔子云雖蠻貊之邦

行矣豈欺我哉與徐得之書云到惠已半年凡百粗遣既習其水土風氣絶俗息念之外浩然無疑殊覺安健也與吳子野次韻等詩

紹聖三年丙子先生六十一歲

公在惠州作新年詩　二月八日過逍遥堂作詩二十一日飲醉食飽默坐思無邪齋兀然如睡既覺和淵明東方有一士詩　三月二日卓契順至惠州以諸子書來得書徑還問其所求荅曰契順惟無所求而後來惠州若有所求當走都下矣苦問不已乃曰昔蔡明遠鄱陽一校耳顔魯公絶糧江淮之間明遠載米以賙之魯公憐其意遺以尺書天下至今知有明遠也今契順雖無米與公然區區萬里之勤儻可以援明遠之例得數字乎公爲書淵明歸去來詞以遺之五日作祭寶月大

師文　四月八日卜新居五月十七日作詩示過二十日
復歸于嘉祐寺時卜新居于白鶴峯作遷居詩又和淵
明移居詩　五月二十七日過水西買筆作詩　六月
作東西新橋詩　七月五日朝雲亡作悼朝雲詩遯朝
雲所生八月三日葬於栖禪寺之東麓爲亭名六如作
銘　重九作詩曰三年瘴海上越嶠真我家登山作重
九蠻菊秋未花又補龍山文　十一月二十日記野吏亭
十二月十一日記吴子野所示李承晏墨　二十五日
酒盡米竭和淵明歲暮和張常侍詩有曰我年六十一
頹景薄西山
紹聖四年丁丑　先生六十二歲
正月六日題劉景文詩後　三月十四日白鶴新居成
自嘉祐寺遷入和淵明時運詩又作三馬圖賛新居欲

成過翟秀才循惠二守相會二守訪新居新居鑿井二十九日作詩　四月被命責授瓊州别駕昌化軍安置太守方子容自攜告身來且曰此固前定乎無恨吾妻沈素事泗洲僧伽謹甚一夕夢和尚告别問所往荅云當與蘇子瞻同行七十二日當有命令適七十二日豈非前定乎吾謫海南子由雷州被命即行了不相知至梧聞其尚在藤旦夕當追及作詩示之　五月十一日與子由相遇於藤同行至雷作雷州詩　六月十一日與子由相别渡海和淵明止酒詩行瓊儋間坐睡夢中得句作詩過海得邁書酒作詩　七月至儋州作儋耳詩十三日作夜夢詩敘云至儋十餘日矣初僦官舍居之有司猶謂不可買地築室三間於城之南士人畚土運甓助之飲鹹食腥陵暴颶霧人不堪其憂公恬然著書

爲樂
元符元年戊寅先生六十三歲
公在儋州　上元過赴使君召獨坐有感作詩二十三日書淵明形影神詩付過仍和其韻　上巳日與老符飲作詩十五日作衆妙堂記二十日祭妹夫承議柳仲遠作文　五月望造真一酒成拜奠北斗作朝斗記及詩歌　七月十六日跋淵明祭文後　九月七日書温嶠問郭文語八日和淵明九日閑居詩　九日次韻魯直食筍詩　冬至日書阮籍傳後與諸生飲用過韻
元符二年己卯先生六十四歲
公在儋州　立春日作減字木蘭花　四月十五日作十八羅漢贊中元日書跋　九月二十日嘉魚亭下作送邵進士詩　十二月十七日夜坐達曉作詩二十八日

記所作墨　是年和淵明與殷晉安別王撫軍座上送客荅龐參軍三詩送昌化軍使張中又作謫居三適家貧淨掃地夜燒松明萬安守約遊岑公洞等詩

元符三年庚辰先生六十五歲

徽宗即位　正月朔記養黃中曰歲次庚辰朔日戊辰是日辰時則丙辰也三辰一戊四土會焉丙土母而庚其子也土之富未有過於斯時吾當以斯時肇養黃中之法又曰非謫居嶺外安得此慶耶又曰十二日天門冬酒熟上元追和戊寅韻作詩　二月二十日書黎子雲道唐村老人言過黎君郊居詩　三月清明日聞過誦書聲節閑美感念少時悵然追懷先君宮師之遺意且念淮德二幼孫無以自遣乃和淵明酬郭主簿詩七日書王光禄送行詩後十五日書柳子厚牛賦後是月放魚於

城北作記　五月被命移廉州安置作峻靈王伏波將軍
廟碑　六月十七日過瓊州作惠通井記太守陸公乞瓊
山泉上之亭名與詩名之曰洞酌作詩又澄邁驛通潮
閣烏觜泗濟　二十日渡海作詩二十五日與秦少游
相別於海康作自雷適廉夜雨宿淨行院廉州龍眼留
別廉守合浦愈上人等詩　七月四日記渡合浦曰予自
海康適合浦連日大雨橋梁盡壞水無津涯自興廉淨
行院下乘小舟至官寨聞自此而西皆漲水無復橋船
或勸乘蜒舟並海即白石是年六月晦無月碇宿大海
中天水相連星河滿天起坐四顧太息曰吾何數乘此
險也既濟徐聞復厄於此乎所撰易書論語皆以自隨
而世未有別書拊之而歎曰天未欲喪是也吾儕必濟
八月二十二日書臞仙帖二十四日題合浦清樂軒是月

被命授舒州團練副使永州安置二十八日劉幾仲餞飲作瓶笙詩欝林次韻王守滕州江下對月將至廣寄邁追和廣倅作詩　十月十四日過清遠寶林寺頌禪月十八羅漢　十一月十五日吳子野輩追餞於廣慶寺贈子野詩　是月被命復朝奉郎提舉成都府玉局觀在外軍州任便居住　十二月十九日書南華重辯長老逸事次韻韶守狄韶倅李狄守東坡羹　伯固南華相待作詩

建中靖國元年辛巳 先生六十六歳

正月朔作九成臺銘又作南華題名記五日過南安法椽吳君示昔所作石鍾山記復題其後又作至南安詩九日作南安常樂院法藏銘再過欝孤臺和前韻又與虔守霍倅許南禪湜老唱和詩又作鍾子翼哀詞又贈孫志舉呂倚次韻江晦叔等詩　二月八日過龍光求竹作肩

興作詩　三月一日書宗人養直詩後四日作南安軍學記寒食與劉器之遊南塔寂照堂戲器之同訪玉版師發虔至永和清都觀留別王子直等詩過湖口九華石已爲好事者取去和前韻　四月四日艤舟吳城山順濟王祠下得石砮作記八日艤舟豫章彭蠡之間　五月一日舟行至金陵作崇因院觀音頌次韻清涼老詩是月至常州睡起聞米元章到東園送麥門冬飲作詩六月以疾告老于朝以本官致仕　七月疾頗革折簡錢世雄云昨夕齒中出血如蚯蚓者無數若專是熱毒根源不淺即令諸藥盡却惟取人參茯苓麥門冬瀹湯渴即飲之莊生云在宥天下未聞治天下也三物可謂在宥矣此而不愈則天也徑山老惟琳來說偈苔曰與君皆丙子各已三萬日一日一千偈電往那能詰大患緣

有身無身則無疾平生笑摩什神呪真浪出琳問神呪事索筆書昔鳩摩羅什病亟出西域神呪三番令弟子誦以免難不及事而終併出一帖云某嶺海萬里不死而歸宿田里有不起之憂非命也耶盖絶筆於此後二日殆將屬纊而聞觀先離琳叩耳大聲云端明宜勿忘西方不無但箇裏著不得世雄云固先生平時履踐至此更須着力曰着力即差語絶而逝二十八日公薨享年六十六崇寧元年閏六月邁葬公于汝州郟城縣鈞臺鄉上瑞里嵩陽峨眉山遵公治命也

公自齠齓知讀書始入鄉校便有大志及游場屋為名進士試館閣應制科皆中高等臨事以正不能與時卷舒而名益重天下翕然宗師之平生出處遊歷悲歡感歎一寓於詩與其雜著其文集行於世者不但東坡集與後集又有蘭

臺毗陵備成大全者矣其間詩文顛倒錯亂不可勝紀覽者病焉汴陽段仲謀編爲行紀清源黄徳粹撰爲系譜一則擇焉而不精一則語焉而不詳予於暇日因二家之述徧訪公之文集採其標題與其歳月芟夷繁亂翦截浮辭而質諸名士大夫以求其當足以觀公官游窮達之節吟詠著作之時名之曰東坡紀年録又將因此而類公之詩文使成次序固有志焉姑少俟之

東坡紀年録

百家註東坡先生詩門類

紀行　述懷　詠史　懷古
古跡　時事　宮殿　省宇
陵廟　墳塋　居室　堂宇
城郭　壁塢　田圃　宗族
婦女　仙道　釋老　寺觀
塔　節序　夢　月
星河　雨雪　風雷　山岳
江河　湖　泉石　溪潭
池沼　舟楫　橋梁　樓閣
亭榭　園林　果實　燕飲

試選　書畫　筆墨　硯
音樂　器用　燈燭　食物
酒　茶　禽鳥　獸
虫　魚　竹　木
花　菓　菌蕈　投贈
戲贈　簡寄　懷舊　尋訪
酬荅　惠貺　送别　留别
慶賀　遊賞　射獵　題詠
醫藥　卜相　傷悼　絶句
歌　行　雜賦

百家註東坡先生詩門類

王狀元集百家注分類東坡先生詩目録

前禮部尚書端明殿學士兼侍讀學士贈太師謚文忠公蘇　軾

第一卷

紀行

詩九十一首

卷之二

述懷

詩六首

時事

陵廟

詩四首

墳塋

詩三首

居室

詩十四首

堂宇

詩四十一首

卷之四

城郭

仙道

詩十六首

釋老上

詩四十首

卷之五

釋老下

詩十六首

寺觀

卷之六

塔

詩四首

游靈隱高峯塔　　　　　　　　　　　　磊原塔

節序

詩四十三首

四時詞四首　　　　　　　　　　　　新年五首

次韻楊褒早春　　　　　　　　　　　次韻元日立春三首

元日次韻張子野見和七夕

元日過丹陽寄魯元翰　　　　　　　　次韻劉景文路分上元

次韻曾仲錫元日見寄　　　　　　　　上元夜

上元夜過赴儋守召獨坐有感

追和戊寅上元　　　　　　　　　　　元夕夜遊

春日　　　　　　　　　　　　　　　和子由寒食

寒食雨二首　　　　　　　　　　　　送春

三月二十九日二首　　　　　　　　　首夏官舍即事

夢

詩十首

卷之七

雨雪

詩四十六首

風雷

詩八首

山岳

詩三十六首

卷之八
江河
詩十首

泉石

詩三十一首

卷之九
池沼
詩三首

舟楫
詩二首

橋梁

詩三首

樓閣

詩二十七首

亭榭

卷之十

園林

詩五十七首

果實

詩九首

燕飲上

詩二十七首

卷之十一

燕飲下

詩十七首

與莫同年雨中飲湖上

次韻詹適宣德小飲巽亭

次韻劉景文西湖席上　次韻督兩歐陽破陳酒戒

勸陳履復常飲　以病在告獨酌

獨酌試藥玉滑盞有懷諸君子

竹間亭小酌懷叔弼季默

次韻張朝奉仍招晚飲　次韻錢穆父會飲

立春日小集戲李端叔　用過韻冬至與諸生飲

小飲公謹舟中　與閑山居士小飲

試選

詩八首

監試呈諸試官　試院煎茶

催試官考較戲作　復登望海樓和前韻五首

書畫上

詩六十三首

和子由論書　和人求筆跡

過廣愛寺三首

荅李頎秀才以畫山見寄

柳氏二外甥求筆跡二首

贈寫真何充秀才　次韻周邠鴈蕩山圖二首

書韓幹牧馬圖　章質夫寄惠崔徽真

韓幹十四馬　贈寫　御容妙善師

續麗人行

鮮于子駿見遺吳道子畫

李思訓畫長江絶島圖

陳季常所蓄朱陳嫁娶圖

卷之十二

書畫下

詩五十一首

音樂

詩十一首

卷之十三

器用

詩十首

次韻柳子玉二首 地炉 紙帳

荅胡穆秀才遺古銅器

無錫道中賦水車 以雙刀遺子由有詩次韻

鐵拄杖

觀杭州鈐轄歐育刀劍戰袍

送竹几與謝秀才 狄詠石屏

和張耒高麗松扇

燈燭

詩三首

祥符寺九曲觀燈

上元過祥符僧房無燈火

次韻潁叔觀燈

食物

詩五首

和黄魯直食筍次韻

携白酒鱸魚過詹史君食冷淘

狄韶州煑蔓菁蘆菔羮

玉糝羮

山中筍出戲語器之同參玉板長老

酒

詩十二首

薄薄酒二首

送碧香酒與趙明叔教授

趙既見和復次韻荅之

趙往莒縣還以一壷遺之

茶

詩十二首

卷之十四

花

詩七十九首

戲贈

簡寄

詩五十九首

懷舊上

詩二十三首

卷之十七

懷舊下

詩十三首

尋訪
詩十七首

酬荅上
詩五十九首

第十八卷

酬荅中

詩九十一首

第十九卷

酬荅下

詩一百四十三首

次韻定國見寄
和錢穆父蔣潁叔王仲至四首　見寄西湖月下聽琴
見和仇池　玉津園　籍田
次天字韻荅岑巖起　次秦少游韻贈姚安世
次丹元姚先生韻
次韻王晉卿奉詔押高麗燕射
次韻丹元子　次韻聰上人見寄
次韻王雄州還朝留別
詹守携酒見過用前韻和之
荅周循州　次韻惠循二守相會
又次韻二守同訪新居二首
循守臨行出小鬟復用前韻
次韻贈吳子野先生二絶　次韻王鬱林

卷之二十

惠貺

詩三十五首

送筍芍藥與公擇二首　丁公默送蝤蛑
次韻關令送魚　送牛尾狸與徐使君
次韻樂著作送酒　徐使君分新火
酴醿花菩薩泉二首　次韻周穜惠石掉
謝陳季常惠一揞巾
除夜黄師是送酥酒二首
章錢二君見和復次韻荅之二首
次韻趙令鑠惠酒　杜介送魚
次韻宋肇惠澄心紙二首
次韻王晉卿惠花栽

送別上

詩三十九首

卷之三十一

送別中

詩七十五首

送別下

詩五十六首

留别

詩十四首

慶賀

詩十五首

卷之二十三

遊賞

詩五十六首

射獵

詩五首

將官雷勝得過字代作

題詠上

詩三十二首

題南溪竹上小詩　和所乘船上小詩八首

寶山晝睡　孤山二詠 栢堂　竹閣

跋李留臺與二錢唱和四絕句

書雙竹湛師房二首　寶山新開徑

俞康直郎中所居四詠 退圃　逸堂　遯軒　遠樓

戲書吳江三賢畫像三首 范蠡　張翰　陸龜蒙

青牛嶺小寺人迹罕到　留題董儲郎中故居

和孔周翰二絕 再觀邸園留題　觀淨觀堂効韋蘇州

遊戲馬臺二首

卷之二十四

王狀元集百家注分類東坡先生詩目録終

王狀元集百家注分類東坡先生詩卷之一

前禮部尚書端明殿學士兼侍讀學士贈太師謚文忠公蘇　軾

紀行

詩九十二首

壬寅二月有　詔令郡吏分往屬縣減決囚禁自十三日受命出府至寶雞虢郿盩厔四縣既畢事因朝謁太平宮而宿於南溪溪堂遂並南山而西至樓觀大秦寺延生觀仙遊潭十九日乃歸作詩五百言以記凡所經歷者寄子由（趙次公曰壬寅嘉祐七年也鳳翔有十縣曰天興曰岐山曰扶風曰盩厔曰郿曰寶雞曰虢曰麟遊曰普潤曰好時故有詔減決囚禁則令郡吏分往屬縣而先生所得則寶雞虢郿盩厔四縣也十朋曰按年譜嘉祐七年壬寅先生年二十七在鳳翔任二月奉詔決囚故有詩）

遠人罹水旱王命釋俘囚分縣傳明詔（次公曰前漢書[illegible]發德音下明詔）循山[illegible]得勝遊（趙次公曰溫飛卿詩承平[illegible]勝遊[illegible]曰）

郭瞭蕭[illegible]汴[illegible]師[illegible]陶潛云[illegible]以消憂[illegible]蒲

來孤鎮登臨憶武侯【注續】曰鎮即武成鎮也俗謂之石鼻寨孔明所築蓋其鎮在寶雞東相傳孔明嘗屯[illegible]於陳倉築此城以拒魏兵也崢嶸依絕壁【次公】曰選有南北崢嶸刻削崢嶸又詩云晨策尋絕壁蒼茫瞰

奔流【次公】曰蒼茫兩字古人用之皆是平聲而先生所用乃是仄聲蒼字廣韻音麄朗而茫字上聲之莽去聲之漭皆不收不知先生用之所出以竢博聞半夜人呼急橫空火氣浮天遙殊不辨風急已難

收曉入陳倉縣【續】曰陳倉秦漢舊縣唐改爲寶雞【次公】曰前漢地理志係之右扶風即鳳翔府矣地志載三秦記云陳倉以山得名山有石雞與山雞不別趙高燒山山雞飛去而石雞不去晨鳴山頭聞三十里蓋玉雞也自唐至德二載更名寶雞猶餘

賣酒樓煙煤已狼籍【次公】曰史記盃盤狼籍吏卒尚呀咻【公自注】曰十三日宿武成鎮即俗所謂石鼻寨也云孔明所築是夜二鼓寶雞火作相去三十里而見於武成雞嶺雲霞古龍宮殿宇幽【公自注】曰縣有雞爪峯龍宮寺【師】曰雞爪峯在寶雞之東秦文公獲若石云于陳倉北阪城祠之其神從東方來光輝若雄雉雊雉集于祠城其聲殷殷野雞皆鳴秦因立寶雞祠雞爪峯蓋以此得名南山連大散【李厚】曰縣南乃大散關秦蜀通途【任】曰大散關在寶雞縣南歸路走吾州【次公】曰指言蜀中也韓退之赴江陵詩胡爲首歸路（走）音奏漢書文帝指示慎夫人新豐道曰此走邯鄲道也欲往安能遂將還爲少留【次公】曰易云不能進不能遂楚辭云曾何足以少留已上蓋述在寶

雜事也

回趨西虢道［續］曰西虢虢叔所封平王東遷虢徙上陽故謂之南虢　却渡小河洲聞道磻溪石猶存渭水頭蒼崖雖有跡大鈞本無鈎［自注］十四日自寶雞行至虢聞太公磻溪石在縣東南十八里猶有投竿跪餌兩膝所著之處［師］曰太公以直鈎鈎盧仝詩人鈎曲我鈎直嗟哉我鈎又無食［晁錫］曰楚辭曰以直針而爲鈎兮又何魚之能得蓋古人所釣其意不在魚耳若任公之釣其幾是乎　東去過鄠塢孤城象漢劉［自注］十五日至鄠縣有董卓城象長安俗謂之小長安［續］曰董卓築塢於鄠號萬歲塢　誰言董公健［續］曰按卓傳卓議廢立袁紹勃然曰天下健者何必董公　竟復伍孚讎［李厚］曰越騎校尉伍孚忿卓凶毒懷佩刀刺之不中左右執孚孚大言曰恨不得磔裂姦賊於都市　白刃俄生肘［師］曰王允與呂布謀誅卓令李肅以戟刺之衷甲不入卓驚呼布所在布曰有詔遂殺卓［次公］曰生肘字諸葛亮所謂變生於肘腋之下言布嘗與卓結爲父子而卒殺卓也［黃魯直］曰潘子真詩話補遺曰杜詩當知肘腋事自及樂鏡徒肘腋是趙滅智伯事　黃金謾似丘［師］曰卓鄠塢中珍藏有金二三萬斤銀八九萬斤錦綺積如丘山　平生聞太白［續］曰太白山在武功縣諺云武功太白去天三百言其高也乃往鄠縣之道［謝無逸］曰[illegible]一太白山祠堂碑云雍州西南界于梁其山曰太白［洪駒父］曰三十六洞天記第十一太白山洞周回五百里鬼谷子於此授蘇[illegible]國之術祠廟壇在長安　一見駐行騶鼓角誰能試風雷果致不出[illegible]已亥　絕冰雪更凋瘦［次公］曰選賦[illegible]校

懶方睡餅罐小容僧 小相傳云軍行鳴[illegible]

上有湫甚靈以今歲旱方議取之 次公 曰偷字韻蓋方言取湫水謂偷湫也 洪龜父 曰莊列御寇篇河上有子得珠其父曰珠在驪龍頷下

子能得珠者必遭其睡也 錫曰 北夢鎖言江南沿江多芦荻冬月縱火焚多燒起睡龍 二曲林泉勝 次公 曰此下皆是述

盩厔縣事也西京賦右極盩厔并卷酆鄠之下李善注云盩厔山名寰宇記長安志皆云山曲曰盩水曲曰厔故今云二曲也 三川

氣象佯 續曰 古謂伊洛河為三川唐以劍南東西及山南西道為三川 堯卿 曰退之詩氣象難比佯 近山麰麥

早臨水竹篁脩 自注 十六日至盩厔以近山地美氣候昳早縣有官竹園十數里不絕 先帝膺符命

次公 曰此下一段專言翊聖將軍事先帝謂太宗皇帝也揚雄傳爰清淨作符命 行宮畫冕旒 次公 曰玉藻天子之冕藻

十有二旒 侍臣簪武弁女樂抱箜篌 次公 曰箜篌之制二十三絃李賀箜篌引云二十三絲動紫皇

也釋名曰箜篌師延所作 堯卿 曰論語云齊人饋女樂又左傳晉悼公賜魏絳女樂二八釋名曰箜篌師涓所作靡靡之樂蓋空國之侯淫聲

也史記今上祠太一后土用樂作箜篌漢書禱祠太一后土作坎侯應劭注使樂人侯調作之服其聲坎坎應節因以其姓號名作坎侯蘇林

注作箜篌續漢紀靈帝好胡舞作箜篌數說不同要之皆非雅聲也 陳無己 曰許彥周云箜篌壯如張箕摽手摘絃出聲 潘邠老 曰盧仝詩云

捲卻羅袖彈箜篌 祕殿開金鑰神人控玉虯 堯卿 曰司馬相如賦曰乘鏤象六玉虯 黑衣橫

巨劒被髮凜雙眸 自注 十七日寒食自盩厔東南行二十餘里謁太平宮二聖御容此宮乃太宗皇帝時有

神降於道士張守真以告受命之符所爲立也神封翊聖將軍有殺【[illegible]】
【師】曰翊聖保德真君傳云乾德中太宗皇帝在晉邸頗聞靈應遣
近侍致醮太祖皇帝設醮於建隆觀真君降言曰吾乃高天大聖玉
帝輔臣降衛宋朝社稷來定遐長基業凡百餘言【補注】曰劉壽曰翊
聖像皆被髮跣足仗劍擾龍祖承舊矣**邂逅逢佳士**【大公】曰詩邂逅相遇杜詩必逢佳士亦寫真**相將弄**
綵舟【大公】曰選詩交頭轉相將**投篙披綠荇濯足亂清湍**【大公】曰孟子云濯斯濯足韓退
之云清湍洪汚渠**晚宿南溪上森如水國秋遶湖栽翠密終夜響颼**
飀【自注】是日與監宮張杲之汎舟南溪遂留宿於溪堂【堯卿】曰南溪之上遶湖松竹翠密成林廣雅曰小風曰颼凉風曰飀孟郊詩云颼飀
卧汰又云不枯亦颼飀並退之聯句**冒曉窮幽邃操戈畏炳彪**【自注】十八日循終南而西縣尉以甲卒見
送或云近官竹園往往有虎【大公】曰炳虎以言虎則揚子云大人虎變其文炳也說文云虎文曰彪**廿生猶有宅**【十朋】曰本
篇公自注云崇聖觀謂樓觀乃尹喜舊宅也**老氏舊停輈**【厚】曰尹喜爲函谷關令尹候氣知真人西遊當過此老子
乘青牛薄板車出關喜曰子將隱矣爲我著書乃授道德經**問道遺蹤在登山往事悲亂歸**
汗漫【續】曰列子馭風而行淮南子曰有若士者謂盧敖曰子處矣吾與汗漫期於九垓之上**閱世似蜉蝣**【厚】曰郭璞
詩借問蜉蝣輩寧知龜鶴年【大公】曰劉禹錫云閱世蜉蝣流【堯卿】曰樂天云長生無得者舉世如蜉蝣**羽谷知人意**一[illegible]
琴繫馬鞦不辭山下[illegible]之年咆鳥呦【堯卿】曰[illegible]注云[illegible]太平[illegible]今見

寺作鹿鳴之引乃去□□白詩云明□馬上繫琴來以琴繫於馬轍之上故云帝子傳聞□【□公】曰帝□先生本注唐
真公主也帝子指言天子之女九歌於湘夫人云帝子降兮北渚言堯
之女也【堯卿】曰唐睿宗□女字持盈始封長昌縣主俄進號上清元都
大洞三景師天寶三年上言曰妾高宗之孫睿宗之女陛下之女弟於
天下不爲賤何必名係主號貧湯沐然後爲貴請入數百家之產延十
年之命帝許之與金仙公主皆爲道士【林子仁】曰青城山記
真公主肅宗之姑也築室丈人觀玉真金仙二公主□真公□在巖堂
髣像緱【大公】曰女仙列傳載西王母姓緱其所居有玄碧之堂【師】曰周靈王太子晉乘白鶴於緱氏山巔舉手謝時人而去其地
即今河南緱氏縣會稽緱嶺也輕風幃幔卷落日髻鬟愁【大公】曰此以狀玉真遺迹之景而追傷之
也入谷音浴驚蒙密登坡費挽樓【大公】曰選詩有遵渚攀蒙密挽樓一義樓亦挽也孟子謂樓東家之
處子之樓亂峯攙似槊【洪玉父】曰唐王建溫門山詩天曉入溫門山羣峯亂如戟一水淡如油【堯卿】曰樂
天詩噴時千點雨澄處一泓油中使何年到金龍自古投【大公】曰此言朝廷遣內官投金龍於潭以祈禱
者也自唐以來謂之中使杜詩云中使日繼夜【韓□】曰東齋記事道家有金龍玉簡學士院撰文具歲中齋醮投於名山洞府金龍以鍮制玉
簡以階石制千重橫翠石【堯卿】曰謝靈運詩云石橫水分流故此用一橫字爲工也百丈見游鯈
【大公】曰鯈者浮陽之魚音紬莊子與惠子遊於濠上鯈魚出游故謂之游鯈【堯卿】曰沈約詩云百丈見游鱗最愛泉鳴洞
初嘗雪入喉滿餅雖可致洗耳歎無由【自注】是日游崇聖觀俗所謂樓觀也乃尹喜舊

宮山府有授經臺尚在遂與張杲之同至大秦寺早食而別有太一宮道士趙宗有抱琴見送至寺作鹿鳴之引乃去又西至延生觀觀後上小山有唐玉真公主修道之遺跡下山而西行十數里南入黑水谷谷中有潭名仙遊潭上有寺三倚峻峯面清溪樹林深翠怪石不可勝數潭水以繩縋石數百尺不得其底以瓦礫投之翔揚徐下食頃乃不見其清澈如此遂宿於中興寺寺中有玉女洞洞中有飛泉甚甘明日以泉一瓶歸至郿又明日乃至府　師曰堯聘許由爲九州長由聞耶之洗耳於潁水　十朋曰詳見愛玉女洞中水詩注

忽憶尋蟆培　續曰唐張又新水記言峽州扇子峽石中突而洩水獨清冷石狀如龜頭俗謂蝦蟆石其水煎茶爲第一　次公曰昔先生與子由自眉州鄉里舟行趍京師過峽州蝦蟆培皆有詩見南行集　謝幼槃曰黃魯直豐南題名云蝦蟆培從舟中望之頤頷口吻甚類蝦蟆也尋泉源入洞中石氣清寒流泉出石骨若虬龍吼　方冬脫鹿裘　師曰東漢虞延傳晏子輔齊鹿裘不不完晏子布衣鹿裘以朝公曰夫子之家若此其貧也奚衣之惡也　山川良甚似水石亦堪[illegible]　惟有泉傍飲無人自獻酬　自注昔與子由遊蟆培時方冬洞中溫溫如二三月　次公曰先生與子由尋蟆培時必同飲其傍今日山川雖似水石雖佳而子由不在焉無人云寂寞所以傷之也

太白山下早行至橫渠鎮書崇壽院壁　次公曰此篇并第五卷樓觀篇乃先生自敍記事之外所專賦也　十朋曰太白山見前詩注

馬上續殘夢不知朝已昇亂山橫翠障落月淡孤燈奔

傾鄆吏安陶愧老僧再遊應眷眷聊亦寄吾曾【次公】曰[illegible]字韻如韓詩

虬兩未曾

二十六日五更起行至磻溪未明【任曰】嘉祐七年先生在鳳翔作

夜入磻溪如入峽，照山炬火落驚猿。山頭孤月耿猶在，石上寒波曉更喧。至人舊隱白雲合，【次公】曰至人舊隱以[illegible]公也 神物已化遺蹤蜿。【次公】曰神物言龍蟠溪有龍所以於此地禱雨也 安得夢隨霹靂駕，【縯】曰酉陽雜俎李鄘在北都介休一百姓送解牒上晉祠宇下夜有人叩門云介休王暫借霹靂車至介休收麥良久數人共持一物如撞上綴旗幡其幡凡十八葉有光如電以授之次日介休大雷雨損麥千餘頃也 馬上傾倒天瓢翻。【次公】曰意用李靖爲客嘗夜投宿一巨宅有老婦延之中夜叩戶甚迅婦變色曰天符至矣實告靖曰老婦龍也二子俱出今天命行雨欲煩一行即以一竿使跨之以一瓢與之曰跨此所至以楊枝灑瓢水則雨也此詩意主禱雨故用此又韓詩云舉瓢酌天漿【縯】曰李衛公微時路迷宿龍宮龍宮夫人夜半請行雨命請乘器乃一小瓶子繫於鞍前戒曰馬躩地輒鳴即以瓶中水一滴滴馬鬃上慎勿多也既而雷電掣雲間見所憩村連下三十餘滴既歸夫人曰此一滴水乃地上三尺此村夜半平地水深三丈【堯卿】曰黃帝陰符經後序云少室山李筌入秦至驪山逢老母因袖中出一瓢令筌取水筌即攜往澗中盛水其瓢忽重百餘斤力不能舉便沉於泉遂不見不得所謂天瓢殆此類也

是日自磻溪往陽平憩於麻田青峯寺之下院翠

麓亭

不到峯前寺空來渭上村此亭聊可喜脩徑豈辭捫谷映朱欄秀山含古木尊路窮驚石斷林缺見河奔馬困嘶青草僧留薦晚飧我來秋日午旱久石牀温安得雲如蓋次公隋孔範賦白雲抱幽石詩云白雲浮遠蓋飄颻遶石飛董思恭詠雲帝鄉白雲起飛蓋上天衢師曰三水小牘唐皇甫枚撰云安定郡有崆陽峯峯上有池若雨則雲起池中若車蓋然故里諺曰崆山張蓋雨霶霈能令雨瀉盆師曰杜詩白帝城頭雲若屯白帝城下雨翻盆共看山下稻涼葉晚翻翻

二十七日自陽平至斜谷宿於南山中蟠龍寺

橫槎晚渡碧澗口次公曰謝靈運詩銅陵映碧澗杜詩不省芹碧澗羹騎馬夜入南山谷一作浴谷中暗水響瀧瀧嶺上疎星明煜煜寺藏嵒底千萬仞路轉山腰三百曲風生饑虎嘯空林月黑驚麏竄脩竹入門突兀見深殿次公曰杜甫宿贊上人房詩夜深殿突兀風動金琅璫照佛青熒有殘燭

媿無酒食待遊人旋斫杉松煑溪蔌板閣獨眠驚旅枕木魚曉動隨僧粥起觀萬瓦鬱參差目亂山巖散紅綠門前商賈負椒荈山後咫尺連巴蜀何時歸耕江上田一夜心逐南飛鵠

是日至下馬磧憩於北山僧舍有閣曰懷賢南直斜谷西臨五丈原諸葛孔明所從出師也

南望斜谷口三山如犬牙西觀五丈原鬱屈如長虵次公曰按長安志引水經注曰斜水北歷斜谷過五丈原亦謂之武功水又曰武功盖在渭水南郿縣地是今先生禱雨於虢縣之磻溪故所經由望見郿縣之五丈原堯卿曰唐李筌曰營壘三法據山憑岡如蟠龍走蛇有懷諸葛公萬騎出漢巴縯曰按蜀志建興十二年諸葛亮悉大衆由斜谷出以流馬運據武功五丈原與司馬仲達對於渭南分兵屯田爲久駐之基吏士寂如水蕭蕭聞馬檛次公曰詩蕭蕭馬鳴公才與曹丕豈止十倍加厚曰諸葛亮傳先主病篤召亮謂曰君才十倍曹丕必能安國家定大事顧瞻三輔間希聲曰三輔黃圖曰三輔治所京兆在故城内尚冠里馮翊在故城内太上皇廟西南扶風在夕陽街北三輔者謂主爵中尉及左右内史漢武帝改曰京兆尹左馮翊右扶風共治長安

城中是爲三輔後漢光武之後扶風出治槐里馮翊出治高陵勢若風卷沙次公曰[illegible]争台詩颯颯風卷沙一朝長星墜[illegible]曰亮傳注載晉陽秋曰有星赤而芒角自東北西南流投于亮營俄而亮卒竟使蜀婦髽厚曰記曰婦人髽而弔也自敗於狐駘始也蓋魯臧紇敗于狐駘國人逆喪者皆髽次公曰言縁亮之死將遂敗亡而蜀士卒之妻服其夫之喪而髽山僧豈知此一室老煙霞孫倬曰秦系詩曰逸妻相共老煙霞往事逐煙散故山依渭斜次公曰按長安志引水經曰渭水經行武功縣北則渭在此矣客來空弔古張載曰唐李華有弔古戰場文清淚落悲笳胡仔曰杜詩客淚墮悲笳

往富陽新城李節推先行三日留風水洞見待江曰按富陽縣圖經云縣管十鄉前地理志秦分三十六郡富春屬會稽漢哀帝封河間孝王爲子元爲富春侯晉武帝太元中避簡文鄭太后諱改曰富陽

春山磔磔鳴春禽此間不可無我吟路長漫漫傍江浦此間不可無君語金鯽池邊不見君夏曰按先生詩話云舊讀蘇子美六和塔詩松橋待金鯽竟日獨遲留初不喻此語及倅錢塘乃知寺後池中有此魚如金色也昨日復遊池上投餅餌乃略出不食復入則此魚自珍貴蓋久矣晁曰按圖經開化寺開寶三年建從智曇即此建六和塔金魚池在寺後山間水底有金鯽魚追君直過定山村張孝祥曰按杭

州圖經定山在錢塘舊治之西南四十七里[楊符]太平寰宇記云定山突出浙江數百丈路人皆言君未遠騎馬少年清且婉風巖水穴舊聞名只隔山溪夜不行溪橋曉溜浮梅萼知君繫馬巖花落[次公]曰杜詩繫馬林花動出城三日尚逶遲妻孥怪罵歸何時世上小兒誇疾走如君相待今安有曰先生詩案云熙寧七年二月二十七日在杭州遊風水洞留題詩言世上小兒誇疾走意在譏諷世人多務急進不顧大體也

風水洞二首和李節推[高曰]按杭州圖經云洞去錢塘縣舊治五十里在楊村慈巖院洞極大流水不竭洞頂又有一洞清風微出故名曰風水洞白樂天長慶三年秋九月來游觀泉石竹木留詩

風轉鳴空穴泉幽瀉石門虛心聞地籟[縯曰]莊子南郭子綦謂顏成子游曰汝聞人籟而未聞地籟地籟則衆竅是也妄意覓桃源[厚曰]陶潛桃源記晉太元中武陵人捕魚爲業緣溪而行忘路之遠近忽逢桃花林林盡水源便得一山山有小口彷彿若有光便捨舟從口入行數十步豁然開朗土地平曠其中往來種作男女衣着悉如外人自云先世避秦來此停數日辭去既出得其船便指向路處處誌之及郡下詣太守說如此即遣人隨其往遂迷不復得路[十朋]曰桃源事詳見第八卷留題仙遊潭中興寺詩注過客詩難好居僧語不繁歸瓶得冰雪清冷慰文園[縯曰]司馬相如爲孝文園令有消渴之疾也

山前乳水隔塵凡山上仙風舞檜杉細細龍鱗生亂石 任曰郭景純遊仙詩閶闔西南來潛波渙鱗起注云允爲閶闔風水波渙然如魚鱗之起也 團團羊角轉空巖 縯曰羊角風也莊子摶扶搖羊角而上者九萬里 次公曰淮南子言扶搖抮抱羊角而上許慎注云扶搖攀也搖動也抱了戾也扶搖如羊角轉如尚縈行而上也抮讀如軫 馮夷窟宅非梁棟 厚曰馮夷弘農華陰人也服八石得水仙帝錫爲河伯 宋援曰離騷紫貝闕兮魚鱗宮此馮夷窟宅也 御寇車輿謝轡銜 縯曰列子御風而行泠然善也 次公曰楚詞惜往日篇無轡銜而自載 世事漸艱吾欲去永隨二子脫譏讒 厚曰列子師老商氏并伯高子盡二子之道乘風而歸 次公曰蓋言世態可厭欲從馮夷之水居御寇之風馭爲可以脫譏讒先生詩案一項熙寧七年八月望遊風水洞文云世事漸艱吾欲去意謂行新法之後世事日益艱難小人爭進各務譏毀軾度思之不可以合又不可以容故欲弃官卜隱居之地也詩集作吾欲出詩案作欲去從詩案

新城道中二首 王曰按新城縣圖經縣管十二鄉吳大帝黃武五年置東安郡新城屬焉唐高宗永淳元年分富春西境置新城號上縣皇朝仍之拒杭州之西南一百三十三里

東風知我欲山行吹斷簷間積雨聲嶺上晴雲披絮帽 厚曰退之詩晴雲如擘絮 任曰杜牧詩云晴雲似絮惹低空 趙次公曰前周勃傳勃下廷尉太后以冒絮提文帝晉灼曰巴蜀異志謂頭上巾爲冒絮

樹頭初日掛銅鉦厚曰張平子賦右素威以司鉦次公曰銅鉦今所謂鑼也先生日喻前云生而眇者不識日問之或告之曰日之狀如銅盤野桃含笑竹籬短溪柳自搖沙水清西崦人家應最樂次公曰杜牧有西崦人家篇煮葵燒筍餉春耕

身世悠悠我此行溪邊委轡聽溪聲散材畏見搜林斧疲馬思聞卷旆鉦細雨足時茶戶喜亂山深處長官清人間歧路知多少試向桑田問耦耕次公耦耕字即長沮桀溺耦而耕也

過淮任曰按水經注及山海經云淮水出南陽平氏縣桐柏山東過江夏平春縣北又東過新息縣南期思縣北至寧鹿縣南與汝水合

朝離新息縣初亂一水碧暮宿淮南村已渡千山赤麏鼯號古戍霧雨暗破驛回頭梁楚郊水與中原隔黃州在何許想像雲夢澤厚曰雲夢澤在安州安陸縣任曰杜牧之齊安郡詩云雲夢澤南州蓋齊安即黃州而在雲夢澤之南吾生如寄耳初不擇所適但有魚與稻生理已自畢獨喜小兒子少小事安佚相從艱難中肝肺如鐵石同人表曰皮日休桃花賦序云宋廣平正資勁

貝疑其鐵腸石心不解吐婉約 便應愿與晤語何止寄衰疾 [自注] 時家在子由處獨與兒子邁南來

別黃州 [任曰] 先生以元豐三年二月至黃居黃凡五年至是量移汝州蓋元豐七年八月也

病瘡老馬不任鞿 [次公] 曰杜詩云日暮不收烏啄瘡 猶向君王得敝幃 [任曰] 敝帷不棄為埋馬也 [次公] 曰曲禮乃是帷字在之字韻今微字韻中幃字注云單帳也今豈乃單帳之義乎 桑下豈無三宿戀 [厚曰] 後漢襄楷言浮屠不三宿桑下不欲久生恩愛精之至也 樽前聊與一身歸 長腰尚載撐腸米 [次公] 曰楚人云長腰粳米縮項鯿魚言美味也盧仝云惟有撐腸拄腹文字五千卷也 闊領先裁蓋癭衣 [林子仁] 曰韻語陽秋云汝人多苦癭故歐陽公汝癭詩云偏嬬垂瘤盎嫣嬰食卵鷇無由辨有頸有類龜縮殼梅聖俞詩云女漸烏擁襟男大闊裁領 投老江湖終不失 [任曰] 王羲之言王述曰投老可得僕射 來時莫遣故人非

過江夜行武昌山上聞黃州鼓角

清風弄水月銜山 [任曰] 李太白云青山猶銜半邊日 幽人夜渡吳王峴 [任曰] 吳王峴在武昌西山九曲亭下 [任居厚] 曰志林云孫仲謀泛江自樊口鑿山通道歸武昌今猶謂之吳王峴 黃州鼓角亦多情 送我南來不辭遠 江南又聞出塞曲 [次公] 曰晉史劉疇傳曾避亂塢壁賈胡百數欲害之疇無懼色援笳而吹之為出塞入塞之聲以動其游客之思於是群胡皆垂泣而去 半雜江聲作悲健 [illegible]

時將五更鼓江聲悲壯高言萬方聲一槩【縯曰】杜詩鼓角用緣邊郡川原欲夜時萬方聲一槩吾道竟何之鼉憤龍愁爲余變我記江邊枯柳樹未死相逢真識面他年一葉泝江來【次公】曰退之詩共泛青湘一葉舟還吹此曲相迎餞

自興國往筠宿石田驛南二十五里野人舍

溪上青山三百疊快馬輕衫來一抹倚山脩竹有人家橫道清泉知我渴芒鞋竹杖自輕軟蒲薦松牀亦香滑夜深風露滿中庭惟見孤螢自開闔

將至筠先寄遲适遠三猶子【任曰】元豐七年甲子至筠作

露宿風飡六百里【次公】曰風俗通古人草居露宿杜詩風飡江柳下【傅曰】晉文類中詩阻風飡柳下值雨坐蓬牕句法妙絶不知誰詩東坡與魯直讀至此疑杜子美亦法此二句而作也明朝飲馬南來水未見豐盈犀角兒【縯曰】鄭語史伯言幽王惡角犀豐盈而近頑童窮周先逢玉雪王郎子【自注】時道逢王郎於建昌方北行也【縯曰】太平廣記王仙客幼記其舅家舅女曰無雙皆幼稺相狎舅毋常戲呼仙客爲王郎子【次公】曰韓退之馬繼祖墓誌云肌肉玉雪可憐也對牀欲作連夜語【次公】曰公懷遠驛讀韋蘇州詩云那知風雨夜復此對牀眠念汝還

須戴星起夜來夢見小於菟遠小名虎兒傳楚人謂虎於菟任曰左猶是髧髦垂兩耳次公曰詩云髧彼兩髦華岳靈姻傳中雲髻垂耳憶過濟南春未動三子出迎殘雪裏我時移守古河東酒肉淋漓渾舍喜而今憔悴一羸馬逆旅擔夫相汝爾次公曰孔融禰衡爲爾汝交老杜醉時歌云忘形到爾汝出城見我定驚嗟身健窮愁不須耻我爲乃翁留十日掣電一歡何足恃次公掣電言疾也禪家有掣電之機惟當火急作新詩一醉兩翁勝酒美次公曰杜牧之詩酒旗誇酒美

端午游真如遲适遠從子由在酒局

一與子由別却數七端午身隨綵絲繫任曰五月五日以五綵絲繫臂辟兵及鬼令人不病瘟名長命縷心與昌歜苦次公曰昌歜昌蒲也周禮醢人云昌本麋臡注曰昌本昌蒲根切之四寸爲菹藥性論云昌蒲味辛苦今年四馬來佳節日夜數兒童喜我至典衣具雞黍水餅旣懷鄉飯筒仍愍楚厚曰續齊諧記屈原以五月五日投汨羅水而死楚人哀之至此日以竹筒貯飯祭之謂言必一醉使作西川語寧知是官身糟麴困薰

莫（次公曰詩□曲而爲酒官也）猶掛三子出古刹放禪祖高談付梁羅詩律到阿虎歸來一調笑慰此長齟齬（梁羅遲适小名）

正月一日雪中過淮謁客回作二首

十里清淮上長堤轉雪龍冰崖落㱿齒（次公曰㱿齒以狀冰崖上之窠謝靈運着㱿青山上山則去前齒下山則去後齒）風葉亂裘茸（次公曰左傳云狐裘蒙茸一國三公子泉曰杜雪詩隨風且開葉有雨不成花）萬頃穿銀海（次公曰銀海以狀水也先生雪詩云光搖銀海眩生花乃用道書眼爲銀海耳）千尋渡玉峯從來脩月手（縯曰酉陽雜俎云鄭仁本與其中表遊山迷路見一人枕一襆而坐因問之云君知月七寶合成乎常有八萬三千户脩之我其一也因開襆示之有斧斤數事玉屑飯兩裹分遺鄭曰食此可無疾）合在廣寒宮（□曰十州記冬至月伏廣寒之宮養魄於廣寒之池）

攢眉有底恨得句不妨清霽霧開寒谷饑鴉舞雪城橋聲春市散塔影暮淮平（次公曰塔影指僧伽塔也）不用殘燈火船牕夜自明

元豐七年有詔京東淮南築高麗亭館密海二州騷然有逃亡者明年軾過之歎其壯麗留一絕云

簷楹飛舞垣墻外桑柘蕭條斤斧餘盡賜昆邪作奴婢【續】曰前漢汲黯傳匈奴渾邪王來降賈人與市者坐當死者五百餘人黯入請間見武帝曰夫匈奴攻當路塞絕和親中國興兵誅之死傷不可勝計而費以鉅萬百數臣愚以爲陛下得胡人皆以爲奴婢賜從軍死者家鹵獲因以與之以謝天下塞百姓之心今縱不能又以微文殺無知者五百餘人臣竊爲陛下弗取也不知償得此人無

過密州次韻趙明叔喬禹功

先生依舊廣文貧【次公】曰指言趙明叔也先生曩在密州時所謂趙教授者也鄭虔爲廣文館博士當時號之曰鄭廣文杜詩云甲第紛紛厭粱肉廣文先生飯不足老守時遭醉尉嗔【任曰】李廣屏居藍田南山中射獵嘗夜從一騎出從人田間飲還至亭霸陵尉醉呵止廣廣騎曰故李將軍尉曰今將軍尚不得夜行何故也宿廣亭下【次公】曰指言喬禹功也禹功必以別處太守替罷或致仕而歸故以故將軍比之汝輩何曾堪一笑【續曰】杜詩何當官曹清爾輩堪一笑吾儕相對復三人【次公】曰此則先生謂其與趙明叔喬禹功也【伃曰】李白詩舉杯邀明月對影成三人黄雞催曉淒涼曲【厚曰】白樂天醉歌示妓人商玲瓏黄雞丑時鳴白日催年酉前沒白髮驚秋見在身【[illegible]】白樂天初見白髮感秋詩云白髮映朱顏次公曰見在身字牛僧孺詩且對樽前見在身一別膠西舊朋友次公曰膠西、即密州也扁舟歸釣五湖春【次公】曰范蠡泛扁舟游五湖

再過常山和昔年留別詩

傴僂山前叟次公曰左傳正考父一命而僂再命而傴迎我如迎新那知夢幻軀次公曰佛經如夢亦如幻念念非昔人江湖久放浪朝市誰相親却尋泉源去桃花逢避秦任曰陶潛桃源記晉武陵人捕魚忽逢桃花林林盡水源其中有人言先世避秦來此詳見前風水洞詩注

再過超然臺贈太守霍翔卓曰超然臺在密州

昔飲雩泉別常山天寒歲在龍虵間縯曰後漢鄭玄傳玄夢見孔子告之曰起起今年歲在辰來年歲在巳既寤以讖合之知命當終注引北齊劉晝吉玄曰辰為龍巳為虵歲在龍虵賢人嗟堯卿曰公辰年冬末罷知密州正在辰巳之間山中兒童拍手笑次公曰李白襄陽歌曰襄陽小兒齊拍手攔街爭唱白銅鞮傍人借問笑何事笑殺山公醉似泥問我西去何當還十年不赴竹馬約厚曰後漢郭伋行部到西河美稷有兒童數百騎竹馬迎拜且問何日當還伋計日告之既還先期一日止于野亭須期乃入扁舟獨與漁蓑閑重來父老喜在我扶挈老幼相遮攀當時襁褓皆七尺次公曰周禮鄉大夫辨夫家之可任者國中自七尺以及六十野自六尺以及六十有五疏云七尺謂年二十六尺謂年十五許先生離密上二云歲在龍虵間

由辰年至今乙丑元豐八年才十年耳而云强𥘵皆七尺則亦誇言之也而我安得留朱顔次公曰白樂天云又無大藥駐朱顔問今太守為誰歟護羌充國鬢未斑自注翔自言在熙河作也田有功縯曰漢護羌校尉趙充國擊先零上屯田策躬持牛酒勞行役無復杞菊嘲寒慳厚曰先生嘗作後杞菊賦以譏公使庫之險陋超然置酒尋舊迹尚有詩賦鑱堅頑孤雲落日在馬耳次公曰馬耳山在密州先生雪詩云試掃北臺看馬耳照耀金碧開煙鬟邦淇自古北流水援曰水經注邦淇之水出西南常山東北流入潍潍自箕縣北遶東武西北流合邦淇之水漢琅邪有扶縣盖邦與扶同音跳波下瀨鳴玦環顧公談笑作石埭坐使城郭生溪灣

與葉淳老侯敦夫張秉道同相視新河秉道有詩

次韻二首

君不見元帥府前羅萬戟濤頭未順千弩射無已曰吳越備史云梁開平四年武肅王錢氏始築捍海塘在候潮通江門之外潮水晝夜衝激版築不就因命強弩數百以射潮頭又致禱於胥山祠既而潮水避錢塘東擊西陵遂成堤岸至今鳳皇山下路祖謙曰按舊經云鳳凰山在城中[illegible]曰郭璞臨安地記云天目山前兩乳長

龍盤鳳舞到錢塘下有鳳皇門趙抃詩云老來重守鳳皇城長借一箭開兩翼我鑿西湖還舊觀續曰晉書庾翼言王羲之書云煥若神明頓還舊觀一眼已盡西南碧又將回奪浮山險師曰潤州金山寺舊名浮玉山鋭曰按圖經浮山在錢塘舊治東南四十里先生開河奏狀云潮水自海東來勢若雷霆而浮山峙於江中以乱潮水千艘夜下無南北坐陳三策本人謀師曰漢哀帝時賈讓奏言治河有上中下三策見溝洫志惟留一諾待我畫援曰後漢汝南太守范孟博南陽宗資主畫諾老病思歸真暫寓功名如幻終何得從來自笑畫蛇足師曰史記楚世家人有遺其舍人一卮酒者舍人相謂畫地為蛇蛇先成者獨飲之一人舉酒而起曰吾蛇先成吾能為之足人奪之酒而飲之曰蛇固無足今為之足是非蛇也此事何殊食雞肋續曰楊脩曰雞肋食之無所得弃之如可惜憐君嗜好更迂闊得我新詩喜折屐厚曰晉謝安傳玄既破苻堅有驛書至安過戶限心甚喜不覺屐齒之折江湖粗了我逕歸餘事後來當潤色一庵閑卧洞霄宮堯卿曰杭州有洞霄宮井有丹砂水長赤續曰抱朴子曰臨沅縣有廖氏世老壽後移居子孫輒殘折他人居其故宅復累世壽疑其井水赤乃掘井左右得古人埋丹砂數十斛丹汁入井是以飲水而壽荆溪父老愁三害下斬長蛟本無賴師曰晉史周處陽羨人也膂力絶人縱情肆慾州曲

患之自知爲人所惡乃慨然有改勵之志謂父老曰今時和歲豐何苦石不爲樂耶父老歎曰三害未除何樂之有處曰何謂也荅曰南山白額虎長橋下蛟并子爲三矣處曰吾能除之乃入山刺虎投水斬蛟而反鄉里相慶

平生倔強韓退之文字猶爲鰐魚戒

次公韓愈刺史潮州知鰐魚爲害乃爲文戒之鰐乃南徙

石門之役萬金耳首鼠不爲吾已隘江湖開塞古有數兩鵠飛來告成壞

孚曰前漢童謡曰壞陂誰翟子威飯我豆羹芋魁反乎復陂當復誰云者兩黄鵠

勸農使者非常人一言巳破黎民駭上饒史君更超逸

堯卿曰鄱陽郡地名爲上饒

坐睨好山如累塊髯張乃我結襪生

次公曰張釋之傳王生者處士也常召居廷中公卿盡會立王生謂釋之曰爲我結襪釋之跪而結之人或讓王生王生曰吾自度終無益於張廷尉故聊使結襪以重之者帝聞之賢王生而重釋之

詩酒淋漓出狂怪我作水衡生作丞

次公曰水衡與丞事別是一王生乃議曹也教龔遂之謙對上笑拜遂爲水衡都尉王生爲水衡丞或曰此兩王生事而先生併用之豈誤記爲一事耶更俟明識

他日歸朝同此拜

次公曰陳叔達太宗時拜禮部尚書帝曰武德時内難潛搆知公有讜言今之此拜有以相荅

泛潁

我性喜臨水

次公曰宋玉云登山臨水送將歸

得潁意甚奇到官十日來

孚曰

白樂天詩到官來十日覓鏡生二毛 九日河之湄 [次公]曰爾雅水草交曰湄 吏民笑相言使君

老而癡使君實不癡流水有令姿 [次公]曰傳長虞贈何劭王濟詩煌煌發令姿 遶

郡十餘里不駛亦不遲 [厚曰]陶淵明詩不駛亦不遲飄飄吹我衣 上流直而清下

流曲而漪畫船俯明鏡笑問汝爲誰 [次公]曰論語子爲誰 忽然生鱗甲

[厚曰]白樂天詩伊水細浪鱗甲生 亂我須與眉散爲百東坡頃刻復在茲 [洗]曰

傳燈錄良价禪師過水覩影大悟有偈曰我今獨自往處處得逢渠渠今正是我我今不是渠 此豈水薄相與我

相娛嬉聲色與臭味顛倒眩小兒等是兒戲物水中少磷

淄 [次公]曰因言臨水乃論玩水之好賢於聲色臭味之好也 [[illegible]夫]曰語云磨而不磷涅而不淄 趙陳兩歐陽同

參天人師 [次公]曰天人師言佛也趙陳言景貺履常兩歐陽叔弼季默也 觀妙各有得 [厚曰]老子常無欲以

觀其妙 共賦泛潁詩

淮上早發 [曹曰]洞天福地記淮瀆源出南陽桐栢山在唐州桐栢縣龍庭

澹月傾雲曉角哀小風吹水碧鱗開此生定向江湖老默

數淮中十往來

行宿泗閒見徐州張天驥次舊韻

三年三蹋過淮舟，欵段還逢馬少游【續曰】後漢馬援弟少游嘗謂援曰：乘下澤車，騎欵段馬，使鄉里稱善人足矣。無事不妨長好飲【賈曰】史記陳軫謂犀首曰：公何好飲也？曰：無事也。著書自要且窮愁【續曰】史記虞卿傳，太史公曰：虞卿非窮愁亦不能著書以自見於世云。孤松早偃元非病【任曰】酉陽雜俎：世傳松千歲方頂平偃，蓋然有數年輒偃，但於根下遇石則偃耳。又劉禹錫偃松詩引云：侍中後閣前有小松，不待年而偃。【下】【鎮叔】曰：遯齋閑覽云：蘇伯材云：凡欲松偃極不難，栽時當去松中大根，唯留四旁須根，則無不偃。倦鳥雖還豈是休【援曰】淵明歸去來云：鳥倦飛而知還。更欲河邊幾來往，秖今霜雪已蒙頭。

七年九月自廣陵召還復館于浴室東堂八年六月乞會稽將出汶公乞詩乃復用前韻三首

乞郡三章字半斜【次公】曰：蓋乞越州也。廟堂傳笑眼昏花。上人問我遲留意，待賜頭綱八餅茶【自注】尚書學士得賜頭綱龍茶一斤八餅，今年綱到最遲。

夢繞吳山却月廊，白梅盧橘覺猶香【自注】杭州梵天寺有月廊數百間，寺中多白楊梅盧橘。會稽且作須臾意，從此歸田策最良【次公】曰：文選張平子有歸田賦。

南來[illegible]此幾時歸倦鳥孤雲豈有期【續曰】陶淵明[illegible]云雲無心而出[illegible]鳥倦飛而知

斷送一生消底物【厚曰】退之詩斷送一生唯有酒三年光景六篇詩

臨城道中作

予初赴中山連日風埃未嘗了了見太行也今將適嶺表頗以是爲恨過臨城内丘天氣忽清徹西望太行草木可數岡巒北走崖谷秀傑忽悟歎曰吾南遷其速返乎退之衡山之祥也書以付邁使志之【張繼先曰】按年譜紹聖元年先生年五十九知定州就任降知英州未到任再貶惠州安置

逐客何人着眼看【厚曰】史記秦宗室大臣皆言秦王請一切逐客李斯議亦在逐中上書秦王乃除逐客之令太行千里送征鞍未應愚谷能留柳【續曰】柳子厚謫居永州名其溪曰愚溪谷曰愚谷其說具見愚溪對可獨衡山解識韓【援曰】退之謁衡岳廟詩我來正逢秋雨節陰氣晦昧無清風潛心默禱若有應豈非正直能感通須臾靜掃衆峰出仰見突兀撐青空

過湯陰市得豌豆大麥粥示三兒子一首

朔野方亦地張安國曰吳興雜録載諺云春雨甲子地赤千里河壖但黃塵秋霖暗且潦夏旱懼麥人厚曰本草蕎麥取人作飯食之下氣盖麥之心曰人逆旅唱晨粥行庖得時珍青班照匕筯脆響鳴牙齦玉食謝故吏次公曰前漢陳咸傳咸奢侈玉食師古曰玉食美食如玉也風飧便逐臣厚曰選鮑明遠詩風飧委松宿杜詩風飧兼露宿漂零竟何適浩蕩寄此身爭勸加飲食次公曰古詩上言加飧飯下言長相憶實無負吏民何當萬里客歸及三年新次公曰左傳成十年曰不食新矣杜預注言公不得食新麥

過高郵寄孫君孚

過淮風氣清一洗塵埃容水木漸幽茂菰蒲雜游龍次公曰詩隰有游龍注云游龍紅草也以其放縱枝葉故謂之游龍可憐夜合花厚曰本草云合歡即夜合也人家多植於庭際間葉似皂莢槐等極細而繁密青枝散紅茸美人游不歸一笑當誰供故園在何處已偃手種松我行或失路次公曰自傷其行止蹭蹬如失路也歸夢千山重聞君有負郭二頃收橫從續曰史記蘇秦曰使我有洛陽負郭田二頃吾豈能佩六國相印乎次公曰詩橫從其畝從讀如蹤卷野畢秋穫殷牀聞夜舂厚曰杜詩林[illegible]出寺鍾[illegible]哉何

所憂杜酒粥面釀官游豈不好毋令到千鍾

六月七日泊金陵阻風得鐘山泉公書寄詩爲謝

今日江頭天色惡礮車雲起風欲作厚曰國史補暴風之候有砲車雲也獨望鍾山喚寶公林間白塔如孤鶴寶公骨冷喚不聞却有老泉來喚人電眸虎齒霹靂舌次公曰王戎眼爛爛如嵓下電集仙録載王母虎齒善嘯韓退之譴瘧鬼云舌作霹靂飛爲予吹散千峯雲南行萬里亦何事一酌曹谿知水味次公曰曹溪六祖道場在韶州南華寺他年若畫蔣山圖次公曰蔣山即鍾山也爲作泉公喚居士

慈湖峽阻風五首

捍索桅竿立嘯空次公曰桅竿兩邊索謂之捍索此江湖間常語也篙師酣寢浪花中故應菅蒯知心腹厚曰左傳云雖有絲麻無棄菅蒯弱纜能爭萬里風

此生歸路愈茫然無數青山水拍天任曰退之詩海氣昏水拍天猶有小舡來賣餅喜聞墟落在山前

我行都是退之詩真有人家水半扉 續曰 退之宿曾江口詩云暮宿投民村高處水半扉 千頃桑麻在船底空餘石髮挂魚衣 厚曰 爾雅釋草篇潭石衣注水苔也一名石髮江東食之 日輪亭午汗珠融 厚曰 太平御覽日在午曰亭午 誰識南訛長養功 續 書平秩南訛注訛化也 暴雨過雲聊一快未妨明月却當空 厚曰 梅聖俞詩須臾斷滅不復見唯有明月常當空 臥看落月橫千丈起喚清風得半帆 次公 曰喚清風是江湖間舟子之常事彼中舟子善相風角行則呼風以飽帆也 且並水村攲側過 厚曰 杜詩巴童蕩槳攲側過水雞銜魚來去飛 人間何處不巉巖

過廬山下一首 并引

予過廬山下雲物騰涌黙有禱焉未午衆峰凛然故作是詩

亂雲欲埋山勢與飄風南 續曰 詩卷阿飄風自南 群隮相應和勇往爭驂驔可憐薈蔚中 厚曰 詩薈兮蔚兮南山朝隮 時出紫翠嵐 次公 曰杜詩千峯橫紫翠 鴈没失東嶺龍騰見西龕一時供坐笑百態[illegible] 風破

坱圠【〓曰】賈誼鵩賦大鈞播物坱圠無垠注坱塞也圠[illegible]【〓曰】[illegible] 山記太虛簡寂觀宋陸先生隱居也其間一峯才[illegible]石下[illegible]霄峯 過白氏草堂半山有二泉出石間名曰雙玉間萬壽院南三里至下白石又三里至上白石詠真洞天五老峯正在其後清飈掃渾酣廓然歸何處陋矣安足戲亭亭紫霄峯窈窈白石庵五老數松雪雙谿落天潭【次公】紫霄峯白石菴五老峯雙溪皆廬山事也雖云默禱應【縯曰】退之謁衡岳廟詩潜心默禱若有應顧有移文慙【厚曰】周彥倫隱於北山後應詔出仕又欲過舊隱孔德璋假山靈之辭以責之謂之北山移文

江西一首

江西山水真吾邦白沙翠竹石底江【縯曰】杜詩白沙翠竹江村暮【頵曰】唐柳宗元江西小石潭記云下見小潭水尤清冽全石以爲底舟行十里磨九瀧【次公】曰南方謂奔水曰瀧蓋即灘也篙聲犖确相舂撞【次公】曰退之云山石犖确行逕微醉卧欲醒聞淙淙真欲一口汲老龐【厚曰】傳燈錄龐居士蘊參馬祖云不與萬法爲侶者是什麽人祖云待汝一口吸盡西江水即向汝道何人得雋窺魚矼【次公】曰聚石渡水曰矼今言魚矼蓋聚石抵魚處也左傳得雋曰克退之叉魚詩得雋語時囂舉叉絶叫尺鯉雙【次公】曰袁彥道傳云投馬絶叫

八月七日初入贛過惶恐灘

七千里外二毛人【厚曰】潘安仁秋興賦余春秋三十有二始見二毛 十八灘頭一葉身 山憶喜懽勞遠夢【自注】蜀道有錯喜懽鋪在大散關上 地名惶恐泣孤臣 長風送客添帆腹 積雨浮舟減石鱗【次公】曰帆以其受風故云腹水在石上流其波如魚鱗故曰石鱗 便合與官充水手 此生何止略知津【縯曰】論語長沮桀溺耦而耕孔子過之使子路問津焉曰是知津矣

過大庾嶺

一念失垢汙 身心洞清淨 浩然天地間 惟我獨也正【縯曰】莊子受命於天惟舜獨也正 今日嶺上行 身世永相忘【任曰】白樂天詩可憐身與世從此兩相忘 仙人拊我頂 結髮授長生【次公】曰此二聯乃李白流夜郎贈韋太守詩全語先生用此盖有所感也

宿建封寺曉登盡善亭望韶石三首【厚曰】郡國志韶州有韶石者舜登此奏韶樂焉

雙闕浮光照短亭【次公】曰地志載韶石二云兩相峙如闕也 至今猶[illegible]熒

曰劉夢得九華山歌云軒皇封禪登雲亭大禹會稽臨東溟乘樏不來廣樂絕獨與猿鳥愁青熒　君　西巡
狩　縯曰　尚書舜典八月西巡守至于西岳　次公　曰西巡狩之意以地理考之韶州在南之東而岳州洞庭在韶州之西也　再使
魚龍舞洞庭　次公　曰莊子言黃帝張咸池之樂於洞庭之野而魚龍舞焉　嵒曰　按山海經云洞庭地穴在長沙巴陵湖水廣貟五百里日月若出没其中
蜀人文賦楚人辭　堯在崇山舜九疑　厚曰　司馬相如大人賦歷唐堯於崇山兮過虞舜於九疑注云崇山狄山也又海外經云狄山帝堯葬於其陽九疑山在零陵營道縣舜所葬也　聖主若非真得道
南來萬里亦何爲　次公　曰崇山九疑皆在南方
嶺海東南月窟西　厚曰　揚雄長楊賦西厭月窟東震日域　功成天已錫玄圭　縯曰書禹錫玄圭告厥成功　此方定是神仙宅　厚曰　孫綽天台山賦云玄聖之所游化靈仙之所窟宅　禹亦
東來隱會稽　縯曰　史記禹巡狩至于會稽而崩　次公　曰會稽越州也禹所葬先生以終前篇堯舜事皆言其本不死耳

舟行至清遠縣見顧秀才極談惠州風物之美

到處聚觀香案吏　厚曰　唐史若仗在紫宸內閤則起居舍人夾香案分立殿下　次公　曰元微之詩云我是玉皇香案吏　此邦宜着玉堂仙　次公　翰林院公廳謂之玉堂李肇翰林志云時居翰苑豈止於登瀛洲哉亦曰登玉署玉堂焉

江雲漠漠桂花濕【賔曰】王元之小畜集載江豚詩云江雲漠漠江雨來梅雨脩脩荔子然【厚曰】周處風土記夏至之雨名爲黃梅雨聞道黃柑常抵鵲【演曰】鹽鐵論云崑山之旁以玉抵鵲不容朱橘更論錢【次公】曰杜詩朱橘不論錢恰從神武來弘景【援曰】陶弘景脫朝服挂神武門上書辭祿便向羅浮見稚川【演曰】晉書葛洪字稚川聞交趾出丹砂求爲句婁令子姪俱至刺史鄧嶽留不聽去洪乃止羅浮山

發廣州

朝市日已遠此身良自如三杯軟飽後【自注】浙人謂飲酒爲軟飽一枕黑甜餘【自注】俗謂睡爲黑甜蒲澗疏鐘外黃灣落木初【厚曰】退之南海神廟碑云在廣州治之東南道八十里扶胥之口黃木之灣天涯未覺遠處處各樵漁

十月二日初到惠州【十朋】曰按年譜實紹聖元年十月二日也

彷彿曾遊豈夢中欣然雞犬識新豐【演曰】西京雜記高祖既作新豐并移舊社衢巷棟宇物色惟舊男女老幼相攜路首各知其室放犬羊雞鴨於通衢亦競識其家吏民驚怪坐何事父老相攜迎此翁蘇武定知還漠北【厚曰】蘇武使匈奴在匈奴中十九年後竟得歸漢管寧自欲老遼東【援曰】三國志管寧北海朱虛人方天下大[illegible]聞公孫[illegible]令行於海外遂與邴原王烈等避[illegible]於遼東[illegible]從矣

嶺南萬戶皆春色嶺南萬戶酒會有幽人客寓公【次公】曰禮記諸侯不臣寓公蓋言公爵而寄寓者也

吾謫海南子由雷州被命即行了不相知至梧乃聞其尚在藤也旦夕當追及作詩示之【[illegible]】曰按年譜紹聖四年丁丑先生年六十二在惠州五月再責瓊州別駕昌化軍安置即儋州也是歲子由亦貶雷州五月相遇於藤同行至雷六月相別渡海七月十三日至貶所

九疑聯綿屬衡湘【厚曰】李太白遠別離云九疑聯綿皆相似【縯曰】九疑山圖記道州寧遠縣南六十里有九疑山山有九峯一曰簫韶二曰女英三曰石城四曰娥皇五曰朱明六曰桂林七曰華蓋八曰巴林九曰石樓周回百餘里其形相似見者疑之故曰九疑蒼梧獨在天一方【次公】曰杜詩我行山川異忽在天一方之孤城吹角煙樹裏【次公】曰李遠晚泊潤州聞角詩孤城吹角水茫茫落月未落江茫茫幽人撫枕坐歎息【厚曰】古樂府白紵歌愁來夜遲猶歎息撫枕思君終反側我行忽至舜所藏【次公】曰蒼梧郡今梧州也前志云舜葬於此記曰葬者藏也江邊父老能說子白須紅頰如君長莫嫌瓊雷隔雲海聖恩尚許遙相忘【厚曰】文選古詩兩宮遙相望雙闕百餘尺平生學道真實意豈

與窮達俱存亡天其以我爲箕子縯曰今之高麗古箕子之國也要使此意留要荒厚曰蠻夷要服戎狄荒服他年誰作輿地志厚曰唐藝文志顧野王有輿地志三十卷海南萬里真吾鄉

行瓊儋間肩輿坐睡夢中得句云千山動鱗甲萬谷酣笙鐘覺而遇清風急雨戲作此數句

四洲環一島次公曰四洲言瓊崖儋萬也賈捐之傳曰朱崖儋耳郡皆在南方海中洲居也百洞蟠其中我行西北隅如度月半弓登高望中原厚曰阮籍詠懷詩登高望九州悠悠分曠野但見積水空此生當安歸縯曰晉書謝安嘗與孫綽等泛海風起浪湧諸人皆懼安吟嘯自若風轉急安徐曰如此將安歸耶四顧真途窮援曰晉書阮籍率意獨駕不由徑路車迹所窮輒慟哭而反眇觀大瀛海援曰史記孟軻傳騶衍言中國名曰赤縣神州乃有大瀛海環其外也坐詠談天翁援曰史記齊人頌曰談天衍區區魏中梁援曰莊子雜篇則陽通達之中有魏於魏中有梁於梁中有王一米誰雌雄次公曰莊子比海若之辭云計中國之在海內不似稊米之在太倉乎幽懷忽破散永嘯來天風千山動鱗甲萬谷酣笙鐘安知非群仙鈞天宴未終援曰史記趙簡[illegible]諸大

夫曰我之帝所甚樂與百神遊於鈞天廣樂九奏萬舞不類三代之樂喜我歸有期舉酒屬青童次公青童神仙青童君也急雨豈無意催詩走群龍次公曰杜詩片雲頭上黑應是雨催詩孝祥曰易乾卦見群龍無首吉夢雲忽變色笑電亦改容次公曰楚詞神女謂之朝雲楚王夢之故謂之夢雲神異傳玉女投壺天為之笑則電故謂之笑電應怪東坡老顏衰語徒工久矣此妙聲不聞蓬萊宮

次前韻寄子由

我少即多難邅回一生中次公邅回屯蹇不進之皃百年不易滿援曰李白短歌行百年苦易滿寸寸彎彊弓老矣復何言榮辱今兩空泥丸尚一路自注古語云十方薄伽梵一路涅槃門援曰此本出楞嚴經云語又隋書經籍志佛以二月十五日入涅槃涅槃一曰泥丸所向餘皆窮似聞崆峒西仇池迎此翁次公曰崆峒夔州山也其西乃歸蜀之路仇池在同谷縣是洞天之地先生嘗夢遊之有意居焉正在崆峒之西也胡為釋南海復駕垂天雄次公曰莊子云鵬其垂天之雲李太白鵬賦云雄無所爭下視九萬里浩浩徒積風次公曰莊子言鵬摶風九萬里而上又云天之蒼蒼其正色邪其視下也亦若是又云風之積也不厚則其負大翼也無力回望古合州屬此

琉璃鐘【援曰】李賀將進酒琉璃鐘琥珀濃別離何足道我生豈有終渡海十年歸方鏡照兩童【次公】曰童即曈也項羽贊云舜重童子項羽又重童子【子文】曰西京雜記漢高祖入咸陽獲方鏡廣四尺九寸表裏有明人直來照之影則倒見以手捫心因見五藏有病則知所在還鄉亦何有暫假壺公龍【援曰】後漢費長房辭壺公歸公與一竹杖曰騎此任所之則自至矣長房乘杖須臾而歸以杖投葛陂中化為龍也峨眉向我笑錦水為君容【援曰】水經云錦江織錦則濯之江流而錦至鮮明濯以它江則錦色弱矣遂命為錦里天人巧相勝【援曰】史記申包胥曰人衆者勝天天定亦能勝人不獨數子工指點昔遊處【祖謙】曰杜詩指點虛無是征路蒿萊生故宮

澄邁驛通潮閣二首

倦客愁聞歸路遙眼明飛閣俯長橋貪看白鷺橫秋浦不覺青林沒晚潮【十朋】曰冷齋夜話云余游儋耳登望海亭注間有擘窠大字曰貪看白鳥橫秋浦不覺青林沒暮潮

餘生欲老海南村帝遣巫陽招我魂【續曰】宋玉為屈原作招魂詞其中曰帝告巫陽曰有人在下我欲輔之魂魄離散汝筮予之【思文】曰王逸楚辭章句曰帝謂天帝也女曰巫陽按山海經開明東巫彭巫陽巫凡皆神醫也杳杳天低鶻沒處青山一髮是中原

六月二十日夜渡海 明曰注見前渡海南作詩示子由詩

參橫斗轉欲三更 程曰曹子建善哉行月沒參橫北斗闌干 苦雨終風也解晴 次公曰左傳昭四年申豐論藏冰曰秋無苦雨詩有終風篇 雲散月明誰點綴 續曰晉書會稽王道子夜月色無玷歎以爲佳謝重率尒曰意謂不如微雲點綴道子曰卿居心不淨乃欲滓穢太清邪 天容海色本澄清 次公曰楞嚴經云譬如澄清百千大海 空餘魯叟乘桴意 援曰孔子曰道不行乘桴浮于海次公曰李白詩魯叟非匏瓜 粗識軒轅奏樂聲 續曰黃帝張樂於洞庭野 九死南荒吾不恨 次公曰楚辭離騷經有余心之所善兮雖九死其猶未悔 茲遊奇絕冠平生

自雷適廉宿於興廉村淨行院

荒涼海南北佛舍如雞棲 次公借用朱伯厚之車如雞棲也 忽此榕林中 任曰嶺表異錄榕樹葉如冬青秋冬不凋 跨空飛拱枅當門洌碧井洗我兩足泥高堂磨新甎洞戶分角圭 次公曰退之詩磨石淬出角圭 倒牀便甘寢鼻息如虹霓僮僕不肯去我爲半日稽 任曰李涉題鶴林寺詩云因過竹院逢僧話又得浮生半日閑 晨登一葉舟 次公曰退之詩共泛清湘一葉舟樂天詩波上一葉舟 醉兀十里溪醒來知

何處歸路老更迷〔任曰〕杜詩山晚浮雲合歸時恐路迷

藤州江上夜起對月贈邵道士〔十朋〕按先生送邵道人彥肅還都嶠詩即此人

江月照我心江水洗我肝端如徑寸珠墮此白玉盤〔仔曰〕李白少時不識月呼作白玉盤我心本如此月滿江不湍起舞者誰歟〔縯曰〕晉祖逖聞雞鳴而起舞莫作三人看〔援曰〕李白詩舉杯邀明月對影成三人嶠南瘴癘地〔子仁〕杜詩南方瘴癘地有此江月寒乃知天壤間何人不清安牀頭有白酒盎若白露溥〔次公〕詩零露溥兮〔子仁〕曰古樂府白紵歌秋風蕭瑟白露溥獨醉還獨醒夜氣清漫漫〔次公〕史記鄒陽傳應劭注載甯戚歌曰長夜漫漫何時旦仍呼邵道士取琴月下彈相將乘一葉〔次公〕曰一葉見前首注夜下蒼梧灘

將至廣州用過韻寄邁迨二子

皇天遣出家臨老乃學道北歸為兒子破戒堪一笑披雲見天眼〔次公〕曰晉書衛瓘言樂廣曰瑩然若披雲霧而睹青天迴首失海潦蠻唱與黎歌餘音猶杳杳大兒牧眾稚四歲守孤嶠次子病學醫三折乃

粗曉[縯曰]左傳高彊曰三折肱知爲良醫唯伐君爲不可民弗與也小兒耕且養□漢書藝文志古之學者耕且養三年而通一藝得暇爲書繞我亦困詩酒去道愈茫渺紛紛何時定所至皆可老莫學柳儀曹[次公]曰職林魏有儀曹郎唐改爲禮部柳子厚唐貞元中以禮部員外郎貶永州司馬徙柳州刺史詩書教蠻獠[次公]曰退之爲子厚墓誌云衡湘以南爲進士者皆以子厚爲師其經承子厚口講指畫爲文詞者悉有法度又爲碑云柳侯爲州不鄙夷其民動以禮法云亦莫事登陟[次公]曰子厚在永州有西山而下八記其在柳州又有記柳州山水近治可游者溪山有何好安居與我游閑户淨洒掃

予昔過嶺而南題詩龍泉鐘上今復過而北次前韻

秋風卷黃落[次公]曰月令季冬之月草木黃落漢武帝秋風詞云草木黃落兮鴈南飛朝雨洗綠淨[次公]曰退之詩瞰臨眇空闊綠淨不可唾人貪歸路好節近中原正下嶺獨徐行艱嶮未敢忘遙知叔孫子已致魯諸生[縯曰]前漢叔孫通爲博士說上曰臣願徵魯諸生與臣弟子共起朝儀於是徵魯諸生三十餘人其所不能致者二人[次公]此言建中靖國間新天子即位必新定禮儀

過嶺二首

暫着南冠不到頭【演曰】楚鍾儀爲囚於晉它日晉侯見之曰南冠而縶者君子也與之琴操南音遂釋之使歸【厚】曰柳子厚六字詩云一生判却歸休爲着南冠到頭却隨北鴈與歸休【援曰】月令季冬之月鴈北向平生不作兎三窟【演曰】晉書王衍爲宰輔以弟澄爲荊州族弟敦爲青州曰荊州有江漢之固青州有輔海之險卿二人在外吾留此足以爲三窟識者鄙之【次公】曰戰國策馮諼謂孟嘗君曰狡兎有三窟僅得免死耳今古何殊貉一丘【援曰】前漢楊惲曰秦時但任小臣竟以滅亡今親任〻臣即至今耳古與今如一丘之貉當日無人送臨賀【次公】曰唐書楊憑貶臨賀尉交親無敢送者獨徐晦至藍田慰餞宰相權德輿稱之於朝李夷簡遽表爲監察御史曰君不負楊臨賀肯負國乎至今有廟祀潮州【次公】韓退之責潮州潮人爲之立廟先生嘗爲作記也劒關西望七千里乘輿眞爲玉局遊【養源】曰按天師二十四化記玉局化在益州城南門西回百步漢桓帝永壽元年正月七日天師與老君自鶴鳴山來息此化時地上忽湧出玉局玉床方廣一丈老君升座重述道要却自升天玉局陷入地中

七年來往我何堪【邦衡】曰按年譜公以紹聖元年自定州貶惠州凡四年再貶儋耳明年改元元符至三年乃量移廉州凡七年又試曹溪一勺甘夢裏似曾遷海外醉中不覺到江南【次公】曰江南則虔州也波生濯足鳴空澗霧繞征衣滴翠嵐誰遣山雞忽驚起半巖花雨落毿毿

樹　上　州　前韻

吾生如寄耳次公曰魏文帝樂府云人生如寄多憂何爲法苑珠林云謝安與支遁書云人生如寄耳嶺外亦閑遊贛石三百里子曰孟浩然下贛石詩贛石三百里沿洄千嶂間前曰國史補蜀之三峽南康之贛石皆險絕之所寒江尺五流次公曰唐語云城南韋杜去天尺五楚山微有霰次公曰詩曰先集維霰霰散蓋雪之微者耳秋瘴久無秋次公曰農夫以田熟爲秋書云乃亦有秋馮曰通真子瘴氣論曰嶺南瘴猶如嶺北傷寒也從仲春訖仲夏行青草瘴季夏訖孟冬行黃茅瘴望斷橫雲嶠魂飛咤雪洲次公曰橫雲嶠以言五嶺咤雪洲以變崖儋萬四州也賈捐之傳云儋耳珠崖皆在南方海中洲居南越地炎瘴而無雪有雪則以爲希咤也曉鐘時出寺暮鼓各鳴樓歸路迷千嶂勞生閱百州不隨猿鶴化厚曰抱朴子周穆王南征久而不歸一軍皆化君子爲猿鶴小人爲虫沙甘作賈胡留續曰後漢馬援傳耿舒與其兄弇書曰伏波類西域賈胡到一處輒止是以失利秪有貂裘在援曰史記蘇秦衣弊黑貂裘出遊數歲大困而歸猶堪買釣舟次公杜牧詩陽羨溪中買釣舟

虔守霍大夫監郡許朝奉見和此詩復次前韻

大邦安靜治小院得閑遊贛水雨已漲廉泉春未流同烹

貢茗雪一洗瘴茆秋【十朋】曰注見上首　秋思生蓴鱠【續曰】晉張翰在洛陽見秋風起思吳中蓴羹鱸魚鱠遂命駕而歸　寒衣待橘洲【任曰】三國志李衡每欲治家妻輒不聽後密遣人於武陵龍陽汎州上作宅種柑橘千樹死謂兒曰汝母惡我治家故窮如是然吾洲里有千頭木奴不責汝衣食歲上一疋絹亦可用矣　揚雄未有宅【續曰】揚雄傳云岷山之下有田一廛有宅一區　王粲且登樓【援曰】王粲避董卓之亂依劉表於荆州登江陵城樓上思歸作登樓賦　老境無多日歸心夢幾州敢因逃酒去【堯祖】曰漢書劉章爲呂后行酒諸呂一人亡酒師古注曰避酒逃亡　端爲和詩留舊篋藏新語清風自滿舟

初發嘉州【仔曰】嘉祐己亥冬先生與子由侍老泉舟行適楚

朝發鼓闐闐西風獵畫旆故鄉飄已遠往意浩無邊錦水細不見蠻江清更鮮奔騰過佛脚曠蕩造平川【子仁】曰錦水岷江也蠻江陽山與青衣江也三江合流于嘉州城東南過九頂山淩雲寺大像閣而下　野市有禪客釣臺尋暮煙相期定光到久立水潺潺【自注】曰期鄉僧宗一會別釣魚臺下

過宜賓見夷中亂山【任曰】嘉祐四年作

江寒晴不知[illegible]日朦朧含高峯晃蕩射峭壁[illegible]黃[illegible]忽

飄夜羣樹紛擾盤坐人提孤光飛鳥投遠碧巒荒誰復□穰勇安可適豈無避世士高隱鍊精魄誰能從之遊路有豺虎迹

夜泊牛口

日落江霧生繫舟宿牛口民居偶相聚三四依古柳負薪出深谷見客喜且售煑蔬爲夜飡安識肉與酒朔風吹茆屋破壁見星斗兒女自咿嚘亦足樂且久人生本無事苦爲世味誘富貴耀吾前貧賤獨難守誰知深山子甘與麋鹿友置身落蠻荒生意自不陋今予獨何者汲汲强奔走

牛口見月【住曰】時嘉祐元年始舉進士至京師作

掩窻寂已睡月脚垂孤光披衣起周覽飛露洒我裳山川同一色浩若涉大荒幽懷耿不寐四顧獨彷徨忽憶丙申年【子仁】曰時先生舉進士在京京邑大雨霶蔡河中夜決横浸國南方車

馬無復見紛紛操桃郎新秋忽已晴九陌尚汪洋龍津觀夜市燈火亦煌煌新月皎如畫疎星弄寒芒不知京國喧謂是江湖鄉今來牛口渚見月重凄涼却思舊遊處滿陌沙塵黃

戎州

亂山圍古郡市易帶群蠻瘦嶺春耕少孤城夜漏閑往時邊有警征馬去無還自頃方從化年來亦款關頗能貪漢布但未脫金鐶何足爭強弱吾民盡玉顔 記此字由詩亦同此韻獨閑與顔不次

泊南井口期任遵聖長官到晚不及見復來

江上有微遥深榛煙雨埋崎嶇欲取别不見又重來下馬未及語顔已慰悲長懷江湖涉浩渺安得與之偕

入峽

自昔懷幽賞今茲得縱探長江連楚蜀萬派瀉東南合水

[illegible]如電黔波綠似藍餘流細不數遠勢競相參入峽初無
路連山忽似龕龍縈紆收浩渺蹙縮作淵潭風過如呼吸雲
生似吐含墜崖鳴窣窣垂蔓綠毿毿冷翠多崖竹孤生有
石楠飛泉飄亂雪怪石走驚驂絕澗知深淺樵僮忽兩三
人煙偶逢郭沙岸可乘籃野戍荒州縣邦君古子男放衙
鳴晚鼓留客薦霜柑聞道黃精草叢生綠玉篸盡應充食
飲不見有彭聃氣候冬猶暖星河夜半涵遺民悲昶衍【自注】
孟昶從此入覲【縯曰】孟昶王衍皆蜀主舊俗接魚蠶【縯曰】蠶叢最魚鳧先爲蜀主板屋漫無瓦巖居
窄似菴伐薪營冒險得米不盈甑歎息生何陋劬勞不自慙葉
舟輕遠泝大浪固無諳矍鑠空相視嘔啞莫與談蠻荒安可
駐幽邃信難妉獨愛孤棲鶻高超百尺嵐橫飛應自得遠颺
似無貪墜翮遊霄漢無心顧雀鵮塵勞世方病局束我何
堪盡解林泉好多爲富貴酣試看飛鳥樂高遁此心甘

遊三遊洞

凍雨霏霏半成雪遊人屨冷蒼崖滑不辭携手被巖底眠洞口雲深夜無月

遊洞之日有亭吏乞詩既爲留三絶句於洞之石壁明日至峽州吏又至意若未足乃復以此授之曰三絶句老泉及東坡子由各一也按南行集老泉詩云洞門苔君石泒成乳山下寒溪冷欲冰天寒二子苦求去我欲居之亦不能子由詩云昔年有遷客携手醉嵌巖去我歲已百遊人忽復三

一徑遶山翠縈紆似去蛇忽驚溪水急爭看洞門呀滑磴攀秋蔓飛橋踏古槎三扉迎北吹一穴向西斜歎息蚤雲老追思歲月遐唐人昔未到古俗此爲家洞暖無風雪山深富鹿麚相逢衣盡草環坐髻髽竈突依巖黑樽罍就石窪鴻荒無傳記想像在羲媧此事今安遺蹤我獨差山翁勸留句強爲寫嵯牙

出峽

入峽喜巉巖出峽愛平曠吾心淡無累過境即安暢東西徑千里勝處頗屢訪幽尋遠無厭高絕每先上前詩尚遺略不錄久恐忘憶從巫廟回中路寒泉漲汲歸真可愛翠碧光滿盎忽驚巫峽尾巖腹有穿壙仰見天蒼蒼石室開兩嚮宣尼古廟宇叢木作幃帳鐵楯橫半空俯瞰不計丈古人誰架構下有不測浪石竇見天囷瓦棺悲古葬新灘阻風雪村落去攜杖亦到龍馬溪茅屋沽村釀玉虛悔不至實爲舟人誑聞道石最奇寤寐見怪狀以上並記所聞見峽山富奇偉得一知幾喪苦恨不知名歷歷但想像今朝脫重險楚水渺平蕩魚多客庖足風順行意王追思偶成篇聊助舟人唱

荊州十首 子仁 庚子正月先生與子由侍老泉自荊州游大梁

遊人出三峽楚地盡平川北客隨南賈吳檣間蜀船江侵

平野斷風卷白沙旋欲問興亡意重城自古堅

南方舊戰國慘澹意猶存慷慨因劉表淒涼爲屈原廢興

猶帶井古姓聚成村亦解觀形勝升平不敢論

楚地闊無邊蒼茫萬頃連耕牛未嘗汗投種去如捐農事

誰當勸民愚亦可憐平生事遊惰那得怨凶年

朱檻城東角高王此望沙江山非一國烽火畏三巴戰骨淪

秋草危樓倚斷霞百年豪傑盡擾擾見魚鰕

沙頭煙漠漠來往厭喧卑野市分麞鬧官帆過渡遲遊人

多問卜傖叟盡携龜日暮江天靜無人唱楚詞

太守王夫子山東老俊髦壯年聞猛烈白首更雄豪食鴈

君應厭驅車我正勞中書有安石慎勿賦離騷子仁曰指時相有如謝安則王守不當如屈原放逐而作離騷也

一方風雪割人重歲時客心何草草里巷自嬉嬉爆竹

[illegible]鬼驅儺聚小兒一說驅儺見月令皆歲事[illegible]竹見荊楚歲[illegible]故人應念我

相望各天涯

江水深成窟潛魚大似犀赤鱗如琥珀老枕勝玻瓈上客

舉雕俎佳人摇翠篦登庖更作器何以免䰈刲

北鴈來南國依依似旅人縱横遭折翼感惻爲沾巾平日

誰能挹高飛不可馴故人持贈我三嗅若爲珍

柳門京國道驅馬及春陽野火燒枯草東風動緑芒北行

連許鄧南去極衡湘楚境横天下懐王信弱王子功曰見竹枝歌注

涢陽早發

富貴本無定世人自榮枯囂囂好名心嗟我豈獨無不能

便退縮但使進少徐我行念西國已分田園蕪南來竟何

事碌碌隨商車自進苟無補乃是懶且愚人生重意氣吕

處夫豈徒永懐江陽叟種藕春滿湖子仁曰江陽指眉州也

白塔鋪歇馬

甘山廬阜鬱相望林際熏微漏日光吳國晚蠶初斷葉

城早稻欲移秧迢迢澗水隨人意苒苒巖花撲馬

盡窮千里遠白雲深處是吾鄉

壽陽岸下絕句

街東街西翠帷成池南池北綠錢生幽人獨來帶殘雨聞

得黃鸝第一聲

過范縣訪德孺

漸覺東風料峭寒青蒿黃韭試春盤遙想慶州千嶂裏暮

雲衰草雪漫漫

初聚英州贈馬夢得

萬古仇池穴歸心負雪堂殷勤竹林夢猶自數山王林時功日

夜雨宿淨行院

芒鞋不踏利名場一葉虛舟寄渺茫林下對床聽夜雨[illegible]

日見後馬上寄子由注

靜無燈火照淒涼

過海得子由書

經過廢來久有弟忽相求户外三竿日江關一葉秋蕭疎

悲白髮漫浪散窮愁世事江聲外吾生幸且休

王狀元集百家注分類東坡先生詩卷之一

王狀元集百家注分類東坡先生詩卷之二

述懷

詩六首

秋懷二首

苦熱念西風【次公】唐文宗聯句人皆苦炎熱【孝祖】古樂府有苦熱行 常恐來無時及茲遂淒凜又作徂年悲【次公】淮南子木葉落長年悲 蟋蟀鳴我牀黃葉投我幃【厚】阮嗣宗詩開秋兆涼氣蟋蟀鳴床帷豳國風十月蟋蟀入我床下 窗前有棲鵩夜嘯如狐貍【縯】賈誼傳誼爲長沙王傅有鵩鳥飛入誼舍止於坐隅鵩似鴞不祥鳥也【次公】先生詩語直以鴞爲鵩更不論其似也傳云鴟鴞嘯夜正所以言鴞 露冷梧葉脫孤眠無安枝【次公】魏武帝樂府月明星稀烏鵲南飛遶樹三匝何枝可依 熠燿亦求偶【厚】詩東山熠燿宵行注熠燿螢火也 高屋飛相追定知無幾見迫此清霜期【曾曰】杜甫螢火詩十月清霜重飄零何處歸 物化逝不留我興爲嗟咨【次公】曰詩我興視夜 便當勤秉燭【縯】古詩晝短苦夜長何不秉燭遊 爲樂戒暮遲【次公】退之詩 汲

以來窺覽

江座東南來風李白詩〻〻吹不斷吹盡三日雨空階有餘滴【厚】古詩夜雨滴空階似與幽人語【次公】易幽人貞吉杜詩志士幽人莫怨嗟念我平生歡寂寞守環堵【縯】儒有環堵之室【次公】張景陽詩環堵自摧毀杜詩車馬入鄰家蓬蒿翳環堵壺漿慰作勞【縯】載記作勞耳鳴非不祥微也【厚】陶潛詩壺漿勞近鄰【援】曰楊惲云田家作勞【次公】尚書不昏作勞裹飯救寒苦【次公】莊子裹飯而往食之今年秋應熟過從飽雞黍【厚】論語殺雞為黍而食之嗟我獨何求【厚】詩不知我者謂我何求萬里涉江浦居貧豈無食自不安畎畝念此坐達晨【縯】陶詩念此懷悲悽終曉不能靜殘燈翳復吐【厚】杜詩澳雲蒙清晨初日翳復吐

軾以去歲春夏侍立邇英而秋冬之交子由相繼入侍次韻絕句四首各述所懷

曈曈日腳曉猶清【次公】按韻書曈曨日初出也細細槐花暖欲零坐閤諸公半廊廟時看黃色起天庭【自注】僕射呂公門下侍郎公左丞劉公皆自講席大用【縯】人面有天庭相書以黃色為喜色也【師】退之詩眉間黃色見歸期

上尊初破早朝寒茗盌仍沾講舌乾陛楯諸郎空雨立陛楯

事見戲子由詩 故應慙悔不儒冠【次公】漢高祖解儒冠溺之杜詩儒冠多誤身

兩鶴摧頹病不言年來相繼亦乘軒【援】左傳衛懿公好鶴鶴有乘軒者 悞聞九奏聊飛舞【十朋曰】虞書云簫韶九成鳳凰來儀又云笙鏞以間鳥獸蹌蹌又云百獸率舞 可得低回為啄吞

微生偶脫風波地晚歲猶存鐵石心【厚】皮日休桃花賦序余嘗慕宋廣平之為相疑其鐵腸石心不解吐婉媚之辭然其梅花賦清便富艷得南朝徐庾體不類其為人也 定似香山老居士【師】香山寺在洛都龍門白居易晚年自稱香山居士言以儒教飾其身佛教治其心道教養其壽 世緣終淺道根深【自注】樂天自江州司馬除忠州刺史旋以主客郎中知制誥遂拜中書舍人軾雖不敢自比然謫居黃州起知文登召為儀曹遂忝侍從出處老少大略相似庶幾復享此翁晚節閑適之樂焉

詠史　詩八首

和劉道原詠史【十朋】道原劉居士渙子也渙筠州人天聖中進士第居官有直氣不屑輒去卜居星渚

仲尼憂世接輿狂【次公】楚狂接輿歌而過孔氏之門 臧穀雖殊竟兩亡【縯】莊子駢拇篇臧與穀二人相與牧羊而俱亡其羊臧則挾策讀書[illegible]塞以遊[illegible]二人者事業不同其於亡羊均也 吳客謾陳豪士

【□】史陸機傳齊王冏既矜功自伐□受爵不讓機惡之作豪士賦以刺之

桓侯初笑越人方【援】扁鵲姓秦名越人客齊齊見桓侯曰疾在腠理不治將深桓侯不信復見退走曰疾在骨髓雖司命無如之何桓侯遂死名高不朽終安用【□】晉張翰嘗曰使我有身後名不如即時一杯酒時人貴其曠達【縯】叔孫豹曰太上立德其次立功其次立言此之謂不朽日飲無何計亦良【援】袁盎爲吳相兄子種謂曰絲能日飲無何說王無反而已如此幸得脫盎從其言獨掩陳編弔興廢窗前山雨夜浪浪【子仁】韓退之別知賦雨浪浪其不止

王莽

漢家殊未識經綸入手功名事事新【堯卿】劉夢得詩云不改南山色其餘事事新百尺穿成連夜井【厚】王莽居攝時劉京上書言齊郡臨淄縣昌興亭長夢曰吾天公使也天公使我告亭長曰攝皇帝即眞即不信我此亭中當有新井亭長晨起視亭中誠有新井入地百尺千金購得解飛人【次公】莽募有奇藝可以攻匈奴者或言能飛一日千里可以窺匈奴莽輒試之取大鳥翮爲兩翼頭與身皆着毛通引環紐飛數百步墮莽知其不可用苟欲獲其名拜爲理軍先生詩意蓋言莽以詭詐事爲經綸而希功名

董卓

公業平時勸用儒諸公何事起相圖【援】後漢鄭太字公業卓擅朝太與周毖伍瓊共

說卓以韓馥劉岱孔伷張資袁紹爲牧守及義兵起卓大怒曰卓初入朝瑰瓊勸用善士故相從而諸君到官舉兵相圖此二君賣卓卓何相負遂斬瑰瓊而曰太以詭辭獲免

只言天下無健者【纘曰】後漢袁紹傳卓欲廢立紹勃然曰天下健者豈惟董公

豈信車中有布乎【遜】王允與呂布謀誅卓有人書呂字於布擔而行於市歌曰布乎　有告卓者卓不悟

虎兒

舊聞老蚌生明珠【纘曰】韋康字元將弟誕字仲將孔融與康父書曰前日元將來淵才亮茂雅度弘毅偉世之器也昨日仲將又來懿性貞實文敏篤誠保家之主也不意雙珠近出老蚌也甚珍貴之

未省老兔生於菟【遜】楚人謂虎爲於菟見左傳【師】子由卯生子遠寅生故小名虎兒

老兔自謂月中物不騎使馬騎

蟾蜍【黃中】曰五經通義曰月中有兔與蟾蜍兔陰也蟾蜍陽也而與兔並明陰係於陽也【堯祖】王充論衡云羿妻姮娥託身於月是爲蟾蜍

蟾蜍爬沙不肯行【纘曰】韓愈詠玉川子月蝕詩爬沙腳手鈍誰使女解緣青冥

坐令青衫垂白須於菟駿猛不類渠指揮黃熊駕黑貙丹砂紫麝

不用塗【堯卿】丗之小兒必塗丹砂紫麝以辟邪氣不祥

眼光百步走妖狐妖狐莫誇智古餘不勞搖牙咀爾徒【學】魏志曹真嘗會吳質等真性肥朱鑠性瘦質召優使說肥瘦真恚拔刀瞋目言俳敢輕脫吾斬爾遂罵坐質按劒曰曹子丹汝非屠机上肉吞爾不搖喉咀爾不搖牙何敢恃勢驕邪

開元遺事三首

狀宋亡來事事新一官銖重萬人輕朔方老將風流在不取西蕃石堡城【續】王忠嗣策石堡之得不當所亡潭裏船車百倍多廣陵銅器越溪羅三郎官爵如泥土爭唱弘農得寶歌

琵琶絃急輥梁州羯鼓聲高舞臂鞲破費八姨三百萬大唐天子要纏頭【續】明皇自擊羯鼓謂八姨曰不覓一纏頭八姨獻三百萬爲大唐天子纏頭

戲作賈梁道詩 并引

王淩謂賈充曰汝非賈梁道之子耶乃欲以國與人由是觀之梁道之忠於魏也久矣司馬景王旣執淩歸過梁道廟淩大呼曰我亦大魏之忠臣也及司馬病見淩與梁道守而殺之二人者可謂忠義之至精貫於神明矣然梁道之靈獨不能已其子充之姦至

使首發成濟之事此又理之不可曉者也故予戲作小詩云【子仁】成濟蓋賈充使弒魏明帝者也

嵇紹似康爲有子郗超叛鑒似無孫【續】晉惠帝之難嵇紹死之血汚御衣惠帝曰此嵇侍中血勿洗紹嵇康子也郗超死有遺書一篋乃與桓温姦謀之書父方回見之不哭曰恨汝死晚超鑒孫也如今更恨賈梁道不殺公閭殺子元【子仁】公閭賈充字子元司馬景王字

懷古　詩二首

襄陽樂

【子仁】南史劉道産爲襄陽太守善於臨職蠻夷服順百姓樂業由此有襄陽樂歌自道産始

使君未來襄陽愁提戈入市裹氈裘自從氈裘南渡沔襄陽無事多春遊襄陽春遊樂何許峴山之陽漢江浦使君朱旆來翩翩人道使君似羊杜【子仁】羊祜杜預皆鎮襄陽有德政道邊逢人問洛陽中原苦戰春田荒北人聞道襄陽樂目送征鴻應斷腸

朱亥墓

【自注】俗謂屠兒墓

昔日朱公子雄豪不可追今來遊故國大塚名稱兒平日

輕公相千金弃若遺梁人不好事名字寄當時 **子仁** 史記朱亥大梁人隱於市屠間世莫知其賢魏遣晉鄙救趙信陵君自請朱亥與俱亥袖四十斤鐵椎椎殺晉鄙遂奪其兵符進軍救趙 魯史盜齊豹求名誰復知愼無怨世俗猶不遭仲尼 **子仁** 春秋書曰齊豹盜左氏謂之求名而亡

古跡　詩三十七首

鳳翔八觀 并敘

鳳翔八觀詩記可觀者八也昔司馬子長登會稽探禹穴不遠千里而李太白亦以七澤之觀至荆州二子蓋悲世悼俗自傷不見古人而欲一觀其遺跡故其勤如此鳳翔當秦蜀之交士大夫之所朝夕往來此八觀者又皆跬步可至而好事者有不能徧觀焉故作詩以告欲往觀而不知者

石鼓歌

冬十二月歲辛丑我初從政見魯叟 **次公** 魯叟指言孔子李白贈裴十七詩云魯叟悲匏

（瓜石鼓周宣王時物在孔子廟云爾）舊聞石鼓今見之，文字鬱律蛟蚍走。（【次公】西京賦隱蟒鬱律甘泉賦靁鬱律於巖窔）細觀初以指畫肚，（【續】虞世南學書常於被下以指畫肚）欲讀嗟如箝在口。（【次公】箝在口以言讀之難也退之苦寒詩云濁醪沸入喉口角如銜箝【縯】永叔詩云有口欲說嗟如箝）韓公好古生已遲，（【厚】退之石鼓歌云嗟予好古生苦晚對此涕淚雙滂沱）我今況又百年後。強尋偏旁推點畫，時得一二遺八九。我車既攻馬亦同，其魚維鱮貫之柳。（【自注】其詞云我車既攻我馬既同又云其魚維何維鱮維鯉何以貫之維楊與柳惟此六句可讀餘不可通【次公】先生詩後段云憶昔周宣歌鴻鴈當時籀史變蝌蚪則石鼓之字蓋蝌蚪之變者韓愈有蝌蚪書後記一篇云李陽冰之子服之授余以其家蝌蚪孝經漢衛宏官書兩部合一卷且曰古書得其依據蓋可講如是則退之宜識蝌蚪書者而石鼓歌乃云辭嚴義密讀難曉字體不類隸與蝌而先生今詩乃能通其六句則先生爲精於書學矣歐陽集古跋尾蓋謂韋應物以爲文王之鼓韓退之以爲宣王之鼓不知何所據而然卒取退之之好古不妄者爲可信然未嘗載其文至子由和先生詩乃云形雖不具意可知有云楊柳貫魴鱮先生詩注其文云維鱮維鯉而子由云魴鱮豈各以所辨之字言之乎【堯卿】永叔云石鼓有十今在鳳翔孔子廟中初棄于野鄭餘慶徙于廟其一無文其九有文可見者四百一十七字可識者二百七十二字）古器縱橫猶識鼎，眾星錯落僅名斗。（【次公】以言眾字不可識而獨識六句若古器中之鼎眾星中之斗耳）糢糊半已以瘢胝，詰曲猶能辨跟肘〔次公〕言字中之泐滅缺損者如瘡疣之瘢痕手間之腁胝與夫形軀不全但餘跂跂臂肘者耳娟娟缺月隱雲霧濯濯嘉禾秀稂莠〔次公〕又以言字之見存者如雲霧中之缺月稂莠間之嘉禾也漂流百戰偶然存獨立千載誰與友上追軒頡相唯諾下揖冰斯同鷇㲉〔次公〕鷇音立候切鳥子生哺者㲉音乃候切乳也憶昔周宣歌鴻鴈〔詩〕曰宣王有鴻鴈詩當時籀史變蝌蚪〔續注〕軒軒轅也頡蒼頡也斯李斯也冰李陽冰也頡爲黃帝史因觀鳥跡始作書契古文是也周宣王時史籀著大篆十五篇與古稍異謂之籀書秦相李斯取籀文或頗省改謂之小篆焚先典而古文絕矣漢魯共王壞孔子宅得尚書春秋論語孝經時以不復知古文故謂之蝌蚪書而斯號爲二篆諸山刻石荆王璽文及銅人銘皆斯所書謂之玉筯體唐李陽冰獨得斯用筆意議者謂冰愈於斯也鷇㲉鳥哺乳其子厭亂人方思聖賢中興天爲生耆耇〔次公〕厭乱則夷王厲王之乱也中興則宣王中興也生耆耇則指史籀及方召申甫尹吉甫之屬東征徐虜闞虓虎〔續注〕常武詩省此徐土又云進厥虎臣闞如虓虎北伐犬戎隨指嗾〔次公〕按國語穆王將征犬戎祭公謀父諫之不聽遂征之而詩載宣王北伐則曰北伐玁狁而已嗾蘇后切使犬之聲也左傳載晉靈公欲攻趙盾曰嗾夫獒焉象胥雜沓貢狼鹿〔厚〕周官象胥掌蠻夷閩貉戎狄之國使掌傳王之言而諭說焉周穆王征伐犬戎得四白狼四白鹿以歸方邵聯翩賜圭卣〔次公〕方叔召虎也按詩崧高曰王遣申伯錫爾介圭江漢曰王釐召虎釐爾圭瓚秬鬯一卣方叔雖不見錫圭卣明文而可以召虎

推之參遂因鼙鼓思將帥【縯】記曰聽鼓鼙之聲則思將帥之臣豈爲考擊煩矇瞍【次公】詩子有鐘鼓弗鼓弗考又曰矇瞍奏公何人作頌比崧高【次公】崧高尹吉甫美宣王之詩也詩毛云吉甫作誦其詩孔碩故云作頌比崧高也萬古斯文齊岣嶁【援】退之詩岣嶁山尖神禹碑字青石赤形摹奇勳勞至大不矜伐文武未遠猶忠厚欲尋年歲無甲乙豈有文字記誰某【次公】宣王在位四十六年而史冊無載石鼓之事宣王之詩其見於經所作者有曰仍叔有曰尹吉甫今石鼓之上又無名氏故云爾也自從周衰更七國竟使秦人有九有【次公】七國秦楚韓趙魏燕齊也其後秦并六國遂有天下書曰以有九有之師掃除詩書誦法律投棄俎豆陳鞭杻當年何人佐祖龍【縯】秦本紀始皇三十六年秋使者從關東夜過華陰平舒道有人持璧遮使者曰爲吾遺滈池君明年祖龍死使者問其故忽不見使者奉璧具以聞始皇嘿然良久曰山鬼固不過知一歲事也退言曰祖龍者人之先也使御府視璧乃二十八年行渡江所沉璧也上蔡公子牽黃狗【厚】上蔡公子李斯也斯出獄與其中子俱執顧謂其中子曰吾欲與若復牽黃犬俱出上蔡東門逐狡兔豈可得乎登山刻石頌功烈【次公】秦二十八年始皇東行郡縣上鄒嶧山刻石頌秦德其詞揔三十六句以三句爲韻又南登琅邪作琅邪臺刻石頌秦德其詞揔七十二句以兩句爲韻二十九年登之罘刻石其詞揔三十六句復以三句爲韻具見史記後者無繼前無偶皆云皇帝巡四國烹滅彊暴救

黔首【次公】之罘之詩曰皇帝東遊巡登之罘又曰烹滅强暴振救黔首也六經既已委灰塵此鼓

亦當隨擊掊【次公】莊子掊擊於世俗傳聞九鼎淪泗上欲使萬夫沉水

取【次公】周末九鼎没泗水始皇過彭城齋戒禱祠欲出鼎使千人没水求之弗得暴君縱欲窮人力神物

義不汙秦垢是時石鼓何處避無乃天工令鬼守【續】退之石鼓歌亦云雨淋日炙野火燎鬼物守護煩撝呵興亡百變物自閑富貴一朝名不朽細思

物理坐歎息人生安得如汝壽【次公】上兩句盖言興亡雖有百變而物則自閑富貴止乎一朝而名能不朽也此詩人因物起興以結一篇之成也自周宣即位歲在甲戌至大宋英宗踐祚之初歲在癸卯時已幾二千年矣更秦漢魏晉隋唐之代其物宛然而存豈不謂之壽乎

咀楚文【自注】碑獲於開元寺土下今在太守便廳秦穆公葬於雍橐泉祈年觀下今墓在開元寺之東南數十步則寺豈祈年之故基耶淮南王遷於蜀至雍道病卒則雍非長安此乃古雍也【次公】問咀楚文於學古文者云有數本其文皆同唯神名異開元寺下所得乃咀于巫咸神者是數一本中唯巫咸之文筆法最精其家無之唯此有咀于亞駝神一本詳其篆文乃先生詩中語也今載于此字有不可識者則書闕以補之其文曰秦嗣王敢用吉玉宣璧使其祝宗邵鼛布愍告于丕顯大神亞駝以底楚王熊相之多罪昔我先君穆公及楚成王是勠力同心兩邦若壹絆以婚姻袗以齊盟

曰萬葉子孫毋相爲不利親卬丕顯大神亞駝而質焉今楚王熊相庸回無道淫佚湛乱宣侈競縱变渝盟刺内之則虣虐不辜刑殺孕婦幽剌親戚拘圉其叔父寘諸冥室櫝棺之中外之則冒改久闕不畏皇天上帝及丕顯大沈亞駝光烈威神而兼倍十八世之盟詛率諸侯之兵以臨加我欲剗伐我社稷闕滅我百姓闕蔑法皇天上帝及丕顯大神亞駝之卹祠圭玉犧牲闕取我邊城新郢及郲闕郢及郲闕不敢曰可今又悉興其衆張矜丕怒闕甲闕兵奮士盛師以偪我邊境將欲覆其闕亦應受皇天上帝及丕顯大神亞駝之幾靈德賜克劑楚師復略我邊城敢數楚王熊相之倍盟闕詛著諸名章以盟大神之威神其文如此

崢嶸開元寺髣髴祈年觀〔元肅〕秦始皇帝本紀注蘄年宮在雍舊葉掃成空古碑埋不爛〔[illegible]〕杜子美詩跡籍臺觀舊言其久也蓋自秦至今朝嘉祐千餘年舊日版築掃地盡矣寗冉戚之歌曰南山粲白石爛詛書雖可讀字法嗟久換詞云秦嗣王敢使祝用瓚先君穆公世與楚約相捍質之於丕咸〔堯卿〕鄭有神名曰季咸知人之死生存亡禍福壽夭期以歲月旬日若神萬葉期不叛今其後嗣王乃敢搆多難刳胎殺無罪親族遭圍絆計其所稱許何啻桀紂亂〔次公〕自詞云秦嗣王自此皆咀楚文中語吾聞古秦俗面詐背不汗豈惟公子卬〔[illegible]〕史記商鞅傳孝公使衛鞅將而伐魏使公子

所將而擊之軍既相距衛鞅遺魏將公子卬書曰吾始與公子驩今俱爲兩國將不忍相攻可與公子面相見盟樂飲而罷兵以安秦魏魏公子卬以爲然會盟以飲而衛鞅伏甲士而襲虜魏公子卬因攻其軍盡破之以歸秦

社鬼亦遭謾遼哉千載後【堯卿】新論雍門周謂孟嘗君曰千秋萬歲之後高臺已傾曲池已平又羊祜云千秋萬歲之後魂魄猶應登此漢高祖曰吾千秋萬歲魂魄猶思沛

發我一笑粲【次公】公羊傳軍士粲然皆笑【師】古詩靈妃顧我笑粲然啓玉齒

王維吳道子畫【堯卿】唐朱景元畫斷以道子爲神品上上摩詰爲妙品上上【季南】名畫記王維字摩詰太原人年十九進士擢第以詞學知名官至尚書右丞工畫

何處訪吳畫普門與開元【次公】普門開元二寺名

開元有東塔摩詰留手痕吾觀畫品中莫如二子尊道子實雄放浩如海波翻當其下手風雨快【堯卿】杜詩筆落驚風雨

筆所未到氣已吞亭亭雙林間【次公】佛書佛說法於雙林樹下【堯卿】釋迦在世救化四十九年天龍人鬼並來聽法後於拘尸那城娑羅雙林間二月十五日入般涅盤者譯言滅度又謂之常樂我淨弟子迦葉追共撰集其教爲十二部

彩暈扶桑暾【次公】扶桑日所出之處暾日光也【堯卿】山海經云大荒之中暘谷上有扶桑日始出之地也朝日始出謂之暾故謝靈運詩云晚見朝日暾杜子美亦曰絕壁上朝暾言此者說之圓相耳又畫斷云大凡佛之圓光皆須尺寸先定然後規圓而成惟吳生總一筆又云畫成矣最後方畫圓光風落電轉規成月圓

中有

至人談寂滅悟者悲涕迷者手自捫蠻君鬼伯千萬萬相
排競進頭如黿【師】開元寺有道子畫佛在雙林下入涅槃像摩詰本詩老【縯】王維詩宿世謬辭客前
身應畫師佩芷襲芳蓀【堯卿】謝靈運云浥露馥芳蓀又杜詩小儒緘芳蓀今觀此壁畫亦
若其詩清且敦祇園弟子盡鶴骨【次公】祇園亦佛之所舍佛書云佛說於祇樹園也心
如死灰不復溫【縯】莊子形若槁木心若死灰門前兩叢竹【堯卿】摩詰書叢竹於開元寺雪
節貫霜根交柯亂葉動無數一一皆可尋其源吳生雖妙
絕猶以畫工論【次公】魏文帝與吳質書劉公幹五言詩之善者妙絕時人老杜言吳畫於玄元皇帝廟詩曰畫手看前輩
吳生遠擅場摩詰得之於象外有如仙翮謝籠樊【[illegible]之】神仙傳王刺仲變篆為隸
始皇召之不至將殺之刺仲化為大鳥振翼而起以三大翮墮與使者始皇因名為落翮山吾觀二子皆神俊
又於維也斂衽無間言【次公】潘安仁秋興賦且斂衽以歸來選云人無間言【堯卿】張顛傳云後輩言筆札者歐虞
褚陸或有異論至張顛曾無間言

維摩像唐惠之塑在天柱寺

昔者子輿病且死其友子祀往問之跰𨇤鑒井自歎息造物

將奚以我爲〔厚〕莊子曰子輿有病子祀往問之曰偉哉夫造物者將以予爲此拘拘也曲僂發背上有五管頤隱於臍肩高於頂句贅指天陰陽之氣有沴其心閒而無事跰躚而鑑于井曰嗟乎夫造物者又將以予爲此拘拘也 今觀古塑維摩像病骨磊嵬如枯龜乃知至人外生死此身變如浮雲隨〔次公〕維摩經云是身如浮雲須臾變滅 世人豈不碩且好〔次公〕詩云碩大且卷 身雖未病心已疲此叟神完中有恃談笑可却千熊羆〔次公〕選詩云談笑却秦軍 當其在時或問法俛首無言心自知〔縯〕維摩經言文殊師利問維摩詰何等是菩薩入不二法門時維摩詰默然無言文殊師利歎曰善哉善哉乃至無有文字語言是眞入不二法門也 至人之遺像兀不語與昔未死無增虧田翁里婦那肯顧〔厚〕詩莫我肯顧 時有野鼠銜其髭〔堯卿〕晉謝靈運髭美臨刑因施作南海祇洹寺維摩詰像髭寺人寶惜略不虧損子由嘗和此詩云長嗟靈運不知道強翦美髭插兩頰彼人視身如枯木割去右臂非所患何況塑畫已身外豈必奪爾庸自全 見之使人每自失〔援〕莊子神巫見壺子自失而走 誰能與詰無言師

東湖

吾家蜀江上江水綠如藍〔師〕李白詩山光水色綠如藍〔堯卿〕白樂天詩春來江水綠如藍李商隱詩千里

宜若脩江水色含煙帶月碧於藍邇來走塵土意思殊不堪況當岐山下風物尤可慚有山禿如赭【次公】南山詩或赤若禿鬜音客八切【堯卿】赭謂無草木也秦始皇至湘山祠逢大風幾不得度上問博士曰湘君何神對曰堯女舜妻舜死而葬於此於是始皇大怒使刑徒三千人伐湘山木赭其山有水濁如泔不謂郡城東數步見湖潭入門便清奧怳如夢西南泉源從高來隨波走涵涵東去觸重阜盡爲湖所貪【次公】秦少游龍井泉記其言西湖之美則曰岸湖之山多爲所誘而不克以爲泉言浙江之壯則曰岸江之山多爲所脅而不暇以爲泉先生嘗愛其所誘所脅之向自今觀之蓋自先生湖所貪之勢來矣但見蒼石螭開口吐清甘借汝腹中過胡爲目眈眈【次公】易虎視眈眈新荷弄晚涼輕棹極幽探飄飄忘遠近偃息遺佩篸深有魚與龜淺有螺與蚶【次公】退之溪堂詩淺有蒲蓮深有蒹葭【毛】物類相感志蚰漢水其味如蜜東方朔得以獻武帝曝晴復戲雨戢戢多於蠶浮沉無停餌倏忽遽蕭藍絲紙緡雖強致【次公】詩云其釣維何維絲伊緡瑣細安足戡聞昔周道興翠鳳棲孤嵐【續】周興鸑鷟鳴于岐山【次公】寰宇記載地志云周文王之時丹鳳鳴于岐山故亦曰鳳皇堆飛鳴飲此水照影弄毿毿【自注】此古飲鳳池也【厚】皮日休詩云毿毿被其躰至今多

梧桐合抱如彭聃【次公】莊子曰鵷鶵非梧桐不止然則至今多梧桐則自古以來有此梧桐矣盖道其實也彭者彭祖聃者老聃也以言梧桐歷年之多如此二老人也綵羽無復見【次公】東觀漢記鳳皇毛羽五采也上有鸞

摶鶴嗟予生雖晚好古意所耽【退之】退之石鼓詩嗟予好古生苦晚圖書已漫漶猶復訪僑郯【厚】僑鄭子產也辨實沈臺駘之祟晉侯曰博物君子郯子也言少昊氏以鳥名官孔子曰天子失官學在四夷猶信並出左傳

卷阿詩可繼此意久已含【次公】卷阿詩曰鳳皇鳴矣于彼高崗梧桐生矣于彼朝陽故思作詩以繼焉扶風古三輔【次公】漢太初元年更渭南郡爲京兆尹即今之長安更河上郡爲左馮翊即今之同州更主爵都尉爲右扶風即今之鳳翔府謂之三輔也【師】前漢趙廣漢傳左馮翊右扶風皆治長安犯法者從迹喜過京兆界廣漢嘆曰乱吾法者常三輔也

政事豈汝諳聊爲湖上飲一縱醉復談門前遠行客劫劫無留騶閒胡不回首無乃趁朝參【次公】杜詩頗怪朝參懶子今正踈懶官長幸見函不辞日遊再行恐歲滿三暮歸仍倒戴【援】晉書山簡傳日暮倒戴歸酩酊無所之鍾鼓已韽韽【次公】官韻注云鍾鼓微也周禮典同掌六律六同之和以辨天地四方陰陽之聲凡聲有十二而其一曰微聲韽是巳

眞興寺閣

山川與城郭漠漠同一形【堯卿】此詩用古人意而不用其字杜子美登慈恩寺塔詩云秦山忽破碎涇渭不可求俯視但一氣焉能辨皇州市人與鴉鵲浩浩同一聲【次公】杜詩孤舟似昨日聞見同一声此閣幾何高何人之所營側身送落日引手攀飛星【堯卿】李太白詩危樓高百尺手可摘星辰不敢高声語恐驚天上人當年王中令【續注】名彥超周末留為鳳翔節度使斫木南山赬【希注】赬赤色猶赭山也寫真留閣下鐵面眼有稜【次公】晉書劉惔言桓溫云眼如紫石稜身彊八九尺【次公】杜詩言張鎬云張公一生江海客身長九尺鬚眉蒼與閣兩崢嶸古人雖暴恣作事今世驚登者尚呀喘作者何以勝曷不觀此閣其人勇且英【堯卿】太白詩張子勇且英

李氏園【自注】李茂正園也今為王氏所有【次公】本姓宋名文通唐信宗光啓三年六月鳳翔節度使李昌符反犯大安門不克奔于隴州七月茂正攻拔之斬昌符十月以茂正為鳳翔節度使賜姓名帝親製字曰正臣昭宗景福元年七月反遂犯京師以為中書令進封秦王至後唐莊宗同光二年以鳳翔節度使秦王卒

朝游北城東回首見脩竹【次公】楚辭嬋娟之脩竹下有朱門家破墻圍古屋舉鞭叩其戶幽響答空谷入門所見夥【厚】前漢陳勝傳客曰夥涉

之王汝沉者楚人謂多爲影也十步九移目巽花兼四方【朱】杜詩異花開絕域野鳥

喧百族其西引溪水活活轉墻曲【次公】詩北流活活東注入深林

【次公】詩豐水東注【[illegible]】退之云我不如水東注林深牕户緑水光兼竹靜【次公】杜詩云遠水兼天淨

時有獨立鵠林中百尺松歲久蒼鱗皴豈惟此地必意恐

關中獨小橋過南浦夾道多喬木【次公】別賦云送君南浦孟子非謂有喬木之謂隱

如城百雉【厚】左傳都城過百雉国之害也注方丈曰堵三堵曰雉【周】後吴漢傳隱若一敵國挺若舟千斛

【元龍】太白陰經曰船闊狹長短皆以米爲率一人重米二石陰陰日光淡黯黮秋氣蓄盡東

爲方池野鳲雜家鶩紅棃鬱合抱【次公】杜詩紅綠[illegible]得霜映島孤雲馥

【堯卿】退之詩欲知花島處水上覓紅雲春光水溶漾雪陣風翻撲其北臨長溪

波聲卷平陸北山卧可見蒼翠間燒禿我時來周覽問此

誰所築云昔李將軍負險乘衰叔【師】李茂正唐末據鳳翔但未推羹粥當時奪民

【縯】漢律人出一筭筭百二十錢民年七歲至十五出口錢唐德宗稅屋間架抽錢筭間口

田失業安敢哭【次公】按章衡編年通載茂正卒於鳳翔而歐陽所立傳則云茂正加封岐王其居岐以寛仁愛物民頗安之

之嘗以地使賦薄下令摧油禁城門内松薪以其可爲炬也有憂者誚之曰臣請併禁月明茂正笑而不怒今先生云抽錢弄間口又云當
詩奪民田豈有所據而言耶　誰家美園圃籍沒不容贖此亭破千家【飛卿】賈島詩云
破却千家作一池不栽桃李種薔薇　鬱鬱城之麓【次公】按歐陽公所立傳星言茂正之子從巖有田千頃竹千畝在鳳
翔擢侵民利未嘗省理鳳翔人愛之則此園有水竹者必其地矣　將軍竟何事蟣蝨生刀韣【師】前
漢嚴安傳介胄生蟣蝨民無所告愬　何嘗載美酒【大年】漢揚雄嗜酒家貧人常載酒殽過其家与之同飲　來此
駐車轂空使後世人聞名頸猶縮　俗謂皇后園盖茂正謂其妻也　我今官正
閑屢至因休沐【厚】史記石建爲郎中令每五日洗沐歸謁親又漢書楊惲休謁洗沐皆以法令從事【次公】張安世傳休沐
未嘗出　人生營居止竟爲何人卜何當辦一身永與清景逐【次公】
杜詩從此具扁舟弥年逐清景

秦穆公墓【子功】三輔黃圖槖泉宮皇覽曰秦繆公冢在槖泉宮祈年觀下
槖泉在城東墓在城西無百步乃知昔未有此城秦人以
泉識公墓【次公】識音志　昔公生不誅孟明【鐵】左傳文元年殽之役晉人既歸秦帥秦大夫及左右言
於秦伯曰是敗也孟明之罪也必殺之秦伯曰是罪也孤實貪以禍夫子夫子何罪復使爲政　豈有死之日而

忍用其良【厚】左傳文六年秦伯任好卒以子車氏之三子奄息仲行鍼虎爲殉皆秦之良也國人哀之爲之賦黃鳥君子曰秦穆之不爲盟主也宜哉死而弃民先王遺世猶詒之法而況奪之善人乎詩曰人之云亡邦國殄瘁无善人之謂也若之何奪之君子是以知秦之不復東征也【師】孟明視爲秦伐鄭三日敗之於殽穆公不誅卒用孟明以霸西戎公薨弃以三良爲殉詩人刺其以人從死乃知三子殉公意亦如齊之二子從田橫【援】前漢書田橫以高帝之詔與其客二人乘傳詣洛陽至尸鄉廄自剄高帝曰嗟乎有以起布衣兄弟三人更王豈非賢哉爲之流涕而拜其二客爲都尉以王者禮葬田橫既葬二客穿其塚旁自剄從之古人感一飯尚能殺其身【次公】李固傳云竊感古人一飯之報注云靈輒也按靈輒事左傳宣二年晉侯飲趙盾酒伏甲將攻之初宣子田于首山舍于翳桑見靈輒餓問其病曰不食三日矣食之既而爲公介倒戟以禦公徒而免之問其故對曰翳桑之餓人也問其名居不告而退遂自亡【續】曰史記范睢傳一飯之德必償也今人不復見此等乃以所見疑古人【次公】詩意蓋不欲罪秦穆公之遺命而以三子自感恩以死故謂穆公不殺孟明則知其不忍強三子謂田橫之客甘心於從死則知三良亦必有所爲古人不可望今人益可傷

濠州七絕

塗山【自注】下有鯀廟山前有禹會村

川鎖支祁水尚渾【續】異聞集載古嶽瀆經禹治水至桐栢山獲淮渦水神名曰巫支祁善應對辨淮之淺深源之

遠近石神曰庚辰者鎖于龜山之足而淮乃安流唐時有漁者釣得一古鎖牽出其末有如獮猴者蓋此物【辨曰】國史補曰楚州漁人於淮中釣得古鐵鎖刺史李陽大集人力引之鎖窮有青獮猴躍出水而逝山海經云水獸好爲雲禹鎖於軍山之下其名曰無支祁

地埋汪罔骨應存【厚】禹會諸侯於塗山防風氏後至禹殺而戮之其骨專車防風汪罔氏之君守封禺之山【次公】按家語孔子云會稽之山而今作塗山事按酈元水經注淮水引春秋左傳哀公七年大夫劉孟孫曰禹會諸侯于塗山執玉帛者万國杜預曰塗山在壽春東北非也乃繼之以余按國語吳伐楚隳會稽獲骨焉節專車吳子使問仲尼仲尼曰禹致羣臣於會稽之山防風氏後至禹殺之其節專車蓋丘明親承聖旨錄爲實證矣又云塗山有會稽之名今具錄之以俟博聞

樵蘇已入黃熊廟【援】舜殛鯀于羽山其神化爲黃熊入于羽淵也【少度】前漢書樵蘇後爨注云樵取薪也蘇取草也【致約】左傳稱鯀化爲黃熊国語作黃能按熊獸名能奴來切三足鱉魚也東海人祭禹廟不用熊白及鱉魚爲膳抑亦以左傳國語不同兼存之也

烏鵲猶朝禹會村

彭祖廟【自注】有雲母山云彭祖所採服也

跨歷商周看盛衰【次公】按神仙傳彭祖姓籛名鏗帝顓頊之玄孫也至殷末已七百六十七歲故云跨歷商周【伯可】曰抱朴子內篇曰按彭祖經云自帝嚳佐堯歷夏至殷爲大夫殷王遣綵女從受房中之術行之有効欲殺彭祖以絕其道彭祖覺而逃去時年七八百耳非爲死也

欲將齒髮鬪蛇龜【元厚】王策記曰千歲之龜五色具焉又云蛇有無窮之壽

空飡□□連山盡【厚】太平廣記彭祖善於補導之術并服水桂雲母粉常有少容

不見蟠桃着子時

武帝外傳王母以玉盤盛桃七顆形圓青色王母以四與帝三自食桃味甘美口有盈味帝輒錄其核王母問帝曰欲種之母曰此桃三千年一實帝乃止〔堯卿〕神仙傳曰彭祖至商之末年已七百餘歲王聞之欲以爲大夫稱疾不與政事采女乘輜軿往問道於彭祖采女具受諸要以教王王試爲之有驗欲秘之彭祖乃去不知所如其後七十餘年門人於流沙西見之世稱彭祖壽八百故云不見蟠桃着子蟠桃三千年一實

逍遥臺

〔自注〕莊子祠堂在開元寺即墓爲堂也

常怪劉伶死便埋〔縯〕晉劉伶嘗乘鹿車携一壺酒使人荷鍤隨之曰死便埋我〔師〕公曰伯倫非達者也棺槨衣衾不害爲達苟爲不然死則已矣何必更埋　豈伊忘死未忘骸烏鳶奪得與螻蟻〔厚〕莊子將死弟子欲厚葬之曰吾恐烏鳶之食夫子也莊子曰在上爲烏鳶食在下螻蟻食奪彼予此何其偏也　誰信先生無此懷

觀魚臺

欲將同異較錙銖肝膽猶能楚越如〔縯〕莊子自其異者視之肝膽楚越也自其同者視之萬物皆一也　若信萬殊歸一理子今知我我知魚〔厚〕莊子曰儵魚出游從容是魚樂也惠子曰子非魚安知魚之樂莊子曰子非我安知我不知魚之樂

虞姬墓

帳下佳人拭淚痕門前壯士氣如雲【演】項羽聞漢軍四面皆楚歌驚曰漢皆已得楚乎乃夜起飲帳中有美人姓虞氏常幸從乃悲歌慷慨自爲歌詩數曲美人和之羽泣下數行左右皆泣於是羽遂上馬戲下騎從者八百餘人夜潰圍出

倉皇不負君王意獨有虞姬與鄭君【後】項羽垓下之敗虞姬先自刎鄭君嘗事項籍籍死而屬漢高帝命籍臣皆名籍鄭君獨不奉詔詔拜名籍者爲大夫而逐鄭君見鄭當時傳

四望亭【自注】太和中刺史劉嗣之立李紳以太子賓客分司東都過濠爲作記今存而亭廢者數年矣

頹垣破礎没柴荆故老猶言短李亭【續】唐李紳號短李白樂天詩云閑吟短李詩又云借教短李作歌行

敢請使君重起廢【後】唐柳宗元文集有起廢一篇

落霞孤鶩换新銘【原】唐王勃滕王閣記落霞與孤鶩齊飛

浮山洞【自注】洞在淮上夏潦不能及而冬不加高故人疑其浮也

人言洞府是鼇宫升降隨波與海通【師】列子海中有五山其根無所連着常隨波上下往來帝遣巨鼇十五舉首而載之五山始峙而不動

共坐船中那得見乾坤浮水水浮空【次公】杜洞庭詩乾坤日夜浮【師】渾天儀天如雞子地如雞子中黄孤居於天内天大而地小表裏有水四海之表浮于元氣之上天地各乘氣

上天地各乘氣
戴水而行

遊東西巖【自注】即謝安東山也【天社】按臨安縣圖記東永安巖西永安巖在縣北二十里即謝安東山也【孫彦忠】韻語秋陽一云安本傳謂安登台輔於土山游集今土山在建康建康事迹云安石於此擬會稽之東山亦號東山

謝公含雅量【厚】謝安嘗與孫綽等泛海風起海湧諸人並懼安吟嘯自若衆咸服其雅量世運屬艱難況復情所鍾【續】晉王衍曰太上忘情最下不及情然則情之所鍾正在我輩感槩中年正賴絲與竹陶寫有餘歡常恐兒輩覺坐令高趣闌【厚】王羲之傳謝安嘗謂羲之曰中年以來傷於哀樂與親友別輒作數日惡羲之曰年在桑榆自然至此頃正賴絲竹陶寫常恐兒輩覺損其歡樂之趣獨攜縹緲人來上東西山【續】安棲遲東山放情丘壑然性好音樂每遊賞必以妓女從放懷事物外徙倚弄雲泉【倬】選謝叔源詩徙倚引芳樽一旦功業成管蔡復流言慷慨桓野王哀歌和清彈挽鬚起流涕始知使君賢【厚】末年會稽王道子及安婿王國寶以安功名盛極而構會之嫌隙遂成帝召伊飲燕安侍坐伊撫箏而歌怨詩曰爲君既不易爲臣良獨難忠信事不顯乃有見疑患周旦佐文武金縢功不刊推心輔王政二叔反流言聲節慷慨俯仰可觀安泣下沾衿乃越席而就之捋其鬚曰使君於此不凡帝甚有溫色野王伊小字也意長日月促卧病已辛酸慟哭西州門往駕那復還【續】安雖受朝寄然東山之志始末不渝欲須經略粗定自江道還東雅志未就遂遇疾篤還都聞當輿入西州門自以本志不遂深

自溉失因悵然謂所親曰吾病殆不起乎安薨後其婿羊曇至西州門以策叩扉誦曹子建詩曰生存華屋處零落歸山丘因慟哭而去【次公】西州門亭者多未曉在江寧府以府有東府城城中有揚州廨而揚州在府西故時人號爲東府西州而東府城之西門謂之西州門見寰宇記又載緣會稽王道子第在東府城之東謝安薨以道子代領揚州在第西故時人號爲東府西州如此則西州之名在於安薨之後矣安本傳乃有安病輿入西州門之事則寰宇記所引輿地志不亦謬乎先生所用雖止據本傳用謝安事而已今因與學者辨之

空餘行樂處古木昏蒼煙

虔州八境圖八首【明仲】曰先生八境圖序云南康八境圖者太守孔君之所作也君作石城城上樓觀臺榭東望七閩南望五嶺覽群山之參差俯章貢之奔流雲煙出沒草木蕃麗乃作詩八章題之圖上云又後序云其後十七年某南遷過郡得遍覽所謂八境者南康士大夫請於某願復書而刻之時紹聖元年八月十九日

坐看奔灘遶石樓【次公】按寰宇記載石樓山在信州玉山縣西南八十里兀然獨聳如樓閣之狀天寶中改爲象樓山而於虔州未嘗載有石樓之号但云黃唐山在縣北百六十里山行六里有石室傍有小石室七所相通其山獨立高一千三百丈豈公今所謂石樓者耶

使君高會百無憂三犀竊鄙秦太守【縯】秦時李冰爲蜀守作石犀五以厭水精杜甫石犀行君不見秦時蜀太守刻石立作三犀牛又云嗟尒三犀不經濟【次公】華陽國志言五犀而杜甫云三今所用者杜詩也

聊同沈隱侯【厚】沈約爲東陽太守作八詠寫於樓上約謚隱侯

濤頭寂寞打城還【縯】劉禹錫詩潮打城頭寂寞回 章贛臺前莫靄寒【次公】章貢臺乃章貢二水合流爲贛東晉永和五年太守高琰置郡城於二水之間南康郡治焉 倦客登臨無限思孤雲落日是長安

白鵲樓前翠作堆縈雲嶺路若爲開故人應在千山外不寄梅花遠信來【縯】越使者登執梅一枝以遺梁王梁臣韓子曰烏有以一枝梅遺列國之君者乎梅花寄信始於此【縯】荊州記曰陸凱與范曄相善自江南寄梅一枝詣長安與曄并贈詩曰折花逢驛使寄與嶺頭人江南無所有聊贈一枝春【師】大庾嶺上梅南枝落北枝開寒暖之候異故也嶺在虔之西南

朱樓深處日微明皁蓋歸時酒半醒薄暮漁樵人去盡碧溪青嶂遶螺亭【次公】螺亭乃螺亭石山在贛縣東南七十里寰宇記昔有貧女暮宿亭採螺忽夜中見衆螺張口噐其肉貧女死因葬水傍其冢化爲巨石號曰螺亭石山【師】福州謝端孑然一身釣於江上獲一巨螺其大如斗置之於家不以爲異出歸則飯食盈案端潛伺之有好女子具饌於室執而問焉女曰我乃螺女水神也天帝閔君之孤遣爲具食君已悉我亦當去乃留空螺曰君有所求當取於螺中因出門不復見後端有乏採螺皆如意傳數世猶在號江曰螺女江洲曰螺女洲廟曰螺女廟其地在虔州東南

使君那暇日參禪一望叢林一悵然成佛莫教靈運後【縯】南

史云會稽太守孟顗事佛精勤而爲謝靈運所輕嘗謂顗曰得道應須慧業文人生天當在靈運前成佛必在靈運後著鞭從使祖生先〔晉〕晉劉琨爲幷州刺史與范陽祖逖爲友聞逖被用與親故書曰吾枕戈待旦志梟逆虜嘗恐祖生先吾著鞭却從塵外望塵中無限樓臺煙雨濛〔次公〕詩零雨其濛山水照人迷向背只尋孤塔認西東

煙雲縹眇鬱孤臺積翠浮空雨半開〔偉〕顔延年詩積翠亦葱芊注松栢重布云積翠想見之罘觀海市〔縯〕之罘山在登州牟平縣中時時有雲氣如宮室臺觀城堞人物車馬冠蓋歷歷可見謂之海市天官書云海傍蜃氣象樓臺廣野氣成宮闕〔次公〕後集又有鬱孤臺詩云高臺十日留今豈想其可比蓬萊山乎絳宮明滅是蓬萊

回峯亂嶂鬱參差雲外高人世得知誰向空山弄明月山中木客解吟詩〔次公〕寰宇記所載上洛山多木客乃鬼類也形似人語亦似人而徐鉉小說載鄱陽山中有木客自言秦時造阿房宮采木者也食木實遂得不死時就民間飲酒爲詩一章云酒盡君莫酤壺傾我當發城市多囂塵還山弄明月然鄱陽則饒州也非虔州事豈先生因虔有木客遂用此邪

王齊萬秀才寓居武昌縣劉郎洑正與伍洲相對伍

子胥奔吳所從渡江也

君家稻田冠西蜀擣玉楊珠三萬斛塞江流柹起書樓〔續〕曰武帝謀伐吳詔王濬造船於蜀其木柹蔽江而下碧瓦朱欄照山谷〔次公〕杜詩碧瓦朱甍照城郭傾家取樂不論命散盡黃金如轉燭〔厚〕李白將進酒云天生我材必有用千金散盡還復來〔援〕杜詩萬事如轉燭又六二歲如轉燭惟餘舊書一百車方舟載入荊江曲〔次公〕爾雅大夫方舟江上青山亦何有伍洲遙望劉郎藪明朝寒食當過君請殺耕牛壓私酒〔次公〕董卓諸豪帥有來從之者爲殺耕牛與共宴樂李白詩吳姬壓酒喚客嘗與君飲酒細論文〔續〕老杜與李白詩何時一樽酒重與細論文酒酣訪古江之濆仲謀公瑾不須弔〔厚〕孫權字仲謀周瑜字公瑾瑜以兵三万敗曹公于赤壁赤壁山在鄂州蒲圻縣〔援〕按魏黃初二年孫權自公安徙都鄂改名武昌周瑜赤壁在武昌之西也一酹波神英烈君〔自注〕杭州伍子胥廟封英烈王〔續〕吳王殺子胥浮江中因爲波神

金山妙高臺

我欲乘飛車〔次公〕帝王世紀曰奇肱民能爲飛車從風遠行湯時西風吹奇肱車至於豫州湯破其車不以示民十年東風至乃復作車遣歸之其地去玉門四萬里〔仔〕李白詩誰能駕飛車相從觀海外東訪赤松子〔續〕張良傳良自稱以三寸舌爲

帝者師封萬户侯於良足矣願棄人間事從赤松子遊師古曰赤松子仙人號黄帝時爲雨師蓬萊不可到弱水三萬里【續】史記方士言海中有三神山蓬萊方丈瀛州諸仙人及不死之藥皆在焉未至望之如莫及到三神山反居水下臨之患且至則風輒引船而去終莫能至【援】神仙傳謝自然泛海求蓬萊一道士謂曰蓬萊隔弱水三萬里非飛仙不可到不如金山去清風半帆耳中有妙高臺【次公】妙高臺之名取華嚴經德雲比丘所居妙高峯爲義也

雲峯自孤起仰觀初無路【次公】唐人詩云山合疑無路誰信平如砥【次公】詩周道如砥臺中老比丘碧眼照牕几【師】謂了元長老也巉巉玉爲骨【次公】杜詩秋水爲神玉爲骨凛凛霜入齒機鋒不可觸【次公】機鋒字禪家之常如傳燈録序云神機交激若拄於箭鋒千偈如翻水【援】韓詩文如翻水成晉書鳩摩羅什日誦千偈【次公】何須尋德雲【續】華嚴經善財童子問法於五十三善知識而德雲比丘乃第一也即此比丘是長生未暇學請學長不死【次公】長生謂學仙長不死謂佛不生不滅也

欝孤臺【自注】以下四首皆虔州

八境見圖畫欝孤如舊遊【次公】八境者虔州有之人畫爲圖先生嘗賦詩欝孤乃其一也山爲翠浪湧水作玉虹流【次公】此縣乃退之江作青羅帶山爲碧玉簪之勢日麗崆峒曉【次公】

崆峒在虔州可以之極處風酣章貢秋【厚】水經注劉澄之曰贛縣東南有章水西有貢水縣治二水之間因以名焉丹青未變葉鱗甲欲生洲嵐氣昏晨樹灘聲入市樓煙雲侵嶺路草木半炎州【次公】嶺路則過虔州便是大庾嶺也南方謂之炎州以南方屬火故也杜甫用之多矣如得廣州張判官書而曰忽得炎州信也故國千峯外高臺十日留他年三宿處【厚】後漢襄楷言浮屠不三宿桑下不欲久生恩愛精之至矣又孟子三宿而後出晝準擬繫歸舟

廉泉

水性故自清不清或撓之君看此廉泉五色爛摩尼【厚】圓覺經云譬如清淨摩尼寶珠映於五色隨方各現廉者謂我廉乃以此名為有廉則有貪有慧則有癡誰為柳宗元【縯】柳子厚謫永州所居冉溪名之曰愚溪孰是吳隱之【援】吳隱之酌貪泉飲而賦詩曰縱使夷齊飲終當不易心漁父足豈潔【厚】楚辭漁父歌曰滄浪之水清兮可以濯我纓滄浪之水濁兮可以濯我足許由耳何淄【縯】高士傳堯讓天下於許由許由逃之而洗其耳於潁水紛然立名字此水了不知毀譽有時盡不知無盡時朅來廉泉上捋須看鬢眉好在水中人到處相娛嬉【次公】先生泛潁詩云豈此水薄相與我相娛嬉

塵外亭

楚山澹無塵贛水清可厲【次公】爾雅去衣涉水曰厲詩曰深則厲注云自帶已上也散策塵外遊麾手謝此世【演】李白詩因之出寥廓麾手謝公卿山高惜人力十步輒一憩却立浮雲端俯視萬井麗幽人宴坐處龍虎爲斬薙【次公】此下八句皆是馬祖事馬駒獨何疑【厚】傳燈録六祖謂南岳曰向去佛法從汝邊去馬駒踏殺天下人厥後江西遂禪法嗣布於天下時号馬祖豈憜山鬼計夜垣非助我諐敬欲其逝【次公】馬祖始居此山山鬼爲築垣馬祖自謂修行不至爲鬼所識乃捨去今先生詩語高馬祖一著也戲留一轉語【厚】傳燈録洞山道本來無一物遮裹合下得一轉語千載起攘袂【次公】鄱陽傳攘袂而正議

天竺寺　并引

予年十二先君自虔州歸爲予言近城山中天竺寺有樂天親書詩云一山門作兩山門兩寺元從一寺分東澗水流西澗水南山雲起北山雲前臺花發後臺見上界鐘清下界聞遥想吾師行道處天香桂子

落紛紛筆勢奇逸墨迹如新今四十七年予來訪之則詩已亡有刻石存耳感涕不已而作是詩

香山居士留遺迹【次公】白樂天以刑部尚書致仕與香山僧如滿結香火社自稱香山居士也天竺禪師有故家空詠連珠吟疊壁【次公】宣宗弔樂天詩綴玉聯珠三十年誰教冥路作詩仙已亡飛鳥失驚蛇【縯】懷素草書如飛鳥出林驚蛇入草林深野桂寒無子雨浥山薑病有花【厚】嶺表異錄山薑花莖葉即薑也根不堪食而葉間吐花作穗如麥粒【次公】山薑木也按本草朮一名山薑也四十七年真一夢天涯流落涙橫斜

碧落洞【自注】在英州下十五里

槎牙亂峯合晃蕩絕壁橫遙知紫翠間【次公】杜牧詩千峯橫紫翠古來仙釋并陽崖射朝日【次公】謝靈運詩朝日發陽崖高處連玉京【厚】靈樞金景內經曰下離塵境上界玉京注云玉京無爲之天也盖三十二帝之都玉京之下乃昆崙北都羅酆北帝三十六洞之所居處陰谷叩白月【次公】顏延年詩陽陸團精氣陰谷曳寒烓夢中遊化城【厚】法華經有一導師以方便力化作一城於是衆人前入化城生已度想生安隱想果然石門開中有銀河傾幽龕入窈窕別戶穿虛明

泉流下珠琲乳節交縵纓我行畏人知恐爲仙者迎小語輒響答空山雷自驚【注】韋應物詩水性本亦靜石中固無声如何兩相激雷轉空山驚策杖歸去來治具煩方平【厚】神仙傳王方平降蔡經家須臾麻姑繼至再拜方平行廚具食皆金盤玉杯多諸花果芬香異常擘脯食之云是麟脯

白水山佛迹巖一首【自注】羅浮之東麓也在惠州東北二十里【揚德】志林云紹聖元年十月十二日過游白水佛迹院浴於湯池熱甚其源殆可熟物循山而東有懸水百仞八九折折處輒爲潭水涯有巨人迹數十所謂佛迹也

何人守蓬萊夜半失左股【次公】惠州浮山據地里志云自會稽來今浮山上猶有東方草本又云本一羅山有山自蓬萊之峯浮來而合焉易明夷云夷于左股浮山若鵬蹲【厚】陳文惠公羅浮山圖讚亭羅浮山按本記山高三千六百丈周回三百二十七里然羅山一也浮山即蓬萊之別島也堯時洪水浮至依羅而止故有羅浮之号焉忽展垂天羽【續】莊子鵬之背若太山其翼若垂天之雲根株互連絡【次公】翻用列子言海中五山之根無所連著也崖嶠爭吞吐神工自爐鞴融液相綴補至今餘隙罅流出千斛乳方其欲合時天匠麾月斧【援】酉陽雜俎有人游山失道遇一人枕樸下坐因問之其人曰君知月七寶合

成乎常有八萬二千户脩之我其一也開樸有玉斤斧數事帝觴分餘瀝〔厚〕晉書陸納謂桓溫曰明公近云飲酒三升納正可二升今有一斗以備杯酌餘瀝山骨醉後土〔次公〕唐史武后殺二姻投酒甕中曰使之骨醉也石鼎聯句云巧匠琢山骨峯巒尚開闔澗谷猶呼舞海風吹未凝〔厚〕李白瀑布詩海風吹不斷古佛來布武〔續〕禮記堂下布武當時汪罔氏〔續〕家語孔子曰汪芒氏之君守封嵎之山者爲漆姓在虞夏商爲汪芒氏於周爲長翟氏今曰大人汪罔氏即防風氏也禹戮之其骨專車〔次公〕投足不蓋拇青蓮雖不見千古落花雨〔厚〕楞嚴經即時天雨百寶蓮花青黃赤白間錯紛揉雙谿匯九折〔次公〕禹貢東〔滙〕澤爲彭蠡注〔滙〕回也萬馬騰一鼓奔雷濺玉雪潭洞開水府潛鱗有饑蛟掉尾取渴虎我來方醉後濯足聊戲侮回風卷飛雹掠面過彊弩山靈莫惡劇微命安足賭此山吾欲老慎勿厭求取溪流變春酒〔次公〕李白襄陽歌此江若變作春酒壘麴便築糟丘臺與我相賓主當連青竹竿下灌黃精圃〔厚〕杜甫泉眼詩何當宅下流餘潤通藥圃三春濕黃精一食生毛羽

巖顏碑〔自注〕在忠州顏即巴郡太守事見蜀志張飛傳

先主反劉璋兵意頗不義孔明古豪傑何乃爲此事〔續〕益州牧

劉璋畏曹公遣法正迎先主爲助正因陳益州可取之策先主將步卒數萬入益州遂圍成都璋出降先主劉備也劉璋固庸主誰爲死不二嚴子獨何賢談笑傲碪几國亡君已執嗟子死誰爲何人刎山石使我空涕洟吁嗟斷頭將千古爲病悴

【續】先主入益州還攻劉璋張飛與諸葛亮等分定郡縣巴郡太守嚴顏生獲飛呵顏曰大軍至何不降顏曰卿等無狀侵奪我州但有斷頭將軍也飛怒令牽去斫頭顏色不變曰斫頭便斫頭何怒邪飛壯而釋之

八陣磧【續】諸葛亮推演兵法作八陣圖於魚復平沙之上壘石爲八行相去二丈桓溫見之謂常山蛇勢也文武皆莫能識之

平沙何茫茫髣髴見石蕝縱橫蒲江上歲歲沙水齧孔明死已久誰復辨行列神名非學到自古不留訣至人心已悟後世徒妄說自從漢道衰鋒起盡姦傑英雄不相下禍難久連結【釋】謂曹操孫權袁紹劉表之屬驅民市無煙戰野江流血萬人賭一擲殺盡如沃雪不爲久遠計草草常無法孔明最後起意欲掃羣孽崎嶇事節制隱忍久不決志大遂成迂歲月去如

嘗六師紛未整一旦英氣折唯餘八陣圖千古壯夔峽

諸葛鹽井【自注】井有十四自山下至山上其十三井常空每盛夏水漲則鹽泉迤邐遷去常去於江水之所不及

五行水本鹹【[illegible]】洪範五行水曰潤下潤下作鹹安擇江與井如何不相入此意誰復省人心固難足物理偶相逞猶嫌取未多井上無閑綆

過巴東縣不泊聞頗有萊公遺迹【仔】萊公本朝宰相寇準也嘗守官巴東世傳野水無人渡孤舟盡日橫即巴東詩也

萊公昔未遇寂寞在巴東聞道山中樹猶餘手種松江山養豪俊禮數困英雄執板迎官長趨塵拜下風當年誰刺史應未識三公

隆中【縯】漢晉春秋諸葛亮家于南陽之鄧縣在襄陽城西二十里號曰隆中

諸葛來西國千年愛未衰今朝遊故里蜀客不勝悲誰言

襄陽野生此萬乘師山中有遺貌矯矯龍之姿【補】徐庶曰諸葛孔明者臥龍也龍蟠山水秀龍去淵潭移空餘蜿蜒迹使我寒涕垂

時事　詩二首

庚辰歲人日作時聞黃河已復北流老臣舊數論此今斯言乃驗【夢得】按年譜元符三年庚辰先生年六十五在儋耳五月徽宗皇帝量移廉州

老去仍棲隔海村【次公】儋州在海州之中故云隔海村也夢中時見作詩孫天涯已慣經人日歸路猶欣過鬼門【厚】山水志廣安西路容州二州界有鬼門關諺曰若渡鬼門關十去九不回言多炎瘴也三策已應思賈讓【續】漢哀帝時賈讓奏言治河三策今見溝洫志孤忠終未赦虞翻【厚】三國志虞翻性疏直數有酒失孫權積怒放之交州在南十餘年卒典衣剩買河源米【厚】杜詩朝回日日典春衣屆指新蒭作上元

不用長愁掛月村【杜】杜詩月掛客愁村檳榔生子竹生孫【自注】海南勒竹每節生枝如竹竿大蓋竹孫也新巢語燕還窺硯【厚】杜詩頻來語燕定新巢舊雨來人不到門【次公】杜子美秋述杜子臥病長安旅次多雨生成青苔及榻常時車馬之客舊雨來今雨不來春水蘆根看鶴立

夕陽楓葉見鴉翻此生念念隨泡影【援】金剛經云如夢幻泡影莫認家山作本元【自注】言雖寄旅於海上不必以家山方是本元地

王狀元集百家注分類東坡先生詩卷之二

王狀元集百家注分類東坡先生詩卷之三

宮殿

詩十七首

和子由聞子瞻將如終南太平宮谿堂讀書【萬中】曰翊聖保德真君傳云　太宗皇帝遣起居舍人王龜從就終南山下築宮真君忽降言曰此地乃建上帝宮闕之地不可易也於是乃定凡三年宮成題曰上清太平宮

役名則已勤徇身則已媮我誠愚且拙身名兩無謀始者學書判【師】唐有書判拔萃科近亦知問囚但知今當爲敢問向所由士方其未得惟以不得憂既得又憂失此心浩難收【縯】論語鄙夫可與事君也與哉其未得之也患得之既得之患失之苟患失之無所不至也譬如倦行客中路逢清流塵埃雖未脫暫憩得一漱我欲走南澗春禽始嚶呦鞅掌久不決爾來又徂秋橋山日月迫府縣煩差抽【次公】史記黃帝葬橋山在今治寧州真寧縣先生此詩乃癸卯年之秋也是歲嘉祐八年仁宗皇帝二月上仙十月葬于永昭陵方秋時乃府縣差副山陵事所需也

三年辛苦誰敢愬民勞吏宜羞中間罹旱暵欲學喚雨鳩千夫挽一木十步八九休渭水涸無泥蓄堰旋插修【次公】前漢溝洫志武帝歌曰隤竹兮揵石菑揵音其偃切如淳曰樹竹塞水決之口稍稍布插按樹之水弱稍補令密謂之揵師古曰石菑者謂插石立之然後以土就填塞也【堯卿】岐下歲以南山木栰自渭入河經砥柱之險多致淪沒衙前以是破産者相繼也先生徧問諸老校校曰木栰之害本不至此若渭河未漲操栰者一時進止可無重費盖彼患其乘渭河之暴多方害之耳先生即修衙規使衙前自擇水工栰行無虞乃言於府事得條籍自是衙前之害減半對之食不飽【次公】詩今也每食不飽餘事更遑求近日秋雨足公餘試新蒭劬勞幸已過朽鈍不任鎪秋風欲吹帽【厚】晉書九月九日桓溫燕于龍山風吹孟嘉帽落【次公】退之薦士詩霜風破佳菊佳節迫吹帽西皐可縱遊聊爲一日樂慰此百日愁

洞霄宮【[illegible]】真境錄云杭州餘杭縣西一十八里有天極山宮曰洞霄舊名天柱觀

上帝高居愍世頑【續】退之哭孔丞詩天公高居鬼神惡故留瓊館在凡間青山九鎖不易到作者七人相對閑論語云作者七人矣今監官凡七人庭下流泉翠蛟舞洞中飛鼠白鴉翻【厚】李白詩仙鼠如白鴉【仔】按太白詩序云荊州玉泉寺近清溪諸山山洞往往有乳

窋窋中多玉泉交流中有白蝙蝠大如鴉按仙經蝙蝠一名仙鼠千歲之後躰白如雪棲則倒懸云〔原〕輶軒使者絶代語之蝙蝠自關而東謂之服翼或曰飛鼠北燕謂之蟙蠌

長松怪石宜霜鬢不用金丹苦駐顔

奉敕祭西太一和韓川韻四首〔子翠〕曰東軒筆録云太一宮舊在京城西蘇村謂之西太一熙寧初詔作宮於京城之東西隅謂之中太一

聖主新除祕祝〔續〕漢文帝十三年詔曰盖聞禍自怨起而福由德興今祕祝之官移過于下以彰吾之不德朕甚不取其除之

侍臣來乞豐年壽宮神君欲至半夜靈風肅然〔厚〕漢郊祀志武帝置壽宮神君神君最貴者太一其佐曰大禁司命之屬皆從之非可得見聞其言言與人音等時去時來來則風肅然也〔邦衡〕三輔黄圖曰壽宮北宮有神仙居壽宮張羽旗設供具以禮神神明神君來則肸然風生幃帳皆動

玉璽親題御筆金童來侍天香〔次公〕道家有言散花玉女侍香金童〔賓直〕唐李正封詩天香夜襲衣

禮罷祝融參乘〔續〕祝融西方炎帝之佐司馬相如大人賦祝融驚而蹕御兮清氣氛而後行〔次公〕左傳有朝必參乘選有使陽子參乘

前驅已過衡湘

解劍獨行殘月〔次公〕祭必法服則有劍之儀矣

披衣困卧清風夢蝶猶飛旅枕〔續〕莊周夢爲胡蝶栩栩然胡蝶不知周也俄然覺則蘧蘧然周也

粥魚已響枯桐

陂水初含曉淥，稻花半作秋香。皂蓋去迹朝日【次公】皂蓋乃太守之制衣杜詩東藩駐皂蓋又云皂蓋能忘折野梅今在侍臣言之未詳紅雲正遶宮墻【子仁】退之詩欲知花島處水上覓紅雲

次韻子由五月一日同轉對

跪奉新書笏在腰，談王正欲伴漁樵。【厚】揚雄長楊賦士有不談王道者則樵夫笑之晉陽豈爲一門事唐高祖謂溫大雅兄弟云我起義晉陽止爲卿一門耳宣政聯同五日朝正元中詔曰自今後五月一日御宣政殿與文武百僚相見憂患半生聯出處，歸休上策早招要。後生可畏吾衰矣【師】後生可畏又曰甚矣吾衰也久矣刀筆從來錯料堯【述】前漢方與公謂周昌曰君之史趙堯年雖少然奇士君必異之是且代君之位昌笑曰堯年少刀筆吏耳何至是乎居頃之昌爲趙相既行久之高祖持御史大夫印弄之曰誰可爲御史大夫者孰視堯曰無以易堯遂拜焉

次韻王晉卿上元侍燕端門

月上九門開【羨門】楚詞云虎豹九關王逸曰天門凡有九重星河遶露臺【師】故事上元月端門築露臺高丈餘優人娼女皆列其上君方枕中夢【仕】太平廣記有客於邯鄲逆旅遇呂仙翁與之枕客就枕遂夢入枕中仕宦數千年我亦化人來【援】周穆王執化人之袪騰而上者中天乃止暨及化人之宮王實以爲清都紫微鈞天廣樂帝之所居

光動仙毬縋香餘步輦回【師】上元端門放燈至夜闌綵山上縋下仙毬則天子乘步輦還內相從穿萬馬褭病若為陪

次韻蔣穎叔錢穆父從駕景靈宮二首

歸來病鶴記城闉【補】丁令威化鶴而歸作人言曰城郭如故人民非也舊踏松枝雨露新半白不羞垂領髮【次公】潘安仁秋興賦素髮颯以垂領軟紅猶戀屬車塵前輩戲語有西湖風月不如東華軟紅香土【次公】司馬相如諫獵書云犯屬車之清塵又杜詩豈無嵇紹血霑洒屬車塵乘輿在前又有副車八十一乘隨之不敢指斥故言屬車而已雨收九陌豐登後【安國】三輔舊事云長安城中八街九陌日麗三元下降辰粗識君王為民意不才何以助精禋【次公】爾雅精意以享曰禋【十朋】按年譜元祐七年壬申是歲南郊先生為鹵簿使

與君並直記初元白首還同入禁門玉殿齊班容小語霜廷稽首泫微溫適與穆父並拜廷中地皆濕相與小語道之【次公】梅聖俞詩云廡深容小語槐密漏微陽病貪賜茗浮銅葉【次公】銅葉言茶盞也老怯香泉灩寶罇回首鵷行有人傑坐知羞壽男是遊魂【次公】魏文帝苦哉行假氣遊魂魚鳥為伍又杜甫詩遊魂貸爾曹

次韻蔣潁叔二首

扈從景靈宮

道人幽夢曉初還已覺笙簫下月壇風伯前驅清宿霧祝融驂乘破朝寒[次公]屈原遠游賦風伯爲余前驅兮辟氛埃而清涼又曰祝融戒以蹕御祝融火神故云破朝寒也茱姿連璧從多士[續]晉書夏侯湛與潘岳友善每行止同輿接茵人謂之連璧妙句鏘金和八鸞[厚]退之荆潭唱和詩序鏗鏘發金石幽眇感鬼神詩烝民云八鸞鏘鏘已向詞臣得頻牧時潁叔新除熙河帥[次公]廉頗李牧皆古之良將也唐畢諴爲翰林學士大中末党項擾河西宣宗召對邊事諴奏破羌之狀上曰吾不意頗牧在吾禁中乃以爲邠寧節度使路人莫作老儒看

凝祥池

似知金馬客[無己]馬援傳曰武帝時善相馬東門京鑄作銅馬法獻之有詔立馬於魯班門外更名魯班門曰金馬門也時夢碧雞坊[次公]漢有金馬門待詔者在焉故學士謂之金馬客碧雞坊在成都杜甫云時出碧雞坊冰雪銷殘臘煙波寫故鄉[次公]史記秦皇每破諸侯之國命工人寫其宮室於宮中寫之鳴鑾自容與立馬久回翔[次公]容與回翔皆徘徊之意乞與三韓使[厚]三韓高麗國別名有辰韓弁韓馬韓也新

圖到樂浪 時高麗使在都下每至勝境輒圖畫以歸 厚 前漢武帝元封二年夏朝鮮斬其王右渠降以其地為樂浪等郡 呂曰 圖畫見聞志高麗國熙寧甲寅歲遣使金良鑑入貢訪中國圖畫銳意購求稍精者十無一二然猶費三百餘緡丙辰冬復遣使崔思訓入貢因將帶畫工數人乞奉寫相國寺壁畫歸國詔許之於是盡摹之持歸其畫人頗有精於筆法者

上元侍飲樓上三首呈同列

澹月疎星遶建章 厚 前漢武帝時栢梁災於是作建章宮 沂 三輔黃圖云武帝太初元年作建章宮度為千門萬户宮在未央西長安城外 仙風吹下御爐香侍臣鵠立通明殿 敦讀 胡聖保德傳云張守真朝玉皇大殿覩其額曰通明不曉其旨因焚香告曰通明之誼竊所未諭敢祈真教真君曰上帝升金殿殿之光明照於帝身身之光明照於金殿光明通徹故為通明殿亦不得見其面也 一朶紅雲捧玉皇 次公 通明玉帝殿名也翼聖傳載玉帝常有紅雲擁之雖真仙

薄雪初銷野未耕賣薪買酒看升平 龍文 續仙傳許宣平傳云嘗負薪以賣掛一花每醉吟曰負薪朝出賣沽酒日西歸 吾君勤儉倡優拙 厚 史記秦昭王謂范睢曰吾聞楚之鐵劍利而倡優拙 自是豐年有笑聲

按病三宮萬馬群九衢人散月紛紛 次公 杜詩絺衣挂蘿薜涼月白紛紛 歸來

一點殘燈在，猶有傳柑遺細君。侍飲樓上則見貴戚爭以黃柑遺近臣謂之傳柑蓋尚矣【縯】前漢東方朔伏日詔賜從官肉朔獨拔劒割肉太官奏之朔曰歸遺細君又何仁也

永安宮 今夔之永安門即古之遺址也

千古陵谷變，【仔】詩云高岸爲谷深谷爲陵 故宮安得存。徘徊問耆老，惟有永安門。遊人雜楚蜀，車馬晚喧喧。不見重樓好，誰知昔日尊。吁嗟蜀先主，兵敗此亡魂。【縯】先主伐吳與吳軍相拒於夷陵吳陸議大破先主軍先主還殂于永安宮 只應法正死，使公去遭燔。【縯】蜀兵既敗諸葛亮歎曰法孝直若在則能制主上令不東行就復東行必不傾危矣

渚宮【子仁】子由同賦此詩云楚塞多秋水荊王有故宮又云湘東晉宗子高氏楚元戎鑿沼長千尺開亭費萬千

渚宮寂寞依古郢，楚地荒茫非故基。二王臺閣已鹵莽，湘東王高氏 何況遠問縱橫時。【縯】謂六國時楚也 楚王獵罷擊靈鼓，猛士操船張水嬉。釣魚不復數魚鼈，大鼎千石烹蛟螭。當時郢人架宮殿，意思妙絕般與倕。飛樓百尺照湖水，上有燕趙千

蛾眉臨風揚揚意自得長使宋玉作楚詞秦兵西來取鐘簴故宮禾黍秋離離離【箋】秦始皇命王翦伐楚滅之黍離序云周大夫過宗周宗廟宮室盡爲禾黍詩云彼黍離離千年壯觀不可復今之存者蓋已卑池空野逈樓閣小惟有深竹藏狐狸臺中絳帳誰復見臺下野鴨浮清漪緑牕朱户春晝閉想見深屋彈朱絲腐儒亦解愛聲色何用白首談孔姬沙泉半涸草堂在破牕無紙風颼颼陳公蹤迹最未遠七瑞寥落今何之詳未百年人事知幾變直恐荒廢成空陂誰能爲我訪遺迹草中應有湘東碑

省宇　詩八首

次韻張昌言給事省宿

馮顛久已敵殘雪【箋】馮顛言馮唐也唐白首爲郎故爾戎眼何曾眩落暉【厚】晉王戎視日不眩裴楷見王戎目之曰戎眼爛爛如巖下電朔野按行猶雀躍【公】莊子鴻蒙方拊髀爵躍而遊東臺瞑坐上[illegible]飛道家有[illegible]入兎宮之說【箋】[illegible]唐龍朔二年給事中改爲東臺舍人東臺給事謾誇年少[illegible]

吾六十年處笑呼張十九躬兄然記云有誇之少若闘樽前舉世稀【厚】劉禹錫詩什論出外升沉事

且闘樽前見在身待向嵩陽求水竹【堯卿】呂言嵩陽人也一犁煙雨伴人歸

和三舍人省上二月二十九日作明日駕幸景靈宮

紛紛榮瘁何能久雲雨從來翻覆手【編】杜詩翻手作雲覆手雨紛紛輕薄何須數

恍如一夢墮枕中【厚】太平廣記有客於邯鄲逆旅遇呂仙翁與之枕客就枕遂夢入枕中仕宦數十年却見

三賢起江右曾子開劉貢父孔經父皆江西人嗟君妙質皆瑚璉【援】子謂子貢曰汝器也曰

何器也曰瑚璉顧我虛名但箕斗【次公】詩云維南有箕不可以簸揚維北有斗不可以挹酒漿又古詩南箕北有

斗牽牛不負軛良無盤石固虛名復何益明朝冠蓋蔚相望共扈翠輦朝宣光【次公】長安

志唐之宮室名有宣光殿武皇已老白雲鄉【編】莊子華封人祝堯曰千歲厭世去而上僊乘彼白雲至于帝鄉【次公】趙

飛燕外傳成帝悅趙婕妤謂為溫柔鄉謂樊嫕曰吾老是鄉矣不能效武皇帝求白雲鄉也正與群帝驂龍翔

【次公】杜詩矯如群帝驂龍翔獨留杞梓扶明堂

次韻劉貢父省上

密雲今日破郊西【編】易密雲不雨自我西郊蹀雨脩脩未作泥【邦老】唐韓偓詩輕寒

著背雨淒淒九陌無塵未有泥

要及清閑同笑語，行看衰病費扶携。花前白酒傾雲液〔次公〕梁劉孝標啓云松子玉漿衛卿雲液，户外青驄響月題。〔次公〕莊子齊之以月題䟽月題額上當顱形似月者也。不用臨風苦揮涙，君家自與竹林齊。貢父詩中有不及與其兄原父同時之歎然其兄子仲馮今爲起居舍人〔仔〕晉書阮籍與山濤王戎輩爲竹林之遊而籍兄子咸與焉

再和

當年曹守我膠西〔次公〕曹守言劉貢父也膠西則先生自言其爲密州也，共厭餔糟與汨泥。〔續注〕楚詞漁父謂屈原曰世人皆濁何不淈其泥而揚其波衆人皆醉何不餔其糟而歠其釃。自古赤丸成習俗〔厚〕西漢朱博傳永始間長安閭里少年群輩殺吏相與探丸得赤丸者斫武吏得黑丸者斫文吏，因公黄犢免提攜。〔援〕龔遂令民賣劍買牛賣刀買犢曰何爲帶刀而佩犢。生還各有青山興，病起猶能小字題。莫怪歌呼數相和〔續注〕曹參聞相舍後園吏醉歌呼取酒張坐大歌呼與相和，曾將獄市寄金齊。〔厚〕真父爲曹州盜賊皆奔鄰境蓋嘗有詩云從教晉盜稍奔秦曹參爲齊相蕭何將薨使者召參參去屬其後相曰以齊獄市爲寄慎勿擾也

和子由除夜元日省宿致齋三首

江湖流落豈關天禁省相逢亦偶然等是新年未相見此身應坐不歸田【次公】張平子有歸田賦白髮蒼顏五十三【子仁】按年譜云元祐三年戊辰先生年五十三任翰林學士家人強遣試春衫朝回兩袖天香滿【師】杜詩朝罷香煙攜滿袖【演】韋賢詩御炉煙滿袖丞相出朝時頭上銀幡笑阿咸【次公】阿咸杜位也乃老杜之從弟老杜於杜位宅守歲詩曰守歲阿咸家銀幡則元日所賜者【師】阮籍呼阮子咸為阿咸當年踏月走東風坐看春闈鎖醉翁【師】歐陽永叔自號醉翁嘉祐中知貢舉白髮門生幾人在却將新句調兒童

卧病逾月請郡不許復直玉堂十一月一日鎖院是日苦寒詔賜宮燭法酒書呈同院

微霰霏霏點玉堂【十朋】曰玉堂詳見和章七出守湖州詩注詞頭夜下攬衣忙【援】謝惠連雪賦微霰集宮雪下分光御燭星辰爛拜賜宮壺雨露香【饒曰】歐陽公詩云宮壺日賜新醱醅醉眼有花書字大老人無睡漏聲長【厚】劉禹錫詩老人無睡到天明何時却遂桑榆暖社酒寒燈樂未央【續】薛令之題東宮詩見之續云若嫌松桂寒任逐桑榆暖

陵廟　詩四首

白帝廟 [注]公孫述據蜀自稱白帝改夔子國爲白帝城漢光武遣岑彭討滅之

朔風催入峽慘慘去何之共指蒼山路來朝白帝祠荒城秋草滿古樹野藤垂浩蕩荊江遠淒涼蜀客悲遲回問風俗涕泗閔興衰故國依然在遺民豈復知一方稱警蹕萬乘擁旌旗遠略初吞漢雄心豈在夔崎嶇來野廟閔默愧當時破甑蒸山麥長歌唱竹枝荊都真壯古天柱本經師失計雖無及圖王固已奇猶餘帝王號皎皎在門楣

神女廟

大江從西來上有千高山江山自環擁恢詭富神姦深淵鼉鼈橫去聲巨壑虵龍頑旌陽斬長蛟雷雨移蒼灣見武昌銅劍歌注蜀守降老蹇至今世帝連鐶[注]秦時蜀守李冰降毒龍蹇氏鎖之於江上水害遂息縱橫若無主蕩逸侵人寰上帝降瑤姬來處荊巫間[子仁]宋玉神女賦云[illegible]

瑤姬未行而亡封于巫山之臺所謂巫山之女高唐之姬旦爲行雲暮爲行雨朝朝暮暮陽臺之下神仙豈在猛玉堂幽且閑飄蕭駕風馭持節朝天闕倏忽巡四方不知道里艱古粧具法服邃殿羅煙鬟百神自奔走雜沓來趨班雲興靈怪聚雲散鬼神還茫茫夜潭淨皎皎秋月彎還應搖玉佩來聽水潺潺

黃牛廟 子仁 黃牛山下有灘名黃牛灘南岸重嶺疊起高崖間有如人負刀牽牛人黑牛黃人迹斷絕莫得而究焉

江邊石壁高無路上有黃牛不服箱 縯 詩睆彼牽牛不以服箱 廟前行客拜且舞擊鼓吹簫屠白羊山下耕牛苦磽确兩角磨崖四蹄脫青芻半束長苦飢仰看黃牛安可及

潁大夫廟 潁考叔也廟在汝州潁橋事見新茶送程朝奉注

人情難強回天性可微感世人爭曲直苦語費搖撼大夫言可柔暴主意自慘荒祠傍孤塚古隧有殘坎 倅 謂鄭莊公闕地及泉隧而與其母相見者也 千年惟茅焦世亦貴其膽不解此微言脫衣徒勇

敢【補】始皇迁母后於雍諫者輒殺於井幹闕下茅焦乃解衣趣井幹之上而諫曰今秦方以天下爲事而有遷母之名恐諸侯由此倍秦始皇即駕[illegible]執[illegible]虛心親迎其母

墳塋　詩三首

同年程德林求先墳二詩【任】德林名鵠

思成堂

宰樹連山谷【師】公羊僖三十二年秦伯伐鄭百里子與蹇叔子諫秦伯怒曰若尓之年者宰上之木拱矣尓曷知出師云宰冢也祠堂照路隅養松無觸鹿【續】許孜於二親墓所列植松亙五六里時有鹿犯其栽松孜悲嘆曰鹿獨不念我乎明日忽見鹿爲猛獸所殺置所犯栽下【厚】唐褚無量以母喪而廬墓左鹿犯所植松栢無量號訴曰山林不乏忍犯吾塋樹邪自是羣鹿馴擾不復振觸助祭有馴烏【續】蕭放居喪廬前有二慈烏每到臨時翔翼悲鳴以助哀【厚】成公綏有孝烏每集其廬舍綏謂有反哺之德作賦美之歸夢先寒食兒啼到白須【孩公】取老萊子班衣兒啼於二親之前遙知鄰里化醉叟道爭扶

歸眞亭

舊笑桓司馬【續】宋司馬桓魋爲石槨三年不成孔子曰不如速朽今師鄭大夫【厚】晉杜預傳遺令言邢山

上有冢云是鄭大夫祭仲或云子產墓連山躰南北之正而斜東向新鄭城意不忘不隧道惟塞其後而空其前不墳之示藏無珍宝不取於重深也山多美石不用必取洧水自然之石以爲家藏貴不勞工巧而此石不入世用也君子尚其有情小人無利可動吾自表營洛陽城東首陽之南將來兆域儀制取法鄭大夫欲以儉自完耳不知祖歲月空覺老松梧祭禮傳家法阡名載版圖次公前漢原涉傳初武帝時京兆尹曹氏葬茂陵民謂其道爲京兆阡涉慕之遂買地開道立表署曰南陽阡人不肯從謂之原氏阡會看千字誅木杪見龜趺續龜跡碑制也喪葬令五品以上螭首龜趺子駿王直方詩文發源云龜趺碑座也

葉待制求先墳永慕亭詩

靈區有異產化國無潛珍堯王符潛夫論云化國之日舒以長又賈誼云沕淵潛以自珍承平百年間簪纓半齊民建溪富奇偉葉氏初隱淪厚顏延年詩立俗迕流議尋仙拾隱淪森然見喬木其下維德人次公德人指言先賁中人也莊子德人者居無思行無慮佳哉鬱葱葱續後漢光武紀論望氣者蘇伯阿見舂陵郭唶曰氣佳哉鬱鬱葱葱然氣若鳳與麟聯翩出儒將豈惟十朱輪援前漢楊惲云家方隆盛時乘朱輪者十人新松無鹿觸十朋注見七首思成堂記中舊栢有烏馴寔北史文蘭放字希逸居喪廬前有二慈烏合集一欄爲巢日午已前馴庭

飲啄自亡已後不下樹每到臨時舒翼悲鳴有以助哀也待公歸上冢淚葉乃肯春【厚】晉書王裒父儀爲司馬文王所殺裒廬於墓所拜跪攀折悲號涕淚着樹樹爲之枯【子美】子美鄴縣府薄命妾云此山有燕無淚葉長不乾

居室　詩十四首

和蔡景繁海州石室【堯卿】名承禧與公同年登第今爲淮南轉運使

芙蓉仙人石曼卿也舊游處【堯卿】石曼卿嘗通判海州以山嶺高峻人路不通了無花卉點綴映照使人以泥裹桃核爲彈拋擲於山嶺之上一二歲間花發滿山爛如錦繡此一時事也歐陽文忠公歸田録曰石曼卿卒爲仙人主芙蓉城【子仁】石曼卿卒後其故人有見之者云恍惚如夢中言我今爲仙也所主芙蓉城蒼藤翠壁初無路戲將桃核裹黃泥石間散擲如風雨坐令空山出錦繡倚天照海花無數【師】金淵利術云懸崖峭壁人迹所不至處以黃泥裹桃李核如彈丸擲其上經春即萌芽久之根株花實皆以暢茂之也花間石室可容車流蘇寶蓋窺靈宇【毛】龐元英文昌録流蘇五采耗雜而垂之蟄虞疑要注曰凡下垂爲蘇何年霹靂起神物玉棺飛出王喬墓【任】後漢王喬傳喬爲葉令天降玉棺於堂前吏人推排終不搖動喬曰天帝獨召我耶乃休浴寢其中蓋便立覆宿昔葬於城東而土自成墳也當時醉卧動千日【子仁】中山有千日酒飲之輒昏醉千日范傳正作李太白墓銘云至今尚疑其醉在千日謂此也【厚】博物志劉玄石飲

酒飲之千日酒歸醉不醒以爲醉死葬之與酒者往諭其家共發冢眎之至日忽醒而起無恙也至今石縫餘糟

醑仙人一去五十年花老室空誰作主手植數松今偃蓋

蒼髯鬚白甲低瓊戶【次公】自首句至此皆以言石曼卿也我來取酒酹先生後車

仍載胡琴女一聲冰鐵散巖谷海爲瀾翻松爲舞【傳】傳燈錄載

闍婆王奏樂直得須弥震動大海騰波迦葉起舞爾來心賞復何人持節中郎醉無伍

【次公】此以言蔡景繁爲使來海州也蔡邕嘗爲左中郎將獨臨斷岸無出日【師】秦始皇造石橋欲渡海觀日

出處紅波碧巘相吞吐徑尋我語覓餘聲拄杖彭鏗叩銅鼓

【頤】退之詩杖撞玉版聲彭鏗注曰彭鏗鼓聲長篇小字遠相寄一唱三嘆神淒楚

【厚】禮記清廟之瑟朱絃而疏越一唱而三歎有遺音者矣江風海雨入牙頰【欽夫】松陵詩集漁具詩序云江風海雨摵

摵生牙頰間真世外漁者之才也似聽石室胡琴語我今老病不出門海山

巖洞知何許門外桃花自開落牀頭酒甕生塵土前年開

閤放柳枝【縯】白樂天既老乃錄家事會經費去長物妓有樊素者年二十綽綽有歌舞態善唱楊柳枝人多以曲名名之由

是名聞洛下籍在經費中將放之慘然泣下不忍去樂天愍然不能對遂作不能忘情吟【次公】貼以開閤字則晉書王敦開後閤放出群妾也

今年洗心參佛祖夢中舊事時一笑坐覺俯仰成今古顏君不用刻此詩東海桑田真旦暮【厚】神仙傳麻姑謂王方平曰接待以來已見東海三爲桑田向到蓬萊水又淺於往日會時略半耳豈將復爲陵陸乎方平笑曰聖人皆言海中行復揚塵矣

過建昌李野夫公擇故居

彭蠡東北源廬阜西南麓何人脩水上【縯】脩水在南康軍建昌縣種此一雙玉【次公】雙玉以言公擇昆仲神仙傳陽伯翁有仙人以白石數升與之令種云當生美玉果生白璧長二尺者數雙思之不可見破宅餘脩竹四鄰戒莫犯十畝森似束【次公】元稹詩建昌宮中滿宮竹歲久無人森似束我來仲夏初解籜呈新綠幽鳥向我鳴野人留我宿裴回不忍去微月掛喬木遥想他年歸解組巾一幅對牀老兄弟夜雨鳴竹屋【子仁】韋蘇州詩那知風雨夜復此對牀眠【共父】唐旁千里竹室記云環堵所棲率用竹以結其四角植者爲柱楣撐者爲棟桷卧聽鄰寺鐘書牕有殘燭

遷居一首并序

吾紹聖元年十月二日至惠州寓合江樓是月十八

日還于□□祐寺二年三月十九日復遷于合江樓三
年四月十二日復歸于嘉祐寺時方卜築白鶴峯之
上新居成庶幾其少安乎【十朋】按年譜先生年六十一在惠即古白鶴基始營新居至明年乃
成【援】白鶴故居圖嘉祐寺在歸善縣東白鶴峯南也
前年家水東回首夕陽麗去年家水西濕面春雨細東西
兩無擇緣盡我輒逝今年復東徙舊館聊一憩已買白鶴
峯規作終老計長江在北户【厚】杜詩七星在北户河漢聲西流雪浪舞吾砌【次公】
浪謂之舞字出杜牧詩云弄水庭前溪風飄翠綃舞青山滿墻頭鬖髿幾雲髻【次公】古陌上桑
云頭上倭墮髻韋蘇州詩云鬖髿髻高鬟宮樣粧也雖慙抱朴子金鼎陋蟬蛻【厚】抱朴子按仙經云
上士舉形昇虛謂之天仙中士遊於名山謂之地仙下士先死後蛻謂之尸解仙【縯】抱朴子內篇曰按黃帝九鼎神丹經曰黃帝服以升仙黃
帝以傳玄子戒之曰此道至重苟非其人雖積金如山勿以此道告之也猶賢柳柳州廟俎薦丹荔
【縯】柳子厚爲柳州刺史有廟在羅池韓退之爲廟碑曰荔子丹兮蕉黃雜肴蔬兮進侯堂吾生本無待俛仰
了此世念念自成劫塵塵各有際【次公】佛以世爲劫念念成劫言光景之速也佛以世界爲

塵塵壓有餘言物各有世界也下觀生物息相吹等蚊蚋【援】莊子野馬也塵埃也生物之以息相吹也

白鶴峯新居欲成夜過西鄰翟秀才二首【明仲】按先生白鶴故居圖翟氏林行婆居皆在新居之西

林行婆家初閉户【厚】傳燈錄浮盃和尚有凌行婆來禮拜問師云盡力道不得底句還分付阿誰【十朋】先生與周文之帖云林行婆當鏈有香與之到日告便送去也非古人前注非也

翟夫子舍尚留關連娟缺月黃昏後【厚】退之秋懷詩寒雞空在栖缺月煩屢瞰

縹緲新居紫翠間【次公】紫翠山色也杜牧云千峯橫紫翠【任】杜詩築居仙縹緲

繫悶豈無羅帶水【韓】退之云水作青羅帶山為碧玉簪

割愁還有劍芒山【柳】子厚云海上尖峯若劍芒秋來處處割愁腸皆嶺南詩也

中原北望無歸日鄰火村春自往還【次公】杜詩村春雨外急鄰火夜深明

甕間畢卓防偷酒【縯】晉書畢卓為吏部郎比舍郎釀酒熟卓因醉夜至其甕間盜飲之為掌酒者所縛明旦視之乃畢吏部也

壁後匡衡不點燈【厚】西京雜記匡衡好讀書家貧無油燭乃鑿鄰壁映光讀書

待鑿平江百尺井【厚】盧仝詩轆轤無繩井百尺渴心歸去生塵埃

要分清暑一壺冰【厚】鮑明遠詩清如玉壺冰【遵】先生又有白鶴山新居鑿井四百尺遇盤石[illegible]乃得泉賦一首即此井也

佐卿恐是歸來鶴

【演】廣德神異錄玄宗獵於沙苑有孤鶴帝射之鶴中箭西南而逝益州有道觀城道士徐佐卿一歲常三至一日自外至謂弟子曰吾行山中為飛矢所中以箭留于壁且曰後箭主到此付之後明皇幸蜀游於觀中識其箭曰此吾沙苑所射鶴箭乃知是佐卿焉

次律寧非過去僧【縯】明皇雜錄開元中房琯宰盧氏與道士邢和璞出游過夏口村入佛寺坐古松下和璞使人鑿地得瓮中所藏婁師德與永禪師書笑謂琯曰頗憶此耶琯因悵然悟前生之為永禪師也

他日莫尋王粲宅夢中來往本何曾【次公】杜詩應同王粲宅留井峴山前先生詩意蓋以夢中來惠州初無宅如王粲也【士昭】襄陽記王粲宅在襄陽縣西十里萬山坡下

次韻子由所居六詠

堂前種山丹【厚】丘濬詩十年蹤跡滯南荒只見山丹與佛桑錯落馬腦盤【次公】唐書裴行儉平都支遮匐獲馬腦盤廣二尺文采粲然軍吏持之趨跌盤碎行儉色不少吝杜詩內府殷紅馬腦盤

堂後種秋菊碎金收辟寒【厚】酉陽雜俎魏明帝時昆明國貢辟寒鳥常吐金屑如粟鑄之可以為器宮人爭以鳥所吐金為釵釧謂之辟寒金以鳥不畏寒也宮人相嘲弄曰不服辟寒金那得帝王心

草木如有情慰此芳歲闌幽人正獨樂不知行路難【厚】行路難古言悲傷世路艱難及離別之意也吳兢樂府解題下卷

詩人固多感花發憶兩京【子仁】杜詩春日春盤細生菜忽憶兩京梅花發石榴有正色

【厚】莊子四者孰知天下之正色哉玉樹真虛名【次公】此惜使揚雄事雄作甘泉賦云翠玉樹之青葱晉左思詆雄以為生非其懷虛而無證而顔師古注則云武帝所作集衆寶為之用供神耳非謂自然生之以正左思之失至宋敏求作長安志引南陽宮記曰甘泉宮此有攙樹今謂之玉樹根幹盤峙耆舊相傳咸以為此樹即甘泉賦所謂玉樹青葱者則玉樹又假名矣今先生因子由庭下之花有名玉樹者乃借左思論揚雄玉樹之名為虛故云真虛名耳粲粲秋菊花卓為霜中英萸盤照

重九䌫䔍兩鮮明

幽居有古意義井分西墻誰云三伏熱止須一杯涼先生坐

忍渴羣嚚自披猖【次公】北史王晞傳帝欲以晞為侍中晞曰人主恩私何由可保萬一披猖求退無地衆

散徐酌飲逡巡味尤長【厚】晉阮籍嘗群行冒熱渴甚逆旅有井衆人競趨之籍獨逡巡在後須飲者畢乃進

先生飯土塯【□】韓子堯舜飯土塯啜土堋無物與劉乂【援】唐書劉乂持韓愈金數斤去曰此諛墓中人得爾不若與劉君為壽

何以娛醉客時嗅砌下花井水分西鄰竹陰借

東家蕭然行脚僧一身寄天涯【致約】按先生在惠州與廣西憲曹司勳帖云某惟少子隨侍全是一行脚僧但喫些酒肉耳

東齋手種□□覓幾□□長知有桓司馬榛茆為遮藏【次公】桓司

馬應〔〕徐州〔次公〕史記孔子世家孔子適宋與弟子習禮大樹下宋司〔馬〕桓魋欲殺孔子拔其樹孔子遂去今詩盖用此也趙注安引桓魋墓在徐州所種栢在其墓下誤矣所謂知有桓司馬云者恐栢樹遭伐故遮護之耳詳味其一篇大意可見也

近聞南臺松新枝出餘僵年來此懷抱豈敢驚凡亡〔厚〕莊子楚王與凡君坐少焉楚王左右曰凡亡者三凡君曰凡之亡也不足以喪吾存夫凡之亡不足喪吾存則楚之存不足以存存由是觀之凡未始亡楚未始存

新居已覆瓦無復風雨憂〔厚〕杜甫茅屋為秋風所破歌安得廣廈千萬間大庇天下寒士俱歡顔風雨不動安如山〔仲達〕揚子曰震風凌雨然後知夏屋之為帡幪也

榿栽與籠竹小詩亦可求〔次公〕杜甫憑何十少府覓榿木栽絕句云飽聞榿木三年大與致溪邊十畝陰又有從韋二明府處覓綿竹詩云華軒藹藹他年到綿竹亭亭出縣高又堂成詩榿林礙日吟風葉籠竹和煙滴露梢

尚欲煩貳師刺山出飛流〔縯〕漢書二師將軍李廣利師行無水拔佩刀刺山飛泉湧出

應須鑿百井兩綆載一牛

遷居之夕聞鄰舍兒誦書欣然而作

幽居亂蛙黽生理半人禽跫然已可喜〔縯〕莊子逃空虛者聞人足音跫然而喜矣

況聞絃誦音兒聲自圓美誰家兩青衿〔厚〕詩青青子衿注云青衿青領也學子之所服也

且欣習齊咻〔援〕孟子有楚大夫欲其子之齊語也使齊人傅之衆楚人咻之雖日撻而求其齊也不可得已

未敢

笑越吟【編】史記莊舄越人江楚在病楚王曰舄越之鄙人也今入楚富貴矣必思於楚使人往聽之則真爲越聲也九齡起韶石【次公】唐張九齡韶州曲江縣人韶州有奏韶之石姜子家日南【次公】姜子姜公輔也有高才數奏詳亮德宗器之乃愛州日南人吾道無南北【高】傳燈錄第二十三祖問盧居士曰嶺南無佛性若何爲得佛曰人即有南北佛性豈然安知不生今海闊尚挂斗天高欲橫參荊棘短墻缺燈火破屋深引書與相和置酒仍獨斟可以侑我醉琅然如玉琴【次公】杜詩泉聲帶玉琴又李白詩長作玉琴聲

新居

朝陽入北林【厚】古樂府吳子夜四時歌朝日照北林竹樹散疏影【子仁】杜詩月林散清影短籬尋丈間寄我無窮境舊居無一席逐客猶遭屏結茆得茲地翳翳村巷永【厚】陶淵明歸去來云景翳翳以將入數朝風雨涼畦菊發新穎【次公】劉禹錫詩苕穎如雲發俯仰可卒歲【編】詩優哉游哉聊以卒歲何必謀二頃【援】史記蘇秦使我有負郭田二頃豈能佩六國相印乎

貧家淨掃地〻女好梳頭下士晚聞〻聊以拙自修【次公】莊子云聞道雖晚而以勤補拙也扣門有佳客一飯相邀留【厚】杜詩一飯未曾留俗客春炊勿草草此客未易婾慎勿用勞薪【次公】晉書荀勗常在帝坐進飯謂在坐人曰此是勞薪所炊咸未之信帝遣問膳夫乃云實用故車脚也感我如薰蕕【縯】左傳曰一薰一蕕十年尚猶有臭德人抱衡石銖黍安可度【次公】衡石者秤也銖黍言一銖一黍之重也度藏也論語曰人焉度哉

堂宇　詩四十一首

中隱堂詩 并敘

岐山宰王君紳其祖故蜀人也避亂來長安而遂家焉其居第園圃有名長安城中號中隱堂者是也予之長安王君以書戒其子弟邀予遊且乞詩甚勤因爲作此五篇【尚老】前地理志京兆尹縣十二其一曰長安高帝五年置惠帝初城六年成

去蜀初逃難遊秦遂不歸園荒喬木老堂在昔人非【子仁】丁令威云城郭雖故人民非古詩云山川良是昔人非鑿石清泉激開門野鶴飛【王】杜詩野鶴清晨飛

退居吾久念長恐此心違【次公】此篇以言王君之祖自蜀來長安也杜詩翻用寸心違

徑轉如脩蟒坡垂似伏鼇樹從何代有人與此堂高好古嗟生晚【次公】退之石鼓詩云少小余好古生苦晚

偷閑厭久勞王孫早歸隱塵土汗君袍【次公】此篇以招王君之歸也劉安招隱士云王孫游兮不歸又陸機詩云京洛多風塵素衣化為緇【師】杜詩早歸來塵土汗衣眼易眯【堯卿】晉王導嘗遇西風起舉扇自蔽曰元規塵汙人退之詩勿使塵泥汙樂天詩青袍塵土涴

二月驚梅晚幽香此地無【堯卿】此二句敘堂前景也蓋長安梅花最少而開又晚故有是句韓退之詩二月初驚見草芽蓋氣候稍晚故凡開者皆晚不獨梅耳杜詩丹橘黃柑此地無

依依慰遠客皎皎似吳姝不恨故園隔空嗟芳歲徂春深桃杏亂笑汝益羈孤【次公】此篇專詠梅花也落句汝者指梅花也杜甫於決明花云涼風蕭蕭吹汝急【堯卿】此託興也此地絕少而又開晚堂前乃有一株正當桃杏乱時則梅之羈孤可知矣蓋以桃杏喻小人梅喻君子顏延之見其子竣立宅謂曰善為之毋令笑汝拙謝希逸賦云羈孤近進羈孤者清潔耿介不群之貌也

翠石如鸚鵡何年別海壖【次公】此篇專詠石也杜詩万里戍王子何年別月支壖而宣切注云江河邊地也

莫隨南使遠載壓渭舟偏已伴喬松老那知故國遷【次公】意者此石乃漢唐故〓中物所以云〓〓金人解辭漢汝獨不潸然【次公】李賀有金銅仙人辭漢歌其序云宮官

既圻盤仙人臨載乃潸然泣下蓋漢武帝所作也金銅仙人捧盤承露魏明八年取歸洛也

都城更幾姓【次公】西都賦曰三成帝畿注曰周秦漢也周之姓姬秦之姓嬴前漢都之姓劉前秦據之姓苻後秦又據之姓姚唐都之姓李是爲更幾姓矣到處有殘碑古隧埋蝌蚪崩崖露伏龜【信民】夏英公竦古文四聲韻序曰科斗書古文也所謂蒼頡本軆形多頭麤尾細腹狀團圓似水虫之科斗也【次公】此篇專賦碑也科蚪古篆字之一種退之有蝌蚪書記伏龜所以載碑也【堯卿】隋制五品以上立碑螭首龜趺安排壯亭榭收拾費金貲岣嶁何須到韓公浪自悲【縯】退之詩岣嶁山尖神禹碑字青石赤形摹奇蝌蚪拳身薤葉披鸞飄鳳泊拏虎螭事嚴跡祕古莫窺道人獨上偶見之我來咨嗟涕漣洏千搜万索何處有森森綠樹猿猱悲

南溪之南竹林中新構一茆堂予以其所處最爲深邃故名之避世堂【十朋】曰論語賢者避世

猶恨溪堂淺更穿脩竹林高人不畏虎避世已無心【師】曰晉史郭文少愛山水游名山歷華陰之崖大辟山中窮谷無人之地倚木於樹苫覆於其上而居焉無壁郭時猛獸爲暴入屋害人而文獨宿十餘年卒無患害【子仁】杜詩更議居遠林避喧甘猛虎隱几頹如病忘言兀似瘖【次公】莊子南郭子綦隱几而坐嗒焉以喪其耦又仲尼見溫伯雪子而不言茆茨追上古【夏】笠澤叢書苔賦云茅茨上古杌隉南朝【祖可】史記李斯言堯

舜茅茨不翦　冠蓋謝當今曉夢猿呼覺秋懷鳥伴吟暫來聊解帶屢去欲攜衾湖上行人絶堦前暮靄深應逢緑毛叟扣户夜抽簪【賢】皮日休詩劉根昔成道茲塢四百年毵毵被其躰號爲緑毛仙【次公】唐大中年有禪師居南岳忽見一物緑毛覆躰人行而前師曰爾何特至此其物曰爾知吾宋乎爾知姚泓乎我則泓也

秀州僧本瑩静照堂

鳥囚不忘飛馬繫常念馳静中不自勝不若聽所之君看厭事人無事乃更悲【子仁】史記陳軫謂犀首曰公何好飲也曰無事也軫謂曰吾令公厭事可乎貧賤苦形勞富貴嗟神疲作堂名静照此語子謂誰江湖隱淪士豈無適時資老死不自惜扁舟自娯嬉從之恐莫見況肯從我爲【次公】此篇先生主意以言僧不便可謂之静盖言凡天下之人或貧賤或富貴皆不免於動也如鳥之囚如馬之繫本亦處静矣而鳥不忘飛馬常念馳未嘗無意於動也其不能自勝於囚繫之閒不若聽其飛馳矣故厭事在動爲之中既已厭之矣及其無事之間則又悲也貧賤之勞形與富貴之疲神曷嘗静而無事哉乃更謂本瑩之爲此堂將以告誰而能静也惟隱淪於江湖者以扁舟爲樂不以適時爲事而後能静如是之人從之猶不可而況從我輩乎觀此亦以譏本瑩之在人間亦不[illegible]然[illegible]也

石蒼舒醉墨堂[侯]蒼舒京兆人美善行草人謂得草聖三昧官爲承事郎通判保安軍嘗爲丞相汲郡呂公微仲所薦不達而卒

人生識字憂患始[次公]杜詩子雲識字終投閣姓名粗記可以休[縯]項籍少時學書不成其季父梁怒之籍曰書足以記姓名而已不足學請學萬人敵何用草書誇神速[厚]杜詩醉歌行總角草書又神速世上兒子徒紛紛開卷惝怳令人愁[次公]張衡賦神惝怳以疑愁[明可]曰退之詩怳惚使人愁我嘗好之每自笑君有此病何年瘳自言其中有至樂適意無異逍遥游[次公]莊子有至樂逍遥遊二篇近者作堂名醉墨如飲美酒銷百憂乃知柳子語不妄病嗜土炭如珍羞[縯]柳子厚答崔黯書云凡人好辭工書皆病癖也吾嘗見病心腹人有啗土炭嗜酸鹹者不得則大戚願吾子之忘亦戚矣君於此藝亦云至堆墻敗筆如山丘[厚]唐長沙僧懷素好草書棄筆堆積埋於山下號曰筆冢興來一揮百紙盡[次公]杜甫八哀詩言蘇武日閱書百紙盡駿馬倏忽踏九州我書意造本無法[國]曹景宗爲人自恃尚勝書字不解不以問人皆以意造點畫信手煩推求胡爲議論獨見假隻字片紙皆藏收不減鍾張君自足[縯]王右軍云吾真書過鍾而草故不減張僕以

爲草真如鍾芸不及張見法帖懷素書鍾繇張芝也　下方羅趙我亦優【箋】羅叔景趙元嗣與張伯英並時見稱於西州而矜巧自與衆頗惑之故伯英自稱上比崔杜不足下方羅趙有餘　不須臨池更苦學完取絹素充衾裯【箋】張伯英臨池學書池水盡黑家之衣帛必書而後練之

次韻子由緑筠堂【注】熙寧元年戊申作

愛竹能延客求詩剩挂墻風梢千纛亂【堯卿】宋子京詩槪竹森森蚕纛　月影萬夫長【續】杜牧晚晴賦竹林外裹兮十萬丈夫甲刃縱縱密陣而環侍　谷鳥驚棊響山蜂識酒香只應陶靖節會聽北窻涼【箋】陶潛云夏月虛閑高卧北窻之下清風颯至自謂羲皇上人世號曰靖節先生

傅堯俞濟源草堂【堯卿】堯俞字欽之孟州濟源縣有別業

微官共有田園興【續】曰陶淵明歸去來田園將蕪胡不歸　老罷方尋隱退廬栽種成陰十年事【續】史記十年之計樹之以木　倉皇求買萬金無先生卜築臨清濟【邦衡】曰按洞天福地記濟瀆源出王屋山名沇水條清源王所理　喬木如今似畫圖鄰里亦知偏愛竹春來相與護龍雛【續】後漢方技傳費長房以青竹投葛陂中化爲龍[illegible]唐人詩萬籜抱龍兒【[illegible]】

襄沔記辛仲宣多植竹截竹爲罌人匿其刻仲宣曰我性愛竹好酒欲令此二物相並耳

越州張中舍壽樂堂

青山偃蹇如高人常時不肯入官府【子仁】後漢逸民傳龐公居峴山之南未常入城府高

人自與山有素不待招邀滿庭户卧龍蟠屈半東州萬室鱗

鱗枕其股背之不見與無同狐裘反衣無乃魯【續】揚子薦臣衡於史高曰富貴在身而列士不盡言是有狐白之裘而反衣之也張君眼力覷天奧【次公】退之詩文字覷天巧能遣荆

榛化堂宇持頤宴坐不出門【次公】莊子漁父左手據膝右手持頤收攬奇秀得十

五【子仁】唐史拔十得五才多事少厭閑寂卧看雲煙變風雨笋如玉筋

椹如簝脊強飲且爲山作主不憂兒輩知此樂【續】謝安嘗謂王羲之曰中年以來傷於哀樂與親友別輒作數日惡羲之曰年在桑榆自然至此正賴絲竹陶寫常恐兒輩覺損其歡樂之趣但恐造物怪

多取春濃睡足午牕明想見新茶如潑乳

海會寺清心堂【說】今在無量壽佛閣西北法照大師房舊有石刻今亡

南郭子綦初喪我【續】莊子南郭子綦曰今者吾喪我汝知之乎西來達磨尚求心

【厚】傳燈錄載慧可謂達磨曰我心未寧乞師與安師曰將心來與汝安曰覓心了不可得師曰與汝安心竟【師】達磨西來不立文字直指人心見性悟道此堂不説有清濁遊客自觀隨淺深兩歲頻爲山水役一溪長照雪霜侵【叔用】寺前之溪發源自天目即錦溪也下餘杭即爲苕溪紛紛無補竟何事慚愧高人閉户吟

刀同年草堂

不用長竿矯繡衣【續】晉阮咸與叔父籍居道南諸阮居道北北阮富而南阮貧七月七日北阮盛曬衣服皆錦綺粲目咸以竿挂大犢鼻於庭人或怪之荅曰未能免俗聊復爾耳南園北第兩參差青山有約長當户流水無情自入池歲久酴醾渾欲合春來楊柳不勝垂【次公】杜詩白頭搔更短渾欲不勝簪主人不用怱怱去正是紅梅着子時

平山堂次王居卿祠部韻

高會日陪山簡醉【續】山簡鎮襄陽于時四方寇亂簡優游卒歲唯酒是耽飲于習氏之池輒醉名曰高陽池矣狂言屢發次公醒【續】蓋寬饒字次公曰毋多酌我我乃酒狂魏其笑曰次公醒而狂何必酒也酒如人面天然白【注】傳灯録丹霞見石頭和尚云我子天然山向吾曹分外青江上飛雲

東北固擔前脩竹檜二南屏次公北固潤州也蓋先生自杭來潤因見脩竹而思親也六朝興廢餘丘壠次公劉夢得西塞懷古云西晉樓船下益州金陵王氣漠然收千尋鐵鎖深江底一片降旗出石頭此云餘丘壠用此意也揚金陵六朝記云吳孫氏四主五十六年東晉司馬氏十一帝一百四年宋劉氏八主六十年齊蕭氏七主二十四年梁蕭氏四主五十六年陳陳氏五主三十四年空使姦雄笑寧馨次公姦雄言桓溫也孔子家語言少正卯曰此乃人之姦雄者溫過淮泗踐北境與僚屬登平山乘樓眺矚中原慨然曰遂使神州陸沉百年丘墟王夷甫諸人不得不任其責寧馨兒王夷甫也王衍字夷甫總角嘗造山濤濤嗟嘆良久既去目而送之曰何物老嫗生此寧馨兒然誤天下蒼生者未必非此人也堯卿宋廢帝子業性凶悖其母疾篤召之帝曰病人間多鬼那可往其母怒謂侍者將刀來破我腹那得生寧馨兒

蘇州姚氏三瑞堂姚氏世以孝稱任熙寧六年癸丑先生在杭州作

君不見董邵南隱居行義孝且慈天公亦恐無人知故令雞狗相哺兒又令韓老為作詩續董召南壽州安豐人家有乳狗出而求食雞為拾虫蟻以哺其兒兒不食焉則以翼覆之韓愈為作董生行云壽州屬縣有安豐唐貞元年時縣人董生召南隱居行義於其中人曰嗟哉董生孝且慈人不識惟有天公知生祥下瑞無時期家有乳狗出求食雞來哺其兒啄啄庭中拾虫蟻哺之不食鳴聲悲全篇見退之文集爾來三百年名與淮水東南馳此人世不乏此事亦時有楓

橋亦瑞皆目見【安國】吳郡圖經云楓橋在吳縣西九里天意宛在虞鰥後【厚】有鰥在下曰虞舜蓋姚氏所自出惟有此詩非昔人君更往求無價手

西齋

西齋深且明中有六尺牀【次公】晉武賜賀循以六尺牀又賀革有六尺牀思義未達則横卧其上又樂天詩新簟六尺牀病夫朝睡足【音才】杜牧之詩平生睡足處雲夢澤南州危坐覺日長昏昏既非醉踽踽亦非狂【厚】孟子古之人行何爲踽踽涼涼褰衣竹風下穆然中微涼【次公】宋玉風賦云其風中人起行西園中草木含幽香榴花開一枝桑棗沃以光【晉忠】詩曰桑之未落其葉沃若鳴鳩得美蔭【次公】莊子有一蟬方得美蔭以忘其身困立忘飛翔黃鳥亦自喜新音變圓吭【次公】謝靈運詩園柳變鳴禽杖藜觀物化亦以觀我生【厚】劉禹錫賦觀物之餘遂觀我生【次公】觀我生字雖出易而使劉禹錫語大率詩人使字有來處所謂捨祖而取孫萬物各得時我生日皇皇【任】淵明云善萬物之得時感吾生之行休

張安道樂全堂【次公】莊子樂全之謂得志

列子馭風殊不惡猶被莊生譏數數【縯】莊子逍遙篇曰列子馭風而行泠然善也旬有五

日而返……醉籍者未數數然也步兵飲酒中散琴〔厚〕晉書阮籍傳籍本有濟世之志屬魏晉之際天下多故名士少有全者由是不與世事遂酣飲爲常聞步兵廚人善釀有貯酒三百斛乃求爲步兵校尉〔援〕嵇康晉書嵇康爲中散大夫彈琴詠詩自足於懷嘗著琴賦見文選於此得全非至樂樂全居士全於天〔次公〕莊子聖人全於天維摩之室空翛然〔縯〕維摩經言舍利弗來見其室中無有牀坐維摩見神通力須彌燈王遣三萬二千師子座來入維摩之室平生痛飲今不飲無琴不獨琴無絃〔厚〕陶潛蓄素琴一張徽絃不具每撫而和之曰但識琴中趣何勞絃上聲我公天與英雄表龍章鳳姿照魚鳥〔援〕嵇康土木形骸不自藻飾龍章鳳姿天質自然但令端委坐廟堂〔次公〕晉謝鯤曰端委廟堂使百僚任職則臣不如庾亮一丘一壑自謂過之北伐西戎談笑了如今老去苦思歸小字親書寄我詩試問樂全全底事無全何處更求虧

張寺丞益齋

張子作齋舍而以益爲名吾聞之夫子求益非速成〔縯〕子曰非求益者也欲速成者也譬如遠遊客日夜事征行今年適燕薊明年走蠻荊東觀盡滄海西涉渭與涇歸來閉戶坐八方在軒庭又如

學醫因人識病由，飽更風雨晦明淫。〔厚〕左傳：天有六氣，淫生六疾。陰淫寒疾，陽淫熱疾，風淫末疾，雨淫腹疾，晦淫惑疾，明淫心疾。跛躄瘖聾盲虛實，在其脉。靜躁在其形，榮枯在其色。壽夭在其情，苟能闚千人，望見知死生。為學務日益，此言當自程。為道貴日損，此理在既盈。〔文選〕老子：為學日益，為道日益。顛君書此詩，以為益齋銘。

杜介熙熙堂〔堯卿〕介字幾先

崎嶇世路最先回，窈窕華堂手自開。〔文選〕窈窕深邃之義。歸去來辭云：既窈窕以尋壑，亦崎嶇而經丘。咄咄何曾書怪事，〔綠〕殷浩雖被放黜，口無怨言，但終日書空作咄咄怪事四字而已。〔堯卿〕杜詩：安能學衆口，咄咄空咨嗟。熙熙長覺似春臺。〔厚〕老子：衆人熙熙，如享大牢，如登春臺。白砂碧玉味方求，〔綫〕韓湘詩：琴彈碧玉調，爐養白硃砂。〔師〕神仙朗七七詩：琴彈碧玉調，藥煉白硃砂。黃紙紅旗心已灰。〔綠〕樂天詩：紅旗破賊非吾事，黃紙除書無我名。遥想閉門投轄飲，〔厚〕前漢陳遵嗜酒，每大飲，賓客滿堂，閉門取客車轄投井中，雖有急，終不得去。鵾絃鐵撥響如雷。〔□〕晉賀懷智以鵾雞筋作琵琶絃，用鐵撥撥之。又唐僧善本下撥一声如雷。

和鮮于子駿鄭州新堂月夜二首　次韻

去歲游新堂春風雪銷後　半篙清水洗上千尺柳佳人如桃李胡蝶入衫袖山川今何許疆界□□伯【次公】此言鄆州與徐州　歲月不可思駛若舡放流繁華真一夢寂寞兩榮朽惟有當時月依然照杯酒【縯】李白詩但願當歌對酒時月光長照金罇裏　應憐船上人坐穩不知漏【次公】杜詩坐穩興悠哉

明月入華池反照池上堂堂中隱几人【次公】孟子隱几而坐莊子隱几而卧　心與水月涼風螢已無迹露草時有光起觀河漢流【厚】杜詩河漢声西流　步屧響音長廊【次公】袁㮚為丹陽尹嘗步屧白楊郊杜詩步屧尋春風又蘇州圖經有響屧廊也　名都信繁會千指調絲簧先生病不飲童子為燒香獨作五字詩清絕如韋郎【厚】白居易傳韋應物蘇州歌行才麗之外頗近興諷其五言詩又高雅閑澹自成一家之体　詩成月漸側皎皎兩相望

雪齋　杭僧法言作雪山於齋中

君不見峩眉山西雪千里【次公】宋玉招魂云曾冰峩峩飛雪千里　北望成都如井

底〔續〕唐文李德裕曰維州南界江陽岷山連嶺而西不知其極北望隴山積雪如玉東望成都若在井底　春風百日吹不消五月行人如凍蟻紛紛市人爭奪中誰信公言似贊公〔次公〕唐大雲寺主讚在秦州老杜與之往還所謂與子成二老來往亦風流者此也又云贊公釋門老學佛以治性　人間熱惱無處洗〔增〕華嚴經云以白旃檀塗身能除一切熱惱又樂天詩既無白旃檀何以除熱惱　故向西齋作雪峯我夢扁舟適吳越長廊靜院燈如月開門不見人與牛〔次公〕此即禪頌所謂倏忽人牛俱不見者也　惟見空庭滿山雪　言師有詩見寄云林下閑看水牯牛

王鞏清虛堂〔次公〕晉阮瞻字千里清虛寡欲自得於懷定國名堂蓋取於此非止言景物之清虛也

清虛堂裏王居士閉眼觀心如止水〔增〕莊子莫鑑於流水〔增〕傳灯錄法融禪師居牛頭山唐正觀中四祖入山見師端坐自若祖問曰在此作什麽師曰觀心　水中照見萬象空敢問堂中誰隱几〔續〕莊子南郭子綦隱几而坐顏成子游侍於前曰何居乎形固可使如槁木心固可使如死灰乎子綦曰今之隱几者非昔之隱几者也　吳興太守老且病堆案滿前長渴睡〔次公〕杜詩簿書堆案來相仍　願君勿笑反自觀夢幻去來殊未已　長疑安[illegible]不免〔續〕謝安妻劉惔妹見家門富貴而安獨靜退乃謂曰大夫不如此也[illegible]掩[illegible]曰恐[illegible]　[illegible]首終從事〔續〕史記陳軫謂犀首曰公何好飲也曰無事也

曰吾□公厭事可乎匆將一念住清□□士與我蓋同耳

趙閱道高齋[沈]令齋□□詔□公趙閱道休官歸老三衢作高齋□居之□與鍾山佛慧禪師為方外交

見公奔走謂公勞聞公引退云公高[次公]趙清獻公年未七十告老于朝不許請之不已元豐二年二月加太子少保致仕年七十二矣退居于衢有溪石松竹之勝東南高士多從之游朝廷有事郊廟再起公侍祠不至其子屼通判溫州從公游天台鴈蕩吳越間榮之屼代還得見上顧問公甚厚以屼提舉浙東西常平以便其養屼復侍公游杭始公自杭致仕杭人留公不得行公曰六年當復來至是適六歲矣杭人德公如見父母以疾還衢公心底處有高下夢幻去來隨所遭不知高齋竟何義此名之設緣吾曹公年四十已得道俗緣未盡餘伊皋[次公]伊則伊尹皋則皋陶言尚餘經濟之具耳[倬]圓澤謂李生曰俗緣未盡愼勿相近功名富貴俱逆旅[縯]莊子哀樂之來吾不能禦其去弗能止悲夫世人直為物逆旅耳黃金知繫何人袍超然已了一大事[次公]一大事即禪家所謂了生死之說掛冠而去真秋毫[厚]南史陶弘景永明十年脫朝服掛神武門上表辭祿坐看猿猱落罝罔兩手未肯置所操乃知賢達與愚陋豈直相去九牛毛[縯]或問華譚曰諺言人之相去如九牛毛寧有此理乎譚對曰昔者許由巢父讓天子之貴市道小人爭半錢之利此之相去何啻九牛毛也長松百尺不自覺企而

羨君蓬與蒿【次公】韓詩自慙青蒿倚長松　我欲贏糧往問道【次公】莊子南榮趎之見老聃贏糧七日　未應舉臂辭盧敖【厚】淮南子盧敖游乎北海遇一若士敖自謂觀乎六合之外若士舉臂而竦身遂入雲中敖歎曰猶黃鵠之與壤蟲不亦悲哉

南堂五首

江上西山半隱堤此邦臺館一時西南堂獨有西南向【子仁】東坡圖云南堂在州治南一里俯臨大江　臥看千帆落淺溪【次公】劉禹錫詩沉舟側畔千帆過

暮年眼力嗟猶在多病顛毛却未華【厚】蔡邕賦華顛丈人蓋老者之稱也　故作明牕書小字更開幽室養丹砂【思道】按先生與王定國書云近有人惠丹砂少許光彩甚奇固不敢服然其教以養火觀其變化聊以悅神度日

他時夜雨困移床【子仁】韋蘇州詩那知風雨夜復此對牀眠　坐厭愁聲點客腸【次公】點字亦循李賀云吳霜點歸鬢是也　一聽南堂新瓦響似聞東塢小荷香

山家為割千房蜜稚子新畦五畝蔬更有南堂堪著客不憂門外故人車

掃地燒香閑且眠【□】國史補韋應物[illegible]鮮食寡欲所在焚香掃地而坐簟紋如水帳如煙【厚】李白詩碧紗如煙隔牕語客來夢覺知何處挂起西牕浪接天

陶子駿佚老堂二首

文舉與元禮尚得稱世舊【續】後漢孔融字文舉年十歲隨父詣京師時何南尹李膺以簡重自居不妄接士賓勑外自非當世名人及與通家皆不得白融欲觀其人故造膺門語門者曰我是李君通家子弟門者言之膺請融問曰高明祖父嘗與僕有恩舊乎曰然先君孔子與君先人李老君同德比義而相師友則融與君累世通家衆坐莫不歎息淵明吾所師夫子乃其後掛冠不待年【厚】陶弘景奉朝請脫朝服掛神武門上表辭祿亦豈爲五斗【延】陶潛爲彭澤令郡遣督郵至吏白應束帶見之潛歎曰柰何吾不能爲五斗米折腰事鄉里小人即日解印賦歸去來我歌歸來引余增損淵明歸去來以就声律謂之歸來引千載信尚友【厚】孟子論世尚友相逢黃卷中【援】狄仁傑曰黃卷中方與聖賢相對【無已】顏氏家訓曰黃卷五經赤軸三史【續添】遯齋閑覽曰古人寫書皆用黃紙以蘗染之所以辟蠹也故謂之黃卷何似一杯酒【師】晉張翰曰使我有身後名不如即時一杯酒君醉我且歸明朝許來否【續】陶淵明語客云我醉欲眠卿且去矣【子仁】李白詩我醉欲眠卿且去明朝有意抱琴來我從廬山來目送孤飛雲【演】唐史狄仁傑過太行見白雲孤飛云云路逢陸道士知

是千歲人試問當時友虎溪已埃塵【舊】陸道士名脩靜與僧慧遠陶淵明友善慧遠送客不過虎溪而去脩靜常過焉 似聞佚老堂知是幾世孫能爲五字詩仍戴漉酒巾【晉】陶潛郡將候之值其酒熟取頭上葛巾漉酒還復戴之 人呼小靜節自號葛天民【?】當時呼淵明爲靖節先生葛天民則淵明五柳傳云則葛天氏之民歟無懷氏之民歟【新】杜甫詩上古葛天氏不貽黃屋憂

溪陰堂

白水滿時雙鷺下綠槐高處一蟬吟酒醒門外三竿日【?】南齊書天文志永明五年十一月丁亥日出三竿朱色黃色赤暈劉禹錫竹枝詞有日出三竿春霧消 臥看溪南十畝陰【續】杜詩飽聞楂木三年大與致溪邊十畝陰

登州孫氏松堂

萬松誰種已摐摐【?】杜牧晚晴賦甲刃摐摐密陣而環侍摐初江反 半嶺蒼髯再映此邦 露重珠纓蒙翠蓋風來石齒碎寒江【?】孟郊聯句云簷瀉碎江喧 浮空雨竹横南閣倒景扶桑射此【?】[illegible]圖景扶桑言日也梁元帝纂要云日在上曰反景在下曰倒景又司馬相如大人賦貫列缺之倒景兮涉豐隆之滂濞張晏注曰倒景氣去地四十里其景皆倒在下也[illegible]日[illegible]於咸池拂於扶桑

夫詔晨明坐待夕烽傳海嶠【次公】[illegible]烽[illegible]女火山也[illegible]州雖傍海而扼高麗矣重城歸去路

逢逢退之【次公】逢音龐鼓聲也劉禹錫詩雞人一唱鼓逢逢亦其類也【[illegible]】退之詩云中虛得暴下避臥北窻不踏曉鼓朝安眠聽逢逢

與趙陳同過歐陽叔弼所治小齋戲作

江湖渺故國【厚】杜詩江湖渺霽天風雨傾舊廬東來三十年愧此一束

書【續】退之小兒詩始我來京師止攜一束書辛勤三十年以有此室廬尺椽亦何有【次公】顏延年詩臺館無尺椽而

我常客居羨君開此室容膝真有餘【援】陶潛歸去來云審容膝之易安拊牀

琴動搖弄筆牕明虛後夜龍作雨天明雪塡渠時方禱雨龍祠作此句時星斗

粲然四更風雨大至明月乃雪夢回聞剝啄【厚】退之剝啄行剝剝啄啄有客至門誰呼陳趙子【[illegible]】【[illegible]】

先生詩話云元祐六年十月二十六日禱雨張龍公會晏景貺履常二歐陽子作詩云後夜龍作雨天明雪塡渠夢回聞剝啄誰呼陳趙子景貺拊

掌曰句法甚新前人未有此法季默曰有之長官請客吏請客目曰主簿少府我卿此語也添丁走沽酒【續】盧仝之子曰

添丁今一詩集中有示添丁詩通德起挽蔬【厚】通德伶玄之妾樊通德也能言趙飛燕姊妹事玄為作飛燕外傳也主

孟當啗我【次公】國語晉優施謂里克妻曰主孟啗我我教茲暇豫事注大夫之妻從夫稱主而孟則里克妻字也玉鱗

金尾魚【人表】杜詩泉出巨魚長比人丹砂作尾黃金鱗一醉忘其家【吳先生】史記司馬穰苴曰將受命之日則忘其家

援枹鼓之急則忘其身 此身自蘧蒢〔次公〕蘧蒢有二義有口柔謂之蘧蒢有籧篨竹佛謂之蘧蒢此身自蘧蒢則籧竹席之謂言身之卷舒如籧篨之嗣也

谷林堂

深谷下窈窕高林合扶疏美哉新堂成及此秋風初我來適過雨物至如娛予稃竹真可人霜節已專車〔演〕家語孔子曰昔禹致群臣於會稽之山防風氏後至禹殺而戮之其骨專車 老槐苦無賴〔次公〕杜詩韋曲花無賴 風花欲填渠山鴉爭呼號谿蟬獨清虛寄懷勞生外得句幽夢餘古今正自同歲月何必書

衆妙堂

〔演〕先生有記云眉山道士張簡易教小學常百人予從之三年謫居南海一日夢至其處其徒誦老子曰玄之又玄衆妙之門余曰妙一而已容可衆乎道士笑曰一已陋矣何妙之有若審妙也雖衆可也

湛然無觀古真人我獨觀此衆妙門〔演〕〔次公〕老子玄之又玄衆妙之門先生之意謂衆妙門者無它湛然無觀是矣 夫物芸芸各歸根老子夫物芸芸各復其根 衆中得一道乃存事見顛前 道人晨起開東軒趺坐一醉扶桑暾〔次公〕淮南子云日出拂于扶暾則晨日之氣也〔子〕

【注】楚詞暾將出兮東方照吾檻兮扶桑注言日出東方其容暾暾而盛皃也東方有扶桑之木其高萬仞日下浴於暘谷上拂於扶桑也

餘光照我玻瓈盃倒射牕几青而溫欲收月魄飡日華我自日月誰使吞【厚】黃庭經注吞日柰何常以日初出時東向叩齒九通呪畢瞑目握固存五色流霞來接一身於是日光流霞俱入口中吞月法常以月初出時西向叩齒十通呪畢瞑目握固存月色精光俱入口中能修此道則奔日月神仙也【注】道家言人身中自有日月

虔州景德寺榮師湛然堂

卓然精明念不起【次公】楞嚴經曰妙精明心又曰精明淨妙兀然灰槁照不滅【續】莊子形若槁木心若死灰方定之時慧在定定慧照寂非兩法【次公】楞嚴經言因戒生定因定發慧又云淨極光通達寂照含虛空妙湛揔持不動尊【次公】此楞嚴經中全語也默然真入不二門【注】維摩經言文殊師利問維摩詰何等是菩薩入不二法門時維摩詰默然無言文殊師利歎曰善哉善哉乃至無有文字語言是真入不二法門也語息則默非對語此話要將周易論【次公】蓋聲發則為語聲止則為默非語者終不默而默者終不語此二者本不相對也【厚】易復卦注云凡動息則靜靜非對動者也語息則默默非對語者也諸方人人把雷電【次公】把雷電言各擅其權也禪家謂掣雷電之機是已不容細看真頭面欲知妙湛與揔持更問江東三語掾【注】晉王戎問阮瞻曰聖人貴名教莊老明自然其旨同異瞻曰將無同戎咨嗟良久即命辟之時人謂之三語掾

寒食與器之游南塔寺寂照堂〔新〕按杭州圖經林天寺在鳳凰山乾德中吳越王錢氏建舊額南塔寺治平中改今額

城南鍾鼓鬪清新，端爲投荒洗瘴塵。總是鏡空堂上客，〔次公〕或云鏡空堂張安道之堂也未詳但先生有和聰上人詩云一悟鏡空老始知圓澤賢 誰爲寂照境中人。〔次公〕楞嚴經云湛然寂照 紅英掃地風驚鳥，綠葉成陰雨洗春。記取明年作寒食，〔次公〕歲時記去冬至後一百五日有疾風甚雨謂之寒食 杏花曾與此翁鄰。〔子厚〕退之杏花詩云居鄰北郭古寺空杏花兩株能白紅明年更發應更好道人莫忘鄰家翁

張競辰永康所居萬卷堂張熙明也

君家四壁如相如，〔續〕司馬相如家貧徒四壁立 卷藏天祿吞石渠。〔次公〕天祿石渠皆漢閣名乃藏書處也今卷吞之則張侯所藏爲富矣 豈惟鄴侯三萬軸，〔子厚〕韓詩鄴侯家多書插架三萬軸 家有世南行祕書。〔援〕國朝雜事唐太宗出幸有司請載書以從帝曰不須虞世南在此行祕書也 兒童拍手笑何事，〔次公〕李白詩襄陽小兒齊拍手攔街爭唱白銅鞮路人借問笑何事笑殺山翁醉似泥 笑人空腹談經義。未許中郎得異書，〔續〕蔡邕入吳得王充論衡以爲談助及還許下人稱其才進或以見異人當得異書

且與揚雄說字【援】揚雄傳劉棻嘗從問奇字注古文之異者也清江縈山碧玉環【次公】劉禹錫詩竹含天籟清商樂水遶亭臺碧玉環下有老龍千古閉知君好事家有酒化

爲老人夜扣關留侯之孫書滿腹【次公】杜詩經書滿腹中張良封留侯玉函寶貝方

何用讀【次公】酉陽雜俎開元大旱祈雨西域僧請爲壇於昆明池之側凡七日水縮數尺其龍化老人求救於孫思邈思邈謂曰我知昆明龍宮有仙方三十首若能示予予將救汝老人曰此方上帝不許妄傳今急矣固無所悋有頃捧方至思邈曰尔但還無慮自是池水數日益岸或曰張氏實有逢龍化老人之事亦借此用之濠梁空復五車多【次公】惠子多方其書五車又惠子嘗遊於濠梁之上圯上從來一篇足【續】西漢張良傳良嘗遊圯上見一老父出一編書授之曰讀是則爲王者師

劉壯輿長官是是堂

問燕言仁義【子仁】國語管子曰昔聖王之處士也使就閒燕閒燕則父與父言義子與子言孝【臣】班固云七相與言仁義於閒燕是非安可無【續】孟子無是非之心非人也非非義之屬是是仁之徒非

非近乎訕是是近乎諛【次公】是是近乎諂非非近乎訕不幸而過寧訕無諂此歐陽永叔非非堂記也先生用其說起意以爲此詩當爲感麟翁善惡分錙銖抑爲阮嗣宗臧否兩含

糊【次公】感麟翁指言孔子也爲其感西狩獲麟而作春秋也劉君有家學三世道益孤陳古以

刺令【厚】詩人車陳古以刺令大夫紬史行天誅【縯】紬音去聲前漢司馬遷爲太史令紬史記石室金匱之書皎

如大明鏡百陋逢一姝鷄立時四顧何由擾群狐作堂名是是

自說行坦途孜孜稱善人不善自遠徂【任】左傳羊舌職曰禹稱善人不善人遠願

君置座右【援】後漢崔瑗有座右銘此語禹所謨【次公】意謂劉壯輿之學議論今古紬繹舊史以行天誅其

所去取之間醜陋者多而姝美者少不逃其明鑑之内又如後鷄之立彼小人如羣狐者何能擾我哉而乃以是是名堂異乎歐陽子之非非

其說乃以游乎坦途不與物齟齬而已先生於是勉而成之曰禹言予思日孜孜嘗好古言而稱揚善人使不善者自遠當學禹也

夷陵縣歐陽永叔至喜堂

西陵有小邑自古控荆吳形勢今無用英雄久已無誰知有

文伯遠謫自王都人去年年改堂傾歲歲扶追思猶咎吕

感歎亦憐朱時朱太守爲公築此堂舊種孤楠老新霜一橘枯清篇留

峽洞醉墨寫邦圖三遊洞有許夷陵圖經後有公題處故老問行客長官今白鬚

著書多念慮許國減懽娛寄語公知否還須數倒壺

王狀元集百家注分類東坡先生詩卷之三

國家珍貴古籍叢刊

宋本王狀元集百家注分類東坡先生詩

二

(宋)蘇軾 撰
題(宋)王十朋 纂集

國家圖書館出版社

第二册目録

王狀元集百家注分類東坡先生詩卷之四

城郭

詩二首

石鼻城【厚】石鼻在汧水之北南去陳蒼三十里

平時戰國今無在【次公】石鼻寨先生前注即武成鎮也戰國拍言蜀與魏也諸葛亮築此城以拒郝昭陌上征夫自不閑北客初來試新險蜀人從此送殘山【次公】自北來而入蜀者至此漸入山故曰試新險自蜀來而趍京洛者至此已出山故曰送殘山【任】唐獨狐及集有招北客文獨穿暗月朦朧裏愁渡奔河蒼茫間【若拙】杜詩殘山碣石開【次公】蒼茫讀從上聲先生前篇亦曰蒼茫曠奔流蓋於此地見渭河故也漸入西南風景變【次公】自此地前往寶雞爲入西南矣道邊脩竹水潺潺

芙蓉城并序【任】時元豐元年戊午先生在徐州作

世傳王迥子高與仙人周瑤英遊芙蓉城元豐元年三月余始識子高問之信然乃作此詩極其情而歸之正亦變風止乎禮義之意也【次公】按胡微之作王子高傳子高虞部員外郎𤦺之子載其所遇周

事甚詳人所[illegible]先生詩[illegible]按子高傳云忽一夕夢周道服而至謂君曰子居幽僻君能往否遂從之但覺其身飄然須臾過一嶺及一門珍禽佳木清溜怪石殿閣金碧相照遂與君自東廂門入循廊至一殿亭甚雄壯下有三樓相視而聳亦甚雄麗廊間半開周忽入君少留須臾周與一女郎至周曰三山之事悠乎白雖已息柰情何於是拊掌而云遂巡東廊之門門啓有女不追裝而出者百餘人立於庭下須臾殿上卷簾有美丈夫一人朝服凭几而庭下之女循砌而上少頃凭几者起簾後下諸女流亦復不見周遂命君登東廂之樓云夢之明日周來君將語其夢周笑曰芳卿之意甚勤人君曰何也周曰芙蓉城也曰凭几者誰三山之事何謂周皆不對君曰芳卿何姓曰與我同君感其事作詩遺周云

芙蓉城中花冥冥【次公】樹詩樹壤離思花冥冥誰其主者石與丁【續】石曼卿卒後其故人有見之者云恍惚如夢中言我今爲仙也所主者芙蓉城欲呼故人共遊不諾忽然騎一素騾去【次公】張師正括異志載慶曆中有朝士冒晨赴起居正通衢見美婦三十餘人並馬而行若前導者俄見丁觀文度按轡繼之而去有一人最後行朝士問曰觀文將遊何處曰非也詩女御迎芙蓉館主爾時丁已在告頃之間卒珠簾玉案翡翠屏【子敬】襄陽記龍巢山鉢帽峯尹喜石室內有玉案仙經八卷在案上【崔】三輔黃圖云未央宮漸臺西有西桂宮中有明光殿皆金玉珠璣爲簾箔雲舒霞卷千娉婷中有一人長眉青【異聞集】柳毅之言龍女曰紅粧千萬笑語熙熙中有一人自然蛾眉而長又退之華山女詩白咽紅頰長眉青炯如微雲淡疎星【次公】孟浩然詩微雲淡河漢往來三世空鍊形【次公】酉陽

羅組載有人掘地遇石函發之見人方偃仰容色如生須臾振髮而起即失所在方士云此太陰鍊形人也竟坐誤讀黃

庭經〔次公〕聞之昆子止云神仙黑紙白字寫黃庭經名曰玉字黃庭經唐人有詩戲緣不是凡心走月黑鈎總讀字難〔黃朝〕仙家寶曰黃

庭內經昔有仙人誤讀句字謫居下界龜父按道藏有黃庭內外二景經二卷天門夜開飛爽靈〔□〕道書三魂名

爽靈胎光幽精無復白日乘雲軒俗緣千劫磨不盡〔□〕僧圓澤傳俗緣未盡慎勿相近

琴披冷落淒餘聲因過緱山朝帝庭〔薛〕按傳云周云即預朝列君曰朝帝也不言其詳由

此脩去不來者數日夜聞笙簫弭節聽飄然而來誰使令皎如明月入

惚儵忽然而去不可執寒衾虛幌風泠泠〔賈〕楚詞抑志而弭節兮注云按節徐行也

〔次公〕自天門夜開至此以言周初至時事〔堯卿〕劉向列仙傳王子喬周靈王太子也好吹笙道士浮丘公接上嵩高山三十餘年後來於山告桓

良曰告我家七月七日待我於緱氏山頭果乘白鶴駐山頭舉手謝時人而去仙宮洞房本不宿夢中同

躡鳳皇翎〔次公〕杜詩共兩鳳皇翎而其事則曲中所謂夢十共躡青鸞翼也徑度萬里如奔霆

玉樓浮空聳亭亭天書雲篆誰所銘〔次公〕謂一玉樓亭亭則曲中所簇樓臺也天書雲篆

則傳又云梁上有碑題曰碧雲而其字則真誥有飛天之書八龍雲篆遶樓飛步高玲瓏仙風鏘

然韻流鈴〔虞〕人三過家有流金火鈴經上鄉以□□□□鈴八衡〔信民〕度蘧蘧□開如酒醒〔次公〕莊周

夢為胡蝶而遽遽然周也其寐也神交其覺也形開芳卿寄謝空丁寧〔 〕子高傳曰周命君……之樓上有酒具
憑闌縱觀山川清秀梁上有碑題曰碧雲樓君未及下有一女郎復登
是樓年可十五容色嬌媚亦周之此周謂君曰此芳卿也與我最相愛
芳卿蓋其字耳一朝覆水不反鉼羅巾別淚空熒熒〔次公〕此言其竟去而感歎之也李白詩覆
水却收不滿杯又云水覆難收〔子仁〕子高傳曰周臨別留詩云久事春
解帷不暫開令朝離寶尚闌珊臨行惟有相思淚滴在羅衣一半斑
風花開秋葉零〔厚〕樂天長恨歌云春風桃李花開夜秋雨梧桐葉落時世間羅綺紛膻腥
此生流浪隨滄溟偶然相值兩浮萍〔僧善〕權退之詩波濤兩浮萍願君收視
觀三庭勿與佳穀生蝗螟〔次公〕此所謂歸之正也三庭道家事佳穀生蝗螟言色慾之賊身如蝗螟之賊佳穀
也〔子仁〕黃庭內景云三庭在穀生蝗螟從渠一念三千齡〔次公〕楊妃外傳云由此一念當復墮下界〔堯卿〕神仙傳馬
明先生隨神女還岱見安期生語神女曰昔與女郎游於安息西海之
際遺此已三千年矣續齊諧記曰桂陽城武丁有仙道常在人間忽謂
其弟曰七月七夕日織女渡河諸仙悉還宮吾向已被召不得停與爾
別矣弟問織女何事渡河兄何當還答曰織女暫詣牽牛吾去後三千
年當還耳明旦失武所在下作人間尹與邢〔縯〕史記漢武帝時尹夫人與邢婕妤同時並幸詔不得相見尹自請願望
見邢帝許之即令它夫人飾為邢來前尹見之曰此非邢身也其狀皃
不足以當人主矣於是帝使邢衣故衣獨身來前尹見之曰此真是也
乃俛而泣自痛其不如也〔堯卿〕尹喜與邢和璞也老子西昇經曰老君
度關尹喜謂曰喜是蜀青城人自生以來已歷三千甲子矣或云尹作

伊蓋伊惜與邢和㒒同時三人故云尹與邢舊說以爲漢武帝尹邢二夫人誤矣仙家一念之末乃使爲尹邢二夫人非所謂極其情而歸之正變風止乎禮義之意也

壁塢

詩二首

郿塢【次公】此塢在郿縣董卓名之曰萬歲塢地理志左扶風縣二十一其八曰郿注郿音媚【東安】前

衣中甲厚行何懼【注】董卓傳卓議廢立越騎校尉伍孚忿卓凶毒懷刀刺之不中左右執孚其後王之與呂布謀誅卓令李肅以戟刺之衷甲不入卓驚呼布所在布曰有詔遂殺卓塢裏金多退足憑【後漢】卓死塢中珍藏有金二三萬斤銀八九萬斤畢竟英雄誰得似臍脂自照不須燈【續】董卓素充肥既誅尸於市天熱脂流於地守尸吏燃火置卓臍中光明達曙

寄題刁景純藏春塢

白首歸來種萬松待看千尺舞霜風年拋造物陶甄外春在先生杖屨中楊柳長齊低戶暗櫻桃爛熟滴堦紅何時却與徐元直共訪襄陽龐德公【注】龐公南郡襄陽人也居峴山之南未入城府襄陽記曰諸葛孔明每至德

公家獨拜床下[illegible]德操嘗詣德公值其上冢德操徑入其室呼德公妻子使速作黍徐元直向云當來就我與德公談其妻子皆羅拜堂下奔走共設須臾德公還直入相就不知何者是客也

田圃

詩八首

東坡八首 并叙

余至黄二年日以困匱故人馬正卿哀余乏食爲於郡中請故營地數十畝使得躬耕其中地既久荒爲茨棘瓦礫之場而歲又大旱墾闢之勞筋力殆盡釋耒而歎乃作是詩自愍其勤庶幾來歲之入以忘其勞焉

廢壘無人顧頽垣滿蓬蒿【次公】莊子妄鑿垣牆而殖蓬蒿誰能捐筋力歲晚不償勞獨有孤旅人天窮無所逃端來拾瓦礫歲旱土不膏【次公】國語云土膏其動崎嶇草棘中欲刮一寸毛【子敬】博物志地以草爲毛謂

馬穲耒歎我廩何時得（纏詩亦有高廩任唐文粹穲耒而歎）荒田雖浪莽（白甸淵明詩浪莽林野娱）高庳各有適下濕種秔稌東原蒔棗栗江南有蜀士（堯卿先生荅秦太虚書云所居對岸武昌山水佳絶有蜀人王生在邑中往往爲風濤所隔不能即歸則王生能爲殺鷄炊黍至數日不厭）桑果已許乞好竹不難栽但恐鞭横逸（仲達談助竹根曰鞭）仍須卜佳處規以安我室（次公東方朔諫起上林書鄠鎬之間號爲土膏今規以爲苑）家童燒枯草走報暗井出一飽未敢期瓢飲已可必

自昔有微泉來從遠嶺背穿城過聚落流惡壯蓬艾（次公左傳有汾澮以流其惡）去爲柯氏陂十畝魚鰕會歲旱泉亦竭枯萍粘破塊（次公風不鳴條雨不破塊）昨夜南山雲雨到一犁外泫然尋故瀆知我理荒薈泥芹有宿根（子仁杜詩飯煑青泥坊底芹）一寸嗟獨在雪芽何時動春鳩行可膾（蜀人貴芹芽膾雜鳩肉作之）種稻清明前樂事我能數毛空暗春澤針水聞好語（蜀

以細雨爲雨毛秋稻生時農夫相語稻鹹水矣分秧及初夏漸喜風葉舉月明看露上一一珠垂縷秋來霜穗重顛倒相撑拄但聞畦壠間蚱蜢如風雨蜀中稻熟時蚱蜢群飛田間如小蝗狀而不害稻新春便入甑玉粒照筐筥子仁左傳筐筥錡釜之器我久食官倉紅腐等泥土次公漢書太倉之粟紅腐而不可食行當知此味口腹已我許良農惜地力幸此十年荒桑柘未及成一麥庶可望投種未踰月罯覆塊已蒼蒼農夫告我言勿使苗葉昌君欲富餅餌要須縱牛羊再拜謝苦言得飽不敢忘史記一飯之德不敢忘

種棗期可剥次公詩八月剥棗種松期可斲次公詩松柏丸丸方斲是虔事在十年外我計亦已慤次公史記十年之計樹之以木十年何足道千載如風雹舊聞李衡奴注三國志李衡每治家妻輒不聽後密遣人於武陵龍陽汎洲上作宅種柑橘千樹死謂兒曰汝母惡我治家故窮如是然我州里有千頭木奴不責汝衣食歲得千疋絹亦可

用矣此策疑可學我有同舍郎官居在灊岳李公擇也遺我三寸柑次公杜詩云三寸黄柑猶自青照坐光卓犖百栽償可致當及春冰渥想見

竹籬間青黄垂屋角

潘子久不調沽酒江南村子仁按先生荅秦太虚書云有潘生者作酒店樊口棹小舟徑至店下村酒亦醇釅即此也潘子益潘邠老云郭生本將種續漢書朱虚侯劉章侍高后宴爲酒吏請曰臣將種也請以軍法行酒賣

藥市西垣古生亦好事恐是押牙孫古押牙富平縣俠客也爲取奉陵宮女無雙以與王仙客爲妻冤死者數人押牙亦自刎事詳見麗情集家有十畝竹無時容叩門我窮交

舊絶三子獨見存從我於東坡勞餉同一飧可憐杜拾遺

事與朱阮論次公杜拾遺子美也有詩云梅熟許同朱老喫松高擬對阮生論蓋在成都浣花溪上所居之時與朱阮二人遊則先生意自比老杜以朱阮比三子矣吾師卜子夏四海一弟昆次公論語子夏曰四海之内皆兄弟也

馬生本窮士思文曰志林云杞人馬正卿字夢得作太學正清苦有氣節學生既不喜博士亦忌之余偶至其齋書杜子美秋風嘆一篇壁上初無意也正卿即日辭歸至今白首窮餓守節如故又曰馬夢得與僕同歲月生少僕八日是歲生者無富貴人而僕與夢得爲窮之冠即吾二人而觀之當推夢得爲首從我二十年日夜望我貴求分買山錢

【縯】戴符山人[illegible]陽人也及使于頓求買山錢帥與百萬【李】南史王秀之云吾山資已足豈可久留妨賢路我今反累生借

耕輟茲田刮毛龜背上何時得成氊【次公】龜背上刮氊乃諺語也可憐馬生癡

至今夸我賢衆笑終不悔施一當獲千【次公】大率先生是詩八篇皆田中樂易之語如陶淵明

宗族

詩五首

小兒

小兒不識愁起坐牽我衣【次公】暗使李白詩兒女歌笑牽人衣我欲嗔小兒老

妻勸兒癡兒癡君更甚不樂愁何爲還坐愧此言洗盞當

我前大勝劉伶婦區區爲酒錢【縯】劉伶當渴甚求酒於妻妻捐酒毀器諫曰君酒太過非攝生之道必宜斷之伶曰善吾不能自禁唯當祝鬼神自誓耳便可具酒肉妻從之伶跪祝曰天生劉伶以酒爲名一飲一石五斗解酲婦兒之言終不可聽仍引酒御肉隗然復醉

姪安節遠來夜坐三首

南來不覺歲崢嶸【厚】鮑明遠舞鶴賦歲崢嶸而催莫又老杜贈鮮于京兆詩旅食歲崢嶸坐撥寒

夜聽雨聲遮眼文書原不讀伴人燈火亦多情【子仁】退之詩燈火稍可親嗟

予潦倒無歸日【次公】杜詩多才依舊能潦倒令汝蹉跎已半生免使韓公悲

世事白頭還對短燈檠【續】退之短燈檠歌云長檠八尺空自長短檠二尺便且光黃簾綠幕朱戶閉風露氣入秋堂涼裁衣寄遠淚眼暗搔頭挑燈移近床太學儒生東魯客二十辭家來射策夜書細字綴語言兩目眵昏頭雪白此時提攜當案前看書到曉那能眠一朝富貴還自恣長檠高張照朱翠吁嗟世事無不然墻角君看短檠棄

心衰面改瘦崢嶸相見惟應識舊聲【寶】後漢夏馥傳馥以聲名為中官所忌遂被誣陷詔下州郡捕為黨魁馥乃自翦須變形為治家傭親突煙炭形皃毀瘁弟靜於涅陽市中遇馥不識聞其言聲乃覺而拜之永夜思

家在何處【次公】柳子厚詩隱憂倦永夜又退之示姪孫湘詩雲橫秦嶺家何在殘年知汝遠來情

【次公】杜詩看射猛虎終殘年又退之示姪孫湘詩云知汝遠來應有意畏人默坐成癡鈍【馮】顔氏家訓曰梁世有一侯嘗對元帝飲謔自陳癡鈍乃成颸段元帝答曰颸異涼風段非土木颸問舊[illegible]驚呼半死生【厚】杜詩訪舊半為鬼驚呼熱中腸

夢斷酒醒山雨絕笑看饑鼠上燈檠

落第汝為中酒味【續】唐下第詩氣味如中酒吟詩我作忍饑聲【子仁】杜詩忍飢

浮雲巘又秦少[illegible]王青[illegible]子[illegible]卻笑先生如書卷[illegible]面便思絕粒真無策苦說歸田

似不情腰下[illegible]月刀斜佩[注]龔遂爲渤海太守令民賣劒買牛賣刀買犢曰何爲帶刀佩犢洲中
奴長足爲生[縯]三國志李衡於武陵龍陽汎洲上作宅種柑橘千株臨死謂其子曰吾州里有千頭木奴歲可得絹千疋可
用矣大弨一弛何緣彀[次公]述之詩大弨挂壁無由彎已覺翻翻不受檠[倬]揚子曰見弓
之張兮弛而不失其良兮何謂也曰檠之而已矣注檠正弓之器

冬至日贈安節

我生幾冬至少小如昨日[次公]韓嬰詩外傳云昨日何生今日何成又退之云昨日之日不可留當
時事父兄上壽拜脫膝十年閱凋謝白髮催衰疾瞻前惟
兄三顧後子由一[次公]唐孝友傳李華作三孝賛顧後絕配瞻前無鄰近者隔濤江遠者
天一壁今朝復何幸見此萬里姪憶汝總角時[十朋]詩曰總角丱兮啼
笑爲梨栗[縯]淵明責子詩通子垂九齡但覓梨與栗今來能慷慨志氣堅鐵石[新添]
皮日休桃花賦序宋璟疑其鐵腸石心諸孫行復爾世事何時畢[次公]蓋言諸孫行將又如此世
事無有窮盡也詩成却超然老淚不成滴

婦女

詩十一首

薄命佳人 饒白樂天陵園妾云顔色如花命如葉命如葉薄爭奈何

雙頰凝酥髮抹漆【考】白樂天詩面因銜冷作凝酥眼光入簾珠的皪【寫】古詩的皪沉珠淵【次公】先生詩集一本云爲試經者作則眼光入簾是也故將白練作仙衣【次公】冷齋夜話載則天長壽三年詔書曰應天下尼當用細白練爲衣不許紅膏汙天質吳音嬌軟帶兒癡【義源】李太白詩楚歌吳語嬌不成無限閑愁總未知自古佳人多命薄【子仁】古樂府有妾命薄曲閑門春盡楊花落

於潛女

青裙縞袂於潛女兩足如霜不穿屨【縯】李白詩屐上足如霜不着鴉頭襪觰沙鬢髮絲穿杼【次公】退之月蝕詩赤烏司南尸尾禿翅觰沙杼當作杼字書杼同楮字耳於絲穿卜無義杼說文曰機之持緯者絲穿杼言鬢髮如絲之穿杼也蓬沓障前走風雨老濞宮妝傳父祖【寫】老濞吳王濞也杜牧之詩老濞即山鑄後庭蛾眉此指吳越王錢氏也至今遺民悲故主苕溪楊柳初飛絮照溪畫[illegible]逢郎樵歸相媚嫵不信姬姜有齊魯【趙】齊

女姜姓魯[illegible]姓雖有姻姜[illegible]惟

錢安道席上令歌者道服

烏府先生鐵作肝【縯】漢御史府中列柏樹常有野烏數千棲宿其上晨出暮來號爲朝夕烏【次公】錢安道錢顗也爲御史謫官霜風卷地不知寒猶嫌白髮年前少故點紅燈雪裏看它日卜鄰先有約【縯】樂天與元八卜鄰詩云明月好同三徑夜綠楊宜作兩家春待君投紱我休官如今且作華陽服【厚】句曲山三十六洞天之第八洞也名曰華陽洞以三茅所居故又曰茅山醉唱儂家七返丹【縯】古歌云七還七返三五一龍虎相交入堤室灰池焰灼天地精金液還丹功了畢【厚】呂仙翁詞云七返還丹在人先須煉餌【子敬】道書大還秘契圖曰從寅至申爲七返刼至坤爲九還

朝雲詩 并引

世謂樂天有鬻駱馬放楊柳枝詞嘉其主老病不忍去也然夢得有詩云春盡絮飛留不得隨風好去落誰家樂天亦云病與樂天相伴住春隨樊子一時歸則是樊素竟去也予家有數妾四五年相繼辭去獨朝

雲者隨予南遷因讀樂天集戲作此詩朝雲姓王氏錢塘人嘗有子曰幹兒未朞而夭云

不似楊枝別樂天【續】樂天不能忘情吟引妓有樊素者善唱楊柳枝人多以曲名之樂天既老又病風將放之素慘然立且拜婉孌有辭辭畢涕下予聞素言亦愍嘿不能對且命反袂遂作不能忘情吟恰如通德伴伶玄【原】後漢伶玄與班固同時有文章得妾姓樊曰通德頗能言趙飛燕姊妹事玄因作外傳阿奴絡秀不同老【增】晉書周伯仁母李氏字絡秀少時伯仁父浚求為妾生伯仁及嵩謨嘗冬至置酒絡秀舉觴賜三子曰吾本渡江託足無所不謂尔等並貴列吾目前嵩起曰伯仁志大而才短名重而識闇好乘人之弊此非自全之道也嵩性抗直亦不容於世惟阿奴碌碌當在母目下天女維摩總解禪【次公】維摩經天女居維摩室與舍利佛發明禪理維摩曰此天女已能遊戲菩薩之神通也經卷藥爐新活計舞衫歌扇舊因緣丹成逐我三山去【續】三山則海中三神山蓬萊方丈瀛洲也不作巫陽雲雨仙【原】宋玉高唐賦云昔者先王嘗遊高唐怠而晝寢夢一婦曰妾巫山之神女也旦為朝雲暮為行雨朝朝暮暮陽臺之下【次公】樂天和夢得遊春詩縹緲雲雨仙

正月二十日偶與數客野步嘉祐僧舍東南野人家雜花盛開扣門求觀主人林氏媼出應白髮青

裡[illegible]身猶居之二十年矣感歎之餘作詩記之喻按白鶴故居圖嘉祐詩注歸去杳然西林行婆又在寺之西[illegible]林媼也

縹蔕緗枝出絳房原杜牧之詩酴醾梨園縹蔕花又李商隱詩紅袍雜絳房綜綠白色曰縹淺黃色曰緗大赤色曰絳王僧達櫻桃詩云緗葉未開蕚綠陰青子送春忙消消泣露紫含笑綜含笑花嶺南所出熠熠燒空紅佛桑厚晉安海異名記佛桑其花丹重敷柔澤葉如桑花五六出大如蜀葵有蕊一條長如花葉上綴金屑日光所鑠凝爲焰朝生暮落落日孤煙知客恨子仁杜牧之詩孤煙知客恨短籬破屋爲誰香主人白髮青裙袂子美詩中黃四娘綜杜子美詩黃四娘家花滿蹊千朵萬朵壓枝低

悼朝雲詩　并引

紹聖元年十一月戲作贈朝雲詩三年七月五日朝雲病亡於惠州葬之棲禪寺松林中東南直大聖塔予既銘其墓且和前詩以自解朝雲始不識字晚忽學書粗有楷法蓋嘗從泗上比丘尼義仲學佛亦略聞大義

且死誦金剛經四句偈而絶

苗而不秀豈其天【纂】論語苗而不秀者有以夫不使童烏與我玄【學】揚子育而不苗者吾家之童烏乎九齡而與我玄文【次公】此言朝雲所生之子幹兒未百日而亡也駐景恨無千歲藥贈行惟有小乘禪【增】宗密禪師有小乘禪大乘禪最上乘禪之論傷心一念償前債彈指三生斷後緣【次公】一念三生皆出佛書白樂天云世說三生如不謬共疑巢許是前人又圓澤云三生石上舊精魂歸臥竹根無遠近【任】杜詩共醉終同臥竹根夜燈勤禮塔中仙【次公】塔中仙指言大聖塔也

昭君村【子仁】杜詩若道巫山女麄醜安得此有昭君村

昭君本楚人艷色照江水楚人不敢娶謂是漢妃子【纂】匈奴數盜邊漢議以女遺之乃取後宮女王嬙字昭君娉焉誰知去鄉國萬里爲胡鬼【纂】白居易昭君詩云生爲漢宮妃死作胡地鬼人言生女作門楣【子仁】楊妃外傳楊貴妃寵幸時童謠有曰男不封侯女作妃君看女却作門楣昭君當時憂色衰古來人事盡如此反覆縱橫安可知

趙成伯家有麗人僕忝鄉人不肯開樽徒吟春雪美句[illegible]一笑

繡簾朱户未曾開誰見梅花落鏡臺試問高吟三十韻何如低唱兩三盃世言檢死秀才衣帶上有雪詩三十韻又云陶穀學士買得党太尉家故妓過雪陶穀取雪水烹團茶謂妓曰党家應不識此妓曰彼麄人安有此但能於紅綃煖帳中淺斟低唱喫羊羔兒酒陶嘿然慙其言莫嫌衰鬢聊相映須得纖腰與共回知道文君隔青瑣梁園賦客肯言才文君司馬相如妻青瑣窻名謝惠連雪賦梁王不樂遊於兔園命鄒生召枚叟相如末至居客之右先生自注云聊荅來句義取婦人而已罪過罪過

戲贈田辯之琴姬

流水隨絃滑清風入指寒坐中有狂客莫近繡簾彈此暗用司馬相如琴心挑卓文君事

韓康公坐上侍兒求書扇上二首

窻摇細浪魚吹日手弄黄花蝶透衣不覺春風吹酒醒空教明月照人歸

一一窻栊面水開更於何處覓蓬萊天香滿袂人知否曾到旃檀小殿來

仙道　詩十六首

回先生過湖州東林沈氏飲醉以石榴皮書其家東老菴之壁云西鄰已富憂不足東老雖貧樂有餘白酒釀來因好客黃金散盡爲收書西蜀和仲聞而次其韻三首東老沈氏之老自謂也湖人因以名之其子偕作詩有可觀者【按】按十會回仙碑云熙寧元年八月十九日湖州歸安縣之東林有隱君子沈思字持正隱於東林因以東老名焉能釀十八仙白酒一日有客自稱回道人長揖東老曰知君白酒新熟願求一醉否公命之坐徐觀其目碧色粲然光彩射人與之語無不通究故知非塵埃中人也因出與飲自日中至暮已飲數斗殊無酒色回曰久不遊浙中今爲子有陰德留詩贈子乃擘席上榴皮畫相題於菴壁

世俗何知貧是病【學】史記原憲傳子貢見原憲憲攝敝衣冠子貢曰夫子豈病乎憲曰貧也非病也神仙可學道之餘【曾】唐天師著神仙可學論一卷但知白酒留佳客不問黃公覓素書【續】張良跪履進老父父出一編書曰讀是則爲王者師後十年興十三年孺子見我濟北穀城山下黃石即我也其書乃太公兵法【師川】黃石公有素書二卷張丞相商英[illegible]之上

符離道士晏與際 〔演〕宿州符離縣天慶觀寧道士者少年談老莊極可采寧云道中賣藥人儀狀雄偉常此遊息一日於桀上題二絕句而去書爲大篆體法極異或曰此洞賓先生所書也郡人爭刻之以治疾字字刻痕深寸餘墨迹不滅

華岳先生尸解餘 〔厚〕陳摶字圖南居華山雲臺觀預知死日端拱二年七月二十九日卒於蓮花峯下張超谷室中死七日有五色雲蔽塞洞口經月不散〔曾〕按道書人死形如生足皮不青惡目光不毀頭髮盡脫皆尸解也白日去曰上解夜半去曰下解向曉向暮去謂之地下主者

忽見黃庭丹篆句 〔堯卿〕呂洞賓詩云肘傳丹篆千年術口誦黃庭兩卷經鶴觀天壇槐影裏悄無人迹戶長扃

猶傳青紙小朱書 〔續〕華陽處士李奇自言開元中郎官嘗至摶齋中以朱書青紙詩令小童賫與摶摶與唱和交友焉

凄涼雨露三年後 〔厚〕祭義雨露既濡君子履之必有怵惕之心如將見之

髣髴塵埃數字餘

至用榴皮緣底事中書君豈不中書 〔續〕韓愈毛穎傳穎拜書令上嘗呼爲中書君後因進見上將有任使拂拭之穎免冠謝上見其髮禿又模畫不稱上意上嘻笑曰中書君老而禿不任吾用吾謂君中書而今不中書耶

張先生 并叙

先生不知其名黃州故縣人本姓盧爲張氏所養佯狂垢汙寒暑不能侵常獨行市中夜或不知其所止

往來者欲見之多不能致余試使人召之欣然而來既至立而不言與之言不應使之坐不可但俯仰熟視傳舍堂中久之而去夫熟視傳舍者是中竟何有乎然余以有思惟心追躡其意蓋未得也

熟視空堂竟不言故應知我未全天【次公】莊子醉者墜車雖疾不死彼得全於酒猶若是而況得全於天乎

肯來傳舍人皆說能致先生子亦賢脫屣不妨眠

糞屋流澌爭看浴冰川【堯卿】本朝蔪信者得道之異人也常汙垢佯狂晝脫屣而行夜眠糞屋中人莫測之又煬文公說苑曰郭忠恕大寒鑿冰而浴

士廉豈識桃椎妙妄意稱量未必然【厚】朱桃椎益州人被裘曳索人莫測其所爲高士廉爲長史備礼以請降階與之語不荅瞪視而出士廉拜曰祭酒其使我以無事治蜀耶

三朵花　并叙

房州通判許安世以書遺余言吾州有異人常戴三朵花莫知其姓名郡人因以三朵花名之能作詩皆神仙意又[illegible]自爲眞人有得之者許欲以一本見惠乃爲作

此詩

學道無成鬢已華不勞千劫漫烝砂【次公】楞嚴經佛云若不斷婬修禪定者如烝沙石欲其成飯經百千劫只名熱沙

歸來且看一宿覺【續】傳燈録永嘉禪師詣曹溪語契祖嘆曰善哉善哉少留一宿時謂一宿覺

未暇遠尋三朶花兩手欲遮缾裏雀【次公】楞嚴經缾注引法句經云精神居形內猶雀藏缾中缾破則雀飛去矣【師】藏經大智度論頌云烏來入缾中羅縠掩缾口縠穿鳥飛去神明隨業走【堯卿】佛經云人身如缾神識如雀五蘊既盡則神識自去以手遮之且不可况以羅縠遮之可乎

四條深怕井中蛇【次公】賓頭盧尊者爲優陀延王說法經云如人行曠野爲象所逐見一丘井即尋樹根入井藏上有黑白二鼠互齧樹根四邊有四毒蛇欲齧其人且云象喻無常丘井喻人身樹根喻人命白黑鼠喻晝夜齧樹根喻念念滅四毒蛇喻四大【師】佛書人有逃死者入井則遇四蛇傷足而不能下上樹則逢二鼠咬藤而不能升四蛇以喻四時二鼠以喻日月言四時日月迫促大限無所逃耳故釋子有無常偈云井底四蛇催命促攀枝二鼠齧藤傷此是衆生命盡處如何晝夜不驚忙

畫圖要識先生面試問旁陵好事家

贈梁道人

採藥壺公處處過【續】後漢費長房傳汝南人也曾爲市掾市中有老翁賣藥懸一壺於肆頭及市罷輒跳入壺中市人莫之見唯長房於樓上見而異焉因往再拜奉酒脯翁知長房之意其仙也謂之曰子明日可更來長房旦日復詣翁翁乃與俱入壺中唯見

玉堂巖麗百酒甘肴盈衍其中共飲畢而出

笑看金狄手摩挲【厚】東漢蓟子訓傳時有百歲翁自說兒童時見子訓於市顔色不異於今後人復於長安東霸城見之與一老翁共摩挲銅人相謂曰適見鑄此已近五百歲矣

老人大父識君久【續】前漢郊祀志武帝時李少君以祠竈穀道卻老方見上嘗從武安侯飲坐中有年九十餘老人少君乃言與其大父游射處老人爲兒時從其大父行識其處一坐盡驚

造物小兒如子何【摭】唐杜審言病武平一省候何如答曰甚爲造化小兒相苦尚何言

寒盡山中無曆日【搜】太上隱者人莫知其本末好事者從之問姓名不答留一絕云偶來松樹下高枕石頭眠山中無曆日寒盡不知年【十朋】池陽集載滕宗諒寄隱者詩序云歷山有叟無姓名好爲歌篇近有人傳山居書事詩云云並與上四句同

雨斜江上一漁蓑【厚】唐隱士張志和詩青蒻笠綠蓑衣斜風細雨不須歸

神仙護短多官府【續】退之寄夢詩乃知仙人未賢聖護短憑愚邀我敬又有詩云上界真人足官府豈如散仙鞭笞鸞鳳終日相追陪

未厭人間醉踏歌【分】續仙傳藍采和者常於市中歌曰踏踏歌藍采和世界能幾何紅顔一春樹流年一擲梭古人混混去不返今人紛紛來更多朝騎鸞鳳到碧落暮見桑田生白波長景明輝在空際金銀宮闕高嵯峨

贈李道士 并叙

駕部員外郎李君宗固景祐中良吏也守漢州有道士尹可元精練善畫以遺火得罪當死君緩其獄會赦

獲免時可元八十一自誓且死必爲李氏子以報可元
旣死二十餘年而君子世昌之婦夢可元入其室生
子曰得柔小名蜀孫幼而善畫旣長讀莊老喜之遂
爲道士賜號妙應事母以孝謹聞其寫眞蓋妙絕一時云
世人只數曹將軍【原】曹將軍曹霸也杜甫有丹青引贈曹將軍【補注】名畫記云曹魏髦之後髦畫稱於魏成霸在開元中
已得名天寶末每詔寫御馬入功臣官至左武衛將軍誰知虎頭非癡人【演】虎頭顧凱之也嘗爲虎頭將軍時人號
之爲顧虎頭【補注】唐張彥遠名畫記云顧愷之字長康小字虎頭晉陵無錫人丹青傳寫莫不妙絕有畫論一篇義熙初爲散騎侍腰間
大羽何足道【次公】杜詩云良相頭上進賢冠猛將腰間大羽箭此即丹青引中詩頰上三毛自有
神平生狎侮諸公子戲着幼輿巖石裏【次公】世說愷之畫裴楷頰上益三毛人問
其故曰裴楷儁朗有識正在此三毛又畫謝鯤在石巖裏人問其故曰鯤嘗云一丘一壑自謂過庾亮此子宜置丘壑中幼輿鯤字也故
教世世作黃冠師【援】詩云黃冠道士冠也退之送張道士詩云詩闕三上書臣非黃冠師布襪青鞋弄雲
水【援】杜詩劉少府山水障歌青鞋布襪從此始又李白送魏山人詩浩蕩弄雲海又云一弄耶溪水千年鼻祖守關
門一念還爲李耳孫【子仁】鼻祖指尹喜也李耳指老聃也按史記老子傳姓李氏名耳爲周守藏室史見周衰遂去

至關關令尹喜強令著書今李道士前生姓尹後爲李氏子而皆爲道士故用尹喜老聃事通言之【黃中】劉德注漢書曰鼻始也香火

舊緣何日盡丹青餘習至今存五十之年初過二衰顏記我

今如此【次公】孔融書云五十之年融又過二它時要指集賢人知是香山老居士

樂天爲翰林學士奉詔寫真集賢院【厚】樂天詩云昔作少學士圖形入集賢今爲老居士寫皃寄香山

送喬仝寄賀君六首 并叙

舊聞靖長官賀水部皆唐末五代人得道不死章

聖皇帝東封有謁於道左者其謁云晉水部員外郎

賀元再拜而去上不知也已而閱謁見之大驚物色求

之不可得天聖初又使其弟子俞澄者詣闕進佛道

像直數千萬張公安道與澄遊具得其事又有喬仝

者少得大風疾幾死賀使學道今年八十益壯盛人

無復見賀者而仝數見之元祐二年十二月仝來京

師十許日予留之不可曰賀以上元期我於蒙山又

曰吾師嘗遊密州識君於常山道上意若喜君者作是詩以送之且作五絕句以寄賀

君年二十美且都【厚】詩曰洵美且都　初得惡疾墮眉須紅顏白髮驚妻孥覽鏡自嫌欲弃軀結茆窮山啖松腴【堯卿】抱朴子曰上黨有趙瞿者病癩歷年垂死或言不如及活流弃之否則後子孫轉相注易其家乃爲賚糧將送之置山穴中瞿在穴中自怨不幸晝夜悲歎涕泣經月有仙人行過穴口而哀之具問訊之瞿知其異人乃叩頭自陳乞哀於仙人以囊藥賜之教其服法瞿服之百許日瘡愈顏色豐悅肌膚玉澤仙人告之曰此是松脂耳此山中便多此物汝鍊之服可以長生不死瞿乃歸家家人初謂之鬼也甚驚愕遂具言之後服松脂不輟身體輕齒不墮髮不白在人間二百許年色如少童乃入抱犢山去不知其終必地仙也　路逢逃秦博士盧【援】盧敖秦始皇召以爲博士使求神仙一去而不返　方瞳照野清而癯【次公】拾遺記老聃居山有父老五人方瞳玉面握青筇杖共談天地乃五行之精舊引陶弘景一眼有時而方非也【希孟】紫陽真人周君內傳黃泰在陳留市君常見之君內仙經云仙人目童正方泰乃方目　再拜未起煩一呼覺知此身了非吾烱然蓮花出泥塗隨師東遊渡濰郑　濰郑密州二水名　山頭見我兩輪朱豈知仙人混屠沽爾來八十胷垂胡【次公】胡胷前毛也詩所謂胡考之寧　上山如飛嗔人扶【傳】杜詩上馬不用扶每扶必怒嗔

東歸有約不敢渝新年當參老仙儒秋風西來下雙鳧【續】王喬舄化爲鳧而乘之得棗如瓜分我無【補】史記封禪書李少君曰臣嘗遊海上見安期生食臣棗大如瓜

生長兵間早脫身晚爲元祐太平人【僎】柳子厚與蕭勉書曰孰歌謠使成文章庶木鐸者采取觀之法宮增聖唐大雅之什雖不得位亦不虛爲太平之人矣

不驚渤澥桑田變來看龜蒙漏澤春【僎】太平廣記王遠遣傳麻姑云接待已來東海三爲桑田龜山在兖州泗水縣蒙山在沂州費縣大抵皆魯地相連東封之所歷也

曾謁東封玉輅塵幅巾短褐亦逡巡行宮夜奏空名姓悵望雲霞縹緲人

垂老區區豈爲身微言一發重千鈞始知不見高皇帝正似商山四老人【續】一發謂四皓對高祖有太子仁孝之語者也

舊聞父老晉郎官已作飛騰變化看聞道東蒙有居處願供薪水看燒丹【僎】陶淵明送一力給其子曰汝旦夕之費自給爲難今遣此力助爾薪水之勞此亦人子也可善遇之

千古風流賀季真最憐嗜酒謫仙人狂吟醉舞知無益粟飯藜羹問養神【次公】李白對酒憶賀監詩云四明有狂客風流賀季真長安一相見呼我謫仙人昔好杯中物翻爲松下塵金

龜換酒處却憶渋黍沽市問養神三字亦語意自到耳而舊注妄引劉禹錫詩擺落功名問養神誤矣劉詩止云玉城山東多靈藥擺落功名且養神

十一月九日夜夢與人論神仙道術因作一詩八句旣覺頗記其語録呈子由弟後四句不甚明了今足成之耳

析塵妙質本充空夢中於此句若了然有所得者【厚】楞嚴經云又鄰虛析塵入空者用幾色相合成虛空更積微陽一線功【厚】歲時記宮中以紅線量日至日日影添一線照夜一燈長耿耿閉門千息自濛濛【次公】晉書許邁服氣一氣千餘息養成丹竈無煙火點盡人間有暈銅寄語山神停伎倆不聞不見我何窮【次公】傳燈録道壽禪師在壽州三峯山有一野人常化作佛形及羅漢菩薩天仙等形師告衆曰野人作多色伎倆眩惑於人只消老人不見不聞伊伎倆有盡吾不見不聞無盡

安期生 并叙

安期生世知其爲仙者也然太史公曰蒯通善齊人安期生生嘗以策干項羽羽不能用羽欲封此兩人兩人終不肯受亡去予每讀此未嘗不廢書而歎嗟乎仙者非斯人而誰爲之故意戰國之士如魯連虞卿皆得道者歟

朴子內篇曰安期先生者賣藥於海邊瑯琊人傳世見之計已千年秦始皇請與語三日三夜始皇異之賜之金璧安期留書曰復數千年求我蓬萊山

安期本策士平日交蒯通嘗干重瞳子【續】漢書項羽贊曰舜蓋重瞳子項羽又重瞳子羽豈其苗裔邪不見隆準公【厚】前漢帝紀高祖為人隆準而龍顏李太白梁父吟云君不見高陽酒徒起草中長揖山東隆準公應如魯仲連抵掌吐長虹【次公】史記魯仲連戰國時人折新垣衍帝秦之議罷燕將聊城之守卒隱於東海故今以比安期也難堪踞牀洗【援】酈食其見高祖踞牀使兩女子洗足酈生不拜長揖曰足下必欲誅無道秦不宜踞見長者寧挹扛鼎雄【續】漢書言項羽長八尺二寸力扛鼎事既兩大謬【次公】莊子云時命大謬【子仁】司馬遷答任少卿書云事乃有大謬不然者飄然籋遺風【次公】籋讀曰躡漢書云天馬歌云籋浮雲是也乃知經世士出世或乘龍豈比山澤臞【厚】司馬相如大人賦序列仙之儒居山澤間形容甚臞此非帝王之仙意也忍飢啖栢松【厚】列仙傳須子食栢實偓佺食松實縱使偶不死正堪為僕僮茂陵秋風客【次公】言武帝也李賀金銅仙人辭漢歌茂陵劉郎秋風客以言武帝葬茂陵而嘗作秋風辭故也望祖猶蟻蜂【次公】祖字指言高祖也意謂高祖尚不得見安期而況武帝哉海上如瓜棗可聞不可逢【援】李少君謂武帝曰臣嘗游海上見安期食臣棗大如瓜

過安樂山聞山上木葉有文如道士篆符云此山乃張道陵所寓【子仁】山在瀘州合江縣

天師化去知何在玉印相傳世共珍故國子孫今尚死滿山秋葉豈能神

釋老上　詩四十首

記所見開元寺吳道子畫佛滅度以答子由【伯祖】名畫記吳道玄陽翟人工畫初名道子玄宗改名道玄下筆有神官至寧王友

西方真人誰所見【次公】西方真人言佛也衣被七寶從雙狻【厚】狻猊師子也當時修道頗辛苦栢生兩肘烏巢肩【厚】傳燈録云佛於雪山入定有野鵲於佛頂置巢時去時來初如濛濛隱山玉漸如濯濯出水蓮道成一旦就空滅奔會四海悲人天翔禽哀響動林谷獸鬼躑躅淚迸泉【次公】杜詩淚下如迸泉尨眉深目彼誰子遶林彈指性自圓【次公】自當時修道至此以鋪陳佛滅度時事也事出佛書隱如寒月墮清晝空有孤光留故躔【次公】月墮清晝以譬佛之滅度光留故躔以譬佛之雖寂滅而猶在

蓋月之畫隱非亡故也躔則日明之所行曰躔也【子仁】李白擬古云明月看欲墮當窗懸垂清光古人謂墮字為工杜子美詩云哀壑無光留戶庭先生用此句法也**春遊古寺拂塵壁遺像久此霾香煙畫師不復寫名姓皆云道子口所傳從橫固已蔑孫鄧**【續】【元畫】孫知微鄧隱也圖畫見聞志孫知微字太古通義彭山人每畫聖像必先齋戒蹤瀹方始援筆**有如巨鰐吞小鮮**【王父】物類相感志南海有鰐魚其狀若鼉龍有四足見人影則飛躍囓人長六七尺二邊有齒如劍【吳季南】曰老子治大國若亨小鮮**來詩所誇孰與此安得攜掛其旁觀**【堯卿】子由詩云吾兄子瞻苦好異敗繒破紙收明鮮自從西行上得此試與記錄一代觀來詩所言及此

讀道藏【堯卿】終南縣有上清太平宮宮有道藏先朝所賜書也

嗟予亦何幸偶此琳宮居宮中復何有戢戢千函書【師】退之贈崔立之詩戢戢已多如束筍**盛以丹錦囊**【師】漢武內傳帝見西王母巾器中有一卷小黃書盛以紫錦之囊帝問此何書曰此五岳真形圖也其文祕禁即今女宋靈賓更取一圖以與帝靈賓探懷中得一卷盛以雲錦之囊女以付帝**冒以青霞裾**【先】【之】乾隮子何讓之見一老翁歌讓之遂入丘化一狐遁去案上得書一帋云何以蔽裸霞裾雲紛**王喬掌關蚩尤守其盧**【次公】王喬字子晉也神仙名蚩尤神名【堯卿】道藏中多畫蚩尤守衛之狀**秉閑竊掀攬涉獵豈暇**

徐【次公】涉獵略觀之也前漢賈山涉獵書記不能爲醇儒至人悟一言道集由中虛【縯】莊子惟道集虛心閑反自照皎皎如芙蕖千歲厭世去【次公】道家存想法當想心如未開蓮花豈此事乎莊子曰千歲厭世去而上仙也此言乃蘧蒢人皆忽其身治之用土苴【厚】莊子道之真以治身其土苴以治天下何暇及天下幽憂吾未除【縯】莊子堯以天下讓子州支父子州支父曰我適有幽憂之疾未暇治天下也

成都進士杜暹伯升出家名法通往來吳中

欲識當年杜伯升飄然雲水一孤僧若教俯首隨韁鎖【縯】班嗣言貫仁義之羈絆係名聲之韁鎖料得如今似我能柳子玉云通若及第不過似我【遹】按先生詩談僕偶問通師子若不脫屣場屋今何爲矣柳子玉云不過似我能因戲爲此詩

過永樂文長老已卒往見夜至永樂文長老院詩注中

初驚鶴瘦不可識旋覺雲歸無處尋三過門間老病死【縯】佛爲太子遊諸城門見生老病死遂出家一彈指頃去來今【師】謂過去見在未來三世也存亡慣見渾無淚鄉井難忘尚有心欲向錢塘訪圓澤葛洪川畔待秋深【縯】李源居洛師

惠林寺與僧圓澤遊甚密一日相約遊青城峩眉舟次南浦見婦人錦襠而汲者澤泣謂源曰婦人孕三歲矣吾當為之子無可逃者後十二年中秋月夜杭州天竺寺外當與公相見至暮澤亡而婦乳源後自洛適吳至所約聞葛洪川畔牧童扣角而歌曰三生石上舊精魂賞月吟風不要論慙愧情人遠相訪此身雖異性長存源問澤公健否荅曰李公真信士然俗緣未盡慎勿相近又歌曰身前身後事茫茫欲話因緣恐斷腸吳越山川尋已遍却回煙棹上瞿唐遂去不復見

去年秋偶遊寶山上方入一小院閴然無人有一僧隱几低頭讀書與之語漠然不甚對問其鄰之僧曰此雲闍梨也不出十五年矣今年六月自常潤還復至其室則死葬數月矣作詩題其壁

雲師來寶山一住十五秋讀書常閉户客至不舉頭去年造其室清坐忘百憂我初無言說師亦無對酬今年復扣門空房但颼飀云已滅無餘〔經〕佛入無餘涅槃薪盡火不留〔經〕莊子指窮於為薪火傳也不知其盡也却疑此室中常有斯人不所遇孰非夢事過吾何求

僧惠勤初罷僧職

軒軒青田鶴【縯】永嘉郡記曰有沐溪去青田九里山中有一雙白鶴年年生子長大便去只常餘父母一雙精白可愛多云神所養杜詩薛公十一鶴盡寫青田真鬱鬱在樊籠【師】莊子澤雉十步一啄百步一飲不蘄畜乎樊中【倬】南史陽休之不樂煩職典選久曰此官實時清華但妨吾賞真是樊籠矣既爲物所縻遂與吾輩同今來始謝去萬事一笑空新詩如洗出不受外垢蒙清風入齒牙出語如風松霜髭茁病骨饑坐聽午鍾非詩能窮人窮者詩乃工此語信不妄吾聞諸醉翁【厚】歐陽作梅聖俞詩序云非詩能窮人殆窮者而後工也【師】醉翁謂永叔也

贈上天竺辯才師【江】按蘇轍撰子瞻書歐陽棐書額云師姓徐氏名元淨字無象杭之於潛人生而左肩肉起如袈裟條八十一日乃滅及師之終實八十一歲師生十歲出家二十五賜紫衣及辯才號沈公遘治杭命住上天竺增室幾至萬礎重樓傑閣冠於浙中

南北一山門上下兩天竺【新添】錢塘諸寺天竺最盛山有一門南北相望而上下兩天竺寺【子仁】白樂天題天竺詩一山門作兩山門兩寺元從一寺分中有老法師瘦長如鸛鵠【厚】唐裴寬傳韋詵有女許妻於寬歸語妻曰常求佳婿今得矣明日幃其族使觀之寬衣碧瘠而長人皆笑呼爲碧鸛雀不知修何行碧眼照山

谷【師】胡僧多碧眼見之白清涼洗盡煩惱毒坐令一都會男女禮白足【援】高僧傳釋曇始者晉武時人足白於面時稱爲白足和尚謂僧爲白足蓋始乎此我有長頭兒【續】賈逵在太學長八尺二寸諸儒爲之語曰問事不休賈長頭角頰峙年五四歲不知行抱負煩背腹師來爲摩頂【援】徐陵年數歲家人攜以候沙門寶誌誌摩其頂曰天上石麒麟也起走趂奔鹿【子仁】報子由獨才皆碑云子兄子贍中子追生三年不能行請師爲落髮摩頂祝之不數日能行如它兒乃知戒律中妙用謝羈束何必言法華佯狂啖魚肉【援】京師開寶寺僧俗姓張好誦法華經故等輩呼爲張法華真言語散亂不謹細行故亦呼爲風法華【子仁】蘇州義師狀如風狂好酒燒鰕魚不待熟而食之

次韻僧潛見贈

道人胷中水鏡清【續】晉衛瓘見樂廣善談論而奇之曰此人之水鏡見之瑩然萬象起滅無逃形獨依古寺種秋菊要伴騷人飡落英【厚】楚詞云夕飡秋菊之落英人間底處有南北【堯卿】六祖曰人有南北佛性無南北紛紛鴻鴈何曾冥【續】揚子鴻飛冥冥弋人何慕焉閉門坐穴一禪榻【厚】管寧坐一藜牀積五十餘年當膝處皆穿頭上歲月空崢嶸今年偶出爲求法欲與慧劒加礱研【次公】慧劒出佛書礱研則莊子刃新發於硎也

雲衲新磨山水出霜髭不翦兒童驚公侯欲識不可得故

知倚市無傾城 援 史記貨殖傳刺繡文不如倚市門言倚市必醜悍無傾城之容也 次公 韓退之詩云倚市難藏拙 秋

風吹夢過淮水 堯卿 太白詩西憶故人不可得東風吹夢到長安 想見橘柚垂空庭 次公

杜詩空庭垂橘柚 故人各在天一角 厚 杜詩常恨結歡淺各在天一涯 相望落落如晨

星 次公 劉禹錫送張盥赴舉詩序落落如曙星之相望 堯卿 序云五百不幸鄉所謂同年友當其盛時聯袂舉鞭亘絕九衢若屏風然今年落

落如晨星之相望 彭城老守何足顧棗林桑野相邀迎千山不憚荒

店遠兩脚欲趁飛猱輕多生綺語磨不盡 次公 綺語出[illegible]書 尚有宛

轉詩人情猿吟鶴唳本無意 次公 杜詩江猿應獨吟陸機曰欲聞華亭鶴唳豈可得哉 不知

下有行人行空堦夜雨自清絶 次公 何遜詩夜雨滴空堦 誰使掩抑啼孤惸

我欲仙山掇瑶草 縯 杜甫贈李白詩亦有梁宋遊方期拾瑶草 僖 曰東方朔與友人書曰遊十州三島相期拾瑶草

傾筐坐歎何時盈 次公 詩采采卷耳不盈傾筐 薄書鞭扑晝填委 僖 文選劉公幹詩職

事煩填委文墨紛消散 煮茗燒栗宜宵征 子仁 詩肅肅宵征 乞取摩尼照濁水共

看落月金盆傾 厚 杜與閻丘師詩云夜闌接軟語落月傾金盆唯有摩尼珠可照濁水源

書黁公詩後　并叙

過加禄鎮南二十五里大許店休馬于逆旅祁宗祥家見壁上有幅紙題云滿院秋光濃欲滴老僧倚杖青松側只怪高聲問不應嗔余踏破蒼苔色其後題云滏水僧寶黁宗祥謂余此光黄間狂僧也年百三十死於熙寧十年既死人有見之者宗祥言其異事甚多作是詩以識之黁公本名清戒俗謂之戒和尚云

黁公昔未化來往淮山曲壽餘兩甲子氣壓諸尊宿但嗟濁惡世【子仁】佛書云五濁惡世不受龍象蹴【次公】維摩經如龍象蹴踏非驢所堪我來不及見悵望空遺躅霜顱隱白毫【綖】佛於眉間放大白毫光相鎖骨埋青玉【綖】觀音大士昔於陝府化為倡女以救淫迷既死埋之骨如金鎖不斷皆云似達磨隻履還天竺【厚】達磨既入涅槃葬熊耳山吳坂三年後有魏使宋雲自使西域迴見達磨于葱嶺手攜隻履翩翩獨逝言吾歸西天雲至言之孝莊帝使人發塔開棺惟隻履在耳壁間餘清詩字勢頗拔俗為吟五言偈一洗凡眼

肉［次公］肉眼字出金剛經

子由作二頌頌石臺長老問公手寫蓮經字如黑蟻且誦萬遍脅不至席二十餘年予亦作二首

眼前擾擾黑蚍蜉口角紛紛白唾珠［次公］莊子不見夫唾者乎大者如珠小者如霧

識吾師無礙處［師］文殊師利言維摩詰智慧無礙

試將燒却看眞無

眼睛心地兩虛圓脅不霑牀二十年［績］比丘難生在師左右嘗行苦行脅不至席因名脅尊者［子仁］傳燈錄震旦第四祖攝心無寐脅不至席僅六十年

誰信吾師非不睡睡蛇已死得安眠［厚］遺教經言煩惱毒蛇睡在汝心譬如黑蚖在汝室睡當以持戒之鉤早併除之睡蛇既出乃可安眠不出而眠是無慚人也［子仁］先生戲吳子野詩云飢火盡時無內熱睡蛇死後得安眠又午窗坐睡云睡蛇本亦無何用鉤與手次韻定國夜飲云且倒餘樽盡今夕睡蛇已死不須鉤皆用此也

次韻樂著作天慶觀醮

濁世紛紛肖下臨［次公］史記太史公曰平原君濁世之佳公子也又佛書云五濁惡世耳頭陀寺碑云下臨無地也

夢尋飛步五雲深無因上到通明殿［次公］通明殿玉帝殿名見玥聖真君傳只許

微聞玉佩音

次韻荅寶覺

芒鞵竹杖布行纏遮莫千山更萬山從來無脚不解滑誰信石頭行路難〔次公〕石頭希遷大師也丹霞蓋其法嗣馬祖問師從什麽處來師云石頭馬祖云石頭路滑還撻倒汝麽師曰若撻倒即不來貼以行路難三字則古樂府名也石頭路滑在傳燈録又有馬祖謂鄧隱峯一事而今先生所用不解滑止用丹霞事

以玉帶施元長老元以衲裙相報次韻〔師〕佛印禪師法名了元饒州人公久與之游時住持潤州金山寺公赴杭過潤爲留數日一日值師掛牌與弟子入室公便服入方丈見之師云內翰何來此間無坐處公戲云暫借和尚四大用作禪牀師曰山僧有一轉語內翰言下即荅當從所請如稍涉擬議上所繫玉帶願留以鎮山門公許之便解玉帶置几上師云山僧四大本空五蘊非有內翰欲於何處坐公擬議未即荅師急呼侍者云收此玉帶永鎮山門公笑而與之師遂取衲裙相報因有二絕公次韻荅之余嘗觀廣漢天寧泰長老話其事泰云是時在金山掛搭目擊公與元老問荅如此余故敘於題下使後人知其本末云

病骨難堪玉帶圍鈍根仍落箭鋒機〔次公〕傳燈録亭云機緣交激若柱於箭鋒又維摩經云能分別諸鈍根欲教乞食歌姬院〔續〕丗夢瑣言裴休嘗披毳衲於歌姬院持鉢乞食自以爲不爲俗情所得可以説法

於人故與雲山舊衲衣【毛】參寥夜話云先生悟其前生爲戒禪師常衣衲衣此帶閱人如傳舍【厚】前漢蓋寬饒傳寬饒曰美哉富貴無常忽則易人如此傳舍流傳到我亦悠哉錦袍錯落真相稱乞與佯狂老萬回【援】唐武后賜萬回和尚錦袍玉帶師八九歲能言其兄戍安西師持信朝往夕返自弘農抵安西萬餘里故號萬回【揚】傳燈錄萬回法雲公者虢州人也姓張氏唐貞觀六年五月五日生始在弱齡嘯傲如狂

送金山鄉僧歸蜀開堂

撞鐘浮玉山【次公】金山一名浮玉山迎我三千指衆中聞謦欬【次公】莊子謦欬於君之側未語知鄉里我非箇中人何以默識子振衣忽歸去【次公】楚辭新沐者必振其衣隻影千山裏涪江與中泠共此一味水【縯】涪水出龍州徼外綿梓遂合右內嘉陵水【次公】涪江以言梓州之江鄉僧必梓州人也中泠以言金山之水取其身見在金山也冰盤薦琥珀何似糖霜美【次公】琥珀正以言糖霜之狀

龜山辯才師【次公】龜山在泗州

此生念念浮雲改【厚】杜詩天上浮雲如白衣斯須改變如蒼狗【次公】維摩經云是身如浮雲須臾變滅寄語

長淮今好在故人宴坐虹梁南新河巧出龜山背【次公】新河意者後篇所謂新洛也【堯卿】時蔣之奇爲發運使特開運河謂之新河出於龜山之背龜山在淮水中故作新河以避淮流之險木魚呼客振林莽鐵鳳橫空飛綵繪【次公】鐵鳳庭中長竿也杜詩云鐵鳳森翱翔忽驚堂宇變雄深坐覺風雷生聲妙美師遊戲浮漚間笑我榮枯彈指内嘗茶看畫亦不惡問法求詩了無礙【師】杜甫謁眞諦寺禪師詩問法看詩忘觀身向酒慵千里孤帆又獨來五年一夢誰相對【次公】五年一夢言在黃州五年也何當來世結香火永與名山供井碓

蒜山松林中可卜居余欲僦其地地屬金山故作此詩與金山元長老蒜山在潤州

魏王大瓠無人識種成何翅實五石不詞破作兩大樽只憂水淺江湖窄【縯】惠子謂莊子曰魏王貽我大瓠之種我樹之成而實五石以盛水漿其堅不能自舉也剖之以爲瓢則瓠落無所容非不拷然大也吾爲其無用而剖之莊子曰今子有五石之瓠何不慮以爲大樽而浮乎江湖而憂其瓠落無所容則夫子猶有蓬之心也夫我材濩落無所用【堯卿】杜詩居然成濩落白首甘契闊虛名驚世終何益

東方先生好自譽【子仁】前漢東方朔傳武帝初即位朔上書文辭不遜高自稱譽上偉之又帝謂朔曰使自責反自譽伯夷子路并為一【援】東方朔言帝誠得賢士公卿在位若以季路為執金吾伯夷為京兆云云杜陵布衣老且愚信口自比契與稷【縯】杜詩杜陵有布衣老大意轉拙許身一何愚竊比稷與契莫年欲學柳下惠【次公】學柳下惠則以其不辭小官也又為士師三黜也嗜好酸鹹不相入【子仁】退之詩嗜好與俗殊酸鹹金山也是不覊人早歲聞名晚相得我醉而嬉欲仙去旁人笑倒山謂實問我此生何所歸笑指浮休百年宅【次公】莊子其生若浮其死若休又唐張籍鳶自號浮休子蒜山幸有閑田地【[illegible]】白樂天集載古桂華曲云月中幸有閑田地何不中央種兩株招此無家一房客【次公】無家客呂仙翁詩二千里外無家客五百年來雲水身

贈常州報恩長老二首

碧玉盌盛紅馬腦井花水養石菖蒲也知法供無窮盡試問禪師得飽無

薦福老懷真巧便淨慈兩本更尖新憑師為作鐵門限【厚】法書要錄載唐智永師工筆札求者日造其門如市所居户限為之穿穴乃作鐵門限準備人間請話人

參寥上人初得智果院會者十六人分韻賦詩軾得心字【次公】用圓覺經以大緣覺爲我伽藍身心安居平等性智爲韻【厚】按圖經城内寺院智果院在石佛山吳越王錢氏建號石佛寺大中祥符中改賜今額又錢塘門外及孤山皆有智果院並錢氏時建

漲水返舊壑飛雲思故岑念汝忘家客亦有懷歸心三間得幽寂數步藏清深攢金盧橘塢散火楊梅林茶笋盡禪味【師】維摩詰言雖復飲食而以禪說爲味松杉真法音雲崖有淺井玉醴常半尋遂名參寥泉可濯幽人襟相攜橫嶺上未覺衰年侵一眼吞江湖萬象涵古今願君更小築歲晚解我簪【次公】此篇止以佛家本事起意鋪叙別不用事

送小本禪師赴法雲

寓形天宇門【師】陶淵明歸去來辭寓形宇内復幾時出處會有役澹然都無營百年何由畢山林等憂患軒冕亦戲劇我未即歸休師寧便安逸王城滿豪傑議論紛黑白聖諦第一義對面誰不

識【次公】梁武問達磨如何是聖諦第一義師曰廓然無聖又問對朕者誰師曰不識師來亦何事孤月掛
空碧是身如浮雲【厚】維摩經是身如浮雲須臾變滅安可限南北【次公】老杜詩全語兩句皆出
岫本無心【援】陶淵明雲無心而出岫旣雨歸亦得林泉有舊約何年掛鉼錫

留别蹇道士拱辰

黑月在濁水【次公】黑月出楞嚴經明還日輪暗還黑月又莊子觀濁水而迷於清淵何曾不清明
寸田滿荊棘梨棗無從生【縯】真誥載王夫人與許長史書交梨火棗此乃飛騰之藥二樹欲生君心中備
有荊棘相雜是以二樹不生可翦荊棘出此樹否何時反吾真【厚】說苑木偶人謂土偶人曰子先土也天大雨水潦並至
子必沮壞應曰吾沮乃反吾真也歲月今崢嶸【次公】鮑昭舞鶴賦歲崢嶸而催暮此言時之易頹也屢接
方外士早知俗緣輕庚桑託雞鵠未肯化南榮【援】莊子庚桑楚謂南榮趎曰越
雞不能伏鵠卵魯雞固能之胡不往見老聃也晚識此道師似有宿世情笑指北山雲詞
我不歸耕仙人漢陰馬微服方地行【厚】山陰馬言陰長生與馬明生陰長生新野人後漢陰皇
后之屬籍少居富貴不好榮利知馬明生得度世之術乃執御者之禮
事之十餘年不懈明生曰子真得道矣乃授以丹經教之合丹二仙旣
合丹成不樂昇天但服半劑爲地仙事出神仙傳故言地行
也微服不爲顯服也如孔子微服而過宋不欲衆識之也咫尺不

往見煩子通姓名願持空手去獨控橫江鯨【次公】賈誼賦橫江湖之鱣鯨

贈月長老

天形倚一笠【演】虞洪穹天論曰天形如笠而冒地之表 地水轉兩輪 【厚】晉書天文志渾天儀注云天地各乘氣而立載水而行日月星行半覆地上半繞地中如車轂之運也 五嶺之所運 運一本作連【援】莊子五帝之所運三王之所爭盡此矣 毫端棲一塵【次公】退之詩下視禹九州一塵集毫端 功名半幅紙兒女浪苦辛子有折足鐺中容五合陳【次公】陳字蓋前漢太倉之粟陳陳也 十年此中過却是英特人延我地爐坐語軟意甚真【□】維摩經言大富梵行誠諦常以軟語【任】杜詩夜闌接軟語 白灰如積雪中有紅麒麟勿觸紅麒麟作灰維那嗔拱手但默坐墻壁徒諄諄今宵恨客多汙子白氎巾【厚】南史高昌國多草實如繭中絲如細纑名爲白氎國人取織以爲布杜子美云光明白氎巾 後夜當獨來不煩主與賓蒲團坐紙帳自要觀我身

送芝上人遊廬山

二年閱三州我老不自惜【次公】先生以元祐六年離杭召爲翰林承旨是年又出守潁州七年徙揚州此詩乃

七年作也故云二年閲三州團團如磨牛步步踏陳迹子仁陶明詩步步尋往迹豈知世

外人長與魚鳥逸老芝如雲月次公卷後次法芝韻詩又云但願老師真似月誰家甕裏不相逢而先生之子過送曇秀詩亦云從此期師真似月斷雲時復挂星河皆以此也曇秀即法芝云熠熠時一出比年三

見之常若有所適迹將走廬阜計闊道愈宻吾生如寄耳次公魏文帝樂府云人生如寄多憂何爲又法苑珠林謝安與支遁書云人生如寄耳出處誰能必江南千萬

峯何處訪子室

僕所至未甞出游過長蘆聞夫禪師病甚不可不

一問既見則有間矣明日阻風復留見之作三絶句

呈聞復并請轉呈參寥子各賦數首

亦知壷子不死次公在子載鄭之神巫曰季咸相壷子而壷子示之以地文季咸則以之爲死又示之以天壤季咸則以之爲生敢問老聃所游縯莊子孔子見老聃老聃方新沐曰吾游於物之初孔子曰請問游是老聃曰云云王琴

瑟寒松露骨耽耽老虎垂頭厚易頤卦虎視耽耽朱湘山録載蘇子美詩云垂頭孤坐若癡虎

莫言西蜀萬里且到南華一游次公南華寺在韶州州乃曹溪道場也扶病江邊

客【厚】杜甫贈韋贊善別詩扶病送君發杖拏浦口回頭【厚】莊子漁父方將杖拏而引其船老去此生一訣與不明日重游臥聞三老白事【次公】三老用柂之人也杜詩云長年三老應憐汝挾柂開頭如有神半夜南風打頭【次公】打頭風打船頭也【夏】杜詩風急打船頭

贈清涼寺和長老

代北初辭沒馬塵【次公】代北河北也先生言其自定州來也江南來見臥雲人【子仁】鮑明遠詩云雲卧恣天行問禪不契前三語【厚】宗門統要無着和尚游五臺問一老僧曰此間多少衆老僧曰前三三後三三無着罔測施佛空留丈六身【厚】袁宏漢記西域天竺國有佛道焉長丈六尺黃金色項中佩日月光變化無方無所不入而大濟群生初明帝夢見金人長丈以問群臣或曰西方有神其名曰佛陛下所夢得無是乎於是遣使天竺圖其形像焉山林徒夢想雨餘鐘鼓更清新會須一洗黃茆瘴【厚】舊五代史成汭鎮荊門與宰相徐彥若不平銜之及彥若出鎮南海路過江陵汭思嶺外有黃茆瘴患者髮落乃謂彥若曰黃茆瘴望指公保重彥若應聲答曰南海黃茆瘴不死成和尚蓋譏汭曾為僧也汭甚愧之未用深藏白氎巾【纉】杜甫贊公房詩云細軟青絲履光明白氎巾深藏供老宿取用及吾身

贈蒲澗長老

優鉢曇花豈有花〔厚〕法華經佛告舍利弗如是妙法諸佛如來是如來是乃說之如優曇鉢花時一現耳〔次公〕佛言優曇鉢五百年而開花其花極香且有花而無實 問師此曲唱誰家〔厚〕傳燈録風穴延昭禪師有盧陂長老問曰師唱誰家曲宗風嗣阿誰延昭禪師曰超然逈出威音外翹足徒勞讃底沙 已從子美得桃竹此山有桃竹可作杖而土人不識予始録子美詩遺之〔彥才〕曰志林桃竹葉如椶身如竹密節而實中蓋天成拄杖也嶺南人多種此而不知其爲桃竹 不向安期覓棗瓜〔縯〕李少君謂漢武帝曰臣嘗在海上見安期生食巨棗大如瓜 燕坐林間時有虎高眠粥後不聞鶏 勝遊自古兼支許〔厚〕晉書會稽有佳山水名士多居之孫綽李充許詢支遁等皆以文義冠世並築室東土與羲之同志宴集於會稽山陰之蘭亭 爲採松肪寄一車〔厚〕本草松脂久服輕身不老一名松脂一名松肪

寄鄧道士 并引

羅浮山有野人相傳葛稚川之隷也鄧道士守安山中有道者也嘗於庵前見其足迹長二尺許紹聖二年正月十日予偶讀韋蘇州〔十朋〕韋應物唐人號曰韋蘇州寄全椒山中道士詩云今朝郡齋冷忽念山中客澗底束荆薪歸來

煑白石【補】抱朴子内篇云引石散以方寸匕投一斗白石子中以水合煑之熟如芋子可食以當穀遥持一樽酒遠慰風雨夕落葉滿空山何處尋行迹乃以酒一壺仍依蘇州韻作詩寄之云

一杯羅浮春【次公】羅浮春先生所自造酒名也以惠州見羅浮山而得名云遠餉採薇客【厚】文選嵇叔夜養生論採薇山阿散髮岩岫遥知獨酌罷醉卧松下石幽人不可見清嘯聞月夕【援】晉書劉琨為胡騎所圍乃乘月登樓清嘯聊戲庵中人空飛本無迹【子仁】柳子厚詩飛鳥無遺迹

次韻定慧欽長老見寄八首 并引

蘇州定慧長老守欽使其徒卓契順來惠州問予安否且寄擬寒山十頌語有璨忍之通而詩無島可之寒吾甚嘉之為和八首【周】吴郡圖經續記云定慧禪院本萬歲子院在長洲縣東祥符中改今額【彭】傳燈録云台寒山子者本無氏族始豐縣西七十里有寒暗二岩以其於寒岩中居止得名也有頌二百餘首傳布人間

左角看破楚南柯聞長滕【次公】莊子有國於蝸之左角曰蠻氏右角曰觸氏爭地而戰高祖破項羽又淳于棼夢入槐安國為南柯太守既覺乃一大槐樹南向之枝也左傳滕侯薛侯來朝爭長卒長滕侯也鈎簾歸乳燕【□】杜詩簾

戶遇乳燕最宜穴紙出癡蠅〔厚〕傳燈錄神贊禪師見蜂子投紙窻求出師曰世界如許廣闊不肯出鑽他故紙〔次公〕古詩虛見窻上蠅曰百年鑽故紙未見出頭時韓詩癡如遇寒蠅爲鼠常留飯憐蛾不點燈崎嶇真可笑〔子仁〕李白書云白崎嶇歷落可笑人也我是小乘僧〔厚〕傳燈錄圭峯云悟我空徧真之理而修者是小乘禪鐵橋本無柱石樓豈有門〔次公〕羅浮山有鐵橋石柱故云本無柱也又有二石樓而延祥寺在南樓之下相傳石樓有門可往故云豈有門也〔援〕白鶴故居圖鐵橋峯在大石樓峯東大小二石樓在羅浮山之下舞空五色羽〔厚〕先生在儋州有五色雀詩云粲粲五色羽吠雲千歲根〔縯〕千歲根言狗杞也狗杞千歲其根如犬之狀白樂天詩云不知靈藥根成狗怪得時聞吠夜聲松花釀仙酒〔厚〕原化記有老人雪中訪崔希真獻松花酒老人云花澁無味乃取一丸藥投之味頓別木客餽山飧〔次公〕木客廣南有之多居木中野人之類也我醉君且去陶云吾亦云〔援〕南史陶潛有酒輒設若先醉便語客曰我醉欲眠君且去〔次公〕晉語叔向言今我以忠謀諸侯而以信覆之荊之逆諸侯也亦云羅浮高萬仞下看扶桑卑〔次公〕扶桑日所出也劉夢得有詩記羅浮夜半見日事云山不甚高而夜見日此可異也默坐朱明洞〔厚〕茅君內傳羅浮山之洞周回五百里名曰朱明曜真之天〔次公〕洞在山中冲虛觀之後云是蓬萊第七洞也〔元龍〕白鶴故居圖云朱明洞在麻姑峯之北玉池自生肥〔縯〕黃庭外景經丹田之中精氣微玉池清水上生肥從來性坦率〔子仁〕杜詩常恐坦率性失身爲杯酒醉語漏天機相逢莫相問我不記吾誰

幽人白骨觀【次公】楞嚴經微塵歸於空虛謂之白骨觀也【隱居白骨】大士甘露滅【厚】維摩經始在佛樹力降魔得甘露滅覺道成

根塵寄青淨【可】楞嚴經若復一切世間根塵吟處等皆如來藏清淨本然 心鏡兩奇絕【子仁】李白詩光景兩奇絕 貞源未純熟 習氣餘陋劣 譬如已放鷹 中夜時掣紲【次公】已放鷹之義蓋鷹養之而未放則猶未知掣紲已曾放之每夜在鞲紲輒有往意矣紲所以係鷹鷂鶻賦云若鷹鷙而受紲也

誰言窮巷士 乃竊造化權 所見皆我有 安居受其全【次公】萬物在前我皆昇之矣則莫不備於我列以安坐而全受之也 戲作一篇書 千古發爭端 儒墨起相殺 予初本無言

閑居蓄百毒【次公】百毒百藥也藥謂之毒出周礼聚毒藥以供醫事也 救彼跛與盲 依山作陶穴【次公】陶穴也詩云陶復陶穴 陶穴以塼砌穴 掩此暴骨橫【臣】左傳三軍暴骨 區區效一溉【厚】嵇康叔夜養生論夫爲稼於湯世偏有一溉之功者雖終歸於焦爛必一溉者後枯也 豈能濟含生 力惡不已出【厚】禮記大道之行力惡其不出於身也不必爲己 時哉非汝爭【次公】尚書時哉不可失

少壯欲及物 老閑餘此心 微生山海間 坐受瘴霧侵 可憐鄧道士 攝衣問呻吟 覆舟弔私渡 斷橋貴千金【次公】守安當造橋是

最後兩橋詩序

淨名毗耶中【維摩經】維摩經毗耶離城中有長者名維摩詰僧肇注云維摩詰秦言淨名也 妙喜恒沙外【厚】維摩經佛言有國名妙喜佛號無動是維摩詰於彼國沒而來此生 初無往來相二士同一在【次公】主字當從佛書言國土之土音徒故切 云何定慧師尚欠行脚債請判維摩憑一到東坡界

二月八日與黃壽僧曇穎過逍遙堂何道士宗一問疾

安心守玄牝【次公】老子玄牝之門是謂天地根蓋道家謂玄牝鼻口兩竅也 閉眼覓黃庭【厚】黃庭見黃庭景經上有黃庭下關元注云黃庭者脾為中主橫在太倉上 問疾來三士【演】維摩詰示病而佛遣文殊問疾也 澆愁有半缾風救時落蘂病鶴下梳翎樽空我歸去山月照君醒

王狀元集百家註分類東坡先生詩卷之五

釋老下

詩十六首

吳子野絕粒不睡過作詩戲之芝上人陸道士皆和予亦次韻

聊爲不死五通仙【次公曰】佛具六通而神仙衆特五通而已五[illegible]不死而佛無死無生也終了無生一大緣【厚曰】傳燈錄慧能大師對內侍薛簡云我說不生不滅者本自無生今亦無滅獨鶴有聲知半夜【續曰】淮南子曰雞將旦鶴知夜半杜詩云獨鶴不知何事舞老蠶不食已三眠【次公曰】退之云蠶起且眠矣不得老以簇也蓋惟三眠而老焉又李白云吳蠶已三眠憐君解比人間夢【自註】芝有夢齋子由有銘許我來逃醉後禪【厚曰】杜甫酒中八仙歌蘇晉長齋繡佛前醉中往往愛逃禪會與江山成故事不妨詩樂新年【厚曰】陶詩屢闕清酤至于以樂當年

合浦愈上人以詩名嶺外將訪道南嶽留詩壁上云閑伴孤雲自在飛東坡居士過其精舍戲和之

韻[illegible]錫杖凌空自要飛 次公曰孫綽天台賦應真飛錫以躡虛傳燈錄鄧隱峯擲錫空中飛身而過

孤雲出岫豈求伴 縯曰陶淵明歸[去來辭]云雲無心而出岫 為問庭松尚西指不知老奘幾時歸 次公曰廣異記玄奘[往]西域於靈巖寺見松一樹以手摩其枝曰吾西去求佛教[汝]可西長吾歸即東回及去枝西指約長數丈一年忽東回弟子迎之果還

贈龍光[長]老 舊傳先生詩本題云東坡居士過龍光求大竹作肩輿得兩竿南華珪首座方受請為此山長老乃留一偈院中[illegible]其至授之以為他時語錄中第一問

斫得龍光竹兩竿持歸嶺[北萬]人看竹中一滴曹溪水漲起西江十八灘 次公曰此詩因竹以寓禪也時尚在韶州用曹溪水為宜矣 次公曰虔州西江有十八灘先生詩嘗云十八灘頭一葉身

乞數珠贈[南]禪湜老

從君覓數珠老境[仍]消[遣]未能[逃]千佛且從千佛轉 次公曰傳燈錄法達禪師誦法華經及三千部師謂之曰[心]迷法華轉心悟轉[法華]

儒生推變化乾策數大

周易大衍之數五十其用四十有九又曰凡天地之數五十有五此所以成變化而行鬼神也 道士守玄牝【李】老子玄牝之門是謂天地根【次】道家謂鼻兩竅爲玄牝
姑蓮看鉛卷【次公曰】金晶論夫龍虎者金木也金爲虎木爲龍虎之異名真鉛金也龍之異名真汞木火也
我老□□爲萬劫付一喘嘿坐閱塵界往來八十返【次公】曰釋氏書有大劫中劫小劫如饑饉疾疫刀兵增減此皆小劫之異名統二十增減爲一住劫此名中劫又有成壞空劫皆中劫也時量各經二十增減與住劫等統此成住壞空計短長之量經八十增減名一大劫
區區我所寄蘧篨縮蠶在繭適從海上向蓬萊又清淺【續曰】神仙傳麻姑謂王方平曰自接待以來見東海三爲桑田爲到蓬萊水又淺於往日豈復爲陵陸乎
再用數珠贈湜老
嗣宗雖不言【續曰】晉阮籍字嗣宗口未嘗臧否人物 叔寶猶理遣【厚曰】晉衛玠字叔寶嘗云非意相干可以理遣
東坡但熟睡一夕一展古 南遷昔虞翻【續曰】虞翻吳人以悞孫權放之交州
却掃今馮衍【次公】曰後漢馮衍既放廢乃閉關不出而江淹恨賦云敬通閉門却掃也 古佛既手提【續】曰傳燈錄手提頭佛直指本來面目諸方耆宿無能出其右
諸方皆席卷 年清隱老龜瘦鶴不喘
□樂天贈王山人詩夜後□鳴自神 松□彈丸詩【次公】謝朓云好詩圓美流轉如彈丸也 石谿亦

□□□裘何有狸□繭 □□禮記云□之中角繭栗 時來窺方丈共笑

虎乜□□ 厚曰 爾雅釋獸篇虎竊毛謂之虥貓註云竊淺也疏云淺毛者別名虥貓又管子幼官篇註云倮獸謂淺毛之獸虎豹之屬也

明日南禪和詩不到故重賦數珠篇以督之二首

未來不可招已過那容遣□間見在心 次公曰 金剛經云過去心不可得見在心不可得未來心不可得也 二一風輪轉 次公曰 維摩經云是身無作風力所轉 自從一生二巧歷莫能衍 續曰 莊子一與言爲二二與一爲三自此以往巧歷不能得而況其凡乎 不如袖手坐六用都懷卷 厚曰 次公曰 楞嚴經云塵既不緣根無所偶反流全一六用不行 風雲生謦欬萬竅自號呺 厚曰 莊子大塊噫氣其名爲風是唯無作作則萬竅怒號 詩人思無邪 續曰 論語詩三百一言以蔽之曰思無邪 孟子內自反 援曰 孟子有人於此其待我以橫逆則君子必自反也 大珠分一月細綆合兩繭 次公曰 孟郊云亦知同心樂雙抽作袛此亦陌繭之義也 累然掛禪床妙用夫豈淺

朝來取飯化乃是維摩遣 續曰 維摩遣化菩薩往衆香國求化世尊所食之餘於娑婆世界往作佛事 全鋒雖未露 □□曰 羅□示衆云全鋒敵勝罕遇知音同死同生萬中無一 厚曰 傳燈錄僧問大芋和尚如何大芋境界師云不露鋒僧云爲不露鋒師云無當者 半藏已曾轉 次公曰 有一媼詣趙州求轉藏經趙州起繞禪牀媼

二十□敎只轉半藏□復繞一匝說有陋裴頠〔纘曰〕裴頠深患王衍之徒聲譽太盛位高勢重不以物務自嬰遂相倣傚

□敎陵遲乃著崇有論以譏之談無笑王衍〔曷曰〕王衍傳魏正始中何晏王弼等祖述老莊立論以爲天地萬物皆以無爲爲本

無也者開物成務無往不存者也衍甚重之唯裴頠以爲非著論以譏之而衍處之自若看經聊尒爾〔纘曰〕晉阮瞻曰未能

免俗聊復尒耳遮眼初不卷〔次公〕曰傳燈錄樂山看經曰且圖遮眼三咤故自醒〔次公〕曰尚書顧命三

宿三祭三咤註去至齒而不飮曰咤一吷何由喘〔次公〕曰莊子道堯舜於戴晉人之前猶劍首之一吷也吷吹也言一吹之

間未至於喘請歸視故櫝靜夜珠當反〔援曰〕後漢孟嘗爲合浦太守去珠復還安居

三十年古衲磨山藹持珠尚嘿坐豈是功用淺

永和清都觀道士童顏鬒髮問其年生於丙子

蓋與予同求此詩

鏡湖敕賜老江東〔纘曰〕唐賀知章謝事歸越州敕賜鏡湖一曲未似西歸玉局翁

羈枕未容春夢斷清都穴在默存中〔次公〕曰列子周穆王遊化人之居而左右曰王

默存[illegible]任境攜兒去試問行年與我同自笑餘生一消底

□□萬壽清張百雛守□〔息注〕子與□器之同發虔州江水忽清張丈□□□無一言者至永和器之解舟

[illegible]吟詩與道通

雄豪而妙苦而腴 子仁曰劉禹錫荅柳子厚書云新文吟之顧其詞甚約而味奫然以長端而曼苦而腴

秖有琴聰與蜜殊 自註錢塘僧思聰總角善琴後捨琴而學詩復弃詩而學道其詩似皎然而加雄放安州僧仲殊詩敏捷立成而工妙絶人殊辟穀常啖蜜

語帶煙霞從古少 自註李太白云他人之文如山無煙霞春無草木

氣含蔬筍到公無 自註謂無酸餡氣也

香林乍喜聞薝蔔 縯曰維摩經云如人入薝蔔林嗅薝蔔不聞餘香

古井惟愁斷轆轤 厚曰盧仝題長壽寺曦上人壁云三入寺曦未來轆轤無繩井百尺渴心歸去生塵埃

爲報韓公莫輕許從今島可是詩奴 次公曰島賈島也初爲浮圖名無本可則可朋也韓贈無本詩而稱之故言莫輕許詩奴則杜牧作李賀詩集序所謂奴僕命騷之意

次舊韻贈清涼長老

過淮入洛地多塵舉扇西風欲污人 縯曰道子惡庾亮專權舉扇障西風曰元規塵污人

但怪雲山不改色 次山曰以言清涼長老也杜詩河漢不改色而意則以在多塵之中見之故可怪也

豈知[illegible]解分身 次公曰此先生自言其過淮入洛也佛書云月落千江又傳燈録僧問龍光和尚賓頭盧一身何爲赴四天共

師后千江同一月萬户盡逢春安心有道年顔少遇物無情句法新送我長蘆舟一葉笑看雪浪滿衣巾

苔徑山長老 [堯祖]曰按徑山長老無畏大士維琳湖之武康人也其常州問東坡問疾詩云扁舟駕蘭陵自援舊風物君家有天人雄雄維摩詰我口吞文殊千里來問疾若以默相酬露柱皆笑出

與君皆丙子各已三萬日一日一千偈 [次公]曰晉書鳩摩羅什從師授經日誦千偈 [飛]電往 [御]曰按年譜先生生於景祐三年丙子卒於常州乃建中靖國元年辛巳實二萬三千四百六十日今云三萬日舉成數爾 那容詰大患緣有身無身則無疾 [縯]曰老子吾有大患爲吾有身若吾無身吾有何患 平生笑羅什神咒眞浪出 [次公]曰羅什未終少日覺四大不愈乃口出三番神呪令外國弟子誦之以自救未及致力轉覺危殆於是力疾與衆僧告别此詩蓋先生示疾時琳老以偈與之而和琳老者也故用羅什將終時事

贈曇秀

白雲出山初無心棲鳥何必戀舊林 [子仁]曰淵明云雲無心以出岫鳥倦飛而知還 道人偶愛山水故縱步不知湖嶺深 空巖已禮百千相 曹溪更欲瞻遺像 要知水味孰冷暖 [自]曰佛書如人飲水冷暖自知 始信夢時非

[illegible]中心出貝葉書中有璧月綴星珠【續注】佛經出自西天以貝葉書之流入中國【注】天文志五星如連珠日月若合璧入門勝絶暑已遍匡廬南嶺并西湖西湖北望三千里大堤冉冉橫秋水誦詩佳句説南屛章雲

應逐秋風雁叫去只作十日觀杖策復尋歸路難获乎筍蕨不及遇[illegible]望荔子何時丹

過楊州壽寧文覺顯公房

闌斑碎玉養菖蒲一勺清泉滿石盂淨几明窗書小字便同爾雅註蟲魚【續注】退之詩爾雅注蟲魚定非磊落人

送佛面柱杖與羅浮長老

十方三界世尊面長在東坡掌握中送與羅浮德長老攜歸萬竅總號風【注】見莊子事

贈虔州慈雲寺鑒老

居士無塵堪洗沐道人有句借宣揚窗間但見蠅鑽紙門

外唯聞佛放光徧界難藏真諦相一絲不掛且逢場却須重說圓通偈手眼薰籠是法王

碣石菴寄贈湛菴主【自註】湛相國寺僧也

保康橋上夜觀燈碣石巖前夏飲冰莫把山林笑朝市老夫手裏有烏藤

寺觀

詩五十九首

留題延生觀後山上小堂【次公】先生前詩本註云西至延生觀觀後上小山有堂玉真公主修道之遺迹則此云小堂者玉真之堂也按唐景雲元年[illegible]第八女西城公主並出家爲女冠二年西城改封金仙昌隆改封玉真雖長安輔興坊西南有玉真[illegible]女[illegible]觀而今云有修道之迹宜乎後人爲之立堂矣【堯卿】本朝[illegible]元年十月十八日[illegible]賜此名額

溪山愈好意無厭上到巉巉第幾尖【次公】韓退之望秋作云何天更高青巉巉深谷[illegible]會[illegible]毛[illegible]怪上方仙子鬢眉纖【次公】上方以言山之高處仙子指言玉真公主也【揚】杜詩

上□閣晚一□戀弄玉騎丹鳳【續】簫史善吹簫秦穆公以女弄玉妻之教弄玉吹簫作鳳鳴鳳凰來止其屋公為作鳳臺一旦弄玉乘鳳簫史乘龍昇天而去應逐常娥駕老蟾【援】常娥羿妻也羿得不死之藥於西王母竊之奔月遂託身月中仙月有蟾蜍之象焉【次公】韓退之作毛穎傳戲言兔竊常娥騎蟾蜍而此云常娥駕老蟾蓋擬傍造語以對騎鳳實事也澗草巖花自無主【□】唐崇徽公主詩云行路至今空歎息巖花澗草自春秋晚來胡蝶入疎簾

樓觀【自註】秦始皇始立老子廟於觀南晉惠始修此觀

門前古碣卧斜陽閱世如流事可傷【子仁】劉禹錫宿誠禪師山房云閱世甚東流長有幽人悲晉惠強修遺廟學秦皇丹砂久窖井水赤【縯】抱朴子曰臨沅縣有廖氏世老壽後移子孫輒殘折他人居其故宅復累世壽疑其井水赤乃掘井左右得古人埋丹砂數十斛丹汁入井是以飲水而壽白朮誰燒廚竈香【次公】本草朮條下主陶隱居引仙經云亦能除惡氣弭災沴然則觀中燒朮豈為辟惡氣之意乎聞道神仙亦相過只疑田叟是庚桑【厚】莊子云老聃之役有庚桑楚者偏得老聃之道北居畏壘之山

自清平鎮遊樓觀五郡大秦延生仙遊往返四日得

十一詩寄舍弟子由同作 餘見別卷

樓觀 【次公】樓觀者崇勝觀也乃尹喜舊宅俗謂之樓觀

鳥噪猿呼晝閉門寂寥誰識古皇尊青牛久已辭轅軛 【續】列仙說老子乘青牛薄板車 白鶴時來訪子孫 【援】續搜神記曰遼東華表柱上有鶴集其上言曰有鳥有鳥丁令威去家千歲今來歸城郭如故人民非何不學仙冢纍纍 山近朔風吹積雪 【堯卿】古樂府去朔風吹積雪 天寒落日淡孤村道人應怪遊人衆汲盡皆前井水渾 【續】杜詩淘米少汲水汲多井水渾

五郡

古觀正依林麓斷居民來就水泉甘亂溪赴渭爭趨北飛鳥迎山不復南羽客衣冠朝上象野人香火祝春蠶汝師豈解言符命山鬼何知託老聃 【自註】觀有明皇碑言夢老子告享國長久之意 【萬大年曰】楚辭有山鬼之章又史記始皇曰山鬼不過知一年事

經臺 【自註】乃南山一峯爾非復有築處

劍舞不通草聖[次公]張旭善草書，自言始見公主與擔夫爭[illegible]法觀公孫大娘舞劍器而通神[次公]張芝之草書精妙，[illegible]韋仲將爲草聖。杜詩云：張旭三杯草聖傳。海山無事化琴工[援]樂府解題言水仙操曰：伯牙學琴於成連先生，乃與俱遊蓬萊山，留伯牙曰：子居習之，吾將迎師。刺船而去，旬日不返。伯牙迎望，但見海水入洞，山林窅冥，鳥獸悲號，嘆曰：吾師將移我情。乃援琴而歌，曲終，成連刺船迎之與還，遂爲天下妙。[堯卿]南史：宗少文，南陽人，善琴書圖畫，精於名理，每遊山水，往輒忘歸。乃於江陵立宅，閑居無事，因結宇衡山，欲懷尚平之志。有疾還江陵，嘆曰：老疾俱至，名山恐難徧，唯澄懷觀道，臥以遊之。凡所遊履，皆圖之於室，謂之曰：撫琴動操，欲令衆山皆響。此臺一覽秦川小[子仁]老杜望岳詩：會當臨絕頂，一覽衆山小。不待傳經意已空[次公]按列仙傳云：尹喜既見老子，授之五千言，喜退而書之，名曰道德經。此授經之實證也。而先生詩意，以登此臺之高曠，自可以如觀劍而通草聖之神，在海山而得彈琴之妙，豈有文字相傳哉，故曰不待傳經意已空。

大秦寺

晃蕩平川盡，坡陁翠麓橫。忽逢孤塔迥，獨向亂山明。信足幽尋遠[子仁]退之詩：幽尋事隨去，孰能量近遠。又李太白詩：幽尋無前期，乘興不覺遠。臨風却立驚。原田浩如海，滚滚盡東傾[次公]杜詩：不盡長江滚滚來。

遊金山寺

[高]按圖經：金山龍游寺在屹立江中，爲諸禪刹之冠，舊名澤心。梁武帝天監四年親臨澤心寺設水

陸會聖朝天禧初真宗夢游此賜今額

我家江水初發源宦遊直送江入海〔次公〕江水發源於岷山孔子曰江出於汶山其始出源可以濫觴聞道潮頭一丈高天寒尚有沙痕在中冷南畔石盤陀〔續〕楊子江有中冷水為天下點茶第一見張又新水記古來出沒隨濤波試登絕頂望鄉國江南江北青山多羈愁畏晚尋歸楫山僧苦留看落日微風萬頃靴紋細斷霞半空魚尾赤〔體仁〕汝墳詩魴魚赬尾註赬赤色也魚勞則尾赤是時江月初生魄二更月落天深黑江心似有炬火明飛焰照山栖鳥驚〔韋〕先生集物類相感志山林藪澤晦明之夜則野火生焉散布如人秉燭其色青異乎人火悵然歸卧心莫識非鬼非人竟何物江山如此不歸山江神見怪驚我頑我謝江神豈得已有田不歸如江水〔自註〕是夜所見如此〔援〕晉文公謂咎犯曰不與舅氏同心者有如此水

甘露寺

遊甘露寺有二客相過遂與偕行寺有石如羊相

詩、很石去諸葛孔明坐其上與孫仲謀計曹公廿大鑊二寨銘梁武帝所鑄畫師子一菩薩二陸探微筆衛公所留祠堂在寺手植栢合抱矣近寺僧發古殿基得舍利七粒并石記乃衛公爲穆宗皇帝追福所葬者也

致絢 按圖經甘露寺在北固山唐寶曆中李德裕建以資穆宗之冥福時甘露降此山因以名之

江山豈不好，獨遊情易闌。但有相攜人，何必素所歡。我欲訪甘露，當途無閑官。二子舊不識，欣然肯聯鞍。古郡山爲城，層梯轉朱欄。樓臺斷崖上，地窄天水寬。一覽吞數州，山長江漫漫。却望大明寺，子敬 大明寺在楊州 惟見煙中竿。很石卧庭下，穹窿如伏羱。次公 謂之很石以其似伏羱也羱羊也史云貪如狼很如羊 緬懷卧龍公，挾策事琱鑽。縯 徐廣謂先主曰諸葛孔明卧龍也 援 商鞅挾三策以鑽孝公見後漢史 一談收猘子，縯 曹公聞孫策平江東曰猘兒難與爭鋒猘狂犬也 再說走老瞞。縯 曹公小字阿瞞孔明說孫權與先主并力敗曹操於赤壁 名高有

餘想事往無留觀蕭公古鐵鑊【少陵】（梁武姓蕭諱衍）相對空園園坡陁

受百斛積雨生微瀾泗水逸周鼎【援】（周鼎逸於泗水始皇求之弗得）渭城辭

漢盤（援魏明帝迁承露盤金狄泣下李賀作金銅仙人辭漢歌云攜盤獨出月荒涼渭城已遠波聲小）山川失故

態怪此能獨完僧繇六化人【續】（晉左軍張僧繇）【仲達】（畫史云甘露寺張僧繇四菩薩長四尺一版長八尺許）霓衣挂冰紈隱見十二疊觀者疑夸誕破版陸生畫【續】（陸探微南齊吳郡人也）【廣日】（畫史云探微神面黃口神彩飛驚人）青猊戲盤跚上有二天人揮手

如翔鸞筆墨雖欲盡典刑垂不刊赫赫贊皇公【續】（贊皇公李德裕其先贊皇人）英姿凜以寒古柏親手種挺然誰敢干枝撐雲峯裂根

入石窟蟠雍草得斷碑斬崖出金棺瘞藏豈不牢見伏

理可歎四雄皆龍虎【次公】（四雄謂諸葛孔明孫仲謀蕭梁武帝贊皇公也）遺迹儼未刓方

其盛壯時爭奪肯少安廢興屬造物遷逝誰控摶【子仁】（賈誼賦忽然爲人兮何足控摶）況彼妄庸子【子仁】（前漢灌嬰孰視魏勃笑曰人言魏勃勇妄庸人爾）而欲事所難

古今共一軌後世徒辛酸聊興廣武歎【援】（阮籍登廣武觀楚漢戰處歎曰時無英雄使豎子成名 [illegible]）

豎子成名。廣武今□州汜水縣。[次公]詩話言廣武歎事白詩云先友史彥輔謂余阮籍登廣武歎曰時無英雄使豎子成名豈謂沛公豎子乎余曰非也傷時無劉項也豎子指魏晉間人爾其後余遊甘露寺賦詩云云則猶此意也今日讀李太白登廣武戰場詩云沈湎呼豎子狂言非至公乃知白亦誤認嗣宗語矣嗣宗雖放蕩何至以沛公為豎子乎

不待雍門彈[厚]雍門周謂孟嘗君曰君百歲之後高臺既已壞曲池既已塹豈不悲乎孟嘗君泫出承睫而未下雍門為之鼓琴遂感泣

遊靈隱寺李杞寺丞見和遊孤山復用前韻[次公]按樂史寰宇記靈隱山以許由葛洪所隱入去忘歸本名稽留山[先][祖]晏殊輿地志云在杭州西圖經云周回三十里一名西湖其源出於武林泉景物華麗為天下之勝

君不見錢塘湖錢王壯觀今已無[續]錢王自鏐至淑三世五王乘唐末起自民伍有浙東之地歷五代朝貢不絕太祖龍興乃以其地歸有司而挈其族屬朝京師**屋堆黃金斗量珠運盡不勞折簡呼**[厚]晉宣帝紀王凌面縛水次遙謂司馬宣曰卿直以折簡召我我何敢不至而乃引軍來乎宣王曰以卿非折簡可呼故也[師]唐高祖曰李密非折簡所能致**四方宦遊散其孥宮闕留與閑人娛盛衰哀樂兩須臾何用多憂心鬱紆溪山處處皆可廬最愛靈隱飛來孤**[續]靈隱山昔梵僧云此山自天竺鷲山飛來[元厚]曰圖經云峯在武林山[□傳]晏殊輿地志云晉咸和元年西天僧慧理歎曰此是

中天竺國靈鷲山之小嶺不知何年飛來佛在世日多爲仙靈所隱今此亦復爾耶因掛錫造靈隱寺號爲飛來峯喬松百丈

蒼髯鬚擾擾下笑柳與蒲【事】晉顧悅之與簡文同年而髮早白帝問其故曰松栢之姿經霜猶茂蒲柳之質望秋先零

高堂會食羅千夫撞鐘擊鼓喧朝餔凝香方丈眠氍毹平合【事】韋應物詩宴寢凝清香【文公】氍毹織毛也絕勝絮被縫海圖【援】杜詩海圖拆波濤舊繡衫曲折天吳及紫鳳顛倒在短褐

清風時來驚睡餘遂超羲皇傲凡蘧【大公】陶潛清風颯至自謂羲皇上人【續】莊子言伏羲凡蘧之所行終

歸時棲鴉正畢逋【續】漢桓帝時童謠曰城上烏尾畢逋公爲吏子爲徒

孤煙落日不可摹

雨中遊天竺靈感觀音院【人表】圖經云上天竺靈感觀音院石晉天福四年僧道翊一夕見山間光明往視之得奇木土不能名乃命匠者孔仁謙刻觀音像治平中郡守蔡襄表其異事上之賜靈感觀音院額

蠶欲老麥半黃前山後山雨浪浪【子卜】韓退之別知賦雨浪浪其不止雲浩浩其常浮農

夫輟耒女廢筐白衣仙人在高堂

[illegible]臨安[illegible]土寺【天法】曰臨安縣圖經云[illegible]淨土寺在縣南二里周顯德中越王錢氏號光孝明因寺

年 十祥符九 以賜今額

雞鳴發餘杭到寺已亭午【次公】梁元帝纂要云日在午曰亭午參禪固未暇飽食良先務平生睡不足急掃清風宇【次公】杜牧之詩平生睡足處雲夢澤南州又文選玉宇來清風閉門羣動息【次公】司空圖詩夜久群動息香篆起煙縷覺來烹石泉紫筍發輕乳【次公】紫筍茶之佳品茶譜曰蒙頂有研膏茶作片進之亦作紫筍見吳淑事類賦晚涼沐浴罷衰髮稀可數浩歌出門去【次公】楚辭少司命云臨風怳兮浩歌又杜甫云浩歌正激烈【子仁】李白詩云仰天大笑出門去暮色入村塢微月半隱山【次公】杜詩團團月隱牆圓荷爭瀉露相攜石橋上夜與故人語明朝入山房【善權】臨安縣圖經云真寂院在縣南二里天成元年吳越王錢氏建舊號山房院治平二年改賜今額在石鏡山東石鏡烱當路昔照熊虎姿【續】吳越王錢鏐臨安人布衣時嘗照石鏡鏡起而發戰【彦忠】唐地理志臨安有石鏡山高二十六丈【曾】【直】太平寰宇記云山之東峯有石鏡徑二尺七寸其光如鏡五代史記云昭宗詔改爲衣錦山今爲猴鳥顧興廢何足弔萬世一仰俯

自淨土寺步至功臣寺【明仲】臨安圖經云功臣山在縣南二里三本名大官山吳越王錢氏建爲功臣院祥符元年改賜今額

落日岸葛巾晚風吹羽扇【次公】孔明葛巾羽扇指麾三軍謝奕爲桓溫司馬著岸幘巾溫呼方外司馬云

詩白江皋松間野步穩竹外飛橋轉神功鑿橫嶺巖石得巨片直渡千人溝下有微流泫【王文】臨安縣圖經載寺有溝名曰千人相傳錢氏役千人一日而成者溝上橋以系石爲之徑闊各丈餘岡巒蔚回合金碧爛明絢緬懷異姓王負擔此鄉縣【援】郭朴天目山詩五百年生異姓王錢鏐自謂已應此運【縯】吳越王少貧困負擔及其貴也以錦囊盛此擔焉【次公】按歐陽永叔五代史吳越世家云錢鏐字具美杭州臨安人也無賴不喜生事以販鹽爲盗此所謂負擔者也長逢跨下辱【厚】韓信傳淮陰少年侮信曰能死刺我不能出跨下信孰視俛出跨下一市大笑屢乞桑間飯【縯】左傳趙宣子舍于翳桑見靈輒餓問病曰不食三日矣誰知山石頑識此希世彥謂石鏡也凜然陰氣逼屹起猶賛戰他年萬騎歸父老恣歡宴錦繡被原野珠金散貧賤【縯】錢鏐爲鎮東軍節度使封吳越王昭宗詔升所居爲衣錦城石鏡山曰衣錦山大官山曰功臣山鏐宴故老山林皆覆以錦作還鄉歌曰三節還鄉兮衣錦衣父老遠來相追隨斗牛無字人無欺吳越一王駟馬歸竇融既入朝【厚】竇融爲河西大將軍以五郡歸漢及隴蜀平融爲五郡太守奏事京師【次公】竇融入朝以比錢氏歸本朝也融爲涼州牧後乞骸骨詔令歸第留京師此所謂既入朝也吳芮[illegible]三訟面【援】西漢諸王惟[illegible]內傳[illegible]最[illegible]姚黃初未盜發兵芮[illegible]谷貌[illegible]生[illegible]發[illegible]不貌類長沙[illegible]但

幾宅宗【次公】安録之孫先生爲王荆公所□平與□□翠輦坐銷歇
詔徹帝京淑姬族歸于京師國除所謂空記云也

閲世如郵傳【援】前漢蓋寬饒曰富貴無常忽則易人此如傳舍所閲人多矣惟有長明燈依然照深殿【縯】江寧縣寺有晉長明燈歲久火色變青而不熱隋文平陳已訝其古矣而今猶不滅

秀州報本禪院鄉僧文長老方丈

萬里家山一夢中吴音漸已變兒童每逢蜀客談終日便覺峨眉翠掃空【德揚】在嘉州係第七洞天記我眉山師已忘言真有道我除搜句百無功明年採藥天台去【幼盤】洞天記天台亦城山周回八千丈周回五百里在台州天台縣更欲題詩滿浙東【次公】此篇聞鄉談而思故國雖人之情亦先生之厚德也末句使杜甫更欲題詩滿青竹

獨遊富陽普照寺【夢仙】按圖經淨明院在縣北五里昔唐朝舊寺號普照後廢石晉天福七年重建治平二年改賜今額

富春真古邑【厚】富陽古富春也晉避宣穆皇后諱改焉此寺亦唐餘鶴老依喬木龍歸護賜書連筒春水遠【厚】杜詩連筒灌小園出谷曉鐘疎欲繼江潮韻【次公】宋之問遊江南靈隱寺夜月極明獨行廊下因吟曰鷲嶺鬱岧嶤龍宫隱寂寥搜思久之不就有老僧坐大禪牀曰何今

之言盍不道樓觀滄海日門聽浙江潮桂子月中落天香雲外飄捫蘿刳木取泉遙霜薄花更發冰輕葉互凋待入天台路看余度石橋宋莫驚策逮明訪之不復見寺僧知者曰此駱賓王也何人為起予

自普照遊二庵【注】按富陽縣圖經延壽院在縣北兩里院前有東西二庵

長松吟風晚雨細東庵半掩西庵閉山行盡日不逢人裛裛野梅香入袂居僧笑我戀清景自厭山深出無計我雖愛山亦自笑獨往神傷後難繼【厚】荀粲妻亡不哭而神傷杜詩神傷山徑深不如西湖飲美酒紅杏碧桃香覆髻作詩寄謝採薇翁【續】伯夷叔齊義不食周粟隱于首陽山採薇而食之採薇翁指夷齊也本不避人那避世【次公】桀溺謂仲由曰與其從避人之士也豈若從避世之士哉

佛日山榮長老方丈五絕【詩】杭州圖經云淨慧禪院在永和鄉天福七年吳越王錢氏建舊額佛日院祥符元年改今額

陶令思歸久未成【任】陶潛為彭澤令郡遣督郵至吏白應束帶見之潛歎曰吾不能為五斗米折腰事鄉里小人即日

遠公不出但聞名【次公】[illegible]遠公廬山寺慧遠大師也[illegible]陶淵明[illegible]山中六

叟【師】蒼髯叟謂松也 數里蕭蕭管送迎 【次公】管□云劉禹錫揚州折枝詞云惟有垂楊管別離之意也

千株玉槊攙雲立 【師】玉槊謂竹也 一穗珠旒落鏡寒 何處霜眉碧眼客 結爲三友冷相看 【次公】玉槊以言松或檜也珠旒謂瀑布也落鏡寒則既垂於地如鏡之清也霜眉碧眼意亦言榮老矣 【師】珠流謂泉留也

東麓雲根露角牙 細泉幽咽走金沙 不堪土肉埋山骨 未放蒼龍浴渥洼 【申之】退之詩蒼龍露角牙 【次公】唐人多使雲根字爲石白樂天天竺石詩下檐拂雲根又石鼎聯句云巧匠斲山骨 不甚土肉埋前漢元狩三年馬生渥洼水中作歌云今安匹龍爲友 【師】杜牧之詩江風搖浪動雲根

食罷茶甌未要深 清風一榻抵千金 【希古】杜詩家書抵萬金 腹搖鼻息庭花落 還盡平生未足心 【次公】孫樵乞巧對偃然就寢腹搖鼻息夢到鄉國槐花樸庭平生未足心 又杜牧詩平生睡足處一夢澤南州

日射回廊午枕明 水沉銷盡碧煙橫 山人睡覺無人見 只有飛蚊遶鬢鳴 【次公】唐文粹載何諷夢渴賦有云爇日斜照飛蚊遶鬢

宿海會寺 持晦 按臨安縣圖經云海會寺在縣西去縣二里梁大同中建號竹林寺祥符中改賜今額

籃輿三日山中行 厚之 晉陶潛傳王弘邀潛還州問其所乘答云素有脚疾向乘籃輿亦足自反 山中信美少曠平 厚之 王仲宣登樓賦雖信美而非吾土兮曾何足以少留杜詩信美無與適側身望川梁 下投黃泉上青冥 次公 左傳不及黃泉無相見也孟子蚓上食槁壤下飲黃泉楚辭據青冥而攄虹杜詩使如青冥却垂翅又曰青冥寒江渡 線路每與猿狖爭 次公 狖音弋授切註狖鼠屬善旋退之宴喜亭記有猿狖所家魚龍所宮 孫 長楊賦盛猿狖收多麋鹿之獲狖似獮猴仰鼻而長 重樓束縛遭澗坑兩股酸哀饑腸鳴 比渡飛橋踏彭鏗繚垣百步如古城 師 班固西都賦西郊則有上囿禁苑繚以周墻四百餘里 大鍾一撞千指迎高堂延客夜不扃杉槽漆斛江湖傾 師 杉槽漆斛謂浴室也 本來無垢洗更輕 堯卿 襄州鵡鳥嶺善本禪師因入浴室有僧問和尚是離垢底人為什麼却浴師曰定水湛然滿浴此無垢人 倒牀鼻息四鄰驚 次公 石鼎聯句序云道士倚墻睡鼻息如雷鳴 紞如五鼓天未明 厚之 晉鄧攸傳吳人歌曰紞如打五鼓雞鳴天欲曙 木魚呼粥亮且清 次公 廣記載幽明錄鬼詩云夜闌寂已清長笛亮且鳴 不聞人聲聞履聲 次公 此禪家規矩也漢哀帝曰我識鄭尚書履聲

夜二至永樂文長老院文時卧病退院 季彭 永樂院 按富陽圖經云在縣東北

夜聞巴叟卧荒村來打三更月下門【續】賈島詩鳥宿池中樹僧敲月下門【次公】盧仝詩軍將打門驚周公往事過年如昨日此身未死得重論老非懷土情相得病不開堂道益尊惟有孤栖舊時鶴擧頭見客似長言

虎丘寺

【續】先名海湧山吳越春秋闔閭葬國西發五都之士十萬人作冢銅槨三重水銀爲池金玉爲鳧雁扁諸之劍三千方圓之口三千槃郢魚腸之劍在焉葬後三日金精之氣上揚化爲虎踞其墳故號虎丘寺在蘇州

入門無平田石路細穿嶺陰風生澗壑古木翳潭井湛盧誰復見【續】吳越春秋湛盧神劍也越王允常使歐冶子鑄五劍曰純鉤湛盧豪曹魚腸巨闕以湛盧獻吳吳公子光以弑其君僚湛盧夜飛入楚秋水光耿耿鐵花秀巖壁【續】今寺中有鐵花巖在劍池之側殺氣噤蛙黽幽幽生公堂【堯卿】生公堂在金陵今姑蘇詩亦用生公堂者或亦有生公遺迹或備用石點頭及降虎故事也左右立頑礦當年或未信異類服精猛【厚】十道四蕃志生公異僧竺道生也講經於此人無信者乃聚石爲徒與談至理石皆點頭寺有生公禪堂【次公】劉禹錫有生公講堂詩云生公說法鬼神聽身後空堂夜不扃高座寂寥塵

世次一方明月照中庭胡爲百歲後仙鬼互馳騁窈然留清詩讀者爲悲哽〔次公〕並寺中事也仙謂清表道士與沈恭子同遊虎丘寺有詩歷論商周及近代二千年事顔真卿爲之刻石鬼謂幽獨君也有詩云青松多悲風蕭蕭清且哀白日徒昭昭不照長夜臺李道昌爲刺史奏其事陸龜蒙皮日休松陵唱和皆及之東軒有佳致〔呂〕今寺中有佳致軒在法堂之東雲水麗千頃熙熙覽生物春意頗凄冷我來屬無事暖日相與永〔夏〕杜甫渼陂西南臺詩蒹葭離披去天水相與永喜鵲翻初旦愁鶯蹲落景〔堯卿〕朝鵲報喜暮鶯愁棲坐見漁樵還新月溪上影悟彼良自咍歸田行可請〔次公〕張平子有歸田賦

同柳子玉遊鶴林招隱醉歸呈景純〔次公〕鶴林竹林寺也宋高祖潛龍時常遊寺有黃鶴飛舞因名黃鶴山鶴林招隱潤州二寺也

花時臘酒照人光歸路春風灑面凉劉氏宅邊霜竹老戴公山下野桃香〔次公〕劉氏宅戴公山蓋閏州事劉氏言劉裕家也裕楚元王之遠孫本家彭城晉氏東遷移居晉陵丹徒之京口里〔堯卿〕南史戴顒世居剡下又徙京口止黃鵠山宋文帝每欲見之嘗謂黃門侍郎張敷曰吾東巡之日當宴戴公山下巖頭疋練兼天靜〔縯〕〔次公〕謝元暉詩澄江靜如練杜詩遠水兼天靜泉底真珠濺客忙

〔子仁〕杜甫…泉濺水… 安得道人攜笛去一聲吹裂翠崖岡 〔次公〕按國史補載李舟好事嘗得村舍煙竹截以為笛堅如鐵石以遺李暮暮善吹笛天下第一月夜泛江吹之俄有客立於岸呼船共載既至請笛而吹其聲精壯山石可裂暮嘗未嘗見也〔縯〕杜甫赴奉先縣詠懷詩歲暮百草零疾風高岡裂

遊鶴林招隱二首

郊原雨初霽春物有餘妍古寺滿脩竹深林聞杜鵑睡餘柳花墮目眩山櫻然〔子仁〕沈約詩山櫻發欲然 西窻有病客危坐看香煙

行歌白雲嶺坐詠修竹林風輕花自落〔師川〕杜詩風定花猶落 日薄山半陰澗草誰復識聞香杳難尋時見城市人幽居惜未深

書普慈長老壁 志誠

普慈寺後千竿竹醉裏曾看碧玉椽倦客再遊行老矣〔厚〕司馬相如傳長卿故倦遊 高僧一笑故依然〔邦衡〕樂府風人詩云團基若洩敗襖看子故依然〔久參〕如傳長卿故倦遊然其人材足依也 白足知禪味〔縯〕釋曇如晉武時人天下稱為白足和尚〔厚〕維摩詰雖復飲食而以禪說為味 苦厭黃公聒晝眠〔師〕黃公黃鸝也 惟有兩株紅百葉〔堯卿〕江淛閒有花謂之百葉紅〔子仁〕退之詩杏花兩株能百紅又云

百葉雙桃晚只紅 晚來猶得向人妍

書焦山綸長老壁

法師住焦山而實未嘗住【編】金剛經若心有住則爲非住 我來輒問法法師了無語不知所荅故【任】維摩經言文殊師利問維摩詰何等是菩薩不二法門時維摩詰黙然無言文殊師利歎曰善哉善哉乃至無有文字語言是眞入不二法門也 君看頭與足本自安冠屨【續】韓固與黄生爭論景帝前生曰冠雖弊必加之首屨雖新必貫之於足 譬如長鬣人【子仁】左傳昭七年云長鬣者相十七年又曰長鬣者三人伏舟側 不以長爲苦一旦或人問每睡安所措歸來被上下一夜着無處展轉遂達晨意欲盡鑷去此言雖鄙淺故自有深趣持此問法師法師一笑許【次公】此篇先生用小說一段事裁以爲詩而意最高妙

與毛令方尉遊西菩提寺二首【安國】按於潛縣圖經毛君寶同尉方君武與東坡於熙寧七年八月二十七日同遊西菩山明智院石刻存焉西菩寺去縣一十五里

推擠不去已三年【續】晉鄧侯爲吳郡守稱疾去職吳人歌曰鄧侯挽不留謝令推不去 魚鳥依然笑我頑人 故歸江北路天教看盡浙西山尚書清節衣冠

後【[illegible]】[illegible]至人魏太祖以素[illegible]賜玠曰君有古人之風故[illegible]以古人之服玠居顯位常布衣蔬食為尚書僕射【祖可】毛令乃毛[illegible]書之後

處士風流水石間【任】方干桐廬人幼有清才為徐鉉所器然姿態山野終不登第當時號為方處士後韋莊奏賜及第一笑相逢那易得數詩狂語不須刪

留題石經院三首

路轉山腰未足移水清石瘦便能奇白雲自占東西嶺【[illegible]】按於潛圖經云寺前有東西兩山或有雲晦遥望如嶺焉明月誰分上下池黑黍黃粱初熟後朱柑綠橘半甜時人生此樂須天賦莫遣兒曹取次知【厚】王羲之謂謝安曰但恐兒輩覺損其歡樂之趣

窻倚門前路行穿翠密中却來堂上看巖谷意無窮

天矯亭中栢枯枝鵲踏銷瘦皮纏鶴骨高頂轉龍腰

山頭井泉通伏澗清欲知深幾許聽放轆轤聲

遊淨居院 并叙

寺在光山縣南四十里大蘇山之南小蘇山之北寺

僧居仁爲余言齊天保中僧思惠過此見父老問其姓
曰蘇氏又得二山名歎曰吾師告我遇三蘇則住遂留
結菴而父老竟無有蓋山神也其後僧智顗見思於此
山而得法焉則世所謂思大和尚智者大師是也唐神
龍中道岸禪師始建寺於其地廣明庚子之亂寺廢於
兵火至乾興中乃復而賜名曰梵天云

十載遊名山自製山中衣【次公】楚詞製芰荷以爲衣頗言畢婚嫁【縯】何長男女嫁娶既畢勅斷家事勿復相關遂肆意遊名山不知所終【次公】退之詩如今便可爾何用畢婚嫁攜手老翠微【次公】爾雅山未及上翠微注云近上旁陂杜詩華亭入翠微不悟俗緣在失身蹈危機【縯】晉書諸葛長民云貧賤常思富貴富貴必履危機刑名非宿學【子仁】揚子刑名非道耶何自然也陷穽損積威【孚】司馬遷答任安書猛虎在深山百獸震恐及其在陷穽之中搖尾而求食積威約之漸也遂恐生死隔永與雲山遠今日復何日【次公】杜詩今夕復何夕芒鞋自輕飛稽首兩足尊【次公】兩足尊如來也福足慧足謂之兩足尊舉頭雙涕揮靈山會未散八部猶光輝【援】佛說法靈山天龍八部來會頗

衫二聖往一浴千刼非徘徊竹溪月空翠摇煙霏【子仁】杜詩竹迸清溪月又王維詩空翠濕人衣鍾聲自送客幽谷猶依依回首吾家山【子仁】叩亭所謂大蘇山小蘇山也蓋孔融嘗謂楊脩曰楊梅是君家果脩曰不見孔雀是夫子家禽歲晩將焉歸

少年時嘗過一村院見壁上有詩云夜涼疑有雨院静似無僧不知何人作也宿黄州禪智寺寺僧皆不在夜半雨作偶記此詩故作一絶

佛燈漸暗饑鼠出山雨忽來脩竹鳴知是何人舊詩句已應知我此時情

定惠院寓居月夜偶出

幽人無事不出門偶逐東風轉良夜參差玉宇飛木末【次公】選詩玉宇來清風楊大年詩風來玉宇烏先覺杜詩我僕猶木末繚繞香煙來月下江雲有態清自媚竹露無聲浩如瀉已驚弱柳萬絲垂尚有殘梅一枝亞清詩獨吟還自和白酒已盡誰能借【次公】杜詩云清詩近道要又李白云白酒初熟

山中歸不詞青春忽忽過但恐歡意年年謝自知醉耳愛松風會揀霜林結茅舍浮浮大甑長炊玉（次公）詩烝之浮浮溜溜小槽如壓蔗（次公）李賀詩小槽酒滴真珠紅飲中真味老更濃醉裏狂言醒可怕但當謝客對妻子倒冠落佩從嘲罵（續）杜牧望故園賦倒冠落佩兮與世闊疎

次韻前篇

去年花落在徐州對月酣歌美清夜（自注）去年徐州花下對月與張居厚王子中兄弟飲酒作巔字韻詩（厚）陶淵明詩佳人美清夜達曙酣且歌今年黃州見花發小院閉門風露下萬事如花不可期餘年似酒那禁瀉憶昔還鄉泝巴峽落帆樊口高桅亞（子仁）韓詩大帆夜劃窮高桅口在廣州南岸長江袞袞空自流（次公）杜詩不盡長江袞袞流白髮紛紛寧少借（子仁）白樂天云公道世間唯白髮貴人頭上不曾饒竟無五畝繼沮溺（次公）孟子五畝之宅論語長沮桀溺耦而耕空有千篇凌鮑謝（次公）鮑昭謝靈運也老杜之言孟浩然曰賦詩何必多往往凌鮑謝至今歸計負雲山未免孤衾眠客舍少年辛苦真食蓼（續）傳言食蓼之蟲[illegible]白樂天[illegible]異食蓼[illegible]余是苦老景清閑如啖蔗（援）晉書顧愷之食蔗必自末至本或怪之

佳境。入饑寒未至且安居憂患已空猶夢怕穿花踏月飲村酒

免使醉歸官長罵 厚 老杜贈鄭虔詩醉即騎馬歸頻遭官長罵

安國寺浴 欽夫 按先生寺記云寺立於僞唐保大二年始名護國嘉祐八年賜今名

老來百事懶身垢猶念浴衰髮不到耳 子仁 杜詩白頭亂髮不到耳 尚煩月一沐山城足薪炭煙霧濛晹谷塵垢能幾何翛然脫羈梏披衣坐小閣散髮臨脩竹心困萬緣空身安一牀足 厚 盧仝詩四支安穩一張牀 豈惟忘清淨兼以洗榮辱默歸無多談 子仁 漢揚惲書云方今漢德隆盛願勉旃無多談 此理觀要熟

遊武昌寒溪西山寺 次公 本朝樂史寰宇記於鄂州武昌縣載樊山亦曰樊岡下有寒溪中有蟠龍石云

連山蟠武昌 次公 周禮大卜掌三易之法一曰連山杜詩云連山西南斷又云連山抱西南 翠木蔚樊口 共父 先生志林記樊山云自余所居臨皐亭下亂流而西泊於樊山爲樊口或曰燔山歲旱燔之起雲雨或曰樊氏居之不知孰是 我來已一百日欲濟空搔首 次公 詩曰愛而不見搔首踟躕搔首蓋有所欲而不遂者也鄂州武昌縣正與黃州相對

欲往寒溪而不遂所想自人之情也坐看鷗鳥沒【次公】杜詩白鷗沒浩蕩夢逐麏麚走今朝橫江來一葦寄衰朽【次公】詩云誰謂河廣一葦杭之高談破巨浪【次公】南史宗慤云願乘長風破萬里浪飛蓬輕重阜去人曾幾何絕壁寒溪吼風泉兩部樂【縯】南史孔珪字德璋不樂世務門庭之內草萊不翦中有蛙鳴或問曰欲為陳蕃乎珪笑曰我以此當兩部鼓吹何必效蕃松竹益三友【次公】三益友字出論語又選詩開徑望三益徐行欣有得芝朮在蓬莠【次公】史蓬蒿藜莠西上九曲亭【子仁】按子由九曲亭記子瞻遷於齊安無名山而江之南武昌諸山中有浮圖精舍西曰西山東曰寒溪將適西山行於松柏之間羊腸九曲而獲少平有廢亭焉其遺址甚狹不足以席眾客子瞻與客入山相與營之亭成而西山之勝始具眾山皆培塿【厚】晉載記劉元海曰善當為崇岡峻阜何能為培塿乎【次公】左氏傳云培塿無松柏却看江北路雲水渺何有離離見吳宮莽莽真楚藪空傳孫郎石【次公】袁術言孫策曰使術有子如孫郎死復何恨其後士民皆呼策為孫郎今言孫郎石則孫權有石在焉又孫犂欲枕流漱石無復陶公柳【厚】陶公陶侃也侃性纖密好問頗類趙廣漢嘗課諸營種柳都尉夏施盜官柳植之於己門侃後見駐車問曰此是武昌西門前柳何因盜來此種施惶怖謝罪【無逸】晉陶潛号五柳先生邇來風流人惟有漫浪叟【縯】元結作自釋一篇言將家瀼濱乃自稱浪士及有官人以為浪者亦漫為官乎呼為漫郎既客樊上漫遂顯焉又其文云漫浪於人間結嘗游寒

浮石窪樽之鉤之處 次公 按元次山集有窊樽銘有窊樽銘

買曲吾已決乳水況宜酒 次公 乳水呼次山杯樽銘亭所言□亭西乳也 堯祖 乳水即先生所紀泉水白而甘者也又杜沂遊武□白以吾陸泉見餉詩云君言西山頂自古流白泉 所須

修竹林深處安井臼 厚 井臼字後漢馮衍妻悍忌兒女自操井臼又武威太守傅育食祿數十年妻子不免操井臼

相將踏勝絕更裹三日糗

定惠院顒師為余竹下開嘯軒

啼鴂催天明喧喧相詆譙 注 啼鴂即鶗鴂也楚詞云鶗鴂先鳴兮使夫百草之不芳 暗蛩泣夜永唧唧自相弔 次公 爾雅云蟋蟀蛬也幽州人謂之促織里語曰趣織鳴懶婦驚京房占曰七月建申律為夷則蟋蟀鳴 子仁 韓詩蟲弔寒夜永 飲風蟬至潔畏吟不改調 次公 月令云仲夏之月蟬始鳴季夏之月寒蟬鳴 食土蚓無腸亦自終夕叫 次公 荀子云蚓上食埃土下飲黃泉用心一也龜父曰崔豹古今注蚓曰歌女 鳶貪聲最鄙 次公 劉禹錫飛鳶操云鳶飛杳杳青雲裏鳶鳴蕭蕭風四起 鵲喜竟可料 次公 陸賈云乾鵲噪而行人至自首句至此以禽蟲之物起意蓋言之物若皆有聲以不平而鳴也 皆緣不平鳴 續 退之送孟郊序大凡物不得其平則鳴 慟哭等嬉笑 子仁 晉阮籍傳籍嘗於蘇門山遇孫登與商略終古及栖神導氣之術登皆不應因長嘯而退至半嶺聞有聲若鸞鳳之音乃登嘯也 道人開此軒清坐默自照衝風振河海 厚 莊

子大塊噫氣其名爲風是唯無作作則萬竅怒號累盡吾何言風來竹自嘯【師】說文竹得風其體夭屈如人之笑

雪後到乾明寺遂宿

門外山光馬亦驚堦前屐齒我先行風花誤入長春苑【續】呉王有長春苑【次公】宋復古河南志晉之宫内有長春門雲月長臨不夜城【次公】解道康齊地記曰齊有不夜城蓋古者有日夜中照於東境故萊子立此城以不夜爲名未許牛羊傷至潔且看鴉鵲弄新晴更須攜被留僧榻待聽摧簷瀉竹聲【子仁】杜詩雨瀉暮簷竹

圓通禪院先君舊遊也四月二十四日晚至宿焉明日忌日也乃手寫寶積獻蓋頌佛一偈以贈長老僊公僊撫掌笑曰昨夜夢寶蓋飛下着處輒出火豈此祥乎乃作是詩院有蜀僧宣逮事訥長老識先人云

石耳峯頭路接天梵音堂下月臨泉此生初欲廬山水他日

徒參雪竇久禪【師】雪竇顯禪師語録見傳燈録【子仁】雪竇顯師諱重顯字
隱之遂州李氏子出家參隨州智門祚和尚不起一
念之言後居明之雪竇賜號明覺皇祐五
年七月七日遺囑亦不說偈此首而亡 袖裏寶書猶未出夢
中飛蓋已先傳何人更識嵇中散野鶴昂藏未是仙【注】晉嵇紹入洛
或謂王戎曰昨於稠人中始見嵇紹昂昂如野鶴之
在雞群戎曰君復未見其父爾其父則中散叔夜也

石塔寺

世傳王播飯後鍾詩蓋揚州石塔寺事也相傳如此
戲作此詩

饑眼眩西東詩腸忘蚤晏雖知燈是火不悟鍾非飯【次公】小說載唐
王播少孤貧客木蘭院隨僧齋粥僧厭苦之飯後擊鍾其後播鎮揚州
訪舊遊題詩曰上堂已了各西東慚愧闍梨飯後鍾說者謂往時寺僧
不能禮賢至今其徒以飯後鍾爲作今先生詩意言播特饑而迷路不
知宜往寺中貪吟詩而失時不知趨時而往飯諺云早知灯是火飯熟
已多時 山僧異漂母【縯】前漢韓信微時往城下釣有一漂母哀之飯信
竟漂數十日信謂漂母曰吾必重報母母怒曰大
丈夫不能自食吾哀王孫而進食豈望報乎 但可供一莞【援】莞笑也論語夫子莞爾而笑 胡爲二十年記
憶作此詩【無已】按摭言云王播少貧客揚州木蘭院隨僧齋僧厭之
及至已飯矣後二紀播出鎮是邦向所題已碧紗籠之矣

乃題云三十年來塵撲面如今始得碧紗籠**齋厨養若人無益秖遺患**〔厚〕前漢陳平謂高祖曰今楚兵罷食盡此天亡之時不因而取之此養虎自遺患也〔纘〕播相穆宗時權倖競進林賴其力至宰相專務將迎居位無所裨益復失河北衆望不厭**乃知飯後鍾闍黎蓋具眼**〔厚〕傳燈錄鄧州丹霞禪師有僧於山下見師師問僧什麼處宿云山下宿師曰什麼處飯曰山下喫飯師曰將飯與闍梨喫底人還具眼也

月華寺〔自註〕寺鄰岑水場施者皆坑戶也百年間蓋三焚矣

天公胡爲不自憐結土融石爲銅山〔次公〕結融字借使結而爲山融而爲川也**萬人採斸富媼泣秖有金帛資豪姦脫身獻佛意可料一尾坐待千金還月華三火豈天意至今菱舍依榛菅**〔厚〕周禮大司馬仲夏教茇舍**僧言此地本龍象**〔次公〕龍象佛書謂有力可以負荷者也結摩詰云譬如龍象蹴蹋非驢所堪又達摩錄云此僧中之龍象劉禹錫雙檜詩云龍象界中成寶蓋**廢興反掌曾何艱高巖夜吐金碧氣**〔曹〕杜詩潤聚金碧氣清無砂土痕**曉得異石青斕斑坑流窟發錢湧地莫施百鎰朝千鐶**〔[illegible]〕孟子餽兼金百鎰而不受注云古者以一鎰爲一金二十兩爲鎰也又書呂刑云其罰千鐶**此山出寶以自賊地脉已斷天應慳**〔纘〕史記蒙恬臨死曰起臨洮屬之遼東城塹萬餘里此其中不能無絕地

脉哉我頤銅山化南畝爛熳黍麥蘇惸鰥道人修道要底物破鐺煮飯茆三間厚傳燈録無業國師曰看他古德道人得意之後茆茨石室向折脚鐺子裏煮飯喫過三十二十年又杭州廣嚴院咸澤禪師僧問如何是嚴家風師曰一塢白雲三間茅屋

南華寺

云何見祖師要識本來面厚傳燈録道明禪師聞五祖密付衣法與盧行者即躡迹追逐至庾嶺曰我來求法願行者開示於我祖曰不思善不思惡正恁麼時那个是明上座本來面目師當下大悟亭亭塔中人續祖師指六祖也塔中人指六祖塔也問我何所見可憐明上座萬法了一電續佛書一切有為法如夢幻泡影如露亦如電飲水既自知援傳燈録明上座之語曰如人飲水冷煖自知指月無復眩厚楞嚴經云如人以手指月示人彼人因指當應看月若復觀指以月為體此人豈亡失月輪亦亡其指我本修行人三世積精練中間一念失受此百年譴摳衣禮真相厚禮記摳衣趨隅必慎唯諾感動淚雨霰借師卓錫泉厚傳燈録六祖初住曹溪卓錫泉湧清凉甘滑贍足大衆洗我綺語硯次公綺語字出佛書先生自言其現所出文章特華綺之言爾

峽山寺自注傳奇所記孫恪袁氏事即此寺至今有人見白猿者

天開清遠峽【次公】郭璞江賦豁若天開又李白云天開白龍潭地轉凝碧灣我行無遅速攝衣步屠顏山僧本幽獨乞食況未還雲碓水自春【厚】白樂天詩藥爐有火丹應伏雲碓無人水自春註云廬山多雲母故以水碓擣煉俗呼爲雲碓【鎮叔】李白詩水春雲母碓松門風爲關【厚】王羲之遊四郡記永寧縣界海中有松門四岸及嶼上皆生松故名松門石泉解娛客琴筑鳴空山【次公】白樂天廬山草堂記堂東有瀑布水夜中如環佩琴筑聲佳人劍翁孫【厚】吳越春秋越處女將見王道逢袁公公曰聞子善劍術女子曰願試也公即挽以刺女女舉杖擊之公即上樹化而爲白猿遊戲暫人間

忽憶嘯雲侶賦詩留玉環【次公】傳奇載廣德中有孫恪者遊洛中遇袁氏女遂納爲室後十餘年同至峽山寺袁氏忻然改服理鬟詣老僧乃持一碧玉環獻僧曰是此院舊物僧初不曉及齋罷有野猿數十悲嘯捫蘿而躍袁氏惻然俄命筆題詩云無端變化幾湮沉剛被恩情役此心不如逐伴歸山去長嘯一聲煙霧深詩畢遂裂衣化爲老猿追嘯者躍樹而去老僧方悟曰乃貧道爲沙門時所養者碧玉環則胡人所施繫於其頸林深不可見霧雨埋髻鬟

廣州蒲澗寺【自註】地産菖蒲十二節相傳安期生之故居始皇訪之於此

不用山僧導我前自尋雲外出山泉【厚】杜詩在山泉水清出山泉水濁千章古木臨無地【次公】大材曰章前漢百官表有主章之官又貨殖傳云山居千章之楸也王簡栖頭陁寺碑云飛閣逶邐下無地

百尺飛濤瀉漏天、【厚】白樂天多雨春空過詩[illegible]天似漏[illegible]地[illegible]磨【次公】漏天又是地名在梨州以其多雨故曰漏天

昔日菖蒲方士宅後來薝蔔祖師禪【縯】維摩經云如人入薝蔔林中唯嗅薝蔔不嗅餘香【雲卿】香譜曰梔子香出大食國即佛書所謂薝蔔也【厚】傳燈錄仰山謂香嚴禪師曰汝只得如來禪未得祖師禪

而今只有花含笑笑道秦皇欲學仙【自註】山中多含笑花【厚】歐陽歸田錄載丁晉公在海南詩云草解忘憂憂底事花名含笑笑何人【堯先】遯齋閑覽云南方花木北地所無者大含笑小含笑其花常若菡萏之未敷者故有含笑之名

遊博羅香積寺 并引【駒父】匕鶴故居圖香積寺在惠州南博羅縣西山下

寺去縣七里三山犬牙夾道皆美田麥禾甚茂寺下谿水可作碓磨若築塘百步閘而落之可轉兩輪舉四杵也以屬縣令林抃使督成之【辺】抃字天和

二年流落蠹魚鄉【厚】國語范蠡謂王孫雒曰昔吾先君固周室之不成子也故賓於東海之陂黿鼉魚鼈之與處而鼃黽之與鄰

朝來喜見麥吐芒東風搖波舞淨綠【次公】柳子厚詩麥芒際天搖青波【頭】退之詩綠淨不可唾

初日泫露酣嬌黃【次公】謝靈運詩一云花上露猶泫

汪汪春泥已沒膝剡剡秋穀初分秧誰言萬里出無友見此二美喜欲狂三山

屏擁僧舍小一谿雷轉松陰凉【龜父】白鶴故居圖三山者大壯山象頭山白水山皆在水南一谿者即東江也在山之北要令水力供臼磨與相地脉增隄防霏霏落雪看收麪隱隱疊鼓聞舂糠散流一啜雲子白【縯】杜詩飯抄雲子白【次公】漢武帝外傳曰太上之藥則有風實雲子金精玉液炊裂十字瓊肌香【厚】晉何曾性豪侈每燕見不食太官所設帝輙命取其食蒸餅上不拆作十字則不食也豈惟牢九薦古味【自註】東晳餅賦饅頭薄持起搜牢九要使真一流天漿【次公】此言造真一酒法用麥與米也詩成捧腹便絕倒【次公】捧腹笑也史記日者傳司馬季主捧腹大笑絕倒笑而倒也晉書衛玠談道平子絕倒是已書生說食真膏肓【次公】左傳成十年晉侯病在膏之上肓之下蓋言病深也

與正輔遊香積寺 註見上首

越山少松竹常苦野火厄此峯獨蒼然感荷佛祖力茯苓無人採千歲化琥珀【厚】唐本草註云古來相傳松脂入地千年為茯苓又千年為琥魄又千年為瑿故二物燒之皆有松氣幽光發中夜見者惟木客【次公】木客廣南山中有之蓋野人與鬼之類也我豈無長鑱【縯】杜詩長鑱長鑱白木柄我生託子以為命真贗苦難識【次公】退之詩前計頓乖張居然見真贗靈苗與毒草疑似在毫髮把玩竟不食棄置長太息山僧類有

道辛苦嘗谷汲【厚】前漢地里志疏會之地士陿而險山居谷汲 我慙作機舂【次公】先生前有詩勸縣令林下作陂塘以置碓磑故云慙作機舂也傳曰拤曰之智不及機舂 鑿破混沌穴【編】莊子儵與忽時相遇於混沌之地謀報混沌之德曰人皆有七竅此獨無有嘗試鑿之日鑿一竅七日而混沌死 幽尋恐不繼書板記歲月

次韻高要劉湜峽山寺見寄【次公】高要縣端州也古謂之高要郡有高要峽焉

新聞妙無多舊學閑可束【次公】東字猶束之高閣之束也 猶當隱季主【編】司馬季主卜於長安市見史記龜策傳 未遽逃梅福【厚】梅福字子真為九江尉後逃入海上人見其為吴市門卒云 空腸吐餘思靜似蠶綴簇寸田結初果【次公】寸田道家所謂丹田也 秀若銅生綠【厚】本草生銅皆有青盖銅之精華也 荆棘掃誠盡梨棗憂不熟【編】真誥王夫人謂許長史曰交梨火棗是飛騰之藥要使生於胷中今君胷中荆棘掃除未盡是以梨棗不生也 高人寧鑄金【次公】劉向得鴻寶書言能鑄金而不成也 下士乃服玉【厚】抱朴子云服玉當得千歲白玉赤松子服水玉得仙也 君看嶺嶠隘我欲巾笥蓄曾攀羅浮頂亦到朱明谷旋觀真歷塊【次公】王褒云駿馬之歷塊是猶歷塊也今此言真歷塊則以言所經歷之勢回視之真一塊爾 歸臥甘破屋故人老猶仕世味薄如縠【子仁】退之詩吾老世味薄 偶從越女笑【厚】退之詩洪濤舂天禹穴幽越女一

笑三一年留不怕蠻江浴鷲聞尺書到喜有新詩辱應憐五管客【援】莊子頤隱於齊肩高於頂句贅指天上有五管也【厚】退之詩五管徧歷無賢侯曾作八州督【厚】晉書陶侃字士行嘗如廁見一人朱衣介幘斂板曰君後當爲公位至八州都督【次公】八州都督先生實事也嘗守密從徐又從湖守登守杭又守潁從揚又守定凡八州也骨銷讒口鑠【緯】史記鄒陽書曰衆口鑠金膽破獄吏酷【厚】南史王融矯詔立竟陵王子良太學生魏準鼓成其事及融誅召準入舍人省詰問遂懼而死舉躰皆青時以準膽破隴雲不易寄【援】陶弘景詩曰山中何所有隴上多白雲只可自怡悅不堪持寄君江月乃可掬【厚】唐于良史春山夜月詩掬水月在手遥知清遠寺不稱空洞腹【緯】晉王導嘗指周顗腹曰此中何有荅曰空洞無物然可容卿輩數百人騫驢步武碎短琵絃柱促仰看泉落佩俯聽石響轂千峯瀉清駃一往無回蠋狂雷失晤語過雹不容目要知僧長饑正坐山少肉【次公】山少肉則住持者有肉山有骨山也傳燈録司馬頭陁自胡南來百丈謂之曰老僧欲住潙山可乎對曰潙山奇絶可聚千五百衆然非和尚所住百丈云何謂也對云和尚是骨人彼是肉山設居之徒不盈千百矣人間無南北蝸角空出縮仇池九十九【自註】仇池有九十九泉余嘗夢至有詩嵩少三十六【自註】子由近買田陽翟北望嵩尚少甚近天人同一夢仙凡無兩録陋邦真可老生理亦粗足

便回爇天焰長作照海燭【自註】爇天焰見退之詩近黄魯直寄詩云蓮花合裏一寸燭牧馬海中燒古川曾已蓋近有得也【次公】退之喜侯喜詩居然妥推讓見謂爇天焰

入寺

曳杖入寺門輯杖挹世尊【次公】禮記孔子曳杖而歌輯音集若言收杖於兩手間也我是玉堂仙謫來海南村多生宿業盡一氣中夜存【厚】楚詞遠游章一氣禮神兮於中夜存且隨老鷄起饑食扶桑暾【次公】淮南子日出拂于扶桑暾日氣也食扶桑一則道家食日法也光圓摩尼珠【厚】維摩經言若能如是坐者佛所印可稍覺魔忙奔閑看樹轉午坐到鍾鳴昏斂收平生心耿耿聊自溫

留題顯聖寺

渺渺疎林集晚鴉孤村煙火梵王家幽人自種千頭橘【纘】李衡種橘於龍陽洲謂其子曰吾洲中有千頭木奴也遠客來尋百結花【厚】首楞嚴經阿言白佛言世尊此寶疊華緝績成巾雖本一躰如我思惟如來一綰得一結名若百結成終名百結【若拙】江南人謂丁香爲百結浮石已乾霜後水焦坑閑試雨前茶秪疑歸夢西南去翠竹江村遶白沙【次公】杜詩白沙翠竹

江村路狙對
柴門月色新

留題仙都觀

山前江水流浩浩，山上蒼蒼松栢老。舟中行客去紛紛，古今換易如秋草。空山樓觀何崢嶸，真人王遠陰長生。【子仁】王方平、陰長生，皆在此山學道得仙者。故子由詩云：道士白髮蒼面黑，嵐氣染自言王方平。學道古有驗，道成白晝飛。人世不留，空後有陰長生，此地亦所占。並騎雙翔龍，霞綬紫雲襜，搖揚玉堂上。與世作豐歉，蓋紀實也。飛符御氣朝百靈，悟道不復誦黃庭。龍車虎駕來下迎，去如旋風摶紫青。真人厭世不回顧，世間生死如朝暮。學仙度世豈無人，餐霞絕粒長苦辛。安得獨從逍遙君，泠然乘風駕浮雲，超世無有我獨行。【子仁】莊子逍遙篇：列子御風而行，泠然句有五日而後反。

過木櫪觀

【子仁】老泉詩序云：許旌陽得道之所，舟人不以相告。既過，至武寧縣，乃得其事。縣人云：許旌陽棺槨猶在山上。旌陽，許遜也，嘗為旌陽縣令。

石壁高千尺，微蹤遠欲無。飛簷如劒寺，【自註】出劒門東望，上寺宇髣髴可見。古拍似□□都許□嘗高遁行舟悔不过斬蛟聞猛烈拼勿想嶠嶇【注】許旌陽斬蛟於洪□□即西江所經也寂寞棺猶在修崇世已愚隱居人不識化去俗争吁洞府煙霞遠人間爪髮枯飄飄乘倒景誰復顧遺軀

留題峽州甘泉寺【自注】姜詩故居

輕舟横江來弔古悲純孝遂迤尋遠迹婉孌見遺貌清泉不可挹涸盡空石窖古人飄何之唯有風竹鬧行行玩村落户户懸罔罟民風坦和平開户夜無鈔叢林富筍茹平野絶虎豹嗟哉此樂鄉無乃姜子教【任】姜詩妻龐氏事母至孝妻奉順尤謹後泝江水值風不時得還母渴詩責而遣之妻乃寄止鄰舍晝夜紡績市珍羞使鄰母以意自遺姑久之姑怪問鄰母鄰母具對姑感因呼歸

寄題清溪寺

口舌安足恃韓非死說難【續】太史公曰韓非作說難而卒死於說難自知不可用鬼谷乃真薮遺書今未亡小數不足觀【續】劉向七略有鬼谷子書儀秦固新

學[注]蘇秦張儀皆學於鬼谷子 見利不知患嗟時無植文使彼二子顛死敗
無足恠夫子固使然君看巧更窮不若愚自安遺宫若有
神頷首然吾言

雙鳧觀[自註]在萊縣

王喬古仙子時出觀人寰常爲漢郎吏厭世去無還雙鳧
偶爲戲聊以驚世頑不然神仙迹羅網安能攀[注]後漢王喬有神術爲葉令每朔望來朝明帝恠之令太史伺望輒有雙鳧從東來羅之得雙舄焉詔尚方診視乃前所賜履舄也 紛紛塵埃中銅
印紆青綸[自註]姑頑反綬也 安知無隱者竊笑彼愚姦

次周壽韻并叙

周壽遊天竺觀激水作詩云拳石耆婆色兩青竹龍
驅水轉山鳴夜深不見跳珠碎疑是簷間滴雨聲東
坡和之云
道眼[illegible]耳[illegible]於寂處鳴早知雨是水不作兩般聲

[illegible][illegible]州靈惠院

直視無前氣吐虹五湖三島在胷中相逢莫恠不相揖只見山僧不見公

王狀元集百家注分類東坡先生詩卷之五

王狀元集百家註分類東坡先生詩卷之六

塔

詩四首

泗州僧伽塔

我昔南行舟繫汴逆風三日沙吹面【次公】杜詩步壑風吹面舟又云疾風吹沙暗河縣人共勸禱靈塔香火未收旗脚轉回頭頃刻失長橋却到龜山未朝飯【厚】梅聖俞龍女祠祈順風詩龍母龍相依風雲隨所變舟人請予往出廟旗脚轉又云長廬盆江口發平明白鷺洲前已朝飯至人無心何厚薄我自懷私欣所便耕田欲雨刈欲晴去得順風來者怨若使人人禱輙遂造物應須日千變我今身世兩悠悠去無所逐來無戀得行固願留不惡每到有求神亦倦退之舊云三百尺澄觀所營今已換【續】退之澄觀詩火燒水轉掃地空突兀便高三百尺又云借問經營本何人道人澄觀名籍籍不嫌俗士汙丹梯一看

雲山[illegible]【次公】北山遺文云請泗俗[illegible]土詩者[illegible]見丹[illegible]

十二 悟空禪師塔【自註】名庵安宣宗微時所知其非凡人【無逸】臨安圖經云安國寺在縣西北六百五十步祥符元年改今額寺中有悟空塔塔前有古檜存焉

巳將世界等微塵，空裏浮花夢裏身。【援】華嚴經如目翳人見空中花【子仁】圓覺經云譬彼病目見空中花 豈爲龍顔更分別，【次公】前漢高祖爲人隆準而龍顔 只應天眼識天人。【次公】邯鄲淳見曹植曰真天人也

遊靈隱高峯塔【庸之】按武林山記北高峯在靈隱寺後山上有塔記云唐天寶中邑人建高七層

言遊高峯塔，蓐食治野裝。【援】韓信嘗寄食南昌亭亭長妻苦之乃晨炊蓐食 火雲秋未衰，【師】杜詩火雲先月露 及此初且涼。霧霏巖谷暗，日出草木香。嘉我同來人，久便（平聲）雲水鄉。相勸小舉足，前路高且長。古松攀龍蛇，怪石坐牛羊。漸聞鐘磬音，飛鳥皆下翔。入門空無有，雲海浩茫茫。惟見龔道人，老病時絶糧。問年笑不荅，但指穴梨牀。【厚】管寧自越海歸家貧常自坐一藜牀積五十餘年爲學不倦牀上當膝處皆穿 心知不復來，欲歸更徬徨。贈別留匹布，今歲天早霜。

屈原塔【自注】在忠州。原不當至忠，此意者後人追思，爲作之。

楚人悲屈原，千載意未歇。精魂飄何在，父老空哽咽。至今滄江上，投飯救饑渴。遺風成競渡，【子仁】荊楚歲時記：屈原五月五日投汨羅死，後人以舟楫救之，名曰競渡，遂爲而成俗。哀叫楚山裂。屈原古壯士，就死意甚烈。世俗安得知，眷眷不忍決。南賓舊屬楚，【子仁】南賓，古之巴子國也。山上有遺塔。應是奉佛人，恐子就淪滅。此事雖無憑，此意固已切。古人誰不死，何必較考折。聲名實無窮，富貴亦暫熱。大夫知此理，所以持死節。

節序

詩四十三首

四時詞

春雲陰陰雪欲落，東風吹冷驚羅幕。漸看遠水綠生漪，未放八[illegible]江[illegible]萼。【子仁】選詩：山桃綴紅萼。佳人瘦盡雪膚肌，【子仁】莊子：藐姑射之神人，肌膚若冰

雪[illegible]絳約若夔子眉斂春愁知爲誰【子仁】李白詩美人捲朱簾深坐顰蛾眉但見淚痕濕不知心恨誰深院

無人剪刀響應將白紵作春衣【子仁】柳子厚詩春衫裁白紵

垂柳陰陰日初永蔗漿酪粉金盤冷【次公】前漢禮樂志星星篇有云泰尊蔗漿析朝酲注蔗漿取蔗汁以爲飲也【師】杜甫入奏行蔗漿歸廚金盌凍洗滌煩熱足以寧君軀【子仁】宋玉招魂云臑鱉炰羔有蔗漿注云蔗諸蔗也和其汁爲漿飲也

簾額低垂紫燕忙蜜脾已滿黃蜂靜【次公】李商隱詩花房與密脾雄蜂蛺蝶雌

高樓睡起翠眉顰枕破斜紅未肯勻【饒】白樂天時世粧詩斜紅不暈赭面女王

腕半揎雲碧袖【子仁】小說載詩云揎薪玉腕斜樓前知有斷腸人

新愁舊恨眉生綠粉汗餘香在蘄竹【次公】蘄竹簟也退之有鄭群贈簟詩云蘄州笛竹天下知鄭君所寶猶瑰奇攜來當晝不得卧一府傳看黃琉璃象牀素手熨寒衣【次公】杜詩象牀素手亂郡紅又通鑑孟嘗君受象牀【孫】杜詩美人細意熨帖平裁縫滅盡斜線跡爍爍風燈動華屋【子仁】退之詩紅燈爍爍綠盤龍

夜香燒罷掩重扃香霧空濛月滿庭抱琴轉軸無人見門外空聞裂帛聲【纘】樂天琵琶行云轉軸撥絃三兩聲未成曲調先有情又云放絃收撥當心畫四絃一聲如裂帛【子仁】琵琶即胡琴也故先生用琵琶事得使抱琴字

霜葉蕭蕭鳴屋角，黃昏斗覺羅裳薄。夜風搖動鎮帷犀，厚 杜牧杜秋娘詩：虎睛珠絡褓，金盤犀鎮帷。酒醒夢回聞雪落。起來呵手畫雙鵶，次公 老杜逸詩：迎旦東風騎蹇驢，旋呵手暖凍髭鬚。醉臉輕勻襯眼霞。真態生香誰畫得，玉奴纖手嗅梅花。績 玉奴，齊廢帝東昏侯妃潘氏也。

新年五首 岩老 按年譜，即紹聖三年丙子也。先生年六十一，在惠州，即古白鶴基始營新居，故有結茅來此住之句。

曉面暗人日，厚 荆楚歲時記：正月七日謂之人日，以陰時卜豐耗。杜子美人日詩：元日至人日，未有不陰時。春愁連上元。水生挑菜渚，次公 世說：范宣後園挑菜傷指。煙濕落梅村。小市人歸盡，孤舟鶴踏䑲。猶堪慰寂寞，漁火亂黃昏。

北渚集群鷺，新年何所之。盡歸喬木寺，分占結巢枝。生物會有役，次公 江淹雜擬詩：問君亦何爲，百年會有役。謀身各及時。何當禁畢弋，厚 莊子曰：弋之智多，則鳥亂於上矣。看引雪衣兒。

海國空自暖，春山無限清。冰谿結瘴雨，雪菌到江城。更待輕雷發，先催凍笋生。豐湖有藤菜，似可敵蓴羹。厚 先生嘗言豐湖有

蕪形藤生謂美大類尊

小邑浮橋外青山石岸東茶槍燒後有【厚】大觀茶論一槍一旗爲揀牙一槍一兩旗次之餘爲下【師川】顧渚山記團黄茶有一槍兩旗之號麥浪水前空萬户不禁酒三年真識翁結茆來此住【厚】戎昱詩結茆同楚客卜築漢江邊歲晚有無同荔子幾時熟花頭今已繁探春先揀樹買夏欲論園居士常攜客參軍許叩門明年更有味懷抱帶諸孫【厚】先生嘗言周參軍家多荔枝也

次韻楊褒早春

窮巷淒涼苦未和君家庭院得春多不辭瘦馬騎衝雪來聽佳人唱踏莎【士昭】世傳曲有踏莎行破恨徑須煩麴糵【次公】退之詩高士例須憐麴糵增年誰復惜羲娥【次公】退之詩摘擿星象貴羲娥羲謂日娥謂月也良辰樂事古難並【績】謝靈運良辰樂事賞心美景四者難并白髮青衫我亦歌【堯祖】盧秉詩青衫白髮病參軍細雨郊園聊種菜冷官門户可張羅【李】翟公鵠廷尉門外可設雀羅放朝三日君恩重

睡美不知身在何

次韻秦少游王仲至元日立春三首

省事天公厭兩回【次公】既是元日而又立春日兩節此天公之省事也新年春日併相催殷勤更下山陰雪【厚】杜詩脩然欲下陰山雪要與梅花作伴來【厚】退之雪間梅詩先期迎獻歲更伴占茲辰

己卯嘉辰壽阿同【自注】子由一字同叔元日己卯渠本命也【吳憲】按年譜實元祐八年之元日也願渠無過亦無功明年春日江湖上回首觚稜一夢中【次公】文選班固西都賦上觚稜而棲金爵觚稜帝闕之角也謂明年當乞外補於江湖間回首觚稜則瞻望帝闕矣【子仁】杜牧之詩觚稜拂斗極回首尚遲遲四朝三十載似夢復非宜

詞鋒唯作楚騷寒德意還同漢詔寬【縯】後漢侯霸傳每春下寬大之詔奉四時之令皆霸所建也好遣秦郎供帖子盡驅春草入毫端【自注】立春翰林學士供詩帖子

元日次韻張先子野見和七夕寄莘老之作

得句牛女夕【縯】七月七日牛女二星當會守夜見天漢中奕奕白氣光耀五色以此為徵【次公】此言七夕嘗寄孫莘老詩

轉頭參𠓗中【厚】月令孟春之月昏參中旦尾中【次公】此所以紀元日次韻張子野詩青春先入睫眉縮髮不遺窮酒社我爲敵詩壇子有功【縯】杜牧贈趙嘏詩命代風騷將誰登李杜壇縮頭先夏鼈【百注】見玉川子【厚】盧仝月蝕詩北方寒龜被蛇縛藏頭入殼如入獄又云寒龜夏鼈一種味且當以其肉充臛實腹鄙秋蟲【次公】羅隱作蜘蛛賦序云蜘蛛秋蟲也致身羅網閒實腹亦羅網也莫唱裙垂綠【次公】永叔詞云舞餘裙帶綠雙垂無人臉斷紅【次公】元稹鶯鶯亭其臉斷紅而已言其不甚粧飾也舊交懷賀老【縯】李白憶賀監詩䂬山無賀老新進謝終童【厚】終軍傳軍年十八選爲博士弟子後爲諫大夫死時年二十餘世謂之終童袍鸛鶵瑞腰犀一通【堯祖】漢西域傳贊曰明珠通犀之珍注通犀中央色白通兩頭小蠻知在否【縯】小蠻白樂天妾樂天詩云楊柳小蠻腰蓋善舞也試問囁嚅翁【厚】竇鞏筆白號囁嚅翁【次公】囁嚅翁乃樂天也李林宗字直木嘗謂白爲囁嚅翁出雲溪友議蓋張子野有妾故以樂天比之舊注所引非是

元日過丹陽明日立春寄魯元翰

堆盤紅縷細茵蔯【次公】元日作五辛盤故云爾巧與椒花兩鬬新【縯】晉劉臻妻陳氏元日獻椒花頌竹馬異時寧信老【厚】樂天詩竹馬小兒之戲本出郭伋傳而白樂天詩一見竹馬戲每思童騃時土牛明日莫辭春【縯】月令出土牛以送寒氣西湖弄水猶應早【堯卿】在杭州西湖北寺觀燈

欲及辰【堯卿】北寺在潤州上元最盛 白髮蒼顏誰肯記曉來頻嚏爲何人【次公】世傳爲人所思則嚏詩云願言則嚏

次韻劉景文路分上元

華燈閧艱歲冷月挂空府三吳重時節九陌自歌舞云從月幾望【師】謂上元也【子仁】周易月幾望 遂至一百五【縯】荊楚歲時記曰去冬節一百五日即有疾風甚雨謂之寒食 嘉辰可屈指樂事相繼武今宵掃雲陣極目靜天宇嬉遊各忘歸闤闠喧未覩飛橋互明滅激水相吞吐【師】謂水燈也 老去反兒童歸來尚鐃鼓【師】梁曹景宗應詔分韻賦詩得競病字即援筆立成云去時兒女悲歸來笳鼓競借問行路人何如霍去病 新年銷暗雪舊歲添絲縷【師】自冬至後日添一線 何時九江城【惠安】尋陽記云其山九疊川亦九派【希聲】廬山記曰是郡前世或號九江或號潯陽 相對兩漁父【自註】予舊欲卜居廬山景文近買宅江州

次韻曾仲錫元日見寄

蕭索東風兩鬢華年年幡勝翦宮花【厚】荊楚歲時記正月七日爲人日鏤金薄爲人以貼屏風亦戴之頭鬢又造華勝相遺杜甫人日詩云樽前柏葉休隨酒勝裏金花巧耐寒 愁聞塞曲吹蘆管【厚】

漢蔡琰云胡人卷蘆葉吹之以作樂故謂之胡笳

喜見春盤得蓼芽 次公 風土記元日造五辛盤 子仁 杜甫立春詩春日春盤得生菜 吾國舊供雲澤米 自註 定州釀酒用蘇州米 君家新致雪坑茶 自註 近得曾坑茶 思文 筆談曰建茶勝處曰郝原曾坑 燕南異事真堪記三寸黃柑擘永嘉 自註 次公 永嘉溫州也溫州出柑今此言定州亦有柑似溫州也杜詩三寸如黃金又云三寸黃柑猶自青

上元夜

前年侍玉輦端門萬枝燈 次公 端門宣德門也元夕皇帝登端門以宴羣臣 韓 按年譜元祐七年壬申先生自楊州召還至八年癸酉知定州至紹聖元年甲戌安置惠州以是年十月至惠州此詩云前年侍端門即癸酉年春也去年中山府即甲戌年春也今年江海上即乙亥年春也 璧月挂罘罳珠星綴觚稜 次公 前漢天文志日月如合璧五星如連珠又前漢文帝七年六月未央宮東闕罘罳災顏師古曰罘罳爲連闕曲閣也其形罘罳然又班固西都賦上觚稜而棲金爵註云觚稜闕角也 去年中山府老病亦宵興牙旗穿夜市鐵馬響春冰 次公 中山府定州也牙旗府帥之旗鐵馬是定州有之 今年江海上雲房寄山僧亦復舉膏火林間見層層散策桄榔林林疎月鬅鬙 次公 桄榔木廣南皆有之其株徹頂而後有葉鬅鬙覆下也 使君置酒罷簫鼓轉松陵狂生來索酒 自註 道人也賈

一舉輒數升浩歌出門去 厚 李白詩仰天大笑出門去 我亦歸曹膽

上元夜過赴儋守召獨坐有感 自註 戊寅歲

使君置酒莫相違 厚 杜詩寄語春光共流轉暫時相賞莫相違 守舍何妨獨掩扉

靜看月牕盤蜥蜴 厚 爾雅蜥蜴蝘蜓守宮也又說文云在草曰蜥蜴在壁曰蝘蜓 臥聞

風幔落蛜蝛 次公 蛜蝛在户註云負黍虫也 子仁 杜詩風幔不依樓 邦衡 韓詩月吐窗冏冏 燈花結盡吾猶夢香

篆殘時汝欲歸搔首淒涼十年事傳柑歸遺滿朝衣 次公 故事上元夜貴戚宮人以黃柑遺近臣謂之傳柑東方朔割肉懷歸曰歸遺細君又何仁也

追和戊寅歲上元 幼盤 按年譜元符元年戊寅先生年六十三在儋州

春鴻社燕巧相違 厚 淮南子燕鴈代飛註燕春分而來鴈春分而北燕秋分而去鴈秋分而南 白鶴峯頭

白板扉 次公 樂天詩云晝扉高白板 白鶴峯在惠州白 石建方欣洗牏廁 續 前漢石建爲郎中令事親孝謹每五日洗沐歸謁親入子舍竊問侍者取親中裙廁牏身自澣洗 姜龐不解歎蠨蛸 次公 後漢廣漢姜詩妻龐氏事姑至孝不解歎蠨蛸則東山詩云蛜蝛在室蠨蛸在户以婦人歎其夫不在家而居處寂寞也 一龕龍京口嗟春

夢過錢塘憶夜歸 次公 京口潤州也錢塘杭州也 合浦賣珠無復有當年

笑手㳄牛衣【續】前漢王章字仲卿嘗疾病無被卧牛衣中與妻訣泣涕其妻呵怒之曰仲卿京師尊貴在朝廷人誰踰仲卿者今疾病困厄不自激昂乃反泣涕何鄙也後章任官歷位及為京兆欲上封事妻止之曰獨不念牛衣中泣時耶後章果上書下獄死妻子徙合浦後放還故鄉其家屬皆以採珠致產百萬【次公】先生嘗自跋云戊寅上元在儋耳過子夜出余獨守舍作遠字韻今庚辰上元已再朞矣家在惠州白鶴峯下過子不眷婦子從余北來其婦亦篤孝悵然感之故和前篇有石建姜龐之句又復悼懷同安君末章故復有牛衣之句悲君亡而喜子存也書以示過看余而勿復感懷

元夕夜遊絶句

午夜朧朧淡月黄夢回猶有暗塵香縱横滿地霜槐影寂寞蓮燈半在亡

春日

鳴鳩乳燕寂無聲【次公】杜詩鳴鳩乳燕青春深 日射西窻潑眼明午醉醒來無一事【次公】午醉醒來晚 陳後主詩 只將春睡賞春晴

和子由寒食

寒食今年二月晦樹林深翠已生煙遶城駿馬誰能借到處

名園意盡便但掛酒壺那計盞徧題詩句不須編忽聞啼鵙驚羈旅江上何人治廢田【次公】詩七月鳴鵙據李善註思玄賦鶗鴂鳴引臨海異物志鶗鴂一名杜鵑至三月鳴晝夜不止又引復慶云鶗鴂一名鵙詳先生詩意應爲催耕之鳥鳴故人治發田然三月當鳴於二月晦聞之旅況之驚可知也【堯卿】鄭元成云鵙伯勞也伯勞鳴卽寒食後

寒食雨二首

自我來黃州已過三寒食年年欲惜春春去不容惜今年又苦雨兩月秋蕭瑟【子仁】宋玉云悲哉秋之爲氣也蕭瑟兮草木搖落而變衰臥聞海棠花泥汙燕脂雪【任】杜詩林花着雨燕脂落暗中偷負去夜半眞有力【縯】莊子藏山於澤舟於壑謂之固矣然夜半有力者負之而走昧者不知也何殊病少年病起頭已白

春江欲入戶雨勢來不已小屋如漁舟濛濛水雲裏空庖煮寒菜破竈燒濕葦那知是寒食但見烏銜紙君門深九重墳墓在萬里【次公】此兩句含蓄言欲歸朝廷邪則君門有九重之深欲返鄉里邪則墳墓有萬里之遠皆以謫居而埶不可也也擬哭塗窮【厚】晉阮籍傳籍容皃瓌傑志氣宏放時率意獨駕不由徑路車迹所窮輒慟哭而反【子仁】王勃滕王閣記

云云猶豈劾窮途之哭　死灰吹不起【援】前漢韓安國坐法抵罪獄吏田甲辱安國安國曰死灰獨不復然乎曰然即溺之

送春

夢裏青春可得追欲將詩句絆餘暉【次公】絆繫也杜詩何用浮名絆此身酒闌病過病客惟思睡蜜熟黃蜂亦懶飛芍藥櫻桃俱掃地【自註】此二物鬢絲禪榻兩忘機【縯】杜牧詩今日鬢絲禪榻畔茶煙輕颺落花風憑君借取法界觀【縯】華嚴經法界觀以在日爲觀以理無礙事無礙理事無礙事事無礙爲四觀云一洗人間萬事非【自註】來書云近看此書余未嘗見也

三月二十九日二首

南嶺過雲開紫翠【次公】紫翠山色也杜牧詩千峯橫紫翠【養源】曰杜詩絕壁過雲開錦綉北江飛雨送凄涼【子仁】杜詩霽殘雨送凉酒醒夢回春日盡【厚】李涉詩終日昏昏醉夢間忽聞春盡彊登山閑門隱几坐燒香【厚】莊子南郭子綦隱几而坐仰天而噓

門外橘花猶的皪牆頭荔子已斕斑樹暗草深人靜處捲簾欹枕臥看山【子仁】杜詩捲簾帷白水隱几亦青山

首夏官舍即事

安石榴花開最遲【堯卿】博物志曰張騫爲使蜀得石榴 絳裙深樹出幽菲吾廬

賴此無限好【厚】陶潜詩吾亦愛吾廬 客子倦遊胡不歸【厚】司馬相如傳長卿故倦游 座上

一樽雖得滿【續】孔北海曰座上客常滿樽中酒不空吾無事矣 古來四事巧相違【厚】謝靈運曰良辰美景賞心樂事四者難并 令人却憶湖邊寺【次公】湖邊寺盖先生憶杭州西湖 垂柳陰陰

晝掩扉

次韻朱光庭初夏【堯卿】字公琰與公同年

朝罷人人識鄭崇直聲如在履聲中【續】前漢鄭崇字子游哀帝擢爲尚書僕射數諫争上初納用之每見曳革履上笑曰我識鄭尚書履聲 卧聞疎響梧桐雨【厚】孟浩然詩疎雨滴梧桐 獨詠微涼殿閣風【援】唐文宗召柳公權聯句公權曰薰風自南來殿閣生微凉 醉鄉我欲訪無功【厚】唐王績字無功作醉鄉記 諫苑君方續承業【續】南史李承業集古今章疏作諫苑 陶然一醉誰呼覺 牛蟻初除病後聰【援】晉殷仲堪傳父嘗患耳聰聞牀下蟻動謂之牛鬬

海南人不作寒食而以上巳上冢余携一瓢酒尋諸生皆出矣獨老符秀才在因與飲至醉符盖儋人之

安貧守靜者也[洪炎]按先生被酒獨行詩註云符林秀才也

老鴟銜肉紙飛灰萬里家山安在哉蒼耳林中太白過[炎公]李白詩集有尋城北范居士失道落蒼耳中見范置酒摘蒼耳作也鹿門山下德公回[續]後漢龐德公携妻子登鹿門山因採藥不返襄陽記司馬德操嘗詣德公值德公上冢德操徑入其室命德公妻子速作黍云徐元直當來就此共談其妻子奔走供設須臾德公還直入相就不知何者是客也[馮]襄沔記率道縣有鹿門廟廟門有二石鹿夾之故爲鹿石山管寧投老終歸去[厚]三國志管寧北海朱虛人方天下大亂與邴原王烈等至于遼東時避難者多居郡南而寧居北亦無遷志王式當年本不來[援]前漢王式諸博士共薦詔除爲博士既至爲江公所辱式恥之謂諸生曰我本不欲來諸生彊勸我竟爲豎子所辱遂謝病免歸記取城南上巳日木綿花落刺桐開[厚]吳録地理志交趾安定縣有木綿樹實如酒杯口有綿如蠶之綿可作布又晉安海物異名記刺桐其花用其枝餘有刺花附榦而生其葉如桐其花側敷如掌形若金鳳

七月五日二首

避謗詩尋醫畏病酒入務[炎公]爲官有尋醫官政有入務先生以文爲戲也[師]詩尋醫謂不作詩也酒入務謂止酒不蕭條北窗下[師]陶潛高卧北牕之下長日誰與度今年苦炎熱[厚]唐文宗聯句人皆苦炎熱草木困薰蒸況我早衰人幽居氣如縷[續]杜詩吏深氣如縷秋來

有佳興秋稻已含露還遂復此微吟往和糟牀注【厚】杜詩賴知禾黍秋已覺糟牀注何處覓新秋蕭然北臺上【子仁】李白詩何處聽秋聲蕭蕭北窗竹秋來未幾風日已清亮雲間聳孤翠林表浮遠漲新棗漸堪剥【次公】詩八月剥棗晚瓜猶可餉西風送落日萬竅含凄悵念當急行樂白髮不汝放【續】樂天詩紅顏今日雖欺我白髮他年不放君【子仁】杜詩苦遭白髮不相放

九日次韻王鞏

我醉欲眠君罷休【續】陶潛性嗜酒有酒輒醉每謂客曰我醉欲眠卿且去矣【次公】李白嘗使云我醉欲眠卿且去明朝有意抱琴來【子仁】史記吳王謂孫子曰將軍罷休就舍已教從事到青州【厚】桓溫有主簿善別酒好者爲青州從事惡者謂平原督郵青州有齊郡平原有鬲縣從事謂到臍下督郵言在鬲上住也鬢霜饒我三千丈【援】李白詩鬢髮三千丈緣愁似箇長詩律輸君一百籌【師】歐陽公歸田錄呂文穆公未第時薄遊一縣胡大監旦方隨其父宰是邑遇呂甚薄客有喻胡曰呂工於詩宜少加礼胡問警句客舉曰挑盡寒燈不成夢胡笑曰乃是一渴睡漢耳呂甚恨而去明年首中甲科寄聲於胡曰渴睡漢狀元及第矣胡曰待我明年第二人及第輸君一籌既而次榜亦中首選聞道郎君閉東閣【續】李商隱師令狐楚常呼楚子綯爲郎君綯爲翰林學士商隱上謁不見因題詩云郎君官貴施行馬東閣無因更重窺且容老子上南樓【厚】晉庾亮在武昌諸佐吏殷浩之徒秋夜共登

南樓亮忽至諸人起避亮徐曰諸君少住老子於此興復不淺相逢不用忙歸去明日黃花蝶也愁次公蓋用節去蜂愁蝶不知而反之也

次韻蘇伯固主簿重九

雲間朱袖拂雲和應是長松挂女蘿援周禮雲和之琴瑟次公李白寄遠詩三鳥別王母銜書來相過逢知玉牕裏纖手弄雲和奏曲有深意青松交女蘿鬢重不嫌黃菊滿子仁杜牧詩菊花須揷滿頭歸手香新喜綠橙搓次公韓偓詩手香江橘嫩墨翻衫袖吾方醉次公趙壹善草書日一枝筆月數九墨領袖如皂脣齒皆黑紙落雲煙子患多續老杜詩揮毫落紙如雲煙次公張華謂陸機曰人患才少子患才多只有黃雞與白髮玲瓏應識使君歌次公樂天醉歌云歌罷胡琴掩秦瑟玲瓏再拜歌初畢誰道使君不解歌聽唱黃雞與白日黃雞催曉丑時鳴白日催年酉時沒腰間紅綬挂未穩鏡裏朱顏看已失玲瓏玲瓏柰老何使君歌了汝更歌

九日次定國韻

朝菌無晦朔蟪蛄疑春秋續莊子朝菌不知晦朔蟪蛄不知春秋南柯已一世我眠未轉頭援異聞集淳于棼嘗夢至一國曰大槐宮入國王以女妻拜為南柯太守夢中倏忽已度一世及覺而理之乃宅南大槐樹下蟻穴也仙人視吾曹何異蜂蟻蜩不知蠻觸氏自有兩國憂續莊子有國於

蝸之左角者曰觸氏有國於蝸之右角者曰蠻氏相與爭地而戰伏尸百萬 我觀去來今【次公】維摩經天女曰皆以世俗文字數故說有三世非謂菩提有去來今 未始一念留奔馳竟何得而起無窮羞𡎺郎誤涉世憂歡又不酬黃金散行樂【次公】言黃金之布散以用之於行樂也 清詩出窮愁俛仰四十年始知此生浮【續】莊子其生若浮 軒冕陳道路往往兒童收封侯起大第或是君家騶【次公】言君家騶卒士卒或取封侯此亦李廣言廣之軍吏士卒或取封侯之意也【晁】唐人作郭汾陽詩咸陽原上英雄骨半在君家養馬來 似聞負販人中有第一流烱然徑寸珠藏此百結裘【子仁】士明錄董威在洛陽時出入於市得殘繒帛輒結以爲衣号曰百結裘 意行無車馬【次公】劉禹錫云意行無舊路 倏忽略九州邂逅獨見之天與非人謀笑我方醉夢衣冠戲沐猴【續】前漢項羽傳董生曰人謂楚人沐猴而冠果然 力盡病騏驎【次公】杜詩草黃騏驎病 伎窮老伶優【次公】荀子鼯鼠五伎而窮 北方有雲根寸田自可耰【援】黃庭內景云寸田尺宅可理生 會當無何鄉同作逍遥遊【次公】莊子內篇逍遥遊今子有大樹何不樹之無何有之鄉廣莫之野 歸來城郭是空有壘壘丘程續搜神記遼東華表柱上有鶴言曰有鳥有鳥丁令威郤家千歲今始歸城郭猶是人民非何不學仙冢壘壘

丙子重九二首

三年黎海上【倫】按年譜先生紹聖元年甲戌貶惠州至紹聖三年丙子盖三年矣越嶠真我家登山作重九纍菊秋未花惟有黃茆浪堆壠生坳窊【次公】言風吹黃茆如浪一高一下也蛋酒蘗衆毒酸甜如梨楂何以侑一樽鄰翁餽蠹龜蛇亦復彊取醉讙謠雜悲嗟今年吁惡歲僵仆如亂麻【厚】前漢天文志秦以兵内兼六國外攘四夷死人如亂麻此會我雖健【次公】杜甫重九詩明年此會知誰健醉把茱萸子細看狂風卷朝霞【次公】言彊健易過如暴風吹朝霞而卷去也使我如霜月孤光挂天涯西湖不欲往暮樹號寒鵶窮途不擇友過眼如亂雲餘子誰復數【績】禰衡曰大兒孔文舉小兒楊德祖餘子碌碌不足數坐閲兩使君共飲去年堂俯看秋水紋【厚】古樂府度遼本自有將軍寒風肅肅生水紋此水與此人相追兩沄沄【次公】沄沄水去之貌退之云浪波沄沄去老去各休息【厚】老杜九日詩老去悲秋狂自寬造化嗟長勤佳哉此令節不惜與子分何以娱我客游魚在清濱水師三百指【次公】人以指計史記僮手指千今云三百指則三十人也鐵網欲掩群【厚】礼記大夫不掩羣獲多雖一快買放尤可欣此樂眞不朽明年我歸耘

歲晚相與餽問爲餽歲酒食相邀呼爲別歲至除夜

達旦不眠爲守歲蜀之風俗如是余官於岐下歲暮思歸而不可得故爲此三詩寄子由

餽歲

農功各已收次公選云功名良可收又左傳云妨於農收歲事得相佐次公郡武詩歲事來辟又左傳云以相輔佐爲歡恐無見假物不論貨山川隨出產貧富稱小大次公大唐佐反杜甫天狗賦云不愛力以許人兮能絕甘以爲大寘盤巨鯉橫發籠上聲雙兔臥富人事華靡綵繡光翻座貧者愧不能次公此王符潛夫論浮侈篇云富者競欲相過貧者恥不逮及也微摯出春磨次公微摯微尠之摯勢也在宣韻注摯訓握持蓋周禮各以其貴賤爲摯是已官居故人少里巷佳節過亦欲舉鄉風獨唱無人和

別歲

故人適千里臨別尚遲遲次公莊子適千里者三月聚糧又孔子去魯曰遲遲吾行也人行猶可復歲行那可追問歲安所之遠在天一涯次公選詩各在天一涯已逐東流水赴海歸無時師白居易詩云去復去兮如長河東流赴海無回波堯卿古樂府云百川東到海何時復西歸

太白詩黃河之水天上來東流到海不復回【子仁】李太白詩東流不作西歸水東鄰酒初熟西舍彘亦肥且爲一日歡【次公】列子載楊朱曰舜禹周孔四聖人者生無一日之歡死有万世之名【堯卿】謝靈運詩且盡一日娛退之詩亦云無念百年聊樂一日慰此窮年悲【次公】淮南子木葉落長年悲勿嗟舊歲別行與新歲辭去去勿回顧還君老與衰

守歲

欲知垂盡歲有似赴壑蛇脩鱗半已沒去意誰能遮況欲繫其尾【次公】晉惠賈皇后云繫狗當繫頸今反繫其尾雖勤知奈何兒童強不睡相守夜讙譁晨雞且勿唱更鼓畏添撾坐久燈燼落起看北斗斜明年豈無年心事恐蹉跎努力盡今夕少年猶可誇【子仁】白樂天云猶有誇張少年顛笑呼張丈喚殷兄

除夜野宿常州城外二首

行歌野哭兩堪悲遠火低星漸向微病眼不眠非守歲【次公】蜀人除夕不睡謂之守歲先生嘗有詩矣鄉音無伴苦思歸重衾腳冷知霜重新沐頭

多謝殘燈不嫌客孤舟一夜許

輕感髮稀【次公】先生又有云新浴覺身輕新沐感髮稀

相依

南來三見歲云徂直恐終身走道塗老去怕看新曆日【次公】唐李君虞有書院無曆日詩

退歸擬學舊桃符【續】漢制大儺既除畢立桃板於門畫神荼鬱壘以御凶

煙花已作青春意霜雪偏尋病客鬚但把窮愁博長健不辭最

後飲屠酥【厚】崔寔四民月令元日進椒柏酒次第從少至老今屠酥其遺意也【堯卿】屠酥草菴名古人居菴作酒因以爲名

夢　詩十首

石芝　并序

元豐三年五月十一日夜夢游何人家開堂西門有小園古井井上皆蒼石石上生紫藤如龍蛇枝葉如赤箭主人言此石芝也余率爾折食一枝衆皆驚笑其味如雞蘇而甘明日作此詩

空堂明月清且新幽人睡息來初勻了然非夢亦非覺有人

夜呼祈孔賓【縯】晉書祈嘉字孔賓以清貧好學年二十餘夜忽窻中有聲呼曰祈孔賓隱去來修飾人間事甚苦不可諧所得未毛銖所喪如山崖旦而逃去披衣相從到何許朱欄碧井開瓊戶忽驚石上堆龍蛇玉芝紫筍生無數鏘然敲折青珊瑚【厚】晉武帝賜王愷珊瑚樹高二尺許枝柯扶疏世所罕比愷以示石崇崇以鐵如意憨擊之應手而碎味如蜜藕和雞蘇【次公】本草水蘇味辛一名雞蘇主人相顧一撫掌滿堂坐客皆盧胡【次公】撫掌笑也史云撫掌而笑盧胡亦笑也後漢應劭傳昔鄭人以乾鼠為璞鬻之於周宋愚夫亦寶燕石緹緗十重夫覩之者掩口盧胡而笑亦知洞府嘲輕脫【厚】太平廣記許碏遊廬江間嘗醉吟曰閬苑花前是醉鄉誤翻王母九霞觴群仙拍手嫌輕脫謫向人間作酒狂終勝嵇康羨王烈【援】晉嵇康傳康遇王烈烈嘗得石髓如飴即自服半餘半與康皆凝而為石烈歎曰叔夜志趣非常而輒不遇命也神山一合五百年【縯】神仙傳王烈之太行山中忽聞山東北如雷聲烈往視見石破山裂衣有一穴青泥如出如髓烈語弟子曰神仙經云神山五百年輒一開其中石髓出得而服之壽等天地風吹石髓堅如鐵

記夢回文二首 并序

十二月二十五日大雪始晴夢人以雪水烹小團茶使美人歌以飲余夢中為作回文詩覺而記其一句云亂

點餘花唾碧衫意用飛燕唾花故事也乃續之爲二絕

句云

酡顏玉盌捧纖纖【炎公】楚詞美人醉朱顏酡【子仁】退之會合聯句孟郊云雲絃寂寂聽茗盌纖纖捧【任】纖纖當作攕攕

音師咸切亦好手貌乃與韻相協恐傳寫誤　亂點餘花唾碧衫【續】伶玄趙飛燕外傳云后與其妹婕妤坐后誤唾婕

妤褎婕妤曰姊唾染人紺碧正似石上花故令尚方爲之未必能如此衣之華乃以爲石華廣䝉衣　歌咽水雲凝靜院夢

驚松雪落空巖【子仁】杜詩晴雪落長松

空花落盡酒傾缸日上山融雪漲江紅焙淺甌新火活【堯卿】論語

鑽燧改火四時取之皆不同新取者謂之新火唐洴公嗜茶能自煎謂人曰茶須緩火炙活火煎　龍團小碾鬬晴窻

秦少游夢發殯而葬之者云是劉發之柩是歲發首

薦秦以詩賀之劉涇亦作因次其韻

君看三代士執雉【炎公】士執雉出周禮宗伯以禽作六摯所云義取所守介而死不失其節　本以殺身

爲小補居官死職戰死綏【續】禮戰者將死鼓御死綏　夢尸得官真古語【厚】晉殷浩

傳或問浩曰將涖官而夢棺將得財而夢糞何也浩曰官本臭腐故[illegible]而夢錢本糞土故將得錢而夢穢時人以爲名言　五行勝己

斯爲官官如草木吾如土【次公】五行土克我者爲官而先生此言官如草木吾如土特取其冗賤若言之爾仕而未祿猶賓客待以純臣蓋非古【次公】純臣字純於爲臣也乃諸侯有不純臣之義餽焉曰獻稱寡君【援】禮記仕而未有祿者君有餽焉曰獻使焉曰寡君豈比公卿相爾汝【次公】孔融與禰衡爲爾汝交又杜詩忘形到爾汝世衰道微士失己得喪悲歡反其故草袍蘆華相嫵媚【厚】杜詩汀草亂青袍飲食嬉夭事群聚曲江船舫月燈毬【縯】唐進士開宴嘗寄於曲江亭既撤饌則移樂泛之舟又有見燈閣打毬之會是謂舞殯而歌墓看花走馬到東野【厚】孟郊字東野其及第詩曰春風得意馬蹄疾一日看盡長安花餘子紛紛何足數【次公】禰衡云餘子碌碌莫足數老杜太紛紛輕薄何須數二生年少兩豪逸詩酒不知軒冕苦故令將仕夢發棺勸子莫爲官所痛塗車芻靈皆假設【次公】塗車芻靈二言明器也字出禮檀弓着眼細看君勿誤時來聊復一飛鳴進隱不須煩伍舉【援】楚莊王即位三年不出號令日夜爲樂令國中曰有敢諫者死無赦伍舉曰願有進隱曰有鳥在阜三年不蜚不鳴是何也莊王曰三年不蜚蜚將冲天三年不鳴鳴將驚人舉[illegible]矣吾知之矣

金山夢中作

江東賈客木綿裘【明可】遯齋閑覽云閩嶺已南多木綿土人競植之採其花爲布會散金山月滿樓夜半潮來風又熟卧吹簫筦到揚州【子仁】唐漢中王瑀素知音常過永興里聞太常工吹笛他日識之謂曰何故卧吹笛

記夢【并叙】【次公】韓退之有記夢一篇

樂全先生夢人以詩三篇示之字皆旁行而不可識旁有人道衣古貌爲讀其中一篇去人事且常在留質悟圓間凡四句覺而忘其二以告其客蘇軾軾以私意廣之云

圓間有物物間空豈有圓空入井中【子仁】楞嚴經鑿井求水出土一尺於中則有一尺虛空此空若因土出則土出時應見空入若土先出無空入者去何虛空因土而出不信天形真箇樣【次公】昔言天者有渾天有宣夜有蓋天其論天形之說各異故應眼力自無窮連環已解如神手【純】惠施好辯謂連環可解萬竅猶號未濟風【厚】莊子大塊噫氣其名爲風是唯無作作則萬竅怒號稽手問公公大笑本來誰礙更求通

夜夢 并引

七月十三日至儋州十餘日矣澹然無一事學道未至

靜極生愁夜夢如此不免以書自怡

夜夢嬉遊童子如父師檢責驚走書（次公 走字當如前漢書音奏蓋趨之之義也）計

功當畢春秋餘今乃始及桓莊初怛然悸寤心不舒起坐有

如挂鈎魚（厚 退之詩歸舍不能食有如魚挂鈎）我生紛紛嬰百緣氣固多習獨此

偏（次公 習氣[illegible]佛書）弃書事君四十年（江 按年譜先生以嘉祐二年丁酉中第至紹聖四年丁丑貶儋耳適四十年）仕

不顧留書繞纏自視汝與丘孰賢（續 孟子夫二子之勇未知其孰賢）易常三絕

丘猶然（厚 史記孔子晚而喜易讀易韋編三絕 次公 又 北堂書抄載孔子讀易韋編三絕鐵擿三折）如我當以犀

革編

昔在九江與蘇伯固唱和其略曰我夢扁舟浮震澤

雪浪橫空千頃白覺來滿眼是廬山倚天無數開青

壁蓋實夢也昨日又夢伯固手持乳香嬰兒示予覺

而思之蓋南華賜物也豈復與伯固相見於此耶今得來書知已在南華相待數日矣感歎不已故先寄此詩

扁舟震澤定何時【縯】史記貨殖傳范蠡乘扁舟浮於江湖 滿眼廬山覺又非春草池塘惠連夢【厚】謝惠連靈運之族弟也靈運作春詩未就夢見惠連覺而得池塘生春草之句自以為有神助 上林鴻鴈子卿歸【縯】蘇武在匈奴中昭帝遣使和親使謂單于曰天子射上林中得鴈足有繫帛書言武在某澤中單于大驚乃使武歸漢 水香知是曹溪口【次公】此句正以言南華矣天監元年有婆羅門智樂者南游至曹溪口掬水聞香云此必勝地可建道場故於是有南華寺也 眼淨同看古佛衣【次公】維摩經云遠塵離垢得法眼淨故先生屢用此字如云水洗禪心俱淨眼又去眼淨不覷登伽女也 不向南華結香火【子仁】白樂天詩本結菩提香火社為嫌煩惱電泡身 此生何處是真依

夢中作寄朱行中 舊傳先生本序云前一日夢作此詩寄朱行中覺而記之自不曉所謂謾寫去夢中分明用此色紙也

舜不作六器【次公】周禮宗伯以玉作六器書舜典修五禮五玉詩五等諸侯所執之玉也 誰知貴璵璠【次公】璵璠魯國之寶玉也逸論語載孔子曰美哉璵璠遠而望之奐若也近而視之瑟若也一則理勝一則孚勝春秋書陽虎竊寶玉大弓解者謂寶玉即此璵璠之

哀哉楚狂士，抱璞號空山。【注】公劉向新序：荆人卞和得玉璞而獻之荆厲王，使玉尹相之，曰石也。王以和為謾而斷其左足。厲王薨，武王即位，和復奉玉璞而獻之。王使玉尹相之，曰石也。又以為謾而斷其右足。及共王即位，和奉玉璞抱而哭於荆山中。共王聞之，乃使人理其璞而得寶焉，名曰和氏之璧。相如起睨柱，頭璧與俱還。【厚】史記：趙王得和氏之璧，秦王聞之，使人請以十五城易之。趙王使藺相如奉璧入秦。相如視秦王無意償趙城，乃前曰：璧有瑕，請示王。王授璧。相如因持璧却立睨柱，欲以擊柱，曰：臣頭今與璧俱碎於柱矣。秦王乃辭謝，卒以完璧歸趙。何如鄭子產，有禮國自閑。雖微韓宣子，鄙夫亦辭環。【縯】左傳昭十六年：晉韓宣子有環，其一在鄭商。宣子謁諸鄭伯，子產弗與，曰：大國之求，無禮以斥之，何饜之有。宣子私於子產，子命起舍夫玉而免吾死也，敢不藉手以拜。至今不貪寶，【援】左傳襄十五年：宋人或得玉，獻之子罕，子罕不受，曰：爾以玉為寶，我以不貪為寶。凜然照塵寰。【次公】詩意謂以舜貴玉之故，乃起陽虎之竊盜；以卞和獻璞之故，乃致秦趙之紛紛。惟子產知禮之可以為國，而韓宣子能悔過以辭環。然使右無韓宣子之賢，則為鄙夫者亦自無求玉之心，豈獨宣子哉？故以不貪終焉。先生臨終而夢中作此詩，蓋若言其平生所存之大節，可以意悟。

夢雪

殘盃失春溫，破被生夜悄。開門千山白，俯仰同一照。雖時出圭角，固自絕瑕竅。群兒勿驚懼，調汝得一笑。

月 附星河

詩十七首

與迷古自有美堂乘月夜歸 倬 陳襄字述古福州侯官人

娟娟雲月稍侵軒瀲瀲星河半隱山 倬 文選謝靈運游南亭詩遠峯隱半規 魚鑰未收清夜永 韓 鑰必以魚者取其不瞑目守夜之義 鳳簫猶在翠微間 任 蕭史善吹簫秦穆公以女弄玉妻焉遂教弄玉吹簫作鳳鳴鳳凰來止其屋公爲作鳳臺一旦弄玉乘鳳蕭史乘龍昇天而去 淒風瑟縮經絃柱 次公 絃柱則琵琶箏之屬也 子仁 瑟縮字出韓退之詩 香霧淒迷着髻鬟 師 杜詩香霧雲鬟濕 共喜使君能鼓樂 編 孟子舉欣欣焉有喜色而相告曰吾王庶幾無疾病與何以能鼓樂也 萬人爭看火城還 李 肇國史補正旦曉漏已前三司使大金吾皆以樺燭擁馬謂之火城

中秋月三首

慇懃去年月瀲灧古城東憔悴去年人卧病破牕中徘徊巧相覓窈窕穿房櫳月豈知我病但見歌樓空撫掌三歎息扶杖起相從天風不相哀吹我落瓊宮白露入肝肺夜今如秋

坐令太白豪化爲東野窮【續】太白李白也東野孟郊也白詩豪放郊詩窮苦餘年知幾

何佳月豈屢逢寒魚亦不睡竟夕相噞喁【厚】噞喁魚動口也左思吳都賦云泝洄順流噞

喁沉浮註曰言水物噞喁出口於水上也

六年逢此月六年照離別【自註】中秋有月凡六年矣惟去歲與子由會於此歌君別時曲

滿坐爲淒咽【次公】蓋子由有水調歌頭也留都信繁麗此會豈輕擲【自註】留都言南

京也太祖興王處有留守司故云

鎔銀百頃湖【次公】劉夢得詩洞庭秋月生湖心層波萬頃如鎔金挂鏡千尋闕

三更歌吹罷人影亂清樾【厚】樾木陰也歸來北堂下寒光翻露葉

喚酒與婦飲念我向兒說豈知衰病後空盞對梨栗但見古

河東蕎麥如鋪雪欲和去年曲復恐心斷絕

舒子在汶上閉門相對清【自註】舒煥試舉人鄆州鄭子向河朔【自註】鄭僅赴北京戶曹

孤舟連夜行頓子雖咫尺兀如在牢扃【自註】頓起來徐試舉人趙子寄書

來水調有餘聲【自註】今日得趙杲卿書猶記余在東武中秋所作水調歌頭悠哉四子心共此

千里明【次公】謝莊月賦美人邁兮音塵闕隔千里兮共明月唐許渾送人詩云故人迢迢故人去一夜月明千里心【堯卿】明月

下解老良辰難合幷【子仁】謝靈運曰良辰美景賞心樂事四者難幷回顧座上人聚散如
流萍嘗聞此宵月萬里同陰晴【自註】故人史生與余言嘗見海賈人云中秋有月則是歲珠多而圓賈
人以此候之雖相去萬里他日會合相問陰晴無不同者天公自着意此會那可輕明年各相
望俯仰今古情

中秋見月寄子瞻【次公】此自南京寄徐州也　子由

西風吹暑天益高明月耿耿分秋毫【子仁】杜甫八月十五夜詩此時瞻白兔直欲數秋毫彭
城閉門青障合坐聽百步鳴飛濤【次公】彭城指言徐州百步則百步洪也史君攜
客登燕子【次公】燕子樓名張建封所建以居妓盼盼者也月色着人如着水筵前不設
鼓與鍾處處笛聲相應起浮雲捲盡流金丸戲馬臺西山鬱
蟠【次公】戲馬臺亦在徐州杯中緑酒一時盡衣上白露三更寒扁舟明
月浮古汴迴首逡巡陵谷變河吞巨野入長淮城没黄流只
三板【續】史記智伯率韓魏之兵以圍趙决晉水以灌晉陽之城不湛者三板明年築城城似山伐木
作堤更堅黄樓未成河已退空有遺迹令人看成真看月

雁身好河流深處今生草【次公】此段子由言其過中秋之離徐後有河溢之患而叙述先生有捍水之功建樓築與而有今年看月也子孫免被魚鼇食歌舞聊寬史君老南都從事老更貧羞見青天月照人飛鶴投籠不能出曾是彭城坐中客

和

明月未出羣山高瑞光千丈生白毫一杯未盡銀闕湧亂雲脫壞如崩濤誰為天公洗眸子【續】退之效月蝕詩念此日月者為天之眼睛應費明河千斛水遂令冷看世間人照我湛然心不起西南火星如彈丸【次公】謝朓詩流轉如彈丸角尾奕奕蒼龍蟠【厚】盧仝月蝕詩東方蒼龍角插戟尾捭風今宵注眼看不見更許螢火爭清寒何人艤舟臨古汴千燈夜作魚龍變曲折無心逐浪花低昂赴節隨歌板【坡】是夜賈客船中放水燈青熒滅沒轉前山浪颭風回豈復堅明月易低人易散歸來呼酒更重看堂前月色愈清好咽咽寒螿鳴露草卷簾推戶寂無人窗下咿啞惟楚老【坡】近有一孫名楚老南都從事莫羞貧對月題詩有

幾人明朝人事隨日出【續】武元衡詩無因駐清景日出事還生悅然一夢瑤臺客【次公】李公垂鶯鶯歌悅然作瑤臺客

十月十五觀月黃樓席上次韻

中秋天氣未應殊不用紅紗照坐隅山下白雲橫匹素水中明月臥浮圖未成短棹還三峽已約輕舟泛五湖【續】范蠡去越泛扁舟遊五湖【龍】吳郡圖經續記一曰貢湖二曰遊湖三曰胥湖四曰梁湖五曰金鼎湖為問登臨好風景明年還憶使君無

臺頭寺步月得人字

風吹河漢掃微雲【次公】古詩云微雲淡河漢步屧中庭月趁人【次公】袁粲步屧白楊郊又杜詩步屧隨春風又去突兀猶趁人浥浥爐香初泛夜離離花影欲搖春遙知金闕同清景想見氈車碾暗塵回首舊遊真是夢一簪華髮岸綸巾【次公】杜詩白幘岸江皐

趙德麟餞飲湖上舟中對月

老守惜春意主人留客情官餘閑日月湖上好清明新火發茶乳温風散粥餳【子仁】白樂天清明詩留餳和冷粥出火煮新茶 酒闌紅杏闇日落大堤平【揚】江月出大堤平劉賓客詩春 清夜除燈坐孤舟擘岸撑逮君幘未墮【縯】晉書庾敳字子嵩於東海王越坐頹然醉幘墮几上以頭就穿 對此月猶横

六月十二日酒醒步月理髮而寢

羽蟲見月爭翾翻我亦散髮虛明軒【厚】杜子美夜歎詩昊天出華月茂林延疏光仲夏苦夜短開軒納微凉虛明見纖毫羽虫亦飛揚 千梳冷快肌骨醒風露氣入霜蓬根【黄中】真誥太極綠經云髮當數櫛血液不滯髮根常堅 起舞三人謾相屬【縯】李白詩舉杯邀明月對影成三人又云我歌月徘徊我舞影零亂 停杯一問終無言【援】李白詩青天有月來幾時我今停杯一問之 曲肱薤簟有佳處【厚】樂天寄李蘄州詩笛愁春盡梅花裏簟冷秋生薤葉中註云蘄州出好笛并薤葉簟 夢覺瓊樓空斷魂【次公】瓊樓以言月也翟乾祐與十許人翫月或曰月中竟何所有乾祐曰我手看之月規半天瓊樓玉宇蒲焉良久乃隱

江月五首 并引

嶺南氣候不常吾嘗云菊花開時乃重陽涼天佳月即

中秋不須以日月爲斷也今歲九月殘暑方退旣望之後月出愈遲然予嘗夜起登合江樓或與客游豐湖入棲禪寺扣羅浮道院登逍遥堂逮曉乃歸杜子美云四更山吐月殘夜水明樓此殆古今絶唱也因其句作五首仍以殘夜水明樓爲韻

一更山吐月玉塔卧微瀾正似西湖上湧金門外看【炎之】西湖拓言杭州也有湧金門冰輪横海闊香霧入樓寒【厚】杜詩香霧雲鬟濕停鞭且莫上【炎之】停鞭言月御也照我一杯殘

二更山吐月幽人方獨夜【厚】文選王仲宣詩獨夜不能寐攝衣起撫琴可憐人與月夜夜江樓下風枝久未停露草不可藉【厚】樂天詩軒戶無扃關岸草歇可藉歸來掩關卧【子仁】退之詩歸來殞涕掩關卧唧唧蟲夜話【厚】樂天詩闇蟲唧唧夜綿綿况是秋陰欲雨天

三更山吐月棲烏亦驚起起尋夢中遊清絶正如此驂雲掃無宿俯仰迷空水幸可飲我牛不須遠洗耳【續】逸士傳堯讓天下於許由許由逃

之巢父聞之洗其耳於上父牽牛飲之見巢父先耳乃驅牛而還恥令牛飲其下流也

四更山吐月皎皎爲誰明幽人赴我約坐待玉繩橫【厚】春秋元命苞玉衡北兩星爲玉繩星杜月詩不弔銀漢落亦伴玉繩橫野橋多斷板山寺有微行今夕定何夕【援】詩今夕何夕見此粲者夢中遊化城【次公】法華經有一導師以方便力化作一城於是衆人前入化城生已度想生安隱想

五更山吐月窓迥室幽幽【厚】退之詩蟲鳴室幽幽月吐窓冏冏王鉤還挂戶【厚】鮑照月詩始出西南樓纖纖如玉鉤江練却明樓【續】謝玄暉詩澄江靜如練星河澹欲曉鼓角冷知秋不眠翻五詠清切變蠻謳

姤佳月

狂雲姤佳月怒飛千里黑佳月曾不嗔曾何汙潔白爰有謫仙人舉酒爲三客【續】李白詩舉杯邀明月對飲成三人今夕偶不見洗瀾念風伯無煩風伯來彼也易滅没支頤少待之寒坐淨無跡粲粲黃金盤獨照一天碧玉繩見上首註慘無輝玉露洗秋色浩歌玻璃盞和光入胸臆使我能永延約君爲莫逆

夜行觀星

天高夜氣嚴列宿森就位大星光相射小星鬧如沸天人不相干嗟彼本何事世俗彊指摘一一立名字南箕與北斗乃是家人器天亦豈有之無乃遂自謂迫觀知何如遠想偶有似茫茫不可曉使我長嘆喟

王狀元集百家註分類東坡先生詩卷之六

王狀元集百家註分類東坡先生詩卷之七

雨雪

詩四十六首

九月二十日微雪懷子由弟二首

岐陽九月天微雪 次公 岐陽即鳳翔府也 已作蕭條歲暮心短日送寒砧杵急 次公 韓退之云陰風攪短日 冷官無事屋廬深 次公 杜詩廣文先生官獨冷 師 公爲鳳翔簽判太守陳公弼命公兼府學教授故用冷官事 愁腸別後能消酒白髮秋來已上簪 次公 杜詩白髮不勝簪

近買貂裘堪出塞 次公 貂裘蘇季子之裘也見史記 忽思乘傳問西賝 次公 乘傳所以爲使也賝寶貝也詩云憬彼淮夷來獻其琛

江上同舟詩滿篋 次公 言昔與子由趨京師泛舟而往也詩滿篋則今所傳南行集是已 鄭西分馬涕垂膺 次公 此別前篇之序所謂別於鄭州西門之外也 未成報國慚書劒 次公 昔鄭生攻書學劒兩不成 豈不懷歸畏友朋 縯 詩豈不懷歸畏此簡書又左傳引逸詩曰豈不欲往畏我友朋 官舍度秋驚歲晚 次公 先生自去年十一月來赴鳳翔暮至此只是九月故云度秋也 寺樓見雪與誰登遙知

讀易東窻下〔次公〕先生與子由之於易蓋家學也此指言子由在京師擇遠驛之東窻車馬敲門定不譍

病中大雪數日未嘗起觀虢令趙薦以詩相屬戲用

其韻荅之

經旬臥齋閤終日親劑和去聲不知雪已深但覺寒無柰飄蕭

紙牕明〔次公〕杜詩飄蕭覔素髮堆壓簷板墮〔次公〕関中皆以板為簷風飀助凝冽幬幔困

軒簸惟思近醇醲〔次公〕醇醲言酒也魏都賦著馴風之醇醲註云以酒喻政未敢窺璨瑳璨瑳〔次公〕以玉比雪之明也

何時反炎赫〔次公〕退之謝鄭群贈簟詩云却願天日常炎曦又先生簟詩云皇天何時反炎燠却欲

躬臼磨〔次公〕後漢馮衍妻妬悍不畜媵妾兒女自操井臼以言勞則躬中生熱也誰言坐無氊〔縯〕杜甫贈鄭虔云才名四十年坐客寒無氊

尚有裘充貨〔厚〕西京雜記司馬相如初與文君還成都居貧愁懣以所著鷫鸘裘就市人楊昌貰酒與文君為歡

西鄰歌吹發促席寒威挫崩騰踏成逕繚繞飛入座人懽

瓦兆融〔次公〕退之云座暖銷那怯〔堯卿〕唐章孝標雪詩朱門到晚難盈尺盡是三軍喜氣銷歐陽云喜氣銷殘雪飲雋餅

屢卧〔次公〕左傳士文伯謂投壺之中曰中雋言其中為雋異〔堯卿〕歐陽詩不覔長餅卧墻曲嗟余獨愁寂空室自困

坷欲為後日賞恐被遊塵涴〔堯卿〕韓詩勿使塵泥涴寒更報新霽〔次公〕杜詩云鍾

聲報霽晴皎日懸半破【次公】退之云新月勝半破有客獨苦吟【次公】古詩有客有客白頭猶苦吟清夜默自課【次公】曹子建云清夜遊西園又杜詩清夜沉沉動春酌詩人例窮蹇秀句出寒餓【次公】【續】盧陵作梅聖俞詩序云非詩能窮人殆窮者而後工【任】杜詩云詩家秀句傳寒餓何當暴霜雪庚以躡郊賀孟郊李賀也

追和子由去歲試舉人洛下所寄詩五首

暴雨初晴樓上晚景

秋後風光雨後山【次公】秋後之風光雨後之山其景清絕可知矣蒲城流水碧潺潺煙雲好處無多子【厚】傳燈錄大愚禪師曰佛法無多子及取昏鴉來到間【次公】老杜對雪詩云無人渴聲蟻有待至昏鴉詩尾自註云何遜詩曰城陰度塹黑昏鴉接翅歸

洛邑從來天地中【續】周公營洛邑以時朝諸侯取天地之中四方職貢道里均焉【厚】周禮地官以土圭之法正日景以求地中又曰尺有五寸謂之地中天地之所合也嵩高蒼翠北邙紅【商老】二十四化記北邙山在東都西有濯龍池北風流耆舊消磨盡只有青山對病翁【坡】謂富翁也

白汗翻漿午景前【次公】戰國策汗明之言馬淮南子之言人皆曰白汗交流翻漿之義則世說所謂兢兢皇皇汗出如漿也

子仁杜詩南方六七月出入異中原老少多暍死汗踰水漿翻雨餘風物便蕭然應傾半熟鵝黃酒縯杜詩鵝兒黃似酒照見新晴水碧天疾雷破屋雨翻河厚莊子疾雷破山風振海而不能驚一掃清風未覺多應似畫師吳道子次公吳道子畫入神品杜詩云畫手看前輩吳生遠擅場又王維詩夙世謬詞客前生應畫師黄中唐明皇雜録云畫師吳道玄者本陽翟人神清氣俊善圖佛像尤長於摸寫鬼神下筆神速勢若飛動高堂巨壁寫降魔客路三年不見山次公先生詩有戲子由六宛丘先生長如丘時熙寧六年子由爲陳州學官時也此後爲齊州掌書記繼簽書南京則不見山者盖此時乎上樓相對夢寐間明朝却踏紅塵去羞向清伊照病顏

立秋日禱雨宿靈隱寺同周徐二令 詳見前遊靈隱寺詩註

百重堆案掣身閑師杜甫任華州司功有早秋苦熱堆案相仍詩一葉秋聲對榻眠次公淮南子一葉落知天下秋牀下雪霜侵户月枕中琴筑落堦泉崎嶇世味嘗應遍寂寞山栖老漸便惟有憫農心尚在起占雲漢更茫然任詩旱既太甚瞻彼雲漢

癸丑春分後雪

雪入春分省見稀【次公】退之云以大來昭所見稀半開桃杏不勝威應懃落地

梅花識【次公】蘇子卿梅花落詩紙言花似雪不悟有香來却作漫天柳絮飛【厚】退之晚春詩楊花榆莢無才思惟解漫天作雪飛【次公】謝安與謝道蘊論雪道蘊云未若柳絮因風起【仔】世傳王淡交雪句似梅花落地如柳絮因風與坡詩全相類豈偶然邪不分東君專節物故將新巧發陰機【次公】退之雪詩嘩嘩弄陰機從今造物尤難料更暖須留御臘衣

有美堂暴雨

遊人脚底一聲雷【師】俗說高雷無雨故雷自地震即暴雨也滿座頑雲撥不開天外黑風吹海立【次公】世間本皆云吹海去王玄之詩話載作天外黑風吹海立云使杜甫海水皆立字極是蓋杜甫朝獻太清宮賦云九天之雲下垂四海之水皆立立之爲義起而上也浙東飛雨過江來十分瀲灩金樽凸千杖敲鏗羯鼓催【高】唐南卓羯鼓録明皇嘗遇春雨初晴命取羯鼓臨軒縱擊回顧柳杏皆折喚起謫仙泉灑面【縯】李白待詔翰林唐明皇度曲欲造新詞亟召白白已醉於酒肆矣召入宮宮人以水灑面即令秉筆頃刻成十餘章倒傾蛟室瀉瓊瑰【任】鮫人從水中出向人家寄住積日賣綃臨去索器泣而出珠滿盤以與主人【仔】魯聲伯夢涉洹或與已瓊瑰食之泣而

爲瓊瑰盈其懐 次公 起劉禹錫云每逢詞客餽瓊瑰

和柳子玉喜雪次韻仍呈述古

詩翁㝠酒長如渴餅盡欲沽囊已竭燈青火冷不成眠一夜撚鬚吟喜雪 子仁 賈島詩吟安一箇字撚斷數莖鬚 詩成就我覔懽處我窮正與君髣髴曷不走投陳孟公 任 前漢陳遵字孟公嗜酒每大飲賓客滿堂輒關門取客車轄投井中雖有急終不得去 有酒醉君仍飽德 縯 詩醉酒飽德人有士君子之行 瓊瑤欲盡天應惜更遣清光續殘月安得佳人擢素手 厚 古詩纖纖擢素手札札弄機杼 笑捧玉盌兩奇絶 子仁 會合聯句云茗盌纖纖捧又李白越女詞新粧蕩新波光景兩奇絶 艷歌一曲回陽春 縯 白樂天詩艷歌一曲酒一杯 子仁 文選云客有歌陽春白雪之曲 坐使高堂生煖熱

雪後至臨平與柳子玉同至僧舍見陳尉烈 芮 按圖經臨平鎮端拱元年置隸仁和縣

落帆古戍下積雪高如丘彊邀詩老出踈鬚散颼飅僧房有宿火手足漸和柔靜士素寡言 厚 王獻之字子敬嘗與兄徽之操之俱詣謝安二兄多言俗事獻之寒溫

□已既出客問安王氏兄弟優劣安曰少者佳客問其故安曰吉人之辭寡以其少言故知之相對自忘憂銅鑪擢
煙穟石鼎浮霜凞我行雖有程坐穩且復留大哉天地間此
生得浮遊【厚】杜詩大哉乾坤內吾道長悠悠

雪後書北臺壁二首

黃昏猶作雨纖纖夜静無風勢轉嚴但覺衾裯如潑水不知
庭院已堆鹽五更曉色來書幌半夜寒聲落畫簷試掃北臺
看馬耳【次公】馬耳山名也與臺相對未隨埋没有雙尖
城頭初日始翻鵶陌上晴泥已没車凍合玉樓寒起粟【縯】煙蘿子喉名玉樓十二環光搖銀海眼生花【厚】道經以項肩骨爲玉樓眼爲銀海起粟爲凍起肉上爲生粟【次公】世傳王荊公嘗誦先生此詩歎云蘇子瞻乃能使事至此時其壻蔡卞曰此句不過詠雪之狀粧樓臺如玉樓瀰漫萬象若銀海耳荊公哂焉謂曰此出道書也且卞曾不理會於玉樓何以謂之凍合而下三字云寒起粟於銀何以謂之光搖而下三字云眩生花乎起粟字蓋使趙飛燕雖寒體無軫粟也遺
蝗入地應千尺【堯卿】老農語曰蝗之生子遺而入地若經大雪則入地愈深宿麥連雲有幾家【援】雪宜麥而辟蝗故爲豐年之祥兆【仔】蝗遺子於地若雪深一尺則入地一丈麥得雪則滋茂而成稔歲此老農之語也老病自嗟詩

力退空吟冰柱憶劉乂 【縯】劉乂韓愈門人作雪車冰柱二詩出盧仝孟郊之右 【夏】韻語秋陽載劉乂冰柱詩云不爲四時雨徒爲道路成泥柤不爲九江浪徒能汨没天之涯

謝人見和前篇二首

巳分酒杯欺淺懦敢將詩力鬬深嚴 【堯卿】退之聯句冉入更深嚴 漁蓑句好眞堪畫 【堯卿】鄭谷雪詩江上晚來堪畫處漁人披得一蓑歸而段贊善小筆精微摹爲畫圖故谷以詩謝之曰愛余風雪句幽絕寫漁蓑則是眞曾入畫也先生嘗評此詩以爲村舍學中語然以其有實事故引用之又陸龜蒙詩云輕舟過去眞堪畫 柳絮才高不道鹽 【縯】謝安嘗內集俄而雪驟下安曰白雪紛紛何所似子朗曰散鹽空中差可擬兄女道蘊曰未若柳絮因風起也 【次公】張融作海賦以示顧愷之愷之曰公此賦實超玄虛但不道鹽耳 飛花又舞謫仙簷 【任】李白詩飛花送酒舞前簷 【肅】杜醉時歌燈前細雨簷花落 【元】敗屐尚存東郭指 【授】東郭先生久待詔公車貧困衣敝屐不完行雪中屐有上無下足盡賤地人皆笑之 書生事業眞堪笑忍凍孤吟筆退尖 【堯卿】退之詩云兎尖斜莫並苦寒則筆退尖矣 九陌淒風戰齒牙銀杯逐馬帶隨車 【縯】退之雪詩隨車翻縞帶逐馬散銀杯 也知不作堅牢玉 【厚】謝惠連雪賦白玉䰍白空守貞兮未若茲雪與時興滅 【公】白樂天詩大都好物不堅牢又前漢息夫躬傳器用鹽惡 【次公】鄧展曰鹽不堅牢也 無奈能開頃刻花 【縯】韓湘詩解造逡巡酒能開頃刻花 得酒彊歡愁底

事【堯卿】退之詩云胡爲浪自苦得酒且歡喜杜牧詩云彊愁争底事 閉門高卧定誰家【援】洛陽大雪令出見袁安門無人跡入見安偃卧問何以不出曰大雪人皆乏食不宜干人令賢之 臺前日暖君須愛冰下寒魚漸可乂【堯卿】退之有乂魚詩東坡既作此詩以示黃門黃門曰冰下有魚恐未易乂耳東風解凍冰始解莫若改爲冰解如何公以爲知言

次韻章傳道喜雨【坡】禱常山而得

去年夏旱秋不雨【次公】旱以不雨之故今交夏言旱於秋言不雨蓋春秋有書旱書不雨者如宣七年秋大旱此則書旱者也如僖二年冬十月不雨三年春王正月不雨夏四月不雨此則書不雨者也 海畔居民飲鹹苦今年春暖欲生蝝【縯】春秋宣十五年冬蝝生蝝蝗子也 地上戢戢多於土預憂一旦開兩翅口吻如鋒那肯吐前時渡江過吳越布陣橫空如項羽【坡】去歲錢塘見飛蝗自西北來極可畏【次公】前漢因有告英布反於提上自將擊布布兵精甚上乃壁庸城望布軍置陣如項羽軍上惡之此尤見先生詩句無不有所出也 農夫拱手但垂泣人力區區固難禦撲緣驅尾困牛馬【次公】莊子之言養馬曰其有蚊虻撲緣 啗齧衣服穿房戶坐觀不救亦何心秉畀炎火傳自古【厚】詩曰去其螟螣及其蟊賊無害我田穉田祖有神秉畀炎火 荷鋤散掘誰敢後得米濟饑還小補【次公】蓋小民掘土理蝗者以多寡給其米以償其功也詔以粟給捕蝗者孟子云豈曰小補之哉 常山山神

信英烈麾鼉駕雷公呵電毋應憐乞郡老且愚欲把瘡痍手摩撫【次公】漢功臣表瘡痍未平又韓退之云摩手撫之山中歸時風色變中路已覺商羊舞【援】家語齊有一足之鳥舒翅而跳齊侯遣使訪孔子孔子曰此鳥名商羊昔童兒謠曰商羊鼓舞天將大雨夜窗騷騷鬧松竹朝畦泫泫流膏乳從來旱蝗必相資【師】五行志旱則魚螺變爲蝗蟲此事吾聞老農語庶將積潤掃餘孽收拾豐歲還明主縣前已窖八千斛【堯】今春及今得蝗子八千餘斛率以一升完一畝更看蠶婦過初眠【自】蠶一眠則蝗不復生矣未用賀客來旁午【次公】縱橫而至也史有冠蓋旁午先生筆力吾所畏蹙踏鮑謝跨徐庾【次公】鮑謝鮑昭謝朓也徐徐陵庾庾信也【倞】江總詞氣凌鮑謝筆跡踵二王史柄曰足下新詩往往氣凌鮑謝偶然談笑得佳篇便恐流傳成樂府【續】漢武立樂府采詩有趙代秦楚之謳【季】【南】樂府詩集序云漢惠帝二年使樂府令備簫管更房中樂武帝定禮乃立樂府陋邦一雨何足道吾君盛德九州普中和樂職幾時作試向諸生選何武【厚】前漢何武傳宣帝時天下和平四夷賓服神爵五鳳之間婁蒙瑞應益州刺史王襃頌漢德作中和樂職宣布詩三篇武年十四五與成都楊覆衆等共習歌之宣帝召武等於宣室上曰此盛德之事吾何足以當之

雪夜獨宿柏山庵

晚雨纖纖變玉霙【註】韓詩外傳雲花謂之霙小庵高卧有餘清夢驚忽有穿窗片夜靜惟聞瀉竹聲【王】杜荀鶴雪詩叢谷惟聞折竹聲稍壓冬瘟聊得健未濡秋旱若爲耕天公用意真難會又作春風爛熳晴【次公】此句與前卷春雪詩從今造物尤難㸃更煖須留御臘衣同説

除夜大雪留濰州元日早晴遂行中塗雪復作

除夜雪相留元日晴相送東風吹宿酒瘦馬兀殘夢玲瓏曉光開旋轉餘花弄下馬成野酌佳哉誰與共須臾晚雲合亂灑無缺空鵝毛垂馬鬉自怪騎白鳳【次公】北夢瑣言曹唐游仙詩玉詔新除沈侍郎便分茅土領東方不知今夜遊何處侍從皆騎白鳳凰【堯卿】白樂天春雪詩大似落鵝毛密如飄玉屑晏元獻雪詩閑思比海銀宮畔誰駕冊山白鳳遊三年東方旱逃户連欹棟老農釋耒歎【任】唐文粹釋耒而歎淚入饑腸痛春雪雖云晚春麥猶可種敢怨行役勞助爾歌飯甕【援】山東人埋肉於飯下而食之謂之飯甕

大雪青州道上有懷東武園亭寄交代孔周翰

超然臺上雪城郭山川兩奇絶【次公】超然臺在使園之北先生有記云園之北因城以爲臺者舊矣稍葺而新之海風吹碎碧琉璃時見三山白銀闕【續】三神山在海中其物禽獸盡白而黄金白銀爲宮闕蓋公堂前雪緑窻朱户相明滅【次公】蓋公堂在公宇中先生有記云治新寢於黄堂之北易其敝陋達其蔽塞重門洞開盡城之西北相望如引繩【師】曹參爲齊丞相聞蓋公言治道貴清净參避正堂舍蓋公密州公宇有蓋公堂堂中美人雪爭妍粲然一笑玉齒頰【續】郭璞遊仙詩靈妃顧我笑粲然啓玉齒就中山堂雪更奇【堯卿】山堂亦東武堂名也青松怪石亂瓊絲【先之】禹貢青州厥貢鉛松怪石詩云怪異好石似玉者惟有使君遊不歸五更上馬愁斂眉君不是淮西李侍中夜入蔡州縛取吳元濟【厚】唐李愬以散騎常侍爲唐鄧節度使襲蔡賊吳元濟至懸瓠城夜半雪甚賊晏然無一人知之者遂克蔡州而禽元濟又不是襄陽孟浩然長安道上騎驢吟雪詩【續】或問鄭綮詩思對曰詩思在灞橋雪中驢子上【堯卿】浩然途中雪詩云迢遞秦京道蒼茫歲莫天窮陰連晦朔積雪滿山川落鴈迷沙渚飢烏噪野田客愁空佇立不見有人煙又長安道中雪詩云積雪及平阜飢鷹捉寒兔何當閉門飲美酒無人毀譽河東守【援】季布爲河東守孝文時人有言其賢召欲以爲御史大夫人又言其勇使酒難近至留邸一月見罷布進曰陛下以一人譽召臣以一人毀去臣臣恐

天下有識者有以窺陛下也

至濟南李公擇以詩相迎次其韻二首

弊裘羸馬古河濱野闊天低糝玉塵【次公】何遜詠雪詩若逐微風起誰言非土塵【堯卿】秦韜王春雪詩云雪重寒空思寂寥玉塵如糝滿春朝張籍詩行路難云弊裘羸馬苦難行又孟浩然詩云野曠天低木 自笑飡氊典屬國【續】蘇武使匈奴單于欲降之置武大窖中絕不飲食天雨雪武卧齧雪與氊毛并咽之得不死後歸漢爲典屬國 來看換酒謫仙人【厚】李白嘗賀監詩序曰太子賓客賀公於長安紫極宮一見呼爲謫仙人因解金龜換酒爲樂蓋賀知章也 宦遊到處身如寄農事何時手自親剩作新詩與君和莫因風雨廢鳴晨【續】詩風雨如晦雞鳴不已

夜擁笙歌霅水濱【續】霅水在湖州烏程縣 回頭樂事總成塵今年送汝作太守【任】世說襄陽羅友好奔嗜酒桓宣武溫雖以才遇之許而不用人有得郡者溫爲席送別友亦被命至尤遲晚溫問之荅曰旦出門逢一鬼揶揄云我只見汝送人作郡何以不見人送汝作郡遂慙怖却回不覺淹緩桓心媿焉後以爲襄陽太守 到處逢君是主人聚散思量都是夢身名漸覺兩非親相從繼燭何須問【續】陳公子完奔齊齊侯使爲工正飲酒樂公曰以火繼之辭曰臣卜其晝未卜其夜 蝙蝠飛時日正晨【厚】韓退之山石詩山石犖确行徑微黃昏到寺

蝙蝠飛

和田國博喜雪

疇昔月如晝〔子仁〕禮檀弓云疇昔之夜曉夜雲暗天玉花飛半夜翠浪舞明年〔次公〕玉花言雪翠浪言麥也蝗螣無遺種流亡稍占田歲豐君不樂鍾磬幾時編〔坡〕田有服不樂〔次公〕樂有編鍾編磬見周禮

祈雪霧猪泉出城馬上有作贈舒堯文

三年走吳越踏遍千重山朝隨白雲去莫與棲鴉還翩如得木狖〔次公〕此杜詩失木狖之反也飛步誰能攀一爲符竹累〔師〕漢文帝與郡守作竹使符分其一留京師坐老敲榜間此行亦何事聊散腰脚頑浩蕩城西南亂山如玦環〔次公〕退之詩清玉刻佩聯玦環山下野人家桑柘雜榛菅〔次公〕退之詩豈念幽桂遺榛菅歲晏風日暖人牛相對閑〔次公〕此因行語暗用禪家所云也薄雪不蓋土麥苗稀可删顧君發毫句嘲談破天慳

次韻舒堯文祈雪霧猪泉

長笑蛇醫一寸腹【次公】蛇醫蜥蜴之別名也世人以蜥蜴祈雨　銜冰吐雹何時足【叔度】夷堅乙志劉居中隱嵩山巔有大蜥蜴數百皆長三四尺人以食就手飼之拊摩其體滑膩如脂一日聚繞水盎旁各就取水才入口即吐出以圓結似彈丸積之于側俄頃間纍纍滿地忽震雷一聲起彈丸皆失去明日人來言昨午雨雹大作乃知蜥蜴所爲者此也　蒼鵝無罪亦可憐斬頸橫盤不敢哭【厚之】祈雨法刑白鵝【仲達】先生志林云鵝能警盜亦能却蛇且又有祈雨厄悲夫　豈知泉下有猪龍臥枕雷車踏陰軸【希仲】酉陽雜俎云柳公權元和末止建州山寺中夜半覓門外喧鬧因潛於窗中觀之見數人運斤造雷車如畫圖者久之一嚏氣勿斗暗其人兩目遂昏焉　前年太守爲旱請雨點隨人如撒菽【坡】傳欽之曾禱此泉得雨　太守歸國龍歸泉至今人詠淇園綠【編】衛淇奧美武公之德也瞻彼淇園綠竹猗猗　我今又復罹此旱凛凛疲民在溝瀆却尋舊迹叩神泉坐客仍携王子淵【坡】欽之時客惟舒在矣　看草中和樂職頌【編】王褒字子淵宣帝時益州刺史王襄欲宣風化於衆庶聞褒有俊材使作中和樂職宣布之詩　新聲妙語慰華顛【援】蔡邕賦文華顛丈人蓋老者之稱也　曉來泉上東風急須上冰珠老蛟泣【師】晉張華博物志蛟人從水中出寓人家積日賣綃將去從主人索一器泣而成珠滿盤以與主人　恠詞欲逼龍飛起嶮韻不量吾所及行看積雪厚埋牛誰與春工掀百蟄此時還復借君詩餘

力汰輈仍貫笠【厚】左氏越椒攻楚王射王汰輈及鼓跗著於丁寧又射汰輈以貫笠轂 揮毫落紙勿言疲【次公】杜詩揮毫落紙如雲煙 驚龍再起震失匕【續】三國志曹操謂先主曰今天下英雄唯使君與操耳本初之徒不足數也先主方食失匕箸于時正當雷震因謂操曰一震之威乃至於此

答郡中同僚賀雨

水旱行十年饑疫遍九土奇窮所向惡歲歲祈晴雨雖非為己求重請終愧古【續】穀梁子曰雩之必待其時窮人盡力何也雩者為旱求者也求者請也古人重請何重乎請人之所以為人者讓也請道去讓也 鬼神亦知我老病入腰膂何曾拜向人此意難不許重雲淒已合【朱】大田詩有渰淒淒興雨祈祈 微潤先流礎【援】淮南子云山雲蒸柱礎潤 蕭蕭止還作坐聽及三鼓天明將吏集泥土滿靴屨登城望麰麥綠浪風掀舞愧我賢友生雄篇鬬新語君看大熟歲【子仁】書云歲則大熟 風雨占十五【援】古者五日一風十日一雨 天地本無功祈禳何足數渡河不入境未若無蝗虎【厚】後漢宋均為九江太守郡多暴虎常募設檻穽而猶多傷害均到下記屬縣曰夫虎豹在山黿鼉在水各有所託今為民害咎在殘吏其務退姦貪思進忠善可一去檻穽其後傳言虎相與東游渡江又山陽楚沛多蝗其飛至九

江界者輒東西散去而況刑白鵝下策君勿取【援】世人刑白鵝以祈雨詳見上首註

正月十八日蔡州道上遇雪次子由韻二首

蘭菊有生意【林】陳後王問煬帝麗華與蕭妃何如帝曰春蘭秋菊亦各一時之秀也微陽回寸根方憂集暮雪復見迎朝暾憶我故居室浮光動南軒【彥才】按志林先生元祐二年八月十一日將朝尚早假寐夢歸沙穀坐於南軒旣覺惘然思久之南軒先君之曰來風者也松竹半傾瀉未數葵與萱三徑瑤草合【次公】蔣詡三徑又陶淵明三徑就荒又江淹詩瑤草正翕艴又老杜相期拾瑤草一瓶井水溫至今行吟處尚餘履舄痕一朝出從仕永愧李仲元【續】楊子云李仲元不屈其志不累其身不夷不惠可否之間也晚歲益可羞犯雪方南奔山城買廢圃槁葉手自掀長使齊安人【師】黃州齊安郡也指說故侯園【厚】前漢書邵平者故秦東陵侯秦破為布衣種瓜長安城東瓜美故世謂東陵瓜鬖髵染髭須【次公】南史何長瑜作韻語云陸展染白髮欲以媚側室而劉禹錫詩好染髭須事後生旋露霜雪根不如閉目坐丹府夜自暾【續】丹府即道家所謂丹田也誰知憂患中方寸寓羲軒大雪從壓屋我非兒女萱【厚】孟郊詩萱草兒女花不解壯士憂平生學踵

息【續】莊子眞人之息以踵 坐覺兩輊温下馬作雪詩滿地鞭箠痕佇立望原野悲歌爲黎元道逢射獵子遥指狐兎奔蹤迹尚可尋窟穴何足掀寄謝李丞相【次公】李丞相指言李斯用其言牽黄犬出上蔡東門也 吾將反丘園

次韻孔毅父久旱已而甚雨三首

饑人忽夢飯甑溢夢中一飽百憂失【次公】夢飽事出佛書黄魯直亦云飢人常夢飽病人常夢醫 久知夢飽本來空未悟眞饑定何物我生無田食破硯【次公】此乃唐人云以硯爲良田舌耕而筆耒之意也 爾來硯枯磨不出去年太歲空在酉【厚】計然言歲在金穰水毀木飢火旱太歲在酉金穰之時也 傍舍壺漿不容乞【續】朝野僉載云歲在申酉乞漿得酒言年豐也 今年旱勢復如此歲晚何以黔吾突【援】班固云孔席不暇暖墨突不得黔 青天蕩蕩呼不聞【次公】前漢禮樂志天門開詄蕩蕩 又莊子一呼而不聞於是再呼 況欲稽首號泥佛甕中蜥蜴尤可笑【信民】酉陽雜俎云王彦威在汴州二年夏旱時李玘過汴因宴王以旱爲言李醉曰欲雨甚易耳可求蛇醫四頭石甕二枚每甕實以水浮二蛇醫以木蓋密泥之分置於鬧處甕前後設席燒香選小兒十歲以下十餘令執小青竹晝夜更擊其甕不得少輟王如言試之一日兩夜雨大注舊説龍與蛇師爲親家焉【次公】又見蜥蜴詩下 跂跂脉脉何等秩【注】東方朔傳武

帝置守宮盂下東方朔別著布筭射之曰以爲龍又無角以爲蛇又有足跂跂脉脉善緣壁是非守宮即蜥蜴陰陽有時雨有數民是天民天自卹我雖窮苦不如人要亦自是民之一形容可似喪家狗【續】家語孔子適鄭與弟子相失孔子獨立東門鄭人或謂子貢曰東門有人其顙類堯其項類皐陶其肩類子產然自要以下不及禹三寸纍纍若喪家之狗子貢以實告孔子孔子欣然笑曰形狀未也而似喪家之狗然哉然哉未肯彌耳爭投骨【援】史記應侯謂秦王曰大王之狗臥者臥起者起行者行止者止毋相與鬭者投之一骨輕起相牙者何則有爭意也倒冠落幘謝朋友【次公】此則杜牧倒冠落佩之變也獨與蚊雷共圭蓽【次公】中山靖王言衆喣漂山聚蚊成雷又左傳蓽門圭竇之人故人嗔我不開門【次公】退之云剥剥啄啄有客至門我不出應客去而嗔君視我門誰肯屈可憐明月如潑水夜半清光翻我室風從南來非雨候【新】天官書風從南方來大旱且爲疲人洗沴鬱褰裳一和快哉謠【厚】文選楚襄王遊於蘭臺之宮宋玉景差侍有風颯然而至王乃披襟當之曰快哉此風寡人所與衆人共之者邪未暇饑寒念明日去年東坡拾瓦礫自種黃桑三百尺今年刈草蓋雪堂【子仁】按先生擬斜川云元豐壬戌之春子躬耕於東坡築雪堂居之南挹四望亭之後丘西控北山之微泉又雪堂問云蘇子得廢圃於東坡之脅作堂焉號其正曰雪堂堂以大雪中爲之因繪雪於四壁之間無容隙其名蓋起於此皆見先生有帖云已作得雪堂記而其子不傳未詳其故日炙風吹面

如墨【師】杜甫詩骨折面如墨 平生懶惰今始悔老大勤農天所直沛然例賜三尺雨造化無心怳難測四方上下同一雲【次公】四方上下曰宇古往今來曰宙又詩云上天同雲杜詩四海八荒同一雲 甘霔不爲龍所隔【自注】俗有分龍日 逢高下濕迎曉耒燈火新涼催夜織【次公】退之詩新涼入郊墟燈火稍可親 老夫作罷得甘寢【次公】一莊子孫叔敖甘寢秉羽而郢人投兵 卧聽牆東人響屐奔流未已坑谷平折葦枯荷恣漂溺腐儒麁糲支百年【次公】杜詩百年麁糲腐儒食 力耕不受衆目憐【縯】杜詩不聞八尺軀常受衆目憐 破陂漏水不耐旱人力未至求天全會當作塘徑千步横斷西北遮山泉四鄰相率助舉杵人人知我囊無錢【厚】東漢趙壹詩云文籍雖滿腹不如一囊錢又李賀詩囊裏空趙壹錢 明年共看決渠雨【任】白公穿渠人歌曰舉臿爲雲決渠爲雨 饑飽在我寧關天誰能伴我田間飲醉倒惟有支頭軞

天公號令不再出十日愁霖併爲一君家有田水冒田我家無田憂入室不如西州楊道士萬里隨身惟兩膝【次公】君家指孔毅父

我家先生自言以穀父則水旱田以先生則憂麥入室蓋以一則有田一則有室而已故也若楊道士無田則無室空手一身無所憂麥也沄流不惡泝亦佳一葉扁舟任漂突【次公】退之詩共泛清湘一葉舟山芎麥麴都不用【伍】山芎麥麴皆以禦濕也【周】左傳有麥麴乎有山鞠窮乎詳見和王鞏詩註泥行露宿終無疾夜來饑腸如轉雷旅愁非酒不可開楊生自言識音律洞簫入手清且哀【次公】前漢王褒有洞簫賦註云洞者通也言其無底上下相通故曰洞簫不須更待秋井塌見人白骨方銜杯【縯】杜詩忽憶雨時秋井塌古人白骨生青苔如何不飲令心哀

過萊州雪後望三山【次公】按地志萊州掖縣載三山在海之南岸史記封禪書秦始皇東遊海上行禮祠名山川及八神其四曰陰主祠三山其後武帝亦祠三山八神是已

東海如碧環【次公】劉禹錫詩水遶廷臺碧玉環西北卷登萊雲光與天色直到三山回我行適冬仲薄雪收浮埃黃昏風絮定半夜扶桑開【次公】風絮以言雪謝道蘊云柳絮因風起扶桑開以言日臨海見日出之早也參差太華頂出沒雲濤堆安期與羨門【縯】安期羨門神仙名漢書欒大曰臣嘗往來海中見安期生羨門之屬乘龍安在哉茂陵秋風客【厚】漢武帝葬茂陵嘗作秋風詞李賀金銅仙人詞漢歌茂陵劉郎秋風客夜聞馬蹄曉無迹勸爾麾一杯

【[illegible]】借用晉孝武帝末年長星見帝甚惡之舉酒祝之曰長星勸爾一杯酒自古豈有萬歲天子邪　帝鄉不可期【續】陶淵明歸去來詞云富貴非吾願帝鄉不可期【次公】莊子乘彼白雲至于帝鄉　楚些招歸來【援】楚詞宋玉招䰟云䰟兮來歸何爲兮四方些

次韻王覿正言喜雪

聖人與天通【次公】列仙傳曰陶安公六安治師也數行火火一旦散上紫色衝天須臾朱雀止治上曰安公安公治與天通七月七日迎汝以赤龍龍至安公騎之東南而上　有詔寬獄市【續】前漢曹參爲齊相蕭何薨使者召參參去屬其後相曰以齊獄市爲寄愼勿擾也　好語夜喧街【次公】李賀詩沙路歸來聞好語杜詩近聞下詔喧都邑　濕雲朝覆砌【人表】唐崔櫓詩紅葉下山寒寂寂濕雲如夢雨如塵　紛然退朝後色映宮槐媚欲奪剪刻工【厚】退之李花詩誰將平地萬堆雪剪刻作此連天花【援】吳陸暢雪詩天人寧底巧剪水作飛花　故上朱藍袂【續】本朝太宗皇帝言唐朝學士多衣緋綠今之任職者或以朱藍而加金帶之飾亦士林之榮【師】宋大明中元日雪花降殿廷右將軍謝莊下殿雪集衣白上以爲嘉瑞　我方執筆侍【次公】左史記言右史記動今日之起居郎起居舍人是已此所以執筆也又退之荅元稹書云愈既承命又執筆以俟　未敢書上瑞君猶伏閤爭【次公】伏閤爭則諫事也　高論亦少慰【續】唐久視二年三月大雨雪蘇味道等以爲瑞率群臣入賀王求禮讓曰宰相燮和陰陽而季春雨雪乃災也果以爲瑞則冬月雷遂爲瑞雷邪味道不從賀者既入求禮言今主流臣佞寒暑失序戎狄亂華使天有瑞何感而來武后爲罷朝　霏霏止還作盎盎風與氣神龍久

潜伏一怒勢必倍行當見三白【次公】西北人之諺曰要宜麥見三白拜舞懽萬歲【次公】杜詩盤賜將軍拜舞歸歸來飲君家酣詠追既醉【續】詩既醉太平也

次韻朱光庭喜雨

夂若趙盾日【續】左傳言趙衰冬日之日也趙盾夏日之日也冬日可愛夏日可畏欣逢傳說霖【厚】書說命高宗謂說曰若歲大旱用汝作霖雨坐知千里足初覺兩河深【次公】兩河蓋汴河蔡河也破屋常持傘【倬】杜甫茆屋為秋風所破歌牀牀屋漏無乾處雨腳如麻未斷絕無薪欲爨琴清詩似庭燎雝美未忘箴【續】詩庭燎美宣王也因以箴之

和張昌言喜雨

二聖憂勤忘寢食【次公】二聖蓋當日哲宗與太后也百神奔走會風雲禁林夜直鳴江瀨清洛潮回起縠紋夢覺酒醒聞好句帳空簟冷發餘薰秋來定有豐年喜剩作新詩準備君

次韻張昌言喜雨

千里黃流失故居【次公】言水所衝蕩而民居不見也年來赤地到青徐遥聞爭

詔一行詔【續】後漢光武以手詔賜方國一札一行無異親巡六尺輿【厚】前漢袁盎云天子所與共六尺輿者皆天下豪英精貫天人一言足雲興嶽瀆萬靈趨愛君誰似元和老賀雨詩成即諫書【援】白居易元和中作賀雨詩其略云君以明為聖臣以直為忠敢賀有其始亦願有其終居易嘗與元稹書云凡聞僕賀雨詩衆口籍籍以為非宜

興龍節侍宴前一日微雪與子由同訪王定國小飲清虛堂定國出數詩皆佳而五言尤奇子由又言昔與孫巨源同過定國感念存殁悲歎久之夜歸稍醒各賦一篇明日朝中以示定國也

天風淅淅飛玉沙詔恩歸沐休早衙【續】選詩林桑知天風杜詩淅淅風生砌歸沐漢制也遥知清虛堂裏雪正似薝蔔林中花【次公】薝蔔梔子花也與雪皆六出佛書云如人入薝蔔林中聞薝蔔香不聞他香出門自笑無所詣呼酒持勸惟君家【厚】李白詩仰天大笑出門去韓退之醉贈張秘書人皆勸我酒我若耳不聞今日到君家呼酒來勸君【子仁】又退之詩長安百萬家出門無所之踏冰凌兢戰疲馬【[illegible]】揚雄甘泉賦馳閶闔而入凌兢註云言踏冰戰栗之貌又杜詩安得赤脚踏層冰扣門剥啄驚寒鴉【援】韓詩剥剥啄

冢有客至門 羡君王字入詩律欲與六出争天葩【厚】退之詩天葩吐奇芬 頭風已倩撥手愈背癢恰得仙掌爬【續】魏太祖苦頭風陳琳呈所草檄太祖卧讀翕然起曰此愈我病【任】神仙傳王方平邀麻姑降蔡經家麻姑手鳥爪經念曰背大癢時得此掌爬背大快也又杜牧詩杜詩韓筆閑來讀有似麻姑癢處爬 銀鉼瀉油浮蟻酒紫盌鋪粟盤龍茶幅巾起作鴝鵒舞疊鼓誰摻漁陽撾【厚】晉謝尚書善音樂傳綜衆藝王導謂曰聞君善作鴝鵒舞一座傾想寧有此理不尚曰佳便著衣幘而舞導令坐者撫掌擊節尚俯仰其中傍若無人又曹操聞禰衡善擊鼓乃召爲鼓吏因大會賓客閱試音節諸史過者皆令脫其故衣更着岑牟單絞之服次至衡衡方爲漁陽三撾蹀躡而前 九衢燈火雜夢寐十年聚散空咨嗟明朝握手殿門外共看銀闕曬朝霞

次韻毛滂法曹感雨

江南佳公子【續】史記平原君翩翩濁世之佳公子也 遺我錦繡端【援】古詩客從遠方來遺我一端綺【師】此四句以言毛滂之詩也 興雨自有時膚寸便濛靄【援】詩興雨祈祈又公羊云觸石而出膚寸而合不崇朝而徧雨乎天下者惟太山之雲爾 斂藏以自潤牛斗何足干【次公】牛斗何足干借豐城之劍氣在牛斗之間如氣干霄□之義 空庭月與影彊結三友歡【厚】李白詩舉杯邀明月對飲成三人 我豈不

足歟要此清團團欲歡在一醉常恐樽中乾【續】孔北海云座上客常滿樽中酒不空【子仁】陶淵明詩樽中酒不操捨酒尚可樂明珠如彈丸【次公】南史王筠字元禮謝朓常見語云好詩圓美流轉如彈丸也但恐千仞雀忽忽發虛彈【援】莊子以隋侯之珠彈千仞之雀追子閒暇時種子田中冊【厚】孟子國家閒暇【次公】種子田中冊則勸之以修養豈毛旁亦好此乎一朝涉世故空腹容欺謾【續】韓退之詩逶迤不復振後世恣欺謾【次公】神仙伊用呂夫婦詠鼓詞云釘着不知浸骨髓打來只是沒心肝空腹彼人謾我頃在東坡秋菊爲夕餐【援】楚詞朝飲木蘭之墜露兮夕餐秋菊之落英永愧坡間人布褐爲我完雪堂初覆尾上簟無下莞【援】斯干詩下莞上簟乃安斯寢時時亦設客每醉筒輒殫【堯卿】公嘗以筒貯錢爲設客之用一笑便傾倒五年得輕安公子豈我徒衣鉢傳一簞【次公】唐摭言載門生及第與座主同名次者謂之傳衣鉢又顏子一簞食趙孟一簞珠【子仁】禪家傳法謂之傳衣鉢此因上文有在東坡時語故云公子亦吾徒可以傳我勠貧而樂之法也定非郊與島筆勢江河寬【次公】郊則孟郊島則賈島爲詩寒窘先生素所不許如言孟郊曰安能將兩耳聽此寒蟲號又曰氣噎郊與島是也悲吟古寺中穿帷雪漫漫他年記此味芋火對懶殘【次公】唐李泌與明瓚禪師遊明瓚謂徒謂之懶殘者泌嘗於衡岳寺讀書察懶殘所爲曰非凡人也德其宵夜梵唱響音徹山林泌頗知音能辨休戚謂懶殘經音先悽惋而後喜悅

必謫墮之人時將去矣中夜潛往謁焉懶殘命坐發火取芋以啗之曰慎勿多言領取十年宰相泌拜而退懶殘性懶而食殘故以爲號事見高僧傳

聚星堂雪 并序

元祐六年十一月一日禱雨張龍公得小雪與客會飲聚星堂忽憶歐陽文忠公作守時雪中約客賦詩禁體物語於艱難中特出奇麗爾來四十餘年莫有繼者僕以老門生繼公後雖不足追配先生而賓客之美殆不減當時公之二子又適在郡故輒舉前令各賦一篇【次公】廬陵集載雪詩註云時在潁州作其序曰玉月梨梅練絮白舞鵝鶴等事皆請勿用

窗前暗響鳴枯葉龍公試手初行雪映空先集疑有無【子仁】詩云如彼雨雪先集維霰作態斜飛正愁絕衆賓起舞風竹亂老守先醉霜松折【厚】退之詩張君名聲坐所屬起舞先醉長松摧恨無翠袖點橫斜秪有微燈照明滅歸來尚喜更鼓暗晨起不待鈴索掣【次公】鈴索掣太守有鈴閣也李白猛虎行云掣鈴交通二千石長夜作衣稜却怕初陽生眼纈【厚】李賀詩楊花撲帳春雲熱龜甲屏風醉眼纈欲浮大白

追餘賞［演］魏文侯飲大夫酒使公乘不仁爲觴政曰飲不盡者浮以大白 幸有回飈驚落屑模糊檜頂獨多時［厚］樂天雪中即事詩連夜江雲黃慘澹平明山雪白模糊 歷亂瓦溝裁一瞥［厚］退之詠雪詩飄飄還自弄歷亂竟誰催 汝南先賢有故事［次公］三國志多引汝南先賢傳今潁州汝南之地也故用汝南先賢事 醉翁詩話誰續說［次公］廬陵集中有詩話上下一卷詩話之語自醉翁始今與文忠公前令故云爾 當時號令君聽取白戰不許持寸鐵

禱雨張龍公既應劉景文有詩次韻

張公晚爲龍抑自龍中來伊昔風雲會［次公］杜詩病栢行云掩處龍虎姿主當風雲會 咄嗟潭洞開［次公］杜詩咄嗟檀施開 精神苟可貫賓主真相陪洞簫振羽舞［厚］前漢王褒以宣帝時嘗爲甘泉及洞簫頌如淳曰洞者通也簫之無底者故曰洞簫又周禮樂師篇凡舞有羽舞註云羽舞析羽也 白酒浮雲雷［厚］李白詩白酒初熟山中歸雲雷言酒罇也許慎說文龜目酒罇刻木作雲雷之象 言從關州妃［厚］趙耕張龍公碑君諱路斯潁上百社村人也夫人關州石氏 遠去焦氏臺［次公］先生昭靈侯碑龍公唐時爲宣城令自宣城罷歸常釣於焦氏臺陰 傾倒缾中雨［次公］續玄怪錄李靖微時嘗射獵山中會暮抵宿一朱門家夜半聞扣門甚急見一婦人謂靖曰此非人世乃龍宮也今天符命行雨二子皆不在欲奉煩頃刻間如何遂命黃頭被青驄馬又命取雨器乃一小缾戒曰取缾中水滴馬鬃上即雨徧矣 一洗

麥上埃破旱不論功乘雲却空回嗟龍與我輩用意豈遠哉

使君今子義英風冠東萊 【續】吳志太史慈字子義東萊人也最為有膽烈 笑說龍為友 【子仁】前漢天馬歌云今安匹龍為友 幽明莫相猜

用前韻作雪詩留景文

萬松嶺上黃千葉 【次公】此應言蠟梅也先生後有蠟梅詩君不見萬松嶺上黃千葉玉蕊檀心兩奇絶是已或曰杜甫四松詩云所插小藩籬本亦有隄防終然振撥損得愧千葉黃今先生亦豈以言冬間之松乎應之曰成材之松葉豈有黃也因指言松嶺上之蠟梅而蠟梅之葉黃故爾 載酒年年踏松雪劉郎去後誰復來 【續】劉禹錫詩云玄都觀裏桃千樹盡是劉郎去後栽又云種桃道士今何在前度劉郎今獨來 花下有人心斷絶東齋夜坐搜雪句

兩手龜坼霜須折 【厚】莊子不龜手之樂註云其樂能令手不龜坼也 無情豈亦畏嘲弄 【厚】白樂天與元九書云梁陳間率不過嘲風雪弄花草而已 穿簾入户吹燈滅 【次公】謝靈運雪賦始緣甍而冒棟終開簾而入隙杜詩云山鬼吹燈滅 紛紛兒女爭所似 【援】晉書謝安嘗内集俄而雪下安曰何所似也安兄子朗曰散鹽空中差可擬道韞曰未若柳絮因風起 碧海長鯨君未掣 【續】杜詩争看翡翠蘭苕上未掣鯨魚碧海中 朝來雲漢接

天流 【次公】杜詩雲漢接天流 顧我小詩如點綴歐陽陳趙在户外急掃中

庭鋪木屑［晉書］陶侃造船竹頭木屑悉令舉掌之咸不解所以後正會大雪始晴厅事前餘雪猶濕於是以木屑布地及桓溫伐蜀又以竹頭粧船也交遊雖似雪栢堅聚散行作風花瞥晴光融作一尺泥歸有何事真無說泥乾路穩放君去莫倚馬蹄如踏鐵［次公］杜詩腕促蹄高如踏鐵交河幾蹴曾冰裂

和劉景文雪

占雨又得雪龜寧欺我哉［縯］孟子文王豈欺我哉似知吾輩喜故及醉中來童子愁冰硯佳人苦膠杯［次公］膠字去聲與白樂天一楪膠牙餳之膠同膠杯雖出莊子置杯焉則膠而此所謂膠杯乃是酒凍也那堪李常侍入蔡夜銜枚［厚］唐李愬以散騎常侍擊蔡會大雨雪愬夜至懸瓠城遂克蔡州禽吳元濟［次公］周禮夏官大司馬箝銜枚而進註云枚如箸銜之軍法以止語爲相疑惑也

次韻陳履常雪中

可憐擾擾雪中人饑飽終同寓一塵［厚］續仙傳韋子威師事丁約一日辭去謂子威曰郎君得道尚隔兩塵塵儒謂之世釋謂之劫道謂之塵也老檜作花真彊項［次公］潁州多檜而花白指檜爲言檜老矣而假雪以爲花猶人之彊項不伏其老也彊項字出董宣不屈於公主帝目之彊項令凍鳶儲肉巧謀身［次公］杜詩兵戈猶在眼儒術豈

謀身忍寒吟詠君堪笑得煖謹呼我未貧坐聽彂聲知有路擁裘來看玉梅春

江上值雪效歐陽體限不以鹽玉鶴鷺絮蝶飛舞之類爲比仍不使皓白潔素等字次子由韻

縮頸夜眠如凍龜雪來唯有客先知江邊曉起浩無際樹杪風多寒更吹青山有似少年子一夕變盡滄浪髭方知陽氣在流水沙上盈尺江無澌隨風顛倒紛不擇下浦坑谷高陵危江空野闊落不見入户但覺輕絲絲沾裳細看巧刻鏤豈有一一天工爲霍然一麾徧九野吁此權柄誰執持世間苦樂知有幾今我幸免沾膚肌山夫只見壓樵檐豈知帶酒飄歌兒天王臨軒喜有麥宰相獻壽嘉及時凍吟書生筆欲折夜織貧女寒無帷高人着屐踏冷冽飄拂巾帽真仙姿野僧斫路出門去寒液滿鼻清淋漓洒袍入袖濕靴底亦有執板

趨陷塀舟中行客何所愛願得獵騎當風披草中咻咻有寒兎孤隼下擊千夫馳敲冰煑鹿最可樂我雖不飲彊倒巵楚人自古好弋獵誰能往者我欲隨紛紛旋轉從滿靣馬上操筆爲賦之

大雪獨留尉氏

古驛無人雪滿庭有客冒雪來自北紛紛笠上已盈寸下馬登堂靣蒼黒苦寒有酒不能飲見之何必問相識我酌徐徐不滿觥看客倒盡不流瀝千門盡閉行路絶相與笑語不知夕醉中不復問姓名上馬忽去横短策

風雷　詩八首

十二月二日將至渦口五里所遇風留宿

長淮久無風放意弄清快今朝雪浪滿始覺平野隘两山控吾前吞吐久不嘬【師】嘬楚快切一舉盡臠曲禮曰無嘬炙　孤舟繫桑本【子仁】成三年齊高固入晉師桀

石以投人禽之而乘其軍繫桑本焉終夜舞澎湃舟人更傳呼弱纜恃菅蒯【倬】左氏成公九年雖有絲麻無弃菅蒯平生傲憂患久已恬百怪鬼神欺吾窮戲我留一噫【次公】莊子云大塊噫氣其名爲風則今以噫言風矣瓶中尚有酒信命誰能戒

發洪澤中途遇大風復還

風浪忽如此吾行欲安歸【續】謝安與孫綽泛海風起浪湧諸人並懼安吟嘯自若曰如此將何歸耶舟人承言卽迴衆服其雅量挂帆却西邁此計未爲非洪澤三十里安流去如飛【子仁】王義方道南海酌水誓曰四維廓分千里安流李白詩巴水急如箭巴船去如飛居民見我還勞問亦依依攜酒就船賣此意厚莫違醒來夜已半岸木聲向微明日淮陰市白魚能許肥【次公】白魚惟淮楚有之杜甫詩白魚如切玉又曰溪友得錢留白魚我行無南北適意乃所祈何勞弄澎湃終夜摇窻扉妻孥莫憂色更典篋中衣【子仁】退之詩篋中有餘衣

十月六日記所見

風高月暗雲水黄淮陰夜發朝山陽山陽曉霧如細雨烱烱

初日寒無光雲收霧捲巳亭午有風北來寒欲僵忽驚飛雹穿戸牖迅駃不復容遮防市人顛沛百賈亂疾雷一聲如頹墻使君來呼晩置酒坐定巳復日照廊恍疑所見皆夢寐百種變怪旋消亡共言蛟龍厭舊穴魚鼈隨從空陂塘愚儒無知守章句論說黑白推何祥【縯】前漢五行志言金失性則有白眚白祥水失性則有黑眚黑祥　惟有主人言可用天寒欲雪飲此觴

唐道人言天目山俯視雷雨每大雷電但聞雲中如嬰兒聲殊不聞雷震也【堯祖】按臨安圖經云天目山在縣西五十里高三千九百丈周回八百里乃神仙所居有三十六洞又太平寰宇記云山有兩湖若左右目故名天目【善權】按唐道士字子霞嘗作天目山真境録

巳外浮名更外身區區雷電若為神山頭只作嬰兒看無限人間失筯人【任】先主聽曹公語方食失匕筯時會雷震先主因謂曹公曰一震之威乃至此

大風留金山兩日

塔上一鈴獨自語【援】石勒死之年天静無風而塔上一鈴獨鳴佛圖澄曰國有大喪不出今年矣旣而石勒果死　明

日顛風當斷渡【續】杜詩晚來急雨春風顛朝來白浪打蒼崖倒射軒牕作飛雨龍驤萬斛不敢過【次公】龍驤大舟也漁艇一葉從掀舞細思城市有底忙却笑蛟龍爲誰怒無事久留童僕恠此風聊得妻孥許灊山道人獨何事【堯卿】參寥號灊山道人也【飛卿】按同安志潛山方三百里又陶隱居云潛山在潛縣灊與潛同半夜不眠聽粥鼓

船趠風 并引

吳中梅雨既過颯然清風彌旬歲歲如此湖人謂之船趠風是時海船初回云此風自海上與船俱至云爾

三旬已過梅黃雨萬里初來船趠風幾處縈回度山曲一時清駛滿江東驚飄蔌蔌先秋葉喚醒昏昏嗜睡翁欲作蘭臺快哉賦却嫌分別問雌雄【續】楚襄王遊蘭臺之宮有風颯然而至王乃披襟而當之曰快哉此風寡人所與庶人共者也宋玉曰此特大王之雄風爾庶人安得而有之

追作淮口遇風戲用其韻

我詩如病驥〔次公〕杜詩驥病思偏秣又云草黃騏驥病悲鳴向衰草有兒真驥子〔縯〕杜子老宗武小名驥子有詩云驥子好男兒又贈竇侍御詩云驥之子鳳之雛〔次公〕梁元帝啓云價匹熊媒聲齊驥子一噴群馬倒〔次公〕穆天子傳曰天子東游于黃澤宿于西洛歌曰黃之池其馬歕沙皇人威儀黃之澤其馬歕玉皇人壽穀歕即噴字也養氣勿吟哦聲名忌太早風濤借筆力〔次公〕杜詩筆力破餘地勢逐孤雲歸何如陶家兒遶舍覓梨栗〔厚〕陶潛責子詩通子垂九齡但覓梨與栗君看押彊韻〔師〕王子韶雞跖集王筠字元禮爲詩能押彊韻已勝郊與島〔援〕孟郊賈島也

次韻王郎子立風雨有感

百年一俯仰寒暑相主客〔縯〕莊子其疾俛仰之間再撫四海之外又王羲之蘭亭云俛仰之間已爲陳迹稍增裘褐氣已覺團扇厄〔次公〕團扇厄暗使班婕好詩意不煩計榮辱此喪彼有獲我琴終不敗無攫亦無釋〔厚〕史記齊威王鼓琴鄒忌子曰善哉鼓琴王曰何以知其敗也鄒忌子曰大絃濁以春溫者君也小絃廉折以清者相也攫之深釋之愉者政令也後生不自牧〔王文〕易謙卦卑以自牧呻吟空挾策〔援〕莊子挾策讀書又鄭人緩呻吟於裘氏之地揠苗不待長〔師〕孟子助之長者揠苗者也賣菜苦求益〔縯〕漢嚴後光傳註侯霸使西曹侯子道奉書求報光曰我手不能書乃口授之使者嫌少可更足之光曰買菜乎求益乎此郎獨靜退門

外無行迹【厚】晉書謝安妻劉惔妹也既見家門冨貴而安獨靜退乃謂曰丈夫不如此也安掩鼻曰恐不免爾又古詩蘭徑少行迹而杜詩君王薄行迹但恐陶淵明每爲饑所迫【次公】淵明集中有乞食詩云飢來驅我出不知竟何之行行至師里叩門拙言詞【師】淵明貧士詩量力守故轍豈不寒與飢淒風弄衣結【師】董京之衣百結小雪穿門席【師】陳平家貧以席爲門顧君付一笑造物亦戲劇朝來賦雲夢筆落風雨疾【次公】相如子虛賦烏有先生之詞曰吞若雲夢者八九於胷中曾不芥蔕故謂之賦雲夢又杜詩筆落驚風雨爲君裁春衫高會開桂籍

山岳　詩三十六首

出潁口初見淮山是日至壽州

我行日夜向江海楓葉蘆花秋興長【子仁】杜詩秋來興甚長白樂天琵琶行楓葉荻花秋【大年】索索平淮忽迷天遠近青山久與船低昂壽州已見白石塔短棹未轉黃茆岡波平風軟望不到故人久立煙蒼茫【師】杜子美詩云獨立蒼茫自詠詩

龜山

我生飄蕩去何求[次公]杜詩我生苦飄蕩　再過龜山歲五周身行萬里半天下僧卧一庵初白頭地隔中原勞北望潮連蒼海欲東遊元嘉舊事無人記故壘摧頹今在不[次公]宋文帝遣將拒魏太武築城此山

登玲瓏山[幼槃]按臨安圖經玲瓏山在縣西十二里兩山屹起盤屈凡九折上逼絕頂名曰九折巖南行百許步有亭下瞰百里山名曰三休亭

何年僵立兩蒼龍瘦脊盤盤尚倚空翠浪舞䎘紅罷亞[厚]杜牧詩罷亞百頃稻西風吹半紅罷亞稻多皃　白雲穿破碧玲瓏三休亭上工延月[師]唐司空圖居中條山王官谷有先人田遂隱不出作亭觀素室悉圖唐興節士文人名亭曰休休作文以見志曰休美也既休而美具故量才一宜休揣分二宜休耄而聵三宜休又少也墮長也率老也迂三者非濟時用則又宜休因自目為耐辱居士[洪]雞跖集楚王誇客以章華之臺三休乃至[十]三休亭前題註　九折巖前巧貯風見題註　脚力盡時山更好莫將有限趁無窮

宿九仙山[坡]九仙謂左元放許邁王謝之流[韓]按圖經無量院在縣西十二里九仙山東晉葛洪許邁煉丹之地

風流王謝古仙真一去空山五百春玉室金堂餘漢士[援]許邁與王逸

少書云自山陰南至臨安多有金堂玉室左元放之徒漢末諸得道者皆在焉 桃花流水失秦人【任】晉太元中武陵人捕魚渡溪而行見桃花流水遂捨舟登山逢異境男女衣着悉如外人見漁者皆驚爲設酒食自云先世避秦來此停數日辭去既出得其船便指向路處處誌之及郡下詣太守說如此即遣人隨其往遂迷不復得路 困眠一榻香凝帳【倬】韋應物詩燕寢凝清香 夢遶千巖冷逼身半夜老僧呼客起雲峯缺處湧冰輪【致約】今寺中有冰輪閣

盧山五詠

盧敖洞【攽】圖經云敖秦博士避難此山遂得道

上界足官府【績】退之詩上界真人足官府 飛仙亦何益【師】彭祖問白石生曰何以不服藥昇天苔曰天人多有至尊相奉更苦人間爾 還在此山中相逢不相識【堯卿】唐僧無本詩云只在此山中雲深不知處劉希夷詩云相逢不相識歸去夢青樓

飲酒臺

博士雅好飲【次公】陳軫謂犀首曰公何好飲也曰無事也 空山誰與娛莫向驪山去 君王不喜儒【厚】始皇本紀有盧生與侯生謀曰始皇爲人天性剛戾專任獄吏未可爲求仙藥乃亡去始皇聞之大怒使御史悉按問諸生諸生傳相告引乃自除犯禁者四百六十餘人皆坑之咸陽驪山始皇所葬也【次公】意者盧生即盧敖也史記所載坑諸生止云坑之咸陽而此

陽率更教書分瓜部中載古文奇字曰秦始皇密令人種瓜驪山硎谷中瓜實成使人上書曰瓜冬有實有詔下博士諸生說之人人各異則皆使往視之而爲伏機諸儒生皆至方相難不決因發機從上塡之皆壓死今先生言莫向驪山去則意在此言驪山乃坑儒之處故也

聖燈巖

石室有金丹山神不知秘何必露光芒夜半驚童稺 次公 此本詠聖燈而詩人立新意以爲丹之光芒爾

三泉

皎皎巖下泉無人還自潔不用比三星清光同一月 次公 詩曰三星在隅又傳曰明星之多不如一月之光禪語曰一切水現一切月

障日峯 坡 其狀類峩眉但小爾

長安不自遠 演 晉明帝年數歲元帝嘗坐置膝前屬長安使來因問帝曰汝謂日與長安孰遠對曰長安近不聞人從日邊來居然可知也元帝異之明日宴群臣又問之對曰日近元帝失色曰何異聞者之言乎對曰舉頭見日不見長安帝益奇之 蜀客苦思歸莫教名障日喚作小峩眉 次公 因山之似峩眉而小所以起蜀客思歸之興因蜀客歸之句所以引長安之日也 堯卿 酈道元水經註云高密水西源出奕山亦曰障日山

韓太祝送遊太山

偶作郊原十日遊未應迴首厭籠囚但教塵土驅馳足終把雲山爛熳酬閒道逢春思濯錦【次公】濯錦成都也言因景物而懷鄉爾【希吉】成都古今記濯錦江自州西北分爪東流至州北街過入文富坊東流至彫坊尾又同南流於與聖觀直東南至大慈寺前有錦江橋是也便須到處覔菟裘【續】魯隱公曰使營菟裘吾將老矣恨君不上東峯頂夜看金輪出九幽【續】漢官儀曰太山東南名曰日觀雞一鳴時見日始出長三丈許

登雲龍山

醉中走上黃茆岡滿岡亂石如羣羊【次公】暗使黃初平事神仙傳黃初平少時牧羊有道士將至金華山四十餘年後其兄初起行山尋索見初平問曰羊何在初平曰近在山東耳乃俱往視之見白石無數初平叱之石盡起變成羊岡頭醉到石作牀仰看白雲天茫茫歌聲落谷秋風長路人舉首東南望拍手大笑使君狂【次公】李白詩襄陽小兒齊拍手又云仰天大笑出門去

與客遊道場何山得烏字【少度】吳興統記正真寺在州南一十六里有山曰道場山

清溪到山盡飛路盤空小紅亭與白塔【商老】吳興統記郡有五亭曰白蘋亭曰集芳亭曰小

光亭曰朝發亭曰碧皮亭又白塔巷有白石塔因而名之在川西三里隱見喬木杪【次公】選詩俛視喬木杪中休得

小庵孤絶寄雲表洞庭在北户【次公】杜詩七星在北户雲水天渺渺庵僧

俗緣盡【續】圓澤謂李源曰俗緣未盡慎勿相近淨業洗未了【次公】杜詩齊魯青未了十年畫

鵲竹益以詩自繞高堂儼像設禪客各深窈奔泉何處來華

屋過溪沼何山隔幽谷去路清且悄長松度翠蔓絶壁掛啼

鳥我友自杭來尚歎所歷少歸塗風雨作一洗紅日燎我驚

萬竅號【厚】莊子大塊噫氣其名爲風是唯無作作則萬竅號怒黑霧卷蓬蓼舟人紛變色坐

羨輕鷗矯我獨換酒杯醉死勝流殍書生例彊狠造物空煩

擾更將掀舞勢把燭畫風篠美人爲破顏正似腰肢嫋明朝

便陳迹【次公】王羲之蘭亭記俯仰之間已爲陳迹清景墮空杳作詩記餘歡萬古一

昏曉【次公】杜詩陰陽割昏曉

初入廬山三首 註見後首

青山若無素偃蹇不相親【次公】先生詩又云青山偃蹇似高人又曰登臨不得要萬象各偃蹇要識

廬山面他年是故人【坡】山南山面也

自昔懷清賞神遊杳靄間如今不是夢真箇在廬山

鞋青竹杖自掛百錢游【續】晉阮修常步行以百錢掛杖頭至酒店便獨酣暢可怪深山裏

人人識故侯【次公】漢書邵平者故秦東陵侯種瓜於長安城東【子仁】先生詩話云僕初入廬山山谷奇秀平日所未見殆應接不暇遂發意不欲作詩已而見山中僧俗皆云蘇子瞻來矣不覺作一絕云芒鞋青竹杖云云既而哂前言之謬復作兩絕句云青山若無素云云坡詩話則今第三篇為首篇矣

贈東林總長老【堯卿】江州廬山亦謂之匡廬昔有匡先生者結廬於此故因以得名山在州之南三十里二林又在山之南五里許小嶺可到兩寺相鄰晉道永遠所居規制廣袤若一大縣水石深怪古迹無窮東林三門內有小渠名曰虎溪西林即永法師所居規制稍不及東林東林舊為房居其後朝旨改為禪寺命僧常總者住持總生南劍州尤溪施氏母夢男子傾然如金握白芙蓉三柄以授之但一柄得全餘委於地覺而娠後誕三子伯仲皆不育總其幼也元豐三年革江州東林律居為禪席觀文殿學士王公韶出守南昌欲延寶覺禪師寶覺舉總自代總知之宵遁去王公檄諸郡必得之竟獲於新塗深山窮谷中遂應命其徒又相語曰遠公嘗有讖記云吾滅七百年後有肉身大士革居道場今符其語矣事見僧寶傳

溪聲便是廣長舌【厚】傳燈錄袁州南源道明禪師有一僧問一言作麼生師乃吐舌云待我有廣長舌即向汝道【[illegible]】[illegible]平

經大世尊見大神力出廣長舌清淨法身山色豈非清淨身【次公】佛言三身曰法身者清淨無相之身也曰化身者受生示現之身也曰報身者功德莊嚴之身也夜來八萬四千偈他日如何舉似人

題西林壁【鹿】先生詩評云與總老同遊西林作此詩【子仁】廬山記云乾明寺舊名西林興國中賜今額

橫看成嶺側成峯遠近高低無不同不識廬山真面目只緣身在此山中

廬山二勝 并序

余游廬山南北得十五六奇勝殆不可勝紀而懶不作詩獨擇其尤者作二首

開先漱玉亭【元厚】廬山記云開先禪院舊傳梁昭明太子之居棲隱也唐元宗即位始號開先有招隱橋元帝所作山南山北有瀑布無慮十餘處香爐峯與雙劍峯在瀑布之傍水源在山頂人未有窮知者或曰西入康王谷爲水簾東爲開先之瀑布

高巖下赤日深谷來悲風擘開青玉峽飛出兩白龍【次公】以言瀑布也亂沫散霜雪古潭搖清空餘流滑無聲快瀉雙石拱我來不

忽去月出飛橋東蕩蕩白銀闕沉沉水精宮 子仁 海中三神仙山以白銀爲宮闕而世謂湖州爲水精宮此皆借字用爾 祖可 任昉述異記闔閭造水晶宮 頓隨琴高生 續 列仙傳琴高趙人也以鼓琴爲宋康王舍人行涓彭之術浮遊冀州涿郡間二百餘年後辭入涿水中取龍子與弟子期之曰皆潔齋候於水旁設祠屋果乘赤鯉來出祠中且有萬人觀之留一月即復入水去 脚踏赤鯶公 次公 酉陽雜俎唐律捕魚得鯉即放號赤鯶公輒殺者抵罪以讖言鯉爲李也

手持白芙蕖跳下清泠中

棲賢三峽橋 子仁 按子由廬山棲賢僧堂記云元豐三年余過廬山入棲賢谷谷中多大石岌業相倚水行石間其聲如雷霆如千乘車行者震掉不能自持雖三峽之嶮不過也故橋曰三峽

吾聞太山石積日穿綫溜 厚 前漢枚乘言太山之溜穿石單極之綆斷幹 況此百雷霆萬世與石鬭深行九地底 次公 兵書行於九地之下 任 善攻者動於九天之上善守者藏於九地之下 嶮出三峽右 續 三峽瞿唐巫山黄牛也 長輸不盡溪 次公 杜詩不盡長江衮衮來 子仁 退之詩高浪駕天輸不盡 欲滿無底竇 次公 列子渤海之東有大壑焉惟無底之谷名曰歸墟 跳波翻潛魚震響

落飛狖清寒入山骨 次公 石鼎詩巧匠琢山骨 草木盡堅瘦空濛煙靄間澒洞金石奏彎彎飛橋出瀲瀲半月彀玉淵神龍近 子仁 賈誼弔屈原文云襲九

湫之神龍 雨雹亂晴晝垂餅得清甘可嚥不可漱

木山 并序

吾先君子嘗蓄木山三峯且爲之記與詩詩人梅二丈聖俞見而賦之今三十年矣而犹子千乘又得五峯益奇因次聖俞韻使并刻之其側

梅聖俞

空山枯楠大蔽牛〔次公〕樹其大蔽牛莊子櫟社霹靂夜落魚鳧洲〔次公〕蜀有帝名魚鳧李白蜀道難云蠶叢及魚鳧開國何茫然〔德傳〕成都記云蠶叢之後有柏濩柏濩之後有魚鳧皆蠶叢氏之子也魚鳧治在今導江縣嘗獵湔山得道乘虎而去杜宇遂繼魚鳧之後魚鳧水射幾千秋壽蠹肌爛隨沙蕩流唯存堅骨蛟龍鎪形俘三山中雄酋左右兩峯相挾翼尊奉君長無慢尤蘇夫子見之驚且喜買於溪叟憑貂裘〔次公〕蘇秦黑貂之裘弊〔緋〕劉禹錫歌典却身烏貂裘因嗟大不爲梁棟〔天祐〕唐杜如晦傳君當爲棟梁用又歎殘不爲薪槱〔次公〕杜詩大廈如傾要梁棟詩云薪之槱之雨侵蘚澀得石瘦宜與夫子歸隱丘

次韻

木生不願回萬牛願終天年仆沙洲 厚 杜詩古栢行云大厦如傾要梁棟萬牛回首丘山重又莊子山中之木以不材得終其天年 時來幸逢河伯秋掀然見悻推不流 續 莊子秋水時至百川灌河涇流之大兩涘渚崖之間不辨牛馬於是河伯欣然而喜 蓬婆雪嶺巧雕鏤螯蟲行蟻爲豪酋 次公 蓬婆雪嶺蜀所近吐蕃之山名杜詩更獲蓬婆雪外城行蟻音行列之行杜詩行蟻上枯梨 阿咸大膽忽持去河伯好事不汝尤 次公 阮籍之姪曰咸杜詩守歲阿咸家又韓退之云無本於爲文身大不及膽 城中古沼浸坤軸一林瘦竹吾菟裘 援 老杜萬頃浸坤軸左傳使營菟裘吾將老焉 二頃良田不難買三年樘木行可樽 援 蘇秦云使我有負郭田二頃豈能佩六國相印乎杜詩飽聞樘木三年大與致溪邊十畝陰 會將白髮對蒼巘魯人不厭東家丘 次公 論衡曰魯人不識孔子聖人乃曰彼東家丘者吾知之矣

次韻王忠玉遊虎丘絶句三首 堯卿 名俞時爲憲使

當年大白此相浮 續 說苑魏文侯與大夫飲酒使公乘不仁爲觴政曰飲不釂者浮以大白 良 吳都賦飛觴舉白 老守淚賓得二丘 自 郡人有閭丘公太守王規父嘗云不謂虎丘即謂閭丘規[illegible]也 白髮重來故

人盡空餘叢桂小山幽【[illegible]】淮南王安僊隱士辭云桂樹叢生兮山之幽枝蹇連卷兮枝繚又許慎淮南鴻烈解序云安與蘇飛李尚左吳田由雷被毛被伍被晉昌等八人及諸儒大山小山之徒共講論道德文選註隱士者淮南小山之所作也又劉禹錫云淮南桂樹小山辭則小山者人名而已與先生言小山幽詩意不同以俟明識

青蓋紅旗映玉山新詩小草落玄泉【援】孟東野詩手中飛黑電象外寫玄泉【師】張伯英臨池學書池水盡黑玄泉黑泉也風流使者人爭看知是真娘立道邊相虎丘中路有真娘墓【次公】白樂天真娘墓詩題下註云在虎丘寺蓋在寺門之外今尚存【鐃】李宗諤蘇州圖經云吳真娘墓在長洲縣西北五里雲岩寺西南山下【彥忠】吳郡圖經續記云真娘墓在虎丘寺側真娘吳國之佳麗也文士遊此者多有篇詠有譚生題一絕譏詞人之重色由是稍稍息筆

舞衣歌扇轉頭空只有青山杳靄中莫共吳王鬭百草使君未敢借驚鴻【續】劉禹錫詩若共吳王鬭百草不知應是欠西施【次公】曹子建之言洛神曰翩若驚鴻婉若游龍

上巳日與二子迨過游塗山荊山記所見【無逸】左傳禹會諸侯于塗山杜預註云塗山在壽春東北【明仲】蘇鶚演義云塗山有四一者會稽二者渝州三者濠州四者宣州當塗縣【龍文】雲水經云荊山在南郡臨沮縣東北其頂上一池周四十里步旁有石室亘玄征奄並有詩

此生終安歸旋軫天下半竭來乘欙廟【次公】乘欙廟禹廟也禹本紀陸行乘車水行乘舟泥

行乘欙山行乘檋音紀録反今使標字音力詭反王篇云山行所乘也山行所乘則乃檋之謂矣【子仁】虞書禹曰予乘四載註云謂水乘舟陸乘車泥乘輴山行乘欙也

復作微禹歎【坡】昔自南河赴杭州過此蓋二十二年矣【續】左傳劉定公臨河歎曰美哉禹功明德遠矣微禹吾其魚乎

從祠及彼呱【坡】有啓廟【援】書啓呱呱而泣【次公】彼呱字出柳子厚天對

像設偶此粲【坡】塗山氏【續】塗山氏禹妻也詩云如此粲者何

秦祖嘗侑坐【坡】謂伯翳【次公】史記大費與禹平水土已成功帝錫玄圭禹受曰非予能成亦大費爲輔舜曰咨爾費贊禹功其賜爾皁游是爲伯翳賜姓嬴氏也

夏郊亦薦祼【坡】有鯀廟【厚】禮記祭法篇夏后氏禘黃帝而郊鯀

可憐淮海人尚記弧矢旦【坡】淮南人相傳禹以六月生是日數萬人會山上雖傳記不載然相傳如此【續】禮記男子生以桑弧蓬矢射天地四方

荊山碧相照楚水清可亂刖人有餘坑【厚】劉向新序荊人卞和得玉璞而獻之荊厲王使玉尹相告之曰石也王以和爲謾而斷其左足厲王薨武王即位和復奉玉璞而獻之王使玉尹相告之曰石也又以爲謾而斷其右足及共王即位奉玉璞而哭於荊山中共王聞之乃使人理其璞而得寶焉名曰和氏之璧

美石肖溫璸【坡】荊山下有卞和採玉坑石色如玉不受鑱刻取出山下輒變色不復溫潤

龜泉木杪出牛乳石池漫【坡】在荊山龜泉下色白而甘蒀陸羽所謂石池漫流者有石記云唐正元中隨白龜流出

小兒彊好古侍史笑流汗歸時

蝙蝠飛【次公】退之詩黃昏到寺蝙蝠飛

炬火記遠岸

靈隱前一首贈唐林夫

靈隱前天竺後兩澗春淙一靈鷲【縯】昔有胡僧見杭州靈隱寺云此山自天竺鷲山飛來故人名之曰天竺山也【德揚】圖經杭州靈山之陰北澗之陽即靈隱寺靈山之南南澗之陽即天竺寺二澗流水另錢源泉遶寺峯南北而下至峯前合爲一澗有橋號合澗橋不知水從何處來跳波赴壑如奔雷【駒父】韋應物聽嘉陵江聲云水性自亡性石中本無聲如何兩相激雷轉空山鳴無情有意兩莫測肯向冷泉亭下相縈回【夢僊】圖經云冷泉亭在飛來峯下唐右司郎中杭州刺史元萸建【厚】白樂天冷泉亭記東南山水餘杭郡爲最就郡言靈隱爲尤由寺觀冷泉亭爲甲亭在山下水中央寺西南隅我在錢塘六百日【次公】在錢塘六百日雖是紀實暗使白樂天詩在郡六百日遊山十二回也先生解杭守日别南北山道人詩云到郡依前六百日山中不記幾回來山中暫來不煖席【援】文子云黒無黔突孔子無煖席今君欲作靈隱居葛衣草屨隨僧蔬能與冷泉作主一百日不用二十四考書中書【縯】唐書郭子儀以身爲天下安危者二十年校中書令二十四考

同正輔表兄游白水山【邠老】白鶴故居圖云白水山羅浮峯之西瀑布在焉

偉哉造物真豪縱【厚】莊子子來病子犁往問之倚其戶與之語曰偉哉造物又將奚以汝爲攫土摶沙爲此弄擘開翠峽走雲雷截破奔流作潭洞因隨化人覆巨迹【次公】列子周穆王時西域之國有化人來白水巖有大足迹世謂之佛迹今化人則借以言佛爾得與仙兄躡飛鞚【厚】鮑

昭詩飛鞚越平陸又杜詩黄門飛鞚不動塵　曳杖不知巖谷深穿雲但覺衣裘重坐看
鷩鳥救霜葉【次公】退之南山詩林柯有脫葉欲隊鳥爭救　知有老蛟蟠石甕金沙玉礫
粲可數古鏡寶奩寒不動念兄獨立與世踈絶境難到惟我
共永詞角上兩蠻觸【縯】莊子有國於蝸之左角曰蠻氏右角曰觸氏爭地而戰　一洗胸中九雲
夢【援】子虛賦齊之青丘吞楚之雲夢者八九而於其胸中曾不芥蔕　浮來山高回望失【次公】浮來山言羅浮山也古云自會稽浮來
武陵路絶無人送【次公】謂桃源也　鈎簾擷翠爪甲香素綆分
流銀缾凍歸路霏霏湯谷暗【次公】淮南子曰出於湯谷入於咸池一作暘谷或云山中有湯泉也　野
堂活活神泉湧【申之】物類相感至高密瑯琊之臺上有神泉人或汙之則竭　解衣浴此無垢人
【次公】維摩經入解之浴池定水湛然滿布以清淨華浴此無垢人　身輕可試雲間鳳

次韻正輔同游白水山

秖知楚越爲天涯不知肝膽非一家【縯】莊子自其異者視之肝膽楚越矣自其同者視之万物皆一也　此身如綫自縈繞左回右轉隨繅車誤拋山林入朝市
平地咫尺千褒斜【厚】梁州記萬古城泝漢上七里有褒谷南口曰褒北口曰斜白樂天詩□□途窮平谷險與足劇褒斜

欲從稚川隱羅浮【坡】葛洪字稚川隱於羅浮山先與靈運開永嘉【次公】永嘉溫州也謝靈運在永嘉登山臨水佳處無不游嘗自始寧南山伐木開徑直入臨海首參虞舜歎韶石【厚】郡國志韶州有韶石此舜登此石奏韶樂次謁六祖登南華【次公】南華寺在韶州六祖曹溪道場也仙山一見五色羽【次公】言五色雀也廣南有之雪樹兩摘南枝花【次公】南枝言梅也鬼仙詩云南枝向暖北枝寒赤魚白蟹箸屢下一作白魚赤蟹【厚】何曾日食萬錢猶云無下箸處黃柑綠橘籩常加【續】周禮籩人掌四籩之實加籩之實菱芡栗脯糖霜不待蜀客寄【次公】東蜀梓州有糖霜而廣南亦有荔支莫信閩人誇【厚】荔支譜云廣南及梓夔之間所出大率早熟其精好者僅比閩中之下品恣傾白蜜收五稜去聲【厚】嶺南錄瀧州山中多紫石英其大小皆五稜兩頭如箭鏃著水飲之煖而無毒【次公】白蜜以言酒也廣南以田畝爲稜收五稜則所種酒稻也細斸黃土栽三椏【坡】正輔分人參歸種韶陽來詩本用亞字惠州無書不見此字所出故且從木奉和【次公】人參生在黃土中高麗人作人參贊曰三椏五葉背陽向陰朱明洞裏得靈草【次公】朱明洞羅浮山洞也翩然放杖淩蒼霞【無已】退之詩縱身淩蒼霞豈無軒車駕熟鹿亦有鼓吹浮寒蛙【援】孔稚圭以庭下鳴蛙爲兩部鼓吹也仙人勸酒不用勺石上自有樽罍窪【厚】元次山窊樽銘序道州城東有左湖湖東二十步有水石山山巔有窊石可以爲尊徑從此路朝玉闕千里莫遣毫釐差【續】易

差之毫釐失之千里

故人日夜望我歸相迎欲到長風沙【厚】李白長干行相迎不道遠直至長風沙【詩晦】按同安志長風沙鎮在懷寧縣東一百二十里【補註】博物志天河與河通有居海島者每年見浮槎來往不失期人異之遂賫糧乘之忽至一處望舍中多織婦俄見一丈夫牽牛者次飲之後隨槎復返因至蜀問嚴君平君平曰某年月日有客星犯牛斗約日計之乃此人到天河時也豈知乘槎天女側獨倚雲機看織紗世間誰似老兄弟篤愛不復相疵瑕相攜行到水窮處【厚】王維詩行到水窮處行看雲起時庶幾一見留子嗟【次公】詩丘中有麻彼留子嗟註云留大夫氏子嗟字也千年狗杞常夜吠【援】續神仙傳朱孺子一日忽見二花犬相趂入狗杞叢下因異之乃尋掘得二狗杞根形狀如犬【次公】白樂天詩不知靈藥根成狗恠得時聞夜吠聲無數草棘工藏遮但令凡心一洗濯神人仙藥不可遮山中歸來萬想滅豈復回顧雙飛鴉

江上看山

船上看山如走馬倏忽過去數百群前山槎牙忽變態後嶺雜遝如驚奔仰看微逕斜繚繞上有行人高縹渺舟中舉手欲與言孤帆南去如飛鳥

巫山

瞿塘迤邐盡巫峽崢嶸起連峯稍可怪石色變蒼翠天工運神巧漸欲作奇偉坱圠勢方深結構意未遂旁觀不暇瞬步步造幽邃蒼崖忽相逼絶壁凜可悸仰觀八九頂俊爽凌浩氣晃蕩天宇高崩騰江水沸孤超兀不讓直拔勇無畏攀緣見神宇憇坐就石位巉巉隔江波一一問廟史遥觀神女石綽約誠有以俯首見斜鬟拖霞弄脩帔人心隨物變遠覺含深意野老笑吾旁少年嘗屢至去隨猨狖上反以繩索試石筍倚孤峯突兀殊不類世人喜神怪論說驚幼穉楚賦亦虚傳神仙安有是次問掃壇竹云此今尚爾翠葉紛下垂婆娑綠鳳尾風來自偃仰若爲神物使子仁永嘉記川江緣岸有仙石壇有竹嬋娟青翠風來枝動掃石壇壇上無塵即此類絶頂有三碑詰曲古篆字老人那解讀偶見不能記窮探到峯背採斫黄楊子黄楊生石上堅瘦紋如綺貪心去

不顧澗谷千尋縋山高虎狼絕深入坦無忌冥蒙草樹密葱蒨雲霞賸石竇有洪泉甘滑如沆瀣終朝自濯漱冷冽清心胃浣衣挂樹梢磨斧就石鼻徘徊雲日晚歸意念城市不到今十年衰疾筋力憊當時伐殘木芽蘖已如臂忽聞老人說終日爲嘆喟神仙固有之難在忘勢利貧賤爾何愛棄去如脫屣嗟爾若無還絕粒應不死

峴山

遠客來自南游塵昏峴首過關無百步曠蕩吞楚藪登高忽惆悵千載意有偶所憂誰復知嗟我生苦後團團山上檜歲歲閱榆柳天才固已殊安得同永久可憐山前客倏忽星過霤（予巳 三星在霤註云如心星之光耀見於魚笱之中其去須臾不可久也）賢愚未及分來者當自剖

萬山（按 時獨不遊問轍而作）

西行度連山北出臨漢水漢水蹙成潭旋轉山之趾禪房久

已壞古甃含清泚下有仲宣欅綆刻深容指【子仁】杜詩應同王粲宅留井峴山前仲宣粲字也回頭望西北隱隱龜背起傳云古隆中萬樹桑柘美月烱轉山曲山上見洲尾緑水帶平沙盤盤如抱珥山川近且秀不到懶成耻問之安能詳畫地費聱牙

驪山

君門如天深幾重君王如帝坐法宮人生難處是安穩何爲來此驪山中複道淩雲接金闕樓觀隱煙横翠空林深霧暗迷八駿朝東暮西勞六龍六龍西幸峨眉棧悲風便入清華院霓裳蕭散羽衣空麋鹿來游猿鶴怨【續】唐明皇帝於驪山温湯作清華宮朝元閣羯鼓樓長生殿歲與楊貴妃幸温湯妃能舞霓裳羽衣曲後安禄山亂西幸入蜀伍子胥諫吳王曰將見麋鹿游姑蘇之臺猿鶴怨字出北山移文八駿周穆王所乘六龍天子所駕也我上朝元春半老滿地落花無人掃羯鼓樓高挂夕陽長生殿古生青草可憐吳楚兩醯雞築臺未就已堪悲【續】楚靈王築章華臺吳王夫差築姑蘇臺長楊五柞漢幸免【續】漢武帝建長楊五柞宮有千門萬户之侈末年盜賊遍天下

幾至大亂江都樓成隋自迷【續】隋煬帝開汴河泛艦爲江都之游浙人項昇進新宮圖帝愛之即如圖營建既成幸之曰使真仙游此亦當自迷可目之曰迷樓由來流連多喪國宴安鴆毒因奢惑三風十愆古所戒【續】宴安鴆毒見左傳三風十愆見書伊訓不必驪山可亡國【續】唐寳曆中敬宗欲幸驪山時拾遺張權輿伏紫宸殿下諫曰昔周幽王幸驪山爲犬戎所殺秦始皇葬驪山國亡玄宗宮驪山而祿山亂先帝幸驪山而年不長帝曰驪山若此之凶耶我宜一往以驗彼言

驪山絶句三首

功成雖欲善持盈可歎前王恃太平辛苦驪山山下土阿房纔廢又華清【續】秦始皇作阿房宮唐明皇作華清宮皆在驪山

幾變雕墻幾變灰舉烽指鹿事悠哉【續】周幽王舉烽火會諸侯以悅褒姒趙高指鹿爲馬以欺秦二世上皇不念前車戒却怨驪山是禍胎

海中方士覓三山萬古明知去不還咫尺秦陵是商監朝元何必苦躋攀【續】秦始皇令方士徐福等入海求三神山後葬驪山下唐明皇作朝元閣於驪山

王狀元集百家註分類東坡先生詩卷之七

王狀元集百家註分類東坡先生詩卷之八

江河

詩十首

湯村開運鹽河雨中督役 【堯祖】按圖經仁和縣湯村鎮市在安仁東鄉去縣四十一里而都鹽倉在天宗門東【持晦】按國史先生本傳云開西湖疏茆山鹽橋河修治堰閘與民興利除害講究甚悉郡人德之為立祠堂云

居官不任事蕭散羨長卿胡不歸去來滯留愧淵明【次公】相如倦遊不慕官爵求為文園令稱疾閒居此雖居官而不任事也既不能如長卿之蕭散又不如淵明之歸去所以歎其督役之勞也【援】淵明賦歸去來解印去彭澤太史公滯留周南鹽事星火急誰能卹農耕【子仁】諷開此河不當又妨農事也薨薨曉鼓動萬指羅溝坑天雨助官政泫然淋衣纓人如鴨與猪投泥相濺驚下馬荒堤上四顧但湖泓線路不容足又與牛羊爭歸田雖賤辱豈失泥中行寄語故山友慎毋厭藜羮【厚】莊子孔子窮於陳蔡之間七日不火食藜羮不糝陶潛貧士詩敝襟不掩肘藜羮常乏斟王子淵頌羮藜含糗者不足以諭太牢之滋味韓愈重雲詩藜羮尚如此肉食安可言

熙寧十年秋河決澶淵注鉅野入淮泗自澶魏以北皆絶流而齊楚大被其害彭門城下水二丈八尺七十餘日不退吏民疲於守禦十月三十日澶州大風終日既止而河流一枝已復故道聞之喜甚庶幾可塞乎乃作河復詩歌之道路以致民願而迎神休蓋守土者之志也

君不見西漢元光元封間河決瓠子二十年[續]瓠子隄名也在今澶州漢元光中河決瓠子東南注鉅野通於淮泗塞之輒復壞後二十餘年元封二年上有事萬里沙過祠太山還至瓠子自臨決河築宣房於是作宣房之歌[次公]前漢武帝元光元年歲在丁未盡六年改元朔則歲在癸丑盡六年改元狩則歲在己未盡六年改元鼎則歲在乙丑盡六年改元封則歲在辛未自元光至元封凡二十五年按溝洫志元光中河決瓠子此元光之決也又曰上有事萬里沙則還自臨河此元封之決也先生詩蓋言此兩段事鉅野東傾淮泗滿楚人恣食黃河鱣[次公]武帝作瓠子之歌有云吾山平兮鉅野溢又曰搟齧浮桑兮淮泗滿[曾直]魏武帝四時食制鱣魚大如五斗奩長一丈郭璞註爾雅鱣魚長二丈萬里沙回封禪罷[師]萬里沙神祠也在萊州掖縣初遣越巫沉白馬[續]上有事萬里沙回自臨決河沉白馬玉璧[次][公]郊祀志云既滅南越命越巫立越祝沉白馬河公未

許人力窮薪芻萬計隨流下【厚】河渠書天子令群臣從官自將軍已下皆負薪寘決河作歌曰搴長茭兮沉美玉河不許兮薪不屬焉帝遣風師下約束北流夜起澶州橋東風吹凍收微淥神功不用淇園竹【續】武帝塞瓠子時東郡燒草以故薪柴少而下淇園之竹以爲揵楚人種麥蒲河淤仰看浮槎棲古木【援】柳宗元詩瘦頭水落村徑成撩亂浮槎在高樹

百步洪二首并序

王定國訪予於彭城一日棹小舟與顏長道攜盼英卿三子游泗水北上聖女山南下百步洪吹笛飲酒乘月而歸余時以事不往夜着羽衣佇立於黄樓上相視而笑以謂李太白死世無此樂三百餘年矣定國既去逾月余復與錢塘參寥師放舟洪下追懷曩遊已爲陳迹喟然而嘆故作二詩一以遺參寥一以寄定國且示顏長道舒堯文請同賦云

長洪斗落生跳波【次公】上林賦馳波跳沫輕舟南下如投梭水師絶叫鳧鴈起【次公】袁彦道樗蒱投馬絶叫亂石一線争磋磨【呂】淇奥詩如切如磋如琢如磨有如兔走鷹隼落駿馬下注千丈坡斷絃離柱箭脱手飛電過隙珠翻荷四山眩轉風掠耳但見流沫生千渦嶮中得樂雖一快何異水伯誇秋河【縯】莊子秋水時至百川灌河涇流之大兩涘渚崖之間不辯牛馬於是焉河伯欣然自喜以天下之美爲盡在己也我生乘化日夜逝【子仁】歸去來辭聊乘化以歸盡坐覺一念逾新羅【次公】此即禪伯所謂鷂子過新羅也【師】傳燈録有僧問盤禪師如何是覿面事師曰新羅國去也新羅在海外一念已逾即莊子所謂俯仰而撫四海也紛紛争奪醉夢裏豈信荆棘埋銅駝【厚】晉索靖有先識遠見知天下將亂指洛陽宫門銅駝歎曰會見汝在荆棘中覺來俯仰失千劫回視此水殊盤渦坐看岸邊蒼石上古來篙眼如蜂窠但應此心無所住【次公】金剛經因無所住而生其心造物雖駛如吾何回船上馬各歸去多言譊譊師所呵

佳人未肯回秋波【子仁】秋波謂眼也幼輿欲語防飛梭【縯】晉謝鯤字幼輿鄰家高氏女有美色鯤嘗挑之女投梭折其兩齒時人爲之語曰任達不已幼輿折齒鯤聞之傲然長嘯曰猶不廢我嘯歌輕舟弄水買一笑醉

中蕩槳肩相磨子仁杜詩巴童蕩槳欹側過不學長安閭里俠厚前漢書閭里之俠原涉爲魁
貂裘夜走燕脂坡厚燕脂坡長安妓館坊名獨將詩句擬鮑謝援鮑照謝靈運也縹江總詞氣賢約鮑謝又史柄曰足下辛詩往往氣凌鮑謝涉江共採秋江荷厚李白詩涉江弄秋水愛此荷花鮮子仁選詩涉江採芙蓉芙蓉即荷也不知詩中道何語但見兩頰生微渦我時羽服黃樓上
坐見織女初斜河縹小說沈敬言傳小鬟之語曰姮娥妬人不肯留照織女無賴已復斜河歸來笛聲滿
山谷明月正照金叵羅厚李白詩蒲萄酒金叵羅又云白酒金叵羅奈何捨我入塵土
擾擾毛群欺卧駞次公欺卧駞事見笑林不念空齋老病叟退食誰與同
委蛇次公詩委蛇委蛇自公退食時來洪上看遺迹忍見屐齒青苔窠詩成
不覺雙淚下悲吟相對惟羊何縹宋謝靈運與族弟惠連何長瑜荀雍羊璿之以文章賞會時人謂之四友靈運有登臨海嶠詩其序云與從弟惠連見羊何共和之厚李白詩別後遥傳臨海作可見羊何共和之欲遣佳人寄錦
字援竇滔徙流沙其妻蘇氏織錦爲回文詩以贈滔宛轉循環辭甚淒切子仁杜詩誰家挑錦字燭滅翠眉嚬夜寒手冷無
人呵縹李白於便殿草詔時大寒筆凍帝令宫妓十人各執牙筆呵之令白迹取書字

江漲用過韻

草木生故墟牛羊滿空濱春江圍草市夜浪浮竹屋【□】唐呂秀才里爲竹室記云二環者所摟率用竹以結其四角植者爲柱楣撑者爲榱桷破者爲宙削者爲障　已連漲海白【厚】南史浮南東界即大漲海

尚帶霍山綠【次公】霍山則惠州江所出也　坎離更休王【次公】坎水也離火也火旺則水休水旺則火休也　魚

鼈橫陵陸得非崑崙囚欲報陸渾劒【次公】陸渾縣名皇甫湜爲令有山火詩韓退之和之其詩盛陳山火之熾勢以爲火官用事而水官告之於帝帝謂之以此孟時行使然波於中酉之月然後可聘乃弱火官之邑而囚火官於崑崙以報怨也陸渾劒劒敗也

行看北風競【續】左傳晉人聞有楚師師曠曰不害吾驟歌北風又歌南風南風不競　來救南國蹙【援】左傳成十六年云南國蹙射其元王中厥目

長驅連山燒一掃含沙毒【厚】山海經大荒南有蜮蜮水中含沙射人影中則成瘡

孤吟邈造化何時停倚伏【續】老子禍兮福所倚福兮禍所伏　當憐水旱民不

依舟車蓄【厚】史記旱則資車水則資舟物之理也　江流儻席卷【次公】詩我心匪席不可卷也　社酒期

苞縮【次公】古者以苞茅縮酒如左傳云楚責苞茅不入無以縮酒是已

連雨漲江二首

越井岡頭雲出山牂牁江上水如天【厚】柳子厚詩林邑東回山似戟牂牁南下水如湯又云桂嶺瘴來雲似墨洞庭春盡水如天　牀牀避漏幽人屋【續】杜甫茅屋爲秋風所破歌牀牀屋漏無乾處　浦浦移家

蜑子船【援】鄭谷淮上漁者詩白頭波上白頭翁家逐船移浦浦風　龍卷魚鰕并雨落【次公】杜詩細雨落魚兒

人隨雞犬上墻眠【續】退之宿曾江口詩雞犬俱上屋不復走與飛　只應樓下平江水長記

先生過嶺年

急雨蕭蕭作晚涼卧聞榕葉響長廊【厚】柳子厚詩山城雨過百花盡榕葉滿庭鶯亂啼　微

明燈火耿殘夢半濕簾帷浥舊香高卧隱牀吹甕盎【次公】隱牀義同欹牀也杜詩鍾殘僧欹牀凡聲徹於牀榻者皆是是已退之詩云餘瀾怒不已喧聒鳴甕盎　闇風驚樹擺琳琅先生不

出晴無用留向空堦滴夜長【續】何遜詩云曉燈闇離室夜雨滴空堦

新灘【子仁】水經云江水歷峽東逕新崩灘晉太元初山崩水逆流百餘里故謂之新崩灘

扁舟轉山曲未至已先驚白浪横江起槎牙似雪城番番從

高來二一投澗坑大魚不能上暴顋灘下横小魚散復合瀺

灂如遭𢍰鸕鷀不敢下飛過兩翅輕白鷺誇瘦捷揷脚還欹

傾區區舟上人薄技安敢呈只應灘頭廟賴此牛酒盈

新灘阻風

北風吹寒江來自兩山口初聞似摇扇漸覺平沙走飛雲㵝巖谷舞雪穿總牖灘下三日留識盡山前叟孤舟倦鵶軋短纜困牽揉嘗聞不終日今此獨何久【子仁】老子飄風不崇朝驟雨不終日只應留遠人此意固亦厚吾今幸無事閉户爲飲酒

漢水

捨棹忽逾月沙塵困遠行襄陽逢漢水偶似蜀江清蜀江固浩蕩中有蛟與鯨漢水亦云廣欲涉安敢輕文王化南國游女儼如卿【援】見詩漢廣洲中浣紗子環佩鏘鏘鳴古風隨世變寒水空泠泠過之不敢慢佇立整冠纓

湖

詩二十六首

次韻子由柳湖感物

憶昔子美在東屯【續】東屯今在夔州故城之東數間茅屋蒼山根嘲吟草木調蟲豨欲與猿鳥爭啾喧子今憔悴衆所棄驅馬獨出無往還

惟有柳湖萬株柳【子仁】杜牧之詩萬枝楊柳拂波垂 清陰與子供朝昏胡爲譏評去聲不必借生意凌挫難爲繁柳雖無言不解慍世俗乍見應憮然嬌姿共愛春濯濯【援】晉書王恭風度濯濯如春月柳 豈問空腹脩蛇蟠朝看濃翠傲炎赫夜愛疎影搖清圓風翻雪陣春絮亂蠹響啄木秋聲堅四時盛衰各有態搖落悽愴驚寒温南山孤松積雪底抱凍不死誰復賢

和蔡準郎中見邀遊西湖三首

夏潦漲湖深更幽西風落木芙蓉秋飛雪暗天雲拂地新蒲出水柳映洲湖上四時看不足惟有人生飄若浮【次公】莊子其生也若浮 解顏一笑豈易得【次公】壺子之於列子五年之後始得解顏一笑 主人有酒君應留君不見錢塘宦遊客朝推囚暮決獄不因人喚何時休城市不識江湖幽如與蟪蛄語春秋【續】莊子逍遙遊篇蟪蛄不知春秋 試令江湖處城市卻似麋鹿游汀洲高人無心無不可得坎且止乘

流浮【援】賈誼鵩賦乘流則逝兮得坎則止公卿故舊留不得遇所得意終年留【續】李白在江東乘扁舟一日千里或遇勝景終年不移君不見拋官彭澤令琴無絃巾有酒醉欲眠時遣客休【厚】陶潛爲彭澤令郡遣督郵至吏白應束帶見之潛歎曰吾不能爲五斗米折要育事鄉里小人即日解印賦歸去來常蓄素琴一張絃徽不具每朋酒之會則撫而和之曰但識琴中趣何勞絃上聲郡將侯潛逢其酒熟取頭上葛巾漉酒畢還復着之貴賤造之者有酒輒設潛若先醉便語客曰我醉欲眠卿且去其真率如此田間決水鳴幽幽插秧未遍麥已秋相攜燒筍苦竹寺却下踏藕蓮花洲【子仁】杜詩禾麥寒刺上踏藕野泥中船頭斫鮮細縷縷船尾炊玉香浮浮【次公】詩生民烝之浮浮臨風飽食得甘寢肯使細故胷中留君不見壯士憔悴時饑謀食渴謀飲功名有時無罷休

和子由柳湖久涸忽有水開元寺山茶舊無花今歲盛開二首

太昊祠東鐵墓西【次公】太昊之墟陳州也太昊有祠與夫鐵墓皆在陳州子由爲陳州教官故詩及之【堯祖】志林云余舊過陳州留七十餘日近城可遊觀者無不至柳湖旁有丘俗謂之鐵墓云陳胡公墓也城濠水往齧其趾見有鐵錮之一樽曾與子同

攜回瞻郡閣遥飛檻北望橋竿半隱堤飯豆羹芋魁思兩鵠〔援〕漢翟方進壞陂汝南童謡曰壞陂誰翟子威飯我豆食羹芋魁反乎覆陂當復誰言者兩黄鵠飲河嘆水賴長蜺〔援〕漢昭帝時天雨虹下屬宫中飲井水竭天投蜺則大雨也如今勝事無人共花下壺盧鳥勸提提壺盧鳥語也

長明燈下石欄干〔江〕長明燈見自淨土步至功臣寺詩長共杉松鬬歲寒葉厚有稜犀甲健花深少態鶴頭舟久陪方丈曼陀雨〔續〕佛書佛說法天雨曼陀羅花〔沈〕法華經云拘鞞陀羅樹香曼陀羅花香羞對先生苜蓿盤〔唐〕閩川長溪人薛令之登第開元中爲東宫侍讀時官僚閑淡以詩自悼云朝日上團團照見先生盤盤中無所有苜蓿長闌干飯澁匙難綰羹稀箸易寬只可謀朝夕何由保歲寒雪裏盛開知有意明年開後更誰看

夜泛西湖五絶

新月生魄迹未安〔次公〕杜甫初月詩影斜輪未安纔破五六漸盤桓今夜吐艷如半壁〔次公〕盧仝詩是夕吐艷如長虹又云初露半箇壁漸吐滿輪魄游人得向三更看

三更向闌月漸垂欲落未落景特奇明朝人事誰料得〔厚〕武元衡

詩無因駐清景日出事還生 看到蒼龍西没時 [illegible]蒼龍角亢之宿夜半而没

蒼龍已没牛斗橫東方芒角昇長庚 次公 曹子建云牛没參橫又詩云東有啓明西有長庚 漁

人收筒及未曉船過惟有菰蒲聲 [illegible] 湖上禁漁皆盜釣者也

菰蒲無邊水茫茫荷花夜開風露香漸見燈明出遠寺更待

月黑看湖光

湖光非鬼亦非仙風恬浪靜光滿川須臾兩兩入寺去就視

不見空茫然

湖上夜歸

我飲不盡器 次公 飲不盡器出何諷渇賦 半酣味尤長籃輿湖上歸 續 晉王弘邀陶潜還州問其所乘荅曰素有脚疾向乘籃輿亦足自反乃令一門生二兒共轝之 春風吹面涼 子仁 老杜詩步壑風吹面 行到

孤山西夜色已蒼蒼清吟雜夢寐得句旋已忘尚記梨花村

依依聞暗香入城定何時賓客半在亡睡眼忽驚矍繁燈

鬧河塘 曹 沙河塘乃杭州街名也 市人拍手笑狀如失林麞始悟山野姿異

趣難自彊【次公】退之詩與衆異趣誰相親人生安爲樂【厚】秦安書安身爲樂無憂爲福吾策殊未良

寒食未明至湖上太守未來兩縣令先在【子翬】杭有錢塘仁和二縣倚郭

城頭月落尚啼烏烏榜紅舷早滿湖【次公】烏榜紅舷遊湖之船也張載去吳榜越船不能無水而浮退之詩脚叩兩舷唱吳歌舷船邊也鼓吹未容迎五馬【續】南齊柳元伯之子五人皆領郡號五馬【夏】古樂府載漢明帝樂四品二曰黃門鼓吹樂用之天子宴群臣【次公】五馬言太守也古樂府羅敷行云五馬立踟蹰而杜詩人生五馬貴莫受二毛侵鼓吹字如兩部鼓吹水雲先已颺雙鳧【厚】雙鳧謂兩縣令也王喬向爲鄴令每朔望來朝漢明帝怪之令太史伺望之每見雙鳧從東南飛來舉網得舄驗之乃尚方所賜舄也映山黃帽螭頭舫【續】鄧通爲黃頭郎註云着黃帽也【晁】白樂天杭州詩小舫船亦畫龍州夾道青煙鵲尾爐【厚】費崇先尤信佛法以鵲尾香爐置膝前【次公】松陵集載陶貞白有金鵲尾香爐老病逢春只思睡獨求僧榻寄須臾【次公】子厚詩且且寄須臾閑

懷西湖寄晁美叔同年【晁】名端彥

西湖天下景遊者無愚賢淺深隨所得誰能識其全嗟我本狂直早爲世所捐獨專山水樂付與寧非天三百六十寺幽尋遂窮年【子仁】李白詩幽尋無前期又杜詩幽尋事隨去所至得其妙心知口難傳至今

清夜夢耳目餘芳鮮君持使者節風采爍雲煙清流與碧巘

安肯爲君妍胡不屛騎從【高】歐陽永叔游石子澗詩云使君厭騎從車馬留山前 暫借僧榻

眠讀我壁間詩清流洗煩煎策杖無道路直造意所便應逢

古漁父葦間自寅緣【續】莊子漁父篇載漁父之去孔子也曰寅緣葦間 問道若有得買魚

莫論錢

去杭州十五年復游西湖用歐陽察判韻【蘋叔】按先生文集年譜以熙寧四年辛亥除通判杭州以十一月到任至七年甲寅秋移守密州至元祐四年己巳知杭州自甲寅至己巳凡十五年

我識南屛金鯽魚重來拊檻散齋餘【堯卿】南屛寺也【倬】西湖南屛山興教寺池有鯽魚十餘尾皆金色道人齋餘爭倚檻投餌爲戲【子仁】按先生詩話云舊讀蘇子美六和寺詩去松橋待金鯽竟日獨遲留初不喻此語及倅錢塘乃知寺後池中有此魚如金色也昨日復游池上投餅餌久之乃略出不食復入不可復見今所謂重來拊檻者即此也 還從舊社得心印

似省前生覓手書【堯卿】公游壽星院入門便悟嘗有詩云前生我已到杭州又晉羊祜自省前生李氏之子唐房琯悟前生爲永禪師張文定公方平爲除州日游瑯琊山全藏院者前生寫楞伽經未終顧再成之皆異人也 葑合平湖久蕪漫

人經豐歲尚凋疎誰憐寂寞高常侍老去狂歌憶孟諸【續】高適爲

到丘尉日有詩云我本漁樵孟諸野一生自是悠悠者尔可任歌草澤中寧堪作吏風塵下適後官至常侍而亡故曰高常侍

次韻劉景文周次元寒食同遊西湖

絮飛春減不成年【次公】杜詩一片花飛減却春【偉】丘豫見庭中花落謂友人曰飛此一片減却青春色不趍行樂復待何時　老境同乘下瀨船【次公】漢武帝紀有下瀨將軍而注引伍子胥書有下瀨船　藍尾忽驚新火後【敀】樂天寒食詩三杯藍尾酒一堞膠牙餳　遨頭要及浣花前【敀】成都太守自正月二日出遊至四月十九日浣花乃止　山西老將詩無敵【次公】以言劉景文前漢贊云山西出將　洛下書生語更妍【次公】以言周次元謝安傳云能為洛下書生詠　共向北山尋二士【次公】【堯卿】二士言清順道潛也魏僧法度法紹遊學北山綜習三藏靈跡異事世皆見聞世號曰北山二聖　畫橈鼉鼓聒清眠

連日與王忠玉張全翁湖西湖訪北山清順道潛二詩僧登垂雲亭飲參寥泉最後過唐州陳使君夜飲忠玉有詩次韻荅之

北山非自高千仞付我足西湖亦何有萬象生我目雲深人在鳩風靜響應谷與君皆無心言步行看竹竹間逢詩為

韓愈送孟東野序云東野始以其詩鳴公以言二詩僧也 眼色奪湖浮百篇成俯仰二老相追逐【次公】二老指言王忠王張全翁也 故應千頃池養此一雙鵠山高路已斷亭小膝屢促夜尋三尺井【次公】三尺井指言參寥參泉也 渴飲半甌玉明朝開絲管寒食雜歌笑使君坐無聊狂客來不速【子仁】見周易 載酒有鴟夷【縯】揚雄酒箴鴟夷滑稽腹如大壺盡日盛酒人復借酤常爲國器比於屬車 扣門非啄木【次公】唐人詩云閑聞啄木鳥疑是打門僧 浮蛆灩金盌翠羽出華屋須臾便陳迹【援】王羲之云俯仰之間已爲陳迹 覺夢那可續及君未渡江過我勤秉燭【次公】晉謠有五馬浮渡江又古詩何不秉燭遊 一笑換人爵【援】孟子修其天爵而人爵從之 百年終鬼録【厚】魏文帝書有曰觀其姓名已爲鬼録

次韻曹子方運判雪中同游西湖

詞源灩灩波頭展【倬】隋文藝傳曰筆有餘力詞無竭源 清唱一聲巖谷滿未容雪積句先高豈獨湖開心自遠【器先】陶淵明詩心遠地自偏 雲山已作歌眉淺山下碧流清似眼樽前有酒只新詩何異書魚餐蠹簡

次韻仲殊雪中游西湖二首

幽夢覺稍聞竹葉聲起續凍折絃【援】賈島詩坐聞西牀琴凍折兩三絃爲鼓一再行【縯】漢書司馬相如飲卓氏所臨卭令請奏琴相如辭謝爲鼓一再行曲行天自明玉樓巳崢嶸有懷二三子落筆先飛霙【師】雪花謂之霙見韓詩外傳共爲竹林會【師】阮籍山濤向秀劉伶阮咸王戎嵇康爲竹林會【次公】游西湖者豈恰有七人乎身與孤鴻輕黍語出寒餓身窮詩乃亨【師】歐陽永叔作梅聖俞詩序云非詩能窮人殆窮者而後工也禪老復何爲笑指孤煙生我獨念粲者誰與子目成【援】詩如此粲者何【次公】楚詞大司命云滿堂兮美人誰與予兮目成寶雲樓閣鬧千門【師】寶雲寺名林靜初無一鳥喧閉户莫教風掃地卷簾疑有月臨軒水光斂灔猶浮碧山色空濛巳斂昏乞得湯休奇絶句【次公】惠休姓湯氏有詩名於世湯休以比仲殊宋僧始知鹽絮是陳言【縯】謝安內集謂子姪曰白雪紛紛何所似兄子朗曰撒鹽空中差可擬道韞曰未若柳絮因風起

西湖戲作【信民】詩文發源云杭有西湖而潁亦有西湖皆爲游賞之勝東坡連守二州其到潁有謝執政啓云入參兩禁每玷北扉之榮出典二邦輒爲西湖之長

一士千金未易償【次公】子貢曰寧喪千金無失一士之心則一士比千金爲多矣我從陳趙兩歐陽學

鞭拍手笑山簡〔續〕李白襄陽歌襄陽小兒齊拍手攔街爭唱白銅鞮路人若問笑何事笑殺山翁醉似泥秖有并州一葛彊〔厚〕晉山簡傳郡民有佳園池簡每出嬉遊多之池上置酒輒醉名曰高陽池時有兒童歌曰山公出何許往至高陽池日夕倒載歸酩酊無所知時時能騎馬倒着白接䍦舉鞭向葛彊何如并州兒

軾在潁州與趙德麟同治西湖未成改揚州三月十六日湖成德麟有詩見懷次韻

太山秋毫兩無窮〔次公〕莊子內篇天下莫大於秋毫之末而太山爲小又云是亦一無窮非亦一無窮也鉅細本出相形中〔次公〕老子曰物形之埶成之言因鉅而有細因細而有鉅特相形爾大千起滅一塵裏〔續〕佛言三千世界猶如空花亂起亂滅而況我在此空花起滅之中〔次公〕退之云下視寓九州一塵集毫端未覺杭潁誰雌雄〔次公〕來詩云與杭爭雄我在錢塘柘湖淥大堤士女爭昌丰〔援〕詩子之昌兮子之丰兮六橋橫絕天漢上北山始與南屏通〔次公〕子由先生墓誌杭州西湖南北三十里環湖往來終日不達先生既去葑田葑田如雲乃積之湖中爲長堤一以通南北六橋則湖上所創之橋也〔補注〕按先生作堤跡流跨流爲橋橋者凡六並在今之蘇公堤上忽驚二十五萬丈老葑席卷蒼雲空〔續〕先生奏修杭州西湖狀云自國初以來稍廢不治水涸草生漸成葑田熙寧中湖之葑合者蓋十二三爾至今遂塞其半已打量湖上葑田計二十五萬餘丈度用二十餘萬工揭來潁尾弄秋色一水

縈帶昭靈宮【續】李華弔古戰場文云何水縈帶昭靈宮張龍公祠堂也坐思吳越不可到借君月斧修曈曨【厚】酉陽雜俎唐大和中鄭仁本遊嵩山失道忽於叢棘中見一人枕幞而睡呼之問其所自曰君知月七寶合成乎常有八萬二千户修之予一數也開幞有斤斧數事玉屑飯兩裹二十四橋亦何有【續】杜牧揚州詩二十四橋明月夜玉人何處教吹簫換此十頃玻瓈風【子仁】永叔西湖詩都將二十四橋月換得西湖十頃秋雷塘水乾禾黍滿寶釵耕出餘鸞龍【次公】雷塘在揚州東北十里煬帝所葬處煬帝平昔游之多從宮人故時耕出寶釵焉鸞龍則寶釵之飾也明年詩客來弔古伴我霜夜號秋蟲【皎】德麟見約來揚寄居亦有意求揚倅

次韻趙德麟西湖新成見懷絶句【饒】此頌州西湖

壺中春色謂洞庭春色也飲中仙【次公】飲中仙用杜詩飲中八仙也騎鶴東來獨惘然【續】太平廣記有客相從各言其志或曰願為揚州刺史或曰願騎鶴上昇其一人曰正欲騎鶴赴揚州猶有趙陳同李郭不妨同泛過湖船【厚】後漢郭林宗游洛陽見李膺大奇之遂相友善後歸鄉里諸儒送至河上車數千兩林宗獨與膺同舟人望之以為神仙

再次韻趙德麟新開西湖【饒】此亦頌州西湖

使君不用山𪌯窮饑民自逃泥水中【縯】左傳申叔展語還無社中有麥麴乎曰無有山𪌯窮乎曰無河魚腹疾奈何杜預註麥麴𪌯窮所以禦濕欲使無社逃泥水中軍中不敢正言故作隱語欲將百瀆起凶歲免使甑石愁揚雄【援】揚雄清淨寡欲家無儋石之儲晏如也西湖雖小亦西子【次公】先生在杭州有詩曰欲把西湖比西子淡粧濃抹總相宜今言西湖雖小亦西子則指潁州西湖也縈流作態清而丰千夫餘力起三閘見先生未句自註中焦陂上與長淮通十年憔悴塵土窟清瀾一洗啼痕空王孫本自有仙骨【次公】神仙傳神告墨子曰子有仙骨又杜詩自是君身有仙骨平生宿衛明光宮【次公】漢武帝太初四年秋起明光宮臣三輔黄圖載三秦記云未央宮漸臺西有桂宮中有明光殿皆金玉珠璣爲簾箔晝夜光明又云武帝求仙起光明宮發燕趙美女二千充之令總其籍一行作吏人不識【厚】文選嵇叔夜與山巨源絕交書云游山澤觀魚鳥心甚樂之一行作吏此事便廢正似雲月初朦朧時臨此水照冰雪莫遣白髮生秋風【子仁】白樂天詩楚班髮覺對秋風數定須却致兩黄鵠【援】前漢翟方進爲丞相請壞汝南鴻隙陂父老怨左進歌曰壞陂誰翟子威飯我豆蕪羹芋魁反乎覆陂當復誰云者兩黄鵠新與上帝開濯龍【縯】建武中後漢汝南太守鄧晨欲修復鴻隙陂聞許揚曉水脉召與之議揚曰昔先帝用翟方進之言尋而自夢上天天帝怒曰何故敗我濯龍淵是後民失其利多致饑因明府今與立廢業國富民安童謠之言將證於此湖成君歸侍帝側燈花已綴釵頭蟲【坡】去

歲潁州災傷予奏乞罷黃河夫萬人開本州溝瀆從之以餘力作三閘通焦陂浚西湖趙夔退之瑶花詩囊裹排金粟釵頭綴玉虫更煩將喜事來報主人翁

許州西湖

西湖小雨晴灎灎春渠長來從古城角夜半傳新響使君欲春游浚沼役千掌紛紛具畚鍤鬧若蟻運壤夭桃弄春色生意寒猶快惟有落殘梅標格若矜爽遊人坌已集挈榼三且兩醉客卧道傍扶起尚偃仰池臺信宏麗貴與民同賞但恐城市歡不知田野愴潁川七不登野氣長蒼莽誰知萬里客湖上獨長想

西湖絶句

春來濯濯江邊柳秋後離離湖上花不羡千金買歌舞一篇珠玉是生涯

泉石　詩三十一首

潘溪石趙夔石在雋縣

墨突不暇黔孔席未嘗煖 次公 淮南子脩務訓箴曰孔子無黔突墨子無煖席而班固荅賓戲曰孔席不煖墨突不黔二書異文杜詩云聖有不黔突賢有不煖席則主用荅賓戲語今先生則又因之 安知渭上叟跪石留雙骭 次公 渭上叟太公也先生自註云磻溪石在縣東南十八里猶有投竿跪餌兩膝所着之處 一朝嬰世故辛苦平多難 次公 以言太公起從文王而輔武王伐紂也 亦欲就安眠旅人譏客嬾 縯 史記齊世家云武王已平商而王天下封師尚父於齊營丘東就國道宿行遲逆旅之人曰吾聞時難得而易失客寢甚安殆非就國者也太公聞之夜衣而行犁明至國

周公廟廟在岐山西北七八里廟後百許步有泉依山湧冽異常國史所謂潤德泉世亂則竭者也 堯祖 自華以西名山七其四曰岐山徐廣云即今之岐山縣其山兩岐俗呼爲箭括嶺 子敦 湘山野録云雍熙二年鳳翔奏岐山縣周公廟有泉湧舊老相傳時平則流亂則竭至大中年復流賜號潤德泉後又涸今其泉復湧澄瑩甘潔 太宗嘉之

吾今那復夢周公 縯 孔子曰吾不復夢見周公 尚喜秋來過故宮翠鳳舊依嵂兀 縯 周輿鸑鷟鳴于岐山今爲鳳翔 次公 郭朴江賦云巨石硉兀以前却又退之雪後詩人言曰云乘象硉兀不可攀 清泉長與世窮通 次公 即潤德泉也詳見題註 至今遊客傷離黍故國諸生詠雨

文〔援〕詩黍離周大夫行役至于宗周過故宗廟宮室盡爲禾黍東山我徂東山零雨其濛　牛酒不來烏鳥散白

無數暮號風〔續〕古詩白楊多悲風蕭蕭愁殺人

愛王女洞中水既致兩缾恐後復取而爲使者見紿

因破竹爲契使寺僧藏其一以爲往來之信戲謂之

調水府〔若溪〕按先生留題仙遊潭中興寺寺東有玉女洞又自註云中興寺有玉女洞洞中有飛泉甚甘

欺謾久成俗關市有契繻〔次公〕關防有繻所以爲符漢書註曰繻帛邊也舊關出入皆有傳傳須因裂繻頭以

爲符信終軍弃繻是已　誰知南山下取水亦置符古人辨淄澠〔續〕列子載孔子云淄澠之

合易牙能辨之〔師〕易牙齊桓公大夫淄澠二水爲食牙亦知二水之味桓公不信數試如驗也　皎若鶴與鳬〔續〕莊子鳬脛雖短續之則

憂鶴脛雖長斷之則悲　吾今既謝此但視符有無常恐汲水人智出符之

餘多防竟無及弃置爲長吁

和子由木山引水二首

蜀江久不見滄浪〔次公〕孺子歌曰滄浪之水清兮可以濯我纓雖在楚地有滄浪水之名而滄浪兩字大率言水之狀耳如選詩

去垂影[illegible]　江上枯槎遠可將去國尚能三讀載汲泉何愛一夫

性崎嶇好事人應笑冷淡爲歡意已長遥想納涼清夜永牕

前微月照汪汪

千年古木卧無梢浪卷沙翻去似瓢幾度過秋生蘚暈至今

流潤應江潮【堯卿】木先潤若相應也江有潮來枯泫然疑有蛟龍吐斷處人言霹

靂焦【人表】唐柳宗元霹靂琴贊序云始枯生於石上蛟龍伏其竅一夕暴震爲火焚至旦乃已超道人取以爲三琴云材大古來

無適用【縯】杜詩志士幽人莫怨嗟古來材大難爲用不須鬱鬱慕山苗【次公】左太冲詠史詩鬱鬱㵎底松離

離山上苗以彼徑寸莖蔭此百尺條

焦千之求惠山泉詩【敦夫】按陸鴻漸煎茶水品常州無錫縣惠山寺名泉第二

並山定空中乳水滿其腹過隙則發見臭味實一族淺深各

有値方圓隨所蓄或爲雲洶湧或作線斷續或鳴空洞中雜

佩間琴筑【善權】白居易廬山草堂記堂東有瀑布如環珮琴筑聲或流蒼石縫宛轉龍鳳蹙

酉陽雜俎玄元街縣有泉泉眼中旋如盤龍騶馬飲之皆驚走餅罌走千里真僞半相瀆貴人

高宴罷醉眼亂紅緑赤泥開方印【厚】廬仝詩白練斜封三道印紫餅絶圓

【雋】茶録云茶色貴白而餅茶多以珍膏油其面故有青黄紫黒之異傾甌共歎賞竊語笑童僕豈

泉上僧盥灑自挹掬故人憐我病蒻籠上寄新馥【饒】茶録云茶宜蒻□收藏之家以蒻葉封裹焙焙中

致一斛【援】陸羽以無錫惠山寺石泉爲第二欠伸北牕下晝睡美方熟精品厭凡泉願子

韓子華石淙莊

絳侯百萬兵尚畏書牘背【纉】絳侯周勃也勃免相就國每河東守尉行縣至絳勃嘗畏誅令家人持兵以見人有上書告勃欲反下廷尉勃恐不知置辭吏稍侵辱之勃以千金與獄吏獄吏乃書牘背示之曰以公主爲證公主文帝女也勃子勝之尚之故獄吏教引爲證勃既出曰吾嘗將百萬兵安知獄吏之貴也【倬】趙飛燕傳云手書對牘背註曰牘木簡也時以爲詔馳問之故令於背上書對辭功名意不

巳數與危機會【纉】晉諸葛長民傳劉裕誅劉毅長民謂所親曰昔年醢彭越前年殺韓信禍其至矣謀欲爲亂猶豫未決旣而歎曰貧賤常思富貴富貴必履危機今日欲爲丹徒布衣豈可得也【厚】劉禹錫題欹器圖云秦國功成思稅駕晉臣名遂歎危機無因上蔡牽黄犬願作丹徒一布衣

我公抱絕識霮霈鎮橫潰欲收伊呂迹遠與巢由對【攷】伊尹呂望功名之士也許由巢父隱遁之士也言韓子華既富貴矣乃欲退隱誓言雖未從久已斷諸内區區

爲懷且頗覺羲之隘【厚】晉王羲之傳驃騎將軍王述少有美譽與羲之齊名而羲之甚輕之由是情好不協述先爲會稽

□冬之郡境羲之代述並一弔□□不重詣□□以爲恨及述卒□杭州刺史將就獨居行郡界而不過羲之臨發一別而去先是羲之恥爲之下詣其諸子曰吾不減懷祖而位遇懸邈當由汝等不及坦之故耶述後檢察會稽郡辨其刑政主者疲於簡對羲之深恥之遂稱疾去郡於父母墓前自誓去官此身隨

造物一葉舞澎湃 次公 一葉言小舟退之詩共泛清湘一葉舟 田園不早定歸宿終安

在彼美石淙莊每到百事廢泉流知人意屈折作濤瀨寒光

洗肝鬲清響跨竽籟我舊門前客放言不自外園中亦何有

薈蔚可勝計 次公 詩云薈兮蔚兮南山朝隮雖言雲兒盖如草木之薈蔚耳 請公試回首歲晚餘

蒼檜 次公 末四句乃一篇之妙旨也盖云草木雖薈蔚盛茂而歲晚黄落其不彫者惟蒼檜耳所以重比韓公子華也

虎跑泉 師川 按杭州圖經云性定禪師嘗居大慈無水忽有神人告之曰明日當有水矣是夜二虎跑地作穴泉水傍出因号虎跑泉又云廣福院有虎跑泉盖杭有兩處

亭亭石塔東峯上此老初來百神仰虎移泉眼趁行脚龍作

浪花供撫掌至今遊人灌濯罷卧聽空堦環玦響故知此老

如此泉莫作人間去來想 次公 按地志潤州丹徒縣招隱山載有虎跑泉

留別雩泉 詩 先生集載云雩泉詩序云雷門之西南十餘步有泉汪洋折旋如車輪清凉滑甘冬夏若一乃琢石爲井作

亭於其上名之曰雩泉

㝡酒屬雩泉白髮日夜新【次公】李白寄遠詩云朱顔彫落盡白髮一何新 何時泉中天

復照泉上人二年飲泉水魚鳥亦相親【次公】梁簡文苑華林園謂左右曰會心處不必在遠翳然林水便有濠濮間之想覺鳥獸禽魚自來親人 還將弄泉手遮日向西秦【援】杜牧詩惆悵江湖釣竿手却西日向長安

浚井【吳憲】按先生東坡八詩云家童燒枯草走報暗井出一飽未敢期瓢飲已可必而浚井一篇又次第於黄州詩中必是井也

古井沒荒菜不食誰爲惻【縯】易井卦云井渫不食爲我心惻 餅罌下兩綆蛙蚓

飛百尺腥風被泥滓空響聞點滴上除青青芹下洗鑿鑿石【厚】詩揚之水白石鑿鑿 沾濡愧童僕盃酒煖寒栗【次公】此亦老杜勢之以微寒共給酒一斛之意 白水

漸泓停青天落寒碧云何失舊職底處來新潔井在有無中

無來亦無失【縯】易井卦無喪無得往來井井

余過温泉壁上有詩云直寺泉生總無治我方清冷

混常流問人云長老可遵作遵已退居圜通亦作一絕

石龍有口口無根自在流泉誰吐吞若信衆生本無垢此泉何處覓寒溫【子仁】先生詩話載遵師全篇云禪庭誰作石龍頭龍口湯泉沸不休其下句即亭中所載且記之云元豐七年五月十三日

世傳徐凝瀑布詩云一條界破青山色至爲塵陋又僞作樂天詩稱美此句有賽不得之語樂天雖涉易然豈至是哉乃戲作一絕

帝遣銀河一派垂古來惟有謫仙詞【續】李白詩日照香爐生紫煙遥看瀑布挂長川飛流直下三千尺疑是銀河落九天飛流濺沫知多少不與徐凝洗惡詩【厚】白居易刺杭州張祐自負詩【師】以解頭爲己任徐凝後至誦所作瀑布詩祐愕然居易遂以凝爲首薦李肇國史補德宗晚年詩尤工日下莫及太保淮南進崔叔清詩百篇帝謂使者曰此惡詩何用進時謂惟枡惡詩【子仁】先生詩話云僕初入廬山有陳令舉廬山記見寄者且行且讀見其中云徐凝李白之詩不覺失笑開元寺主求詩爲作此一絕云

楊康功有石狀如醉道士爲賦此詩

楚山固多猿青者黠而壽化爲狂道士山谷恣騰蹂悞入華陽洞竊飲茆君酒【續】仙經載句曲山即三十六洞天之第八洞也名曰華陽洞大茆君之所治也【師】神仙傳大茆君名盈次弟名固小弟名衷太上老君拜盈爲司命真君固爲定籙君衷爲朱命君故號三茆君茆山在江南府句容縣君命囚巖間巖石爲械杻松根絡其足藤蔓縛其肘蒼苔瞇其目叢棘吵其口三年化爲石【次公】語使萇弘之血藏之三年化爲碧也堅瘦敵瓊玖無復號雲聲肎空餘舞杯手【次公】號雲以言猿舞杯以言道士樵夫見之笑抱賣易升斗楊公海中仙世俗那得友海邊逢姑射【續】莊子藐姑射之山有神人居焉肌膚若冰雪綽約若處子一笑微俛首胡不載之歸用此頑且醜求詩紀其異本末得細剖吾言豈妄云得之亡是叟【厚】司馬相如作子虛賦以子虛虛言也爲楚稱烏有先生者烏有此事也爲齊難又繼以上林賦稱亡是公者亡是人也欲明天子之義故虛藉此三人爲辭【次公】今先生自言其以石乃猿化道士竊仙酒而又化石止設虛辭爲稱耳

文登蓬萊閣下石壁千丈爲海浪所戰時有碎裂淘灑歲久皆圓熟可愛土人謂此彈子渦也取數百枚

以養石菖蒲且作詩遺垂慈堂老人

蓬萊海上峯玉立色不改孤根捍滔天【厚】書曰洪水滔天雲骨有破碎陽侯殺廉角【次公】陽侯波神也揚雄賦淩陽侯之素波陰火發光采【次公】玄虛賦云陽冰不冶陰火潛【師】劉禹錫望賦送飛鴻之滅没附陰火之光乘累疊彈丸間瑣細成珠琲闇浮一漚爾【次公】佛書闇浮提言中國也具安果安在我持此石歸袖中有東海垂慈老人眼俯仰了大塊置之盆盎中日與山海對明年菖蒲根連絡不可解儻有蟠桃生旦暮猶可待【次公】神仙傳王母言仙桃三千年一生實此詩先生言以小石養菖蒲而作而言及待蟠桃生未詳豈以菖蒲延年服之而壽遂可待蟠桃生乎以俟言詩者【伯恭】蟠桃海上物也史記本紀東至于蟠木劉禹錫詩海中仙果子生遲是已今詩主海石而作又皆涉至理而出新意如袖中有東海日與山海對皆非實事故云儻有蟠桃生旦暮猶可待言既是海石亦當有蟠桃也蓋因養菖蒲聊與垂慈老論理相爾而趙註言菖蒲延年服之而壽詩遂可待蟠桃生亦穿鑿矣

軾始於文登海上得白石數升如芡實可作枕聞梅丈嗜石故以遺其子子明學士子明有詩次其韻

海隅荒怪有誰珍零落珊瑚泣季倫【次公】晉書石崇傳武帝每助王愷示以珊瑚樹賜之高二尺許

枝柯扶踈世所罕比愷以示崇崇便以鐵如意擊之應手而碎乃命左右悉取珊瑚樹有高三四尺者六七株條幹絶俗光彩耀日如愷比者甚衆愷怳然自失季倫乃崇字也季倫豪傑者泣之義以侯明識者【伯恭】此持借珊瑚之碎者以比石爾泣季倫者謂其可惜也趙註言季倫豪傑似不應泣亦泥矣

出處　**法供坐令微物重**　軾舊有怪石供【丁】按先生怪石供云齊安江上往往得美石與玉無辨多紅黃白色其文如人指上螺精明可愛齊安小兒浴於江持有得之者戲以餅餌易之既久得二百九十八枚佛印禪師適有使至遂以爲供自今以生山僧野人欲供禪師而力不能辦衣服飲食卧具者皆得以淨水注石爲供蓋自蘇子瞻始　**色難歸致孝心純**【續】論語子夏問孝子曰色難又左傳言潁考叔純孝也　**只疑薏苡來交趾**【任】後漢馬援初在交趾常餌薏苡實用能輕身省慾以勝瘴氣及軍還載之一車欲以爲種後人有譖之者以爲前所載還皆明珠文犀　**未信蠙珠出泗濱**【次公】書禹貢泗濱浮磬淮夷蠙珠暨魚或云浮磬係之泗濱蠙珠魚係之淮夷而先生云蠙珠出泗濱當侯明識　**頤子聚爲江夏枕**【厚】東觀漢記黃香字文彊江夏安陸人事母至孝暑月扇枕寒則身溫枕席

次韻和楊次公惠徑山龍井水【援】龍井水洗病眼有効

不勞揮扇自寧親

涌盡雞號厭夜行【次公】田豫乞遜位曰年過七十而以居位譬猶鐘鳴漏盡而夜行不休罪人也　**年來小器溢餅罌弃官縱未歸東海**【續】前漢疏廣東海蘭陵人廣爲太子太傅兄子受爲少傅廣上書乞骸骨上以其年老皆許之加賜黃金二十斤公卿大夫送者車數百兩　**罷郡猶堪作水衡**【續】前漢龔遂傳上遣使徵遂以年老不任公卿年爲

水後都尉

幻色將空眼先暗勝遊無礙脚殊輕空煩遠致龍淵水寧復臨池似伯英 【援】孔農張伯英草書精甚凡家之衣帛必書而後練之臨池學書池水盡黑

雙石 并引

至揚州獲二石其一綠色岡巒迤邐有穴達于背其一正白可鑒漬以盆水置几案間忽憶在潁州日夢人請住一官府榜曰仇池覺而誦杜子美詩曰萬古仇池穴潛通小有天乃戲作小詩爲僚友一笑 【祖可】按道藏益州洞庭玄中記玄崑崙山者高上通九天下通九州萬靈所都欲知其道從仇池百頃西南出三十二里見山一名天笁一名仇池其山四絕懸崖上方仙宮八十頃有石鹽池北有九子白魚之池又玄仇池天笁宮者十二福地之頭太白杜陽宮者十二福地之心王屋山者十二福地之足 【業】唐志成州同谷縣有仇池與秦地接壤

夢時良是覺時非汲水埋盆固自癡 【續】退之詩老翁真箇似童兒汲水埋盆作小池 但見玉峯橫太白 太白山見題註又詳見第一卷第一首註中 便從鳥道絕峨眉 【援】李白蜀道難大西當太白有鳥道可以橫絕峨眉巔 秋風與作煙雲意曉日令涵草木姿一點空

明是何處老人真欲住仇池【次公】仇池事後漢書氐人所居也方百頃四面斗絶其山下石上土形似覆壺立今成州上禄縣而杜詩云萬古仇池穴潛通小有天神魚人不見福地語真傳近接西南境長懷十九泉何時一茅屋送老白雲邊

僕所藏仇池石希代之寶也王晉卿以小詩借觀意在於奪僕不敢不借以此詩先之 詳見前詩註

海石來珠宮【厚】楚詞屈原賦魚鱗屋兮龍堂紫貝闕兮珠宮 秀色如蛾緑【次公】南部新書青黛螺光明鮮翠每一螺直千金當時名之曰蛾緑也 坡陀尺寸間宛轉陵巒足連娟二華頂【次公】二華太華少華也古人謂造化削成故於二華言頂 空洞三茅腹【次公】三茅一名勾曲山其腹中空虛別有天地日月載在真誥故於三茅則言腹也 初疑仇池化【續】秦州記仇池山本名維山形似覆壺上廣百頃壁立千仞自然樓櫓 又恐瀛洲霣【續】列子東有大海其中有山曰岱輿曰員嶠曰方壺曰瀛洲曰蓬萊 勃勤憖嶠南使【厚】後漢馬援傳云嶠南嶺南也 餽餉楊州牧【坡】僕在楊州程德孺自嶺南解還遂以此石見遺 得之喜無寐【厚】孟子喜而不寐 與汝交不瀆【續】易繫辭下交不瀆 盛以高麗盆藉以文登玉【坡】僕以高麗所餉大銅盆貯之以登州海石如碎玉若附其足 幽光先五夜【次公】五夜自漢史謂分甲乙丙丁戊今之五更是也杜詩云五夜漏聲催曉箭 冷氣壓三伏老人生如寄【厚】魏文帝樂府人生如寄也 茆舍久未卜一夫幸可致千

玊常抔逐風流貴公子竄謫武當谷〔次公〕武當谷則均州也武當山望之秀絶極晴而見之輕霄蓋於上白雲帶其前且必西行夕而東返率以爲常謂之朝山言衆山所朝也〔子仁〕襄沔記武當山一名參山一曰太和山又曰仙室山見山應已厭何事奪所欲欲留嗟趙弱寧許負秦曲傳觀愼勿許間道歸更速〔縯〕史記秦欲以十五城求趙和氏璧趙王問藺相如曰秦以城易璧可許否相如曰秦彊而趙弱不可不許且秦以城求璧而趙不許曲在趙趙與璧而秦不與城曲在秦均之二策寧許以負秦曲相如奉璧之秦秦王得璧禮節甚倨傳觀美人相如度秦負約乃使從者衣褐懷璧從間道亡歸

王晉卿示詩欲奪海石錢穆父王仲至蔣潁叔皆次韻穆至二公以爲不可許獨潁叔不然今日潁叔見訪親覩此石之妙遂悔前語軾以謂晉卿豈可終閉不予者若能以韓幹二散馬易之者蓋可許也復次前韻

相如有家山縹緲在眉綠〔縯〕西京雜記云卓文君姣好眉色如望遠山誰云千里遠寄此一顰足〔次公〕言山雖有千里之形勢而寄之於眉特一顰蹙之地而足耳平生錦繡腸〔厚〕李白送

兄弟今問序紫雲仙季有英風焉吾每見之常醉目吾曰汝心肝五藏皆錦綉耶不然何開口成文揮翰霧散也早歲蓺莫腹厚退之詩三年國子師腸肚集蓺莫從教四壁空績前漢卓文君奔相如相如與馳歸成都家徒四壁立

未遣兩峯處是吾今況衰病義不忘樵牧逝將仇池石歸泝岷山瀆厚水經江水篇岷山在蜀郡氏道縣大江所出東南過其縣北注岷山即瀆山也水曰瀆水矣子仁瀆猶江也江河淮濟謂之四瀆舊註引水經岷山即瀆山誤矣守子不貪寶援左傳襄十五年宋人得玉以獻子罕子罕不受獻玉者曰玉人以爲寶故敢獻之子罕曰爾以玉爲寶我以不貪爲寶完我無瑕玉績史記秦欲以城易趙璧趙王遣藺相如奉璧入秦秦王大喜傳以示美人及左右相如視秦王無意償趙城乃前曰璧有瑕請指視王既得璧乃使從者間道完璧而歸也次公先生逆塞晉御奪石之意故用不貪寶事制之而自謂其石爲和氏之璧不須指瑕以紿秦王耳

伏一篇獨異論三占從兩卜次公故人詩相戒指穆父王仲至之不欲予也一篇獨異論指蔣頴叔之欲予也書曰三人占則從二人之言故以錢王可從而蔣可違也故人詩相戒妙語予所君家畫可數天驥紛相逐風騣掠原野雷尾捎澗谷君如許相易是亦我所欲厚孟子生亦我所欲也義亦我所欲也今朝安西守厚唐書地理志洮州臨洮郡有府一名安西來聽陽關曲援漢於敦煌郡龍勒縣作陽關玉門關後因以名曲次公即王維陽關曲云渭城微雨浥輕塵客舍青青柳色新勸君更盡一杯酒西出陽關無故人頴叔將

易下行故云耳勸我留此峯他日來不速次公末後句又以言景叔悔前語也不速字出易曰不速之客三人來言不召而自來也

軾欲以石易畫晉卿難之穆父欲兼取二物潁叔欲焚畫碎石乃復次前韻并解三詩之意

春冰無真堅露葉失故綠次公冰至春而必泮葉至秋色必黃以言有形之物終散亡也鵾疑鵬萬里續莊子有溟海者天池也有魚焉其名爲鯤化爲鵬背若太山翼若垂天之雲摶扶搖羊角而上者九万里斥鴳笑之曰彼且奚適也我騰躍而上不過數仞而下翱翔蓬蒿之間此亦飛之至也蚿笑夔一足厚莊子夔謂蚿曰吾以一足跉踔而行予無如矣今子之使萬足獨柰何二豪爭攘袂援晉書劉伶酒德頌自稱爲大人先生唯酒是務有貴介公子搢紳處士聞吾風聲議其所以乃奮袂攘襟怒目切齒又云二豪侍側焉如蜾蠃之與螟蛉先生一捧腹次公捧腹大笑之狀出史記日者傳云司馬季主捧腹大笑先生字所謂大人先生也明鏡旣無臺續傳燈錄神秀於五祖堂前南廊壁上書偈曰身是菩提樹心如明鏡臺時時勤拂拭莫遣有塵埃時六祖惠能在碓坊聞之題其旁云菩提本無樹明鏡亦無臺本來無一物何處有塵埃淨鉼何用蹙古蹴蹙通厚傳燈百丈召爲山玄爲山勝景汝當居之嗣續吾宗華林曰某甲忝居上首祐公何得住持百丈曰若能下得一句出格當與住持即指淨鉼問云不得喚作淨鉼華林曰不可喚作木楔也百丈不肯乃問祐師師踢倒淨鉼百丈笑云

[illegible]却山[illegible]也　盆山不可隱畫馬無由牧聊將置庭宇何必弃潇濆

焚寶眞愛寶碎玉未忘玉久知公子賢出語耆年伏欲觀轉

物妙【次公】楞嚴經言衆生皆轉於物若能轉物卽同如來　故以求馬卜維摩既復捨天女

還相逐授之無盡燈【績】維摩經言魔波旬云居士可捨此女以一切所有於彼者是爲菩薩維摩言我已捨矣汝便將去於是諸女問維摩我等云何止於魔宮居士乃言諸姊有法門名無盡燈無盡燈者譬如一燈然百千燈冥者皆明明終不盡　照此九

幽谷定心無一物法樂勝五欲【厚】維摩詰既得天女卽隨所應而爲說法令發道意因復謂曰汝等已發道意有法樂可以自娛不應復樂五欲樂也　三峨吾鄉里萬馬君部曲卧雲行歸休

破賊見神速【坡】晉卿將種常有此志【次公】三峨吾鄉里則言眞山萬馬君部曲則眞馬我有眞山則將卧雲王有眞馬則用破賊如此則假山不必愛畫馬不必取也

次韻滕大夫三首

雪浪石【邦衡】志林雪浪石銘云余在中山得石黑質白章如蜀孫位孫知微所畫水有跳波濺沫之狀因名之曰雪浪石

太行西來萬馬屯勢與岱嶽爭雄尊【厚】杜甫木皮嶺詩始知五嶽外別有他山尊　飛

狐上黨天下脊【次公】飛狐上黨乃太山一帶山名杜牧賀平澤潞啓曰上黨之地肘京洛而履蒲津倚太原而跨河朔戰國時張儀以爲天下之脊建中日田悅名曰腹中之眼而牧之詩又云上黨爭爲天下脊邯鄲四十萬秦坑半掩落日先黃昏削成山東二百郡【次公】山經曰太華之山削成而四方也古所謂山東乃今之河北晉地是也今所謂山東乃古之齊地青齊是也杜牧云山東王不得不王霸不得不霸指今之河北也謂之山東蓋太行山之東也山東二百郡正謂太行以東冀州之域矣杜詩漢家山東二百州千村萬落生棘杞杜詩澶漫山東一百州削成如按抱青丘【商老】氣壓代北三家村【次公】代北則燕趙以往之地也又傳燈録僧問竟脫和尚如何是法曰三家村裏千峯石卷矗牙帳崩崖鑿斷開土門朅來城下作飛石一礮驚落天驕魂【次公】礮音匹皃反今之砲石也漢書單于自稱天之驕子也承平百年烽燧冷此物僵卧枯榆根畫師爭摹雪浪勢詳見題註天工不見雷斧痕【養源】按陳藏器本草云霹靂鍼伺候震處掘地三尺得之其形非一亦有似斧刃者註曰出雷州并河東山澤間因雷震後得多似斧形離堆四面遶江水坐無蜀士誰與論【續】史記蜀守李冰鑿離堆以避沫水之害在今永康軍灌口江水中老翁兒戲作飛雨【退】退之詩老翁真箇似童兒激水埋盆作小池把酒坐看珠跳盆此身自幻孰非夢故園山聊心存

頌三章乞越州欲尋萬壑看交流【續】晉書有問顧愷之會稽山水何如曰千山競秀萬壑爭交流 且憑造物開山骨【厚】退之石鼎聯句巧匠琢山骨 已見天吳出浪頭【拔】石中有似海獸形狀【次公】山海經朝陽之谷神曰天吳是為水伯其為獸也虎身人面手足皆八也 履道鑿池雖可致【援】白居易東都所居曰履道里疏沼種樹起石樓香山鑿八節灘以為遊觀之所 玉川卷地若為牧【續】盧仝自號玉川子作客謝井詩云我縱有神力爭敢持君歸楊州惡百姓疑我卷地皮 洛陽泉石今誰主 莫學癡人李與牛【次公】牛僧孺嗜太湖石有小大其數四等以甲乙丙丁品之每品有上中下各刻于石陰曰牛氏石又李德裕平泉莊在洛陽之南周回十里多奇花異石人題詩曰隴右諸侯供瑞石日南太守送名花也

沉香石

壁立孤峯倚硯長【厚】唐書張說論近世文章曰富嘉謨如孤峯絕岸壁立萬仞 共疑沉水得頑蒼 欲隨楚客紉蘭佩【續】楚詞云紉秋蘭以為佩 誰信吳兒是木腸【援】晉書賈充見夏統令妓繞其船三匝統其無聞充曰此吳兒是木人石心也 山下曾逢化松石【厚】陸龜蒙二遺詩序東陽多名山就中金華為最其間饒古松往往化為石枕材琴薦皆其石也【次公】舊唐書僕骨東境其地東北一千里有康干河松木入水一二年乃化為石其色青謂之康干石 [illegible]文 玉中還有辟邪香【續】唐肅宗賜李輔國玉辟邪二各高尺五寸奇巧殆非人間所有其玉之香可

數百步【厚】杜陽雜編同昌公主降賜七寶步輦四面綴玉香囊囊裹中貯辟邪香辟邪香異國所獻也早知百和俱

灰燼【厚】古詩博山爐中百和香杜子美即事詩雷聲忽送千峯雨花氣渾如百和香【次公】百和香名以衆香末合和爲之也未

信人言弱勝剛【援】老子柔之勝剛弱之勝彊

石芝 并引

予昔夢食石芝作記之今乃真得石芝於海上子由和前詩見寄予頃在京師有鑿井得如小兒手以獻者臂指皆具膚理若生予聞之隱者曰此肉芝也與子由烹而食之追記其事復次前韻【韓】抱朴子内篇云肉芝者謂萬歲蟾蜍千歲蝙蝠千歲靈龜千歲燕凡此百二十種皆肉芝也事見太一玉策及昌宇内記

土中一掌嬰兒新【續】感遇傳蕭靜之掘地得肉芝類人手肥潤而紅食之壽同龜鶴後不知所終爪指良

是肌骨匀見之怖走誰敢食天賜我爾不及賓【厚】周易夬卦包有魚義不及賓地

旌陽遠遊同一許【續】總仙傳許真君名遜汝南人世慕道爲旌陽縣令弃官入道成於晉元康二年八月十五日又總仙記許肇六代孫副副第子邁得道葢竹山爲地行仙邁字遠游長史玉斧皆門户【厚】總仙傳

穆爲晉護軍長史入華陽洞得道爲左卿仙侯穆第三子翽小名玉斧爲帝侍晨也[馮]按眞誥記眞胄世譜許尚有八男第四邁即先生也第五穆正即長史也長史生三男小男名翽字道翔小字玉斧又曰先生名邁字叔玄小名映清虛懷道遺棲世外故自改名遠遊

我家帝布三百年只有陰功不知數跪陳八篋加六瑚[援]禮記有虞氏之兩敦夏后氏之四璉殷之六瑚周之八篋化人視之真塊蘇[次公]列子周穆王執化人之祛騰而上者中天乃上暨及化人之宮王實以爲清都紫微鈞天廣樂帝之所居王俯而視之其宮榭若累塊積蘇焉也肉芝尋常熟石芝老笑唾熊掌嚬雕胡[次公]劉乂詩玉石共笑唾驁驥相奔馳熊掌美味孟子所謂熊掌我所欲也雕胡菰米爲飯極美宋玉云玉人之妙爲臣炊雕胡之飯嚬笑也[幼盤]西京雜記云太液池邊皆雕胡之菰之有米者長安人謂爲雕胡老蠶作繭何時脫[厚子]無常經亦如蠶作繭吐絲以自纏夢想至人空激烈古來大藥不可求[子仁]白樂天詩神仙但聞說靈藥不可求[明可]杜詩苦乏大藥資[王又]正一天師內傳天師煉九華大藥真契當如磁石鐵[縯]淮南子燧之取火磁石之引針蟹之敗漆葵之向日雖有明智不能然也[厚子]前漢藝文志如磁石取鐵以物相使也

壺中九華[无逸]九華山錄云青陽縣坤隅一舍有山奇秀其數有九古号九子山李白更其号曰九華山

湖口人李正臣蓄異石九峯玲瓏宛轉若窗櫺然予欲以百金買之與仇池石爲偶方南遷未暇也

名之曰壺中九華且以詩記之

清溪電轉失雲峯【次公】雲峯言廬山也謝靈運詩云平明登雲峯又云緣迹入雲峯 夢裏猶驚翠掃空五嶺莫愁千嶂外【厚】裴氏廣州記大庾始安臨賀桂陽揭陽是謂五嶺 九華今在一壺中【厚】劉禹錫九華山在池州青陽縣西南九峯競秀神采奇異 劉禹錫有詩以九華爲造化一尤物今先生以石有九峯遂以名【次公】之共在一壺中則神仙壺公之壺也中別有天地山川故云耳 天池水落層層見【縯】莊子窮髮之北有溟海者天池也【思文】青城山記天池在中峯頂上積旱不竭久雨不加人織之立個燒香告謝尋復舊【李祥】廬山記天池院池在頂上大旱不爲之竭【龜父】按同安志皖山有天池峯其上有二池一方一圓旱暵不涸 玉女窗明處處通【次公】王文考魯靈光殿賦云神仙諤諤於棟間玉女闚窗而不視 念我仇池太孤絕百金歸買碧玲瓏

詠湯泉 在白水山

積水焚大槐【縯】莊子雜篇水中有火乃焚大槐 蓄油災武庫【厚】博物志積油萬石則自然生火昔晉泰武中武庫火積油所致 驚然丞相井【援】異說云臨卭縣有火井漢室之盛則赫熾威靈之際火勢漸微諸葛孔明一窺而更盛至景耀元年入以家燭投之即滅其年蜀并於魏 疑浣將軍布【次公】證論曰梁冀有火浣布將軍布指梁冀也冀尤之於火一日對客坐或誤汚其衣怒投而火中及火滅而色愈鮮明 自憐耳目隘未測陰陽故鬱攸

山列【厚】左傳哀三年司鐸火子服景伯命濟濡帷幕鬱攸從之山海經注火山國雖經霖雨火常烈鬵沸湯泉注【續】詩鬵沸檻泉豈惟渴獸髟坐使癡兒怖妄能長魚鼈僅可燖狐兔山中惟木客【厚】吳越春秋越有木客村耆舊云勾踐使工人伐木搯欲以獻吳久不得歸工人憂思作木客吟後人因以名其地戶外時芒屩【援】禮記戶外有二屨雖無傾城浴幸免亡國污【次公】傾城指言湯貴妃也驪山華清宮有溫泉即貴妃沐浴之處亡國則言唐明皇也

白鶴山新居鑿井四十尺遇盤石石盡乃得泉【曾】按圖經井在德有鄰堂前

海國困烝溽新居利高寒以彼陟降勞【厚】柳子厚井銘始州之人各以罌缻負江水莫克井飲崖岸峻厚旱則水益遠人陟降大艱易此寢處乾【厚】左傳子雅子尾怒盧蒲嫳曰譬之禽獸吾寢處之矣但若江路峻常憂因腰酸砣砣煩四夫【厚】樂天詩披沙復鑿石砣砣無冬春磽磽斷層巒【次公】李賀詩云頭角磽硗召剔翠彌旬得尋丈下有青石盤終日但迸火何時見飛瀾豐我粲與醪利汝稚與鑽山石有時盡我意無朱來蘭今朝僮僕喜黃土復可摶晨餅得雪乳暮甕停冰

涼我生類如此何適不艱難一勺亦天賜 次公 禮記言一勺水之多也 曲肱有餘歡 續 論語飯疏食飲水曲肱而枕之樂亦在其中矣

洞酌亭 并序

瓊山郡東衆泉觱發然皆冽而不食丁丑歲六月軾南遷過瓊得雙泉之甘於城之東北隅以告其人自是汲者常滿泉相去咫尺而異味庚辰歲六月十七日遷于合浦復過之太守承議郎陸公求泉上之亭名與詩名之曰洞酌其詩曰 駒父 按年譜元符三年庚辰會徽宗皇帝登極赦量移廉州安置

洞酌彼兩泉挹彼注茲 續 詩洞酌彼行潦挹彼注茲 一瓶之中有澠有淄 次公 澠淄二水其味不同列子載孔子之言曰淄澠之合易牙能辨之 以瀹以烹衆喊莫齊 次公 喊音胡感切揚子易牙能喊不能齊不齊之口喊者嘗其味 自江徂海浩然無私豈弟君子 援 詩洞酌云豈弟君子民之父母 江海是儀既味我泉亦嚌我詩 次公 嚌音霽儀禮疏嚌謂至齒嘗之嚌飲不盡也

予昔作壺中九華詩其後八年復過湖口則石已爲

好事者取去乃和前韻以自解也

江邊陣馬走千峯問訊方知冀北空【縯】退之送温造序云伯樂一過冀北之野而馬群遂空尤物已隨清夢斷【坡】劉夢得以九華為造化一尤物真形猶在畫圖中【坡】道藏有五岳真形圖歸來晚歲同元亮【次公】陶淵明一字元亮作歸去來辭却掃何人伴敬通【次公】馮衍字敬通罪廢之後閉關不出故江淹恨賦云敬通閉門却掃也賴有銅盆修石供仇池玉色自璁瓏【坡】予家有銅盆貯仇池石正綠色有洞穴達背予又嘗以怪石供佛印師作怪石供一篇

蝦蟆培

蟆背似覆盂蟆頤如偃月謂是月中蟆開口吐月液根源來甚遠百尺蒼崖裂當時龍破山此水隨龍出入江江水濁猶作深碧色稟受苦清潔獨與凡水隔豈惟煮茶好釀酒應無敵

荊門惠泉

泉源從高來走下隨石脉紛紛白沫亂隱隱蒼崖坼彎灣回成岀沼清徹見肝萬潨瀉為長溪奔快盪蛙蟈初開不盈谷流澌

去已如帛傳聞此山中神物亦遭謫不能致雷雨豔盧吕、恐
吾遂令山前人千古灌稻麥

溪潭　詩十首

留題仙遊潭中興寺東有玉女洞洞南有馬融讀書
石室過潭而南山石益奇潭上有橋畏其險不敢渡
【堯卿】終南圖經云讀書臺在縣城西一百步

清潭百尺皎無泥山木陰陰谷鳥啼【師】杜子美信行遠修水筒詩山木陰陰落日曛竹竿裊裊細泉分
蜀客曾遊明月峽【縯】明月峽在古巴郡枳縣今在忠涪二川之境峽首南峯石壁有圓孔形如滿月【次公】蜀客則先生自謂其曾遊明月峽蓋方與子由舟行趨京師時所經遊也
秦人今在武陵溪見風水洞詩註
獨攀書室窺巖竇【次公】按漢書馬融扶風人亦有石室於此【師】寺東有玉女洞洞南有馬融讀書石室摯字恂以儒術教授隱於南山之陰融從其學
還訪仙姝款石閨【次公】仙姝指言玉女也【美叔】吴人謂美女爲姝詩曰靜女其姝故仙女謂之仙姝石閨乃玉女洞門
猶有愛山心未至不將雙脚踏飛梯【坡】見仙遊潭詩註

仙遊潭五首【坡】潭上有寺三一在潭北循黑水而上爲東路至南寺渡黑水西里餘從馬跳上爲西路至北

寺東路險不可騎馬而西路隔潭潭水深不可渡上以一木爲橋不敢過故南寺有塔望之可愛而終不可到

翠壁下無路何年雷雨穿光摇巖上寺深到影中天【堯卿】古詩云水光冷浮上下澄徹照天心我欲燃犀看【續】晉溫嶠過牛渚磯深不可測世云下多怪物遂燃犀角而照之須臾見水族覆火奇形異狀嶠是夜夢人謂曰與君幽明道别何意相照也龍應抱寶眠【續】莊子驪龍頷下有千金之珠在九重之淵子能得之者必遭其睡也【次公】傳奇載周邯有奴善入水名曰水精相州八角井夜常有光如虹邯命水精入井良久出曰有一黃龍極大抱數顆明珠熟寐誰言孤石上危坐試僧禪潭

東去愁攀石西來怯渡橋碧潭如見試白塔苦相招野饋慚微薄村沽慰寂寥路窮斤斧絕松桂得干霄南寺【次公】北山移文云干青霄而直上

唐初傳有此亂後不留碑畏虎關門早無村得米遲【次公】杜詩小市常爭米孤城早閉門山泉自入甕野桂不勝炊【龍】戰國策蘇秦謂楚王曰國之食貴於玉薪貴於桂謁者難見如鬼王難見如天帝今臣食玉炊桂因鬼見帝不亦難乎信美那能久【堯卿】王粲登樓賦云信美而非吾土兮曾何足以久留應先學忍饑北寺【子仁】杜詩忍饑須至云獻

□將軍□□初從李固游絳紗生一不識闕融名□□爲舍人不雁心
擊掎字季直隱於南山融從恂游傳通經蒼石尚能留豈嘗依
未□嘗坐高堂施絳紗帳前授生徒後列女樂
梁冀何須用李侯【續】梁冀誣奏李固融在坐爲冀草奏呉祐謂融曰李公之罪成於卿手李公即誅卿何面目見天下
吾詩慎勿刻猿鶴爲君羞【坡】馬融石室【續】北山移文蕙帳空兮夜鶴怨山人去兮曉猿驚
洞裏吹簫子【任】列仙傳蕭史善吹簫作龍鳳之聲秦穆公有女弄玉善吹簫公以妻之皆仙去終年守
獨幽石泉爲曉鏡山月當簾鈎【子仁】老杜月詩塵匣元開鏡風簾自上鈎歲晚杉
楓盡人歸雲霧雨愁送迎應鄙陋誰繼楚臣謳【坡】玉女洞【續】沅相間其俗信鬼作歌舞以樂諸神屈原放逐見其詞鄙陋遂爲作九歌之曲【次公】送迎字退之羅池廟碑去作迎享送神詩遺柳民俾歌以祀焉
六和寺冲師閘山溪爲水軒【無己】六和寺詳見送張職方吉甫赴閩漕詩註中
欲放清溪自在流【子仁】杜詩云孫太白有忍教冰雪落沙洲出山定被江潮
阻能爲山僧更少留
故周茂叔先生濂溪【坡】谿在廬山下【補卿】茂叔諱惇實避厚陵諱朝請改名敦頤舂陵人也事見魯直濂溪詩序【黄中】廬山記由江州之南出德化門五里至延壽院過院五里至石塘橋濂溪周郎中之隱居洞

名惇頤字茂叔道州人仕管有才畧

世俗眩名實主人疑有無怒移水中蟹 纘 晉張華裴頠之被誅也王倫孫秀以宿憾收解系兄弟梁王彤救系等倫怒曰我於水中見蟹且惡之況此兄弟輕我耶 愛及屋上烏 炎公 尚書大傳曰武王登夏臺以臨殷民周公旦曰臣聞之愛其人者兼愛其屋上之烏憎其人者憎其除胥老杜詩丈人屋上烏人好烏亦好正用此事 坐令此溪水名與先生俱先生本全德廉退乃一隅 厚 論語舉一隅不以三隅反則不復也 因拋彭澤米 見和蔡郎中遊西湖詩註 偶似西山夫 援 謂伯夷也義不食周粟餓死西山揚子云西山之餓夫 遂即世所知以爲溪之呼先生豈我輩造物乃其徒 纘 莊子與造化者爲徒外死生無終始者爲友 應同柳州柳 纘 子厚爲柳州刺史其詩柳州柳刺史種柳柳江邊 聊使愚溪愚 厚 按子厚愚溪對其略曰柳子名愚溪而居五日溪之神夜見夢曰子何辱予使予爲愚耶有其實者名因從之予固若是耶柳子曰汝誠無其實然以吾之愚而獨好汝汝惡得避是名耶

次韻陳履常張公龍潭

明經宣城宰 纘 按先生昭靈侯碑云張公諱路斯以明經爲宣城令夫人石氏生九子自宣城罷歸嘗釣于焦氏臺一日見釣處有宫殿遂入居之自是歸輒體寒而濕[illegible]其故曰我龍也[illegible]人鄭祥遠亦龍也[illegible]争此[illegible]明日當戰使九子助我領絳[illegible]明

□中□子孫□位上□家占百尺瀾□□□不量力而□□是以知息之德不量力

敢以非意干次公晉書衞玠嘗云人有不及可以情恕非意相干可以理遣玄黃雜兩

戰次公易坤上六龍戰于野其血玄黃絳青表雙蟠烈氣斃彊敵仁心惻饑寒精

誠禱必赴苟簡求亦難蕭條麥麰枯浩蕩日月寬念子無吏

責十日勤征鞍春蔬得雨雪少助先生槃縯閬川名士傳薛令之詩云朝日上團團照見先生槃槃中何所有苜蓿長闌干

龍不憚往來而我獨宴安閉閤默自責援前漢韓延壽守馮翊民有昆弟相訟者延壽大傷之曰幸得備位爲郡表率不能宣明教化至令民有骨肉爭訟咎在馮翊因入卧傳舍閉閤思過

神交淸夜闌次公晉書嵇康傳所與神交者惟陳留阮籍河內山濤

江郊 并序

惠州歸善縣治之北數步抵江少西有磐石小潭可以垂釣作江郊詩云師老白鶴故居圖江郊亭在先生故居之東臨江負山

江郊葱曨雲水蒨絢碕岸斗入次公碕音奇又音去倚切曲岸也洄潭輪轉厚洄席流也柳子厚鈷鉧潭記流沫成輪先生悅之布席閒燕初日下照潛鱗俯見意

釣志魚【堯】張志和每垂釣不設餌志不在魚也　樂此竿綫優哉悠哉【次公】詩小雅優哉悠哉玩物之變

王狀元集百家註分類東坡先生詩卷之八

國家珍貴古籍叢刊

宋本王狀元集百家注分類東坡先生詩

三

(宋)蘇軾 撰
題(宋)王十朋 纂集

國家圖書館出版社

第三册目録

卷十一

卷十二

卷十三

卷十四

王狀元集百家注分類東坡先生詩卷之九

池沼

詩三首

寄題興州晁太守新開古東池

百畝新池傍郭斜居人行樂路人誇自言官長如靈運能使江山似永嘉〔演〕宋謝靈運爲永嘉太守郡有名山水素所愛好所至輙爲詩以致其意永嘉今温州也〔演〕貫休詩永嘉爲郡後山添鮮碧〔次公〕永嘉志云永嘉縣本漢東甌縣晉太康二年明帝立永嘉郡縱飲座中遺白帢〔次公〕帢音䫴初有白帢之製裝脩白接䍦白綸巾與夫管寧白帽也乞洽冐也幽尋盡處見桃花〔援〕晉武陵漁人入武陵溪見桃花林

不堪山鳥號歸去〔注〕子規啼云不如歸去長遣王孫苦憶家

道者浣池上作

下馬逢佳客攜壺傍小池〔注〕杜牧云與客攜壺上翠微清風亂荷葉細雨出魚兒〔厚〕杜詩細雨魚兒出微風燕子斜井好能冰齒茶甘不上眉歸塗更蕭瑟直個解催詩〔厚〕杜詩片雲頭上黑應是雨催詩

和宋肇遊西池次韻

漢皇慈儉不開邊[次公]漢皇指言武帝也杜詩武皇開邊意未已尚教千艘下瀨船[次公]漢食貨志曰時粤欲與漢用船戰遂乃修昆明池列館環之治樓船高十餘丈旗幟加其上西京雜記云昆明池中有戈船樓船各數百艘又漢武帝紀有下瀨將軍注瀨湍也伍子胥書有下瀨船字貪看艨艟飛鬬艦不知贔屓舞鈞天[次公]西都賦巨靈贔屓注云作力貌西京雜記云昆明池刻石為鯨魚每至雷雨魚常鳴吼鬐鬣皆動漢世祭之以祈雨往往有驗又趙簡子夢與百神遊於鈞天廣樂九奏萬舞於水旁聞樂則黃帝張樂於咸池之野也故山西望三千里往事回思二十年[次公]故國三千里張祜詩曰自笑區區足官府不如公子散神仙[厚]退之奉酬盧給事詩上界真人足官府豈如散仙鞭笞鸞鳳終日相追陪

舟楫

詩二首

七月一日出城舟中苦熱

涼颸不來流汗方被體[次公]趙昞長嘯呼風亂流而濟又杜詩汗流被我體稀星乍明滅暗水光瀰瀰香風過蓮芡驚枕裂魴鯉欠伸宿酒餘

起坐濯清泚火雲勢方壯未受月露洗【續】杜詩火雲洗月露絶壁上朝暾身
微欲文適坐待東方啓【次公】詩東有啓明

舟中夜起

微風蕭蕭吹菰蒲開門看雨月滿湖舟人水鳥兩同夢【次公】詩甘與子同夢【堯卿】人鳥相忘同爲一夢若莊周之夢胡蝶也大魚驚竄如奔狐夜深人物不相管我獨形影相嬉娛暗潮生渚弔寒蚓落月掛柳看懸蛛此生忽忽憂患裏【續】退之詩忽忽乎子未知爲生之樂也頗脫去無因清境過眼能須臾雞鳴鍾動百鳥散【次公】退之詩雞鳴鍾動不知曉船頭擊鼓還相呼

橋梁

詩三首

頃年楊康功使高麗還奏乞立海廟板橋僕嫌其地湫隘移書使還之文登因古廟而新之楊竟不從不知定國何從見此書作詩稱道不已僕復不記其云何也次韻荅之

迎之仙人也遊戲於斯文〔厚〕遊戲三昧詼笑出偉奇鼓舞南海神〔次公〕韓退之有南海神廟碑最爲奇絶頃年三韓使〔次公〕三韓使指言楊康公也高麗謂之三韓曰辰韓曰弁韓曰馬韓皆高麗之地也幾爲鮫鱷吞歸來築祠宇要使百賈奔板橋西賈所聚我欲遷其廟下數浮空群謂登州海市移書竟不從信非磊落人〔縯〕退之詩爾雅注魚定非磊落人公胡爲拳拳繫此空中雲作詩頌其美何異刻劍痕〔次公〕繫空憶雲并刻劍痕先生皆言其往日之言已過無定而王定國尚記憶之也楚人有行舡而失劍乃刻舟記之欲以求劍焉事出呂氏春秋我今已括囊象在六四坤〔援〕易坤卦六四曰括囊無咎無譽

兩橋 并引

惠州之東江溪合流有橋多廢壞以小舟渡羅浮道士鄧守安始作浮橋以四十舟爲二十舫鐵瑣石釘隨水漲落榜曰東新橋州西豐湖上有長橋屢作屢壞栖禪院僧希固築進兩岸爲飛閣九間盡用石鹽木堅若鐵石榜曰西新橋皆以紹聖三年六月畢工作二詩

落之

東新橋

群鯨貫鐵索背負橫空霓【次公】群鯨以言四十舟霓以言兩橋虹【師川】杜牧阿房賦複道橫空不霽何虹首搖翻雪江尾插崩雲谿機牙任信縮漲落隨高低轆轤卷巨索青蛟挂長堤䑳舟免狂觸脫筏防撞擠一橋何足云誰傳廣東西父老有不識喜笑爭攀躋魚龍亦驚逃雷霆生馬蹏【次公】蹏古蹄字也嗟此病涉久【演】孟子歲十一月徒杠成十二月輿梁成民未病涉也八公私困留稽姦民食此險【次公】言姦民乘之爲盜也出沒如鳧鷖似賣失船壺【厚】鶡冠子賤生於無所用中流失船一壺千金【伯共】遯齋閒覽曰傳云中流失船一壺千金乃今所謂浮鐶者凡渡江海必預備浮鐶以虞風濤覆溺之患其形如環而空中用帛爲帶挂之頸上出兩手以按之則浮而不溺可以待救至今浙人呼爲壺如去登樓梯【次公】後漢劉琦嘗與諸葛亮謀自安之術亮初不對乃共升樓因令去梯謂亮曰今日上不至天下不至地言出于口而入吾耳可以言未不知百年來幾人隕沙泥豈知濤瀾上安若堂與閨往來無昃之濟涉休扶攜使君飲哉言妙割無牛雞【援】論語割雞焉用牛刀不

云二子勞歎我揹腰犀二子[illegible]嘗助施犀帶我亦壽使君一言聽扶藜
常當修未壞勿使後噬臍【次公】言當於未壞而修之勿使噬臍一而無及也左傳曰若不早圖後君噬臍

西新橋

昔橋本千柱挂湖如斷霓浮梁陷積淖【次公】積淖深泥也淖音女教反破板
隨奔溪笑看遠岸没坐覺孤城低聊因三農隙【縯】左傳春蒐夏苗秋獮冬狩皆於農隙以講事也稍進百步堤炎州無堅植潦水輕推擠千年誰在者
鐵柱羅浮西獨有石鹽木白蟻不敢躋似開銅駝峯如鑿鐵
馬蹏岌岌類鞭石【厚】三齊略記秦始皇作石橋於海上欲過海看日出處有神人驅石石去不速神人鞭之皆流血
山川非會稽【次公】始皇所作石橋在今會稽郡石猶作赤色也嗟我久閣筆【厚】典略王粲才既高辯每朝廷奏議卿相皆閣筆不敢措手
不書紙尾鷖【次公】法帖中有王氏一帖最後大書一鷖字相傳此帖之珍所酬至五十餘萬云
蕭然無尺箠欲駕鳶飛空梯百夫下一杙【厚】爾雅樴謂之杙注云橜也椓
此百夫泥橋柱石礎之下皆有堅木椓入泥中六餘謂之頂樁探囊賴故侯寶錢出金閨子由之婦史頃入內得賜黃金錢數十助施父老喜雲集簞壺無空攜三日飲不

散殺盡西村雞似聞百歲前海近湖有犀橋下舊名犀湖蓋常有蛟蜃之類那知陵谷變纔詩曰高岸爲谷深谷爲陵枯瀆生葭菼後來忽忘今冬涉水過臍

樓閣　二十七首

吉祥寺僧求閣名

過眼榮枯電與風久長那得似花紅上人宴坐觀空閣觀色觀空色即空箋比佛書心經之語也

六月二十七日望湖樓醉書五絕龜父按圖經云望湖樓一名看經樓乾德七年忠懿王錢氏建去錢塘一里

黑雲翻墨未遮山白雨跳珠亂入船卷地風來忽吹散望湖樓下水如天

放生魚鼈逐人來敬夫天禧四年太子太保判杭州王欽若奏以西湖爲放生池禁捕魚鳥爲人主祈福無主荷花到處開次公杜詩桃花一簇開無主水枕能令山俯仰風船解與月

徘徊
烏菱白芡不論錢亂繫青菰裹綠盤【引】韓文公詩云平池散芡盤 忽憶嘗
新會靈觀滯留江海得加飧【次公】會靈觀在京師
獻花遊女木蘭橈細雨斜風濕翠翹【次公】張志和詩青蒻笠碧蓑衣斜風細雨不須歸
無限芳洲生杜若吳兒不識楚詞招【縯】屈原九歌采芳洲兮杜若將以遺兮下女【韓】遯齋閑覽
云杜若山薑也
未成小隱聊中隱【縯】王康琚反招隱詩大隱隱朝市小隱隱藪澤 可得長閑勝暫閑我
本無家更安往故鄉無此好湖山

宿望湖樓再和 注見前首

新月如佳人出海初弄色娟娟到湖上瀲瀲搖空碧夜涼人
未寢山靜聞響音收【厚】南史謝靈運傳尋山陟嶺必造幽峻登躡常著木屐上山則去其前齒下山則去其後齒
騷人故多感悲秋更慘慄【縯】宋玉九辨悲哉秋之為氣也慘慄兮若在遠行登山臨水兮送將歸 君
明不相就朱墨紛黝赤【援】蘇綽傳周文帝為行臺左丞參典機密始制文案程式朱出墨入及計帳戶籍之

法我行得所嗜十日忘家宅但恨無友生詩病莫訶詰君來試吟味定作鶴頭側大公言不可其詩則側頭也改罷心愈疑蒲紙蛟蚰黑

望海樓晚景五絕丙杭州圖經云東樓一名望海樓在舊治中和堂北太平寰宇記云樓高十八丈唐武德七年置

海上濤頭一線來樓前指顧雪成堆從今潮上君須上更看銀山二十回

橫風吹雨入樓斜壯觀應須好句誇雨過潮平江海碧電光時掣紫金蛇

青山斷處塔層層隔岸人家喚欲應江上秋風晚來急爲傳鍾鼓到西興彥章杭州圖經云浙江渡有候潮門外對西興

樓下誰家燒夜香玉笙哀怨弄初涼臨風有客吟秋扇紈扇歌常恐秋節至涼颷奪炎熱拜月無人見晚粧

沙河燈火照山紅孝祖唐地里志沙河塘縣舊治南五里咸通二年刺史崔彥曾開[illegible]水衝擊錢塘江岸至於奔逸

入城勢莫能禦故開沙河以決之河有二曰外沙中沙裏沙歌鼓喧喧語笑中爲問少年心在否角巾欹側鬢如蓬

李公擇求黃鶴樓詩因記舊所聞於馮當世者

黃鶴樓前月滿川抱關老卒飢不眠夜聞三人笑語言羽衣着屐響空山非鬼非人意其仙石扉三扣聲清圓洞中鏗鋐落門關縹緲入石如飛煙雞鳴月落風馭還迎拜稽首願執鞭汝非其人骨腥羶黃金乞得重莫肩持歸包裹弊席氈次公韓詩檀包席裹可立致夜穿茆屋光射天里閭來觀已變遷似石非石鋐非鋐或取而有衆忿喧訟歸有司今幾年無功暴得喜欲顛神人戲汝真可憐續退之感二鳥賦雖得之而不能乃鬼神之所戲願君爲考然不然此語可信馮公傳

南寺千佛閣

古邑居民半海濤師來搆築便能高千金用盡身無事次公

韓退之詩千金散盡復還來　坐看香煙遶白毫

法惠寺橫翠閣　居仁　杭州圖經云法惠寺在天井巷開運元年吳越王錢氏建舊額興慶寺治平二年改賜今額

朝見吳山橫暮見吳山從吳山故多態轉側爲君容幽人起朱閣空洞更無物　續　王導嘗指周顗腹曰此中何所有也荅曰此中空洞無物然足容卿輩數百人　惟有千步岡東西作簾額春來故國歸無期人言悲秋春更悲　次公　宋玉云悲哉秋之爲氣也　已泛平湖思濯錦更看橫翠憶峨眉　次公　濯錦成都濯錦江也峨眉嘉州峨眉山也先生蜀人故云爾　雕欄能得幾時好不獨憑欄人易老百年興廢更堪哀懸知草莽化池臺　次公　乃雍門周所謂曲池既已平高臺亦已傾之意也　遊人尋我舊遊處但覓吳山橫處來

單同年求德興俞氏聚遠樓詩三首

雲山煙水苦難親野草幽花各自春賴有高樓能聚遠一時收拾與閑人

無限青山散不收雲奔浪卷入簾鈎直將眼力爲疆界不啻人間萬户侯

聞說樓居似地仙【演】漢志公孫卿言仙人多好樓居於是漢武帝作飛廉桂館益壽延壽館使卿持節設具而候神人作通天臺置祠其下將招來神仙之屬不知門外有塵寰幽人隱几寂無語心在飛鴻滅沒間【次公】劉禹錫送飛鴻之滅

九日黃樓作【師】黃樓取土勝水之義

去年重陽不可說南城夜半千漚發水穿城下作雷鳴泥蒲城頭飛雨滑黃花白酒無人問日暮歸來洗靴韈豈知還復有今年把盞對花容一呷莫嫌酒薄紅粉陋終勝泥中千柄鍤黃樓新成壁未乾青荷已落霜初殺【次公】殺字使隕霜不殺草之類朝來白露細如雨南山不見千尋剎樓前便作海茫茫樓下空聞櫓鴉軋薄寒中人老可畏【次公】宋玉風賦云其風中人中音竹仲切【新】宋玉九辯憯悽增欷兮薄寒之中人熱酒澆腸氣先壓【次公】退之詩云數杯澆腸雖暫醉皎皎萬慮醒還新坐

銷日出見漁村【次公】柳子厚詩煙銷日出不見人　遠水鱗鱗山巘巘【次公】郭璞詩潛
波渙鱗起巘巘字宜韻去齒欲也【師】巘齒五轄切　詩人猛士雜龍虎【次公】坐客三十餘人皆知名之士崔斑灼灼歌
座中之客皆龍虎　楚舞吳歌亂鵝鴨【子仁】李白詩吳歌楚舞歡未畢青山猶銜半邊日【次公】李愬夜入蔡州擊
鵝鶩池以亂軍聲　一杯相屬君勿辭【次公】退之詩一杯相屬君當歌　此境何殊泛清霅
【次公】湖州之霅言溪也

乘舟過賈收水閣收不在見其子三首

愛酒陶元亮【厚】元亮陶淵明別字也性嗜酒親舊知其如此或置酒招之造飲必盡期在必醉共至酒坐雖不識主人亦欣
然無忤嘗作飲酒詩二十首　能詩張志和【續】張志和自稱煙波釣徒往來苕霅間亦名元真子嘗有詞云西塞山邊白鷺
飛桃花流水鱖魚肥青蒻笠綠蓑衣斜風細雨不須歸【子仁】愛酒能詩字傚杜詩愛酒晉山簡能詩何水曹　青山來水檻
白雨滿漁蓑溪垢添丁面【次公】添丁以言賈之子盧仝兒名添丁詩云莫遣添丁郎溪下作面垢　貧
低舉案蛾【續】後漢梁鴻妻孟光舉案齊眉　不知何所樂竟夕獨酣歌
嫋嫋風蒲亂猗猗水荇長【子仁】杜詩水荇牽風翠帶長【偉】選詩風蒲亂曲渚　小舟浮鴨
綠【厚】李白詩春水初生鴨頭綠又云遙看漢水鴨頭綠　大杓瀉鵝黃【續】杜詩鵝兒黃似酒對酒愛新鵝　得意

詩酒社終身魚稻鄉樂哉無一事何處不清涼

曳杖青苔岸繫船枯柳根德公方上冢【厚】後漢龐公傳注曰司馬德操嘗造德公值其渡沔上祀先人墓季路獨留言【次公】論語子路從孔子而後遇丈人以杖荷蓧止子路宿殺雞為黍而食之見其二子焉云云子路曰不仕無義長幼之節不可廢也已占蒲魚港更開松菊園從茲來往數

兒女自應門【縯】杜詩曬藥能無婦應門幸有兒【次公】晉書李密傳應門無三尺之僮

蔡景繁官舍小閣【集注】景繁名承禧撫州臨川人宗旻之孫元導之子元導守潛仲與承禧同登嘉祐二年第於公亦同年友也

使君不獨東南美【次公】爾雅東南之美者有會稽之竹箭焉而虞翻與孔融書并示以所著易注融答書曰聞延陵之理樂覩吾子之治易乃知東南之美者非徒會稽之竹箭也典刑長記先君子【縯】後漢孔融與蔡邕善邕死後有虎賁士貌類邕融引與同坐曰雖無老成人尚有典刑戲嘲王叟短轅車【厚】晉王導守茂弘妻曹氏性妬導甚憚之乃密營別館以處衆妾曹氏知將往焉導恐妾被辱遂令命駕猶恐遲之以所執麈尾驅牛而進司徒蔡謨聞之戲導曰朝廷欲加公九錫導弗之覺但謙退而已謨曰不聞餘物惟有短犢轅車長柄麈尾導大怒謂人曰吾往與群賢共遊洛中何曾聞有蔡克兒也肯為徐郎書紙尾【援】南史蔡廓字子度徵為吏部尚書因北地傅隆問傅亮選事若悉以見付不論不然不能拜也亮以語錄尚書徐

羨之羨之曰黃門郎以下悉以委蔡吾徒不復厝懷自此以上故宜共參同異郭曰我不能爲徐干木署紙尾遂不拜干木羨之小字也三年弭節江湖上[次公]子虛賦於是楚王乃弭節徘徊翱翔容與李善注曰弭案也千首放懷風月裏手開東閣坐虛明目淨東溪照清泚素琴濁酒容一榻[補]江淹恨賦中散下獄神氣激揚濁酒夕引素琴晨張[厚]晉書嵇康云今但欲守陋巷教養子孫時時與親舊敘離闊陳說平生濁酒一杯彈琴一曲志意畢矣落霞孤鶩供千里[補]王勃滕王閣記落霞與孤鶩齊飛秋水共長天一色大舸何時繫門柳小詩屢欲書牕紙文昌新搆滿鵷鸞[次公]唐則天嗣聖元年改尚書省爲文昌臺古詩廁迹鵷鷺行都邑正喧收杞梓[次公]杜詩驄馬行云近聞下詔喧都邑肯使騏驎地上行選有云競收杞梓相逢一醉豈有命南來寂寞君歸矣

寓居合江樓

海山葱曨氣佳哉[補]後漢光武論蘇伯阿望舂陵郭曰氣佳哉鬱鬱葱葱然二江合處朱樓開蓬萊方丈應不遠[厚]史記秦始皇時齊徐市等上書言海中有三神山名蓬萊方丈瀛洲仙人居之請得齋戒與童男女求之肯爲蘇子浮江來[次公]言羅浮山乃蓬萊之一峯浮來則二神山之又浮來有其理矣江風初涼睡正美樓上啼鴉呼我起我今身世兩相違[厚]樂天渭村退居詩云可憐身與世

從此兩相忘【曾】續仙傳侯道華好子史手不釋卷衆或問之要此何爲荅曰天上無愚癡仙人

西流白日東流水樓中老人日清新天上豈有癡仙人三山咫尺不歸去一杯笑與羅浮春予家釀酒名羅浮春

和黃秀才鑒空閣【邦衡】按杭州圖經云顯明院廣順二年吳越王錢氏臣孟謙建院有鑒空閣

明月本自明無心孰爲境挂空如水鑑寫此山河影【次公】酉陽雜俎載佛氏言月中所有乃天地山河影也我觀大瀛海巨浸與天永九州居其間無異虵盤鏡【次公】前定錄素孝叔遇異人得書云每受一命即開一幅累仕皆驗一日晨起巾櫛一物墮鏡中如蛇而有四足驚仆而疾數日卒留書尚多其妻開視之皆空紙也最後一幅畫蛇蟠鏡中而已空水兩無質相照但耿耿妄云桂兔蟇俗說皆可弃【厚】酉陽雜俎舊傳月中有桂又五經通義曰月中有兔與蟾蜍何月陰也蟾蜍陽也而與兔並明陰係於陽也我游鑒空閣歛月正淒冷黃子寒無衣對月句愈警借君方諸淚【厚】方諸方鑑也古者以夫燧取明火於日以方諸取明水於月一沐管城穎【次公】管城穎以言筆也韓退之作毛穎傳有云穎封於管城也誰言小叢林清絕冠五嶺

予初謫嶺南過田氏水閣東南一峯豐下鋭上俚人謂

雞籠山子更名獨秀峯今復過之戲留一絕

倚天巉絕玉浮屠[太公]李白詩者寘皖公山巉絕可人意浮屠佛之名而浮圖佛氏言塔也今先生之詩以山比塔當是浮屠字肯與彭郎作小姑[續]嫵遺江南有兩山孤迥出於江中古傳爲二孤山後人訛之即以大者爲大姑小者爲小姑祠即以婦人之名訛之洞庭之下有州風濤激之則隱隱有聲古傳爲猛浪磯後之訛者則曰彭郎磯又以爲小姑之塔也[補]同安志小孤山在宿松縣東南一百二十里又江州有彭浪磯語轉爲彭郎磯遂有小姑嫁彭郎之語獨秀江南知有意要令人別四方壺[原]左傳云自小別至大別注云禹貢漢水至大別南入江然則此二別在江夏界也海中神山謂之方壺以其形如壺之方也

楗爲王氏書樓

樹林幽翠滿山谷樓觀突兀起江濱云是昔人藏書處磊落萬卷今生塵江邊日出紅霧散綺窗畫閣青氛氳山後悲嘯谷泉響野鳥嘐戞巖花春借問上人今何在被甲遠戍長苦辛先登搏戰事斬級區區何者爲三墳書生古亦有戰陣葛巾羽扇揮三軍[續]諸葛亮葛巾羽扇指揮三軍古人不見悲世俗回首蒼山

空白雲

亭榭　詩四十五首

次韻劉京兆石林亭之作石本唐苑中物散流民間劉購得之【次公】京兆府即長安也劉京兆乃劉敞字原父【堯卿】嘉祐中原父以翰林學士出守永興好古博雅凡古器珍玩之物收蓄殆盡永叔集古録中備言之

都城日荒廢【次公】左氏云都城過百雉國之害也往事不可還唯餘故苑石漂散尚人間公來始購蓄不憚道里艱忽從塵埃中來對冰雪顔【次公】退之詩云未免極楚塵埃間又杜詩云試看他時冰雪容瘦骨拔凛凛蒼根漱潺潺【次公】瘦骨蒼根皆言石也漱潺潺則吉水矣【堯卿】韓愈云巧匠斵山骨唐人唯奇章好石古莫攀盡令屬牛氏刻鑿紛班班【師】奇章公牛僧孺也白樂天太湖石記云今丞相章公嗜石於此物獨不謙讓東第南墅列而置之以甲乙丙丁品之各刻于石陰曰牛氏石甲之上丙之中乙之下嗟此本何常聚散實循環【次公】白記尾又云噫是石也百千載後散在天壤之内轉徙隱見誰復知之人失亦人得要不出區寰【厚】家語楚共王出遊亡其烏號之弓左右請求之王曰止也楚人失弓楚人得之又何求焉孔子聞之曰惜乎其不大也宜曰人遺弓人

得之而已何必楚也君看劉李末不能保河關次公劉指漢也李指唐也史記云魏王豹至國即絕河關又顏延年秋胡詩云離居殊千載一別阻河關況此百株石鴻毛於太山續司馬遷與任安書云死有重於太山或輕於鴻毛但當對石飲萬事付等閑

和劉長安題薛周逸老亭周善飲酒未七十而致仕

次公劉長安劉敞原父也薛周莫考其何人但先生謂其善飲酒而子由有詩亦專稱其能飲耳

近聞薛公子早退驚常流買園招野鶴鑿井動潛虬次公晉書言如野鶴之在雞群又蜀都賦云動高鵠出潛虬自言酒中趣續晉書孟嘉好飲愈多不亂桓溫問嘉酒有何好而卿嗜之嘉曰公未得酒中趣耳一斗勝涼州厚續漢書載燉煌張氏家傳曰扶風孟佗以蒲萄酒一斗遺張讓即得涼州刺史翻然拂衣去親愛挽不留厚晉書鄧攸傳吳人歌攸曰鄧侯挽不留謝令推不去隱居亦何樂素志亦可求援語曰隱居以求其志所亡嗟無幾所得不啻酬青春爲君好白日爲君悠續盧仝詩天上白日悠悠懸次公杜詩絕知春意好韓渥詩云青春固非老者事白日自謂閑人長山鳥奏琴筑野花弄閑幽雖辭功與名其樂實素侯厚史記太史公曰今有無秩祿之奉爵邑之人而樂與之比者命曰素封又曰千金之家乃與王者同樂豈所謂素封者耶至今

清夜夢[次公]歐陽公詩至今清夜夢猶遶此潭此尚驚冠壓頭誰能載美酒往以

大白浮[援]說苑魏文侯與大夫飲使公乘不仁爲觴政曰飲不盡者浮以大白[堯卿]楊雄有好事者載酒肴從遊學之子

雖不識[周]詩之子于歸因公可與遊

自仙遊回至黑水見居民姚氏山亭高絕可愛復憩

其上

山鴟曉辭谷似報遊人起出門猶屢顧慘若去吾里道途

險且迂繼此復能幾溪邊有危構歸駕聊復柅[illegible]孟子行或使之止或柅

之愛此山中人縹緲如仙子[次公]杜詩築居山縹緲[仁]杜牧詩云神仙高縹緲[子]平生慕獨

往[次公]淮南王莊子要略曰江海之士山谷之人輕天下細萬物而獨往杜詩野人時獨往又曰龐公竟獨往[師]杜詩平生獨往意惆悵年

半百官爵同一蹝[illegible]孟子舜視天下猶棄敝蹝[師]史記郊祀志武帝云嗟乎吾誠得如黃帝吾視去妻子如脫蹝耳胡

爲此溪邊眷眷若有俟[師]韓愈瀧吏詩胡爲此水邊神色久戃怳國恩久未報念

此慙且泚[師]韓愈瀧吏詩叩頭謝吏言始慙今更羞歷官二十餘國恩並未酬臨風浩悲咤萬世

何一軌何年謝簪紱丹砂留迅晷

南溪有會景亭處衆亭之間無所見甚不稱其名予欲遷之少西臨斷岸西嚮可以遠望而力未暇特爲製名曰招隱仍爲詩以告來者庶幾遷之

飛簷臨古道高榜勸遊人未即令公隱聊須濯路塵茆茨分聚落煙火傍城闉林缺湖光漏窻明野意新居民誰白帽【次公】白帽隱者之服杜詩公肯念著白帽采薇青雲端【師】南史和帝紀百姓著下屋白紗帽【堯卿】管寧不應州縣之辟常着白帽過客讓朱輪【次公】楊惲傳云乘朱輪者十人山好留歸屐【厚】謝靈運登山著木屐上山則去其前齒下山則去其後齒風回落醉巾【縯】桓溫燕龍山風至吹孟嘉帽落而嘉不知他年誰改築舊製不須因再到吾雖老猶堪作坐賓

凌虛臺【師】今在鳳翔廨之後圃【堯卿】乃陳希亮知鳳翔建也【縯】先生集載凌虛臺記云四方之山莫高於終南而太守之居未嘗知有山焉此凌虛之所爲築也

才高多感激道直無往還不如此臺上舉酒邀青山青山雖云遠似亦識公顏崩騰赴幽賞披豁露天慳落日銜翠壁

暮雲點煙鬟次公太白詩青山猶銜半邊日退之詩擢玉紆煙鬟浩歌清興發放意末禮删是時歲云暮微雪灑袍斑吏退迹如掃厚杜詩山林迹如掃賓來勇躋攀臺前飛鴈過臺上雕弓彎聯翩向空墜一笑驚塵寰次公此乃退之雉帶箭云衝人決起百餘尺紅翎白鏃隨傾斜將軍仰笑軍吏賀五色離披馬前墮取其意變其字者也

孫莘老求墨妙亭詩十朋先生墨妙亭記云熙寧四年十一月高郵孫莘老自廣德徙守吳興其明年二月作墨妙亭於府第之北取自漢以來古文遺刻以實之

蘭亭繭紙入昭陵縯王右軍爲蘭亭宴集序真本以繭紙書之唐太宗尤寶其書隨葬入昭陵世間遺跡猶龍騰厚見末句注中信民梁武帝許右軍書云字勢雄逸如龍跳天門虎卧鳳閣顔公變法出新意縯真卿書雄秀獨出一變古法細筋入骨如秋鷹徐家父子亦秀絶厚徐浩父子工草隸人狀其書爲怒猊抉石渴驥奔泉字外出力中藏稜嶧山傳刻典刑在千載筆法留陽冰縯嶧山碑李斯書也所謂小篆者唐李陽冰得其筆法號玉筯體杜詩嶧山之碑野火焚棗木傳刻肥失真杜陵評書貴瘦硬厚杜甫八分小篆歌苦縣光和尚骨立書貴瘦硬方通神次公亭中有顔徐李斯等石刻故鋪叙言之此論未公吾不憑短長肥瘦各有態玉環飛燕誰

敢憎【續】楊妃外傳云妃小字玉環明皇覽漢成内傳見飛燕身輕不勝風製七寶避風臺因謂妃子曰尔則任吹多少妃曰霓裳一曲足掩前古【次公】楊妃之肥趙后之瘦皆不可憎也守之肥瘦似之吳興太守真好古【次公】吳興湖州孫莘老爲湖州太守購買斷缺揮縑繒龜趺入坐螭隱壁空齋晝靜聞登登[illegible]登登打碑聲也詩云築之登登奇蹤散出走吳越勝事傳說誇友朋書來乞詩要自寫爲把粟尾書溪藤【次公】粟尾筆也溪藤剡溪紙也[illegible]唐國史補云紙則有越之剡藤後來視今猶視昔【續】蘭亭記後之視今猶今之視昔過眼百世如風燈【次公】韓詩百歲如風狂又狂杜荀鶴詩百歲身如短焰燈他年劉郎憶賀監還道同時須伏膺[illegible]劉禹錫高樓賀監昔曾登壁上筆蹤龍虎騰又云偶因獨見空驚目恨不同時便伏膺【禮】記中庸拳拳伏膺勿失

莘老葺天慶觀小園有亭北向道士山宗說乞名與詩

春風欲動北風微歸鴈亭邊送鴈歸蜀客南遊家最遠吳山寒盡雪先晞扁舟去後花絮亂【次公】先生自杭倅以開運鹽河故至湖州若去乃三月矣故曰去後花絮亂五馬時來賓從非【援】南齊柳元伯之子五人皆領郡號五馬群文主云柳氏亭邊參差五馬[illegible]洪駒父云韓文辨證云謝靈運爲永嘉太守常以五馬自隨立五馬坊五馬亭惟有道人應不忘抱琴無語

立斜暉

於潛令刁同年野翁亭【邦衡】按圖經岑嶅山在縣西二里野翁亭在山之北

山翁不出山溪翁長在溪前二令作二翁亭不如野翁來往溪山間上友麋鹿下鳧鷖問翁何所樂三年不去煩推擠【次公】吳人歌曰鄧侯挽不留謝令推不去翁言此間亦有樂非絲非竹非蛾眉【次公】非絲非竹雖左太冲詩何必絲與竹山水有清音語意當如是亦出山人醉後鐵冠落溪女笑時銀櫛低我來觀政問風謠皆云吠犬足生氂【縯】岑熙爲魏郡太守人歌之曰我有枳棘岑君伐之我有蟊賊岑君遏之吠犬不驚足下生氂但恐此翁一旦捨此去長使山人索寞溪女啼天目山唐道士常冠鐵冠於潛婦女皆插大銀櫛長尺許謂之蓬沓

僧清順新作垂雲亭【希聲】按杭州圖經云寶嚴院天成二年錢氏建其亭館有借竹軒垂雲亭亭乃元豐中詩僧清順作

江山雖有餘亭榭着難穩登臨不得要【次公】宋玉賦登山臨水送將歸又謝靈運有登臨海嶠詩萬象各偃蹇【次公】左傳云彼皆偃蹇盖傲慢不隨之皃先生詩又曰青山偃蹇如高人又云青山若無素偃蹇不

相視皆此意也 惜哉垂雲軒此地得何晚天功爭向背詩眼巧增損路窮朱欄出山破石壁很海門浸坤軸 續 杜詩安知有蒼池萬頃浸坤軸 湖尾抱雲巘葱葱城郭麗 續 蘇伯阿望春陵郭唶曰氣佳哉鬱鬱葱葱然 淡淡煙村遠紛紛烏鵲去一一漁樵返雄觀快新獲微景收昔遁道人真古人嘯詠慕嵇阮 學 晉周顗於王導坐傲然嘯詠導曰安敢近捨明公遠希嵇阮 空齋卧蒲褐芒屩每自捆 學 唐隱士朱桃椎織芒屩置道上見者以米茗易之曰此居士屩也 續 孟子許行之徒數十人皆衣褐捆屨注捆猶叩椓也織屨欲使堅故叩之也 天憐詩人窮乞與供詩本我詩久不作荒澁旋鋤甓從君覓佳句咀嚼發朝飯

東陽水樂亭 爲東陽令王都官槩作 秦 志林錢塘東陽皆有水樂洞泉流空岩中皆自然宮商

君不學白公引涇東注渭五斗黃泥一鍾水 續 漢書溝洫志白公奏穿渠引涇水首起谷口尾入櫟陽注渭中袤二百里溉田四千五百餘頃民歌之曰舉臿爲雲決渠爲雨涇水一石其泥數斗 又不學哥舒橫行西海頭歸來羯鼓打涼州 續 哥舒翰其先蓋突騎施哥舒部酋長世居安西翰貴封涼國公羯鼓打涼州事未詳涼州曲名也唐以州名曲如伊涼甘涼之類又云八破其地皆陷於吐蕃羯鼓外夷樂以戎羯名之如漆桶下以牙牀承之

擊用兩枚■厚■哥舒翰築神威軍青海上吐蕃攻破之更築於龍駒島二千人戍之由是吐蕃不敢近青海 但向空山石壁下愛此有聲無用之清流流泉無絃石無竅强名水樂人人笑慣見山僧已厭聽多情海月空留照洞庭不復來軒轅■續■莊子黃帝張咸池九韶之樂於洞庭之野軒轅言黃帝也 至今魚龍舞鈞天■厚■趙簡子疾語大夫曰我之帝所甚樂與海神遊於鈞天黃樂九奏萬舞不類三代之樂其聲動人 聞道磬襄東入海■續■論語擊磬襄入于海 遺聲恐在海山間鏘然澗谷含宮徵節奏未成君獨喜不須寫入薰風絃■續■舜作五絃之琴以歌南風其詩曰南風之薰兮可以解吾民之慍兮 縱有此聲無此耳

李行中醉眠亭三首

已向閑中作地仙■續■孫思邈者千金方以虻蟲水蛭為藥以害物命不獲上昇爲地仙 更於酒裏得天全■續■莊子言醉者墜車雖疾不死骨節與人同而犯害與人異其神全也 從教世路風波惡賀監偏工水底眠■厚■杜詩酒中八仙歌知章騎馬似乘船眼花落井水底眠

君且歸休我欲眠人言此語出天然醉中對客眠何害須信陶潛未苦賢■續■陶潛有酒輒設不問賓主醉則謂客曰我醉欲眠卿且去■厚■李白詩我醉欲眠卿且去明朝有意抱琴來

孝先風味也甚憐肯為周公晝日眠【補】邊韶字孝先嘗晝日假寐弟子私嘲之曰邊孝先腹便便懶讀書但欲眠孝先聞之對曰邊為姓孝為字腹便便五經笥但欲眠思經事寐與周公同夢静與孔子同意師而可嘲出何典記枕麴先生猶笑汝【注】劉伶酒德頌先生於是方捧甖承槽銜杯漱醪奮髯箕踞枕麴藉糟枉將空腹貯遺編【次公】陸龜蒙杞菊賦序云率空腸貯古聖賢語

次韻陳海州乘槎亭【補】因話録云漢書載張騫窮河源言其奉使之遠實無天河之説惟張華博物志云近世有人居海上每年八月見海槎來不違時賫一年糧乘之到天河見婦人織丈夫飲牛遣問嚴君平云某年月日客星犯牛斗即此人也後世相傳云得織女支機石持以問君平都是憑虚無之説今成都嚴真觀有一石呼為支機石云當時君平留之寶曆中余下第還家於京都途中逢官差夫遞舁張騫槎先在東都禁中今准詔索有司取進不知是何物也前輩詩往往有張騫槎者相襲訛謬矣縱出雜書亦不足據也

人事無涯生有涯【補】莊子吾生也有涯而知也無涯老杜詩世路雖多梗吾生亦有涯逝將歸釣漢江槎【補】杜詩歸釣槎頭縮項鯿孟浩然詩試垂竹竿釣果得槎頭鯿乘桴我欲從安石【注】孔子曰乘桴浮于海【補】謝安與孫綽等泛海風起浪湧安吟嘯自若遁世誰人識子嗟【次公】丘中有麻詩云彼留子嗟言其遁世矣日上紅波浮翠巘潮來白浪卷青沙清談美景雙奇絶不覺歸鞍帶

月華

登常山絶頂廣麗亭

西望穆陵關【縯】穆陵山在沂州沂水縣管仲言齊之封境南至于穆陵東望琅邪臺【厚】琅邪山在沂州之沂水海州之朐山密州之諸城三縣界漢有琅邪縣先是越王勾踐嘗治此始皇登山樂之作琅邪臺其地在今諸城之東南南望九仙山【縯】在錢塘臨安或云在密州諸城縣北望空飛埃相將叫虞舜【厚】杜詩回首叫虞舜蒼梧雲正愁遂欲歸蓬萊【次公】使玉川子詩蓬萊山在何處乘此清風欲歸去嗟我二三子狂吟亦荒哉紅裙欲仙去【縯】趙飛燕身輕臨風如欲飛去長笛有餘哀清歌入雲霄妙舞纖回自從有此山【縯】羊叔子登峴山謂鄒湛曰自有宇宙便有此山古來賢達勝士登此遠望如我與卿者多矣然湮滅無聞使人悲傷白石封蒼苔何嘗有此樂將去復徘徊人生如朝露白髮日夜催弃置當何言萬劫終飛灰【援】曹毗志怪曰漢武鑿昆明池見灰墨無復土舉朝不解以問東方朔朔曰可試問西域胡至後漢明帝時外国道人入洛陽有憶方朔言者以問之胡曰天地大劫將盡則劫燒此劫燒之餘也

種德亭 并序

處士王復家於錢塘為人多技能而醫尤精期於活人

而已不志於利築室侯潮門外治園圃作亭榭以與賢士大夫遊惟恐不及然終無所求人徒知其接花蓺果之勤而不知其所種者德也乃以名其亭而作詩以遺之

小圃傍城郭閉門芝术香【補注】仙經本行傳言林父芝之术鮮華擅清籟颼颼於草木天香氛氳於崖谷德與佳木長【厚】太此道家所貴也名隨市人隱【新添】王康琚反招隱詩曰大隱隱朝市小隱隱藪澤史公言一歲種之以穀十歲種之以木百歲來之以德元化善養性【補注】後漢方術傳華佗字元化其傳云曉養生之術年已百歲而猶有壯容時人以為仙倉公多禁方【新添】倉公淳于意其傳云少而喜醫方術更受師同郡元里公乘陽慶使意盡去其故方更悉以禁方予之蓋嘗為齊太倉長所活不可數相逢旋相忘但喜賓客來置酒花滿堂【子仁】李白詩美人在時花滿堂我欲東南去再觀雙檜著山茶想出屋湖橘應過墻【次公】雙檜山茶湖橘皆園中所有也木老德亦熟吾言豈荒唐

城南縣尉水亭得長字

兩尉鬱相望東南百步場【次公】百步場蓋言尉司牧閑處也退之詩云汴泗交流郡城角築場千步平如削

揷旗蒲柳市伐鼓水雲鄉【次公】揷旗伐鼓以言尉之事蒲柳市水雲鄉則言湖州也已作觀魚

檻仍開射鴨堂【□】孟郊爲溧陽尉開射鴨堂【次公】左傳公觀魚于棠孟東野射鴨復朔鴨全家依畫舫極

目亂紅粧瀲瀲波頭細踈踈雨脚長【性之】杜牧之詩林里山高水脚長我來閑濯

足溪漲欲浮淋澤國山圍裏【元】劉賓客詩云山圍故國周遭在孤城水影旁欲

知歸路處帶外聽風檣【□】杜牧之李長吉集序云風檣陣馬不足爲其勇也

遷居臨皐亭【次公】先生始至黃寓居定惠院後自定惠遷臨皐本回車院故有全家占江驛之句

我生天地間一蟻寄大磨區區欲右行不救風輪左【□】晉天文志周髀家云天旁轉如推磨而左行日月右行隨天左轉故日月實東行而天牽之以西沒譬之於蟻行磨石之上磨左旋而蟻右去磨疾而蟻遲故不得不隨磨以左迴焉雖云走仁義未免遲寒饑劍米有危炊【□】晉書桓玄在郡仲堪坐上共作危語玄曰矛頭淅米劍頭炊仲堪曰百歲老翁攀枯枝有一參軍云盲人騎瞎馬夜半臨深池仲堪曰此太逼人蓋仲堪眇一目也

鍼氊無穩坐【□】晉書愍懷太子傳舍人杜錫每以忠規勸太子修德進善遂於讒謗太子怒使人以針着錫常所坐氊中而刺之豈無佳山水借眼風雨過歸田不待老勇決凡幾箇幸

兹廢弃餘疲馬解鞍䭾全家占江驛絶境天爲破【次公】退之詩有云破天壍饑貧相乗除【次公】退之詩無善名以開無惡聲以懷名聲相乗除得少失有餘未見可弔賀【纘】董仲舒曰弔者在門賀者在閭言憂則恐懼恐懼則福至賀者在門弔者在閭言受福則驕奢驕奢則禍至【次公】蘇秦見齊王仰而慶俯而弔劉表云受弔不受賀【師】左氏可弔而又賀之淡然無憂樂古語不成些【次公】音四箇切乃楚人之聲也故宋玉招魂每句有其字

徐大正閑軒

冰蠶不知寒【演】王子年拾遺録東海圓嶠山有冰蠶長七寸有鱗角以雪霜覆之則爲繭五色絲織爲衣入水不濡火鼠不知暑【厚】東方朔神異經曰南荒之外有火山其中皆生不燼之木晝夜火燒得暴風猛雨不滅火中有鼠重百斤毛長二尺餘細如絲可以作布【倬】王貞白寄鄭谷詩云火鼠重燒布冰蠶獨繭絲直須天下手裁作領巾披知閑見閑地巳覺非閑侶君看東坡翁懶散誰比數形骸墯醉夢生事委塵土早眠不見燈晚食或欹午卧看氊取盜【□】晉書王獻之夜卧齋中有偷人入其室盜物都盡獻之徐曰偷兒青氊我家舊物可特置之坐視麥漂雨【演】後漢高鳳少爲書生家以農畝爲業專精讀書晝夜不息妻嘗之田曝麥於庭令鳳持竿護雞時天暴雨而鳳持竿誦經不覺潦水漂麥也話希舌頰強【厚】晉殷仲堪云三日不讀

道德經覽舌本閒強行少腰脚僂五年黃州城不踏黃州鼓人言我閑

客置此閑處所問閑作何味如眼不自睹演莊子目能視百步之外而不見其睫

頗訝徐孝廉得閑能幾許介子願奉使次公前漢傅介子謂霍光曰樓蘭龜茲數反覆而不誅無所懲艾介子過龜茲時其王近就人易得也願往刺之以威示諸國翁歸備文武援前漢田延年爲河東太守行縣至平陽召故吏五六十人延年親臨見令有文者東有武者西閱數十人次到尹翁歸獨伏不肯起曰翁歸文武兼備唯所設施

應緣不耐閑名字掛庭宇我詩爲閑作更得不閑語君如

汗血駒演大宛國馬汗血其先天馬子也轉眄略燕楚厚李白天馬歌升崑崙歷四極四足無一蹶雞鳴發燕晡秣越

莫嫌鑾輅重終勝鹽車苦厚戰國策汗明之言曰驥服鹽車上太行伯樂遇之下車攀而哭之

泗州南山監倉蕭淵東軒二首

偶隨樵父採都梁南山名都梁山山出都梁香故也次公樂府歌詩曰㲪㲡五水香迷迭艾納及都梁又本草蘭草條下注引荊州記云都梁縣有山山下有水清淺其中生蘭草因名爲都梁竹屋松扉試乞漿厚太平廣記裴航經藍橋驛求漿於老嫗家嫗叱曰雲英擎一杯水來郎君要飲次公朝野僉載云太歲在酉乞漿得酒但見東軒堪隱几援莊子齊物論南郭子綦隱几而坐又孟子對客隱几而卧不知公子是監倉溪中亂石墻

垣古山下寒蔬匕箸香我是江淮舊遊客扭冠知有老蕭郎【續】南史陶弘景永明十年脫朝服掛神武門上表辭祿【補】東觀漢記曰王莽居攝子宇諫莽而莽殺之逢萌謂友人曰三綱絕不去禍將及人即解冠掛東門而去【原】白樂天送蕭處士詩能文好飲老蕭郎身似浮雲鬢似霜北望飛塵若畫霾【補】爾雅風而雨土曰霾又詩云終風且霾洗心聊復記東齋珍禽聲好猶思越【增】古詩胡馬嘶北風越禽巢南枝【增】莊舄仕楚爲執珪有頃而病楚王曰舄故越之鄙細人也今在楚爲執珪富貴矣亦思越不野橘香清未過淮【原】周禮考工記橘逾淮而北爲枳有信微泉來遠嶺無心明月轉空堦一官倉庾真堪老【補】漢有倉氏庾氏以其爲倉庾之官而長子孫焉坐看松根落斷崖

劉乙新作射亭　乙父嘗知習州

蘭玉當年刺史家【補】晉謝安嘗戒約子姪曰子弟亦何豫人事而正欲使其佳姪玄答曰譬如芝蘭玉樹欲使其生於堦庭耳雙韃馳射笑穿花【原】後漢董卓膂力過人雙帶兩鞬左右馳射注云言所以藏箭謂之服藏弓謂之鞬左傳左執鞭弭右屬櫜鞬而今白首閑驄馬【補】後漢桓典拜侍御史常乘驄馬京師畏憚爲之語曰行行且止避驄馬御史只有清樽照畫蛇【續】晉書樂廣有親賓久闊不復來廣問其故答曰前在坐蒙賜酒方欲飲盃中有蛇影意惡

甚惡之既飲而疾于時河南聽事壁上有角漆畫作蛇廣意盃中蛇即角影也復置酒於前處謂客曰酒中復有所見否答曰所見如初廣乃告其所以客豁然意解沉痾頓愈

寂寂小軒蛛網遍陰陰垂柳鴈行斜手柔弓燥春風後〔厚〕物魏文常言秋時之春句芒司節和風扇弓燥手柔草淺獸肥與族子獵於鄴西

置酒看君中戟牙〔次公〕呂布傳袁術遣將紀零等攻劉備布謂零曰玄德布弟也爲諸君所困故來救之布性不喜合鬬但喜解鬬耳乃令軍候植戟於營門布彎弓顧曰諸君觀布射戟小支中者各解兵不中可留決鬬布即一發正中戟支零等皆言將軍天威也罷云

留題蘭臯亭

雪後東風未肯和和門還客夜經過不知舊竹生新筍但見清伊換濁河〔次公〕即前所謂新洛也

無復往來乘下澤〔援〕後漢馬援嘗謂官屬曰吾從弟少游常哀吾慷慨多大志曰士生一世但取衣食裁足乘下澤車御款段馬爲郡掾吏守墳墓鄉里稱善人斯可矣

聊同笑語說東坡〔堯卿〕白樂天謫忠州州有東坡屢作詩以言之故公在黃州亦作東坡乃樂天之遺意也

明年我亦開三徑〔次公〕晉陶潛傳求爲彭澤令謂親朋曰聊欲絃歌以爲三逕之資蔣詡開三逕以延其友求仲牧仲也

寂寂兼無雀可羅〔厚〕前漢鄭當時傳云先是下邽翟公爲廷尉賓客滿門及廢門外可設雀羅〔堯卿〕樂天詩云門冷兼無雀可羅

南部妙峯亭

千尋挂雲闕十頃含風灣開門弄清泚照見雙銅環池臺
半禾黍【縯】詩周大夫行役至于宗周過故宗廟宮室盡爲禾黍 桃李餘榛菅【次公】退之詩豈念幽桂遺榛菅
無人肯回首日暮車斑斑【厚】後漢五行志京都童謡曰車斑斑入河間河間婦女工數錢 史君非
世人心與古佛閑時邀聲利客來洗塵埃顏新亭在東皐飛
宇臨通闤古甃磨翠壁霜林散煙鬟【次公】退之詩擢玉紆煙鬟先生今句蓋言山之高路首
如煙鬟耳又有詩曰孤雲落日在馬耳照耀金碧開煙鬟又曰落日銜翠壁暮雲點煙鬟又曰兩山遥樹雙煙鬟又曰淮山相媚好曉鏡開煙
鬟是已 孤雲抱商丘芳草連杏山俯仰盡法界【次公】佛書所謂法界觀是已 逍
遙寄人寰【次公】鮑昭舞鶴賦歸人寰之喧卑 亭亭妙高峯【次公】妙高峯則取海上德雲所居之山爲
名也 了了逢艾間【縯】莊子夫三子者猶存蓬艾之間 五老壓彭蠡【援】廬山有五老峯廬山背泯流
西彭蠡故云 三峯照潼關【厚】華山有三峯曰蓮華毛女松檜潼關在華州華陰縣【子仁】退之詩曰照潼關四扇開荊山巳
去華山來 均爲拳石小【次公】禮記一云山一拳石之多 配此一擲慳【縯】退之炎谷湫詩巨靈高其捧保此一擲
慳 煩公爲標指免使勤躋攀
壽星院寒碧軒【敦夫】按圖經錢塘靈隱天竺寺内壽星院晉天福八年建其亭館有寒碧軒

清風肅肅搖窗扉窗前脩竹一尺圍【援】劉禹錫詩青松鬱成鵠脩竹盈尺圍紛紛蒼雪落夏簟冉冉綠霧沾人衣【援】老杜詩無使霜過沾人衣日高山蟬抱葉響人靜翠羽穿林飛道人絕粒對寒碧為問鶴骨何緣肥

西湖壽星院此君軒注見前首

卧聽謖謖碎龍鱗俯看蒼蒼立玉身一舸鴟夷江海去【縯】范蠡既破吳乃浮扁舟游江湖變姓名至齊號鴟夷子皮【次公】杜牧之詩西子下姑蘇一舸逐鴟夷尚餘君子六千人【厚】吳越相攻越王勾踐以其私君子六千人為中軍【次公】先生以君子比竹也

次韻林子中蒜山亭見寄

奇逸多聞老敬通【師】馮衍字敬通東漢人傳識多聞何人慷慨解憐翁十年簿領催衰白一笑江山發醉紅【倬】樂天詩醉皃如霜葉雖紅不是春鄭谷詩衰鬢霜供白愁顏酒借紅杜詩鬢少何勞白顏衰肯更紅陳無已詩髮短愁催白顏衰酒借紅聞道賦詩臨北固【次公】北固潤州山名【師】晉謝靈運從游京口北固應詔賦詩未應舉扇向西風【厚】王導每遇西風起舉扇自障曰元規塵污人叩頭莫喚無家客【次公】呂仙翁詩三千里外無家客七百年來雲水身歸掃岷峨一畝宮【援】禮記儒

有一畝之宮

再和并荅楊公次

毗盧海上妙高峯【師】華嚴第一善知識德雲住妙高峯二老遙知說此翁聊復艤舟尋紫翠【援】杜牧之詩千峯橫紫翠不妨持節散陳紅【援】西漢汲黯以便宜持節發河內倉粟以賑貧民【次公】漢書太倉之粟陳陳相因又云紅腐而不可食高懷却有雲門興【師】若耶山雲門寺好句真傳雪竇風【鄉】【次公】雪竇禪師其言禪之詩有集行於世【堯】雪竇顯師諱重顯字隱之遂州李氏子生於興國五年四月八日後出家受其學經論業於鄉里晚參隨州智門祚和尚因扣不起一念之旨豁然知歸遂徧遊叢席衆所推仰先居吳門之洞庭遷四明之雪竇由是雲門之道復振於江浙侍中賈公奏聞朝廷乞賜明覺之號至皇祐五年七月七日不貴囑亦不說偈北首而亡唱我三人無譜曲馮夷亦合舞幽宮【編】司馬相如賦使靈媧鼓瑟而舞馮夷馮夷河伯也

次韻劉景文登介亭【十朋】注中【堯卿】介亭詳見介亭餞楊傑次公詩景文詩云使君中和堂六

月無炎蒸隨呼衆賓集一笑清風足復為曲水飲石面湧寒淥持杯襟袂涼酒出金鯨腹旌旗登鳳皇羽翼在林麓半空老崖斷千載靈藥伏松杉各垂枝蟠屈倚旁奔逐古韻豈塵世暇瞻有天目霸國荒故壇禪社後新屋霞標起山近潮勢卷紛速物外得長涼樽前尋往躅有客告將行遲留待珠玉欣然默昆鼠鬚萬象歸一幅終篇爍爍動滿座琅琅讀此時天樂奏到

夜山思哭和之慚愧豈敢來者信難續粉壁鹽泪射香凍壁不觸醉歸掃雙堵字字照岩谷星辰衆所仰富貴公豈欲一言換凡骨芝朮誰能服

澤國梅雨餘【次公】夏至前雨名黃梅雨衰年困蒸溽高堂磨新塼頗覺利腰足松根百尺井雨綆飛淨淥流觴聚兒童一笑爲捧腹【厚】史記司馬季主捧腹大笑清風信可馭【厚】列子馭風而行剛氣在巖麓始知共此世物外無三伏長歌入雲去不待絃管逐西湖真西子【子仁】先生杭州西湖詩云欲把西湖比西子淡粧濃抹總相宜答馬忠玉詩又云祗有西湖似西子故應宛轉爲君容次韻趙德麟潁州西湖詩又云西湖雖小亦西子縈流作態脩而丰煙樹點眉目濤沙少醞藉高浪翻雪屋俛仰撫四海【演】莊子俛仰之間再撫四海之外百世飛鳥速遠追錢氏餘【次公】指言吳越王錢鏐也近弔祖侯躅【先生】祖無擇也吾生如寄耳寸晷輕寸玉【援】淮南子云聖人不貴尺之璧而重寸之陰誰似劉將軍逸韻謝邊幅【次公】後漢書公孫述與圖成敗反修飾邊幅千年一揮手五車不再讀【厚】莊子惠子多方其書五車【師】韓愈詩爲人強記覽過眼不再讀春巖彩雉舞月峽哀猿哭朝先啼鴂起莫與寒螿續我老廢吟哦賴

君時擊觸從今事遠覽發軔此幽谷清游得三昧【次公】法華經妙音菩薩有三昧者其目凡十六至樂謝五欲【次公】法華經有五欲曰淫慾欲曰睡眠欲曰飲食欲曰自恣欲曰貪欲欲又維摩詰云汝等已發道意有法樂可以自娛不應復樂五欲莫作狂道士氣壓劉師服【程】韓退之作石鼎聯句詩序云道士軒轅彌明與劉師服侯喜作石鼎聯句二子思竭不能續曰尊師非人也某等伏矣

袁公濟和劉景文登介亭詩復次韻荅之【堯卿】公濟名轂所和詩云東南富山水所病在卑濕陰晴變朝暮梅雨大田足翰苑燕高堂金鉾浮蟻尋清冷四座耳酣飽五經腹亭午登介亭縈紆俯山麓行路愁喝死是月丁初伏乘高瞰羣峯前後狀奔逐三吳在指掌百越入雙目漢家分朱轓竟意注黃屋丁寧曾未幾傳命甚郵速覇遂伏下風元白仰高躅倡予而和汝談笑唾珠玉所恨繼者貧囊箱無寸幅劉侯世良將文史三冬讀坐嘯胡騎却行歌燕且哭儒將久寂寥嘶絃今日續所得最在詩鋩利鋒莫觸倡酬黃卷上如鄉音荅深谷王侯富方丈能掌我所欲獨餘不得飽中心但誠服

昏昏墮醉夢奈此六月溽君詩如清風【援】詩吉甫作誦穆如清風吹我朝睡足登臨得佳句江白照湖淥袖手獨不言默藁已在腹【厚】王勃爲文未嘗搆思酣寢覺見擁翰如飛人謂之腹藁是時風雨過藹藹雲歸麓【師】退之詩

君詩多態度藹藹春空雲踈星帶微月金火爭見伏〔□〕秋夏之交以金代火金畏火故庚日必伏惜哉此清景變滅不可逐歸來讀君詩耿耿猶在目却恐少年日聲價爭場屋文如翻水成〔次公〕韓退之詩文如翻水成初不用意爲賦作乂手速〔厚〕太平廣記唐溫庭筠才思豔麗工於小賦每入試押官韻作賦凡八叉手而八韻成秋風起鴻鵠我亦繼華躅〔堯卿〕公公濟試館職首薦公亦本場第七人故有繼華躅之句那知君蹭蹬獨泣荊山玉〔縯〕楚人卞和得玉璞於楚山中獻武王王使人相之曰非也王怒刖其足後成王即位和抱玉泣於楚山下三日三夜成王使玉人理之乃得寶名曰和氏璧相見南新道〔□〕南新縣今併入新城縣青衫垂破帽早知事大繆〔子仁〕司馬遷荅任安書曰事乃有大繆不然者恨不十年讀〔次公〕南史沈攸之言早知窮達有命悔不十年讀書莫嫌馮唐老〔縯〕王仲宣詩馮唐豈不偉白首不見招〔師〕馮唐漢文帝時白首爲郎〔子仁〕馮唐傳有云父老何自爲郎終勝賈誼哭〔厚〕前漢賈誼上書可爲痛哭者一可爲流涕者二今年復爲僚舊好許重續升沉何足道等是蠻與觸〔援〕莊子有國於蝸之左角曰觸氏有國於蝸之右角曰蠻氏時相與爭地而戰伏尸數萬共爲湖山主出入窮澗谷衆馳君不爭人弃我所欲何時神武門相約挂冠服〔次公〕南史陶弘景永明十年脫冠挂神武門上表辭

禄詔許之又發公卿祖之征虜亭供帳甚盛車馬填咽或云宋齊已來未有斯事也

閬世亭詩贈任仲微

任公鎮西南嘗贈繞朝策【績】左傳晉人患秦之用士會也謀歸之士會行繞朝贈之以策曰子無謂秦無人吾謀適不用也當時若盡用善陣無赫赫【援】孫子曰善陣者無赫赫之功凄涼十年後邪正久已白却留封德彝天意渺難測【績】魏徵勸太宗行仁義封德彝詆之其後果享太宗曰恨封德彝之不及見也【次公】杜牧詩可憐工部太平後天且不留封德彝象賢真驥種【厚】前漢王嘉傳注象賢象其先父祖之賢耳號許甘百謫【次公】前漢陳遵傳出辭歸曹事數發西曹以故事適之侍曹輒詣寺舍白遵曰滿百乃相聞以故事有百適者斥適讀爲謫豈云報仇讎禍福指絡脉【子仁】秦少游作任師中墓表元豐中公知瀘州使者誣奏公西南乞第過江安時不時掩擊乃延儒生講書疑有私謁朝廷疑之乃先使而下章於它郡各窮竟所考未具而公卒時當途者以公既歿爲使者道地公之子大防三詣闕上書陳冤狀獄不敢變使者竟免大防即仲微也高才食舊德【子仁】受選班固西都賦士食舊德之名氏食舊德字出周易但恐里門窄【績】前漢于定國云少高大門閭令容駟馬車我治獄多陰德子孫必有興者傷心千騎歸【次公】千騎太守事古陌上桑云東方千餘騎夫婿居上頭贈印黃壤隔帷有亭前檜閬世不改色千年與井在記此王粲宅【援】杜詩府同王

槃宅留井峴山前

浴日亭 在南海廟前

劒氣崢嶸夜插天 演 晉書初吳之未滅也斗牛之間常有紫氣張華聞雷煥妙達緯象問曰此何祥也曰寶劒之精上徹於天耳 瑞光明滅到黃灣 次公 黃灣海口也 坐看暘谷浮金暈 厚 淮南子曰日出于暘谷登于扶桑 遥想錢塘涌雪山 厚 錢塘即杭州雪山言潮也盧肇海潮賦激水而潮生渤雪山 已覺滄凉蘇病骨 援 列子孔子東游見兩小兒辯鬭其一曰日之初出滄滄凉凉及其日中熱如探湯 更須沆瀣洗衰顔 厚 列仙傳陵陽子言春食朝霞夏食沆瀣沆瀣者夜半之氣也司馬相如大人賦云呼吸沆瀣兮餐朝霞 忽驚鳶動行人起 飛上千峯紫翠間 次公 紫翠山色也杜牧詩千峯橫紫翠

次韻子由三首

東亭

仙山佛國本同歸 次公 白樂天云海山不是吾歸處歸則須歸兜率天 世路玄玄關背馳 厚 文選曹顔遠詩今我誰所託羣士皆背馳 到處不妨閑卜築 厚 杜甫詠懷詩注平生多病卜築遣懷 流年自可數期頤 演 記曲禮云百年曰期頤 遥知小檻臨廛市定有新松長

棘茨誰道茆簷劣容膝〔援〕陶潛歸去來云審容膝之易安海天風雨看紛披〔次公〕杜詩是節東籬菊紛披爲誰秀

東樓

白髮蒼顏自照盆董生端合是前身〔次公〕董生董仲舒也獨棲高閣多爲著

辭客〔厚〕晉書杜乂殷浩並才名冠世而庾翼弗之重也每語人曰此輩宜東之高閣俟天下太平然後議其任也

新書未絕麟〔次公〕此非是孔子春秋事乃司馬遷作史記述陶唐至漢武太和年得白麟而止亦猶春秋止於獲麟也

小醉易醒風力軟安眠無夢雨聲新長歌此一聯意指董仲舒下帷講誦不窺園及著玉杯繁露書特不泥本意耳故首言董生是前身以引之所謂高閣者直指東樓也舊注引庾翼所謂此輩宜東之高閣失詩意矣

自調真堪笑底處人間是所欣柳子厚詩長歌返故室自調非所欣

椰子冠

天教日飲欲全絲〔演〕前漢袁盎字絲徙爲吳相辭行兄子種謂曰吳王驕日久國多姦今絲欲刻治彼不上書告君則利劍刺君矣東方卑濕絲能日飲亡何說王毋反而已如此幸得脫美酒生林不待儀〔次公〕儀狄大禹時人善造酒椰子樹似檳榔而高大葉長一房生三十餘子如瓜肉似熊白味似胡桃內有漿一升清如水甜如蜜今言美酒生林指此椰子中有自然之酒

故不待儀狄也自漉疎巾邀客醉【次公】晉陶潛好酒，上葛巾漉酒，畢還復着之。更將空殼付冠師前漢高紀注：薛有作冠師。規模簡古人爭看，簪導輕安髮不知【厚】隋書：簪導，按釋名云：簪，建也，所以建冠於髮也。導，所以導擽鬢髮使入巾幘之裏也。更着短簷高屋帽【厚】書：宋齊之間，帽或有白紗高屋。東坡何事不違時

望夫臺

山頭孤石遠亭亭，江轉船回石似屏。可憐千古長如昨，船去船來自不停。浩浩長江赴滄海，紛紛過客似浮萍。誰能坐待山月出，照見寒影高伶俜【子仁】武昌山上有婦望夫不歸，身化為石，即此類。

阮籍嘯臺在尉氏東南城隅

阮生古狂達，遯世默無言。猶餘胸中氣，長嘯獨軒軒。高情遺萬物，不與世俗論。登臨偶自寫，激越蕩乾坤。醒為嘯所發，飲為醉所昏。誰能與之較，亂世足自存。

懷口令陳德任新作占山亭二絶

尚父提封海岱間南征唯到穆陵關【補】左傳齊侯曰先王賜我先公履曰南至于穆陵北至于無棣五侯九伯汝得征之尚父即太公望也誰知海上詩狂客占得膠西一半山

我是膠西舊使君曾守密州此山仍合與君分故應竊比山中相時作新詩寄白雲

寄傲軒

先生英妙年一掃千兎禿仕進固有餘不肯踐場屋通闤何所傲傲名非傲俗定知軒冕中享榮不償辱豈無自安計得失猶轉轂先生獨揚揚憂患莫能瀆得如虎挾乙失若龜藏六【補】虎威狀如乙字人佩之可以辟除不祥龜首尾及四足凡六茅簷聊寄寓俛仰亦自足東坡無邊春方寸盡藏蓄醉哦傍若無獨倚一樽綠牀頭車馬道殘月挂疎木朝客紛擾時先生睡方熟

常州太平寺法華院薝蔔亭醉題

六花薝蔔林間佛九節菖蒲石上仙【補】維摩經言如入薝蔔林中唯嗅薝蔔不嗅餘香薝蔔梔

子花也其花六出韓衆服菖蒲得仙須生石上一寸九節者　何似東坡鐵柱杖一時驚散野狐禪

望湖亭

八月過長湖蕭條景物踈西風片帆急暮靄一山孤許國心猶在匡時業本虛岷峨家萬里投老得歸無

次韻半山亭

登嶺勢巍巍連峯太半齊凭欄紅日早回首白雲低松栢月中老猿猴物外啼禪師吟絶後千古捎人迷

和廬山芝上人竹軒

洞外復空中千千萬萬同勞師向竹須清是阿誰風

觀臺

三界無所住一臺聊自寧塵勞付白骨寂照起黄庭殘磬風中溺孤燈雪後青須防戲童子投礫犯清泠見病僻詔告注

王狀元集百家注分類東坡先生詩卷之九

王狀元集百家注分類東坡先生詩卷之十

園林

詩五十七首

和子由記園中草木十一首

煌煌帝王都【次公】古樂府有煌煌京洛篇赫赫走群彥嗟汝獨何爲閉門觀物變微物豈足觀汝獨觀不倦牽牛與葵蓼【駒父】按本草牽牛生花如鼓子花稍大作碧色子有黃殼作小房實稍黑類蕎麥陶隱居云此藥始出田野人牽牛易藥故以名之【堯文】本草云冬葵子味甘寒無毒陶隱居曰蓼有三種一紫蓼一香蓼一青蓼采摘入詩卷【次公】杜甫詩云詩卷長留天地間吾聞山東傳置酒攜嬿婉富貴未能忘聲色聊自遣【續】晉謝安棲遲東山放情丘壑好音樂每遊賞必以妓從安妻劉見家門富貴而安獨退靜曰丈夫不如此也安掩鼻曰恐不免耳後贈太傅汝今又不然時節看瓜蔓【援】齊侯使連稱管至父戍葵丘曰瓜時而往及瓜而代懷寶自足珍蓺蘭那計畹【厚】懷寶字見論語離騷云既滋蘭之九畹兮又樹蕙之百畝【魯直】王逸注楚辭離騷經云十二畝曰畹說文云三十畝曰畹吾歸於汝處慎勿嗟歲晚【任】詩公歸無所於汝信處荒園無數畝草木動成林春

陽一已敷妍醜各自矜蒲萄雖滿架困倒不能任下樓疨石榴花如破紅襟葵花雖粲粲蔕淺不勝簪叢蓼晚可喜輕紅隨秋深物生感時節此理等廢興飄零不自由盛外非汝能

種栢待其成栢成人已老不如種叢篁春種秋可倒【次公】揷竹也莊子所謂擽拔篁者是已揠長之難篁生之易物理之常也時人因園中所有主於詠篁因比栢以興焉栢長之難則士之苦節而難成者似之篁生之易則成長之速而致用者似之篁謂之倒乃拔篁之義而方言曰倒篁也陰陽不擇物美惡隨意造栢生何苦艱似亦費天巧【次公】韓退之詩栢生兩石間萬歲終不大又曰栢移就平地千丈不難至則退之以栢於石間難長而平地易成矣至先生作栢石圖詩則曰栢生兩石間天命本如此雖云生之艱與石相終始韓子俯仰人但愛平地美此先生之意則又以石間之栢雖難成而久長平地之栢雖易成而易壞天工巧有幾肯盡為汝耗君看藜與藋【子功】前漢蓋寬饒傳云山有猛獸藜藿為之不采生意常草草萱草雖微花孤秀能自拔亭亭亂葉中一一芳心插牽牛獨何畏【十朋】注見前篇語曲自牙蘖走尋荆與杞如有宿昔約南齋

讀書處亂翠曉如潑偏工貯秋雨歲歲壞籬落〔次公〕萱草之孤秀則士之挺拔者似之牽牛之朋附則士之猥雜者似之按本草云萱草一名鹿葱而嵇康養生論有萱草忘憂之語今先生詩主意特在言萱草之孤秀以形牽牛之朋附皆因園中所有而興也

蘆筍初似竹稍開葉如蒲方春節抱甲漸老根生鬚不愛當夏緑愛此及秋枯黃葉倒風雨白花搖江湖江湖不可到移植苦勤劬安得雙野鴨飛來成畫圖

行樂惜芳晨秋風常苦早〔次公〕何時〔援〕前漢楊惲曰人生行樂耳須富貴何時　謝靈運曰良辰好景賞心樂事四者難并又宋玉云悲哉秋之爲氣　誰知念離別喜見秋瓜老秋瓜感霜霰莖葉颯已槁官遊歸無時身若馬繫皁悲鳴念千里耿耿志空抱〔次公〕皁音在早切傳有云牛驥同皁楮白馬賦云飛黃服皁魏武帝樂府云老驥伏櫪志在千里　多憂竟何爲使汝玄髮縞

官舍有叢竹結根問囚廳下爲人所徑土密不容釘然忽勲戒

吏卒插棘護中庭遠砌忽墳房吻切裂走鞭瘦玲玶〔黄中〕談助曰[illegible]

鞭我常攜枕簟來此蔭寒青日暮不能去卧聽簷屋冷

芎藭生蜀道白芷來江南漂流到關輔【鏡】關輔即關中三輔也詳見集中贊賢閣詩注猶不失芳甘濯濯翠莖滿愔愔清露涵及其未老實可中以資筐籃秋節忽已老苦寒非所堪斸根取其實對此微物慙【次公】按本草芎藭辯云生武功川谷而陶隱居注云蜀中亦有而細又按本草白芷生河東川谷下澤而掌禹錫注云謹按范子計然云白芷出齊郡今先生詩云云豈亦據所得之種芎藭移自於蜀乃陶所謂蜀中亦有者乎白芷移自江南乃古所謂楚澤多芳草者乎關輔謂關中三輔也及其未花實則方敷葉之時芳葉名蘼蕪可以爲菜白芷葉名蒿麻可作浴湯此所以資筐籃之採矣

自我來關輔南山得再遊山中亦何有草木媚深幽菖蒲人不識生此亂石溝山高霜雪苦苗葉不得抽下有千歲根蹙縮如蟠虬長爲鬼神守德薄安敢偷【次公】寰宇記載菖蒲澗事咸平中姚咸南採菖蒲有一丈夫謂之曰此菖蒲安期生所餌可以忘老倏而失之者也【師】神仙傳茅君丹砂二千歲乃結成上帝常使鬼神毒蛇守之【援】物類相感志云菖蒲若紅蒲芳氣酷烈世言有花無人見見者必大富貴趙隱之母傅氏曾於山澗中見花大如車輪傍有神人守護誡之勿泄享其富貴年至九十四子孫說說訖得疾而終

我歸自南山，山翠猶在目。心隨白雲去，夢遶山之麓。汝從何方來，笑齒粲如玉。【次公】郭璞遊仙詩：靈妃顧我笑，粲然啓玉齒。探懷出新詩，秀語奪山綠。覺來已茫昧，但記說秋菊。有如採樵子，入洞聽琴筑。歸來寫遺聲，猶勝人間曲。八月十二日夜宿府學，方和此詩，夢與弟遊南山，出詩數十篇，夢中甚愛之，及覺，作記一句云：蟋蟀悲秋菊。

野菊生秋澗，芳心空自知。【堯卿】呂溫山櫻詩云：幽處竟誰見，芳心空自知。無人驚歲晚，唯有暗蛩悲。花開澗水上，花落澗水湄。菊衰蛩亦蟄，與汝歲相期。楚客方多感，秋風詠江蘺。【厚】李商隱詩：莫學漢臣栽苜蓿，還同楚客詠江蘺。落英不滿掬，何以慰朝飢。【厚】楚辭：夕飡秋菊之落英。

新城陳氏園次晁補之韻

荒涼廢圃秋，寂歷幽花晚。山城已窮僻，況與城相遠。我來亦何事，徙倚望雲巘。不見苦吟人，清罇爲誰滿。

和文與可洋州園池三十首【堯卿】熙寧八年出守洋【天[illegible]】石林先生云：文同字與可，蜀

人與子瞻厚子瞻出爲杭州通判坐送詩云北客若來休問事西湖雖好莫吟詩公黄州謫正坐杭州詩語人以爲知言

湖橋

朱欄畫柱照湖明白葛烏紗曳履行〔次公〕白葛以言衫烏紗以言帽杜詩百過落烏紗橋下龜魚晚無數〔次公〕退之新亭詩瓦影蔭龜魚識君拄杖過橋聲

横湖

貪看翠蓋擁紅粧〔次公〕翠蓋紅粧言荷也不覺湖邊一夜霜卷却天機雲錦段〔次公〕退之云撑舟昆明度雲錦從教疋練寫秋光〔厚〕謝玄暉詩澄江靜如練

書軒

雨昏石硯寒雲色風動牙籤亂葉聲〔續〕退之詩鄴侯家多書插架三萬軸一一懸牙籤新若手未觸庭下已生書帶草使君疑是鄭康成〔厚〕三齊記鄭司農常居不其城南山教授所居山下草如薤葉長尺餘堅韌異常時人名康成書帶

冰池

不嫌冰雪遶池看誰似詩人巧耐寒〔次公〕杜詩勝裏金花巧耐寒記取義

之洗硯處碧瑠璃下黑蛟蟠【厚】羲之嘗與人書云張芝臨池學書池水盡黑使人耽之若是未必後之【子昉】承天歸宗寺禪院晉咸康六年王羲之置有右軍墨池

竹塢

晩節先生道轉孤歲寒惟有竹相娛麄才杜牧真堪笑先生談録云唐之盛時内重外輕任方面者目爲麄才張燕公云愧無通材但國麄使喚作軍中十萬夫杜牧晩晴賦竹林外裹兮十萬丈夫甲刃摐摐密陣而環侍

荻浦

雨折霜乾不柰秋白花黄葉使人愁月明小艇湖邊宿便是江南鸚鵡洲【次公】鸚鵡洲在鄂洲岸下大江中崔顥黄鶴樓詩云晴天歷歷漢陽樹芳草萋萋鸚鵡洲

蓼嶼

秋歸南浦蟪蛄鳴【次公】家語孔子謂宰子曰違山十里蟪蛄之聲猶在於耳霜落横湖沙水清臥雨幽花無限思抱叢寒蝶不勝情

望雲樓

陰晴朝暮幾回新已向虛空付此身出本無心歸亦好〔正〕陶潛歸去來詞雲無心而出岫白雲還似望雲人

天漢臺

漾水東流舊見經〔縯〕經指言書也禹貢云嶓冢導漾東流爲漢銀潢左界上通靈〔厚〕銀漢一名銀潢謝莊月賦斜漢左界北陸南躔詩句之意以言地上之漢與天上之漢相通也〔次公〕此臺試向天文覓閣道中間第幾星〔援〕天文志中宮後十七星絕漢抵營室曰閣道〔倬〕漢天文志閣道天漢中四星曰天駟

待月臺

月與高人本有期挂簷低户映蛾眉〔次公〕鮑照月詩曰月映西北墀娟娟似蛾眉只從昨夜十分滿漸覺冰輪出海遲

二樂榭

此間真趣豈容談二樂并君已是三〔祖可〕語曰仁者樂山智者樂水仁智更煩訶妄見坐令魯叟作瞿曇來詩云二見因妄生〔次公〕魯叟謂孔子李白詩魯叟非匏瓜瞿曇指佛也

灙泉亭

聞道池亭勝兩川，應須爛醉荅雲煙。【次公】杜詩：爛醉是生涯。勸君多揀長腰米，【次公】長腰米，漢上米之絕好者。諺云：長腰粳米，縮項鯿魚。皆言其好也。【師】長腰稻米，釀酒極佳。消破亭中萬斛泉。

吏隱亭

縱橫憂患滿人間，頗怪先生日日閑。昨夜清風眠北牖，【厚】陶潛嘗言：夏日高卧北窗之下，清風颯至，自謂羲皇上人。朝來爽氣在西山。【援】王徽之爲桓冲參軍，冲嘗謂曰：卿在府日久，比相當料理。徽之不荅，直以手板柱頰曰：西山朝來致有爽氣耳。

霜筠亭

解籜新篁不自持，嬋娟已有歲寒姿。【次公】楚辭云：脩竹之嬋娟。要看凜凜霜前意，須待秋風粉落時。

無言亭

殷勤稽首維摩詰，敢問如何是法門。彈指未終千偈了，向人還道本無言。事詳見維摩像詩注。

露香亭

亭下佳人錦繡衣【善權】盧山記云由天池直下山十五里洞名錦綉谷谷中奇花異卉不可殫述三四月間紅紫匝地如被錦綉【次公】詩云白露未晞滿身瓔珞綴明璣晚香消歇無尋處花已飄零露已晞

涵虛亭

水軒花榭兩爭妍秋月春風各自偏惟有此亭無一物坐觀萬景得天全

溪光亭

決去湖波尚有情却隨初日動簷楹溪光自古無人畫憑仗新詩與寫成

披錦亭

煙紅露綠曉風香燕舞鶯啼春日長誰道使君貧且老繡屛錦帳咽笙簧【十朋】注見上露香亭詩

過溪亭

身輕步穩去忘歸四柱亭前野彴微忽悟過溪還一笑[illegible]盧山記太平興國寺流泉匝寺下入虎溪昔遠師過此虎輒號鳴時陶元亮居栗里山南陸脩靜亦有道之士遠師嘗送此二人與語道合不覺過之因相與大笑今世傳三笑圖蓋起於此水禽驚落翠毛衣

禊亭

曲池流水細鱗鱗高會傳觴似洛濱續晉武帝問三日曲水之義束皙對曰昔周公城洛邑因流水以泛酒故逸詩云羽觴隨波二漢相沿皆為盛集[illegible]公竹林七賢論曰王濟常解禊洛水又夏統傳統到洛三月三日洛中王公以下莫不方軌連軫並至南浮橋邊禊紅粉翠蛾應不要[illegible]鄭雲叟詩云翠娥紅粉嬋娟刃殺盡世人人不知畫船來往勝於人

菡萏亭

日日移牀趁下風清香不盡思何窮若為化作龜千歲坡公柳子厚詩若為化作身千億遍上峯頭望故鄉巢向田田亂葉中續史記褚先生言余至江南長老云龜千歲乃遊蓮葉之上師杜牧詩云玉池荷葉正田田

荼蘼洞

長憶故山寒食夜野荼蘼發暗香來入分無素手簪羅髻且折霜蕤浸玉醅【次公】此追言在鄉國時事以形容文洋州所對之荼蘼

篔簹谷

漢川脩竹賤如蓬斤斧何曾赦籜龍【縯】盧仝詩萬籜抱龍兒櫕迸溢林藪又云籜龍正稱寃莫殺入汝口料得清貧饞太守渭濱千畝在胷中【厚】史記渭川千畝竹其人與千户侯等【次公】先生嘗爲文洋州作篔簹谷偃竹記云篔簹竹在洋州與可嘗令作洋川三十詠矣篔簹谷其一也子詩曰料得清貧饞太守渭濱千畝在胷中是日與可與妻遊谷中燒笋晚食發函得詩失笑噴飯滿案

寒蘆港

溶溶晴港漾清暉蘆筍生時柳絮飛【縯】永叔詩春洲生荻芽春岸飛楊花還有江南風物否桃花流水鮆魚肥【厚】張志和詩西塞山前白鳥飛桃花流水鱖魚肥【次公】鮆音才礼反玉篇注云刀魚也【昌齡】水衡記黄河二月三月水名桃花水

野人廬

少年辛苦事犁鋤【子仁】退之詩起身自犁鋤剛厭青山遶故居老覺華堂無意味却須時到野人盧

此君亭

寄語庵前抱節君與君到處合相親寫真雖是文夫子【閔】公詩老可能爲竹寫真我亦真堂作記人【次公】名竹爲抱節君先生之新語也與可畫竹名之曰墨君有堂焉命先生作墨君堂記

金橙徑

金橙縱復里人知不見鱸魚價自低須是松江煙雨裏小船燒薤擣香虀【次公】鱸魚所以爲鱠金橙所以爲虀松江之鱸江南所稱也此之謂金虀玉鱠

南園

不種夭桃與緑楊使君應欲作農桑春疇一作畦雨過羅紈膩夏壠風來餅餌香【次公】此格謂之言山不言山言水不言水之格最爲巧妙

北園

漢水巴山樂有餘一麾從此首歸塗【次公】一麾字顏延年詩阮始平詩屢薦不入官一麾乃出

守卒言麾去之麾杜牧詩云欲把一麾江海去乃誤以爲旌麾之麾今先生却用杜牧亦詩人承誤之常耳 北園草木凴君問許我他年作主無

和孔密州五絕

見邸家園留題

大旆傳聞載酒過【次公】沈傳師詩大旆翟鍇輝松門楊雄傳好事者載酒肴從游 小詩未忍着塼磨陽關三疊君須秘除却膠西不解歌 來詩有渭城之句【援】漢於燉煌龍勒縣置陽關玉門關後人因以陽關名曲【次公】王維詩渭城朝雨浥輕塵客舍青青柳色新勸君更盡一杯酒西出陽關無故人其後人以聲曲歌之故謂之陽關曲按先生詩話舊傳陽關三疊然今世歌者每句再疊而已若通一首言之又是四疊皆非是或每句三唱以應三疊之說則叢然無復節奏余在密州有文勛長官者以事至密自云得古本陽關其聲宛轉凄斷不類向之所聞每句皆再唱而第一句不疊乃知古本三疊盖如此及在黄州偶讀樂天對酒詩云相逢且莫推辭醉聽唱陽關第四聲注云第四聲勸君更盡一杯酒以此驗之若第一句再疊則此句爲第五聲今爲第四聲則第一句不疊審矣詩話雖是黄州後來所作而文勛長官以事至密所傳契勘先生先知密州與孔郎中交代自密徙徐今在徐州和孔詩所謂除却膠西不解歌豈正是文長官所傳之聲耶

春步西園見寄

歲歲開園成故事年年行樂不辜春今年太守尤難繼慈愛聰明惠利人【續】前漢馮奉世子五人曰譚曰野王曰逡曰立曰參野王立相代爲上郡太守民歌之曰大馮君小馮君兄弟繼踵相因循聰明慈愛惠吏民政如魯衛德化均周公康叔猶二君

東欄梨花

梨花淡白柳深青柳絮飛時花滿城惆悵東欄一株雪【[illegible]】退之詩走馬城西惆悵歸不忍千株雪相映人生看得幾清明【次公】梨花盛開乃寒食清明之際故先生又有詩曰共藉梨花作寒食

和流杯石上草書小詩

蜂腰鶴膝嘲希逸【厚】南史齊陸厥傳永明時盛爲文章吴興沈約陳郡謝朓琅邪王融以氣類相推轂汝南周顒善識聲韻約等文皆用宮商將平上去入四聲以此制韻有平頭上尾蜂腰鶴膝五字之中音韻悉異兩句之內角徵不同世呼爲永明体【續】謝莊字希逸王玄謨問何者爲雙聲何者爲疊韻荅曰玄護爲雙聲磝碻爲疊韻蓋玄謨嘗爲將拒魏敗於玄瓠磝碻是也春蚓秋蛇病子雲【援】晉王羲之傳後制言蕭子雲近出擅名江表僅得成書無丈夫之氣行行若縈春蚓字字如綰秋蛇卧王濛於紙中坐徐偃於筆下以玆播美非其濫名耶醉裏自書醒自笑如今二絕更逢君

堂後白牡丹

城西千葉豈不好笑舞春風醉臉丹何似後堂冰玉潔遊蜂非意不相干扎頻有聲竑而客無見者次公衛玠曰非意相干可以理遣師從之戲題牡丹雙燕無幾還拂掠遊蜂多意正經營

司馬君實獨樂園次公元城先生語錄云司馬溫公既居洛於國子監之側得故營地創獨樂園

青山在屋上流水在屋下次公石季倫思歸引序百木幾於萬株流水周於舍下子仁柳子厚盩厔縣食堂記高山在前流水在下可以俯仰可以宴樂中有五畝園花竹秀而野花香襲杖屨竹色侵盞斝樽酒樂餘春棊局消長夏洛陽古多士風俗猶爾雅先生卧不出冠蓋傾洛社雖云與衆樂中有獨樂者才全德不形所貴知我寡次公才全德不形莊子全語老子云知我者希則我貴矣先生獨何事四海望陶冶兒童誦君實走卒知司馬持此欲安歸子仁西漢蒯通說韓信曰足下歸楚楚人不信歸漢漢人震恐足下欲持是安歸乎造物不我捨名聲逐吾輩此病天所赭次公後漢袁紹傳曰坐作聲價名聲當屬我輩人也然此乃人之一病若秦始皇赭其山上者耳撫掌笑先

生年來效喑啞〔師〕按公詩案招此詩言四海蒼山望司馬光執政陶冶天下以譏見任執政不得其人又譏新法處處不便也

滕縣時同年西園

人皆種榆柳坐待十畝陰〔子仁〕杜詩興致溪邊十畝陰　我獨種松栢守此一寸心〔次公〕禮記松栢之有心　君看閭里間盛衰日駸駸種木不種德〔[illegible]〕太史公云十歲樹之以木百歲來之以德　聚散如飛禽老時吾不識用意一何深　知人得數士重義忘千金西園手所開〔堯卿〕白樂天詩云屈曲開池沼無非手自開　珍木來千岑養此霜雪根逢彼鸞鳳吟〔次公〕指言種松栢也　池塘得流水龜魚自浮沉幽桂日夜長〔次公〕退之詩豈念幽桂遺榛菅　白花亂青衿〔次公〕〔次公〕本草蘭桂花白蘂黃壯桂亦曰白華葉冬夏常青　豈獨蓄草木子孫已成林〔次公〕易天地變化草木蕃　拱把不知數會當出千尋〔次公〕文子十圍之木始於拱把　樊侯種梓漆壽張富華簪〔次公〕後漢樊宏父重嘗欲作器物先種梓漆時人嗤之積以歲月皆得其用向之笑者咸求假焉貲至鉅万追爵謚為壽張敬侯〔次公〕退之詩朅來公卿莫肯低華簪　我作西園詩以為里人箴

寄題梅宣義園亭

仙人子真後，還隱吳市門。[次公]前漢梅福字子真，元始中王莽專政，福一朝棄妻子去九江，人傳以爲仙。其後有見福於會稽者，變姓名爲吳市門卒云。不惜十年力，治此五畝園。初期橘爲奴，[厚]李衡種橘千株於龍陽洲，臨死敕兒曰：吾州里有千頭木奴。漸見桐有孫。[次公]嵇琴者多以桐之孫枝云。清池壓丘虎，[援]吳郡圖經續記：虎丘山在吳縣西北七里，舊傳秦皇求劍，地裂爲池。異石來湖黿。敲門無貴賤，遂性各琴尊。[師]淵明蓄無絃琴一張，每酒適，輒撫弄以寄其意。貴賤造之者，有酒輒設。若先醉，便語客：我醉欲眠，卿且去。其真率如此。我本放浪人，家寄西南坤。敝廬雖尚在，小圃誰當樊。[趙]詩曰：折柳樊圃。羨君欲歸去，柰此未報恩。愛子幸僚友，久要疑弟昆。明年過君西，飲我空缾盆。

三月二十日開園三首

雪髯霜鬢語傖獰，澹蕩園林取次行。要識將軍不凡處，[趙]晉書：帝召桓伊飲宴，謝安侍坐，伊撫箏而歌怨詩，安泣下，乃越席而就之，捋其須曰：使君於此不凡。從來秖啜小人羹。是日散父老酒食。[厚]左傳隱元年：鄭伯賜潁考叔以食，考叔食捨肉，曰：小人有母，皆嘗小人之食矣，未嘗君之羹，請以遺之。

西園牡鑰夜沉沉。[次公]門樞謂之牡。[援夫]漢五行志曰：成帝元延元年正月，長安章城門門牡自亡。晉灼注曰：牡，是出

［論］者尚有游人卧柳陰鶴睡覺時風露下落花飛絮滿衣襟鬱鬱蒼髯真道友絲絲紅萼是鄉人蒼髯松也紅萼海棠何時翠竹江村路送我柴門月色新［注］杜甫南鄰詩白沙翠竹江村暮相送柴門月色新

小圃五詠

人參

上黨天下脊［注］上黨山名在冀州西南杜牧賀平澤潞啓曰上黨之地肘京洛而履蒲津倚太原而跨河朔戰國時張儀以爲天下之脊建中日田悦名曰腹中之眼而牧又有詩曰上黨爭爲天下脊鄴郡四十萬秦坑遼東真井底［注］按本草人參在上黨及遼東唐李德裕云白雪山北望戍都如井底玄泉傾海腴白露灑天醴靈苗此孕毓肩股或具體［注］隋書五行志高祖時上黨有人宅後每夜有人呼聲求之不得去宅一里所但見人參一本枝葉峻茂因掘去之其根五尺餘具體人狀移根到羅浮越水灌清泚地殊風雨隔臭味終祖禰［注］宗之所自出曰祖父祖曰禰終祖禰則言其不遠也青椏綴紫萼圓實墮紅米［注］本草圖經人參初生小者一椏兩葉年深者生四椏各五葉中心一莖有花細小如粟蕊如絲紫白色秋後結子如大豆生青熟紅自落窮年生意足黄土手自啓上藥無炮炙齕齧盡

根抵開心定魂魄【厚】人參主安精神定魂魄開心益智憂恚何足洗糜身輔吾軀既食首重啓

地黃

地黃飼老馬可使光鑒人吾聞樂天語喻馬施之身【厚】白樂天採地黃者詩凌晨荷鋤去薄暮不盈筐攜來朱家門賣與白面郎與君啖肥馬可使照地光願易馬殘粟救此苦飢腸我衰正伏櫪【續】魏武帝樂府老驥伏櫪志在千里次公孝景詔曰馬不伏櫪不可以趨道垂耳氣不振【援】賈誼弔屈原文乃驥垂兩耳伏盐車兮移栽附沃壤【厚】本草古稱地黃宜黃土今不然大宜肥壤虛地則根大而多汁蕃茂爭新春沉水得穉根【次公】言以水沉而試之也本草注日華子云浮者名天黃半浮半沉者名人黃沉者名地黃其沉者佳也重湯養陳薪【次公】於鼎釜水中更以器盛水而煑謂之重湯也投以東阿清【厚】本草陶隱居云阿膠出東阿其用皮有老少則膠有清濁和以北海醇【次公】孔融爲北海太守嘗云座上客嘗滿樽中酒不空故以北海酒爲醇崖蜜助甘冷【次公】崖蜜則蜂於崖石上所作之蜜成州最出此故老杜成州詩云崖蜜亦易求先生橄欖詩云已輸崖蜜十分甜亦謂此尔冷齋夜話乃以櫻桃謂之崖蜜非也山薑發芳辛【次公】山薑木名古方用朮也融爲寒食餳【厚】王燭寶典今人寒食日研杏人爲酪以煑麥粥以餳沃之嘸作瑞露珍【厚】纂異記載田琰鄧韶逢三書生謂曰我有瑞

露之酒釀於百花之中與田鄧飲其味甘香也丹田自宿火渴肺還生津頤餉內熱子〔次公〕莊子諸梁曰今吾朝受命而夕飲冰我其內熱歟一洗胷中塵〔燒〕按四時纂要載地黃煎方云十月生地黃十斤淨洗漉出一宿後擣壓取汁鹿角膠一大斤半生薑半斤絞取汁蜜二大升酒四升右以文武火煎地黃汁數沸即以酒研紫蘇子濾取汁下之又煎二十沸已來下膠膠盡下酥蜜同汁煎良久候稠如餳貯潔器中題注山薑為朮非也

枸杞

神藥不自閟羅生滿山澤〔厚〕陸龜蒙杞菊賦云蔓延駢羅其生實多日有牛羊憂歲有野火厄〔厚〕白樂天古原秋草詩野草燒不盡春風吹又生越俗不好事過眼等茨棘青羹春自長絳珠爛莫摘短籬護新植紫筍生卧節根莖與花實收拾無弃物〔次公〕本草枸杞冬採根春夏採葉秋採莖實大將玄吾須〔厚〕藥性論枸杞變白明目小則餉我客似聞朱明洞〔次公〕朱明洞羅浮山洞也中有千歲質靈尨或夜吠〔次公〕枸杞千歲其根如犬尨即犬也詩云無使尨也吠又樂天枸杞詩不知靈藥根成狗怪得時聞夜吠聲可見不可索仙人儻許我借杖扶衰疾〔厚〕本草枸杞久服輕身不老一名仙人杖

甘菊

越山春始寒霜菊晚愈好朝來出細蘂稍覺芳歲老【次公】菊花九月開而嶺南之菊乃開於霜中時節向晚矣故云芳歲老也【師】先生記菊帖云嶺南地暖而菊獨後開考其理菊性介烈須霜降乃發而嶺海常以冬至微霜故也吾以十一月望與客泛菊作重九書此爲記孤根蔭長松獨秀無衆草【次公】左傳云松栢之下其草不植而菊生其晨光雖照耀【厚】鍾會菊賦微風扇動照耀垂光又唐太宗殘菊詩階蘭凝曙霜岸獨照晨光秋雨半摧倒先生卧不出黄葉紛可掃無人送酒壺【縯】陶潛坐菊花叢中見白衣人擔酒至乃王弘送酒也遂開酒對菊徑醉而歸空腸嚼珠寶香風入牙頰楚些發天藻【次公】楚詞招魂有此字盖楚人音聲之餘詞也楚詞云夕飡秋菊之落英又神仙傳王母云神仙之書受而不敬是謂慢天藻新蒐蔚已滿宿根寒不槁揚揚弄芳蝶生死何足道頗訝昌黎公恨爾生不早【厚】退之秋懷詩鮮鮮霜中菊既晚何用好揚揚弄芳蝶爾生還不早

薏苡

伏波飯薏苡御瘴傳神良能除五谿毒【厚】酈道元水經注武陵有五谿謂雄谿樠谿酉谿無谿辰谿爲是蠻夷所居故謂之五谿蠻不救讒言傷【縯】馬援征五谿蠻以薏苡能辟瘴而食之其後載數車還有讒之者以援所載皆文犀蠙珠也讒言風雨過瘴癘久亦亡兩俱不足治但

愛草木長【次公】陶詩孟夏草木長又杜詩空山草木長草木各有宜珍產騈南荒絳囊懸荔支【厚】蔡君謨荔支詩厚葉織枝雜絳囊使君分寄驛人忙雪粉剖桄榔【厚】本草桄榔子其內有麵大者至數斛食之不飢不謂蓬菰姿中有藥與糧春爲芡珠圓【次公】芡實如珠今所謂雞頭也歐陽永叔食雞頭詩爭先園客採新苞剖蚌得珠從海底炊作菰米香【次公】菰中有米謂之雕胡爲飯極香宋玉賦云主人之女爲臣炊雕菰之飯子美拾橡栗【厚】子美寓居同谷縣詩歲拾橡栗隨狙公黃精誑空腸【次公】杜詩又云黃精無苗山雪盛短衣數挽不掩脛黃魯直云善本黃精乃是黃獨字狀如芋魁非黃精也今吾獨何者玉粒照座光

果實　詩九首

送鄭戶曹賦席上果得榧子

彼美玉山果粲爲金盤實【次公】榧子出信州玉山縣以懷玉山得名杜詩况聞內金盤盡在衛霍室云瘴霧脫蠻溪清樽奉佳客客行何以贈一語當加璧【師】左氏僖負羈餽晉文公盤飱加璧祝君如此果德膏以自澤驅攘三彭仇【縯】三彭三尸姓也柳子厚曰有道士言人皆有尸蟲三處腹中伺人微隱失候輒籍記日庚申幸其人之昏睡出讒于帝是以人多謫過疾癘夭死【次公】按本草榧實味甘無

毒主五痔去三蟲生永昌陶隱居云今出東陽諸郡食廿六子療寸白蟲故今云驅攘三彭也三彭謂之仇者神仙謂僧契虛曰能伐三彭之仇乎是日三彭則彭質彭踦彭居也已我心腹疾【次公】按本草掌禹錫引孟詵云多食一二升佳不發病令人能食消穀明目輕身願君如此木凜凜傲霜雪斵為君倚几滑淨不容刮【厚】王羲之嘗詣門生家見榧几滑淨因書之眞草相半後為其父誤刮去之生驚懊累日物微興不淺此贈無輕擲【次公】老杜詩物微意不淺感動一沉吟

食柑

一雙羅帕未分珍【次公】故事賜近臣黃柑以黃羅包之人賜二枚此【子仁】唐史云荊州進黃柑帝以紫帕包賜蕭嵩林下先嘗愧逐臣露葉霜枝剪寒碧金盤玉指破芳辛清泉蔌蔌先流齒香霧霏霏欲噀人坐客殷勤為收子千奴一掬奈吾貧千奴事見姪安節遠來夜坐詩

橄欖

紛紛青子落紅鹽【次公】江南有紅鹽橄欖樹高以紅鹽塗其樹而子自落見范景仁東齋記【坡】物類相感志橄欖醎東坡皆高數丈其子深秋熟但刻其根下方寸許內鹽於刻痕中其子皆自落正味森森苦且嚴得得微

甘回齒頰已輸崖蜜十分甜【次公】小說有橄欖與棗爭秉謂橄欖曰待得你回味我已甜了【厚】杜詩崖蜜松花熟

次韻曾仲錫承議食蜜漬生荔支

代北寒虀擣韭萍【厚】石崇冬月作韭萍虀擣韭根及麥苗爲之也奇苞零落似晨星【厚】王逸荔支賦離離若繁星之著天又謝玄暉詩曉星正零落逢鹽久已成枯腊【厚】蔡君謨荔支譜云紅鹽者以塩海浸沸桑花爲紅漿投荔支漬之曝乾色紅而甘酸得蜜猶疑是薄刑【厚】荔支譜又云蜜煎者剝生荔支笮去其漿然後蜜煎煮之欲就左慈求拄杖【續】神仙傳孫討逆見左慈欲殺之使行於馬前欲自後刺之慈着木屐拄竹杖徐徐而行討逆鞭馬逐之終不能及便隨李白跨滄溟【援】李白臨江王節士歌安得倚天劍跨海斬長鯨攀條與立新名字兒女稱呼恐不經俗有十八娘荔支【次公】荔支譜有名十八娘者其色深紅而細長俚傳閩中王氏有女好噉此品因以得名

再和曾仲錫荔支

柳花着水萬浮萍荔實周天兩歲星柳至易成絮飛落水中經宿即爲浮萍荔支至難長二十四五年乃實本自玉肌非鵠浴【續】莊子鵠不日浴而白至今丹殼似赬刑【厚】華

陽國志永昌郡有猩猩其血可染朱罽侍郎賦詠窮三峽【次公】侍郎指白樂天也樂天在忠州有題郡中荔支詩十八韻又有戲楊君亦種荔支詩四韻又有重寄荔支與楊使君詩又有種荔支小詩又有荔支樓對酒小詩也妃子煙塵動四溟【援】唐書楊貴妃嗜荔支必欲生致之乃置騎傳送走數千里味未變已至京師杜牧之過華清宮詩一騎紅塵妃子笑誰人知是荔支來莫遣詩人說功過且隨香草附騷經【次公】離騷載芳草如蘭蕙椒菌江蘺薛芷茝夷揭車之屬

次韻劉燾撫句蜜漬荔支【十朋】劉燾字无言

時新滿座聞名字【次公】荔支之名多矣具見於蔡君謨譜中別久何人記色香【厚】白樂天荔支圖序荔支生巴峽間若离本枝一日而色變二日而香變三日而味變四五日色香味盡去矣葉似楊梅蒸霧雨花如盧橘傲風霜【次公】樂天云葉如桂冬青華如橘春榮亦各形容耳每憐蓴菜下鹽豉【厚】晉書王濟指羊酪謂陸機曰卿吳中何以敵此答曰千里蓴羹未下鹽豉也肯與蒲萄壓酒漿【次公】西域以蒲萄壓酒伯郎以一斗遺張讓而得涼州乃此酒耳回首驚塵卷飛雪詩情真合與君嘗【厚】薛能謝人寄茶詩麤官乞與真拋却賴有詩情合得嘗

四月十一日初食荔支

南村諸楊北村盧謂楊梅橘也【圈】臨海異物志楊梅其子大如彈丸正赤五月中熟又廣州記盧橘皮厚氣色大如甘酢多至夏熟土人呼爲壺橘白華青葉冬不枯垂黃綴紫煙雨裏特與荔子爲先驅海山仙人絳羅襦【圈】蔡君謨七月二十四食荔支詩絳衣仙子過中元別葉空枝去不還紅紗中單白玉膚【次公】中單今之汗衫也唐車服志凡祀天地之服皆白紗中單不須更待妃子笑【次公】楊妃好食荔支而使涪州貢之杜牧詩云一騎紅塵妃子笑誰人知是荔支來風骨自是傾城姝不知天公有意無遣子尤物生海隅【續】左傳夫有尤物足以移人苟非德義則必有禍雲山得伴松檜老霜雪自困樝梨麤先生洗醆酌桂醑冰盤薦此赬虯珠【次公】赬虯赤龍也韓退之詩言柿云然雲燒樹火實騈金烏下啄赬虯卵似開江鰩所玉柱更洗河豚烹腹腴予嘗謂荔支厚味高格兩絕果中无比惟江鰩柱河豚魚近之耳【子仁】腹腴魚腹下肥肉也禮記少儀云冬右腴夏右鰭疏云鬻魚腹冬時陽氣下在魚腹故右腴黃魯直謂魚腹下肥如燕人膾鯉方寸切其腴以啗所貴者古風也杜詩設鱠歌云偏勸腹腴愧年少我生涉世本爲口一官久已輕蓴鱸【援】晉書張翰見秋風起思吳中蓴羹鱸魚膾即弃官而歸也人間何者非夢幻南來萬里真良圖

荔支歎

十里一置飛塵灰五里一堠兵火催顛坑仆谷相枕藉知是荔支龍眼來【厚】杜牧詩一騎紅塵妃子笑誰人知是荔支來又詳見後注飛車跨山鶻橫海【次公】李白詩誰能駕飛車相從觀海外【曹】飛車車名也金樓子曰奇肱之民能爲飛車【鎬父】鶻橫海言船也兵書海鶻頭低尾高前大後小如舡之狀風枝露葉如新採宮中美人一破顏驚塵濺血流千載【次公】上四句以言漢和帝時交州貢荔支下四句以言唐明皇時涪州貢荔支也永元荔支來交州天寶歲貢取之涪至今欲食林甫肉【次公】以言林甫爲相專事諂諛無一言以救其弊也無人舉觴酹伯游漢永元中交州進荔支龍眼十里一置五里一候奔騰死亡罹猛獸毒虫之害者無數唐羌字伯游爲臨武長上書言狀和帝罷之唐天寶中盖取涪州荔支自子午谷路進入【子仁】唐羌書云伏見交趾七郡獻生龍眼等鳥驚風發南州土地炎熱惡虫猛獸不絕於路至於觸犯死亡之害死者不可生來者猶可救也此二物升殿未必延年益壽詩和帝詔曰遠國珍羞本以薦宗廟苟有傷害豈愛民之本救太官勿復受獻時永元十五年也我願天公憐赤子莫生尤物爲瘡痏雨順風調百穀登民不飢寒爲上瑞左傳夫有尤物足以移人又張平子西京賦云所惡成瘡痏也君不見武夷溪邊粟粒芽【次公】武夷山在建州粟粒芽茶之極品者也天下以建茶爲第一前丁後蔡相籠加大小龍茶始於丁晉公而成於君謨歐陽永叔聞君謨進小龍團驚歎曰君謨士人也何

至作此事【援】此説指其地武夷未嘗有茶茶之精絕者乃在北苑已司一溪南流至富沙城下方與西來武夷溪水合流東去劍浦固亦不可雷同言之爭新買寵各出意今年鬬品充官茶今年閩中監司乞進鬬茶許之吾君所乏豈此物致養口體何陋邪【績】孟子問有餘曰亡矣將以復進也此所謂養口躰者也洛陽相君忠孝家【次公】忠孝家以言錢惟演蓋錢王則忠孝王也可憐亦進姚黃花洛下貢花自錢惟演始【厚】歐陽牡丹譜姚黃者千葉黃花出於民姚氏家

食荔支二首　并引

惠州太守東堂祠故相陳文惠公堂下有公手植荔支一株郡人謂之將軍樹今歲大熟賞啖之餘下逮吏卒其高不可致者縱猿取之

丞相祠堂下【次公】借用杜甫蜀相詩丞相祠堂何處尋也將軍大樹旁【績】後漢馮異諸將論功異獨屏樹下軍中號大樹將軍炎雲駢火實【厚】江淹四時賦至如炎雲方起芳樹未移又退之遊青龍寺詩然雲燒樹火駢實瑞露酌天漿【次公】纂異記載田璆鄧韶逢二書生謂曰我有瑞露之酒釀於百花之中與田鄧飲其味甘香也又退之調張籍詩與挈瓢酌天漿爛紫垂先熟高紅挂遠揚【厚】詩取彼斧戕以伐遠揚分甘徧鈴

下（厚）後漢周紆傳注漢官儀曰鈴下侍閤辟車此皆以名自定者也（次公）晉王敦之云有一味之甘割而分之也也到黑

衣郎（次公）黑衣郎言猿也宣室志載張長史質凶巹以居覩黑衣人樹上擲瓦見擊其弟射殺之乃猿耳

羅浮山下四時春盧橘楊梅次第新日啖荔支三百顆（次公）以王子敬帖有黃柑三百顆之語而韋蘇州詩云書後欲題三百顆洞庭須待滿林霜今借用耳不妨長作嶺南人

廉州龍眼質味殊絶可敵荔支

龍眼與荔支異出同父祖（次公）本草陶隱居云廣州別有龍眼似荔支而小又廣志龍眼樹葉似荔支蔓延緣木端如柑與橘未易相可否異哉西海濱琪樹羅玄圃（次公）淮南子禹以息土塡洪水以為名山掘崑崙虛以下地中有層城九重珠樹玉樹在其西玄圃在崑崙閶闔之中纍纍似桃李一一流膏乳坐疑星隕空（援）左傳莊七年夏四月辛卯夜中星隕如雨又恐珠還浦（援）後漢孟嘗為合浦太守郡出珠寶先時守宰並多貪穢採求不知紀極珠遂徙於交阯郡界嘗到官革易前敝去珠復還圖經未嘗說玉食遠莫數（次公）惟辟玉食洪範云獨使皺皮生弄色映琱俎蠻荒非汝辱幸免妃子汙（次公）楊貴妃好荔支歲取於涪州以致漁陽之難則於荔支為汙矣

荅晉卿傳柑

侍史傳柑玉座傍故事上元燈夕上御端門以溫州進柑分賜從臣謂之傳柑人間草木盡天漿寄與維摩三十杖不知薝蔔是餘香續維摩經言如人入薝蔔林惟聞薝蔔不嗅餘香

燕飲上　詩二十七首

十二月十四日夜微雪明日早往南溪小酌至晚

南溪得雪眞無價走馬來看未及消次公退之詩大明宮中給事歸走馬來看立不正獨自披榛尋履迹次公晉趙景眞與嵇茂齊書曰涉澤求蹊披榛覓路履迹蓋用東郭先生雪中履迹也最先犯曉過朱橋誰憐破屋眠無處師杜甫茅屋爲秋風所破歌牀牀屋漏無乾處雨脚如麻未斷絕安得廣廈千萬間大庇天下寒士俱歡顏風雨不動安如山嗚呼何時眼前突兀見此屋吾廬獨破受凍死亦足坐覺村饑語不囂師杜牧之詩澤闊鳥來遲村飢人語早惟有暮鴉知客意驚飛千片落寒條

陪歐陽公宴西湖堯卿潁州西湖

謂公方壯鬚似雪謂公已老光浮頰揭來湖上飲美酒醉後劇談猶激烈次公世說載支道林行人間曰何處來答曰今日與謝守劇談一出來湖邊草木新著

霜芙蓉晚菊爭煌煌插花起舞爲公壽公言百歲如風狂

【續】退之詩男兒不再壯百歲如風狂 赤松共遊也不惡 【厚】張良願弃人閒事從赤松子遊赤松子爲神農雨師服水玉

散而得仙見漢書 誰能忍饑啗仙藥 【堯卿】陸龜蒙曰我幾年來忍飢誦經豈不知屠沽兒有酒食邪乃食杞菊

頤神養壽詩見食杞菊序 已將壽夭付天公彼徒辛苦吾差樂 【子仁】前漢陳遵謂張

竦曰足下諷誦經書苦身自約不敢差跌而我放意自恣浮湛俗閒官爵功名不減於子而差獨樂顧不優邪 城上烏棲暮

靄生銀缸畫燭照湖明不辭歌詩勸公飲坐無桓伊能撫

箏 【續】謝安功名盛極嫌隙遂成晉武召桓伊飲安侍坐伊撫箏而歌怨詩曰爲君既不易爲臣良獨難忠信事不顯乃有見疑患周旦佐文武金縢功不刊推心輔王政二叔反流言聲節慷慨俯仰可觀安泣下沾襟乃越席而就之捋其鬚曰使君於此不凡帝有愧色

有以官法酒見餉者因用前韻求述古爲移廚飲湖上

喜逢門外白衣人 【厚】陶潛性嗜酒家貧不能常得九月九日無酒出宅邊叢菊中坐久之望見白衣人至乃江州刺史王弘送酒即便酌飲而歸出續晉陽春秋 欲膾湖中赤玉鱗遊舫已粧吳榜穩 【□】張載傳吳榜越舡不能無水而浮 舞衫初試越羅新 【□】李賀詩越羅衫袂迎春風 欲將漁釣追黃帽 【續】前漢鄧通以擢舡爲黃頭郎師古曰土勝水其色黃故刺舡之郎皆着黃帽因號曰黃頭郎 未要靴刀

抹絳巾【厚】唐制以戎服見者左握刀右屬弓矢帕首袴靴抹絳巾者言紅抹額乃帕首之謂也芳意十分強
半在爲君先踏水邊春

飲湖上初晴後雨二首

水光瀲灧晴方好山色空濛雨亦奇【次公】選詩空濛如薄霧欲把西湖
比西子淡粧濃抹揔相宜【次公】先生詩又云只有西湖似西子
朝曦迎客灧重岡晚雨留人入醉鄉【援】唐王績作醉鄉記此意自佳君
不會一杯當屬水仙王湖上有水仙王廟

與臨安令宗人同年劇飲

我雖不解飲把盞歡意足試呼白髮感秋人【援】白樂天有初見白髮感秋詩
令唱黃雞催曉曲【厚】樂天詩誰道使君不解歌聽唱黃雞與白日黃雞催曉丑時鳴白日催年酉前沒與
君登科如隔晨【次公】退之送惠師詩壯志死不息千年如隔晨敝袍霜葉空殘綠【次公】先生詩又云青衫半作霜葉枯如今莫問老與少兒子森森如立竹黃雞催曉
不須愁老盡世人非我獨

初自徑山歸述古召飲介亭以病先起

西風初作十分涼喜見新橙透甲香遲暮賞心驚節物登臨病眼怯秋光慣眠處士雲庵裏堯卿唐方干處士嘗居雲庵有雲庵集行于世唐末五代人也倦醉佳人錦瑟傍續杜詩何時詔此金錢會暫醉佳人錦瑟傍猶有夢迴清興在卧聞歸路樂聲長厚梅聖俞詩一見天顔萬人喜却回宫路樂聲長

明日重九亦以病不赴述古會再用前韻

月入秋帷病枕涼霜飛夜簟故衾香可憐吹帽狂司馬次公孟嘉爲桓温參軍重九日會龍山風吹帽落也狂司馬謝奕也爲桓温司馬猶推布衣之舊在温坐上岸幘嘯詠無異常日温謂爲方外司馬南康主呼爲狂司馬空對親春老孟光援孟光梁鴻妻也梁鴻至吴依大家皐伯通居廡下爲人賃舂每歸其妻爲具食不敢於鴻前仰視舉案齊眉不作雍容傾座上續臨邛司馬相如客臨邛令王吉臨邛富人卓王孫之屬以令有貴客爲具召之并召令長卿謝病不能臨令身自迎巳而强往相如車騎雍容閑雅甚都一坐盡傾翻成骯髒倚門傍厚後漢趙壹刺世疾邪作詩曰伊優北堂上骯髒倚門邊注云骯髒高亢婞直也師骯髒體胖也一曰伺立皃人間此會論今古細看茱萸感歎長援杜詩明年此會知誰健醉把茱萸子細看

次韻述古過周長官夜飲

二更鐃鼓動諸鄰，百首新詩間八珍。【厚】周禮膳夫珍用八物，食醫掌八珍之齊。鮑明遠詩：八珍盈彫俎。杜詩：御厨絲絡送八珍。巳遣亂蛙成兩部，【續】南史孔珪門庭之内草萊不剪，中有蛙鳴，或問之曰：欲爲陳蕃乎？珪笑答曰：我以此當兩部鼓吹，何必效蕃。王晏嘗鳴鼓吹候之，聞蛙鳴曰：殊聒人耳。珪曰：我聽鼓吹殆不及此。晏有慙色。更邀明月作三人。【援】李白詩：舉杯邀明月，對影成三人。雲煙湖寺家家境，燈火沙河夜夜春。【十朋】沙河塘詳見望海樓詩注。曷不勸公勤秉燭，【續】古詩：晝短苦夜長，何不秉燭遊。老來光景似奔輪。

述古以詩見責屢不赴會復次前韻

我生孤癖本無鄰，老病年來益自珍。肯對紅裙辭白酒，但愁新進笑陳人。【厚】莊子：老而無能曰陳人。北山怨鶴休驚夜，【續】北山移文云：蕙帳空兮夜鶴怨。南畝巾車欲及辰。【援】淵明歸去來云：農人告予以暮春，將有事乎西疇。或命巾車，或棹孤舟。多謝清詩屢推轂，【子仁】前漢鄭當時傳：每朝候上間，說未嘗不言天下長者。其推轂士及官屬丞史，誠有味其言也。稀膏那解轉方輪。來詩有雲霄蒲輪之句。【續】淳于髡曰：豨膏棘軸，所以爲滑也，而不能運方穿。

和蘇州太守王規父侍太夫人觀燈之什余時以劉道原見訪滯留京口不及赴此會二首

不覺朱轓輾後塵爭看繡幰錦纏輪洛濱侍從三人貴【厚】晉汝南王亮傳伏太妃嘗有小疾祓於洛水亮兄弟三人侍從並持節鼓吹震耀洛濱武帝登凌雲臺望見曰伏妃可謂富貴矣京兆平反一笑春【縯】雋不疑為京兆尹每行縣錄囚還其母問不疑多有所平反母喜笑為飲食言語或亡所出母怒為不食但逐東山攜妓女【厚】謝安遊東山必以妓人從那知後閤走窮賓【援】陳遵每大飲輒閉門客雖有急終不得去嘗有部刺史奏事過遵值其方飲刺史大窮候遵沾醉時突入見遵母叩頭自白當對尚書有期會狀母乃令從後閤出去滯留不見榮華事【師】太史公留滯周南空作賡詩第七人

翻翻緹騎走香塵【次公】緹騎漢制執金吾所管兵緹赤也衣赤衣者也激激飛濤射火輪美酒留連三夜月豐年傾倒五州春時浙西皆已不熟羅龍燈惟蘇獨盛安排詩律追彊對【子仁】彊對字出晉書蹭蹬歸期為惡賓【次公】西京雜記公孫弘起家為丞相故人高賀從之弘食之脫粟飯覆以布被賀怨曰何用故人富貴為脫粟布被我自有之弘大慚賀乃告人曰公孫服貂蟬外衣麻枲內廚五鼎外膳一肴云何以示天下於是朝廷疑其矯焉弘聞之歎曰寧逢惡賓不逢故人墮珥遺簪想無限【縯】明

皇幸溫泉楊妃諸姐妹皆貴從幸爲五家隊遺鈿墮珥籍籍道旁【厚】史記滑稽傳淳于髡言州閭之會前有墮珥後有遺簪華胥

猶見夢回人【續】列子黃帝居大庭之館齋心服形三日不親政事晝寢而夢遊華胥氏之國

金山寺與柳子玉飲大醉臥寶覺禪榻夜分方醒

書其壁

惡酒如惡人相攻劇刀箭頹然一榻上勝之以不戰詩翁氣雄

拔禪老語清軟【子仁】杜詩夜闌接軟語我醉都不知但覺紅綠眩【堯卿】劉夢得詩看朱漸成碧李太白詩看朱成碧顏始酡醒時江月墮【子仁】李白詩起看明月隨江波摵摵風響變

惟有一龕燈二豪俱不見【續】劉伶酒德頌二豪侍側焉若蜾蠃之與螟蛉

蘇州閭丘江君二家雨中飲酒二首【堯卿】閭丘孝終字公顯

小圃陰陰遍灑塵方塘瀲瀲欲生紋已煩仙袂來行雨【續】宋玉高唐賦朝爲行雲暮爲行雨【子仁】咸通末淮南李公遊江舟子刺船誤爲竹篙濺水濕近侍衣李公爲之變色裴虔餘時佐幕在坐劇獻一絕云半額鵝黃金縷衣翠翹浮動玉釵垂從教水濺羅襦濕疑是巫山行雨歸莫遣歌聲便駐雲【厚】列子薛談學謳於秦青未窮青之技遂辭歸青弗止餞於郊撫節悲歌聲振林木響遏行雲談乃反不敢言歸【次公】小說載王魁詩云謝氏筵中聞[illegible]唱諱人一[illegible]

玉在簾帷一聲透過秋空碧幾片行雲不敢飛肯對綺羅辭白酒【次公】李白詩曰酒初熟山中歸試將文字惱紅裙【續】退之詩不解文字飲惟能醉紅裙今宵記取醒時節點滴空堦獨自聞【任】何遜詩夜雨滴空堦滴滴空堦重空堦滴不入滴入愁人耳

五紀歸來鬢未霜十眉環列坐生光【續】唐明皇幸蜀令畫工作十眉圖【師】十眉見眉子硯歌注喚船渡口迎秋女【續】杜牧之杜秋娘詩却喚吳江渡舟人那得知駐馬橋邊問泰娘【厚】劉禹錫泰娘詩有時粧成好天氣走上皐橋折花戲風流太守韋尚書路傍忽見停隼旟曾把四絃娛白傅【厚】白居易謫江州送客潯陽湓江聞倡女夜彈琵琶乃作琵琶引曰放絃收撥當心畫四絃一聲如裂帛敢將百草鬬吳王【續】吳王與西施作鬬百草之戲【厚】劉禹錫詩若共吳王鬬百草不知應是欠西施從今却笑風流守見前注畫戟空凝宴寢香【厚】韋應物詩兵衛森畫戟宴寢凝清香

聞喬太博換左藏知欽州以詩招飲

今年果起故將軍【厚】西漢李廣嘗夜從一騎出田還至亭霸陵尉醉呵止廣騎曰故李將軍尉曰今將軍尚不得夜行何故也【次公】先生鐵溝行贈喬太博詩云明年定起故將軍未肯先誅霸陵尉幽夢清詩信有神馬革裹尸眞細事【援】馬援言男兒要當死於邊野以馬革裹尸還葬虎頭食肉更何人【援】相

者拍班超曰生燕頷虎頭飛而食肉此萬里侯之相也

陣雲冷壓黃茆瘴【韓】通真子瘴論曰嶺南從仲春訖仲春訖仲夏行青草瘴季夏訖孟冬行黃茅瘴

羽扇斜揮白葛巾【續】諸葛亮與司馬宣王對於渭濱王戎服莅事使人視亮乘素車葛巾羽扇指揮三軍

痛飲從今有幾日西軒月色夜來新【[illegible]】先生詩話云昔余與北使劉霄會食霄誦僕詩痛飲從今有幾日西軒月色夜來新公豈不飲者耶

與梁左藏會飲傅國博家

將軍破賊自草檄【續】梁荀濟曰大丈夫當於楯上磨墨作檄【次公】陳元康上馬破賊下馬草檄論詩說劍俱第一【次公】老杜詩爲報欲論詩莊子有說劍篇彭城老守本虛名識字劣能欺項籍【厚】項曰書足以記姓名耳不足學風流別駕貴公子欲把笙歌熳鋒鏑紅旆朝開猛士噪翠帷暮卷佳人出【厚】杜牧詩翠帷雙卷出傾城東堂醉卧呼不起啼鳥落花春寂寂【子仁】王維詩落花寂寂啼山鳥韋莊詞云滿院落花春寂寂試教長笛傍耳根一聲吹裂堦前石【續】李謩吹笛天下第一月夜泛舟吹之寥亮逸發餓有客於岸呼船請載既至請笛而吹其聲精壯山石可裂【次公】先生又有詩云一聲吹裂翠崖岡亦用此也

約公擇飲是日大風【堯卿】公擇建昌人

先生生長匡廬山【續】匡廬山在江州德化南康軍星子二縣境【次公】匡廬江陽之名岳本名三天子鄣周景式廬山記曰匡俗周威王時人生而神靈廬于此山世稱廬君故山取號焉山中讀書三十年【十朋】詳見李公擇白石山房詩注舊聞飲水師顏淵不知治劇乃所便【厚】晉袁甫自言能作劇縣【次公】漢書張敞自請治劇郡偷兒夜探赤白丸【厚】前漢尹賞傳永始元延間長安中閭里少年羣輩殺吏受賕報仇相與探丸為彈得赤丸者斫武吏得黑丸者斫文吏白者主治喪【次公】晉王獻之曰偷兒青氈我家舊物舊髯忽逢朱子元【續】朱博字子元遷琅邪太守齊郡舒緩養名博新視事掾史皆移病博問其故對言故事二千石新到輒遣吏存問乃敢起視職博奮髯抵几曰齊兒欲以此為俗耶悉罷斥之半年群盜誅七百誰信家書藏九千【次公】先生作李氏山房記云余友李公擇少時讀書於廬山五老峯下白石菴之僧舍公擇既去而山中之人思之指其所居為李氏山房藏書凡九千餘卷云春風無事秋月閑紅粧執樂豪且妍紫衫玉帶兩部全【次公】孔稚圭云兩部鼓吹琵琶一抹四十絃【堯卿】四絃一聲如裂帛今云一抹四十絃則十而矣客來留飲不計錢齊人愛公如子產兒啼臥路呼不還【厚】左氏子產古之遺愛【按】按史記循吏傳子產治鄭二十六年而死丁壯號哭老人兒啼曰子產去我死乎民將安歸我慙山郡空留違牙兵部吏笑我寒邀公飲酒公無難約束官奴買花鈿薰衣

理髮夜不眠曉來顛風塵暗天【師】杜詩曉來急雨春風顛　我思其由豈坐慳【續】陳亞致仕還鄉一日見太守太守曰君近日作何詩曰唯作一謎四脚直上四脚下經年度歲不曾下或然下不是風起即雨下曰此即君茶牀試開之則慳俱風澁值雨也太守爲之大笑　作詩愧謝君笑懽歸來瑟縮愈不安【老卿】退之詩瑟縮久不安　要當啖公八百里【厚】晉王濟傳王愷以帝舅奢豪有牛名八百里駮常瑩其蹄角濟請以錢千萬與牛對射而賭之濟一發破的因據胡牀叱左右速探牛心來須臾而至一割便去　豪氣一洗儒生酸

座上賦戴花得天字

清明初過酒闌珊折得奇葩晚更姸春色豈關吾輩事【老卿】文忠公詩青春故非老者事　老狂聊作座中先醉吟不耐敧紗帽起舞從教落酒船結習漸消留不住却須還與散花天【續】維摩經云時維摩詰室有一天女見諸天人聞所說法便現其身即以天花散諸菩薩大弟子上華至諸菩薩即皆墮落至大弟子便着不墮一切弟子神力去華不能令去尒時天問舍利弗何故去華荅曰此華不如法是以去之天曰勿謂此華爲不如法所以者何是華無所分別仁者自生分別想耳結習未盡華着身矣結習盡者華不着耳

夜飲次韻畢推官

簿書叢裏過春風酒聖時時且復中酒聖事詳見贈孫莘老七絶注紅燭照庭嘶騕褭縯騕褭神馬也亦曰黑身杜詩駿馬時有金騕褭又云喚人看騕褭黃雞催曉唱玲瓏次公樂天詩誰道使君不解歌聽唱黃雞與白日黃雞催曉丑時鳴白日催年酉前沒玲瓏玲瓏奈老何使君歌了汝更歌老來漸減金釵興厚樂天詩鍾乳三千兩金釵十二行次公退之詩金釵半醉坐添春醉後空驚玉筯工畢善篆縯秦相李斯作小篆謂之玉筯體成一家法月末上時應早散免教鼙鼓問吾公援左傳鄭伯有嗜酒爲窟室而夜飲酒擊鍾焉朝至未已朝者曰公焉在其人曰吾公在壑谷

聞李公擇飲傅國博家大醉二首

兒童拍手鬧黃昏應笑山公醉習園縯晉山簡傳簡爲荊州諸習氏荊之豪族有佳園池簡每出遊嬉多之池上置酒輒醉名之曰高陽池有童兒歌曰山公出何許往至高陽池日夕倒載歸酩酊無所知時時能騎馬倒着白接䍦舉鞭向葛強何如幷州兒次公李白襄陽歌云落日欲沒峴山西倒着接䍦花下迷襄陽小兒齊拍手攔街爭唱白銅鞮傍人借問笑何事笑殺山公醉似泥縱使先生能一石主人未肯獨留髡厚史記淳于髡傳齊威置酒後宮召髡賜之酒問曰先生能飲幾何而醉對曰臣飲一斗亦醉一石亦醉威王曰先生飲一斗而醉惡能飲一石哉髡曰賜酒大王之前執法在傍

御史在後髡恐懼俯伏而飲不過一斗徑醉矣若乃復爲交錯杯盤狼籍堂上燭滅主人留髡而送客當此時髡心最歡能飲一石矣

不肯星星騎馬迴玉山知爲玉人頹【續】嵇康醉倒如玉山之將頹劉禹錫詩寂寂獨看金燼落紛紛只見玉山頹自知不是高陽侶一夜星星騎馬迴紫雲有語君知否莫喚分司御史來【按】唐闕記載杜牧既爲御史久之分務洛陽時李聰罷鎮閑居聲妓豪華爲當時第一嘗宴客女妓百餘人皆殊色牧瞪目注視問李聞有紫雲者孰是宜以見惠李俯而笑諸妓亦皆回首破顏牧自飲三爵朗吟而起曰華堂今日綺筵開誰喚分司御史來忽發狂言驚滿坐兩行紅粉一時迴意氣閑逸旁若無人

月夜與客飲酒杏花下【安國】按先生詩話云僕在徐州王子立子敏皆館於官蜀人張師厚來過二王方年少吹洞簫飲酒杏花下

杏花飛簾散餘春明月入戶尋幽人褰衣步月踏花影烱如流水涵青蘋花間置酒清香發【子仁】李白詩花間一壺酒獨酌無相親爭挽長條落香雪山城薄酒不堪飲勸君且吸杯中月洞簫聲斷月明中惟憂月落酒杯空明朝卷地春風惡【厚】退之詩春風卷地起百鳥皆飄浮但見綠葉棲殘紅【次公】此篇不使事語亦新造古所未有殆涪翁所謂不食煙火食人之語也

陳州與文郎逸民飲別攜手河堤上作此詩

白酒無聲滑瀉油醉行堤上散吾愁春風料峭羊角轉【次公】淮南子扶搖抮抱羊角而上注扶搖如羊角轉如曲縈行而上也河水渺綿瓜蔓流【子仁】水衡記云二月三月桃花水五月瓜蔓水謂瓜蔓延故以名君已思歸夢巴峽我能未到說黃州【子仁】韓詩潮州未到人先說海氣昏昏水拍天此生聚散何窮已未忍悲歌學楚囚【縯】左傳晉侯觀于軍府見鍾儀問之曰南冠而縶者誰有司對曰楚囚鍾儀也使稅之【傳】王導傳云過江人士每暇日相要出新亭飲宴周顗中坐而歎曰風景不殊舉目有江河之異皆相視流涕惟導愀然變色曰當共戮力王室克復神州何至作楚囚相對泣邪衆收淚而謝之

與潘三失解後飲酒

千金敝帚人誰買【縯】魏文帝曰人喜於自見而文非一躰鮮能備善是以所長輕所短里語曰家有弊帚享之千金斯不自見之患也【次公】敝帚而比之千金則自謂帚爲適用然衆人之不買何此言已不合於人矣半額蛾眉世所妍【厚】後漢馬廖傳城中好高髻四方高一尺城中好廣眉四方且半額城中好大袖四方全匹帛【次公】半額之眉固非妍好而世之所尚貴在趍時今言世所以爲妍者特趍時之文耳顧我自爲都眊矂【援】酼飽謂之眊矂【次公】今句云顧我自爲都眊矂則以不獨潘三失解爲有眊矂之愁而我所爲失意無一不是眊矂矣憐君欲鬭小嬋娟

次公 選云垂條嬋娟脩竹嬋娟而孟郊有月嬋娟謂之三嬋娟今言小嬋娟似指人言之矣 青雲豈易量它日

黃菊猶應似去年醉裏未知誰得喪滿江風月不論錢 次公 杜詩朱橘不論錢意則使李白清風明月不用一錢買也

二月三日點燈會客

江上東風浪接天苦寒無賴破春妍試開雲夢羔兒酒 次公 即今之羊羔酒也 快瀉錢塘藥玉船 子仁 藥玉船蓋以藥煑石而似玉者也可作酒杯先生又有獨酌試藥玉舡詩云鎔鉛煑白石作玉徒自欺先琢削為酒杯覲莘定州瓷是也 蠶市光陰非故國 次公 蜀中春月村市聚為驩樂謂之蠶市 馬行燈火記當年 次公 馬行者東京繁華之處夜市燈火最盛 冷煙濕雪梅花在留得新春作上元

與歐育等六人飲酒 青神 守才叔元豐中為南京將官

忽驚春色二分空且看樽前半文紅苦戰知君便白羽 補注 諸葛亮葛巾羽扇指揮三軍 次公 白羽言於苦戰之下則子路云赤羽若日白羽若月蓋言箭羽也故不憚苦戰則便之非謂白羽扇也 倦游憐我憶黃封 子仁 黃封言酒也輦下以黃封酒為貴蓋重內醞也先生詩又云上樽日日瀉黃封又云宋餉黃封

（兼賜茗）

年來齒髮老未老【次公】（黄云老不老三栢倒）此去江淮東復東【厚】（李賀詩紫絲竹斷驄馬小家住錢塘東復東）

記取六人相會處引杯看劍坐生風【縯】（杜詩撿書燒燭短看劍引杯長）

王狀元集百家注分類東坡先生詩卷之十一

燕飲下

詩十七首

次韻王定國謝韓子華過飲

楚有孫叔敖長城隱千里【續】宋檀道濟被誅引飲一斛脫幘投地曰乃壞汝萬里長城哀哉練裙子【厚】南史劉峻見任昉諸子西華兄弟流離不能自振平生舊交莫有收卹西華冬月着葛帔練裙路逢峻峻泫然矜之負薪蹋破屣豈無故交親逝去如覆水【次公】李白詩覆水不可收不如老優孟談笑託諧美優孟事見寄呂穆仲寺丞詩世家不可恃如倚折足几祥符有賢相【次公】祥符真宗年号也賢相指言文正公旦蓋定國之祖也手握天下砥懿敏亦名公【次公】懿敏指言侍讀素也三貴德爵齒【厚】孟子曰天下有達尊三德一齒一爵一蓋棺今幾日【續】杜詩丈夫蓋棺事始定公子誰料理【援】晉王徽之為桓沖騎兵參軍沖謂曰卿在府日久比當相料理誰要卿料理欲說且止止【次公】佛書止止不須說宅相開府公【厚】晉魏舒傳舒字陽元少孤為外家甯氏所養甯氏起宅相宅者云當出貴甥外祖母以盛氏甥小而慧意謂應之舒曰當為外氏成此宅相【堯卿】文正公長女嫁韓憲

肅公子華乃王氏之甥爲開府儀同三司故有宅相開府之語**久爲蒼生起**〔演〕晉謝安傳桓溫請爲司馬將發新亭高崧戲之曰卿屢違朝旨高卧東山諸人每相與言安石不肯出將如蒼生何蒼生今日亦將如卿何安有愧色**如何垂老別**〔次公〕杜詩有垂老別篇**冰盤饋蒼耳**〔次公〕退之詩冰盤夏薦碧實脆老杜有驅豎子摘蒼耳詩**親嫌妨鶚薦**〔厚〕後漢孔融薦禰衡書鷙鳥累百不如一鶚使衡立朝必有可觀**相對發微泚**〔厚〕孟子其顙有泚睨而不視**新詩如彈丸**〔援〕南史王筠傳謝朓嘗見語云好詩圓美流轉如彈丸**脫手不移晷我亦老賓客**〔演〕杜詩甫也諸侯老賓客**苦語落紈綺**〔次公〕班氏叙傳有云綺襦紈袴之間先生又有曰冰雪落綺紈**莫辭三上章有道貧賤耻**〔演〕論語邦有道貧且賤焉耻也

次韻韓康公置酒見留

庭下黃花一醉同重來雪巘已穹隆不應屢費譏安石〔援〕謝安字安石於山營墅樓館林木甚盛每携中外子姪往來游集肴饌亦屢費百金世頗以此譏焉而安殊不以屑意**但使無多酌次公**〔演〕蓋寬饒曰無多酌我我乃酒狂**鍾乳金釵人似玉**〔厚〕牛僧孺自誇服鍾乳三千兩甚得力而歌舞之妓頗多白樂天有戲贈云鍾乳三千兩金釵十二行**鶤絃鐵撥坐生風**〔援〕唐開元中賀懷智善彈琵琶以石爲槽以鶤雞筋作絃用鐵撥彈之**少卿尚有車茵在頗覺寬容勝弱翁**

【次公】前漢丙吉字少卿馭吏耆酒嘗從吉出醉嘔丞相車上西曹主吏白欲斥之吉曰以醉飽之失去士使此人將復何所容西曹第忍之此不過汙丞相車茵耳魏相字弱翁爲御史素有威嚴

次韻王定國會飲清虚堂

何遜揚州又幾年官梅詩興故依然【續】老杜蜀州東閣詩東閣官梅動詩興還如何遜在揚州【堯卿】梁何遜有詠早梅詩云枝横却月觀花遶凌風臺應知早飄落故逐上春來何人可復間季孟【次公】晉王湛傳王濟之叔父也濟以帝稱其美帝曰誰比曰山濤已下魏舒巳上湛間曰欲處我季孟之間乎【師】齊景公待孔子曰若季氏則吾不能以季孟之間待之與子不妨中聖賢見贈孫莘老七絶注卜築君方淮上郡歸心我巳劒南川【次公】定國嘗爲揚州倅此身正似蠶將老更盡春光一再眠

與莫同年雨中飲湖上

到處相逢是偶然夢中相對各華顛【倬】蔡邕賦云華顛文人蓋老者之稱也還來一醉西湖雨不見跳珠十五年【次公】先生往爲杭倅日有詩云黑雲翻墨未遮山白雨跳珠亂入船故今詩云尓【堯卿】杜牧詩云萬珠跳猛雨

次韻詹適宣德小飲巽亭〔補註〕圖經慶曆三年郡守蔣堂於舊治之東南建巽亭以劉江山之勝胡宿詩云武林天下奇巽亭境中絕

君方夢謫仙來詩記李白郎官湖我亦弔文園〔次公〕司馬相如爲孝文園令先生蜀人有懷鄉之意江土同三黜〔演〕柳下惠爲士師三黜〔次公〕是時先生出知杭州而詹嘗爲御史主簿故云天涯又一樽濤雷郡白晝梅雪耿黄昏歸去多情雨應隨御史軒詹嘗爲御史主簿〔援〕顏真卿爲監察御史使五原有寃獄久之不決真卿至立辨之時久旱獄決乃雨郡人呼爲御史雨

次韻劉景文西湖席上〔次公〕此杭州西湖也先生召還爲翰林承旨將離杭而同景文飲於西湖景文有詩而先生和之也

二老長身屹兩峯〔次公〕二老字祖出孟子言伯夷太公而老杜寄贊上人詩與子成二老又云玉山高並兩峯寒常撞大呂應黃鍾〔次公〕黃鍾大呂以譬同聲之相應也故周禮奏黃鍾則必歌大呂將辭鄴下劉公幹〔次公〕劉楨字公幹乃東平人魏文帝爲太子時在鄴宮所從者皆文士有七子之目而劉楨在焉又江淹作雜體詩三十首此謝靈運所擬鄴中集詩而於諸人中特取劉楨王粲二人却見雲間陸士龍〔演〕晉陸雲字士龍與荀隱字鳴鶴同在張華座上荀抗手曰日下荀鳴鶴雲對曰雲間陸士龍〔次公〕陸士龍指言子由時元祐六年三月先生召還而子由是春除尚書右丞

白髮憐君略相似，青山許我定相從。吾今官已六百石，慙愧當年邴曼容。【援】前漢兩龔傳云：琅琊邴漢兄子曼容亦養志自修，爲官不肯過六百石，輒自免去。故杜牧詩曰：師友琅琊邴曼容。

次韻趙景貺督兩歐陽詩破陳酒戒

商也哀未散，歲月忽已秋。祥琴雖未調，餘悲不敢留。【演】卜商字子夏。檀弓曰：子夏既除喪而見，與之琴，和之而不和，彈之而不成聲，作而曰：哀未忘也，先王制禮，弗敢過也。矧此乃韻語，未入金石流。【次公】晉宋人叶韻說話謂之韻語。今先生以詩爲韻語，主意在勸歐陽作詩，未嘗得金石音韻之叶也。羲之生五之，【厚】晉書王羲之字逸少，有子七人，其知名者凡五人，曰玄之、曰凝之、曰徽之、曰操之、曰獻之也。【子仁】孟郊詩云：獻子生五子，羲之又有之。總角出銀鉤。【演】索靖作草書狀云：婉作銀鉤，漂若驚鴻。吾家有二許，【次公】二許：大許公蘇褱，小許公蘇頲。下筆兩不休。【援】魏文帝與論載班固曰：傅武仲以能屬文爲蘭臺令史，下筆不能自休。君言不能詩，此語人信不？【次公】自此以上，皆以督兩歐陽詩也。千鍾斯爲堯，百榼斯爲丘。【演】孔叢子：平原君强子高酒曰：堯飲千鍾，孔子百觚，子路嗑嗑，尚飲百榼。古之聖賢無不能飲，子何辭焉？陋矣陶士衡，【厚】陶侃字士衡，飲酒有定限，常歡有餘而限已竭。殷浩等勸更少進，竟不從。當以太白浮。【演】說苑：魏文侯與大夫飲，使公秉不仁爲觴政三飲不盡浮以太白文侯不盡不仁舉白浮君也酒中那有失醉則不驚鷗【厚】列子海上之人狎鷗鳥杜詩杯渡不驚鷗也已上詩句皆以破陳酒戒也明當罰二子已洗兩玉舟【次公】二子謂歐與陳也兩玉舟則先生實有楊州藥玉船也

叔弼云履常不飲故不作詩勸履常飲

我本畏酒人臨觴未嘗訴平生坐詩窮得句忍不吐【次公】韓退酒而不辭酒雖緣詩窮困而猶吐句以詩酒之足樂也吐酒茹好詩肝胃生滓汙用此較得喪天豈不足付吾儕非二物歲月誰與度悄焉得長愁爲計已大誤二歐非無詩恨子不飲故強爲釂一酌將非作愁具【次公】飲盡酒曰釂出禮記又陶詩將非促齡具成言如皎日援筆當自賦【次公】盟誓言之言謂之成言詩曰有如皎日它年五君詠山王一時數【縯】竹林七賢是阮籍嵇康劉伶向秀阮咸山濤王戎而顏延年作五君詠不及山濤王戎以二公之貴顯故也

十月十四日以病在告獨酌

翠柏不知秋【次公】杜詩荆楊不知秋空庭失搖落幽人得佳蔭露坐方

獨酌月華稍澄穆〔厚〕前漢禮樂志月穆穆以金波日華耀以宣明露氣尤清薄小兒亦何知相語翁正樂銅鑪燒柏子石鼎煑山藥〔厚〕歐陽春使道中寄世師詩夜燃柏子煑山藥憶此東望無時休一杯賞月露萬象紛酬酢此生獨何幸風纜欣初泊〔厚〕退之詩有如乘風船一從不可纜誓逃顏跖網〔大公〕顏淵盜跖也行赴喬松約〔演〕赤松子與王喬皆神仙之名也莫嫌風有待〔厚〕莊子云列子馭風而行泠然善也旬有五日然後反彼於致福者未數數然也此雖免乎行猶有所待也謾欲戲寥廓泠然心境空彷彿來笙鶴〔後〕神仙傳王子晉好吹笙作鳳皇鳴後乘白鶴於緱氏山頭舉手謝時人而去

獨酌試藥玉滑盞有懷諸君子明日望夜月庭佳景不可失作詩招之

鎔鈆煑白石作玉真自欺〔十朋〕詳見前十卷三月三日點燈會客詩注中琢削爲酒杯規模定州瓷荷心雖淺狹鏡面良瀰瀰持此壽佳客〔厚〕杜詩主稱壽尊客筵秩宴北林到手不容辭〔子仁〕歐陽送梅聖俞詩盃行到手莫辭醉曹侯天下平〔大公〕曹侯指言同時姓曹人也漢書曰廷尉天下之平定國豈其師一飲至數石〔績〕前漢于定國爲廷

尉用法稱平飲酒至數石不亂温克頗似之【援】詩小宛人之齊聖飲酒温克風流越王孫【次公】指言景貺也乃越王之孫華原公之子詩酒屢出奇【厚】陳平六出奇計喜我有此客【續】晉書桓温請謝安爲司馬温甚喜言平生歡笑竟日既出温問左右曰嘗見我有此客不玉杯不徒施請君詰歐陽問疾來何遲【援】維摩居士示病誑法佛遣文殊問疾也呼兒掃月榭【厚】歐陽詩能來而人相就飲爲予掃月開風榭扶病及良時【厚】樂天詩今日正開天又暖子能扶病暫來無

竹間亭小酌懷歐陽叔弼季默呈趙景貺陳履常

歲暮自急景【厚】文選鮑明遠賦窮陰殺節急景凋年我閑方緩轡醉餘西湖晚步轉北渚長【次公】西湖北渚皆言潁州也地坐略少長意行無澗岡【次公】劉禹錫子歌意行無舊路又退之詩出入行澗岡久知齊麥青稍見榆柳黄盎盎春欲動【子仁】杜牧之作李賀集序春之盎盎不足爲其和也瀲瀲夜未央【援】詩夜如何其夜未央水天鷗鷺靜月露松檜香撫景方婉娩【次公】婉娩當是晼晚陸士衡歎逝賦云老晼晚而將返江淹云晼晚日暮也懷人重凄涼豈無一老兵【續】晉書謝奕嘗逼桓温飲温起走遂引温一老兵共飲曰失一老兵得一老兵亦何所怪温不之責坐念兩歐陽我意正麋鹿君材亦珪璋此會恐難久

此歡不可忘【子仁】李太白詩明發首東路此歡焉可忘

次韻致政張朝奉仍招晚食

掃白非黃精【縯】杜詩掃除白髮黃精在看取它年冰雪容　輕身豈胡麻【縯】本草胡麻狀如狗蝨而葉方久服輕身不老　怪君仁而壽【致政】語仁者壽　未覺生有涯【縯】莊子吾生也有涯而知也無涯　曾經丹化米【次公】神仙傳麻姑至蔡經家以經弟婦新產求少許米擲之墮地即成丹砂謂以米祛其穢也　親授棗如瓜【縯】前漢郊祀志李少君言臣嘗遊海上見安期生食臣棗大如瓜　雲蒸作霧指【次公】後漢張楷性好道術能作五里霧時關西人裴優亦能爲三里霧自以爲不如楷　火滅噀雨巴【縯】後漢欒巴爲尚書郎正朝大會得酒不飲西南噀之有司奏巴大不敬巴謝曰臣本縣成都失火故噀酒以爲雨後成都奏火得雨而滅雨中作酒氣也　自此養鉛鼎無窮走河車【次公】道家修養有鉛汞之鼎陰真君歌云北方正氣名河車而仙經云鉛絕河車空所作必無功鉛失河車絕萬事無所出　至今許玉斧猶事萼綠華君曾見永州何仙姑得藥餌之人疑其以此壽也故有丹化米萼綠華之句【次公】許玉斧許長史之子許翽也群仙降其家亭出真誥爲詳有女仙萼綠華者九疑山中羅郁也【子仁】韋應物萼綠華歌曲溪獨兮不可降胡不來兮玉斧家　我本三生人【縯】圓澤歌曰三生石上舊精魂賞月吟風不要論【次公】白樂天六世說三生如不謬共疑巢許是前身　疇昔一念差【次公】楊妃傳云恐由此一念又墮下界　前身或草聖【縯】周

越法書苑韋仲將以張芝爲草聖習氣餘驚蛇[次公]僧懷素草書如飛鳥出林驚蛇入草[子仁]書訣墨藪鍾繇弟子宋翼作一波縱如驚蛇入草儒臞謝赤松[縯]司馬相如云列仙之儒居山澤間形容甚臞[次公]赤松子黃初平也乃墨翟張良願從之游者事見葛洪神仙傳也佛縛慙丹霞[次公]傳燈錄丹霞天然禪師遇天大寒取木佛燒之人或譏之曰吾燒取舍利[次公]佛縛字維摩經云貪着禪味是菩薩縛時時一篇出擾擾四座譁清詩得可驚[次公]退之招楊之罘云文字得我驚信美詞多夸回車入官府[illegible]微龐士元傳云未嘗入城府也治具隨貧家[子仁]前漢灌夫謂田蚡曰將軍許過魏其魏其夫妻治具至今未敢嘗食萍虀與豆粥亦可成咄嗟[縯]晉書石崇爲客作豆粥咄嗟便辦每冬得非萍虀王愷密問其帳下云豆至難熟豫作熟末客來但作白粥投之非萍虀是擣韭根雜以麥苗耳

次韻錢穆父會飲

彈冠恨不早[縯]前漢王吉與貢禹爲友世稱王陽在位貢禹彈冠挂冠常苦遲[厚]後漢逢萌學通春秋時王莽殺其子宇萌即解冠挂東都城門將家屬浮海客於遼東盛服每假寐[縯]左傳宣二年晉靈公不君趙宣子驟諫之公患之使鉏麑賊之晨往寢門闢矣盛服將朝尚早坐而假寐麑退而歎曰不忘恭敬民之主也角闕時伏思[次公]角闕言帝闕之角也漢文七年未央宮東闕罘罳災師古曰罘罳謂連闕曲閣也而釋名謂臣將入請事於此復思也東門

未祖道【續】前漢疏廣爲太傅兄子受爲少傅在位五年廣謂受曰吾聞知足不辱知止不殆遂父子謝病歸東都公卿大夫故人設祖道供張東都門外送者車數百兩 西山公拄頤【厚】晉書王徽之爲桓溫參軍沖嘗謂曰卿在府日久比當相料理徽之初不酬荅直高視以手板拄頰云西山朝來致有爽氣耳 逝將江海去安此麋鹿姿要當謀三徑【次】蔣詡開三徑又陶淵明嘗謂親朋曰聊欲絃歌以爲三徑之資後作歸去來辭云三徑就荒松菊猶存 何暇擇一枝【續】莊子鷦鷯巢于深林不過一枝 與君幾合散得酒忘醇醨君談似落屑【厚】晉書胡毋輔之字彥國王澄嘗與人書曰彥國吐佳言如鋸木屑霏霏不絕 我飲如弈棊世何作詩如弈棊弈棊如飲酒飲酒乃戒之語僕此二事皆不能【居仁】遯齋閑覽曰子瞻嘗自言平生三不如人謂着棊吃酒唱曲也 居官不任事【厚】晉書劉惔卒孫綽爲之詩曰居官無官官之事處事無事事之心時人以爲知言 造物真見私主人獨賢勞【續】詩北山云我獨賢勞也 金轂方流馳行人亦東結杕杜乃歸期【厚】詩出車以勞還杕杜以勤歸也 公卿雖少安河流正東釃【次】前漢溝洫志禹以爲河所從來者高水湍悍難以行平地數爲敗乃釃二渠以引其河注云釃分也元祐初黃河多決復北流詩則河當北流今云東釃正言河之爲患也此後庚辰年先生有聞黃河已復北流詩則河不可東也 我得會稽去方回良不癡【摭】晉書郗愔字方回上書桓溫欲同獎王室其子超寸寸毀裂更爲上表乞會稽溫大喜即以爲會稽太守

立春日小集戲李端叔

白髮已十載，青春無一堪。不驚新歲換，聊與故人談。牛健民聲喜，鴉嬌雪意酣。【厚】杜牧之詩鴉嬌村罨畫【次公】牧之詩又云碧池新漲浴嬌鴉 霏微不到地，和暖要宜蠶。歲月斜川似，【次公】陶集有遊斜川詩自序云辛丑歲正月五日天氣澄和風物閑美與二三鄰曲同遊斜川今先生立春日亦正月之初矣 風流曲水慙。【厚】晉武帝問三日曲水之義尚書郎摯虞對曰周公初成洛邑因流水以泛酒又秦昭王三日上巳置酒河曲有金人捧水心之劍乃因其處立曲水祠二漢相沿皆為盛集 行吟老燕代，坐睡夢江潭。【曾】六朝事迹江潭苑在建康東南二十里 丞掾頻哀援，【綱】後漢馬援為隴西太守賓客故人日滿其門諸曹時白外事援輒曰此丞掾之事何足相煩頗哀老子使得遨遊 歌呼誰怕參。【援】西漢曹參為相國相舍後園近吏舍吏日飲歌呼參遊後園聞吏醉乃反取酒張坐飲大歌呼與相和 衰懷久灰槁，【綱】莊子身若槁木心如死灰 習氣尚饞貪。白啖本河朔，紅消真劍南。【次公】白啖或云荔支名也未詳紅消梨名也【堯】【趙】紅消為兩川人能造以猪肉為之一本作熊白來河北猪紅消劍南則知趙注非也 辛盤得青韭，【次公】故事立春日作五辛盤也 臘酒是黃柑。【次公】黃柑以釀酒乃洞庭春色也 歸卧殘燈帳，醒聞葉打庵。須煩李居士，重說後三三。【厚】宗門統要無着和尚游五臺到山下遇一老僧問曰此間佛法如何住持僧

曰凡聖同居龍蛇混雜無著曰多少衆老僧曰前三三後三三無着和尚罔測

用過韻冬至與諸生飲

小酒生黎法（厚）國朝會要今儋崖萬安皆與黎爲境其服屬州縣者爲熟黎其居山洞無征者爲生黎（次公）按地志儋州俗呼山嶺爲黎人居其間號曰生黎也乾糟瓦盎中芳辛知有毒滴瀝取無窮凍醴寒初泫春醅暖更醆（次公）詩有醆盎殘注云醆盎皆器滿之皃也華夷兩樽合醉笑一歡同里閈戢山北田園震澤東（次公）戢山指言眉州在我眉山之北也震澤指言常州先生有田在常州州有震澤即太湖也歸期那敢説安訊不曾通鶴髮驚全白犀團尚半紅愁顏解符老壽耳鬪吳翁得穀鵝初飽亡猫鼠益豐黃薑收土芋蒼耳斫霜叢（子）唐王旻山居要録云收蒼耳法取未經霜者又先生有蒼耳帖兒瘦緣儲藥奴肥爲種菘頻頻非竊食（次公）揚子頻頻之黨甚於鸒斯亦賊夫粮食而已矣數數尚乘風（次公）莊子曰列子御風而行其於致福者未數數然也河伯方夸若（次公）莊子秋水河伯順流而行至於北海東面而視不見水端於是河伯始旋其面目望洋向若而歎曰野語有之曰聞道百以爲莫已若者我之謂也靈媧自舞馮（厚）楚詞遠游章使湘靈鼓瑟兮令海若舞馮夷又司馬相如大人賦云使靈媧鼓瑟而舞馮夷歸途陷

泥淖炬火燎茆蓬膝上王文度【演】晉王坦之字文度父述愛之雖長大猶抱置膝上 家傳張長公【次公】史記釋之爲廷尉不阿守法景帝時爲太子釋之劾不一下公車後事景帝歲餘爲淮南王相猶尚以前過也久之釋之卒其子曰摯字長公官至大夫免以不能取容當世故終身不仕長公𢓜陶淵明集有賛陳子昂李白詩皆及之 和詩仍醉墨戲海亂群鴻 符吳皆坐客其餘皆卽事實録也【厚】防智果師論王羲之書如群鴻戲海

小飲公謹舟中

青泥赤日午相烘走扣船窻柳影中輟我東坡無限睡當君南浦不貲風坐看郵報談迂叟閑説滁山憶醉翁【縯】迂叟司馬君實醉翁歐陽永叔 此去澄江三萬頃只應明月照還空

與閑山居士小飲

一盃連坐兩髯棊數片深紅入座飛十分瀲灩君休訴且看桃花好面皮 唐人詩云未見桃花面皮先作杏花眼孔

試選 詩八首

監試呈諸試官【新衢】按先生文集年譜熙寧五年先生在杭州監試

我本山中人寒苦盜寸稟文詞雖少作勉彊非天稟既得旋廢忘懶惰今十稔麻衣如再着墨水真可飲【續】梁試進士不中程者飲以墨水【選】唐嚴選舉之法棘闈舉人至渴有飲墨水者【子仁】北齊選舉濫者飲墨水一升潘此邦東南會多士敢題品芻蕘盡蘭蓀香不數葵荏貧家見珠貝眩晃自難審緬懷嘉祐初文格變已甚【大全】嘉祐初文格鄙鏤擽刻裂衣如劉幾輩冗之屬千金碎全璧百衲收寸錦調和椒桂釀咀嚼沙礫瀋磨成半額【原】馬廖言城中好廣眉四方皆半額學步歸踔踸【續】莊子壽陵餘子學行於邯鄲未得國能又失其故步匍匐而歸又云夔以一足踸踔而行踸丑甚反踔勅角反維時老宗伯【按】言歐陽永叔也氣壓群兒稟蛟龍不世出魚鮪初驚淰【續】禮運以龍爲畜故魚鮪不淰淰魚駭皃至音久乃信知味猶食椹【續】詩泮宮翩彼飛鴞集于泮林食我桑椹懷我好音至今天下士微管幾左衽【續】微管仲吾其被髮左衽矣謂當千載後石室祠高朕【原】高朕漢末爲蜀郡守興設學校修周公禮殿邦人立石室祠之在文翁石室傍爾來又一變此學初誰詠權衡破舊法芻豢笑凡餌高言追衛樂【大全】衛玠樂廣言其時尚虛無之學也篆

刻鄙曹沈〔次公〕曹植沈約言時以詩賦為篆刻而不用也先生周孔出弟子淵騫寢〔次公〕楊子或問淵騫曰在寢却顧老鈍軀頑朴謝鐫鋟諸君況才傑容我懶且嘿聊欲廢書眠〔次公〕邊孝先懶讀書但欲眠秋濤春午枕

試院煎茶

蟹眼已過魚眼生〔仲〕蔡君謨作茶辨辨水泉羙飲等極為詳備有蟹眼魚眼用湯之法〔演〕茶經云凡候湯有三沸如魚眼微有聲為一沸四向如涌泉連珠為第二沸騰波鼓浪為三沸則湯老颼颼欲作松風鳴蒙茸出磨細珠落眩轉遶甌飛雪輕銀缾瀉湯誇第二〔演〕惠山泉水煎茶為第二〔次公〕此乃是尋常點茶時先略傾缾中湯方點謂之第二湯也未識古人煎水意古語云煎水不煎茶君不見昔時李生好客手自煎貴從活火發新泉〔援〕因話録李約嗜茶能自煎謂人曰茶須緩火炙活火煎活火謂炭之有熖者又不見今時潞公煎茶學西蜀定州花瓷琢紅玉我今貧病常苦饑分無玉盌捧蛾眉且學公家作茗飲塼爐石銚行相隨不用撐腸拄腹文字五千卷〔厚〕盧仝謝孟諫議寄新茶詩三碗搜枯腸惟有文字五千卷但願一甌常及睡足日高時〔盧〕

仝新茶詩日高丈五睡正濃軍將打門驚周公

催試官考較戲作

八月十五夜月色隨處好不擇茅簷與市樓況我官居似蓬島鳳咮堂前野橘香劍潭橋畔秋荷老八月十八潮按至和中呂昌明所定浙江潮候云春秋同候初三十八末正潮壯觀天下無鵾鵬水擊三千里莊子北溟有魚其名爲鯤化而爲鳥其名爲鵬其徙於南溟也水擊三千里組練長驅十萬夫楚子重伐吳使鄧廖帥組甲三百被練三千以侵吳十萬夫字借杜牧之晚晴賦中語命竹爲十萬丈夫紅旗青蓋互明滅紅旗青蓋言弄潮也黑沙白浪相吞屠人生會合古難必此景此行那兩得願君聞此添蠟燭門外白袍如立鵠

八月十七復登望海樓自和前篇是日牓出與試官五人復留五首

樓上煙雲怪不來樓前飛紙落成堆非關文字須重看却被江山未放回

眼昏燭暗細行斜考閱精彊外已誇明日失杯君莫怪早知安足不成蛇【次公】陳軫曰人有遺舍人一卮酒者舍人相謂曰畫地為蛇蛇先成者獨飲之一人曰吾蛇先成吾能為之足人奪之酒曰蛇固無足今為之足非蛇也

亂山遮曉擁千層睡美初涼撼不譍昨夜酒行君要數定知歸夢到吳興

天台桂子為誰香【厚】唐垂拱中天台桂子落十餘日方止陸龜蒙詩注【子仁】白樂天詩遥想吾師行道處天香桂子落紛紛

倦聽空堦夜點涼賴有明朝看潮在萬人空巷鬬新粧

秋花不見眼花紅身在孤舟兀兀中【次公】言在試院中秋花不得見但見眼花紅而已細雨作寒知有意未教金菊出蒿蓬

書畫上　詩三十三首

和子由論書【次公】子由首詩本為謝先生寄碑在東軒集其序云公子瞻兄寄示十五碑

吾雖不善書曉書莫如我苟能通其意常謂不學可【[illegible]】善學書者須得書外之意如晉陶侃用法得法外意也魯直常謂東坡心通性得於翰墨之外子由詩云吾兄自善書無取無不可貌妍

容有嚬【次翁】莊子內篇云西施病捧心而嚬璧美何妨橢【次翁】橢音吐火切爾雅云橢小而橢注云其狹而長曰橢【師圓】而長曰橢端莊雜流麗剛健含婀娜好之每自譏不謂子亦頗書成輒弃去繆被旁人裹皆云本闊落結束入細麼【次翁】先生自謂人言其字體如此也子詩亦見推【堯卿】子由詩云顏從兄發之洙硯處兄左語重未敢荷邇來又學射力薄愁官笴官箭十二把吾能十一把箭耳多好竟無成不精安用夥【厚】音禍史記陳涉傳客曰夥涉之為王沈沈者楚人謂多為夥何當盡屏去萬事付嬾惰吾聞古書法守駿莫如跛世俗筆苦驕衆中彊嵬騃【堯卿】嵬騃不安帖貌也說文謂馬搖頭曰騃鍾張忽已遠【編】鍾繇張芝也此語與時左【子仁】按子由首篇左字一聯上又有鎖字一韻此乃闕焉未詳

和人求筆跡

麥光鋪几淨無瑕【次翁】麥光紙名蓋南中竹紙之流今成都以麻屑競為之矣入夜青燈照眼花從此剡藤真可弔【編】唐舒元輿作吊剡溪藤文言今之錯為文者皆夭閼剡藤者也剡藤可作紙半紆春蚓綰秋蛇【復】唐太宗論蕭子雲書行行若縈春蚓字字如綰秋蛇譏無骨力也出王羲之傳後

過廣愛寺見三學演師觀楊惠之塑寶山朱瑤畫文殊普賢三首

萬世身如夢，安閑日似年。敗蒲翻覆臥，破衲再三連。勸客眠風竹〔師〕杜詩：嗜酒愛風竹。長齋飲石泉。回頭萬事錯，自笑覺師賢。〔次公〕此篇以言演師也。

妙迹苦難尋，茲山見幾層。亂峯螺髻出，絕澗陣雲崩。〔次公〕天官書：陣雲如立垣。措意元同畫，觀空欲問僧。莫教林下意，終老歎何曾。〔注〕僧靈徹詩：相逢盡道休官去，林下何曾見一人。

朱瑤唐晚輩，〔演〕瑤，唐末人，善畫。世傳吳道子畫多瑤筆。得法尚雄深。滿寺空遺跡，何人識苦心。〔次公〕杜詩：更覺良工心獨苦。〔師〕杜詩：識子用心苦。長廊欹雨腳，破壁撼鍾音。成敗無窮事，他年復弔今。〔次公〕使蘭亭記：後之視今，亦猶今之視昔之意。

李頎秀才善畫山以兩軸見寄仍有詩次韻荅之

平生自是箇中人，欲向漁舟便寫真。詩句對君難出手，雲泉勸我早抽身年來白髮驚秋速〔次公〕白樂天有白髮感秋之詩長恐青山與世新〔續〕劉禹錫詩不改南山色其餘事事新從此北歸休悵望囊中收得武陵春

柳氏二外甥求筆迹二首

退筆如山未足珍〔厚〕太平廣記僧智永學書敗筆如丘山〔次公〕懷素自得草書三昧弃筆堆積於山下號筆冢讀書萬卷始通神〔續〕杜詩讀書破萬卷下筆如有神〔子仁〕杜詩書貴瘦硬方通神君家自有元和脚〔續〕柳公權在唐元和間書有名劉禹錫酬柳宗元詩柳家新樣元和脚且盡薑芽斂手徒莫厭家雞更問人〔續〕庾征西翼書少與王右軍齊名右軍後進翼猶不分在荆州與都下人書云小兒輩賤家雞愛野雉皆學右軍書

一紙行書兩絕詩遂良鬚鬢已成絲〔續〕諸遂良有一帖云即日遂良鬚髮盡白何當火急傳家法欲見誠懸筆諫時〔厚〕柳公權字誠懸唐穆宗問公權用筆法對曰心正則筆正筆正乃可法矣時帝荒縱改容悟其筆諫也

贈寫真何充秀才

君不見潞州別駕眼如電〔次公〕潞州別駕唐明皇也〔續〕王戎神彩秀徹視日不眩裴楷曰戎眼爛爛如嵓

下竄

左手挂弓横撚箭〔堯卿〕唐明皇英武善射初封臨淄王爲潞州别駕尚書譚録云潞州啓聖宫有明皇欹枕斜書壁處腰鼓馬槽並在明皇有一目微斜故作横撚箭之狀 又不見雪中騎驢孟浩然皺眉吟詩肩聳山〔任〕浩然事見大雪青州道上寄孔周翰詩注 饑寒富貴兩安在空有遺像留人間此身常擬同外物浮雲變化無蹤跡問君何苦寫我真君言好之聊自適黄冠野服山家容〔縯〕郊特牲野夫黄冠草服 意欲置我山巖中〔次公〕顧愷之爲謝鯤象在石巖裏云此子宜置丘壑中鯤自謂一丘一壑過於庾亮 勲名將相今何限往寫褒公與鄂公〔縯〕杜甫丹青引淩煙功臣少顔色將軍下筆開生面良相頭上進賢冠猛將腰間大羽箭褒公鄂公毛髮動英姿颯爽來酣戰褒公段志玄鄂公尉遲敬德

次韻周邠寄鴈蕩山圖二首〔縯〕鴈蕩山在温州樂清縣天下奇秀然自古圖牒未甞有言者祥符中方有人見之此時尚未有名按西域書阿羅漢諾詎羅居震旦東南大海際鴈蕩山芙蓉峯龍湫唐貫休爲諾詎羅賛有鴈蕩經行雲漠漠龍湫宴坐雨濛濛之句此山南有芙蓉峯下有芙蓉驛前臨大海然未知鴈蕩龍湫所在後因伐木始見此山山頂有大池相傳以爲鴈蕩下有二潭水以爲龍湫有經行峽宴坐峯皆後人以貫休詩名之

指點先憑採藥翁丹青化出大槐宫〔縯〕唐廣陵淳于棼甞夢見人引入大城有金書題曰

大槐安國其王以女妻棼拜爲南柯太守及覺尋其所經由乃宅南大槐下一蟻穴耳 眼明小閣浮煙翠齒

冷新詩嚼雪風二華行觀雄陜右 厚 太華在華州華陰縣南沙華居其西佐命之山也 九

仙今已厭塵京東 將赴河中密迩泰華九仙在東武奇秀不減鴈蕩也 此生的有尋山分巳

覺温台落手中 厚 鴈蕩山在温州而台州有天台山也杜甫詩不意青草湖扁舟落吾手

西湖三載與君同 堯翁 公通守杭州時開祖知錢塘縣 馬入塵埃鶴入籠東海獨

來看出日 續 漢官儀曰泰山東南名曰日觀雞一鳴時見日始出 子仁 秦始皇作石塘欲過海看日出處 石橋先

去踏長虹 次公 石橋在天台山路不盈尺長數十丈下臨絕澗惟忘其身然後能濟渡得平路始見天台山蔚然有雙樓玉闕

天堂碧林醴泉仙物畢是也 遥知別後添華髮時向樽前說病翁所恨蜀

山君未見它年攜手醉郫筒 厚 華陽風俗録曰郫人刳竹之大者傾春釀於筒閉以藕絲包以蕉葉信

宿馨香達於林外然後斷之以獻俗號郫筒酒杜詩酒憶郫同不用沽 [illegible] 山濤治蜀之郫城用筠管釀酴醾作酒浹旬方開香聞百步故蜀人

傳其法効之

書韓幹牧馬圖 [illegible] 韓幹大梁人王右丞維見其畫遂推奬之官至太府寺丞善寫皃人物尤工鞍馬

南山之下汧渭之間 [illegible] 汧水出隴州汧源縣東南至鳳翔虢縣入于渭非子居犬丘好馬及畜善養息之周孝王召

使王馬于汧渭之間馬大蕃息 想見開元天寶年八坊分屯隘秦川四十萬疋如雲煙 [厚] 唐初得突厥馬二千疋又得隋馬三千於赤岸澤徙之隴右以太僕少卿張萬歲領群牧自正觀至麟德四十年間馬七十萬六千置八坊八坊之馬爲四十八監置八坊使領監跨蘭渭秦原四州猶以爲地狹更析八監布列河西後以戎狄外侵牧馬乖散開元初馬二十四萬十三年加至四十五萬監牧使王毛仲邑從東封以馬數萬疋從每色爲一隊望之如雲錦焉 [次公] 按唐兵志八坊一曰保樂二曰甘露三曰南普潤四曰北普潤五曰岐陽六曰太平七曰宜祿八曰安定八坊之田千二百三十頃募民耕之以給芻秣開元中馬至四十三萬老杜天育驃騎歌云當時四十萬疋馬 騅駓駰駱驪騮騵 [厚] 蒼白雜毛曰騅黃白雜毛曰駓陰白雜毛曰駰白馬黑髦鬣曰駱純黑曰驪赤身黑髦鬣曰騮以上見駉頌注騮馬白腹曰騵見小雅 白魚赤兔騂皇鶬 [illegible] 一目白曰瞯二目白曰魚注似魚目也引詩有驔有魚赤兔呂布馬名當時歌曰人中有呂布馬中有赤兔赤黃曰騂黃白曰皇見駉頌注馱鶵馬名也 龍顱鳳頸獰且妍 [次公] 劉琬馬賦云龍頭烏目麟腹虎脊老杜胡馬行鳳臆麟鬐未易識 奇姿逸德隱駑頑碧眼胡兒手足鮮歲時翦刷供帝閑 [厚] 尚乘掌天子之御左右六閑總十二閑爲二廄一曰祥麟二曰鳳苑 柘袍臨池侍三千紅粧照日光流淵 [次公] 李白詩曰照紅粧水底明 樓下玉螭吐清寒往來蹙踏生飛湍眾工舐筆和朱鉛 [續] 莊子宋元君將畫圖衆史皆至舐筆和墨 先生曹霸弟子韓幹馬多肉尻脽圓

肉中畫骨誇尤難【援】杜甫丹青引云弟子韓幹早入室亦能畫馬窮殊相幹惟畫肉不畫骨忍使驊騮氣凋喪金羈玉勒繡羅鞍鞭箠刻烙傷天全【補】莊子言伯樂曰我善治馬燒之剔之刻之烙之編之以羈馽連之以皁棧而馬之死者十二三矣不如此圖近自然平沙細草荒芊綿驚鴻脫兔爭後先【厚】曹植賦翩若驚鴻宛若游龍孫武言終如脫兔敵不及拒王良挾策飛上天【援】王良趙簡子時馭者天文志漢中四星曰天駟旁一星曰王良王良策馬車騎滿野何必俯首服短轅【□】先生詩案云此譏執政大臣無能如良之能御者何必折節干求進用也【子仁】晉蔡謨戲王導短轅犢車

章質夫寄惠崔徽真【援】崔徽河中娼婦也裴敬中以興元幕使河中與徽相從者累月敬中使罷還徽不能從情懷怨抑後數月東川幕白知退將自河中歸徽乃託人寫真因捧書謂知退曰為妾謝敬中崔徽一旦不及卷中人徽且為郎死矣元稹為作崔徽歌

玉釵半脫雲垂耳【次公】華岳雲煙傳雲髮垂耳【堯卿】郭子橫洞冥記曰元鼎元年起招靈閣有一神女留一玉釵以與帝帝以賜趙婕妤至昭帝元鳳中宮人猶見此釵共謀欲碎之明日視釵匣惟見白燕直飛升天後宮人常作玉釵因名玉燕釵李賀詩云寶鬟斜釵玉燕光亭亭芙蓉在秋水【倬】文選第十四云歲暮寒飆及秋水落芙蕖當時薄命一酸辛千古華堂奉君子【堯卿】白樂天陵園妾顏色如花命如葉命如葉薄將奈何一奉寢宮年月多水

邊何處無麗人近前試看丞相嗔【厚】杜甫麗人行三月三日天氣新長安水邊多麗人又云炙手可熱勢絶倫慎莫近前丞相嗔不如丹青不解語【演】太液池千葉白蓮盛開明皇與妃子宴賞帝指妃曰何如此解語花世間言語元非真知君被惱更愁絶卷贈老夫驚老拙爲君援筆賦梅花未害廣平心似鐵【援】皮日休作桃花賦其序云余嘗慕宋廣平璟之爲相貞資勁質剛態毅狀疑其鐵腸而石心不解吐婉媚詞然觀其文而有梅花賦清便富艷得南朝徐庾體殊不類其爲人也

韓幹十四馬 詳見前牧馬圖注

二馬並驅攢八蹄【次公】李賀許公子鄭姬歌云兩馬八蹄踏蘭花貼以並驅之字則並驅爭馳也二馬宛頸騣尾齊一馬任前雙舉後【次公】韓非子伯樂教相踶馬者二人其一云踶馬者舉後而任前一馬却避長鳴嘶老髯奚官騎且顧前身作馬通馬語【演】奚官養馬之役者劉三復能説三生事自云作馬馬渴則望驛而嘶傷蹄則連心痛後有八疋飲且行微流赴吻若有聲前者既濟出林鶴後者欲涉鶴俛啄【厚】東方朔爲隱語云兕益高者鶴俛啄也最後一疋馬中龍【厚】周禮馬八尺以上爲龍不嘶不動尾搖風韓生畫馬真是馬蘇子作詩如見畫【官】歐陽文忠公盤車圖詩云古畫畫意不

畫形梅詩詠物無隱情忘形得意知者寡不若見詩如見畫 世無伯樂亦無韓此詩此畫誰當看

贈寫　御容妙善師

憶昔射策干　先皇 次公 射策字出前漢今以言試賢良時耳 先皇仁宗皇帝也先生中賢良科於仁宗朝也 珠簾翠幄分兩廂紫衣中使下傳詔跪捧冉冉聞天香仰觀眩晃目生暈但見曉色開扶桑 演 淮南子曰日出暘谷登于扶桑入于虞淵 迎陽晚出步就坐 厚 迎陽禁中門名 絳紗玉斧光照廊野人不識日月角 信民 鄭元尚書中候注云日角謂庭中骨起狀如角 彷彿尚記重瞳光 演 漢光武日角而帝王世紀載舜目重瞳 堯卿 唐李遠贈寫御容李長吏詩云作分隆準山河秀初點重瞳日月明 三年歸來真一夢橋山松檜棲風霜 演 黃帝葬橋山 天容玉色誰敢畫老師古寺畫閑房夢中神授心有得覺來信手筆已忘幅巾常服儼不動孤臣入門涕自滂元老侑坐須眉古虎臣侍立冠劍長平生慣寫龍鳳質 演 唐太宗方四歲有書生相之曰龍鳳之姿天日之表必能濟世安民 厚 唐書李揆傳云龍章鳳姿士不見其用麞頭鼠

目子乃求官職〔次公〕晉書嵇康傳身長七尺八寸人以為龍章鳳姿天質自然也肯顧草間猿與麞都

人踏破鐵門限〔續〕唐智永禪師工筆札有盛名人多求書者如市户限穿穴乃作鐵門限以拒之出尚書故實黄

金白璧空堆牀〔次公〕黄金白璧所以為謝之物也虞卿傳一見賜黄金百鎰白璧一雙爾來摹寫亦

到我為是先帝白髮郎〔厚〕前漢馮唐傳文帝輦過問唐曰父老何自為郎家何在具以實對而左太沖詠史詩曰馮唐豈不偉白首不見招不須覽鏡坐自了明年乞身歸故鄉詳見董諸郎中注〔子仁〕杜詩上疏乞骸骨黄冠歸故鄉

續麗人行李仲謀家有周昉畫背面欠伸內人極精戲作此詩〔謝〕名畫記云周昉字景玄官至宣州長史

深宮無人春日長沉香亭北百花香〔續〕開元中禁中重牡丹得四本紅紫淺紅通白者上植於興慶池東沉香亭前會花方繁開上與太真妃遊賞命李龜年持金花牋宣賜翰林供奉李白進清平調詞三章其三曰名花傾國兩相歡長得君王帶笑看解釋春風無限恨沉香亭北倚闌干事見樂史李翰林文集序〔堯卿〕唐明皇以外國貢沉香材而作沉香亭美

人睡起薄梳洗燕舞鶯啼空斷腸〔次公〕孟郊詩鶯啼語春城東畫工欲畫

無窮意背立東風初破睡〔次公〕温庭筠詩背立鞦韆下若教回首却嫣然

陽城下蔡俱風靡〔厚〕宋玉賦東家之子嫣然一笑惑陽城迷下蔡〔堯卿〕曰陽城下蔡二縣楚之貴介公子所封

杜陵饑客眼長寒【堯卿】杜子美自謂衣不蓋體常寄食於人奔走不暇常恐轉死溝壑可謂飢客矣又詩云秋山眼冷魂未歸蹇驢破帽隨金鞍隔花臨水時一見只許腰肢背後看【厚】杜甫麗人行背後何所見珠壓腰衱穩稱身心醉歸來茅屋底方信人間有西子【[illegible]】西子字出孟子君不見孟光舉案與眉齊【後】梁鴻至吳爲人賃舂每歸妻孟光爲具食舉按齊眉何曾背面傷春啼

僕曩於長安陳漢卿家見吳道子畫佛碎爛可惜其後十餘年復見之於鮮于子駿家則已糚背完好子駿見遺作詩謝之

貴人金多身復閑【續】蘇秦謂其嫂曰何前倨而後恭也曰見季子位高金多耳爭買書畫不計錢已將鐵石充逸少郎鐵石梁武帝時人今法帖大王書中有鐵石字更補朱繇爲道玄世所收吳畫多朱繇筆也【師】朱繇唐末人善畫煙薰屋漏裝玉軸【述】敬夫書苑顏魯公與懷素同爲學草書於鄔兵曹或問張長史見公孫大娘舞劍器始得低昂回翔之狀兵曹亦有之乎懷素以古釵腳對魯公曰何如屋漏痕鹿皮蒼璧知誰賢【厚】漢武帝造白鹿皮幣令王侯朝覲必以薦璧顏異曰今王侯朝賀以蒼璧直數千而皮薦反四十萬本末不

稱吳生畫佛本神授夢中化作飛空仙覺來落筆不經意神妙獨到秋毫顛【師】畫斷有神品妙品我昔長安見此畫歎息至寶空潛然素絲斷續不忍看已作胡蝶飛聯翩【次公】中說載一道人爲戲術碎剪絹作胡蝶而飛少選復如故或有藏其一蝶而絹亦虧如蝶之大君能收拾爲補綴體質散落嗟神全志公髣髴見刀尺【少云】傳燈録寶誌禪師宋太始初忽徒跣執錫杖頭擐剪刀尺士庶皆共事之脩羅天女猶雄妍如觀老杜飛鳥句脫字欲補知無縁【集】歐陽公詩話云陳從易舍人初得杜甫詩集文多脫誤至送蔡都尉詩云身輕一鳥其下脫一字公與數客各以一字補之或云集或云落或云起或云下其後得善本乃是身輕一鳥過問君乞得良有意欲將俗眼爲洗淯貴人一見定羞作錦囊千紙何足捐【惠安】畫史世人或有貴畫置錦囊玉軸以爲珎祕開之或笑倒不須更用博麻縷付與一炬隨飛煙

李思訓畫長江絶島圖【堯】唐張彥遠名畫記云李思訓林父之伯父也善丹青官至武衛大將軍

山蒼蒼江茫茫小孤大孤江中央【希古】同安志小孤山在宿松縣東南一百二十里與江州

彭澤縣界　崖崩路絶猿鳥去惟有喬木攙天長客舟何處來棹歌中流時抑揚【子仁】漢武秋風詞云横中流兮揚素波簫鼓鳴兮發棹歌　沙平風軟望不到孤山久與船低昂峩峩兩煙鬟曉鏡開新粧【堯卿】阿房賦云明星熒熒開粧鏡也綠雲擾擾梳曉鬟也　舟中賈客莫漫狂小孤前年嫁彭郎【厚】歐陽永叔歸田錄云江南有小孤山在水中嶷然獨立而世轉孤為姑江則有一石磯謂之彭浪磯遂轉為彭郎磯云彭郎小姑婿也余嘗過小孤山廟下見廟像乃一婦人俚俗之訛乃至於此

陳季常所蓄朱陳村嫁娶圖【堯卿】朱陳村在徐州豐縣去縣遠而官事少深山中民俗淳質一村惟朱陳兩姓世為昏姻民安其土無羈旅行役之勤故多壽考白樂天朱陳村詩云徐州古豐縣有村曰朱陳去縣百餘里桑麻青氛氳機梭聲札札牛驢走紜紜女汲澗中水男採山上薪縣遠官事少山深人俗淳有財不行商有丁不入軍家家守村業頭白不出門生為陳村民死為陳村塵田中老與幼相見何欣欣一村唯兩姓世世為昏姻親疎居有族少長游有群黄雞與白酒歡會不隔旬生者不遠別嫁娶先近鄰死者不遠葬墳墓多遶村既安生與死不苦形與神所以多壽考往往見元孫

何年顧陸丹青手【次公】顧愷之陸探微也老杜逸詩云洛陽無限丹青手還有工夫畫我無【堯祖】名畫記顧愷之字長

康小字虎頭晉陵無錫人陸探微吳人也謝赫論江左人畫顧長康陸探微皆爲上品畫作朱陳嫁娶圖聞道一村唯兩姓事詳見題下注不將門户買崔盧援唐初流俗以崔盧李鄭爲名族太宗曰我與崔盧李鄭舊既無嫌爲其世代衰微已無冠蓋猶自云士大夫婚姻之間則多邀錢幣才識凡下偃仰自高販鬻松檟依託富貴不解人間何爲重之命高士廉等刊正其姓氏云我是朱陳舊史君次公先生自密移徐自徐移湖自湖謫來黃故云耳勸農曾入杏花村而今風物那堪畫縣吏催錢夜打門續退之董生行門外惟有吏日來徵租更索錢

郭祥正家醉畫竹石壁上郭作詩爲謝且遺古銅劒二

枯腸得酒芒角出肝肺槎牙生竹石森然欲作不可回寫向君家雪色壁平生好詩仍好畫書墻涴壁長遭罵次公劉禹錫答柳子厚詩小兒弄筆不能嗔涴壁書牕且當勤又杜詩頻遭官長罵不嗔不罵喜有餘世間誰復如君者一雙銅劒秋水光兩首新詩爭劒鋩劒在牀頭詩在手不知誰作蛟龍吼次公杜詩把璧開樽飲我酒酒酣擊劍蛟龍吼

高郵陳直躬處士畫鴈二首 任 元豐八年乙丑作

野鴈見人時，未起意先改。君從何處看，得此無人態。無乃槁木形 次公 莊子形若槁木心若死灰 人禽兩自在。北風振枯葦 次公 風言振亦莊子風振海而不能驚也 微雪落漼漼，慘澹雲水昏 次公 世說載道壹道人善爲辭苟途中逢雪人問其狀曰先集其慘澹 晶熒沙礫碎，弋人悵何慕 次公 揚子鴻飛冥冥弋人何慕焉 一舉眇江海

衆禽事紛爭，野鴈獨閑潔。徐行意自得，俯仰若有節。我寒寄江湖，老伴雜鵝鴨。作書問陳子，曉景畫苕霅 次公 苕霅湖州二溪名也地志云霅者四水激射之聲蓋四水合爲一溪曰苕溪曰前溪曰餘不溪與霅溪也 依依聚圓沙 次公 杜詩野松明細火宿鴈聚圓沙 稍稍動斜月。先鳴獨翹 次公 先鳴字左傳先數子鳴 吹亂蘆花雪

雍秀才畫草蟲八物

促織 無己 遯齋閑覽云蟋蟀類多凡數十種惟聲織織然者爲促織

月叢號耿耿，露葉泣溥溥 次公 選云秋河曙耿耿又李白古風云秋露如白玉溥溥下庭際 夜長不自暖 子也 退之詩露螢不自暖 那憂公子寒

蟬 集 遯齋閑覽云古以夏鳴爲蜩秋鳴爲蟬 丨 羽翼便翾好秋

蜕形汙濁中 次公 史記屈原傳云自濯淖汙泥之中蟬蛻於濁穢以浮游塵埃之外

三月□□ 次公 漢書云朝□……
嚴華元爲植巡功成者謳曰其腹于思于思弃甲復來 補

雍秀才畫草蟲八物係詩八首元廬陵某書堂竟脱去第二首蟬詩此宋本之所貴者耳 獻丁記

舊 艾子云昔有龍逢蛙海濱龍問蛙曰女之喜怒何如曰吾怒則先之以努眼次之以腹脹 慎勿困蜈蚣飢蛇不

汝放 次公 世言蝦蟇蜈蚣蛇三物相値皆不動彼此畏食也

蟯蜋

洪鍾起暗室飄瓦落中庭誰言轉九手 次公 五代史有云如弃蘇合之丸而取蟯蜋之

轉 補 莊子蟯蜋之智在於轉丸 見 崔豹古今注曰蟯蜋一名轉丸 能作殷雷聲 次公 詩有殷其雷爲

天水牛 十朋 遯齋閑覽云皂角木五六月多大黑甲虫俗呼爲天牛

兩角徒自長空飛不服箱 次公 詩睆彼牽牛不以服箱 爲牛竟何事利吻穴

枯桑

高郵陳直躬處士畫鴈二首【任】元豐八年乙丑作

野鴈見人時，未起意先改。君從何處看，得此無人態。無乃槁木形（【次公】莊子形若槁木心若死灰），人禽兩自在。北風振枯葦（【次公】風言振亦莊子風振海而不能驚也），微雪落璀璀。慘澹雲水昏（【次公】世說載道壹道人善為辭途中逢雪人問其狀曰先集其慘澹），晶熒沙礫碎。弋人悵何慕（【纖】揚子鴻飛冥冥弋人何慕焉），一舉眇江海。

衆禽事紛爭，野鴈獨閑潔。徐行意自得，俯仰若有節。我衰寄江湖，老伴雜鵝鴨。作書問陳子，曉景畫苕霅（【次公】苕霅湖州二溪名也地志云霅者四水激射之聲蓋四水合為一溪曰苕溪曰前溪曰餘不溪與霅溪也）。鴈聚圓沙稍稍動，斜月先鳴獨鼓翅（【次公】先鳴字左傳先數子鳴）。依依聚圓沙（【次公】杜詩野松明細火宿），吹亂蘆花雪。

雍秀才畫草蟲八物

促織【無已】（遯齋閑覽云蟋蟀類多凡數十種惟聲織織然者為促織）

月叢號耿耿，露葉泣溥溥（【次公】選云秋河曙耿耿又李白古風云秋露如白玉溥溥下庭際）。夜長不自暖（【子仁】退之詩露水蟲不自暖），那憂公子寒。

蟬 【新添】遯齋閑覽云古以夏鳴爲蜩秋鳴爲蟬

蜕形汙濁中【次公】史記屈原傳云自濯淖汙泥之中蟬蜕於濁穢以浮游塵埃之外羽翼便翾好秋來聞何闊【次公】漢書云聞何闊逢諸葛巳抱寒莖槁

蝦蟇

悍目知誰瞋皤腹空自脹【援】左傳宋城華元爲植巡功城者謳曰悍其目皤其腹于思于思棄甲復來【演】艾子云昔有龍逢蛙海濱龍問蛙曰爾之喜怒何如曰吾怒則先之以努眼次之以腹脹慎勿困蜈蚣飢蛇不汝放【次公】世言蝦蟇蜈蚣蛇三物相值皆不動彼此畏食也

蜣蜋

洪鍾起暗室飄瓦落中庭誰言轉丸手【次公】五代史有云如弃蘇合之丸而取蜣蜋之轉【師】莊子蜣蜋之智在於轉丸【援】能作殷雷聲【次公】詩有殷其雷【新添】崔豹古今注曰蜣蜋一名轉丸

天水牛【十朋】遯齋閑覽云皂角木五六月多大黑甲虫俗呼爲天牛

兩角徒自長空飛不服箱【援】詩睆彼牽牛不以服箱爲牛竟何事利吻穴枯桑

蝎虎

跂跂有足蛇，脉脉無角龍。【注】東方朔傳：武帝置守宮盂下，方朔別著布筭射之，曰：以爲龍又無角，以爲蛇又有足，跂跂脉脉善緣壁，是非守宮即蜥蜴。爲虎君勿笑，食盡蠆尾蟲。【次公】蠆尾揃言蝎其蠆在尾。左傳有云：子爲蠆尾。

蝸牛

腥涎不滿殼，聊足以自濡。【次公】王立之詩話云：先生作蝸牛詩云：中弱不勝觸，外堅聊自郛。後改云：腥涎不滿殼，聊足以自濡。余以改者爲勝。升高不知回，竟作粘壁枯。

鬼蝶【其父】酉陽雜俎曰：居士闊宗云：鬼蝶一足著木，如乾木葉也。

雙眉卷鐵絲，兩翅暈金碧。初來花爭妍，忽去鬼無迹。【次公】蝸牛、鬼蝶雖不用事與語，而蝸牛之戒登高，鬼蝶之歎倏忽者，皆有深意矣。

王伯敭所藏趙昌花四首【厚】歐陽歸田錄云：近世名畫趙昌花寫生逼真，而筆法較俗，殊無古人格致，然時亦未有其比。【厚】圖畫見聞志云：趙昌字昌之，廣漢人，工畫花果。

梅花

南行渡關山沙水清練練 次公 關山乃先生將至黃州之路 行人已愁絕日暮集微霰 續 詩曰如彼雨雪先集爲霰 殷勤小梅花彷彿吳姬面 次公 先生文有詩曰宅年欲試吳姬面秉燭三看對此花 暗香隨我去 師 林逋梅花詩暗香浮動月黃昏 回首驚千片至今開畫圖老眼凄欲泫幽懷不可寫歸夢君家倩 師 退之詩幽懷不可寫行此秋江潯

黃葵

弱質困夏永奇姿蘇曉涼低昂黃金盃照曜初日光檀心自成暈 次公 韓渥黃蜀葵賦蝶翅堪憎蜂鬚可妬幾多之金粉遭遇稿一點之檀心被汙 翠葉森有芒古來寫生人妙絕誰似昌晨糚與午醉真態含陰陽君看此花枝中有風露香

芙蓉

清飈已拂林積水漸收潦谿邊野芙蓉花水相媚好坐看池蓮盡獨伴霜菊槁幽姿強一笑莫景迫摧倒淒涼似貧

女嫁晚驚袁早誰寫少年容樵人劍南老次公趙昌自題其畫云劍南樵叟

山茶

蕭蕭南山松黃葉隕勁風誰憐兒女花散火冰雪中次公兒女花以言山茶比南山松則爲兒女也孟東野詩萱草兒女花不解壯士憂能傳歲寒姿古來惟丘翁次公丘文播也安國圖畫見聞志云丘文播漢州人其畫品降高趙輩後改名潛趙叟得其妙一洗膠粉空次公杜詩一洗萬古凡馬空掌中調丹砂染此鶴頂紅何須誇落墨獨賞江南工堯卿徐熙鍾陵人世爲江南仕族熙識度閑放以高雅自任善畫花木禽鳥自作翠微堂記云落筆之際未嘗以傳色暈淡細碎爲工李後主特愛重其畫開寶末歸明悉貢上朝廷藏之祕府

墨花　并叙

世多以墨畫山水竹石人物者未有以畫花者也汴人尹白能之爲賦一首

造物本無物次公郭象注莊子序曰上知造物之無物下知有物之將造也忽然非所難花心起墨暈春色散毫端縹緲形纔具扶疎態自完蓮風起

傾倒杏雨半披殘獨有狂居士求爲墨牡丹[縯]唐末劉訓者京師富人梁氏開國嘗假貸以給軍京師春遊以觀牡丹爲勝賞訓邀客賞花乃繫水牛數百在前指曰劉氏墨牡丹也兼書平子賦[厚]張衡字平子作歸田賦載在文選歸向雪堂看[次公]雪堂黄州東坡之堂也

書文與可墨竹 并叙

亡友文與可有四絶詩一楚詞二草書三畫四與可嘗云世無知我者惟子瞻一見識吾妙處既沒七年覩其遺跡而作是詩[性之]歸來子晁補之云文同字與可蜀人進士高第以文學名

筆與子皆逝詩今誰爲新空遺運斤質[縯]莊子過惠子墓曰郢人堊漫其鼻端若蠅翼使匠石斲之盡堊而鼻不傷郢人立不失容宋元君聞之召匠石曰試爲寡人斲之匠石曰臣之質死久矣自夫子之死也吾無以爲質矣却弔斷絃人[厚]伯牙善琴鍾子期善聽鍾子期死伯牙絶絃終身不復鼓琴

虢國夫人夜游圖

佳人自鞚玉花驄[縯]唐玄宗有名馬曰玉花驄虢國出入皆乘驄馬小黄門爲御杜詩先帝天馬玉花驄翩如驚燕踏飛龍[厚]曹植洛神賦翩若驚鴻宛若游龍[次公]後漢馬皇后云車如流水馬如游龍金鞭爭

道寶釵落【續】唐史正月望夜楊家五宅夜游與廣平公主爭西市門楊氏奴鞭及公主衣公主墮馬　何人先入

明光宮【元】【次公】三輔黄圖云武帝求仙起明光宮曰漢武帝太初四年起明光宮　宮中羯鼓催花柳

【續】太平廣記明皇好羯鼓嘗遇二月初詰旦巾櫛方畢宿雨始晴景物明麗小殿亭花柳將吐睇而歎曰此景物豈得不與它判斷之即命取羯鼓臨軒縱擊一曲名春光好及顧柳杏皆已拆矣上笑曰不喚我作天公可乎　玉奴絃索花奴手

【援】楊妃小名玉環奴謂楊妃也妃善琵琶諸王貴主泊虢國已下並爲琵琶弟子每授曲畢皆有進獻汝陽王璡小名花奴尤善羯鼓帝嘗謂侍官曰亟召花奴將羯鼓來爲我解穢　坐中八姨眞貴人

【潛】楊妃外傳貴妃有姨三人大姨封韓國夫人三姨封秦國夫人八姨封虢國夫人【次公】按樂史楊妃外傳云貴妃有姨三人皆豐碩修整工於諧浪巧會旨趣且云虢國不施粧粉自有美艷常素面朝天當時杜甫有詩云虢國夫人承主恩平明上馬入宮門却嫌脂粉涴顏色淡掃娥眉朝至尊　走馬來看不動塵

【次公】退之詩云走馬來看立不正杜甫麗人行黄門飛鞚不動塵　明眸皓齒誰復見

【續】杜詩明眸皓齒今何在血汗遊魂歸不得　只有丹靑餘淚痕人間俯仰成今古吳公臺下雷塘路

【次公】此言隋煬帝也按地志揚州吳公臺以陳將吳明徹得名在江都縣西北四里雷塘在縣東北十里煬帝初葬吳公臺下後大唐平江南改葬雷塘又按大業拾遺載帝昏湎滋深嘗行吳公臺下恍惚與陳後主遇後主云每憶張麗華方憑臨春閣作璧月詞未終見韓擒虎躍領万騎直來衝人便至今日始謂殿下政治在堯舜之上今日還此逸遊曩時何見罪之深也帝叱之不復有所怖　當時亦笑

張麗華不知門外韓擒虎【厚】杜牧詩云門外韓擒虎樓頭張麗華

題文與可墨竹 并叙

故人文與可為道師王執中作墨竹且謂執中勿使他人書字待蘇子瞻來令作詩其側與可既没八年而軾始還朝見之乃賦一首

斯人定何人游戲得自在【次公】佛書言游戲三昧解者三昧言自在也 詩鳴草聖餘【續】韓退之言孟東野以詩鳴張旭善草書人謂之草聖又杜詩張旭三盃草聖傳 兼入竹三昧【厚】僧懷素好草書自言得其三味 時時出木石荒怪軼象外舉世知珍之賞會獨余最知音古難合奄忽不少待誰云死生隔相見如龔隗【續】晉書隗炤善易臨終書版授其妻曰吾亡後五年當有詔使來頓此亭姓龔此人負吾金至期有龔使止亭中妻遂賚版責之使者沉吟良久而悟乃命取蓍筮之曰賢夫自有金在耳知吾善易故書板以寄意妻還掘金皆如卜焉

趙令晏崔白大圖幅徑三丈【堯卿】崔白字子西濠梁人

扶桑大繭如甕盎 見和子由踏青詩注 天女織綃雲漢上【厚】天官書言織女天帝之孫也

【次公】吳都賦云泉室潛織而卷綃注云綃絹也 往來不遣鳳銜梭誰能鼓臂投三丈人間刀尺不敢裁丹青付與濠梁崔風蒲半折寒鴈起竹間的皪横江梅畫堂粉壁翻雲幕【次公】雲幕漢武帝所造宮名杜詩就中雲幕椒房親 十里江天無處着好卧元龍百尺樓【縯】魏志注云陳登字元龍在廣陵有威名卒後許汜與劉備並在荆州牧劉表坐共論天下人汜曰陳元龍淮海之士豪氣不除昔遭亂過下邳見元龍無客主之禮自上大牀卧使客卧下牀備曰今天下大乱君須憂國忘家乃求田問舍言無可采是元龍所諱也如我自卧百尺樓上卧君於地下何但上下牀之間哉 笑看江水拍天流【子仁】退之詩海氣昏昏水相天

次韻子由書李伯時所藏韓幹馬【新添】伯時名公麟舒州人号龍眠居士

潭潭古屋雲幕垂【商老】歸藏啓筮云昔者女媧坐張雲幕 省中文書如亂絲忽見伯時畫天馬朔風胡沙生落錐【縯】錐謂筆鋒也史弘肇云大丈夫取富貴當用長槍大劍安用毛錐子 天馬西來從西極【厚】前漢禮樂志天馬歌云天馬來從西極 勢與落日爭分馳龍膺豹股頭八尺奮迅不受人間覊元狩虎脊聊可友【縯】漢元狩三年馬生渥洼水中天馬歌虎脊兩化若鬼 開元玉花何足奇【厚】唐明皇有馬曰玉花驄杜詩先帝

天馬玉花驄畫工如山皃不同伯時有道真吏隱次公汝南先賢傳郭欽吏隱于蟻陂之陽飲啄不羨山梁雌次公山梁雌雉出論語又莊子云澤雉十步一啄百步一飲丹青弄筆聊爾耳援晉書阮咸曰未能免俗聊復尒耳意在萬里誰知之次公范傳正李太白墓碑序云驥騄筋力成意在萬里外也而幹惟畫肉不畫骨縯杜甫丹青引弟子韓幹早入室亦能畫馬窮殊相幹惟畫肉不畫骨忍使驊騮氣彫喪況失實空餘皮煩君巧說腹中事次公黃祖謂禰衡曰處士能道人腹中事妙語欲遣黃泉知君不見韓生自言無所學廄馬萬匹皆吾師援畫斷言上令韓幹師陳閎詰其不同幹曰臣自有師陛下廄馬萬匹皆臣之師

郭熙畫秋山平遠路公爲跋尾

玉堂畫掩春日閑次公玉堂翰林院中堂也中有郭熙畫春山鳴鳩乳燕初睡起次公杜詩鳴鳩乳燕青春深白波青嶂非人間次公杜詩白波吹粉壁青嶂插彫樑離離短幅開平遠漠漠疎林寄秋晚却似江南送客時中流回頭望雲巘伊川佚老鬢如霜次公伊川佚老指言文潞公也卧看秋山思洛陽爲君紙尾作行草烱如嵩洛浮秋光次公嵩洛言嵩山洛水也我從

公遊如一日不覺青山映黃髮爲畫龍門八節灘【援】龍門八節灘在伊川縣白樂天致仕香山石樓鑿龍門八節灘爲游賞之樂待向伊川買泉石【次公】先生蓋欲中居伊川以從潞公也

書晁補之所藏與可畫竹三首

與可畫竹時見竹不見人【師】謂其用意之專也豈獨不見人嗒然遺其身【續】莊子南郭子綦隱几而坐嗒焉似喪其偶其身與竹化無窮出清新莊周世無有誰知此凝神【厚】莊子用志不分乃凝於神

若人今已無此竹寧復有那將春蚓筆【援】唐太宗論蕭子雲之書行行若縈春蚓字字如綰秋蛇畫作風中柳君看斷崖上瘦節蛟蛇走何時此霜竿復入江湖手【續】杜牧詩惆悵江湖釣竿手却遮西日向長安

晁子拙生事舉家聞食粥【厚】顔魯公帖乞米於李大夫云拙於生事舉家食粥來已數月今又罄乏實用憂煎朝來又絕倒【次公】晉書衛玠談道平子絕倒諛墓得霜竹【次公】劉乂攫韓愈金數斤去曰此諛墓中人所得耳不若與劉君爲壽可憐先生槃朝日照苜蓿苜蓿事見和子由柳湖江吾詩固云爾可使食無肉吾舊詩云可使食無肉不可使居無竹

書李世南所畫秋景二首

野水參差落漲痕，踈林欹倒出霜根。扁舟一棹歸何處，家在江南黃葉村。

人間斤斧日創夷，誰見龍蛇百尺姿。不是溪山曾獨往，何人解作掛猿枝。【續】（李白詩：山光摇積雪，猿影掛寒枝。）

書鄢陵王主簿所畫折枝二首

論畫以形似，【次公】（劉勰《文心彫龍》言：文章有云形似之語者。）見與兒童鄰。賦詩必此詩，定非知詩人。詩畫本一律，天工與清新。【子仁】（杜詩：清新庾開府。）邊鸞雀寫生，趙昌花傳神。【次公】（邊鸞長於毛翎，趙昌長於花竹。）如何此兩幅，踈澹含精勻。誰言一點紅，解寄無邊春。

瘦竹如幽人，幽花如處女。低昂枝上雀，搖蕩花間雨。雙翎決將起，【次公】（莊子言蜩與鷽鳩云：我決起而飛也。）衆葉紛自舉。可憐採花蜂，清蜜寄兩股。若人富天巧，春色入毫楮。懸知君能詩，寄聲求妙語。

次韻米黻二王書跋尾二首

三館曝書防蠹毀〔厚〕三館謂昭文集賢史館揔名崇文院也得見來禽與青李〔□〕王羲之有來禽青李帖來禽今所謂林禽也文發源云寶護尚書云來禽以味甘來衆禽也〔玉父〕詩秋蛇春蚓久相雜〔續〕王羲之傳後制曰子雲行行若縈春蚓字字如綰秋蛇也野鶩為家雞定誰美〔次公〕庾征西翼自少能書而子弟更學羲之之字翼曰兒輩惜家雞愛野雉見法帖新載晉書庾傳無之而南史王僧虔傳止有厭家雞三字耳玉函金籥上天來紫衣敕使親臨啓紛綸過眼未易識磊落挂壁空雲委〔堯輔〕雲委言其多也謝靈運傳曰比響聯辭波屬雲委又唐杜遜能判麥支黃巢犯京師奔赴行在拜禮部郎中史館修撰尋召充集賢學士六飛在蜀閿東用兵詔發招懷書詔雲委遜能詞才敏速筆無點竄亂動中事機僖宗嘉之歸來妙意獨追求坐想蓬山二十秋怪君何處得此本上有桓玄寒具油〔厚〕劉禹錫嘉話云桓玄好蓄法書名畫客至嘗出而觀客食寒具而油汙其畫後遂不設寒具〔師〕集韻云寒具餲餅也巧偷豪奪古來有一笑誰似癡虎頭〔厚〕顧愷之嘗以一廚畫糊題其前寄桓玄玄發其廚自後竊之愷之見封題如初而畫失直云妙畫通靈變化而去亦猶人之登仙了無怪色君不見長安永寧里王家破垣誰復修〔次公〕唐王涯居永寧里名書畫以金玉為奩軸鑿垣貯之垣復固祕及被誅為人破垣剔取奩軸金玉而弃其

書畫於道元章作書日千紙【次公】米芾字元章平生自苦誰與美畫地爲餅

未必似【援】魏文帝詔曰選舉莫取有名如畫地作餅不可啖也要令癡兒出饞水錦囊玉

軸來無趾【次公】文選孔文舉論盛孝章書曰珠玉無脛而自至者人好之也粲然奪真疑聖智

忍饑看書淚如洗至今魯公餘乞米【次公】顔真卿爲刑部尚書時乞米於李大夫云拙於生事舉家食粥來已數月今又罄竭之實用憂煎

郭熙秋山平遠二首

目盡孤鴻落照邊遙知風雨不同川此間有句無人識送

與襄陽孟浩然【厚】杜詩昔憶襄陽孟浩然新詩句句盡堪傳

木落騷人已怨秋【師】李白詩昨夜秋聲閶闔來洞庭木落騷人哀不堪平遠發詩愁要

看萬壑爭流處它日終煩顧虎頭【援】人問顧愷之以會稽山水狀愷之云千岩競秀萬壑爭流

九月十五日邇英講論語終篇賜執政講讀史官

燕于東宮又遣中使就賜

御書詩各一首臣軾得紫薇花絕句其詞云絲綸

閣下文書静鍾鼓樓中刻漏長獨坐黃昏誰是伴紫薇花對紫薇郎翌日各以表謝又進詩一篇臣軾詩云【子仁】趙注此叙乃以九月十五日為　哲宗皇帝之元祐七年誤矣謹按先生以元祐元年自中書舍人為翰林學士知制誥二年兼侍讀四年除龍圖學士知杭州又前集有謝賜御書詩表在知杭州表之前此必元祐二年或三年非七年也【次公】所賜詩乃白樂天詩也紫薇花小而叢叢其色紫今所謂槿木花也唐制中書舍人六人其內一人知制誥姚崇為紫薇令奏大事舍人為商量狀與本狀皆下紫薇令判二狀之是否然後乃奏故有紫薇之号

繡裳畫衮雲垂地不作成王剪桐戲【厚】成王與唐叔虞戲削桐葉為圭以與之曰以此封若周公曰天子無戲言遂封虞於唐日高黄繖下西清【師】西清西廂清閑之處也揚雄賦攢撥樛流於高光兮溶方皇於西清風動槐龍舞交翠邇英閣前有雙槐樛枝屬地如龍形壁中蠹簡今千年【厚】魯共王壞孔子宅得古文論語也漆書科斗光射天【援】杜林於西州得漆書古文尚書一卷科斗即壞宅所得也諸儒不復憂吻燥【縯】晉陸機文賦始躑躅於燥吻東宮賜酒如流泉【子韓】歷代寶櫝記曰酒泉郡其地有泉味如酒酒酣復拜千金賜一紙鷩鸞回鳳字【厚】索靖草書狀云婉若銀鈎漂若鷩鸞蒼顔白髮便生光袖有驪珠三十四臣所賜詩并題目及臣姓名凡三十

四字次公退之詩追我明玉九十六寒光映骨睡驪目歸來車馬已喧闐爭看銀鉤墨色鮮銀鉤事見上注人間一日傳萬口喜見雲章第一篇上前此未嘗以御書賜群臣

玉堂晝掩文書靜師翰林院時賜御篆名玉堂仁廟鈴索不搖鍾漏永次公鈴索翰林書院中所設掣之以告事師唐長慶中河西用兵翰林院鈴索自鳴與軍中息耗相應孫韓渥玉堂夜坐詩亦云夜久忽聞鈴索動玉堂西畔響丁東莫言弄筆數行書須信時平由主聖犬羊散盡沙漠空捷烽夜到甘泉宮續杜詩捷書日報清晝同次公武帝時匈奴入代郡烽火通於甘泉宮無己三輔黃圖云甘泉宮在今池陽縣西去長安三百里似聞指麾築上郡援蒙恬北逐夷狄收河南築長城至上郡也已覺談笑無西戎時熙河新獲鬼章是日涇原復奏夏賊數十萬人遁去次公杜詩談笑無河北文思天子師文母厚杜牧之詩文思天子復河湟子仁文母見周頌指言太皇太后也終閉玉關辭馬武次公後漢光武閉玉關謝西域之質又范曄云山西既宗威臨天下臧宮馬武之徒撫鳴劍而抵掌志馳於伊吾之北矣小臣頎對紫薇花試草尺書招贊普謹按唐制翰林學士帶知制誥綴中書舍人班今臣以知制誥待罪禁林故得以紫薇爲故事次公贊普吐蕃君号魏收詩尺書徵建鄴又杜詩敕書憐贊普

書艾宣畫四首子仁艾宣鍾陵人也駒父圖畫見聞志艾宣工畫花竹翎毛孤標雅致別是風格

竹鶴

此君何處不相宜況有能言老令威誰識長身古君子猶將緇布緣深衣【援】王子猷好竹指謂人曰何可一日無此君【補】劉禹錫詩依依似君子無地不相宜【事】神仙傳遼東城華表上有白鶴歌曰有鳥有鳥丁令威去家千歲今始歸又老杜詩薛公十一鶴磊落如長人故先生用長身字也【次公】深衣之制衣具父母大父母衣純以繢具父母衣純以青如孤子衣純以素純袂緣純邊廣各寸半注純緣之也今云緇布則以鶴之狀其身白而黑緣於外也故有此緇布緣深衣之比

黃精鹿

太華西南第幾峯落花流水自重重幽人只採黃精去不見青山鹿養茸【事】本草黃精一名鹿竹華山爲多

杏花白鷴

天公翦刻爲誰妍【援】退之李花詩誰將平地萬堆雪翦刻作此連天花抱蘂游蜂自作團把酒惜春都是夢不如閑客此閑看【次公】本朝李昉以國相致仕所居蓄五禽皆以客爲名白鷴曰閑客鷺鷥曰雪客白鶴曰仙客孔雀曰南客鸚鵡曰隴客昉畫[illegible]圖各[illegible]章[illegible]此皆詩閑客此閑行

苔之龜

半脫蓮房露壓欹綠荷深處有游龜【師】史記龜策傳龜千歲巢荷葉之上只應翡翠蘭苕上獨見玄夫曝日時【子仁】杜詩露冷蓮房墜粉紅【援】郭璞遊仙詩翡翠戲蘭苕又杜詩或看翡翠蘭苕上未掣鯨魚碧海中又退之孟東野失子詩託大靈龜擁天之言以告東野而曰冉拜謝玄夫收悲以歡忻【師】莊子神龜夢宋元君一丈夫延頸而長頭衣玄繡之衣

次韻黃魯直畫馬試院中作

少年鞍馬勤遠行卧聞齕草風雨聲【伯恭】石林先生云黃魯直嘗得句云馬齕枯萁喧午枕誤驚風雨浪翻江自以為工以語舅氏无咎舅氏不解風雨翻江之意一日憩於逆旅聞有聲如風浪之歷船者起視乃馬食於槽水與草齟齬而為此声方悟見此忽思短策橫十年髀肉磨欲透那更陪君作詩瘦【厚】蜀志劉備傳注載九州春秋曰備嘗於劉表坐起至廁見髀裏肉生慨然流涕表怪問備備曰平常身不離鞍髀肉皆消今不復騎髀裏肉生又老杜詩知君苦思緣詩瘦【倬】崔浩愛吟詠一日病起左人戲之曰非子病如此乃子苦吟詩瘦也後遂為口實不如芋魁歸飯豆【縯】前漢翟方進傳鴻隙陂之復童謠曰壞陂誰翟子威飯我豆食羹芋魁反乎覆陂當復誰云者兩黃鵠門前欲嘶御史驄【次公】後漢桓典拜侍御史是時宦官秉權典執政無所回避常乘驄馬京師畏憚之為之語曰行行且止

避驄馬御史今句盖言將放榜也　本朝省試御史放榜詔恩三日休老翁【倬】故事省試官出院給假三日羨君懷中雙橘紅黃有老母【援】後漢陸績見袁術術出橘績懷二枚去拜辭墮地術謂曰陸郎作賓客懷橘乎荅曰欲歸遺母

柏石圖 并叙

、

陳公弼家藏柏石圖其子慥季常傳寶之東坡居士作詩以爲之銘【子功】陳希亮字公弼眉之青神人中天聖八年進士第年六十四仕至太常少卿則贈工部侍郎四子忱恪恂慥

柏生兩石間【援】韓退之招楊之罘詩柏生兩石間萬歲終不大天命本如此雖云生之艱與石相終始韓子俯仰人但愛平地美【援】退之又云柏移就平地柏有傷根容傷根柏不死千丈不難至土膏雜糞壤成壞幾何耳【厚】國語虢文公諫不籍千畝有曰陽氣俱蒸土膏其動君看此槎牙豈有可移理蒼龍轉玉骨黑虎抱金柅【次公】易姤卦初六繫于金柅畫師亦可人使我毛髮起當年落筆意正欲譏韓子

和王晉卿題李伯時畫馬

督郵有良馬不爲君所奇顧収紙上影騐骨何由歸【師】取紙上影謂

綜圖索馬也駟一以百白一及骨故駿馬不遠千里而至　一朝見縈策蟻封驚肉飛豈惟
馬不遇人已半生癡【次公】晉王湛字處沖王濟之叔初有隱德人莫能知兄弟宗族皆以爲癡濟輒之無子姪之敬濟有從馬難乘濟問湛曰叔頗好騎否曰亦好之因騎此馬姿容既妙回策如縈善騎無以過之又濟所乘馬甚愛之湛曰此馬雖快然力薄不堪苦行近見督郵馬當勝但芻秣不至耳濟試之而與己馬等湛又曰此馬任重方知之平路無以別也於是當蟻封內試之濟馬果躓而督郵馬如常濟益歎異還白其父曰濟始得一叔武帝亦以湛爲癡每見濟輒調之曰卿家癡叔死未及是帝又問濟曰臣叔殊不癡因稱其美此篇全以王濟比王晉卿而戲之也

戲書伯時畫御馬好頭赤

山西戰馬饑無肉夜嚼長稭如嚼竹蹄間三丈是徐行【厚】張儀曰秦馬之良戎兵之衆探前趹後蹄間三尋騰者不可勝數不信天山有坑谷【援】天山在匈奴即漢書祁連山也豈如廐馬好頭赤立仗歸來卧斜日【師】唐李林甫居相位凡十九年固寵市權諫官無敢言者謂諸闕杜璡曰君等獨不見立仗馬乎終日無聲而飫三品芻豆一鳴則黜之矣莫教優孟卜葬地厚衣薪槱入銅歷【縯】楚莊王有愛馬病肥死欲以大夫禮葬之優孟聞之入哭於殿門請以君禮葬之王曰如何對曰云云王曰寡人之過一至此乎優孟曰請爲大王六畜葬之以壟竈爲槨銅歷爲棺齎以薑棗薦以木蘭祭以粳稻衣以夜光葬之於人腹

書林次中所得李伯時歸去來陽關二圖後二首 [illegible]

按林氏家譜云太師嘉國公槩第二子名旦字次仲章衡牓登第終朝請郎直祕閣河東運使

不見何戡唱渭城舊人空數米嘉榮龍眠獨識殷懃處 [illegible] 伯時自號龍眠居士

畫出陽關意外聲 【次公】 渭城朝雨裛輕塵客舍青青柳色新勸君更盡一盃酒西出陽關無故人此王維詩也二十餘年別帝京重聞天樂不勝情舊人唯有何戡在更與殷懃唱渭城又唱得涼州意外聲舊人唯數米嘉榮近來時世輕前輩好染髭須事後生此皆劉禹錫詩也

兩本新圖寶墨香樽前獨唱小秦王爲君翻作歸來引不學陽關空斷腸 【次公】 今之云小秦王曲即陽關之遺聲世傳先生哨遍即此歸去來引也

王狀元集百家注東坡先生詩卷之十一

王狀元集百家注分類東坡先生詩卷之十二

書畫下

詩五十一首

題李伯時畫趙景仁琴鶴圖二首〔子功〕石林先生云趙清獻公以清德服一世平生蓄雷氏琴一張鶴與白龜各一所向與之俱始除帥成都公單車就道以琴鶴龜自隨元豐間再移蜀以龜投淮中故其詩曰馬尋舊路如歸去龜放長淮不復來

清獻先生無一錢故應琴鶴是家傳誰知默鼓無絃曲時向珠宮作幻仙〔次公〕清獻先生趙悅道也杜詩囊空恐羞澀留得一錢又陶淵明作無弦琴云但得琴中趣何勞絃上聲又黃庭內景太上大道玉宸君閑居蘂珠宮作七言琴心三疊舞胎仙變胎爲幻未詳

醜石寒松未易親聊將短曲調長人乘軒故自非明眼〔師〕禪家以見識不昧爲明眼人終日僛僛舞爨薪〔次公〕老杜薛少保十一鶴詩曰低昂各有態磊落如長人又左傳衛懿公好鶴鶴有乘軒者詩屢舞僛僛吳人有燒桐以爨者蔡邕聞火烈之聲因請而裁爲琴果有美音名曰焦尾琴

書王定國所藏煙江疊嶂圖王晉卿畫

江上愁心三疊山，浮空積翠如雲煙。【宋援】張說有江上愁心賦。【孫倬】須延年應詔詩：積素既森藹，積翠亦葱芊。山耶雲耶遠莫知，煙空雲散山依然。但見兩崖蒼蒼暗絕谷，中有百道飛來泉。縈林絡石隱復見，下赴谷口爲奔川。川平山開林麓斷，小橋野店依山前。行人稍度橋木外，漁舟一葉江吞天。使君何從得此本，點綴毫末分清妍。【次公】謝景重對天月明淨，而曰意不如微雲點綴。不知人間何處有此境，徑欲往置二頃田。君不見武昌樊口幽絕處，東坡先生留五年。武昌樊口與黃州相對。春風搖江天漠漠，【祖謙】杜詩：江天漠漠鳥飛去。暮雲卷雨山娟娟。丹楓翻鴉伴水宿，【孫倬】杜詩：水宿鳥相呼。又禽經云：凡禽林曰栖，水曰宿。長松落雪驚醉眠。【任】杜詩：晴雪落長松。桃花流水在人世，武陵豈必皆神仙。【次公】張致和詩：桃花流水鱖魚肥。又李白詩云：問君何故栖碧山，笑而不荅心自閑。桃花流水窅然去，別有天地非人間。江山清空我塵土，雖有去路尋無緣。還有此畫三歎息，山中故人應有招我歸來篇。【次公】三歎息，乃一唱三歎之展文也。【師】陶潛有歸去來詞，左太冲有招隱詩。

王晉卿所藏著色山二首

縹緲營丘水墨仙浮空出没有無閒爾來一變風流盡誰見將軍著色山【次公】李成營丘人以畫山水有名號李營丘先生於遊孤山和李祀寺丞詩曰揭來湖上得佳句從此不看營丘圖正謂李成之畫也又南史張緒傳從弟融齋酒於緒前酣飲慟哭曰阿兒風流頓盡【堯祖】名畫記李思訓畫稱一時之妙官至左武衛大夫軍子昭道變父之勢妙又過之世言山水者稱大李將軍小李將軍

犖确何人似退之意行無路欲從誰宿雲解駁晨光漏獨見山紅澗碧時【次公】退之詩山石犖确行徑微又云天明獨去無道路又劉禹錫詩子敢云腰斧上高山意行無舊路又南海神廟碑雲陰解駁日光穿漏又山石詩云山紅澗碧紛爛熳時見松櫪皆十圍

王晉卿作煙江疊嶂圖僕賦詩十四韻晉卿和之語特奇麗因復次韻不獨紀其詩畫之美亦為道其出處契闊之故而終之以不忘在莒之戒亦朋友忠愛之義也

山中舉頭望日邊長安不見空雲煙日邊事見障日峯詩李白登鳳皇臺詩揔為浮【程演】

[illegible]白長安不見使人愁

歸來長安望山上時移事改應潸然管絃去盡賓客散惟有馬埒編金泉[次公]晉王濟買地為馬埒編錢滿之時人謂之金溝 渥洼固自千里足[注]漢志郊祀歌云元狩三年馬生渥洼水中作天馬歌云天馬徠歷無草徑千里循東道 要飽風雪輕山川蝨居華屋啖棗脯十年俯仰龍旂前[李厚]楚莊王有愛馬置之華屋啖以棗脯 卻因病瘦出奇骨鹽車之厄寧非天[次公]戰國策汗明見春申君曰夫驥之齒至矣服鹽車而上太行漉汗洒地白汗交流中阪遷延負轅不能上云 風流文采磨不盡水墨自與詩爭妍[堯卿]杜詩文彩風流今尚存 畫山何必山中人田歌自古非知田[李厚]呂后謂劉章曰顧乃父知田耳 鄭虔三絕君有二筆埶挽回三百年[宋援]鄭虔自書其詩并畫以獻帝大署其尾曰鄭虔三絕 欲將巖谷亂窈窕眉峯脩嫮誇連娟[次公]卓文君眉如遠山楚詞云脩眉連娟[注]漢武帝李夫人賦云美連娟以脩嫮注嫮美也音互連娟纖弱也 人間何有春一夢此身將老蠶三眠[次公]永叔云來如春夢不多時而先生有云海棠春一夢也李白云吳地桑樹綠吳蠶已三眠 山中幽絕不可久要作平地家居仙但能水石長在眼非君好我當誰緣願君終不忘在莒樂時更賦因山篇柳子厚有

幽山篇 宋援 管仲戒齊桓公曰願君無忘在莒時

書王定國所藏王晉卿畫著色山二首

白髮四老人何曾在商顏 次公 四老人即四皓商山亦名商顏李白詩云白髮四老人昂藏南山側 煩君紙上影照我胸中山山中亦何有木老土石頑正賴天日光澗谷紛斕斑我心空無物斯文何足間 程縯 周顗言此腹中空洞無物 君看古井水萬象自往還 宋援 白樂天贈元微之云無波古井水有節青琅玕

君歸嶺北初逢雪我亦江南五見春寄語風流王武子三人俱是識山人 李厚 王濟字武子尚常山公主 堯卿 公謫黃州五年定國賓州三年晉卿均州三年

書劉景文所藏王子敬帖絶句

子仁 先生嘗云世傳王子敬帖有黃柑三百顆之語此帖乃在劉景文處景文死不知今在誰家矣韋蘇州有詩云書後欲題三百顆洞庭須待滿林霜蓋蘇州亦見此帖也余亦嘗有詩云君家子敬十六字氣壓鄴侯三萬籤見王立之詩話以今集考之差三字不知孰是

家雞野鶩同登俎 援 庾翼不伏王右軍書曰兒輩憎家雞愛野鶩 春蚓秋蛇總入奩 縯 唐太宗謂蕭子雲書行行若縈春蚓字字如綰秋蛇 君家兩行十二字氣壓鄴侯三萬籤

【縯】韓退之鄴侯家多書插架三萬軸一一懸牙籤新若手未觸鄴侯李繁也

書劉景文所藏宗少文一筆畫【洪文】名畫記宗炳字少文南陽温陽人善書畫【邢衙】圖畫見聞志云張愛賓稱惟王獻之能爲一筆書陸探微能爲一筆畫

宛轉回紋錦縈盈連理花何須郭忠恕匹素畫纔車【次公】郭忠恕善畫畝有富人子喜畫致匹素忠恕爲畫小童持線車放紙鳶引線數丈滿之

書渾令公宴魚朝恩圖

咸寧英氣似汾陽【次公】渾令公名瑊封咸寧王汾陽王即郭子儀也夜飲軍容出紅粧

不須纏頭萬疋錦【次公】纏頭錦所以賞舞者杜詩舞罷錦纏頭知卿未辨作呂強【次公】呂強字漢盛後漢人乃宦官最賢者有諫䟽具本傳於今詩意未詳

次韻子由書王晉卿畫山水二首

老去君空見畫【子仁】杜詩老去人間空見畫夢中我亦曾遊桃花縱落誰

見水到人間伏流【次公】水有伏流者如黃河之源是也

山人昔與雲俱出俗駕今隨水不回【次公】北山移文云山人去兮曉猿驚又云請回俗士駕爲

君謝適客

頼我胷中有佳處一樽時對畫圖開

又書王晉卿畫四首

山陰陳迹【炎公】山陰陳迹指王羲之事也越州山陰縣有蘭渚渚有亭焉羲之與羣賢於此祓禊作蘭亭記其序中有俛仰之間已爲陳迹之語故云山陰陳迹

當年不識此清眞【續】李白詩右軍本清眞瀟洒在風塵強把先生擬季倫【援】羲之本傳云或以潘岳金谷詩序比羲之蘭亭記以羲之比石崇羲之聞而甚喜先生嘗曰此詩敬宗之言敬宗人奴也見季倫金多故以爲賢於右軍耳夫二十四友皆望塵之流豈足比方逸少耶等是人間一陳迹聚蚊金谷本何人【續】金谷園石崇別業也退之云雖得一餉樂如有聚飛蚊

雪溪乗興

谿山雪月兩佳哉賔主談鋒夜轉雷猶言不見戴安道爲問適從何處來【續】晉王子猷嘗居山陰夜雪初霽月色清朗四望皓然獨酌酒詠左思招隱詩忽憶戴逵逵時在剡便乗小船詣之經宿至造門不前而反人問其故羲之曰乗興而行興盡而反何必見安道邪【炎公】元稹傳武儒衡翁爪上蠅曰適從何來遽集於此

四明狂客【炎公】明州有四明山賀知章自號四明狂客【欽夫】洞天福地記三十六洞天記第九四明山二百八

十峯洞周回一百八十里名卅山赤水之天山有四門通日月星辰之光故名曰四明山

毫端偶集一微塵【縯】退之詩下視寓九州一塵集毫端何處谿山非此身狂客思歸便歸去更求勑賜枉天眞【援】賀知章仕明皇時爲祕書監嘗病夢遊帝居遂請爲道士以宅爲千秋觀又求周宮湖數頃爲放生池有詔賜鏡湖一曲李白詩云勑賜鏡湖水爲君臺沼榮【次公】今先生破其說以溪山可自有之不必求勑賜也

西塞風雨【次公】此張志和事也西塞乃湖州磁湖鎮道士磯也

斜風細雨到來時我本無家何處歸仰看雲天眞蒻笠旋收江海入蓑衣【縯】張志和自號玄眞子會稽山陰人也唐顏魯公爲湖州刺史與客會飲唱和爲漁父詞志和首唱曰西塞山邊白鳥飛桃花流水鱖魚肥青蒻笠綠蓑衣斜風細雨不須歸

題王晉卿畫後

醜石半蹲山下虎【魯直】前李廣傳廣出獵見草中石以爲虎而射之中石沒矢長松倒卧水中龍【次公】水中龍字王濬造戰船謡曰不畏岸上虎但畏水中龍試君眼力看多少數到雲峯第幾重

次韻子由書王晉卿畫山水一首而晉卿和二首

誤點故教同子敬【補】晉書王獻之字子敬桓溫嘗使書扇筆誤落因畫作烏犢牸牛甚妙故云耳雜篇真欲擬湯休【厚】江淹作雜擬三十首有擬湯休上人詩云西北秋風至楚客心悠哉日暮碧雲合佳人殊未來攏雲寄我山中信【續】陶弘景辞綠入山梁武詔不起問山中何所有荅曰山中何所有嶺上多白雲祇可自怡悅不堪持贈君雪月追君溪上舟【援】王子猷居山陰雪霽月朗忽憶戴逵逵在剡便夜乘小船詣之造門不前而反也會看飛仙虎頭篋【續】晉顧愷之嘗爲虎頭將軍善畫嘗以一廚畫糊題其前寄桓玄皆其深所珍惜者玄乃發其廚竊取畫而緘閉如舊以還之紿云未開愷之以爲妙畫通靈變化而去亦猶人之登仙了無怪色却來顛倒拾遺裘子美詩云天吳與紫鳳顛倒在短褐【續】子美至德二載自城中竄歸鳳翔拜左拾遺王孫辦作玄真子細雨斜風不濕鷗【援】張志和號玄真子有詩云青蒻笠綠蓑衣斜風細雨不須歸此境眼前聊妄想幾人林下是真休【續】靈徹詩云相逢盡道休官去林下何曾見一人我今心似一潭月【厚】寒山子詩吾心似秋月碧潭清皎潔君已身如萬斛舟【子來】兵法曰戰船闊狹長短隨用大小皆以米爲率一人重米二石則人數率可知矣看畫題詩雙鶴鬢歸田送老一羊裘【子仁】嚴光披一羊裘三十年不易明年兼與士龍去萬頃蒼波

没兩鷗 次公 士龍指言子由也没兩鷗先生自指其身與子由也子美云白鷗没浩蕩万里誰能馴

六觀堂老人草書詩一首 堯祖 杭州城中木子杭橋北院有六觀堂其名取金剛經夢幻等六物也老人僧了性精於醫而善草書 英文 按慈化大師塔銘師名了性餘杭人俗姓朱氏

物生有象象乃滋 演 左傳物生而後有象象而後有滋滋而後有數 夢幻無根成斯須方其夢時了非無泡影一失俯仰殊清露未晞電已徂 次公 佛書曰如來四句偈云一切有為法如夢幻泡影如露亦如電應作如是觀此所謂六觀也今詩自首句至此以講六觀詩白露未晞 此滅滅盡乃真吾 次公 佛書生滅滅已寂滅為樂 云如死灰實不枯 援 莊子身若槁木心如死灰 逢場作戲三昧俱 演 傳燈録鄧隱峯曰竿木隨身逢場作戲 次公 三昧出佛書梵云三昧此云正受也三昧俱所以引下句化身為醫與草書之説有長沙僧懷素善草書自然得草書三昧則來書之有三昧矣 化身為醫忘其軀草書非學聊自娛落筆已喚周越奴 次公 周越善草書而不逮懷素喚周越作奴猶先制云島可是詩奴也 子仁 先生不喜周越草書謂其險劣嘗跋懷素帖云此書不佳還草意趣乃似周越之險劣云 蒼鼠奮髯飲松腴剡藤玉板開雪膚 次公 蒼鼠奮髯言鼠須筆也王羲之為蘭亭記以鼠鬚筆松腴言墨剡藤玉板言紙用剡溪之藤作紙其佳者名玉板也雪膚言紙之白莊子肌膚若冰霜 遊龍天飛萬人呼 續 隋智果

論書云王羲之書如龍跳天門虎臥鳳閣〔堯祖〕易乾卦飛龍在天

莫作羞澁羊氏妹〔厚〕梁武帝評書云羊欣書似婢作夫人不堪位置而舉止羞澁終不似真

閻立本職貢圖〔厚〕譚賓録正觀三年東蠻謝元深入朝中書侍郎顔師古奏言昔周武王治致太平遠國歸款乃集其事爲王會篇可圖寫貽後以彰服遠之德從之乃命尚書閻立本圖之

正觀之德來萬邦浩如蒼海吞河江〔子仁〕孫綽海賦抱河合濟吞淮納泗音容

猞猔服奇乇〔子仁〕劉禹錫竹枝詞激訐如吳聲猞猔不可分〔次公〕左閔二年晉獻公衣申生以偏衣狐突謂之乇服字夬曰乇奇無常乇言雜奇言怪横絶嶺海逾濤瀧珍禽瑰産爭牽扛名王解辮

郄蓋幢〔續〕唐書正觀閒蠻夷君長襲衣冠帶乃宿衛東薄海南逾嶺皆解辮請職粉本遺墨開明

窻〔次公〕畫斷唐明皇令吳道子往皃嘉陵山水回奏云臣無粉本並記在心乃令圖之一日而成〔袁良涼〕韻語秋陽云世傳職貢圖乃閻立本所畫按朱景元畫斷乃謂其弟立德所作立本所畫諸國王粉本尔我喟而作心未降魏徵封倫

恨不雙〔援〕唐魏徵勸太宗行仁義封德彝以爲不然及正觀閒天下大治德彝已死太宗曰此徵勸我行仁義既效矣惜不令封倫見之

和叔盎畫馬次韻

天驥德力備（〔次公〕論語孔子曰驥不稱其力稱其德也）馬外龍麟中（〔厚〕晉秦録呂光討西域平上疏曰惟龜茲據三十六國之中入其國城天驥龍麟駿褭冄髦方計盈旣）皇天不遣言亢與畫圖同駑駘飽宮粟未受一洗空（〔次公〕杜甫丹青引斯須九重真龍出一洗万古凡馬空）十駕均一至（〔援〕荀子騏驥一日千里駑馬十駕則亦及之）何事蕭爾雲風（〔援〕漢書天馬歌蕭爾浮雲晻上馳）

書晁説之考牧圖後

我昔在田間但知羊與牛川平牛背穩如駕百斛舟舟行無人岸自移（〔續〕圓覺經去雲駛月運舟行岸移）我臥讀書牛不知（〔厚〕唐書李密乘牛挂漢書一帙角上行且讀之）前有百尾羊聽我鞭聲如鼓鼙我鞭不妄發（〔次公〕此句晤使王方平語神仙傳方平過蔡經家繼呼麻姑而至經見麻姑指爪長心自念得以爬背爲佳方平已知之怒其凡也而輒如此遂呼鞭空中擊之曰吾鞭不妄施意令悔過也）視其後者而鞭之（〔援〕莊子善養生者若牧羊然視其後者而鞭之）澤中草木長（〔厚〕杜詩空山草木長）草長病牛羊（〔次公〕先生嘗言有人見牧童驅羊於瘠地牧之人謂曰彼澤地草美何不就牧童曰美草則易食羊何自而肥瘠地之草羊細咀其味乃得肥也今詩意似此）尋山跨坑谷騰趠筋骨殭烟蓑雨笠長林下老去而今空見畫世間馬

耳射東風【續】李白詩世人聞此皆掉頭有如東風射馬耳　悔不長作多牛翁

書舟元子所示李太白真

天人幾何同一漚【厚】楞嚴經空生大覺中如海中一漚發　謫仙非謫乃其游戲　斥八極隘九州【厚】莊子伯昏無人曰夫至人者上窺青天下潛黃泉揮斥八極神氣不變又曹子建七啓曰似若俠六合而隘九州　化爲兩鳥鳴相酬一鳴一止三千秋【續】退之雙鳥詩云雙鳥海外來飛飛到中州一鳥落城市一鳥巢岩幽不得相伴鳴爾來三千秋又云還當三千秋更起鳴相酬【次公】退之此詩或以爲言佛老或以爲言李杜今觀先生詩則知其言李杜矣　開元有道爲少留縻之不可矧肯求西望太白横峨岷【次公】太白鳳翔之山也峨與岷蜀山也李白蜀道難云西當太白有鳥道可以横絶峨眉顛　眼高四海空無人大兒汾陽中令君【續】樂天李翰林集序白嘗客汾州識汾陽王郭子儀於行伍間爲脫其刑責而獎重之及白坐永王之事汾陽功成請以官爵贖白上許之　小兒天台賀季真【厚】坐忘論李白大鵬賦序云昔於江陵見天台司馬子微謂余有仙風道骨可與神遊八極之表因著大鵬遇希有鳥賦以自廣【次公】禰衡云大兒孔文舉小兒楊德祖餘子碌碌不足數也【續】賀知章字季真呼李白爲謫仙人　生平不識高將軍手汙吾足乃敢嗔【援】太白嘗被召入内作宮祠於上皇前張兩足令高力士脫靴力士素貴恥之摘其詩以激楊妃後帝欲官白輒爲宮中

所沮而已作詩一笑君應聞

題毛女眞 厚 列仙傳毛女字玉姜在華陰山中山客獵師世世見之形體生毛自言始皇宮人秦亡入山食松葉遂不飢寒

霧鬢風鬟木葉衣 厚 異聞集載唐儀鳳中有柳毅客于涇陽見一婦人牧羊於野風鬟雨鬢自言妾洞庭龍女也山川良是昔人非 績 丁令威化鶴而見曰有鳥有鳥丁令威去家千歲今始歸城郭如故人民非秪應閑過商顏老 次公 商顏老商山四皓也商山謂之商顏四皓避秦之老人而毛女避秦之宮人皆同時用之爲當體矣獨自吹簫月下歸 援 列仙傳蕭史善吹簫秦穆公以其女弄玉妻焉遂教弄玉吹簫作鳳鳴一旦鳳來止其室遂乘之而去

次韻子由書清汶老所傳秦湘二女圖 次公 韓退之詩云秦地吹簫女湘波鼓瑟妃所謂二女豈畫此者乎

春風消冰失瑶玉我本無身安有觸 厚 楞嚴經物不觸知身知有觸知身即觸知觸即身羊生得婦如得風握手一笑未爲辱 次公 羊生晉人羊權也眞誥女仙蕚緑華詩云羊生標美秀又眞誥載金臺李夫人之少子曰九華眞妃降楊權云冥鄭之會有絲蘿之纏而權多爲謙辭其意不肯南岳夫人曰冥期數感以盃亦有偶對之名不必苟循世中之弊濁而行淫濁之下迹也言畢乃笑又嘗取權手執之曰妾豈以俗累浮卑以時之滯而虧辱於當眞之宗

貧耶

先生室中無天遊〔續〕莊子室無天遊則婦姑勃谿心無天遊則天鑿相攘　環珮何處

鳴風鷗隨魔未必皆魔女但與分燈遣歸去〔補〕維摩經魔波旬從萬二千天女而維摩詰足之謂天女曰諸姊有法門名無盡燈無盡燈者譬如一燈然百千燈冥者皆明明終不盡天女聞語已禮維摩詰足隨魔而去

胡爲寫眞傳世人更要維摩一轉語〔原〕傳燈錄洞山云還裏合下得一轉語有一上座下語九十六轉不愜師意

丹元茅茨秪三間〔原〕白樂天別草堂詩三間茅屋向山開　太極老人時往還點檢凡心早除拂方平袖鞭常使物〔原〕神仙傳王方平事見前老牧圖注〔補〕物鬼物也使物字見費長房傳

次韻李端叔謝送牛戩鴛鴦竹石圖〔補〕圖畫見聞志道士牛戩河內人工畫翎毛多寫斑鳩野鵲但枳棘不甚精髙

聞君談西戎廢食忘早晚王師本不陳〔續〕穀梁傳曰善師者不陣　賊壘何足刻守邊在得士此語要而簡知君論將口〔原〕前漢贊唐之論將　似我識畫眼笑指塵壁間此是老牛戩平生師衛玠非意常理遣〔後〕晉書衛玠嘗曰人有不及可以情恕非意相干可以理遣　許君定何人未用朝市顯

〔次〕意謂顯戮之於市朝也置之勿復道〔厚〕文選古詩弃捐勿復道世俗固多奸歸去

亦何須單車渡殽澠〔厚〕劉向新序云洛陽西有殽澠又陸士衡弔魏武文詠歸塗以反旆登殽澠而揭來如

蟲得羽化已脫安用蠹家書空萬軸涼縣困舒卷〔厚〕李寔四時月令五月濕熱蠹虫生書經夏不舒展者必生虫五月已後七月已前內須三度舒而卷之法要須天晴時於大屋下風涼處不見日曝令乾乘熱氣卷生虫弥速念當掃長物〔演〕晉書王忱訪王恭見恭所坐六尺簟忱謂其有餘因求之輟以送焉遂坐薦上忱聞而驚恭曰吾平生無長物

閑息默自煖此畫聊付君幽處得小展新詩

勿縱筆羣吠驚邑犬〔援〕楚詞屈原九章云邑犬羣吠兮吠所怪也時來未可知妙

斲待輪扁〔演〕莊子輪扁之言曰斲輪徐則甘而不固疾則苦而不入不徐不疾得之手而應之心臣不能言有數存焉於其間臣不能喻臣之子臣之子亦不能受之於臣

子由新修汝州龍興寺吳畫壁〔次〕韻語陽秋云汝州龍興寺吳道子畫兩壁一壁作維摩示疾文殊來問天女散花一壁作太子遊四門釋迦降魔筆法奇絕子由曾施百縑

丹青久衰工不藝人物尤難到今世每摹市井作公卿畫

手懸知是徒隸吳生已與不傳死摭〔厚〕〔援〕札詩畫手吾前輩吳生遠擅莊子輪扁對齊桓公曰

言之人與其不可傳也死矣然則君之所讀者古人之糟粕而已夫那復典刑留近歲【續】詩雖無老成人尚有典刑人間幾度變西方【次公】方言畫西方變相也畫作波濤翻海勢細觀手面分轉側妙筆毫釐得天契始知真放本精微不比狂花生客慧【次公】狂花在史所載花不以時開如桃李冬花者謂之狂花又金石上生花亦謂之狂花似聞遺墨留汝海古壁蝸涎可垂涕力捐金帛扶棟宇錯落浮雲卷新霽使君坐嘯清夢餘【厚】後漢史云弘農成瑨但坐嘯幾疊衣紋數衿袂他年弔古知有人姓名聊寄東坡弟

題過所畫枯木竹石三首

老可能爲竹寫眞小坡今與竹傳神【次公】老可言文與可也小坡言過也過字叔黨先生之子謂之小東坡杜詩云此雁想寫眞在左綿又云薛公十一鶴盡寫青田眞顧愷之云傳神寫照正在阿睹中山僧自覺菩提長心境都將付臥輪【厚】傳燈録有僧舉臥輪禪師偈云臥輪有伎倆能斷百思想對境心不起菩提日日長六祖聞之曰未也乃云慧能無伎倆不斷百思想對境心數起菩提作麽長

散木支離得自全【續】莊子匠石見曲轅櫟樹曰此散木也又云支離其形者猶足以養其身終其天年況支離其德者

乎交柯蚴蟉欲相纏【次公】司馬相如賦曰青龍蚴蟉於東廂不須更説能鳴鴈【援】莊子出於山舍於故人之家故人喜命豎子殺鴈而烹之豎子請曰其一能鳴其一不能鳴請奚殺曰殺不能鳴者要以空中得盡年【厚】莊子曰可以全生可以盡年

倦看澁勒暗蠻村【厚】澁勒嶺南竹名嶺表異録簕竹枝上有刺南人呼為簕竹亂棘孤藤束瘴根惟有長身六君子依依猶得似淇園【次公】淇園出竹前漢溝洫志武帝時河決下淇園之竹以為楗

梅聖俞之客歐陽晦夫使工畫茅庵已居其中一琴橫牀而已曹子方作詩四韻僕和之云

寂寞王子猷回船剡溪路超遥戴安道雪夕誰與度戴安道事見徑山道中次韻荅周長官詩注倒披王恭氅【援】晉王恭字孝伯嘗披鶴氅裘涉雪而行孟昶窺見之歎曰此真神仙中人也半掩袁安戶【援】録異傳大雪丈餘洛陽令身出按行見民家皆除雪出至袁安門無有行路謂安已死令人除雪入戶見安僵卧問何不出安曰大雪人皆餓死不宜干人應調折絃琴【援】賈島朝飲詩坐聞西牀琴凍折兩三弦自和撚髭須句【次公】談死載盧延讓詩其播人口者有寄人詩云吟安一箇字撚斷數莖髭須

書韓幹二馬

赤髯碧眼老鮮卑迴策如縈獨善騎【續】晉書王濟有馬絕難乘問王湛曰叔頗好騎不湛曰亦好之因騎此馬姿容既妙迴策如縈善騎者無以過之赭白紫騮俱絕世馬中岳湛有妍姿【箋】晉潘岳夏侯湛皆美姿容其相從也人謂之連璧

王進叔所藏畫跋尾五首

徐熙杏花

江左風流王謝家【次公】王謝家指言王進叔也【子仁】南齊書曰王儉嘗謂人曰江左風流宰相惟有謝安盖自比也杜詩王謝風流遠闔閭丘墓荒盡攜書畫到天涯却因梅雨丹青暗【次公】嶺南有黃梅雨最損書畫洗出徐熙落墨花【邢敦】圖畫見聞志云徐熙鍾陵人善畫花木落筆爲格雜彩副之跡與色不相隱映李後主最愛重其跡開寶末歸朝悉貢上宸廷藏之秘府

趙昌四季【希祖】圖畫見聞志云趙昌字昌之廣漢人工畫花果名推獨秀彼窮難偕

芍藥

倚竹佳人翠袖長【續】杜詩絕代有佳人幽居在空谷天寒翠袖薄日暮倚脩竹天寒猶着薄羅裳揚州近日紅千葉自是風流時世粧【次公】因話錄崔樞夫人治[illegible]整肅容

儀端麗不許群妾作時世粧而時世粧之狀則斜紅不暈也白樂天有詩云時世粧時世粧自出城中傳四方

躑躅

楓林翠壁楚江邊（次公）宋玉九辨云江水湛湛兮上有楓又阮籍詠懷詩云湛湛長江水上有楓樹林躑躅千層不忍看（次公）躑躅山石榴也其花深紅蜀人號映山紅布荊楚山壁間乃最多焉退之云躑躅紅千層開卷便知歸客路近劍南樵叟爲施丹（次公）樵呂自號劍南樵客

寒菊

輕肌弱骨散幽葩真是青裙兩髻丫（堯祖）求点詩云小婢立我前赤脚兩髻丫便有佳名配黃菊應緣霜後苦無花

山茶

遊蜂掠盡粉絲黃落蕊猶收密露香待得春風幾枝在年來殺菽有飛霜（次公）定元年冬十月隕霜殺菽冬十月則夏之八月也菽豆也八月微霜用事未有殺菽而已殺菽焉所以記異也山茶開於雪中其至春時存者能幾而有殺菽之霜爲可歎矣

韋偃牧馬圖（子功）張彥遠名畫記韋偃工畫山僧奇士老松異石筆力勁健風格高舉

神工妙技帝所收江都曹韓逝莫留〔次公〕江都王曹霸韓幹也三人皆畫馬之妙具見於杜詩繼則有韋偃焉　人間畫馬唯韋侯當年爲誰掃驊騮〔厚〕杜詩韋侯別我有所適知我憐君畫無敵試拈禿筆掃驊騮倏見騏驎出東壁　至今霜蹄踏長楸〔次公〕曹子建詩走馬長楸間〔子仁〕杜詩畫馬圖引霜蹄蹴踏長楸間　圉人困卧沙壠頭〔續〕周禮圉師掌教圉人養馬　沙苑茫茫蒺藜秋風駿霧鬣亂寒颼颼龍種尚與駑駘遊長楷短豆豈我羞〔厚〕晉書宣帝曰駑馬戀短豆必不能用也　八鑾六轡非馬謀〔次公〕詩采芑八鑾瑲瑲又小戎云六轡在手　古來西山與東丘〔續〕西山伯夷也東丘盜跖也伯夷死名於西山之上盜跖死利於東陵之下〔次公〕其意謂馬之長楷短豆孰與齕草而飲水馬之八鑾六轡孰與翹足而陸豈不猶伯夷之採薇寧惑盜跖之食人肝者哉

李伯時畫其弟亮功舊隱宅圖

樂天蚤退今安有摩詰長閑古亦無五畝自栽池上竹〔次公〕樂天池上篇云十畝之宅五畝之園有水一池有竹千竿　十年空看輞川圖〔厚〕唐王維字摩詰隱居輞川自畫爲圖〔子仁〕唐史王維傳維畫思入神繪工以爲天機所到學者不及也別墅在輞川有華子岡欹湖竹里館柳浪茱萸沜辛夷塢　近聞陶令開三徑〔續〕蔣詡開三徑與其友羊仲求仲遊又陶淵明歸去來云三徑就荒　應許揚雄寄一區〔援〕前漢揚

雄處岷山之陽〻郫有田一廛有宅一區晚歲與君同活計如雲鵝鴨散平湖【次公】杜詩旁相西亭鵝一群眠沙泛浦白於雲

畫車二首

何人畫此隻輪車【次公】公羊傳晉人敗秦師於殽匹馬隻輪無返者便是當年欹器圖【續】家語孔子觀於魯桓公之廟有欹器焉問守廟者此何器對曰此蓋宥坐之器孔子曰吾聞宥坐之器虛則欹中則正滿則覆明君以爲至誡

上易下難須審細左提右挈免蹎蹶【厚】西漢張耳傳厮養卒之說燕曰以一趙尚易燕況以兩賢王左提右挈滅燕易矣

九衢歌舞頌王明誰惻寒泉獨自清【次公】易井卦九三井渫不食爲我心惻可用汲王明並受其福先生易傳曰渫潔也九三居得其正井潔者也井潔而不食何哉不中也不中者非邑居之所會也故不食井未有以不食爲戚者也凡爲我惻者皆行道之人耳故象曰行惻行惻者明人之惻我而非我之自惻也是井則非敝漏之甕所容矣故擇其所用汲者曰孰可用者哉其惟器之潔者乎器之潔則王之明者也器潔王明則受福者非獨在我而已賴有千車能散福化爲膏雨蒲童城

宋復古畫瀟湘晚景圖三首

西征憶南國堂上畫瀟湘照眼雲山出浮雲野水長舊游心自省信手筆都忘會有衡陽客來看意渺茫

落落君懷抱山川自屈蟠經營初有適揮灑不應難江市人家少煙村古木攢知君有幽意細細為尋看

咫尺殊非少陰晴自不齊徑蟠趨後崦水會赴前溪自說非人意曾經入馬蹄他年遊宦處應話劒山西

題黄筌畫翎毛花蝶二首

短翎長喙苦喧卑成練雙翔亦自奇頼有黄鸝鬬儇好獨依薛石立多時

緑陰青子已愁人忍見東風燕麥新惆悵劉郎今白首時來看卷覓餘春按劉禹錫自連州召入重遊玄都觀無復桃花唯兎葵燕麥動揺春風耳

中王畫馬圖

天寶諸王愛〻名馬千金爭致華軒下當時不獨玉花驄飛

雷流雲絶瀟灑【續】杜甫丹青引先帝天馬玉花驄畫工如山貌不同唐貞觀中骨幹貢良馬走號十驥一名發電赤一名
飛霞驃一名流雲騣一名奔虹赤 兩坊岐薛寧與申【續】岐薛寧申四王皆明皇諸弟 馮淩內廄
多清新肉鬉汗血盡龍種【續】杜詩肉鬉碨礧連錢動大宛天馬汗如血其先天馬也 紫袍王
帶眞天人驪山射獵包原隰御前急詔穿圍入揚鞭一蹙
破霜蹄萬騎如風不能及鴈飛兔走驚弦開翠華按轡從
天回五家錦繡遍山谷百里舄珥遺纖埃【續】玄宗每年幸驪山華清宮楊貴妃姊妹
五家扈從家爲一隊着一色衣五家合隊照耀如百花爛發遺鈿墜舄瑟瑟珠翠粲爛芳馥於路 青騾蜀棧西超
忽【續】元稹望雲騅歌明皇當時無此馬不免騎騾來入蜀 高准濃蛾散荆棘苜蓿連天
鳥自飛五陵佳氣春蕭瑟【續】宛馬嗜苜蓿漢武使求種種於離宮館杜詩王孫善保千金軀五陵佳氣無時無

次韻魯直書伯時所畫王摩詰

前身陶彭澤後身韋蘇州欲覓王右丞還向五字求【續】陶淵明韋應
物王維皆善五字詩 詩人與畫手蘭菊方春秋又恐兩皆是分身來入
流【續】古語春蘭秋菊各一時之秀金剛經須陀洹名爲入流而實無所入

子作破琴詩求得宋復古畫邢和璞於柳仲遠仲遠以此本託王晉卿臨寫爲巨軸名爲邢房悟前生圖作小詩題其上

此身何物不堪爲逆旅浮雲自不知【續】莊子吾生特逆旅耳維摩詰言是身如浮雲須臾變滅偶見一張閑故紙便疑身是永禪師見破琴詩叙

筆墨　詩九首

次韻答舒教授觀余所藏墨

異時長笑王會稽野鶩膻腥汙刀几莫年却得庾安西自厭家雞題六紙【續】南史王僧虔傳庾征西翼少時書與右軍齊名右軍後進庾猶不分在荊州與都下人書云小兒輩厭家雞愛野雉皆學逸少書柳子厚集有殷賢戲批書後寄劉連州并示孟崙二童詩一首其下注云家有右軍書每紙背庾翼題云王會稽六紙二月三十日而其詩云書成欲寄庾安西紙背應慙手自題聞道近來諸子弟臨池尋已厭家雞二子風流冠當代顧與兒童爭愠喜秦王十八已龍飛【子功】白氏長慶集七德舞云太宗十八起義兵白旄黃鉞定兩京又太宗自云五十八起義兵二十四一天下未三十致太平嗜好晚將蛇蚓比【厚】唐太宗制

王羲之替子雲一出擅名江表僅得成書無丈夫之氣行行若縈春蚓字字如綰秋蛇我生百事不挂眼【】

退之詩我老嗜讀書餘事不挂眼時人謬說云工此世間有癖念誰無【縯】古今嗜好有

所偏惑皆謂之癖杜預有左傳癖王濟有馬癖和嶠有錢癖陸羽有茶癖王福畤譽兒癖傾身障簏尤堪鄙

一生當著幾兩屐【厚】晉阮孚傳祖約性好財孚性好屐同是累而未判得失有詣約者正見料財物客至屛當不

盡餘兩簏著背後傾身障之意未能平或詣阮正見自蠟屐因自歎曰未知一生當著幾兩屐神色閑暢於是勝負始分定心肯

爲微物起此墨足支三十年但恐風霜侵髮齒非人磨墨

墨磨人【縯】公嘗曰吾有佳墨七十九而求之不已不近愚耶石昌言蓄墨不許人磨或曰子不磨墨墨當磨子昌言墓木拱矣墨

故無恙鉼應未罄罍先恥【厚】詩曰鉼之罄矣維罍之恥逝將振衣歸故國

數畝荒園自鋤理作書寄君君莫笑但覓來禽與青李【次公】

本朝淳化法帖大王書四百六十五帖其一云青李來禽櫻桃日給藤子皆囊盛爲佳函封多不生足下所跡云此果佳可爲致子當種之此種彼胡桃皆生也吾篤喜果今在田里惟以此爲事故遠爲足下致此子者則大惠也此號青李來禽帖也一螺點漆便

有餘【次公】蕭子良答王僧虔書曰神將之墨一點如漆又陸雲與兄書曰一日上三臺曹公藏石墨數十萬斤今送二螺萬

竈燒松何處使君不見永寧第中擣龍麝【次公】永寧第者李駙馬第也今

士大夫家有墨其上有水亭賜第四字即李駙馬家墨也

列屋閑居清且美【韓】退之送李愿序粉白黛綠者列屋而閑居

倒暈連眉秀嶺浮雙鴉畫鬢香雲委【長吉?】李賀美人梳頭歌云纖手卻盤老鴉色翠滑寶釵簪不得杜牧詩云娟娟卻月眉新鬢學鴉飛【?】南部煙花記載虞世南詩云學畫鴉兒半未成

時聞五斛賜蛾綠【學】大業拾遺載煬帝宮女爭畫長蛾司宮吏日給螺子黛五斛號為蛾螺子黛出波斯國【長吉?】李賀詩幽篁畫新粉蛾綠橫曉門

不惜千金求獺髓【續】酉陽雜俎載孫和寵劉夫人嘗醉舞如意誤傷劉頰太醫以百金購得白獺取髓雜玉屑以滅其瘢

聞君此詩當大笑寒牕冷研冰生水

贈潘谷【祖謙?】志林云賣墨者潘谷余不識其人然聞其所為非市井人也墨既精妙而價不二士或不持錢求墨不計多少與之一日忽取欠墨錢券焚之飲酒三日發狂浪走遂赴井死人下視之蓋趺坐井中手尚持數珠也見張元明言如此

潘郎曉踏河陽春【大全】潘郎晉潘岳也嘗為河陽令

明珠白璧驚市人【?】潘岳美姿儀與夏侯湛交每行止同輿接茵京都謂之連璧

那知望拜馬蹄下【續】岳性輕躁趨勢利與石崇等諂事賈謐每候其出輿望塵而拜

胷中一斛泥與塵何似墨潘穿破褐琅琅翠餅敲玄笏布衫漆墨手如龜未害冰壺貯秋月【大全】古詩清如玉壺冰

世人重耳輕目何區區張李爭媸妍【?】本朝張遇李廷珪墨為時所重

一朋入

海尋李白【縯】杜詩巢父掉頭不肯住東將入海隨煙霧又云禹穴見李白道甫問信今何如【堯卿】先生既作此詩後潘谷因事落井而死人以為此詩讖 空看人間畫墨仙

孫莘老寄墨四首

徂徠無老松【次公】詩徂徠之松新甫之柏徂徠山在兗州 易水無良工【次公】墨譜云昔祖氏本易定人唐時墨官也分墨之工必假其姓而號之大約易水者為上【堯卿】自易李廷珪易水人也【歙夫】遯齋閑覽云唐末墨工李超與其子廷珪自易水渡江遷於歙州廷珪之弟廷寬廷寬之子承晏承晏之子文用皆能世其業 珍材取樂浪【次公】樂浪指言高麗也 妙手惟潘翁【次公】潘谷作墨雜用高麗煤注詳見上篇 魚胞熟萬杵【師】造墨法有使鯉魚胞者 犀角盤雙龍 墨成不敢用 進入蓬萊宮【次公】蓬萊宮天子之宮也杜詩昔獻三賦蓬萊宮 蓬萊春晝永 玉殿明房櫳 金箋灑飛白【堯卿】仁宗皇帝尤精飛白【堯祖】章續字源云飛白書者蔡邕待詔見門下吏用堊帚因成字所作也 瑞霧縈長虹 遙憐醉常侍 一笑開天容【縯】唐太宗作飛白字賜羣臣或乘酒爭取於帝前散騎常侍劉洎登御牀引手得之帝笑曰昔聞婕妤辭輦今見常侍登牀 谿石琢馬肝【厚】紫如馬肝者為上【堯卿】端州深溪之石其色紫如馬肝【次公】漢武帝時外國獻馬肝石【堯卿】漢武帝元鼎五年郅支國貢馬肝石百斤常以水銀養內於金函中金泥封其上其國人長四尺唯餌馬肝石此石半青半白如馬肝碎之以和九轉丹吞之一粒則彌年不

飢以之拭髮白者皆黑帝嘗坐群臣於甘泉殿有髮白者以此拭之應
手皆黑是時公卿語曰不願作方伯惟願拭用石此石酷烈不雜用硯
惟可近髮然亦可作硯故此句用之 剡藤開玉板〔韓公〕剡溪之藤為紙最妙唐舒元輿有悲剡藤文以丗為文字者多而貴
紙故悲藤之殘書也玉板則紙色也今成都浣花溪造一種紙光滑亦以為名〔養源〕志林云李獻之遺予天台玉板帋殆未見又云池歙精白
玉板乃可試墨若於此帋上黑無所不黑矣 噓嘘雲霧出弈弈龍蛇綰〔續〕唐太宗論蕭子雲書行
行若縈春蚓字如綰秋蛇 此中有何好秀色紛蒲眼故人歸六祿〔寧〕漢諸儒
校書天祿閣〔〕漢宮殿疏云天祿麒麟閣蕭何造以藏祕書處賢才也 古漆窺蠹簡〔援〕漢杜林於西州得漆書古文
尚書一卷常寶藏 隃麋給尚方〔續〕漢尚書令僕丞郎月給隃麋墨大小二枚尚方則官名乃給墨之所 老手
擅編剡〔援〕退之詩亦可紹編剡 分餘幸見及流落一歎赧
我貧如饑鼠長夜空齩齧瓦池研竈煤葦管書柿葉〔寧〕唐
鄭虔好書常苦無紙慈恩寺貯柿葉數屋虔日取隸書歲久殆遍 近者唐夫子遠致烏玉玦唐林夫寄
張遇墨半丸〔〕半環曰玦荀子亦謂召人以環絕人以玦是巳 先生又繼之圭璧爛箱篋〔公〕
周禮方曰圭圓曰璧皆以比墨之形狀也 晴牕洗硯坐蛇蚓稍蟠結事見上 便有好
事人〔〕前漢揚雄貧時有好事者載酒肴從雄學 敲門求醉帖〔續〕張旭醉以頭濡墨草書

吾窮本坐詩【次公】先生以詩被劾今有詩案行於世 久服朋友戒五年江湖上【次公】以言在黃州凡五年也 閉口洗殘債今年復稍稍【次公】退之食蝦蟇詩余初不下喉近亦能稍稍 快癢如爬疥【次公】杜牧詩杜詩韓筆愁來讀似倩麻姑癢處抓 先生不譏訶又復寄詩械幽光發奇思【龜父】韓文玄發潛德之幽光 點點出荒怪詩成自一笑故疾逢蝦蟹【縯】蝦蟹善發疥癢之疾

歐陽季默以油煙墨二丸見餉各長寸許戲作小詩

書窻拾輕煤佛帳掃餘馥辛勤破千夜收此一寸玉癡人畏老死腐朽同草木【厚】後漢朱穆崇厚論曰彼與草木俱朽此與金石相傾又唐高簣賛古來賢豪不有與運理光鐘柔與草木俱腐爛可勝嘆哉 欲將東山松涅盡南山竹【次公】漢書朱安世云南山之竹不足受我辞也 墨堅人苦脆未用歎不足【次公】先生嘗云非人磨墨墨磨人 且當注蟲魚【縯】韓詩爾雅注蟲魚定非磊落人 莫草三千牘【援】史記東方朔初入長安至公車上書凡用三千奏牘

明日復以大魚爲餽重二十斤且求詩故復戲之

漢庭九尺人誰似老方朔【縯】東方朔上書曰臣年二十二長九尺三寸勇若孟賁捷若慶忌 那將

一寸金今足三冬學【學】朔上書又曰臣朔年二十學三冬文史足用餉魚欲自洗【援】言李𪁉欲以二十斤之大魚洗其寸墨之傖耳鱗尾先卓犖我是騎鯨手【援】杜詩若逢李白騎鯨魚道甫問信今如何聊堪充鹿角【學】鹿角小魚也崎壑俞賣鹿角詩水中龍角而足海小魚角矗矗不擬龍乃擬鹿又求叔詩毛魚與鹿角一龠數千百

謝宋漢傑送李承晏墨

老松燒盡結輕花妙法來從北李家翠色冷光何所似墻東鬒髮墮寒鵶【援】宋玉言墻東之女子詩鬒髮如雲言烏黑也

硯　詩八首

龍尾硯歌　并敘

余舊作鳳咮硯銘其略云蘇子一見名鳳咮坐令龍尾羞牛後已而求硯於歙歙人云子自有鳳咮何以此爲蓋不能平也奉議郎方君彥德有龍尾大硯奇甚謂余若能作詩少解前語者當奉餉乃作此詩【子蒼】按先生集載鳳咮硯銘有

三其銘亭云比苑龍焙山如翔鳳平飲之狀當其味有石蒼黑而玉色熙寧中太原王頤以爲硯余銘之曰鳳咮又延平志考異云延平硯材産硏崎者爲上東坡得之喜甚遂目爲鳳咮又云硯崎石在劒浦縣東三十里東坡取名鳳咮者此也

黄琮白琥天不惜【次公】周禮以黄琮禮地以白琥禮西方顧恐貪夫死懷璧【續】左傳匹夫無罪懷璧其罪君看龍尾豈石材玉德金聲寓於石與天作石來幾時【次公】李白詩青天有月來幾時與人作硯初不辭詩成鮑謝石何與【厚】鮑明遠謝玄暉也筆落鍾王硯不知【厚】鍾繇王右軍也錦茵玉匣俱塵垢擣練支牀亦何有況瞋蘇子鳳咮銘戲語相嘲作牛後【援】史記蘇秦云寧爲雞口無爲牛後碧天照水風吹雲明牕大几清無塵我生天地一閑物蘇子亦是支離人【續】莊子支離其形者猶足以養其身終其天年況支離其德者乎麤言細語都不擇【次公】佛書云麤言及細語皆歸第一義春蚓秋蛇隨意畫【援】春蚓秋蛇事見上願從蘇子老東坡仁者不用生分別【次公】孫莘老寄墨詩注維摩經天女言華無分別仁者自生分別想耳

張幾仲有龍尾子石硯以銅劒易之【[illegible]】幾仲乃侍中[illegible]之孫

我家銅劍如赤蛇君家石硯蒼璧橢而窪【次公】（橢音唾，狹圓而長也。）君持我劍向何許大明宮裏玉佩鳴衝牙【次公】（大明宮唐高宗龍朔二年置，謂之東內。韓退之詩：大明宮中給事歸。衝牙，佩之物也。潘岳賦：衝牙鏘鎗。【師】礼記玉藻：佩玉有衝牙。）我得君硯亦安用雪堂廳下爾雅箋蟲鰕【縯】（退之詩：尒雅注虫魚，定非磊落人。）二物與人初不異飄落高下隨風花【次公】（南史范縝傳：竟陵王子良精信釋教。縝曰：君不信因果，何得富貴貧賤之異？縝荅曰：人之生如樹花同發，隨風而墮，自有拂簾幌墮於茵席之上者，自有關籬牆落於糞溷之中者。墮茵席者，殿下是也；落糞溷者，下官是也。貴賤雖復殊塗，因果定在何處？子良不能屈，然深怪之。）蒯緱玉具皆外物【次公】（史記：馮驩客孟嘗君，問傳舍長曰：客何所爲？荅曰：馮先生甚貧，猶有一劍耳，又蒯緱。注：蒯，苦怪反，茅之類，可爲繩。言其劍把無物可裝，以小繩纏之也。緱音侯，謂把劍之処。此言貧者之劍。至云玉貝，則貴者之劍也。前漢王莽傳：玄玉貝寶劍。【師】漢宣帝賜呼韓邪單于，光武賜馮異，皆玉具劍，以玉爲劍首也。）視草草玄無等差【厚】（淮南王安善爲文詞，武帝每爲報書及賜，常召司馬相如等視草乃遣。哀帝時，丁傅董賢用事，諸附之者皆起家至二千石。時揚雄方草太元，有以自守，泊如也。）君不見秦趙城易璧指圖睨柱相矜誇【縯】（史記：秦昭王願以十五城易趙和氏璧，趙惠文王遣藺相如奉璧奏秦王。相如視秦王无意償趙城，乃前曰：璧有瑕，請指示王。相如因持璧却立曰：大王必欲急臣，臣頭与璧俱碎於柱矣。持璧睨柱，欲以擊柱。秦王恐其破璧，乃辭謝，召有司按圖，指從此以往十五城與趙。）又不見二生妾換馬驕鳴啜泣思其家【堯卿】異聞集載韋鮑二生以妾換馬俄有二紫衣冠人云是江淹謝莊江曰能聯句賦今之躰否謝曰何以爲題江曰便以妾換馬爲題仍以捨彼傾城求其駿足爲韻其中云望新恩懼非吾偶也恋舊主疑借人乗之文多不全載【次公】驕名以言馬啜泣以言人詩曰有女仳離啜其泣矣不如無情兩相與求以爲好譬之桃李與瓊華【續】詩投我以木桃報之以瓊瑤匪報也永以爲好也

張作詩送硯反劍乃和其詩卒以劍歸之

贈君長鋏君當歌每食無魚歎委蛇【續】馮驩彈鋏而歌曰長鋏歸來乎食無魚【次公】詩云委蛇委蛇退食自公一朝得見暴公子欐具欲與冠爭峩【厚】儒門不疑見暴勝之冠進賢冠帶欐具劍上謁曰竊伏海瀕聞暴公子舊矣豈比杜陵貧病叟終日長鑱隨短蓑【援】杜詩長鑱長鑱白木柄我生託子以爲命斬蛟刺虎老無力【次公】刺虎則卞莊子也【師】晉史周處陽羨人也膂力絕人縱情肆欲州曲患之自知爲人所惡乃慨然有改勵之志謂父老曰今時和歲豐何苦而不樂耶父老歎曰三害未除何樂之有處曰何謂也荅曰南山白額虎長橋下蛟幷子爲三矣處曰若此爲患吾能除之乃入山刺虎投水斬蛟而反鄉里相慶帶牛佩犢吏所訶【續】龔遂使賣劍買牛賣刀買犢曰何爲帶牛佩犢故將換硯豈無意恐君雕琢傷天和【次公】退之贈崔立之詩不用雕琢愁肝腎又云自然憂氣損天和作詩反劍亦何謂知君欲以

詩相磨報章苦恨無好語試向君覓求餘波【子仁】左傳晉公子重耳荅楚王曰其波及晉國者皆君之餘也詩成劒往硯應笑那將屋漏供懸河【厚】王衍謂郭象語如懸河瀉水

眉子硯歌　與胡誾

君不見成都畫手開十眉橫雲却月爭新奇【續】明皇遊安祿山亂幸成都令畫工作十眉圖橫雲却月皆其眉名也游人指點小嚬處中有漁陽胡馬嘶【次公】小嚬指楊妃之眉也漁陽胡馬言安祿山之叛也祿山以漁陽起乱又不見王孫青瑣橫雙碧腸斷浮空遠山色【次公】遠山指卓文君之眉也王孫文君之父青瑣總也橫雙碧眉之狀也西京雜記云文君眉色不加黛飾常如遠山書生性命何足論坐費千金買消渴【學】司馬長卿素有消渴之疾悅文君色遂以發痟乃作美人賦欲以自刺而不能改後卒以此疾致死邇來喪亂愁天公謫向君家書硯中【次公】天公自庾亮云天公憒憒也祿山之乱長卿之喪皆大公之所憖也故謫爲硯中之眉此先生之新意者也小窻虛幌相嫵媚【次公】上林賦言青琴宓妃之徒妖媚孅弱令君曉夢生春紅毗耶居士談空處結習已空花不住花不住事見座上賦戴花得天字詩注試教天女爲磨沿千偈瀾翻無一語【次公】晉鳩摩羅什日誦千偈退之詩提攜瀾翻又維摩詰無

有言語爲不二法門也

軾近以月石硯屏獻子功中書公，復以涵星硯獻純父侍講。子功有詩，純父未也。復以月石風林硯屏贈之，謹和子功詩，并求純父數句

紫潭出玄雲【次公】紫潭言硯，玄雲言墨也。【彦章】異聞實録：徐玄之夜見人物如粟粒，行案上，傳呼曰：蚍蜉王欲觀漁於紫石潭。漁具數十人入硯中，皆獲小魚。玄之大駭，以冊覆之，照看皆无。緊我潭中星，獨有潭上月。倒挂紫翠屏，【居仁】志林云：月石屏眞者必平，然彡不圓圓而平，桂滿而不出者，此至難得也。我老不看書，默坐養此昏花睛。時時一開眼，見此雲月眼自明。久知世界一泡影，【縯】金剛經：一切有爲法，如夢幻泡影。大小眞僞何足評。笑彼三子歐蘇梅，【厚】歐陽永叔、蘇子美皆有月石硯屏詩。梅聖俞讀月石屏詩云：予觀二人作詩論月石，月在天上石在山下，安得石上有月蹟。無事自作雪羽爭。事見五云矣。歐陽公知不可詰，不竟述，欲使識者默自釋。蘇子美苦意遂何用，强引屏角蚌蛤巧擗折。三人詩集。【援】孟子：告子曰：生之謂性也，猶白羽之白歟？曰：然。白羽之白猶白雪之白，白雪之白猶白玉之白歟？曰：然。故將屏硯送兩范，要使珠璧棲牕櫺。【厚】前漢天文志：日月如合璧，五星如連珠。大范忽長謠，

語出月脅令人驚皇甫湜勸況集序云筆天心出月脅意外驚人語非尋常小范當繼之
説破星心如雞鳴孟郊聞角詩云似開孤月口能說落星心牀頭復一月下有風
林橫【次公】杜詩風林纖月落急送小范家護此涵星泓頫從少陵博
一句山木盡與洪濤傾【次公】杜甫戲題畫山水歌云舟人漁子入浦溆山木盡亞洪濤風

次韻范純父涵星硯月石風林屏

月次于房歷三星斗牛不神箕獨靈【厚】韓退之三星行云我生之辰月宿南斗牛奮其角箕張其口牛不見服箱斗不挹酒漿箕獨有神靈無時停簸揚又云三星各在天什伍東西陳嗟汝牛與斗汝獨不能神歘搖桑
榆盡西靡【次公】淮南子云西日垂景在樹端謂之桑榆又杜詩雨霽先已風散足盡西靡影落蘇子硯
與屏天工與我兩厭爭孰居無事爲此形【厚】莊子曰天其運乎地其處乎日月其爭於所乎孰居無事而行是也與君持橐侍帷幄【次公】西漢趙充國傳充國子卬言張安世持橐簪筆事孝武帝數十年注橐囊也所以盛書近臣負橐簪筆從備顧問後漢杜林薦鄭興宜侍帷幄又柏梁謝上曰臣幸得侍帷幄也同到溫
室觀堯蓂【次公】溫室漢殿名【鄭老】漢宮閣記未央宮有宣明長年溫室宣德四殿帝王世紀堯時有草夾階而生每月朔生一莢月半生十五莢至十六日一莢落至晦日而盡月小則餘一莢至落此瑞草也謂之蓂莢自憐太史牛馬走

技等卜祝均倡伶【厚】司馬遷報任少卿書云太史公牛馬走司馬遷再拜言少卿足下注云太史公遷之父也走猶僕也言已爲太史牛馬之僕自卑之辭也其書中云僕之先人非有剖符冊書之功文史星歷近乎卜祝之間固主上所戲弄倡優畜之流俗之所輕也欲留衣冠挂神武【續】南史陶弘景齊高帝作相弘爲諸王侍讀除奉朝請永明十年遂脫朝服挂神武門上表辭祿詔許之便擊雲水歸南溟【次公】歸南溟言鵬也莊子鯤魚自北溟化爲鵬而徙南溟擊水三千里也陶泓不稱管城沐【厚】韓退之毛穎傳言秦始皇封之管城與絳人陳玄弘農陶泓及會稽褚先生友善醉石可助乎泉醒【次公】唐余錄李德裕於平泉別墅採天下珍木怪石爲園池之玩有醒酒石德裕尤所寶惜醉即踞之【續添】廬山記陶淵明所居栗里有大石淵明自放以酒名曰醉石故持二物與夫子欲使妙質留天庭但令滋液到枯槁勿遺光景生晦冥上書挂名豈待我獨立自可當雷霆【次公】唐書歸登爲古拾遺時裴延齡以姦佞得幸德宗欲相之右補闕熊執易上疏論之方草疏以示登登愯然曰願寄一名雷霆之下安忍令足下獨當我時醉眠風林下夜與漁父同青熒【厚】劉禹錫詩獨與依烏愁青熒撫物懷人應獨歎作詩寄子誰當聽

龍尾石研寄猶子遠

皎皎穿雲月青青出水荷文章工點黦【厚】晉書衛恒四體書勢或點黦點黦狀似連珠

絶而不鄰忠義老研磨偉節何須怒【續】漢賈彪字偉節兄弟三人並有高名而彪最優故天下稱之曰賈氏三虎偉節最怒寬饒要少和【援】前漢蓋寬饒自以行能清高而爲凡庸所越失意不快數上書諫爭太子庶子王生高寬饒節而非其如此予書寬饒不納竟被害吾衰此無用寄與小東坡遠爲人類子

次韻和子由欲得驪山沉泥研

舉世爭稱鄴瓦堅一枚不換百金頒【子仁】魏於鄴都建銅雀臺後世以其瓦作硯爲世所貴重豈知好事王夫子自採臨潼繡領山經火尚含泉脉煖弔秦應有淚痕潛【子仁】驪山秦始皇所葬封題寄去吾無用近日從戎擬學班【注】班超投棄筆硯欲立功異域

音樂

詩十一首

宋叔達家聽琵琶

數絃已品龍香撥【續】楊貴妃琵琶以邏逤檀爲槽龍香板爲撥【厚】鄭嵎津陽門詩玉奴琵琶龍香撥玉妃太真小字半面猶遮鳳尾槽【續】白樂天琵琶行千呼万喚始坐來猶抱琵琶半遮面【厚】楊妃傳寺人白季貞使還進木潤如玉光耀可鑒有金縷紅文蹙成雙鳳新曲飜從玉連瑣【厚】玉連瑣曲名【炎公】歐陽詩云杜彬琵琶皮作絃

白從彬死世莫傳王連環聲入黃泉 **舊聲終愛鬱輪袍**【演】王維因岐王爲介以琵琶新聲之怨切者奏於公主主曰此何曲維曰號鬱輪袍 **夢回只記歸舟字**【演】李生者其舅盧有道術謂李生曰求得善箜篌者令侍飲生視箜篌上有朱字云雲中辨江樹天際識歸舟後李生娶盧長源女乃所見於舅家者問有何能曰善箜篌取而視之朱字宛然見太平廣記云 **賦罷雙垂紫錦條**【堯卿】紫錦條見張説琵琶賦 **何異烏孫送公主**【厚】傳玄琵琶賦序曰故老言漢送烏孫公主念其行道思慕使知音者於馬上奏之 **碧天無際鴈行高**【次公】紅綠傳有云碧天無際水東流

古纏頭曲

鵾絃鐵撥世無有【演】唐開元中賀懷智善琵琶以石爲槽鵾雞筋作絃用鐵撥彈之 **樂府舊工唯尚叟一生喙硬眼無人坐此困窮今白首翠環女子年十七指法已似呼韓婦**【厚】王昭君字嬙元帝以選入掖庭時呼韓邪來朝帝以宮女五人賜之昭君入宮數歲不得見乃請行呼韓邪臨辭昭君豐容靚麗帝見大驚欲留之而難於失信昭君善琵琶 **驚帆渡海風掣迴滿面塵沙和淚垢青衫不逢湓浦客**【演】白樂天云送客湓浦口聞舟中夜彈琵琶聞其人本長安倡女年長色衰嫁爲商人婦樂天爲作琵琶行末云就中泣下誰最多江州司馬青衫濕 **紅袖謾插曹**

綱手【續】琵琶錄曹綱運撥如風雨與奴長於攏撚人謂綱有右手奴有左手樂天詩誰能截得曹綱手揷向重蓮衣袖中爾來

一見哀駘佗【厚】莊子衛有惡人曰哀駘佗婦人見之請於父母曰與爲人妻寧爲夫子妾者數十而未止也便着

臂鞲躬井臼【次公】史記滑稽傳淳于髡云若親有嚴客髡帣鞲鞠䐆侍酒於前注鞲臂捍也又東方朔傳董君綠幘傅鞲注云鞲即今之臂鞲也【續】馮衍妻任氏悍妬不畜妾媵常自操井臼【厚】傅育食祿數十年秩俸盡贍給知友妻子不免操井臼我慙

貧病百不足強對黃花飲白酒轉關濩索動有神【續】樂諸琵琶曲有轉關六幺濩索梁州皆其名也雷輥空堂戰牕牖【續】唐僧傳宗古本彈綠腰曲下撥一聲如雷發妙絕入神四

絃一抹擁袂立【[illegible]】樂天琵琶行曲終收撥當心畫四絃一聲如裂帛再拜十分爲我壽

世人只解錦纏頭【厚】唐開元中富人王元寶嘗會賓客明日親友問之曰昨來高會有何高談元寶不文視屋良久曰但費錦纏頭耳與汝作詩傳不朽

聽僧昭素琴

至和無攫醳【續】騶忌子言鼓琴曰攫之深醳之愉者政之平也至平無按抑不知微妙

聲究竟從何出散我不平氣洗我不和心此心知有在尚復

此微吟

聽賢師琴

大絃春温和且平小絃廉折亮以清【厚】鄒忌子以鼓琴見齊威王曰夫大絃濁以春温者君也小絃廉折以清者臣也　平生未識宮與角但聞牛鳴盎中雉登木【綱】管子地負篇凡聽徵如負豬豕覺而駭凡聽羽如鳴馬在野凡聽宮如牛鳴窌中凡聽商如離羣羊凡聽角如雉登木以鳴音疾而清　門前剥啄誰叩門山僧未閑君勿嗔【子仁】退之剥啄行剥啄剥啄有客至門我不出應客去而嗔　歸家且覓千斛水淨洗從前箏笛耳【次公】白樂天聽琴詩何物使之然羌笛與秦箏　先生詩話云昵昵兒女語恩怨相尔汝劃然變軒昂勇士赴敵場此退之聽穎師琴詩也歐陽公嘗問僕琴詩何者最佳余以此荅之公言此詩固奇麗然自是聽琵琶詩非琴詩余退而作杭僧惟賢詩云云且曰詩成欲寄公而公薨至今以爲恨

潤州甘露寺彈箏

多景樓上彈神曲【次公】神曲蓋今箏中有之舊注却引白樂天詩夜聞箏中彈瀟湘送神曲有感非是【堯卿】楊元素去孫洙巨源王存正仲與東坡同遊秀景樓京口官妓皆在而胡琴者姿伎尤妙巨公皆一時英彦境之勝客之秀妓之妙真爲稀遇洒闌巨源請於東坡曰殘霞晚照非奇辭遂作採桑子所謂多情多感仍多病多景樓中是也　欲斷哀絃再三促江妃出聽霧雨愁【續】郭璞江賦悲夷倚浪以傲睨江妃含嚬而綿眇　白浪翻空動浮玉

金山名 喚取吾家雙鳳槽 滿缶埊藏去光戾儼其階列雙鳳槽以和鳴 遣作三峽孤猿號 梁簡文巴東三峽歌去巴東三峽巫峽長猿鳴三聲淚沾裳 與君合奏芳春調啄木飛來霜樹抄 廣韻曰杪木末也方言曰木細枝謂之杪 文忠公於劉功曹家見楊直講女奴彈琵琶詩去大弦聲遲小弦促十歲嬌門彈啄木啄木不啄新生枝惟啄槎枯木腹啄木飛從何處來花間葉底時丁丁林空山靜性愈響行人舉頭飛鳥驚

破琴詩 并引

舊說夯琯開元中嘗宰盧氏與道士邢和璞出遊過夏口村入廢佛寺坐古松下和璞使人鑿地得甕中所藏婁師德與永禪師書笑謂琯曰頗憶此耶琯因悵然悟前生之為永師也故人柳子玉寶此畫云是唐本宋復古所臨者元祐六年三月十九日余自杭州還朝宿吴松江夢長老仲殊挾琴過余彈之有異聲就視琴破損而有十三絃余方歎息不已殊曰雖損尚可修曰柰十三絃何殊不荅誦詩云度數形名

豈偶然破琴今有十三絃此生未遇邪和璞方信秦箏是響泉余夢中了然識其所謂既覺而志之明日晝寢復夢殊來理前語再誦其詩方驚覺而殊適至意其非夢也問之殊蓋不知是歲六月見子玉之子子文京師求得其畫乃作詩并書所夢其上子玉名瑾善作詩及行草書復古名迪畫山水草木蓋妙絕一時仲殊本書生弃家學佛通脫無所著皆奇士也

破琴雖未修中有琴意足誰云十三絃【信民】西京雜記高祖入咸陽宮見琴長六尺安十三絃用七寶飾之銘曰璠璵之樂音節如佩玉新琴雖高張絲聲不附木宛然七絃箏動與世好逐【次公】先生詩意乃用夢中仲殊詩意也仲殊詩意似言響泉之爲秦箏猶求禪師之爲房次律也響泉琴名唐劉禹錫嘉話載汧公李勉好雅琴取桐孫精者雜綴號百納琴其尤絕曰響泉韻磬也十三絃而謂之秦箏者秦咸陽宮中箏十三弦也先生推之以爲破琴雖施十三絃而爲箏而琴之音韻節奏宛然尚在非若世間之琴雖施七絃而其聲反甚箏焉梁沈約箏詩曰秦箏吐絕調玉柱揚清曲絃依高張斷聲隨妙指續陋矣房次律因循墮流俗懸

知董庭蘭不識無絃曲【次公】杜甫奉謝口敕放三司推問狀云琯性失於簡酷嗜鼓琴董庭蘭今之琴工遊琯門下依倚爲非至於黜汚【無逸】陶淵明作無絃琴

聽武道士彈賀若

清風終日自開簾涼月今宵肯挂簷琴裏若能知賀若【演】賀若琴操名唐宣宗時待詔賀若所製因人而得名也詩中定合愛陶潛【次公】賀若之曲其聲雅淡而有餘韻猶陶潛詩外枯而中腴故以比焉

九月十五日觀月聽琴西湖示坐客

白露下衆草【次公】宋玉九辯去白露既下百草兮奄離披此梧楸碧空卷微雲【次公】辨命論云荊昭德音冊雲不卷又杜詩晴天卷片雲孤光爲誰來【厚】劉禹錫詩西園花已盡新月爲誰來似爲我與君【厚】常建詩松際露微月清光猶爲君水天浮四座河漢落酒樽使我冰雪腸不受麴蘖醺尚恨琴有絃出魚亂湖紋【次公】荀子曰瓠巴鼓瑟而游魚出聽哀彈本舊曲妙耳非昔聞良時失俯仰此見寧朝昏懸知一生中道眼無由渾

銒笙

庚辰八月二十二日劉幾仲餞飲東坡中觴聞笙簫聲杳杳若在雲霄間抑揚往反粗中音節徐而察之則出於雙銒水火相得自然吟嘯蓋食頃乃已坐客驚歎得未曾有請作銒笙詩記之少雲按年譜元符三年也

孤松吟風細泠泠獨繭長繅女媧笙【續】神仙傳園客養蠶成五色獨繭繅之絲凡不絶也【次公】記明堂位篇云女媧之笙簧陋哉石鼎逢彌明蚯蚓竅作蒼蠅聲【援】退之集道士軒轅彌明與師服侯喜作石鼎聯句彌明云時於蚯蚓竅微作蒼蠅聲銒中宮商自相賡昭文無虧亦無成【續】莊子內篇有成與虧昭文氏之鼓琴也無成與虧昭文氏之不鼓琴也東坡醉熟呼不醒但云作勞吾耳鳴【次公】晉書載記石勒在田中耕聞鞞鐸之聲歸告其母母曰作勞耳鳴非不祥徵也

舟中聽大人彈琴

彈琴江浦夜漏永斂衽竊聽獨激昂風松瀑布已清絕更愛玉琳聲琅璫自從鄭衛亂雅樂古器殘破世已六千年

寥落獨琴在有如老仙不死閲興亡世人不容獨反古强以新曲求鏗鏘微音淡弄忽變轉數聲浮脆如笙簧無情枯木今尚爾何况古意墮渺茫江空月出人響絶夜闌更請彈文王（纉）古琴調有文王操

次韻子由彈琴

琴上遺聲久不彈琴中古意本長存苦心欲記常迷舊信指如歸自着痕應有仙人依樹聽空教瘦鶴舞風寒誰知千里溪堂夜時引驚猿撼竹軒過終南日令道士趙宗有彈琴溪堂

王狀元集百家注分類東坡先生詩卷之十二

王狀元集百家注分類東坡先生詩卷之十三

器用　詩十首

次韻柳子玉二首

地爐

細聲蚯蚓發銀缾【縯】石鼎聯句時於蚯蚓竅微作蒼蠅聲擁褐横眠天未明衰鬢鑷殘欹雪領【希聲】杜牧之詩金鑷洗霜鬢壯心降盡倒風旌【次公】蘇秦傳齊王曰寡人心摇摇然如縣旌自稱丹竈錙銖火【次儀】大還丹祕契圖曰凡一斤藥有十六兩每兩有二十四銖云云從冬至建子日辰起火分兩錙銖相應倦聽山城長短更聞道牀頭惟竹几夫人應不解卿卿俗謂竹几爲竹夫人【縯】王戎妻謂其夫曰親卿愛卿所以卿卿我不卿卿誰當卿卿

紙帳

亂紋龜殼細相連慣臥青綾恐未便潔似僧巾白氎布南史高昌國有草實如繭絲如細纑名爲白氎子國人取以爲布甚軟白又杜詩細軟青絲履光明白氎巾煖於蠻帳紫茸氈【養直】趙后外傳云帝賜合紫茸雲氣帳錦衾速卷持還客【縯】杜詩錦衾[illegible]還客始覺心和平破屋

那愁仰見天〔次公〕退之寄崔立之詩破屋數間而已矣又小說有縣令求雨於董君異君異仰視其屋曰貧家屋皆見天不所以得雨如何　但恐嬌兒還惡睡夜深踏裂不成眠〔續〕杜詩布衾多年冷似鐵嬌兒惡卧踏裏裂

胡穆秀才遺古銅器似鼎而小上有兩柱可以覆而不蹶以爲鼎則不足疑其飲器也胡有詩荅之

隻耳獸齧環長脣鵝壁喙三趾下銳春蒲短兩柱高張秋菌細君看翻覆俯仰間覆成三角翻兩髫〔次公〕神仙傳上元夫人三角髫古樂府何當垂兩髫團團雲間鳴　古書雖蒲腹〔次公〕趙壹詩文籍雖滿腹不如一囊錢　苟有用我亦隨世嗟君一見呼作鼎纔注升合已漂逝不如學鴟夷盡日盛酒眞良計　有古篆五字不可識〔續〕揚雄酒箴曰鴟夷滑稽腹如大壺盡日盛酒人復借酤

無錫道中賦水車

翻翻聯聯銜尾鴉犖犖确确蛻骨蛇〔次公〕江浙間人曰水車爲龍骨車　分畦翠浪走雲陣刺水綠鍼抽稻牙洞庭五月欲飛沙鼉鳴窟

中如打衙【續】江淮間謂鼉鳴如鼓亦謂之鼉更 天公不見老翁泣嘆取阿香推雷車【搜】搜神記云義興人姓周晉永和中出都日暮寄宿一草屋權一女子居之夜半門外呼曰阿香官喚汝推雷車至曉雷雨作視其屋乃大冢也

以雙刀遺子由子由有詩次其韻

寶刀匣不見但見龍雀鐶【續】晉載記赫連勃勃造百鍊剛刀為龍雀大鐶號曰大夏龍雀 何曾斬蛟蛇【次公】王粲刀銘云陸剸犀兕水截鯨鯢 亦未切琅玕【續】十洲記周穆王時西湖獻昆吾割玉刀切玉如切泥 胡為穿窬輩見之要領寒吾刀不汝問有愧在其肝【次公】詩案曾供此詩自胡為穿窬輩至此云以譏當時邪佞之人耳 念此力自藏包之虎皮班【厚】禮記武王倒載干戈包之以虎皮 湛然如古井終歲不復瀾【搜】孟郊詩妾心古井水波瀾誓不起 不憂無所用憂在用者難佩之非其人【次公】呂虔有佩刀工相之以為必登三公可服此刀虔以遺王祥謂之曰苟非其人刀必為害 匣中自長歎我老眾所易屢遭非意干【次公】晉衛玠曰非意相干可以理遣 惟有王玄通【續】王玄通王覽也乃王祥之弟 皆庭秀芝蘭【厚】謝安嘗戒子姪曰子弟亦何豫人事而王欲其佳姪玄答曰譬如芝蘭玉樹生於皆庭耳 知子後必大故擇刀所便【續】

□以己身所與之刀授之曰汝後必興足稱此刀　署猗非不用一歲六七刓欲試百鍊

剛 [次公] 魏武論刀有云所謂百鍊利器以辟不祥　要須更泥蟠 [厚] 班固言泥蟠而天飛者應龍之家也 [倬] 揚子龍蟠于泥蚖其肆矣　作詩銘其背 [次公] 家語孔子觀周遂入太祖后稷之廟古階之前有金人焉參緘其口而銘其背　以待

知者看

鐵拄杖 并序

柳眞齡字安期閩人也家寶一鐵拄杖如楖栗木牙節宛轉天成中空有簧行輒微響柳太得之浙中相傳王審知以遺錢鏐以賜一僧柳偶得之以遺余作此詩謝之 [次公] 王審知字信通光州固始人也唐亡梁太祖加拜審知中書令封閩王升福州爲大都督

柳公手中黑蛇滑千年老根生乳節忽聞鏗然爪甲聲 [縯] 老杜桃竹杖詩憐我老病贈兩莖出入爪甲鏗有聲　四座驚顧知是鐵 [□] 杜詩落筆驚四座　含簧腹中

細泉語迸火石上飛星裂公言此物老有神自昔閩王餉吳

越不知流落幾人手坐看變滅如春雪忽然贈我意安在

兩脚未許甘衰歇便尋轍迹訪崆峒【次公】老子善行無轍迹莊子載黄帝立為天子十九年令行天下聞廣成子在於崆峒之上故往見之【性之】葛立方韻語陽秋云空同山汝州岷州俱有之杜詩云空同小麥熟則岷州之空同也黄帝到空同乃汝州之空同徑度洞庭探禹穴【厚】禹東巡守至會稽而崩因葬焉民間謂之禹穴在越州山陰縣而司馬遷年二十南遊上會稽探禹穴披榛覓藥採芝菌【次公】晉趙景眞與嵇茂齊書云涉澤求蹊披榛覓路刺虎鏦蛟擉蛇蠍【子仁】下莊子刺虎漢書鏦殺吳王鏦音從容之從又周禮以時擉魚鼈龜蜃會教化作兩錢錐【援】說苑西閭過言干將莫耶拂鍾不錚試物不知揚刃離金斬羽契鐵斧斤此至利也然以之補履曾不如兩錢之錐歸來見公未華髮問我鐵君無恙否【續】李德裕贈僧方竹杖及再見問杖無恙否曰已規而漆之矣公嗟惋久之取出摩挲向公說【次公】後漢蓟子訓傳人於長安東霸城遇之與一老翁共摩挲銅人相謂曰適見鑄此而已近五百歲矣又劉禹錫淮陰行曰船頭大銅環摩挲光陣陣矣

觀杭州鈐轄歐育刀劍戰袍

青綾衲衫暖襯甲紅線勒巾光遶脅禿襟小袖鵰鶻盤【續】李賀詩禿襟小袖調鸚鵡大刀長劍龍蛇插兩軍鼓譟屋瓦墜【次公】莽光武昆陽之戰會大雷風屋瓦皆飛【子仁】史記趙奢傳關之兵秦人鼓譟勒兵武安屋瓦皆震紅塵白羽紛相戞【援】家語

坐帷幄【續】漢高祖曰坐籌帷幄之中決勝千里之外吾不如子房談笑毫端弄生殺叫呼擊鼓催上竿猛士應憐小兒黠【子仁】退之詩曾連細兒黠有似黄鵠子試問黄河夜偷渡掠面驚沙寒霎霎何如大艦日高眠一枕清風過苕霅【堯祖】苕霅水俱出天目苕水屬杭州霅水屬湖州

送竹几與謝秀才

平生長物擾天眞【續】晉書王忱見王恭所坐六尺簟枕謂其有餘因求之恭輟而送焉遂坐薦上忱聞而大驚恭曰吾平生無長物其簡率如此老去歸田只此身留我同行木上座【厚】傳燈録佛日禪師出遊或問誰爲同行師舉拄杖示之曰惟有木上座耳贈君無語竹夫人【援】俗語竹几爲竹夫人但隨秋扇年年在【次公】斑婕妤有團扇詩云常恐秋節至涼飇奪炎熱弃捐箧笥中恩情中道絶今反言之也莫鬭瓊枝夜夜新【續】陳後主使諸貴人與狎客共賦新詩互相贈答其男云璧月夜夜滿瓊枝朝朝新大抵比日美張貴嬪之容色耳堪笑荒唐玉川子莫年家口若爲親【厚】玉川子盧仝也有詩云蚊虻當家口草石是親情

狄詠石屏

霏霏點輕素，耿耿開重陰。風花亂紫翠，〔次公〕杜詩：千峯攢紫翠。雪外有煙林。雪近勢方壯，林遠意殊深。會有無事人，支頤識此心。〔厚〕莊子：有漁父者，下船而來，左手據膝，右手持頤以聽。

和張耒高麗松扇〔不代〕張耒字文潛。

可憐堂堂十八公，〔續〕吳志注：丁固夢松生腹上，謂人曰：松字十八公也，後十八歲吾其為公乎。老死不入光明宮。〔次公〕漢武帝太初四年秋，起明光殿。師古曰：三輔黃圖云在城中，近桂宮。元后傳曰：成都侯商嘗病，欲借明光宮避暑。萬牛不來難自獻，〔厚〕杜詩：萬牛回首丘山重。裁作團團手中扇。屈身蒙垢君一洗，挂名君家詩集裏。猶勝漢宮悲婕妤，網蟲不見乘鸞子。〔次公〕漢書云：孝成帝班婕妤，帝初大幸，後趙飛燕寵盛，婕妤失寵，遂作秋扇詩云：新裂齊紈素，鮮潔如霜雪。裁成合懽扇，團團似明月。出入君懷袖，動搖微風發。常恐秋節至，涼飆奪炎熱。弃捐篋笥中，恩情中道絕。後江文通擬班婕妤曰：紈扇如圓月，出自機中素。畫作秦王女，乘鸞向煙霧。而劉禹錫團扇歌則曰：秋風入庭樹，從此不相見。上有乘鸞女，蒼蒼網蟲遍。先生使事曲折如此。

燈燭

祥符寺九曲觀燈詩三首

〔商老〕按杭州圖經：大中祥符寺在城北，……大中祥符初賜今號。九曲……

在錢塘門外寺有明軒巫軒去

紗籠擎燭迎門入【次公】李賀詩蠟光高燭照紗空銀葉燒香見客邀【商老】諸香名譜云燒香餅子一枚以灰蓋或用一薄銀楪子尤妙置香在上常令煙得所金鼎轉丹光吐夜【王文】抱朴子曰黃帝九鼎神丹經云第九轉之丹朋之三日得仙寶珠穿蟻鬧連朝【次公】小說載有以九曲寶珠欲穿之而不得問之孔子孔子教以塗脂於綫使蟻通焉波翻焰裏元相激魚舞湯中不畏焦【續】三國時有術士以藥傅魚投沸鼎中徘徊不死【次公】此直言琉璃盞水置魚其中其後點燈魚游泳而不畏耳今燈富處皆然舊注所引非是明日酒醒空想像清吟半逐夢魂銷

上元過祥符僧可久房蕭然無燈火

門前歌舞鬬分朋一室清風冷欲冰不把琉璃閑照佛始知無盡本無燈見後詩注

次韻頴叔觀燈

安西老守是禪僧到處應燃無盡燈【續】維摩經云法門有無盡燈無盡燈者譬如一燈燃百千燈冥者皆明明終不盡永夜出遊從萬騎諸羌入看擁千層【次公】漢武帝有千乘

萬騎退之云蹀躞紅千臂　便因行樂令投甲不用防秋更打冰【次公】楊惲云人生行樂耳投甲解甲也防秋打冰皆邊防之常事　振旅歸來還侍燕【次公】左傳云三年而治兵入而振旅　十分宣勸恐難勝

食物　詩五首

和黃魯直食筍次韻

飽食有殘肉饑食無餘菜紛然生喜怒似被狙公賣【縯】莊子狙公賦芧曰朝三暮四衆狙皆怒曰然則朝四而暮三衆狙皆悅名實未虧而喜怒為用亦因是也　邇來誰獨覺凛凛白下宰　太和古白下【次公】按魯直是時為吉州太和縣先是魯直作食筍詩寄先生其序云太和諸生窘於用韻而先生次其韻寰宇記白下禾山有滑筍九月末人得食之　一飯在家僧【縯】鳥窠謂道會禪師曰汝若了爭智妙圓躰自空寂即真出家何假外相當為在家菩薩如謝靈運之儔也　至樂甘不壞多生味蠹簡【厚】韓詩豈殊書蠹蟲生死文字閒　食筍乃餘債蕭然映樽俎未肯雜松芥君看霜雪姿童稚已耿介胡為遭暴橫三嗅不忍嚵【次公】論語三嗅而作　朝來忽解籜勢迫風雷噫【次公】莊子大塊噫氣其名為風　尚可餉三閭飯筒纏五采【厚】續齊諧

叫……人以竹筒貯米投汨羅祭屈原有……人於岸自稱三閭大夫曰見祭甚善常苦蛟龍所竊可以楝葉塞上綵絲約之二物蛟龍所畏也

三月十九日攜白酒鱸魚過詹史君食槐葉冷淘 無已 子美有槐葉冷淘詩

枇杷已熟粲金珠桑落初嘗灔玉蛆 厚 水經注民有姓劉名墮者宿擅工釀採挹河流醞成芳酎懸食同枯枝之年挑於桑落之辰故酒曰以得名杜詩云坐開桑落酒來把菊花枝 暫借垂蓮十分盞 厚 白樂天詩不似杜康神用遠十分一盞即開眉 一澆空腹五車書 續 莊子惠子多方其書五車 青浮卵盌槐芽餅 子仁 槐芽餅即亭所謂槐葉冷淘也蓋取槐葉汁溲麪作餅即鮮碧色也 紅點冰盤藿葉魚 厚 記少儀曰與羊魚之腥聶而切之為膾注云聶之言牒也先藿葉切之復報切之則成膾又退之詩云冰盤夏薦碧實脆 醉飽髙眠真事業此生有味在三餘 次公 三國志注董遇有從學者遇不肯教而云必當先讀百遍其義自見從學者云苦渴無日遇言當以三餘或問三餘之意荅曰冬者歲之餘夜者日之餘陰雨者時之餘也

狄韶州煑蔓菁蘆菔羹

我昔在田間寒庖有珍烹常支折脚鼎 續 餗 次公 易曰鼎折足覆公餗支薦也乃支牀龜之支 自煑花蔓菁中年失此味想像如隔生誰知南岳老

解作東坡羹【次公】東坡羹先生自名其羹云耳先生有造羹之法且有頌見集中 中有蘆菔根尚含曉露清勿語貴公子從渠嗜羶腥

劉器之好談禪不喜遊山中筍出戲語器之可同參玉版長老【駒父】冷齋夜話云先生嘗邀器之覺筍味勝問此何名東坡曰即玉板也此老師善說法器之乃悟其爲戲大笑作偈云云

叢林真百丈【次公】禪門謂之叢林傳燈錄洪州百丈山懷海禪師所出以居處岩巒峻極故號之百丈也 法嗣有橫枝 玉板橫枝竹筍也【次公】禪宇謂之法嗣而禪家旁出謂之橫枝傳燈錄黄梅謂道信師曰和尚他後橫出一枝佛法是也 不怕石頭路【厚】鄧隱峯參石頭和尚馬祖止之曰石頭路滑既往果爲石頭所困無一語而還 來參玉板師聊憑柏樹子【縯】傳燈錄僧問趙州如何是祖師西來意趙州云庭前柏樹子 與問籜龍兒【仁子】盧仝詩竹林吾最惜新筍好看守乃籜抱龍兒奔迸溢林藪 瓦礫猶能說【次公】莊子道在瓦礫又傳燈錄有僧問如何是文殊答云牆壁瓦礫而猶能說之 此君那不知【浚】王子猷愛竹嘗曰何可一日無此君

過子忽出新意以山芋作玉糝羹色香味皆奇絕天竺酥酡則不可知人間決無此味也

香以龍涎仍釄白味如牛乳更全清莫將南海金虀膾輕比東坡玉糝羹【續】大業拾遺云松江鱸膾肉白如雪不腥所謂金虀玉膾東南之佳味也

酒　詩十二首

薄薄酒二首　并引

膠西先生趙明叔家貧好飲不擇酒而醉常云薄薄酒勝茶湯醜醜婦勝空房其言雖俚而近乎達故推而廣之以補東州之樂府既又以爲未也復自和一篇聊以發覽者之一噱云爾

薄薄酒勝茶湯麤麤布勝無裳醜妻惡妾勝空房五更待漏靴滿霜【續】唐元和初始於建福門置百官待漏院舊但於光德東方而已　不如三伏日高睡足北牕凉【厚】陶潜夏日虚閑高卧北牕之下　珠襦玉柙萬人祖送歸北邙【公去】漢哀帝豫以東園秘器珠襦玉柙賜董賢顔師古注其制甚詳北邙山在河南偃師東北王公多葬其地唐人詩云孟郊死葬北邙　不如懸鶉百結獨坐負朝陽【厚】子夏衣若懸鶉董京衣百結宋國有田夫甞衣緼黂自曝於日顧其妻曰負

日之暄人莫知欲獻之於君

生前富貴死後文章百年瞬息萬世忙夷齊盜跖俱亡羊【援】莊子臧與穀二人相與牧羊而俱亡其羊問臧奚事則挾冊讀書問穀奚事則博塞以遊二人者事業不同其於亡羊均也伯夷死名於首陽之下盜跖死利於東陵之上二人所死不同其於殘生傷性均也不如眼前一醉是非憂樂兩都亡

薄薄酒飲兩鍾麤麤布着兩重美惡雖異醉暖同醜妻惡妾壽乃公【次公】乃公如漢高云幾敗乃公事猶言此老也隱居求志義之從【次公】隱居求志字出論語意言醜婦可與同隱如梁鴻孟光是也本不計較東華塵土北窗風【縯】前輩云西湖風月不如東華門軟紅塵土【次公】東華門蓋百官入朝所從出入之門也百年雖長要有終富死未必輸生窮但恐珠玉留君容千載不朽遭樊崇【厚】後漢赤眉賊帥樊崇陷長安發掘諸陵取其寶貨凡所發有玉柙殮者率皆如生故赤眉多得行淫穢文章自足欺盲聾誰使一朝富貴面發紅【子功】古樂府云今日牛羊上丘壠當時近前面發紅達人自達酒何功【子仁】白樂天嘗作酒功贊世間是非憂樂本來空

送碧香酒與趙明叔教授事見前篇

聞君有婦賢且廉勸君慎勿爲楚相【縯】史記楚王欲相優孟優孟曰請歸與婦計之三日孟復來曰婦言慎無爲楚相 不羨紫駝分御食【厚】杜詩紫駝之峯出翠釜又云御廚絡繹送八珍 自遣赤脚沽村釀【援】退之贈玉川子詩一婢赤脚老無齒 嗟君老狂不知愧更吟醜婦惡嘲謗諸生聞語定失笑冬暖號寒卧無帳【縯】進學解云冬暖而兒號寒年登而妻啼飢 碧香近出帝子家【次公】謂王駙馬家造碧香酒也 鵝兒破殼酥流盎【厚】杜詩鵝兒黃似酒對酒愛新鵝 不學劉伶獨自飲【援】劉伶渴甚求酒於其妻妻捐酒毁器涕泣諫之伶祝曰婦兒之言慎勿可聽仍引酒御肉隗然復醉 一壺往助齊眉餉【縯】梁鴻爲人賃舂每歸妻孟光爲具食舉按齊眉

趙既見和復次韻荅之

長安小吏天所放日夜歌呼和丞相【縯】曹參爲丞相游後園聞吏醉歌呼從吏幸相國召按之乃反取酒張坐飲大歌呼與相和 豈知後世有阿瞞北海樽前捉私釀【縯】曹孟德小字阿瞞自言參之後時年飢兵興公表置酒禁孔融爭之因得罪徐邈私飲至於沉醉公怒罰之 先生未出禁酒國詩語孤高常近謗幾回無酒欲沽君卻畏有司書簿帳 酸寒可笑分一斗【援】王績待詔門下省故事官給酒日三升或問待詔何樂荅曰美醞三升差可戀耳侍中陳叔達聞

之日給一斗時號斗酒學士日飲無何足袁盎【學】袁盎為吳相兄子種謂盎曰吳王驕日久今欲刻治彼不上書告君則利劍刺君矣能日飲無何說王無反如此幸得脫更將嶮語壓袁翁【學】退之醉贈張籍險語破鬼膽只恐自是臺無餽【續】魯穆公亟餽鼎肉子思曰今而後知君之犬馬畜伋蓋自是臺無餽也

趙郎中往莒縣逾月而歸亦以一壺遺之仍用前韻【援】

東鄰主人遊不歸悲歌夜夜聞舂相【續】禮曰鄰有喪舂不相蒿舂者歌以相杵聲也門前人鬧馬嘶急一家喜氣如春釀王事何曾怨獨賢詩【續】大夫不均我從事獨賢室人豈忍交謫謗【學】詩我入自外室人交徧謫我大兒踉蹡越門限【續】退之詩有兒雖甚憐教示不免簡君來好呼出踉蹡越門限小兒咿啞語繡帳定教舞袖徹伊涼【子仁】伊涼曲名蓋唐時名曲以州如伊涼甘西也更想夜庖鳴甕盎題詩送酒君勿誚免使退之嘲一餉【援】退之詩不解文字飲惟能醉紅裙雖得一餉樂有如聚飛蚊

聞錢道士與越守錢穆父飲酒送二壺

龍根為脯玉為漿【師】幽怪錄有巴邛人不知姓嘗入橘林見一大橘如三四斗盎巴人異之令攀橘剖開中有二老叟象相對身長尺餘一叟曰橘中之樂不減商山但根不得深根固蒂耳一叟曰此以虛矣須龍脯食之食訖以水噀其地為二白龍乃去又十洲

記瀛洲有玉膏如酒名曰玉酒飲數杯輒醉令人長生【任】上元夫人謂漢武帝曰鳴天鼓飲玉漿下界寒醅亦謾嘗一紙鵝經逸少醉【續】晉王羲之傳山陰道士好養鵝羲之往觀焉意甚悅固求市之道士云為寫道德經當舉群相贈羲之欣然寫畢籠鵝而歸他年鵬賦謫仙狂【續】李白覩晉阮宣子大鵬贊鄙心陋之遂作大鵬賦以窮宏達之旨金丹自足留衰鬢【子仁】抱朴子內篇曰金丹燒之愈久變化愈妙令人不老不死苦淚何須點別腸【次公】孟郊詩云老人獨自歸苦淚滿眼黑吳越舊邦遺澤在定應符竹付諸郎【援】漢文帝初與郡守為竹符分為二以右留京師以左與之【師】錢穆父與錢道士皆吳越王錢鏐之後

新釀桂酒【善權】先生有桂酒頌其序曰楚詞曰奠桂酒兮椒漿是桂可以為酒也有隱居者以桂酒方教吾釀成而玉色香味超然非世間物也

擣香篩辣入餅盆盎盎春溪帶雨渾收拾小山藏社甕【次公】小山則淮南王門下八公又有大山小山之徒當時作招隱士一篇小山之所作也云桂樹叢生兮山之幽又云攀桂枝兮聊淹留招呼明月到芳樽酒材已遣門生致【厚】周禮酒人篇以式法授酒材菜把仍叨地主恩【次公】杜詩清晨蒙菜把常荷地主恩爛煮葵羹斟桂醑風流可惜在蠻村

惠守詹君見和復次韻

已破誰能惜甑盆【續】後漢孟敏荷甑墮地不顧而去郭林宗見而問之對曰甑已破矣視之何益 頹然醉裏得全渾欲求公瑾一囷米【孚】周瑜字公瑾嘗過魯肅求貸糧肅家有兩囷米囷各三千斛肅乃指一囷與周瑜 試滿莊生五石樽【援】莊子惠子曰魏王貽我大瓠之種我樹之成而實五石莊子曰子何不慮以為大樽而浮之江湖也 三杯卯困忘家事萬户春濃感國恩刺史不須邀半道籃輿未暇走山村【續】晉書刺史王弘每令人候陶潛知其當往廬山乃遣人賫酒於半道要之至州問其所乘曰素有脚疾向乘籃輿亦足自反

眞一酒 并引

米麥水三一而已此東坡先生眞一酒也

撥雪披雲得乳泓蜜蜂又欲醉先生 眞一色味頗類予在黄州日所醖蜜酒也 稻垂麥仰陰陽足【炎】談藪王元景嘗大醉楊遵彥謂之曰何太低昂元景曰黍熟頭低麥熟頭昂黍麥俱有所以低昂 器潔泉新表裏清曉日著顔紅有暈春風入髓散無聲人間眞一東坡老與作青州從事名【續】晉書桓溫有主簿善別酒味以好者為青州從事

庚辰歲正月十二日天門冬酒熟予自漉之且漉

旨嘗遂以大醉二首（任）山居要錄載天門冬酒法醇酒一斗六月六日麴末一升好糯米五升作飯天門冬煎五升米須淘訖曬乾取天門冬汁浸先將酒浸麴如常法候炊飯適寒温用煎和飯令相入釀之秋夏七日勤看勿令熱秋冬十日熟

自撥床頭一甕雲（厚）白樂天詩南山入舍下酒甕在床頭幽人先已醉奇芬天門冬熟新年喜（厚）外臺秘要有天門冬酒法初熟味酸久停則香美餘酒皆不及麴米春香並舍聞杜子美詩云聞道雲安麴米春蓋酒名也菜圃漸疎花漠漠竹扉斜掩雨紛紛擁裘睡覺知何處吹面東風散縠紋

載酒無人過子雲（續）揚雄貧時有好事者載酒肴從雄游學年來家醞有奇芬醉鄉杳杳誰同夢（厚）唐王績有醉鄉記睡息齁齁得自聞（任）集韻齁齁鼻息也音火侯反口業向時猶小小（厚）白樂天詩漸伏酒魔休放醉猶殘口業未拋詩眼花因酒尚紛紛（援）先生以詩為口業以酒生眼花云口業不停詩有債眼花亂墜酒生風點燈更試淮南語泛溢東風有縠紋淮南子云東風至而酒泛溢許慎注云酒泛清酒也

竹葉酒（子仁）宜城九醞酒號竹葉酒

楚人汲漢水釀酒古宜城春風吹酒熟猶似漢江清耆舊何人在丘墳應已平唯餘竹葉麴留此千古情

茶　詩十二首

月兔茶

環非環玦非玦中有迷離月兔兒【續】木蘭歌雄兔脚撲朔雌兔眼迷離 一似佳人裙上月月圓還缺缺還圓【次公】記夫月三五而盈三五而缺 此月一缺圓何年君不見鬬茶公子不忍鬬小團上有雙銜綬帶雙飛鸞【次公】唐制詔書有鶻御綬帶鴈御威儀之別

遊諸佛舍一日飲釅茶七盞戲書勤慜師壁

示病維摩元不病【任】維摩詰言從癡有愛則我病生以一切衆生病是故我病若一切衆生病滅則我病滅 在家靈運已忘家【續】鳥窠禪師謂會通禪師曰汝若了爭智妙圓躰自空寂即眞出家何假外相汝當爲在家菩薩戒施俱修如謝靈運之流也 何須魏帝一丸藥【援】魏文帝詩與我一丸藥光耀有五色服之四五日身躰生羽翼 且盡盧仝七椀茶【厚】盧仝謝孟諫議寄新茶云一椀喉吻潤兩椀破孤悶三椀搜枯腸惟有文字五千卷四椀發輕汗平生不平

事盡向毛孔散五椀肌骨清六椀通仙靈七椀喫不得也唯覺兩腋習習清風生

和錢安道寄惠建茶【敬夫】遯齋閑覽云建安茶爲天下第一

我官于南今幾時嘗盡溪茶與山茗胷中似記故人面口不能言心自省爲君細說我未暇試評其略差可聽建溪所産雖不同一一天與君子性森然可愛不可慢骨清肉膩和且正雪花雨脚何足道啜過始知眞味永縱復古硬終可録汲黯少戇寛饒猛【績】漢武帝曰吾欲云云汲黯對曰陛下內多欲而外施仁義上怒變色退謂人曰甚矣汲黯之戇愚也蓋寛饒爲司隷校尉好言事犯上意終以自頸【次公】鄭昌訟寛饒有曰山有猛獸藜藿爲之不採【子仁】雪花雨脚謂茶也見紺珠集草茶無賴空有名高者妖邪次頑礦體輕雖復強浮泛性滯偏工嘔酸冷其間絶品豈不佳張禹縱賢非骨鯁【厚】張禹罷相家居永始元延之間日蝕地震尤數吏民多上書言災異之應譏王氏所致成帝以示禹禹曰春秋日蝕地震或爲諸侯相殺或夷狄侵中國新學小生亂道誤人宜無信用上由此不疑王氏張禹贊曰禹以儒宗居相位其醖籍可也然持祿保位被阿諛之譏【子仁】葵花玉蟬不易致道路幽嶮隔雲嶺誰知使者來自西開緘

磊落收百餅〔續〕盧仝謝孟簡茶歌開緘宛見諫議面手閱月團三百片嗅香嚼味本非別透紙自覺光炯炯粃糠團鳳友小龍〔續〕茶品莫貴於龍鳳謂之團茶凡八餅重一斤慶曆中蔡君謨爲福建轉運使始造小片龍茶以進其品精絕謂之小團凡二十片重一斤奴隸日注臣雙井〔厚〕草茶盛於兩浙兩浙之品日注爲第一自景祐以來洪州雙井白芽漸盛近歲製作尤精其品遠出日注之上遂爲草茶第一收藏愛惜待佳客不敢包裹鑽權倖〔次公〕漢書商鞅挾三術以鑽孝公此詩有味君勿傳空使時人怒生癭〔援〕三國志賈逵爲洪農太守與典展校尉爭公事不得理發憤生癭〔次公〕按詩案言此詩皆以譏世之小人作得權用不知上下之分妖邪很劣䡅輕性滯泥

惠山謁錢道人烹小龍團登絕頂望太湖

踏遍江南南岸山逢山未免更留連獨攜天上小團月〔續〕盧仝詩手閱月團三百片來試人間第二泉〔厚〕陸羽品泉以無錫惠山寺石泉爲第一石路縈回九龍脊水光翻動五湖天孫登無語空歸去半嶺松聲萬壑傳〔續〕阮籍嘗於蘇門山遇孫登與商山終古及栖神導氣之術登皆不應因長嘯而退至半嶺有聲若鸞鳳之音響乎岩谷乃登之嘯也

和蔣夔寄茶

我生百事常隨緣四方水陸無不便扁舟渡江適吳越【子仁】范蠡乘扁舟遊五湖 三年飲食窮芳鮮金虀玉鱠飯炊雪【次公】隋唐嘉話云吳都獻松江鱸魚鱠煬帝曰所謂金虀玉鱠東南之佳味也【師】南人鱠魚以細縷金橙拌之號為金虀玉鱠 海螯江柱初脫泉【厚】海螯言蟹螯也江柱江瑤柱也 臨風飽食甘寢罷一甌花乳浮輕圓自從捨舟入東武【師】密州即漢之瑯邪東武也 沃野便到桑麻川【子仁】按先生超然臺記云余自錢塘移守膠西釋舟楫之安而服車馬之勞去雕牆之美而蔽采椽之居背湖州之觀而行桑麻之野即此詩中意也蓋其知密州時 翦毛胡羊大如馬誰記鹿角腥盤筵【子仁】鹿角小魚也先生詩嘗云聊將充鹿角 廚中烝粟埋飯甕【子仁】山東人里肉於飯下而食之謂之飯甕 大杓更取酸生涎【更音平聲】【師】山東人喜食粟飯飲酸漿 拓羅銅碾棄不用脂麻白土須盆研【師】蜀人以脂麻白土煎茶 故人猶作舊眼看【倬】吳志呂蒙傳云士別三日即更刮目相待 謂我好尚如當年沙溪北苑強分別【任】沙溪北苑俱出名茶 水腳一線爭誰先清詩兩幅寄千里紫金百餅費萬錢吟哦烹噍兩奇絕【次公】李白詩新

縈蕩新波光景兩奇絕　只恐偷乞煩封纏老妻稚子不知愛【子仁】老妻稚子字老杜几

兩使一半已入薑鹽煎【師】薑鹽煎茶亦蜀中風俗　人生所遇無不可南北嗜好知誰賢死生禍福久不擇更論甘苦爭蚩妍知君窮旅不自釋因詩寄謝聊相鐫

怡然以垂雲新茶見餉報以大龍團仍戲作小詩

【祖謙】按圖經寶嚴院天成二年錢氏建舊額垂雲治平二年改今額元豐中詩僧清順作垂雲亭先生有贈清順新作垂雲亭詩

妙供來香積【援】言怡然之飯于僧厨也香積事見維摩經　珍烹具太官【厚】先生自言其饍于公厨也【援】敕厨所供曰太官食　揀芽分雀舌【厚】言怡然之以新茶見餉也揀芽雀舌皆嫩茶名　賜茗出龍團【次公】先生自言其報以大龍團也　曉日雲菴暖【次公】言怡然飲茶之處也　春風浴殿寒【次公】浴殿翰林學士事唐德宗雅尚文學注意是選嘗召對於浴堂門移院於金鑾殿　聊將試道眼莫作兩般看

新茶送簽判程朝奉以餽其母有詩相謝次韻答之

縫衣送與溧陽尉〔次公〕孟郊爲溧陽尉有游子吟云慈母手中線游子身上衣臨行密密縫意恐遲遲歸捨肉懷歸潁谷封〔縯〕左氏鄭莊公寘母于城潁而誓之曰不及黃泉無相見也既而悔之潁谷封人聞之有獻于公公賜之食食舍肉公問之對曰小人有母皆嘗小人之食未嘗君之羹請以遺之聞道平反供一笑〔厚〕雋不疑爲京兆尹行縣録囚徒其母問不疑有所平反活幾何人不疑多有所平反母喜笑飲食異於它時或亡所出母怒不食故爲吏嚴而不殘會須難老待千鍾〔次公〕詩永錫難老待千鍾則莊子載曾子之言曰吾及親仕三釜而心悅後仕三千鍾不洎吾心悲火前試焙分新胯〔師川〕茶品要録云茶事起於驚蟄前其初造曰試焙又曰一火其次曰二火故市茶者唯伺出於三火之前者爲最佳雪裹頭綱輟賜龍從此升堂是兄弟〔師〕後漢范式與張邵爲友式謂邵曰後二年當還將過拜爲親邵具以白母設酒饌待之至期式果到升堂拜母一甌林下記相逢〔師〕僧靈徹詩相逢盡道休官去林下何曾見一人

次韻曹輔寄壑源試焙新芽〔堯卿〕輔字子方時爲福建路轉運使試焙見前篇注

仙山靈雨濕行雲〔子仁〕宋玉神女賦朝爲行雲暮爲行雨洗遍香肌粉未勻明月來投玉川子〔次公〕韓退之李花詩日光赤色照未好明月暫入都交加夜領張徹投盧仝乘雲共至玉皇家〔子仁〕盧仝謝孟諫議寄茶詩云開緘宛見諫議面手閱月團三百片清風吹破武陵春〔子仁〕仝詩七椀喫不得也但覺兩腋習習

清風生武陵杭州山名要知玉雪心腸好不是膏油首面新【援】南史齊帝賜公主首面者三十人【堯卿】造茶者以膏油塗之以欺不知茶者【共父】茶品要録云沙溪之園民或雜以松黄飾其首面試時雖鮮白而不能久子翬曰茶録云茶色貴白而餅茶多以珍膏油其面善别茶者以肉理實潤者爲上戲作小詩君一笑從來佳茗似佳人

種茶

松間旅生茶已與俱瘦茨棘尚未容蒙翳爭交構天公所遺弃百歲仍稺幼紫筍雖不長【厚】陸羽茶經紫者上綠者次筍者上芽者次又茶譜袁州之界橋其名甚著不若湖州之研膏紫筍孤根乃獨壽移我白鶴嶺土軟春雨後彌旬得連陰似許晚遂茂能忘流轉苦【任】杜詩寄語風光共流轉暫時相賞莫相違戢戢出鳥咮【厚】茶譜蜀州雀舌鳥觜麥顆蓋取其嫩芽所造以其芽似之也未任供白磨且可資摘嗅千團輸太官【次公】太官天子之官主飲食百餅衒私鬬【次公】南中以茶相勝謂之鬬茶茶經云建人謂鬬茶爲茗戰何如此一啜有味出吾甌

汲江煎茶

活水仍須活火烹【續】趙璘因話録云李鎬嗜茶能自煎謂人曰茶須緩火炙活火煎活火謂炭之有焰者自臨釣石取深清大瓢貯月歸春甕小杓分江入夜餅茶雨已翻煎處脚【次公】茶譜曰東川之界橋其茶名著者不若湖州之研膏紫笋烹之有綠脚垂下也松風忽作瀉時聲枯腸未易禁三椀【援】盧仝謝孟諫議寄新茶詩三椀搜枯腸坐數荒村長短更

送南屏謙師并引

南屏謙師妙於茶事自云得之於心應之於手非可以言傳學到者十二月二十七日聞軾遊落星遠來設茶作此詩贈之

道人曉出南屏山來施點茶三昧手忽驚午盞兔毛斑打作春甕鵝兒酒天台乳花世不見玉川風腋今安有先生有意續茶經會使老謙名不朽【續】玉川子茶歌七椀喫不得也惟覺兩腋清風生陸羽作茶經

又贈老謙

瀉湯舊得茶三昧覓句近窺詩一斑【續】王獻之云管中窺豹時見一斑清

夜漫漫困搜攬齋腸那得許堅頑

禽鳥　詩十三首

僧奭白雞 養二十餘年常立坐下聽經

斷尾雄雞本畏烹（厚）左氏昭公二十二年賓孟適郊見雄雞自斷其尾問之侍者曰憚其為犧也年來聽法伴修行還須却置蓮花漏（援）遠法師在山中置蓮花漏恥其早晚以為行道之節老怯風霜恐不鳴

五禽言五首 并序

梅聖俞作四禽言余謫黃州寓居定慧院遶舍皆茂林脩竹荒池蒲葦春夏之交鳥鳴百族土人多以其聲之似者名之遂用聖俞體作五禽言（任）按梅聖俞詩集四禽言其下注則竹雞也婆餅焦也提胡盧也杜鵑也其詩一曰泥滑滑苦竹岡雨蕭蕭馬上郎馬蹄陵兢雨又急此鳥為君應斷腸其二曰婆餅焦兒不食爾父向何之爾母山頭化為石山頭化石可奈何遂作微禽啼不息其三曰提胡盧沽美酒風為賓樹為友山花撩乱目前開勸你今朝千萬壽其四曰不如歸去春山云暮萬木兮參天蜀天兮何處人言有翼可歸飛安用空啼向高樹

使君向蘄州，更唱蘄州鬼。我不識使君，寧知使君死。人生作鬼會不免，使君已老知何晚。（王元之自黄州移蘄州，聞啼鳥，問其名，或曰此名蘄州鬼。元之大惡之，果卒於蘄。）

南山昨夜雨，西溪不可渡。溪邊布穀兒，勸我脱破袴。不辤脱袴溪水寒，水中照見催租瘢。（土人謂布穀為脱却破袴。）

去年麥不熟，挾彈規我肉。今年麥上場，處處有殘粟。豐年無象何處尋，（續 唐文宗延英對宰相曰：天下何由太平乎？僧孺曰：太平亦無象，今雖未及至治，猶謂小康。）聽取林間快活吟。（此鳥聲云麥飯熟即快活。）

力作力作，蠶絲一百箔。（任 秋胡之妻曰：采桑力作，不顧受金。）壠上麥頭昂，（次公 王元景談藪：元景嘗大醉，楊遵彦謂之曰：何太低昂？元景曰：禾熟頭低，麥熟頭昂，黍麥俱有，所以低昂。）林間桑子落。願儂一箔千兩絲，繅絲得蛹飼爾雛。（鳥聲云蠶絲一百箔。）

姑惡姑惡，姑不惡，妾命薄。（次公 古樂府有妾命薄詩。）君不見東海孝婦死作三年乾，（續 東海有孝婦，少寡亡子，養姑甚謹。其後姑自經死，姑女告吏：婦殺我母。吏捕孝婦，驗以殺之。郡中枯旱三年。）不

如廣漢龐姑去却還 姑惡水鳥也俗云婦以姑虐死故其聲云【任】廣漢姜詩妻龐詩事母至孝妻奉順尤篤後汲
江水值風不時得還母渴詩責而遣之妻乃寄止鄰舍晝夜紡績市
珍羞使鄰母以意自遺姑久怪問鄰母鄰母具對姑感愧而呼還

異鵲 并序

熙寧中柯侯仲常通守漳州以救饑得民有二鵲棲
其廳事訖侯之去鵲亦送之漳人異焉為賦此詩

昔我先君子仁孝行於家家有五畝園么鳳集桐花【次公】有彩羽之
細禽人謂其如鳳名之曰么鳳蜀有禽
五色狎花時來集於桐上名曰桐花鳳 是時烏與鵲巢鷇可俯
拏【師】禮記鵲之巢可俯而窺 憶我與諸兒飼食觀群呀里人驚瑞異野老
笑而嗟去此方乳哺甚畏鳶與蛇手足之所及二物不敢
加主人若可信衆鳥不我遐【堯卿】志林云吾昔所居書室前有竹
栢雜花叢生滿庭衆鳥巢其上武陽
君惡殺生兒童婢僕皆不得捕取鳥雀數年間皆巢於低枝其鷇可俯
而窺也又有桐花鳳四五日翔集其間此鳥毛羽至為珍異難見而能
馴狎不畏人閭里見之以為異事有野老言鳥雀去人太遠
則有蛇鼠狐狸之憂人既不殺則自近人者欲免此害也 故知中
孚化可及豚魚【厚】易中孚卦豚魚吉信及豚魚也 柯侯古循吏悃愊真無

華【次公】後漢章帝詔語安静之吏悃愊無華臨漳所全活數等江干沙仁心格異族兩鵲栖其衙但恨不能言相對空楂楂善惡以類應古語良非誇君看彼酷吏所至號鬼車【縯】歐陽永叔有鬼車詩【次公】鬼車不祥之鳥也一名車載叐一名九頭鳥【邦衡】嶺表錄異云鵋夜飛晝伏名鬼車

鶴歎

園中有鶴馴可呼我欲呼之立坐隅【次公】賈誼鵩賦鵩入余舍止于坐隅鶴有難色側睨予豈欲臆對如鵩乎【縯】賈誼鵩賦鵩乃歎息舉首奮翼口不能言請對以臆我生如寄良畸孤【厚】魏文帝樂府曰人生如寄三尺長脛閣瘦軀【厚】莊子鶴脛雖長斷之則悲俛啄少許便有餘【援】前漢東方朔爲隱語曰尻益高者鶴俛啄也【子仁】陶詩傾身營一飽少許便有餘何至以身爲子娛【次公】此暗使世說支遁好鶴有遺以雙鶴者遁曰既有凌雲之姿何肯爲人耳目翫乎遂放之驅之上堂立須臾投以餅餌視若無憂然長鳴乃下趨難進易退我不如【縯】表記云事君難進而易退

五色雀并序

海南有五色雀常以兩絳者爲長進止必隨焉俗謂之鳳皇云久旱而見輒雨潦則反是吾卜居儋耳城南甞一至庭下今日又見之進士黎子雲及其弟威家旣去吾舉酒祝之曰若爲吾來者當再集也已而果然乃爲賦詩

粲粲五色羽【援】退之詩冊穴五色羽其名爲鳳皇炎方鳳之徒青黃縞玄服翼衛兩紱朱【任】兩紱朱序所謂兩絳者也易曰朱紱方來仁心知閔農常告雨霽符我窮惟四壁【演】司馬相如家徒四壁立破屋無瞻烏【厚】詩瞻烏爰止于誰之屋惠然此粲者【援】詩曰惠然肯來又云如此粲者何來集竹與梧【次公】鳳皇非梧桐不棲非竹實不食鏘鳴如玉佩【厚】左傳鳳皇于飛和鳴鏘鏘意欲相嬉娛寂寞兩黎生食菜眞臞儒【演】司馬相如言列仙之儒居山澤間形容甚臞小圃散春物野桃陳雪膚舉杯得一笑見此紅鸞雛高情如飛仙未易握粟呼【援】詩握粟出卜胡爲去復來眷眷豈屬吾回翔天壤間何必懷此都【演】賈誼弔屈原賦歷九州而相其君兮何必懷此都

巫山廟上下數十里有烏鳶無數取食於行舟之
上舟人以神之故亦不敢害
羣飛來去噪行人得食無憂便可馴江上飢烏無足怪野
鷹何事亦頻頻

野鷹來 子仁 水經注云沔水南有層臺號曰景升臺蓋荊州牧劉表所築表好鷹嘗登此臺歌野鷹來曲其聲似孟達上堵吟云

野鷹來萬山下荒山無食鷹苦飢飛來為爾繫絲北原
有兔老且白年年養子秋食菽我欲擊之不可得年深兔
老鷹力弱野鷹來城東有臺高崔嵬臺中公子著皮袖東
望萬里心悠哉心悠悠哉鷹何在嗟爾公子歸無勞使鷹可
呼亦凡曹天陰月黑狐夜嗥

食雉

雄雉曳脩尾驚飛向日斜空中紛格鬬綵羽落如花喧呼

勇不顧投網復誰嗟百錢得一雙新味時在佳亨煎雜雞鶩爪距漫槎牙誰知化爲蜃海上落飛鴉【子仁】禮雉入海爲蜃蜃吐氣成樓所以吞飛鳥

獸　詩四首

竹䶉

野人獻竹䶉腰腹大如盎【次公】竹䶉食竹根之鼠也退之詩要腹空大何能爲自言道旁得採不費罝網鴟夷讓圓滑【續】揚雄酒箴鴟夷圓滑腹大如壺混沌慙瘦爽【堯卿】神異經曰崑崙西有獸焉其狀如犬長毛四足似熊名曰渾沌兩牙雖有餘四足僅能髣逢人自驚躑悶若兒脫襁念茲微陋質刀几安足枉就擒太倉卒羞愧不能饗南山有孤熊擇獸行舐掌【厚】退之詩擇肉於熊羆肯視兔與貍

子來儋耳得吠狗曰烏觜甚猛而馴隨子遷合浦過澄邁泅而濟路人皆驚戲爲作此詩

烏喙本海獒【援】爾雅釋虫篇狗四尺爲獒幸我爲之主食餘已瓠肥【續】史記張蒼身長大肥白如瓠【次】黃帝之犬名槃瓠終不憂鼎俎晝馴識賓客【子仁】魏賈岱宗大狗賦敬主識王書

則無窺窬之客夜則無奸徑之賓【任】杜詩犬迎曾宿客夜悍爲門户知我當北還掉尾喜欲舞跳踉趁僮僕吐舌喘汗兩長橋不肯躡徑渡清深浦拍浮似鵝鴨【次公】畢卓云拍浮酒舡中登岸劇虓虎【援】詩闞如虓虎盜肉亦小疵【子仁】蒯通傳里婦云昨暮夜犬得肉鞭箠當貰汝再拜謝恩厚天不遣言語何當寄家書黄耳定乃祖黄耳事見補遺至浮雲嶺懷子由詩注

涪州得山胡次子由韻山胡善鳴出黔中

終日鎖筠籠回頭惜翠茸誰知聲嘵嘵亦自意重重夜宿煙生浦朝吟日上峯故巢何足戀鷹隼豈能容

仙都山鹿老泉詩序云豐都縣將游仙都觀見知縣李長官云固知君之將至也此山有鹿甚老而猛獸獵人終莫能害將有客來遊鹿輒夜鳴故常以此候之而未嘗失予聞而異之乃爲作詩先生亦同賦

日月何促促塵世苦局束仙子去無蹤故山遺白鹿仙人已去鹿無家孤棲悵望層城霞至今聞有游洞客夜來江市叫平沙長松千樹風蕭瑟仙宫去人無咫尺夜鳴白鹿

安在哉蒲山秋草無行迹

蟲　詩二首

蟈虎〔黃父〕方言云蟈虎秦晉謂之守宮又曰蝘蜓其在澤中者曰蜴蜥楚曰蛇醫

黃雞啄蟈如啄黍〔師〕李白詩黃雞啄黍秋正肥　牕間守宮稱蟈虎〔厚〕漢武帝以端午日取蜥蜴置之器餇以丹砂至明年端午擣之以塗宮人之臂有所犯輒消没以其驗於此故得守宮之名李賀所謂玉曰夜春紅守宮者是也

閨中繳尾伺飛蟲巧捷工夫在腰膂跂跂脈脈善緣壁〔續〕東方朔傳武帝置守宮盂下東方朔別著布筭射之曰以爲龍又無角以爲蛇又有足跂跂脈脈善緣壁是非守宮即蜥蜴　陋質從來誰比數今年歲旱號蜥蜴狂走兒童閙歌舞〔援〕開中僧善胡法者置蜥蜴瓮中使童男數人衣青衣同聲呪曰蜥蜴蜥蜴興雲吐霧雨令滂沱放汝歸去歲旱爲之頗有應　能嘶渠水作冰雹便向蛟龍覓雲雨守宮努力搏蒼蠅明年歲旱當求汝

二蟲

君不見水馬兒步步逆流水大江東流日千里此蟲趯趯長在此〔次公〕詩云趯趯阜螽　君不見鸂鷘堆〔養源〕韻語陽秋云阿濫堆明皇御玉笛將其聲翻爲曲左右皆

能傳唱張祐詩云至今風俗驪山下村笛猶吹阿濫堆决起隨衝風風隨風一去宿何許逆風還落蓬蒿中二蟲愚智俱莫測次公莊周言之二蟲又何知江邊一笑無人識師此與杜甫縛雞行末句云雞虫得失無了時注目寒江倚空閣同意

魚　詩六首

渼陂魚陂在鄠縣次公此杜甫詩有渼陂行者也雖士大夫非西人者往往讀為蕩漾之漾此字從水從美以其陂中魚美故得名

霜筠細破為雙掩中有長魚如卧劒沈孟浩然詩遊魚擁劒來紫荇穿顋氣慘悽紅鱗照座光磨閃攜來雖遠鬛尚動烹不待熟指先染編左氏宣公四年鄭靈公烹黿子公之食指動公故弗與子公怒染指於鼎嘗之而出坐客相看為解頤香粳飽送如填塹厚退之詩起抄爛飯穩送之曹植詩食若填巨塹堯卿杜詩半濕擣香粳退之詩淅米炊香硬早歲嘗為荆渚客次公先生應制科時同子由侍父舟行適楚是為荆楚客黃魚屢食沙頭店子仁杜詩頓頓食黃魚堯祖沙頭鎮屬荆南府濵江易採不復珍盈尺輒弃無乃僭自從西征復何有欲致南烹嗟久欠次公退之南食詩我來禦魑魅自宜味南烹

游鯈瑣細空自腥亂骨縱橫動遭砭故人遠餽何以報客俎乆空驚忽贈東道無辭信使頻西鄰幸有庖虀釀

次韻潛師放魚【子蒼】參寥子詩集載此詩其序云壺白齋與子瞻共座有客饋魚於子瞻子瞻遺放之遂命賦是詩有使君事道不事腹杞菊終年食甘美之句子瞻遂次其韻

法師說法臨泗水無數天花隨麈尾【堯卿】法雲母吳氏初生雲時忽見雲氣滿室光色瑩徹因名法雲出家之後更不易之時梁武方重佛法尤敬於雲與誌公相若誌公亦重雲雲號爲大林法師雲長講次有天花散隊幸衆咸見歎異非常又維摩詰室有天女見諸天人聞所說法便現其身即以天花散諸菩薩大弟子上花至菩薩即皆墜落至大弟子便著不墜勸將淨業種西方莫待夢中呼起起【厚】鄭玄夢孔子告之曰起起今年歲在辰明年歲在巳旣寤以讖合之曰辰爲龍巳爲蛇歲在龍蛇賢人嗟知命當終矣哀哉若魚竟坐口遠愧知幾穆生醴【援】前漢楚元王敬禮申公等穆生不嗜酒元王每置酒常爲穆生設醴及王戊即位常設後忘設焉穆生退曰可以逝矣醴酒不設王之意怠不去楚人將鉗我於市稱疾卧申公白生強起之穆生曰易稱知幾其神乎君子見幾而作不俟終日況逢孟簡對盧仝【續】孟簡爲常州刺史與盧仝遊北湖盡買漁人所獲魚放之仝作觀放魚歌不怕校人欺子美【厚】子美子産之別字也見左氏孟子云昔有饋生魚於子産子産使校人畜之池校人烹之云云故君子可欺以其方難罔以非其道波

民尚作魚尾赤【任】詩魴魚赬尾注云魚勞則尾赤【師】按公詩案言此詩譏朝廷行青苗助役法 數罟未除吾顙泚【任】孟子數罟不入汙池又曰其顙有泚 法師自有衣中珠不用辛苦泥沙底【次公】三秦記漢武帝遊昆明池見大魚銜鉤而放之間三日帝復遊池濱得明月珠一雙帝曰豈魚之報邪【堯卿】白樂天放魚詩施恩若望報吾非斯人徒不須泥沙底辛苦覓明珠

戲作鮰魚

粉紅石首仍無骨【厚】石首魚名其頭骨乃石也【彥章】蘇州圖經云養魚城下水中有石首魚 雪白河豚不藥人【續】何豚有毒治之不精則害人梅聖俞詩云烹調苟失所入喉爲鏌邪 寄語天公與河伯【居仁】酉陽雜俎云天公姓張名堅漁陽人乘白龍振策登天【公袞】抱朴子釋鬼篇曰馮夷以八月上庚日渡河溺死天帝署爲河伯 何妨乞與水精鱗

西湖秋涸東池魚窘甚因會客呼網師遷之西池爲一笑之樂夜歸被酒不能寐戲作放魚

東池浮萍半枯壞裂碧跳青出魚背西池秋水尚涵空舞闊搖深吹荇帶【續】杜詩林花着雨燕脂落水荇牽風翠帶長 吾僚有意爲遷居老

守縱饞那忍膾縱橫爭看銀刀出【次公】銀刀白魚之狀杜詩出網銀刀亂瀺灂初驚玉花碎【次公】瀺音士咸反灂音士角反韻書注云水聲也玉花魚口所吐沫之狀但愁數罟損鱗鬣【次公】孟子數罟不入洿池未信長堤隔濤瀨【厚】蜀都賦躍濤戲瀨中流相忘又吳都賦控清引濁混濤并瀨濈濈發發須臾間【次公】詩碩人篇施罛濊濊鱣鮪發發圉圉洋洋尋丈外【任】孟子始始舍之圉圉焉少則洋洋焉安知中無蛟龍種【邠老】襄沔記云龐煥字世文晉太康中爲牂柯太守去官還鄉里里人語曰我家池裏龍種來歸尚恐或有風雲會【續】周瑜曰蛟龍得雲雨終非池中物陸機江籬曰被棠風雲會杜詩主當風雲會明年春水漲西湖好去相忘湫淮海【厚】莊子魚相忘於江湖白樂天放魚詩憐其不得所移放於南湖南湖連西江好去勿踟躕

復次放魚前韻荅趙承議陳教授　趙景貺　陳履常

擾擾萬生同大塊搶榆不羨培風背【續】莊子大塊載我以生又曰鵬之飛九萬里而培風背負青天而莫之夭閼蜩與鷽鳩笑之曰我決起而飛搶榆枋奚以九萬里而南爲青丘已吞雲夢芥【援】子虛賦齊王秋田乎青丘彷徨乎海外吞若雲夢者八九於其胸中曾不芥蔕黃河復繞天門帶【厚】漢官儀及泰山記曰泰山盤道屈曲而上凡五十餘盤經小天門大天門仰視天門如從穴中視天窻矣又云黃河去泰山二百餘里於祠所瞻黃河如帶昔

譏韓子隘且陋一飽鯨魚何足膾【援】退之詩曰紹東釣儻可期與子共飽鯨魚膾東坡也是可憐人【子仁】杜詩蘇傒得數過懽喜每傾倒也是可憐人呼兒具梨棗披扶泥沙收細碎【次公】齊已詩云翻思易水上細碎動離魂誓將歸修八節灘【縯】白樂天早年歸休於所居履道里且築香山石樓鑿龍門八節灘爲游賞之樂又欲往釣七里瀨【援】七里瀨即嚴子陵釣臺也【厚】顏野王輿地志七里瀨在東陽江下與嚴陵瀨相接唐駱賓王釣磯文余晨行至七里瀨正似此魚逃網中未與造物遊數外且將新句調二子湖上秋高風月會爲君更喚木腸兒脚扣兩舷歌小海【縯】晉書隱逸傳賈充令夏統歌小海唱統以足扣舷引聲清激風起晝冥充恐懼充令妓女盛服金翠繞其船三匝統若無所聞充曰此吳兒木人石心也【次公】退之荷花行云脚扣兩舷唱吳歌

編魚

曉日照江水遊魚似玉瓶誰言解縮頸貪餌每遭烹杜老當年意臨流憶孟生【縯】杜詩復憶襄陽孟浩然清詩句句盡堪傳秖今耆舊無新語謾釣槎頭縮項鯿吾今又悲子輟箸涕縱横

竹　詩三首

春風吹榆林亂莢飛作堆荒園一雨過戢戢千萬栽青松
種不生百株望一枚一枚已有餘氣壓千畝槐野人易斗
粟云自魯徂徠縣【厚】徂徠山在兗州奉仙【次公】詩徂徠之松 魯人不知貴萬竈飛青
煤【師】兗州出佳墨多用徂徠山松燒煤 束縛同一車胡爲乎來哉【纘】西狩獲麟孔子曰孰爲來哉
【師】李太白詩全句 泫然解其縛【次公】許子面縛銜壁以見楚王楚王命解其縛又老杜縛雞行云吾叱奴人解其縛 清
泉洗浮埃枝傷葉尚困生意未肯回山僧老無子養護如
嬰孩坐侍走龍蛇清陰滿南臺孤根裂山石直幹排風雷
【纘】杜詩幹排雷雨猶力爭根斷泉源豈天意【師】退之南山詩力雖能排幹雷電怯訶詬 我今百日客養此千
歲材時去替不百日 茯苓無消息【纘】松脂入土千年化爲茯苓 雙鬢貫日夜催古今
一俛仰作詩寄餘哀

戲作種松

我昔少年日種松滿東岡初移一寸根瑣細如插秧二年
黃茆下一一攢麥芒三年出蓬艾滿山散牛羊不見十年

餘想作龍蛇長夜風波浪碎朝露珠璣香次公上六韻言松之生長我欲食其膏已伐百本桑煑松脂法用桑柴灰水人事多乖迕子仁杜詩人事多錯迕神物竟渺茫揭來齊安野夾路須騈蒼會開龜蛇窟縯松脂入土千年爲茯苓狀如龜蛇鳥獸者良杜甫寄楊員外云天寒少茯苓又云翻動神仙窟封題鳥獸形不惜斤斧創縱未得茯苓且當拾流肪釜盎百出入皎然散飛霜次公此言煑松脂之法也槁死三彭仇厚三彭三尸姓也柳子厚罵尸蟲文云人有尸蟲三處腹中伺人隱微失誤輒籍記日庚申幸其人之昏睡出讒于帝以求饗以是人多謫過夭死次公三彭道書所謂彭質彭蹻彭居也仇字神仙傳曾契虛造仙境仙官謂之曰子能伐三彭之仇乎澡換五穀腸青骨凝綠髓丹田發幽光白髮何足道要使雙瞳方見王頤求詩及草書詩注却後五百年騎鶴還故鄉次公下十韻言其松脂之功效師王子晉騎鶴還緱氏山頭與世人相別

萬松亭 并序

麻城縣令張毅植萬松於道周以庇行者且以名其亭去未十年而松之存者十不及三四傷來者之不

於潛僧綠筠軒

可使食無肉不可使居無竹〔續〕王羲之嘗寄居空宅中便令種竹曰何可一日無此君耶無肉令人瘦無竹令人俗人瘦尚可肥俗士不可醫傍人笑此言似高還似癡若對此君仍大嚼〔援〕曹子建與吳季重書曰過屠門而大嚼豈不快意世間那有楊州鶴〔厚〕有客相從各言所志或願爲楊州刺史或願多貲財或願騎鶴上昇其一人曰腰纏十万貫騎鶴上楊州蓋欲兼三人者之所欲也

次韻劉貢父西省種竹

要知西掖承平事記取劉郎種竹初〔次公〕劉禹錫玄都觀桃詩云盡是劉郎去後栽舊德終呼名字外後生誰續笑談餘〔昔李公擇種竹館中戲語同舍後人指此竹必云李文正手植貢父笑曰文正不獨繫筆亦知種竹耶時有筆工李文政〕成陰障日行當見取筍供庖計已疎白首林間望天上平安時報故人書〔李衛公北都童子寺竹寺僧日報平安〕

此君軒

雲幢煙節七洲人犀甲檀槍百萬軍蘙翳薈叢生何足數
此君眞是此君君

木　詩十一首

塔前古檜

當年雙檜是雙童相對無言老更恭庭雪到腰埋不死〔續〕二祖名惠可以求佛法夜立中庭雪齊于腰如今化作兩蒼龍

王復秀才所居雙檜二首

吳王池館遍重城奇草幽花不記名青蓋一歸無覓處只留雙檜待昇平〔續〕晉書孫皓時錢塘湖開或言天下當太平青蓋入洛時皓以問陳訓訓曰臣止能望氣不能達湖之開塞退而告其友曰青蓋入洛將有輿櫬銜璧之事尋而吳亡
凜然相對敢相欺直幹臨空未要奇根到九泉無曲處世間唯有蟄龍知

種松得徠字　其四在壞古堂　其六在石經院

嗣其意也故作是詩

十年栽種百年規好德無人助我儀 古語云一年之計樹之以穀十年之計樹之以木百年之計來之以德 【次公】詩云我儀圖之愛莫助之 縣令若同倉庚氏 【續】前漢書孝文時國家之事爲吏者長子孫居官者爲姓號倉氏庾氏也 亭松應長子孫枝天公不救斧斤厄野火解憐冰雪姿爲問幾株能合抱 【次公】老子合抱之木起於毫末 慭勤記取角弓詩 【援】左傳昭二年晉侯使韓宣子來聘公享之韓子賦角弓既享宴于季氏有嘉樹焉宣子譽之武子曰宿敢不封殖此樹以無忘角弓之詩遂賦甘棠 【次公】老杜冬日有懷李白詩更尋嘉樹傳不忘角弓詩

和趙景貺栽檜

汝陰多老檜處處屯蒼雲地連丹砂井 【續】抱朴子葛稚川祖爲臨沮縣有廖氏世年百歲玄井水赤葛疑有丹濬井果得丹砂數斛 【次公】汝陰潁州也潁州之東與亳州接境亳州老君觀有丹砂井有檜其文左紐其枝枯而再生 物化青牛君 【厚】玄中記曰千歲之樹精化爲青羊萬歲之樹精化爲青牛秦始皇使人伐大樹有青牛躍出走入豐水又嵩山記嵩山有大松樹千歲其精化爲青牛爲伏龜 時有再生枝 潁之靈壇觀亦有再生檜 還作左紐文 【厚】范文正公太清宮九詠太清宮有左紐檜 王孫有古意書室延清芬應憐四孺子

【次公】四孺子杜甫種四小松詩而管子對齊公之問苗曰苗始其少也眴眴乎何其孺子也今栽檜亦適有四故言四孺子也 不墮
凡木羣體備松栢姿【厚】爾雅釋木篇栢葉松身曰檜 氣含芝朮薰初扶鶴
骨立未出龍纏筋巢根白蟻亂網葉青蟲紛乃知蔽芾初
【援】詩蔽芾甘棠 甚要封植勤【續】左傳韓宣子聘魯宴于季氏有嘉樹焉宣子譽之武子曰宿敢不封植此樹以無忘角弓
他年皮三寸【厚】前漢晁錯上書曰胡貉之地積陰之處木皮三寸冰厚六尺 狐鼠了不聞

予少年頗知種松手植數萬株皆中梁柱矣都梁山中見杜輿秀才求學其法戲贈二首

露宿泥行草棘中十年春雨養鬚龍【次公】都梁山泗上之山也鬚龍以言松西京雜記載松有五鬛七鬛之名 如今尺五城南杜【續】雞跖集韋曲杜鄠近長安諺云城南韋杜去天五尺 欲問東坡學種松
君方掃雪收松子我已開榛得茯苓【厚】抱朴子松脂入地千歲化為茯苓 為問何如插楊柳明年飛絮作浮萍【次公】世言楊花入水經宿為浮萍

王仲至侍郎見惠穉栝種之禮曹北垣下今百餘

日矣蔚然有生意喜而作詩【少雲】按年譜先生以元祐七年壬申迁禮部
翠枯東南美【厚】爾雅東南之美者有會稽之竹箭焉 近生神嶽陰【援】神岳指言衡山也禹貢云荆及衡
楊爲荆州杶榦栝柏四物荆州所生栝乃今之所謂檜也 惜哉不可致霜根絡雲岑仙風振
高標香實隕平林偶隨樗櫟生【續】莊子惠子曰吾有大樹人謂之樗又匠石之齊至于曲轅見
櫟社樹曰此散木也 不爲樵木侵忽驚黃茆嶺稍出青玉鍼好事雖
力取王城少知音豈無換鵝手【厚】王羲之性愛鵝山陰道士好養鵝羲之往觀焉意甚悅因求
市之道士云爲寫道德經當舉羣相贈羲欣然寫畢籠鵝而歸 但知覓來禽【援】羲之有覓來禽帖云青李來禽日
給藤子皆囊成爲佳函封多不生其詳見法書要録 高懷獨夫子一見捐槖金【厚】前漢陸賈出所使越槖
中金分遺其子 得之喜不寐【續】樂正子爲政孟子聞之喜而不寐 贈我意殊深公堂開後
閤凡木愧華簪栽培一寸根寄子百年心常恐樊籠中【厚】莊
子澤雉五步一啄十步一飲不蘄畜乎樊中注樊所籠雉 摧我鸞鶴衿【希聲】舒元輿録桃源畫記有鸞青其衿有鶴丹其羽
誰知積雨後寒芒曉森森恨我迫歸老不見汝十尋蒼皮
擭玉骨【少儀】杜詩蒼皮溜雨四十圍又云秋水爲神玉爲骨 且暮視古今何人風雨夜卧

聽饑龍吟

宥老楮

我墻東北隅，張王惟老穀。【次公】張王並去聲。退之筍詩：得時方張王。劉禹錫蒲桃歌：張王日日高。樹先樗櫟大，【次公】莊子：樗櫟不材之木。葉等桑柘沃。【厚】詩曰：桑之未落，其葉沃若。流膏馬乳漲，墮子楊梅熟。【厚】張揖漢書注：楊梅其實似穀子而有核。胡爲尋丈地，養此不材木。【續】莊子行於山中，見大木枝葉盛茂，伐者止其旁而不取也。莊子曰：此木以不材故終天年。蹶之得輿薪，【援】孟子：明足以察秋毫之末，而不見輿薪。規以種松菊。【次公】規，圖也。東方朔云：鄠杜之間號爲土膏。今規以爲苑。靖言求其用，略數得五六。膚爲蔡侯紙，【厚】後漢蔡倫造意，用樹膚、麻頭及敝魚網以爲紙。子入桐君錄。【次公】桐君有採藥錄，說其花蘂形色。仙方楮實正赤時收取中子，陰乾用之。黃繒練成素，黝面頮作玉。【次公】黃繒，黃絹也。世盡以楮實練絹矣。黝面，黑色也。頮，洗也。顧命洮頮水是也。世有楮實爲面藥矣。灌洒蒸生菌，【次公】莊子：蒸生菌菌。相也。世以米泔洒楮而生。腐餘光吐燭。雖無傲霜節，幸免狂酲毒。【厚】莊子載商丘大木，嗅之使人狂酲，三日不已。孤根信微陋，生理有倚伏。【續】老子：禍兮福所倚，福兮禍所伏。投斧爲賦詩，德怨聊相贖。

○卷終

王狀元集百家注分類東坡先生詩卷之十四

花

詩七十九首

吉祥寺賞牡丹【任】熙寧五年壬子三月先生在杭州作

人老簪花不自羞花應羞上老人頭【次公】劉禹錫看牡丹詩今日花前飲甘心醉數杯但愁花有語不爲老人開

醉歸扶路人應笑十里珠簾半上鉤【援】杜牧之詩春風十里揚州過卷上珠簾恐不如

和陳述古拒霜花

千株掃作一番黃只有芙蓉獨自芳喚作拒霜知未稱細思却是最宜霜

吉祥寺花將落而述古不至

今歲東風巧剪裁含情只待使君來【次公】張祐詩含芳只待舍人來　對花

無信花應恨直恐明年便不開

述古聞之明日即來坐上復用前韻同賦

仙衣不用剪刀裁【次公】劉禹錫詩仙人衣裳弃刀尺宋之問立春詠剪綵花應制詩今年春色好應爲剪刀催國色初酣卯酒來【縯】唐玄宗内殿賞牡丹上頗好詩謂穆修巳曰今京邑詩誰爲首出修巳曰李正封詩天香夜染衣國色初酣酒時楊妃侍側上曰粧臺前飲以一紫金醆酒則正封之詩見矣事出南部新書太守問花花有語爲君零落爲君開【厚】嚴惲詩酒盡花殘花不語爲誰零落爲誰開【胡】才調集有無名氏絶句云春光冉冉歸何處更向樽前把一盃盡日問花花不語爲誰零落爲誰開

李鈴轄座上分題戴花

二八佳人細馬䭾【縯】李白詩蒲萄酒金色羅吳姬十五細馬䭾十千美酒渭城歌【厚】曹植詩名都篇云歸來宴平樂美酒斗十千王維詩渭城朝雨裛輕塵客舍青青柳色新簾前柳絮驚春晚頭上花枝奈老何露濕醉巾香掩冉月明歸路影婆娑綠珠吹笛何時見【縯】綠珠石崇家妓也善吹笛欲把斜紅插皁羅

陌上花三首 并引

游九仙山聞里中兒歌陌上花吳越王妃每歲春必歸臨

安王以書遺妃曰陌上花開可緩緩歸矣吳人用其語爲歌含思宛轉聽之凄然而其詞鄙野爲易之云

陌上花開胡蝶飛江山猶是昔人非【次公】丁令威得仙詩城郭如故人民非 遺民幾度垂垂老【續】僧貫休詩一瓶一鉢垂垂老萬水千山得得來 遊女長歌緩緩歸

陌上山花無數開【次公】杜詩河陽縣裏雖無數 路人爭看翠駢來若爲留得堂堂去【厚】古詩青春背我堂堂去白髮欺人故故生 且更從教緩緩迴

生前富貴草頭露【續】杜詩惜君只欲苦死留富貴何如草頭露 身後風流陌上花且作遲遲君去魯【厚】孟子曰孔子去魯曰遲遲吾行也去父母國之道也 獨歌緩緩妾回家

和述古冬日牡丹四首

一朶妖紅翠欲流春光回照雪霜羞化工只欲呈新巧不放閑花得少休【次公】按公詩案云此譏諷執政之人以化工比之也

花開時節雨連風却向霜餘染爛紅漏泄春光私一物【師】杜詩侵凌雪色還萱草漏泄春光有柳條 此心未信出天工

當時只道鶴林仙能遣秋花發杜鵑【任】鶴林潤州寺名有杜鵑高丈餘每春月爛熳寺僧相傳言貞元中有僧自天台移栽之餘詳見後十日復至詩注誰信詩能回造化直教霜枿放

春妍

不分清霜入小園故將詩律變寒暄使君欲見藍關詠更倩韓郎爲染根【續】韓湘愈之姪孫也自言解造逡巡酒能開頃刻花愈曰子豈能奪造化而開花乎湘乃聚土以盆覆之俄而舉盆有碧牡丹二朶葉有小金字云雲橫秦嶺家何在雪擁藍關馬不前愈後貶潮州至藍關遇雪乃悟今退之集中有示姪孫湘詩第三聯即是【師】韓湘唐元和中自言能染花紅者可使碧或一朶具五色是年秋與退之於後堂之前染白牡丹一叢云來春必作含稜碧色内合有金含稜紅間暈者四面各合有一朶五色者自斸其根下置藥而後栽培之明年花開朶數一如其說出太平廣記

刀景純賞瑞香花憶先朝侍宴次韻【敬夫】廬山記云瑞香花紫而香烈非羣芳之比其始蓋出此山

上苑夭桃自作行劉郎去後幾回芳【厚】劉禹錫詩玄都觀裏桃千樹盡是劉郎去後栽猶從年少追新賞閑對宮花識舊香欲贈佳人非泛洧【續】溱洧詩伊其相謔贈之以芍藥好紉幽佩弔沉湘【援】離騷紉秋蘭以爲佩賈誼賦側聞屈原兮自沉汨羅造託湘流兮

敬弔先生 鶴林神女無消息爲問何由返帝鄉 鶴林神女見前冬日牡丹詩注

八月十七日天竺山送桂花分贈元素 〔堯卿〕楊繪字元素皇祐五年及弟

月缺霜濃細蘂乾此花元屬桂堂仙 〔續〕姮娥羿妻也羿得不死之藥於西王母姮娥竊之奔月遂託身月中仙有蟾蜍之象焉 鷲峯子落驚前夜 〔厚〕天竺山昔有梵僧云此山自天竺鷲山飛來八月十五夜嘗有桂子落 蟾窟枝空記昔年 〔注〕蟾窟枝空言元素中甲科時也 破裓高僧憐耿介練裙溪女鬬清妍願公採擷紉幽佩 〔援〕離騷紉幽蘭以爲佩 莫遣孤芳老澗邊

謝郡人田賀二生獻花

城裏田貟外城西賀秀才不愁家四壁 〔續〕司馬相如家徒四壁立 自有錦千堆 〔續〕謝庭皓以詞賦著名時號錦綉堆 珍重尤奇品艱難最後開芳心困落日薄艷戰輕雷 昨日雷雨 老守仍多病壯懷先巳灰殷勤此粲者 賀獻穊花三朶 〔續〕詩今夕何夕見此粲者 〔次公〕國語三女爲粲 攀折爲誰哉玉腕揎紅袖 〔子仁〕小說載詩云吹火紅唇動揎薪玉腕斜 金樽瀉白醅何當鏁霜鬢强插滿頭迴

【子仁】杜牧詩菊花須插滿頭歸

惜花

吉祥寺中錦千堆錢塘花最盛處前年賞花真盛哉道人勸我清明來腰鼓百面如春雷打徹涼州花自開【堯卿】按南卓羯鼓録云明皇帝嘗遇二月初詰旦宿雨始晴景色明麗小殿亭內柳杏將吐覩而嘆曰對此景可不與他判斷之乎高力士遣取羯鼓上命臨軒縱擊一曲名春光好反顧柳杏皆已發拆指而笑之謂嬪嬙內官曰此事不喚我作天公可乎沙河塘上戴花回醉倒不覺吳兒咍【次公】北人呼南人曰吳兒晉書賈充言夏統曰此吳兒木人石心豈知如今雙鬢摧城西古寺沒蒿萊有僧閉門手自栽千枝萬葉巧剪裁就中一叢何所似馬腦盤盛金縷杯【次公】唐裴行儉平都支遮匐獲馬腦盤廣二尺文采粲然杜詩內府殷紅馬腦盤先生特取此三字以此牡丹之下層耳而我食菜方清齋對花不飲花應猜夜來雨雹如李梅【次公】春秋李梅實紅殘綠暗吁可哀

錢塘吉祥寺花為第一壬子清明賞會最盛金盤綵藍以獻于座者五十三人夜歸沙河塘上觀者如山

爾後無復繼也今年諸家園圃花亦極盛而龍興僧房一叢亦奇但衰病牢落自無以發興耳昨日雨雹如此花之存者有幾可爲歎惜也

玉盤盂二首并序

東武舊俗【厚】密州所治城即漢琅琊之東武每歲四月大會於南禪資福兩寺芍藥供佛而今歲最盛凡七千餘朶皆重跗累萼繁麗豐碩中有白花正圓如覆盂其下十餘葉稍大承之如盤姿格絶異獨出於七千朶之上云得之於城北蘇氏園中周宰相莒公之别業也【厚】莒公即蘇禹珪也

雜花狼籍占春餘芍藥開時掃地無兩寺粧成寶瓔珞一枝爭看玉盤盂佳名會作新翻曲絶品難尋舊畫圖從此定知年穀熟姑山親見雪肌膚【續】莊子藐姑射之山有神人居焉肌膚若冰雪綽約若處子使物不疵癘而年穀熟然爲周相廣順元年罷而其名俚甚乃爲易之

花不能言意可知，今君痛飲更無疑【次公】杜詩：痛飲眞吾師。但持白酒勸佳客，直待瓊舟覆玉彝【次公】李白詩：白酒初熟山中歸。周禮有六彝，皆有舟。負郭相君初擇地【縯】蘇秦既約六國從親，爲從長，相六國，曰：使我有負郭田二頃，吾豈能佩六國相印乎。看羊屬國首吟詩【厚】蘇武使匈奴，欲降之，知武終不可屈，乃徙武北海上，使牧羝。武杖漢節牧羊，卧起所操持，節旄盡落。後歸漢，拜典屬國。吾家豈與花相厚，更問殘芳有幾枝。

留別釋迦院牡丹呈趙倅

春風小院却來時，壁間惟見使君詩。應問使君何處去，憑君說與春風知【堯卿】杜詩：傳語風光共流轉。年年歲歲何窮已，花似今年人老矣【縯】【堯卿】劉希夷詩：年年歲歲花相似，歲歲年年人不同。唐人詩：菊花一歲歲相似，人皃一年年不同。去年崔護若重來【厚】麗情集載：崔護清明獨遊都城南，得居人莊，叩門求飲，有女子開門，以盂水至。及來歲清明，護往尋之，則門已扃鎖，因題詩曰：去年今日此門中，人面桃花相映紅。人面不知何處去，桃花依舊笑春風。前度劉郎在千里【縯】劉禹錫自朗州召歸京師，玄都觀有道士手植桃，蒲觀如紅霞。禹錫作詩云：玄都觀裏桃千樹，盡是劉郎去後栽。坐此復謫播州。後十四年重遊玄都，蕩然無復一樹，唯兔葵燕麥動搖春風耳。因再作詩云：種桃道士歸何處，前度劉郎今獨來。

次韻李公擇梅花

詩人固長貧【子仁】漢書曰張負曰豈有美如陳平而長貧者乎 日午飢未動偶然得一飽 萬象困嘲弄【次公】萬類困陵暴退之詩 尋花不論命【續】韓詩直把春償酒都將命乞花 愛雪長忍凍天公非不憐聽飽即喧鬨君爲三郡守所至蒲賓從江湖常在眼【次公】蓋謂公擇嘗爲湖守每懷江湖謝靈運詩想見山阿人薜蘿如在眼 詩酒事豪縱奉使今折磨清比於陵仲【厚】孟子陳仲子避兄離母處於陵【次公】漢鄒陽傳言於陵仲子辭三公爲人灌園故得其清 永懷茶山下攜妓修春貢【次公】茶山春貢湖州事也張君房脞說云湖州長城縣啄木嶺金沙泉每歲造茶之所也泉處沙中居常無水湖常二郡守至于境會亭具犧牲拜勑祭泉其夕清溢造御茶畢水即減供堂者畢水已半之太守造畢即涸矣守或還旆稽晚則有風雷之變云 更憶檻泉亭【次公】應是濫泉字尔雅濫泉正出正出者涌出也 插花雲髻重蕭然臥灊麓秋聽春禽哢忽見早梅花不飲但孤諷詩成獨寄我字字愈頭痛【續】魏志魏太祖苦頭風臥讀陳琳所作檄翕然而起曰此愈我病 嗟君本侍臣筆橐從上雍【次公】前趙充國傳子卯言張安世持橐簪筆事孝武皇帝數十年注橐囊也所以盛書上雍武帝所幸之地司馬遷書云僕又薄從上上雍 脫靴吟芍藥【任】開元中禁中重芍藥即今牡丹也

花方繁開上曰賞名花對妃子焉用舊樂命李龜年持金花牋宣翰林供奉李白立進清平調辭召入而白已醉上命宮人以水灑面良久白謂高力士曰爲吾脫靴力士素貴遂銜之餘見續麗人行注給札賦雲夢【厚】漢武帝令尚書給筆札令司馬相如賦子虛盛推雲夢之事何人慰流落嘉蔭天爲種杯傾笛中吟【續】笛有落梅之曲帽拂果下鞍【厚】後漢時濊貊獻果下馬高三尺乘之可於果樹下行感時念羈旅此意吾儕共故山亦何有桐花集幺鳳【次公】西蜀有楓花鳥似鳳而小先生眉人故稱故山也【師】人謂之倒掛子公梅詞所謂倒掛綠毛幺鳳是也君亦憶匡廬【次公】匡廬山名江州寰宇記廬山其山九疊山海經所謂三天子鄣也周武王時匡俗所廬故名廬山亦曰匡廬歸掃藏書洞【子仁】蓋謂李公擇嘗讀書廬山五老峯山白石僧舍故也事見先生李氏山房藏書記何當種此花各抱漢陰甕【續】莊子漢陰丈人方將爲圃畦鑿隧而入井抱甕而出灌

梅花二首

春來幽谷水潺潺的皪梅花草棘間一夜東風吹石裂半隨飛雪渡關山【次山】關山則所往黃州之路先生嘗有詩云去年今日關山路細雨梅花正斷魂

何人把酒慰深幽開自無聊落更愁幸有清溪三百曲不辭相送到黃州

寓居定惠院之東雜花滿山有海棠一株土人不知貴也

江城地瘴蕃草木只有名花苦幽獨嫣然一笑竹籬間【厚】文選登徒子賦宋玉賦嫣然一笑惑陽城迷下蔡　桃李漫山總麤俗也知造物有深意故遣佳人在空谷【縯】杜詩絶代有佳人幽居在空谷　自然富貴出天資【次公】嵇康傳龍章鳳姿天質自然也　不待金盤薦華屋【次公】言不待金盤盛之薦於華屋之下　朱唇得酒暈生臉翠袖卷紗紅映肉【次公】杜詩憶子初尉永嘉時紅顏白面花映肉　林深霧暗曉光遲日暖風輕春睡足【次公】楊妃傳明皇方召妃子方醉而來帝曰乃是海棠花睡未足耳　雨中有淚亦悽愴月下無人更清淑先生食飽無一事【師】永叔詩飽食杜門無一事　散步逍遥自捫腹不問人家與僧舍拄杖敲門看脩竹【次公】退之詩誰家多竹門可款【倬】南史袁粲傳家居負郭每杖策逍遥當其意得悠然忘返郡南一家頗有竹石粲率尔步往亦不通主人直造竹所嘯詠自若　忽逢絶艷照衰朽歎息無言揩病目陋邦何處得此花無乃好事移西蜀寸根千里不易到銜子飛來定鴻

鵲天涯流落俱可念【演】白樂天琵琶行同是天涯淪落人【次公】姤記云玉雪可念爲飲一樽

歌此曲明朝酒醒還獨來雪落紛紛那忍觸

雨中看牡丹三首

霧雨不成點【次公】古列女傳陶荅子妻云豹藏霧雨也映空疑有無時於花上見

的皪走明珠秀色洗紅粉暗香生雪膚【次公】莊子云藐姑射之神人肌膚若冰雪

黄昏更蕭瑟頭重欲相扶

明日雨當止晨光在松枝清寒入花骨【邦衡】李賀詩天遣裁詩花作骨肅肅

初自持午景發濃艷一笑當及時【次公】古詩云行樂當及時依然暮還斂

亦似惜幽姿

幽姿不可惜後日東風起酒醒何所見金粉抱青子千花

與百草【次公】杜詩萬草千花動凝碧共盡無妍鄙未忍汙泥沙牛酥煎落蘂

岐亭道士見梅花戲贈季常陳慥字季常【任】元豐四年辛酉公在黄州往岐亭作

蕙死蘭枯菊亦摧返魂香入嶺頭梅【演】李夫人死漢武帝念之不已乃令方士作返魂香燒之

人乃降【次公】十洲記聚窟洲有大樹如楓而葉香聞數百里名曰返魂樹死尸在地聞之而即生　數枝殘緑風吹盡一點芳心雀啅開野店初嘗竹葉酒【次公】張華輕薄篇曰蒼梧竹葉青張景陽七命曰豫北竹葉注云竹葉酒名　江雲欲落豆稭灰【次公】文酒清話載王勉嘗作雪詩上吉陽縣令云上天燒下豆稭灰烏李從教變白梅　行當更向釵頭見病起烏雲正作堆【子仁】詩云鬒髮如雲烏雲謂鬒髮也

紅梅三首

怕愁貪睡獨開遲自恐冰容不入時故作小紅桃杏色【次公】杜詩點注桃花舒小紅　尚餘孤瘦雪霜姿寒心未肯隨春態酒暈無端上玉肌詩老不知梅格在更看緑葉與青枝【任】先生詩文發源載石曼卿詩云云此至陋語村學堂中䠶也石曼卿紅梅詩認桃無緑葉辨杏有青枝

雪裏開花却是遲【子仁】古詩前村深雪裏昨夜一枝開謂梅也　何如獨占上春時也知造物含深意故與施朱發妙姿【次公】宋玉云施朱太赤　細雨裛殘千顆淚輕寒瘦損一分肌不應便雜夭桃杏半點微酸已

著枝

幽人自恨探春遲【子仁】杜牧之詩自是尋春去校遲不須惆悵怨芳時不見檀心未吐時丹鼎奪胎那是寳朱砂紅銀謂之不奪胎色玉人頩頰更多姿【次公】頩普經切楚辭遠遊云玉色頩以艶顔兮精神粹而始壯㛹邪艶頩怒色也玉人怒則頰紅抱叢暗蕊初含子落盞穠香已透肌乞與徐熙畫新様【養直】圖畫見聞志云徐熙鍾陵人世爲江南士族善畫花木竹間璀璨出斜枝

問大冶長老乞桃花茶栽東坡【堯祖】大冶縣屬興國軍

周詩記苦荼【縯】詩誰謂荼苦其甘如薺又周原膴膴堇荼如飴茗飲出近世【次公】晉宋喫茶謂之茗飲【仔】尔雅云檟苦荼注樹似梔子今呼早采者爲荼晩采者爲茗一名荈蜀人名之苦荼【子仁】杜詩茗飲蔗漿攜所有初緣厭粱肉【縯】杜詩甲第紛紛厭粱肉假此雪昏滯嗟我五畝園桑麥苦蒙翳不令寸地閑【次公】杜詩寸地尺天俱入貢更乞茶子蓺饑寒未知免已作太飽計庚將通有無農末不相戾春來凍地裂紫筍森已銳【次公】紫筍茶名【性之】唐國史補云湖州有顧渚之紫筍常州有義興之紫笋皆茶也牛羊煩訶叱筐筥未敢

晛江南老道人齒髮日夜逝他年雪堂品尚記桃花裔

和秦太虛梅花

西湖處士骨應槁【縯】西湖處士指言林逋和靖也有梅花詩最知名其一云踈影横斜水清淺暗香浮動月黄昏評詩者以爲絶唱云【子仁】先生詩話云詩人有偶物之功桑之未落其葉沃若他木殆不可以當此至林逋梅花詩云云决非桃李詩也只有此詩君壓倒【子仁】楊汝士於裴晉公座上聯句壓倒元白東坡先生心已灰爲愛君詩被花惱【厚】杜詩江上被花惱不徹多情立馬待黄昏殘雪消遲月出早江頭千樹春欲暗竹外一枝斜更好【次公】林和靖詩又云屋簷斜入一枝低孤山山下醉眠處點綴裙腰紛不掃萬里春隨逐客來十年花送佳人老去年花開我已病今年對花還草草不知風雨卷春歸收拾餘香還畀昊【次公】詩云投畀有昊

再和潛師

化工未議蘇羣槁先向寒梅一傾倒江南無雪春瘴生爲散冰花除熱惱【師】華嚴經云以白旃檀塗身能除一切熱惱而得清涼也風清月落無人見

海棠詩末句元本作高燒銀燭
照紅粧矣

子仁 唐皮日休白蓮詩云無情有恨何人見月曉風清欲墜時 洗粧自趁霜鐘早 次公 柳子厚云豐山上有種焉

惟有飛來雙白鷺玉羽

曰 漢書鄭崇曰臣如市臣心如水 眼淨塵

空無可指故犂刻詩寄多情積機欲試東坡老 子仁 列子是殆見吾衡氣機也 東坡習氣除未盡時復長篇書小草且撼長條飧落英 續 離騷云朝飲木蘭之墜露兮夕飧秋菊之落英 忍饑未忍窮呼昊 厚 史記屈原傳太史公言人窮則反本故勞苦倦極未嘗不呼天也

海棠

東方嫋嫋泛崇光 次公 楚辭光風轉蕙泛崇蘭 香霧霏霏月轉廊只恐夜深花睡去 次公 明皇當召太真妃妃被酒新起帝曰此乃海棠花睡未定耳 更燒高燭照紅粧

玉堂栽花周正孺有詩次其韻

故山桃李半荒榛粗報君恩便乞身竹簟暑風招我老

睍江南老道人齒髮日夜逝他年雪堂品尚記桃花裔

和秦太虛梅花

西湖處士骨應槁【縯】西湖處士指言林逋和靖也有梅花詩最知名其一云踈影横斜水清淺暗香浮動月黄昏評詩者以爲絕唱云【子仁】先生詩話云詩人有冩物之功桑之未落其葉沃若他木殆不可以當此至林逋梅花詩云云決非桃李詩也只有此詩君壓倒【子仁】座上聯句壓倒元白東坡先生心已灰爲愛君詩被花惱【厚】杜詩江上被花惱不徹多情立馬待黄昏殘雪消遲月出早江頭千樹春欲暗竹外一枝斜更好【次公】林和靖詩又云屋簷斜入一枝低孤山山下醉眠處點綴裙腰紛不掃萬里春隨逐客來十年花送佳人老去年花開我已病今年對花還草草不知風雨卷春歸收拾餘香還畀昊【次公】詩云投畀有昊

再和潛師

化工未議蘇羣槁先向寒梅一傾倒江南無雪春瘴生爲散冰花除熱惱【師】華嚴經云以白旃檀塗身能除一切熱惱而得清凉也風清月落無人見

[子仁]唐皮日休白蓮詩云無情有恨何人見月曉風清欲墜時 洗粧自趁霜鍾早[次公]柳子厚云豐山上有鍾焉霜降則鳴[師]宋武帝宫人早朝聞景陽樓鍾聲即起粧洗[任]杜詩金乳霜鍾徹 惟有飛來雙白鷺玉羽瓊枝鬬清好吴山道人心似水[子仁]漢書鄭崇曰臣門如市臣心如水 眼淨塵空無可掃故將妙語寄多情横機欲試東坡老[子仁]列子是殆見吾衡氣機也 東坡習氣除未盡時復長篇書小草且撼長條飱落英[縯]離騷云朝飲木蘭之墜露兮夕飱秋菊之落英 忍饑未忍窮呼昊[厚]史記屈原傳太史公言人窮則反本故勞苦倦極未嘗不呼天也

海棠

東方嫋嫋泛崇光[次公]楚辞光風轉蕙泛崇蘭 香霧霏霏月轉廊只恐夜深花睡去[次公]明皇嘗召太真妃妃被酒新起帝曰此乃海棠花睡未定耳 更燒高燭照紅粧

玉堂裁花周正孺有詩次其韻

故山桃李半荒榛粗報君恩便乞身竹簟暑風招我老

【演】歐陽文忠公内制集序云京竹簟之暑風㬥芬簷之冬日玉堂花蘂爲誰春纖纖翠蔓詩

催發皎皎霜葩髮鬬新只有來禽青李帖【厚】王羲之有問人覓來禽青李帖

他年留與學書人

和王晉卿送梅花次韻

東坡先生未歸時自種來禽與青李【次公】言在黃州時也【恭】詩文發源云來禽以味甘來衆禽也【伯】餘見前篇注五年不踏江頭路【次公】言離黃州五年矣夢逐東風泛蘋

芷江梅山杏爲誰容獨笑依依臨野水此間風物君未識花

浪飜天雪相激明年我復在江湖知君對花三歎息

卧病彌月聞垂雲花開順闍梨以詩見招次韻荅之

道人心似水不凝照花妍燕坐春強半清陰月屢遷平生

無起滅【師】釋迦偈諸行無常是生滅法生滅滅已寂滅爲樂一念有陳鮮蜎蜎風枝舉齚

離日䔍蔦病吟終少味老醉不成顛何必遨頭出【師】世俗以太守爲遨

頭

湖中有散仙【次公】韓退之云上界真人足官府豈如散仙鞭笞鸞鳳終日相追陪

菩薩南漪堂杜鵑花

南漪杜鵑天下無，披香殿上紅氍毹。【次公】白樂天紅線毯篇：紅線毯，擇繭繅絲清水煮，揀絲練線紅藍染，染爲紅線紅於藍，織作披香殿上毯。是已。鶴林兵火真一夢，不歸閬苑歸西湖。鶴林事見本卷冬日牡丹詩注

題楊次公春蘭【注】元祐五年庚午先生在杭州作

春蘭如美人，不採羞自獻。時聞風露香，蓬艾深不見。丹青寫真色，欲補離騷傳。【次公】漢武帝使劉安作離騷傳，以其經如春秋，復傳其事云。對之如靈均，冠佩不敢燕。【援】屈原離騷經：名予曰正則兮，字予曰靈均。

題楊次公蕙

蕙本蘭之族，依然臭味同。【厚】左氏：譬諸草木，吾臭味也。曾爲水仙佩，【次公】老杜詩：江妃水仙惜不得。又楚詞：紉秋蘭以爲佩。相識楚詞中。【演】楚詞：余既滋蘭之九畹兮，又樹蕙之百畝。幻色雖非實，真香亦竟空。云何起微馥，鼻觀已先通。【次公】佛家言觀鼻端白，謂之鼻觀。

次韻錢穆父紫薇花二首

虛白堂前合抱花【續】老子合抱之木生於毫末【老】杭州圖經云虛白堂在舊治【商】秋風落日照橫斜閱人此地知多少【厚】漢蓋寬饒視屋而歎曰如此傳舍閱人多矣 物化無涯生有涯 虛白堂前紫薇兩株俗云樂天所種【續】莊子此之謂物化又曰吾生也有涯而智也無涯

折得芳甤兩眼花題詩相報字傾斜篋中尚有絲綸句坐覺天光照海涯 樂天詩云絲綸閣下文書靜鍾鼓樓前刻漏長獨坐黃昏誰是伴紫薇花對紫薇郎 上嘗書此詩賜軾

次韻楊公濟奉議梅花十首【堯卿】楊蟠字公濟建州人嘉祐時詩人也永叔詩云卧讀楊蟠一千首乞渠秋月與春光

梅梢春色弄微和作意南枝剪刻多【次公】紅梅詩南枝向暖北枝寒又退之李花詩誰將平地萬堆雪剪刻作此連天花 月黑林間逢縞袂霸陵醉尉誤誰何 霸陵見鐵溝注

相逢月下是瑤臺【次公】李白木芍藥詩若非群玉山頭見會向瑤臺月下逢 藉草清樽連夜開明日酒醒應滿地空令饑鶴啄莓苔

綠髮尋春湖畔回萬松嶺上一枝開【次公】言其昔爲倅時 而今縱老霜根在得見劉郎又獨來【援】劉禹錫詩種桃道士歸何處前度劉郎今獨來

月地雲堦漫一樽【續】古詩月地雲堦拜洞仙玉奴終不負東昏【堯卿】南齊東昏侯妃潘氏小字玉兒有國色帝將留之以問王茂茂曰亡齊者此物留之恐貽外議帝乃出之軍主田安啓求爲婦玉兒泣曰昔者見遇時王今豈下匹非類死而後已義不受辱及見縊絜白如玉臨春結綺荒荆棘誰信幽香是返魂【次公】報國陳後主張貴妃名麗華後主爲於光照殿前起臨春結綺望仙三閣以檀沉香爲之微風暫至香聞數里【師】漢武帝令方士燒返魂香以降李夫人之魂又見前歧亭道上梅花詩注

日出冰壺散水花【續】杜詩水花晚色静野梅官柳漸欹斜【援】老杜詩市橋官柳細江路野梅香

西郊欲就詩人飲黄四娘東子美家【次公】詩人指言子美也子美詩黄四娘家花滿溪千朶萬朶壓枝低

君知早落坐先開莫看新詩四句催嶺北霜枝最多思【師】大庾嶺上梅花南枝已落北枝方開寒暖之候異也忍寒留待使君來

冰盤未薦含酸子【次公】韓退之李花詩冰盤夏薦碧實脆雪嶺先看耐凍枝應笑春風木芍藥【次公】木芍藥即牡丹也豐肌弱骨要人醫

寒雀喧喧凍不飛遶林空囀未開枝多情好與風流伴不到雙流燕語時

蛟綃剪碎玉簪輕【次公】左思吳都賦云泉室潛織而卷綃注云泉室則水居者俗傳鮫人自水中出於人間賣綃綃綃也【子仁】林和靖梅詩蘂訝粉綃裁太碎蔕疑紅蠟綴初乾檀暈粧成雪月明【援】李商隱詩如何雪月交光夜肯

伴老人春一醉懸知欲落更多情

縞裙練帨玉川家肝膽清新冷不邪【次公】退之李花詩夜領張徹投盧仝乘雲共至玉皇家長姐香御四羅列縞裙練帨無等差靜濯明粧有所奉顧我未肯置齒牙清寒瑩骨肝膽醒一生思慮無由邪穠李爭春

猶辨此更教踏雪看梅花

再和楊公濟梅花十絕

一枝風物便清和看盡千林未覺多結習已空從着袂不

須天女問如何天女事見第十卷座上賦戴花得天字詩

天教桃李作輿臺【績】左氏輿臣隸隸臣僚僚臣僕僕臣臺【次公】張平子東京賦發京倉散禁財賚皁僚逮輿臺

故遣寒梅第一開憑仗幽人收艾納【次公】廣志云艾納松皮上蘚衣出本草注合和諸香

燒之其煙團聚清白可愛【明】香譜云艾蒳出西國似艾【十】國香和雨入青苔【援】左氏蘭有國香

白髮思家萬里回小軒臨水爲花開故應剩作詩千首知

是多情得得來【續】僧貫休詩一缾一鉢垂垂老萬水千山得得來

人去殘英滿酒樽不堪細雨濕黃昏夜寒那得穿花蝶知是風流楚客魂【續】昔者莊周夢爲胡蝶栩栩然胡蝶也【次公】宋玉有招魂以招屈原之魂則可謂之楚客魂

春入西湖到處花裙腰芳草抱山斜【次公】白樂天杭州春望云誰開湖寺西南路草綠裙腰一道斜自注云孤山寺在湖州中草綠時望如裙腰

盈盈解佩臨煙浦【次公】列仙傳鄭交甫游漢江見二女請其佩一女解佩與之既而視之空懷二女忽不見

脉脉當壚傍酒家【援】漢司馬相如貰酒臨邛每自滌器文君當壚

莫向霜晨怨未開白頭朝夕自相催【厚】老杜詩朝夕催人自白頭

斬新一朶含風露【續】老杜詩斬新花蘂未應飛【師】烺情詩盧儲上官舍迎內子有庭花開乃題曰芍藥斬新裁當庭數朶開東風與拘東留待細君來

恰似西廂待月來【次公】麗情集鶯鶯詩待月西廂下迎風戶半開拂墻花樹動疑是玉人來鶯鶯即崔氏婦

洗盡鉛華見雪肌【倬】曹子建洛神賦云芳澤無加鉛華不御生芳澤香油也鉛華乃粉也

要將眞色鬬生枝檀心已作龍涎吐【次公】龍涎香名【邦衡】香譜云龍涎出大食國其龍多蟠於洋中之大石卧而吐涎然龍涎無香能發衆香故人用以和香

玉頰何勞獺髓醫【次公】西陽雜俎吳孫和悅鄧夫人嘗置膝上和弄水精如意誤傷夫人頰血汚袴帶令醫合藥云得白獺髓雜玉琥珀屑當補滅此痕也

湖面初驚片片飛樽前吹折最繁枝【師】退之風折花枝詩春風也是多情思故揀繁枝折
贈君何人會得春風意怕見梅黄雨細時【次公】老杜詩云南京西浦道四月熟黄梅湛湛長江去冥冥細雨來

長恨漫天柳絮輕【子仁】韓退之詩楊花榆莢無才思惟解漫天作雪飛 只將飛舞占清明寒梅似與春相避未解無私造物情

北客南來豈是家醉看參月半横斜他年欲識吳姬面秉燭三更對此花

椶筍 并序【任】元祐六年辛未作

椶筍狀如魚剖之得魚子味如苦筍而加甘芳蜀人以饌佛僧甚貴之而南方不知也筍生膚毛中蓋花之方孕者正二月間可剝取過此苦澀不可食矣取之無害於木而宜於飲食法當蒸熟所施略與筍同蜜煮酢浸可致千里外今已餉殊長老

贈君木魚三百尾中有鵝黃子魚子夜乂剖瓔欲分甘[次公]李君舉王與王琳聯句君舉王破題云芍藥花開菩薩面王琳略不佇思曰櫻櫚葉散夜乂頭籜龍藏頭敢言美願隨[次公]盧仝詩竹林吾所惜新筍好看守萬籜抱龍兒攢迸溢林藪[師]後漢費長房投竹杖於葛陂化為龍故後世謂筍為籜龍蔬果得自用勿使山林空老死問君何事食木魚烹不能鳴固其理[續]莊子宿於故人之家故人命豎子殺鴈而烹之豎子請曰其一能鳴其一不能鳴請奚殺主人曰殺不能鳴者

次韻曹子方龍山真覺院瑞香花

幽香結淺紫來自孤雲岑骨香不自知色淺意殊深移栽青蓮宇[次公]青蓮宇佛宮也遂冠薝蔔林[次公]維摩經如入薝蔔林惟聞薝蔔香不聞他香結為楚臣佩[續]屈原離騷經紉秋蘭以為佩散落天女襟[次公]天女散花於菩薩大弟子之衣詳見上注君持風霜節耳冷歌笑音[次公]子方為使故云風霜節唐宣宗曰朕耳冷不知有御也一逢蘭蕙質稍回鐵石心[續]皮日休桃花賦序余嘗慕宋廣平之為相貞姿勁質剛態毅狀疑其鐵心石腸不解婉媚之文置酒要妍暖養花須晏陰及此陰晴間恐致慳霽霖[師]俗諺有慳值風雷值雨之語緜雲知易散[次公]白樂天詩緜雲易散流璃脆鶗鴂憂先吟[續]楚詞恐鶗鴂之先

嗚兮百草爲之不芳　明朝便陳迹試着丹青臨【師】臨摹也古人謂摹書爲臨書

蠟梅一首贈趙景貺

天公點酥作梅花此有蠟梅禪老家蜜蜂採花作黃臘取蠟爲花亦其物天工變化誰得知【子仁】杜詩蒼天變化誰料得　我亦兒嬉作小詩【厚】退之詩又不媚笑語不能伴兒嬉　君不見萬松嶺上黃千葉【次公】第七卷先生留劉景文詩亦云【德操】按杭州舊經萬松嶺在錢塘舊治正南到縣一十里　玉蕊檀心兩奇絕【次公】李白詩光景兩奇絕　醉中不覺渡千山夜聞梅香失醉眠歸來却夢尋花去夢裏花仙覓奇句此間風物屬詩人我老不飲當付君君行適吳我適越【次公】先生將有會稽之請故也　笑指西湖作衣鉢【子仁】唐摭言狀元以下到主司主事請謝衣鉢謂與主司名第同者【任】禪家謂傳法爲傳衣鉢

贈朱遜之　并引

元祐六年九月與朱遜之會議于頴或言洛人善接花歲出新枝而菊品尤多遜之曰菊當以黃爲正餘可鄙

也昔叔向聞鬷蔑一言知其爲人乎於遯之亦云

黄花候秋節【續】月令季秋之月菊有黄花 遠自夏小正【次公】夏小正大戴礼之篇名以蟲魚草木正十二月之節候起於夏后氏故曰夏小正 坤裳有正色【援】周易坤六五黄裳元吉 鞠衣亦令名【續】周官后妃之服有鞠衣鞠之花黄黄陰中之色后蠶服鞠衣陰事也

非族改顔隨所令新奇既易售粹駁定相傾疾惡逢伯厚【厚】後漢朱震字伯厚初爲州從事奏濟陰太守單匡贓罪并連匡兄中常侍超故三府諺云車如雞棲馬如狗疾惡如風朱伯厚

似淵明【援】淵明詩秋菊有佳色裛露掇其英玩此忘憂物遠我遺世情 君言我所印【次公】維摩經言佛所印可 識眞

世論誰改評願君爲霜風一掃紫與頳【王父】寶櫝記云宣帝異國貢紫菊一莖蔓延數畝味甘食者至死不飢渴

次韻錢穆父王仲至同賞田曹梅花

寒廳不知春【厚】退之荅張徹云勸來得陋語勿憚宿寒廳 獨立耿玉雪閉門愁永夜

置酒及明發【續】詩小宛明發不寐 忽驚庭户曉木受煙雨沒浮光風宛轉

照影水方折【厚】尸子曰水圓折者有珠石方折者有玉 髩霜未易掃【厚】樂天啄木曲我有兩鬢霜知

君銷不得眉斧親自伐【援】文選枚乘七發云皓齒蛾眉命曰伐性之斧惟當此花前醉卧黄昏月【次公】李賀秦宮詩醉卧氍毹滿牀月【續】林逋梅詩踈影横斜水清淺暗香浮動月黄昏

三月二十日多葉杏開

零露泫月蘂【厚】謝靈運詩嵓下雲萬合花上露猶泫温風散晴葩天公了不睡連夜開此花【續】武后詔曰明朝遊後苑火急報君知直須連夜發莫待曉風吹【無已】南卓羯鼓録云元宗嘗遇二月初柳杏將吐命取羯鼓縱擊及回顧柳杏皆已微折吐笑曰此一事不喚我作天公乎芳心誰剪刻【厚】退之李花詩誰將平地萬堆雪剪刻作此連天花天質自清華惱客香無有弄粧影横斜【子仁】林逋梅詩踈影横斜水清淺中山古戰國【次公】中山本晋地智伯分爲中山君也叢臺易水皆是一帶之地殺氣浮高牙【厚】岑參北庭詩曰暮上此樓殺氣凝不開叢臺餘袨服【續】前漢鄒陽上書曰全趙之時武力鼎士袨服於叢臺之下注云袨服盛服也易水雄悲笳【援】史記燕丹令荊軻刺秦王賓客送之易水之上高漸離擊筑荊軻和而歌曰風蕭蕭兮易水寒壯士一去兮不復還自從此花開玉肌洗塵沙坐令游俠窟【厚】文選郭景純詩京華游俠窟化作温柔家【次公】中庸言寬裕温柔足以有容我老念江海不飲空咨嗟劉郎歸何日紅桃爍殘霞明年花開時舉酒望三巴孟欲請梓州而歸也

十一月二十六日松風亭下梅花盛開【共父】按年譜先生以紹聖元年十月三日至惠州寓居嘉祐寺松風亭

春風嶺上淮南村昔年梅花曾斷魂【坡】予昔赴黄州春風嶺上見梅花有兩絶句明年正月往岐亭道上賦詩云去年今日關山路細雨梅花正斷魂豈知流落復相見蠻風蜑雨愁黄昏【次公】惠州有蜑子獠類也長條半落荔枝浦卧樹獨秀桄榔園豈惟幽光留夜色直恐冷艷排冬溫松風亭下荆棘裏兩株玉蘂明朝暾【厚】李白鵬賦晞扶桑之朝暾海南仙雲嬌墮砌【厚】詩話載徐錯秋声詩并梧紛墮砌杜牧云雲嬌惹粉素嚢【次公】月下縞衣來扣門【子畢】詩縞衣綦巾酒醒夢覺起繞樹妙意有在終無言先生獨飲勿歎息幸有落月窺清樽

再用前韻

羅浮山下梅花村玉雪爲骨冰爲魂【厚】唐摭言僧栖白弔劉德仁詩曰忍苦爲詩身到此冰魂雪魄已難招【駒父】杜徐卿二子歌秋水爲肌玉爲骨紛紛初疑月挂樹【次公】杜詩凉月已紛紛耿耿獨與參横昏【次公】龍城録載隋開皇中趙師雄迁羅浮一日天寒日暮於松林間酒肆旁舍見美人淡粧素服出迎時以昏黑殘

雪未消月色微明師雄與語言極清麗芳香襲人因與之扣酒家門共飲少頃一綠衣童子笑歌戲舞師雄醉寢但覺風寒相襲久之東方已白起視在大梅花樹下上有翠羽啾嘈相顧月落參橫但惆悵而已

先生索居江海上（續）曰吾離羣而索居亦已久矣　悄如病鶴栖荒園　天香國艷肯相顧（厚）南部新書李正封詩天香夜染衣國色朝酣酒　知我酒熟詩清溫　蓬萊宮中花鳥使（援）唐明皇天寶末遣使採民間美女納之宮中號花鳥使　綠衣倒挂扶桑暾（續）嶺南珍禽有倒挂子綠衣紅嘴如鸚鵡而小自海東來非塵埃間物也　抱叢暫窺我方醉　卧故遣啄木先敲門（厚）退之送澄觀詩洛陽窮秋厭窮獨丁丁啄門疑啄木　麻姑過君急掃灑（次公）國史補李泌以虛誕自任嘗對客曰令家人速掃灑今夜洪崖先生來有人遺美酒會有客至乃曰麻姑送酒來與君同傾未畢門者曰某侍郎取榼子泌命倒還畧無怍色　鳥能歌舞花能言　酒醒人散山寂寂　惟有落蕊粘空樽

花落復次韻

玉妃謫墮煙雨村（次公）玉妃指言太眞妃也　先生作詩與招魂（續）楚詞宋玉哀屈原憂愁山澤魂魄飛散其命將落故作招魂欲以復其精神延其年壽　人間草木非我對　奔月偶桂成幽昏（厚）王充論衡羿得不死之藥於西王母羿妻姮娥竊之以奔月中　暗香入户尋短夢

子綴枝留小園披衣連夜喚客飲雪膚滿地聊相温【次公】莊子姑射神人肌膚若冰雪【子仁】松明照坐愁不睡井花入腹清而暾【厚】杜詩兒童汲井花慣捷瓶上手【子仁】本草井花水令人好顏色與諸水有異井中平旦第一汲者 先生年來六十化【續】莊子蘧伯玉行年六十而六十化 道眼已入不二門【援】維摩詰問文殊如何是不二法門 多情好事餘習氣惜花未忍都無言留連一物吾過矣【次公】北史王晞謂盧思道曰卿輩亦是留連之一物豈真在魚鳥而已【子仁】記檀弓子夏曰吾過矣 笑領一日罰空罍樽【厚】杜詩云數莖白髮那拋得百罰深杯亦不辭

次韻表兄程正輔江行見桃花

曲士賦懷沙草木傷莽莽【續】史記屈平既絀乃作懷沙之賦其詞有云陶陶孟夏兮草木莽莽傷懷永哀兮汨徂南土 德人無荊棘坐失嶺嶠阻我兄瑚璉姿流落瘴江浦 淨眼見桃花【厚】維摩詰經云遠塵離垢得法眼淨 紛紛墮紅雨【次公】李賀將進酒歌況是青春日將暮桃花亂落如紅雨 蕭然振衣袂笑問散花女【次公】維摩經云會中有一天女以天花散諸菩薩大弟子上花至諸菩薩悉皆墮落至大弟子便着不墮於是一切弟子皆以神力去花終不能去 我觀解語花【援】天寶遺事太液池千葉白蓮開帝與貴妃宴賞指妃謂左右曰何如此解語花也 粉色如黃土【厚】長恨歌傳玄宗駕幸華清宮內外命婦熠燿

景從上心泊然若有顧遇左右前後粉色如土詔高力士潜搜外宫得楊玄琰女壽邸〔次公〕杜詩美人爲黄土況乃粉黛假一言破

千偈況爾初不語〔次公〕謂一言尚可以破千偈而況如維摩之默乎可憐一轉話他日如

何舉〔次公〕禪家以一段話爲一轉語故復此微吟〔次公〕漢中山靖王云維門子一微吟而孟嘗於邑聊和

鷗鵡檣江邊閑草木閑客當爲主邇來子美瘦正坐作詩

苦〔續〕李白與杜甫詩云試問因何太瘦生總爲從前作詩苦袖手焚筆研〔厚〕退之祭柳子厚文巧匠旁觀束手袖閒

又陸雲與兄機書云君苗能文每見兄文輙欲焚其筆研清篇眞謾與〔次公〕杜甫集中詩有漫與九篇太率言對花柳之興也頗君理北轅〔厚〕左傳哉楚令尹改乘轅而北之六轡去如組〔援〕詩執轡如組上林

桃花開水暖鴻北翥

和子由盆中石菖蒲忽生九花

春荑秋莢兩須臾神藥人間果有無無鼻何由識薝蔔〔次公〕薝蔔梔子花也其色白六出而極香佛家以比僧之清行維摩經云如入薝蔔林中唯聞薝蔔香不聞餘香也有花今始信

菖蒲〔次公〕菖蒲最難得花南史梁武帝母張皇后見之曰見菖蒲花者當富貴因取吞之生武帝衆人不見也芳心未

飽兩蛺蝶寒意知鳴幾蟪蛄〔次公〕山蟬也孔子曰連山十里蟪蛄之声猶在於耳又莊子蟪蛄不

知春秋注云秋鳴者不及春春鳴不及秋記取明年十二節【厚】本草圖經菖蒲亦有一寸十二節者小兒休更籋霜須【次公】以菖蒲能烏髭鬚故也

次韻子由月季花再生

幽芳本長春暫瘁如蝕月且將付造物未易料枯枿也知宿根深便作紫筍茁乘時出婉娩爲我暖栗冽先生早貴重廟論推英拔而今城東瓜【縯】漢書曰載秦故東陵侯召平種瓜於長安城東門外不記召南茇【援】詩甘棠美召伯也召伯之教明於南國其辭云蔽芾甘棠勿翦勿伐召伯所茇陋居有遠寄小圃無閑躅還爲久處計坐待行年匝子由明年六十臘果綴梅枝春杯浮竹葉【厚】竹葉酒名也【任】庾信詩云三春竹葉酒一曲鵾雞絃誰言一萌動已覺萬木活聊將玉蕊新世謂此玫瑰花插向綸巾折【次公】綸巾晉人之巾蓋有白綸巾矣折則折巾處也

贈嶺上梅

梅花開盡百花開過盡行人君不來【次公】盧仝詩與鳥花爛熳君不來及至君來花已老不趁青梅嘗煑酒要看細雨熟黃梅【次公】杜詩南京犀浦道四月熟黃梅

游太平寺浄土院觀牡丹中有濃黄一朶特奇特爲作一小詩

醉中眼纈自爛斑天雨曼陀照玉盤【續】（法華經佛説法已入於無量義三昧是時天雨曼陀羅花）一朶官黄微拂殺鞓紅魏紫不須看【子仁】（鞓紅魏紫牡丹別名見花譜）

三萼牡丹

風雨何年別留真向此邦至今遺恨在巧過不成雙

雨中賞牡丹

霏霏雨露作清妍爍爍明燈照欲燃明日春陰花未老故應未忍着酥煎

山茶

山茶相對本誰栽細雨無人我獨來説似與君君不見爛紅如火雪中開

菜　詩五首

春菜

蔓菁宿根已生葉【次公】禮坊記注云葑蔓菁也陳宋之間謂之葑陸機云葑蕪菁幽州人謂之芥方言云豐蕪菁也陳楚謂之豐齊魯謂之蕘關西謂之蕪菁趙魏謂之大芥其實一物也【子仁】唐本注本草蕪菁一名蔓菁乃是菘類劉夢得嘉話錄云諸葛亮所止令兵士獨種蔓菁者取其才出甲生啖一也葉舒可煑食二也久居隨以滋長三也弃去不惜四也回則易尋而採之五也冬有根可劚食六也比諸蔬屬其利不亦博乎三蜀之人今呼蔓菁為諸葛菜韭牙戴土拳如蕨【堯卿】南史周顒傳文惠太子問顒菜食何味最勝顒曰春初早韭秋末晚菘又魯直詩云蕨芽已作小兒拳【子仁】李白詩不知舊行徑初拳幾枝蕨爛蒸香薺白魚肥碎點青蒿涼餅滑宿酒初消春睡起細履幽畦掇芳辣【次公】杜牧晚晴賦雨晴秋容新沐兮忻遠圃而細履茵陳甘菊不負渠【次公】杜牧詩十載青春不負公繪縷堆盤纖手抹【次公】自首句至此言徐州所有之春菜也北方苦寒今未已雪底波稜如鐵甲豈知吾蜀富冬蔬霜葉露芽寒更茁久拋菘葛猶細事【次公】魏武謂荀彧曰此豈細事而吾忘之苦筍江豚那忍說明年投劾徑須歸莫待齒搖并髮脫【次公】自北方苦寒至終篇懷鄉里之物也

元脩菜 并序

菜之美者有吾鄉之巢故人巢元脩嗜之余亦嗜之元脩去使孔北海見當復云吾家菜耶因謂之元脩菜余去十有五年思而不可得元脩適自蜀來見余於黄乃作是詩使歸致其子而種之東坡之下云【次公】世說言語門載梁國楊氏子九歲注云楊脩也甚聰惠孔君平詣其父父不在乃呼兒出爲設果果有楊梅孔指曰此是爾家果兒荅曰未聞孔雀是孔子家禽

彼美君家菜鋪田緑茸茸豆莢圓且小槐芽細而豐種之秋雨餘擢秀繁霜中欲花而未萼一一如青蟲【次公】此篇紀叙爲詳頗爲形容之工巢菜蜀人皆識之內地人非親見巢菜者不知其工也是時青裙女採擷何怱怱烝之復湘之【次公】湘之注烹也詩于以湘之香色蔚其饛【次公】饛字盛器滿貌詩云有饛簋飧點酒下鹽豉【次公】陸機云千里蓴羹未下鹽豉縷橙芼薑葱【次公】芼之芼擇也詩云左右芼之【祖可】退之詩芼以椒與橙那知雞與豚但恐放箸空【子仁】杜詩言魚鱠曰落碪何曾白紙濕放筯未覓金盤空春盡苗葉老耕翻煙雨叢潤隨甘澤化暖作青泥融始終不我負力與糞壤同我老忘家舍楚音變兒童此物獨嫵媚

［次公］唐太宗曰我但見魏徵嫵媚耳 終年繫余智君歸致其子囊盛勿函封［厚］王羲之帖云青李來禽櫻桃日給藤子皆囊盛爲佳函封多衣生足下所疏云此果佳可爲致子當種之吾篤喜果今在田里惟以此爲事故遠爲足致此子者則大惠也 張騫移苜蓿［援］漢書大宛馬嗜苜蓿張騫始爲武帝言之遣使持千金請宛善馬采苜蓿種歸種之離宮館旁云 適用如葵菘［次公］菜茹故云如葵菘苜蓿亦可爲 馬援載薏苡［厚］後漢馬援傳初援在交阯常餌薏苡以實用能輕身省慾以勝瘴氣及軍還載之一車欲以爲種後人有譖之者以爲前所載還皆明珠文羣 羅生等蒿蓬懸知東坡下埒鹵化千鍾長使齊安人［堯祖］黃州舊名齊安 指此說兩翁

雨後行菜

夢回聞雨聲喜我菜甲長平明江路濕並岸飛兩槳天公真富有乳膏瀉黃壤霜根一番滋風葉漸俯仰未任筐筥載已作杯盤想艱難生理窄［厚］杜詩人生留滯生理難斗水何直百憂寬 一未敢專饗［次公］王羲之云有一味之甘割而分之也 小摘飯山僧［厚］杜詩自鉏稀菜甲小摘爲親情 清安寄真賞芥藍如菌蕈脆美牙頰響白菘類羔豚冒土出

蹯掌[厚]（說文獸足謂之番通作蹯左傳宰夫胹熊蹯不熟）誰能視火候小竈當自養

和子由種菜久旱不生

新春階下笋芽生厨裏霜虀倒舊罌時遣麥田求野薺
强爲僧舍煑山羹園無雨潤何須歎身與時違合退耕欲
看年華自有處鬢間秋色兩三莖[子由]（子由詩云家居閑暇厭長日欲看年華上菜莖）

煑菜 并序

吾借王參軍地種菜不及半畝而吾與過子終年飽
菜夜半飲醉無以解酒輒擷菜煑之味含土膏氣飽風
露雖粱肉不能及也人生須底物而更貪耶乃作四句

秋來霜露滿東園蘆菔生兒芥有孫我與何曾同一飽不
知何若食雞豚[綠]（何曾性大奢侈一食萬錢猶云無下箸處耳）

菌蕈　詩一首

與參寥師行園中得黃耳蕈

遣化何時取衆香【續】維摩詰遣化菩薩往衆香國礼彼佛足言願得世尊所食之餘欲於娑婆世界施作佛事於是香積如來以衆香鉢盛滿香飯與化菩薩悉飽衆會 法筵齋鉢久凄凉寒蔬病甲誰能採落蘂空畦半已荒【次公】之類 【子仁】落蘂字如楚詞秋菊落英 杜詩仰摕粘落絮 老楮忽生黄耳菌故人兼致白牙薑蕭然放筯東南去又入春山筍蕨鄉【次公】杜詩放筯未覺金盤空

王狀元集百家注分類東坡先生詩卷之十四

國家珍貴古籍叢刊

宋本王狀元集百家注分類東坡先生詩

四

（宋）蘇軾 撰
題（宋）王十朋 纂集

國家圖書館出版社

第四册目録

王狀元集百家注分類東坡先生詩卷之十五

投贈

詩二十七首

贈孫莘老七絶

嗟予與子久離羣 縯曰禮記子夏曰吾離羣而索居亦已久矣 耳冷心灰百不聞 厚曰耳冷見前注又莊子心固可使如死灰乎 若對青山談世事當須舉白便浮君 厚曰劉向說苑魏文侯與大夫飲酒使公乘不仁爲觴政曰飲不釂者浮以大白吴都賦出躡珠履動以千百里讌巷飲飛觴舉白注行觴如飛大白杯名有犯令者舉而罰之

天目山前渌浸裾 次公曰天目山在湖州安吉縣天目山三萬六千尺父老云欲渡難及避水災天目海陵山爲第一而水經浙江水出吴興郡於潛縣北天目山山極高峻崖嶺竦疊西臨後澗山上有霜水皆是數百年樹謂之雙鳳林按王存九域志湖州南至杭州界首十五里故天目山於寰宇記則係之湖州於水經則係之於潛而於潛雖屬杭州蓋與湖州接境也 碧瀾堂下看銜艫 次公曰舳艫相銜 作堤捍水非吾事閑送苕溪入太湖 次公曰先生倅杭以開運塩河至湖其言作堤捍水非吾事意謂於此可以爲堤而事不在已按寰宇記

云苕水出自浮玉山又云霅水苕水之别名深不可測中多出魚而太湖載在常州云禹貢謂之震澤周官謂之具區史記謂之五湖從湖州長興縣界北入常州晉陵界又入無錫縣界晉陵之東入蘇州吴縣界周回六百五十里而九域志於潤州云西北至本州界一百四十里自界首至常州七十四里此所謂苕溪之入太湖宜矣

夜來雨洗碧巑岏浪湧雲屯遶郭寒次公曰選詩玆嶺復巑岏又云岩高白雲屯聞有弁山何處是爲君四面意求看次公曰弁山按寰宇記載在烏程縣

夜橋燈火照溪明欲放扁舟取次行暫借官奴遣吹笛明朝新月到三更次公曰溪雁恐是前篇所謂苕溪也寰宇記又載在烏程縣水霅溪條下云霅者四水激射之聲盖四水合爲一溪也曰苕溪曰前溪曰餘不溪曰霅溪也

三年京國厭藜蒿長羨淮魚壓楚糟師川曰書禹貢淮夷蠙珠暨魚今日騶駝橋下泊恣看脩網出銀刀次公曰騶駝橋唐垂拱元年造以形似駝背名之劉禹錫詩曰騶駝橋上蘋風起鸚鵡杯中箬下春杜詩出網銀刀亂

烏程霜稻襲人香次公曰烏程是湖州縣名寰宇記云古烏程能醞酒故以名縣而又指酒爲烏程按張景陽七命之言酒曰乃有荆南烏程豫北竹葉而李善引盛弘之荆州記曰淥水出豫州康樂縣其閒烏程鄉有酒官取水爲酒極甘美與湘東

酃湖酒年嘗獻之**釀作春風雲水光**【次公】曰雲水已具前注按寰宇記此專在長興縣之言水條中而若水在安吉縣大率一水二名之所經歷而皆是湖州耳**時復中之徐邈聖**【績】曰魏志徐邈爲尚書郎時科酒禁而邈私飲至於沉醉校尉趙達問以曹事邈曰中聖人達白太祖甚怒鮮于輔進曰平日醉客謂酒清者爲聖人濁者爲賢人耳竟得免後文帝見邈問曰頗復中聖人不對曰昔子反斃於陽穀御叔罰於飲酒臣嗜同二子不能自懲時復中之**毋多酌我次公狂**【府子】曰西漢蓋寬饒字次公爲司隷平恩侯許伯入第丞相已下皆賀寬饒東鄉特坐許伯自酌曰蓋君後至寬饒曰無多酌我我乃酒狂丞相魏侯笑曰次公醒而狂何必酒也

去年臘日訪孤山曾借僧窻半日閒【次公】孤山在杭州見前卷先生臘日遊孤山訪勤思二僧詩注**不爲思歸對妻子道人有約徑須還**

至秀州贈錢端公安道

鴛鴦湖邊日如水孤舟夜榜鴛鴦起平明繫纜石橋亭慚愧冒寒髯御史【次公】曰指言錢安道也安道髯而爲御史故耳**結交最晚清獨厚論心無數今有幾寂寞抱關歎蕭生**【績】曰前漢蕭望之傳霍光秉政王仲翁與蕭望之等數人皆召見先是上官桀等謀殺光後出入自備吏民當見者先露索去刀兵兩吏挾持望之獨不肯聽自引出曰不願見於是光不中望之

而仲翁至光祿大夫望之署小苑東門候仲翁出入傳呼甚寵顧謂曰不肯碌碌反抱關爲望之曰各從其志**耆老執戟**

哀揚子厚曰前漢揚雄傳贊云爲郎給事黄門與王莽劉歆並哀帝之初又與董賢同官當成哀平間莽賢皆爲三公權傾人主而雄三世不徙官及莽時以耆老久轉爲大夫蓋黄門郎掌守門户故執戟潘岳詩云執戟疲揚長沙投賈**怪君顔**

采却秀發次公曰楚詞遠遊章句序文采秀實**無乃遷謫反便美天公欲困無**

奈何世人共抑真踈矣毗陵高士錫爲骨陸子遺味泉冰

齒次公曰毗陵常州也高山即恵山也陸子陸羽也羽善煎茶次第水品以無錫恵山寺石泉爲第二包佶贈劉尊師詩㖡漱瓊膏冰齒寒祖謙曰韻語陽秋云汝州之治諸井皆以夾錫錢鎮之每井率數十千問其故一老兵曰此邦饒風沙沙入井中人飲之則成癭夾錫錢所以制沙土也因思無錫恵山泉清甘甲於二浙者以有錫也**賢哉仲氏早拂衣占斷此山**

長洗耳厚曰晉孫楚曰所以枕流欲洗其耳次公許由洗耳**山頭望湖光潑眼山下濯**

足波生指儻容逸少問金堂縯曰許邁嘗遺羲之書云自山陰南至臨安多有金堂玉室仙人芝草左元放之徒在焉羲之自爲之傳**記與嵇康留石髓**援曰嵇康遇王烈共入山烈嘗得石髓如飴即自服半餘半與康康疑而爲石烈歎曰叔夜志趣非常而不遇命也

贈治易僧智周

寒牕孤坐凍生餅洗曰唐鄭棨詩凍餅粘柱礎尚把遺編照露螢續曰車胤以練囊盛螢火照書讀閣東九師新得妙厚曰淮南王安聘明易者九人號九師文中子云九師與而易道微次公曰晉庾翼傳京兆杜乂陳郡殷浩並才名冠世而翼弗之重也每語人曰此輩宜束之高閣俟天下太平然後議其任耳退之詩春秋五傳束高閣夢吞三畫舊通靈援曰吳虞翻立易注奏上曰臣郡吏陳桃夢臣與道士相遇布易六爻撓其三以飲臣臣乞盡吞之道士言易道在天三爻足矣斷絃掛壁知音喪師曰契高深相知時已逝矣續曰伯牙鼓琴志在泰山鍾子期曰巍巍乎志在流水曰湯湯乎鍾子期死伯牙絕絃破琴終身不復鼓揮麈空山亂石聽厚曰生法師講經人無信者乃聚石為徒與談至理石皆若點頭齋罷何須更臨水援曰晉書佛圖澄嘗齋時至流水側從腹旁孔中引出五臟六腑洗之訖還納腹中胷中自有洗心經續曰易曰聖人以此洗心退藏於密

除夜病中贈段屯田堯卿段繹之也

龍鍾三十九勞生已強半歲暮日斜時還為昔人歎樂天詩云行年三十九歲暮日斜時龜父曰蘇氏續義云龍鍾不昌熾不翹舉之皃今年一線在那復堪把玩厚杜甫詩何人錯憶窮愁日愁日隨一線長歲時記宮中以紅線量日影至日日影添一線堯卿柳子厚書曰悠悠人世越不過三十年客耳前過三十七年與瞬息無異後所得者其不足把玩亦已審矣欲起強持酒故交雲雨散次公曰劉禹錫

詩云故人雲雨散　惟有病相尋空齋爲老伴【纘】曰白居易詩病與樂天相伴住春隨樊子一時歸　蕭條燈火冷寒夜何時旦【厚】曰甯戚扣牛角歌曰長夜漫漫何時旦　倦僕觸屏風【纘】曰陳萬年病召其子咸教戒於牀下語至夜半咸睡頭觸屏風　饑鼯嗅空案數朝閒閤卧霜髮秋蓬亂【韓】曰詩首如飛蓬　傳聞數者來策杖就梳盥書來苦安慰不怪造請緩大夫忠烈後【纘】曰段太尉謚曰忠烈朱泚反召段秀實議事秀實戎服與源休並膝語至僭位秀實勃然而起執源腕奪其象笏奮躍而前唾泚面大罵曰狂賊吾恨不斬汝萬斷我豈逐汝反耶遂擊之泚舉臂自捍才中其額血流匍匐而走　高義金石貫要當擊權豪未肯覷衰懦此生何所似暗盡灰中炭歸田計已決此邦聊假館三徑粗成資【纘】曰三輔决録曰蔣詡字元卿舍中三逕惟羊仲求仲從之遊皆挫廉逃名不出【師】曰陶潛專聊欲弦歌以爲三徑之資可乎　一枝有餘暖【援】曰莊子鷦鷯巢於深林不過一枝　願君更信宿【纘】曰凡師一宿爲舍再宿爲信　庶奉一笑粲【次公】曰公羊曰軍人粲然皆笑

喬太博見和復次韻荅之

百年三萬日老病常居半【任】曰太白詩百年三萬六千日【子仁】列子揚朱曰百年壽之大齊得百年

者千無一焉設有一者孩抱以逮昏老幾居其半矣夜眠之所弭晝覺之所遺又幾居其半矣痛疾哀苦亡失憂懼又幾居其半矣其

間迮憂樂歌笑雜悲歎顛倒不自知直爲神所玩須史便

堪笑萬事風雨散自從識此理久謝少年伴逝將遊無何

【厚】曰莊子遊於無何有之鄉豈暇讀城旦【演】曰西漢竇太后好老子書問轅固固曰此家人言耳太后怒曰安得

司空城旦書乎乃使固入圈擊彘非才更多病二事可并案【堯卿】曹操詩烏桓孔融嘲之曰大將

軍遠征蕭條海外昔肅慎不貢楛矢丁零盜蘇武牛羊可并案也【子仁】孟浩然詩不才明主弃多病故人疏愧煩賢使

者弭節整紛亂【子仁】離騷吾令羲和弭節兮望崦嵫而勿迫又枚乘七發曰弭節乎江潯喬矦瑚璉

質【厚】曰孔子謂子貢曰汝器也曰何器也曰瑚璉也清廟嘗薦盥【厚】曰清廟祀文王也易曰觀盥而不薦奮

鬚百吏走坐變齊俗緩【演】曰朱博爲琅邪太守齊部舒緩養名博親視事右曹掾史皆移病卧博奮鬚

抵几曰觀齊兒欲以此爲俗耶皆斥罷諸病吏白巾走出府門又敕功曹官屬多褒衣大袑不中節度自今掾吏衣皆令去三寸數年大

改其俗如楚趙未遭甘鷁退【援】曰左傳六鷁退飛過宋都風也並進恥魚貫【厚】曰易魚貫以宮人

寵【次公】曰並衆而進則恥如魚之貫【堯卿】鄧艾下蜀道由陰平魚貫而進每聞議論餘凜凜激貪懦

【厚】曰孟子聞伯夷之風者貪夫廉懦夫有立志莫耶當自躍【援】曰莊子曰大冶鑄金金踴躍曰我必爲莫耶大冶必以

爲不祥之金豈復煩爐炭便應朝秣越未暮刷燕館【縯】曰顔延年天馬賦旦刷幽燕晝秣荆越【師】李白詩雞鳴刷燕晡秣越胡爲守故丘眷戀桑榆暖【次公】曰唐明皇續薛令之詩曰任逐桑榆暖爲君叩牛角一詠南山粲【縯】曰甯戚候齊桓公出扣牛角而歌曰南山粲粲白石爛爛生不逢堯與舜禪短布單衣才至骭從昏飯牛至夜半長夜漫漫何時旦

二公再和亦再荅之

寒雞知將晨饑鶴知夜半【次公】曰雞知將晨鶴知夜半出淮南子亦如老病客遇節嘗感歎光陰等敲石【任】曰白居易詩蝸牛角上爭何事石火光中寄此身過眼不容玩親友如搏沙放手還復散羈孤每自笑寂寞誰肯伴元達號神君晉循吏喬智明字元達隆慮共二縣令二縣愛之號爲神君【縯】曰元達爲高論森月旦【縯】曰許劭與從兄靖俱有高名好共覈論鄉黨人物每月輒更品題故汝南俗有月旦評焉紀明本賢將段釋之本將家【縯】曰段頴字紀明爲護羌校尉窮討西羌甚有威名在邊十餘年未嘗一日蓐寝與將士同苦故人皆樂爲死戰汨没事堆按【次公】曰嵇康書堆案滿前欣然肯相顧夜闌燈火亂盤空愧不飽酒薄僅堪盥雍容許着帽不怪安石緩【縯】曰桓温請謝安爲司馬温詣安值其理

髮安性遲緩久而方罷使取情溫見留之曰令司馬着帽進其見重安者如此 雖無窈窕人清唱弄珠

貫【纘】曰禮記纍纍乎端如貫珠 幸有縱橫舌【纘】曰戰國時從人橫人俱以三寸舌說萬乘以取名 說劒

起慵懦【纘】曰莊子有說劒篇 二豪沉下位【厚】曰劉伶酒德頌二豪侍側焉如蜾蠃之與螟蛉 暗

火埋濕炭豈似草玄人【援】曰揚雄草太玄有以自守泊如也 嘿嘿老儒館行看

富貴逼【纘】曰周武帝謂楊素曰善自勉勿憂不富貴素曰臣恐富貴來逼人臣無心圖富貴 炙手借餘煖

【厚】曰唐元載爲相有用事者四人熏灼中外人爲之語曰卓李鄭薛炙手可熱【次公】曰杜詩炙手可熱勢絶倫而杜田補遺引唐史遺事

安樂公主玄宗之季妹附會韋氏炙手可熱人咸畏之 應念苦思歸登樓賦王粲【次公】王粲以西京擾

亂乃避地荆州依劉表因登江陵城樓懷歸而作登樓賦

贈王仲素寺丞 名景純

養氣如養兒【纘】曰老子專氣致柔能如嬰兒乎【次公】曰醫經云欲養兒【慎】風池 弃官如弃泥【厚】曰

莊子弃隸者如弃泥塗 人皆笑子拙事定竟難迷歸耕獨患貧問子何

所齎尺宅自足芘寸田有餘畦【厚】曰黃庭經寸田尺宅以治生兩眉間爲上丹田心爲絳宮田

臍下三寸爲下丹田 明珠照短褐【子仁】曰選詩被褐懷珠玉 陋室生虹蜺雖無孔方兄

續曰魯褒著錢神論云親之如兄字曰方兄 頷有法喜妻 援曰維摩詰言法喜以爲妻 彈琴一長
嘯不荅阮與嵇 援曰孫登好讀易撫一絃琴住宜陽山文帝聞之使阮籍往觀既見與語亦不應嵇康又從之游三年問其所圖終不荅 續曰阮籍嘗於蘇門山遇孫登與商略棲神導氣之術登不應籍因長嘯而退 曹南劉夫子
次公曰劉夫子豈劉宜翁乎先生在惠州時有書與宜翁咨問道要自以爲杜門屛居胷中廓然實無荆棘有受道之質可以付授且曰或有外丹已成事助黎東者望不惜分惠其書具在毗陵後集 堯卿曰劉安世待制字器之曹南人得養生煉丹術公嘗師之 名
與子政齊家有鴻寶書 續曰劉向字子政父德治淮南王獄得枕中鴻寶苑祕書言神仙使鬼物爲金之術向幼而讀誦以爲奇獻之 不鑄金褭蹄 厚曰武帝紀太始二年三月詔曰有司議曰朕郊見上帝西登隴首獲白麟以饋宗廟渥洼水出天馬泰山見黃金宜改故名今更黃金爲麟趾褭蹄以協瑞焉 促膝問道要遂蒙分
刀圭 續曰退之詩金丹別後知傳得乞取刀圭救病身 孫本草凡散藥有云刀圭者十分方寸上之一准如梧桐大也 不
忍獨不死尺書肯見梯 次公曰孟簡告韓退之曰我得祕藥不可獨不死今遺子一器 我生本
彊鄙少以氣自擠孤州倒江河赤手攬象皐 次公曰退之送無本師詩云蛟龍弄牙角造次欲手攬 年來稍自笑留氣下暖臍苦恨聞道晚意象颯
以凄空見孫思邈區區賦病梨 續曰盧照鄰得惡疾從孫思邈問養生之道作病梨賦以自悲

余去金山五年而復至次舊詩韻贈寶覺長老

【曹】曰按年譜先生熙寧七年自杭移密至元豐二年己未自徐移湖首尾凡五年

誰能斗酒博西涼【厚】曰後漢孟佗字伯郎以蒲萄酒一斛遺張讓即拜佗涼州刺史但愛齋廚法鼓香舊事真成一夢過高談爲洗五年忙清風偶與山阿曲明月聊隨屋角方稽首願師憐久客直將歸路指茫茫【師】曰淮山欽言策云一朝卧疾在牀衆苦縈纏前路茫茫未知何往

贈惠山僧惠表

行遍天涯意未闌【共父】曰成都古今記天涯石在大東門内昭覺寺相對高六七尺將心到處遣人安【次公】曰傳燈録惠可謂達磨曰我心未寧乞師與安曰將心來與汝安曰覔心了不可得師曰我與汝安心竟山中老宿依然在案上楞嚴已不看【次公】曰案上惟有楞嚴經事亦見傳燈録欹枕落花餘幾片閉門新竹自千竿客來茶罷空無有盧橘楊梅尚帶酸【次公】曰盧橘楊梅二果名上林賦曰盧橘夏熟黄甘橙榛枇杷橪柹唐子西作李氏山園記言園中盧橘爲特盛世説孔融指楊梅戲謂楊脩曰此君家果耶

贈錢道人

書生苦信書彥章曰孟子曰盡信書則不如無書世事仍臆度不量力所負輕出千鈞諾當時一快意事過有餘怍不知幾州鐵鑄此一大錯續曰北夢瑣言羅紹威以魏博牙兵驕甚盡殺之遂爲梁朱溫所制乃謂親吏曰聚六州四十三縣鐵鑄一箇錯不成我生涉憂患常恐長罪惡靜觀殊可喜腳淺猶容却而況錢夫子萬事初不作相逢更何言無病亦無藥厚曰傳燈錄一鉢歌亦無藥亦無病正是真如靈覺性

贈黃山人

面頰照人元自赤眉毛覆眼見來烏次公曰杜詩鎖石藤稍元自落倚玉枯骨見來枯倦遊不擬談玄牝續曰老子谷神不死是謂玄牝玄牝之門是謂天地根示病何妨出白鬚次公曰維摩詰以方便示病而說法絕學已生真定慧次公曰老子絕學無憂佛書有戒定慧說禪長笑老浮屠次公曰浮屠學佛之人也東坡若肯三年住親與先生看藥爐

贈袁陟 堯卿 曰字世弼豫章人自號遯翁有集十卷嘉祐間終祕書丞

萬物皆我儲胡爲是身如虛空 次公 曰維摩經云是身如聚沫不可撮摩又云平等如虛空 百金買田廬不見袁夫子神馬載強分別 次公 曰維摩經又言仁者強生分別 游子無何有 厚 曰莊子游於無何有之尻輿 綽 曰莊子假使化予之尻以爲輪以神爲馬予因以乘之豈更駕哉 官湖爲我池學御一飯不願餘 次公 曰柳子厚贈江華長老詩云一飯不願餘跏趺便終夕 舍爲我居何以遺子孫 子仁 曰後漢逸民傳劉表謂龐公曰先生苦居畎畝而不肯官祿後世何以遺子孫乎 此身自蘧蒢 次公 曰蘧蒢之義有二有言曰柔者又云能仰而不能俯則國語蘧蒢蒙繆是已有云麁竹席則詩云蘧蒢不鮮是已今義未審 薰風暗楊柳秋水盡芙蕖應覷我知子不怪子知魚 援 曰莊子與惠子觀魚於濠梁之上莊子曰從容是魚樂也惠子曰子非魚安知魚之樂莊子曰子非我安知我不知魚之樂

贈章默并叙

章默居士字志明生公侯家才性高爽弃家求道不蓄妻子與世無累而父母與兄之喪貧不能舉以是

眷眷世間不能無求於人余深哀其志旣有以少助之又取其言爲詩以贈其行庶幾有哀之者

章子親未葬餘生抱羸疾厚曰陶潛召主簿不就躬耕自資遂抱羸疾朝吟噎鄰里夜淚离茵席前來黑花生今歲白髮出厚曰本朝王禹偁表云蚤年多病眼有黑花晚歲多憂頭生白髮身隨日月逝援曰論語日月逝矣歲不我與恨與天地畢任曰恨與天地畢則其恨之無窮也願求不毛田次公曰不可耕種之田也傳云錫之不毛是已親築長夜室續曰古詩送子長夜臺言墓也難從王孫裸厚曰前漢楊王孫病且死令其子曰吾欲裸葬以反吾真未忍夏后塈援曰禮記有虞氏瓦棺夏后氏塈注云塈燒土葬也五陵多豪士續曰高帝葬長陵惠帝安陵景帝陽陵武帝茂陵昭帝平陵五陵皆在長安北徙天下豪傑之家以實之百萬付一擲厚曰晉劉毅家無儋石之儲樗蒲一擲百萬心知義財難甘就貧交乞不辭毛粟施行自丘山積此志苟朝遂夕死真不戚誓求無生理次公曰無生者佛氏之說也不踐有爲迹弃身尸陀林次公曰按唐僧玄應一切經音義曰尸陀林此言寒林其林幽邃而寒因以名也在王舍城側死人多送其中師曰通明七賢女經云七賢女者並是諸大國王之女遇賞花之節百千人衆各各奔趨所遊之處以爲取樂

七賢女中有一女曰諸姊妹我與汝等不可亦同衆人遊賞塵蒙取其世樂也却同諸姊遊尸陀林諸姊曰彼處盡是死屍汙穢有何好事女曰諸姊但去甚有好事既到林中遂指死屍謂諸姊曰屍在這裏人向什麽處去諸姊諦觀於是悟道又西域記言如來在日葬諸丘於尸陀林又三水小牘云僧從諫卒遺言送尸於建春門外尸陀林施與鳥獸爲食三日後人往視之體貌如生**烏鳶任狼籍** 次公 曰莊子上爲烏鳶食下爲螻蟻食

贈葛葦

竹椽茆屋半摧傾肯向蜂窠寄此生 縯 曰有學逃死生法者乃詐死寄竄鬼于蜂窠中鬼卒尋之了不可得 次公 曰蜂窠寄此生不過言其所居窄小布懸露耳先生又有詩曰舉族長懸似細腰舊注所引與詩意不相干非是**長恐波頭卷室去欲將船尾載君行小詩試擬孟東野** 縯 曰孟郊字東野**大草閑臨張伯英** 厚 曰張芝字伯英善草書其後晉人衛瓘索靖亦俱善草書論者謂瓘得伯英筋靖得伯英肉**消遣百年須底物故應憐我不歸耕**

贈王寂

與君暫別不須嗟俯仰歸來鬢未華記取江南煙雨裏青山斷處是君家

贈杜介 并引

元豐八年七月二十五日杜幾先自浙東還與余相遇於金山話天台之異以詩贈之

我夢遊天台橫空石橋小 縯曰天台山記云石橋路不盈尺長數十丈下臨萬丈深澗惟忘其身然後能濟度得平路始見所謂天台山者 秋風吹菌露 次公曰菌草上之露也宋永初山川記曰寧州瘴氣菌露四時不絕菌者草名其上露觸之肉即潰爛故鮑昭有苦熱行云瘴氣晝熏體菌露夜霑衣 翠濕香嫋嫋應真飛錫過 厚曰孫綽遊天台賦云王喬控鶴以冲天應真飛錫以躡虛 倬曰釋氏要覽云昔高僧隱峯遊五臺出淮西擲錫飛空而往西天比丘持錫有二十五威儀凡至室中不得著地必掛於壁牙故釋子稱遊行僧爲飛錫安住僧爲掛錫 絕澗度雲鳥舉意欲從之翛然巳松杪微言粲珠玉未說意先了覺來如墮空耿耿怳戶曉羣生陷迷網獨達從古少杜叟子何人長嘯萬物表妻孥空四壁 次公曰司馬相如家徒四壁立 振策念輕矯 厚曰孫綽賦云被毛褐之森森振金策之鈴鈴注曰金策錫杖也又云哂夏虫之疑冰整輕翮而思矯 遂爲赤城遊 次公曰支遁天台山銘序曰往天台當由赤城山爲道徑孔靈符會稽記曰赤城山名色皆赤狀似雲霞故孫綽賦云赤城霞起而

建標瀑布飛流以界道飛步凌縹緲問禪不歸舍屢爲瓠壺繞【續】曰倦遊錄金鑾長老問歐陽景取書索米于玉泉長老景授一緘及詩一絶云金鑾來覓玉泉書金玉相逢價倍珠到了不干藤蔓事壺盧自去纏壺盧

何人識此志佛眼自照燎我夢君見之卓爾非魔嬈仙葩發茗椀剪刻分葵蓼【次公】曰此言其所點茶之祥也先生十八羅漢頌後跋云佛滅度後閻浮提衆生剛很自用莫肯信入故諸聖賢皆隱不見獨以像設遺言提引未悟而峩眉五臺廬山天台猶出光景變異使人了然見之軾家藏十六羅漢像每設茶供則化爲白乳或凝爲花木桃李芍藥僅可指名從今更不出閉户閑騕褭【次公】曰騕褭駿馬名時從佛頂巖馳下雙蓮沼

慶源宣義王丈人以累舉得官爲洪雅主簿雅州户掾遇吏如家人人安樂之既謝事居眉之青神瑞草橋放懷自得有書來求紅帶既以遺之且作詩爲戲

黄魯直學士秦少游賢良各賦一首爲老人光華

青衫半作霜葉枯遇民如兒吏如奴吏民莫作官長看我是識字耕田夫妻啼兒號刺史怒【續】曰韓退之進學解云冬暖而兒號寒年登而妻啼飢[illegible]

[白]謹按蘇叔黨所作王元直墓表云初季父憂源官於雅州以論事不合取官長怒即謝病去時有野人來拔鬢

拂衣自注下下考[師]前漢陽城爲道州刺史觀察使稍讓上考功第城自署曰撫字心勞徵科政拙宜考下下

芋魁飯豆吾豈無[援]曰翟方進傳童謠曰飯我豆食羹芋魁歸來瑞草橋邊路獨

遊還佩平生壺[援]曰杜牧之獨酌詩云獨佩一壺遊秋毫太山小慈姥巖前自喚渡

青衣江畔人爭扶[子仁]曰慈姥巖青衣江皆在青神縣今年蠶市數州集蚕市見前和子由蚕市詩注

中有遺民懷袴襦[任]曰後漢廉范爲蜀郡太守民歌之曰廉叔度來何暮昔無一襦今五袴邑

中之黔相指似白鬚紅帶老不癯[援]曰左傳澤中之皙實與我役邑中之黔實慰我心我

欲西歸卜鄰舍隔牆撫掌容歌呼[任]曰前漢曹參傳相舍後園近吏舍吏日飲醉歌呼參遊後園聞吏醉從吏幸按之參乃反取酒張坐飲大歌呼與相和[胡]曰退之詩隔牆聞歡呼不覺山王乘駟馬

回頭空指黃公壚[次公]曰山山濤也王王戎也顏延年作五君詠述竹林七賢山濤王戎以貴顯被黜也[任]曰黃公壚事見荅錢穆父詩注

贈王子直秀才

萬里雲山一破裘杖端閑挂百錢游[編]曰晉阮修字宣子常步行百錢挂杖頭至酒店便

獨酣暢而歡五車書已留兒讀厚曰莊子惠施多方其書五車二頃田應爲鶴謀援曰史記蘇秦曰使我有負郭田二頃豈能佩六國相印乎次公曰子直任鶴田山水底笙歌蛙兩部編曰南史孔稚圭門庭之内草萊不剪中有蛙鳴或問之曰欲爲陳蕃乎稚圭曰我以此當兩部鼓吹何必效蕃山中奴婢橘千頭厚曰盛引之荊州記李衡字叔平仕吳爲丹陽太守遣客於武陵龍縣氾州種柑橘千株臨死語其子曰吾有千頭木奴不責汝衣食歲得千疋絹亦足用耳幅巾我欲相隨去海上何人識故侯援曰漢邵平故秦東陵侯也秦破爲布衣種瓜長安城東

贈鄭清叟秀才

風濤戰扶胥海賊横泥子次公曰扶胥泥子皆經海之處也胡爲犯二怖博此一笑喜問君奚所欲欲談仁義耳我才不逮人所有聊足已安得相付予過聽君誤矣霜風掃瘴毒冬日稍清美年來萬事足所少惟一死編曰冷齋夜話摩訶衍對梁世祖云貧道客食陛下三十年恩德厚矣無所欠所欠者只一死耳次公曰宗頭曰吾等年踰七十所竊已過但少一死耳澹然兩無木滑淨空棐几援曰王羲之嘗詣門生家見棐几滑淨因書之真草相半後其父誤刮去之門生驚懊者累日

贈嶺上老人

鶴骨霜髯心已灰【縯曰莊子身若槁木心若死灰】青松合抱手親栽【援曰老子合抱之木】問翁大庾嶺頭住曾見南遷幾箇回

贈楊耆并引

西蜀楊耆二十年前見之甚貧今復見之益貧所異於昔者蒼顏白髮耳女無美惡富者妍士無賢不肖窮者鄙使耆逢時遇合豈必減當世之士哉頃宿扶風驛舍夜半逆旅有歌者其聲悲甚起問之蓋昔富今貧者余亦爲悽然因飲之以酒而作此詩今日寒雨不止忽憶其事且念楊君之栖肎與逆旅者何異故出以與之

孤村微雨送秋涼逆旅愁人怨夜長不寐相看惟櫪馬悲歌互荅有寒螿天寒滯穗猶横畝歲晚空機尚倚墻勸爾

一杯聊復睡人間貧富海茫茫

戲贈

詩三十二首

戲子由

宛丘先生長如丘宛丘學舍小如舟【次公】曰宛丘陳州也時子由爲學官常時低頭誦經史忽然欠伸屋打頭【次公】曰唐進士張彖志氣高大未嘗低折於人嘗曰大丈夫有蓋世之志而拘於下位若立身於矮屋中使人擡頭不得遂拂衣遯於嵩山斜風吹帷雨注面先生不愧傍人羞任從飽死笑方朔【厚】曰東方朔言侏儒飽欲死臣朔飢欲死肯爲雨立求秦優【援】曰秦始皇置酒而天雨優旃謂陛楯郎曰汝雖長何益幸雨中立我雖短幸休居始皇乃使陛楯者得半相代眼前勃谿何足道處置六鑿須天遊【縯】曰莊子室無空虛則婦姑勃谿心無天遊則六鑿相攘讀書萬卷不讀律【次公】曰梁元帝之敗盡焚圖書曰讀書萬卷猶有今日杜詩讀書破萬卷下筆如有神又唐沈全交作嘲誚之詞曰評事不讀律博士不尋常致君堯舜知無術【次公】曰杜詩致君堯舜上又韓詩致君豈無術勸農冠蓋鬧如雲【次公】曰班固賦冠蓋如雲七相五公送老虀鹽甘似蜜【縯】曰退之送窮

文太學四年朝齏暮鹽 門生萬事不挂眼 次公曰韓退之詩吾老嗜讀書餘事不挂眼 頭雖長
低氣不盈餘杭別駕無功勞 次公曰杭州別駕先生自言也治中別駕古通判之任 晝
堂五丈容旗旐 厚曰秦作阿房宫上可以坐萬人下可以建五丈旗 重樓跨空雨聲遠
屋多人少風騷騷平生所慚今不恥坐對疲氓更鞭箠 次公曰按先生詩案云是時多流配犯鹽之人例皆飢貧言鞭箠貧民也某平生所慚今不復恥矣以譏諷鹽法太急也 道逢陽
虎呼與言心知其非口諾唯 次公曰陽虎事見論語陽貨篇又潘正叔迎大駕詩道逢深識士舉手對吾揖按先生詩按云是時張靚俞希旦作監司某不喜其人然不敢與之爭議故比之以爲陽虎也 居高志下真
何益氣節消縮今無幾文章小技安足程 厚曰杜詩文章真小技於道未爲尊

鹽官部役戲呈同事兼寄述古

子輩曰按鹽官縣圖經云縣管六鄉隋開皇九年置杭州鹽官縣屬之有鹽場十所

新月照水水欲冰夜霜穿屋夜生稜野廬半與牛羊共曉
鼓却隨鴉鵲興夜來復破裘穿縫紅頰曲眉應入夢千夫
在野口如林豈不懷歸畏嘲弄 次公曰詩豈不懷歸畏此簡書 我州賢將知

人勞已釀白酒買豚羔耐寒努力歸不遠兩脚凍硬八公須軟[續]曰明皇歲幸温湯諸楊館在宮東帝臨幸賞賚不貲計出有賜曰餞路返有勞曰軟脚[援]曰大唐稽疑子儀自同州歸代宗詔大臣就宅作軟脚局人出錢三百千

將之湖州戲贈莘老

餘杭自是山水窟仄聞吴興更清絶湖中橘林新着霜溪上苕花正浮雪苕溪詳見宿餘杭法臺寺詩注中顧渚茶芽白於齒梅溪木瓜紅勝頰[次公]曰杜詩色好梨勝頰[敬夫]曰吴興統地云梅溪一名東海堰在烏程縣西南六十里又曰顧渚泉上曰木瓜堂其庭除別植木瓜引泉吴兒膾縷薄欲飛[次公]曰晉賈充謂夏統曰此吴兒是木人石心也老杜詩刀鳴膾縷飛未去先説饞涎垂亦知謝公到郡久[續]曰謝安嘗爲吴興太守應怪杜牧尋春遲[厚]曰杜牧佐宣城幕聞湖州多奇麗往遊之刺史崔君張水嬉使州人畢觀令杜牧閲之因見一女鬢姬期之曰吾不十年來守此郡不來從所適洎牧守湖州女從人三載矣牧因賦詩曰自是尋春去校遲不須惆悵怨芳時鬢絲只好對禪榻[援]曰杜牧詩今日鬢絲禪榻畔茶煙輕颺落花風湖亭不用張水嬉見上注

戲贈

惆悵沙河十里春堯祖曰沙河塘見前望湖樓晚景五絕注中一番花老一番新小樓依舊斜陽裏不見樓中垂手人次公曰舞有大垂手小垂手垂手人言解舞之人

和邵同年戲贈賈收秀才三首

傾蓋相歡一笑中任曰孔子之郯遭程子於塗傾蓋而語終日甚相親援曰前漢鄒陽上梁孝王書曰白頭如新傾蓋如故從來未省馬牛風次公曰左傳僖四年齊侯伐楚楚子使與師言曰君處北海寡人處南海惟是風馬牛不相及也跡云馬逐上風而去牛逐下風而來故云不相及也杜詩去馬來牛不復辨正用此矣又書曰馬牛其風卜鄰尚可容三徑縯曰蔣詡歸杜陵舍中竹下開三徑唯羊仲求仲從之游白居易與元八卜鄰詩明月好從三徑夜綠楊宜作兩家春次公曰杜詩王翰願卜鄰左傳非宅是卜維鄰是卜投社終當作兩翁古意已將蘭緝佩縯曰離騷紉秋蘭以爲佩招詞閑詠桂生叢援曰劉安招隱士章句云桂叢生兮山之幽此身自斷天休問厚曰杜詩自斷此生休問天白髮年來漸不公縯曰杜牧詩公道世間惟白髮

朝見新荑出舊槎次公曰此篇先生本注云時賈欲再娶則詩意皆涉夫婦事也新荑出舊槎使枯楊生荑之義

舊注乃引甘泉賦列辛夷於林薄又老杜詩
辛夷始花亦已落以新爲辛以夷爲夷非是**騷人孤憤苦思家**【次公】
曰韓非有孤憤篇言孤獨而憤悶也惟孤憤故思家爾舊
注乃引冒頓嫚書云孤憤獨居按西漢書乃是孤憤字**五噫處**
士太窮約【厚】曰後漢梁鴻傳鴻過京師作五噫之歌曰陟彼北芒
兮噫顧覽帝京兮噫宮室崔嵬兮噫人之劬勞兮噫遼
遼未央兮噫肅宗聞
而悲之求鴻不得**三賦先生多誕誇**【援】曰相如奏子虛上林
大人三賦先是文君新
寡相如繆與臨卬令相重而以琴心
挑之相如從車騎雍容閑雅甚都**帳外鶴鳴奩有鏡**【援】曰孔德
章北山移
文云蕙帳空
兮夜鶴怨**筒中錢盡按無鮭**【安國】曰先生㕘奉大虛書曰初到
黃扁白節儉日用不得過百五十
仍以大竹筩貯用不盡者以待賓客【厚】曰南史庾杲之清平自業食
惟有韮葅瀹韮生韮雜菜任昉常戲之曰誰謂庾郎貧食鮭嘗有二
十七種菜
謂三韮也**玉川何日朝金闕白晝關門守夜义**【續】時賈欲再娶
曰盧仝詩夜义
當晝不肯啓夜
半醮祭夜半開
生涯到處似檣烏【次公】曰杜詩曰檣烏相背發又曰危檣逐夜烏
又曰檣烏宿處非又曰檣烏終歲飛此特檣竿
上刻爲烏形以占風爾晉令車駕出入相風在前相風正是刻烏於
竿上名之曰相風晉傅玄相風賦云棲神烏於竿首候祥風之來征
是
已**科第無心摘頷鬚**【續】曰韓詩連年收
科第如摘頷底髭**黃帽刺船忘歲月**
【厚】曰前漢鄧通以櫂船爲黃頭郎注云
土勝水其色黃故刺船之郎皆着黃帽**白衣擔酒慰鰥孤**【厚】曰晉
陽春秋

潛九月九日無酒出宅邊菊叢中坐摘菊盈把久之望見白衣人至乃江州刺史王弘送酒即便酌醉而後歸狙公歸

病來分栗［援］曰莊子狙公賦芧曰朝三而暮四衆狙皆怒然則朝四而暮三衆狙皆悅疏云芧橡子也似栗而小水

伯知饑爲出鱸［厚］曰山海經朝日之谷神曰天吳是爲水伯莫向洞庭歌楚曲煙

波渺渺正愁予［縯］曰九歌帝子降兮北渚目渺渺兮愁予嫋嫋兮秋風洞庭波兮木葉下

九日舟中望見有美堂上魯少卿飲處以詩戲之

二首

指點雲間數點紅笙歌正擁紫髯翁［次公］曰吳張昭以孫權爲紫髯將軍誰知

愛酒龍山客［縯］曰孟嘉爲桓溫參軍九日溫燕龍山寮佐畢集却在漁舟一葉中［次公］曰退之詩共泛清湘一葉舟

西閣珠簾卷落暉［十朋］曰王勃滕王閣詩珠簾夜捲西山雨水沉煙斷珮聲微遥

知通德淒涼甚擁髻無言怨未歸［厚］曰後漢伶玄妾樊通德能言趙飛燕姊妹事玄既爲著傳玄語通德曰斯人俱灰滅矣當時疲精神馳騖嗜欲寧知終歸荒田野草乎通德掩袖視燭影以手擁髻淒然泣下

張子野年八十五尚聞買妾述古令作詩

錦里先生自笑狂【次公】曰此句學者多不曉蓋以杜詩錦里先生杭州臨安縣昔日錢王時賜名衣錦城而先生臨安三絕又有題名錦溪今句特取錦里先生四字以言子野時陳述古守杭令作此詩可以推見又杜詩自笑狂夫老更狂　莫欺九尺鬢眉蒼【縯】曰杜詩張公一生江海客身長九尺鬢眉蒼　詩人老去鶯鶯在【厚】曰唐貞元初有張君者遇崔氏女於蒲崔小名鶯鶯元稹爲作會真三十韻嘗與李紳語其事紳又作鶯鶯歌也出麗情集　公子歸來燕燕忙【援】樂上見趙飛燕而說之先是有童謠曰燕燕尾涎涎張公子時相見蓋帝每微行常與張放俱而稱富平侯家故有張公子【任】曰或說張祜妾名燕燕【居仁】曰唐張建封寵姬盼盼居燕子樓先生有和趙郎中詩云燕子人亡三百秋　柱下相君猶有齒【縯】曰張蒼自秦時爲主柱下方書漢文帝四年爲丞相口中無齒食乳女子爲乳母妻妾以百數　江南刺史已無腸【厚】曰劉禹錫罷蘇州過揚州師杜鴻漸飲大醉而歸見二岐曰郎中席上與司空詩云司空見慣真閑事斷盡蘇州刺史腸【師】曰白樂天小妓詩莫唱楊柳枝無腸與君斷　平生謬作安昌客略遣彭宣到後堂【援】曰前漢張禹弟子尤著者彭宣戴崇崇每候禹責師宜置酒設樂與弟子相娛禹將崇入後堂飲食婦女相對優人絃管鏗鏘極樂昏夜乃罷而宣之來也禹見之於便坐講論經義未嘗得至後堂

錢道人有詩云直須認取主人翁作兩絕戲之

首斷故應無斷者【堯卿】曰圓覺經云菩薩[illegible]覺不、[illegible]照、與照者同時寂滅譬如有人自斷其首首已斷故無能斷者則以礙心自滅者礙礙已斷滅無滅礙者冰銷那復有冰知【堯卿】曰圓覺經云善男子若心照見一切覺者皆爲塵垢覺所覺者不離塵故如湯銷冰無別有冰知冰銷者存我覺我亦復如是【次公】曰傳燈録譬如寒月水結爲冰及至援時冰釋爲水也

主人若苦令儂認　認主人人竟是誰

有主還須更有賓【縯】曰主賓對代之法未免有物我也不如無鏡自無塵【援】曰六祖詩云菩提本無樹明鏡亦無臺何勞勤拂拭自不染塵埃只從半夜安心後【厚】曰慧可謂達磨曰我心未寧乞師與安師曰將心來與汝安失却當年覺痛人【次公】曰楞嚴經畢陵伽婆蹉言毒刺傷足云云覺清淨心無痛痛覺【堯卿】曰慧可大師即所謂神光者於寂默中倏見一神人謂曰將欲受果何滯此耶大道匪遥汝其南矣光知神功因改名神光翊日覺頭痛如刺其師欲爲治之空中有聲云此乃換骨非常痛也光遂以所見神事白於師師視其頂骨如五峯秀出乃曰汝相吉祥當有所證神令汝南者其以少林達磨大師教可師歟光受教造於少室參達磨果傳衣得法焉

贈張刁二老【堯卿】曰張子野湖州烏程人刁景純潤州丹陽人

兩邦山水未淒涼　二老風流總健彊【師】曰杜甫寄贊上人詩與子成二老來往亦風流共成一百七十歲【縯】曰白居易九老詩九人五百八十四施紫紆朱白鬢須各飲三萬六千

觴【縯】曰李白詩百年三萬六千日一日須傾三百杯藏春塢裏鶯花鬧藏春刁公塢名仁壽橋邊日月長惟有詩人被磨折金釵零落不成行【次公】曰仁壽橋張子野所居白居易詩鍾乳三千兩金釵十二行詩人指言子野多寵姬以戲之也

梅聖俞詩中有毛長官者今於潛令國華也聖俞沒十五年而君猶爲令捕蝗至其邑作詩戲之【鏤】曰按於潛縣經毛國華字君寶衢州毛尚書之孫也

詩翁憔悴老一官厭見苜蓿堆青盤【任】曰閩州長溪人薛令之登第開元中爲東宮侍讀官僚閑談以詩自悼云朝日上團團照見先生盤盤中何所有苜蓿長闌干歸來羞澀對妻子自比鮎魚緣竹竿【縯】曰梅聖俞以詩知名仕宦三十年終不得一館職及受敕修書語其妻刁氏曰吾之修書可謂胡孫入布袋矣妻對曰君之仕宦亦何異鮎魚緣竹竿乎聞者以爲名對令君滯留生二毛【縯】曰太史公留滯周南又潘岳秋興賦余春秋三十二始見二毛飽聽衙鼓眼黃紬【仔】曰世傳太祖戒敕縣令勿於黃紬被底放衙更將嘲笑調朋友人道獼猴騎土牛【縯】曰周泰擢新城太守司馬宣王使鍾繇調之曰君釋褐登宰府三十六日而擁麾蓋守兵馬郡乞兒乘小車一何駛乎泰曰君明公之子有文采守吏職獼猴騎土牛又何遲也

身騎土牛滯東魯願君恰似高常侍暫爲小邑仍刺史【援】曰高適爲封丘縣尉有詩云乍可狂歌草澤中寧堪作吏風塵下只言小邑無所爲公門百事皆有期後鎮成都官至散騎常侍不願君爲孟浩然却遭明主放還山【縯】曰孟浩然爲主維所知因得召見命吟詩浩然念詩曰不才明主弃多病故人疏上曰朕未曾弃人自是卿不求進命放歸南山官遊逢此歲年惡飛蝗來時半天黑羨君封境稻如雲蝗自識人人不識【援】曰魯恭爲中牟令螟傷稼不入境又宋均爲九江太守蝗飛至郡界輙東西散去【倬】曰卓茂爲密縣令蝗虫不入縣界又東漢戴封爲西華令時汝潁有蝗虫獨不入西華界時督郵行縣蝗忽大至督郵其日即去蝗亦頓除一境奇之

喬將行烹鵝鹿出刀劒以飲客以詩戲之喬太博有詩在燕飲門

破匣哀鳴出素虯倦看鶗鴂聽呦呦【次公】曰素虯以言刀劒也鶗鴂鵝也出孟子仲子曰烏用是鶗鴂者呦呦鹿也詩鹿鳴曰呦呦鹿鳴明朝只恐兼烹鶴【厚】曰小說言不好事者㸐琴煑鶴其詩曰自從烹鶴燒琴後獨坐青山皆月明此去還須却佩牛【任】曰龔遂治勃海令民賣劒買牛賣刀買犢曰何爲帶牛佩犢便可先呼報恩子【縯】曰退之送石處士詩長把種樹書人云避世士忽騎將軍馬自號報恩子不妨仍帶醉鄉侯【厚】曰皮日休詩他年謁帝言何事請贈劉伶作醉侯【次公】曰其醉鄉字則王績嘗作醉鄉記【堯卿】曰唐人

他年萬騎歸應好奈有遺文在故丘【援】曰詩云若使劉伶爲酒帝亦須封我醉鄉侯　周彥倫隱鍾山後應詔出仕欲過此山孔稚圭乃假山神之意作北山移文以却之

聞辯才法師復歸上天竺以詩戲問

道人出山去山色如死灰【次公】曰莊子云心若死灰　盧仝月蝕詩青山死瓦色白雲不解笑青松有餘哀忽聞道人歸鳥語山容開【子仁】曰按子由辯才塔碑云沈公遘治杭以師住天竺靈感觀音院有僧文捷者利其富倚權貴人奪而有之遷師於下天竺又逐師於潛逾年而捷敗復以上天竺畀師捷之在天竺也巖石草木爲之索然及師之復山中百物皆若有喜色趙公抃親見而賛之曰師去天竺山空鬼哭天竺師歸道場光輝即先生今詩意也神光出寶髻法雨洗浮埃想見南北山花發前後臺【次公】曰樂天天竺詩西澗水流東澗水南山雲起北山雲前臺花發後臺見上界鍾清下界聞寄聲問道人借禪以爲詠何所聞而去何所見而回【縯】曰嵇康居貧與向秀共鍜於大樹之下以自贍給鍾會造焉不爲之禮而鍜不輟良久會去康問曰何所聞而來何所見而去會曰聞所聞而來見所見而去道人笑不答此意安在哉昔年本不住今者亦無來【縯】曰金剛經若心有住則爲非住又云如來者無所從來亦無所從去此語竟非是且食白楊梅【曾】曰按杭州圖經云楊梅塢在南山

近瑞峯楊梅甚盛有紅白二種今杭人呼白者爲聖僧梅

夜過舒堯文戲作【堯卿】曰名煥字堯文時爲教授

先生堂前霜月苦次公曰何遜集載何賓詩云蒼茫曙月苦弟子讀書喧兩廡推門入室書縱橫蠟紙燈籠幌雲母先生骨清少眠臥【師】曰韓愈詩骨冷魂清無夢寐長夜默坐數更鼓耐寒石硯欲生冰得火銅缾如過兩郎君欲出先自贊【次公】曰漢書東方朔之自贊曰臣嘗受易請射之注云贊進也郎君指言堯文之子【堯卿】曰應休璉與滿公書曰外嘉郎君謙下之德故後來遂以郎君稱人之子弟坐客斂衽誰敢侮【堯卿】曰此言堯文非嫡也南史崔道固爲宋諸王參軍被遣青州募人長史以下並詣道固道固諸兄等逼其所生自致酒炙於客前道固驚起謂客曰家無人與老親自執劬勞諸客皆知其兄所作咸拜其母母謂道固曰我賤不足以報貴賓但宜荅拜諸客皆歎美道固母子而賤其諸兄晉裴秀母賤嫡母宣氏不之禮秀叔父徽有盛名賓客甚衆秀年十餘歲有詣徽者出則過秀宣氏使其母進饌於客見者皆起秀母曰微賤如此應爲小兒故也宣氏知之乃止此二句皆微辭以戲之故但使其意而不使其字也明朝阮籍過阿戎【縯】曰阮籍素與王渾爲友渾子戎年十五少籍二十歲而籍與之交籍每過渾俄頃輒去過視戎良久然後出謂渾曰濬冲清賞非卿倫也共卿言不如共阿戎談應作羲之羨懷祖【厚】曰王羲之傳王述蒙顯授羲之恥爲之下謂諸子曰吾不咸

懷祖而位遇懸邈當由汝等不及坦之故耶

陳季常自岐亭見訪郡中及舊州諸豪爭欲邀致之戲作陳孟公詩一首

孟公好飲寧論斗 [次公]曰此篇全用陳遵事以比陳季常孟公遵字也 醉後關門防客走 [續]曰前漢陳遵嗜酒每大飲賓客滿堂輒關門取客車轄投井中雖有急終不得去 不妨閑過左阿君 [援]曰遵爲河南太守弟級爲荆州牧當之官俱過長安富人故淮陽王外家左氏飲食作樂司直陳崇劾奏遵過寡婦左阿君置酒謌謳免歸 百謫終爲賢太守 [援]曰哀帝末遵入公府日出醉歸曹事數廢西曹以故事適之侍曹輒詣寺白遵曰陳卿今日以某事適遵曰滿百乃相聞故事有百適者斥滿百西曹請斥大司徒馬宮重遵謂西曹此人大度士奈何以小文責之 老居閭里自浮沉笑問伯松何苦心 [續]曰遵少與張竦伯松相親友嘗謂竦曰足下諷誦經書苦身自約不敢差跌而我放意自恣浮沉俗間官爵功名不減於子而差獨樂顧不優耶竦曰人各有性長短自裁子欲爲我亦不能吾而效子亦敗矣雖然學我者易持效子者難將吾常道也 忽然載酒從陋巷爲愛揚雄作酒箴 [次公]曰揚雄家貧嗜酒好事者載酒殽從游學雄作酒箴以諷諫成帝具在遵傳其中云酒何過乎遵大喜謂張竦曰吾與爾猶是矣又以語顏子在陋巷 長安富兒求一過 [次公]曰退之詩云長安衆富兒盤饌羅羶葷 千金壽君君

笑唾【次公】曰選詩王稱千金壽劉义詩云王一石共笑唾【子仁】曰史記平原君以千金爲魯仲連壽仲連笑曰云云遂辭而去汝家安得客孟公從事只識陳驚坐【厚】曰遵所到衣冠懷之唯恐在後時列侯有與遵同姓字者每至人門曰陳孟公坐中莫不震動既至而非因號其人陳驚坐

太守徐君猷通守孟亨之皆不飲酒以戲之云

孟嘉嗜酒桓温笑【縯】曰晉書孟嘉好酣飲愈多不亂桓温問嘉曰酒有何好而卿嗜之嘉曰公未得酒中趣爾徐邈狂言孟德疑徐邈事見贈孫莘老七絶注公獨未知其趣耳臣今時復一中之時復中之事見贈孫莘老七絶風流自有高人識【縯】曰褚裒有器識正旦朝庾亮問亮聞江南有孟嘉其人何在亮曰在座卿但自覓裒歷觀指嘉謂亮曰此君小異將無是乎通介寧隨薄俗移【次公】曰盧欽言往者毛孝先崔季珪用事貴清素之士于時皆變易車服以求名高而徐公不改其常故人以爲通比來天下奢靡轉相倣傚而徐公雅尚自若不與俗同故前日之通乃今日之介也是世人之無常而徐公之有常【子仁】杜詩勿問通與介徐公自有常二子有靈應撫掌【次公】曰二子指孟嘉與邈吾孫還有獨醒時【厚】曰屈原漁父詞曰衆人皆醉而我獨醒

子由在筠作東軒記或戲之爲東軒長老其壻曹

煥往筠余作一絕句送曹以戲子由曹過廬山出以示圓通慎長老慎欣然亦作一絕送客出門歸入室趺坐化去子由聞之乃作二絕一以答子一以答慎明年子過圓通始得其詳乃追次其韻

君到高安幾日回[次公曰高安則筠州也是時子由謫監筠州酒稅]一時抖擻舊塵埃贈君一籠牢收取盛取東軒長老來[余送曹詩]

東軒長老未相逢已見黃州一信通何必揚眉資目擊須知千里事同風[慎老和余詩]

東軒只似虛空樣何處人家籠解盛縱使盛來無處著雪堂自有老師兄[子由答余詩]

擔頭挑得黃州籠行到圓通一笑開却到山前人已寂亦無一物可擔回[子由答慎詩]

大士何曾一生死[次公曰指言慎長老]小儒底處覓窮通偶流一吷千

山上【次公】曰莊子道仁義於戴聖 散作人間萬竅風【厚】余和慎詩曰莊子大塊噫氣其名爲風是唯無作作則萬竅怒號

戲周正孺二絶

折臂三公未可知【縯】曰晉羊祜傳有善相墓者言祜祖墓所有帝王氣若鑿之則無後祜遂鑿之相者曰猶出折臂三公而無嗣祜竟墜馬折臂位至公而無子 會當千鎰訪權奇【厚】前漢禮樂志天馬詩志俶儻精權奇

勸君鬻駱猶閑事腸斷閨中楊柳枝【次公】白居易既老録家事會經費去長物妓有樊素者善唱楊柳人多以曲名之將放之馬有駱者馹壯駿穩乘之亦有年將鬻之圉人牽馬出馬驤首反顧一鳴似知去而旋戀者素聞馬嘶慘然泣且拜婉戀有辭竟鬻駱而留素

天廐新頒玉鼻騂【次公】此先生自言以爲翰林學士則賜内廐馬意新 故人共弊亦常情【縯】論語與朋友共弊之而無憾 相如雖老猶能賦【縯】揚子雲曰辭莫麗於相如作四賦又曰如孔氏之門用賦則相如入室 換馬還應繼二生 換馬事見張幾仲有硯以劍易之詩

戲用晁補之韻

昔我嘗陪醉翁醉今君但吟詩老詩【次公】醉翁歐陽永叔也詩老梅聖俞也 清

詩咀嚼那得飽瘦竹蕭灑令人飢試問鳳凰飢食竹【續】莊子鵷鶵非梧桐不止非練實不食練實竹實也何如駑馬肥苜蓿【次公】苜蓿草名本出西域史記大宛馬嗜苜蓿蓋草之美者張騫得其種來中原亦可以爲葅薛令之所謂苜蓿槃是已知君忍飢空誦詩口頰瀾翻如布穀【厚】後漢馬衍書云詞如循環口如布穀【次公】退之詩挈攜陬維口瀾翻布穀催耕鳥也

東川清絲寄魯冀州戲贈

鵝溪清絲清如冰【次公】鵝溪東川溪名上有千歲交枝藤藤生谷底飽風雪歲晚忽作龍蛇升嗟我雖爲老侍從骨寒只受布與繒牀頭錦衾未還客【續】老杜有贈太子張舍人遺織成褥段詩客從西北來遺我翠織成開緘風濤湧中有掉尾鯨又云錦鯨卷還客始覺心和平是已坐覺芒刺在背膂【任】漢書霍光驂乘宣帝嘗若芒刺在背豈如鬚卿晚乃貴福祿正似川方增【厚】詩如山如阜如岡如陵如川之方至以莫不增醉中倒着紫綺裘【次公】李白詩云倒披紫綺裘又襄陽小兒歌倒着白接䍦下有半臂出縹綾【續】唐鄭愚以錦爲半臂崔鉉覽其卷曰眞銷得錦文半臂也【次公】竇參爲中丞夢德宗解錦半臂賜之子仁縹音普沼切錦青白也封題不敢妄裁翦刀尺自有佳人能遙知千騎出清曉積

雪未放游塵與白酒紅帶柳絲下老弱空巷人相登但放

奇紋出領袖吾髯雖老無人憎【師】韓愈詩我齒豁可鄙君顏老可憎

章質夫送酒六壺書至而酒不達戲作小詩問之

白衣送酒舞淵明【續】續晉陽春秋陶潛重陽日無酒坐菊花中見白衣人擔酒至乃王弘送酒也急掃

風軒洗破觥豈意青州六從事【厚】曰桓溫有主簿善別酒味以好者爲青州從事謂青州有齊郡言到臍也

化爲烏有一先生【援】司馬相如子虛賦設爲烏有先生言烏有此事也空煩左手持

新蟹【援】晉畢卓云右手持酒杯左手持蟹螯拍浮酒船中便足了此生矣漫遶東籬嗅落英【次公】陶淵明在東籬下得王弘酒便開酒對菊徑醉而歸也離騷云夕餐秋菊之落英南海使君今北海【厚】章時爲廣帥後漢孔融爲北海相嘗歎曰坐上客常滿樽中酒不空吾無憂矣

定分百榼餉春耕【次公】孔叢子載平原君強子高酒曰諺云子路嗑嗑尚飲百榼

南禪長老和詩不已故作六蟲篇荅之

鳳凰覽德輝【續】賈誼弔屈原云鳳凰翔于千仞兮覽德輝而下之遠引不待遣鷦鷯戀

庭宇【次公】莊子鳥莫知於鷦鷯疏云鷦鷯燕也倏忽來千轉那將坐井蛙【厚】莊子埳井之蛙擅

一壑之水而跨跱埳井之樂又後漢馬援謂公孫述爲井底蛙而比談天衍【續】史記鄒衍有談天之辯蠹魚著

文字【援】退之詩何殊食蠹魚生死文字間槁死猶遭卷老牛疲耕作見月亦妄

喘【次公】風俗通吳牛望月而先喘使之苦於日見月怖而喘焉又世說滿奮畏風在晉武帝坐北窻作琉璃屏實密似疏奮有寒色帝笑奮曰臣猶吳牛見月而喘劉孝標注云南方多暑者而吳牛畏熱見月疑於日所以喘也東坡方三問南禪

巳五反老人但目擊【續】孔子見溫伯雪子目擊而道存侍者應足蘚【子上】淮南子楚欲攻宋墨子聞之自魯趨而十日十夜足重繭而不休息至於郢見楚王又杜詩足繭荒山轉愁寂最後六蟲篇深寄

恨語淺

戲孫公素

披翁當年笑溫嶠【續】溫嶠娶姑女既婚交禮女以手披紗扇撫掌笑曰我料是我奴果如所疑握刀

晚歲戰劉郎【續】孫權以妹妻先主妹才捷剛猛有諸兄之風侍婢百餘人皆親執刀侍立先主每入衷心常凜凜不

須戚戚如馮衍【續】馮衍妻北地任氏妬悍衍作書與其兄遂逐之使與時時說李陽

和趙成伯兼戲禹功

金錢石竹道傍秋翠黛紅裙馬上謳無限小兒齊拍手山

公又作習池遊見聞公擇飲(注)

王狀元集百家注分類東坡先生詩卷之十五

王狀元集百家注分類東坡先生詩卷之十六

簡寄

詩五十九首

辛丑十一月十九日既與子由别於鄭州西門之外馬上賦詩一篇寄之 [次公]是歲仁宗皇帝嘉祐六年也先生生於丙子時年二十六以穎濵遺老傳考之先生與子由俱以賢科中第尋除簽書鳳翔判官子由除商州推官以策訐直忤時政告未即下而先生先赴時老泉被命修禮書留京師先生既當赴官子由送至鄭州而還京師侍老泉之側也

不飲胡爲醉兀兀 [次公]白樂天對酒云所以劉阮輩終年醉兀兀又齊己詩云愛陶長官醉兀兀 [師]白樂天詩不飲長如醉加飡亦似飢 此心已逐歸鞍發歸人猶自念庭闈 [次公]歸人指子由東皙南陔補亡詩云眷戀庭闈 今我何以慰寂寞登高回首坡隴隔惟見烏帽出復沒 [次公]杜詩烏帽麈拂青螺粟 苦寒念爾衣裘薄獨騎瘦馬踏殘月 [師]樂天詩云如何不爲念馬瘦衣裳單李白與張籍詩云嗟君馬瘦衣裘薄 [次公] 路人行歌居人樂 [次公]古語云相視如路人列子有拾穗行歌又朱買臣負薪行歌又詩云巷無居人 僮僕怪我苦悽惻 選賦

云步寒林
而悽惻

亦知人生要有別但恐歲月去飄忽【次公】晉陸機歎逝賦云時飄忽而不再又宋劉鑠七夕詩云飛光已飄忽又梁劉勰文心雕龍序志篇有曰歲月飄忽性靈不居耳

寒燈相對記疇昔【次公】礼記檀弓云疇昔之夜又左太冲詠史詩疇昔覽穰苴

夜雨何時聽蕭瑟【厚】韋蘇州與元常全真二生詩那知風雨夜復此對牀眠【次公】子由與先生在懷遠驛常讀韋詩至此句惻然感之乃相約早退為閑居之樂正在京師同侍老泉時近事故今詩及之其後子由與先生於彭城相會作二小詩其一曰逍遙堂後千尋木長送中宵風雨聲誤喜對牀尋舊約不知漂泊在彭城至先生在東府雨中作示子由詩有曰對牀定悠悠夜雨今蕭瑟蓋皆感歎追舊之言也又楚辭云蕭瑟兮草木搖落而變衰

君知此意不可忘慎勿苦愛高官職嘗有夜雨對牀之言故云耳

病中聞子由得告不赴商州三首【次公】子由與先生同舉賢科子由以許直上得下第除商州推官而知制誥王介甫猶不肯撰辭告未即下故先生自去年十一月先赴鳳翔至今年秋子由方告下而以老泉傍無侍子乃奏乞養親三年此所以得告而不赴也

病中聞汝免來商旅雁何時更著行【次公】商州雖屬山南西道而在鳳翔之東南子由若赴商州可以至鳳翔今既不然是為羈旅之雁不着行矣【師】唐如意中有女子七歲能詩與其兄送別云所嗟人異雁不作一行飛遠

別不知官爵好思歸苦覺歲年長著書多暇真良計從宦

無功謾去鄉惟有王城最堪隱萬人如海一身藏 次公 王城堪隱則言子由尚在京師也

近從章子聞渠說 章子惇也 苦道商人望汝來說客有靈慙直道 縯 說客指言張儀爲秦詐楚王獻商於之地六百里令絕齊從既而以爲六百里也 次公 直道以言子由之正直當爲儀之所慙也

逋翁久没厭凡才 援 逋翁四皓也避秦隱於商山 任 白樂天云漢容黄綺爲逋客 次公 李商隱商於詩云割地張儀詐謀身綺季長亦言此也 夷音僅可通名姓 堯卿 商山之人語如夷人 癭俗無由辨頸顋 任 商人多癭

答策不堪宜落此上書求免亦何哉 次公 按潁濱遺老傳云轍年十九舉進士釋褐二十三舉直言仁宗親策之庭因所問極言得失策入自謂必見黜然考官司馬君實第以三等范景仁難之蔡君謨曰吾媿之而不敢怨惟胡武平以爲不遜力請黜之上不許曰以直言召人而以直弃之天下其謂我何宰相不得已置之下第除商州推官也

辭官不出意誰知 次公 言子由以編禮傍無侍子乞養親三年不赴商州也 敢向清時怨位卑萬事悠悠付杯酒流年冉冉入雙鬢策曾誤世人嫌汝易可忘憂家有師 注見上首 師 老蘇有易傳 此外知心更誰是 次公 退之別知賦云

惟知心而難得【堯卿】禪月師貫休詩此心能有幾人知 夢魂相覓苦參差【堯卿】韓非子曰六國時張敏與高恵二人爲友每相思不能得見敏便於夢中往尋但行至半道即迷不知路遂回劉禹錫詩夢尋歸路多參差

和子由苦寒見寄

人生不滿百【續】文選古詩人生不滿百常懷千歲憂 一別費三年三年五百日有幾弃擲理無還長恐別離中摧我鬢與顏念昔喜著書別來不成篇細思平時樂乃爲憂所緣吾從天下士【續】史記魯仲連傳新垣衍起再拜謝仲連曰始以先生爲庸人吾乃今日知先生爲天下士 莫如與子歡羡子久不出讀書蝨生氈丈夫重出處不退要當前西羌解仇隙【次公】前漢趙充國傳元康元年先零與諸羌種豪二百餘人解仇交質盟詛注每有仇讎往來相報今解仇交質者自相親結欲入漢爲寇也 猛士憂塞壖廟謀雖不戰【次公】杜詩廟謀畜長策 虜意久欺天【堯祖】字出論語曰欺天 山西良家子【援】前漢六郡良家子皆習騎射【次公】前漢贊云山西出將 錦緣貂裘鮮千金買戰馬百寶粧刀環【續】杜詩千金買馬鞭百寶粧刀頭 何時逐汝去與虜試周旋【厚】左傳晉文公謂楚子曰左執鞭弭右屬櫜鞬以與君周旋【任】晉書謝石謂苻融曰若小退師令將士周旋僕與君緩轡而觀不亦美乎

將往終南和子由見寄

人生百年寄鬢鬚富貴何啻葭中莩【縯】前漢書云非有葭莩之親注云葭裹之白皮者喻輕薄也惟將翰墨留染濡絕勝醉倒蛾眉扶【祖謙】曰詩螓首蛾眉我今廢學如寒竽久不吹之澁欲無【堯卿】齊宣王好竽而南郭先生不善吹之澁則不能成聲歲云暮矣嗟幾餘【次公】歲云暮矣詩全語欲往南溪侶禽魚秋風吹雨涼生膚夜長耿耿添漏壺窮年弄筆衫袖烏【厚】趙壹非草書歌十日一筆月數丸墨領袖如皂脣齒皆黑古人有之我願如終朝危坐學僧趺【子仁】南史劉穆之傳終日危坐斂膝閉門不出閑履鳧【援】後漢王喬有神術顯宗時爲葉令每朔望來朝明帝怪之令太史伺望輒有雙鳧從東來羅之得隻舄焉詔尚書診視乃四年中所賜履舄也下視官爵如泥淤【仔】樂天詩人間榮與利擺落如泥塵嗟我何爲久踟躕歲月豈肯與汝居僕夫起餐秣吾駒【縯】韓退之送李愿歸盤谷序云膏吾車兮秣吾馬【子仁】退之天星詩僕夫起餐車載脂

華陰寄子由【任】治平元年在鳳翔作

三年無日不思歸夢裏還家旋覺非臘酒送寒催去國東

風吹雪滿征衣三峯已過天浮翠【援】三峯謂太華三峯蓮華松檜毛女也【次公】華山記云其上有三峯直上晴霽可覩【師】曰太華三峯在華陰縣四看行看日照扉【績】退之詩荆山已去華山來日出潼關四扇開里堠消磨不禁盡速攜家餉勞驂騑

次韻柳子玉見寄

薄雷輕雨曉晴初陌上春泥未濺裾行樂及時雖有酒出門無侶謾看書遙知寒食催歸騎定把鴟夷載後車【績】揚雄酒箴鴟夷滑稽腹大如壺常為國器託於屬車他日見邀須強起不因辭病似相如【次公】司馬相如素與臨卭令王吉相善臨卭多富人卓王孫之屬相謂曰令有貴客為具召之并召令令既至卓氏客以百數相如謝病不能臨令不敢嘗食身自迎相如相如為不得已而強往一坐盡傾

和子由初到陳州見寄二首

道喪雖云久吾猶及老成如今各衰晚那更治刑名懶惰便樗散【績】莊子吾有大木人謂之樗曲轅櫟社其大蔽牛匠石曰散材也杜詩鄭公樗散鬢成絲踈狂託聖明阿奴須碌碌門户要全生【援】晉周顗母李氏謂顗嵩謨曰不謂爾等並貴列吾目前吾復

何憂嵩起曰恐不如尊首伯仁志大而才短名重而識闇好乘人之弊此非自全之道嵩性抗直亦不容於世唯阿奴碌碌當在母目下後皆如言阿奴謨小字也

舊隱三年別松杉好在不吾今尚眷眷此意恐悠悠閉户時尋夢無人可說愁還來送別處雙淚寄南州

初到杭州寄子由二絶【任】熙寧四年作【先生】按年譜熙寧四年辛亥先生年三十六判官誥院兼判尚書祠部以議論與時宰不合命攝開封府推官尋乞除外任差通判杭州以十一月到任

眼看時事力難任貪戀君恩退未能遲鈍終須投劾去使君何日換聾丞【縯】黄霸為潁川守許丞老病聾督郵白欲逐之霸曰許丞廉吏正頗重聽何傷

聖明寬大許全身衰病摧頹自畏人莫上岡頭苦相望【子仁】詩云陟彼岡兮瞻望兄兮吾方祭竈請比鄰【縯】張忠為御史大夫辟孫寶為屬欲令授子經寶自劾去後署主簿寶徒入舍祭竈請比鄰

和劉道原見寄

敢向清時怨不容【次公】顏回曰不容何病不容然後見君子直嗟吾道與君東【縯】歎

元事馬融辭歸融喟然謂門人曰鄭生今去吾道東矣坐談足使淮南懼【厚】淮南王安謀反憚汲黯好直諫守節死義至說公孫丞相如發蒙耳歸去方知冀北空【續】韓愈言伯樂一過冀北之野而馬羣遂空獨鶴不須驚夜旦【續】雞知將旦鶴知夜半羣烏未可辨雌雄【續】詩曰誰知烏之雌雄【次公】按先生詩案云以譏當今進用雜亂無分別也廬山自古不到處得與幽人子細窮

和劉道原寄張師民

仁義大捷徑【子仁】唐隱逸傳仕塗捷徑詩書一旅亭【次公】按先生詩案云此譏諷朝廷進用之人以仁義爲捷徑詩書爲旅亭也相誇綬若若【續】石顯與牢梁五鹿充宗結爲黨友諸附倚者皆得寵位民歌之曰牢耶石耶五鹿客耶印何纍纍綬若若耶猶誦麥青青【援】莊子儒以詩禮發冢曰詩固有之曰青青之麥生於陵陂生不布施死何含珠爲腐鼠何勞嚇【續】莊子秋水篇鴟得腐鼠鵷鶵過之仰而視之曰嚇高鴻本自冥【厚】法言鴻飛冥冥弋人何慕焉顛狂不用喚酒盡漸須醒

是日宿水陸寺寄北山清順僧二首【子韋】按圖陸院在清湖橋今廢

草没河堤雨暗村寺藏修竹不知門拾薪煮藥怜僧病掃地焚香淨客魂【邵老】國史補云韋應物性高潔鮮食寡欲所在焚香掃地而坐農事未休侵小

雪佛燈初上報黃昏年來漸識幽居味思與高人對榻論次公高人指言清順也長嫌鍾鼓聒湖山此境蕭條却自然乞食遶村真爲飽無言對客本非禪披榛覓路衝泥入次公文選趙景真與嵇茂齊書曰涉澤求蹊披榛覓路洗足關門聽雨眠遥想後身窮賈島夜寒應聳作詩肩厚賈島嘗爲僧名無本次公韓詩石鼎聯句序彌明袖手竦肩而高吟

用和人求筆跡韻寄莘老

君不見夷甫開三窟續王衍字夷甫居宰輔不以國爲念而思自全之計乃以弟澄爲荊州族弟敦爲青州因謂曰荊州有江漢之固青州有負海之險卿二人在外而吾留此足以爲三窟矣識者鄙之不如長康號癡絕厚顧愷之字長康桓温嘗云愷之體中癡黠各半合而論之正得其平耳故俗傳愷之才絕畫絕癡絕癡人自得終天年智士無智罪莫雪困窮誰要卿料理舉頭看山笏拄頰援王徽之爲桓沖參軍沖嘗謂徽之曰卿在府日久此當相料理徽之初不酬荅直高視以手板柱頰云西山朝來致有爽氣耳野鳧翅重自不飛厚杜詩云胡鴈翅濕高飛難次公劉禹錫養鷙詞翅重飛不得黃鵠何事兩

翼垂泥中相從豈得久[次公]詩曰胡爲乎泥中注雖以爲地名鄭玄𥚃所言則指泥淖之中矣今我不往行恐遲江夏無雙應未去[援]黃香能文章京師號曰天下無雙江夏黃童此以言魯直也黃魯直莘老婿恨無文字相娛嬉[子仁]退之詩文章自娛嬉

寄劉孝叔[次公]諱述湖州吳興人

君王有意誅驕虜椎碎銅山鑄銅虎[縯]漢文帝二年初與郡守銅虎符第一至第五國家當發兵遣使者至郡合符符合乃聽受之以代古之牙璋從簡易也[次公]銅山鄧通所鑄錢處聯翩三十七將軍走馬西來各開府[次公]按詩案熙寧八年四月十一日軾作詩送劉述云云軾爲是時朝廷遣使諸路點檢軍器及罷置三十七將軍軾將爲今上有意征討胡虜以譏朝廷及罷置將官張皇不便也柳子厚詩云漢家三十六將軍東方雷動橫陣雲南山伐木作車軸東海取鼉漫戰鼓[饒]李賀將進酒擊鼉鼓汗流奔走誰敢後恐乏軍興汙資斧[次公]易得其資斧保甲連村團未遍方田訟牒紛如雨爾來手實降新書抉剔根株窮脉縷[次公]退之進學解爬羅剔抉又列子言五山曰根株不相連着詔書惻怛信忠厚吏能淺薄空勞苦[次公]詩案又云自南山伐木作車軸至吏能淺薄空勞苦此譏諷法令屢變事目繁多吏不能辦集平生學問止流

俗衆裏笙竽誰比數【續】齊宣王好竽必三百人齊吹東郭先生不知竽而濫三百人以吹竽食祿一忽令獨奏鳳將雛也【次公】按吳兢樂府古題要云鳳將雛漢世樂曲名晉應璩百一詩云爲作陌上桑反言鳳將雛【共】【父】曰晉書樂志吳聲十曲一曰子夜二曰上柱三曰鳳將雛倉卒欲吹那得譜況復連年苦飢饉剥齧草木啖泥土今年雨雪頻應時又報蝗蟲生翅股憂來洗盞欲強醉寂寞虛齋卧空甑公廚十日不生煙更望紅裙踏筵舞【次公】詩案又云自況復連年苦飢饉至更望紅裙踏筵舞注云近日齋廚索然可笑言近來飢荒飛蝗蔽天以譏朝廷行法事多闕失又言酒食無備公廚蕭索以譏諷朝廷減削公使錢太甚公事既冗旱蝗又甚貳攻巨蠹尚如此窘迫耳退之詩蹩姻踏筵舞故人屢寄山中信只有當歸無別語【續】姜維天水人既歸蜀得毋書令求當歸維曰但有遠志不在當歸【厚】吳志太史慈傳曹公聞慈名遺慈書以篋封之發省無所道而但貯當歸【援】羅維公遠寄玄宗以蜀當歸方將雀鼠偷太倉【續】退之詩家請官供不報荅無異雀鼠偷太倉未肯衣冠挂神武【厚】陶弘景得奉朝請雖在朱門閉影不交外物脫朝服挂神武門上表辭祿吳興文人真得道平日立朝非小補自從四方冠蓋鬧歸作二浙湖山主【次公】詩案又云以譏執政近日提舉所至苛碎生事可怪故劉述乞官歸湖州也高蹤已自雜魚釣【厚】後

漢高鳳隱身漁釣終於家又郭翻家於臨川不交世事惟以漁釣射獵爲娛大隱何曾弃簪組[續]王康琚反招隱詩大隱隱朝市小隱隱藪澤去年相從殊未足問道已許談其粗逝將棄官往卒業[次公]莊子卒業於夫子俗緣未盡那得覬[厚]圓澤謂李源曰俗緣未盡[慎]勿相近公家只在雲溪上上有白雲如白羽白羽扇也應憐進退苦皇皇更把安心教初祖[續]傳燈録慧光問達磨公曰諸佛法印可得聞乎師曰諸佛法印匪從人得光曰我心未寧乞師與安師曰將心來與汝安曰覓心了不可得師曰吾與汝安心竟

寄呂穆仲寺丞

孤山寺下水侵門[次公]在杭州孤山每到先看醉墨痕楚相未忘談笑是[續]史記楚相孫叔敖病且死屬其子曰我死汝必貧困若往見優孟數年其子窮困負薪逢優孟曰我孫叔敖之子也優孟曰若無遠有所之即爲孫叔敖衣冠抵掌談笑歳餘象孫叔敖楚莊王大驚以爲孫叔敖復生也欲以爲相優孟曰婦言[慎]無爲楚相如孫叔敖爲相盡忠今死子無立錐之地於是莊王召孫叔敖子封之寢丘中郎不見典刑存杭有伶人善學呂舉措酷似別後常令作之以爲笑[厚]後漢孔融與蔡邕善邕卒後有虎賁士貌類邕融每酒酣引與同坐曰雖無老成人尚有典刑君先去踏塵埃陌我亦來尋桑棗村[次公]蓋言本同在杭州西湖相聚君去而往京師選詩京洛多

風塵主客州即桑棗之地先生來為守故也 迴首西湖眞一夢灰心雙鬢更休論 [援] 唐裴度詩云灰心緣忍事雙鬢為論兵

寄黎眉州 [堯卿] 名醇字希聲慶曆六年賈黯牓及第熙寧八年以尚書屯田郎中知眉州

膠西高處望西川應在孤雲落照邊瓦屋寒堆春雪後峨眉翠掃雨餘天 [次公] 瓦屋在雅州榮經縣峨眉在嘉州 治經方笑春秋學 [縯] 王荆公不好春秋目之曰破爛朝報 好士今無六一賢 君以春秋受知歐陽文忠公公自號六一居士 且待淵明賦歸去共將詩酒趁流年 [任] 陶潛賦歸去來詞有云携幼入室有酒盈樽又曰臨清流而賦詩

代書荅梁先

此身與世真悠悠蒼顏華髮誰汝留強名太守古徐州忘歸不如楚沐猴 [厚] 韓生說項羽都關中羽懷思東歸曰富貴不歸故鄉如衣錦夜行韓生曰人謂楚人沐猴而冠果然 魯人豈獨不如丘 [縯] 魯人不知孔子曰此吾東家丘也 藉蹸夫子無罪尤 [厚] 莊子殺夫子者無罪藉夫子者無禁 異哉梁子清而脩不遠千里從我遊 [次公] 孟子叟不遠千里而來 瞭然正色懸雙眸 [縯] 孟子胸中正則眸子瞭焉 世之所馳子獨不一經

通明傳節侯【援】韋賢謚節侯通經歷位丞相子玄成復以明經歷位丞相鄒魯諺曰遺子金滿籯不如一經小楷清絕規模歐梁生學歐陽公書我衰廢學懶且媮畏見問事賈長頭【縯】後漢賈逵自爲兒童常在太學不通人間事身長八尺二寸諸儒爲之語曰問事不休賈長頭別來紅葉黃花秋夜夢見之起坐愁【師】文選樂府遠道不可思宿昔夢見之【子仁】退之調張籍夜夢多見之晝思反微茫遺我駁石盆與甌黑質白章聲琳球謂言山石生澗溝追琢尚可王公羞【縯】左傳曰苟有明信澗溪沼沚之毛可薦於鬼神可羞於王公感子佳意能無酬反將木瓜報珍投【次公】詩曰投我以木瓜報之以瓊瑤學如富賈在博收仰取俯拾無遺籌【次公】史記貨殖傳云俯有拾仰有取也道大如天不可求【次公】家語諸弟子之言孔子曰道大不可容又論語曰如天之不可階而升也修其可見致其幽顏子篤實慎勿浮發憤忘食樂忘憂【匡】見論語

次韻舒教授寄李公擇

草書妙絕吾所兄真書小字猶抗行【縯】王羲之曰我書比鍾繇當抗行比張芝草猶當鴈行也論文作詩俱不敵看君談笑收降旗去年踰月方出晝

予去年留齊月餘子去齊月三出而後出畫【續】子孟為君劇飲幾濡首【次公】易未濟上九象曰飲酒濡首亦不知節也今年過我雖少留寂寞陶潛方止酒此行公擇病酒多不飲【續】陶潛有止酒詩見本集別時流涕攬君須【援】謝安捋桓伊鬚曰使君於此不凡懸知此懽墮空虛松下縱橫餘履齒門前轣轆想君車恠君一身都是德【次公】做趙雲傳注一身都是膽近之清潤淪肌骨細思還有可恨時不許藍橋見傾國公擇有婢名雲英屢欲出不果【續】傳奇裴航過雲翹夫人作詩以達意夫人荅詩云一飲瓊漿百感生玄霜擣盡見雲英藍橋便是神仙窟何必崎嶇上玉京後航過藍橋覩女子名雲英遂成姻得道

作詩寄王晉卿忽憶前年寒食北城之游走筆為此詩

北城寒食煙火微落花胡蝶作團飛王孫出游樂忘歸門前騘馬紫金鞿吹笙帳底煙霏霏行人舉頭誰敢睎扣門狂客君不麾【敬夫】揚子倚門牆以麾之更遣傾城出翠幃【厚】柳子厚詩翠幃雙卷出傾城書生老眼省見稀畫圖但覺周昉肥【續】周昉善畫美人極精妙然多失之肥別來

春物已再菲西望不見紅日圍何時東山歌采薇[次公]東山東征之詩也采薇三章皆言曰歸曰歸把盞一聽金縷衣[縯]李錡妾杜秋娘所歌勸君莫惜金縷衣其後有此曲

罷徐州往南京馬上走筆寄子由五首

吏民莫扳援歌管莫淒咽吾生如寄耳[次公]此句王羲之法帖中全語[師]前漢楊惲云人生如寄耳須富貴何時寧獨爲此別別離處處有悲惱緣愛結而我本無恩此涕誰爲設紛紛等兒戲鞭鐙遭割截[縯]姚崇罷荆州牧所乘馬鞭鐙民皆截留之道邊雙石人幾見太守發有知當解笑撫掌冠纓絕[次公]史記滑稽傳楚大發兵加齊齊王使淳于髡之趙請救兵賫金百斤車馬十駟淳于髡仰天大笑冠纓索絕父老何自來[次公]劉寵謂會稽五六老叟曰父老何自苦花枝裊長紅[堯卿]方俗送官罷任以花枝掛綵謂之長紅洗盞拜馬前請壽使君公[次公]白樂天初到江州詩云遥見朱輪來出郭相迎勞動使君公前年無使君魚鼈化兒童舉鞭謝父老正坐使君窮窮人命分惡所向招災凶水來非吾過去亦非吾功古汴從西來迎我向南京東流入淮泗送我東南行暫別

還復見依然有餘情春雨漲微波一夜到彭城過我黃樓下朱欄照飛甍可憐洪上石誰聽月中聲 次公 洪上石則百步洪上也 前來過南京麥老櫻桃熟今來舊遊處櫻麥半黃綠歲月如宿昔人事幾反覆青衫老從事 次公 言子由也時子由從張安道簽書南京判官 坐穩生髀肉 續 蜀志劉備在荆州牧劉表座上起至厠慨然流涕還坐表怪問之曰平常身不離鞍髀肉皆消今不復騎髀裏肉生日月若馳老將至矣而功業不建是以悲耳 聯翩閱三守迎送如轉轂歸耕何時決田舍我已卜

卜田向何許石佛山南路 厚之 石佛山在眉州眉山縣之南 下有爾家川千畦種秔稌山泉宅龍蜃 信民 物類相感志蜃龍也狀如螭龍如池井間有則吐氣爲雨今吴山陰井泉不竭者蓋有焉 平地流膏乳異時畝一金 子仁 東方朔曰豐鎬之間號爲土膏其價畝一金又杜篤論都賦歌土之膏畝價一金 近欲爲逃户逝將解簪紱賣劒買牛具 事見山村五絕注 故山豈不懷廢宅生蒿櫓 次公 蒿蓬蒿也櫓字集韻云木自生也 便恐桐鄉人長祠仲卿墓 續 西漢朱邑字仲卿少時爲桐鄉嗇夫遇民有恩吏民敬愛焉後以治行第一入爲大司農病且死屬其子曰

我故爲桐鄉吏其民愛我必葬我桐鄉後世子孫奉嘗我不如桐鄉民及死其子葬之桐鄉西郭外民果共爲邑立祠歲時祠祭不絶

過淮三首贈景山兼寄子由

好在長淮水十年三往來功名真已矣歸計亦悠哉【次公】杜詩云素業行已矣又云坐穩興悠哉今日風憐客【堯祖】唐施肩吾及第過揚子江詩曰今日步春草復來經此道江神也世情爲我風色好平時浪作堆晚來洪澤口捍索響如雷【堯卿】舟有捍索行則隊上舟住則爲攬

過淮山漸好松檜亦蒼然靄靄藏孤寺泠泠出細泉故人眞吏隱【次公】汝南先賢傳鄭欽吏隱于蟻陂之陽【師】云韓愈詩太平公事少吏隱詎相賒小檻帶巖偏

却望臨淮市東風笑語傳回首濉陽幕簿書高没人何時桐栢水【續】桐栢山在唐州桐栢縣淮水所出書云導淮自桐栢一洗使公塵【厚】王導遇西風以扇障面曰元規塵汙人此去漸佳境【續】顧愷之倒食甘蔗曰漸入侍比獨遊長慘神待君詩百首來寫浙西春

僕去杭五年吴中仍歲大饑疫故人往往逝去聞湖上僧舍不復往日繁麗獨淨慈本長老學者益

盛作此詩寄之

來往三吴一夢間故人半作冢纍纍然【次公】丁令威云城郭如故人民非何不學仙冢纍纍獨依舊杜傳真法要與遺民度厄年趙叟近聞還印綬【緼】謂資政趙公抃致政得謝【次公】左傳趙旃曰趙傁故姓趙人得用趙傁竺翁先巳返林泉【次公】竺公翁指言淨慈本長老也何時策杖相携去任性逍遥不學禪

次韻和劉貢父登黃樓見寄并寄子由二首

青泒連淮上黃樓冠海禺【次公】青泒即青河也其水從青州來與淮會于徐此詩尤偉麗夫子計魁梧【自注】劉爲人短小【緼】前漢張良傳贊曰聞張良之智勇以爲其貌魁梧奇偉反若婦人女子【次公】應劭注曰魁梧丘虛壯大之意也蘇林曰梧音悟師古曰魁大貌也梧者言其可敬悟今人讀爲吾非也世俗輕瑚璉巾箱襲武夫【次公】瑚璉出論語武夫石似玉者也坐令秉傳遽【緼】傳遽使車之急者【次公】周官行夫掌傳遽之事奔走爲儲須【厚】儲須謂軍儲軍須用之所儲所須者耳不必軍也【次公】盖言國邂逅我巳失登臨誰與俱貧貪倉氏粟【次公】漢王嘉傳有倉氏庫氏身聽治家橅【援】橅與撫同莊子以造化爲大冶會合難前定歸休試後圖腴田未可買

窮鬼却須呼【自注】本欲買田於四上近巳不遂矣【續】退之作送窮文云三揖窮鬼而告之曰云云二水何年到雙洪不受艫【次公】二水指言州盖汴泗交流爲二水矣公自徐徙知湖州則去二水爲遠雙洪未詳所在豈言徐州有百步洪乃其一乎至今清夜夢飛轡策天吴【厚】山海經朝陽谷神曰天吴是爲水伯與子皆去國十年天一禺【次公】杜詩去國哀王粲選詩各在天一隅數奇逢惡歲【續】李廣從衛青擊匈奴青陰受上言以廣數奇毋令當單于計拙集枯梧【續】國語優施謂里克妻曰主孟啗我我教茲暇豫事乃歌曰暇豫之吾吾不如鳥烏人皆集於菀己獨集於枯注集止也菀茂木貌好士餘劉表【厚】表爲荆州刺史愛民養士學士歸者千數窮交憶灌夫【援】前漢竇嬰失勢諸公引去惟灌夫獨否故二人相爲引重不矜持漢節【續】蘇武留匈奴中仗漢節牧羊海上【次公】漢凡遣使皆有節不矜持漢節言貞父不以爲使爲矜耳猶許攬桓須【厚】晉書謝安有攜會之嫌殖帝召桓伊撫箏而歌怨詩聲節慷慨安泣下起捋其須曰使君於此不凡清句金絲合高樓雪月俱吟哦出新意指畫想前撫【自注】子由初赴南京送之出東門登城上覽山川之勝云此地可作樓觀於是始有改築之意自寫千言意新裁六幅圖【自注】近以絹自寫子由黃樓賦爲六幅圖甚妙傳看一坐聳歡著尺書呼莫使騷人怨東游不到吴此詩寄子由

今年正月十四日與子由別於陳州五月子由復

至齊安未至以詩迎之

驚塵急雪滿貂裘【次公】戰國策蘇秦説秦王書十上説不行黒貂之裘弊淚灑東風別宛丘【次公】宛丘陳州也陳國風有宛丘之篇又向邯鄲枕中見【任】太平廣記有客遇呂仙翁於邯鄲逆旅自言久不得意仙翁乃以一枕與之客就枕即夢入枕中仕宦數十年甚愜意及覺所炊黄粱猶未熟也却來雲夢澤南州【厚】杜牧之齊安郡詩平生睡足處雲夢澤南州暌離動作三年計牽挽當爲十日留早晚青山映黄髮相看萬事一時休柳子厚別劉夢得詩云皇恩若許歸田去黄髮相看萬事休【次公】先生本注蓋自是兩詩柳云皇恩若許歸田去晚歲當爲鄰舍翁劉云耦耕若便遺身世黄髮相看萬事休

曉至巴河口迎子由

去年御史府舉動觸四壁【次公】此蓋先生言其對吏時也司馬相如家徒四壁立幽幽百尺井仰天無一席【次公】百尺井所以爲况也此亦坐井觀天之義隔墻聞歌呼【次公】曹參傳吏舍日飲歌呼參聞乃取酒張坐飲大歌呼與相和【子仁】退之詩隔墻聞歌呼衆口極鵰鴈自恨計之失留詩不忍寫【次公】先生獄中嘗有二詩寄子由所謂是處青山可藏骨他年夜雨獨傷神苦淚漬紙筆餘生復何幸樂事有今日江流鏡面靜煙雨輕冪冪孤舟如

鳧鷖（次公）李白詩小舟若鳧鴈點破千頃碧聞君在慈湖欲見隔咫尺朝來好風色旗尾西北擲行當中流見笑眼清光溢此邦疑可老脩竹帶泉石欲買柯氏林茲謀待君必

陳季常見過三首

仕宦常畏人退居還喜客君來輒館我（次公）禮記言生於我乎館未覺雞黍窄東坡有奇事已種十畝麥但得君眼青（綸）晉阮籍能爲青白眼見禮俗之士以白眼對之及見嵇喜來不懌而退喜弟康聞之乃齎酒挾琴造焉籍大悅乃見青眼由是禮法之士疾之若讎不詞奴飯白（厚）杜詩爲君酤酒滿眼酤與奴白飯馬青芻

送君四十里只使一帆風江邊千樹柳落我酒盃中此行非遠別此樂故無窮但願長如此來往一生同

聞君開龜軒東檻俯喬木人言君畏事欲作龜頭縮我知君不然朝飯仰暘谷（次公）暘谷日所出也見淮南子龜燕曰氣而壽故養生者服日華所以効之餘光幸分我（綸）史記甘茂謂蘇秦曰貧人女與富人女會績貧人女曰我無以買燭而子之燭光幸有餘子可分我餘光無損子

明不死安可獨【次公】孟簡謂韓退之曰我得秘藥不可獨不死今遺子一器事見退之太學博士李君墓誌銘

初秋寄子由

百川日夜遊物我相隨去惟有宿昔心依然守故處憶在懷遠驛【子仁】懷遠驛蓋先生與子由應制京師時嘗寓於此是歲嘉祐五年也閉門秋暑中藜羹對書史【無逸】笠澤叢書載陸龜蒙復友生論文書云讀古聖人書每涵咀義味獨坐日昃案上一杯藜羹如五鼎七牢饌於左右揮汗與子同西風忽淒厲落日穿戶牖子起尋裌衣感歎執我手朱顏不可恃此語君勿疑別離恐不免功名定難期當時已悽斷況此兩衰老失途既難追學道恨不早買田秋已議【子仁】黃州東南三十里地名沙湖先生嘗買田其間築室春當成雪堂風雨夜已作對牀聲見與子由別於鄭州詩注

寄蘄簟與蒲傳正

蘭溪美箭不成笛【次公】蘭溪在蘄州蘄水縣竹所出之地也本是笛材而以之爲簟耳韓退之鄭羣贈簟詩亦云蘄州笛竹天下知鄭公所寶尤瓌奇離離玉筯排霜脊千溝萬縷自生風入手

未開先慘慄公家列屋閑蛾眉【縯】退之送李愿歸盤谷序云粉白黛黑者列屋而閑居珠簾不動花陰移霧帳銀牀初破睡牙籤玉局坐彈棊【堅】沈存中筆談載西京雜記云漢元帝爲彈棊之戯有譜一卷盡唐人所爲其局方二尺中心高如覆盂其顛爲小壺四角微起李商隱詩曰玉作彈棊局中心最不平謂其中高也東坡病叟長羇旅凍餓飢吟似飢鼠倚賴春風洗破衾一夜雪寒披故絮【子仁】晉吳隱之字處默雖居清顯祿賜皆頒親族冬月無被嘗浣衣乃披其絮火冷燈青誰復知孤州兒女自嚘咿皇天何時反炎燠【次公】退之詩又云却願天日常炎曦愧此八尺黃琉璃【厚】退之鄭羣贈簟詩誰謂故人知我意卷送八尺含風漪又云攜來當晝不得卧一府傳看黃琉璃願公淨掃清香閣【次公】清香閣則韋蘇州詩宴寢凝清香卧聽風漪聲滿榻習習還從兩腋生請公乘此朝閶闔【援】盧仝茶歌七椀喫不得也唯覺兩腋習習清風生蓬萊山在何處玉川子乘此清風欲歸去

寄怪石石斛與魯元翰 魯少卿也

山骨裁方斛【次公】石鼎聯句云巧匠斲山骨江珍拾淺瀨清池上几案碎月落杯盤【次公】清池言石斛碎月言怪石老去懷三友【厚】孔子曰益者三友平生困一簞

（厚）顏回一簞食一瓢飲

堅姿聊自儆秀色已堪飡（次公）魏文帝詩秀色若可飡（師）大業拾遺吴降真善畫長蛾隋煬帝云此女秀色可飡陸士衡詩鮮膚一何潤秀色亦可飡好去鬚鞾卿舍（次公）鬚鞾卿指言魯元翰前卷所謂鬚鞾來意彌敦也憑將道眼看東坡最後供（子仁）先生嘗以怪石供佛印作怪石供後又以供參寥子作後怪石供云霜雪照人寒

寄吴德仁兼簡陳季常

東坡先生無一錢（次公）東漢趙壹云文籍雖滿腹不如一囊錢（厚）灌夫傳平生毀程不識不直一錢又杜詩留得一錢看十年家火燒凡鉛黃金可成河可塞（縯）漢書郊祀志欒大與武帝言黃金可成河決可塞不死之藥可得仙人可致只有霜鬢無由玄（卓）文選詩玄鬢已改素龍丘居士亦可憐談空說有夜不眠忽聞河東師子吼（次公）龍丘居士指言陳季常也河東師子事有王覿字達觀本嘉州犍爲人舊在江南武昌居名天常嘗從先生遊先生有與李琮書云王天常奉職所言邊事云云者是已達觀爲次公言季常之妻柳氏也最悍妬每季常設客有聲妓柳氏則以杖擊照壁大呼客至爲散去拄杖落手心茫然（次公）李白行路難詩拔劍四顧心茫然誰似濮陽公子賢（次公）言吴德仁也濮陽公子飲酒食肉自得仙平生寓物不留物（師）公作王晉卿寶繪堂記云君子所以寓意於物而不可以留

意於物寓意於物雖微物足以爲樂雖尤物不足以爲病留意於物雖微物足以爲病雖尤物不足以爲樂在家學得忘家禪【援】傳燈録鳥窠禪師謂道會禪師曰汝若了淨智妙圓即直出家何假外相汝當爲在家菩薩門前罷亞十頃田【編】杜牧郡齋獨酌詩罷亞百頃稻西風吹半黄清溪遶屋花連天【子仁】退之詩前翦刻作此連天花溪堂醉卧呼不醒落花如雪春風顛【師】杜詩曉來急雨春風顛我遊蘭溪訪清泉【次公】蘭溪在蘄州也已辦布韈青行纏【續】杜詩布韈鞋從此始嵆山不是無賀老我自興盡回酒船【厚】李白詩嵆山無賀老却掉酒船回恨君不識顏平原【援】唐書顏真卿爲平原太守安禄山反河朔盡陷唯真卿城守具備玄宗聞之喜曰朕不識真卿何如人所爲得如此恨我不識元魯山【續】元德秀字紫芝爲魯山令蘇源明常謂人曰吾不幸生衰俗所不耻者識元紫芝也銅駝陌上會相見【厚】索靖有先識知天下將亂指洛陽宮門銅駝歎曰會見汝在荊棘之中【援】洛陽記云銅駝陌上集少年握手一笑三千年【續】真卿嘗得名藥後爲李希烈所害發棺瞋目如生時隱士曹庸生曰後三千年必能辟手裂飛騰而去

謝王澤州寄長松兼簡張天覺二首

莫道長松浪得名能教覆額兩眉青便將徑寸同千尺知

有奇功似伏苓[次公]近世有患大風疾者自分必死入五臺山遇一異僧以長松草令服而兩眉再生云蓋觀世音所化也左思詩欝欝澗底松離離山上苗以彼徑寸莖蔭此百尺條

憑君說與埋輪使[養源]前張綱爲使者埋輪道中速寄長松作解嘲張天覺詩有埋叉河東慳之語[須]前揚雄傳雄草太玄或嘲雄而雄解號曰解嘲無復青黏和漆葉在將鍾乳敵仙茅[續]樊阿從華佗求方可服食益於人者佗以漆葉青黏散與之又本草云十斤鍾乳不若一斤仙茅也

寄蔡子華

故人送我東來時手栽荔子待我歸荔子已丹吾髮白猶作江南未歸客江南春盡水如天[淩]柳子厚詩云洞庭春盡水如天腸斷西湖春水船想見青衣江畔路[師]蔡子華名褒乃眉之青神人也白魚紫筍不論錢[次公]老杜詩白魚如切玉朱橘不論錢霜髯三老如霜檜[彪卿]先生曰王十六秀才將歸蜀云子華宜德蔡文見託求詩夢中爲作四句覺而成之以寄子華仍請以示楊君素王慶源二老人乃元祐五年二月七日也所謂三老者如此其後子華之孫汝礪持此詩來時東坡猶在零陵使人拊卷太息又云餘聞太師公剛介而靜少所許可觀其與蔡子華書則知子華必可人耳舊交零落知誰輩[次公]宋之問詩舊交比零落莫從唐舉問封

侯【續】史記蔡澤從唐舉相曰富貴吾所自有吾所不知者壽也願聞之 但遺麻姑更爬背【次公】蔡經見麻姑手爪似鳥心中念曰背大癢時得此爪爬背當佳也【堯卿】神仙王遠傳曰蔡經者小民耳而骨相當仙因遣人召麻姑來遠已知經心中所言即使人遺經鞭之謂曰麻姑神人也汝何忽謂其爪可爬背耶李太白詩麻姑搔背指爪輕

和錢四寄其弟龢【堯卿】錢勰字穆父弟四亦稱穆四其弟即錢七昆仲也穆父走筆代書寄昆仲七弟詩云東方千騎擁朱輪衣錦歸逢故國春莫向西湖戀風月鴒原知有望歸人昆仲次韻穆父兄見寄詩云烏衣巷裏走雙輪正是家山二月春明日湖平定歸去蓬萊還見謫仙人劉季孫和之云會稽山上月如輪鴻鴈相將江水春暮府英豪雖可數樽前誰是急難人周壽和之云東山蠟屐從壞車輪小草青知塞外春園柳鳴禽興幽夢惠連詩句更何人然公作兩絕而元本上載一絕今併舉之先生詩云老來日月似車輪此去知逢幾箇春昨夜水花猶作柱曉來梅子已生人

再見濤頭湧玉輪【次公】言杭州之潮也 煩君久駐浙江春【次公】浙江春指言越州也錢穆父知越州 年來總作維摩病【次公】淨名居士維摩詰以方便示病而諸菩薩問疾見其經中 堪笑東西二老人【次公】越居浙東杭居浙西而穆父與先生爲二郡守故曰東西二老人也

復次前韻謝趙景貺陳履常見和兼簡歐陽叔弼

兄弟【十朋】此係次九月十五日觀月聽琴書湖一首示坐客詩韻

能詩李長吉【縯】唐摭言云李賀字長吉七歲以長短之製名動京師【次公】杜詩云能詩何水曹識字揚子雲【援】揚雄字子雲劉棻嘗從雄學作奇字杜詩云子雲識字終投閣端能望此府【厚】舊唐書韋思謙傳皇甫公義檢校沛王府長史引思謙爲同府倉曹謂思謙曰公豈池中之物屈公爲數旬客以望此府耳坐嘯獲兩君【縯】後漢成瑨南陽人爲汝南太守委事於功曹岑晊人爲語曰汝南太守岑公孝南陽成瑨但坐嘯逝將江湖去浮此五石樽【援】莊子魏王貽惠子大瓠之種種之成而實五石剖之以爲瓢而瓠落無所容莊子曰今子有五石之瓠何不慮以爲大樽而浮於江湖眷焉復少留尚爲世所釃或勸莫作詩兒輩工織紋【次公】織紋以言讒言詩云萋兮斐兮成是貝錦先生舊以詩得罪謂之詩案故或人勸止之朱絃寄三歎未售俗耳聞【縯】禮記清廟之瑟朱絃而疏越一唱而三歎有遺音者矣共尋兩歐陽伐薪照黃昏是家有甘井汲多終不渾【厚】杜詩淘米少汲水汲多井水渾

召還至都門先寄子由【邦衡】按年譜先生以元祐七年壬申在潁州任就差知揚州未閱歲以兵部尚書召還兼侍讀

老身倦馬河堤永踏盡黃榆綠槐影荒雞號月未三更【縯】晉祖逖

鬬荒雞而起舞客夢還家時一頃歸老江湖無歲月未填溝壑猶朝請【厚】前漢汲黯初坐法免後詔召見黯黯爲上泣曰臣自以爲填溝壑不復見陛下矣又晉書職官志奉朝請本不爲官無員漢外戚宗室諸侯多奉朝請盖本朝會請召而已黃門殿中奏事罷【子仁】唐紀明皇開元元年改門下省爲黃門省今以言子由時爲黃門侍郎也詔許來迎先出省已飛青蓋在河梁定餉黃封兼賜茗遠來無物可相贈一味豐年説淮潁

次韻穆父馬上寄潁叔二首

玉關不用一丸泥【續】後漢隗囂將王元説囂曰臣請以一丸泥爲大王東封函谷關自有長城鳥鼠西【厚】唐書太宗曰煬帝不擇人守邊勞中國築長城以備虜今我用李勣守并突厥不敢南顧賢於長城遠矣鳥鼠山名禹貢鳥鼠同穴剩與故人尋土物臘糟紅麴寄駞蹄【子仁】杜詩悲管逐清瑟勸客駞蹄羮多買黃封作洗泥【次公】黃封御酒也以黃封其頭故謂之黃封洗泥洗塵常俗之語使君來自隴山西高才得兎人人羨爭欲尋蹤覓舊蹄【厚】周易蹄者所以在兎得兎而忘蹄

寄餾合刷餅與子由

老人心事日摧頽【厚】孟郊詩云我有古心意爲君空摧頽宿火通紅手自培小

甑短餅良具足穉兒嬌女共餚餵寄君東閣閑烝栗知我

空堂坐畫灰【厚】白樂天詩對雪畫寒灰殘燈明復滅又詩話中載孫魴夜坐詩云畫多灰漸冷坐久席成痕約束

家僮好收拾故山棃棗待翁來

寄虎兒

獨倚桄榔樹【厚】廣志桄榔樹大四五圍長五六丈洪直旁無枝條其顛生葉不過數十閑挑蓽撥根【厚】本草圖經蓽撥生波斯國今嶺南有之多生竹林内正月發苗作叢高三四尺謀生看拙否送老此蠻

村

桄榔杖寄張文潛一首時初聞黃魯直遷黔南范

淳父九疑也九疑見吾謫海南子由謫雷被命即行詩注中身隨殘夢兩

睡起風清酒在亡【次公】袁盎傳云不以在亡爲辭今借以言酒氣或在或亡也林下尋苗華

茫茫江邊曳杖桄榔瘦【厚】廣志桄榔樹大四五圍其枝正可作杖也獨步儻逢岣嶁令【續】晉書葛洪字稚川聞交

撥香【厚】本草圖經蓽撥嶺南有之多生竹林内發苗作叢遠來莫恨曲江張【次公】唐書張九齡韶州曲江人當時號爲張曲江曲

趾出丹砂求爲岣嶁令後隱於羅浮山

亡爲相建言放臣不宜與善地故八司馬之竄皆在醜地劉禹錫有詩追恨之

遥知魯國眞男子獨憶平生盛孝章[次公]會稽典録云盛憲字孝章有天下大名孫策欲誅之孔文舉與曹公書意欲曹公致書救之書未至而已誅矣初憲爲臺郎路逢童子容貌非常憲怪而問之曰魯國孔融憲異之乃載歸結爲兄弟其云魯國男子使揚虎傳融謂曹操曰孔融魯國男子也

聞正輔表兄將至以詩迎之

生逢堯舜仁得作嶺海遊雖懷跫然喜[縯]莊子逃空虚者聞人足音跫然而喜況昆弟親戚之謦欬其側者乎豈免跕墮憂[厚]後漢馬援曰吾在浪泊西里間虜未滅之時下潦上霧毒氣薰烝仰視飛鳶跕跕墮水中也莫雨侵重膇[援]左傳韓獻子云郇瑕氏之地土薄水淺於是乎有重膇之疾曉煙騰鬱攸[厚]左傳哀三年司鐸火火踰公宮桓僖災百官宮備府庫慎守官人肅給濟濡帷幕鬱攸從之朝槃見蜜唧[厚]朝野僉載嶺南獠人好爲蜜唧鼠子未瞬通身赤蠕者飼之以蜜飣之疊上囁囁而行以箸挾取啖之唧唧作聲故曰蜜唧夜枕聞鵂鶹[次公]鵂鶹莊子所謂夜撮蚤見毫末者蓋怪禽也廣南人謂之玄鈎鳥幾欲亨鬱蛆[厚]退之南食詩惟地舊所識實憚口眼獰開籠聽其去鬱屈尚不平又陸龜蒙苦熱詩蛇頭爭鬱蛆蟹躁實郭索固嘗饌鈎輈[厚]鈎輈鷓鴣也其鳴云格磔鈎輈故退之詩云鷓鴣鈎輈猿叫歇又李羣杜詩云方穿詰曲崎嶇路又聽鈎輈格磔聲舌

音漸豨變面汗嘗騂羞【次公】言作蠻音而漸也騂羞言面赤也退之南食詩腥臊始發越咀吞面汗騂

賴我存黃庭【厚】黃庭內景經脾神常在字魂庭晝夜存之可長生注云寬庭即黃庭　有時仍丹丘【厚】楚詞遠遊云仍羽人於丹丘兮留不死之舊鄉注云因就衆仙於明光也丹丘晝夜常明也　目聽不任耳【厚】列子老聃之弟子有亢倉子者得聃之道能以耳視而目聽魯侯聞之使上卿厚禮而致之卑詞而問焉亢倉子曰傳者之妄也我能視聽不用耳目不能易耳目之用　踵息殆發喉【次公】莊子至人之息以踵衆人之息以喉　稍欣素月夜【厚】謝莊月賦云素月流天　遂度黃茆秋【次公】黃茆秋言瘴也秋至冬謂之黃茅　我兄清廟器【任】唐書李珏爲殿中侍御史宰相韋處厚曰清廟之器豈擊搏才乎除禮部員外郎是也　持節瘴海頭蕭然三家步【次公】廣南謂江之滸凡舟可縻而上下者曰步出柳子厚鐵爐步志三家步言其水也　橫此萬斛舟【厚】九國志王審知聞徐寅名辟居幕下寅不樂一旦拂衣去曰丈尺之水前陂後堰焉能容萬斛之舟乎　人言得漢吏天遣活楚囚【次公】漢吏以言正輔楚囚先生自謂也　惠然再過我樂哉十日留但恨參語賢【次公】前漢揚敞傳霍光遣田延年報敞以廢昌邑王事敞汗流浹背不知所應其夫人從東廂出與敞及延年參語許諾注云三人共言故云參語也　忽潛九原幽【厚】禮記趙文子曰武也是全要領以從先大夫於九原也注云晉卿大夫之墓地在九原　萬里儻同歸兩鰥當對耰軾喪婦已三年矣正輔近亦有亡嫂之戚故云　強歌非

眞達何必師莊周【次公】莊子妻死箕踞鼓盆而歌

再和

稚川眞長生少從鄭公游【厚】晉書葛洪字稚川從祖玄吳時學道得仙以其煉丹秘術授弟子鄭隱洪就隱學悉得其法焉孝章偶不死免爲文舉憂杖注見桄榔餘齡會有適獨往豈相攸【次公】淮南子輕天下細萬物而獨往詩韓奕篇爲韓伯相攸莫如韓樂箋云相視攸所也今先生則言以與有所適而獨往矣豈更相視其處所也由來警露鶴【厚】周處風土記白鶴性警至八月露降流於草木上滴滴有聲則鳴不羨撮蚤鴟【縯】莊子鴟鵂夜撮蚤察毫末晝出瞋目而不見丘山疏云鴟鵂鶹也頗加視後鞭【厚】莊子善養生者如牧羊然視其後者而鞭之同駕躡空輈【厚】唐逸史載東幼霞夢爲蒼龍溪主寫太皇眞訣記得四句云昔乘魚車今履瑞雲躡空仰途綺輅輪囷也寧飧墮齒堇【次公】唐書明皇謂高力士曰吾聞飲堇無苦者奇士也乃取以飲張果三進頹然非佳酒也乃寢頃視齒皆焦且黧乃以鐵如意擊墮之取藥傅其齗良久復生勿憶齊眉羞【縯】後漢梁鴻妻孟光每饋食舉案齊眉何時遂縱壑【援】王褒聖主得賢臣頌云若巨魚之縱大壑也歸路同首丘【縯】禮記狐死正首丘言不忘本也泉岡松栢老西嶺橘柚秋着意尋彌明長頸高結喉【厚】退之石鼎聯句序言侯喜新有能詩聲夜與劉說詩道士軒轅彌明在其側長頸而高結喉

又作楚語喜視之若無人云云無心逐定遠燕頷飛虎頭【續】後漢班超行詣相者相者曰生燕頷虎頭飛而食肉此萬里侯相也後封定遠侯云君方卒功名一泛范蠡舟【厚】史記范蠡既雪會稽之恥乃喟然歎曰計然之策既已施於國吾欲施之家乃乘扁舟游江湖我亦霑霈渥漸解鍾儀囚【援】左傳晉侯觀於軍府曰南冠而縶者誰也曰鄭人所獻楚囚也使稅之【子蒼】年譜云元符三年庚辰先生在儋州會徽宗登極赦量移廉州安置寧須張子房萬户自擇留【續】漢書高祖自擇齊三萬户欲以封張良良曰始臣起下邳與上會留臣願封留足矣猶勝嵇叔夜孤憤甘長幽【次公】韓非有孤憤之書而嵇康以下獄有幽憤詩也南窗可寄傲【厚】歸去來詞云倚南窗以寄傲北山早歸穩【次公】北山歸穩言當如周彥倫之初隱時也彥倫事見北山移文注此語君勿疑老彭跨商周【厚】世本云彭祖在商為守藏吏在周為柱下吏年八百歲

十二月十七日夜坐達曉寄子由

燈燼不挑垂暗蕊香爐重撥尚餘熏清風欲起鴉翻樹缺月初聲犬吠雲【厚】退之詩缺月煩屢瞰【敬夫】野人閑話載杜光庭犬名曰吠雲臨終命以油塗足以繒裹之云可行萬里閑眼此心新活計隨身孤影舊知聞雷州別乘應危坐

〔次公〕時子由以別駕在雷州也 跨海清光與子分

過於海船得邁遇寄書酒作詩遠和之皆粲然可觀子由有書相慶也因用其韻賦一篇并寄諸子姪

我似老牛鞭不動雨滑泥深四蹏重〔次公〕蹏古蹄字出漢書貢金馬蹏 汝如黃犢却走來〔縯〕杜詩憶年十五心尚孩健如黃犢走復來 海闊山高百程送 庶幾門户有八慈〔次公〕荀淑有子八曰儉緄靖燾汪爽肅專並有名稱時人謂之八龍而爽字慈明潁川為之語曰荀氏八龍慈明無雙注引高士傳曰靖字叔慈則人人皆以慈為字可知矣故後漢贊云二方承則八慈繼塵也 不恨居鄰無二仲〔厚〕三輔決録蔣詡舍中竹下開三徑惟羊仲求仲與之遊二仲皆挫志逃名故陶淵明與子書云但恨鄰靡二仲 他年汝曹笏滿牀〔援〕唐書崔琳每歲時宴于家設一榻以置笏堆積其上 中夜起舞踏破甕〔次公〕俗說有貧人止能辦販隻甕之資夜宿甕中心計曰此甕賣之若干而賣之若干其息已倍矣我得倍息遂可販二甕自二甕化而為四自四甕化而為八轉買轉賣所得倍利無窮躬遂喜而舞不覺甕破此是戲論而先生用之以言其所希望者類此 會當洗眼看騰躍 莫指癡腹笑空洞〔縯〕晉書王導嘗指周顗腹曰此中何所有顗曰此中空洞無一物然能容卿輩數百人 譽兒雖是兩翁癖〔厚〕唐書王福時嘗以諸子詫韓思彥戲曰武子有馬癖君有譽兒癖

王家孱何多邪積德已自三世種豈惟萬一許生還【厚】退之詩豈料生還得一處引袖拭淚悲且慶尚恐九十煩珍從【次八4】禮記王制云九十者天子欲有所問焉則就其室以珍從六子晨耕簞瓢出衆婦夜績燈火共【援】史記貧女與富女會績貧女曰子之燭光幸有餘可分我餘光也春秋古史乃家法詩筆離騷亦時用但令文字還照世糞土窩餘何足夢【續】或問殷浩將涖官而夢棺將得財而夢糞何也浩曰官本臭腐財本糞土時人以爲名言

渝州寄王道矩

曾聞五月到渝州水拍長亭砌下流唯有夢魂長繚繞共論唐史更綢繆舟經故國歲時改霜落寒江波浪收歸夢不成冬夜永猒聞船上報更籌

和寄夫選長官

寓形宇宙間佚我以方老【續】和陶淵明歸去來詞寓形宇內復幾時莊子大塊勞我以生佚我以老流光安足恃百歲同過鳥須臾嬰網羅文采緣自表自古山林人何曾識機巧但記寒巖翁論心秋月皎黃香十年

音魯直【援】謂禪學參衆妙虛懷養天和肯徇奔走鬧官居職事理晨起何用早桐陰滿西齋叱吏供灑掃眷予東南來野飯著芹蓼葆光既清尚令尹亦高蹈相將古寺行軟語頽晚照公家有疇人【援】公有族人隱于嵩山虛緣能自葆上築嵩山陽行當從結好山中遠勝景人覽亦易了何時命巾車共陟雲外嶠翻思筋力疲不復恃踴跳公詩擬南山雄拔千丈峭形容逼天真邂逅識其要藩籬吾未窺敢議窮闥奧

和子由除日見寄

薄宦驅我西遠別不容惜方愁後會遠未暇憂歲夕【援】後漢書有歲夕夕強歡雖有酒冷酌不成席秦烹惟羊羹隴饌有熊腊念爲兒童歲屈指已成昔往事今何追忽若箭已釋感時嗟事變所得不償失府卒來驅儺【子仁】磔注云此月有厲鬼將隨強陰出害人故旁磔於四方之門磔攘也季冬之月命有司大難旁矍鑠驚遠客愁來豈有魔煩汝爲攘磔寒

梅與凍杏嫩蕚初似麥孿條爲惆悵玉蘂何時拆不憂春艶晩行見棄夏覈人生行樂耳安用聲名籍【子仁】楊惲云人生行樂耳須富貴何時陸賈名聲籍甚胡爲獨多感不見膏自炙詩來苦相寛子意遠可射依依見其面疑子在咫尺兄今雖小官幸忝佐方伯北池近所鑿中有汧水碧臨池飲美酒尚可消永日但恐詩力弱鬬健未免馘詩成十日到誰謂千里隔一月寄一篇憂愁何足擲

懷舊上

詩二十三首

和子由澠池懷舊【彦忠】按前漢弘農郡黽池縣注景帝中二年初城徙萬家爲縣

人生到處知何似應似飛鴻踏雪泥【次公】歐陽公詩云瘦馬尋春踏雪泥泥上偶然留指爪鴻飛那復計東西老僧已死成新塔壞壁無由見舊題【次公】此兩句緣子由首篇序云昔與子瞻同侍綿禮皆宿縣中寺舍題其老僧奉閑之壁而詩云舊宿僧房壁共題

故先生和之云爾

往日崎嶇還記否（次公：杜詩賢路不崎嶇）路長人困蹇驢嘶（往日馬死於二陵騎驢至澠池 學：賈誼弔屈原賦騰駕罷牛驂蹇驢兮杜詩東家蹇驢許借我泥滑不敢騎朝天）

七月二十四日以久不雨出禱磻溪宿虢二十五日自虢渡渭宿於僧舍曾閣閣故曾氏所建也夜久不寐見壁有前縣令趙薦留名有懷其人（堯卿：薦字賓興皇祐三年鄭獬榜及第臨卬人）

龕燈明滅欲三更欹枕無人夢自驚（次公：煙花録載陳後主詩云午醉醒來晚無人夢自驚）深谷流風終夜響亂山銜月半牀明故人漸遠無消息古寺空來看姓名欲向磻溪問姜叟（次公：姜叟太公也呂望本姜姓題所謂釣磻溪也）僕夫屢報斗標傾

宿餘杭法喜寺後綠野亭望吳興諸山懷孫莘老學士

徙倚秋原上淒涼晚照中水流天不盡人遠思何窮問諜

知秦過餘杭始皇所舍舟也〔編〕始皇三十七年至錢塘臨浙水波惡乃西百二十里從狹中渡即今餘杭也以其舍舟於此故名〔援〕賈誼作過秦論指秦之過失也看山識禹功西北有舟枕山堯時洪水繫舟山上〔援〕趙孟覩於洛曰美哉禹功明德遠矣稻涼初吠蛤柳老半書蟲〔厚〕漢史眭孟傳虫食樹葉成文曰公孫病荷背風

翻白蓮腮雨退紅追遊慰遲暮覓句傚兒童北望苕溪轉

遥怜震澤通〔編〕苕水出天目山北入太湖乃古震澤也烹魚得尺素〔厚〕古樂府詞客從遠方來遺我雙鯉魚呼兒烹鯉魚中有尺素書長跪讀素書書中意何如上有加飡食下有長相憶好生紫髯翁〔次公〕張遼以紫髯將軍目孫權今莘老多髯又姓孫故用此事

八月十日夜看月有懷子由并崔度賢良

宛丘先生自不飽更笑老崔窮百巧一更相過三更歸古

栢陰中看參昴〔次公〕詩有惟參及昴去年舉君苜蓿盤見和子由柳湖久涸詩注夜

傾閫酒赤如丹〔安國〕韻語陽秋云酒有以紅爲貴者李賀詩云小槽酒滴真珠紅是也今閩廣間所釀酒謂之紅酒其色殆類胭脂今年還看去年月露冷遥知范叔寒〔援〕須賈謂范睢曰范叔一寒至此乎乃與之綈袍典衣自種一頃豆〔任〕楊惲詩田彼南山蕪穢不治種一頃豆落而爲萁那知積雪生

斗歸來四壁草蟲鳴不如王江長飲酒王江陳州道人

常潤道中有懷錢塘寄述古五首

從來直道不辜身得向西湖兩過春〔堯卿〕時述古守杭已三年矣沂上已成曾點服〔師〕論語曾點曰暮春者春服既成冠者五六人童子六七人浴乎沂泮宮初采魯侯芹〔續〕詩泮水頌僖公曰薄采其芹休驚歲歲年年貌〔續〕劉希夷詩年年歲歲花相似歲歲年年人不同且對朝朝暮暮人〔援〕宋玉神女賦朝爲行雲暮爲行雨朝朝暮暮陽臺之下細雨晴時一百六〔續〕荆楚歲時記曰去冬節一百五日即有疾風甚雨謂之寒食據曆日在清明前二日亦有云去冬至一百六日〔養源〕韻語陽秋曰自冬至一百有五日至寒食或謂自冬至至清明凡七氣至寒食止一百三日殊不知曆家以餘分演之也畫船鼉鼓莫違民

草長江南鶯亂飛〔續〕南史丘希範書暮春三月江南草長雜花生樹羣鶯亂飛年來事事與心違〔胡〕嵇康幽憤詩云事與願違遘茲淹留高僧推鳳詩云多事與心違花開後院還空落燕入華堂怪未歸世上功名何日是樽前點檢幾人非〔厚〕白居易詩樽前百事皆依舊點檢惟無薛秀才〔任〕牛僧孺云休論世上升沉事且鬬樽前見在身去年柳絮飛時節記得

金籠放雪衣 杭人多以放鴿爲太守壽 堯卿 唐譚賓録曰天寳中嶺南獻白鸚鵡養之宮中歲久頗聰慧洞曉言詞上及貴妃呼爲雪衣此呼鴿爲雪衣借用故事也

浮玉山頭日日風 即金山也 若拙 劉夢得詩云山頭日日風和雨 湧金門外已春融 共父 按杭州圖經云湧金門在錢塘縣去縣三里半 二年魚鳥渾相識 次公 退之詩朝遊孤嶼南暮遊孤嶼北所以孤嶼鳥與公盡相識 又簡文帝云魚鳥來親人 三月鶯花付與公 見此詩第二首注 剩看新翻眉倒暈 堯卿 當時新翻眉様謂倒暈在横雲卻月遠山蛾眉之外 先生嘗有詩云倒暈眉連秀嶺浮盖謂此也 未應泣別臉消紅 堯卿 白樂天王昭君詩云滿面胡沙滿鬢風眉消殘黛臉消紅 何人織得相思字 續 竇滔妻蘇氏織錦爲回文詩以寄滔 寄與江邊北向鴻 續 蘇武留匈奴不得歸使者謂單于曰天子射上林得鴈足有繫帛書言武在某澤之中單于驚遂歸武 又月令季冬之月鴈北向

國艷夭饒酒半酣 厚之 李正封詩國色朝酣酒 去年同賞寄僧簷但知撲撲晴香軟誰見森森曉態嚴縠雨共驚無幾日蜜蜂未許輙先甜 次公 古有蜂詩云不知辛苦爲誰甜 應須火急回征棹一片辭枝可得黏 續 杜詩一片花飛減却春風飄萬點正愁人 注 唐武后詔曰明朝遊上苑火急報春知

惠泉山下土如濡陽羨溪頭米勝珠【次公】惠山泉陽羨米皆常州事 貴劒買牛吾欲老見山村詩注 殺雞爲黍子來無【縯】殺雞爲黍而食之事見論語 地偏不信容高蓋【縯】陶潛詩心遠地自偏【次公】于公曰可高大門閭令容駟馬高蓋車也 俗儉真堪着腐儒【縯】漢高祖嫚罵酈食其曰腐儒爲天下安用腐儒 莫怪江南苦留滯【厚】史記太史公留滯周南 經營身計一生迂

捕蝗至浮雲嶺山行疲苦有懷子由弟二首

西來煙陣塞空虛洒遍秋田雨不如【倬】樂天捕蝗詩始自兩河及三輔荐食如蠶飛似雨 新法清平那有此老身窮苦自招渠無人可訴烏銜肉【厚】黃霸爲潁川太守欲有所伺察擇廉吏遣行屬令周密吏出不敢舍郵亭食於道傍烏攫其肉民有詣府言事者適見之道此後日吏還謁霸霸見迎勞之曰甚苦食於道旁乃爲烏所盜肉大驚以霸具知其起居所有毫氂不敢有所隱 憶弟難憑犬寄書【縯】晉陸機有駿犬名黃耳甚愛之既而覊寓京師久無家問笑語犬曰我家絕無書信汝能賫書取消息不犬摇尾作聲乃爲書以竹筒盛之繫其頸犬尋路南走至家得報還洛 自笑迂踈皆此類區區猶欲理蝗餘

霜風漸欲作重陽熠熠溪邊野菊黃久廢山行疲犖确【次公】

韓退之詩山石犖确行逕微

尚能村醉舞淋浪次公退之詩淋浪身上衣獨眠牀上夢魂好回首人間憂患長殺馬毀車從此逝縯後漢周䙝傳馬良迎督郵即路慨然恥在廝役因毀車殺馬裂衣冠遁至犍爲從姜撫學妻子求索蹤斷絕後見草中有敗車死馬衣裳腐朽謂爲虎狼盜賊所害發喪制服十許年乃還鄉里次公曰漢高祖曰吾亦從此逝矣子來何處問行藏師按公詩案招此詩乃譏新法不可久長也

子由將赴南都與余會宿於逍遥堂作兩絕句讀之殆不可爲懷因和其詩以自解余觀子由自少曠達天資近道又得至人養生長年之訣而余亦竊聞其一二以爲今者宦遊相别之日淺而異時退休相從之日長既以自解且以慰子由十朋按子由詩序云轍幼從子瞻兄讀書未嘗一日相舍既壯遊宦四方讀韋蘇州詩有那知風雨夜復對此牀眠惻然感之乃相約早退爲閑居之樂故子瞻始爲鳳翔幕官留詩與轍曰夜雨何時聽蕭瑟其後子瞻通守餘杭復移守膠西而轍留滯於睢陽濟南不見者七年熙寧十年二月始復會于澶濮之間相從赴彭城留百餘日宿於逍遥堂追感前約作二

小詩詩云逍遥堂後千尋木長送中宵風雨聲恁喜對牀尋舊約不知漂泊在彭城秋來東閣凉如水客去山公醉似泥困卧北窗呼不醒風吹松竹雨淒淒

別期漸近不堪聞風雨蕭蕭已斷魂猶勝相逢不相識形容變盡語音存〔縯〕後漢黨錮傳夏馥以黨魁亡命隱匿名姓為冶家傭親突煙炭形貌毁瘁弟静遇之不識聞其言聲乃覺而拜之也

但令朱雀長金花〔厚〕陰真君歌北方正氣為河車東方甲乙成丹砂兩情合養歸一體朱雀調運生金花此別還同一轉車〔堯卿〕賈島詩碌碌復碌碌百年雙轉轂五百年間誰復在會看銅狄兩咨嗟〔援〕後漢方術傳薊子訓於長安東霸城與一老公共摩挲銅人相謂曰適見鑄此今已近五百歳

六年正月二十日復出東門仍用前韻〔次公〕前卷有正月二十日與潘郭二生出郊尋春忽記去年是日同至女王城作詩乃和前韻詩一首而今又有此詩則女王城詩者四年也出郭尋春詩者五年也故今詩為六年

亂山環合水侵門身在淮南盡處村五畝漸成終老計九重新掃舊巢痕豈惟見慣沙鷗熟已覺來多釣石温長與

東風約今日暗香先返玉梅魂（文公）十洲記聚窟洲有返魂香聞數百里死口在地聞即活

岐亭五首　并叙

元豐三年正月余始謫黃州至岐亭北二十五里山上有白馬青蓋來迎者則余故人陳慥季常也爲留五日賦詩一篇而去明年復往見之季常使人勞余於中塗余久不殺恐季常之爲余殺也則以前韻作詩爲殺戒以遺季常季常自爾不復殺而岐亭之人多化之有不食肉者其後數往見之往必作詩必以前韻凡余在黃四年三往見季常而季常七來見余蓋相從百餘日也七年四月量移汝州自江淮徂雒送者皆止慈湖而季常獨至九江乃復用前韻通爲五篇以贈之

昨日雲陰重東風融雪汁遠林草木暗近舍煙火（師）孟郊聯句儒

宮煙火濕【子仁】鄭谷雪詩亂飄僧舍茶煙濕下有隱君子嘯歌方自得【倬】史記晏子傳云意氣揚

揚甚自得知我犯寒來呼酒意頗急拊掌動鄰里遶村捉鵝鴨

房櫳鏘器聲【次公】曹操過呂百奢聞其食器聲以爲圖已遂夜殺之蔬果照巾冪久聞

蔞蒿美初見新芽赤洗盞酌鵝黃【厚】杜詩鵝兒黃似酒對酒愛新鵝磨刀削

熊白【次公】木蘭歌磨刀霍霍向豬羊須臾我徑醉坐睡落巾幘醒時夜向闌

唧唧銅缾泣黃州豈云遠但恐朋友缺【子仁】借用詩伐木廢則朋友缺矣我

當安所主君亦無此客【縯】謝安傳安旣造桓溫溫甚喜言平生歡笑竟日旣出溫問左右頗嘗見我有

如此客否朝來靜庵中惟見峯巒集【次公】杜詩古鎮峯巒集

我哀籃中蛤閉口護殘汁又哀網中魚開口吐微濕【次公】莊子魚相

呴以濕剡腸彼交病【次公】莊子龜能七十二鑽無遺筴而不能避剡腸之患過分我何得相

逢未寒溫【次公】晉書王獻之與諸兄見謝安但寒溫而已相勸此最急不見盧懷慎

烝壺似烝鴨見蜜酒歌又一道注【次公】據盧氏雜說是鄭餘慶而先生指爲盧懷慎豈懷慎事同此而別有出處耶舊

注知引盧氏雜說却便改懷慎以證先生之句則甚誤矣坐客皆忍笑髡然發其冪不見

王武子每食刀机赤琉璃載烝豚中有人乳白【續】晉王濟字武子武帝嘗幸其宅供饌甚豐悉貯琉璃器中烝豚甚美帝問其故荅曰以人乳烝之帝色甚不平食未畢而去濟死年四十六歲也盧公信寒陋衰髮得蒲幘【次公】衰髮蒲幘言其壽也而新舊唐史並不見其死之年歲惟鄭餘慶則云死年七十六也武子雖豪華未死神已泣【厚】黃庭經長生至慎房中急何謂死作令神泣先生萬金璧護此一蟻鈇【次公】抱朴子以蟻鼻之鈇損無價之純鈞一年如一夢百歲眞過客【倬】李太白桃花園序云天地者萬物之逆旅也光陰者百代之過客也又擬古詩云生者爲過客死者爲歸人君無發此篇嚴詩編杜集【次公】嚴謂嚴武杜謂杜甫詩集載嚴武詩數篇君家蜂作窠歲歲添漆汁【共父】物類相感志云蜂窠極大者圍一二丈其綴不過小索許大云是蛄樹汁猶漆類故綴牢耳我身牛穿鼻【次公】莊子牛馬四足是謂天絡馬首穿牛鼻是謂人卷舌聊自濕二年三過君此行眞得得【續】僧貫休詩一缾一鉢垂垂老萬水千山得得來【任】退之詩上去無得得下來亦悠悠愛君似劇孟叩門知緩急【援】袁盎傳洛陽劇孟嘗過盎盎善待之安陵富人有謂盎曰劇孟博徒將軍何自通之盎曰劇孟雖博徒然母死客送喪車千餘乘此亦有過人者且緩急人所有夫一旦叩門不以親爲解不以在亡爲辭天下所望者惟季心劇孟公陽從數騎一旦有緩急寧足恃乎家有紅頰兒能唱綠頭鴨

行當陽簾見花霧輕冪冪爲我取黃封親拆官泥

[次公]綠頭鴨曲名

赤仍須煩素手自點葉家白 [次公]葉家白建溪茶名 [賈]按北苑拾遺錄云北苑之地以溪東葉布爲首稱葉應言次之葉國又次之凡隸籍者三千餘户 樂哉無一事十年不蓄情閑門弄添丁 [次公]添丁盧仝之子也仝集有示添丁詩 談笑雜呱泣西方正苦戰誰補將帥缺披圖見八陣 [秦]諸葛亮作八陣圖 [厚]獨孤及作風后八陣圖記其要云夫八宮之位正則數不忒神不惑故八其陣所以定位也衡抗於外軸布於內風雲附其四維所以備物也虎張翼以進蛇向敵而蟠飛龍翔鳥上下其勢以致用也至若疑兵以固其餘地游軍以按其後列門具將發然後合戰弛張則二廣迭舉掎角則四奇皆出必使陷堅陣拔深壘若星馳天旋雷動山破 散更主客 [師]用兵者有客主之異 不須親戎行坐論教君集 [續]唐太宗命李靖教侯君集兵法既而奏靖且反兵之隱微不以示臣帝以讓靖靖曰方中原無事臣之所教足以制四夷而求盡臣術此君集欲反耳 酸酒如虀湯甜酒如蜜汁三年黃州城飲酒但飲濕我如更揀擇一醉豈易得幾思壓茅柴 [續]南方有茆柴酒 [次公]茆柴乃村落所釀醨薄酒也 [任]黃州人造私酒俗謂之壓茅柴也 禁網日夜急 [續]酒禁嚴敝也 西鄰推甕盎 [續]趙廣漢爲京兆尹直入博陸侯霍禹第索私釀椎破壚甖 [次公]退之詩言水曰喧聒鳴甕盎 醉倒猪與鴨君家大如掌破

屋無遮冪【士昭】方山子傳其家環堵蕭然而妻子奴婢皆有自得之意　何從得此酒冷面

妬君赤定應好事人【次公】揚雄傳贊時有好事者載酒殽從雄游學　千石供李白爲君

三日醉蓬髮不暇幘夜深欲逾垣卧想春甕泣【次公】逾垣字孟子段干木逾垣而避之春甕醸以言酒熟而泣泣然也兩句之意暗使畢卓傳北舍郎酒熟夜至其甕間盜飲也　君奴亦笑我

鬢齒行禿缺三年巳四至歲歲遭惡客【次公】惡客字即公孫洪云寧逢惡賓不逢故人見西京雜記　人生幾兩屐【援】阮孚好蠟屐謂人曰一生能著幾兩屐　莫厭頻來集

枯松強鑽膏槁竹欲瀝汁兩窮相值遇相哀莫相濕【次公】莊子魚相呴以濕　不知我與君交遊竟何得心法幸相語頭然未爲急

【縯】梵綱經序當勤精進如救頭然但念無常慎勿放逸　顛爲穿雲鶻莫作將雛鴨【次公】樂待有鳳將雛五行志有雞將雛　我行及諸夏煑酒映疏冪故鄉在何許西望千山

赤【師】杜詩西望千山萬山赤　茲遊定安歸東泛萬頃白一歡寧復再起舞

花墮幘行將出苦語【縯】史記甘言疾也苦言藥也　不用兒女泣吾非故多

其君豈無一缺各念別時言閉户謝衆客空堂淨掃地虛

白道所集【厚】莊子虛室生白又云唯道集虛

西太一見王荆公舊詩偶次其韻二首【子仁】王荆公詩云柳葉鳴蜩綠暗荷花落日紅酣三十六陂流水白頭想見江南二十年前此地父兄持我東西今日重來白首欲尋陳迹都迷先生見此兩絕注目久之曰此老野狐精也遂和之後魯直亦和四首

秋早川原淨麗雨餘風日清酣從此歸耕劒外何人送我池南【次公】此篇止書景物而欲引歸之意先生蜀人自京師言蜀則爲劒外矣杜詩草木變衰行劒外池南蓋歸蜀之路【堯卿】王建宮詞云池南池北草綠殿前殿後花紅

但有樽中若下【縯】湖州長興縣有箬溪南岸曰上箬北曰下箬是也人取下箬水釀酒極美勝於雲陽俗稱下箬酒【次公】吳興統記云箬溪一名顧渚口一名趙瀆【子仁】初學記載鄒陽酒賦云其品類則沙洛淥酃烏鄉若下【敬夫】山謙之吳興記云上若下若村並出美酒何須墓上征西【厚】魏武紀注公言爲國家討賊立功欲封侯作征西將軍然後題漢故征西將軍曹侯之墓此其志也聞道烏衣巷口【援】烏衣巷在金陵晉王謝所居也【次公】劉禹錫詩烏衣巷口夕陽斜而今煙草萋迷【次公】荆公居金陵是時已薨故云耳

王狀元集百家注分類東坡先生詩卷之十六

王狀元集百家注分類東坡先生詩卷之十七

懷舊下

詩十三首

武昌西山并敘[任]元祐五年在京師作

嘉祐中翰林學士承旨鄧公聖求爲武昌令常遊寒溪西山山中人至今能言之軾謫居黄岡與武昌相望亦常往來溪山間元祐元年十一月二十九日考試舘職與聖求會宿玉堂偶話舊事聖求嘗作元次山窪樽銘刻之巖石因爲此詩請聖求同賦當以遺邑人使刻之銘側

春江渌漲蒲萄醅[厚]東漢四夷列傳栗弋國屬康居出蒲萄其土水美故蒲萄酒時有名焉李白高陽歌遥看漢水鴨頭緑恰似蒲萄初醱醅武昌官柳知誰栽[次公]晉陶侃傳侃鎮武昌嘗課諸營種柳都尉夏施盜官柳植之於已門侃後見駐車問曰此是武昌西門前柳何因盜來此種施惶怖謝罪憶從樊口載春酒步上

西山尋野梅西山一上十五里風駕兩腋飛崔嵬【續】盧仝茶歌但覺兩腋習習清風生同遊困卧九曲嶺褰衣獨到吴王臺中原北望在何許但見落日低黄埃歸來解劍亭前路【子仁】解劍亭在武昌先生嘗云子胥渡江處也蒼崖半入雲濤堆浪翁醉處今安在瀼溪在江州西南九十里言浪無可拘限著浪說十一篇爲一卷其在樊上鄰家皆是漁者少者長者戲更曰贅叟又以其漫浪於人間謂其可稱漫叟【次公】浪翁指言元結也本集自釋云天下兵起逃入猗玗洞始自稱猗玗子將家瀼濱乃自稱浪士石臼杯飲無樽罍【次公】元結居樊上有杯樽自爲銘并亭曰郎亭西乳有聚石石臨樊水漫叟構石顛以爲亭石有窊顛者因修之以藏酒孟士源愛之命爲杯樽其字音薄侯切爲士源作杯樽銘曰時俗澆狡曰益僞薄誰能杯飲共守淳朴舊注引元結窊樽詩全篇乃是道州窊樽詩矣非是爾來古意誰復嗣公有妙語留山隈至今好事除草棘常恐野火燒蒼苔【續】退之石鼓歌雨淋日炙野火燎當時相望不可見玉堂正對金鑾開豈知白首同夜直【次公】意言鄧聖求作銘詩時今所直之玉堂但對金鑾殿開而已而今日先生乃與之同夜直卧看椽燭高花摧【師】唐宣宗以金蓮燭送令狐綯歸翰林院蓋椽燭而以金蓮花承之江邊曉夢忽驚斷銅鐶玉鎖鳴春雷山人帳空猿鶴怨【厚】孔稚圭北山移文

云蕙帳空兮夜鶴怨山人去兮曉猿驚 江湖水生鴻鴈來 【演】杜詩鴻鴈幾時到江湖秋水多 請公作詩寄父老往和萬壑松風哀 【次公】顧愷之言會稽曰千巖競秀萬壑爭流

再用前韻

朱顏發過如春醅胷中梨棗初未栽 梨棗見次韻子由病酒詩 丹砂未易掃白髮 【厚】杜詩掃除白髮黃精在 赤松却欲參黃梅 【援】赤松子古仙人也黃梅謂五祖弘忍大師也 寒溪本自遠公社白蓮翠竹依崔嵬 【次公】廬山惠遠大師與謝靈運等十八人結爲白蓮社今寒溪豈實有此遺跡耶 當時石泉照金像神光夜發如五臺 【演】先生有菩薩泉銘云陶侃爲廣州有漁人每夕見神光海上使迹之得金像初送武昌寒溪寺其後惠遠法師迎像於廬山唐會昌中毀天下寺有二僧藏像錦繡谷比佛教興復求像不可得而谷中至今有光景發見如峨眉五臺山所見今寒溪西數百步有泉出於嵌竇間色白而甘豈昔金像之所在乎 【師】曰五臺山在河東太原郡 飲泉鑒面得眞意坐視萬物皆浮埃欲收暮景返田里遠沂江水窮離堆 【厚】離堆山名在蜀之永康軍史記李冰爲蜀太守鑿離堆以塗沫水之患 還朝豈獨羞老病自歎才盡傾空壘 【次公】江淹夢以五色筆還郭璞又章頓減當時有才盡之嘆 諸公渠渠若夏屋 【次公】詩於我乎夏屋渠渠 吞吐

風月清隅隈我如廢井久不食【次公】孟浩然詩一日不讀書心荒如廢井又易井渫不食古甃缺落生陰苔數詩往復相感發汲新除舊寒光開遥知二月春江闊雪浪倒卷雲峯摧石中無聲水亦静云何解轉空山雷韋應物詩云水性本云静石中故無聲如何兩相激雷轉空山驚欲就諸公評此語要識憂喜何從來願求南宗一勺水往與屈賈湔餘哀【次公】禪有南宗北宗湔洗屈原賈誼之哀一勺水出禮記

見子由與孔常父唱和詩輒次其韻余昔在館中同舍出入輒相聚飲酒賦詩近歲不復講故終篇及之庶幾諸公稍復其舊亦太平盛事也

君先曾東家【縯】魯人謂孔子為吾東家丘也門户照千古【師】魯縣闕里孔子所居又有五父之衢文章固應耳【次公】子貢曰夫子之文章可得而聞也須鬒餘似處雖非蒙倛狀【厚】荀子云仲尼之狀面如蒙倛注倛方相也其首蒙茸然故曰蒙倛倛音欺尚有歷國苦【援】孔子歷聘諸國所奸者七十二君誦書口瀾翻【次公】退之詩挈攜陳維口瀾翻布穀雜杜宇【任】後漢馬衍書云詞如循環口如布

穀[次公]布穀杜宇二鳥名皆鳴聲不停之禽

十年囷犇走櫛沐飽風雨[厚]莊言禹云沐甚雨櫛疾風吾道其非耶野處豈兕虎[援]史記孔子圍於陳蔡召子路而問曰詩云匪兕匪虎率彼曠野吾道非耶吾何爲於此也灞陵閑老將見鐵溝行注柏直口尚乳[厚]漢書魏王豹及漢王問魏將誰也對曰柏直王曰是口尚乳臭不能當韓信自君兄弟還鼎立知有補[次公]此言三孔之在館閣也黃魯直亦云二蘇止連璧三孔立分鼎蓬山耆舊散[續]後漢學者謂東觀爲老氏藏室道家蓬萊山故事

誰刪去來迎馮翊傳[厚]西漢蕭望之薛宣朱傳皆以馮翊遷出餞會稽組[援]西漢朱買臣拜爲會稽太守衣故衣懷其印綬步歸郡邸入室中守邸與共食食且飽少見其綬守邸怪之前引其綬視其印會稽太守章也守邸驚列中庭拜謁有頃長安廐吏乘駟馬來迎買臣遂乘傳去吾猶及前輩詩酒盛冊府[次公]三館皆謂之冊府以東壁圖書之府故也願君唱此風揚觶斯杜舉[續]禮記檀弓知悼子辛未葬平公飲酒師曠李調侍鼓鍾杜蕢入寢酌以飲曠與調曰飲其辭云云平公曰寡人亦有過焉酌而飲寡人杜蕢洗而揚觶公謂侍者曰如我死則必毋廢斯爵也至于今既畢獻斯揚觶謂之杜舉

熙寧中軾通守此郡除夜直都廳囚繫皆滿日莫不得返舍因題一詩于壁今二十年矣衰病之餘

復忝郡寄再經除夜庭事蕭然三圄皆空蓋同僚之力非拙巧所致因和前篇呈公濟子侔二通守

前詩

除日當早歸【縯】東方朔伏日當早歸官事乃見留【次公】晉楊濟曰子癡了官事官事未易了執筆對之泣【縯】後漢盛吉爲廷尉每至冬節獄囚當斷妻夜執燭吉持丹筆夫妻當對垂泣哀此繫中囚小人營餱糧墮網不知羞我亦戀薄祿因循失歸休不須論賢愚均是爲食謀誰能暫縱遣【次公】後漢虞延除細陽令每至歲時伏臘輒休遣囚徒各使歸家並感其恩德應期而還【師】晉史曹攄調臨淄令有死囚歲久攄行獄愍之曰卿等不幸致此非所新歲人情所重豈不欲暫見家耶衆因皆涕泣曰若得暫歸無恨也攄悉開獄出之尅日令還並無違者南史何胤仕齊爲建安太守政有恩信人不忍欺每伏臘放囚還家依期而返北史蕭撝爲上州刺史爲政以禮讓爲本嘗至元日獄中囚繫悉放歸家聽三日然後赴獄諸囚荷恩並依限而至閔默愧前修【援】晉陶潛詩誰云固窮難邈也此前修前修謂前賢也

今和

山川不改舊歲月逝肯留百年一俯仰五勝更王囚【次公】五行有五

相死囚廢休也同僚比岑范德業前人差坐令老鈍守嘯諾獲少休【續】後漢黨錮傳序二郡爲謡曰汝南太守范孟博南陽宗資主畫諾南陽太守岑公孝弘農成瑨但坐嘯郤思二十年

出處非人謀齒髮付天公鈇壞不可修

遊寶雲寺得唐彥猷爲杭州日送客舟中手書一絶句云山雨霏微不蒲空畫船來往疾輕鴻誰知獨臥朱簾裏一榻無塵四面風明日送彥猷之子坰赴鄂州舟中遇微雨感歎前事因和其韻作兩首送之且歸其書唐氏【堯卿】彥猷名詢子𦑋按圖經寶雲寺在錢塘門外吳越王錢氏建

二妙彫零筆法空【厚】衛瓘索靖俱善草書謂之一臺二妙【子仁】漢末張芝善草書論者謂瓘得伯英筋靖得伯英肉自二人死妙處彫零不振筆法掃地而空矣忽驚雲海戲羣鴻【子仁】梁武帝評書曰鍾繇書若雲鶴遊天羣鴻戲海清詩不敢私囊篋人道黃門有父風黃門衛恒也

出處榮枯一笑空十年社燕與秋鴻誰知白首長河路還臥當時送客風【堯卿】賈島詩長江風送客孤館雨留人

感舊并引

嘉祐中予與子由同舉制策寓居懷遠驛時年二十六而子由二十三耳一日秋風起雨作中夜翛然始有感槩離合之意自爾宦遊四方不相見者十常七八每夏秋之交風雨作木落草衰輙淒然有此感盖三十年矣元豐中謫居黃岡而子由亦貶筠州嘗作詩以記其事元祐六年予自杭州召還寓居子由東府數月復出領汝陰時予年五十六矣乃作詩留别子由而去

牀頭枕馳道（文通詩雙闕指馳道朱宮羅第宅　次公東府在馳道旁故云枕馳道也）雙闕夜未央（續詩庭燎云夜如何其夜未央　厚江）車轂鳴枕中客夢安得長新秋入梧葉風雨驚洞房獨行殘月影悵然感初涼筮仕記懷遠謫居念黃岡一往三十年此懷未始忘扣門呼阿同（子由一字同叔）安寢

巳太康【次公】巳太康詩無　青山映華髮【次公】柳子厚詩早晚青山映華髮　歸計三月糧【次公】莊子適千里者三月聚糧　我欲自汝陰徑上潼江章想見冰盤中【厚】退之詩冰盤夏薦碧實脆　石蜜與柿霜子欲請東川而歸二物皆東川所出　怜子遇明主憂患巳再嘗報國何時畢我心久巳降【援】詩草蟲云我心則降

元祐六年六月自杭州召還汶公館我於東堂閱舊詩卷次諸公韻三首

半熟黃粱日未斜【演】太平廣記呂仙翁授盧生一枕盧夢入枕中見富貴五十餘年忽覺而所炊黃粱飯未熟也　玉堂陰合手栽花【次公】玉堂翰林院中公堂也先生元祐二年爲翰林學士四年出知杭州至是召還則六年也故言其在玉堂時手栽之花陰已合矣　却思三十年前味未飯鐘時巳飯茶【厚】唐王播少貧客揚州木蘭院隨僧齋僧厭之及播至巳飯矣後二紀播出鎮是邦向所題巳碧紗籠之矣乃題二絕一云上堂亦了各西東慙愧闍黎飯後鍾二十年來塵撲面如今始得碧紗籠出摭言

夢覺還驚屧響廊【次公】蘇州圖經有響屧廊皮日休詩云響屧廊中金玉步【敬夫】故人來往影前香【次公】先生有畫像在院中故也　鬢須白盡成何事一帖空存老遂

良法帖中有褚遂良書云即日遂良須髮盡白

尺一東來喚我歸縯尺一言天子之詔也漢制尺一之板以爲詔書故陳蕃傳云尺一選舉又晉書石鑒謂山濤曰辛相三不朝與尺一令歸第君何慮耶衰年已迫故山期文章曹植今堪笑却卷波瀾入小詩援杜詩文章曹植波瀾闊次公今先生自笑其窘束大才而爲小詩故以自比也

在彭城日與定國爲九日黃樓之會今復以是日相遇於宋凡十五年憂樂出處有不可勝言者而定國學道有得百念灰冷而顏益壯顧予衰病心形俱瘁感之作詩

菊䤈萸囊自古傳縯續齊諧記曰汝南桓景隨費長房游學長房謂曰汝家當有大災厄急令家人縫囊盛茱萸繫臂上登山飲菊酒此禍可銷景如其言舉家去夕還見雞犬一時暴死長房曰此可以當之今世人九日登高是也次公西京雜記曰漢武帝宮人賈佩蘭九月九日佩茱萸食餌飲菊花酒云令人長壽長房寧復是臞仙援司馬相如賦序列仙之儒居山澤間形容甚臞應從漢武橫汾日次公文選漢武帝行幸河東祠后土作秋風詞曰泛樓舡兮濟汾橫中流兮揚素波子仁李白九日登巴陵置酒望洞庭水軍詩九日天氣清登高無秋雲憶昔傳遊豫樓舡壯橫汾數到劉

公戲馬牛【續】南齊書宋武帝姓劉氏諱裕爲宋公在彭城九月九日出項羽戲馬臺至今相承以爲故事 對玉山人雖老矣【援】晉裴楷神風高邁容儀俊爽時人稱見裴叔則如近玉山映照人也【次公】晉嵇康醉後如玉山之將頹然對無玉山人則先生自謂 見恒河性故依然【次公】河水與今所見何異王對以宛然無異佛再語之以汝之髮白面皺而此見精性未曾有皺也 王郎九日詩千首今賦黃樓第一篇

予前後守倅餘杭凡五年夏秋之間蒸熱不可過獨中和堂東南頰下瞰海門洞視萬里三伏常蕭然也紹聖元年六月舟行赴嶺外熱甚忽憶此處而作是詩

忠孝王家千柱宮【次公】忠孝王錢王也杭州乃前王舊邑 東坡作吏五年中中和堂上東南頰【次公】頰字内地常語宮室之旁曰頰猶人之㡳頰也 獨有人間萬里風【次公】萬里風亦使黃帝夢萬里長風掃天下塵垢也

尋訪

詩十七首

臘日遊孤山訪惠勤惠思二僧【任】熙寧五年壬子先生在杭州作【憲】杭州圖經云孤山去錢塘治四里湖中獨立一峯

天欲雪雲滿湖樓臺明滅山有無【次公】歐陽永叔詞山色有無中水清出石魚可數林深無人鳥相呼【任】太白詩清風動窗竹越鳥起相呼又杜詩水宿鳥相呼臘日不歸對妻孥名尋道人實自娛道人之居在何許寶雲山前路盤紆【祖謙】圖經云寶雲寺乾德二年吳越王錢氏建寺有寶雲菴山孤山孤絶誰肯廬道人有道山不孤紙窗竹屋深自暖擁褐坐睡依圓蒲天寒路遠愁僕夫整駕催歸及未晡出山迴望雲木合但見野鶻盤浮圖【次公】柳子厚鶻説有鷙鳥曰鶻穴于長安薦福浮圖也茲遊淡泊歡有餘到家恍如夢蘧蘧【縯】莊子齊物篇莊周夢爲胡蝶栩栩然胡蝶也俄而覺則蘧蘧然周也作詩火急追亡逋清景一失後難摹

李杞寺丞見和前篇復用元韻

獸在藪魚在湖【次公】莊子草食之獸不疾易藪又曰魚相忘於江湖也一入池檻歸期無

誤隨弓旌落塵土〔續〕左傳翹翹車乘招我以弓孟子招大夫以旌坐使鞭箠環呻呼追胥連保罪及孥時屢獲私鹽皆坐同保徙其家百日愁歎一日娛〔文公〕先生詩案云熙寧六年內遊孤山作詩云誤隨弓旌落塵土坐使鞭箠環呻呼以譏諷朝廷新法行後公事鞭箠之多也又云追胥連保罪及孥百日愁歎一日娛以譏諷朝廷鹽法收坐同保妻子移鄉法太急也白雲舊有終老約朱綬豈合山人紆〔子仁〕楊子紆朱懷金之樂人生何者非蘧廬〔文公〕莊子仁義先王之蘧廬也止可以一宿而不可以久處故山鶴怨秋猿孤〔續〕此山移文蕙帳空兮夜鶴怨山人去兮曉猿驚何時自駕鹿車去〔任〕劉伶嘗乘鹿車〔文公〕專使范丹推鹿車載妻子以遭黨錮故也掃除白髮煩菖蒲〔續〕杜詩掃除白髮黃精在君看他時冰雪容〔蘇〕抱朴子內篇云韓終服菖蒲十二年身生毛日視書萬言皆誦之冬袒不寒麻鞋短後隨獵夫〔厚〕杜詩短衣匹馬隨李廣看射猛虎終殘年又莊子短後之衣〔子仁〕杜詩麻鞋見天子衣袖露兩肘射弋狐兔供朝晡〔續〕堂邑父自匈奴亡歸窘則射禽獸以食陶潛自作五柳傳〔續〕陶潛澤邊有五柳因以爲號嘗自著五柳先生傳潘閬畫入三峯圖〔續〕潘閬詩髙愛三峯插太虛回頭仰望倒騎驢傍人大笑從他笑終擬移家向此居好事者畫爲圖吾年凛凛今幾餘知非不去慙衛蘧〔陵〕莊子則陽篇蘧伯玉行年六十而六十化未嘗不始於是之而卒曰之以非也歲荒無術歸亡逋鵠則易畫虎難摹

【次公】馬援以書誡子詘効龍伯高不得猶爲謹勑之士所謂刻鵠不成尚類鶩者也効杜季良不得陷爲天下輕薄子所謂畫虎不成反類狗者也

再和

東望海西望湖山平水遠細欲無野人疎狂逐魚釣刺史寛大容歌呼【縯】曹參爲丞相吏日飲歌呼參聞取酒張坐飲大歌呼與相和【子翚】王黄州謝上表云全家飽暖盡荷君恩君恩飽煖及爾孥才者不閑拙者娱穿巖渡嶺脚力徤未厭山水相縈紆三百六十古精廬出遊無伴籃輿孤【厚】王弘要陶潛還州問其所乘荅云素有脚疾向乘藍輿亦足自反乃令一門生二兒共轝至州作詩雖未造藩閫破悶豈不賢樗蒲【縯】孔子曰不有博弈者乎爲之猶賢乎巳君才敏贍兼百夫朝作千篇日未晡【任】退之詩朝爲百賦猶鬱怒莫作千詩轉遒緊朅來湖上得佳句從此不看營丘圖【文公】李成營丘人以畫山水得名自號李營丘【縯】水經衡山南有祝融冢楚靈王時山崩壙毀得營丘九頭圖也知君箧櫝富有餘莫惜錦繡償菅蒯窮多鬬險誰先遒賭取名畫不用摹

九日湖上尋周李二君不見君亦見尋於湖上以
詩見寄明日乃次其韻

湖上野芙蓉含思愁脉脉娟然如靜女（性之）詩靜女其姝不肯傍阡陌詩人杳未來霜艷冷難宅君行逐鷗鷺蔦出處浩莫測葦間聞挐音（續）莊子漁父既與孔子言道延緣葦間孔子待水波定不聞挐音然後敢去雲表已飛鞚（續）此用後漢葉令王喬飛舃意也使我終日尋逢花不忍摘人生如朝露要作百年客喟彼終歲勞幸茲一巳澤（文公）孔子曰百日之蜡一日之澤也願言竟不遂人事多乖隔悟此知有命（文公）南史沈攸之言早知窮達有命恨不十年讀書也沉憂傷魂魄（惠安）李白詩沉憂能傷人

九日尋臻闍棃遂泛小舟至懃師院二首

白髮長嫌歲月侵病眸兼怕酒杯深南屏老宿閑相過（堯卿）錢塘湖上有南屏寺東閣郎君懶重尋（續）唐李商隱師令狐楚嘗呼楚子綯爲郎君大中中綯爲學士重陽日商隱上謁不見因以詩紀于屏風云曾共山公把酒卮霜天白菊正離時十年泉下無消息九日樽前有所思莫學漢臣栽苜蓿還同楚客

[illegible]蘇郎君官貴施行馬東閣無因更重窺

試碾露芽烹白雪[次]國史補風俗貴茶茶之品益衆福州有方山之露芽休粘霜蘂嚼黃金扁舟又截平湖去欲訪孤山支道林[厚]桑門支遁字道林謝安寓居會稽與王羲之許詢支遁輩遊處

湖上青山翠作堆葱葱鬱鬱氣佳哉[續]後漢光武紀望氣者蘇伯阿望見春陵郭㫖曰氣佳哉鬱鬱葱葱然笙歌叢裏抽身出雲水光中洗眼來白足赤髭迎我笑[援]劉禹錫云在席硯者多旁行四句之書備將迎者皆赤髭白足之侶白足赤髭皆高僧也拒霜黃菊爲誰開[厚]杜詩九日寄岑參云是節東籬菊紛披爲誰秀又采采黃金花何由滿衣袖[堯卿]劉賔佛馱耶舍尊者髭赤時人號爲赤髭論主明年桑苧煎茶處憶着衰翁首重迴皎然有九日與陸羽煎茶詩羽自號桑苧翁余來年九日云此久矣

過雲龍山人張天驥

郊原雨初足風日清且好病守亦欣然肩輿白雲道荒田咽蛩蚓村巷懸梨棗下有幽人居閉門空雀噪西風高正厲落葉紛可掃孤僮卧斜日病馬放秋草墟里通有無垣

墻任擢倒君家本冠蓋絲竹鬧鄰保脱身聲利中【元】杜牧之詩脫身簿尉中道德自濯濯躬耕抱羸疾【次公】陶潛云躬耕自資遂抱羸疾奉養百歲老詩書膏吻頰菽水媚翁媼【師】孔子曰啜菽飲水盡其懽斯謂之孝飢寒天隨子杞菊自擷芼【績】陸龜蒙自號天隨子常食杞菊及夏五月枝葉老硬氣味苦澁猶食不已因作杞菊賦以自廣云爾杞菊未棘爾菊未莎其如余何慈孝董邵南雞狗相乳抱【厚】韓退之詩嗟哉董生孝且慈人不識惟有天公知生祥下瑞無時期家有狗乳出求食雞來哺其兒吾生如寄耳【次公】曹子孟德詩全語謝安書曰人生如寄耳【師】歸計失不早故人豈敢忘但恐迫華皓從君學種秫【厚】晋陶潛爲彭澤令在縣公田悉令種秫曰使吾常醉於酒足矣斗酒時相勞【援】楊惲曰歲時伏臘斗酒自勞

訪張山人得山中字二首

魚龍隨水落【子仁】杜詩水落魚龍夜又云魚龍迴夜水猿鶴喜君還【次公】孔稚圭北山移文云蕙帳空兮夜鶴怨山人去兮曉猨驚舊隱丘墟外新堂紫翠間【次公】杜牧之詩千峯横紫翠野麋馴杖屨幽桂出榛菅【次公】退之寄崔二十六云稱多量少鑒裁審豈念幽桂遺榛菅洒掃門前路山公亦愛山張故居爲大水所壞新卜此室故居之東【援】山公山簡也公自謂

萬木鎖雲龍山名天留與戴公【次公】雲龍山則張山人所居之地也戴公豈以戴安道比之耶【子仁】戴符嘗乞買山錢於于頔詩意或指此又潤州有戴公山路迷山向背【商老】後漢地理志衡山九向九背人在瀼西東【縯】瀼水在夔州奉節縣出於山谷間南入江楚俗謂水可涉者爲瀼杜詩瀼西瀼東一萬家甫嘗寓居瀼西復遷瀼東也薺麥餘春雪【倬】退之琴操云霜雪貿貿薺麥之茂櫻桃落晚風入城都不記歸路醉眠中

雨中過舒教授

疏疏簾外竹瀏瀏竹間雨牕扉靜無塵几硯寒生霧美人樂幽獨【次公】指言舒教授也有得緣無慕坐依蒲褐禪起聽風甌語客來淡無有洒掃涼冠屨濃茗洗積昏妙香淨浮慮【子仁】杜詩云心清聞妙香歸來北堂闇一一微螢度此生憂患中一餉安閑處飛鳶悔前笑【厚】馬援謂官屬曰吾從弟少游常哀吾慷慨多大志曰士生一世但取衣食裁足乘下澤車御款段馬鄉里稱善人足矣至求盈餘但自苦耳當吾在浪泊西里間虜未滅之時下潦上霧毒氣熏蒸仰視飛鳶跕跕墮水中卧念少游平生時語何可得也黃犬悲晚悟【援】李斯臨刑謂中子曰吾欲與若復牽黃犬俱出上蔡東門逐狡兔豈可得乎自非

陶靖節誰識此間趣【次公】陶淵明世號靖節先生

正月二十日與潘郭二生出郊尋春忽記去年是日同至女王城作詩乃和前韻【安國】志林云黃州東十五里有永安城俗謂女王城

東風未肯入東門走馬還尋去歲村人似秋鴻來有信事如春夢了無痕江城白酒三盃釅野老蒼顔一笑温已約年年爲此會故人不用賦招魂【次公】楚辭宋玉怜哀屈原忠而斥棄愁懣山澤魂魄放佚厥命將落故作招魂欲以復其精神延其年壽外陳四方之惡内崇楚國之美以諷諫懷王冀其覺悟而還之也

大寒步至東坡贈巢三

春雨如暗塵【思文】唐崔櫓華清宫詩溼雲如夢雨如塵春風吹倒人東坡數間屋巢子誰與鄰空牀斂敗絮破竈鬱生薪相對不言寒哀哉知我貧【續】史記管仲曰吾嘗與鮑叔賈分財利多自與鮑叔不以我爲貪知我貧也我有一瓢酒獨飲良不仁未能賴我頰聊復濡子脣故人千鍾禄【子仁】杜詩厚禄故人

急斷絕

馭吏醉吐茵【厚】前漢丙吉傳吉馭吏耆酒數逋蕩嘗從吉出醉嘔丞相車上西曹王吏白欲斥之吉曰以醉飽之失去使此人將復何所容西曹第忍之此不過汚丞相車茵耳那知我與子坐作寒螿聲努力莫怨天我爾皆天民行看花柳動共享無邊春

殘臘獨出二首

幽尋本無事獨往意自長釣魚豐樂橋採杞逍遥堂羅浮春欲動雲日有清光處處野梅開【厚】杜子美西郊詩江路野梅香家家臘酒香路逢眇道士疑是左元放【厚】神仙傳左慈字元放徐墮有道術居是徒慈過之墮門下客欺慈云徐公不在慈便去客即報徐公有一老翁眇目吾見其不急之人因欺之云公不在矣公曰咄咄此是左公過我汝曹那得欺之【次公】放作方字声讀毛詩有此格具載筆談我欲從之語恐復化爲羊【續】後漢逸民傳曹操忌左慈欲收之慈走入羊羣操知不可得乃令就羊中告之曰不復相殺本試君術耳忽有一老羝屈前兩膝人立而言曰遽如許即往赴之而羊數百並屈膝人立云遽如許遂莫知所取焉

江邊有微行【次公】詩七月遵彼微行注墻下徑也詰曲背成市平湖春早合步到栖禪寺堂堂不見人老稚掩關睡所營在一食【子仁】陶詩傾身營一

飽少許便有餘食有寧復事客來豈無得施子靜掃地風松獨不靜送我作鼓吹

被酒獨行徧至子雲威徽先覺四黎之舍三首

半醒半醉問諸黎【次公】杜牧詩半醒半醉遊三日竹刺藤梢步步迷【厚】杜詩竹寒沙碧浣花溪橘刺藤梢咫尺迷但尋牛矢覓歸路【次公】韓非子載商太宰問市南門之外牛矢何多家在牛欄西復西【堯祖】李賀詩家住錢塘東復東

總角黎家三小童【縯】詩總角丱兮口吹葱葉送迎翁莫作天涯萬里意【厚】古詩相去萬餘里各在天一涯谿邊自有舞雩風【援】論語風乎舞雩詠而歸

符老風情奈老何朱顏減盡鬢絲多投梭每困東鄰女【縯】晉書謝鯤鄰家高氏女有美色鯤嘗挑之女投梭折其兩齒時人爲之語曰任達不已幼輿折齒鯤聞之傲然長嘯曰猶不廢我嘯歌換扇唯逢春夢婆是日復見符林秀才說換扇之事

酬答上

詩五十九首

次韻王誨夜坐

愛君東閣能延客【縯】前漢公孫丞相開東閣以延賢人顧我閑官不計員策杖頻過如未厭卜居相近豈辭遷莫將詩句驚搖落【縯】九辯蕭瑟兮草木落而變衰【子仁】老杜詩搖落巫山暮寒江東北流漸喜樽罍省撲緣【援】莊子適有蚊虻撲緣但約月明池上宿夜深同看水中天

次韻張安道讀杜詩【任】熙寧四年辛亥五月作

大雅初微缺流風困暴豪張爲詞客賦變作楚臣騷【次公】李白古風云大雅久不作吾衰竟誰陳唐人哭杜甫云擬屈孤墳破重教大雅生又荀子有雲蠶等賦其後文選所載兩都二京皆詞客之所爲也屈原作離騷經初有騷之名展轉更崩壞紛綸閱俊髦地偏蕃怪産源失亂狂濤粉黛迷真色魚鰕易豢牢誰知杜陵傑名與謫仙高【縯】賀知章見李白曰子謫仙人也甫與白齊名世稱李杜韓退之云李杜文章在光焰萬丈長【次公】杜陵指言子美以其家在杜陵也掃地收千軌爭標看兩艘【縯】唐盧肇競渡詩向道是龍剛不信果然銜得錦標歸詩人例窮苦天意遣奔逃【次公】此言李杜二公以詩而窮值時之亂李公謫夜郎後歸寓潯陽而杜公由同谷來蜀

且之梓之閒之蔓之荆南之灃僞也塵閒人亡鹿【縯】秦失其鹿天下共逐之此言明皇天寶之亂【次公】列子鄭人有薪於野者遇駭鹿御而擊之恐人見之也遽藏之隍中覆之以蕉不勝其喜俄而遺其所藏之處遂以爲夢今句蓋言盡遺世之故其得失無常也舊注所引非是溟翻帝斬鼇【厚】女媧鍊石補天斷鼇足以立四極此言肅宗誅安史再造唐室艱危

思李牧【縯】漢文帝聞馮唐言廉頗李牧之爲將何憂匈奴哉述作謝王褒【厚】前漢王褒作中和樂職宣布詩益州刺史奏褒有軼材上乃徵褒爲聖主得賢臣頌上令與張子僑等並待詔失意各千里哀鳴聞九皐【次公】詩曰鶴鳴于九皐聲聞于天騎鯨遁滄海【縯】杜甫送孔巢父詩云若逢李白騎鯨魚道甫問信今何如捋虎得綈袍【厚】莊子載孔子見盜跖歸見柳下季曰料虎頭編虎鬚幾不免虎口須賈見范雎寒取一綈袍賜之雎曰綈袍戀戀有故人之意蓋甫入蜀依嚴武武暴突以甫爲節度參謀而屢欲殺之也巨筆屠龍手【縯】莊子朱泙漫學屠龍技成而無所用其巧微官似馬曹【厚】晉王徽之爲騎曹參軍桓冲問卿署何曹曰似是馬曹迂踈

無事業醉飽死遊遨【縯】杜甫客耒陽遊衡山阻水聶令具舟迎之乃得還遂令饋牛炙白酒大醉而卒簡牘儀刑在兒童篆刻勞【厚】揚子彫蟲篆刻壯夫不爲今誰主文字公合抱旌旄【堯卿】謂安道爲文章盟主【子仁】韓退之詩文字鋭氣在輝輝見旌麾開卷遥相憶知音兩不遺般斤思郢質【次公】莊子曰郢人堊漫其鼻端若蠅翼使匠石斲之匠石運斤成風聽而斲之盡堊而鼻

不傷郢人立不失容宋元君聞之召匠石曰嘗試爲寡人爲之匠石曰臣則嘗能斲之雖然臣之質死久矣揚子云般之揮斤般盖古之巧於用斤者亦匠石之謂矣**鯤化陋鰌濠**【編】莊子北溟有漁其名爲鯤化而爲鵬不知其幾千里莊子與惠子遊於濠梁莊子曰鯈魚出游從容是魚樂也**恨我無佳句時蒙致白醪慇懃理黃菊未遣沒蓬蒿**

和柳子玉過陳絕糧次韻二首

風雨蕭蕭夜晦迷不須鳴叫強知時【編】詩風雨蕭蕭雞鳴膠膠又云風雨如晦雞鳴不已言君子亂世不改其度也**多才久被天公怪**【師】晉史陸機傳人患才少陸機更患其多【無已】退之雙鳥詩天公怪兩鳥各捉一處囚**閼食惟應爨婦知杜叟挽衣那及脛**【編】杜詩云黃獨無苗山雪盛短衣數挽不掩脛**顏公食粥敢言炊**【厚】顏真卿乞米帖云拙於生事舉家食粥已數月今又罄乏實用憂煎**詩**

人情味真嘗遍試問於君底事虧

如我自觀猶可厭非君誰復肯相尋圖書跌寶悲年老【厚】文選江文通恨賦脫略公卿跌宕文史【堯卿】陶淵明文集序曰文章不羣詞彩精拔跌宕昭彰獨超衆類**燈火青熒語夜深**【次公】青熒燈燭光也選有炫燿青熒【師】杜詩兒女燈前語夜深【胡】杜詩厨人語夜闌**早歲便懷齊物**

志微官敢有濟時心南行千里成何事一聽秋濤萬鼓音

自徑山回得呂察推詩用其韻招之宿湖上

多君貴公子愛山如愛色心隨葉舟去【次公】韓退之詩共泛清湘一葉舟夢遶千山碧新詩到中路令我喜折屐【編】謝安傳謝玄等既破苻堅驛書至安方對客圍棊了無喜色既罷還內過戶限心喜甚不覺屐齒之折古來軒冕徒【厚】莊子繕性篇古之所謂得志者非軒冕之謂也物之儻來寄也故不爲軒冕肆志操捨兩悲慄【援】莊子操之則慄捨之則悲數朝詞簪笏兩脚得暫赤【次公】韓退之詩赤脚思當流【厚】杜甫早秋苦熱詩南望青松架短壑安得赤脚踏層冰歸來不入府却走湖上宅寵辱吾久忘【次公】老子寵辱若驚寧畏官長詰【編】杜詩醉則騎馬歸頗遭官長罵飄然便欲去誰在子思側【厚】孟子昔者魯繆公無人乎子思之側則不能安子思君能從我遊出郭及未黒

荅任師中次韻 來詩勸以詩酒自娛

閑裏有深趣常憂兒輩知見越州張中舍詩注已成歸蜀計誰借買山資【編】符載就襄陽節度于頔求買山錢頔與百萬【厚】南史王秀之爲晉平太守朞年便求去曰吾山資已足豈可久留以妨

賢路世事久已謝故人猶見思平生不飲酒對子敢論詩

沈諫議召遊湖不赴明日得雙蓮於北山下作一絶持獻沈既見和又別作一首因用其韻任曰熙寧五年壬子十二月作

湖上棠陰手自栽縯召公奭治陜以西巡行郷邑有棠樹決獄其下人各得所懷棠樹不敢伐遂作甘棠之詩問公更得幾回來水仙亦恐公歸去援湖上有水仙王廟邦衡按圖經廟在錢塘門外二里故遣雙蓮一夜開

詔書行捧縷金牋樂府應歌相府蓮縯王儉爲南齊相所薦皆名士世謂紅蓮映秋水今號蓮幕自儉始次公李肇國史補于司空以樂府有想夫怜曲名不佳欲改之坐客有笑者曰南朝相府曾有瑞蓮號相府蓮後有此曲誤呼想夫怜莫忘今年花發處西湖西畔北山前明仲按杭州圖經云北高峯在靈隱寺後又云北山之形如獅子名獅子峯

和歐陽少師會老堂次韻

一時冠蓋盡嚴終次公嚴助終軍二子皆少年之貴舊德年來豈易逢聞道

堂中延蓋叟【編】曹參爲齊相當避正寢以延蓋公定應牀下拜梁松【原】馬援有疾梁松候之獨拜牀下援曰我乃松父友也雖貴何得失其序乎蠹魚自曬開箱篋【編】世説郝隆以七月七日曬書科斗

長收古鼎鍾科斗詳見石鼓詩注【子仁】謂歐陽公收古鼎鍾銘刻最多見集古目録我欲弃官重

問道寸莛何以得舂容【編】東方朔荅客難言以莛撞鍾豈能發其音聲韓詩東野不回頭有如寸莛撞巨鍾【援】禮記學記待其從容然後能盡其聲注云從讀如戈舂之舂

和歐陽少師寄趙少師次韻

朱門有遺啄千里來燕雀公家冷如氷百呼無一諾平生

親友半遷逝公雖不怪旁人愕世事如今臘酒醲交情自

古春雲薄二公凛凛和非同疇昔心親豈貌從【次公】韓詩心親加貌敬

白鬚須相映松間鶴清句更平酬雪裏鴻何日揚雄一廛足

【編】揚雄居岷山之陽有宅一區有田一廛却追范蠡五湖中【援】史記范蠡乃乘扁舟遊五湖

次韻孔文仲推官見贈

我本麋鹿性諒非伏轅姿【次公】戰國策言驥伏鹽車而上太山負轅不能上又漢武帝曰局促效轅

下駟君如汗血馬【縯】前漢大宛傳宛別邑七十餘城多善馬汗血言其先天馬子也注以汗從肩膊出如血故名汗血作駒已權奇【厚】李白天馬歌天馬來從月支窟背爲虎文龍翼骨馬嘶青雲振綠髮蘭筋權奇走滅沒【援】顏延年馬賦曰雄志倜儻精權奇兮【任】前漢禮樂志郊祀歌太一況天馬下霑赤汗沫流赭志俶儻精權奇籋浮雲晻上馳齊驅大道中並帶鑾鑣馳【厚】詩輶車鑾鑣載獫猲獢聞聲自決驟【次公】莊子麋鹿見之決驟以上云我本麋鹿性故也那復受縶維【厚】白駒詩云縶之維之謂君朝發燕秣楚日未歆【援】顏延年賦曰刷幽燕晝秣荊越【次公】李白天馬歌雞鳴刷燕晡秣越神行電邁躡恍惚云何中道止連蹇驢騾隨【厚】賈誼賦騰駕罷牛驂蹇驢兮【次公】揚雄反騷云驢騾連蹇而齊足金鞍冒翠錦玉勒垂青絲【厚】杜詩驄馬行赤汗微生白雪毛銀鞍却覆香羅帕高都護驄馬行青絲絡頭爲君老梁簡文帝紫騮詩青絲懸玉蹬傍觀信美矣自揣良厭之均爲人所勞何必陋鹽輜【厚】戰國策汗明見春申君曰夫驥之齒至矣服鹽車而上太行鹿干罷也白汗交流中坂遷延負轅而不能上伯樂遭之下車攀而哭之驥於是俛而噴俯而鳴見伯樂之知已也【援】賈誼賦驥垂兩耳伏鹽車兮【次公】李太白天馬歌崔嵬鹽車上峻坂君看立仗色不敢鳴且窺【縯】李林甫以語動諫官曰君等獨不見立仗馬乎終日無聲而飫三品芻豆一鳴則黜之矣後雖欲不鳴得乎由是諫爭路遂絕調習困鞭箠僅存骨與皮人生各有志此論我

久持他人聞定笑聊與君子期空堦卧積雨病骨煩撐支秋草上垣墻霜葉鳴堦墀門前自無客敢作揚雄壁【援】揚子曰在夷貊則引之倚門墻則麾之候吏報君來弭節江之湄【續】離騷吾令羲和弭節兮望崦嵫而勿迫【厚】班彪北征賦釋余馬於彭陽兮且弭節而自思【次公】爾雅水草交曰湄一對高人談稍忘俗吏卑今朝枉詩句粲如鳳來儀上山絶梯磴墮海迷津涯怜我枯槁質借潤生華滋【厚】後漢郭伋傳帝勞之曰賢能太守帝城不遠河潤九里冀京師蒙福【次公】莊子河潤九里古詩綠葉發華滋豈效世俗人洗刮求瘢痍【續】後漢趙壹賦所好則鑽皮出其毛羽所惡則洗垢求其瘢痕賢明日登用清廟歌緝熙【厚】詩清廟祀文王也維清奏象舞也維清緝熙文王之典胡不學長卿預作封禪詞【援】司馬相如未死時著書一卷言封禪事既死武帝求得之

和致仕張郎中春晝

投綬歸來萬事輕【厚】潘安仁秋興賦且歛衽以歸來兮忽投紱以高邁消磨未盡秪風情舊因蓴菜求長假【援】晉張翰爲齊王冏掾因秋風起思吳中菰菜蓴羮鱸魚膾遂命駕而歸新爲楊枝作短行【續】白居易妾樊素善歌小蠻善舞嘗有詩櫻桃樊素口楊柳小蠻腰白旣年高邁而小蠻方豐豔因爲楊柳枝

詞以託意不禱自安緣壽骨舌藏難沒是詩名淺斟盃酒紅生頰細琢歌詞穩稱聲次公細琢歌詞則張善爲小詞也蝸殼卜居心自放縯焦先楊沛並作小廬形如蝸牛殼故曰蝸牛廬蠅頭寫字眼能明厚齊衡陽王鈞嘗手自細書五經置于巾箱以備遺忘賀玠問曰殿下家自足墳素復何須蠅頭細書藏巾箱中盛書閣過君應笑寵辱年來我亦平子仁老子寵辱若驚跪履數從圯下老援張良嘗游下邳圯上有一老父直墮其履顧謂良曰孺子下取履良下取履因跪進父以足受之曰孺子可教逸書閑問濟南生厚伏生濟南人故爲秦博士秦時禁書伏生壁藏之孝文時求能治尚書者聞有伏生欲召之生年九十餘不可徵乃使鼂錯往受業東風屈指無多日只恐先春鶗鴂鳴縯離騷經恐鶗鴂之先鳴兮使夫百草之不芳

正月九日有美堂飲醉歸徑睡五皷方醒不復能眠起閱文書得鮮于子駿所寄古意作雜興一首荅之騎父按杭州圖經有美堂在即城吳山嘉祐二年梅摯出守杭州仁宗賜詩首章云地有湖山美因以名豐也

衆人事紛擾志士獨悄悄何異琵琶絃常遭腰鼓鬧三杯

忘萬慮醒後還皎皎【縯】退之詩數杯澆腸雖暫醉皎皎萬慮醒還新有如轆轤索已脫重縈繞家人自有約始慕陳婦孝可憐原巨先放蕩今誰吊【縯】漢書原涉字巨先或譏涉曰子本吏二千石之世結髮自修以行喪推財禮讓爲名正復讎取仇猶不失仁義何故自放縱爲輕俠之徒乎涉應曰子獨不見家人寡婦邪始自約敕之時意乃慕宋伯姬及陳孝婦不幸一爲盜賊所汙遂行淫佚知其非礼吾猶此矣【次公】按顏師古注曰陳孝婦者其夫當行戍屬孝婦曰我善養吾母孝婦曰諾夫死孝婦養姑愈固其父母欲嫁之孝婦欲自殺父母懼遂使養姑淮陽太守以聞朝廷高其義號曰孝婦平生嗜羊炙識味肯輕飽烹蛇啖蛙蛤頗訝能稍稍【援】退之南食詩我來禦魑魅自宜味南亨調蛇舊所識實憚口眼獰又食蝦蟇詩強号爲蛙蛤於實無所較余初不下喉近亦能稍稍憂來自不寐起視天漢渺欄干玉繩低【縯】謝朓詩玉繩低建章曹子建云北斗闌干【次公】耿耿太白曉【縯】退之詩東方未明火星没獨有太白配殘月

次韻荅章傳見贈

並生天地宇同閱古今宙【次公】四方上下曰宇古往今來曰宙出尸子視下則有高無前孰爲後達人千鈞弩一弛難再彀【厚】南史宋高祖軍中多萬鈞弩所至摧陷【次公】戰國策曰千鈞之弩潰癰【子仁】范傳正李太白墓碑云千鈞之弩一發不中則當摧撞折牙永息機用安能效碌碌者蘇而復

謝哉下士沐猴冠【編】韓生說項羽不從生曰人謂楚人沐猴而冠果然已繫猶跳驟欲將駒過隙【援】莊子人生天地間如白駒之過隙坐待石穿溜【厚】枚乘云太山之溜穿石漸靡使之然也君看漢唐主宮殿悲麥秀【編】箕子過商宮室感其生禾黍作麥秀之詩曰麥秀漸漸兮禾黍油油彼狡童兮不與我好也而況彼區區何異一醉富【厚】詩曰彼昏不知一醉日富箋云無知之人飲酒一醉自謂日益富鶢鶋非所養俯仰眩金奏【次公】鶢鶋海鳥也左傳臧文仲不智者三其一祀鶢鶋乃此矣莊子有海鳥止於魯郊魯侯御而觴之于廟奏九韶以為樂具太牢以為膳鳥乃眩視憂悲不敢飲食三日而死此以己養養鳥也非以鳥養鳥也髑髏有餘樂不博南面后【編】莊子之楚見空髑髏擻以馬箠因而問之髑髏見夢曰死則無君於上無臣於下亦無四時之事從然以天地為春秋雖南面王樂不能過也莊子曰吾使司命復子形為子骨肉肌膚反子父母妻子欲之乎髑髏曰吾安能弃南面王樂而復為人間之勞乎嗟我昔少年守道貧非疚【厚】莊子原憲對子貢曰無財謂之貧學道而不能行謂之病憲貧也非病也【次公】疚者亦病也茹內省不疚行前定則不疚皆言不病自從出求仕役物恐見囿【次公】莊子曰方且為物役又云皆囿於物馬歘既依梁【援】馬歘懲於鄧氏不敢復違忤勢家遂為梁冀草奏誣李固又作大將軍西第頌頗為正直所羞班固亦仕竇【編】班固為郎竇憲出征匈奴以固為中護軍與參議及竇敗固死獄中効顰豈不欲【厚】莊子西施病捧心而顰里之醜人見而

美之亦捧心而顰　頑質謝鐫鏤〔次公〕先生詩案云熙寧六年正月作此詩言其不能効班馬二人苟容依附也　仄

聞長者言〔子仁〕是也雖罷駑亦仄聞長者遺風矣司馬遷荅任安書云僕非敢如　婞直非養壽〔援〕離

騷經余曰鮌婞直以亡身兮終然夭乎羽山之野　唾面慎勿拭〔編〕唐婁師德教其弟耐事弟曰人有唾面潔之乃已

師德曰未也潔之是違其怒正使自乾耳　出跨當俛就〔厚〕前漢韓信傳淮陰少年侮信曰能死刺我不然出跨下於是

信孰視俛出跨下一市皆笑信以爲怯　居然成懶廢敢復齒豪右子如照海珠

網目疎見漏〔次公〕唐狄仁傑滄海遺珠又漢志網漏吞舟之魚　宏材乏近用〔援〕范曄作伏湛贊器

博者無近用也　巧舞困短袖〔編〕史記韓非曰長袖善舞　坐令傾國容〔厚〕前漢李延年歌曰北方有佳

人絕世而獨立一顧傾人城再顧傾人國　臨老見邂逅〔次公〕詩曰邂逅相遇適我願兮　吾衰信久矣

書絕十年舊門前可羅雀〔援〕前漢鄭當時傳先是翟公爲廷尉賓客塡門及廢門外可設雀羅　感

子頌屢叩頭言歌緇衣子粲還子授〔編〕詩緇衣之宜兮敝予又改爲兮適子之館兮還予

授子之粲兮

會客有美堂周邠長官與數僧同泛湖往北山湖

中聞堂上歌笑聲以詩見寄因和二首時周有服

有美堂見前正月九日有美堂飲酒詩注堯卿周邠詩云堂上歌聲想遏雲玉人休整碧紗裙粧殘粉落燕脂暈欲劇杯深琥珀紋箸從定知高楚客笑談應好郄泰軍莫辭上馬玉山倒已是遲留至夜分

藹藹君詩似嶺雲續退之詩君詩多態度藹藹春空雲從來不許醉紅裙厚退之詩不解文字飲惟能醉紅裙不知野屐穿山翠惟見輕橈破浪紋頗憶呼盧袁彥道續晉袁耽字彥道桓溫少時遊於博徒資產俱盡尚有所負思自振之方莫知所出欲求濟於耽耽時在艱遂變服懷布帽隨溫與債主戲耽素有藝名債者聞之而不相識謂之曰卿當不辦作袁彥道也遂就局十萬一擲直上百萬耽投馬絕叫探布帽擲地曰竟識袁彥道否難邀罵坐灌將軍皆取其有服也厚田蚡娶燕王女為夫人列侯宗室皆往賀灌夫有服竇嬰強與俱蚡與夫有隙夫行酒蚡不能滿觴夫怒次至灌賢方與程不識耳語夫無所發怒迺罵賢曰平生毀程不識不直一錢今日長者為壽迺效女曹兒呫囁耳語蚡謂夫曰程李俱東西宮衛尉今衆辱程將軍獨不為李將軍地乎夫曰今日斬頭穴匈何知程李蚡怒召長史曰今日召宗室有詔劾灌夫罵坐不敬晚風落日元無主不惜清涼與子分

載酒無人過子雲續揚雄傳贊云雄家貧嗜酒人希至其門時有好事者載酒殽從游學掩關晝臥客書裙厚羊欣長隸書父不疑為烏程令欣年十二時王獻之為吳興太守甚知愛之欣嘗夏月着新絹裙晝寢獻之

入縣見之書裙數幅而去歌喉不共聽珠貫次公禮記之言歌曰上如抗下如墜纍纍然端若貫珠偉嚴尚書與于駙馬詩莫損歌喉一串珠又樂天與于駙馬詩何郎小妓歌喉好嚴老呼爲一串珠醉面何因作纈紋學李賀詩龜甲屏風醉眼纈僧侶且陪香火社詩壇欲斂鸛鵝軍編杜牧詩今代風騷將誰登李杜壇鸛鵝陣名也左傳昭二十一年公子城以晉師至救宋與華氏戰于赭丘鄭翩願爲鸛其御願爲鵝憑君遍遶

湖邊寺漲淥晴來已十分

病中獨遊淨慈謁本長老周長官以詩見寄仍邀遊靈隱因次韻荅之堯卿昨日周邠長官云竊聞子瞻學士飄然單乘獨出南屏旋至北山窮幽覽勝真得物外自適之趣邠嘗誦歐陽公詩云使君厭騎從車馬留山前行歌招野叟共步青林間然明公今日之樂正得於此因成詩一章上寄云放歸騶獨尋山直入青蘿翠靄間謝客杖藜方自適阮公獵屐許難攀可愁白髮能添老須信黃金不買閑應向林泉得真趣徜徉終日未經還

臥聞禪老入南山淨掃清風五百間我與世疎宜獨往次公杜牧晚晴賦倒冠落佩兮與世闊疎君緣詩好不容攀自知樂事年年減難得高人日日閑欲問雲公覓心地次公雲公梁之高僧也以比本老心地法門禪家之大要堯卿

法雲母吳氏初生雲時忽見雲氣滿室光色瑩徹因名法雲要知何處是無還楞嚴經云我今示汝無所還地

徑山道中次韻荅周長官兼贈蘇寺丞

年來戰紛華漸覺夫子勝【厚】謝玄暉觀南詩方同戰勝者去前羽北山萊征子夏肥或有問之者子夏曰吾戰勝人問曰何爲戰勝曰吾入見夫子之義則榮之出見富貴又榮之二者戰於胸臆而夫子之義勝矣欲求五畝宅【厚】孟子曰五畝之宅樹之以桑灑掃樂清淨學道恨日淺問禪慙聽瑩【任】莊子長梧子曰是黃帝之聽瑩也聊爲山水行遂此麋鹿性獨遊吾未果覓伴誰復聽吾宗古遺直【厚】左傳仲尼謂叔向古之遺直窮達付前定餔糟醉方熟【續】楚詞漁父謂屈原曰世人皆濁何不淈其泥而揚其波衆人皆醉何不餔其糟而歠其釃灑面呼不醒【援】明皇召李白作宮詞時白已醉宮人以水灑面即令秉筆頃之成十餘章奈何效燕蝠屢欲爭晨暝【次公】小說載蝙蝠與燕爭晝夜不決往問鳳皇鳳皇方睡遂投訓狐其事詳見詩案且云某意以譏王庭老如訓狐不分別是非也已不如從我遊高論發犀柄溪南渡橫木山寺稱小徑太平寺俗号小徑山尋幽自茲始歸路微月映南望功臣山雲外盤飛磴三更杜錦水再宿留石鏡【次公】功臣山以錢鏐得名前卷所謂功臣寺處也錦水前所謂錦溪也石鏡前

所有絕向是也

緬懷周與李〔次公〕周與李周則周長官李則前所謂李秀才　能作洛生詠〔縯〕謝安本能為洛下書生詠有鼻疾故其音濁名流愛其詠而莫能及或手掩鼻以効之　今籃輿置紙筆得句輕千乘〔厚〕杜牧贈張祜詩誰人得似張公子千首詩輕萬户侯史記輕千乘之國而重一言　明朝三子至詩律嚴號令玲瓏苦奇秀名實巧相稱九仙更幽絕笑語千山應　空巖側破甕飛溜灑浮磬〔次公〕玲瓏九仙皆山名　山前見虎跡候吏鐃鼓競〔縯〕曹景宗詩去時兒女悲歸來笳鼓競　我生本艱奇〔次公〕奇字讀如李廣數奇之奇居其反　塵土滿釜甑〔厚〕後漢范丹字史雲桓帝時為萊蕪長有時絕粒閭里歌之曰甑中生塵范史雲釜中生魚范萊蕪　山禽與野獸知我久蹭蹬〔倬〕潘耀老夫蹭蹬任意拙於王事　笑謂候吏還禦虎吾有命徑山雖云遠行李稍可併頗許王子猷忽起山陰興〔援〕晉王徽之字子猷嘗居山陰夜雪初霽月色清朗四望皓然忽憶戴逵逵時在剡便夜乘小船詣之經宿方至門不前而反人問其故徽之曰乘興而來興盡而反何必見安道邪　但報菊花開吾當理歸榜〔次公〕言歸以菊花為期也〔師〕榜北孟班進舟也

汪覃秀才久留山中以詩見寄次其韻

季子應嗔不下機【縯】蘇秦字季子遊數年大困而歸嫂妹妻妾皆竊笑之【次公】戰國策蘇秦去秦而歸形容枯槁妻不下紝嫂不爲炊【子仁】按史記蘇秦傳及戰國策並無不下機字唯李白詩云莫見蘇秦不下機　棄家來伴碧雲師【厚】僧惠休姓湯氏詩曰日暮碧雲合佳人殊未來【次公】江淹雜擬衆詩凡三十篇各借著元姓名至此詩題曰僧惠休故後來人誤以爲惠休詩白樂天云不似休上人空多碧雲暮更相承誤今先生云碧雲師亦幾於誤矣【子仁】按先生詩有云雜篇直欲擬湯休則蓋未嘗誤也碧雲師豈別有所引邪　中秋冷坐無因醉半月長齋未肯辭擲簡搖毫無忤色　汪善書託寫衆人詩【次公】退之贈崔立之云搖毫擲簡自不供阮咸善琴士無貴賤皆爲彈終日達夜無忤色　投名入社有新詩【次公】杜詩我有新詩何處吟【子仁】石鼎聯句序云校書郎侯喜新有能詩聲【敬夫】九華山録云龍池庵僧倩宿與張扶爲詩社四方景慕過者如歸皆宗九華扶詩社　飛騰桂籍他年事莫忘山中採藥時

景純見和復次韻贈之二首

解組歸來道益先坐看百物自炎涼卷簾堂上檀槽鬧送客林間樺燭香【堯卿】張籍詩黃金捍撥紫檀槽絃索初張調更高紫檀出扶南甚爲琵琶白樂天早朝詩日月堤槐露氣風燭樺煙香　淺量已愁當酒怯非才尤覺和詩忙何人貪佩

黃金印【子仁】李白詩來時儻佩黃金印莫見蘇秦不下機　千柱耽耽瑣北岡

人間真火正爭光每到藏春得蹔涼【堯卿】景春有藏春塢文忠公題詩云欲借青春藏向此須知白首尚多情　多事始知田舍好凶年偏覺野蔬香溪山勝畫

徒能說來往如梭爲底忙老去此身無處着爲翁栽插萬松

岡【堯卿】藏春塢前一岡皆松林命曰萬松岡司馬温公題詩云藏春在何許鬱鬱萬松林

柳子玉亦見和因以送之兼寄其兄子璋道人

不羨腰金照地光【次公】鮑昭詩鞍馬光照地【子仁】白樂天詩君看裴相國金紫光照地　蹔時假面

弄西涼【援】白樂天詩西涼伎西京伎假面胡人弄師子　晴熜曣日肝腸暖【厚】道家服日精月華氣【堯卿】陳高祖夢朱衣捧日而至納之帝口及覺腹內猶熱　古殿朝真屢袖香說靜故知猶有

動無閑底處更求忙先生官罷乘風去【續】列子馭風而行【堯】【卿】謂子璋道人也【子】

【仁】盧仝詩乘此清風欲歸去　何用區區賦陟岡【次公】詩陟彼高岡

子玉家宴用前韻見寄復荅之

自酌金樽勸孟光【續】孟光梁鴻妻也　更教長笛奏伊涼【子仁】子玉家有笛妓樂府有伊

涼州曲 牽衣男女遶太白【援】李太白詩呼童烹雞酌白酒男女歌笑牽人衣 扇枕郎君煩阿香【厚】黃香事母至孝暑月扇枕寒則以身溫席李商隱師令狐楚稱門生嘗呼楚子陶爲郎君【縯】詩病逢春轉深痼愁魔得酒暫奔忙醒時情味吾能說日在西南白草岡

景純復以二篇一言其亡兄與伯父同年之契一言今者唱酬之意仍次其韻

靈壽扶來似孔光【援】孔子爲漢太師賜靈壽杖 感時懷舊一悲涼蟾枝不獨同攀桂【縯】郤詵對晉武帝曰臣舉賢良對策爲天下第一猶桂林一枝崑山片玉也【補】酉陽雜俎言月中蟾桂地影也空處水影也此語差近 雞舌還應共賜香 亦司爲郎【厚】漢官儀云尚書郎含雞舌香奏事【子仁】劉禹錫詩新恩共理犬牙也昨日同含雞舌香介甫送彭給事云粉團雞舌更須含 等是浮休無得喪【厚】莊子其生若浮其死若休又見賈誼鵩賦張薦取之自號浮休子【次公】粗分憂樂有閑忙【縯】國朝嘗召處士种放爲司諫以論事公卿惡之賜金歸華山又有紫微舍人者素不能文制詔嘗令張君房代之一日賜日本國正史詔書紫微已受詞頭而失君房所在君房時未第方與所親飲醉都市中使促之紫微不勝其窘暇日楊大年與錢若水賡閑忙二令楊曰世上何人最得閑司諫賜君歸華山錢曰世

上向人最號忙紫微失却張君房稱名對之詩浪彼沄沄去松栢在髙岡

年來世事如波浪鬱鬱誰知栢在岡（厚）退

屢把鈆刀齒步光（援）賈誼賦莫耶為鈍兮鈆刀為銛（厚）史記越王使大夫種奉步光之劍以賀吳

更遭華袞照奄凉（續）范甯序穀梁春秋曰一字之褒寵踰華袞晉太子申生帥師公衣之偏衣佩之金玦狐突曰奄凉冬殺金寒玦離胡可恃也

蘇門山上莫長嘯（援）阮籍嘗於蘇門山遇孫登與商略栖神導氣之術登不應籍因長嘯而退至半嶺聞有声若鸞鳳之音響乎巖谷乃登嘯也

薝蔔林中無別香（任）薝蔔梔子也其花六出天下之至香維摩經言如入薝蔔林中不聞他香唯聞薝蔔香也

燭燼已殘終夜刻（厚）齊竟陵王子良嘗夜與四學士刻燭為詩每四韻刻一寸以為率

槐花還似昔年忙（續）唐進士每以八月投牒赴舉時為之語曰槐花黃舉子忙

背城借一吾何敢（援）左傳齊晉戰于安鞌齊師敗績齊國佐如晉師曰請收合餘燼背城借一

慎莫罇前替戾岡（厚）晉佛圖澄傳劉曜自攻洛陽石勒將救之佛圖澄曰相輪鈴音云秀支替戾岡僕谷劬秃當此羯語也秀支軍也替戾岡出也僕谷劉曜胡位也劬秃當捉也此言軍出捉得劉曜也

刀錦純席上和謝生二首

悮入仙人碧玉壺（任）神仙傳費長房為市掾有壺公來賣藥常懸一空壺於坐上日入之後輒跳入壺中長房隨

公試展足則亦入壺見樓觀五色重門閣道公語長房曰我神仙人也見責暫還人間耳

一歡那復閒親踈杯盤狼籍吾何敢〔厚〕史記淳于髡傳杯盤狼籍堂上燭滅主人留髡而送客

車騎雍容子甚都〔援〕司馬相如車騎雍容閑雅甚都

此夜新聲聞百里〔次公〕梁元帝纂要云古豔曲有北里靡靡之曲〔師〕史記紂使師涓作新淫聲北里之舞靡靡之樂

他年故事紀南徐〔續〕東晉置南徐州治京口今潤州也〔師〕南史徐君蒨善絃歌好声色載伎肆意游行荊楚山川時襄陽魚弘亦以豪俊稱於是府中謡曰北路魚南路徐

欲窮風月三千界〔子仁〕歐陽永叔詩翰林風月三千首吏部文章二百年

願化人天百億軀〔續〕柳子厚詩若爲化作身千億遍上峯頭望故鄉

縱飲誰能問挈壺〔次公〕周官有挈壺氏蓋言不必問漏之淺深也

不知門外曉星踈綺羅勝事齊三閣〔次公〕陳後主於光照殿前起臨春結綺望仙三閣後主自居臨春張貴妃居結綺龔孔二貴妃居望仙並複道往來故有羅綺之勝矣

賓主談鋒敵兩都〔援〕班固兩都賦設西都賓東都主人以相辨荅

榻畔煙花嘗歎杜〔續〕杜牧之詩今日鬢絲禪榻畔茶煙輕颺落花風

海中童丱尚追徐〔厚〕秦始皇令徐福與童男女三千人入海求仙福得平原廣澤止王不來

無多酌我公須聽〔援〕蓋寬饒曰無多酌我我乃酒狂

醉後麤狂膽滿軀〔次公〕趙雲與曹公戰先主明旦視戰處曰子龍一身都爲膽也

次韻沈長官三首

家山何在兩忘歸杯酒相逢慎勿違不獨飯山嘲我瘦【縯】李白詩飯顆山前逢杜甫頭戴笠子日卓午借問因何太瘦生摠爲從前作詩苦也應糠覈怪君肥【厚】陳平爲人長大美色或謂平貧何食而肥其嫂疾其不事家産曰亦食糠覈爾【次公】晉王戎之子肥戎令食糠肥愈甚

男婚已畢女將歸【厚】東漢逸民傳向長字子平嫁娶既畢敕斷家事遂肆意遊五岳名山不知所終也累盡身輕志莫違聞道山中食無肉玉池清水自生肥【厚】九星上經云青青之月與日同昇合兩成一出彼玉池入乎金室大如彈黃如橘中有佳味甜如蜜子能得之慎勿失黃庭內景經丹田之中精氣微玉池清水上生肥

造物知吾久念歸似憐衰病不相違風來震澤帆初飽雨入松江水漸肥【次公】帆飽水肥皆方言也

述字孝叔覿字規甫

劉孝叔會虎丘時王規甫齋素祈雨不至二首【堯卿】

白簡威猶凜【縯】顏延之爲御史中丞何尚之與書曰絳驄清路白簡深劾取之仲容或有虧耶【次公】傳云天性峻急不

能有所容每有奏劾或值巨蠹捧白簡整簪帶坐而彈之於是貴游攝伏臺閣生風【倬】文選任昉奏彈曹景宗曰臣謹奉白簡以聞注簡略狀也

青山輿巳穠鶴閑雲作氅駝卧草埋峯【堯卿】晉王恭披鶴氅裘唐曲良翰爲駝峯留

跪履若可教【續】張良遇一老父於下邳老父墮履圯下顧良取之良強忍下取履因跪進父以足受之笑曰孺子可教

卜鄰因見容【續】白居易與元稹卜鄰詩明月許同三逕夜綠楊宜作兩家春又杜詩王翰願卜鄰

因公問回老何處定相逢【次公】後有回先生詩是也或言呂洞賓易姓爲回處士回字乃呂字又見唐先生詩注

太常齋未解不肯對纖穠【續】東漢周澤爲太常卧疾齋宮其妻問所苦澤以妻犯齋禁收送詔獄當世疑其詭激時人爲之語曰生世不諧作太常妻一歲三百六十日三百五十九日齋【師】宋玉神女賦穠不短纖不長【堯卿】晉劉毅嘗散齋而疾其妻省之毅便奏加妻罪而請解齋

只遣三千履【續】春申君客三千人其上客皆躡珠履

來遊十二峯【續】十二峯巫山有

林空蒼清唱潭淨寫衰容歸去瑤臺路還應月下逢【續】李白詩若非群玉山頭見會向瑤臺月下逢

次韻陳海州書懷 陳曾令鄉邑

鬱鬱蒼梧海上山 東海鬱州山云自蒼海浮來

蓬萊萬丈有無間【續】蓬萊萬丈瀛洲此三神山舊傳在渤海中去人不遠諸仙人及不死之藥皆在焉自齊威宣燕昭秦皇漢武帝遣人求之

舊聞草木皆

仙藥〔任〕東方朔十洲記曰東海祖洲上有不死之草又瀛州在東海之東上有聖芝靈草 欲弃妻孥守市闤〔厚〕王莽專政梅福一朝弃妻子去九江至今傳以爲仙其後人有見福於會稽者更姓名爲吳市門卒去 雅志未成空自歎〔璽〕謝安雖受朝寄然東山之志始末不渝每形於言色後雅志未就遂遇疾篤還都深自慨失 故人相對若爲顔酒醒却憶兒童事長恨雙鳬去莫攀〔任〕後漢王喬有神術顯宗時爲葉令每朔望來朝明帝怪之令太史伺望輒有雙鳬從東來

次韻孫職方蒼梧山

蒼梧奇事豈虚傳〔厚〕東海鬱州山傳云自蒼梧浮來又見前詩注 荒怪還須問子年〔纈〕晉王嘉字子年著拾遺記事多怪詭 遠託鼇頭轉滄海〔纈〕列子言海中有五山根無所連著帝遣巨鼇十五舉首戴之山峙而不動也 來依鵬背負青山〔欣公〕莊子鵬背若泰山又曰培風背負青天言山飛 或云靈境歸賢者又恐神功亦偶然聞道新春恣游覽羨君平地作飛仙

次韻孫巨源寄漣水李盛二著作并見寄五絶

南嶽諸劉豈易逢〔欣公〕南嶽諸劉指言劉貢父劉莘老也王昌詐立爲天子號孝皇帝子子輿移檄云南嶽諸

劉爲之先驅**相望無復馬牛風**[僖四]左傳風馬牛不相及也[任]杜詩去馬來牛不復辨**山公雖**

見無多子[繽]山公晉山濤也**社燕何由戀塞鴻**昔與巨源貢父莘老相遇於山陽自爾契

闊惟巨源近者復相見於京口[堯卿]公嘗有詩云有如社燕與秋鴻相逢未穩還相送

高才晚歲終難進勇退當年正急流[繽]陳摶謂錢惟演有仙骨麻衣道者曰此人但能於

急流中勇退耳惟演果早年恬退[堯卿]錢希白洞微志曰上即位初鄧州觀察使錢太博若水雍容文雅亦近世奇士堅乞罷樞務遂拜

禮部貳卿充集賢院學士其日晚于往謁賀諸客退獨相留後廳再坐因云某初應舉欲求解遂往華陰謁陳先生通刺後蒙倒屣相迎

臨出執手約後十日却相訪至期徑往近入山齋地爐中已先見有一僧擁衲對坐某揖之寒暄之禮亦甚簡傲少年壯氣頗不平之良

久僧熟視某而謂陳曰無此骨法二公皆微笑雖驚異其言而不敢詢問更有他客至乃逡巡先退次日某獨往見陳且問僧名及言者

何事陳曰此即白閣道者也道行高潔學通天人至於知人尤爲有神仙之鑒欲勸留學道中心不決遂請道者質疑他云見足下非神

仙骨法學道亦不能成但却得好官能於急流中勇退耳**不獨二疎爲可慕**[厚]疎廣爲太子太傅兄子受爲

少傅廣謂受曰吾聞知足不辱知止不殆功遂身退天之道也即日父子移病上疏乞骸骨宣帝許之故人邑子設祖道供張東都門外

送者車數百兩辭決而去道路觀者皆曰賢哉二大夫或歎息爲之泣下**他時當有景孫樓**巨源近離東海郡有

景疎樓[師]謂景慕漢二疎也

漱石先生難可意謂巨源[匽]孫楚謂王濟曰欲枕石漱流誤云漱石枕流濟曰流非可枕石非可漱楚曰所以枕流欲洗其耳所以漱石欲厲其齒氍毹校尉久無朋自謂[綸]蘇武留匈奴單于欲降之乃幽武置大窖中絕不與飲食武臥齧氈毛并咽之數日得不死應知客路愁無奈故遣吟詩調李陵謂李君也[匽]蘇武與李陵俱爲侍中武使匈奴明年陵敗兵降其後武歸漢陵置酒作詩三首贈別武亦有詩云黃鵠一遠別千里顧徘徊胡馬失其羣思心常依依又云征夫懷遠路遊子戀故鄉寒冬十二月晨起踐凝霜故世言五字詩自蘇武始也

雲雨休排神女車忠州老病畏人誇[綸]白居易赴忠州道過巫山或題詩於廟云爲報巫山神女道速排雲雨待清詩詩豪正值安仁在空看河陽滿縣花盛爲邑宰厚潘岳字安仁爲河陽令種桃李花人號曰河陽一縣花

膠西未到吾能說[子仁]韓退之詩云潮陽未到吾能說[次公]先生是時已除密州桑柘禾麻不見春不羨京塵騎馬客羨他淮月弄舟人

莫笑銀杯小荅喬太博

陶潛一縣令獨飲仍獨醒猶將公田二頃五十畝種秫作酒不種秔[匽]陶潛爲彭澤令在縣公田悉令種秫曰令吾常醉於酒足矣妻子固請種秔乃使二頃五十畝種秫五十畝

種秫焉

我今號爲二千石歲釀百石何以醉賓客請君莫笑銀杯小爾來歲旱東海窄會當拂衣歸故丘作書貸粟監河侯 [厚]莊周家貧貸粟於監河侯 莫斛船中着美酒與君一生長拍浮 [援]晉畢卓嘗謂人曰得酒滿數百斛船四時美味置兩頭右手持酒杯左手持蟹螯拍浮酒船中便足了一生矣

和段屯田荊林館

南山有佳色無人空自奇清詩爲題品草木變芬菲謝女得秀句 [師]杜詩題詩得秀句 留待中郎歸 [厚]謝女道韞也嘗曰一門叔父則有阿大中郎謂謝安也 便當勤鞭策僕倦馬亦饑 段有姪女在窓

遊廬山次韻章傳道

塵容已似服轅駒 [縯]西漢田蚡傳漢武怒内史曰平生數言魏其武安長短今日廷論乃局促效轅下駒 野性猶同縱壑魚 [厚]西漢王褒聖主得賢臣頌沛乎若巨魚之縱大壑 出入巖巒千仞表較量筋力十年初雖無窈窕驅前馬還有鴟夷掛後車 [援]揚雄酒箴鴟夷滑稽腹如大壺常爲國器託于屬車[次公]詩命彼後車儀禮執燭前馬 莫笑吟詩淡生活 [縯]裴

度居守東洛夜宴半酣二叟索聯句元白有得色度爲破題次至楊汝士曰昔日蘭亭無豔質此時金谷有高人居易知不能加遽裂之曰笙歌鼎沸勿作冷淡生活 **當令阿買爲君書** 【厚】退之詩阿買不識字頗知書八分詩成使之寫亦足張吾軍尧卿或問黃魯直阿買是退之何人魯直云退之姪也必有所據而云耳

和頓教授見寄 用除夜韻

我笑陶淵明種秫二頃半 見前莫笑銀盃小注 **婦言既不用還有責子歎** 【厚】淵明責子詩阿舒已二八懶惰故無匹阿宣行志學而不愛文術雍端年十三不識六與七通子垂九齡但覓梨與栗 **無絃則無琴何必勞撫玩** 【纏】淵明蓄素琴一張徽絃不具嘗撫而和之曰但得琴中趣何勞絃上聲 **我笑劉伯倫醉髮蓬茅散二豪苦不納** 【纏】劉伶酒德頌云有貴分公子搢紳處士聞吾風聲議其所以先生於是方捧罌承糟銜杯漱醪又云二豪侍側焉如蜾蠃之與螟蛉 **獨以鍤自伴** 【厚】伶嘗乘鹿車攜一壺酒使人荷鍤隨之曰死便埋我 **既死何用埋此身同夜旦** 【陸】莊子內篇大宗師云死生命也其有夜旦之常天也 **孰云二子賢自結兩重案** 【纏】傳燈錄全豁禪師參德山和尚執坐具上法堂瞻德山云作麽師咄之德山曰老僧過在什麽處師曰兩重公案 **笑人還自笑出口談治亂**

一生溷塵垢晚以道自盥無成空得懶坐此百事緩了聞

頓夫子講道出新貫［次公］時坐起爲教其能出新意講論也豈無一尺書恐
不記庸懦陋邦貧且病數米銖稱炭［厚］莊子簡髮而櫛數米而炊竊竊乎又何足以濟世
哉慙愧章先生十日坐空館袖中出子詩貪讀酒屢煖［纁］孫盛韶般浩談論食冷而復煖者數四狂言各須慎勿使輸薪粲［厚］漢法有鬼薪白粲取薪給宗廟爲鬼薪坐擇米使正白爲白粲皆三歲刑

荅陳述古二首

讒說山東第二州棗林桑泊負春遊［次公］山東第二州先生自言其密州也棗林桑泊正密州所宜者城西亦有紅千葉人老簪花却自羞

小桃破萼未勝春羅綺叢中第一人［次公］小桃［言］小妓［子功］李白詩漢宮誰第一聞道使君歸去後舞衫歌扇總生塵陳有小妓述古稱之

和章七出守湖州二首

方丈仙人出渺茫［纁］方丈海中神山也［次公］方丈仙人言道山也章子厚自翰林中出守故云高情猶愛水雲鄉功名誰使連三捷［厚］之詩一月三捷身世何緣得兩忘

【續】莊子不知兩忘而化於道　早歲歸休心共在他年相見話偏長只應未報君恩重清夢時時到玉堂【馬】元城先生語錄載太祖皇帝嘗飛白題翰林學士院曰玉堂之廬此四字出李尋傳玉堂殿名而待詔有直廬在其側故云

絳闕雲臺總有名【厚】清都絳闕上帝所居也漢明帝圖畫功臣於南宮雲臺【續】司馬子微身居赤城名在絳闕【次公】子厚學道故云絳闕有名　應須極貴又長生【十朋】清靈真人裴君內傳云道人支子元相君曰子目中珠子正似北斗瑤光星既有貴爵又當神仙　鼎中龍虎黃金賤【醫】金丹之術有日魂月魄白虎青龍眞鉛正汞甚五行強名耳　松下龜蛇綠骨輕　君好爐火而餌茯苓【厚】松栢入土千歲化爲茯苓形如龜蛇鳥獸者最良也　雲水未渾纓可濯弁峯初見眼應明【次公】雲水弁山乃胡洲兩景已見贈孫莘老七絕注　兩危春酒眞堪羨獨占人間分外榮

和張子野見寄三絕

過舊遊

前生我已到杭州到處長如到舊遊【續】公自言前生曾到杭州入壽星院如夢中所見【子仁】按先生荅陳師仲書云在杭州嘗遊壽星院入門便悟曾到能言其院後堂殿山石處[illegible]詩中嘗有前生[illegible]語即此寺也

更欲洞霄爲隱吏〔師〕洞[illegible]宮在杭州一菴閑地日

見題壁

狂吟跌宕無風雅〔次公〕江文通恨賦曰脫略公卿跌宕文史醉墨淋浪不整齊應爲詩人一回顧山僧未忍掃黄泥〔次公〕此乃隨手便遭黄土掃癡心更望碧紗籠之意

竹閣見憶

栢堂南畔竹如雲此閣何人是主人但遣先生披鶴氅〔厚〕晋恭嘗披鶴氅而行孟昶見之曰神仙中人也不須更畫樂天眞〔䜣〕孤山有白居易竹閣僧志詮作栢堂相連見孤山二詠

答李邦直

美人如春風着物物未知羈愁似冰雪見子先流澌〔次公〕澌字韻書云冰流也〔子仁〕後漢書河水流澌我一何衰知我久慵倦起我以新詩詩詞如醇酒盎然重四肢徑飲不覺醉欲和先昏疲西齋有蠻帳風雨夜紛披

放懷語不擇撫掌笑脫頤【厚】匡衡傳匡說詩解人頤 別來今幾何春物已含姿柳色日夜暗子來竟何時徉方雖云樂東山禁遊嬉又無狂太守何以解憂思聞子有野婦華堂詠螽斯【續】螽斯詩言若螽斯不妬忌則子孫衆多也 盍不倒囊橐賣劍買蛾眉【厚】【仁】古詩黄金不惜買蛾眉 不用教絲竹唱我新歌詞

和潞公超然臺次韻【堯卿】熙寧八年作

我公厭富貴常苦勳業尋相期七松子【續】張良願弃人間事從赤松子遊 求望白雲岑清風出談笑萬竅為號吟【厚】莊子大塊噫氣其名為風是惟無作作則萬竅怒號 吟成超然詩洗我蓬之心【續】莊子夫子猶有蓬之心也 嗟我本何人麋鹿強冠襟身微空志大交淺屢言深【次公】范雎傳云何交淺而言深也【侄】崔駰傳交淺而言深者愚也 囑公如得謝呼我幸寄音但恐酒錢盡煩公揮橐金【厚】前漢疏廣傳歸鄉里日請故舊賓客相與娛樂數問其家金餘尚有幾斤趣賣以供具陶[illegible]雖無揮金事蜀酒留可持【次公】橐金見陸賈傳古詩揮金留[illegible]【仁】張[illegible]陽詩揮金樂當年[illegible]詩揮金應物[illegible]

次韻劉貢父李公擇見寄二首 公擇知[illegible]在江浙東坡守密

白髮相望兩故人眼看時事幾番新 [illegible]公詩案招此詩譏近日更立新法事尤多也

曲無和者應思郢 【續】宋玉言有歌於郢市者陽春白雪國中屬而和者數十人引商刻羽雜以流徵屬而和者不過數人是以曲彌高而和彌寡 論稍卑之且借秦 【厚】張釋之言便宜事文帝曰卑之無甚高論令今可行於是釋之言秦所以失漢所以興者文帝善之 次公漢賈山言治亂之道借秦爲諭 歲惡詩人無好語 公擇來詩皆道吳中飢苦之道 夜長鰥守向誰親 貢父近喪偶 少思多睡無如我鼻息如雷撼四鄰 【厚】退之石鼎聯句序言道士倚墻睡鼻息如雷鳴

何人勸我此間來絃管生衣甑有埃 【續】後漢范丹傳閭里歌之曰甑中生塵范史雲 淥蟻濡脣無百斛蝗蟲撲面已三回 【原】公詩案此詩譏朝廷減削公使錢太甚及造酒不得過百石故絃管生衣甑釜生埃及言蝗蟲災傷盜賊四起旱澇飢饉以見政事闕失皆新法不便之故 磨刀入谷追窮寇灑涕巡城拾弃孩爲郡鮮歡君莫歎猶勝塵土走章臺 【厚】張敞爲京兆尹無威儀時罷朝會過走馬章臺街自以便面拊馬也

和趙郎中捕蝗見寄次韻

麥穗人許長穀苗牛可没天公獨何意忍使蝗蟲發驅攘著令典〔纂〕唐開元四年山東大蝗民祭且拜不敢捕姚崇曰詩云去其螟螣及其蟊賊秉畀炎火光武詔曰勉順時政去彼螟蜮此除蝗誼也農事安可忽我僕既胼胝〔纂〕禹治水手足胼胝謂手足生重繭也我馬亦款矻飛騰漸云少筋力亦已竭苟無百篇詩何以醒睡元初如踈畎澮〔延〕養生論云益之以畎澮而泄之以尾閭注畎澮細流也尾閭海水泄處也漸若決澥渤往來供十吏〔厚〕玄宗平内難書詔填委獨蘇頲在太極殿後閤口所占授功狀百緒輕重無所差書吏白曰乞公徐之不然乎腕脫矣平生輕妄庸熟視笑魏勃〔纂〕前漢灌嬰聞魏勃本教齊王舉兵使使召責勃勃曰失火之家豈暇先言大人而後救火乎因退立戰栗嬰熟視笑曰人言魏勃勇妄庸人耳愛君有逸氣詩壇專斬伐民病何時休吏職不可越慎無及世事向空書咄咄〔厚〕晉殷浩爲桓温所奏廢爲庶人口無怨言但終日書空作咄咄怪事四字而已

趙郎中見和戲復荅之

趙子吟詩如潑水〔纂〕退之詩文如翻水成一揮三二[illegible]六十字奈何教我欲爭豐恰如西施藏白也〔西〕[illegible]宋天簡[illegible]三行坐趙[illegible]事調[illegible]不[illegible]頓白[illegible]藏

淯姑淋灰一年十萬八千杯〔續〕須傾三百杯□□計之則一年當三萬六千日一日飲十萬八千杯也若不令君早入務飲竭東海生黄埃我衰臨政多謬錯羨君精采如秋鶻〔師〕杜詩鷙佚骨聳精神緊華嶽峯尖見秋隼頽衰老子令日飲〔堅〕後漢馬援爲隴西太守諸曹時白外事援輒曰今丞掾之職何足以相煩頗哀老子使得遨遊若大姓侵小民黠羌欲拒旅此太守事耳爲君坐嘯主畫諾〔援〕後漢黨錮傳序云汝南太守宗資任功曹范滂南陽太守成瑨亦委功曹岑晊二郡爲謠曰汝南太守范孟博南陽宗資主畫諾南陽太守岑公孝弘農成瑨但坐嘯

和晁同年九日見寄

仰看鸞鵠刺天飛〔次公〕韓退之祭柳子厚文羣飛刺天富貴功明老不思病馬巳無千里志〔隨〕魏武樂府老驥伏歷志在千里也騷人長負一秋悲〔厚〕宋玉九辯曰悲哉秋之爲氣也蕭瑟兮草木搖落而變衰古來重九皆如此〔厚〕杜牧詩古往今來只如此牛山何必獨霑衣别後西湖付與誰遣子窮愁天有意〔次公〕太史公曰虞卿非窮愁亦不能著書以自見於後世云吴中山水要清詩

和孔郎中荆林馬上見寄

秋禾不滿眼宿麥種亦稀【次公】後漢詔有云宿麥未下蓋麥嘗年秋種至明年夏收所以謂之宿麥也

永愧此邦人芒刺在膚肌【續】漢宣帝初即位霍光驂乘帝若芒刺在背　平生五千卷一字不救饑【續】盧仝茶詩三椀搜枯腸唯有文字五千卷【鄉】太白詩萬言不直一杯水【堯】又豈足以救飢乎

方將怨無襦【厚】後漢廉范爲蜀郡太守民歌之曰廉叔度來何暮昔無一襦今有五袴　忽復歌緇衣【續】詩緇衣之宜兮敝予又改爲兮【次公】孔子曰好賢如緇衣今先生之意蓋取其好善也

堂堂孔北海【厚】後漢孔融字文舉爲北海相爲賊管亥所圍求救於平原相劉備備驚曰孔北海乃復知天下有劉備耶　直氣凜羣兒【續】禰衡曰大兒孔文舉小兒楊德祖餘子碌碌不足數也【次公】退之詩不知羣兒愚那用故謗傷

朱輪未及郊【續】朱輪刺史之車漢制二千石朱兩轓　清風已先馳何以累君子十萬貧與羸滔滔滿四方【次公】論語滔滔者天下皆是也　我行竟安之何時劍關路春山聞子規

和孔君亮郎中見贈

偶對先生盡一樽醉看萬物洶崩奔憑遊共我聊卒歲【續】詩優哉游哉聊以卒歲　骯髒如君合倚門【厚】趙壹詩伊優北堂上骯髒倚門邊　只恐掉頭難

夕住[illegible] 杜甫送孔[illegible]頭不肯住東將入海隨煙霧[illegible] 處[illegible]書[illegible]夜深論[illegible] 鄭遇程子之於途傾蓋而語

固知嚴勝風流在，又見長身十世孫。鄭字君嚴，戡字君勝，退之誌其墓云：孔子世三十八，吾見其孫白而長身。今君亮四十八世矣。

王狀元集百家注分類東坡先生詩卷之十七

王狀元集百家注分類東坡先生詩卷之十八

酬答中

詩

劉貢父見余歌詞數首以詩見戲聊次其韻

十載飄然未可期〔子仁〕杜牧之詩十載飄然繩檢外樽前自獻自爲酬那堪重作看花詩

門前惡語誰傳去醉後狂歌自不知刺舌君今猶未戒〔次公〕隋書賀若弼傳父敦臨刑呼弼謂曰吾以舌死汝不可不思因引錐刺弼舌誠以謹口〔六八〕按先生詩案熙寧六年十二月内劉攽作詩寄軾軾和詩引賀若敦以錐刺其子舌以譏時不能容狂直之言也

炙眉我亦更何詞〔厚〕晉郭舒爲王澄別駕荆土士人宗廞嘗因酒忤澄澄怒叱左右棒廞舒厲色謂左右曰使君過醉汝輩何敢妄動澄恚曰別駕狂耶誑言我醉因遣掐其鼻炙其眉頭舒跪而受之廞遂得免相從痛飲無餘事正是春容最好時

和李邦直沂山祈雨有應

高田生黃埃〔縯〕杜詩去雨降不濡物良田起黃埃下田生蒼耳〔堯卿〕神農本草倉耳一名[illegible]菓一名地葵亦名葹耳苓耳蒼耳亦已無更問麥有幾蛟龍睡足亦解慙二麥

枯時雨如洗不知雨從何處來但聞[illegible]步聲如雷 厚 吕縣有吕梁焉謂之吕梁今謂之百步洪在徐州彭城之東 試尚城[illegible]望[illegible]北 師 [illegible]城南望城北 際天菽

粟青成堆飢火燒腸作牛吼不知待得秋成否半年不雨

坐龍慵共怨天公不怨龍今朝一雨聊自贖神龍社鬼各

言功無功日盜太倉粟 次公 太倉五升米 杜詩曰朶 嗟我與龍同此責勸

農使者不汝容因君作詩先自劾 師 韋堅作詩自劾責 堯卿 退之詩家請官供不報苦無異鼠雀偷太倉行抽手版付丞相不待彈劾還耕桑此公之意也

宿州次韻劉涇

我欲歸休瑟漸希舞雩何處着春衣 縯 論語點爾何如鼓瑟希又曰春服既成[illegible]浴乎沂風乎舞雩詠而歸 多情白髮三千丈 厚 李白詩白髮三千丈緣愁似箇長 無用霜皮四十圍 選 杜詩古柏行霜皮溜雨四十圍 晚覺文章真小技 厚 杜詩文章一小技 早知富貴有危

機 次公 諸葛長民曰富貴必履危機 師 劉穆之臨刑謂所親曰貧賤必思富貴富貴必踐危機 爲君垂涕君知

否千古華亭鶴自飛 次公 涇之兄沭亦有文亦死矣 縯 陸機臨刑詩歎曰華亭鶴淚豈可復聞乎

和趙郎中見戲二首 次公以徐妓不如東武，詩中見戲，去只有當時燕子樓

燕子人亡三百秋 縯唐徐州節度使張建封有愛妓名盼盼，建封卒，盼盼居燕子樓十餘年不肯嫁。白樂天爲作燕子樓詩三絕 捲簾那復似揚州 厚杜牧詩：春風十里揚州路，過卷上珠簾總不如 西行未必能勝此 空唱崔徽上白樓 援崔徽河中倡也，以御史裴敬中痼亡二千[illegible] 爲作崔徽歌下邳城南門謂之白門樓[illegible] 裴敬中以興元幕使河中，與徽相從者累月。敬中使罷，徽不能從，情懷怨抑。後數月，東川幕白知退將自河中歸，徽乃託人寫真，因捧書謂知退曰：爲妾謝裴郎，崔徽一旦不及卷中人，徽且爲郎死矣。明日遂疾發狂。元稹爲作崔徽歌以叙其事。白樓在河中府城之西北

我擊藤牀君唱歌，明年六十奈君何。醉顛只要裴風景，莫向人前自洗磨。次公每醉歌畢輒曰：明年六十矣

和子由與顏長道同遊百步洪相地築亭種柳

平生坐徛不暖席 縯孔席不暖 歸來閑閤閑終日 次公前汲黯閑閤卧台 卧聞客至倒屣迎 縯陳壽三國志魏王粲傳：左中郎將蔡邕見而奇之。時邕才學顯著，貴重朝廷，聞粲在門，倒屣迎之 西眼蒙籠餘睡色 城東泗水步可到 路[illegible]洪 [illegible]雪白安得青絲絡駿馬 次公杜詩：大青絲絡頭，爲君老 蹙[illegible]飛波[illegible]奮身三丈兩蹄

間〔縯〕史記張儀言秦馬之良探前趹後蹄間……勝數〔□〕志注劉備所乘馬名的盧騎的盧走墮……此檀溪水中溺不得出備急曰的盧今日危矣可努力的盧乃一踊三丈遂得出 折□長□□宜自□少年狂興久已謝但憶嘉陵遶劍關〔厚〕嘉陵江水出大散關下嘉陵谷南行遷鳳興利至劍門關下木瓜園轉東向閬中西與涪水合 劍關大道車方軌〔縯〕李左車說成安君曰井陘之道車不得方軌騎不得成列〔厚〕蘇秦傳今秦之攻齊車不得方軌騎不得比行 君自不去歸何難山中故人應大笑築室種柳何時還

次韻李邦直感舊〔師〕李邦直為東京提舉

騶騎傳呼出跨坊〔縯〕淮陰少年辱韓信歟後人以名坊在徐州〔公〕按韓信淮陰人今之楚州也非今先生所臨〔次〕之地跨乃淩跨之跨蓋以出而騶騎傳呼則淩跨坊巷入而簿書填委則充蒲堂廳或云跨坊乃籠衙之義 簿書填委入充堂〔師〕〔堯卿〕文選劉公幹詩職事煩填委文墨紛消散時居充堂而衍字亦必堂名 誰教按部如□向武〔厚〕何武為揚州刺史所奏與舉二千石長吏先露章服罪者免之而已不服極法奏之抵罪或至死 只許清樽對孟光〔縯〕後漢鴻妻也 婉娩有時來入夢〔縯〕退之詩孤遊懷耿介旅宿夢婉娩 溫柔何日聽還鄉〔援〕趙飛燕外傳飛燕妹合德成帝視曰吾當老此溫柔鄉不能效武皇老白雲鄉 酸寒病守尤

堪笑千步空餘漢射場（臣）張建封好擊毬之戲韓愈從書諫之又贈張僕射詩汴泗交流郡城角[illegible]千步平如削

次韻荅邦直子由四首

簿書顛倒夢魂間知我疎慵肯見原閑作閉門僧舍今病（師）天詩臥[illegible]枕一卷書起嘗一杯酒書將引昏睡酒用扶衰朽

間吹枕海濤喧忘懷杯酒逢人共引睡文書信手翻

欲吐狂言喙三尺（續）莊子云丘願有喙三尺（子仁）陸餘慶善論事而訥於判時嘲之曰說事喙長三尺判事手重五斤

怕君輕我却須吞（師）杜牧之詩掉頭難欲吐到口却成吞

城南短李好交遊（厚）短李李紳也白樂天詩云閑吟短李詩

箕踞狂歌總自由（師）劉伶酒德頌奮髯箕踞

尊主庇民君有道（次公）舊唐書太宗紀贊云以房魏之智不踰乎丘軻遂能尊主庇民者遭時也

樂天知命我何憂（次公）列子載孔子之言曰樂天知命吾何憂（任）白樂天知命白樂天詩云留連[illegible]

醉呼妙舞留連夜

閑作清詩斷送秋（任）明猶飲[illegible]

瀟洒使君殊不俗

尊前容我攬須不（續）晉[illegible]之忠[illegible]

老弟東來殊寂寞故人留飲慰酸寒草荒歲月閑新徑雨入河洪失舊灘車馬追陪迹未掃唱酬往復字應漫此詩更欲憑君改待與江南子布看【厚】張昭字子布典略曰余曩聞劉荊州嘗自作書欲與孫伯符以示祢正平正平嗤之言如是爲欲使孫策帳下兒讀之邪將使張子布見之也

君雖爲我此遲留别後凄涼我已憂不見便同千里遠退歸終作十年遊恨無揚子一區宅【演】揚雄有田一廛有宅一區 懶卧元龍百尺樓【演】陳登字元龍許汜見先主曰元龍湖海之士豪氣不除昔遭亂過下邳見元龍元龍無客主之意久不相與語自上大床卧使客卧下床劉備曰君有國士之名今天下大亂帝主失所君宜憂國忘家有救世之意而君求田問舍言無可採是元龍所諱也何緣當與君語如我欲卧百尺樓上卧君於地何但上下床之間耶 聞道鵁鶄蒲臺閣網羅應不到沙鷗

荅任師中家漢公

先君昔未仕杜門皇祐初【次公】先君言編禮也皇祐仁宗年號也慶曆八年歲在戊子次年改皇祐盡五年改至和 道[illegible][illegible][illegible]賤[illegible]乘照鄉閭何嘗疎小人小人自

闊踈出門□□□史在郊墟【任】□□名經字彥輔□□□門前萬竿竹堂上四庫書【編】唐藝文志兩都各聚書四部以甲乙丙丁爲次列經史子集四庫其本有正副軸帶牙籤皆異色以別之 高樹紅消梨【師川】三秦記云漢武帝園有大梨如五升瓶落地則破名含消梨 小池白芙蕖常呼赤脚婢【厚】退之玉川子詩一婢赤脚老無齒 雨中擷園蔬矯矯任夫子罷官還舊廬是時里中兒始識長者車【編】陳平家貧門外多長者車轍【次公】杜詩門多長者車 烹雞酌白酒相對歡有餘【編】李白詩白酒初熟山中歸黃雞啄黍秋正肥呼童烹雞酌白酒兒女歌笑牽人衣 有如龐德公往還葛與徐妻子走堂下主人竟誰歟【援】龐公南郡襄陽人也居峴山之南未嘗入城府襄陽記曰諸葛孔明每至德公家獨拜床下德公初不令止司馬德操嘗詣德公值其上冢德操徑入其室呼德公妻子使速作黍徐元直向云當來就我與德公談妻子皆羅拜堂下奔走共設須臾德公還直入相就不知何者是客也 我時年尚少作賦慕相如【編】司馬相如作子虛大人賦【次公】揚雄傳先是蜀有司馬相如作賦甚弘麗溫雅雄心壯之每作賦常擬之以爲式 侍立看君談精悍實起予【□□】漢書□嚴延年爲人精悍又論語起予者商也 歲月曾幾何看老逝不吊史侯最先沒孤墳拱桑樗【援】左傳秦穆公謂□□叔曰墓上之木拱矣 我亦涉萬里青□□禁法

漂流二十年始悟萬緣虛獨喜任夫子老佩刺史魚【次公】唐高祖爲唐王傳竹使符頒銀菟符諸郡武德元年改銀菟符爲銅魚符【子仁】杜牧詩使君四十四兩佩左銅魚威行烏白蠻解辮請冠裾【援】丘希範書夜郎滇池解辮請職方當入奏事清廟陳璠璵【次公】清廟文王之廟陳璠璵以言宗廟之器也逸論語曰璠璵魯之寶玉也孔子曰美哉璠璵遠而望之煥若也近而視之瑟若也胡爲厭軒冕歸志不少紓上蔡有良田【次公】上蔡蔡州也任公有田在新息見先生傳有詩一篇黃沙走清渠罷亞百頃稻【縯】杜牧詩罷亞百頃稻秋風吹半黃雍容十年儲閒隨李丞相搏射鹿與豬【援】李丞相斯也斯出獄顧謂其中子曰吾欲與若牽黃犬出上蔡東門逐狡兔豈可得之乎蒼鷹十斤重【龜父】酉陽雜俎云鷹有判窠白者短身而大五斤漁陽曰東道大者六斤猛犬如黃驢豈比陶淵明窮苦自把鋤【次公】陶淵明園田居曰侵晨理荒穢帶月荷鋤歸我今四十二衰髮不滿梳彭城古名郡乏人偶見除頭顱已可知【次公】陶弘景與從兄書曰昔仕宦期四十左右作尚書郎即投簪高邁今三十六方奉朝請頭顱可知不如早去遂挂冠神武門上表辭祿幾何不樵漁會當相從去芒鞋老菑畬念子瘴江邊【子仁】退之詩知子遠來真有意好收吾骨瘴江邊懷□□誰□攄顛我同年友相歡出同輿冰盤薦文

鮪鮪鮥也戎瀘之詩云冰盤夏薦碧實脆〔次公〕退玉斝傾浮蛆醉中忽思我清詩綴

瓊琚知我少所諧教我時卷舒世事日反覆翻如風中旗

雀羅弔廷尉〔縯〕前漢翟公罷廷尉門外可設雀羅秋扇悲婕妤〔厚〕文選趙飛燕姊弟得幸班婕妤失寵作秋扇歌云常恐秋節至涼飆奪炎熱棄捐篋笥中恩情中道絕升沉一何速喜怒紛衆狙〔援〕莊子狙公賦芧曰朝三暮四衆狙皆怒朝四暮三衆狙皆悅作詩謝二子我師甯與蘧〔厚〕甯武子邦有道則知邦無道則愚蘧伯玉邦有道則仕邦無道則卷而懷之

陽關詞三絕〔次公〕三詩各自說事唯是皆可歌之故曰陽關三絕按王立之詩話云先生作彭門守時過齊州李公擇中秋席上賦一絕云云其後山谷在黔南令以小秦王歌之次公謂先生名之為陽關三絕則必用西出陽關無故人之聲歌之矣王立之之說恐非也蓋贈張繼愿言戲馬臺則在徐州所贈也答李公擇云濟南春好雪初晴則自是春初之作豈可便指為過齊州作耶意者三詩先生皆以陽關歌之乃聚為一處標其題曰陽關三絕內中秋月一絕見月門

受降城下紫髯郎〔縯〕朔方總管張仁愿於河北築三受降城以絕突厥南寇之路〔厚〕孫權為張遼所敗遼問降人向有紫髯將軍為誰答曰孫會稽戲馬臺南古戰場〔次公〕戲馬臺在徐州彭城縣

[illegible]臺賦詩自春秋以來乃用[illegible]之[illegible]
業高祖項羽皆起於此後漢吕布自下邳相[illegible]城於彭城又李華有吊古戰場文

恨君不取契丹首，甲牙旗歸故鄉。

右贈張繼愿

濟南春好雪初晴，行到龍山馬足輕。使君莫忘雪溪女，時作陽關腸斷聲。次公 濟南則齊州濟南郡也。龍山豈桓溫九日所登之山乎？雪溪在湖州，則李公擇先爲湖州故也。

右荅李公擇

次韻吕梁仲屯田

雨葉風花日夜稀，堯卿 陸龜蒙詩：閑窻雨過苔花潤，小簟風來薤葉凉。一杯相屬竟何時。次公 韓詩：一杯相屬君當歌。空虛豈敢酬瓊玉，績 詩云：投我以木瓜，報之以瓊琚。枯朽猶能出菌芝。厚 柳宗元書：雖朽枿腐敗，不能不菌植，充足蒸出芝菌以爲瑞。門外吕梁從迅急，仁子 孔子觀於吕梁，懸水四千仞，流沫三十里。胷中雲夢自逶遲。援 司馬相如子虛賦：吞若雲夢者八九於其胷中，曾不芥蔕。待君筆力追靈運，莫負南臺九日期。績 劉裕爲宋公，在彭城，九月九日出遊戲馬臺，送孔靖辭位歸鄉，謝靈運、宣遠等並從賦詩。

王晉夔約重九見訪，既而不至，以詩送將官梁交且見寄，次韻荅之。交頗文雅，不類武人，家有侍者甚惠麗

知君月下見傾城【續】李延年歌曰：北方有佳人，絕代而獨立，一顧傾人城，再顧傾人國。【次公】李白詩：定向瑤臺月下逢。破恨懸知酒有兵【續】南史江謐議言：酒猶兵也，兵可千日不用，不可一日不備；酒可千日不飲，不可一飲不醉。【師】杜牧贈酒詩：與愁爭底事，要尔作戈矛。老守無何惟日飲【厚】袁盎爲吳相，姪種謂盎曰：絲惟日飲，無何說王毋反而已。將軍競病自詩鳴【援】梁曹景宗振旅凱入，帝於光華殿宴飲連句，啓求賦詩不已，帝令沈約賦韻，時韻已盡，唯餘競病二字。景宗便操筆斯須而成，曰：去時兒女悲，歸來笳鼓競。借問行路人，何如霍去病。【次公】韓愈言孟東野以詩鳴。花枝不共秋欹帽，筆陣空來夜斫營【續】杜詩：筆陣獨掃千人軍。【師】唐渾日進知勇曲折，夜斫其營，斬千餘級。愛惜微官將底用，它年只好寫銘旌【師】杜牧詩：黃壤不沾新雨露，粉書空換舊銘旌。

九日邀仲屯田爲大水所隔以詩見寄次其韻

無復龍山對孟嘉【援】晉桓溫與孟嘉九日宴龍山。西來河伯意雄誇【續】莊子秋時至河

伯欣然自喜以天下之美在已霜風可使吹黃帽舟人黃[illegible]土勝[illegible][厚][illegible]詩鄧通使擢船爲黃頭郎徐廣曰著黃帽也

樽酒那能泛浪花[任]子美詩云閟閟浪花飜謾遣鯉魚傳尺素[援]文選詩客從遠方來遺我雙鯉魚呼兒烹鯉魚中有尺素書却將燕石報瓊華[編]列子宋之愚人得燕石以爲寶周人曰此燕石也瓦礫不殊[次公]詩云尚之以瓊華乎而何時得見悲秋老[編]宋玉曰悲哉秋之爲氣也醉裏題詩字半斜

有言郡東北荆山下可以溝畎積水因與吳正字王戶曹同往相視以地多亂石不果還遊聖女山山有石室如墓而無棺槨或云宋司馬桓魋墓二子有詩次其韻二首[敬夫]按先生集遊桓山記云元豐二年正月己亥春服既成從二三子遊於泗水之上登桓山入石室

側手區區未易遮[編]時河決水方退謗有側手障黃河之語奔流一瞬卷千家共疑智伯初圍趙[編]左氏智伯率韓魏攻趙襄子懼奔晉陽三國攻晉陽引汾水灌其城不沈者三板猶有張湯欲漕斜[厚]前漢溝洫志人有上書欲通褒斜漕事下御史大夫張湯湯問之言抵蜀從故道故道多阪回遠今穿褒斜

道少阪近四百里，而褭水通沔，斜絶渭，皆可以船漕。上以爲然，而水多湍石，竟不可漕。已坐迂踈來此地，分將勞苦送生涯。使君下策眞堪笑，隱隱驚雷響踏車。【次公】以車掉水也。

茫茫清泗遶孤岑，歸路相將得暫臨。試着芒鞋穿犖确，【次公】退之詩：山石犖确行逕微。更燃松炬照幽深。縱令司馬能鑱石，【演】宋司馬桓魋自爲石槨，三年不成。會有中郎解摸金。【厚】陳琳爲袁紹作檄書，言曹操時置發兵中郎將、摸金校尉，所過隳突，無骸不露。強寫蒼崖留歲月，他年誰識此時心。

荅吕梁仲屯田

亂山合沓圍彭門，官居獨在懸水村。吕梁地名。【演】莊子：吕梁懸水三十仞。故今言吕梁爲懸水村也。【新】即今百步洪是也。居民蕭條雜麋鹿，小市冷落無雞豚。【次公】杜詩：小市常爭米。黄河西來初不覺，但訝清泗流奔渾。夜聞沙岸鳴甕盎，曉看雪浪浮鵬鵾。【次公】退之詩：餘瀾怒不已，喧聒鳴甕盎。吕梁自古喉吻地，【補注】按水經云：吕梁乃自古黄河喉襟脣吻之地。萬頃一抹何由吞。坐觀入市卷閭井，吏民走盡餘王尊。【演】王尊爲東郡太守，河水盛溢，尊躬率吏民，沉白馬祀水神河伯，因止宿隄上。及水盛隄壞，吏民皆奔走惟尊立不動而水波稍却 計窮路斷欲安適吟詩破屋愁鳶蹲歲寒霜重水歸壑 次公 月令季冬之月水歸其壑土反其宅 但見屋瓦留沙痕入城相對如夢寐 次公 杜詩夜闌更秉燭相對如夢寐 我亦僅免爲魚黿 繽 劉子過洛汭曰微禹吾其魚乎 旋呼歌舞雜談笑不惜飲釂空瓶盆念君官舍冰雪冷新詩美酒聊相温人生如寄何不樂 師 法苑珠林支遁任嘲謝安與書曰人生如寄耳終日戚戚遲君來以晤言銷之 任使絳蠟燒黄昏宣房未築淮泗滿 任 武帝作瓠子之歌有云齧浮桑兮淮泗滿 故道堙没瘡痍存明年勞苦應更甚我當畚鍤先黥髡付君萬指伐頑石千鎚雷動蒼山根 韓 白樂天開八節灘詩鐵鑿金鎚隱若雷 城如鐵洪口快 次公 杜詩大城鐵不如 談笑却掃看崩奔農夫掉臂免狼顧秋穀布野如雲屯 次公 列子言化人之宫望之若雲屯焉 師 杜甫沙苑行王有虎臣司苑門入門天廐皆雲屯 還須更置軟脚酒爲君擊鼓行金樽 繽 玄宗幸諸楊第出有賜曰餞路反有勞曰軟脚 師 唐郭子儀自同州歸代宗詔大臣就宅作軟脚局人出三百千

荅孔周翰求書

身閑曷不長閉口【次公】傳曰病從口入患從口出閉口則無事而身得長閑矣非謹而何天寒正好深藏手吟詩寫字有底忙未脫多生宿塵垢不蒙譏訶子厚疾【縯】柳宗元報崔黯書曰凡人好詞工書者皆病癖也吾不幸蚤得二病學道以來日思砭鍼攻熨卒不能去纏結心腑牢甚願斯須忘之而不克竊嘗自恚反更刻畫無鹽醜【厚】晉書周顗傳庾亮嘗謂顗曰諸人咸以君方樂廣顗曰何乃刻畫無鹽唐突西施無鹽醜女也征西自有家雞肥【次公】南史王僧虔論書云庾征西翼書少時與右軍齊名右軍後進庾猶不分在荊州與都下人書云小兒輩賤家雞皆學逸少書太白空驚飯山瘦【援】舊唐書杜甫傳李白然甫有飯山之嘲而李白集有戲甫詩云飯顆山頭逢杜甫頭戴笠子日卓午借問因何太瘦生總為從前作詩苦與君相從知幾日春風待得花開不撥弃萬事不復談【厚】杜詩云撥弃潭州百斛酒百觚之後那辭酒【縯】孔叢子曰平原君與子高飲強子高酒曰昔有遺諺堯舜千鍾孔子百觚子路嗑嗑尚飲百榼古之賢聖無不能飲子何辭焉

聞公擇過雲龍張山人輒往從之公擇有詩戲用其韻

我生固多憂肉食常苦墨【縯】左氏晉定公吳夫差會于黃池司馬寅曰肉食者無墨今吳王有墨國

勝乎太子死乎軒然就一笑猶得好飲力聞君過雲龍對酒兩靜嘿急攜清歌女出郭及未昃一歡難力致【厚】劉毅曰合一射甚難邂逅有勝特喧蜂集晚花【沈】杜詩籬踈帶晚花亂雀噪叢棘【曹】易寘于叢棘山人樂此耳寂寞誰侍側何當求好人聊使治要襋【次公】詩魏葛屨曰糾糾葛屨可以履霜摻摻女手可以縫裳要之襋之好人服之注要褸也襋領也好人好女手之人使君自孤僨【援】前漢匈奴傳冒頓為書遺高后曰陛下獨立孤僨獨居兩主不樂無以自娛【次公】按漢書注云僨仆也猶言不能自立也則獨居無偶可以言孤僨矣此里誰相直不如學養生一氣服千息【次公】晉書許邁傳常服氣一氣千餘息

寒食日荅李公擇三絕次韻

從來蘇李得名雙【次公】前漢蘇武李陵能詩謂之蘇李唐蘇味道里人李嶠俱以文章顯時號蘇李又蘇頲晉李嶠知制誥時號蘇李又蘇頲李乂對掌文誥明皇謂頲曰前朝有李嶠蘇味道今有卿及李乂亦世不乏人只恐全齊笑陋邦【次公】李公擇知齊州故云詩似懸河供不辨【縯】郭象傳王衍每云聽象語如懸河瀉水注而不竭【師】韓退之石鼓歌願借辯口如懸河故欺張籍隴頭瀧【厚】退之詩君乃崑崙渠籍乃瀧頭瀧南人謂水之湍者為瀧簿書鼛鼓不知春【次公】鼛鼓所以督役也周禮六以鼛鼓鼓役事佳句相呼賴故人

次公杜詩每於百僚上猥誦佳作新子仁謝靈運每有篇章對惠連輒得佳句寒食德公方上冢歸來誰主復誰賓演後漢龐公傳注司馬德操嘗造德公值其渡沔上祀先人墓德操徑入其室呼德公妻子使作黍須臾德公還直入相就不知何者爲客也巡城已困塵埃眯次公眯字莊子曰播糠眯目則天地四方易位師杜詩去塵土汙人眼易眯執朴仍遭蟣蝨緣次公左氏華元爲植巡城禮司空執朴欲脫布衫攜素手次公文選詩盈盈樓上女纖纖出素手試開病眼點黃連來詩謂僕布衫督役

次韻答劉涇堯卿涇字巨濟

吟詩莫作秋蟲聲彥章退之送孟東野序以虫鳴秋天公怪汝鉤物情使汝未老華髮生芝蘭得雨蔚青青何用自燔以出馨演漢兩龔傳去薰以香自燒膏以明自消細書千紙雜眞行新音百變口如鸎異義蠭起弟子爭舌翻濤瀾卷齊城厚蒯通言於韓信曰酈生一士伏軾掉三寸舌下齊七十餘城萬卷堆胷兀相撑以病爲樂子未驚我有至味非煎烹是中之樂吁難名綠槐如山闇黃庭飛蟲繞耳細而清次公唐文粹載何蕃夢渴賦去

牕日斜照飛蚊繞鬢營也敗席展轉臥見經亦不自嫌琴織成〔縯〕老杜有太子張舍人遺織成段褥詩客從西北來遺我翠織成意行信足無溝坑〔次公〕劉夢得詩意行無舊路不識五郎呼作卿〔厚〕宋璟傳嘗宴朝堂二張列三品璟階六品居下坐易之諂事璟虛位揖曰公第一人何下坐璟曰才劣品卑卿位第一何耶是時朝廷以易之等內寵不名其官呼易之五郎昌宗六郎鄭善果謂璟曰公柰何謂五郎爲卿璟曰以官正當爲卿君非其家奴何郎之云吏民哀我老不明〔次公〕馬援曰頗哀老子使得遨遊相戒無復煩鞭刑〔縯〕徐有功爲蒲州司法不忍杖罰民服其恩相戒曰犯參軍杖者必斥之訖不辱一人時臨泗水照星星〔次公〕星星言白髮也何長瑜嘲陸展曰陸展染白髮欲以媚側室青青不解久星星行復出〔師〕歐陽永叔秋聲賦黟然黑者變而爲星星微風不起鏡面平安得一舟如葉輕〔次公〕退之詩共泛清湘一葉舟卧聞郵籤報水程〔厚〕杜詩宿將依農事郵籤報水程蓴羹羊酪不湏評〔縯〕陸機嘗詣侍中王濟濟指羊酪謂機曰卿吳中何以敵此機荅云千里蓴羹未下盐豉時稱爲名對云一飽旦救飢腸鳴〔次公〕此篇皆所以裁抑劉沔之豪氣也劉沔好爲險怪之文〔任〕退之詩飢腸徹死無由鳴

和孫莘老次韻

去國光陰春雪消還家蹤跡野雲飄〔次公〕杜詩去國哀王粲李白詩不如早還家

功名正自妨行樂 次公 向秀欲注莊子嵇康曰此書詎復須注正是妨人作樂耳楊渾云人生行樂耳 迎送纔堪博早朝 白詩昏昏一覺睡不博早朝人 雖去友朋親吏卒卻辭讒謗得風謡今年我亦江東去不問繁雄與寂寥 次公 繁雄寂寥言郡之如此也 孫莘老必在江東故云爾

文與可有詩見寄云待將一段鵝溪絹掃取寒梢萬尺長次韻荅之

爲愛鵝溪白繭光 縯 鵝溪地名在梓州鹽亭縣出絹甚良 次公 時人謂之鵝溪絹老杜云我有一疋好東絹亦謂此也 掃殘雞距紫毫芒世間那有千尋竹月落庭空影許長 次公 先生作篔簹谷偃竹記云與可畫竹初不自貴重四方之人持縑素而請者足相躡於門與可厭之投諸地而罵曰吾將以爲襪聞者傳之以爲口實及與可自洋州還而余爲徐州與可以書遺余曰近語士大夫吾墨竹一派近在彭城可往求之襪材當萃於子矣書尾復寫一詩其畧曰擬將一段鵝溪絹掃取寒梢万尺長余謂與可竹長万尺當用絹二百五十疋知公倦於筆研願得此絹而已與可無以荅則曰吾言妄矣世豈有万尺竹哉余因而實之荅其詩云云與可笑曰蘇子辯則辯矣然二百五十疋吾將買田而歸老焉因以其所畫篔簹偃竹遺予曰此竹數尺耳而有万尺之勢

次韻秦觀秀才見贈秦與孫莘老李公擇甚熟將入京應舉

[次公] 是時先生守徐州蓋元豐元年也

夜光明月非所投 [縯] 史記鄒陽曰明月之珠夜光之璧以暗投人於道衆莫不按劍相眄者何則無因而至前也

逢年遇合百無憂 [厚] 太史公言力田不如逢年善仕不如遇合 [次公] 杜詩吾知徐卿百不憂

將軍百戰竟不侯 [援] 漢李廣與望氣王朔語曰自漢征匈奴廣未嘗不在其中而諸校尉材能不及中以軍功取封侯者數十人廣不為後人然終無尺寸功以得封邑者何也豈吾相不當侯耶 [次公] 李白贈張鎬詩本家隴西人先為漢邊將苦戰竟不侯當年頗惆悵

伯郎一斛得涼州 [縯] 孟佗字伯郎中常侍張讓專權用事佗以蒲萄酒一斛遺讓為涼州刺史

翹關負重君無力 [厚] 武后時置武舉有此科 [次公] 朝野僉載云崔湜為吏部侍郎掌銓有選人白湜曰某能翹關負米湜笑曰若壯何不求選兵部答曰外議謂崔侍郎下有氣力者即得選

十年不入紛華域 [次公] 子夏曰入聞夫子之道而樂出見紛華而悅

故人坐上見君文謂是古人吁莫測 [子仁] 唐員半千傳武后謂半千曰久聞爾名謂為古人乃在朝邪

新詩說盡萬物情硬黃小子臨黃庭 [縯] 公言嘗於秘書閣觀王羲之墨蹟昔唐人硬黃上臨本惟鵝群一帖似羲之真筆公嘗書黃庭內景經以贈蔡光道士故謂太虛臨之也

故人已去君未到空吟河畔草青青 [厚] 古詩云青青河上草鬱鬱園中柳

誰謂他鄉各異

縣【次公】張正見古樂府云他鄉且異縣天遣君來破吾顔一聞君語識君心短李髯孫眼中見【次公】短李指言公擇借樂天言李紳曰短李而用之髯孫指言莘老借張遼言孫權曰紫髯將軍而用之此詩人之巧也【子仁】郄超爲桓温參軍王珣爲主簿超髯而珣短府中語曰髯參軍短主簿江湖放浪久全眞【悼】文選嵇叔夜詩志在守樸養素全眞忽然一鳴驚倒人【援】史記齊威王曰此鳥不鳴則已一鳴驚人縱横所值無不可知君不怕新書新【次公】新書言王介甫新學經義之說也千金弊箒那堪換【縯】魏文帝論文曰夫人善於自見而文非一躰鮮能備善是以各以所長相輕所短里語曰家有弊箒享之千金斯不自見之患也我亦淹留豈長算山中既未决同歸我聊爾耳君其漫【厚】晉阮咸曰未能免俗聊復尓耳

次韻黃魯直見贈古風二首【敬夫】魯直詩其一曰江梅有佳實託根桃李場桃李終不言朝露借恩光孤芳忌皎潔氷雪空自香古來和鼎實此物升廟廊歲月坐成晚煙雨青已黃約外桃李盤以遠初見嘗終然不可口擲弃官道傍但使本根在弃捐果何傷其二曰青松出澗壑十里棲風聲上有百尺絲下有千歲苓小草有遠志相依在平生醫和不並世深根且固帶人言可醫國何用太早計小大才則殊氣味固相似

佳穀臥風雨莨莠登我場【次公】書云農殖嘉穀孟子惡莠之乱苗也又詩九月築場圃公詩案此詩譏世

之小人勝君子如根莠之奪嘉穀也陳前漫方丈【續】孟子食前方丈玉食慘無光【厚】洪範惟辟玉食【次】

【公】前漢陳咸奢侈玉食師古注云玉食美石如玉也大哉天宇間美惡更臭香【厚】杜詩大哉乾坤內君

看五六月飛蚊郡回廊茲時不少假俛仰霜葉黃期君蟠

桃枝千歲終一嘗【續】東海度朔山有大桃蟠屈三千里漢武時東郡獻矮人指東方朔曰王母種桃三千歲一着子此

子已三過偷之矣【厚】太平廣記西王母以桃獻漢武帝帝食桃輒録其核欲種之西王母曰此桃三千年一實帝乃止頤我如

苦李全生依路傍【援】王戎嘗與羣兒戲道側見李樹多實競趍之戎獨不往或問其故戎曰樹在道邊而多子必

苦李也紛紛不足慍悄悄徒自傷【厚】詩曰憂心悄悄慍于羣小按公詩案招此詩譏今日進用之

人多小人也

空山學仙子妄意笙簫聲【續】簫史善吹簫作鸞鳳之音秦穆公有女弄玉善吹簫公以妻之後皆

仙云【居仁】退之誰氏子詩或云欲學鳳吹笙新慕靈妃婉簫史神仙雖然有傳説知者自知其妄矣千金得奇藥開

視皆稀苓【厚】韓進學解言訾醫師以昌陽引年欲進其豨苓也【次公】豨苓今所謂茯苓是也至賤之品不知市人

中自有安期生【援】前漢郊祀志注云安期生琅邪人賣藥東海邊時人皆言千歲令君已度世

坐閱霜中蔕摩挲古銅人歲月不可計【續】後漢方術傳薊子訓於長安東霸城與

一老翁共摩挲銅人相謂曰適見鑄此已五百年矣閬風安在哉厚山海經曰閬風之山是謂玄圃要君相指似

荅仲屯田次韻

秋來不見渼陂岑績杜詩岑參兄弟皆好奇攜我遠來遊渼陂次公渼陂在鄠縣千里詩盟忽重尋大木百圍生遠籟厚莊子大木百圍之竅穴風作則萬竅怒號又曰地籟則衆竅是已朱絃三歎有遺音績禮記清廟之瑟朱弦而疏越一唱而三歎有遺音者矣清風卷地收殘暑厚退之雙鳥詩清風卷地起百鳥皆飄浮素月流天掃積陰厚謝莊月賦玄白露暖空素月流天欲遣何人賡絕唱蒲堦桐葉候蟲吟共父柳宗元詩門掩候蟲秋

密州宋國博以詩見紀在郡雜詠次韻荅之

吾觀二宋文字字照縑素師二宋宋郊宋祁也國博乃其嗣子淵源皆有考奇險或難句次公二宋者莒公庠字公序景文公祁字子京後來邈無繼嗣子其殆庶次公易繫辭曰顔氏之子其殆庶幾乎胡爲尚流落用舍真有數當時苟悦可謹勿笑狀杜績李林甫傳林甫不識杕杜字謂韋陟曰此云杕杜何也陟俛首不敢言齗憁誰救赴

【縯】朝野僉載云唐陽滔爲中書舍人時促命草制而吏持門鑰他適無舊本檢尋乃斷窻取之時號斵窻舍人袖手良優裕【厚】退之祭柳子厚文云不善爲斵血指汗顔巧匠旁觀縮手袖間山城辱吾繼【次公】山城指言密州也鈌短頌遮護昔年繆陳詩無人聊瓦注于今賡絕唱外重中已懼【縯】莊子以瓦注者巧以鉤注者憚以黄金注者惛其巧一也而有所矜則外重也凡外重者爲拙何當附家集擊壤追咸濩【厚】堯時有田父擊壤而歌曰我日出而作日入而息鑿井而飲耕田而食帝力何加於我哉黄帝之樂曰咸池湯之樂曰大濩【公袞】藝經云堯時擊壤壤以木爲之前廣後銳長尺四寸闊三寸其形如履將戲先側一壤於地遠三四十步以手中壤擊之中者爲上

答范祖禹

吾州下邑生劉季誰數區區張與李來詩有張僕射李臨淮之之句【次公】先生爲徐州太守故稱吾州漢高祖豐邑人今徐州有豐縣故云下邑劉季高祖字張僕射建封也李臨淮光弼也重瞳遺跡已塵埃惟有黄樓臨泗水郡有廳事俗謂之霸王廳相傳不可坐僕拆之以葢黄樓【縯】項羽重瞳子都彭城號西楚霸王而今太守老且寒俠氣不洗儒生酸猶勝白門窮呂布欲將鞍馬事曹瞞【厚】曹操擊布下邳布登白門樓兵圍之急乃下降布見操曰明公之所患不過於布今已服矣令布

將騎明公將步天下不足定也操小字阿瞞

次韻答王定國

每得君詩如得書宣心寫妙書不如次公劉夢得和白公初冬早寒云雨傳千里意書札不如詩眼前百種無不有知君一以詩驅除傳聞都下十日雨清泥沒馬街生魚舊雨來人今不來次公老杜秋述云秋杜子臥病長安旅次多雨生魚青苔及榻當時車馬之客舊雨來今雨不來悠然獨酌臥清虛堂名次公王定國堂名也子由嘗爲作記云我雖作郡古云樂子仁退之鄖城聯句云從軍古云樂山川信美非吾廬次公謝朓云信美非吾室又淵明詩吾亦愛吾廬願君不廢重九約念此衰老勤呵噓

答王鞏鞏將見過有詩自謂惡客戲之

沂泗遶吾城城堅如削鐵次公杜詩夫城鐵不如中有李臨淮號令肝膽裂縯李光弼御軍嚴肅代郭子儀於河陽士卒旗幟皆舊也光弼一號令之乃益精明子仁唐書郝廷玉傳魚朝恩聞其善布陣請觀之廷玉申號令鳴鼓角部伍坐作進退若一曰此臨淮王遺法也王善御軍賞當功罰當罪每校旗不如令者輒斬由是人皆自效而赴蹈馳突心破膽裂蓋臨淮嘗鎮徐州古來彭城守未省怕惡客縯公孫洪曰寧逢惡賓不逢故人子仁元

積謂不飲者爲惡客後人以痛飲爲惡客惡客云是誰祥符相公孫是家豪逸生有種千金一擲頗黎盆【次公】退之詩谽呀鉅壑頗黎盆連車載酒來不飲外酒嫌其村子有千鉼酒我有萬株菊任子蒲頭插【厚】杜牧之詩塵世難逢開口笑菊花須插滿頭歸團團見花不見目醉中插花歸花重壓折軸【次公】史記云羣輕折軸問客何所須客言我愛山青山自遶郭不要買山錢【縯】戴符乞買山錢于頔梁百萬此外有黃樓樓下一河水美哉洋洋乎可以療飢并洗耳【厚】史記孔子曰美哉河水洋洋乎丘之不濟此命也詩衡門泌之洋洋可以療飢洗耳許由事也【師】晉孫楚云所以枕流欲洗吾耳彭城之遊樂復樂客惡何如主人惡

次韻王定國馬上見寄

昨夜霜風入裌衣曉來病骨更支離【縯】莊子支離疏頤隱于臍肩高於頂踈狂似我人誰顧坎軻怜君志未移但恨不攜桃葉女【厚】樂天詩小妓攜桃葉新歌踏柳枝【次公】桃葉王子敬妾也有詩云桃葉復桃葉渡江不用楫尚能來趁菊花時南臺二謝無人繼只恐君詩勝義熙二謝從宋武帝九日燕戲馬臺【縯】時習義熙年中者也

次韻答頓起二首

挽袖推腰踏破紳【次公】左傳曰或挽之或推之 舊聞攜手上天門【次公】漢官儀云泰山東上七十里至天門 相逢應覺聲容似欲話先驚歲月奔新學已皆從許子【縯】孟子陳相見許行而大悅尽弃其學而學焉【次公】新學以言王介甫新經之學也 諸生猶自畏何蕃【厚】退之作何蕃傳云蕃入太學二十餘年歲舉進士學成行尊太學諸生推須不敢與蕃齒 殿廬直宿眞如夢猶記憂時策萬言 頓君及第時余爲殿後編排官見其荅策語頗直其後與子由試舉人西京既罷同登嵩山絕頂嘗見其唱酬詩十餘首頓詩中及之

十二東秦比漢京【縯】前漢田肯曰齊地方二千里持戟百万縣隔千里之外齊得十二焉此東西秦也 去年古寺共題名 去歲見之於青州【堯卿】唐自慈恩寺鴈塔題名之後士人多倣之 早衰怪我遽如許【厚】曹操欲殺左慈慈走入羊羣不可辨忽有一老羝屈膝人言曰遽如許 苦學怜君太瘦生【援】李白嘲杜甫云借問因何太瘦生揔爲從前作詩苦 茆屋擬歸田二頃【縯】蘇秦曰使我有負郭田二頃吾豈能佩六國相印乎 金丹終掃雪千莖【堯卿】子美詩衰顏欲付紫金丹【任】杜詩白髮千莖雪 何人更似蘇司業【次公】蘇司業源明也乃唐之詩人先生以上子由云 和遍新詩滿洛城

太虛以黃樓賦見寄作詩爲謝

我在黃樓上欲作黃樓詩忽得故人書中有黃樓詞黃樓高十丈下建五丈旗【任】始皇作阿房宮上可以坐万人下可以建五丈旗楚山以爲城泗水以爲池【次公】左氏楚國方城以爲城漢水以爲池我詩無傑句萬景驕莫隨夫子獨何妙雨雹散雷椎【援】雷州大雷雨時人有收得雷斧雷椎皆石也詳見雪浪詩注中雄詞雜今古中有屈宋姿【續】屈原宋玉也南山多磬石清滑如流脂【續】禹貢篇泗濱浮磬【子暈】杜牧之秋娘詩京江水清滑生女白如脂朱蠟爲摹刻細妙分毫釐佳處未易識【厚】范榮期讀孫綽天台山賦每至佳句輒云應是我輩語當有來者知

次韻荅王鞏

我有方外客顏如瓊之英【次公】謝奕時稱方外司馬詩尚之以瓊英乎而又劉向列女傳趙靈吳女歌曰美人熒熒兮顏若苕之榮十年塵土窟一寸冰雪清朅來從我遊坦率見眞情【邠老】國史補云宋濟老於文場舉止可笑嘗試賦誤失官韻乃撫膺曰宋五又坦率矣由是大著名後禮部上甲乙名德宗先問曰宋五免坦率否頤我無足戀戀此山水青新詩如彈丸【續】南史謝脁見王筠謂曰

好詩如圓美流轉如彈丸也 脱手不暫停。昨日放魚回，衣巾滿浮萍。今日扁舟去，白酒載烏程。【厚】湖州烏程有若下酒爲天下之美 山頭見月出，江路聞鼉明。莫作孺子歌，滄浪濯吾纓。【縯】孟子有孺子歌曰：滄浪之水清兮，可以濯我纓；滄浪之水濁兮，可以濯我足。孔子曰：小子聽之，清斯濯纓，濁斯濯足，自取之也。 吾詩自堪唱，相子棹歌聲。【厚】李白詩：滄浪吾有曲，寄入棹歌聲。

張安道見示近詩

人物一衰謝，微言難重尋。【縯】太史公曰：仲尼沒而微言絶。 慇懃永嘉末，復聞正始音。【厚】晉衛玠傳：玠至豫章，與謝琨相見，言論弥日。王敦謂謝琨曰：昔王輔嗣吐金聲於中朝，比子復玉振於江表，微言之緒，絶而復續，不意永嘉之末，復聞正始之音。【次公】詩案云：此言晉元帝時人物衰謝，不意復見衛玠之清談風流，如今時人物衰謝，不意復見方平文章才氣也。 蕭然王郎子，【厚】太平廣記：王仙客者，劉振之甥也。振有女曰無雙，小仙客數歲，皆幼稚，相狎。振妻常呼仙客爲王郎子。 來自緱山陰。其壻王鞏攜來 云見浮丘伯，吹簫明月岑。【援】王子喬，周靈王之子晉也。好吹簫作鳳鳴，浮丘公接上嵩山。三十餘年後，見桓良曰：告我家，七月七日待我緱氏山頭。果乘白鶴而來，舉手謝時人而去。 遺聲落淮泗，蛟鼉爲悲吟。頗公正王度，析招繼愔愔。【縯】左傳昭公十二年周穆王欲肆其心周行天下將必有車轍馬迹焉祭公謀父作祈招之詩以止王心曰祈招之愔愔式昭德音思我王度式如玉式如金【次公】詩案云意欲方平作詩譏諫朝廷闕失

次韻王鞏顔復同泛舟

沈郎清瘦不勝衣【續】沈昭畧嘗遇王約張目視之曰汝是王約邪何乃肥而癡約曰汝沈昭畧邪何乃瘦而狂【次公】沈郎或以爲指言沈約則其與徐勉書云老病百日數圍革帶嘗應移孔公手握臂率計月小半分此則僅有不勝衣之意而曾直亦有云自是沈郎作詩瘦不關春能生許愁則亦言沈約矣又檀弓言趙文子其中退然若不勝衣【堯卿】荀子葉公子高不勝其衣

邊老便便帶十圍【援】邊韶字孝先弟子嘲曰邊孝先腹便便【次公】東平王蒼腰帶十圍【師】晉載記尹緯慕容超[illegible]勢赫連勃勃皆身長八尺腰帶十圍

躞蹀身輕山上走懽呼船重醉中歸躞悉協切蹀達協切【續】杜詩取樂喧呼覺船重

舞腰似雪金釵落【次公】楊希道詠舞詩二八如回雪西京雜記載戚夫人善爲折腰舞【續】張祜杜牧之同燕有屬意者索骰子賭酒牧之微吟曰骰子巡巡裏手拈無因得見玉纖纖祐應聲曰但知報道金釵落髣髴還應露指尖

談辯如雲玉麈飛【次公】後漢符融幅巾奮褎高談如雲【續】王衍善談玄每捉玉柄麈尾與手同色【堯卿】文忠公詩云金釵墜鬢分行立玉麈高談四座傾

憶在錢塘正如此回頭四十二年非

次韻張十七九日贈子由

千戈萬槊擁笓籬【援】晉史傳咸劾事云今史張済案行城東有新立屋間笓籬障二十丈又裴潜妻子織笓籬以自供 九日清罇豈復持 是日南都敕使按兵 官事無窮何日了【厚】晉傳咸傳楊済與咸書曰天下大器非可稍了而相觀每事欲了生子癡了官事官事未易了也了事正作癡復爲快耳 菊花有信不吾欺 逍遥瓊館眞堪羨【次公】言張公之宫祠逍遥瓊館以 取次塵纓未可縻 此暇時須痛飲【子仁】詩云迨我暇矣飲此醑矣【安國】杜詩痛飲眞吾師 他年長劍拄君頤【縯】田單攻狄不能下齊兒謡曰大冠如箕長劍拄頤攻狄不下壘於梧丘【次公】李白詩何必攜長劍拄頤事玉階

次韻王鞏獨眠 鞏字定國自號清虚居士

居士身心如槁木【次公】莊子身若槁木心若死灰 旅館孤眠體生粟【次公】趙飛燕傳躰無軫粟 誰能相思琢白玉【縯】盧仝詩白玉璞裏琢出相思心黄金鑛裏鑄出相思淚 服藥千朝償一宿【厚】太平廣記彭祖曰服藥千朝不如獨卧一宵 天寒日短銀燈續【任】寒夭崔日短 欲往從之車脫輻【次公】詩泝游從之左傳車脫其輹 何人吹斷參差竹【縯】風俗通曰舜作簫其形參差以象鳳翼 泗水茫茫鴨頭緑【厚】李白襄陽歌遥看漢水鴨頭緑

次韻王鞏留別

去國已八年，故人今有誰。當時交游内，未數蔡克兒。【續】史：王晉阜傳，司徒蔡謨戲侮王導，導怒謂人曰：吾往與群賢共游洛中，何曾聞有蔡克兒邪？克，謨父也。豈無知我者，好爵半已縻。【續】易：我有好爵，吾與爾縻之。爭為東閤吏，【厚】西漢朱雲傳：薛宣為丞相，雲往見之，宣備賓主禮，從容謂雲曰：在田野無事，且留我東閤，可以觀四方奇士。雲曰：小生乃欲相吏邪？宣不敢復言。不顧北山移。【次公】周彥倫，齊書隱居鍾山，後應詔出仕，將過北山，孔稚圭乃假山靈之意，移文以却之，名曰北山移文。公子表獨立，與世頗異馳。不辭千里遠，成此一段奇。【堯卿】法帖三成此一段奇事。蛾眉亦可憐，無忝思餅師。【續】唐寧王獻宅左有賣餅者妻，纖白明媚，一見屬意，因厚遺其夫取之，寵愛逾等。環歲，當問之曰：汝復憶餅師否？默然不對。王召餅師使見之，其妻注視，雙淚垂頰，王乃歸之。無人伴客寢，惟有支牀龜。【厚】史記云：南方老人用龜支牀足，二十餘年，老人死，移牀，龜尚生。【厚】樂天詩：春朝鎖籠鳥，冬夜支牀龜。君歸與何人，文字相娛嬉。【次公】退之贈張籍詩：文章自娛戲，金石相磨撞。持此調張子，一笑當脫頤。【續】漢書：匡說詩，解人頤。【子仁】退之有調張籍詩。王鞏乃張安道壻，此張子豈謂安道耶？

答王定民 定民字佐才，亳人，俊民弟也。

開緘奕奕滿銀鉤，【續】晉索靖作草書狀云：婉若銀鉤，漂若驚鸞。【師】韋續書法墨藪云：懸針竪垂，如鐵鉤欲活而有

力如銀

書尾題詩語更遒【子仁】退之詩暮作千詩轉遒緊　八法舊聞宗長史【厚】張長史草書神逸書有八法以永字爲例云側蹲鵶而墜石勒緩縱以藏機弩彎環而勢曲趯後快以如錐策依稀而似勒掠髣髴以宜肥啄騰波而速進磔憶息以遲移蔡邕得之神人相傳至張旭旭以傳李陽冰顏真卿云　五言今復擬蘇州【援】白樂天謂韋蘇州歌行才麗之外頗近興諷其五言詩又高雅閑淡自成一家之軆　筆蹤好在留臺寺【次公】指言臺頭寺也今句蓋言定民書字留於臺寺也故對旗隊到石溝之句舊注引李建中留臺事非唯不識句讀却於王定民何干焉　旗隊遙知到石溝　欲寄鼠須并繭紙【縯】鼠須筆白繭紙王羲之所用寫蘭亭記者　請君章草賦黃樓【次公】章草出漢元帝時史游作急就章解散隸軆麤書之出書斷

次韻王庭老和張十七九日見寄

霜葉投空雀啅籬　上樓筋力強扶持　對花把酒未甘老【次公】退之云把酒謝南山　膏面染鬚聊自欺【堯卿】劉夢得詩近來時世輕先輩好染髭鬚事後生　無事亦知君好飲【厚】史記陳軫謂犀首曰公何好飲也曰無事也曰吾令公厭事可乎　多才終恐世相縻　請看平日銜杯口【子仁】杜詩生前相遇且銜杯　會有金椎爲控頤【厚】莊子儒以詩禮發冢大儒臚傳曰東方作矣事之若何小儒曰未解裙襦口中有珠詩固有之曰青青之麥生於陵陂生不布施死何含珠爲儒以金椎控其頤

徐剔其類無傷口中珠

次韻參寥師寄秦太虛三絶句時秦君舉進士不得

秦郎文字固超然漢武憑虚意欲仙[縯]司馬相如既奏大人賦天子大說飄飄有凌雲氣游天地之間意底事秋來不得解定中試與問諸天[堯卿]劉夢德和宣上人寄賀禮部王侍郎放榜後詩云禮闈新榜動長安九陌人人走馬看借問至公誰印可支郎天眼定中觀先生此詩和參寥師故用宣上人及支郎故事支郎乃漢支謙黃眼上人也[子][仁]申包胥曰天定亦能勝人

一毛追風抹馬蹄[次公]馬名追風杜詩須君櫪上追風驃崑崙玄圃謂朝躋[厚]崑崙第二級名曰玄圃周穆王駕八駿之乘升崑崙之丘賓于西王母觴于瑤池之上[次公]神仙傳崑崙一曰玄圃一曰積石瑤房一曰閬風臺一曰華蓋一曰天柱回看世上無伯樂却道鹽車勝月題[援]戰國策汗明曰驥服鹽車而上太行漉汗灑地白汗交流伯樂遭之下車攀而哭之[次公]莊子馬蹄篇加之以衡扼齊之以月題疏云月題額上當顱形似月者也

得失秋毫久已冥不須聞此氣崢嶸何妨却伴參寥子無數新詩咳唾成[縯]李白詩咳唾落九天隨風生珠玉[倬]江淹謂郭璞曰子之咳唾成珠玉吐氣作虹霓[任]杜詩汝身已見唾成珠

次韻王庭老退居見寄二首

浪蘂浮花不辨春（次公）退之杏花詩浮花浪蘂鎭長有歸來方識歲寒人（次公）孔子云歲寒然後知松柏之後凋矣回頭自笑風波地閉眼聊觀夢幻身北牖已安陶令榻（任）陶潛云夏月虛閑高卧北牕之下西風還避庾公塵（厚）王導傳時庾亮雖居外鎭而執朝廷之權導內不能平常遇西風塵起舉扇自蔽徐曰元規塵汙人更搔短髮東南望試問今誰裹舊巾

接果移花看補籬（子仁）杜詩牽蘿補屋籬腰鎌手斧不妨持（師）鮑昭樂府詩腰鎌刈葵藿倚杖牧雞豚上都新事長先到（次公）上都班固賦隆上都而觀方國老圃閑談未易欺（次公）論語吾不如老圃醸酒閑門閑社甕殺牛留客解耕縻（子仁）隋末范顒高雅賢謀亂時劉黑闥屛居章南諸將詣之黑闥方種蔬即殺耕牛與之共飲何時得見纖纖玉右手持杯左捧頤（子仁）杜牧之云骰子逡巡裹手拈無因得見玉纖纖

往在東武與人往反作粲字韻詩四首今黃魯直亦次韻見寄復和荅之

符堅破荆州止獲一人半（續）符堅陷襄陽聞習鑿齒釋道安名俱輿而致焉既見與語大悅之以鑿齒蹇

疾與諸鎮書曰昔晉氏平吳利在二陸今破漢南獲士才一人有半耳

中郎老不遇但喜識元歎【次公】吳志顧雍字元歎吳人也後漢蔡伯喈從朔方還嘗避怨於吳雍從學琴書注引江表傳曰伯喈貴異之謂曰卿必成致今以吾名與卿故雍與伯喈同名由此也又引吳錄曰雍字元歎言爲蔡邕之所歎中郎則蔡伯喈爲此官也 今我獨何幸文字厭奇玩又得天下才相從百憂散【續】孟子得天下英才而教育之三樂也 陰求我輩人規作林泉伴寧當侍垂老倉卒收一旦【次公】退之別知賦推知心而難得斷一旦而爲收 不見梁伯鸞空對孟光案【援】後漢梁鴻字伯鸞爲人賃舂每歸妻孟光爲具食舉案齊眉 才難不其然婦女則周亂【續】論語武王曰予有亂臣十人孔子曰才難不其然乎有婦人焉九人而已 世豈無作者於我如既盥【續】謂不欲觀之也孔子曰禘自既盥而往者吾不欲觀之矣 獨喜誦君詩咸韶音節緩夜光一已多矧獲纍纍貫【次公】禮記纍纍乎端如貫珠 相思君欲瘦【次公】杜詩思君令人瘦 不往我真懦吾儕眷微祿寒夜抱寸炭何時定相過徑就我乎館【次公】禮記檀弓篇子夏曰賓客至無所館夫子曰生於我乎館死於我乎殯舊注得誤本云徑就臨平館乃注云臨平山在臨平縣大誤 飄然東南去江水清且暖與君訪名山微言師忍粲【厚】弘忍僧粲禪學之孔【次公】弘忍大師乃五祖也僧粲大

師蓋受度傳法於二祖者也今先生粲字豈別有一粲乎【子仁】杜詩余亦師粲可身猶縛禪寂乃此粲字

次韻田國博部夫南京見寄二首

歲歲翩翩下坂輪【次公】此亦如坂走丸之義也 歸來杏子已生人深紅落盡東風惡【饒】杜牧之詩在風落盡深紅色 柳絮榆錢不當春【次公】謝道蘊言雪云柳絮因風起李賀詩云榆莢相催不知數沈郎青錢夾城路

火冷餳稀杏粥稠【縯】玉燭寶典云寒食煑大麥粥研杏人爲酪別造餳沃之 青裙縞袂餉田頭大夫行役家人怨【師】詩大夫不均我從事獨賢又曰我入自外室人交徧讁我 應羨居鄉馬少游【厚】馬援嘗言曰吾從弟少游嘗哀吾慷慨多大志曰士生一世但取衣食裁足乘下澤車騎款段馬鄉里稱善人足矣

再次韻田國博部夫遠二首

西郊黄土没車輪滿面風埃笑路人已放役夫三萬指史記貨殖傳言僮手指千 從教積雨洗殘春

枝上稀疎地上稠【次公】古詩地上漸多枝上稀樂天詩云枝上稀疎地上多【任】忍看紅糝落墻頭【縯】退之詩始見花落陽春桃枝綴紅糝 風流別乘多才思【縯】唐置別駕爲太守之貳謂之別乘 歸

趂西園秉燭遊[厚]魏文帝詩秉燭夜行遊逍遥步西園又曹植詩清夜遊西園[次公]選詩云晝短苦夜長何不秉燭遊

田國博見示石炭詩有鑄劒斬佞臣之句次韻荅之

楚山鐵炭皆奇物知君欲斫姦邪窟屬鏤無眼不識人[縯]伍子胥以忠諫吳王太宰嚭與子胥有隙因讒之吳王乃賜子胥屬鏤之劒以死[次公]無眼不識人字暗用國志云此箭無眼不識人之語 楚國何曾斬無極[厚]左氏費無極讒王太子建設伍奢父子與郤宛楚人怨甚令尹子常誅之以衆說 玉川狂直古遺民救月裁詩語最眞千里妖蟇一寸鐵地上空愁蟣蝨臣[援]盧仝自號玉川子作月蝕詩云傳聞古老說月蝕蝦蟇精徑圍千里入汝腹汝此癡騃阿誰生又云地上蟣蝨臣仝告訴帝天皇臣有一寸鐵刳妖蟇癡腸

次韻曹九章見贈

蘧瑗知非我所師流年已似手中蓍[縯]莊子蘧伯玉行年六十而六十化曰未知今之所謂是之非五十九非也手中蓍謂四十九也 正平獨肯從文舉[厚]後漢禰衡字正平唯善孔融楊脩嘗曰大兒孔文舉小兒楊德祖餘子碌碌不足數 中散何曾斬孝尼[援]云云嵇康將刑東市顧視日影索琴而彈之曰昔袁

孝尼常從吾學廣陵散吾每靳固之廣陵散於今絕矣賣劍買牛真欲老見山村五絕注得錢沽酒更無疑【厚】杜詩云得錢即相覓沽酒不復疑雞豚異日為同社【援】韓愈詩頗為同社人雞豚燕春秋應有千篇唱和詩

次韻秦太虛見戲耳聾

君不見詩人借車無可載【次公】歐陽永叔詩話云孟郊賈島皆以詩窮至死而平生尤喜窮苦之句孟有移居詩云借車載家具家具少於車乃是都無一物耳留得一錢何足賴【厚】杜詩囊空恐羞澀留得一錢看晚年更似杜陵翁右臂雖存耳先聵【援】杜詩此身飄泊西東右臂偏枯耳半聾人將蟻動作牛鬬【續】晉殷仲堪父師嘗患耳聰聞牀下蟻動謂之牛鬬我覺風雷真一噫【厚】莊子大塊噫氣其名為風聞塵掃盡根性空【續】楞嚴經言人有六根出生六塵不須更枕清流派【援】孫楚謂王濟曰所以枕流欲洗其耳大朴初散失混沌【續】莊子儵忽謂混沌曰人皆有七竅子獨無有日鑿一竅七日而混沌死六鑿相攘更勝敗【次公】莊子心無天遊則六鑿相攘眼花亂墜酒生風口業不停詩有債君知五蘊皆是賊【援】佛書五蘊皆空謂色受想行識也人生一病今先差【次公】病除謂之差言五蘊之中才得耳賊之病除也但

恐此心終未了不見不聞還是礙今君疑我特佯聾次公楚詞茲歷情以陳辭兮蓀佯聾而不聞故作嘲詩窮嶮怪須防額癢出三耳厚太平廣廣記兗州張審通嘗爲泰山府君所召令爲詞判錄中天曹天曹允之府君悅與審通額安一耳既悟覺額癢果生一耳尤更聰俊時號三耳秀才次公張君房脞說載柳眞生三耳事與上同但其人姓名別耳又牛僧孺玄怪錄亦載此事莫放筆端風雨快纘杜詩筆落驚風雨詩成泣鬼神

李公擇過高郵見施大夫與孫莘老賞花詩憶與僕去歲會于彭門折花饋筍故事作詩二十四韻見戲依韻奉荅亦以戲公擇云

汝陽眞天人絹帽著紅槿次公汝陽讓皇帝之子璡也老杜八哀詩云汝陽讓帝子眉宇眞天人王多從明皇爲羯鼓之樂見羯鼓錄云汝陽王璡常戴研絹帽打曲上自摘紅槿置帽上極滑久而方安曲終花不墜以爲能上白花奴姿貌明瑩必是神仙中責墮來也故老杜有眞天人之語纏頭三百萬不買一微哂纘明皇自打羯鼓曲終戲謂八姨曰樂籍今日有幸得供養天人請一纏頭八姨出三百萬爲壽共誇青山峯曲盡花不愼援宋璟曰頭如青山峯取其不動手如白雨點取其碎急此羯鼓之最妙處也詩成天一笑厚玉女投壺天大

爲之笑則電杜詩每蒙天一笑復似物皆春詩成事乃李白嘗於禁中作木芍藥詞三章故也【次公】萬象解寒窘

驚開小桃杏不待雷發軫【續】明皇嘗御小殿取羯鼓縱擊一曲名春光好顧桃花皆拆而笑曰不唤我作天公可乎【次公】借此意以言李白詩章可動造化亦猶汝陽王打羯鼓之妙矣餘波尚涓滴乞與居易

稹【援】白樂天元微之也邇來誰復見前輩風流盡【次公】前輩謂李白與元白也南史張融傳其從弟弔之曰阿兄風流頓盡寂寞兩詩人殘紅對櫻筍【次公】兩詩人指言孫莘老施大夫也櫻筍兩物唐三月宰相有櫻筍廚時爲最盛飢腸得一醉妙語傳不泯君來恨不與

更復相牽引我老心已灰空煩翁餘燼【次公】莊子心若死灰左傳云收合餘燼

天遊照六鑿虛室掃充牣【次公】莊子室無空虛則婦姑勃谿心無天遊則六鑿相攘選珠幣充牣懸

知色竟空【厚】佛書云色即是空那復嗜烏吻【續】烏吻即烏喙也蘇秦云飢人所以飢而不食烏喙爲其愈充腹而與餓死同患也蕭然一方丈居士老龐蘊【續】方丈使維摩詰也居士龐蘊問馬祖言下頓悟

散花從滿祴不荅天女問見坐上賦戴花注故人猶故目怨句寫餘

恨【子仁】退之詩頻蒙怨句刺棄遺疑我此心在遯防費欄楯應虞巳斃蛇折

尾時一蠢【次公】倣杜詩義鶻行之言蛇曰折尾能一掉仄聞孟光賢不學敻仲忍

續孟光梁鴻之妻 援王敦字處仲嘗荒恣於色左右諫之敦曰此甚易耳乃開後閤驅諸妾數十人並放出之寄招應已足左右侍雲鬟任詩鬟如雲何時花月夜羊酒謝不敏續退之詩買羊沽酒謝不敏偶逢明月曜桃李此生如幻耳戲語君勿愠應同亡是公一對子虛听厚司馬相如子虛賦假亡是公子虛烏有先生爲名子虛與亡是公言楚獵之事亡是公听然而笑

和孫同年卞山龍洞禱晴

吳興連月雨信民吳興統記歸命侯寶鼎元年分吳郡之烏程永安餘杭臨水陽羨五縣及丹陽郡之故鄣安吉原鄉於潛四縣合九縣立吳興郡釜甑生魚蛙續范丹傳甑中生塵范史云釜中生魚范萊蕪往問卞山龍曷不安厥家梯山上巉絕俯視驚谽谺次公谽音虛咸切谺音火加切空谷也神井湧雲蓋陰崖垂蘚花交流百道泉赴壑走群蛇不知落何處子仁古詩飛泉何處落隱隱如繅車我來叩石戶飛鼠翻白鴉厚李白詩仙鼠如白鴉子仁按太白詩序云荊州玉泉寺近清溪諸山山洞往往有乳窟窟中多玉泉交流中有白蝙蝠大如鴉按仙經蝙蝠一名仙鼠千歲之後白如雪棲則倒懸寄語洞中龍睡味豈不嘉厚莊子驪龍頷下有珠得之者必遭其睡也雨師少弭節雷師亦停檛積水得反壑稻苗出泥沙農夫免

菜色龍亦飽豚蝦〔安國〕樂天黑潭龍樂府云假託神龍食豚盡垂泉之下龍知無看君擁黃紬

高臥放早衙〔續〕世傳太祖皇帝謂一縣令曰謹勿於黃紬被底放衙〔厚〕文潞公爲揄次縣令嘗題詩縣樓鼓云置向譙樓一任撾撾多撾少不知他如今幸有黃紬被努出頭來放早衙蓋用本朝故事云

次韻孫祕丞見贈

感槩清衷似變風老於詩句耳偏聰〔次公〕郄師有耳聰之疾聞蟻動如牛鬬迂踈自笑成何事冷淡誰能用許功〔次公〕白樂天醉中欲罷聯句曰笙歌鼎沸勿作冷淡生活不怕飛蚊如立豹肯隨白馬過垂虹吟哦相對忘三伏擬泛冰溪入雪宮湖州多蚊豹脚尤毒垂虹吳江亭名〔無逸〕吳郡圖經云慶曆八年縣尉王廷堅建橋有亭曰垂虹〔次公〕世謂湖州爲水精宮言其四面皆水又齊宣王見孟子於雪宮

次韻周開祖長官見寄〔倬〕開祖名郯元豐二年知湖州時作

俯仰東西閲數州老於歧路豈伶優初聞父老推謝令〔厚〕鄧攸去郡不受一錢百姓數千人留牽攸船不得進乃小停夜中發去吳人歌之曰紞如打五鼓雞鳴天欲曙鄧侯挽不來謝令推不去旋見兒童迎細侯〔續〕後漢郭伋字細侯爲并州牧始至行部到西河美稷有兒童數百各騎竹馬道次拜迎政拙

年年祈水旱【子仁】唐陽城云撫字心勞科須政拙民勞慰勮避嘲謳河吞巨
野那容塞【倬】溝洫志孝武元光中河決於瓠子東南注鉅野通於淮泗上使汲黯鄭當時興人徒塞之輒復壞衰盜入
蒙山不易搜仕道固應慙孔孟【續】孟子曰然則孔子之仕也非仕道與曰仕道也扶顛
未可責由求【次公】論語季氏將伐顓臾冉有季路見於孔子孔子曰危而不持顛而不扶則將焉用彼相矣【師】按公詩案招
此詩言遷徙數州老於道途所至常遇水旱盜賊數起皆新法不便所致以譏諷當今所失而執政三四大臣不能扶正其顛仆也漸謀
田舍猶懷祿未脫風濤且傍洲囷囷可憐真喪狗【厚】史記孔子世家孔
子適鄭與弟子相失獨立郭東門或謂子貢曰東門有人纍纍然若喪家之狗【子仁】退之送郭佑序云今人適數百里出門囷囷有離別可怜
之色時時相觸是虛舟【續】莊子有虛船來觸舟揭來震澤都如夢只有
苕溪可倚樓【次公】震澤指言太湖苕溪則言湖州矣齋釀酸甜如蜜水樂工零
落似風飄遠思顏柳并諸謝【厚】晉謝安謝萬宋謝莊梁柳惲唐顏真卿皆爲吳興太守近憶
張子野陳令舉與老劉孝叔風定軒牕飛豹脚【倬】湖州多蚊豹脚者尤毒雨餘
欄檻上蝸牛舊遊到處皆蒼蘚同甲惟君尚黑頭憶昔
湖山共尋勝相逢杯酒兩忘憂醉看梅雪清香過夜掉

風船駭汗流百首共成山上集三人俱作月中遊〔次公〕李白詩舉杯邀明月對影成三人海南未起垂天翼〔縝〕莊子鵬之背不知其幾千里怒而飛其翼若垂天之雲澗底仍依徑寸麻〔次公〕左太冲詩云鬱鬱澗底松離離山上苗以彼徑寸莖蔭此百尺條已許秋風歸過我豫憂詩筆老難醻此生歲月行飄忽〔次公〕劉勰文心雕龍云歲月飄忽性靈不居晚節功名亦謬悠〔次公〕莊子謬悠之說犀首正緣無事飲〔厚〕史記陳軫見犀首曰公何好飲也曰無事也曰吾請令公厭事可乎馮驩應爲有魚留〔縝〕史記孟嘗君傳馮驩彈劍鋏而歌曰長鋏歸來乎食無魚孟嘗君遷之幸舍食有魚矣從今便踏青州麴薄酒知君笑督郵〔次公〕世說桓溫有主簿善別酒好者謂青州從事惡者謂平原督郵青州有齊郡平原有鬲縣從事謂到齊督郵言在鬲上住也

次韻答孫侔

十年身不到朝廷欲伴騷人賦落英〔縝〕離騷經云朝飲木蘭之墜露兮夕餐秋菊之落英但得低頭拜東野〔厚〕韓愈詩低頭拜東野願得終始如駏蛩東野不回頭有如寸莛撞鉅鐘不辭中路伺淵明〔援〕陶潛傳王弘每令人候之密知其當往廬山乃遣其故人龐通之等齎酒先於半道要之潛既遇酒先引酌野亭欣然忘進艤舟苕霅人安在〔厚〕苕霅湖州二水〔堯祖〕苕溪屬杭州餘杭霅溪屬湖州二水源皆自天目山〔十朋〕唐

隱逸傳云張志和云願爲浮家泛宅往來苕霅間卜築江淮計已成千里論交一言足次公千里論交即嵇康呂安每一相思千里命駕也與君蓋亦不須傾續傾蓋而語孔子與程子相遇厚鄒陽書諺曰有白頭如新傾蓋如故何則知與不知也

重寄

凜然高節照時人不信微官解浼君蔣濟謂能來阮籍續阮籍傳太尉蔣濟聞籍有雋才而辟之籍詣都亭奏記求免初濟恐籍不至得記欣然遣卒迎之而籍已去濟大怒於是鄉親共喻之乃就吏後謝病歸薛宣直欲吏朱雲厚宣爲丞相朱雲往見之宣備賓主禮因從容謂雲曰在田野亡事且留我東閤可以觀四方之奇士雲曰小生乃欲相吏邪宣不敢復言好詩衝口誰能擇俗子疑人未遣聞乞取千篇看俊逸不將輕比鮑參軍援鮑昭字明遠文辭贍逸爲臨海王子頊前軍參軍杜甫憶李白詩清新庾開府俊逸鮑參軍厚鮑明遠詩鍾嶸曰鮑參軍詩如野鶴對雲良馬走埸俊逸奔放

次韻樂著作野步

老來幾不辨西東秋後霜林且強紅次公白樂天詩云醉皃如霜葉雖紅不是春眼暈見花眞是病次公佛書云空本無花病者妄見耳虛聞蟻定非聰續晉書殷仲堪

（傳父嘗患耳聰聞牀下蟻動謂之牛鬭也）酒醒不覺春強半睡起嘗驚日過中（厚 論語子路從孔子而後遇丈人以杖荷蓧子路問曰子見夫子乎丈人曰四軆不勤五穀不分孰爲夫子植其杖而芸子路拱而立止子路宿殺雞爲黍而食之）植杖偶逢爲黍客披衣閑詠舞雩風（次公 曾點曰浴乎沂風乎舞雩詠而歸）仰看落蘂收松粉俯見新芽摘杞叢楚雨還昏雲夢澤吳潮不到武昌宮（黃州對岸武昌縣有孫權故宮）廢興古郡詩無數寂寞閑窻易粗通解組歸來成二老風流它日與君同（縯 老杜與賛上人詩與子成二老來往亦風流）

次韻荅子由

平生弱羽寄衡風（次公 柳子厚詩翻愁弱羽上月霄又文選衡風起兮橫波 子仁 傳云衡風之末不能起弱羽）此去歸飛識所從好語似珠穿一一妄心如膜退重重山僧有味寧知子（縯 杜牧之詩家住城南杜曲傍一枝月桂兩回芳山僧却未知名姓始覺空門氣味長）瀧吏無言只笑儂（厚 退之南遷下樂昌瀧作瀧吏詩往問瀧頭吏潮州尚幾里行當何時到土風復何似瀧吏垂手笑官何問之愚譬如官京邑何由知東吳潮州底處所有罪乃竄流儂幸無負犯何由到而知）尚有讀書清淨業未容

春睡敵千鍾

和何長官六言次韻五首

作邑君眞伯厚 **[縯]** 後漢朱震字伯厚初爲州從事奏濟陰太守單匡臧罪并連匡兄中常侍車騎將軍超桓帝收匡下廷尉以讉超超詣獄謝三府諺曰車如雞栖馬如狗疾惡如風朱伯厚 去官我豈曼容 **[厚]** 兩龔其傳云琅琊邴漢兄子曼容養志自修爲官不肯過六百石輒自免去

一廛願託仁政 **[縯]** 孟子陳相踵門而告滕文公曰聞君行仁政願受一廛而爲氓 六字難賡變風

五噫已出東洛 見和邵同年戲贈賈秀才詩注 三復頗比南容 **[縯]** 論語南容三復白圭 學道未從潘盎 南海謂任爲盎潘近世得道者也 **[堯卿]** 按本朝元祐中廣原儂智高率衆陷邕州又將襲廣南諸郡賊至梧州有潘盎者弃妻子服儒衣常持一大翣行坐獨語南越謂愚盎儂賊聞其異召而問之曰吾形貌何如盎曰汝一賊也他無所類又問梧州幾日可陷曰百年亦不可陷又曰吾欲據此城以有南越如何曰汝將斬頭豈能有越邪賊怒害之 草書猶似揚風 揚凝式也

石渠何須反顧 **[次公]** 漢有石渠署典校祕書先生初直文館出倅杭州自杭州知密州自密徙徐自徐徙湖以詩得罪以黃州團練副使安置 水澤幸足相容 長江大欲見庇 採支八月凉風 **[次公]** 採文字是官物官錢有此名此亦戲言之矣

清風初號地籟【編】莊子地籟則衆竅是矣明月自寫天容貧家何以娛客

但知抹月批風【次公】饌食者有批有抹抹月批風又戲言之

青山自是絕世無人誰與爲容【次公】詩豈無膏沐誰適爲容又杜荀鶴詩承恩不在皃教妾若爲容

說向市朝公子何殊馬耳東風【厚】李白詩世人聞此皆掉頭有如東風吹馬耳

次韻子由病酒肺疾發

憶子少年時肺喘疲坐卧咳呀或終日勢若風雨過虛陽作浮漲客冷仍下墮【次公】下墮字素問有云令人下隊墜下墜即下墮言氣墜於下也妻孥恐悵望瞻灸不登坐【次公】退之去妻兒恐我生悵望盤中不飣栗與梨終年禁晚食半夜發清餓胃強萬苦滿肺斂腹輒破三彭恣啖齧【編】山人謂僧契虛曰能伐三彭之仇乎【邦衡】唐秦先生去三尸法云上尸彭琚居人頭中中尸彭質在人腹中下尸彭矯在人足中狀如小兒有須毛人既死遂作鬼耳二豎肯逋播【厚】左傳晉景公疾求醫于秦秦使醫緩爲之未至公夢疾爲二豎子曰彼良醫也懼傷我焉逃之其一曰居膏之上肓之下若我何寸田可治生【次公】道家有云尺宅寸田寸田以言丹田也誰勸耕黃犢方田謂上腴爲黃犢探懷得真藥不待君臣佐【編】本草藥有君臣佐使處方者當一君二臣三佐五使

初如雲化積漸作櫻珠大【厚】老子節解曰唾者溢爲醴泉聚爲玉漿流爲華池散爲津液降爲甘露漱以咽之既藏潤身以流百脈化養方神支節毛髮堅固長春【次公】此唾咽漱法也舊注所引雖不關涉詩句中字而其意則是隋墻聞三嚥【次公】退之詩隋墻聞歡呼又孟子言於陵仲子三嚥然後耳有聞目有見隱隱如轉磨自茲失故疾陽唱陰輒和神仙多歷試中路或坎坷平生不盡器【次公】何遜渴賦云飲不盡器痛飲知無奈【次公】杜詩痛飲眞吾師舊人眼看盡老伴餘幾箇殘年一斗粟待子同舂簸【援】漢文帝時淮南王長謀反廢死民歌曰一尺布尚可縫一斗粟尚可舂兄弟二人不相容云何不自珍醉病又一挫眞源結梨棗【續】許遠遊與王逸少書曰夫交梨火棗者是飛騰之藥也君侯若能翦除荊棘絶去人我泯是非則二樹生君心中矣亦能開花結實華茂枝繁食之一枚則景光萬里【次公】眞誥云交梨火棗樹已生君心中也世味等糠莝【次公】莝音千卧切注曰斬芻也史記范雎之辱須賈坐之堂下置莝豆其前令兩黥徒夾而馬食之耕耘當待穫願子勤自課相將賦遠遊【次公】屈原有遠遊賦其畧云悲世俗之迫隘兮願從子而遠遊仙語不用些【續】些楚辭出宋玉賦皆以些爲文

杭州故人信至齊安

昨夜風月清夢到西湖上【子仁】先生荅陳師仲書云軾於錢塘人有何恩意而其人至今見念軾亦一歲

率常四五夢至西湖上此殆世俗所謂前緣者此詩蓋紀實也**朝來聞好語**【次公】李賀云沙路歸來聞好語**叩戶**
得吳餉輕圓白曬荔肥釀紅螺醬更將西庵茶勸我洗江
瘴故人情義重說我必西向一年兩僕夫千里問無恙【續】風俗通云噬虫曰恙古者人多野宿爲恙所嚙故早相見必相勞問曰無恙乎【子仁】退之書云問無恙外不暇出一語且先賀其得賢主人**相期**
結書社故人相約釀錢雇僕夫一歲再至黃**未怕供詩帳**僕項以詩得罪有司移杭取境內所留詩杭州供數百首謂之詩帳**還將夢魂去一夜到江漲**江漲杭州橋名【養源】圖經云錢塘縣江漲橋去縣八里

和王鞏六首並次韻【次公】王定國謫賓州有詩寄先生先生和之

君談陽朔山【次公】先生第四篇云賓州在何處爲子上棲霞則定國之謫在賓州矣今云陽朔山則桂州有陽朔縣而地志於臨桂縣湘水注云於陽朔則觴爲之舟至洞庭若日月出入其中按九域志賓州西至本州界九十三里自界首至象州二百里象州東至本州界九十里自界首至桂州三百五十五里自賓州象自象而桂凡七百三十八里若是則陽朔山蓋廣西之名山其亘歷之長乎**不**
作一錢直【次公】灌夫謂灌賢曰平生毀程不識不直一錢**巖藏兩頭虺瘴落千仞翼**
雅宜驩兜放【次公】書云放驩兜于崇山注崇山南裔蹤云禹貢無崇山不知其處蓋衡嶺之南也**頗訝虞舜**
陟【續】舜南巡狩死於蒼梧之野而葬於九疑九疑在今道州寧遠縣【子仁】書云舜陟方乃死**暫來已可畏覽鏡**

憂而[illegible]己十三年四[illegible]霧變飲食吉人終不死仰荷天地

德我來黃崗下欹枕江流碧江南武昌山【次公】武昌縣在黃州之對岸屬鄂州

向我如咫尺春蔬黃土軟凍筍蒼崖拆此行我累君乃反

得安宅遥知丹穴近爲斸岣嶁石【厚】晉葛洪傳洪以年老欲鍊丹聞交趾出丹求爲句漏令曰非欲爲榮以有丹耳【次公】指言桂州之出丹也特借岣嶁山以比桂州【少雲】按先生與王定國書云賓去桂不甚遠朱砂差易致不可不留意也

他年分刀圭名字挂仙籍君許惠桂州丹砂

少年帶刀劍【縯】淮陰少年侮韓信曰雖長大好帶劍刀怯耳但識從軍樂【次公】王粲有從軍詩五篇其一曰從軍有苦樂但聞從者誰又退之郾城聯句李正封云從軍古云樂

老大服犁鋤解佩付鎔鑠【次公】解佩字即龔遂令民賣劍買牛賣刀買犢曰何爲帶牛佩犢

雖無獻捷功會賜力田爵【厚】左傳齊侯來獻戎捷又漢有孝弟力田之科

敲冰春擣紙刈葦秋織箔櫟林斬冬炭竹塢

收夏簙四時俯有取【次公】史記孔氏起富至巨萬然家自父兄子孫約俯有拾仰有取一飽天

所酢君非紈翁間【次公】所謂綺紈公子也欲學非其脚【倬】事有非素所諳習而譏爲之諺云不是脚此語蓋使方言耳左右玉攕攕【次公】玉攕攕宮手也詩曰摻摻女手攕與摻同音師咸切束薪

誰爲縛勿令聞此語翠黛顰將惡【次公】顰音普經切楚辭遠遊章句云玉色顰以豔顏兮精神粹而始壯又柳子厚謫龍説云罣州郊亭有奇女墜地光燁然少年駭且悦之稍狎焉奇女顰爾怒 笑我一閒茆婦

姑紛六鑿【績】莊子室無空虛則婦姑勃谿心無天遊則六鑿相攘

欲結千年實先催二月花故教窮到骨【子仁】杜詩已許徵求貧到骨更思戎馬淚盈巾

要使壽無涯久已逃天網【厚】老子天網恢恢踈而不漏 何須服日華【績】道家養生有服日精月華法

賓州在何處爲子上棲霞樓名【子仁】按今東坡爲有棲霞樓又本朝閭丘太守孝終公顗嘗守黃州作棲霞樓爲郡中之絕勝

鄰里有異趣何妨傾蓋新【績】鄒陽曰白頭如新傾蓋如故 殊方君莫厭數

面自成親【次公】陶淵明荅龐參軍詩序諺云數面成親況情過此者乎 默坐無餘事回光照

此身他年赤墀下玉立看垂紳【師】桓温表杭節玉立誓不降辱杜甫謝太常卿趙公大食刀歌趙公玉立高歌起攬環結佩相終始

平生我亦輕餘子【厚】禰衡云大兒孔文舉小兒楊德祖餘子碌碌不足數 晚歲人誰念此

翁巧語屢曾遭薏苡【績】後漢馬援在交趾常餌薏苡實用能輕身省慾軍還載之一車及卒人有譖之者

以爲前竹戲逐皆明珠絡纟**庚辭耶，復託芎藭**〔厚〕左傳宣十二年冬楚子伐蕭遂傅於蕭蕭大夫還無社與司馬卯言號申叔展叔展曰有麥麴乎曰無有山鞠窮乎曰無河魚腹疾柰何〔次公〕按注云麥麴鞠窮所以禦濕欲使無社逃泥水中無社不解故曰無軍中不敢正言故謬語今所謂庚辭廋者隱也鞠窮即芎藭曰〔子仁〕廋字出唐書許紹傳紹曾孫欽明爲梁州都督爲突厥所執與皆至靈州使說之降欽明至城下呼曰我之食有美醬乎有梁米乎并乞墨一枚而城中無寤其廋者遂見害**子還可責同元亮**〔次公〕陶潛一字元亮潛有責子詩**妻却差賢勝敬通**〔次公〕馮衍字敬通其妻極悍衍有書與妻兄絶之而**若問我貧天所**劉孝標云子與敬通三同不遇一同也剛直二同也馮有忌妻自操井臼予亦悍妻家道坎軻三同也**賦不因遷謫始囊空**〔次公〕杜詩囊空恐羞澀留得一錢看**君家玉臂貫銅青**〔次公〕銅青所染衣服顏色之名〔倬〕杜詩香霧雲鬟濕清輝玉臂寒又本草銅青銅器上緑色是以銅青爲臂飾耳**下客何時見目成**〔次公〕屈原九歌之少司命曰滿堂兮美人忽獨與余兮目成注獨與我睨而相望成爲親也**勤把鉛黄記宮樣**〔演〕韋應物詩高髻雲鬟宮樣粧**莫教絃管作蠻聲**，**薰衣漸歎衙香少**〔英父〕香譜載唐化度寺及雍文徹郎中二衙香法**擁髻遥憐夜語清**〔堯卿〕伶元傳字子于買妾樊通德有才色頗能言趙飛燕姊妹故事子于閑居命言之厭厭不倦子于語通德曰斯人俱灰滅矣當時疲精力馳騖嗜慾蠱惑之事寧知終歸荒田野草乎通德卷袖頤視燭影以手擁髻悽然泣下不勝其悲子于亦然**記取**

北歸携過我南江風浪雪山傾君自南江赴任不一過我

次韻陳四雪中賞梅

臘酒詩催熟寒梅雪鬬新杜陵休歎老【子仁】杜甫和裴迪逢早梅相憶詩云東閣官梅動詩興又云此時對雪遥相憶又云江邊一樹垂垂發朝夕催人自白頭子美詩中自稱杜陵野老韋曲已先春【厚】杜詩韋曲花無賴家家惱殺人渌樽須盡日白髮好禁春獨秀驚凡目【子仁】陳謝燮早梅詩云迎春故早發獨自不疑寒畏落衆花後無人別意看古樂府云花艷驚郎目遺英卧逸民【師】以梅之標格孤高譬言逸民也【堯卿】此疑若不使事而乃使事謂袁安雪中高卧耳遺逸之士謂之逸民高歌對三白【次公】三白以言雪西人語曰要冝麥見三白言三次見雪也遲莫慰安仁【續】潘岳字安仁自言弱冠涉于知命之年八徙官一進階再免一除名一不拜職遷者三而已雖通塞有命抑亦拙之效也乃作閑居賦其畧曰人生安樂孰知其他【次公】楚詞傷美人之遲暮

和子由題孔平仲草庵次韻

逢人欲覓安心法見寄劉孝叔詩到處先爲問道庵盧子不須從若士【次公】淮南子盧敖遊乎北海遇若士敖自謂觀乎六合之外若士舉臂而聳身遂入雲中敖嘆曰吾比夫子猶黃鵠之與壤蟲不亦悲哉蓋公當過曹參【援】曹參聞膠西有蓋公善治黃老言使人厚幣請之既見蓋公爲言治道貴清靜而民自定推

此類見言之八參於是避正堂今名焉善言美玉經三火續淮南子鍾山之玉灼以鑪炭三日三夜色澤不變得天地之精也次公白樂天詩大圭廉不割利刀用不缺當其斬馬時良玉不如鐵置鐵在洪鑪炭消易如雪良玉同其中三日燒不熱笑我

枯桑困八蠶續日南一歲八蠶左思吳都賦云國稅再熟之稻鄉貢八蠶之絲厚李賀春園詩長腰健婦貪攀折將餵吳王八蠒蚕俞益期牋曰日南蚕八熟蠒軟而薄猶喜大江同一味故應千里共清甘

次韻答元素余舊有贈元素云天涯同是傷流落元素以爲今日之先兆且悲當時六客之存亡六客蓋張子野劉孝叔陳令舉李公擇元素與余也

不愁春盡絮隨風綜劉禹錫詩春盡絮飛留不得隨風好去落誰家但喜丹砂入頰紅流落天涯先有讖次公白樂天琵琶行云同是天涯流落人相逢何必曾相識摩挲金狄會當同見鐵拄杖詩注蘧蘧未必都非夢次公莊子莊周夢爲胡蝶栩栩然胡蝶也俄然覺則蘧蘧然周也了了方知不落空子仁傳燈錄越州慧海禪師有律師問禪師家多落空師曰紙墨文字空設坐主執滯豈不落空莫把存亡悲六客已將地獄等天宮次公圓覺經言地獄天宮俱爲淨土

次韻孔毅父集古人詩見贈五首堯卿毅父名武仲

羨君戲集古人詩，指呼市人如使兒。〔次公〕市人字亦驅市人而戰之意。天邊鴻鵠不易得，便令作對隨家雞。〔次公〕庾翼能書而心不服王羲之，諸子但學王書，翼曰兒輩憎家雞愛野鶩。〔堯卿〕集古詩，前古未有，王介父始盛爲之，多者數十韻，蓋以誦古人詩多，或座中率然而成，往往對偶親切，其後人多有效之者，但取數十部詩聚諸家之集耳，故公此詩美之，亦微以譏之耳。蓋市人不可使之如兒，鴻鵠不可與家雞爲對，猶古人詩句有美惡工拙，其初各有思致，豈可混爲一律邪。退之驚笑子美泣，問君久假何時歸。〔續〕孟子曰：五伯假之也，久假而不歸，烏知其非有也。世間好句世人共，〔子仁〕歐陽文忠公誦文與可詩，去此非與可詩，世間元有此句，與可拾得耳。明月自滿千家墀。

紫駝之峯人莫識，〔續〕杜詩：紫駝之峯出翠釜。漢書：大月氏出一封槖駝，顔師古曰：脊上有一封，隆高，俗呼封牛。雜以雞豚眞可惜。今君坐致五侯鯖，〔厚〕西京雜記：五侯不相能，賓客不得往來，婁護豐辯，傳會五侯間，各得其歡心，競致奇膳，護乃合以爲鯖，世稱五侯鯖，以爲珍味。盡是猩唇與熊白。〔次公〕呂氏春秋曰：肉之美者，猩猩之唇。張協七命曰：封熊之掌，翰音之跖，燕髀猩唇，髦殘象白。熊白，即如謂象白也。〔師〕李賀大堤曲：郎食鯉魚尾，妾食猩猩唇。又孟子曰：熊掌亦我所欲也。路旁拾得半段槍，〔援〕譚賓錄：唐哥舒翰捍吐蕃，賊衆三道從山相續而下，翰持半段折槍當前，之無不披靡。何必開爐鑄矛戟。用之如何在我耳，入手當令君喪魄天下學杜甫【注】杜詩天下幾人畫古松 誰得其皮與其骨【厚】傳燈録達磨傳法命門人各言所得道副曰汝得吾皮尼總持曰汝得吾肉道育曰汝得吾骨最後慧可依位而立師曰汝得吾髓仍付法【次公】晉史言學書云胡昭得張芝骨索靖得其肉韋誕得其筋此方有得其兩字之勢舊注所引雖有皮骨字都是得吾兩字非此矣 劃如太華當我前跛牂欲上驚崷崒【續】韓非子太山之高百仞而跛牂牧其上凌遲故也 名章俊語紛交衡無人巧會當時情前生子美只君是信手拈得俱天成【次公】禪家言信手拈來又韓退之上于頔書渾然天成無有畔岸 詩人雕刻閑草木【次公】彫刻字莊子覆載天地彫刻衆形 搜抉肝腎神應哭【次公】退之詩不用彫琢愁肝腎【堯功】贈君頭作字神鬼夜哭李太白作烏棲曲賀知章見之云此詩可以泣鬼神矣 不如默誦千萬首左抽右取談笑足【次公】詩云左旋右抽 夜吟石鼎聲悲秋可憐好事劉與侯【續】退之石鼎聯句序云劉師服侯喜與道士軒轅彌明同宿喜夜與師服説詩視彌明若無人彌明忽軒衣張眉指爐中石鼎曰子云能詩能與我賦此乎劉即援筆題其首句傳與喜喜道士啞然笑即抽手竦肩倚吟初不經意詩旨幾喜二子每營度欲出口吻聲益悲竟亦不能奇 何當一醉百不問我欲眠矣君歸休【厚】陶潛爲彭澤令郡遣督郵至吏白應束帶見之潛歎曰吾不能爲五斗米折要拳事鄉里小人即日解印賦歸去來

膏明蘭臭俱自焚【次公】漢書兩龔傳龔勝死有老父來弔哭甚哀既而曰嗟乎薰以香自燒膏以明自銷龔生竟夭天年非吾徒也象牙翠羽殘其身【續】左傳象有齒以焚其身賄故也【次公】翠羽言翡翠之羽也洛神賦云或采翠羽多言自古爲數窮【厚】老子多言數窮不如守中微中有時堪解紛【援】太史公言談微中可以解紛癡人但數羊羔兒不知何者是左慈【續】曹操欲殺左慈逐慈於陽城山頭遂入羊羣操知不可得乃令就羊中告之曰不復相殺本試君術耳忽有一老羝屈前兩膝人立而言曰遽如許即競往赴之而羣羊數百皆變爲羝並屈前膝人立曰遽如許遂莫知其所取焉千章萬句卒非我急走捉君應已遲

次韻子由種杉竹【子仁】按子由東軒記云闢聽事之東爲軒種杉二本竹百个以爲宴休之所云

吏散庭空雀噪簷閉門獨宿夜厭厭【子仁】夜飲厭厭似聞梨棗同時種見前子由病酒詩注應與杉篁刻日添糟麴有神薰不醉【續】懷寶至楊羔舅家賜薰肌酒一杯曰此酒栢奉草所造亦云千歲藥也雪霜相誇健巧相沾先生坐待清陰滿空使人人歎滯淹

次韻[illegible]南遷初歸二首【堯卿】鞏字定國文正公旦之孫懿敏公素之子元豐年中

坐東坡事貶賓州監局三年還

問君謫南賓治葛食幾尺【縯】曹操枕刀習毒啖野葛至一尺逢人瘴髮黃入市胡眼碧【堯卿】嶺南人瘴癘所感則鬢髮皆黃其眼皆作胡人碧色風土使然也三年不易過坐睨倚天壁【師】倚天壁謂村嶺也歸來貌如故妙語仍破鏑那能發詩酒亦未妨禪寂【師】維摩詰云以善方便毗耶離一心禪寂攝諸亂意頗爲尚書郎還賜尚方舄賜舄見將往終南詩注江家舊池臺脩竹出一尺【次公】劉禹錫詩青松鬱成塢脩竹盈尺園歸來萬事非惟見秦淮碧【縯】劉禹錫江揔宅詩南朝詞臣北朝客歸來唯見秦淮碧秦淮在江寧府平生痛飲處遺墨鵶棲壁西來故父客金印雜鳴鏑三槐老更茂【厚】三槐王定國家本事其祖祐手植三槐於庭曰吾子孫必有爲三公者其後子旦果相真宗花絮春寂寂中微未可料家廟藏赤舄【援】詩赤舄几几言周公也定國相門之後

孔毅父以詩戒飲酒問買田且乞墨竹次其韻

酒中真復有何好孟生雖賢未聞道【縯】晉書桓溫問孟嘉曰酒有何好而卿嗜之嘉

曰公未得酒中趣耳醉時萬慮一掃空醒後紛紛如宿草【次公】退之詩云數杯澆腸雖暫醉皎皎萬慮醒還新十年揩洗見真妄石女無兒焦穀槁【厚】維摩詰言如焦穀芽如石女兒此身何異貯酒缾滿輒予人空自倒武昌痛飲豈吾意性不違人遭客惱【師】嵇康幽憤詩性不違物頻致怨憎君家長松十畝陰借我一庵聊洗心我田方寸耕不盡【師】五代馮瀛王詩但存方寸地留與子孫耕【厚】黃庭經言寸田尺宅可治生也何用百頃糜千金枕書熟睡呼不起好學憐君工雜擬【次公】文選有雜擬詩如陸士衡擬古詩何陽源有效古詩也且將墨竹換新詩潤色何須待東里【任】論語東里子產潤色之

生日王郎以詩見慶次其韻并寄茶二十一片【任】元豐五年黃州作

折楊新曲萬人趨【演】莊子大聲不入於俚耳折楊皇華則嗑然而笑獨和先生于蔿于【厚】唐文元德秀爲魯山令明皇在東都命三百里守令各以聲樂集河內太守輦優伎被錦綉德秀惟樂工數十人聯袂歌于蔿于于蔿于者德秀所制曲也帝曰真賢人之言哉但信櫝藏終自售【續】論語有美玉於斯韞櫝而藏諸求善價而沽諸

豈知盌脫本無橅[次公]武后時人之言曰浥推侍御史盌脫校書郎[秦]唐蘇頲草詔吏白曰請公徐之不然手腕脫矣趨從冰瘦來游宦[援]衛玠妻父樂廣有重名議者以爲婦翁冰清子壻玉潤[次公]王郎王子立也爲子由壻故云耳肯伴臞仙亦號儒[厚]司馬相如大人賦序以爲列仙之儒居山澤間形容甚臞此非帝王仙意也乃作大人賦

棠棣並爲天下士[縯]棠棣以譬兄弟詩棠棣燕兄弟也[厚]史記新垣衍再拜謝魯仲連曰始以先生爲庸人吾乃今日知先生爲天下之士也芙蓉曾到海邊郛[次公]世傳王子立之兄子高與仙人周瑶英遊芙蓉城見先生本詩

不嫌霧谷埋松栢終恐虹梁荷棟桴[厚]桴屋棟也班固西都賦因瓌材而究奇抗應龍之虹梁列棼橑以布翼荷棟桴而高驤[次公]班彪王命論亦云楶棁之材不荷棟梁之任

高論無窮如鋸屑[援]晉胡毋輔之傳字彦國王澄嘗與人書曰彦國吐佳言如鋸木屑霏霏不絕小詩有味似連珠[次公]連珠文章一種名晉傅玄叙連珠云所謂連珠者興於漢章帝之世班固賈逵傅毅三子受詔作之而蔡邕張華之徒又廣焉其文躰詞麗而言約不指說事情必假喻以達其旨而賢者微悟合於古詩勸興之義欲使歷歷如貫珠易覩而可悅故謂之連珠也

感君生日遥稱壽祝我餘年老不枯未辦報君青玉案[縯]張衡四愁詩美人贈我錦綉段何以報之青玉案建溪新餅截雲腴

王狀元集百家注分類東坡先生詩卷之十八

王狀元集百家注分類東坡先生詩卷之十九

酬荅下

詩一百四十三首

次韻道潛留别

爲聞廬岳多真隱故就高人斷宿攀〔次公〕宿攀宿願所攀慕也已喜禪心無别語尚嫌剃髮有詩斑〔任〕唐僧詩有髮爲作詩斑異同更莫疑三語〔縯〕晉王戎問阮瞻曰聖人貴名教莊老明自然其旨同異瞻曰將無同戎咨嗟良久即命辟之時人謂之三語掾物我終當付八還〔厚〕楞嚴經佛言明還日輪暗還黑月通還户牖壅還墻宇緣還分别頑虚還空鬱𡋯還塵清明還霽世間一切所有不出斯類汝見八種見精明性當欲誰還到後與君開北户舉頭三十六青山〔次公〕三十六峯以言嵩高山

次韻葉致遠見贈

欲求五畆寄樵蘇〔次公〕左太冲魏都賦樵蘇往而無忌注樵木蘇草也〔蘇〕漢書樵蘇後爨注樵取薪也蘇取草也到處留題似賈胡〔縯〕後漢馬援征五溪水疾船不得上耿舒與兄弇書曰伏波類西域賈胡到處輒止以是失利[illegible]命[illegible]歌去汝〔厚〕詩逝將去汝適彼樂土逢人未免歎猶吾〔援〕論語崔子弒齊君

[illegible]十乘弃而違之至[illegible]曰猶吾大夫崔子也人皆讙我杯中物【續】陶詩天運苟如此且進杯中物【子仁】[illegible]邦[illegible]喜[illegible]賀監詩昔好杯中物今爲松下塵【倬】吳衎好飲後醉語權[illegible]遂[illegible]阮宣命飲衎曰近斷飲宣以拳毆其背曰看看老逼癡漢忍斷杯中物邪抑而飲之我獨憐君屋上烏【續】武王克殷問曰將奈其士衆何太公曰愛其人者兼屋上之烏杜詩主人屋上烏烏好人亦好一技文章何足道【厚】杜詩文章一小技於道未爲尊要言摩詰是文殊【師】佛告文殊師利汝行詣維摩詰問疾文殊師利言彼上人者難爲酬對深達實相善說要法【堯卿】維摩詰經曰文殊師利問維摩詰我等各自說已仁者當說何等是菩薩入不二法門時維摩詰默然無言文殊師利嘆曰善哉善哉乃至無有文字語言是真入不二法門

次韻杭人裴維甫

餘杭門外葉飛秋尚記居人挽去舟一別臨平山上塔【次公】臨平山在杭州仁和縣五年雲夢澤南州【次公】杜牧憶齊安郡詩平生睡足處雲夢澤南州即黄州也凄涼楚些緣君發【次公】宋玉招魂於斷句處有此些字蓋楚人之語也邂逅秦淮爲子留【次公】秦淮在江寧府秦皇望氣者言江東有天子氣故鑿地脉斷連岡改爲秣陵方山是其斷處水爲秦淮寄謝西湖舊風月故應時許夢中遊

次韻段縫見贈

季子東周負郭田【演】季子蘇秦也秦東周雒陽人嘗曰使我有雒陽負郭田二頃豈能佩六國相印乎 須知力穡是家傳【次公】書云若農服田力穡 細思種薤五十本【厚】龔遂為渤海太守勸民口種百本薤五十本葱一畦韭 大勝取禾三百廛【援】詩不稼不穡胡取禾三百廛兮 若得與君連北巷故應終老忘西川短衣匹馬非吾事只擬關門不問天【次公】杜詩自斷此生休問天杜曲幸有桑麻田短衣匹馬隨李廣看射猛虎終殘年

次韻滕元發許仲途秦少遊

二公詩格老彌新【次公】元發仲途少遊也二公指言 醉後狂吟許野人 坐看青丘吞澤芥【任】司馬相如子虛賦子虛過吒烏有先生言對齊王曰楚有七澤嘗見其一名曰雲夢方九百里又烏有先生之言齊曰秋田乎青丘彷徨乎海外吞若雲夢者八九於其胸中曾不芥蔕 自慙黃潦薦溪蘋【厚】左傳澗溪沼沚之毛潢汙行潦之水可薦於鬼神可羞於王公 兩邦旌纛光相照十畝鋤犂手自親【次公】兩邦旌纛意者滕元發許仲途皆為太守乎然破題指之為許野人未省十畝鋤犂又先生自言也 何似秦郎妙天下【[illegible]】前漢[illegible]負揖之傳召[illegible]務下[illegible]詔妙天[illegible] 明年獻頌請東巡【厚】後漢馬融上東巡頌安帝奇其文【次公】此末[illegible]雨邦[illegible]討案亩矣

[illegible]公頴蔣頴叔【次公】名之[illegible]嘉祐二年章衡榜與[illegible]叔同登第

[illegible]月敬[illegible]未安枕晉魏武帝詩月明星稀烏鵲南飛遶樹三匝何枝可依一棹飄然影自

隨江上秋風無限浪【師】白居易詩秋風江上浪無限枕中春夢不多時【次公】歐陽永叔詞語云來如春夢不多時沈中字特用字耳不必指邯鄲呂翁枕也瓊林花草聞前語罨畫溪

山指後期【續】注劉商隱愛義興之罨畫溪遂買居焉【次公】先生詩罨本所謂陽羨則常州也古云陽羨三湖九溪地志云今只有六溪其三溪不知其處而六溪之中有荆溪則首受蕪湖東至陽羨入海俗呼為罨畫溪也豈敢便為雞黍

約玉堂金殿要論思蔡詩記及第時瓊林宴坐中所言且約同下居陽羨【厚】班固兩都賦序武宣之世崇禮官考文章司馬相如吾丘壽王東方朔枚皐王褒劉向之屬朝夕論思日月獻納

和王斿二首 斿平父子

異時長怪謫仙人【伯共】賀知章謂李白曰子謫仙人也【師】杜甫贈李白詩昔年有狂客號爾謫仙人古有

風雷筆有神【續】杜詩下筆如有神【師】退之詩舌作霹靂飛【倞】董仲舒荅策下筆疑有神助聞道騎鯨遊

汗漫【厚】杜詩若逢李白騎鯨魚道甫問訊今何如淮南子盧敖遊於北海逢若士謂曰子勿矣吾方與汗漫期於九垓之上憶曾

捫蝨話悲辛【援】晉書王猛隱于華山懷佐世之志桓温入關猛被褐而詣之面談當世之事捫蝨而言旁若無人温察而異

之[次公]李白贈張相鎬詩其晕自言曰捫蝨對桓公頗得論悲辛**氣吞餘子無全目**[次公]禰衡云大兒小兒揚德祖餘子碌碌不足數又選詩鶖省無全目**詩到諸郎尚絕倫**[次公]諸葛亮與關羽書曰猶未及髯之絕倫逸羣也**白髮故交空掩卷淚河東注問蒼旻**[次公]退之詩我不如水東注[子仁]杜詩猶有淚成河經天復東注

嫋嫋春風送渡關[次公]楚詞秋風嫋嫋**娟娟霜月照生還**[次公]古詩有娟娟新月**遲留歲暮江淮上來往君家伯仲閒**[倬]文選魏文帝典論之文曰文人相輕自古而然傅毅之於班固伯仲之閒尓**未厭冰灘吼新洛**[厚]汴渠舊引黃河元豐中始以洛水易之謂之清汴或謂之新洛**且看松雪媚南山**[厚][illegible]山泗州之山爲名都梁山**野梅官柳何時動**[績]老栖西郊詩市橋官柳細江路野梅香**飛蓋長橋待子閑**[次公]長橋泗州之橋又曹子建詩飛蓋相追隨[堯卿]文忠公皇祐元年作三橋於潁州西湖嘗自作詩云鳴騶入林遠飛蓋渡長橋

次韻張琬[堯卿]字德父治平二年彭汝礪榜登第

[illegible]洛渠[illegible]兩岸隆[師]汴渠舊引黃河水元豐中始以洛水易之謂之清汴或云新洛**塵埃舉袂**[illegible]晉王導寸不平庾亮之權每遇[illegible]風塵起舉扇自蔽曰元[illegible]汙人**臨淮自古多名[illegible]**

[illegible]多尊酒相從樂寓公（禮諸侯小臣寓公）半日偷閑歌嘯

[illegible]年聊[illegible]往來中知君不向窮愁老（次公：史記太史公曰：虞卿非窮愁亦不能著書以自見。）尚有清詩氣吐虹（次公：選云：慷慨則氣成虹霓。）

和人見贈

只寫東坡不着名此身已是一長亭壯心無復春添起衰鬢從教病葉零知有雪兒供筆硯（縯：李密有歌姬名雪兒，賓客有詩詞奇麗中意者，即付雪兒叶音律而歌之。師：韓定之詩曰：盛德好將銀筆述，麗詞堪與雪兒歌。）應嗤竈婦洗盆缾（次公：禮記：奧者，老婦之祭也，盛於盆，缾於瓶。注云：奧或作竈。）回來索酒公應厭京口新傳作客經

次韻王定國南遷回見寄

土暈銅花蝕秋水（次公：秋水以言劒也。寶劒光如秋水。）要須悍石相礱砥十年冰蘖戰膏粱（次公：冰蘖以言清苦。白樂天所謂飲冰食蘖也。）萬里煙波濯紈綺（次公：後漢史云：在綺襦紈袴之中。又絶交論云：綺紈公子。）歸來詩思轉清激百丈空潭數魴鯉逝將桂浦擷蘭蓀不記槐堂收劒履（縯：定國家有三槐堂。又蕭何劒履上殿。）郝

思庚嶺今何在更說彭城真夢耳來詩述彭城舊遊君知先竭是甘井【厚】莊子直木先伐甘井先竭我願得全如苦李【績】晉王戎傳戎嘗與羣兒戲於道側見李樹多實等輩競趨之戎獨不往或問其故戎曰樹在道邊而多子必苦李也取之果然妄心不復九回腸【援】司馬遷荅任少卿書曰是以腸一日而九回居則忽忽若有所亡出則不知所如往至道終當三洗髓【堯卿】太平廣記東方朔元封中游鴻濛之澤忽遇老母采桑於白海之濱俄而有黃眉翁指母以語朔曰昔爲吾妻託形於太白之精今汝亦此精也吾郤食吞氣已九千餘年目中童子皆有青光能見幽隱之物三千年一返骨洗髓二千年一剥皮伐毛吾生來已三洗髓一伐毛矣廣陵陽羨何足較【次公】廣陵揚州陽羨常州也只有無何真我里余買田陽羨來詩以爲不如廣陵【績】莊子出六極之外而遊無何有之鄉樂全老子今禪伯張安道也定國其婿掣電機鋒不容擬【次公】掣激若拄於前鋒心通豈復問云何【次公】佛書有他心通也之句又經中每問則曰問云何如言天女問云何是巳印可聊湏荅如是【厚】維摩詰言若能如是坐者佛所印可相逢爲我話留滯【次公】司馬遷自叙云太史公留滯周南桃花春漲孤舟起【績】西漢杜欽傳河決平原杜欽言來年桃花水盛必羨溢【次公】桃花漲言[illegible]也三月時有桃花水[illegible]漢志[illegible]詞全傳

印子勝之三首

城上湖光暖欲波美人唱我踏春歌【次公】異聞集載邢鳳之子夢一美人歌踏陽春之曲曰唱陽春人間二月雨和塵陽春踏盡秋風起愁盡人間白髮人【性之】酉陽雜俎云元和初有一人因醉卧聽中及醒見古舁上婦人等悉於床前踏歌歌曰長安女兒踏春陽無處春陽不斷腸士人驚叱之忽然上舁魯公賓客皆詩酒誰是神仙張志和【次公】玄真子姓張名志和魯國公顏真卿與之友善真卿爲湖州刺史與門客會飲乃唱和爲漁父詞其首唱即志和之詞曰西塞山邊白鳥飛桃花流水鱖魚肥青蒻笠綠蓑衣斜風細雨不須歸真卿與陸鴻漸徐士衡李成矩共唱和二十五首遞相誇尚

齋釀如澠漲綠波【續】左傳晉侯以齊侯宴投壺齊侯舉矢穆子曰有酒如澠有肉如陵寡君中此與君代興公詩句句有絃歌【子仁】杜詩復憶襄陽孟浩然清詩句句盡堪傳流觴曲水無多日更作新詩繼永和【厚】王羲之蘭亭記序云永和九年歲在己丑暮春之初會於會稽山陰之蘭亭修禊事也又云此地有崇山峻嶺茂林脩竹又有清流激湍映帶左右引以爲流觴曲水列坐其次

要知太守怜孤客不惜陽春和俚歌【續】文選宋玉對楚問云客有歌於郢中者其始曰下里巴人國中屬而和者數千人其爲陽阿薤露國中屬而和者數百人其爲陽春白雪國中屬而和者數十人而已引商刻羽雜以流徵國中屬而和者不過數人是以其曲彌高其和彌寡坐睡樽前呼不應【次公】後漢劉寬嘗講經於靈帝前被酒坐睡爲公雕琢損天和

和田仲宣見贈

頭白江南醉司馬【次公】言白樂天也白自號醉吟先生嘗謫江州司馬 寛心時復嘆郄兄【續】樂天又有詩云猶有誇張少年處笑呼張丈與郄兄 寒潮不應淮無信客路相隨月有情未許低頭拜東野【厚】退之醉留孟東野詩云低頭拜東野願得終始如駏蛩 徒言共飲勝公榮【援】晉書王戎與阮籍飲時兖州刺史劉昶字公榮在坐以酒少不及昶昶無恨色戎異之他日問籍曰彼何如人曰勝公榮不可不與飲若減公榮則不敢不共飲唯公榮可不與飲 好詩惡韻那容和刻燭應須便置艇【續】齊竟陵王子良嘗夜集學士刻燭爲詩四韻者刻一寸以此爲率【厚】南史王泰傳泰預朝宴刻燭賦詩

和仲伯達

歸山歲月苦無多尚有丹砂柰老何繡谷只應花自染繡谷見送孔郎中注 鏡潭長與月相磨君方傍海看初日【次公】近海有浴日亭見日出也 我已橫江擊素波【厚】漢武帝秋風詞云橫中流兮揚素波簫鼓鳴兮發棹歌 人不我知斯我貴【續】老子云知我者希則我貴矣 不須雷雨起龍梭【援】晉陶侃少時漁於雷澤嘗網得一織梭以挂于壁有頃雷雨化[illegible]

黃……常潤州

次韻答賈耘老

五年一夢南司州[次公]南司州者言黃州也唐武德三年於黃州黃陂縣置南司州七年廢其初蓋北齊武帝置也飢寒疾病爲子憂東來六月井無水仰看古堰橫奔牛[倬]之間有奔牛閘平生管鮑子知我[縯]史記管仲傳仲曰吾始困時嘗與鮑叔賈分財利多自與鮑叔不以我爲貪知我貧也吾嘗爲鮑叔謀事而更窮困鮑叔不以我爲愚知時有利不利也吾嘗三仕三見逐於君鮑叔不以我爲不肖知我不遭時也吾嘗三戰三走鮑叔不以我爲怯知我有老母也生我者父母知我者鮑子也今日陳蔡誰從丘[縯]孔子曰從我於陳蔡者皆不及門也夜航爭渡泥水澁牽挽直欲來瓜州[次公]瓜州則今揚州之瓜步也自言嗜酒得風痺故鄉不敢居溫柔[後]趙飛燕外傳飛燕妹名合德成帝幸合德謂爲溫柔鄉曰吾老是鄉矣不能效武皇求白雲鄉定將泛愛救溝壑[厚]杜詩虛名但蒙寒溫問泛愛不救溝壑辱衰病不復從前樂[師]張籍詩與君相逢莫寂寞衰老不復從前樂今年太守真卧龍[厚]襄陽記曰諸葛孔明爲卧龍龐士元爲鳳雛司馬德操爲水鏡皆龐德公語也笑語炎天出冰雹時低九尺蒼髯須髯[縯]杜詩張公一生江海客身長九尺鬚眉蒼過我三間小池閣故人改觀爭來賀小兒不信猶疑錯爲君置酒飲且哦草間秋蟲亦

能歌可怜老驥真老矣無心更秣天山禾【次公】天山在伊州伊吾縣薛仁貴三箭定天山又退之詠駑驥云飢食玉山禾

次韻許遵

蒜山渡口挽歸艎【次山】蒜山在潤州朱雀橋邊看道裝【次公】朱雀橋在江寧府晉之建康也劉禹錫詩云朱雀橋邊野草花烏衣巷口夕陽斜供張已應煩百兩【縯】踈廣踈受乞骸骨歸東海故人設祖道供張東都門外送車數百兩擊鮮無久溷詩郎【厚】前漢陸賈分槖金與諸子曰與汝約過汝汝給人馬酒食極歡十日而更一歲中以往來過它客率不過再過數擊鮮毋久溷汝爲也問禪時到長干寺【次公】長干里名在建康李白古樂府有長干行兩首其一云同居長干里兩小無嫌猜其一云嫁與長干人沙頭候風色白詩訛本作長干非也載酒闌過綠野堂【縯】裴度請老治第東都作別墅具燠館涼臺號綠野堂度野服蕭散與白居易劉禹錫把酒爲文章竆晝夜不問人間事則在西京與上不接【次公】以長干寺推之則綠野堂亦在建康矣舊注所引又裴晉公之綠野堂今豈在乎恐名偶同耳或曰時王介父閑居故以綠野堂比之耳此味只憂兒輩覺【援】晉謝安嘗謂王羲之曰中年以來傷於哀樂與親友別輒作數日惡羲之曰年在桑榆自然至此正賴絲竹陶寫恒恐兒輩覺損其懽樂之趣逢人休道北窻涼【厚】陶淵明言夏月虛閑高卧北窻之下清風颯至自謂羲皇上人

次韻孫莘老斗野亭寄子由在邵伯堰 次公 在楊州廣陵縣大乾樂史寰宇記云謝安所築按安傳及至新城築埭於城北人追思之名為召伯埭然則所謂新城豈乃廣陵邪

落帆謝公渚 厚 晉書阮裕赴山陵事畢便還諸人相與追之至方山不相及劉惔歎曰我入東正當泊安石渚下耳不敢近思曠傍 日脚東西平 師 杜甫詩崢嶸赤城西日脚下平地 孤亭得小憩暮景含餘清 子仁 選詩遠峰隱半規密林含餘清 坐待斗與牛錯落挂南甍 老僧如夙昔一笑意已傾 新詩出故人舊事疑前生 演 房琯開元中爲盧氏宰與道士邢和璞過夏口入廢佛寺鑿池得甕中所藏婁師德與永禪師書笑曰頗憶此邪因悵然悟前生爲永禪師 吾生七往來送老海上城 逢人輒自哂得魚不忍烹 似聞績溪老復作東都行 次公 指言子由也先生既自黃移汝故子由亦自監筠州鹽酒稅移知歙之績溪先生未至汝繼得請歸常尋又起知登州而子由自績溪以校書郎被召入京亦須由召伯堰至東都於篇末及之 小詩如秋菊艷艷霜中明 過此感我言長篇發春榮 師 後漢楊脩書華若春榮瀏如清風 厚 曹子建七啓云辯言之艷能使窮澤生流枯木發榮

次韻送徐大正

別時酒醆照燈花 次公 杜詩燈花何太喜退之燈花詩云更須將喜事來報主人翁 知我歸期

漸有涯去歲渡江萍似斗【續】家語楚昭王渡江江中有物大如斗直觸王舟舟人取之王使使問於孔子孔子曰此爲萍實者也異時小兒謡曰楚王渡江得萍實大如斗赤如日剖而食之甜如蜜今年並海棗如瓜【厚】漢書李少君曰臣嘗遊海上見安期生食臣棗大如瓜多情明月邀君共無價青山爲我賒【次公】洞賦儔千里兮共明月又李白詩今宵貰酒與君傾暫就東山賒月色千首新詩一竿竹不應空釣漢江槎漢江事見退圃詩注

次韻徐積 徐仲車也詳見卷内次韻徐仲車詩注

殺雞未肯邀季路【續】論語荷蓧丈人止子路宿殺雞爲黍而食之裹飯先須問子來【厚】莊子子輿與子桑友而淋雨十日子輿曰子桑殆病矣裹飯而往食之【次公】按子桑非子來也豈先生誤記人名耶但見中年隱槐市【次公】淮南子云槐市文李也樹以青槐又三輔黄圖云明堂辟雍爲博士舍三十區爲會市但列槐樹數百行諸生朔望會此市各持其郡所出物及經書所與賣買雍容揖讓議論槐下豈知平日賦蘭臺【援】宋玉風賦云楚襄王遊於蘭臺之宮有風颯然而至者王乃披襟當之曰快哉此風暫陪若説峨眉眼前事【次公】峨眉山在嘉州峨眉縣而眉州眉山縣正對之故州縣得以爲名先生眉人也海山入夢方東去風雨留人得

故鄉何以堪回

次公明趙令鑠字景貺

東坡已報六年穰 續 計然言歲在金穰水毀木飢火旱 次公 莊子庚桑子北居畏壘之山三年畏壘大穰先生在黃州凡跨六年故云 惆悵紅塵白首郎 次公 先生至常州以復朝奉郎知登州至登州五日召哲宗即位爲禮部郎中則所謂白首郎者謂此也漢唐顏駟皆云白首爲郎又京師有東華軟紅香塵之語 枕上溪山猶可見 次公 先生自黃徙汝起知登州而召入猶夢見黃州 門前冠蓋已相望 次公 黃書使者冠蓋相望 故人年少貞瓊樹 續 晉書王戎有人倫鑒識常目王衍如瑤林瓊樹自然是風塵表物 子仁 老杜八仙歌云宗之蕭灑美少年皎如玉樹臨風前 落筆風生戰堵牆 厚 杜詩集賢學士如堵牆觀我落筆中書堂 端向甕間尋吏部 援 晉畢卓字茂世爲吏部郎常飲酒廢職比舍郎釀熟卓因醉夜至其甕間盜飲之爲掌酒所縛明日視之乃畢吏部也遽釋其縛卓遂引主人宴於甕側致醉而去 老來專以醉爲鄉 厚 唐王績字無功游北山東皋著書自號東皋子乘牛經酒肆留或數日又采杜康儀狄以來善酒者爲譜李淳風曰君酒家南董也所居東南有盤石立杜康祠祭之尊爲師以焦革配著醉鄉記以擬劉伶酒德頌

次韻王定國得穎倅二首

仙風入骨已凌雲 續 司馬子微謂李白有仙風道骨司馬相如奏大人賦武帝飄飄然有凌雲之氣遊天地之間意 秋水爲文不受塵 次公 此杜詩秋水爲神玉爲骨之變文也 一噫固應號地籟 任 莊子地

竅則衆竅發𥳑（[次公]）又云大塊噫氣其名爲風是唯無作作則萬竅怒號**餘波猶足挂天紳**（[次公]）禹貢餘波入于流沙又孟郊詩詹溜擲天紳**買牛但自捐三尺**買牛見山村五絶注（[縯]）三尺言劍也漢高祖曰吾以布衣提三尺劍取天下

射鼠何勞挽六鈞（[援]）魏杜襲言千鈞之弩不爲鼷鼠而發機（[次公]）左傳顏高之弓六鈞**莫向百花潭上去**（[次公]）百花潭應在頴州**醉翁不見與誰春**（[厚]）歐陽文忠公自號醉翁致仕居清頴尾

滔滔四海我知津（[縯]）長沮桀溺耦而耕孔子過之使子路問津焉長沮曰是知津矣問於桀溺桀溺曰滔滔者天下皆是也**每愧先生植杖芸**（[縯]）子路從而後遇丈人以杖荷蓧子路問曰子見夫子乎丈人曰四體不勤五穀不分孰爲夫子植其杖而芸

自少多言聞晚道（[援]）老子多言數窮又莊子載孔子言丘之晚聞道也**從今閉口不論文**（[任]）杜詩重與細論文**灔翻白獸樽中酒**（[厚]）魏正旦元會設白獸樽於殿庭樽蓋上施白獸若有人能獻直言者則發此樽飲酒**歸煑青泥坊底芹**（[援]）杜詩飯煑青泥坊底芹**要識老僧無盡**

處牀前牛蟻不曾聞（[縯]）晉書殷仲堪父嘗患耳聰聞牀下蟻動謂之牛鬭

次韻王雲（[堯卿]）字子發

攜文過我治平間霧豹當時始一斑（[縯]）戰國策陶荅子不修德而富三倍其妻泣曰南山七日不下食將欲以澤其毛衣而成文章也九參不擇食

[illegible]無[illegible]陶答子[illegible]上獻之年數歲嘗觀門生[illegible]

南風……門……曰此卽……時見一斑 閒……吟咏……餘論故教流落得生還

篇帶月來霜夜妙語先春發病顏詩酒暮年猶得用竹林高會許時攀【續】晉書嵇康所與神交者惟阮籍山濤豫其流者向秀劉伶籍兄子咸王戎遂爲竹林之遊謂之竹林七賢 去

次韻周邠 周開祖也【子仁】熙寧中公倅杭州開祖爲錢塘宰

南遷欲舉力田科【續】漢文帝詔孝悌力田者復其身 三徑初成樂事多【次公】蔣詡爲三徑以待求仲牧仲而陶淵明曰聊欲絃歌以爲三徑之資可乎 豈意殘年踏朝市【次公】杜詩看射猛虎銷殘年又云但使殘年飽喫飯 有如疲馬畏陵坡 羨君同甲心方壯笑我無聊鬢已皤何日西湖尋舊賞【次公】西湖追言杭州西湖也先生與周開祖舊遊之地 淡煙疎雨暗漁蓑【厚】張志和漁父詞青箬笠綠蓑衣斜風細雨不須歸

次韻胡完夫 宗愈【堯卿】名

青衫別淚尚斕斑【續】白樂天詩就中泣下誰最多江州司馬青衫濕 十載江湖困抱關【厚】蕭望之不從霍光以射策爲郡署小苑東門侯時王仲翁謂望之曰不肯錄錄反抱關爲對曰各從其志也 老去上書還北闕【援】孟浩然詩北闕休上書南山歸舊廬 朝來拄笏望西山【續】晉書桓沖謂王羲

之曰卿在府日久比當相料理徽之初不酬荅直髙視以手板拄頰云西山朝來致有爽氣耳**相從杯酒形骸外**【次公】莊子今子與我遊於形骸之內而責我於形骸之外不亦過乎**笑説平生醉夢間萬事會湏白頭容我**

咨伯始【厚】後漢胡廣字伯始練達事體明解朝章京師語曰萬事不理問伯始天下中庸有胡公**占清閑**

次韻錢穆父錢勰也

老入明光踏舊班【次公】在未央宮之北周回十餘里中有明光殿殿上明光漢殿名在桂宮之中關中記曰桂宮復道從宮中西上城西至建章宮神明臺蓬山三秦記曰未央宮漸臺西有桂宮宮中有明光殿金陛玉階班固西都賦曰自未央而連桂宮彌明光而亘長樂**染須那復唱陽關**【續】王維詩勸君更盡一杯酒西出陽關無故人【次公】劉禹錫詩唱得涼州意外聲舊人雖數米嘉榮近來時世輕年少好染髭鬚事後生**故人飛上金鑾殿**【次公】唐東內大明宮之中有金鑾殿記云在還周殿之西北順宗召學士鄭絪至金鑾殿立憲宗爲皇太子而樂史李翰林別集序云翰林在唐天寶中賀監以名聞於明皇帝召見金鑾殿降步輦迎如見綺皓於是置之金鑾殿出入翰林中【新】李白詩翰林秉筆回英眄麟閣崢嶸誰可見承恩初入銀臺門著書獨在金鑾殿**遷客來從飯顆山**【援】李白嘲杜甫云飯顆山前逢杜甫頭戴笠子日卓午借問因何太瘦生只爲從來作苦[illegible]盖李白譏甫齷齪言甫之爲詩如砌飯爲山也故先生每[illegible]白猶嫌[illegible]獨飯山嘲我瘦又曰只

上黨□布士大夫右
□公長□□飯顆山之名未詳、、、筆推君西漢手〔縯〕唐李嶠爲鳳閣舍人朝廷每有大手筆特令嶠爲之一言置我二劉間〔厚〕劉向劉歆父子俱以文章學術稱〔子仁〕晉書載記石勒謂徐光曰朕當在二劉之間耳軒轅豈所疑乎便須置酒呼同舍看賜飛龍出帝閑〔縯〕翰林學士初除例賜名馬李白詩云勅賜飛龍二天馬黄金絡頭白玉鞍馬八尺以上爲龍天子有十二閑以畜馬

次韻答完夫穆父二公自言先世同在西掖

掖垣老史識郎君〔援〕劉禎詩誰謂相去遠隔此西掖垣注引應劭漢官儀曰左右曹受尚書事前世文士以中書在右因謂中書爲右曹又稱西掖並轡天街兩絕塵〔縯〕莊子夫子奔逸絕塵汗血固應生有種〔厚〕大宛馬皆汗血其先天馬子也〔任〕前漢禮樂志天馬歌云霑赤汗沫流赭又北史遊逸國獻汗血馬夜光那復困無因〔援〕史記鄒陽云夜光之璧以暗投人莫不按劍相眄者無因而至前也豈知西省深嚴地〔堯卿〕本朝 太祖爲宰相曰學士深嚴之地當選謹重之人處之又王元之滁州謝上表云臣自西垣入叨內府既在深嚴之地乃當繁劇之秋也着東坡病瘦身免使謫仙明月下強歌對飲只三人〔援〕李白詩舉杯邀明月對影成三人今先生言其與胡完夫錢穆父自爲三人也

次韻答滿思復〔堯卿〕中行名

自甘茆屋老三間【次公】此詩乃先生召還朝在西掖時所唱和也茆屋三間猶退之詩一間茆屋之類也豈意飛庭綴兩班紙落雲煙供醉後【編】杜詩八仙歌稱張旭云揮毫落紙如雲煙【任】潘岳作揚荆州誄云動翰若飛紙落如雲詩成珠玉看朝還【厚】杜詩朝罷香煙攜滿袖詩成珠玉在揮毫【師】江淹謂郭璞曰子之咳唾成珠玉吐氣如虹霓誰言載酒山無賀【復】李白憶賀監詩稽山無賀老却棹酒船回記取啼鳥巷有顏【編】異苑陽顏以純孝著聞後有烏銜鼓集顏所居之村烏口皆傷一境以至孝故慈烏來萃銜鼓之象欲令聾者遠聞即於其處立縣名爲烏傷王莽改爲烏孝以彰其行歐陽詢藝文類聚又作東陽顏烏但恐跛牂隨赤驥青雲飛步不容攀【次公】呂氏春秋千仞之山而跛牂至其上陵遲故也又周穆王八駿之名有曰右驂赤驥而左白義又劉禹錫曰一麾足造青雲何至與駑馬爭路【師】杜詩赤驥頓長纓

和蔣發運

夜語翻千偈【次公】晉書鳩摩羅什從師授經日誦千偈書來又一言此身眞佛祖何處不羲軒船穩江吹座樓空月入樽遙知思我處醉墨在顏垣

和人假山

……碧玉環【次公】……也此言太行山劉禹錫詩外遶亭臺碧玉環【任】上黨山在河之東也絶河

千里抱商顔【次公】商顔四皓所隱也在黃河之上【師】商顔商山也亦曰商於山試觀煙雨三峯外【續】三峯言華山三峯也曰蓮花毛女松檜都在靈仙一掌間【厚】華山首陽山黃河流於二山閒古語云此本一山當河河水過而曲行河神巨靈以手擘開其上以足蹈離其下以通流今華山有手跡仙掌峯是也【子翬】賈氏談録云華岳掌其石冊紫正如人肉色適類掌耳高纔盈丈闊四五色造物何如童子戲【次公】佛書童子聚沙爲戲寫真聊發使君閑何當挈取西征去畫作圍牀六曲山

次韻錢舍人病起

牀下龜寒且耐支【續】史記龜筴傳南方老人用龜支牀足行二十餘歲老人死移牀龜尚生杯中蛇去未應衰【厚】晉書樂廣嘗有親客久闊不復來廣問其故荅曰前在坐蒙賜酒方欲飲杯中有蛇影意甚惡之既飲而疾于時河南聽事壁上有角漆弓畫作蛇廣意杯中蛇即角弓影也復置酒於前處謂客曰杯中復有所見不荅曰所見如初廣乃告其所以客豁然意解沈痾頓愈殿門明日逢王傅【次公】東方朔傳期門之號謂期諸殿門也王傅事賈誼爲長沙王太傅【師】杜甫贈鄭虔貶台州詩賈生對鵩賦傷王傅蘇武看羊陷賊庭櫑具爭先看不疑【厚】前漢雋不疑見暴勝之冠進賢冠帶櫑具劍應劭曰櫑具木標首之劒楬落大壯也晉灼曰古長劍首以玉作鹿盧形刻木作山形如蓮花未敷時今大劍木首其狀似此櫑音磊

坐覺香煙攜袖少【縯】梅學士詢好焚香每晨起必焚兩爐以公服罩之撮其袖以出坐定撒開郁然滿堂杜詩朝罷香煙攜滿袖【倬】韋賢詩御爐煙滿袖丞相出朝時 獨愁花影上廊遲【縯】學士入署常視日影爲候李程爲翰林學士性懶日過八塼乃至時號八塼學士 何妨一笑千痾散絕勝倉公飲上池【次公】扁鵲勃海鄭人也姓秦氏少爲人舍長舍客長桑君過扁鵲獨奇之常謹遇之長桑君亦知扁鵲非常人呼扁鵲私坐與語曰我有禁方年老欲傳與公公毋泄乃出其懷中藥與扁鵲曰飲是以上池之水三十日當知物矣乃悉取其禁方書與扁鵲忽然不見今詩言倉公誤以爲淳于意

次韻和王鞏

謫仙竄夜郎【縯】李白坐永王璘亂長流夜郎唐以珍州爲夜郎郡 子美耕東屯【縯】東屯在今夔州城之東 造物豈不惜要令工語言王郎年少日文如餅水翻【學】退之詩文如翻水成初不用意爲 爭鋒雖剽甚【子仁】漢書黥布反上自將擊之張良見上曰楚人剽疾願上無與楚人爭鋒 聞鼓或驚犇天欲成就之使觸羝羊藩【縯】易羝羊觸藩羸其角 孤光照微陋耿如月在盆歸來千首詩【援】杜牧詩千首詩輕萬户侯 傾瀉五石樽【學】莊子今子有五石之瓠何不慮以爲大樽而浮於江湖 郤疑彭澤在頗覺蘇州煩【次公】[illegible]淵明也[illegible]物也 君看鄒忌子廉折配春溫【援】史記鄒忌子論琴大絃濁以春溫者君也

以淸者臣也桐反是故琴材以孫枝爲貴
折知白必無人【師】鍾子期死伯牙絶絃壞壁掛桐孫【師】凡幹實而末虛惟

次韻李脩孺留別二首

十年流落敢言歸【次公】先生自開封府推官乞外任初倅杭徙知密自密徙徐徙湖而謫黃者五年且移汝起知登而後入魚鳥江湖只自知豈意青天掃雲霧【次公】晉樂廣傳衛瓘使諸子造焉曰此人之水鏡見之瑩然若披雲霧而覩青天今先生指青天爲人君盡呼黃髮寄安危【縯】書詢茲黃髮則罔所愆風流吾子眞前輩人物他年記一時我欲折繻留此老【厚】前漢終軍入關關吏與繻曰爲復傳還當以合符軍曰丈夫西遊終不復傳還棄繻而去【次公】按注蘇林曰繻白邊也舊關出入皆以傳傳煩因裂繻頭合以爲符信也緇衣誰作好賢詩【援】緇衣詩名禮記孔子曰好賢如緇衣惡惡如巷伯

此生別袖幾回塵夢裏黃州空自疑何處青山不堪老當年明月巧相隨窮通等是思家意衰病難堪送客悲好去江魚煑江水劒南歸路有姜詩【縯】後漢列女姜詩妻龐氏傳詩母好飮江水水去舍六七里妻常泝流而汲後值風不時得還母渴詩責而遣之妻乃寄止鄰舍晝夜紡績市珍羞使鄰母以意自遺其姑如是者久之姑怪問鄰母鄰母具

對感慟呼還姑咨魚鱠又不能獨食夫婦常力作供鱠呼鄰母共之舍側忽有湧泉味如江水每旦輒出雙鯉常以供膳故今地名有姜詩鎮

次韻黃魯直赤目

誦詩得非子夏學【纂】卜商字子夏爲詩序毛公詩自謂傳之子夏子夏哭子失明事見禮記紬史正作丘明書【厚】司馬遷荅任少卿書云左丘失明厥有國語天公戲人亦薄相略遣幻翳生明珠賴君年來昇鮮腴百千燈光同一如【次公】維摩經言無盡燈者譬如一燈然百千燈冥者皆明明終不盡書成自寫蠅頭表【纂】齊衡陽王鈞嘗手自細書五經置經箱中侍讀賀玠曰殿下家自有墳素何須蠅頭細書端就君王覔鏡湖【厚】唐賀知章天寶初病夢遊帝居數日寤乃請爲道士還鄉里詔許之以宅爲千秋觀而居又求周宮湖數頃爲放生池有詔賜鏡湖剡川一曲

和周正孺墜馬傷手【堯卿】名尹嘗爲御史成都新繁人

平生學道已神完豈復兒童私自憐【次公】陸機詩顧影悽自憐江文通擬詩躑躅還自憐杜甫詩歸來始自憐【師】楚詞宋玉九辨惆悵兮而私自憐醉墜何曾傷內守【纂】莊子醉者之墜車骨節與人同而犯害與人異其神全也色憂當爲念先傳【厚】樂正子下堂而傷其足數月不出有憂色曰父母全而生之子全而歸之可[illegible]言空[illegible]剩覺新詩健【援】晉殷浩被廢口無怨言夷神委命談詠不輟但終日書空作咄咄怪事

□□而已□其行□□樂事全【續】畢卓嘗謂人曰得酒滿數百斛船四時美味置兩頭右手持酒杯左手持蟹螯拍浮酒船中便了足一生矣 賣却老驄爲酒直大呼鄉友作新年

和黃魯直燒香二首

四句燒香偈子【次公】謂之四句偈金剛經偈 隨香遍滿東南不是聞思所及【次公】楞嚴經觀音從聞思修入三摩地 且令鼻觀先參【次公】佛有觀想法觀鼻端白謂之鼻觀

萬卷明牕小字眼花只有斕班一炷煙消火冷半生身老心閑

再和二首 來詩言飲酒畫竹石草書

置酒未逢休沐便同越北燕南【次公】休沐漢制也蓋言唯得休沐假而後相聚不然則如越之北而燕之南也越在南而居越之北燕在北而居燕之南皆言其相背也 且復歌呼相和隔墻知是曹參【續】漢曹參傳相舍後園近吏舍日飲歌呼參遊後園聞吏醉歌呼乃反取酒張坐飲大歌呼與相和【子仁】退之隔墻聞歡呼

丹青已自前世【厚】王維詩宿世謬詞客前生應畫師 竹石時窺一斑【援】晉王獻之觀門生樗蒲曰南風不競門生曰此郎亦管中窺豹時見一斑 五字當還靖節【續】陶淵明時號靖節先生善五字詩 數行

誰似高閑【厚】唐高閑上人善草書韓退之有送高閑序言閑之於書有張旭之心

次韻曾子開從駕二首 堯卿 名肇

街槐綠闇雨初勻，瑞霧香風滿後塵。清廟朝幸同觀濟濟，詩 清廟祀文王也其詩曰濟濟多士秉文之德 豐年喜復接陳陳。厚 豐年亦詩名亦前漢書有云太倉之粟陳陳相因 雍容已饜天庖賜，俯伏初嘗貢茗新。輦路歸來聞好語，厚 李賀詩沙路歸來聞好語旱火不光天下雨 共驚堯顙類高辛。次公 高辛帝嚳乃堯之父也堯以言哲宗而高辛以言神宗用堯顙字則孔子世家載孔子立於鄭之東門鄭人謂子貢曰東門有人其顙似堯今借此以言哲宗之類神宗也

入仗魂驚愧草萊，一聲清蹕九門開。暉暉日傍金輿轉，次公 杜詩竹日靜暉暉金輿以言天子之乘輿而字則易有臣于金輿 習習風從玉宇來。次公 詩習習谷風劉休玄詩玉宇來清風 流落生還真一芥，周章危立近三槐。學士班近執政 厚 左思吳都賦輕禽狡獸周章夷猶注周章夷猶恐懼不知所之也周禮面三槐三公位焉 道傍儻有山中舊，堯卿 楚詞曰聊翱遊兮周章 問我收身早晚回。

再和

眼花錯莫鬢霜勻，次公 鮑昭行路難云今日見我顏色衰意中錯莫與先異 病馬羸驂只

自慚奉引拾遺叨侍從【續】杜詩拾遺曾奏數行書懶性從來水作居奉引濫騎沙苑馬幽棲合釣錦江魚又云我昔近侍叨奉引思歸少傅羨朱陳【厚】白樂天以太子少傅致仕有詩云憶昨旅遊初迨今五十春孤舟三過楚羸馬四經秦一生苦如此長羨朱陳民朱陳材在徐州豐縣去縣遠而官事少勳深山中民俗淳質一村惟朱陳兩姓世爲婚姻民安其上無覊旅行役之勞故多壽詩考衰年壯觀空驚目嶮韻清詩苦鬭新最後數篇君莫厭擣殘椒桂有餘辛【次公】此句士大夫傳云當時有問先生句義何如先生曰言其辣也【子仁】詩話云先生在北扉以辛字韻詩韻窘君東而往返不已先生厭之復和云云額問客曰觧此否謂唱首多辣氣故尓詩話椒作薑

憶觀蒼海過東萊日照三山迤邐開【次公】三山於寰宇記載在萊州掖縣注云在海之南岸先生赴密州時有詩屢詳注矣桂觀飛樓凌霧起仙幢寶蓋拂天來不聞宮漏催晨箭【堯卿】杜詩五夜漏聲催曉箭但覺簷陰轉古槐供奉清班非老勳會稽何日乞方回時方闕會稽守【續】晉郗愔字方回爲徐兗二州刺史其子超爲作牋陳老病乞閑地自養桓溫大喜即轉爲會稽太守

偶與客飲孔常父見訪方設席延請忽上馬馳去巳而有詩戲用其韻荅之

揚雄他文皆不奇【次公】前漢書有云他文未能稱是　獨稱觀缾居井湄【續】揚雄作酒箴以諷諫成帝其文爲酒客難法度士譬之於物曰子猶缾矣觀缾之居居井之湄處高臨深動嘗近危云云　酒客法士兩小兒陳遵張竦何曾知【厚】遵見揚雄酒箴大喜謂張竦曰吾與爾猶是矣足下苦心自約而我放意自恣官爵功名不減於子而差樂顧不優耶竦曰子欲爲我亦不能吾而效子亦敗矣　主人有酒君獨辭蟹螯何不左手持【援】畢卓曰左手持蟹螯右手持酒杯拍浮酒船中便足了一生矣　豈復見吾橫氣機【續】列子與季咸見壺子出曰吾無得而相焉壺子曰是殆見吾衡氣機也明日又來立未定自失而走　遣人追君君絕馳盡力去花君自癡【援】維摩經言天女散花至大弟子便著不墮一切弟子神力去花不能令去　醍醐與酒同一卮請君更問文殊師【任】醍醐蓋酥酪之美者佛言人聞正法如食醍醐然其與酒自是兩般然如禪師亦有飲米汁子者惟文殊能知其同異蓋文殊最爲智慧故也

次韻劉貢父獨直省中

明總畏日曉天暾高柳鳴蜩午更喧筆老詩新疑有物心空客疾本無根藹壒我亦眠風榻上馬君先瑣月軒共喜早歸三伏近【演】漢武帝詔賜從官肉太官丞日晏不來東方朔曰伏日當早歸請受賜遂拔劍割肉懷去　解衣

盤礴亦君恩【厚】莊子宋元君畫有一史後至因之舍公使人視之則解衣盤礴臝

次韻王定國倅楊州

此身江海寄天遊【任】莊子心無天遊　一落紅塵不易收未許相如還蜀道【次公】司馬相如建節使西南夷至蜀太守以下郊迎縣令負弩矢先驅蜀人以爲寵　空教何遜在楊州【縯】杜詩東閣官梅動詩興還如何遜在楊州【任】何遜作楊州法曹廨舍有梅花盛開遜吟詠其下後居洛思梅花再請其任從之抵楊州花方盛遜對花彷徨終日【師】何遜梁時人有詩名　又驚白酒催黃菊尚喜朱顏映黑頭　火急著書千古事【次公】劉禹錫詩勸君火急忝功用　虞卿應未厭窮愁【厚】史記虞卿不得意乃著書上採春秋下觀近世曰節義稱號揣摩政謀凡八篇以刺譏國家得失世傳之曰虞氏春秋太史公曰虞卿非窮愁亦不能著書以自見於後世云

次韻張舜民自御史出倅虢州留別

玉堂給扎氣如雲初起湘纍復佩銀【次公】舜民字芸叟元豐辛酉爲環慶帥屬明年青監郴州酒稅郴屬湖湘故以湘纍稱之也尋以年勞賜五品服元祐初還朝赴試玉堂有即事詩上主文二內翰云晚陪策試玉堂深是時先生爲內相見其起廢服緋佩銀試於玉堂而喜也玉堂翰林院也前漢李尋傳久汙玉堂之署又漢司馬相如賦上林尚書給筆札又漢武

讀大人賦飄飄有凌雲氣師楊雄反騷因江潭而往記兮欽弔楚之湘纍卻展曰往往也李奇曰諸不以罪死曰纍弔原赴湘死故曰湘纍

樊口淒涼已陳迹援昔與張同游武昌樊口來詩中及之續蘭亭叙云俛仰之間已爲陳迹班心突兀見長身臺史謂御史立𠡠爲班心續退之孔戣墓銘云孔世三十八吾見其孫白而長身江湖前日真成夢鄠杜他年恐卜鄰次公鄠杜屬長安舜民鄉里也此去若容陪坐嘯故應客主盡詩人厚後漢南陽人歌曰南陽太守岑公孝洪農成瑨但坐嘯

和王晉卿 并叙任元祐四年己巳作

元豐二年予得罪貶黄州而駙馬都尉王詵亦坐累遠謫不相聞者七年予既召用而詵亦還朝相見殿門外感歎之餘作詩相屬詞雖不甚工然託物悲慨阨窮而不怨泰而不驕怜其貴公子有志如此故和其韻欲使詵姓名附見予詩集中然亦不以示詵也

詵字晉卿功臣全彬之後云

先生飲東坡獨舞無所屬當時挹明月對影三人足續李白詩舉盃

邀明月對影成三人醉眠草棘間蟲虺莫予毒醒來送歸鴈一寄千里
目【厚】唐詩云欲窮千里目更上一層樓悵然懷公子旅食久不玉【援】杜詩旅食京華春又前漢陳
咸奢侈玉食顏師古曰玉食美食如玉也又晉王濟傳濟麗服玉食蓋濟爲晉附馬則於晉卿用之宜矣欲書加飡字遠
託西飛鵠【次公】古詩呼兒烹鯉魚中有尺素書上有加飡食下有長相憶謂言相濡沫【續】莊子相呴以溼相
濡以沫未足救溝瀆【厚】杜詩注愛不救溝瀆辱吾生如寄耳【援】魏武詩人生如寄耳何
者爲禍福不如兩相忘【次公】莊子不如相忘於江湖又云莫若兩忘而化其道也昨夢那可
逐上書得自便歸老湖山曲【師】公自黃量移汝州表乞常州居住詔許之躬耕二頃
田【續】蘇秦曰使我有負郭田二頃豈能佩六國相印乎自種十年木【任】太史公云十年之計樹之以木豈知
垂老眼對此金蓮燭【次公】金蓮燭惟至尊用之【援】令狐綯爲翰林學士常便殿召對夜艾方罷宣賜金蓮燭送
歸院先生時爲翰林學士也公子亦生還仍分刺史竹【續】漢文帝初置郡守竹使符各分其半右留京
師左與郡守也賢愚有定分樽俎守尸祝【厚】莊子庖人雖不治庖尸祝不越樽俎而代之文章
何足云執技等醫卜【次公】杜詩文章一小技於道未爲尊又司馬遷云文史星曆近乎卜祝之閒朝廷
方西顧羌虜驕未伏遥知重陽酒白羽落黃菊【援】李白九日登巴陵

置酒望洞庭水軍云白羽落酒樽子路云白羽如月赤羽如日謂矢也【師】羡君真將家浮面氣可掬泰天剛語齎軌君語則赤氣氣浮面爲將多殺人何當請長纓一戰河湟復【厚】漢書終軍願請長纓以羈南越王而致之闕下【援】杜牧詩文思天子復河湟【次公】唐自代宗永泰後隴右悉陷吐蕃故杜牧已有此語

次韻劉貢父所和韓康公憶持國二首

夢覺真同鹿覆蕉【厚】列子鄭人有薪於野者斃鹿藏諸隍中覆之以蕉俄而遺其所藏之處遂以爲夢順塗而詠其事傍有聞者用其言而取之其妻又疑其爲夢薪者歸復其真夢藏之之處又夢得之之主案所夢而尋得之遂訟而爭之歸之士師士師欲二分之以聞鄭君皆互有夢覺之說相國曰欲辯覺夢惟黃帝孔丘相君脫屐自參寥【次公】相君字出史記范睢傳莊子洛誦之孫聞之參寥顏紅底事髮先白室邇何妨人自遥【師】詩其室則邇其人甚遠狂似次公應未怪【援】蓋寬饒字次公魏相曰次公醒而狂何必酒也醉推東閤不須招【厚】公孫洪開東閤以延賢人也援毫欲作衣冠表盛事終當繼八蕭唐蕭氏自瑀及遘八宰相【次公】世有衣冠盛事圖

閉户端居念獨深【師】前漢陸賈傳呂太后時王諸呂陳平患之力不能爭恐禍及己賈往不請直入坐陳平方念不見賈之自曰何念深也平曰生揣我何念賈曰足下位爲上卿食萬户侯可謂極富貴无欲矣然有憂念不過患諸呂耳小軒朱

檻憶同臨燎鬚誰識英公意英公爲其姊作粥燎須曰吾與姊皆老矣能幾進粥【師】唐李勣黃髮聊知子建心子建與楚王彪別詩云王其愛玉體共享黃髮期【師】魏曹子建已託西風傳絕唱且邀明月伴孤斟【子仁】李白詩舉杯邀明月他時內集應呼我下客先判平聲醉墮簪【次公】謝安嘗因雪內集而謝道藴有未若柳絮因風起之句【元】史記淳于髡傳前有墮珥後有遺簪

次韻劉貢父叔姪扈駕

玉堂孤坐不勝清玉堂見卷內次韻張舜民詩注長羨枚鄒接長卿【次公】前漢梁孝王來朝從鄒陽枚乘嚴忌之徒相如見而說之因病免客梁從之遊只許隔墻聞置酒【師】杜甫詩隔屋喚西家借問有酒不墻頭過濁醪展席俯清流時因議事得聯名機雲似我多遺俗【師】晉陸機陸雲兄弟皆有文名廣受如君不治生【師】前漢疏廣疏受叔姪歸老散棄中金不爲子孫之計或問其故曰賢而多財損其志愚而多財益其過共託屬車塵土後鈞天一餉夢中榮【厚】相如賦有犯屬車之清塵應劭曰大駕屬車八十一乘又史記趙簡子夢與百神游於鈞天廣樂九奏萬舞不類三代之樂其聲動人心

次韻答張天覺二首

車輕馬穩轡銜堅但有蚊虻喜撲緣截斷口前君莫問人

間差樂勝巢仙 【次公】列子云齊輯乎轡銜之際又莊子人間世言養馬曰適有蚊虻撲緣而拊之不時則決銜毀首碎胷出處撲作僕字音普木反又韓退之記夢詩云口前截斷第二句綽虐顏我顏不歡乃知神仙未賢聖護短憑愚邀我敬我寧屈曲身世間安能從汝巢神仙

馭風騎氣我何勞且要長松作土毛亦如訶佛丹霞老却向清涼禮白毫 【次公】莊子言列子馭風而行又乘雲氣馭飛龍騎日月丹霞老天然禪師也初於惠林寺遇天大寒師取木佛焚之人或譏師師曰吾燒取舍利人曰木頭何有師曰若尒者何責我乎而清涼山萬菩薩所在 【師】張天覺為河東提刑行部至五臺山遊清涼山有神光見

次韻王都尉偶得耳疾

君知六鑿皆為贅我有一言能決疣 【縯】莊子以生為負贅挂疣以死為決疣潰癰也 病客巧聞牀下蟻 【厚】晉殷仲堪父嘗患耳聰聞牀下蟻動謂之牛鬬也 癡人強覰棘端猴 【援】韓子云燕王好伎巧而人妄進曰臣能於棘刺之端造沐猴 聰明不在根塵裏藥餌空為婢僕憂但試周郎看聾否曲音小誤已回頭 【縯】周瑜字公瑾少精音樂雖數爵之後其有闕誤瑜必知之知之必顧時謠曰曲有誤周郎顧

僕領貢舉未出錢穆父雪中作詩見及三月二十日同遊金明池始見其詩次韻爲荅

雪知我出已全消花待君來未敢飄行避門生時小飲忽逢騎吏有嘉招魚龍絶技來千里【師】金明池設水戲作魚龍曼衍之戲設機於内皆如真焉斑白遺民數四朝知有黃公酒壚在蒼顔白髮自相遥【厚】王戎常經黃公酒壚下過顧謂後車客曰吾昔與嵇叔夜阮嗣宗酣暢於此竹林之游亦預其末自嵇阮亡吾便爲時之所羈紲今日視之雖近邈若山河

次韻曾直嘲小德小德曾直子其母微故其詩云

觧著潛夫論不妨無外家進饌客爭起小兒那可涯【續】晉裴秀少好學有風操八歲能屬文叔父徽有盛名賓客甚衆秀年十餘歲有詣徽者出則過秀然秀母賤嫡母宣氏不之禮嘗使進饌於客見者皆爲之起秀母曰微賤如此當應爲小兒故也宣氏知之後遂止莫欺東方星三五自横斜【厚】召南國風小星惠及下也夫人無妬忌之行惠及賤妾進御於君知其命有貴賤能盡其心矣其詩曰嘒彼小星三五在東注云嘒微皃小星衆無名者三心五噣四時更見名駒已汗血老蚌空泥沙【次公】前漢禮樂志太一况天馬下霑赤汗沫流赭應劭曰大宛馬汗血也又魏志孔融見韋元將仲將器之與其父端書

曰不意雙珠近出老蚌

但使伯仁長還與絡秀家【師】晉周顗母李絡秀少時在室顗父浚爲安東將軍嘗出獵遇雨止絡秀家會其父兄不在絡秀聞浚至與一婢於內宰豬羊具數十人之饌甚精辦而不聞人聲浚因求爲妾其父兄不許秀曰門戶殄悴何惜一女若連姻貴族將來庶大有益矣父兄許之遂生顗及嵩謨而顗等並列顯位絡秀謂之曰我屈節爲汝家妾門戶計耳汝不與我家爲親吾亦何惜餘年顗等從命由此李氏遂得爲方雅之族顗字伯仁

景仁和賜酒燭詩復次韻謝之時公方進新樂

笙磬分鈞上下堂舊說堂上之樂皆受笙鈞堂下之樂皆受磬鈞游魚舞獸自奔忙【任】荀子瓠巴鼓瑟而游魚出聽又尚書百獸率舞

朱絃初識孤桐韻舊樂金石聲高而絲聲微今樂金石與絲聲皆【敬夫】著

玉琯猶聞秬黍香舊曾法以尺生律今以黍定律以律生尺後漢志奚景於九疑山玉琯岩得玉琯十有二

萬事方今咨伯始一斑我亦愧真長【次公】伯始胡廣也後漢李傳云人言曰萬事不理問伯始真長劉惔也王獻之傳年數歲嘗觀門生樗蒲曰南風不競門生曰此郎亦管中窺豹時見一斑獻之怒曰遠慚荀奉倩近愧劉真長

此生會見三雍就無復寥寥歎未央【援】三雍者明堂靈臺辟雍也乃光武時事寥寥未央事見和邵同年贈賈秀才詩

次韻劉貢父春日賜幡勝【任】元祐三年戊辰作

寛詔隨春出内朝三軍喜氣挾狐貂【厚】後漢侯霸建議每春行寛大之詔内朝字出周禮又左傳三軍之士皆如挾纊鏤銀錯落翻斜月翦綵繽紛舞慶霄【續】慶霄字出文選臘雪強飛纔到地前一日微雪【堯卿】白樂天江天雪詩云猶勝嶺南看雰雰不到地曉風偷轉不驚條【援】左傳白風不鳴條雨不破塊云太平之世風不鳴條開甲散萌而已【師】董仲舒脫冠徑醉應歸卧便腹從人笑老貂是日幕次賜酒【厚】弟子嘲邊韶曰邊孝先腹便便懶讀書但欲眠

再和

與君流落偶還朝過眼紛綸七葉貂【續】前漢金日磾世名忠孝七葉内侍右左太沖詩金張籍舊業七葉珥漢貂莫笑華顛風采勝【堯卿】荊楚歲時記曰立春日悉翦綵為燕子以戴之貼宜春字【偉】蔡邕賦云華顛文人蓋老者之稱也幾人黄壤隔青霄行吟未許窮騷雅坐嘯猶能出教條【援】楚辭屈原行吟澤畔坐嘯事見趙郎中見和戲復荅之詩記取明年江上郡五更春枕夢春韶

葉公秉王仲至見和次韻荅之

紾絺方暑亦堪朝【師】論語當暑紾絺綌歲晚淒風憶皂貂【厚】戰國策蘇季子黒

貂之裘弊共喜鴛鸞鳶歸禁禦心知日月在重霄君如老驥初遭絡我似枯桑不受條任條，桑字。見詩七月强鑷霜須簪彩勝著顔得酒尚能韶

冉和

褰遲何幸得同朝温勁如君合珥貂次公貂，侍中冠也。漢儀，侍中冠武弁大冠，亦曰惠文冠，加金璫附蟬爲文，貂尾爲飾，謂之貂蟬。注云：侍中服之則左貂，常侍服之則右貂。董巴輿服志云：金取堅剛，百鍊不耗；蟬取居高飲清；貂取内勁悍外温潤。本趙武靈王胡服之制，秦皇破趙，得之，賜侍中誰惜異材蒙徑寸自慙枯枿借凌霄縯左太冲詩：欝欝澗底松，離離山上苗。以彼徑寸莖，蔭此百尺條。凌霄，花也光風泛泛初浮水紅糝離離欲經條厚楚詞：光風轉蕙泛崇蘭。又韓退之詩：始見洛陽春，桃枝綴紅糝後日一樽何勵共奉常端晃作咸韶縯堯之樂曰咸，舜之樂曰韶師奉常，太常也

次韻秦少章和錢蒙仲

碧畦黄隴稻如京任詩曾孫之庾如坻如京。京，高丘也歲美人和易得情鑑裏移舟天外思縯李白詩：人行明鏡中，鳥渡屏風裏次公鑑裏移舟，蓋越州之景。王羲之嘗曰：每過山陰道，如明鏡中行是也

地中鳴角苦來聲厚東漢公孫瓚傳云袁氏之攻鼓角鳴于地中山圍故國城空在

潮打西陵意未平次公先生第二篇次韻錢越州蓋穆父也蒙仲豈越州之子弟乎先生詩使西陵此正越州也李白送人尋越中山水詩西陵遶越臺是也又劉禹錫金陵詩山圍故國周遭在潮打空城寂寞回二子有如雙白

鷺隔江相照雪衣明次公玉真妃有一鸚鵡其毛色白名之曰雪衣女先生與陳述古詩記得金籠放雪衣自注云當生日杭人爲之放鴿觀此則凡羽毛之色白者皆可言雪衣矣

次韻錢越州

髯尹超然定逸羣次公髯尹以言錢越州諸葛亮與關羽書云孟起黥彭之徒當與益德並驅爭先猶未及髯之逸群絕倫也南遊端爲訪雲門次公雲門寺在越州杜詩若耶溪雲門寺謫仙歸侍玉皇

案越州有蓬萊閣元微之越州詩云我是玉皇香案吏謫居猶得在蓬萊老鶴來乘刺史幡續衛懿公好鶴鶴有乘軒者厚漢制二千石朱兩轓已覺簿書哀老子次公東漢馬援爲隴西太守任吏以職總其大體而已諸曹白外事援輒曰此丞掾之任何足相煩頗哀老子使得遨遊故知籩豆有司存續論語籩豆之事則有司存

年來齒頰生荊棘習氣因君又一言

次韻答劉景文左藏堯卿時在有美堂燕集而景文有詩云雲間獵獵立旌旗公在胥山

把酒時笑語幾番留湛輩風流千載與吳兒湖山日落丹青煥樓閣風收雨露滋誰使管簫江上佐賀中事業九門知白注云是日大霈

我老詩壇仆鼓旗【援】杜牧之詩今代風騷將誰登李杜壇　借君佳句發良時【續】杜詩每於百僚上偶誦佳句新　但空賀監杯中物【厚】李白憶賀監詩曰昔好杯中物今爲松下塵　莫示孫郎帳下兒【次公】吳志張昭字子布注載典畧曰子曩聞劉荊州嘗自作書欲與孫伯符以示禰正平正平嗤之言如是爲欲使孫策帳下兒讀之耶將使張子布見乎又孫策傳注引江表傳曰策時雖有位號而事民皆呼爲孫郎　夜燭催詩金燼落【次公】老杜詩片雲頭上黑應是雨催詩又劉禹錫詩寂寂獨看金燼落又前輩多刻燭爲詩　秋芳壓帽露華滋故應好語如爬癢【續】李賀貝沙路曲云沙路歸來聞好語旱火不光天下雨又杜牧詩社詩韓筆秋來讀似倩麻姑癢處抓　有味難名只自知【援】佛書云如人飲水冷暖自知

次韻錢越州見寄

莫將牛弩射羊群【續】漢有八牛弩以射楚軍矢及千里　卧治何妨晝掩門【次公】前漢汲黯拜淮陽太守上曰淮陽吏民不相得吾徒得君重卧而治之　稍喜使君無疢病【子仁】孟子舉欣欣然有喜色而相告曰我王庶幾無疾病與何以能鼓樂也　時因送客見車轓　搔頭白髮秋無數

閑眼丹田夜自存欲息波瀾須引去吾儕豈獨坐多言【次公】末句蓋有所激豈越州首篇有勸莫多言之意乎

次韻子由使契丹至涿州見寄四首

老人癡鈍已逃寒子復辭行理亦難要到盧龍看古塞【師】古盧龍在平州盧龍縣西【堯祖】沈存中云黑山在大漠之北有黑水出其下北人謂水爲龍盧龍者即黑水也投文易水弔燕丹余昔年辭免使北【任】燕丹燕太子丹也易水其所都也荆軻歌曰風蕭蕭兮易水寒是也

胡羊代馬得安眠窮髮之南共一天【援】列子有窮髮之北【次公】李洞詩島嶼分諸國星河共一天又見子卿持漢節【援】子卿蘇武也武帝時持節使匈奴遙知遺老泣山前【子仁】李白詩六帝餘古丘推蘇泣遺老

氊毳年來亦甚都【次公】司馬相如傳車騎雍容閑雅甚都【商老】劉孝儀謂北狄曰氊鄉時時鴂舌問三蘇子與子由入京時北使已問所在後子館伴北使屢誦三蘇文【縯】孟子南蠻鴂舌之人那知老病渾無用欲問君王乞鏡湖【次公】唐賀知章越州永興人請爲道士還鄉里詔許之以宅爲千秋觀而居又求周宮湖數頃爲放生池有詔賜鏡湖剡溪一曲

始憶庚寅降屈原【續】屈原離騷經曰攝提貞于孟陬兮惟庚寅吾以降 旋看蠟鳳戲僧虔【補】南史王曇首與兄弟集會諸子孫任其戲適僧虔採蠟珠爲鳳皇伯父弘稱其美 隨翁萬里心如鐵此子何勞爲買田 時循子遲侍行

雪後便欲與同僚尋春一病彌月雜花都盡獨牡丹在爾劉景文左藏和順閣梨詩見贈次韻荅之

殘花怨久病剩雨泣餘妍【次公】杜詩剩雨三江破殘山碣石開 不見雙旌出【注】退之詩有去騎逐雙旌之句 空令九陌遷 開園市井皆入 知君苦寂寞妙語嚼芳鮮淺

紫從爭發浮紅任早蔫天葩尚青蔓【王文】退之詩天葩吐奇芬 國色待華顛【次公】李正封牡丹詩國色朝酣酒天香夜染不 載酒邀詩將【厚】揚雄傳好事者載酒肴從雄學【次公】杜牧之詩今代風騷將誰登李杜壇 矐儒不是仙【援】司馬相如大人賦列仙之儒居山澤間形容甚矐

次韻表公濟謝芎椒詩

燥吻時時着酒濡【注】陸機文賦始躑躅於燥吻終流離於濡翰 要令臥疾致文殊【厚】維摩詰以方便現身有疾因以身疾廣爲說法佛告文殊師利汝行詣維摩詰問疾 河魚潰腹空號楚 左【續】

傳楚師傅蕭無社與司馬卯言號申叔展叔展曰有山鞠窮乎曰無河魚腹疾柰何汗水流骹始信吳吳真君服
椒法云半年脚心汗如水【共父】王衮博濟方載吳真君服椒法并歌曰其椒應五行其仁通六義服之半年內脚心汗如水【次公】吳人呼脚爲骹
自笑方求三歲艾【厚】孟子猶七年之病求三年之艾也不如長作獨眠夫【厚】彭祖有言服
藥千裹不如獨卧羨君清瘦真仙骨更助飄飄鶴背軀

次韻林子中王彥祖唱酬

早知身寄一漚中晚節尤驚落木風近年老公擇皆逝故有此語昨夢已
論三世事歲寒猶喜五人同軾與子中彥祖子敦完夫同試舉人景德寺今皆健雨餘北
固山圍座【次公】北固潤州山名後又有次韻林子中蒜山亭見寄而句云聞道賦詩臨北固又次韻林子中見寄而云蒜山小
隱雖爲客則林子中豈客寄於此者乎春盡西湖水映空【次公】先生自言其杭之西湖也差勝四明
狂監在更將老眼犯塵紅【次公】唐賀知章晚節放誕自號四明狂客爲祕書外監

葉教授和溽字韻詩復次韻爲戲記龍井之游

先生魯諸儒飲食清不溽【續】禮記儒行其飲食不溽空腸出秀句吟嚼五
味足華堂鬧絲管畔子漲春淥先生疾走避面冷毒在腹

歸來煑瓠葉【次公】後漢劉昆教授弟子常五百餘人每春秋享射常備列禮儀以素木瓠葉爲俎豆【子仁】詩幡幡瓠葉采之亨之弟子歌旱麓聲淫及靈臺中有麀鹿伏【子仁】並詩篇名弟子歌旱麓意取豈弟不作人聲淫及靈臺臺意取麀鹿以爲戲也功名一走兔何用千人逐【援】慎子曰一兔走街百人逐之一人得之貪者悉止分定故也故應容我輩清坐時閉目高亭石排徛木杪挂飛屋我來無時節客亦不待速【次公】易曰不速之客似聞雪鬅叟西嶺訪遺躅朝陽入潭洞金碧涵冰玉泉崖夜不扃雲袂本無幅慈皇付寶偈神侶得幽讀訥庵有老人【子仁】辯才法師也訥庵謂宴坐天魔哭時來獻瓔絡法供燈相續【師】佛書曼波毬多入定天魔波旬得便用瓔絡繫其頸上欲敗法又維摩經云無盡燈者譬如一燈然百千燈冥者皆明明終不盡故世有長明燈供吾儕詩酒汙【績】老杜詩云久遭詩酒汙欲往無乃觸齋廚費晨炊車騎滿山谷願聞第一義【績】杜詩願聞第一義回向心地初【師】第一義謂無上法也缽飯非所欲便投切雲冠予幼好奇服【次公】楚詞予幼好此奇服兮年既老而不衰帶長鋏之陸離兮冠切雲之崔嵬

次韻林子中見寄【堯卿】子中名希

飄零洛社數遺民 次公 白蓮社中有劉遺民 詩酒當年困惡賓 次公 前漢公孫弘寧逢惡賓不逢故人 元亮本無適俗韻 次公 元亮陶潛之別字也其詩曰少無適俗韻性本愛丘山 孝章要是有名人 續 三國志盛憲字孝章與少府孔融善融憂其不免禍與曹公書曰今之少年喜謗前輩或能譏評孝章孝章要為天下大名九牧之人所共稱歎 蒜山小隱雖為客江水西來亦帶岷卷却西湖千頃葑笑看魚尾更莘莘 次公 先生自言其開西湖之實事 任 毛詩云魚在在藻有莘其尾

次韻參寥同前

朝來處處白氊鋪 次公 老杜詩糝徑楊花鋪白氊 樓閣山川盡一如揔是爛銀并白玉不知奇貨有誰居 次公 史記呂不韋見秦太子曰此奇貨可居

次前韻荅馬忠玉

坡陁巨麓起連峯 次公 麓者山足峯者山之上秀者也坡陁不平之皃謝靈運詩云連峯競千仞 積累當年慶自鍾靈運子孫淇得鳳 續 謝超宗者謝鳳之子靈運之孫作殷淑妃誄帝大嗟賞謂謝莊曰超宗殊有鳳毛靈運復出也 慈明兄弟孰非龍 援 後漢荀淑有子八人潁川謂八龍名爽者字慈明又為之語曰荀氏八龍慈明無雙 河梁會作看雲別 次公 文選李陵與蘇武詩三首其一曰攜手上河梁游子暮何

之其五曰仰視浮雲馳奄忽互相踰長當從此別且復立斯須又杜詩云別時孤雲今不飛時復看雲淚橫臆詩社何妨載酒從【次公】歐公云唱高誰敢投詩社梅摯云草色暗迷詩社遠又揚雄傳時有好事者載酒看從雄游學秖有西湖似西子【次公】先生前爲杭州倅日有句云欲把西湖比西子後作穎川西湖詩又云西湖雖小亦西子故應宛轉爲君容【次公】言爲君作容色也詩云誰適爲容

次韻荅黃安中兼簡林子中

老去心灰不復燃【縯】莊子心若死灰又前漢韓安國在獄爲王吏田甲所辱曰死灰獨不復燃乎一麾江海意方堅【援】顏延年詠阮咸曰屢薦不入官一麾乃出守【次公】乃麾斥之麾而杜牧誤用爲旌麾字乃曰擬把一麾江海去其後詩人相承遂用杜牧事耳那堪黃散付子度【縯】蔡廓字子度爲吏部尚書宰相徐羡之曰自黃門以下悉以相委吾徒不復措懷自此以上故宜共參同異廓曰我不能爲徐羡之署紙尾遂不拜【次公】黃散者黃門與散騎也王敦上疏言劉隗以黃散爲參軍晉魏以來未有此也空羡蘇杭養樂天【厚】樂天吳郡詩石記貞元中韋應物爲蘇州牧房孺復爲杭州牧韋嗜詩房嗜酒吳中自爲詩酒仙予今自中書舍人間領二州既醉於彼又吟於此則蘇杭之風景韋房之詩酒兼有之矣病肺一春難白酒【援】杜詩春復加肺氣此病蓋有因早歲與蘇鄭痛飲情相親別腸三夜繞朱絃【次公】禮記清廟之瑟朱絃而疏越又陸士龍云朱絃繞素腕杜甫云哀絃繞白雪群仙政欲吾歸去共把清

風借玉川【績】盧仝詩蓬萊山在何處玉川子乘此春風欲歸去

次韻劉景文見寄【無已】先生詩評云劉季孫景文平之次子也慷慨奇士死之日家無一錢但有書三萬軸畫數百幅

淮上東來雙鯉魚，巧將詩信渡江湖。【次公】古詩云客從遠方來遺我雙鯉魚呼兒烹鯉魚中有尺素書細看落墨皆松瘦，想見掀髯正鶴孤。【次公】掀髯言笑也景文美髯故謂之髯劉烈士家風安用此，【次公】景文本右選而爲儒士之豪傑者所謂烈士豈其祖乎書生習氣未能無。莫因老驥思千里，醉後哀歌缺唾壺。【績】晉書王敦醉後惋慨悲吟以鐵如意擊玉唾壺歌曰老驥伏櫪志在千里烈士暮年壯心不已歌罷唾壺皆缺

次韻錢穆父以軾得汝陰用杭越酬唱韻作詩見寄

大耿疲勞已離群，【績】後漢耿弇攻張歩歩笑曰以尤來大彤衆十餘萬吾皆破之今大耿兵少於彼又皆疲勞何足推乎注弇耿况之長子故呼爲大耿小馮茲亦愛且當門。軾本以舍弟親嫌請郡【厚】前漢馮立與兄野王相代爲五原太守人歌之曰大馮君小馮君兄弟繼踵相因循聦明賢智惠吏民政如魯衛德化均周公康叔猶二君玉堂不着扶犁手，【厚】歐陽永叔詩云收取玉堂揮翰手却尋南畝把犁鋤【伯恭】元城先生云太祖皇帝嘗飛白題學士院曰玉堂之署

霜鬢貧偏宜畫鹿幡［次公］後漢輿服志公列侯安車朱班輪倚鹿較伏熊又鄭弘爲臨淮太守行春白鹿當道夾轂而行主簿黄國拜賀曰三公車轓畫作鹿明府必爲漢相也豪傑雖無兩王繼子直　深父風流猶有二歐存叔弼　季默清詩已入新歌舞［厚］北夢瑣言李密愛姬名雪兒善歌舞每見賓僚有文章奇麗中意者即付雪兒叶音律歌之要使邦人識雅言［援］詩書執礼皆雅言也

韓退之孟郊墓銘云以昌其詩舉此問王定國當昌其身邪昌其詩也來詩下語未契此荅之［厚］孟郊即貞曜先生也銘曰於戲貞曜雖世不皆維持不倚維卒不施以昌其詩

昌身如飽腹飽盡還當饑昌詩如膏面爲人作容姿不如昌其氣鬱鬱不衰劫壞安所之［厚］楞嚴經言諸人天境乃至劫壞三災不及如是一類名梵率天不如昌其志志一氣自隨養之塞天地孟軻不吾欺［援］孟子志一則動氣氣一則動志又云其爲氣也至大至剛以直養而無害則塞乎天地之間人言魏勃勇股栗向小兒［厚］前漢齊悼惠王傳魏勃本教齊王反漢既誅呂氏罷齊兵灌嬰使使召責問勃勃曰失火之家豈暇先言大人而後救火乎因退立股戰而恐栗灌將軍熟視笑曰人謂魏勃勇妄庸人耳何如魯連子談笑［次公］小兒言灌嬰以嬰傳云雖少然數力戰

却秦師【援】史記趙欲聽魏將辛垣衍帝秦之計魯仲連見衍折以秦不可帝之事秦將聞之爲却軍五十里此談笑之間也【次公】文選左太冲詩云吾慕魯仲連談笑却秦軍　謹勿怨謗讒乃我得道資淤泥生蓮花【續】維摩經云譬如高原陸地不生蓮花卑濕汙泥乃生此花　糞壤出菌芝【厚】柳子厚與蕭俛書朽枿腐敗不能生植猶足蒸出芝菌以爲瑞物也　賴此善知識【厚】善知識字出華嚴經　使我枯生荑【續】易枯楊生荑　吾言豈須多冷暖子自知【次公】傳燈録明上座語盧行者曰某甲雖在黄梅隨衆實未省自己面目今蒙指授入處如人飲水冷暖自知今行者即是某甲師也

和劉景文見贈

元龍本志陋曹吳豪傑崢嶸老不除【續】三國志陳登字元龍許汜與劉備並在荊州牧劉表坐共論天下人汜曰陳元龍湖海之士豪氣不除　失路今爲噲等伍【厚】前漢韓信廢爲淮陰侯嘗過樊將軍噲噲趨拜送迎言稱臣曰大王乃肯臨臣信出門笑曰生乃與噲等爲伍也　作詩猶似建安初【次公】建安後漢末年號魏文帝典論曰今之文人魯國孔融文舉廣陵陳琳孔璋山陽王粲仲宣北海徐幹偉長陳留阮瑀元瑜汝南應瑒德璉東平劉楨公幹斯七子者於學無所遺於辭無所假　西來爲我風黧面【厚】列子范氏有子曰子華縞衣乘軒緩步闊視顧見商丘開年老力弱面目黧黑【次公】杜詩會面嗟黧黑　獨臥無人雪縞廬【次公】縞字

取謝惠連雪賦眄隰則萬里同縞

留子非爲十日飲【厚】史記秦王遺平原君書曰寡人聞君之高義願與君爲十日之飲

要令安世誦亡書【援】前漢張安世傳上嘗幸河東嘗亡書三篋詔問莫能知唯安世識之具述其事後求得書以相校無所遺失

新渡寺席上次趙景貺陳履常韻送歐陽叔弼比來諸君唱和叔弼但袖手旁睨而已臨别忽出一篇有淵明風製坐皆驚歎

神屠不目全【續】莊子庖丁爲文惠君解牛曰始臣學解牛之時所見無非牛者三年之後未嘗見全牛也今臣以神遇而不以目視【次公】孫綽天台賦曰投刃皆虛目無全牛

妙頰惟粧半【厚】南史后妃傳徐妃以元帝眇一目每知帝將至必爲半面粧【次公】意則唐蔣凝應宏詞爲賦止四韻遂出頃刻傳播時謂曰頭花鈿滿面不若徐妃半粧也

更刀乃族庖【援】莊子良庖歲更刀割也族庖月更刀折也

倚市必醜悍【續】史記貨殖傳農不如工工不如商刺繡文不如倚市門【次公】退之詩倚市難藏拙

平生魏公籌【厚】晉書魏舒爲鍾毓長史毓每與參佐射舒常爲畫籌而已後遇朋人不足以舒滿數毓初不知其善射舒容範閑雅發無不中舉坐莫有敵者毓歎曰吾之不足以盡卿才有如此射矣【次公】舒後爲三公微時嘗詣野宿偶聞車馬之聲問寢者誰曰魏公則已有先兆呼爲魏公也

忽斲郢人墁【援】莊子郢人堊墁其鼻匠石運斤成風而斲之堊盡而鼻不傷也

詩書亦何用適道須此館多言雖數窮【續】老子多言數窮不如守中 微中或排難【厚】史記太史公曰天道恢恢豈不大哉談言微中亦可以解紛又魯仲連云所以貴於天下之士者爲人排難解紛而無取也 子詩如清風嘐嘐發將旦【次公】前漢李尋傳云日者衆陽之長人君之表也故曰將旦清風發群陰伏又莊子大塊噫氣其名爲風汝獨不聞之嘐嘐乎 胡爲乂閉匿綺語真自患【厚】綺語出佛書又樂天白氏文集記寓興放言緣情綺語者亦往往有之 許時笑我癡隅屋相詠歎【次公】晉書顧愷之與謝瞻連省夜於月下長詠瞻每遙贊之愷之彌自力忘倦瞻已眠令人代已愷之不覺有異遂達旦時號癡絕 竟識彦道否絕叫呼百萬【續】晉書袁耽字彦道桓溫少時游於博徒資産俱盡欲求濟於耽耽時在艱許之無難色遂變服懷布帽隨溫與債主戲耽素有藝名債主聞之而不相識謂曰卿當不辨作袁彦道也遂就局十萬一擲直上百萬耽投馬絕叫探布帽擲地曰竟識袁彦道否 清朝固多士人門子皆冠【厚】陳書高宗謂蔡凝曰我欲用義興主壻錢肅爲黃門郎卿意何如凝曰黃散之職故須人門兼美惟陛下察之唐史李揆傳肅宗謂揆曰卿門地人物文學皆當世第一【任】莫言清穎水從此隅河漢【厚】靈怪集織女謂郭於曰且河漢隔絕無可復知 異時我獨來得魚楊柳貫【援】石鼓文其魚維何維鱮維鯉何以貫之維楊與柳 持歸不忍食尺素解悽斷【續】古詩客從遠方來遺我雙鯉魚呼兒烹鯉魚中有尺素書 中有清圓句銅丸飛柘彈【厚】南史謝

眺玄好詩圓美流轉如彈丸也春愁結凌澌正待一笑汴百篇儻寄我呻吟鄭人緩【厚】莊子列禦寇鄭人緩也呻吟裘氏之地祇三年而緩爲儒

次韻趙景貺春思且懷吳越山水

歲華來無窮老眼久已靜【次公】杜詩乾坤無老眼嚴谷滯斯人春風如繫馬【次】莊子外篇天道而壯義然似繫馬而止也未動意先騁西湖忽破碎【縯】杜登慈恩寺塔詩秦山忽破碎鳥落魚動鏡【厚】退之詩宋玉庭邊不見人輕浪參差魚動鏡縈城理枯瀆放閘起膠艇【次公】莊子內篇覆杯水於坳堂之上者則芥爲之舟置杯焉則膠願君縈此樂官事何時竟清河西湖三閘督君成之【次公】晉楊濟與傳咸書曰生子癡了官事官事未易了也思吳信偶然出處付前定飄然不繫舟【縯】莊子雜篇飽食而遨遊汎若不繫之舟乘此無盡興【次公】晉王子猷云乘興而來興盡而反醉翁行樂處【次公】醉翁歐陽永叔也嘗知潁州漢揚惲書云人生行樂耳草木皆可敬明朝遊北渚急掃黃葉徑白酒真到齊【縯】世說桓溫有主簿善別酒謂好者爲青州從事青州有齊郡謂酒到臍紅裙已放鄭酒尚有香泉一壺爲樂全先生服不作樂也【次公】論語放鄭聲

次韻王滁州見寄

斯人何似似春雨歌舞農夫怨行路次公春雨之爲澤農夫歌舞之行路怨之豈不猶君子之人人之所或喜或憎乎君看永叔與元之續歐陽永叔王元之並曾知滁州也坎軻一生遭口語厚揚惲與孫會宗書云逆遭變故橫被口語司馬子長答任少卿書云僕以口語遭遇此禍也子仁兩翁當年鬢未絲玉堂揮翰手如飛次公唐史陸扆拜中書舍人文思敏速揮翰如飛教得滁人解吟詠次公劉禹錫詩化得邦人解吟詠如今縣令亦風流至今里巷嘲輕肥君家聯翩盡卿相獨來坐嘯溪山上續後漢書云南陽太守岑公孝汝南成瑨但坐嘯笑指浮利一雞肋援曹操平漢中欲因討劉備而不得進欲守之又難爲功於是出教唯曰雞肋而已外曹莫能曉楊脩曰夫雞肋食之無所得棄之如可惜公歸計決矣多取清名幾熊掌續孟子魚我所欲也熊掌亦我所欲也二者不可得兼舍魚而取熊掌者也丈夫自重貴難售兩翁今與青山久後來太守更風流任劉禹錫詩風流太守韋尚書要伴前人作詩瘦續太白詩杜甫云借問因何太瘦生總爲從前作詩苦我倦承明苦求出援前漢嚴助爲會稽太守上賜書曰君厭承明之廬勞侍從之事懷故土出爲郡吏到處遺蹤尋六一次公歐陽永叔自號六一居士堯祖歐陽公醉翁亭記豐樂亭記菱溪石記曾南豐記醒心亭皆其遺跡也憑君試與問琅琊次公琅琊滁州山名永叔醉翁亭記所謂望之蔚然而深秀者琅琊也許我來

游莫難色

趙景貺以詩求東齋榜銘昨日聞都下寄酒來戲和其韻求分一壺作潤筆也【厚】隋書鄭譯爲隆州刺史召還賜燕醴泉宮復爵沛國公上柱國上令內史李德林立作詔書高熲戲謂譯曰筆乾譯曰出爲方岳杖策言歸不得一錢何以潤筆上大笑

王孫天麒麟【續】南史徐陵年數歲家人攜以見沙門寶誌寶誌摩其頂曰天上石麒麟也眸子奧而徹囊空學愈富【次公】杜詩囊空恐羞澁屋陋人更傑我老書益放落筆坐爭掣欲求東齋銘要飲西湖雪長餅分未到小研乾欲裂衣不似淳于髡一石要燭滅【援】史記滑稽傳齊威王置酒後宮召髡賜之酒問曰先生能飲幾何而醉對曰臣飲一斗亦醉一石亦醉賜酒大王之前執法在旁御史在後髡恐懼俯伏而飲不過一斗徑醉矣至若杯盤狼籍堂上燭滅主人留髡而送客當此之時髡心最歡能飲一石也

二鮮于君以詩文見寄作詩爲謝

我懷元祐初瑋璋滿清班維時南隆老【次公】南隆閬中也鮮于子駿閬中人奉使獨未還迂叟向我言【續】司馬溫公自號迂叟青齊歲方艱斯人乃德星

遣出虛危間【次公】司馬温公謂軾曰子駿福星也京東人困甚且令往彼虛危即青齊分野也南齊書天文志昇明三年四月歲星在虛危徘徊玄枵之野則齊國有福厚爲受慶之符召用既晚矣天命良復慳一朝失老驥寂寞空帝閑【次公】閑馬既也周禮天子有十二閑至今清夜夢【次公】歐陽永叔詩至今清夜夢猶遶北潭北枕簟有餘潸【次公】潸言涕泗也詩云潸然出涕喜聞二三子【次公】指言二鮮于子駿之子也結髮師閔顏高論已河漢【次公】莊子內篇吾驚怖其言若河漢而無極也清詩鳴佩環【注】歐陽永叔詩意淡宜松鶴詩清叩佩環遥知三日雪積玉埋崧山誰念此幽桂坐蒙榛與菅【次公】退之雪後寄崔丞云殿前諸公聮金裁窋豈念幽桂遺榛菅故人在頴尾【次公】頴尾即頴州以在頴水之尾故名其字出左傳投詩清冷灣【子仁】莊子雜篇讓王自投清泠之灣

和陳傳道雪中觀燈【次公】陳傳道履常之兄也

新年樂事歎何曾閉閤燒香一病僧未忍便傾澆別酒且來同看照愁燈頹魚躍處新亭近湖雪消時畫舫升秪恐樽前無此客【續】謝安見桓温既出温顧左右曰頗嘗見我有如此客不清詩還有士龍能【次公】晉陸雲字士龍陸機之弟以言履常也

次韻徐仲車 仲車耳聾【堯卿】仲車名積，苦學養母盡力，行年四十不婚不仕，久之，鄉人迫令就舉，逮應入京，則以雙輪載母，躬自推行，葛衫草屨，行道之人不能辨也。登治平四年第，未調官，母亡，遂不復仕，家居山陽，衣食不給。及路振通判楚州，始爲娶妻生子，小名路兒。云先生嘗言：仲車古之獨行人，於陵仲子不能過。然其詩文則怪而放，如玉川子，此一反也。耳聵甚，畫地爲字乃始通，終日面壁不與人接，而四方事無不周知，此二反也。昔主肅三反，而斯人有其二，亦可謂異矣

惡衣惡食詩愈好【縯】衣惡食者未足與議也 論語：士志於道，而恥惡恰似霜松囀春鳥。蒼蠅莫亂遠雞聲【次公】東方未明詩曰：匪雞則鳴，蒼蠅之聲。注云：蒼蠅之聲有似遠雞之鳴也世上誰知公覺早，八年看我走三州 元豐八年，子赴登州；元祐四年赴杭州，皆見仲車；今赴揚州月自當空水自流，人間擾擾真蝼蟻，應笑人呼作鬬牛【援】晉殷仲堪父嘗患耳聰，聞牀下蟻動，謂之牛鬬

次韻林子中春日新堤書事見寄

東萊寄食似孤雲【次公】先生在京師，時爲翰林承旨，不久而出知揚州，故云寄食 幞被真成一宿賓【縯】晉魏舒爲尚書郎，欲沙汰郎官，舒曰：我即其人也。幞被而出 收得玉堂揮翰手，却爲淮

月弄舟人羨君湖上齋搖碧笑我花時甑有塵【援】後漢范冉字史雲所居單陋有時絕粒閭里歌之曰甑中生塵范史雲為報年來殺風景【厚】李義山雜纂有殺風景之語謂清泉濯足花上曬裩背山起樓燒琴煑鶴對花啜茶松下喝道連江夢雨不知春來詩有芍藥春之句揚州近歲率為此會用花十餘萬枝吏緣為姦民極病之故罷此會【次公】夢雨者雲夢之雨也杜牧詩云得州荒僻中更值連江雨

次韻和晁無咎學士相迎

少年獨識晁新城【次公】晁新城無咎之父也為新城令閉門却掃卷旆旌【厚】江文通恨賦言馮敬通閉關却掃塞門不仕又南史沈𩅦閉門却掃無所交接杜甫送郭英乂詩斜日當軒蓋高風卷旆旌胸中自有談天口【次公】史記騶衍談天又七略云田駢之辯其口如天人為之語曰田駢天口坐却秦軍發壘守【次公】史記云魯仲連語新垣衍以秦不可帝之事秦軍聞之却三十里又左太沖詩曰談笑却秦軍又工輸班作九攻城之機而墨翟以九守拒之又鄭康成作發公羊墨守有子不為謀置錐【續】史記楚優孟曰孫叔敖死子無立錐之地【注】莊子雜篇堯舜有天下子孫無罝錐之地也虹蜺吞吐志寒機端如太史牛馬走【厚】文選司馬遷荅任少卿書云太史公牛馬走太史公則遷之父也自謂其是太史公牛馬之僕而已嚴徐不敢連兕雁【續】東方朔傳武帝問朔曰方今公孫丞相兒大夫董仲舒司馬遷之倫先生自視何與比哉朔曰臣觀其吐吻脣連兕雁臣雖不肖尚兼此數子也

徘徊未用疑相待　枉尺知君有家戒【援】孟子枉尺而直尋者以利言也　避人

聊復去瀛州【續】唐太宗命閻立本圖十八學士像藏之書府在選中者天下所慕向謂之登瀛州　伴我真能

老淮海【次公】以言無名爲揚州笮也禹貢淮海惟揚州　夢中仇池千仞巖【續】先生嘗夢遊仇池見雙

石詩　便欲攬我青霞幨　且須還家與婦計【援】史記楚莊王欲以優孟爲相優孟曰請歸與婦計之

我本歸路連西南【次公】杜甫仇池詩曰近接西南境　老人飲酒無人

佐　獨看紅藥傾白墜【次公】謝朓詩紅藥當階翻芸約芍藥也揚州素出此花有名於世白墮佳酒也有劉白墮

者善造酒因以得名【驂文】洛陽伽藍記載河東人劉白墮善釀酒盛暑曝之日中經旬不壞　每到平山憶醉翁

懸知他日君思我【次公】平山在揚州永叔自號醉翁羽慶曆中嘗知揚州先生乃其門生故登平山而憶之無名則又先生之門人故云

路傍小兒笑相逢　齊歌萬事轉頭空【續】樂天詩百年隨過萬事轉頭空　猶堪十里卷

春風【續】杜牧詩春風十里揚州過卷上珠簾總不知

賴有風流賢別駕【援】晉史庾亮曰別駕舊與刺史別乘同流王化任居刺史之半

次韻劉景文贈傅羲秀才

竅眇文章宜和寡【次公】竅眇深妙之謂也和寡則宋玉所謂曲彌高者和彌寡也　崢嶸肝肺亦

交難未能飛瓦彈清角【續】韓子曰晉平公令師曠鼓清角一奏雲從四方起再奏大風雨隨之裂帷幔破俎豆墮廊瓦肯便投泥戲潑寒【援】唐武后末年爲潑寒胡戲明皇時因四夷來朝作之張說諫曰四夷請和當接以禮樂示以兵威乞寒潑胡未聞典故裸身跳走汨泥揮水盛德何觀焉帝納之忽見秋風吹洛水遥知霜葉滿長安【次公】吕仙翁詞云秋風吹渭水落葉滿長安詩成送與劉夫子莫遣孫郎帳下看【續】典略曰劉荊州嘗作書與孫伯符以示禰正平嗤之言如是之作欲使孫郎帳下兒讀之邪將使張子布見乎

次韻定國見寄

還朝如夢中雙闕眩金碧復穿鵷鷺行【子仁】杜詩不息豺虎鬭空慚鵷鷺行強寄麋鹿迹勞生苦晝短【續】古詩晝短苦夜長展轉不能夕【厚】魏姚裴讓之古樂府云展轉不能寐徙倚獨披衣默坐數更鼓流水夜自逆【次公】道家曰黄河水逆流此轂運之法也故人爲我謀此志何由畢越吟知聽否誰念病莊舄時方請越【援】史記陳軫曰昔越人莊舄在楚有頃而病楚王使人察其意之所向聞其越吟知其思越也

次韻奉和錢穆父蔣穎叔王仲至詩四首

見和西湖月下聽琴【任】元祐六年辛未作此

謖謖松下風【厚】世説云世目李元禮謖謖如勁松下風　藹藹隴上雲【續】退之詩君詩多態度藹藹春空雲　聊將竊比我【次公】論語竊比於我老彭　不堪持寄君【厚】陶弘景辭職入山梁武詔不起問山中何所有荅曰山中何所有嶺上多白雲只可自怡悦不堪持贈君　半生寓軒冕【厚】莊子今之所謂得志者軒冕之謂也　一笑當琴樽良辰飲文字【援】退之詩不解文字飲唯能醉紅裙　晤語無由聽我有鳳鳴枝皆作蛇蚹紋【次公】鳳鳴枝琴也琴以桐木爲之而鳳棲於桐詩云鳳皇鳴矣于彼高岡梧桐生矣于彼朝陽琴古而來列裂則有蛇蚹紋蛇蚹出莊子司馬注云謂蛇腹下齟齬可以行者也　月明委靜照心清得奇聞當呼玉澗手【厚】家有雷琴甚奇古玉澗道人崔閑妙於雅聲當呼使彈　一洗羯鼓昏【續】羯鼓録唐明皇好羯鼓八音之領袖諸樂不可方也寧王子汝陽王璡小名花奴時方有奏琴弄未畢上叱去曰速召花奴取我羯鼓來爲我解穢　請歌南風曲【厚】家語舜彈五絃之琴造南風之詩曰南風之薫兮可以解吾民之愠兮南風之時兮可以阜吾民之財兮　猶作虞書渾【援】揚子虞夏之書渾渾爾

見和仇池

上窮非想亦非非【厚】楞嚴經云如存不存如盡不盡如是一類名非想非非想處　下與風輪共一癡【次公】楞嚴經云嚴明空昧相待成搖故有風輪執持世界共一癡言上天下地皆然蓋佛氏謂之界者一癡想所成也【子仁】白樂天

晨霞詩上自非想頂不及風水輪 翠羽若知牛有角 次公 杜詩孔雀未知牛有角渴飲寒泉豊觝觸又云翠羽金花不辭厚 空餅何必井之湄 援 前漢陳遵傳揚雄酒箴謂酒客難法度士譬之於物曰子猶餅矣觀餅之居居井之湄處高臨深動常近危 還朝暫接鴛鸞翼 厚 唐百官儀曰御史供奉赤墀下接武夔龍簉羽鵷鷺豈雍州判佐比乎 謝病行收麋鹿姿 厚 歐陽呆朝感事詩羽儀雖接鴛鴦兼鷺鳥野性終存麋鹿群 記取和詩三益友 次公 三益友指言錢蔣王也論語益者三友 他年弭節過仇池 次公 弭節暫止旌節也楚詞九歌云夕弭節兮北渚又司馬相如賦云弭節容與

玉津園 詳見前雙石詩注

承平苑囿雜耕桑 六聖臨民計慮長 次公 六聖謂太祖太宗眞宗仁宗英宗神宗也 碧水東流還舊派 玉津入分蔡河上流復合于下 紫壇南峙表連岡 厚 匡衡言漢甘泉泰畤紫壇八觚宜通象八方五帝壇周環其下 不逢遲日鶯花亂 空想疎林雪月光 千畝何時躬帝籍 續 國語宣王即位不籍千畝注云籍借也借民力以爲之天子田籍千畝諸侯百畝 厚 禮記月令篇天子正月擇元辰親耒耜躬耕帝籍 斜陽寂歷鎖雲莊 次公 劉禹錫詩寂歷斜陽照縣鼓 子仁 李邕登歷下古城詩云太山雄地理巨壑眇雲莊出老杜詩集

籍田

竊脂方紀瑞【次公】桑扈謂之竊脂詩曰交交桑扈是也又左傳昭十七年郯子曰少昊以鳥紀官九扈爲九農正杜預注曰扈有九種而桑扈竊脂其一也布穀未催耕【任】杜子美洗兵馬詩田家望望惜雨乾布穀處處催春種魚沫依蘋渚【次公】莊子魚相呴以沫矣蝸涎上綠楹【厚】杜詩鳥啄催寒木蝸涎蠹畫梁江湖來夢寐蓑笠負平生琴裏思歸曲因君一再行【次公】司馬相如傳臨邛令進琴於相如爲鼓一再行顏師古曰行謂曲引也

次天字韻荅岑巖起

一聲清蹕霧開天【次公】漢書曰出稱警入言蹕顏師古曰警者戒肅也蹕止行人也百辟心莊豈貌虔回顧驚君珠玉側【續】晉王濟見衛玠輒歎曰珠玉在側覺我形穢同升愧我粃糠前【厚】晉書孫綽性通率好譏調嘗與習鑿齒共行綽在前顧謂曰沙之汰之瓦礫在後習曰簸之揚之糠粃在前徘徊月色留壇影縹緲松香泛蠟煙近制以椽燭松明易粹盆莫歎郎潛生白髮【次公】後漢張平子賦尉厖眉而郎潛兮逮三葉而遘武注引漢武故事曰上至郎署見一老郎鬢眉皓白問何時爲郎何其老也對曰臣姓顏名駟以文帝時爲郎文帝好文而臣好武景帝好老而臣尚少陛下好少而臣已老是以三葉不遇也上感其言擢爲會稽都

尉

聖朝求舊鄙鳶肩【援】唐書岑文本謂所親曰馬周鳶肩火色騰上必速恐不能久

次秦少游韻贈姚安世

帝城如海欲尋難肯捨漁舟到杏壇【續】莊子孔子坐杏壇之上有漁父下船而來左手據膝右手持頤以聽之剝啄扣君容膝户【厚】陶淵明歸去來云審容膝之易安退之剝啄行云剝剝啄啄有客至門巍峩笑我切雲冠【援】楚詞九章云帶長鋏之陸離兮冠切雲之崔嵬問羊獨怪初平在【續】神仙傳皇初平牧羊有道士將至金華山而得道其後兄初起尋初平見道士引至山中與弟語畢問羊何在初平與至山東見白石因叱之石皆起成羊數百頭牧豕應同德曜看【厚】後漢梁鴻家貧而尚節介牧豕於上林苑中曾遺火延及他舍悉以豕償之後娶孟氏女名光字德曜肯把參同較同異【次公】魏伯陽作參同契皆修煉之祕訣小牕相對爲研丹

次丹元姚先生韻

浮生知幾何僅熟一釜羹那於俯仰閒用此委曲情自怜無他腸【厚】西漢衛綰以戲車爲郎文帝以爲廉中實無他腸以爲河間王太傅偶亦得此生【子仁】陶淵明詩嘯傲東軒下聊復得此生懸知當去客【厚】陶淵明詩家爲逆旅舍我如當去客中有不亡存【續】莊

子凡雖亡而有不亡者存但恐宿緣重每爲習氣昏【厚】宿緣習氣字皆出佛書似聞梅子眞近至吳市門【援】前漢梅福字子眞去官歸壽春元始中王莽專政福一朝弃妻子去九江至今傳以爲仙其後人有見福會稽者更名姓爲吳市門卒云未能肩拊洪【續】郭璞遊仙詩左挹浮丘袂右拍洪崖肩但欲目擊溫【厚】莊子溫伯雪子適齊舍於魯仲尼見之而不言子路問焉仲尼曰若夫人者目擊而道存矣不敢叩門呼恐作喻垣奔【援】孟子段干木踰垣而避之泄柳閉門而不納是皆已甚且令紹介先【厚】史記平原君謂魯仲連曰勝請爲紹介注云紹介相佑助者徐以方便論【次公】方便字出佛書大巧方便不學劉更生黃金鑄尚方【續】前漢劉向本名更生父德治淮南獄得枕中鴻寶書更生誦之以爲奇因獻之言黃金可成上令典尚方鑄作不驗下吏不學房次律身事問頴陽【援】西陽雜俎邢和璞居嵩頴間乃頴陽書三篇房綰問邢終身之事邢言降魄之處非館非寺病起於魚飧而休於龜茲板其後房公舍閬州紫極宮見有治龜茲板者始憶邢之言有頃刺史具鱠邀房房悟且以板事白於刺史其夕病鱠卒也王烈亦何人叔夜未可量獨見神山開遂殆石髓香【厚】神仙傳王烈獨行太行山忽聞山東北如雷聲烈往視之乃見山破石烈數百丈中有清泥流出如髓烈取食之因攜歸與嵇叔夜叔夜取視之已成青石矣【次公】按仙經云神山五百年輒一開其中石髓出得而服之壽與天地相畢又按晉書嵇康傳王烈得石髓與康皆凝爲石烈歎曰嵇叔夜志趣非常而輒不遇命也至道尚聽瑩【續】莊子長梧子曰是黃帝之所聽瑩也而丘

何足以知之 麤材終蹶張【厚】前漢申屠嘉嘗爲材官蹶張謂踏强弩也 先生喜而笑幅巾
登我堂【次公】後漢孔融師事李膺每見融聽其言論融幅巾奮神談詞如雲注云幅巾以一幅爲之也 苦摯指
黃壤要言刻青琅【次公】黃壤墓中也苦摯指黃壤意在不死也青琅青王之書刻青琅意求神仙也 蓬萊
在何許弱水空相望【次公】蓬萊於書見列子并史記而仙經曰蓬萊隔弱水三十万里終不可到故盡全詩云
蓬萊山在何處玉川子乘此清風欲歸去 且當從嵇阮【縯】嵇康阮籍阮咸皆晉人也 聊復數山玉
【厚】文選五君詠注云顏延年領步兵好酒疎誕不能斟酌劉湛言於彭城王出爲永嘉太守延年怨憤乃作五君詠述竹林七賢以自喻前山濤
王戎由貴盛遂黜不收 達人友四海曲士守一疆【厚】莊子曲士不可以語於道者束於教也 謹勿
使形諜【次公】列子食於十漿之家而五漿先饋驚曰內誠不解形諜成光 兒童驚夜光【子仁】韓贈張籍詩云
兒童畏雷電魚鼈驚夜光

次韻王晉卿奉詔押高麗燕射

北苑傳呼陛楯郎【次公】前漢傳呼甚寵乃今之前導也陛楯郎秦制執楯於殿下者也優旃傳旃哀其雨而陛楯
者沾寒以計免之臨檻大呼曰陛楯郎汝雖長何益幸雨立我雖短也幸休居 東夷初識令君香【厚】襄陽記劉季
和性愛香主簿張坦曰人名公作俗人不虛也季和曰荀令君至人家坐席三日香爲我如何坦曰醜婦效顰見者必走公欲遣走耶 天

山自可三箭取【演】唐書薛仁貴爲鐵勒道行軍總管時九姓衆十餘萬令驍騎來挑戰仁貴發三矢輒殺三人軍中歌曰將軍三箭定天山壯士長歌入漢關九姓遂衰海國何勞一葦航【援】詩誰謂河廣一葦航之宣勸不辭金盌側醉歸爭看玉鞭長【次公】左傳雖鞭之長不及馬腹錦囊詩草勤收拾【厚】唐李賀每旦日騎弱馬從小奚奴背古錦囊遇所得投囊中未始先立題然後爲詩莫遣雞林得夜光【續】白樂天最工詩雞林行賈售其國相率十篇易一金僞者相輒能辨之

冊元子示詩飄飄然有謫仙風氣吳傳正繼作復次其韻【曾直】王希明纂天文圖有冊元子步天歌一卷傳于世蓋星曆之學也

飛仙亦偶然脫命瞬息中惟詩不可擬如寫天日容【厚】退之進淮西碑表云乾坤之容日月之光知其不可繪畫也夢中哦七言玉冊已入懷一語遭綽蹇失身墮蓬萊蓬萊至今空護短不養才【續】退之記夢詩云壯非少者哦七言六字常語一字難我以指撮白玉丹行且咀嚼行詰盤口前截斷第二句綽雲頗我顏不歡乃知仙人未賢聖護短憑愚邀我敬上界足官府【援】退之詩上界真人足官府豈如散仙鞭笞鸞鳳終日相追陪謫仙應退休【厚】太白對酒憶賀監詩序太子賓客賀公於長安紫極宮一見呼予爲謫仙人可憐吳與蘇骯髒雪滿頭【次公】後漢

優北堂上髑髏倚門邊音曰元葬蓋高抗達直皃【續】論語道不行乘桴浮于海

終當却與元丹子，笑指東海乘桴浮。

次韻聦上人見寄【次公】杭州僧也

前身本同社，【次公】同社緣陶潜輩與廬山遠師結白蓮社故有此字 宿業獨臨邊。一悟鏡空老，【厚】高僧傳洛陽香山寺鏡空遊錢塘至孤山寺西餒甚因臨流出涕俄有梵僧顧空笑曰頗憶講法華於同德寺乎空莫測其由僧曰子應爲飢火所燒不暇憶故事乃探囊出一棗大如拳許曰吾國所産食之者上智知過去未來事下智止知前生事耳空因吹棗掬泉飲之枕石而寢頃刻乃悟憶講經於同德寺如聦日焉 始知圓澤賢。【續】圓澤傳李源居洛惠林寺與僧圓澤遊甚密一日相約遊靑城峨眉舟至南浦見婦人錦襠負甖而汲者澤望而泣曰吾當爲此婦人子孕三歳矣今既見無可逃者後十二年中秋月夜杭州天竺寺外當與公相見至暮澤亡而婦乳後十二年源自洛適吳赴其約聞葛洪川畔有牧童叩牛角而歌乃圓澤也源問澤公健否答曰李公眞信士然俗緣未盡愼勿相近 歸心志犢佩，【援】龔遂爲勃海太守見民帶持刀劒者曰何爲帶牛佩犢 生術寄羊鞭。【續】莊子善養生者如牧羊然視其後者而鞭之 不似歐陽子，空留六一泉。【次公】歐陽永叔雖不到杭州而惠勤師思之因所居有甘泉湧出遂名之曰六一泉六一者歐陽公自號六一居士也

次韻王雄州還朝留別

老李威名八十年【次公】老李指言李允則也先生作詩在元祐八年逆數八十年則真宗時也景德二年正月真宗以契丹初和易置守將召樞宰議可適用者首選公知雄州御筆署其名於紙公在雄凡十四年事見李復圭所作李氏家傳自景德二年至元祐八年則八十九年也　壁間精悍見遺顏自聞出守風流似稍覺承平氣象還但遣詩人歌杕杜【續】詩杕杜勞還役也　不妨侍女唱陽關【厚】王維詩勸君更盡一杯酒西出陽關無故人後人歌以爲曲　內朝接武知何日【次公】天子之朝有三曰治朝曰外朝曰燕朝皇帝多御燕朝即內朝者也　白髮羞歸供奉班【任】杜詩憶昨逍遙供奉班【厚】古詩投老歸來供奉班

詹守携酒見過用前韻作詩聊復和之

箕踞狂歌老瓦盆【續】莊子妻死惠子弔之莊子方箕踞鼓盆而歌【厚】杜子美少年行莫笑田家老瓦盆　燎毛燔肉似羌渾【次公】羌渾西方之戎如唐書載吐蕃渾犯塞即此也燎毛燔肉蓋其俗然矣　傳呼草市來携客洒掃漁磯共置罇山下黃童爭看舞江干白骨已銜恩時詹方議葬暴骨　孤雲落日西南望長羨歸鴉自識村

答周循州

蔬飯藜牀破衲衣【厚】傳燈錄懶瓚和尚歌云身破一衲　掃除習氣不吟詩

生自是盧行者【次公】盧行者即曹溪六祖也曹溪在韶州蓋用嶺南事也後學過呼韓退之未敢叩門求夜話時叨送米續晨炊【厚】漢韓信傳亭長妻晨炊蓐食知君清俸難多輟且覔黃精與療饑【續】詩云泌之洋洋可以療飢【國】抱朴子內篇云黃精一名兎竹一名救窮一名垂珠服花勝實服實勝根

次韻惠循二守相會

共惜相從一寸陰【厚】淮南子聖人不貴尺璧而重寸之陰以時難得而易失也酒盃雖淺意殊深且同月下三人飲【續】李白詩舉杯邀明月對影成三人莫作天涯萬里心【厚】古詩相去萬餘里各在天一涯【任】杜詩蟄龍三冬卧老鶴萬里心東嶺近開松菊徑【後】陶潛歸去來云三徑就荒松菊猶存南堂初絕斧斤音知君善頌如張老【續】禮記晉獻文子成室張老曰美哉輪焉美哉奐焉歌於斯哭於斯聚國族於斯君子謂之善頌善禱猶望攜壺更一臨【厚】杜牧之詩與客攜壺上翠微

又次韻二守同訪新居二首

數畝蓬蒿古縣陰曉窻清快夜堂深【厚】梅聖俞詩萬蟻戰酣春晝永五星明處夜堂深也知卜築非真宅【厚】杜甫秋日詠懷詩註平生多病卜築追懷【任】白樂天詩亦知官舍非吾宅且斸山櫻滿

院栽又列子云歸其眞宅**聊欲跏趺看此心**[次公]楞嚴經云結跏趺坐白樂天酬錢員外詩須君想我看心坐報道心空無可看**聞道携壺問奇字**[演]前漢揚雄傳鉅鹿侯巴常從雄學奇字**更宜登木助徽音**[次公]禮記檀弓篇孔子之故人曰原壤其母死夫子助之沐槨原壤登木曰久矣予之不託於音也歌曰狸首之班然執女手之卷然**相娛北户江千頃直下都無地可臨**[厚]三簡栖頭陀寺碑云飛閣逶邐下臨無地**此生眞欲老潛陰郤掃都志歲月深**[演]後漢馮衍閉門郤掃又晉書葛洪閉門郤掃未嘗交遊**拔薤已觀賢守政**[援]後漢龐參爲漢陽太守郡人任宗有志節參到乃先候之堂不與言但以薤一本水一盂置屛前抱孫兒伏户下參思其微旨曰水欲吾清拔薤欲吾擊强宗抱孫兒當户下欲吾開門恤孤遂歎息而還**折蔬聊慰故人心**[厚]陶潛明詩窮巷隔深轍頗回故人車歡然酌春酒折我園中蔬**風流賀監常吳語**[次公]賀藍謂賀季眞也李白詩云風流賀季眞杜詩云賀監雅吳語在位常有清狂**憔悴鍾儀獨楚音**[遵]左傳成九年晉侯觀于軍府見鍾儀而問之曰鄭人所獻楚囚也使稅之問其族曰伶人也與之琴操南音**治狀兩邦俱第一潁川歸去肯重臨**[厚]前漢黃霸爲潁川太守治爲天下第一徵守京兆尹坐事貶又詔歸潁川治如其前劉夢得酬柳柳州贈別云重臨事異黄丞相三黜名慚柳士師

循守臨行出小鬟復用前韻

學語雛鸎在柳陰臨行呼出翠帷深【子仁】杜牧詩云翠帷暮卷佳人出通家不隔同年面二守同年家得路方知異日心【續】唐摭言進士會燕曲江崔彖請告假不赴乃以雛鶯載妓游觀爲團司所發崔沆爲主罰錄事判之云深擾蒂帽密映寶車紫陌尋春便隔同年之面青雲得路可知異日之心趁着春衫游上苑要求國手教新音嶺梅不用催歸騎截鐙須防舊所臨循守近爲留倅【厚】天寶遺事姚元崇初牧荆州三年受代日閭境民吏泣擁馬首遮道不使去所乘之馬鞭鐙民皆截留

次韻子由贈吳子野先生二絕句

馬迹車輪滿四方【厚】仙傳拾遺周穆王少好神仙之道欲使車轍馬迹徧於天下若爲閑著小茆堂仙心欲捉左元放【續】左慈字元放曹操欲於座上收殺之慈乃郤入壁中或見於市者又捕之而市人皆變形與慈同莫知誰是後人逢慈於陽城山頭因復逐之遂走入羊羣莫知所取癡疾還同顧長康【援】顧愷之字長康世傳愷之有三絕才絕畫絕癡絕

江令蒼苔圍故宅謝家語燕集華堂【次公】江令江揔也爲陳之中書令謝家謝安之族也劉禹錫金陵五題其一江令宅云南朝辭臣北朝客歸來唯見秦淮碧池臺竹樹三畝餘至今人道江家宅其一烏衣巷云朱雀橋邊野草花烏衣巷口夕陽斜舊來王謝堂前燕飛入尋常百姓家先生笑說江南事秪有青山繞建

康【次公】建康乃晉與陳之所都今之江寧府也

次韻王樾林

晚途流落不堪言海上春泥不自翻漢使節空餘皓首【續】漢書蘇武使匈奴單于欲降之令牧羊海上武持節卧牧羊節髦盡落【子仁】李陵與蘇武書云丁年奉使皓首而歸故侯瓜在有頹垣【援】漢書言邵平者故秦東陵侯種瓜於長安東門外平生多難非天意此去殘年盡王恩誤辱使君相拭寧聞老鶴更乘軒【續】左衛懿公好鶴鶴有乘軒者

和孫叔静兄弟李端叔唱和

病骨瘦欲折霜髯再簪爾更踈喜聞新國政【次公】周禮刑新國用輕典新國指言建中靖國時也兼得故人書【子仁】杜詩深慙長者轍重得故人書秉燭眞如夢【次公】杜詩夜闌更秉燭相對如夢寐傾杯不敢餘天涯老兄弟懷抱幾時攄【子仁】杜詩蜀醪必在眼盡醉攄懷抱

廣倅蕭大夫借前韻見贈復和荅之二首

生還粗勝虞【續】吳志孫權怒虞翻徙交州在南十餘年早退不如踈【援】前漢踈廣踈受父子致仕而歸當時以爲榮垂死初聞道【子仁】傳燈錄神贊禪師其師請法說法師舉唱百文門風其師於言下感悟曰何其垂死得極

則事 平生誤信書〔次公〕柳子厚詩信書成自誤經事漸知非 風濤驚半夜疾病送炎

餘賴有蕭夫子幽懷得少攄

心閑詩自放筆老語翻疎贈我皆彊韻〔次公〕宋書王筠為文能用彊韻每公宴坐並作詞必妍美 知君得異書〔縯〕蔡邕入吳得王充論衡常祕玩以為談助自吳還許人稱其才進曰不見異人當得異書也

滔滔沮溺是〔縯〕論語長沮曰滔滔者天下皆是也 綽綽孟生餘〔縯〕孟子公孫丑篇豈不綽綽然有餘裕哉

一笑滄溟側應無憤可攄

次韻鄭介夫二首

一落泥塗迹愈深〔次公〕左傳趙孟謂其縣大夫曰吾子辱在泥塗久矣武之罪也 尺薪如桂米如金〔厚〕戰國策蘇秦謂楚王曰楚國之食貴於玉薪貴於桂 長庚到曉空陪月〔縯〕退之詩東方未明大星沒獨有太白配殘月 太歲今年合守心〔次公〕太歲守心豐歲之祥也唐權德輿有須〔子仁〕後漢郎顗順帝時上書其三事畧云孝經鉤命史曰歲星守心年穀登 相與氊毛持漢節〔縯〕蘇武在匈奴中十九年食雪與氊毛并咽之得不死後又扙節牧羊海上終不失漢節也 何妨振屐出商音〔縯〕莊子曾子居衛三日不舉火十年不製衣曳屐而歌商頌聲滿天地若出金石

孤雲倦鳥空來往〔厚〕陶淵明歸去來云雲無心而出岫鳥倦飛而知還 自要閑飛

不作霖〔次公〕閑飛以言倦鳥不作霖以言孤雲

一生憂患萃殘年心似驚蠶未易眠海上偶來期汗漫〔續〕淮南子盧敖遊乎北海見若士謂曰吾與汗漫期於九垓之外吾不可以久駐也葦間猶得見寅緣〔援〕莊子漁父與孔子既言而去乃刺船而往寅緣葦間良醫自要經三折〔厚〕左傳三折肱爲良醫也老將何妨敗兩甄〔次公〕晉書周訪討杜曾將戰設左右甄訪自領中軍令曰一甄敗鳴六鼓自旦至中兩甄皆敗訪聞鼓音乃選精騎自赴之曾遂大潰也收取桑榆種梨棗〔續〕後漢光武降璽書勞馮異曰始雖垂翅回谿終然奮翼黽池可謂失之東隅收之桑榆也〔次公〕梨棗蓋真誥所謂交梨火棗已生君心中也祝君眉壽似增川〔援〕七月詩云以介眉壽又天保云如川之方至以莫不增

次韻韶守狄大夫見贈二首

華髮蕭蕭老遂良〔補〕河南帖云即日遂良須髮盡白蓋謫長沙時也一身萍挂海中央無錢鍾菜爲家業有病安身是藥方才疎正類孔文舉〔續〕後漢孔融字文舉本傳云融負其高氣志在靖難而才疎意廣迄無成功癡絕還同顧長康〔厚〕顧愷之字長康晉代人本傳云有三絕才絕畫絕癡絕萬里歸來空泣血七年供奉殿西郎〔厚〕邇英閣

在延和殿西廊下

森森畫戟擁朱輪【續】韋蘇州詩云兵衛森畫戟宴寢凝清香坐詠梁公覺有神【援】梁公狄仁傑也

白傳閑遊空誦句見樂天吳郡詩石序【次公】樂天為蘇州時有句宴詩刻序云韋在此州歌詩甚多有郡宴詩云兵衛森畫戟宴寢凝清香最為警策今刻此篇于石傳于將來因以予句宴一章亦附于後也誦句蓋誦其森戟凝香之句也拾

遺窮老敢論親元子美贈狄明府詩【厚】子美贈狄博濟詩云梁公曾孫我姨弟不見十年官濟濟東海

莫懷疎受意【續】前漢疎受不待年而從其叔廣致仕歸於東海西風幸免庾公塵【援】晉王導惡庾亮專權每遇西風嘗以扇障面曰元規塵汙人為公過嶺傳新唱催發寒梅一信春

次韻韶倅李通直二首

一篇瀧吏可書紳【次公】瀧吏退之敘其得罪之詩也論語子張書諸紳莫向長沮更問

津【續】長沮桀溺耦而耕孔子過之使子路問津焉老去常憂伴新鬼【厚】左傳夏父弗忌為宗伯尊僖公且明曰吾見新鬼大故鬼小歸來且喜是陳人【次公】莊子寓言篇人而無人道此之謂陳人曾陪令

尹蒼髯古又見郎君白髮新【次公】令尹指李倅之父也郎君言李倅也古人於識其父而又識其子則謂為郎君如李義山與令狐綯詩郎君官貴施行馬【子仁】李白詩云朱顏彫落盡白髮一何新迴首天涯一惆

悵却登梅嶺望楓宸【次公】梅嶺大庾嶺也楓宸天子之殿庭也文選何平叔景福殿賦芸若充庭槐楓被宸

青山秖在古城隅【次公】青山指言舒州之山也 萬里歸來卜築初【子功】按先熙帖云偶得生還平生愛龍舒風土欲卜居為終老之計

會見四山朝鶴駕【次公】四山亦應是舒州之山但未詳其名如潛山上有左慈鍊丹處有孔左二眞人潭而天柱山尤多異迹則其地為仙居舊矣故云朝鶴駕也 更看三李跨鯨魚【縯】魚道甫問訊今何如杜詩若逢李白騎鯨魚

欲從抱朴傳家學【次公】抱朴子葛洪自號從祖玄吳時學道得仙以其鍊丹祕術授弟子鄭隱而洪乃就隱更學其法焉 應怪中郎得異書【厚】蔡邕為中郎將得王充論衡以為談助時人稱其才進或曰不見異人當得異書 待我丹成馭風去【援】列子馭風而行【子仁】李白詩待吾還丹成投迹歸此地 借君瓊佩與霞琚僕昔為開封幕先公為赤令暇日相與論內外丹且出其丹示僕今三十年而見君曲江同遊南華宿山水間數日道舊感歎且勸我卜居於舒故詩中皆及之【次公】退之詩云乞君飛霞佩與我相頡頏

和陽行先 用鬱孤臺韻

室空惟法喜心定有天游【縯】維摩經云以法喜為妻【厚】莊子室無空虛則婦姑勃谿心無天游則六鑿相攘 摩詰元無病【次公】維摩詰言如我此病非眞非有 須洹不入流【次公】金剛經須陀洹名為入流而實無所入 苦嫌尋直枉【縯】孟子枉尺直尋者以利言也如以利則枉尋直尺而利亦可為與 坐待寸田

秋[援]黃庭經云寸田尺宅可理生雖未麒麟閣[縯]前漢宣帝圖畫功臣博陸侯之屬於麒麟閣也已逃鸚鵡洲[次公]玉泉子云劉允章謂忠曰休曰君何以輕禝，對官鸚鵡洲在北即黃祖沉禰衡之所一席爲之懼酒醒風動竹[美良源]唐李益詩開簾風動竹疑是故人來夢斷月窺樓衆謂元德秀[縯]唐元德秀字紫芝自稱陽道州[援]唐陽城字元宗爲道州刺史拔葵終相魯[縯]史記公儀休相魯歸其家食茹而美拔其園葵而弃之辟穀會封留[厚]前漢張良傳漢封功臣帝欲封良齊三萬户良曰始臣起下邳與上會留此天授陛下願封留足矣良性多疾即導引不食穀用舍俱無礙飄然不繫舟[縯]莊子泛泛乎若不繫之舟

和猶子遲贈孫志舉

軒裳大爐韛陶冶一世人[次公]軒車裳服也爐所以熾火韛所以扇風也陶所以埏土爲器冶所以鑄金爲器也從横落模範誰復甘飢貧可憐方回癡初不疑嘉賓[縯]晉郗愔字方回子超字嘉賓桓溫懷不軌超爲之謀以愔忠於王室不令知之及超死愔哭之成疾後見其一箱書乃悉與溫往反密計愔於是大怒曰小子死恨晚矣頗念懷祖黠瞋兒與兵姻[厚]晉王述字懷祖子坦之爲桓溫長史溫欲爲子求婚於坦之及還省父而述愛坦之雖長大猶抱置膝上坦之因言溫意述大怒遽排下曰汝竟癡耶詎可畏溫面而以女妻兵也失身墮浩渺投老無涯垠[次公]先生詩意謂人皆樂富貴如郗超王坦之二子因以自言其不善謀富貴而至

於流落耳回看十年舊誰似數子真孫郎表獨立霜戟交重闉深

居不汝覿豈問親與鄰連枝皆秀傑英氣推伯仁〔次公〕周顗也顗伯仁兄弟三人曰顗嵩謨顗爲最勝故曰推伯仁我從海外歸喜及崆峒春〔次公〕崆峒虔州今贛州也

新年得異書見前次韻李通直詩注西郭有逸民〔祖可〕陽行先以登真隱訣見借登真隱訣梁貞白先生所述小孫又過我歡若平生親清詩五百言句句皆絶倫養火雖未伏要是丹砂銀〔善權〕按古嵩高子丹砂行伏丹訣丹砂五兩結永爲砂子養火七日爲玉筍銷之爲銀又大洞鍊真寶經曰將丹砂修鍊伏火後鼓成白銀名之爲一返也將白銀化出砂令伏火鼓之爲黄化銀名之爲二返也我家六男子〔次公〕六男子謂邁迨過遲适遠也朴學非時新詩詞各璀璨老語徒周諄〔子仁〕左傳言趙孟年未五十而諄諄焉如八九十者願言敦宿好永與竹林均〔演〕晉書嵇康阮籍之屬爲竹林七賢之遊六子豈可忘從我屢厄陳〔援〕論語從我於陳蔡者皆不及門也〔任〕莊子云孔子陳蔡之厄於丘其幸乎

用前韻再和霍大夫

文字先生飲〔次公〕謂劉執中〔續〕退之詩不解文字飲惟能醉紅裙江山清獻遊〔次公〕清獻謂悦道也劉趙

二公皆知處州典刑仍父老【援】詩雖無老成人尚有典刑樽俎繼風流度嶺逢梅雨【任】周處風土記云夏至前雨名黃梅雨沾衣服皆敗黦又埤雅云今江湘二浙四五月間梅欲黃落則水潤土溽柱礎皆汗蒸鬱成雨謂之梅雨故自江以南三月雨謂之迎梅五月雨謂之送梅雨老杜梅雨詩云南京西浦道四月熟黃梅還家指麥秋【次公】禮記月令孟夏之月麥秋至蔡邕月令章句云百穀各以初生為春熟為秋故麥以孟夏為秋也今云指麥秋則言四月末也自慚鴻鴈侶爭集稻粱洲【次公】廣絕交論分鴈鶩之稻粱又庾信詠鴈詩稻粱俱可戀飛去復飛還又杜詩君聽鴻鴈響恐致稻粱難野闊橫雙練【次公】章貢二水也謝玄暉詩澄江靜如練城堅聳百樓【子仁】後漢公孫瓚云兵法百樓不攻行看鳳尾詔【厚】紀聞譚晉元帝踐祚凡諸侯牋奏批之曰諾而草書若字之尾如鳳尾形故謂之鳳尾詔焉却下虎頭州【次公】虎頭州以言常州蓋虎頭顧愷之也愷之晉陵無錫人無錫乃今常州蓋是時先生乞居常州也先生有田在常州【祖可】松陵集皮陸詩君批鳳尾諾我住虎頭巖君意已吳越我行無去留歸途應食粥乞米使君舟【縯】顏魯公乞米於李大夫云拙於生事舉家食粥而已數月今又罄竭只實用憂煎見法帖中

用前韻再和許朝奉

高門元世舊客路晚追遊清絕聞詩語疏通豈法流【縯】漢蓺文志法家者流傳家有衣鉢【次公】禪家相傳法謂之傳衣鉢唐狀元以下往謝主司其有與主司同科名者謂之謝衣鉢出

唐㯋言令止言其家傳之學耳　斷獄盡春秋〔次公〕如雋不疑斷戾太子事是也前漢五行志上使吕步舒治淮南獄以〔子仁〕

春秋誼頗斷於外不請　邂逅陪車馬尋芳謝朓洲〔續〕謝朓詩有曰芳洲採杜若　淒涼望

鄉國得句仲宣樓〔厚〕魏王粲字仲宣作登樓賦出屠百羊縣久返仲宣樓凡詩〔次公〕梁元帝詩云朝四句以第一句對三

句以第二句對四句謂之扇對蓋出於白氏金針云然至梅聖俞作續金針乃引前人詩有云昔時花下留連飲暖日夭桃鬥鶯亂啼今日江邊

容易別淡煙衰草馬頻嘶以證其格今此兩聯即其格矣　恨賦投湘水〔續〕賈誼為長沙王太傅意不自得作賦投之湘水以

弔屈原　悲歌祀柳州〔厚〕柳子厚謫柳州死為羅池神韓退之為作廟碑又作迎享送神詩遺柳民俾歌以祀焉　何如

五字律相與一樽留更約登塵外〔次公〕塵外亭名夔州勝景也　歸時月滿

舟〔子仁〕傳燈録慧禪師偈曰夜靜水清魚不食滿船空載月明歸

用前韻再和孫志舉

人衆者勝天天定亦勝人〔續〕申包胥謂伍子胥曰人衆者勝天天定亦能勝人　鄧通豈不富

〔厚〕文帝使善相人者相鄧通曰當貧餓死上曰能富通者在我何說貧於是賜通蜀嚴道銅山得自鑄錢鄧氏錢布天下　郭解安

得貧〔續〕漢武徙豪茂陵郭解貧不中訾吏恐不敢不徙衛將軍為言郭解家貧不中徙上曰郭解布衣權至使將軍此其家不貧

鷰飛賀廈燕〔續〕淮南子湯沐具而蟣虱相弔大廈成而燕雀相賀〔次公〕劉禹錫哭王僕射詩云歌堂忽暮哭賀廈燕驚

飛走散入公賓〔次公〕晉書桓溫懷不軌郗超爲之謀謝安與王坦之嘗詣溫論事溫令超帳中卧聽之風動帳開安笑曰郗生可謂入幕之賓矣

醉眠中山酒〔次公〕博物志劉玄石曾於中山酒家沽酒酒家與千日酒飲之至家大醉其家不知以爲死葬之後酒家計日往視之云已葬於是開棺醉始醒也

夢結南柯姻〔續〕唐淳于芬夢入槐安國尚公主爲南柯太守及覺乃槐樹下蟻穴南枝也

寵辱能幾何〔援〕老子寵辱若驚

悲歡浩無垠回視人間世了無一事真〔子仁〕法華經言惟此一事實餘二即非真

洒掃古玉局〔敬夫〕二十四化記玉局治者在益州城南門内漢桓帝永壽元年正月七日太上老君降於鶴鳴山與天師同來演法於此時地上忽涌出玉局王牀方廣丈老君升牀坐重述道要其後玉局尋陷入地中因成洞宮其徑莫窮

香火通帝閽〔次公〕先生自言其已得侍玉局之命也

我室思無邪我堂德有鄰〔次公〕先生蓋取詩三百之義以名其齋取德不孤之義以名其堂

所至爲鄉里事賢友其仁〔續〕孔子曰居是邦也事其大夫之賢者友其士之仁者〔次公〕退之詩我來亦已幸事賢友其仁

之子富經術蔚如井大春〔厚〕東漢井丹字大春深於儒學時人爲之語曰五經紛綸井大春

蜿蟺楚南極淑氣生此民〔次公〕韓退之送廖道士序郴之爲州又當中州清淑之氣蜿蟺扶輿磅礴而鬱積意必有魁奇忠信材德之民生其間也

唱高和自寡〔厚〕宋玉云郢人有歌陽春白雪者唱彌高而和彌寡

非我誰當親嶰谷竹翦裁待伶倫〔續〕前漢律曆志黃帝使伶倫取嶰谷之竹斷兩節間而吹之以

爲黄鍾之宫俗學呵可鄙紙繒配芻銀次公以紙爲繒以芻爲銀言俗學之無實聊將調癡鬼亦復爭華新顛子事篤實浮言掃譫譚次公譫音占病而狂言曰譫字出素問窮通付造物得喪理本均期予如太倉會當發陳陳續前漢食貨志太倉之粟陳陳相因紅腐而不可食

崔文學甲攜文見過蕭然有出塵之姿問之則孫介夫之甥也故復用前韻賦一篇示志舉

象服盛簪弭豈是邢夫人邢夫人事見第四卷芙蓉城詩弊衣破冠屨可憐范叔貧厚史記范雎既相秦號曰張禄而魏不知也魏使須賈於秦范雎聞之爲微行弊衣間步之邸見須賈須賈見之而驚曰范叔一寒如此哉乃取一綈袍賜之君看崔負外晚就觀國賓次公杜詩甫昔少年日早充觀國賓當年頗赫赫翁嫗爭爲姻自注見退之贈崔負外詩次公退之寄崔立之詩曰連年收科第若摘頷底髭又曰老婦願嫁女不約論財資老翁不量分累月笞其兒蹭蹬阻風水次公言如巨魚欲縱爲風水所阻而乃蹭蹬焉杜詩云蹭蹬無縱鱗橫斜挂邊垠次公言如餘星之落零不當天心而挂於邊角也先生詩嘗曰煌煌東方星三五自橫斜是已青衫映白髮子仁白樂天春去詩白髮更添今日鬢青衫不改去年身今似梅子真道存百無害

甘守吴市門[援]梅福字子真變姓名爲吴市門卒 自言揔角歲[援]詩揔角丱兮 慈母爲擇鄰[厚]列女傳孟母三遷爲孟子擇鄰 邦人驚似舅[次公]宋書桓玄聞義軍起大懼曰劉裕一世之雄何無忌劉牢之甥酷似其舅共舉大事何爲無成 矯矯惡不仁[縯]論語我未見好仁者惡不仁者 詩文非他師家法乃富春豈非空同秀[次公]空同慶州山名 爲國産雋民挺然齊魯生近出姬姜親[次公]齊魯生依旁叔孫通傳云齊魯諸生也左傳有云雖有姬姜無弃顦顇 爲文不在多一頌了伯倫[縯]晉劉伶字伯倫平生唯作酒德頌一篇而已 清詩要淘煉乃得鉛中銀[天祐]寶藏論云銀有一十七件惟有至藥銀山澤銀草砂銀母砂銀黑鉛銀是餘皆非 自我遷嶺外七見槐火新[次公]言七見清明也蓋清明取火於榆槐而句法則杜甫九鑽巴巽火之意也[十朋]按年譜紹聖元年甲戌先生自定州貶惠州四年再貶儋耳明年改元符至三年乃量移廉州凡七年 著書已絕筆[縯]孔子作春秋絕筆於獲麟之句 一嘿含千諄蕢桴如葦籥[厚]礼記蕢桴土鼓葦籥伊耆氏之樂也 天節非人均[次公]天節自然之樂也人均人爲之樂也字出樂志 時時自娱嬉豈爲俗子陳[次公]司馬遷書所謂可與知者道難與俗人言也

次韻江晦叔二首

人老家何在龍眠雨未驚酒船回太白【編】李太白詩愁山無賀老却棹酒船回稺

子候淵明【援】淵明歸去來云僮僕歡迎稺子候門【任】淵明又云歸人望燈火稺子候簷隙幸與登仙郭

【編】郭林宗與李膺同舟人望之以爲神仙焉同依坐嘯成【厚】成瑨爲南陽太守以事委岑晊郡人謡曰南陽太守岑公孝

弘農成瑨但坐嘯小樓看月上劇飲致參橫【次公】杜詩城擁朝來客天橫醉後參

鍾鼓江南岸歸來夢自驚【次公】煙花錄陳後主詩午醉醒來晚無人夢自驚浮雲世

事改【厚】中興間氣集杜位哭長孫侍御落日生涯盡浮雲世事空孤月此心明雨已傾盆落【公家】

杜詩白帝城下雨翻盆詩仍翻水成【編】退之詩文如翻水成二江爭送客木抄看橋

橫【次公】木杪木之末也揚雄方言木細枝謂之杪

次韻江晦叔兼呈器之【師川】劉安世字器之終於寶文閣待制學者號曰元城先生

橫空初不跨鵬鼇但覺胡牀步步高【自注】器之言嘗夢飛自覺身與坐牀皆抛空中一

枕畫眠春有夢扁舟夜渡海無濤【次公】先生度海北還以三更發瓊州晚到遞角場歸

來又見顛茶陸【自注】往在錢塘嘗語晦叔陸羽茶顛君亦然多病仍逢止酒陶【自注】陶淵明有

止酒詩器之以特飲量無敵今不復飲矣【龜父】元城先生語錄云某初到南方有一[illegible]教某南方地熱而酒性亦熱今嶺南煙瘴之地更加

以酒必大發疾亦以過量即合家斷酒雖徧歷水土惡弱它人必死之地某合家十口皆無恙今北歸已十年矣無一患瘴者此其效也笑

說南荒底處所秪今榕葉下庭臯【次公】詩亭臯木葉下隴首秋雲飛榕樹廣南多有之柳[illegible]【子仁】柳子厚詩榕葉滿庭鶯亂啼

次韻郭功甫二首【子仁】功甫觀先生畫雪雀有感作詩寄惠州云平生才力信瓌奇今在窮荒豈易歸正似雪林枝上畫羽翰雖好不能飛後先生北歸又用前韻寄詩云秋霜春雨不同時萬里今從海外歸已出網羅毛羽在却尋雲跡帖天飛今次其韻也

蚤知臭腐即神奇【縯】莊子神奇化爲臭腐臭腐復化爲神奇海北天南揔是歸九萬里風安稅駕【厚】史記李斯曰吾未知所稅駕矣雲鵬今悔不卑飛【次公】大鵬之飛摶風九萬里而上不若卑飛亦自得其逍遥矣此蓋先生悔悟自嘆之詞

可怜倦鳥不知時【縯】陶淵明歸去來云鳥倦飛而知還空羨騎鯨得所歸【援】杜詩若逢李白騎鯨魚玉局西南天一角【子畢】按年譜元符三年庚辰自儋移廉又移舒永提舉成都玉局觀又見前和孫志舉萬人沙苑看孤飛【次公】廣異記益州觀道士徐佐卿化鶴孤飛游於沙苑詩注

次韻法芝舉舊詩一首

春來何處不歸鴻【次公】建中靖國之初皆起諸公之廢者先生又得請歸常州此詩蓋以與也非復

㸬牛踏舊蹤【次公】先生舊有詩與法芝云團圓如磨牛步步踏塵跡故今云非復㸬牛也但願老師眞

似月【次公】先生與法芝又云老芝如雲月炯炯時一出故今再云爾誰家甕裏不相逢

次韻荆門張都官維見和惠泉詩

楚人少井飲地氣常不洩蓄之爲惠泉溢若有所折泉源

本無情豈問濁與澈貪愚彼二水終古恥莫雪【子仁】吳隱之酌貪泉柳子厚居愚溪只應所處然遂使語異月泉旁地平衍泉上山嵽嵲

君子謹所居此義安可闕古人貴言贈敢用況高節不爲

冬霜乾肯畏夏日烈泠泠但不足海遠要當徹

次韻和子由聞子善射

中朝鸞鷺自振振豈信邊隅事執鼓共怪書生能破的亦

如驍將解論文穿楊自笑非猿臂射隼長思逐馬軍【子仁】養由基善射穿楊葉百步李廣猿臂亦善射易云公用射隼于高墉之上觀汝長身最堪學定如髯羿羽便

超羣屢見上注

和林子中待制

兩翁留滯各皤然人笑迂疎老更堅共把鴟夷一樽酒相逢卯色五湖天江邊遺愛啼斑白海上先聲入管絃早晚淵明賦歸去浩歌長嘯老斜川（續）淵明有歸去來辭又有遊斜川詩

次韻馬元賓

流落江湖萬里歸相逢自慰已差池初聞好句驚人倒悔過東庭識面遲握手寧知無賀監結交誰定許袁絲（續）賀知章一見大白呼爲謫仙人解金龜共醉塞鴻正欲摩天去垂老追攀豈所期

次韻荅李端叔

若人如馬亦如斑笑覆壺頭出玉關（續）馬援征五溪蠻進營壺頭班超既立功西域上書願生入玉門關已入西羌渡沙磧（續）燉煌西北有沙磧千里不生草木水味鹹苦所謂惡磧者也又來東海看濤山識君小異千人裏見第十五卷孟亨之注慰我長思十載間

西省鄰居時邂逅相逢有味是偷閑

和晁美叔

反觀皆自直相詆競誰訶事過始堪笑夢中今了無珍材尚空谷疲馬正長途次公耶材空谷以況美叔在閑郡疲馬自謂也未識造物意茫然同一爐

和穆父新涼

家居妻兒號出仕猿鶴怨續韓退之進學解冬暖而兒號寒年登而妻啼飢孔稚圭北山移文蕙帳空兮夜鶴怨山人去兮曉猿驚未能逐什一安能摶九萬續揚渾書羅賤販貴逐什一之利莊子鵬之徙於南溟也摶扶搖羊角而上者九萬里常恐樗櫟身坐纏冠蓋蔓受知如負債粗報乃焚券但知眠牛衣見第六卷戊寅上元注定免刺虎圈見第十五卷贈段屯田注清風來既雨新稻香可飯紫蟹應已肥白酒誰能勸君今崔蔡手政比趙張健續韓退之柳子厚文雄深雅健似司馬子長崔蔡不足多崔援蔡邕也張敞趙廣漢俱尹京兆有能名長安語前有趙張後有[illegible]三公行可致一語先自獻幸推江湖心適我

魚鳥額

王狀元集百家注分類東坡先生詩卷之十九

國家珍貴古籍叢刊

宋本王狀元集百家注分類東坡先生詩

五

（宋）蘇軾 撰
題（宋）王十朋 纂集

國家圖書館出版社

第五册目録

王狀元集百家註分類東坡先生詩卷之二十

惠貺

詩三十五首

送筍芍藥與公擇二首

久客厭虜饌（蜀人謂東北人虜子）枵然思南烹（子仁 退之詩我來禦魑魅自宜味南烹 堯卿 莊子云非不枵然大也）故人知我意千里寄竹萌（次公 筍曰竹萌出筍譜 任 老蘇云竹萌抱淨節）駢頭玉嬰兒一一脫錦綳（次公 唐人食筍詩稚子脫錦綳駢頭玉香滑）庖人應未識旅人眼先明我家拙廚膳彘肉芼蕪菁送與江南客燒煮配香粳

今日忽不樂折盡園中花園中亦何有芍藥裊殘葩久旱復遭雨紛披亂泥沙（堯卿 退之詩紛紛落盡泥與沙）不折亦安用折去還可嗟弃擲諒未能送與謫仙家還將一枝春插向兩髻丫（次公 謫仙指言公擇以其姓李故也 堯卿 文忠詩云小婢立我前赤脚兩髻丫）

次韻關令送魚

舉網驚呼得巨魚，饞涎不易忍流酥。更煩赤脚長鬚老 次公 退之寄玉川子詩：一奴長鬚不裹頭，一婢赤脚老無齒。又詩云：先生有意許降臨，更遣長須致雙鯉。來聽西風十幅蒲 師川 國史補云：舟船之盛，盡於西江，編蒲爲帆，大者或數十幅，自白沙泝流而上，常待東北風，謂之潮信風。

丁公默送蝤蛑 堯卿 胡越風物志云：蝤蛑并螯骨十足，生海邊泥穴中，潮退探取之，四時常有。雌者厭帀大而肥，重者踰數斤，去厭帀渾者貟熟，分擘薦酒，切爲羹。其小而黃者謂之石蝤蛑，肉猶硬。螯音敖。

溪邊石蟹小如錢，喜見輪囷赤玉盤。半殼含黃宜點酒，兩螯斫雪勸加飡 伯恭 酉陽雜俎云：蝤蛑大者長尺餘，兩螯最強。鄭縣昔有人於水際泥穴探取之，手爲左右螯所夾，即以口齧，目所又爲右螯所剪，有次而死，至今呼此爲蝤蛑州。蠻珍海錯聞名久 師 禹貢：海物惟錯。怪雨醒風入座寒。堪笑吳興饞太守，一詩換得兩尖團 次公 母蟹之臍團，雄蟹之臍尖，尖團名蟹常語也。

次韻樂著作送酒

少年多病怯杯觴，老去方知此味長。萬斛羇愁都似雪 次公

庾子山愁賦云唯將一寸心貯此萬斛愁一壺春酒若爲湯【次公】後漢閻忠干說皇甫嵩曰摧強易於折枯消堅甚於湯雪

送牛尾狸與徐使君 時大雪中

風卷飛花自入帷一樽遙想破愁眉泥深厭聽雞頭鶻 蜀人謂泥滑滑爲雞頭鶻【魏公】遯齋閑覽云白蟻聞竹雞之聲化爲水今在處山林皆有之其聲自呼爲泥滑滑者是也 酒淺欣嘗牛尾狸【次公】先生詩有因題中三字而爲之對如以白茅蓋對黃耳菌下以梅黃雨對舶趠風與今以雞頭鶻對牛尾狸同格其意自貫不害爲工【韓】酉陽雜俎云洪州有牛尾狸肉甚美 通印子魚猶帶骨【共父】遯齋閑覽云莆陽通應子魚名著天下蓋其地有通應侯廟廟前有港港中之魚最佳今人必求其大可容印者謂之通印子魚【堯祖】酉陽雜俎云印魚長一尺三寸額上四方如印有字諸大魚應死者皆以印封之 披綿黃雀漫多脂慇懃送去煩纖手爲我磨刀削玉肌

杜沂遊武昌以酴醾花菩薩泉見餉二首【子暈】先生菩薩泉銘敘云陶侃送阿育王所鑄文殊師利像於武昌寒溪寺今寒溪小西數百步別爲西山寺泉出色白而甘號菩薩泉

酴醾不爭春寂寞開最晚青蛟走玉骨羽蓋蒙珠幰不粧

艷已絕無風香自遠淒涼吳宮闕有孫權故宮苑紅粉埋故苑至今微月夜笙簫來翠巘餘妍入此花千載尚清婉次公以武昌有孫權故宮故特用吳宮嬪嬙之鬼爲意耳怪君呼不歸定爲花所挽昨宵雷雨惡花盡君應返

君言西山頂自古流白泉上爲千牛乳下有萬石鉛不愧惠山味但無陸子賢縯陸鴻漸論泉優劣以無錫惠山泉爲第二頗君揚其名庶託文字傳寒泉比吉士次公寒泉字詩爰有寒泉在浚之下清濁在其原不食我心惻程易井卦井渫不食使我心惻於泉非所患嗟我本何有虛名空自纏不見子柳子餘愚汙溪山厚柳宗元謫居永州名愚溪以居溪神見夢曰子何辱余而以無實之名歸之柳子曰子何不呼今之握天子有司之柄使一經子而唯我與處則子之實也神曰子之愚如何柳子曰涸子之流不足以窮其說神曰有餘矣是及我也溪本名冉溪

徐使君分新火

臨皐亭中一危坐子仁先生初至黃寓居定惠院後自定惠徙居臨皐亭本回車院也三月清明

改新火溝中枯木應笑人【縝】莊子百年之木破爲犧樽青黃而文之其斷在溝中比犧樽於溝中之斷則有間矣鑽灼不然誰似我黃州使君憐久病分我五更紅一朶從來破釜躍江魚【厚】東漢范冉字史雲陳留外黃人嘗爲萊蕪長後以黨錮之累乃結草屋而居有時絕粒閭里歌之曰甑中生塵范史雲釜中生魚范萊蕪只有清詩嘲飯顆【援】唐史李白以杜甫齷齪故有飯山之嘲其詩云飯顆山頭逢杜甫頭戴笠子日卓午試問因何太瘦生總爲從前作詩苦起攜蠟炬遶空屋【彥章】退之詩曰暮漢宮傳蠟燭欲事身煎無一可【任】石鼎聯句云巧匠琢山骨刳中事煎烹爲公分作無盡燈【縝】維摩詰言無盡燈者譬如一燈然千百燈冥者皆明明終不盡照破十方昏闇鏁

謝陳季常惠一揞巾【師】揞於感切藏也

夫子胸中萬斛寬此巾何事小團圓半升僅漉淵明酒【縝】南史陶潛傳郡將候潛逢其酒熟取頭上葛巾漉酒畢還復著之二寸纔容子夏冠【厚】前漢杜欽字子夏茂陵杜鄴與欽同姓字俱以才能稱京師故衣冠謂欽爲盲杜子夏以相別欽惡以疾見詆乃爲小冠高廣才二寸由是京師更謂欽爲小冠杜子夏云好帶黃金雙得勝可憐白紵一生酸【堯卿】謂季常有文事而復有武備黃金得勝乃戰陣得捷之人所戴也吳有白紵巾按舊史稱白紵吳地所出白紵舞本吳舞[illegible]【夫】宋書樂[illegible]紵[illegible]樂府[illegible]舉白紵曲曰

頷如輕雲色如鉄製以爲袍餘作巾袍以充體巾拂塵　臂弓腰箭何時去直上陰山取可汗【次公】可汗突厥稱其君之名也唐書李靖進師至陰山擒突厥頡利可汗

次韻周穜惠石銚

銅腥鐵色不宜泉愛此蒼然深且寬蟹眼翻波湯已作龍頭拒火柄猶寒【厚】道士軒轅彌明石鼎聯句云龍頭縮菌蠢豕腹張膨脝【次公】龍頭言拒火則掉所刻之柄也舊注所引乃鼎鼐之狀耳非是　薑新鹽少茶初熟水漬雲蒸蘚未乾【厚】石鼎聯句又云外包乾蘚文中有暗浪驚　自古函牛多折足【縯】淮南子函牛之鼎沸則蠅不得置一足焉又易鼎卦云鼎折足覆公餗　要知無脚是輕安【次公】衝波傳曰孔子使子貢於吳久而不來謂弟子占之遇鼎皆言無足不來顏回掩口而笑曰無足者乘舟而來矣子貢朝至如回言

泗州除夜雪中黃寔送酥酒二首　元豐七年甲子作

莫雪紛紛投碎米春流咽咽走黃沙舊遊似夢徒能說逐客如僧豈有家【次公】逐客先生自謂黃州之謫也史記李斯傳秦一切逐客李斯議亦在逐中　冷硯欲書先自凍孤燈何事獨成花【縯】西京雜記樊噲問陸賈曰自古人君受命於天云有端應豈有是

乎賈曰目瞤得酒食燈花得錢財乾鵲噪而行人至蜘蛛集而百事喜小既有徵大亦宜然 次公 杜詩燈花何太喜又退之詠燈花詩曰更須將喜事來報主人翁 使君半夜分酥酒驚起妻孥一笑譁

關右土酥黃似酒 次公 杜詩金城土酥淨如練土酥者彼中土酥之名也世有論杜詩者又輒指為來服非是又杜詩鵝兒黃似酒 揚州雲液却如酥 次公 梁孝標謝啓有松子玉漿脩鄉雲液 欲從元放覓拄杖 厚 太平廣記左慈字元放孫討逆欲殺之使慈行於馬前欲自後刺之慈着一木屐拄一竹杖徐徐而行討逆着鞭策馬終不能及 忽有麴生來坐隅 纘 集異記載朝官數人詣葉法善座上思酒忽有人叩門稱麴秀才論難鋒起葉疑其妖以劍擊之化為酒壺坐客飲之撫瓶曰麴生風味不可忘 厚 一說張燕公說諸葉法善師命酒彌日無他客師曰此有麴處士者性謹而訥頗耽於酒說請召之斯須而至其形不及三尺而腰帶數圍使坐於下酒至杯盂皆盡而神色不動燕公將去師忽奮劍叱麴生曰曾無高談虛論唯耽酒於酒亦何用哉因斬之巨榼而已 對雪不堪令飽煖隔船應已厭歌呼 厚 曹參傳相舍後園近吏舍吏舍日飲歌呼參聞之乃反取酒張坐飲大歌呼與相和者也 明朝積玉深三尺高枕牀頭尚一壺

章錢二君見和復次韻荅之

黃昏已作風翻絮 次公 謝道蘊言雪曰未若柳絮因風起 半夜猶驚月在沙

月詩夜半沙上行月瑩天心明沙月浩無際此中離思生照汴玉峯明佛刹隔淮雲海暗人

家來麰有信迎三白次公來麰言麥也詩曰貽我來牟而四人之語云欲宜麥見三白謂三度見雪也薝

蔔無香散六花薝蔔梔子花與雪花皆六出縯韓詩外傳凡草木花五出而薝蔔六出欲喚阿咸

來守歲林烏櫪馬鬬喧譁次公老杜於杜位宅守歲詩云守歲阿咸家椒盤已頌花盍簪喧櫪馬列

炬散林鵶杜位者杜公之從弟也盍阮籍謂兄子咸爲阿咸

分無纖手裁春勝況有新詩點蜀酥次公春勝元日所戴也蜀中人家多誇婦女以點酥

詩飣座醉裏冰髭失瓔珞夢回布被起廉隅君應旅睫寒生

暈我亦飢腸夜自呼明日南山春色動不知誰佩紫微壺

次公紫微指杜牧也牧爲紫微舍人有獨酌詩曰獨佩一壺遊秋毫泰山小

次韻趙令鑠惠酒

神山無石髓次公神仙傳王烈字長休嵇叔夜嘗就學共入山采藥後烈獨之太行山中忽聞山東北如雷聲烈往視之乃見山破石烈數百丈中有青泥流出如髓烈取泥試丸之氣如粳米飯嚼之亦然烈食數丸因攜少許歸欲與叔夜曰吾得異物叔夜喜取視之已成青石又按神仙經云神仙五百年輒一開其中石髓出得而服之壽等天地烈前得者必是也生世悲

暫寓坐待石膏流 [縯]十洲記瀛州有玉膏如酒名曰玉酒飲數升輒醉令人長生 [次公]山海經云峚山之上丹水出焉其中多玉膏其源沸湯黃帝是食玉膏之出玉色乃清玉味乃馨堅栗精密瞻而有光五色發作以和柔剛天地鬼神是食是享君子服之以禦不祥 千載真旦暮 [次公]莊子旦暮遇之也 青州老從事萬上非所部 [厚]桓溫有主簿善別酒好者謂青州從事惡者謂平原督郵青州有齊郡平原有鬲縣從事謂到臍下督郵言鬲上住 惠然肯見從 [子仁]詩云惠然肯來 知我憎市酤開餅自洗盞殽核誰與具 [師]毛詩殽核惟旅 門前聽剝啄 [縯]退之剝啄行剝剝啄啄有客至門我不出應客去而嗔 烹魚得尺素 [厚]選詩云呼童烹鯉魚中有尺素書

杜介送魚

新年已賜黃封酒舊老仍分赬尾魚 [縯]詩魴魚赬尾 陋巷關門負朝日小園除雪得春蔬病妻起斫銀絲鱠 [厚]杜詩鮮鯽銀絲鱠 稚子歡尋尺素書 見上篇注 醉眼朦朧覔歸路松江煙雨晚疎疎 [次公]松江在蘇州長洲昆山縣出鱸魚今因送之魚起欲歸休於蘇州食松江之鱸

次韻宋肇惠澄心紙二首 [子仁]詩文發源云澄心堂紙江南李后主所製表劉貢父

詩云當時百金售一[illegible]中千萬軸後人聞此那復得就令得之當不識

詩老囊空一不留【子仁】杜詩囊空恐羞澀不得一錢看詩老指梅聖俞也百番曾作百金

收永叔以澄心百幅遺聖俞聖俞有詩知君也要雕肝腎分我江南數斛愁【厚】庾

亮賦云且將一寸心能容萬斛愁澄心紙江南李後主所製也故曰江南數斛愁又退之詩云不用雕琢愁肝腎

君家家學陋相如【次公】宋肇蓋子京家子京好爲險澁之語故言其家學陋相如也宜與諸儒

論石渠【師】漢天祿石渠皆儒臣著述之館古紙無多日分我自應給札奏新

書【倬】漢武帝詔尚書給筆札令司馬相如賦子虛雲夢之賦

次韻王晉卿惠花栽栽所寓張退傳第中

坐來念念失前人共向空中寓一塵若問此花誰是主天

教閑客管青春

謝關景仁送紅梅栽二首

年來芳信負紅梅江畔垂垂又欲開【續】老杜詩江邊一樹垂垂發朝夕催人自白頭珍

重多情關令尹【師】史記關令尹喜以謂景仁也直和根撥送春來

爲君裁向南堂下記取他年着子時酸釅不堪調衆口使君風味好攢眉【堯卿】廬阜雜記曰遠法師結白蓮社嘗以書召淵明淵明曰弟子性嗜酒法師若許飲即往矣遠許之遂造焉遠因勉入社淵明攢眉而去此詩就梅實酸而言攢眉并說風味則是引用淵明事矣

以屛山贈歐陽叔弼

漫郎天骨清【續】唐元結自稱浪士及有官人呼爲漫郎生與世俗異學道新有得爲貧聊復仕【援】孟子仕非爲貧也而有時乎爲貧每於紅壁中【厚】班固西都賦紅壁四合煙雲相連常起青霞志【次公】江淹恨賦云中散下獄神氣激揚濁醪青霞之奇意入脩夜之不暘屛山輟贈子莫遣汙簪珥寓目紫翠間【次公】杜牧詩千峯橫紫翠雙闕凭欄干安眠本非睡夢中化爲鶴飛入長松寺

洞庭春色　并引

安定郡王以黃柑釀酒謂之洞庭春色色香味三絶以餉其猶子德麟德麟以飲予爲作此詩醉中信筆頗有沓拖風氣【次公】凡酒皆以春名今曰洞庭春色蓋以杜甫贈韋七贊善詩有洞庭秋色悲公子故借

用也沓拖字雖祖出文選□僧智果論書云王僧虔書如王謝家子弟縱復不端正奕奕皆有一種風氣王子敬書如河朔少年皆充流轝體沓拖不可耐

二年洞庭秋 次公 洞庭秋言柑也太湖洞庭山上出美柑所謂洞庭柑熟欲分金也 香霧長噀手

今年洞庭春王色疑非酒賢王文字飲 縯 退之詩不解文字飲惟能醉紅裙 子仁 後漢沛獻王輔在國謹節終始如一稱爲賢王 醉筆蛟蛇走 任 李白草書歌怳怳如聞神鬼驚時時只見龍蛇走 旣

醉念君醒遠餉爲我壽鉼開香浮座盞凸光照牖方傾安醹醽 潘岳笙賦云披黃苞以授柑傾縹瓷以酌醽 莫遣公遠嗅 一明皇食柑凡千餘枚皆闕辦問進柑使者云中塗甞有道士嗅之盖羅公遠也 要當立名字未用問升斗 援杜 詩云月出遮我留仍嗔問升斗 應

呼釣時鉤亦號掃愁帚 子仁 李後主中酒詩莫言滋味惡一篲掃閑愁 君知蒲萄惡 次公 蒲萄言酒也前漢大宛以蒲萄爲酒富人藏酒至萬餘石又唐書破高昌收蒲萄實於苑中種之并得其酒法上自損益造酒成凡有八色 正是嫫母黮 次公 何承天纂文曰嫫母醜婦人也黃帝愛幸楚詞西施媞媞而不得見嫫母勃屑而日侍黮黑也 須君灩海杯澆我談天口 次公 史記齊人頌曰談天衍雕龍奭又田駢有天口之號故參用之

次韻趙德麟雪中惜梅且餉柑酒三首

千花未分出梅餘遣雪摧殘計已疎卧聞點滴如秋雨知是東風爲掃除

閬苑千葩映玉宸次公玉宸上帝殿名白樂天詩借問晨霞子何如朝玉宸人間只有此花新飛霙欲要先桃李散作千林火迫春次公唐史云火迫酇侯火迫者急忙之謂今言梅花飛霙又欲急作桃李之春也敬夫唐史云源休導朱泚僭號姚令言勸泚圍奉天二人爭自比蕭何休顧令言曰成秦之業無輩我者我視蕭何子當曹參可矣即收圖籍貯府庫劾何者人皆笑謂爲火迫酇侯蹀徒協切躞蘇協切嬌黃不受㩦次公嬌黃所以言柑也東風暗與色香歸偶逢白墮爭春手厚張君房脞說海東劉白墮善釀酒暴於日中經旬酒味不動飲之醉而不醒永熙中青州刺史毛鴻賓齎酒之蕃路逢劫盜飲之即醉皆被禽因此名禽姦酒游俠語曰不畏張弓拔刀惟畏白墮春醪遺入王孫玉斝飛

到官病歡未嘗會客毛正仲惠茶乃以端午小集石塔戲作一詩爲謝正仲名漸衢之江山人也

我生亦何須一飽萬想滅胡爲設方丈編孟子食前方丈養此膚

寸舌【次公】張儀掉三寸舌公羊言太山之雲膚寸而合邇來又衰病過午飲輒噎綬

爲淮海帥每愧廚傳鈌【次公】淮海言楊州也漢宣帝詔曰吏或飾廚傳稱過使客注云廚謂飲食傳謂傳舍燮無欲倩人奉使免内熱【續】莊子葉公子高將使齊問於仲尼曰吾食也執粗而不臧爨無倩之人今吾朝受命而夕飲水我其内熱與空煩赤泥印【子仁】劉夢得試茶歌何况蒙山顧渚春色泥赤印走風塵遠

致紫玉鈌【曾】茶録云茶色貴白而餅茶多以珍膏油其面故有青黄紫黒之異爲君伐羔豚歌舞菰黍節【次公】周處風土記曰端午以菰葉裹粘米謂之角黍以象陰陽相包裹未分散也禪窗麗午景蜀井出冰雪【次公】楊州有蜀岡岡上有井水最宜茶也坐客皆可人【援】禮記孔子曰管仲遇盗取二人焉曰可人也又晉書桓温過王敦墓曰可人可人鼎器手自潔金釵候湯眼魚蟹亦應訣【子仁】茶經云凡候湯有三沸如魚目微有聲爲一沸四邊如湧泉爲二沸騰波鼓浪爲三沸湯老矣遂令色香味一日備三絶報君不虛授知我非輕啜

謝

生日劉景文以古畫松鶴爲壽且貺佳篇次韻爲

問子一室閒寧有千里廓塵心洗長松遠意發孤鶴生朝

得此壽死籍疑可落【縯】抱扑子云小餌丹法服之二日司命削其死籍【次公】李太白詩北酆落死名南斗上生籍 微言在參同【厚】魏伯陽作參同契之書【次公】白樂天詩云授我參同契其辭妙且微【潘】按神仙傳魏伯陽齊會稽上虞人也得古文龍虎上經盡獲妙旨公因約其象著參同契三卷 妙契藏九籥【援】鮑昭升天行云五圖發金記九籥隱丹經注云仙家有九轉金丹法而籥所以藏書也 故人有奇趣逸想寄幽叢霜枝謝寒暑雲翻無前却【次公】蔡邕傳鼓琴者見螳蜋一前一却又郭景純江賦巨石硉矹以前却【任】韓退之云玉山前却不復來 何須構明堂【厚】樂天松詩殺身護其所為君構明堂 未羨巢阿閣【厚】帝王世紀曰黃帝時天氣休通五行期化鳳皇巢于阿閣 緬懷別時語復作數日惡【縯】晉書王羲之謝安嘗謂曰中年以來傷於哀樂與親友別輒作數日惡羲之曰年在桑榆自然至此 詩腴固堪飡字瘦還可愕【次公】中興間氣集載高仲武評郎士元詩曰可齊衡古人𢹂腴前輩又杜甫詩云書貴瘦硬方通神又退之之言高閑之於草書其可喜可愕者一寓之於此也 高標忽在眼清夢了如耶君今噲等伍【厚】韓信發為淮陰侯嘗過樊噲噲趨拜曰大王乃肯臨臣信曰生乃與噲等為伍郎 志與湛輩各【援】晉書羊祜登峴山慨然顧謂從事鄒湛等曰自有宇宙便有此山由來賢達勝士登此遠望如我與君者多矣皆湮滅無聞使人悲傷湛曰公德冠四海道嗣前哲令聞令望必與此山俱傳至若湛輩乃如公言耳【次公】押志各字說則論語盍各言爾志也 豈待相顧言方為不朽托

子雲老執戟【縯】揚雄字子雲爲執戟郎三世不徙官 長孺終主爵又汲黯字長孺爲主爵都尉列於九卿後以鯁直不容上益疎之 吾當追喬松【援】赤松子神農時雨師服冰玉子得仙王子喬周靈王太子晉也 亦鄗衛霍【次公】言子亦自鄗衛青霍去病而不求戰功也以景文將種故云耳

程德孺惠海中柏石兼辱佳篇輒復和謝

嵐薰瘴染郤膚腴【次公】言德孺自廣南使還也 笑飲貪泉獨繼吴【縯】晉書吴隱之傳廣州二十里有貪泉飲者懷無厭之心隱之至泉所酌而飲且賦詩曰試使夷齊飲終當不易心 未欲蓮車收薏苡【援】後漢馬援在交趾常餌薏苡實用能輕身省慾以勝瘴氣及軍還載一車欲以爲種時人讒之以爲皆明珠文犀也 肯教沉網取珊瑚【厚】唐書西域傳大秦西南漲海中八百里到珊瑚洲洲底有盤石珊瑚生其上海人乘大舶沉鐵網水底以鐵發其根而取之 不知庾嶺三年別【厚】九域志大庾嶺本屬虔州大庾縣淳化三年以縣置南安軍 收得曹溪一滴無【厚】傳燈録僧問清涼如何是曹溪一滴清涼云云 但指庭前雙栢石【縯】僧問趙州如何是佛荅曰庭前栢樹子 要予臨老識方壺【次公】列子渤海之東有大壑名曰歸墟其中有岱輿員嶠方壺也

吴子野將出家贈以扇山枕屏

峩峩翁中山絶壁信天剖誰施大圓鏡厚楞嚴經云又於自心現大圓鏡內放十種微妙寶光衡霍入戶牖厚爾雅疏衡山一名霍山漢武帝移嶽神於天柱又名天柱爲霍故漢已來衡霍別耳得之老月師畫者一醉叟常疑若人胷自有雲夢藪演相如子虛賦言齊之青丘吞楚之雲夢者八九不於胷中曾不芥蔕也千巖在掌握用捨彈指久次公杜詩大千在掌握而佛書所謂一彈指頃也低昂不自知恨寄兒女手短屏雖曲折厚南史王遠時人謂爲屏風屈曲從俗也高枕謝奔走出家非今日次公言吳子野方謀削髮是謂出家然未削髮時已絶離塵垢則爲在家出家如鳥窠禪師謝靈運之儔故云非今日也浮游雲釋嶠韓退之詩戀池羣鴨回釋嶠孤雲蹤法水洗無垢厚維摩經言八解之浴池定水湛然滿布以清淨花浴此無垢人也燕坐柳生肘演莊子支離叔與滑介叔觀於冥伯之丘崑崙之虛黄帝之所休俄而柳生其左肘

中山松醪寄雄州守王引進

鬱鬱蒼髯千歲姿肯來杯酒作兒嬉流芳不待龜巢葉唐以荷葉爲酒杯謂之碧筩酒厚酉陽雜俎說魏正始中鄭公愨三伏之際率賓僚避暑於歷城取大荷葉盛酒以簪刺葉令與柄通傳翕之名爲碧筩次公史記載千歲之龜其大[illegible]蓮葉之上也掃白聊煩鶴踏枝次公鶴踏枝言松枝鶴

跳消 醉裏便成欹雪舞醒時與作嘯風辭馬軍[illegible]無意 厚 杜甫謝嚴中丞送乳酒詩云鳴鞭走送憐漁父洗盞開嘗對馬軍 玉帳人閑合有詩 次公 玉帳將軍帳也古有玉帳經 任 杜詩空留玉帳術李白司馬將軍歌亦云身居玉帳臨河魁

歐陽晦夫惠琴枕

中郎不眠仰看屋 編 中郎蔡邕也伏滔長笛賦序曰蔡邕避難江南宿於柯亭柯亭之館以竹爲椽邕仰而眄之曰良竹也取以爲笛奇聲獨絕歷代傳之 得此古椽圍尺竹 次公 劉禹錫詩脩竹盈尺圍 輪囷濩落非笛用 次公 鄒陽云枯木輪囷爲萬乘器又惠子云大瓠濩落無所容也 剖作袖琴徽軫足流傳幾處到淵明卧枕綸巾酒新漉 援 陶淵明以頭上葛巾漉酒客至仍戴之 孤鸞別鶴誰復聞 次公 孤鸞鳥別鶴古琴曲名 子仁 淵明詩知我故來意取琴爲我彈上絃驚鸞別鶴下絃離孤鸞 鼻息齁齁自成曲 次公 齁齁鼻息聲也音火侯反

歐陽晦夫遺接䍦琴枕戲作詩謝之

攜兒過嶺今七年晚途更着黎衣冠 次公 黎謂生黎也儋州之俗呼山嶺爲黎而人居其間號曰生黎見地志所載今云黎衣冠言生黎所服之衣冠也 白頭穿林要藤帽赤脚渡水愁

花縵【次公】杜詩南望青松架短壑安得赤脚踏層冰不愁故人驚絕倒【子仁】晉衛玠字叔寶王澄每聞玠言輒歎息絕倒時人爲之語曰衛玠談道平子絕倒但使俚俗相恬安見君合浦如夢寐挽須握手俱洮瀾【次公】謝安起挽桓伊須曰使君於此不凡又馬援見公孫述以爲當握手歡如平生也

妻縫接䍦霧縠細兒送琴枕冰徽寒無絃且寄陶令意【續】陶淵明蓄素琴一張徽絃不具每撫而和之曰但得琴中趣何勞絃上聲倒戴猶作山公看【援】晉山簡爲荊州民有佳池簡每出嬉遊輒醉名之曰高陽池童兒謡曰山公出何許往至高陽池日暮倒載歸酩酊無所知時時能騎馬倒着白接䍦我懷汝陰六一老【次公】歐陽永叔自號六一居士汝陰潁州也永叔嘗爲潁州眉宇秀發如春巒羽衣鶴氅古仙伯【續】晉王恭披鶴氅涉雪而行孟昶見之曰神仙中人也岌岌兩柱扶霜紈【次公】此接䍦巾之制也至今畫像作此服凜如退之加渥丹【子仁】魏泰東軒雜録晏公一日見韓愈畫像語坐客曰此貌大類歐陽脩安知愈非後身也詩云顏如渥丹邇來前輩皆鬼録【續】魏略文帝與吳質書曰徐陳應劉一時俱逝今視其文皆爲鬼録我亦帶脫巾歌寬作詩頻作六一語往往亦帶梅公酸【次公】梅公聖俞也酸則言其詩之清也

謝人惠雲巾方舄二首

燕尾稱呼理未便剪裁雲葉却天然無心只是青山物覆頂宜歸紫府仙子仁燕尾謂巾也杜詩雨稀雲葉斷淵明云雲無心而出岫轉覺周家新樣俗未容陶令舊名傳縯頭巾起後周陶潛以葛巾漉酒鹿門佳士勤相贈黑霧玄霜合比肩

胡鞾短靿格麁踈古雅無如此樣踈妙手不勞盤作鳳輕身只欲化爲鳧魏風褊儉堪羞葛楚客豪華可笑珠履學梁家名解脫便於禪坐作跏趺縯詩魏風葛屨刺褊也楚公子春申君客皆躡珠履梁武帝作解脫履

送別上

詩三十九首

送曾子固倅越得燕字次公以先生詩案攷之此熙寧三年詩也堯卿子固名鞏南豐人嘉祐二年永叔知貢舉子固兄弟四人同登科治平中與東坡同在館中

醉翁門下士雜沓難爲賢倬劉向傳雜遝衆賢罔不肅和曾子獨超軼孤

芳陋羣妍【次公】子固即南豐先生也今其集中有上歐陽二書乃初謁醉翁時矣退之詩異質忌處羣孤芳難寄林昔從南方來與翁兩聯翩翁今自憔悴子去亦宜然【次公】醉翁爲參政時子固亦在館閣故云兩聯翩賈誼窮適楚【厚】賈誼傳天子議以誼任公卿之位絳灌之屬皆害之出爲長沙大傅長沙楚地也樂生老思燕【續】樂毅去燕奔趙燕王以其子間爲昌國君而毅往來復通燕那因江鱠美遽厭天庖羶但苦世論隘聒耳如蜩蟬【次公】按先詩案云送曾鞏詩以譏近來多用刻薄之人議論鄙隘如蜩蟬之鳴不足聽也【師】晉嵆康書賓客盈座鳴聲聒耳安得萬頃池養此橫海鱣【援】賈誼弔屈原曰橫江湖之鱣鯨兮固將制於螻蟻【厚】謝晦詩鱣偉哉橫海鱗壯矣垂天翼李白詩魯國一杯水難容橫海鱗

王頤赴建州錢監求詩及草書

我昔識子自武功寒廳夜語樽酒同【次公】武功縣名屬永興軍今之長安也退之答張徹詩云勤來得晤語勿憚宿寒廳杜詩喜得與子長夜語酒闌燭盡語不盡倦僕立寐僵屛風【續】漢陳萬年病召其子咸教戒於牀下語至夜半咸睡頭觸屛風丁寧勸學不死訣自言親受方瞳翁【續】南史陶弘景年踰八十而有壯容仙書云眼方者壽千歲弘景末年一眼有時而方【厚】眞人之目方瞳綠筋貫之有紫光【援】李根兩目瞳子皆方仙經說八百歲人瞳子方也【次公】拾遺記老叟五色□冉冉其瞳子方嗟予聞

道不早悟醉夢顛倒隨盲聾邇來憂患苦摧剝意思蕭索如霜蓬羨君顏色愈少壯外慕漸少由中充河車挽水灌腦黑【續】黄庭經云北方正氣名河車仙經云鉛絶河車空所作必無功鉛失河車絶萬事無所出【次公】道訣云脅腹腰曲綠黄河水逆流河車挽水盖擊運之法也丹砂伏火入頰紅【師】道家言服九轉丹砂者爲拙行仙【安國】古嵩子真訣云大丹第六轉以文武火養一伏時成其伏火朱砂以豬汁九如麻子大每日空心酒下三九駐顏定色大梁相逢又東去但道何日辭樊籠【師】莊子内篇澤雉十步一啄百步一飲不蘄畜乎樊中【厚】南史陽休之不樂煩職典選乆曰此官寔是清華但妨吾眞是樊籠矣未能便乞句嶁令【厚】晉葛洪聞交趾出丹砂求爲句漏令帝不許洪曰非欲求榮以有丹耳官曹似是錫與銅【續】晉王徽之爲桓沖騎兵參軍沖問卿署何曹對曰似是馬曹留詩河上慰離別草書未暇緣忽忽【厚】晉衛恒傳載張伯英下筆以爲楷則曰忽忽不暇草書

送安惇秀才失解西歸

舊書不厭百回讀熟讀深思子自知【續】人有從董遇學者遇不肯教而云必當先讀百遍讀書百遍而義自見他年名宦恐不免【援】謝安云恐不免耳見上記園中草木詩序今日棲遲那可追我昔家居斷還往著書不復窺園葵【厚】董仲舒爲博士下帷講誦三

年不窺園使公儀子拔去【次公】園葵字則園葵也 朅來東遊慕人爵【任】孟子公卿大夫此人爵也 棄去

舊學從兒嬉狂謀謬筭百不遂惟有霜鬢來如期故山松

栢皆手種行且拱矣歸何時【厚】左傳秦穆公使子孟明西乞白乙伐鄭蹇叔哭之公曰爾何知中壽爾墓之木拱矣 萬事早知皆有命十年浪走寧非癡【厚】南史沈攸之言早知窮達有命恨不十年讀書 與君未可較得失臨別唯有長嗟咨

送任伋通判黃州兼寄其兄孜【堯卿】孜時為簡州平泉令字師聖伋字師中皆名士眉人也東坡謂之大任小任兄弟於慶曆間登第

吾州之豪任公子少年盛壯日千里【續】史記田光曰騏驥盛壯之日一日而馳千里至其衰老駑馬先之 無媒自進誰識之有才不用今老矣別來十年學不

厭讀破萬卷詩愈美【續】杜詩讀書破萬卷下筆如有神 黃州小郡夾谿谷

茆屋數家依竹葦【次公】稻麻竹葦見佛書 知命無憂子何病【次公】孔子曰樂天知命故不憂也 見賢不薦誰當恥平泉老令更可悲【次公】此所謂寄其兄孜也平泉則簡州屬縣 六十青衫貧欲死桐鄉遺老至今泣【續】前漢朱邑字仲卿病且死屬其子

曰我故桐鄉吏其民愛我必葬我桐鄉後世子孫奉嘗我不如桐鄉民【鐘】按同安志云朱司農廟在桐城縣西南漢書志云大司農朱邑冢在桐城西郭外【子仁】李白詩云六帝餘古丘樵蘇泣遺老　潁川大姓誰能鉏【援】漢書潁川大姓原褚宗族恣横賓客犯為盜賊前二千石莫能禽制趙廣漢為太守既至數月誅原褚首惡郡中震慄　因君寄聲問消息【子仁】杜詩因君問消息好在阮元瑜　莫對黃鷄矜爪觜【縝】退之詩魯連細兒黠有似黃鷄子田巴兀老蒼憐汝矜爪觜

送劉攽倅海陵【堯卿】攽字貢父嘗為泰州通判

君不見阮嗣宗臧否不挂口【縝】晉阮籍字嗣宗不拘禮法發言玄遠口不臧否人物　休誇舌在牙齒牢【援】史記楚相遺璧意張儀掠笞數百其妻羞之儀曰視吾舌尚在不妻笑曰在也儀曰足矣【厚】退之詩美君牙齒牢且潔【師】按公赴詔獄招此詩譏諷朝廷新法不便不容人直言不如耳不聞而口不言也　是中唯可飲醇酒【厚】南史謝朏為吳興其弟瀹於征虜渚送別朏指瀹口曰此中唯宜飲酒　讀書不用多作詩不須工海邊無事日日醉夢魂不到蓬萊宮【次公】杜詩憶獻三賦蓬萊宮　秋風昨夜入庭樹【堯卿】劉夢得秋風引云何處秋風至蕭蕭送鴈群朝來入庭樹孤客最先聞　蓴絲未老君先去【縝】晉張翰為齊王冏東曹掾因見秋風起乃思吳中菰菜蓴羹鱸魚膾曰人生貴得適志何能羈宦數千里以要名爵乎遂命駕而歸俄而冏敗人皆謂之見幾【次公】杜詩羹煮秋絲滑【養源】齊民要術云蓴之菜蓴為第一四月蓴生莖而未葉名雉

尾蓴第一肥美 葉舒長名絲蓴 君先去幾時回【堯卿】柳子厚詩不知 從此去更遣幾年回 劉郎應白

髮桃花開不開【堯卿】劉夢得元和十年自朗州承召至京師戲贈 看花諸君子詩紫陌紅塵拂面來無人不道看花 回元都觀裏桃千樹盡是劉郎去後栽大中二年三月復來遊作絕 句并引曰予正元二十一年爲尚書屯田員外郎時此觀中未有花 木是歲出牧連州尋貶朗州司馬居十年召至京師人人皆言有道 士植仙桃滿觀如爍晨霞遂作詩以志一時之事旋左出牧子今十 有四年得爲主客郎中重遊玄都觀蕩然無復一樹唯兔葵燕麥動搖 春風耳因再題二十八字以俟後遊詩曰百畝中庭半是苔桃花落 盡菜花開種桃道士歸 何處前度劉郎又再來

送錢藻出守婺州得英字【堯卿】苕藻 字醇老

老手便劇郡【師】朱邑傳云遠守劇郡 漢張敞自請治劇郡拜膠東相【子仁】前 高懷猒承明【縯】嚴 助爲 會稽太守上賜書曰君猒承明之 廬勞侍從之事懷故鄉出爲郡吏 聊紆東陽綬【縯】婺州故 東陽郡也 一濯滄

浪纓【縯】孺子歌曰滄浪之 水清兮可以濯我纓 東陽佳山水【厚】劉禹錫詩東陽佳山 水何況曾經沈隱侯【信民】韻 語陽秋云東陽峴山去 縣三里舊名三丘山 未到意已清過家父老喜【必公】後漢岑 彭傳有詔過 家上 冢

出郭壺漿迎子行得所願愴恨居者情吾君方急賢

日旰坐邇英 邇英閣名【堯卿】宋景文詩太極洪樞暇丙夜 祕閣開文從辟[illegible]來美調目遠 黃金

招樂毅〔縯〕燕昭王置千金於臺上以招天下之士謂之黃金臺於是樂毅往燕燕委質爲臣〔厚〕李白詩昭王白骨縈蔓草誰人更掃黃金臺白璧賜虞卿〔援〕史記虞卿躡蹻擔簦說趙孝成王一見賜黃金百鎰白璧一雙再見爲上卿子不少

自貽陳義空崢嶸〔厚〕孔子世家子貢曰夫子之道至大也故天下莫能容夫子盍少貶焉〔縯〕莊子趙王反國賞國人屠羊說不受王曰屠羊說陳義甚高〔堯卿〕子美詩崢嶸吐高論古稱爲郡樂漸恐煩敲榜臨

分不敢盡醉語醒還驚〔師〕按公赴詔獄招此詩言行青苗助役不免用鞭箠催促醉中道此醒後還驚恐得罪以譏訕朝廷立法不便之故

送呂希道知和州〔堯卿〕希道乃文穆之後

去年送君守解梁今年送君守歷陽〔次公〕歷陽和州也年年送人作太守〔縯〕世說襄陽羅友好學嗜酒桓溫雖以才遇之許而不用人有得郡者溫爲席送別友亦被命至尤遲晚溫問之答曰旦出門逢一鬼揶揄云我只見汝送人作郡何以不見人送汝作郡遂慙怖却回不覺淹緩桓心愧焉後以爲襄陽太守坐受塵土堆胷腸君家聯翩三將相〔堯卿〕蒙正謚文穆本朝名相其姪曰夷簡夷簡之子曰公著皆爲將相富貴未已今方將鳳雛驥子生有種〔厚〕杜詩竇侍御驥之子鳳之雛年未三十忠義俱〔堯卿〕龐統者德公之從子也德公謂統爲鳳雛晉陸雲幼時吳尚書閔鴻見而奇之曰此兒若非龍駒當是鳳雛其齊裴景鸞鷟

鴻河東聞喜人並有逸才河東呼景鸞爲驥子毛骨往往傳諸郎【堯卿】晉宋時江左謂王謝子弟爲烏衣諸郎
觀君崛鬱負奇表便合劒佩趨明光【師】西漢有明光宮又詳見前數詩注中
胡爲小郡屢奔走征馬未解風帆張我生夲自便江海忍
恥未去猶彷徨【續】周大夫閔周室之顛覆彷徨不忍去無言贈君有長歎美哉
河水空洋洋【厚】孔子將西見趙簡子至於河而聞竇鳴犢舜華之死也臨河嘆曰美哉河水洋洋乎丘之不濟命也夫

送文與可出守陵州【堯卿】與可名同梓州鹽亭縣安泰人皇祐元年馮京榜及第

壁上墨君不解語【次公】晉人以卿爲常以君爲重命竹謂之君者王子猷也子猷常寄居空宅中便令種竹或問其故但嘯詠指竹曰何可一日無此君耶此子猷命竹謂之君也文與可善墨竹令先生又呼墨竹爲墨君蓋嘗作墨君堂記云見
之尚可銷百憂而况我友似君者素節凜凜欺霜秋清詩
健筆何足數【次公】杜詩清詩近道要又云健筆陵鸚鵡逍遥齊物追莊周【續】逍遥遊齊物論莊子二篇名
奪官遣去不自覺曉梳脫髮誰能收江邊亂山赤如
赭【次公】史記秦始皇伐山樹赭其山陵陽正在千山頭知君遠別懷抱惡【續】晉謝安謂王羲之曰中年以來傷於哀樂與親友久相別抱數日惡【師】杜詩吏我何能飡惡懷抱詩遣墨君消我憂【師】與可……竹

劉道原歸覲南康 二年爲祕書丞編修[illegible]州人熙寧

晏嬰不滿六尺長【厚】史記晏子御者之妻語其夫曰晏子長不滿六尺身相齊國名顯諸侯 高節萬仞陵首陽【縯】齊崔杼弒莊公立景公而相之盟國人曰所不與崔慶者讀未終晏子抄易其詞曰嬰所不唯忠於君利社稷者是與有如上帝乃歃首陽伯夷叔齊也 青衫白髮不自歎富貴在天那得忙十年閉户樂憂獨【師】李頎詩十年閉户潁水陽 百金購書收散亡朅來東觀弄丹墨聊借舊史誅姦彊【次公】東觀言道原之爲史官也後漢述史於東觀【援】韓退之云誅姦諛於既死發潛德之幽光 孔融不肯下曹操【縯】融見操雄詐漸著數不能堪故發辭偏宕多致乖忤 汲黯本自輕張湯【援】湯深文苛刻黯罵曰天下謂刀筆吏不可爲公卿果然必湯也 雖無尺箠當寸刃口吻排擊含風霜自言靜中閱世俗有似不飲觀酒狂衣巾狼籍又屢舞【任】蓋寬饒曰我乃酒狂詩云屢舞僛僛屢舞傞傞 旁人大笑供千場【次公】李白短歌行云天公見玉女大笑億千場 交朋翩翩去略盡惟我與子猶彷徨世人共弃君獨厚豈敢自愛恐子傷【厚】退之答胡直均書云如生之徒於我厚者知其賢時或道之於生未有所益也不知者乃用是爲謗不敢自愛懼生之無益而有傷也 朝來告別驚何

速歸意已遂征鴻翔匡廬先生古君子【堯卿】匡廬先生道原父也致仕二十餘年矣挂冠兩紀鬢未蒼【援】晉陶弘景挂冠神武門定將文度置膝上【續】晉王述愛其子坦之雖長大猶抱置膝上文度坦之字喜動鄰里烹豬羊【續】古樂府木蘭歌鄰里喜我歸磨刀霍霍向豬羊君歸為我道姓字幅巾他日容登堂【厚】東漢符融遊太學師事少府李膺膺風性高簡當每見融輒絕它賓客聽其言論融幅巾奮袖談辭如雲

送張安道赴南都留臺

我公古仙伯【次公】道科有仙卿仙伯如集仙錄大茅君傳有云紫陽左公太極仙伯是也【堯卿】神仙王知遠毋夢鳳集因而有娠僧寶誌曰生子當為神仙宗伯其後知遠謂弟子曰吾漸游洞府仙曹除吾為少室仙伯超然羨門姿【續】西漢郊祀志始皇遂東游海上求仙人羨門之屬雍懸劭曰羨門名子高古仙人也【堯卿】紫陽真人周義山入蒙山遇羨門子乘白鹿執羽蓋佩青旄之節侍從十餘玉女真人乃再拜叩頭乞長生要訣羨門子曰子名在丹臺玉室中何憂不仙先生以安道有仙風道骨故云耳偶懷濟物志遂為世所縻黃龍遊帝郊簫韶鳳來儀【纂】禮記龜龍在郊陬楊雄傳鳳凰巢其樹黃龍游其沼書簫韶九成鳳凰來儀終然反溟極豈復安籠池【次公】晉潘安仁云池魚籠鳥出入四十年憂患未嘗辭一言有歸意闔府

諫莫移吾君信英睿搜士及茹茨【堯卿】神宗皇帝 無人[illegible]者側向

以安子思【次公】安道之所以去者以當時之不能用也必人主堅留之而後可冀其住故用子思事言之孟子曰昔者魯繆公無人乎子思之側則不能安子思又云子爲長者慮而不及子思【師】曰按公赴詔獄招此詩以方平比子思之賢也 歸來

掃一室【次公】後漢陳蕃嘗閒處一室而庭宇蕪穢薛勤謂蕃曰孺子何不洒掃以待賓客曰大丈夫當掃除天下安事一室乎

虛白以自怡【續】莊子虛室白吉祥止止 遊於物之初【厚】莊子吾遊於物之初 世俗安

得知我亦世味薄因循鬢生絲【子仁】退之示爽詩吾老世味薄因循致留連杜詩鄭公樗散鬢成絲

出處良細事從公當有時

潁州初別子由二首【堯卿】熙寧四年十月東坡赴杭州通判時黄門送到潁州相別

征帆掛西風別淚滴清潁留連知無益惜此須臾景我生

三度別【堯卿】與黄門初別於鄭州門外次別鄭州今別潁州 此別尤酸冷念子似先君木

訥剛且靜【續】論語剛毅木訥近仁 寡詞真吉人介石乃機警【續】易吉人之詞寡又曰介于石不終日貞吉【師】按公赴詔獄招此詩言弟曾爭議新法不合乞罷既美其去果決亦是譏新法之不便也 至今天

下士去莫如子猛嗟我久病狂意行無垠并【續】劉禹錫蠻子歌云腰斧上高

山立忌行無舊路有如醉且墜【續】莊子醉者之墜車雖疾不死其神全也幸不傷輒醒從今
得閑暇默坐消日求作詩解子憂持用日三省
近别不改容遠别涕沾膺咫尺不相見實與千里同人生
無别離誰知恩愛重始我來宛丘牽衣舞兒童【子厚】李白詩出門妻子強牽衣又云兒女歌笑牽人衣便知有此恨留我過秋風秋風亦已過别恨
終無窮問我何年歸我言歲在東【孝卿】歲在東辰卯年也離合既循環
憂喜迭相攻悟此長太息我生如飛蓬多憂髮早白不見
六一翁【師】歐陽公自號六一居士云吾家藏書一千卷有琴一張有碁一局有酒一壺而吾身處其間是爲六一

壽州李定少卿出餞城東龍潭上

山鵶噪處古靈湫亂沫浮涎遶客舟【無逸】延平志云苦竹潭在尤溪縣西四十五里潭有五龍人常見之有漁者棹舟潭上龍吐涎沫舟膠不能進自辰至午涎沫漸泮遂獲免焉未暇燃犀照奇鬼【次公】燃犀見仙遊潭詩注奇鬼字出張平子思玄賦注曰梁北部有奇鬼善效人之子姪昆弟云欲將燒燕出潛虬【續】燕肉水族嗜之今釣魚聚蛇其術多以燕肉【次公】梁四公記載震澤洞事杰公曰龍畏蠟愛美玉及空青而嗜燕[illegible]路之[illegible]當燒燕

五百枚教羅子春以燒燕往而得寶珠蜀書[illegible]鵠出首蚪物類相感志云龍之爲性龕猛而畏鐵愛玉及空青而嗜燒燕故食燕肉之人不可以渡江海使君惜別催歌管村巷驚呼聚玃猴坱地他[illegible]

年頌遺愛觀魚并記老莊周見讀杜詩注

送蔡冠卿知饒州熙寧五年壬子

吾觀蔡子與人遊掀髥笑語無不可吴杜詩倏忽東西無不可平時儻蕩不驚俗臨事迂闊乃過我横前坑穽衆所畏布路金珠誰不裹次公先生詩安危自言以譏當今朝廷進用之人有逆其意者則設坑穽以陷之有順其意者則以利誘之如以珠金布於道路邇來變化驚何速昔號剛彊今亦頗怜君獨守廷尉法縯張釋之曰廷尉天下之平也一傾而天下用法皆爲輕重民安所措其手足晚歲却理鄱陽柁莫嗟天驥逐羸牛縯賈誼弔屈原曰騰駕罷牛驂蹇驢兮驥垂兩耳服鹽車兮子仁杜詩鉾樹行天馬跛足隨羸牛欲試良玉須猛火援淮南子鍾山之玉灼以鑪炭三日三夜色澤不變得天地之精也世事徐觀眞夢寐人生不信長坎軻知君決獄有陰功縯于定國父于公曰我治獄多陰德子孫必有興者他日老人酬魏顆厚左傳魏顆以父治命嫁其父妾及輔氏之役見老人結草以抗秦將杜

回因獲之夜夢老人曰余而所嫁婦人之父也爾用先人之治命余以是報

送岑著作

懶者常似靜靜豈懶者徒拙則近於直而直豈拙歟夫子靜且直雍容時卷舒嗟我復何爲相得歡有餘我本不違世而世與我殊【次公】太白詩我本不弃世世人自弃我拙於林間鳩懶於冰底魚人皆笑其狂子獨憐其愚直者有時信平靜者不終居而我懶拙病不受砭藥除臨行怪酒薄已與別淚俱後會豈無時遂恐出處踈惟應故山夢隨子到吾廬【次公】淵明詩吾亦愛吾廬

詳此詩末句則岑著作赴官眉州也

送張職方吉甫赴閩漕六和寺中作【堯祖】按杭州圖經云六和塔在龍山月輪峯開寶三年智果禪師始建塔因即其地造寺

羨君超然鸞鶴姿江湖欲下還飛去空使吳兒怨不留青山漫漫七閩路門前江水去掀天寺後清池碧玉環【次公】[illegible]六[illegible]和寺後

有池蘇子美所賦金鯽魚亦此也又劉禹錫詩云水遶亭臺碧玉環 兄如大江日千里我如此水
千山底

送張軒民寺丞赴省試

龍飛甲子盡豪英 次公 李白詩談笑盡豪英而其家英字本出袁盎云天子所與共六尺輿者皆天下豪英也 嘗
喜吾猶及老成人 競春蘭笑秋菊 編 煙花録煬帝曰春蘭秋菊各一時之芳 次公 陳崇業云蘭菊異芳胡有發者 天教明月伴長庚 次公 長庚太白也退之詩云東方未明大星沒獨有太白對殘月 傳
家各自聞詩禮 次公 論語云聞詩聞禮 與子相逢亦弟兄 洗眼上林看
躍馬 次公 上林漢苑名以言京師若瓊林苑者乃新先輩所宴之處史記蔡澤云躍馬食肉富貴四十三年足矣 賀詩
先到古宣城 伯父與太平州張侍讀同年此其子

次韻孫莘老見贈時莘老移廬州因以別之

爐錘一手賦形殊 造物無心敢忘渠 我本疎頑固當爾 子
猶淪落況其餘 龔黃側畔難言政 援 龔遂爲勃海太守黃霸爲潁川太守皆有善政在前漢循吏傳
羅趙前頭且眩書 厚 莘老見稱政事與書而莘老書至不工 晉衛恒傳羅叔景趙元嗣與張伯英

並時見稱故伯英自稱上比崔杜不足下方羅趙有餘【次公】劉禹錫詩沉州側畔千帆過病樹前頭萬木春　惟有陽關

一杯酒【續】王維詩勸君更盡一杯酒西出陽關無故人　慇懃重唱贈離居【厚】李白代寄情人楚詞體云使青鳥兮銜書恨獨宿兮離居

贈別

青鳥銜巾久欲飛【續】太平廣記漢武故事七月七日於承華殿齋西王母來至有二青鳥扶持王母旁【厚】杜詩楊花雪落覆白蘋青鳥飛去銜紅巾　黃鶯別主更悲啼【援】唐韓滉鎮浙西戎昱爲部內刺史有官妓善歌色亦閑妙昱情屬至厚滉聞其能召置籍中昱爲詞以送云送客春風湖上亭柳條藤蔓繫人情黃鶯久住渾相識欲別頻啼四五聲妓至唱戎此詞滉即時歸之　慇懃莫忘分攜處湖水東邊鳳嶺西

席上代人贈別三首

淒音怨亂不成歌縱使重來奈老何淚眼無窮似梅雨【次公】周處風土記云夏至前雨名黃梅雨詳見前數詩注　一番勻了一番多

天上麒麟豈混塵【續】南史徐陵母臧氏嘗夢五色雲化爲鳳集左肩上已而誕陵年數歲家人攜以候寶誌誌摩其頂曰天上石麒麟也　籠中翡翠不由身【次公】籠中翡翠九[illegible]詩　那知[illegible]夜香閨

裏更有偷啼叫別

蓮子擘開須見憶楸枰着盡更無期破衫却有重逢處一飲何曾忘却時 次公 此吳歌格借字寓意也古詩有云圍碁燒敗襖看子故依然乃此格矣蓮子曰菂菂中么荷曰意須見憶以菂之薏言之楸枰碁盤也杜牧詩云玉子紋楸一路饒則此楸謂之矣更無期以碁言之重縫處以縫綻之縫隱之也忘却時以是匕之匙隱之也

送杭州杜戚陳三掾罷官歸鄉 師 熙寧元年

秋風摵摵鳴枯蓼 次公 摵音所革反潘安仁秋興賦庭樹摵以灑落兮勁風勵而吹帷注摵葉落貌李善曰摵枝空之貌 任 韓詩摵摵井梧踈更殞 船閣荒村夜悄悄正當逐客斷腸時君獨歌呼醉連曉 厚 漢曹參傳相舍後園近吏舍日飲歌呼參聞之乃亦取酒張坐飲大歌呼與相和 老夫平生齊得喪尚戀微官失輕矯君今憔悴歸無食五斗未可秋毫小 縯 陶淵明云吾不能爲五斗米折腰事鄉里小人 次公 莊子莫大於秋毫而太山爲小 君言失意能幾時月啖蝦蟇行復皎 厚 盧仝月蝕詩傳聞古老説蝕月蝦蟇精 次公 先生詩話云玉川子作月蝕詩以爲蝕月者月中之蝦蟇也梅聖俞作日蝕詩云食日者三足烏也此固因俚説以寓其意也戰國策曰日月暉於外其賊在内則

俚說亦當矣【師】盧仝詩嗚呼人養虎被虎齧圖天媚蟇被蟇瞎又云眾星盡原赦一蟇獨誅磔腹吐忽脫落依舊掛穹碧光彩未蘇來慘澹一片白奈何萬里光受此吞吐厄

殺人無驗中不快此恨終身恐難了【次公】平時讀此詩未痛解及觀先生詩案而後釋然蓋杭川錄事參軍杜子房司戶陳珪司理戚秉道各爲承受勘夏香事本路提刑陳睦舉駁差張若濟重勘上件三負官因此衝替月給蝦蟇行復皎言陳睦張若濟蒙蔽朝廷殺人無驗中不快詩案作終不快意者欲致夏香以死罪而杜陳戚三椽不敢以死處之則殺人爲無憑驗終不決也

徇時所得能幾何隨手已遭憂患繞【堯卿】張若濟非久亦被劾

期君正似種宿麥忍飢待食明年麰【次公】已西人呼擣麥胥爲麰

次韻周長官壽星院同餞魯少卿

琉璃百頃水仙家【續】杜詩天地黯慘忽異色波濤萬頃堆琉璃【師】杭州西湖上有水仙王廟也

風靜平湖響晉鈞車寂歷蹤松敲晚照【次公】劉禹錫詩寂歷斜陽照縣鼓

伶俜寒蝶抱秋花困眠不覺依蒲褐歸路相將踏桂華【續】唐垂拱中天台桂子落十餘日方止【子仁】桂華意指月也胡瓜反舊注引天台桂子非是不然却成重押花字韻矣

更着綸巾披鶴氅他年應作畫圖誇【享】綸巾則晉人白綸巾也王恭於雪中披鶴氅而行[illegible]窺之曰神仙中人也孫美次父年八多慶悅

或曰之云潛濯如春月柳

杭州牡丹開時僕猶在常潤周令作詩見寄次其韻復次一首送赴闕

羞歸應爲負花期已見成陰結子時 [厚]唐闕記載杜牧之詩自是尋春去較遲不須惆悵怨芳時狂風落盡深紅色綠葉成陰子滿枝

與物寡情憐我老遺春無恨賴君詩

玉臺不見朝酣酒 [次公]南部新書載李正封詩國色朝酣酒天香夜染衣上指楊妃曰粧臺前飲以一紫金盞酒則正封之詩見矣 [師]東晉溫嶠娶姑之女以玉鏡臺爲禮物

金縷猶歌空折枝 [縯]杜秋娘金陵女也年十五爲李錡妾嘗爲錡唱詞云勸君莫惜金縷衣勸君須惜少年時花開堪折直須折莫待無花空折枝見杜牧之杜秋娘詩序

從此年年定相見欲師老圃問樊遲 [師]樊遲請學爲圃孔子曰吾不如老圃

莫負黃花九日期人生窮達可無時十年且就三都賦 [厚]左思欲賦三都乃詣著作郎張載訪岷卭之事遂構思十年門庭藩溷皆著紙筆遇得一句即便疏之自以其所見不博求爲祕書郎及賦成豪家貴之家競相傳寫都城爲之紙貴

萬户終輕千首詩 [縯]杜牧之詩云誰人得似張公子千首詩輕萬户侯

天靜傷鴻猶戢翼 [次公]傷鴻事暗用戰國策更羸虛弦而落傷鴈也 [師]唐傅奕傳傷弓之禽驚篤曲木

月明驚鵲未安枝【任】月明星稀烏鵲南飛遶樹三匝何枝可依見魏武帝詩君看六月河無水萬斛龍驤到自遲【次公】龍驤大舟也蓋言無援以濟則大才難進如河無水而龍驤之舟不行也

送段屯田分得于字

勸農使者古大夫不惜春衫踐泥塗王事靡盬君甚劬奉常客卿虬兩鬚【次公】勸農使者指段屯田也奉常客卿喬太博也應爲太常博士矣虬須字崔琰對賓客虬須直視唐有虬須公傳東武縣令天馬駒【績】大宛國有善馬生駒皆汗血號曰天馬子泮宮先生非俗儒【仔】時趙杲卿爲郡教授相與野飲四子俱樂哉此樂城中無溪邊策杖自攜壺腰笏不煩何易于【厚】唐何易于爲益昌令太守崔朴遊宴江上索民挽舟易于腰笏挽舟太守問狀對曰民方耕桑不可役縣令閑暇當任其勞朴慚乃罷膠西病守老且迂【師】公時爲密州守空齋愁坐紛墨朱【績】蘇綽爲周行臺左丞始制文案程式朱出墨入及計帳戶籍之法四十豈不知頭顱【績】撫遺載陶弘景與從兄書云昔仕宦期四十左右作尚書郎即投簪高邁今三十六方作奉朝請頭顱可知不如早去畏人不出何其愚

送李共肯[illegible]上和李詩

家聲赫奕蓋并涼也解微吟錦瑟傍縯杜詩向時詔比金錢會卷醉佳人錦瑟傍壁
水取魚湖起浪引杯看劒坐生光任杜詩檢書燒燭短看劒引杯長風流別
後人人憶才氣歸來種種長不用更貪窮事業師歐陽永叔作梅聖俞詩
序云非詩能窮人殆窮者而後工也風騷分付與沉湘縯楚屈原爲三閭大夫遭上官大夫之譖憂愁憂思而作
離騷自投汨羅而死次公李奇注揚雄反騷欽弔楚之湘纍曰屈原赴湘死故曰湘纍

送趙寺丞寄陳海州

景疎樓上喚蛾眉君到應先誦此詩次公海州即東海郡也二疎之鄉故有樓曰景疎
若見孟公投轄飲縯陳遵字孟公每大飲賓客滿堂輒關門取客車轄投井中雖有急終不得去莫忘
衝雪送君時堯卿子美詩北歸衝雨雪

送喬施州堯卿名叙字禹功嘗以太博換左藏知欽州其後除知施州

恨無負郭田二頃厚史記蘇秦曰使我有洛陽負郭田二頃豈能佩六國相印乎空有載行書
五車厚莊子惠施多方其書五車縯李襲譽謂子孫吾負京田十頃耕之足以食江都書數車力讀可求進堯卿杜詩男女須讀五
車書禹功貧甚但有書數千卷隨車載行江上青山橫絕壁雲間細路躡飛蛇雞

號黑暗通蠻貨胡人謂犀爲黑暗【希聲】酉陽雜俎云犀角通者其理有倒插正插腰鼓插倒者一半已下通正者一半已上通腰鼓者中斷不通故波斯謂牙爲白暗犀爲黑暗【續】靈犀之角雞見其影則鳴太公使南宮适至義渠得駭雞犀以獻商紂【次公】抱朴子曰通天犀有一白理如綫者以盛米置群雞中雞欲往啄米至輒驚卻故南人名曰駭雞犀也蜂鬧黃連採窖花【次公】本草言有苦窖蓋蜂採黃連爲之共怪河南門下士不應萬里向長沙喬受知於吳丞相而施州風土大類長沙【續】河南守吳公聞賈誼秀才召置門下文帝立聞吳公治爲天下第一徵爲廷尉吳公乃言誼年少頗通書上召以爲博士議以任公卿絳灌之屬盡害之以誼爲長沙太傅

送范景仁遊洛中

小人眞闇事閑退豈公難按公詩案招此譏當時所用之人以小才而當大任闇於事理以進爲榮以退爲辱也道大吾何病【續】顏淵曰夫子之道至大故天下莫能容雖然不容何病言深聽者寒憂時雖早白【子仁】按先生嘗誌范公墓云仁宗即位三十五年未有繼嗣公獨奮曰事有大於此者乎即上䟽請擇宗室賢者異其禮物而試之政事以繫天下心聞者爲之股栗章累上不報待罪百餘日章十九上鬚髮爲白住世有還丹【子仁】李白詩云待吾還丹成投跡歸此地得酒相逢樂無心所遇安去年行萬里蜀路走千盤投老身彌健登山意未闌西遊爲櫻筍東道

盡鵷鸞鳶杖屨攜兒去園亭借客看折花斑竹寺弄水石樓

灘【續】石樓在河南龍門伊水中鬻馬衰憐白【厚】白居易致仕洛中既老又病因於是欲去經費之冗長老將鬻其駱馬馬悲鳴復留之驚雷怯笑韓【援】韓愈與盧仝樊宗師同謁少室山人李渤題名刻於天封宮石柱上記龍潭遇雷事宮即唐嵩陽觀【堯卿】退之題名云元和四年三月二十六日余與著作佐郎樊宗師處士盧仝同自洛中至少室謁拾遺公李渤宗師次玉泉寺疾作歸明日遂與渤仝道士韋濛僧惠榮並少室而東抵衆寺上太室中峯宿封禪壇下石室遂自龍潭寺下釣龍潭水遇雷明日觀啓母石入此觀與道士趙元遇乃歸此乃唐嵩陽觀所題也蘚書標洞府歐陽永叔嘗遊嵩山日暮於絶壁上見苔蘚成文云神清之洞明日復尋不見【堯卿】按潁陽石唐山一峯特峙勢雄秀獨支逕通絶頂有石室邪和璞筭心處治平中許昌齡者安世之諸父也蚤得神仙術杖策來居天下傾焉後遊太清宮時歐陽文忠公守亳社公生平不喜佛老聞之要致郡舍與語豁然有悟贈之詩曰綠髮青瞳瘦骨輕飄然乗鶴去吹笙郡齋獨坐風主竹疑是孫登長嘯聲公集中有贈許道人及石唐山隱者皆昌齡也一日公問道許告以公屋宅已壞難復語此但明了前境猶庶幾焉且道公昔遊嵩高山見神清洞事公默有所契語秘不傳後公歸汝陰臨薨以詩寄之曰石唐仙室紫雲深潁陽真人此筭心真人已去升寥廓嵗嵗嵒花自開落我昔曾爲洛陽客偶向嵒前坐盤石四字丹書萬仞崖神清之洞鏁樓臺雲深路絶無人到鸞鶴今應待我來事出蔡絛西清詩話松蓋偃天壇試與劉

夫子重尋靖長官劉几云曾見人嵩高山幽絶處眼光如猫意其爲靖長官也【師】靖長官唐末五代之人得道不死

次韻景仁留別

公老我亦衰相見恨不數臨行一杯酒次公杜詩何時一杯酒重與細論文此意重山岳歌詞白紵清厚吳孫皓時作白紵歌詳見前謝陳季常惠一揞巾詩注琴弄黃鍾濁縯鄒忌言琴曰大絃濁以春溫者君也聲中於宮宮爲君五聲之本生於黃鍾琴有黃鍾調詩新聊難和飲少僅可學欲參兵部選有力誰如犖次公朝野僉載云崔淟爲吏部侍郎掌銓有選人白淟曰某能翹關負米淟笑曰若壯何不求選兵部荅曰外議謂崔侍郎下有氣力者即得選左傳曰犖有力爲能投蓋于稷門且作東諸侯山城雄鼓角南遊許過我不憚千里邈援呂安與嵇康每一相思千里命駕會當聞公來倒屣髮一握縯蔡邕聞王粲在門倒屣迎之周公一沐三握髮一飯三吐哺恐失天下之士

送魯元翰少卿知衛州

冗士無處着寄身范公園倬子由文集載子瞻兄始與元翰皆倅杭州及自密城還止都門寓居范景仁東園元翰時相過桃花忽成陰薺麥秀已繁閉門春晝永唯有黃蜂喧誰人肯攜酒共醉榆柳村髯卿獨何者一月三到門

我不往拜之髯來意彌敢【次公】曾元翰有髭髯故以髯稱之如諸葛亮與關羽書曰孟起一世之雄黥彭之徒當與益德並驅爭先猶未若髯之絕倫逸羣也羽美須髯故亮謂之髯也堂堂元老後亹亹亦人言【厚】謝安弱冠詣王濛清言良久乃去濛子脩曰向客何如大人濛曰此客亹亹為來逼人【次公】元脩傳王衍族子敦謂衍曰阮宣子可與言衍曰吾亦聞之但未知其亹亹之處憶在錢塘歲情好均弟昆時於冰雪中笑語作春溫欲飲徑相覓夜開叢竹軒搜尋到籃笥鮓醢無復存每愧煙火中玉腕親炮燔【任】小說載詩云吹火紅唇動揩薪玉腕斜遙觀煙裏面恰似霧中花事見孟啓本事詩別來今幾何相對如夢塊告我當北渡新詩侑清樽坡陁太行麓洶湧黃河翻仕宦非不遇王畿西北垣斯民如魚耳見網則驚奔皎皎千丈清不如尺水渾刑政雖首務念當養其源一聞袴襦音【續】後漢廉范人歌之曰廉叔度來何暮昔無襦今五袴盜賊安足論

次韻子由送蔣夔赴代州學官

功利爭先變法初典刑獨守老成餘【續】詩雖無老成人尚有典刑窮人未

信詩能爾〔厚〕歐陽永叔云非詩能窮人殆窮者而後工也倚市懸如繡不如〔緜〕太史公曰農不如工工不如商刺繡文不如倚市門代北諸生漸狂簡牀頭雜說爲爬梳〔次公〕王濟嘗詣王湛見牀頭周易歸來問鴈吾何敢疾世王符解著書〔緜〕王符隱居著書三十篇以譏當世得失號曰潛夫論皇甫規解官歸安定人有以貨得鴈門太守者亦去職還家書刺謁規規卧不迎既入而問卿在郡食鴈美乎須又曰王符在門規素聞符名乃驚遽而起衣不及帶屣履迎門援符手而還與同坐極歡時人爲之語曰徒見二千石不如一逢掖言書生道義之貴

送顏復兼寄王鞏〔先生〕復字長道鞏字定國

彭城居官冷如水誰從我游顏氏子〔秦〕易係辭云顏氏之子其殆庶幾乎我衰且病君亦窮衰窮相守正其理胡爲一朝捨我去輕衫觸熱行千里〔緜〕杜詩昔問今何官觸熱向武威問君無乃求之歟〔任〕論語夫子求之歟抑與之歟答我不然聊爾耳〔厚〕晉阮咸曰未能免俗聊復爾耳京師萬事日日新〔師〕劉禹錫詩不改南山色其餘事事新故人如故今有幾君知牛行相君宅扣門但覓王居上〔師〕謂王鞏也清詩草聖俱入妙〔師〕衛恒傳張伯英下手必爲楷則至今尤寶其

書謂之草聖別後寄我書連紙苦恨相思不相見約我重陽嗅黄菊

蘂君歸可喚與俱來未應指目方進擬太一老仙閑不出

張安道爲太一宮使踵門問道今時矣因行過我路幾何願君推挽加

鞭箠吾儕一醉豈易得買羊釀酒從今始【續】退之詩買羊酤酒謝不敏

初別子由

我少知子由天資和而清【次公】孟子曰伯夷聖之清柳下惠聖之和好學老益堅

表裏漸融明豈獨爲吾弟要是賢友生【次公】在先生與子由當知此矣子由爲先生畫贊亦云人曰吾兄我曰吾師不見六七年微言誰與賡常恐坦率性【倬】云宋濟老於場屋嘗試誤落官韻撫膺曰宋五坦率矣名甚著盧氏雜說云唐德宗夏中微行西明寺宋濟著葛巾犢鼻抄書日上曰茶請一盌濟曰鼎水方煎此有茶末可自撥之上又曰作何事業是何姓名濟曰姓宋第五應進士文章須吏鬧呼官家濟皇懼上曰宋五坦率後聞禮部放榜上令探濟無名上曰宋五又坦率放縱不自程會合亦何事無言對空

枰使人之意消【編】莊子南郭順子正容以悟物使人之意也消不善無由萌森然有

六女包裹布與荊【續】梁鴻妻荊釵布裙無憂賴賢婦藜藿等大烹使

子得行意青衫陋公卿明日無晨炊倒床作雷鳴【次公】退之石鼎聯句序云道士倚墻睡鼻息如雷秋眠我東閣夜聽風雨聲見與子由別於鄭州西門外詩懸知不久別妙理重細評昨日忽出門孤州轉西城歸來北堂上古屋空崢嶸退食悮相從入門中自驚南都信繁會人事水火爭【次公】南都則南京也時子由從張文定公簽書南京判官為此別也【師】退之石鼎聯句詩謬當鼎鼐間妄使水火爭念當閉閣坐頽然寄聾盲妻子亦細事文章固虛名會須掃白髮不復用黃精【編】杜詩掃除白髮黃精在君看他時冰雪容

臺頭寺雨中送李邦直赴史館分韻得憶字人字
兼寄孫巨源二首

霜林日夜西風急老送君歸百憂集【厚】杜詩強將笑語供主人悲見生涯百憂集清歌窈眇入行雲【次公】列子言秦青之歌聲振林木響遏行雲雲為不行天為泣【次公】杜詩真宰上訴天應泣【師】五行志無雲而雨為雨泣紅葉黃花秋正亂白魚紫蟹君須憶【次公】白魚紫蟹言徐州所有之物老杜用白魚屢矣如云白魚[illegible]又云白魚一鮮一不受釣是已憑君說向

髯將軍【縯】孫權為張遼所敗遼問降人向有紫髯將軍為誰曰孫會稽衰鬢相逢應不識〔嬈〕劉夷甫詩相逢應不識歸去夢青樓文忠公詩云淤人思我雖未忘見我今應不能識珥耳西歸近紫宸【縯】魏略曰殿中侍御史簪白筆側階而立上問曰此何官也辛毗曰御史簪筆書過上帝所居曰宸紫微大帝之座也太平典冊不緣麟【次公】不緣麟言司馬子長也司馬子長作史記亦以獲麟而起【師】杜預左傳序孔子絕筆於獲麟一句者所感而起故所以為終也付君此事寧論晉【厚】晉陳壽撰三國志時人稱其有良史之才張華謂壽曰當以晉書相付載我當時舊過秦【縯】賈誼作過秦論司馬遷取之以贊項羽班固因之【次公】按詩按熙寧十年九月内李清臣差知國史軾作詩送清臣云付君此事寧論晉載我當時過舊秦軾於仁宗朝曾進論往古得失賈誼漢文帝時人論秦之過失作過秦論史記載之軾安以賈誼自比意欲李清臣於國史中載軾所進論【倬】文選左太沖詩著論准過秦作賦擬子虛門外想無千斛米【厚】晉陳壽傳丁儀丁廙有盛名於魏陳壽詩謂其子曰可覓千斛米當為尊公作佳傳子不與竟不作傳墓中知有百年人【縯】漢未有發前漢宮人家者宮人猶活問漢時宮中事説之皆了了有次緒又發范明友奴家奴亦三百五十餘矣説霍光廢立之際多與漢書相應者【次公】廣記載鄭弥謂友人於陳蔡路逢一冢有竹二竿鄭為詩曰冢上兩竿竹風吹常裊裊冢中人磨貴之曰下有百年人長眠不知曉先生之意言必不如陳壽之希求當念墓下之人而發其借光也看君相眼明如鏡休把春秋坐素臣【縯】韓愈謂自古作史不有天禍

必有人刑左丘明紀春秋時事以失明【厚】杜預序左氏言仲尼素王丘明素臣【次公】先生之意言邦直眼如明鏡知所去取當知春秋非若丘明之失明也

送李公恕赴闕

君才有如切玉刀【縯】周穆王征西戎西戎獻昆吾之劒長尺有咫鍊鋼赤刃切玉如泥【援】漢武故事於建章別造華殿四夷珍寶充之火浣布切玉刀不可勝數【次公】切玉事二其一是劒則歐陽率更類書劒部引古列子云西戎獻昆吾之劒於周穆王切玉如泥其一是刀徐光祿類書刀部云昆吾割玉刀見十洲記周穆王時西胡獻刀切玉如土白傳類書於劒部所載同率更於刀部所載同光祿又引孔叢子西戎利刀秦王得之割玉如渫舊注兩家其一引昆吾之劒與先生用切玉刀字背矣其一引漢武故事都是刀事然在徐光祿白傳所引之後矣見之凜凜寒生毛願隨壯士斬蛟螭【縯】佽飛澹臺滅明周處鄧遐許旌陽皆古斬蛟者【次公】王粲刀銘曰陸剸犀兕水截鯨鯢則用言刀無害不願腰間纏錦絛【次公】杜甫大食寶刀詩云蒼水使者捫赤絛用違其才志不展【次公】晉殷浩傳桓溫每輕浩嘗謂郗超曰浩有德有言向使作令僕足以儀刑百揆朝廷用違其才耳【師】唐房琯贊用違所長坐與胥吏同疲勞忽然眉上有黃氣【厚】退之詩城上赤雲呈勝氣眉間黃色見歸期吾君漸欲收英髦立談左右俱動色一語徑破千言牢【縯】退之淮西碑萬口附和并爲一談牢不可破我頃

分符在東武【次公】漢文帝爲竹使符與太守分之東武盗用也脱略萬事唯嬉遊【[illegible]】江淹恨賦云脱略公卿跌宕文史【師】後漢馬援爲隴西太守諸曹時白事援曰此丞掾之職何足相煩頗哀老子使得遨遊盡壞

屏幛通内外【援】晉阮籍傳文帝輔政籍嘗從容言於帝曰籍曾遊東平樂其風土帝大悦即拜東平相籍乘驢到郡壞府舍屏幛内外相望法令清簡旬日而還仍呼騎曹爲馬曹【編】晉王徽之爲桓沖騎兵參軍沖問卿署何曹對曰似是馬曹又問管幾馬曰不知馬何由知數又問馬比死多少曰未知生焉知死君爲使者見不問反

更對飲持雙螯【次公】對飲借用曹參傳相舍後園近吏舍吏舍日飲歌呼從吏患之乃請參遊後園幸相國召按之乃反取酒張坐歌呼與相和【厚】晉畢卓嘗謂人曰得酒滿數百斛船四時美味置兩頭右手持酒杯左手持蟹螯拍浮酒船中便足了一生矣

酒酣箕坐語驚衆【師】前漢張耳傳高祖箕踞詈甚慢之[illegible]顏師古注箕踞者謂申兩脚其形如箕[illegible]

以嘲諷窮詩騷【次公】柳子厚寄韋瑜詩君今矻矻又窘鼠豖詞賦已復窮詩騷世上小兒多忌

諱獨能容我真賢豪爲我買田臨汶水逝將歸去誅蓬蒿

安能終老塵土下俛仰隨人如桔槔【編】莊子子不見桔槔者乎引之則俯捨之則仰

王狀元集百家注分類東坡先生詩卷之二十

王狀元集百家注分類東坡先生詩卷之二十一

送別中

詩七十五首

送鄭户曹 [堯卿] 名僅字彥能赴大名府户曹

遊遍錢塘湖上山，歸來文字帶芳鮮。羸僮瘦馬從吾飲，陋巷何人似子賢。公業有田常乏食，[縯] 後漢鄭太字公業交結豪傑家富於財有田四十頃而食常不足 廣文好客竟無氈。[厚] 廣文鄭虔也爲廣文館博士杜甫與虔詩云才名四十年坐客寒無氈 東君不趁花時節，開盡春風誰與妍。

送孔郎赴陝郊

驚風擘面黃沙走，西出崤函脫塵垢。[縯] 言二崤與函關也二崤山在河南永寧縣函谷關在新安縣 [任] 杜子美詩云疾風吹塵暗河縣行子隔手不相見此正陝州詩也 使君來自古徐州，[堯卿] 古有南徐北徐南徐潤州北徐彭城時自彭城而往故云古徐 聲震河潼殺關右。[厚] 潼關在華華陰縣河水龍門南流激華山而東故名潼關函谷在靈寶二關相爲首尾 十里長亭聞鼓角，一川秀花柳北臨飛檻卷黄流南望青山如峴首【師】峴首□襄陽縣陝州云□二十里有山亦名峴以其狀類峴首故得名東風吹開錦繡谷【子仁】谷名也按先生菩薩泉銘云廬山有金像會昌中詔毀佛寺寺僧藏像錦繡谷云淥水翻動蒲萄酒【縯】李白詩遙看漢水鴨頭綠恰似蒲萄初醱醅訟庭生草數開樽過客如雲牢閉口【偉】退之與李寳書曰接過客俗子絕口不掛時事務爲崇深以拒止嫉妬之口

送李公擇

嗟余寡兄弟四海一子由【任】論語子夏曰四海之内皆兄弟也故人雖云多出處不我謀弓車無停侶【縯】左氏載逸詩翹翹車乘招我以弓逝去勢莫留僅存今幾人【任】杜詩他時一笑後今日幾人存各在天一陬【次公】杜詩各在天一隅又云各在天一角有如長庚月到曉爛不收【厚】李白獨酌有懷詩孤月滄浪河漢清北斗錯落長庚明【退】退之詩東方未明大星沒獨有太白配殘月【次公】太白一名長庚此方有長庚月之義如李注所引雖顯得長庚字而無相配之義牟宜我與夫子相好手足侔比年兩見之賓主更獻酬樂哉十日飲【子仁】史記秦昭注遺平原君書寡人聞君之高義願與君爲布衣之交君幸過寡人寡人願與君爲十日之飲衎衎和不流【縯】柳子厚會飲

曰皆百拜而禮無叫號而極不相褐而達非金石而和去糾紛而密簡而同肆而恭衎衎而從容於以合由求之樂成君子之心論

事到深夜僵仆鈴與騶【厚】騶廄御者也鈴守鈴閣者頗嘗見使君有客如此

不【續】謝安爲桓溫司馬既至溫甚喜言平生歡笑竟日溫顧左右曰頗嘗見我有如此客不欲别不忍言慘慘

集百憂念我野夫兄【尭卿】公擇兄名莘字野夫知名三十秋已得其爲人

【倬】孔子世家曰丘得其爲人不待風馬牛【厚】左傳僖四年齊侯伐楚楚子使與師言曰君處北海寡人處南海唯是風馬牛不相及也不虞君之涉吾地也何故他年林下見傾蓋如白頭【厚】前漢鄒陽云白頭如新傾蓋如故

和子由送將官梁左藏仲通

雨足誰言春麥短城堅不怕秋濤卷日長惟有睡相宜【師】歐陽永叔詩飽食杜門無一事日長唯有睡相宜半脫紗巾落紈扇芳草不鋤當户長【續】蜀志先主云芳蘭生門不得不鋤珍禽獨下無人見覺來身世都是夢坐久

枕痕猶著面城西忽報故人來急掃風軒炊麥飯【次公】徐州所漢書光武云燕薥亭豆粥滹沱麥飯伏波論兵初矍鑠【厚】後漢劉尚擊五溪蠻蛮没伏支將軍馬援請行時

帝愍其老未許之援曰臣尚能被甲上馬據鞍顧眄以示可用帝笑曰矍鑠哉是翁也

中散談仙更清遠【援】嵇康仕魏爲中散大夫常修養性服食之事彈琴詠詩自足於懷以爲神仙稟之自然非學所得至於導養得理則安期彭祖之倫可及乃著養生論南都從事亦學道【子仁】謂子由也蓋是時子由從張文定簽書南京判官而先生嘗云余觀子由自少曠達天資近道又得至人養生長年之訣而子由亦嘗云學道三十年今始粗聞道也不恤腸空誇腦滿【續】道家云欲得不死腸中無滓欲得不老還精補腦問羊他日到金華應許相將遊閬苑黃初平之兄尋其弟於金華山【厚】黃初平少時牧羊有道士見其良謹將至金華山四十餘年其兄初起尋得之問曰羊何在初平曰近在山東乃俱往視見白石無數初平叱之白石皆起成羊【援】閬苑即閬風亦曰玄圃在崑崙之中天帝所居

送胡掾

亂葉和淒雨投空如散絲【次公】張載雜詩云騰雲似湧煙密雨如散絲流年一如此遊子去何之節義古所重艱危方自茲【次公】杜詩險艱方自茲他年著清德仍復畏人知【續】晉胡威傳父質以忠清著稱威入朝武帝語及平生因歎其父清謂威曰卿孰與父清對曰臣不如也臣父清恐人知臣清恐人不知是臣不及遠也

送將官梁左藏赴莫州

【次公】莫州文安郡理鄚縣唐開元中以鄚字類鄭改爲莫乃公

孫瓚之易京也

燕南垂趙北際其間不合大如礪〔編〕後漢公孫瓚傳童謠曰燕南垂趙北際中央不合大如礪唯有此中可避世瓚既破劉虞盡有幽州之地自以爲易地當之乃徙鎮焉至今父老哀公孫烝土爲城鐵作門〔厚〕晉載記赫連勃勃烝土築城錐入一寸即殺築者城中積穀三百萬猛士如雲驕不戰一朝鼓角鳴地中〔援〕瓚居高京以鐵爲門積穀三百萬斛希復攻戰袁紹大攻瓚瓚與子續書曰袁氏之攻狀若鬼神梯衝舞吾樓上鼓角鳴於地中帳下美人空掩面〔綿〕漢圍項羽於垓下羽起飲帳中有美人姓虞氏羽悲歌忼慨美人和之豈如千騎平時來笑談謦欬生風雷葛巾羽扇紅塵靜〔編〕諸葛亮葛巾羽扇指揮三軍投壺雅歌清宴開〔厚〕祭遵爲將軍取士必用儒術對酒設樂必雅歌投壺東方健兒虓虎樣〔編〕詩曰進厥虎臣闞如虓虎〔厚〕杜甫詩胡方健兒好身手泣涕懷思廉恥將〔厚〕杜詩安得廉恥將三軍同晏眠〔公〕東方健兒則梁左藏故懷思之也彭城老守亦淒然不見君家雪兒唱〔援〕李密有寵姬名雪兒每賓客宴會有新製必令雪兒歌之韓定辭詩盛德好將銀筆述麗詞堪與雪兒歌〔竟陵〕公謂梁左藏家侍兒善歌故有此句

又送郭戶曹

水遶彭祖樓山圍戲馬臺【次公】徐州彭城縣以彭祖而得名按寰宇記殷之賢臣彭祖顓帝玄孫至殷末壽七百六十七歲今墓此故邑號大彭戲馬臺項羽所築宋武建第舍重九日引賓客登臺賦詩古來豪傑地千歲有餘哀隆準飛上天【縯】高祖隆準龍顏豐邑人也【次公】古詩破鏡飛上天重瞳成灰【淳】項羽目重瞳子羽都彭城【次公】李白詩此人已成灰白門下呂布【縯】曹操擊布至下邳城布與麾下登白門樓兵圍之急乃下降操【師】下邳城南門謂之白明樓大星殞臨淮【淳】臨淮王李光弼鎮徐州至德二年有大星殞其地而光弼卒尚想劉德輿置酒此徘徊【次公】劉德輿即宋武帝字也見上注曹子建詩置酒此河陽邇來苦寂寞廢圃多蒼苔河從百步響【師】即百步洪也山到九里回【堯卿】九里山也山水自相激夜聲轉風雷【子仁】韋應物詩水性本亦靜石中固無聲如何兩相激雷轉空山鳴蕩蕩清河壖黃樓我所開【子仁】按子由黃樓賦敘云熙寧十年秋河決澶淵水及彭城下子瞻適爲彭城守廬於城上調急夫發禁卒以從事以身帥之故水大至而民不潰於是即城之東門爲大樓焉堊以黃土曰土實勝水徐人相勸成之即此也秋月墮城角春風搖酒杯遲君爲坐客新酒出瓊瑰【縯】劉禹錫詩每逢詞客饒瓊瑰樓成君已去人事固多乖【任】陶潛答龐參軍詩敘云人事好乖便當語離他年君倦遊白首賦歸來【援】司馬長卿故倦遊陶淵

明賦歸去來

登樓一長嘯【厚】王粲作登樓賦孫登於蘇門長嘯【次公】劉琨在晉陽爲胡騎所圍琨乃乘月登樓長嘯賊聞之悽然弃圍而走

使君安在哉【堯卿】太白詩云君若不飲酒昔人安在哉

送頓起

客路相逢難爲樂常不足臨行挽衫袖更賞折殘菊佳人

亦何念淒斷陽關曲【次公】即王維詩渭城朝雨裛輕塵客舍青青柳色新勸君更盡一杯酒西出陽關無故人【師】唐伺戲善唱渭城即陽關曲也

酒闌不忍去共接一寸燭留君終無窮歸

駕不免促岱宗已在眼【次公】代山宗泰山也頓蓋之兗州矣在眼字謝靈運詩想見山阿人薜蘿若在眼【任】杜詩云青山各在眼

一往繼前躅天門四十里【厚】泰山東上七十里至天門

夜看扶

桑浴【續】漢官儀泰山東南名曰觀見日始出長三丈所淮南子曰日出暘谷拂于扶桑浴於咸池【蘇】東方朔十洲記云扶桑在碧海中葉似桑樹長數千丈大二十圍兩兩同根更相依倚是名扶桑

回頭望彭城大海浮一粟故

人在其下塵土相豗蹴惟有黃樓詩千古配淇澳【坡】有詩黃樓本末【續】衛國風有淇澳篇

次韻子由送趙屼歸觀錢塘遂赴永嘉【次公】屼清獻公之仲子也

清獻守杭以將倅溫先歸覲親而後之官過南都子由作詩送之時先生在徐次其韻

歸舟轉河曲稍見楚山著候吏來迎客吳音已帶鄉言從謝康樂【縯】謝靈運襲封康樂公嘗爲永嘉太守先獻魯靈光【厚】後漢王延壽公逸延壽詩往録其狀延壽因韻之以簡其父父曰吾無以加也殿即漢魯共王所建已擊三千里【援】莊子鵬徙於南溟也水擊三千里何須四十強【縯】禮四十曰強而仕風流半刺史【縯】庾亮與郭遊書曰別駕與刺史同流王化任居刺史之半安可非其人也清絶校書郎【厚】校書郎隷祕書省最爲仕林清選到郡詩成集

尋溪水濺裳芒鞋隨採藥【先】十式行者芒鞋【師】劉晨阮肇採藥於天台山蠶紙記流觴【援】羲之蘭亭叙以蠶紙寫記流觴曲水【仔】詩成集指謝靈運詩海靜蛟鼉出山空草木長【師】陶潛詩孟夏草木長宦遊無遠近民事要更嘗顧子傳家法他年請尚方【縯】漢朱雲上書請尚方斬馬劍斷佞臣一人以厲其餘上問誰對曰安昌侯張禹【次公】曰此乃勉叺今効清獻之直彈劾不避權倖也

送孫勉

昔年罷東武曾過北海縣【次公】東武密州也先生前守密北海縣在後漢爲北海國有菑川高密膠

東三國以其縣屬則乃蔡州一帶矣白河翻雪浪黃土如蒸麪桑麻冠東方一熟天下賊是時累饑饉常苦盜賊變每伶追胥官野宿風裂面君爲淮南秀文采照金殿君常考中進士第一胡爲事奔走投筆腰羽箭【纘】後漢班超爲官傭書嘗輟業投筆歎曰大丈夫無它志略猶當效傅介子張騫立功異域以取封侯安能久事筆硯間乎杜詩猛將腰間大羽箭更被髯將軍豪篇來督戰其兄華老以詩寄之皆言戰爭【次公】吳國志注引獻帝春秋曰張奝問吳降人向有紫髯將軍是誰曰孫會稽權親程三郡士【堯卿】三郡士子時考試玉石不能銜【次公】楊子云銜玉而賈石不能欺也欲知君得人失者亦稱善君才無不可要欲經百鍊【次公】【堯卿】劉琨云何意百鍊剛化爲繞指柔崔豹古今注曰百鍊吳大帝刀名吾詩堪咀嚼聊送別酒釅

送參寥師

上人學苦空百念已灰冷劍頭惟一吷【厚】莊子惠子曰管也猶有嗃也吹劍者吷而已矣【次公】專使莊子道仁義於戴晉人之前猶劍首之一吷焦穀無新穎【纘】維摩詰言如焦穀牙如石女兒胡爲逐吾輩文字爭蔚炳【纘】楊子君子豹變其文蔚也大人虎變其文炳也新詩如玉雪

出語便新警退之論草書萬事未嘗屏憂愁不平氣一寓
筆所騁頗怪浮屠人視身如丘井 縯 維摩經云視身如丘井爲老所逼 厚 白樂天詩云身老同丘井心空是道場 頹然寄澹泊誰與發豪猛 次公 自退之論草書而下至此蓋退之送高閑上人序云生時張旭善草書不治他技喜怒窘窮憂悲愉佚怨恨思慕酣醉無聊不平有動於心必於草書發之故旭之書變動猶鬼神不可端倪以此終其身而名後世今閑之於草書有旭之心哉又云今閑師浮屠氏一死生解外膠是其爲心必泊然無所起其於世必淡然無所嗜泊與淡相遭頹墮委靡潰敗不可收拾則其於書得無象之然乎然吾聞浮屠人善幻多伎能閑如通其術則吾不能知矣先生八句蓋用其語 細思乃不然真巧非幻影 次公 金剛經云如夢幻泡影 欲令詩語
妙無厭空且靜靜故了羣動空故納萬境閱世走人間觀
身臥雲嶺 次公 自細思乃不然而下則又其言浮屠人善幻也欲高退之不取澹泊之意矣 鹹酸雜衆
好 次公 柳子厚報崔黯書吾嘗見病心腹人有思啗土炭嗜酸鹹者不得則大戚 中有至味永詩法不
相妨此語更當請

次顏長道韻送傅倅

兩見黃花掃落英 次公 楚詞夕食秋菊之落英 南山山寺遍題名宗成

不獨依岑范（見趙郎中見和戲復荅之詩注）魯衛終多似弟兄【援】（論語魯衛之政兄弟也又漢史曰大馮君小馮君兄弟繼踵相因循政如魯衛德化均）去歲雲濤浮汴泗與君泥土滿衣纓如今別酒休辭醉試聽雙洪落後聲【子仁】（雙洪蓋徐州二水也先生徐州鹿鳴燕賦詩叙云俯聽二洪之號怒即此也）

臺頭寺送宋希元

相從傾蓋只今年【縯】（孔子之郯遇程子於塗傾蓋而語【厚】鄒陽曰白頭如新傾蓋如故）送別南臺便黯然【次公】（江淹別賦黯然銷魂者惟別而已矣）日夜更歌金縷曲【縯】（李錡妾杜秋娘常爲錡唱詞二云勸君莫惜金縷衣）他年莫忘角弓篇（是日與宋君同栽松寺中【厚】左傳韓宣子聘魯韓子賦角弓宴于季氏有嘉樹焉宣子譽之武子曰宿敢不封殖此樹以無忘角弓【任】杜詩更尋嘉樹傳不忘角弓詩）三年不窺東鄰女（取宋玉【援】宋玉言臣里之美者莫若東家之子然此女登墻窺臣三年至今未許也）二頃方求負郭田【任】（蘇秦既約六國從親爲從長相六國曰使我有負郭田二頃豈能佩六國相印乎）我欲歸休君未可茂先方議斸龍泉【厚】（晉張華字茂先與雷煥登樓共尋天文煥曰牛斗之間有異氣是寶劔之精上徹於天耳在豫章豐城即補煥爲豐城令煥到縣掘獄屋基得一石函中有雙劒並刻題一曰龍泉二曰太阿【縯】杜詩無計斸龍泉）

送蜀人張師厚赴殿試二首

忘歸不覺鬢毛斑好事鄉人尚往還斷嶺不遮西望眼追之

詩爲遮西望終是懶回頭送君直過楚王山次公項羽都於徐州自號西楚霸王故此有楚王山

雲龍山下試春衣放鶴亭前送落暉次公雲龍山人所居也有放鶴亭先生有記云一

色杏花三十里新郎君去馬如飛次公杏花三十里則徐州往趍京之路有如此者新及第者謂之新郎君則送其赴殿試遂可以此日之矣師孟郊詩少年得意馬蹄疾一日看盡長安花

送劉寺丞赴餘姚

中和堂後石楠樹與君對床聽夜雨次公夜雨對床事見與子由別於鄭州西門之外詩注中和堂在杭州先生爲倅日監秋試意者劉寺丞爲試官也玉笙哀怨不逢人但見香煙橫

碧縷謳吟思歸出無計坐想蟋蟀空房語明朝開鎖放觀

潮次公先生監試杭州時以八月十六日放榜故云開鎖放觀潮見前第十一卷有監試呈諸試官又催試官考較戲作可攷者也

豪氣正與潮爭怒銀山動地君不看獨愛清香生雲霧別

來聚散如宿昔城郭空存鶴飛去續丁令威化鶴集華表柱上言曰城郭如故人民非我

老人閒萬事休【任】柳子厚詩耦耕若便遺身世黃髮相看萬事休君亦洗心從佛祖手香新寫法界觀【次公】法界觀杜順和尚所着者眼淨不覷登伽女【厚】楞嚴經阿難因乞食遭摩登伽女引入淫室餘姚古縣亦何有龍井白泉甘勝乳千金買斷顧渚春似與越人降日注【續】顧渚在湖州日注在越州並進草茶其品甚貴

送孫著作赴考城兼寄錢醇老李邦直二君於孫處有書見及【次公】考城古戴國也此亳葵丘黃池皆考城地今地志隸東京云曹州割也

使君閑如雲欲出誰肯伴清風獨無事一嘯亦可喚【厈】趙昞云長嘯呼風亂流而濟來從白蘋洲【續】白蘋洲在湖州因梁柳惲為吳興太守賦詩於此因以名洲【次公】柳惲詩汀洲採白蘋日晚江南春【共父】吳興統記云白蘋洲在霅溪東南一里吹我明月觀【厚】明月觀在江寧府故臺城【次公】楊州有月觀何遜梅花詩曰枝橫却月觀門前遠行客青衫流白汗【子仁】戰國策白汗交流問子何忽忽王事不可緩故人錢與李清廟兩圭瓚【次公】曰書云秬鬯圭瓚蔚為萬乘器【次公】鄒陽云蟠木輪囷而為萬乘器者以左右為之先容也尚記溝中斷【續】莊子百年之木破為犧樽青黃而文之其斷在溝中比犧樽於溝中之斷則美惡有間矣其失性一也子亦東南[illegible]價重不

可筭【次公】杜詩價重百車【任】孟子倍蓰而無筭者別情何以慰酒盡對空宴惟持一

榻涼勸子巾少岸【次公】杜詩白幘岸江皋北風那復有塵土飛灰炭欲

寄二大夫【次公】漢疏廣疏受之云觀者皆曰賢哉二大夫發發不可絆【厚】借用詩飄風發發

送淵師歸徑山

我昔嘗爲徑山客至今詩筆餘山色師住此山三十年妙

語應須得山骨溪城六月水雲蒸飛蚊猛捷如花鷹羨師

方丈冰雪冷蘭膏不動長明燈【厚】楚詞蘭膏明燭山中故人知我至

爭來問訊今何似【次公】法華經問訊如來今禪院有打問訊也爲言百事不如人

兩眼猶能書細字徑山下無蚊余舊詩云問龍乞水歸洗眼欲看細字銷殘年

送表忠觀道士歸杭【次公】先生表忠觀碑載趙抃知杭州言故吳越國王錢氏墳廟在錢塘臨安者皆蕪廢不治請以妙因院爲觀使錢氏之孫爲道士曰自然者居之以守其墳廟詔許之改妙因爲表忠觀【任之】按杭州圖經云表忠觀在城南龍山一十五里熙寧十年賜今額

先王舊德在民心著令稱忠上意深【續】前漢吳芮傳云文王芮高祖賢之制詔御史長沙

王忠其定著令次公芮贊云吳芮之起不失正道故能傳號五世以無嗣絕慶流支庶有以矣夫著于甲令而稱忠也墮淚

行看會祠下厚晉羊祜傳襄陽百姓於峴山祜平生游憩之所建碑立廟歲時饗祭焉望其碑者莫不流涕杜預因名

墮淚碑掛名爭欲刻碑陰編表忠碑公書其事次公退之文云得掛名於經碑陰也凄涼破

屋塵凝坐憔悴雲孫雲萍替次公此指言錢道士矣爾雅子之子爲孫孫之子爲曾孫曾孫之子爲玄孫玄孫之子爲來孫來孫之子爲昆孫昆孫之子爲仍孫仍孫之子爲雲孫注云輕遠如浮雲也未信諸豪容

郭解却從他縣施千金援史記郭解傳洛陽人有相仇者邑中賢豪居間以十數終不聽客廼見解解夜見仇家仇家曲聽解解謂仇家吾聞洛陽諸公在間多不聽今子幸而聽解解奈何從他縣奪人邑賢大夫權乎乃夜去

送俞節推尚之子尚字退翁

吳興有君子淡如朱絲琴一唱三歎息至今有遺音編禮記清廟之瑟朱絃而疏越一唱而三歎息有遺音者矣嗟予與夫子相避如辰參退翁官于蜀余在京師余歸而退翁去及余官於吳興則退翁亡矣厚參辰二星常出沒不相見蘇武詩昔爲鴛與鴦今爲參與辰次公揚子曰吾不覩參辰之相比也猶喜見諸郎窈然清且深異時多良士末路喪初心

我生不有命其肯枉尺尋次公孟子枉尺而直尋王尋而直尺

伯父送先人下第歸蜀詩云人稀野店休安枕路入靈關穩跨驢安節將去爲誦此句因以爲韻作小詩十四首送之

索漠齊安郡從來著放臣【次公】齊安即黄州也著放臣則在唐如杜牧之在本朝如王元之也如何風雪裏更送獨歸人

瘦骨寒將斷衰髯摘更稀未甘爲死別猶恐得生歸【次公】杜詩孰知是死別又曰生離與死別

日上氣暾江雪晴光眩野詑取到家時鋤耰吾正把【次公】杜詩縱有健婦把犂鋤【夢弼】前賈誼傳借父耰鋤注耰摩田器也

月明穿破衾霜氣澁孤劒歸來閉戶坐默數來時店【次公】退之詩依依夢歸路歷歷想行店

諸兄無可寄一語會須酬晚歲俱黄髮相看萬事休【次公】柳子厚荅劉夢得別詩云耦耕若便遺身世黄髮相看萬事休

故人如念我爲說瘦欒欒【次公】詩棘人欒欒　尚有身爲患【編】老子吾有大患爲吾有身　已無心可安見寄劉孝叔注中

吾兄喜酒人今汝亦能飲一杯歸誦此萬事邯鄲枕【編】太平廣記有客遇呂仙翁自言久不得意仙翁以一枕與之客就枕即夢入枕中仕宦數十年甚愜意及覺所炊黃粱猶未熟

東遷在何許寒食江頭路哀哉魏城君宿草荒新墓【次公】魏城君乃先生之配王氏也禮云朋友之墓有宿草而不哭焉【伯恭】按年譜至和元年甲午先生年十九歲始娶青城王方女後封通義郡君先生作王氏墓誌云生十九年而歸于某至治平二年卒年二十有七

臨分亦泫然不爲窮途泣【厚】阮籍率意獨駕不由徑路車迹所窮輒慟哭而反【師】揚朱見歧路而哭之曰可以南可以北【子仁】出王勃滕王閣記云阮籍猖狂豈効窮途之哭　東阡時一到莫遣牛羊入

我夢隨汝去東阡松柏青却入西州門【援】晉謝安傳羊曇爲安所愛重安薨後輟樂彌年行不由西州路嘗因石頭大醉扶路唱樂不覺至州門左右白曰此西州門曇悲感不已以馬策叩扉誦曹子建詩云生存華屋處零落歸山丘因慟哭而去

永愧北山靈【次公】蕭子顯齊書鍾山在會稽郡北周彥倫隱於此山後應詔出爲海鹽令欲過此山孔稚圭乃假山靈之意移之使不得至故云北山移文其辭曰鍾山之英草堂之靈云云

乞墦何足羨【次公】此篇戒安飽之詩也孟子載齊人之東郭墦間之祭者乞其餘歸驕其妻妾負米可忘艱【續】家語子路爲親負米於百里之外莫爲無車馬含羞入劍關【厚】成都之北有昇仙橋司馬相如嘗題其柱云大丈夫不乘駟馬車不復過此橋古詩羞見關城吏年年舊路歸我坐名過實【子仁】崔瑗座右銘云無使名過實守愚聖所臧謹謙自招損【次公】尚書益贊于禹曰滿招損謙受益汝幸無人知莫厭家山穩竹笥與練裙隨時畢婚嫁【次公】後漢逸民傳戴良有五女踈裳布被竹笥木屐以遣之畢婚嫁則向子平事也又退之詩如今便可爾何用畢婚嫁無事若相思征鞍還一跨萬里卻來日一庵仍獨居應笑謀生拙團團如磨驢【次公】先生又有詩云團團如磨牛步步踏陳迹

送沈逵赴廣南

嗟我與君皆丙子四十九年窮不死【元】按年譜先生四十九歲正元豐七年在黄州三月量移汝州君隨幕府戰西羌夜渡冰河斫雲壘飛塵漲天箭灑甲歸對妻孥眞夢耳【師】杜甫自賊中脫歸老杜詩云夜闌更秉燭相對如夢寐我謫黄岡

四五年【次公】按年譜先生以元豐二年謫黃州至此凡五年 孤舟出沒煙波裏故人不復通問訊疾病饑寒疑死矣相逢握手一大笑白髮蒼顏略相似我方北渡脫重江君復南行輕萬里功名如幻何足計學道有涯眞可喜岣嶁丹砂已付君【任】杜詩遠尋句漏令不復問丹砂【厚】晉葛洪傳以老年欲鍊丹以祈遐壽聞交趾出丹求爲勾漏令帝以洪資高不許洪曰非欲爲榮以有丹耳帝從之洪遂將子姪俱行至廣州刺史鄧嶽留不聽去洪乃止羅浮山鍊丹 汝陽甕盎君何恥【次公】汝陽汝州甕盎以言其癭之狀也先生別黃州詩曰閤領先裁蓋癭衣是巳【子仁】莊子甕盎大癭云其脰肩肩 君歸赴我雞黍約【次公】論語殺雞爲黍范張有雞黍之約 買田築室從今始

送楊傑并叙【堯卿】元祐二年高麗僧義天航海問道至明州傳云義天弃王位出家上疏乞徧歷叢林問法受道有詔朝奉郎楊傑次公館伴所至吳中諸刹皆迎餞如王臣禮至金山僧了元乃牀坐受其大展次公驚問其故了元曰義天亦異國僧耳叢林規繩如是不可易朝廷聞之以了元知大體

無爲子嘗奉使登太山絕頂雞一鳴見日出又嘗以事過華山重九日飲酒蓮華峰上今乃奉詔與高麗

僧統遊錢塘皆以王事而從方外之樂善哉夫曾有也作是詩以送之

天門夜上賓出日 次公 泰山記云泰山盤道屈曲而上凡五十餘盤經小天門大天門仰視天門如穴中視天窻矣自下至古封禪處凡四十里山頂西嵒爲仙人石閣東嵒爲介丘東南嵒名日觀者雞一鳴時見日始欲出長三丈所 曹 書堯典寅賓出日 萬里紅波半天赤歸來平地看跳丸 次公 退之詩日月如跳丸 師 杜牧詩日月若跳丸 一點黃金鑄秋橘太華峰頭作重九天風吹灔黃花酒浩歌馳下腰帶鞓 縯 腰帶鞓亦山地名也 醉舞崩崖一揮手 次公 李白詩因之出家鄉揮手謝此世 神遊八極萬緣虛 厚 李白大鵬賦序云余昔於江陵見天台司馬子微謂余有仙風道骨可與神遊八極之表 下視蚊雷隱汙渠 次公 西漢中山靖王云聚蚊成雷 大千一息八十返笑厲東海騎鯨魚 次公 詩云深則厲淺則揭厲言涉之也爾雅繇帶以上爲厲 杜 杜甫詩若逢李白騎鯨魚道甫問信今何如 三韓王子西求法 縯 東夷國名曰韓有三種曰馬韓曰辰韓曰弁韓皆高麗也 鑿齒彌天兩勍敵 厚 晉書釋道安與習鑿齒相見鑿齒曰四海習鑿齒道安曰彌天釋道安人以爲名對 過江風急浪如山寄語舟人好看客 縯 摭言載唐令狐楚鎮揚州處士張祜常與狎宴楚視祜改令曰上

水舡風又急帆下人須好立祐應聲円上水船船瓦破好看客莫倚拖

送穆越州

江海相忘十五年羨〔次公〕松柏蔚蒼顏四朝耆舊冰霜後〔次公〕穆越州名珦字東美而詩云四朝耆舊者豈以其嘗歷仕四朝故耶兩郡風流水石間〔次公〕兩郡蓋言其前在蜀中作郡今又爲越州太守所領州前後皆山水郡也舊政猶傳蜀父老〔次公〕司馬相如有詰難蜀父老詞先聲已振越溪山樽前俱是蓬萊守〔次公〕蓬萊守蓋穆既守越而先生將守登越謂之蓬萊者元微之守越以州宅誇白樂天詩云我是玉皇香案吏謫居猶得在蓬萊今越州有蓬萊閣及以名酒也登州有萊山倚郭乃蓬萊縣故越登皆可稱蓬萊守莫放高樓雪月閑

送范純粹守慶州〔堯卿〕文正公初子字德孺

才大古難用〔縯〕老杜古栢行志士幽人莫怨嗟古來才大難爲用論高常近迂〔厚〕莊子高論怨誹爲亢而已論語子路曰有是哉子之迂也君看趙魏老乃爲滕大夫〔縯〕論語子曰孟公綽爲趙魏老則優不可以爲滕薛大夫浮雲無根蔕〔援〕退之詩浮雲柳絮無根蔕潢潦能須臾〔縯〕退之詩潢潦無根源朝滿夕已除知經幾成敗得見真賢愚羽旄照城闕談笑安邊

隅【次公】此言范純粹之父至純粹皆能安邊服敵也當年老使君【次公】老使君則純粹之父仲淹也赤

手降於菟【次公】赤手以言降之易也退之云蛟龍弄角牙造赤欲手攬而先生有云赤手攬象犀也於菟虎也楚人謂虎爲於菟見左傳諸郎更何事折箠鞭其雛【偉】後漢鄧禹傳帝徵禹還勑曰赤眉無穀自當來東吾折箠笞之非諸將憂也吾知鄧平叔不鬬月支胡【續】後漢鄧訓字平叔爲護羌校尉先是小月氏胡分居塞內勝兵者二三千騎皆勇健富強每與羌戰常以少制多漢亦時收其用時迷吾子迷唐與武威種羌合兵萬騎來至塞下欲攻月氏胡訓擁衛稽故令不得戰令開城及所居園門悉驅羣胡妻子內之嚴兵守衛羌掠無所得諸胡因即解去由是湟中諸胡皆言漢家常欲鬬我曹今鄧使君待我以恩信開門納我妻子成歡喜叩頭曰唯使君所命

送戴蒙赴成都玉局觀將老焉【堯卿】蒙本名莊吳興人慶曆六年賈黯榜登第後改名蒙

拾遺被酒行歌處【續】杜甫爲右拾遺避亂居成都浣花草堂被酒者爲酒所加漢紀高祖被酒夜徑澤中【偉】靈帝常令劉寬講經寬常於坐被酒睡伏【次公】行歌字出列子拾穗行歌野梅官柳西郊路【厚】杜甫詩時出碧雞坊西郊向草堂市橋官柳細江路野梅香聞道華陽版籍中【續】昔人論蜀之富曰地稱天府縣號華陽常璩蜀志謂之華陽國志【次公】華陽乃成都倚郭縣名也今言杜子美在蜀則華陽有杜姓矣至今尚有城南杜【續】京兆城南有

韋曲杜曲韋杜皆遭盛時人語曰城南韋杜去天尺五杜正倫爲相與城南諸杜昭穆素遠求同譜不許銜之諸杜所居號杜固世傳其地有壯氣故世衣冠正倫建言鑿杜固通水以利人旣鑿川流如血自是城南諸杜稍不振 我欲歸尋萬里橋【補】成都有萬里橋者諸葛亮送吳使者至此曰萬里之行從此始矣 水花風葉暮蕭蕭芋魁徑尺誰能盡【次公】漢書時有謠歌曰飯我豆食羮芋魁蓋言芋之大者華陽國志曰汶山郡有大芋如蹲鴟故杜詩云我戀岷下芋 榿木三年已足燒【厚】杜詩云飽聞榿木三年大與致溪邊十畝陰 百歲風狂定何有 羨君今作峩眉叟縱未家生執戟郎【厚】楊雄成都郫人執戟爲郎【次公】老杜寄李號州云今日還珠守何年執戟郎【續】退之詩云男兒不再壯百歲如風狂 也應世出埋輪守【補】漢順帝遣八使循行風俗餘人受命之部而張綱獨埋其車輪於洛陽都亭曰豺狼當路安問狐狸遂劾奏梁冀等綱蜀郡犍爲人也 莫欺老病未歸身玉局他年第幾人【續】昔張道陵修道旣成老君降於成都地涌玉局今爲觀在乎門內【堯卿】公後果以提舉玉局而終【師】杜甫存歿口號云玉局他年無限笑白楊今日幾人愁 會待子猷清興發【任】李白詩昨夜吳興月子猷佳興發 還須雪夜去尋君見經山道中次韻荅周長官詩

送陳睦知潭州

華清縹渺浮高棟【次公】按志載云湯泉宮咸亨三年名溫泉宮天寶六年改爲華清宮北向正門曰津陽門東面

曰開陽門西面曰望京門南面曰昭陽門其中有瑶光殿飛霜殿九
龍殿宜春亭重明閣芳風閣十八名此所謂浮高棟也杜詩高棟曾
軒已自凉杜甫遠遊詩江涵高棟上有纈林藏石甕次公福嚴寺在南山半腹石甕谷有懸泉激石
成曰似甕形因以谷名爲石甕寺鄭愚津陽門詩注曰石魚嵓下有天然石其形似甕以貯飛泉故玄宗以石甕爲之寺名僧於上層飛
樓中懸轆轤汲引修綆長二百餘丈以及甕泉出於紅樓喬樹之杪此所謂纈林藏石甕也一杯此地初識
君千巖夜上同飛鞚次公顧愷之言會稽曰千巖競秀杜詩黄門飛鞚不動塵君時年少面
如玉一飲百觚嫌未痛次公孔叢子云堯飲千鍾孔子飲百觚杜詩痛飲眞吾師白鹿泉
頭山月出次公按述征記曰長安東則驪山西則白鹿原而驪山中又有白鹿觀云本驪山觀有老母殿唐高祖武德六
年幸溫泉傍觀川原見白鹿遂改觀名而白鹿泉三字未見題識載唯清華宫有飲鹿泉又有飲鹿槽不敢指名以俟博聞寒光
潑眼如流汞師汞水銀也敬夫物類相感志云登汞泉在滄州九視山山出泉闊百步亦云流汞渠雖泛金石終不沉故
川人以瓦鐵爲船舫朝元閣上酒醒時次公志云天寶七載玄元皇帝見于朝天閣即改名降聖閣臥聽
風鸞鳴鐵鳳厚陸倕石闕銘蒼龍玄武之制銅雀鐵鳳之工鐵鳳蓋施雀鳳於屋脊上者薛綜西京賦注云圓闕次公
上作鐵鳳皇令張兩翼舉頭敷尾故老杜贊公房詩曰鐵鳳森翱翔又贈崔評事詩曰陰沈鐵鳳闕風鸞和鑾之鑾也以其在風中故謂
之風鑾舊遊空在人何處二十三年真一夢我得生還雪髯

蒲君亦老嫌金帶重【師】杜祁相詩老嫌金帶重瘦覺玉堂寒 有如社燕與秋鴻相逢未穩還相送洞庭青草渺無際【續】洞庭青草二湖名相連接乃往潭州之所經也 天柱紫蓋森欲動【厚】退之謁衡岳廟詩紫蓋連延接天柱石廩騰擲堆祝融森然魄動下馬拜松柏一徑趨靈宮【師】衡山有天柱紫蓋峯 湖南萬古一長嗟【次公】杜詩云湖南清絕地萬古一長嗟 付與騷人發嘲弄

用前韻答西掖諸公見和

雙猊蟠礎龍纏棟【次公】礎石礎也礎斲雙猊棟盤龍像此言禁殿也【師】梅聖俞和人紫宸早朝詩晚眺玉宇龍纏棟藹藹金鋪獸齧鐶 金井轆轤鳴曉甕【厚】李賀詩轆轤咿啞轉鳴玉 小殿垂簾白玉鈎大宛立仗朱絲鞚【續】大宛國有善馬漢武帝嘗遣使求之唐李林甫謂諫官曰君不見立仗馬乎不鳴日飫三品芻豆一鳴則斥之矣 風馭賓天雲雨隔【次公】列子御風而行又所謂風馬雲車也賓天以言帝之上僊也此蓋言僊神宗矣 臣忍淚肝腸痛【師】梅聖俞詩云二年不到大梁城河邊灑淚肝腸痛 羨君意氣風生座落筆縱橫盤走汞上樽日月瀉黃封賜茗時時開小鳳閉門憐我老太玄【續】李白詩獨有揚執戟閉關草太玄 給札看君賦雲夢

【厚】前漢司馬相如傳相如請為游獵之賦上令尚書給筆札【次公】曰子虛賦齊使者言其齊之青丘吞楚雲夢者八九 金奏不知江海眩【援】莊子海鳥止於魯郊魯君奏九夏以樂之【次公】周禮以晉鼓鼓金奏 木瓜屢費瑤瓊重【續】詩投我以木瓜報之以瓊琚投我以木桃報之以瓊瑤 豈惟蹇步困追攀已覺侍史疲奔送春還宮柳腰支活【次公】杜詩云隔戶楊柳弱嫋嫋恰似十五女兒腰【注】白樂天云楊柳小蠻腰 雨入御溝鱗甲動借君妙語發春容【次公】漢書賈君房言語妙天下之摘也 顩我風琴不成弄

送表弟程六知楚州【師】程之元德瑞也

炯炯明珠照雙璧當年三老蘇程石里人下道避鳩杖【續】漢制仲秋之月年始七十者授之以玉杖杖端以鳩鳥為飾鳩者不噎之鳥欲老人不噎也 刺史迎門倒鳧舄【援】見往終南和子由見寄詩注 我詩與子皆兒童狂走從人覓棃栗【援】杜詩通子垂九齡但覓棃與栗 健如黃犢不可恃【續】杜詩憶昔十五心尚孩健如黃犢走復來 隙過白駒那暇惜【次公】莊子若白駒之過隙 醴泉寺古垂橘柚【厚】杜詩荒庭垂橘柚古屋畫龍蛇 石頭山高暗松櫟諸孫相逢萬里外【次公】杜詩曰復尋諸孫 一笑未

解千憂積子方得郡古山陽〔次公〕山陽言楚州淮陰郡山陽縣也蓋老手風生謝刀筆〔厚〕蕭何曹參皆起秦刀筆吏我正含毫紫微閣〔次公〕紫微閣則中書舍人事唐開元初號紫微舍人白樂天詩絲綸閣下文書靜鐘鼓樓中刻漏長坐到黃昏誰是伴紫微花對紫微郎病眼昏花困書檄莫教印綬繫餘年去掃墳墓當有日〔厚〕唐太宗謂裴寂曰今歸掃墳墓尚何辭功成頭白早歸來〔任〕杜甫與李白詩匡山讀書處頭白早歸來共藉梨花作寒食〔次公〕梨花爛開而可藉乃寒食時也白樂天寒食月夜詩風香露重梨花濕草舍無燈愁未入

送王伯敭守號

華山東麓秦遺民當時依山來避秦〔縯〕華山南有川廣三數百里連山洞不知其深淺人有登蓮華峯見人烟居至舍相望四時常有花木疑是靈仙之窟宅又云秦人避難居此其後裔也至今風俗含古意柔桑綠水招行人行人掉臂不回首爭入崤函土囊口〔厚〕宋玉風賦盛怒於土囊之口惟有使君千里來欲飲三堂無事酒〔縯〕號州三堂唐開元中建呂溫作記言三者明臣子在三之節堂者勵宗室肯搆之義退之言劉給事出刺史州職修人治州中稱無事頗復增飾而遊其間云云〔厚〕史記陳軫謂犀首曰公何好飲也曰無事也〔任〕退之詩向人有酒身無事三堂本來一事無日

長睡起聞投壺【厚】後漢祭遵傳遵爲將軍取士皆用儒術對酒設樂必雅歌投壺牀頭硯石開

雲月澗底松根斸雪腴【援】號出月石硯及并茯苓山棚盜散人安寢【次公】唐史河南汝號深山居民團結爲盜謂之山棚李師道常衣食而潛部分之欲以作亂於洛城多置田伊闕陸渾間以舍山棚元和十年大饗郎中殺牛釃酒既衷甲矣其徒白官發之留守呂元膺以兵掩御禁賊实出轉略幾部入山中數月奪山棚所市鬻山棚怒道官軍龔擊盡殺之勸買耕牛發陳廩【厚】龔遂治勃海令民賣劍買牛賣刀買犢歸來只作水衡卿【續】龔遂自勃海徵還上以遂年老不任公卿拜爲水衡都尉水衡典上林禁苑共張宮館爲宗廟取牲官職親近我欲攜壺就君飲【次公】杜牧詩與客攜壺上翠微

次韻子由送千之姪

江上松楠深復深滿山風雨作龍吟年來老幹都生菌【續】柳子厚云巧拚敗腐猶能烝出芝之菌以爲瑞物下有孫枝欲出林【續】凡木皆幹實而末虛唯桐反是故琴材以孫枝爲貴白髮未成歸隱計青衫儻有濟時心閉門試草三千牘【師】前漢東方朔詣公車奏議三千牘側席求人少似今【厚】漢光武側席幽人求之如不及

用王鞏韻送其姪震知蔡州

九門插天開【商老】楚詞虎豹九關注天門凡有九重萬馬先朝屯【次公】選詩云舉胡馬如雲屯

鞭紅塵中【次公】襄陽小兒歌山簡曰舉鞭向葛強紅塵則所謂東華門軟紅塵土相見不得言夜

走清虛宿【師】王珝華家有清虛堂扣門驚鵲翻君家汾陽家永巷車雷

奔【續】長安志載郭汾陽宅在親仁里居其里四分之一中通永巷子孫甚衆【子仁】杜牧阿房宮賦云雷霆乍驚宮車過夕郎

方不夕【厚】漢故事黃門郎每日暮入對青瑣門拜故謂之夕郎即今之給事中也列戟以自藩【續】大官門

賜列戟相逢開月閣畫簷低金盆【次公】杜詩夜闌接軟語落月如金盆至今夢中

語猶舉燈前樽阿戎修玉牒【援】晉阮籍謂王渾之子戎爲阿戎謂渾曰共卿言不如與阿戎談玉

牒宗室世譜也未憚筆削煩【次公】孔子作春秋筆則筆削則削君歸助獻納【次公】班固兩都賦序

云朝夕論思日月獻納注論思正道獻納於上坐繼岑與溫【續】岑則岑文本與其兄子長倩也溫則溫大雅與其弟彥

博也文本爲中書舍人侍郎令而兄子長倩爲兵部侍郎同中書門下平章事大雅爲黃門侍郎而彥博爲中書舍人侍郎令我客

二子間不復尋諸孫子美詩云權門多噂沓且復尋諸孫【續】此杜子美示從孫濟詩也

用舊韻送魯元翰知洺州魯少卿也

我在東坡下躬耕三畝園君爲尚書郎坐擁百吏繁鳴蛙

與鼓吹等是俗物喧[續]南史孔稚珪門庭之内草萊不翦中有蛙鳴或問之曰欲爲陳蕃乎珪笑曰我以此當兩部鼓吹何必效蕃又王晏嘗鳴鼓吹候之聞群蛙鳴曰此聒人耳珪曰我聽鼓吹殆不及此晏有慙色永謝十年舊老死三家村惟君綈袍信[厚]史記范睢爲須賈讒得脫死於魏易姓名爲張祿入秦秦拜睢爲相而魏不知也魏使須賈於秦惟爲敝衣微行見賈賈驚曰范叔一寒如此哉乃取一綈袍賜之已而入秦相府門下曰乃吾相張君也賈大驚謝罪睢曰公所以得無死者以綈袍戀戀有故人之意到我雀羅門[援]前漢鄭當時傳載下邽翟公爲廷尉賓客填門及廢門外可設羅雀緬懷故人意欲使薄夫敦[續]孟子聞柳下惠之風者薄夫敦新年到宣室[厚]賈誼爲長沙王太傅後歲餘文帝思誼徵之至入見上方受釐坐宣室[子輩]三輔黄圖云宣室在未央宮殿北未央前殿正室也白首代堯言[次公]先生言其今爲中書舍人也掌制誥爲代言之職說命云夢帝賚予良弼其代予言又漢夏侯勝云堯言布於天下至今見誦相逢問前輩所見多後昆道館雖云樂[次公]華嶠後漢書曰學者謂東觀爲老氏藏室道家蓬萊冷卿當復溫[次公]冷卿言翰苑元也乃杜詩廣文先生官獨冷之義因話録言祠部謂之冰聽以其冷也[倬]世傳京師謂光祿爲飽卿衛尉爲暖卿鴻臚爲睡卿司農爲走卿宗正爲冷卿綾卿謂其管儀鑾駕供帳之類冷卿謂其管玉牒所還持刺史節却駕朱輪軒[援]漢制刺史皂蓋朱兩轓黄髮方用事[次公]書尚猷詢茲黄髮白鬚宜少存嗣聖眞其生知拯民如

救燔【次公】救燔則拯焚也史有救焚拯溺初因羽淵魄【續】左傳言堯殛鯀于羽山其神化爲黃能以入于羽淵盡返湘江魂【厚】屈原流放湘江而宋玉爲作招魂【師】時哲宗初登極太母垂簾眾罷新法而元豐末年用事宰執皆斥逐當時議新法不合被竄謫者皆召還録用坐憂東郡決老守思王尊【續】前漢王尊遷東郡太守河水盛溢泛浸瓠子金堤老弱奔走恐水大決爲害尊躬率吏民投沉白馬祀水神河伯因止宿堤上水盛堤壞吏民皆奔走唯一主簿泣在尊旁立不動而水波稍却吏民壯尊之勇節云北流桑柘沒故道塵埃翻【次公】桑柘沒則泛水沒之也塵埃翻則水不循故道而反爲平地也知君一寸心可敵千步垣流亡自栖止老幼忘崩犇得閒閒閣坐【次公】卽漢書閉閤卧治也勿使道眼渾聊乘應捨筏【續】金剛經如來如筏喻者法尚應捨何況非法直泝無生源【師】佛氏以無生爲樂歸來成二老【續】杜詩與子成二老來往亦風流夜榻當重論

次韻子由送陳侗知陝州

誰能如鐵牛橫身負黃河【傳】陝州有鐵牛廟今封爲順濟王頭在河之南尾在河之北俗傳禹以此鎮河患也滔天不能沒尺箠未易訶【次公】書云洪水滔天莊子有云一尺之箠【任】世俗自無常徐公故逶迤【次公】徐公言徐邈也或問盧欽徐公當武帝之時人以爲通自在涼州還京師人以爲

介何也欽荅曰往者毛孝先崔季珪等用事貴清素之士于時皆變易車服以求名高而徐公不改其常故人以爲通比來天下奢靡轉倣傚之而徐公雅尚自若不與俗同故前日之通乃今日之介也是世人之無常而徐公之有常也逶迤則雍容曲折之義

別來不可說事與浮雲多當時無限人毀譽即墨阿【厚】史記齊威王召即墨大夫而語之曰自子之居即墨也毀言日至然吾使人視即墨田野闢人民給官無留事東方以寧是子不事吾左右以求譽也封之萬家召阿大夫語曰自子之在阿譽言日聞然吾使使視阿田野不闢民愁苦昔日趙攻甄子弗能救衛取薛陵子弗知是子以幣厚吾左右以求譽也是日烹之

虛聲了無實夜蟲鳴機梭【次公】言蓋夜蟲有促織之名而實未嘗織所以成毀譽無實之義

相逢一笑外奈此白髮何天驥皆籋雲【援】前漢禮樂志天馬歌云志俶儻精權奇籋浮雲晻上馳籋音攝

長鳴飽芻秣王庭旅百寶【縯】左氏庭實旅百天地之美具焉

大貝隨弓戈【縯】書亂之舞衣大貝鼖鼓在西房兊之戈和之弓垂之竹矢在東房

君獨一麾去【次公】顏延年五君詠阮始平云屢薦不入官一麾乃出守乃麾郤之麾杜牧之誤以爲旌麾之麾其將赴吳興一絕云欲把一麾江海去

欲賡五袴歌【援】後漢廉范爲蜀郡太守民歌之曰廉叔度來何暮昔無襦今五袴

甘棠古樂國【次公】甘棠陝州事此即召公分陝之所嘗決獄棠下後人思之不敢伐爲作甘棠之詩今驛名尚謂之甘棠館云

白酒金叵羅【厚】李白詩白酒初熟山中歸又云蒲萄酒金叵羅

知君不久留治行卝新科過客足

瞋喜東堂記分鵝【續】晉劉毅傳初江州刺史庾悦隆安中爲司徒長史曾至京口毅時甚屯窶先就府借東堂與親故出射而悦後與僚佐徑來詣堂毅告之曰毅屯否之人合一射甚難君於諸堂並可望以今日見讓悦不許既而悦食鵝毅求其餘悦又不荅毅常銜之義熙之故奪悦豫章解其軍府使人微示其旨悦恐懼而死此外但坐嘯見趙郎中見和戲復荅之詩注後生工揣摩【援】史記蘇秦得周書陰符伏而讀之期年以出揣摩曰此可以說當世之君鬼谷子有揣摩篇

送賈訥倅眉二首【堯卿】訥時朝散郎

當年入蜀歎空回未見峩眉肯再來童子謠知頌襦袴見前篇注使君先已洗樽罍李大夫眉之賢太守也【堯卿】元祐元年李琪以朝散大夫知眉州【次公】周禮彝皆有舟樽皆有罍鹿頭北望應逢雁【次公】鹿頭關在綿州羅江縣下鹿頭關則趨成都而往眉矣自成都趨眉乃一直南往而云北望末詩時乃季冬故曰逢雁北望逢雁意欲其附書也自蜀望中原故云北【子仁】人日東郊尚有梅人日出東郊渡江游蟇頤山眉之故事也【續】高適寄杜甫詩云人日題詩寄草堂遥憐故人思故鄉柳條弄色不忍見梅花滿枝空斷腸我老不堪歌樂職後生試覓子淵才【援】前漢王褒字子淵益州刺史王襄欲宣風化於衆庶聞褒有俊才請與相見使作中和樂職宣布詩選好事者令依鹿鳴之詩習而歌之

老翁山下玉淵回手植青松三萬栽父老得書知我在小

軒臨水爲誰開試看一一龍蛇活更聽蕭蕭風雨哀寺幽獨君詩云青松多悲風蕭蕭清且哀便與甘棠同不剪【續】詩蔽芾甘棠勿剪勿伐蒼髯白甲待歸來先君葬於墓頭山之東二十餘里地名老翁泉君許爲一往感歎之深故及之

送程建用【堯卿】字彝仲時爲宣德郎還眉山

先生本舌耕【厚】王子年拾遺記賈逵口誦經文以教人贈者積粟盈倉或云賈逵非力耕所得誦經舌倦世所謂舌耕也【次公】洞冥記載黃安讀書畫地以記其數一夕地成池時人謂安舌耕句首所謂先生則指言建用之父也後所謂公子則建用矣文字浩千頃【次公】退之詩歸來閱書史文字浩千萬空倉付公子坐待發茗穎【次公】發茗穎字祖出陸機文賦茗發穎竪離衆絕數語合用則劉禹錫畬田行亦云蒼蒼一雨後茗穎如雲發十年困新說見女爭捕影【次公】新說言王介父三經新義也時學者號之曰新經多言性命之說故以捕影言之谷永言如繫風捕影終不可得鑿垣種蓬蒿【次公】莊子是猶一安鑿垣牆而植蓬蒿也嘉穀誰復省空餘南陔意【續】詩南陔孝子相戒以養也太息北堂冷【次公】北堂母也詩云焉得諼草言樹之北說者謂諼即今萱草可以忘憂也北音背言北堂也故今謂母爲萱堂又爲北堂冷則念其母織屨隨方進【續】西漢翟方進辭其後母欲西至京師受經母憐其幼隨之長安織屨以給方進採薪教韋逞【厚】晉書韋逞年少母宋氏晝則

樵採夜則教逞遂學成名後仕符堅爲太常**辛勤守一經**【厚】西漢韋賢子玄成皆以明經位丞相故鄒魯諺曰遺子黃金滿籯不如一經**菽水賢五鼎**【續】禮檀弓孔子曰啜菽飲水盡其歡斯謂之孝【師】孟子前以三鼎後以五鼎此言菽水以奉親賢於五鼎之食也**今年聞起廢**【子仁】太史公自序春秋補敝起廢**魯史復光景**【續】曾史春秋也王荆公與新學以春秋爲破爛朝報廢之元祐初詔復詩賦併復春秋**公子亦改官三就繁馬頸**【次公】禮器云大路繁纓一就先路三就次路五就又郊特牲云大路繁纓一就次路繁纓七就繹文繁音步干反今句蓋以其飾馬之言**歸來一笑粲**【援】穀梁傳有云軍人粲然皆笑**素髮颯垂領**【次公】文選潘安仁秋興賦云悟時歲之遒盡兮慨俛首而自省班鬢髟以承弁兮素髮颯以垂領**會看金花詔湯沐奉朝請**【次公】湯沐則賜湯沐之邑也陶弘景云三十六方依奉朝請頭顱可知不如早去【東坡】宋敏求春明退朝録云予嘗判官告院郡夫人使金花羅紙七張法錦褾袋賜以湯沐之邑而奉朝請乃奉親之榮事也**天公不吾欺壽與龜鶴永**【次公】白樂天詩誰識天地意獨與龜鶴年

送杜介歸揚州

再入都門萬事空【次公】先生守密守徐守湖而謫黃自徙汝居常守登召入爲禮部郎中爲起居舍人爲翰林學士此爲再入都門矣**閒看清洛漾春風當年帷幄幾人在**【厚】近臣出奉車輦入侍帷幄

回首觚稜一夢中【續】班固西都賦設璧門之鳳闕上觚稜而棲金爵觚稜闕角也【任】杜牧之詩觚稜拂斗極回首尚遲遲四朝三十載似夢復非宜【倬】蘇鶚演義曰觚者學書之牘或以記事削木為之或六面或八面皆可書以有圭角故謂之觚文選操觚進牘或以觚為筆非也採藥會須逢蒯子【援】後漢蒯子訓傳有百歲翁自說兒童時見子訓賣藥於會稽市顏色不異於今問禪何處識龐翁【次公】龐翁龐蘊居士也乃與江西道一禪學相契者傳燈錄有傳歸來鄰里應迎笑新長淮南舊桂叢【續】文選劉安招隱士詞淮南小山之所作也其詞曰桂樹叢生兮山之幽偃蹇連卷兮枝相繚

送楊孟容【次公】傳者云送知懷安軍先生自謂效黃魯直體觀南呂集所載信然魯直云子瞻詩句妙一世乃收斂光芒入此窘步以見効蓋退之戲効孟郊樊宗師之比以文滑稽耳恐後生不解故追韻道之【敦夫】曰黃魯直詩云我詩如曹鄶淺陋不成邦公如大國楚吞五湖三江赤壁風月笛玉堂雲霧窗句法提一律堅城受我降枯松倒澗壑波濤所舂撞萬牛挽不前公乃獨力扛諸人方嗤點渠非趙張雙但懷相識察床下拜春龐小兒未可知客或許敦龐誠可婿阿巽買紅纏酒缸

我家峨眉陰【次公】峨眉山在嘉州之峨眉縣而眉州則向其陰也故州以此而得名與子同一邦相望六十里共飲玻璃江【次公】退之詩鉅盤玻璃盆江山不違人遍滿

千家𢙣但苦𢙣中人寸心不自降子歸治、區洪鍾噎微撞【續】東方朔客難曰以莛撞鍾豈能發其聲音我留侍玉座弱步歆豐扛【次公】扛舉也前漢項籍傳籍長八尺二寸力能扛鼎後生多高才名與黃童雙【厚】後漢黃香傳香字文強博學能文章京師號曰天下無雙江夏黃童不肯入州府故人餘老龐【援】後漢龐德公居峴山之南未嘗入城府荆州刺史劉表數延請不能屈乃就候之慇懃與問訊愛惜霜眉尨【次公】退之云夜闌縱有闔哆口踈眉尨何以待我歸寒醅發春缸

送錢承制赴廣西路分都監

當年我作表忠碑【續】先生作表忠觀碑言吳越王錢氏事見本集坐覺江山氣未衰舞鳳尚從天目下【援】郭璞詩天目山前兩孔長龍飛鳳舞到錢塘【次公】天目山以其上有兩湖謂左右目名天目也牧駒時有渥洼姿【厚】前漢武帝元鼎四年秋馬生渥洼水中作天馬之歌【次公】牧龐悉作收周禮教駣攻駒注作收駒也據牀到處堪吹笛【續】晉桓伊有蔡邕柯亭笛常自吹之王徽之赴召命泊舟青溪素不相識伊於岸上過徽之令人謂伊曰聞君善吹笛為我一奏伊是時已顯貴素聞徽之名便下車踞胡床為作三調弄畢便上車去客主不交一言橫槊何人解賦詩【厚】唐人元稹言曹氏父子鞍馬間為文往往橫槊賦詩如是丹霞破佛

手【援】傳燈録丹霞天然禪師於慧林寺遇天大寒師取木佛焚之人或譏之師曰吾燒取舍利人曰木頭何有師曰若爾者何責我乎

先聲應已懾羣夷 廣西僧寺頃有佛動之異餞君碎而投之江中

送顏子敦奉使河朔【子仁】曰子敦顏臨也元祐二年自給事中除天章閣待制出為河北都轉運使

我友顏子敦軀膽兩俊偉【次公】杜詩身大不及膽 便便十圍腹【續】邊孝先腹便便又晉書尹緯腰帶十圍 不但貯書史容君數百人【厚】晉王導嘗枕周顗膝而指其腹曰卿此中何所有荅曰此中空洞無物然可容君輩數百人 一笑萬事已十年臥江海了不見慍喜【任】令尹子文三仕為令尹無喜色三已之無慍色 磨刀向豬羊【次公】古樂府木蘭歌云鄰里喜我歸磨刀霍霍向豬羊 釃酒會鄰里【次公】後漢史有擊牛釃酒音所爾 歸來如一夢豐頰愈茂美 生批敕手【援】唐李藩為給事中制敕有不可遂於黃紙敕後批之吏曰宜別連白紙藩曰別以白紙是文狀豈曰批敕耶 濃墨寫黃紙會當勒燕然【厚】後漢竇憲擊匈奴大破之遂登燕然刻石勒功紀漢威德令班固作銘 廊廟登劍履【續】蕭何功第一於是乃令何劍履上殿入朝不趨 翩然向河朔坐念東郡水河來訖不去 見周舊韻送魯元翰知洺州詩 如尊乃勇耳【次公】王尊為東相是時東平

以侄親騎奢者不奉法使相連坐尊視王謂王曰尊來爲相人皆曰弔尊
也以尊不容朝廷也身使相王耳天下皆言王尊勇顏亦何負益長安能勇
如尊乃
勇耳

諸公餞子敦軾以病不往復次前韻

君爲江南英面作河朔偉人間一好漢誰似張長史次公舊唐書武后謂狄仁傑曰思得一好漢用之仁傑曰荊州長史張柬之雖老宰相材也上書苦留君言拙輒報已師韓愈孔戣墓誌愈留孔戣奏曰如戣輩在朝不過三數人陛下不宜苟順其求不留自助也不報子仁先生詩集有乞留顏臨狀云方今二聖臨御肅正紀綱如臨等輩正當置之左右以輔闕遺也置之勿復道出處俱可喜攀輿共六尺演袁盎謂漢文帝曰天子所與共六尺輿者皆天下豪英食肉飛萬里厚後漢班超行詣相者相者曰生燕頷虎頸飛而食肉此萬里侯相也誰言遠近殊等是朝廷美遥知送别處醉墨爭淋紙我以病杜門商頌空振履演莊子曾子居衛三日不舉火十年不製衣曳縱而歌商頌聲滿天地若出金石後會知何日一懽如覆水次公李白詩覆水不可收善保千金軀厚杜詩豺狼在邑龍在野王孫善保千金軀前言戲之耳次公王立之詩話載元祐中顧子敦有顧屠之號以其極肥偉也其後奉使河朔居士有詩送之云我友顧子敦軀膽兩俊偉便便十圍腹不但貯書史又云

磨刀向猪羊酒酒會鄰里又云抵敕手皆用居家語也子由讀之
之頗不樂所以居士復和前篇云善保千金軀前言戲之耳

次韻子由送家退翁知懷安軍

吾州同年友粲若琴上星【次公】琴上星言十三數也 當時功名意豈止拾紫青【縯】夏侯勝云士患不明經經術苟明取青紫如俯拾地芥 事既喜違願天或不假齡今如圖中鶴俛仰在一庭 吾州同年友十三人今存者六人而已故有琴上星圖中鶴之語 退翁守清約霜菊有餘馨鼓笛方入破朱絃微莫聽【厚】禮記清廟之瑟朱絃而疏越 西南正春旱廢沼粘枯萍翩然一麾去【次公】杜牧之詩欲把一麾江海去詳見前注 想見靈雨零【縯】詩靈雨既零命彼倌人 我無謫仙句待詔沉香亭 見續麗人行注 空騎内廐馬【次公】翰林學士初入院例賜名馬句勢如杜詩遥駿涉苑馬 天仗隨雲輧竟無絲毫補眷焉誰汝令永愧舊山叟憑君寄丁寧

送宋構朝散知彭州迎侍二親【先生】宋君字承之成都人

東來誰迎使君車知是丈人屋上烏【縯】杜詩丈人屋上烏人好烏亦好【師】劉向說苑太公謂武王曰愛其人者兼屋上之烏憎其人者惡其餘胥 丈人今年二毛初【厚】潘安仁秋興賦余春秋三十

有二始見二毛左傳君子不禽二毛謂頭白有二色者也**登樓上馬不用扶**倬杜詩上馬不用扶每扶必怒嗔

使君負弩爲前驅蜀人不復談相如援司馬相如為中郎將使西南夷至蜀太守以下郊迎縣令負弩爲前驅蜀人以爲寵次公言宋朝散迎父自爲之負弩前驅所以盛言其爲父之榮也**老幼化服一事**

無有鞭不施安用蒲續後漢劉寬爲南陽太守吏人有過但蒲鞭罰之示辱而已次公南史崔祖思叔父景眞位平昌太守有惠政常懸一蒲鞭而未嘗用去任之日士人思之爲立祠**春波如天漲平湖**次公此亦柳子厚注南春盡水如天之變也

鞓紅照坐香生膚次公鞓紅牡丹名見歐陽花譜彭州多此花**紫鞲上壽白玉壺**次公史記淳于髡傳有云帣鞲鞠䐣侍酒於前徐廣曰帣收衣袖也鞲臂捍也音溝帣字音義與[illegible]並音紀免切

公堂登歌鳳將雛次公鳳將雛樂府曲名**諸孫懽笑爭挽鬚蜀人畫作西湖圖**

次韻孔常父送張天覺河東提刑

送君應憑典鸘鸘裘厚李白詩投筋解鸘鸘換酒醉北堂西京雜記司馬相如初與卓文君還成都居貧愁懣以所著鸘鸘裘貰酒爲歡**憑仗千鍾洗別愁**次公孔叢子平原君強子高飲曰堯舜千鍾孔子百觚古之聖賢無不能飲子何辭焉**脫帽風流餘長史**君子草書而不工故以此爲戲長史張旭也杜詩張旭三杯草聖續

傳脱帽露頂王公前埋輪家世本留侯張綱子房七世孫也湜爲武陽人墓在今彭山君豈其後耶【援】漢順帝詔八使巡行風俗張綱埋車輪於都亭曰豺狼當路安問狐狸子河駿馬方爭出麟府馬出子河汾義疲兵得少休唐福昭義步兵蓋澤潞弓箭手定向秋山得嘉句故關黄葉滿行舟【次公】故關即河東之古關也【師】李端古别離詩水國葉黄時洞庭霜落夜行舟闇商賈宿在楓林下此地送君還茫茫似夢間

送張天覺得山字

西登太行嶺北望清涼山【次公】太行山在澤洲晉中縣而代州五臺山即清涼山也晴空浮五髻矓霧鄉雲間【師】史記天官書若煙非煙若雲非雲郁郁紛紛蕭索輪囷是謂卿雲餘光入巖石神草出茅菅【續】五臺山有草藥名長松亦名仙茹【次公】此篇專言長松事有患大風者逢僧指以長松草而愈詳見寄天覺詩何人相指似稍稍落人寰能令墜指兒虬髯蚩冰顔祝君如此草爲民已痌瘝我亦老且病眼花腰脚頑念當勤致此莫作河東慳【師】河東古晉地其俗儉嗇

送歐陽辯監澶州酒

汗血駕鼓車何從致千里【續】前漢天馬歌霑赤汗人光武時異國有獻名馬日行千里詔以馬駕鼓

車紛紛糟麴間欲試賢公子君家江南英濯足滄浪水【玉文】孟子有孺子歌曰滄浪之水濁可以濯我足揭渡舊黃河漲沙埋馬耳由來付造物倚伏何窮已當念楚子文三仕無愠喜【厚】見論語

送家安國教授歸成都

别君二十載坐失兩鬢青吾道雖艱難【倬】杜詩世人共鹵莽吾道屬艱難斯文終典刑屢作退飛鷁【任】左傳六鷁退飛差看乾死螢【文公】老杜詩按頭乾死讀書螢一落戎馬間五見霜葉零夜談空說劒【任】[illegible]詩莊周室[illegible]說劒春夢猶横經新科復舊貫童子方乞靈【倬】哀公二十四年寡君欲徼福於周公願乞靈於臧氏須煩凌雲手【續】相如奏大人賦天子大說飄飄然有凌雲氣遊天地之間意去作入蜀星【援】後漢和帝遣使者二人當益部皆微服單行李郃指星云有二使星入益川分野蒼苔高朕室古柏文翁庭【續】高朕室今府學石室是也文翁庭今有古柏夾是也初聞編簡香稍覺鋒鏑腥岷峨有雛鳳梧竹養脩翎鳴呼應嶰律飛舞集虞廷【援】黃帝使伶倫截嶰谷竹聽鳳鳴以制十二律又帝舜成九韶鳳凰來儀吾儕便歸老亦足慰餘齡【次公】家安[illegible]字復豐眉山

人博學舉進士不第後隨韓存寶征乞弟得[illegible]而諸公薦之得成都教授故先生有說劍横經鋒鏑腥編簡香之句

余與李薦方叔相知久矣領貢舉事而李不得第愧甚作詩送之 子瞻 士知貢舉及石林先生云李薦陽翟人少以文字見蘇子瞻子瞻喜之及知舉薦適就試意在必得薦以冠多士及考章程文大喜以爲薦無疑遂以爲魁既拆號悵然出院以詩送薦

與君相從非一日筆勢翩翩疑可識 厚 魏文帝與吳質書有筆勢翩翩之言又阮瑀曰元瑜書記翩翩致足樂也 平生謾說古戰場 續 李華作弔古戰場文爲故書它日與蕭穎士讀之稱工華問今誰可及穎士曰君加精便能至矣華愕然而服 過眼終迷日五色 援 唐程貞元中試日五色賦先榜落矣初出試場於陵遇程詢其所試程示之其破題曰德動天鑒祥開日華於陵覽之謂程曰公今須作狀元翌日無名於陵深不平乃於故冊子未繕寫而斥其名氏攜之以詣主文主文嘆賞不已於陵曰當今場中若有此賦侍郎何以待之主文曰非狀元不可也於陵曰苟知此侍郎已遺賢矣此乃李程所作亟命取李程所納卷對不差一字主文因謝之於陵擢爲狀元 我慙不出君大笑行止皆天子何責青袍白紵五千人知子無怨亦無德買羊沽酒謝玉川 厚 韓退之寄玉川子詩買羊沽酒謝不敏 爲我醉倒春風前 續 退之紅芍藥

歌云花前醉倒歌者誰楚狂小子韓退之歸家但草凌雲賦我相夫子非臞仙【援】相如奏大人賦天子大悅飄飄有凌雲氣故謂之凌雲賦也又相如以爲列仙之儒居山澤間形容甚臞也

次許中元韻送成都高士敦鈐轄【堯卿】許將字中元福州人高士敦字仲穆

移中老監本虛名【厚】前漢蘇武爲移中廄監使匈奴十九年不辱命懶作燕山萬里行余與高君奉使契丹辭免不行坐看飛鴻迎使節歸來駿馬換傾城【次公】言以爲使所得之馬置妾事則纂異記韋生以馬換鮑生之妾而江文通謝希逸爲妾換馬賦高才本不緣勳閥餘力還思治蜀兵西望雪山烽火盡不妨樽酒寄一生【次公】雪山在蜀之西靠吐蕃見杜詩言嚴武公來雪山重公去雪山詩

次韻送程六表弟

君家兄弟眞連璧【縯】晉夏侯湛美容觀與潘岳同輿接茵京師謂之連璧門十朱輪家萬石【厚】揚惲傳云乘朱輪者十人又石奮傳景帝曰石君與四子皆二千石人臣尊寵舉集其門號奮爲萬石君【師】劉禹錫詩一家何啻十朱輪竹使猶分刺史符【援】文帝二年九月初與郡守爲銅虎符竹使符尚方行賜尚書舄見將樣終南注前年持節發倉廩【厚】汲黯傳河內失火燒千餘家上使黯往視之還報曰家人失火

不足憂臣過河内河内貧人傷水旱萬家或□相食□宜持節發河内倉粟以賑貧民請歸節伏矯制之罪上賢而釋之

賣刀以買粟賣刀事見山村五絶禮記天地之牛角繭栗〔續〕歸來閉口不論功却

走渡江誰復惜君才不用如澗松〔續〕左太冲詩鬱鬱澗底松我老得全如

社櫟〔厚〕莊子匠石見社櫟不顧遂行歸櫟社見夢曰云云使予也而有用且得有此大也邪此乃得全之義矣青衫莫

厭百僚底〔援〕老杜狄明府詩有才無命百僚底白首上有千薪積〔續〕汲黯云陛下用人如積薪後

來者居上憶昔江湖一釣舟〔厚〕杜詩天文滄浪一釣舟無數雲山供點筆〔援〕杜牧之詩青

史文章爭點筆未應便障西風扇見王延老退居見寄詩注只恐先後北山擻見以

伯父詩句作小詩十四首詩注憑君寄謝江南叟〔次公〕先生又有詞云仍寄語江南父老土為曬漁簑念

我空見長安日見障日峯詩雲能蔽日長安〔師〕李白詩總被浮不見使人愁浮江泝蜀有成

言江水在此吾不食〔續〕晉桓玄曰江水在此吾不食言

送錢穆父出守越州二首〔堯卿〕穆父自開封府出守會稽

簿書常苦百憂集杯酒今應一笑開京兆從教思廣漢會

稽聊喜得方回〔次公〕王筠行路難云百憂俱集斷人腸又老杜云悲見生涯百憂集又云毋蒙天一笑爾輩堪一笑

趙廣漢以蕭望之劾下獄被罪吏民守闕號泣者數萬人願代趙京兆死使牧養小民廣漢竟坐腰斬廣漢為京兆廉威制豪強小民得職百官追思歌之至今又晉書郗愔字方回在北府徐州人多勁悍桓溫云京口酒可飲兵可用深不欲愔居之而遣牋自陳老病甚不堪人間乞閑地自養溫得牋大喜即轉愔為會稽太守

若耶溪水雲門寺賀監荷花空自開【師】若耶溪雲門寺在越州會稽縣南永興何衛嘗遊焉又賀知章歸老會稽亦在此我恨今猶在泥滓勸君莫掉酒船回【厚】杜甫奉先劉少府新畫山水障歌云若耶溪雲門寺吾獨胡為在泥滓青鞋布襪從此始又李白對酒憶賀監有云人亡餘故宅空有荷葉存念此杳如夢凄然傷我情又重憶一首云欲向江東去定將誰舉杯稽山無賀老却棹酒船回

送程七表弟知泗州【倬】名之邵字懿伯

江湖不在眼塵土坐蕭顔繫舟清洛尾初見淮南山淮山相媚好曉鏡開煙鬟【厚】退之炭谷湫祠堂詩擢玉紆煙鬟持此娛使君一笑簿領間使君如天馬【援】漢書禮樂志有天馬下朝燕暮荆蠻【師】顔延年詩曰荆幽燕冀[illegible]遊時無王良毛【援】杜詩云世無王良伯樂死即休空老十二閑【厚】周禮校人天子十有二閑聊當出毫末化服狡與頑勿謂庶人知古佛[illegible]

類流萍閲人衆但伊□□人飽事其茹□□ 君人祈祥□有應謂郡政能可此人則□事等茹營矣

送曹輔赴閩漕 堯卿 字子方海陵人

曹子本儒俠，筆勢翻濤瀾。往來戎馬間，邊風裂儒冠。援 子祖出酈食其傳 杜詩儒冠多誤身 詩成橫槊裏，厚 唐元稹言曹氏父子鞍馬間為文往往橫槊賦詩 楯墨何曾乾。縯 潁川荀濟與梁武有舊而帝素輕之及受禪乃入北嘗云會於楯鼻磨墨作文檄 一旦事遠遊，援 屈原有遠遊賦 紅塵隔巖灘。平生羊炙口，並海收鹹酸。並字音普浪反 一從茘枝食，豈念苜蓿盤。見和子由詩注 我亦江海人，厚 謝靈運憶山中詩韓文子房奮秦帝魯連恥本自江海人忠義感君子又杜詩終為江海人 市朝非所安。常恐青霞志，坐隨白髮闌。淵明賦歸去，談笑便解官。見和蔡郎中遊西湖詩注 今我何為者，索身良獨難。憑君問清淮，秋水今幾竿。我時可將發，霜露日已寒。

送蹇道士歸廬山

物之有知蓋恃息，厚 莊子外物篇物之有知者恃息其不殷非天之罪 孰居無事使出入。

【注】莊子天運篇孰居無事推而行[illegible]自然而[illegible]至[illegible]淫樂而勸是孰居無事而披拂是【師】著生論世人[illegible]自然而[illegible]至遊使其所利者唯化食而已矣若神能御氣則口鼻不失息心無天遊室不空六鑿相攘婦爭席【選】莊子室無空虛則婦姑勃谿心無天遊云云【注】莊子舍者與之爭席法師逃入盤山山中無人自往還往者一空還者失此身正在無還間【次公】楞嚴經云佛謂阿難當示汝無所還地且以八還語之明還日輪暗還黑月通還戶牖壅還牆宇緣還分別頑虛還空鬱𡋯還塵清明還霽而阿難復問無還云何也綿綿不絕微風裏內外丹成一彈指【厚】老子云綿綿若存用之不勤【師】道家以烹鍊金石爲外丹龍虎胎息吐故納新爲內丹人間俯仰三千秋騎鶴歸來與子游見張安道見示近詩

送周朝議守漢州【堯卿】周表臣字思道成都人[illegible]

茶爲西南病氓俗記二李杞與稷也【倬】元豐五年十月李稷傳云初蜀茶歲額三十萬至稷加爲五十萬熙寧三年朝廷依李杞等申請榷川茶何人折其鋒矯矯六君子思道與姪正孺張[illegible]微吳醉翁呂元鈞宋文[illegible]君家尤出力流落初坐此謂當收桑榆華看劾復【選】光武曰失之東隅[illegible]桑榆史記帶礪[illegible]胡爲包風雪出[illegible]

得十顆自為[illegible]也[illegible]子為[illegible]謀則取之[illegible]則[illegible]之[illegible]

聞江海[illegible]瘵痏有未起[次公]張平子西京賦所[illegible]意則瘵者未平之義也[子仁][illegible]成[illegible]之[illegible]要哉傳瘵瘵者未起言民困傷也莫輕龔遂老君王付尺箠召還當有詔挽袖謝鄰里猶堪作水衡供帳園林美[次公]宣帝即位勃海盜賊並起丞相舉遂為太守時遂年七十餘召見形貌短小宣帝望見不副所聞心內輕焉謂遂曰何以息其盜賊遂對云云上許焉至勃海盜賊悉平吏民皆富實獄訟止息後上以遂年老不任公卿拜為水衡都尉水衡典上林禁苑供帳宮館為宗廟取牲官職親近上甚重之以官壽卒

送千乘千能兩姪還鄉

治生不求富讀書不求官譬如飲不醉陶然有餘歡君看龐德翁白首終泥蟠豈無子孫念顧獨遺以安鹿門上冢回牀下拜龍鸞躬耕竟不起耆舊節獨完[次公]後漢龐德公襄陽人也居峴山之南未嘗入城府荊州刺史劉表數延請不能屈乃就候之謂曰先生苦居畎畝而不肯官祿後世何以遺子孫乎公曰世人皆遺之危今獨遺之安雖所遺不同未為無所遺也表歎息而去後遂攜其妻子登鹿門山因採藥不返本傳注引襄陽記曰司馬德操嘗詣德公值其渡沔上先生墓德操徑入其堂云徐元直約來就我與德公談云諸葛孔明每至德公家拜[illegible]牀[illegible]德公[illegible]孔明卧龍也又

司馬德操曰此間自有伏龍鳳雛先主問曰諸葛孔明龐士元
也此四韻皆龐德公事或曰鹿門上冢□林下拜背巒兩句其用事
可疑鹿門自是與妻子採藥處上冢自是度沔上冢上
家同相見自是司馬德操非諸葛孔明也以俟明識　念汝少多

雛冰雪落綺紈〔厚〕劉孝標絶交論有綺紈公子也　五子□□人奉養具色難

〔子仁〕五子即千乘千之千能千秋千鈞也　育雞獨醜母自饗苜蓿盤〔後〕郭太傳茅容字季偉陳留人
也林宗見之請寓宿旦日容殺雞爲饌林宗以爲己設既而供其母
自以草蔬與客同飯林宗拜之曰卿賢乎哉因勸令學卒以成德

苜蓿盤見和子由詩注　口腹正累人寧我食無肝〔厚〕後漢太原閔貢字仲叔客居安邑老病家貧不能得肉
日買猪肝一片屠者或不肯與安邑令聞敕令常給仲叔怪而
問知之乃歎曰閔仲叔豈以口腹累人邪遂去客沛以壽終　西來

四千里敝袍不言寒秀眉我似兄亦復心閒〔子仁〕我兄即太子中舍不
斯而提刑澳之子也　忽然舍我去歲晚留餘酸我豈軒冕人青雲意已□〔後〕

闌汝歸蒔松菊環以青琅玕檻陰三年成可以挂我冠〔後〕挂
詩飽聞檻太三年太與致溪南十畝陰　清江入城郭小圃生微瀾相從結茅舍

曝背談金鑾〔文公〕金鑾殿名在東內還同殿之西北唐陸贄字敬輿
翰林學士又拜中書舍人嘗金鑾□作□□卯學士

不□曉成帝背□□□歐陽永叔內制序□□□□□□□□
方買田淮潁之間□□□□□□□□□□□□□□

上因鼂无咎蒙見所人宋熙爲雷所
資高笑之一嘆也亦因以誇於曰夫君老而不直以乾先後就是
已意有取於此

送周正孺知東川

得郡書生榮還家昔人重【師】退之言士大夫官至四子二千石亦必富矣又武帝謂朱買臣曰富貴不歸故鄉如衣繡夜行乃以買臣爲會稽太守而况東西川千騎許上客【厚】前漢許皇后爲以霸襄太守上書願過故郡雁門上公祖冢有詔太守都尉以下會此州人以爲榮里門下車入公老自驚從公次皇甫謐高士傳李耳之師嘗謂李耳曰過故鄉而下車子知之乎石慶醉歸入外門不下車公奮讓曰內史貴人入閭里里中長者走匿而內史坐車中自如故當端如何武賢不事長卿寵【次公】何武傳武之美事所舉奏號爲煩碎不稱賢公功名略比薛宣而其材不及也而經術正直過之則更無稱武賢字以侯傳聞又按相如傳以中郎將建節使蜀太守以下郊迎縣吏負弩先驅蜀人以爲寵卻有此寵字也清時養材傑杞梓方培擁【次】陸韓卿詩鄰宮收杞杜詩楚材擇杞梓未應遺合抱梓【厚】及杞拱【厚】老子合抱之木生於毫末【傳】莊子宋有荊氏者宜楸柏桑其拱把而上者求狙猴之杙如君豈詩欲把一江海去顧我宜耕龍告歸謝先生悔不勇豈云慕毫【補】齊延年詩一麾乃出守杜子美

康退實官知衰冗爲君掃棄塵書亭[illegible]蹤蜀中太守無不畫像者〔子仁〕按

先生集中書諸公送周梓州詩後序引此詩有方上章請郡代正孺之語

次前韻再送周正孺

東川得望郎〔師〕唐李義山酬令狐郎中詩望郎臨古郡坐與西爭重高風傾石室[illegible]

舊學郡文冢〔次公〕按本朝趙抃成都記載顏師古注文翁傳云文翁學堂于今在益州城內按舊記文翁造講堂及石室講堂一名明堂石室一名玉堂又按唐文粹中鑿蜕梓州兜率寺文冢銘其序云文冢長沙劉蜕字復愚爲文不忍棄其草聚而封之也其銘曰文乎文乎有鬼神乎風水爲真將利其子孫乎蜀人安使君所至野不聳竹馬

迎細侯大錢送劉寵〔次公〕左傳在野不聳細侯後漢郭伋之字也王莽時爲并州牧世祖十一年又爲并州牧其前在并州也素結恩德及後始至行部到西河美稷有童兒數百各騎竹馬於道路次迎拜伋問兒曹何自遠來對曰聞使君到喜故來奉迎後漢劉寵拜會稽太守郡中大化徵爲將作大匠山陰縣有五六老叟尨眉皓髮自若耶山谷間出人賫百錢以送寵云云寵選一大錢受之

遥知句谿路老稚相扶擁〔次公〕今有句谿神廟貌甚確乃此路也〔師〕句溪在[illegible]

西看畫古叢祠丁怪朝幽拱牛頭與兜率雲木蔚堆壠[illegible]

[illegible]寺[illegible]有詩[illegible]〔天祐〕唐王[illegible]著[illegible]

傳…崗…入晉…礫石…人臣欲勇…鳥…餘勇（次公）言可二
…惟諸葛十陣圖一篇云夫陳者陣也筆者刃稍也意思者將軍也
將詩酒樂一掃簿書兒西風吹好句珠玉本無脛（次公）策云珠無…
足去此數千里而所
以能來者好之也

送呂昌朝知嘉州

不羨三刀夢蜀都聊將八詠繼東吴（縯）王濬爲廣漢太守夜夢懸三刀於卧屋梁上
須臾又益一刀濬甚惡之李毅曰三刀爲州字又益一刀者明府其
臨益州乎果遷益州刺史（次公）昌朝得宋復古書八景圖來嘉州其
目曰洞庭晚靄瀟湘秋雲平田落雁遠浦歸帆江天暮雪山市晴嵐
泉岩古栢石岸孤松八詠繼東吴則沈休文嘗有東陽八詠者也
卧看古佛凌雲閣勑賜詩人明月湖（次公）大佛之旁凌雲閣即九頂寺在嘉州月河在州
…東（子仁）湖言勑賜蓋以
賀知章勑賜鏡湖故也　得句會應緣竹鶴思歸寧復爲蓴鱸
（次公）…張翰
事見上注　横空好在脩眉色（子仁）脩眉退之南山詩云天空浮脩眉（思文）頭白
猶堪乞左符（縯）漢文帝爲銅虎竹使符…留京師左以與之（次公）荊州
…送張嘉州詩云少年不願萬户侯亦不願見韓荊州
…頗願身爲漢嘉守載酒時作
凌雲遊乞左符蓋申前意

送子由使契丹（縯）元祐四年三月十一日子瞻出知杭州八月十…子由…賀遼國生辰

國信使

雲海相望寄此身，那因遠適更沾巾。【子仁】杜南征詩：偷生長避地，適遠更沾襟。不辭驛騎凌風雪，要使天驕識鳳麟。【厚】匈奴傳：單于遺漢書自云：胡者天之驕子，不為小禮以自煩。沙漠回看清禁月，湖山應夢武陵春。【次公】清禁月言子由之念禁中，武陵春言子由之念杭州。水經注：錢塘縣有武林山。曰杭州圖經：武林在錢塘縣舊治之北半里。【器先】單于若問君家世，莫道中朝第一人。【次公】唐李揆美風儀，善奏對，肅宗歎曰：卿門地、人物、文學皆當世第一，信朝廷羽儀也。又德宗幸山南，揆為盧杞所惡，用為入蕃會盟使，拜尚書左僕射。既至，蕃酋長曰：聞唐有第一人李揆，公是否？揆畏留，因紿之曰：彼李揆安肯來耶。

王狀元集百家注分類東坡先生詩卷之二十一

王狀元集百家注分類東坡先生詩卷之二十二

送別下

詩五十六首

座上復借韻送岢嵐軍通判葉朝奉

〔十朋〕此詩借答劉景文左藏韻

雲間踏白看纓旗〔次公〕先生言岢嵐邊州所見中有踏白馬過行師以爲先驅〔厚〕軍莫忘西湖把酒時夢裏吳山連越嶠〔次公〕言葉朝奉懷吳越也樽前羌婦雜胡兒〔次公〕言岢嵐軍也夕烽過後人初醉〔師〕夕烽邊上平安火也春鴈來時雪未滋爲問從軍眞樂否書來粗遣故人知〔縯〕杜詩邊城有餘句早寄從軍詩〔次公〕王粲有從軍詩云從軍有苦樂但問所從誰又李正封與韓退之聯句云從軍古云樂談笑青油幕

送鄧宗古還鄉

廣漢有姜子孝弟行里閭〔縯〕後漢姜詩廣漢人事母至孝赤眉雖豺虎弛兵過其墟〔縯〕前漢末赤眉散賊經詩里弛兵而過曰驚大孝必觸鬼神至今空清泉無復雙鯉魚見李脩孺留別詩注南鄭有李郃得妙甘公書〔次公〕後漢李郃漢中南鄭[illegible]善[illegible]星

漢初有甘公石公亦知星【夢溪】晉志云齊有甘德魏有石申夫皆掌天文夜坐指流星驚倒兩伊

【次公】和帝即位分遣使者皆微服單行各至州縣觀採風謠使者二人當到益部投郃候舍時夏夕露坐郃因仰觀問曰二君發京師時寧知朝廷遣二使耶二人默然驚相視曰不聞也問何以知之郃指星示云有二使星臨益州分野故知之耳抱關不肯

仕布褐蒙璠璵【次公】抱關不肯仕所以言李郃縣召著幕門候吏也【師】蕭望之傳王仲翁謂望之碌碌反抱關為

西南固多士君得二子餘【師】宗古事親孝亦積於星曆之學故用蓂莢詩李郃二子事凜凜

忠文公搜士及樵漁【次公】忠文公謂范景仁也宗古必景仁門生矣澗谿有幽討【援】老杜詩李侯金閨彥脫身事幽討

蘋芷具嘉蔬【次公】左氏澗谿沼沚之毛蘋蘩蘊藻之菜詩采蘋采蘩采藻歲晚

終不食心惻當何如【厚】易井卦井渫不食為我心惻

次韻送張山人歸彭城【堯卿】天驥也

羨君飄蕩一虛舟【編】莊子有虛船來觸舟杜詩云對君疑是泛虛舟【次公】來作錢塘十日

遊水洗禪心都眼淨【次公】先生又次韻曹子方同游西湖云上下碧流清似眼山供詩筆總眉

愁【次公】卓文君眉如遠山雪中乘興真聊爾見徑山道中荅周長官詩春盡思歸却罷

休【援】韓退之詩一年春盡送春詩何日五湖從范蠡種魚萬尾橘千頭【編】柳子厚[illegible]黃

溪記曰有魚數百尾橘千頭事見姪安節遠來夜坐詩 先祖 范蠡種魚經云以活鯽魚用竹刀破之入水銀少許同水滓油菜碎之和泮入魚腹內再以菜果之懸空處四十九日用河水取腹內元子一二粒至於水中以物蓋之少時一粒即一魚乃魚活水盆中游只依元種大云

仲元貺王元直自眉山來見子錢塘留半歲既行作絕句五首送之

仲君豈弟多學 援 論語多學而識之 王子清脩寡言 續 王獻之與兄弟詣謝安既出客問優劣安曰小者佳客問其故曰吉人之辭寡 次公 揚子云寡言而法君子也 病後空驚鶴瘦時來或作鵬騫 子仁 李白詩一舉雖百里鵬騫望三台

海角煩君遠訪江源與我同來剩作數詩相送莫教萬里空回

三人一旦同行 二子與秦少章同寓高齋復同舟北行 留下高齋月明遙想扁舟京口尚餘孤枕潮聲

更欲留君少住念君去國彌年空使犀顱玉頰 頰杜 次公 犀顱頰二

也長懷髯舅悽然

爲予遠致慇懃瑞草橋邊老人紅帶雅宜華髮【善權】詩文録源云王慶源以恩牓得官居於青神來從東坡求紅帶坡作長篇并帶贈之詩在集中白醪光泛新春老人王慶源也

次韻劉景文送錢蒙仲三首【堯卿】是時穆父在越州呂仲蒙仲皆來錢塘蒙仲欲往赴舉景文以詩送之云膝下五車就業艱前三月亨途日出喚君名姓春風吹過江湖又文價從今第一家風經古無倫不假相靈十字知君才倍前人又後氣將探虎穴清才早踐龍門故此觴江白鷺萬人回首王孫自注君出蘇翰林門下有和君秦少章云二子有如雙白鷺觴江相照雪衣明

誰識天閑老驥不爭日暮長途【師】伍子胥曰日暮途遠吾故倒行而逆施之送盡青雲九子【次公】言穆父有九子也嘗戲呼之爲九子母大夫又南史何承天已老爲著作郎諸佐並年少荀伯子嘲曰妳母承天曰卿當云鳳凰將九子妳母何言耶歸去扁舟五湖援范蠡乘扁舟泛五湖

寄語竹林社友同書桂籍天倫王郎獨爲鬼録世間無此玉人【續】裴楷衛玠人皆謂之玉人

五字古原春草【援】白居易以詩謁顧況況戲之曰長安物貴居大不易及讀至古原草送別云野火燒不盡春風吹

又生於是稱歎千金漢殿長門【次公】漢武帝陳皇后廢處長門宮奉百金於司馬相如爲作賦以悟主上經緯尚餘三策【堯卿】錢氏先世易與純老皆應制舉答策甚工典刑留與諸孫【任】詩雖無老成人尚有典刑

介亭餞楊傑次公【堯卿】次公號無爲子【邦衡】杭州圖經云介亭在舊治後聖果寺熙寧中郡守祖無擇對排衙石作介亭左江右湖千里在目先生餞次公于此亭其詩云云

藍輿西出登山門【縯】陶淵明對王弘曰向乘藍輿亦足自支嘉與我友尋仙村丹青明滅風篁嶺環佩空響桃花源【卿】郡人謂介亭山下爲桃源路【堯】柳子厚文曰斗折蛇行明滅可見千岩萬壑煥若丹青風篁嶺下山水潺湲如聞環佩之聲無異武陵桃源前朝欲上巳蠟屐【次公】晉阮孚性好屐或有詣阮正見自蠟屐因嘆曰未知一生當着幾兩屐耶黑雲白雨如傾盆【學】老杜詩白帝城中雲如屯白帝城下雨翻盆今晨積雪卷千里豈畏觸熱生病根【子仁】老杜貽柳少府詩白非曉相訪觸熱生病根在家頭陀無爲子【次公】在家頭陀則鳥窠禪師所謂如謝靈運之禱也久與青山爲弟昆孤峯盡處亦何有西湖鏡天江抹坤【援】杜牧之詩大江吞天去一練橫坤抹臨高麾手謝好住清風萬壑傳其言風回響答

聽取我亦到處隨君軒

次京師韻送表弟程懿叔赴夔州運判

與子甥舅氏擢頴各蒼顏並爲東諸侯長此佳江山寒松無時花安得插髻鬟惟將老不死一笑榮枯閒我甚似樂天但無素與蠻次公樂天二妾名樊素小蠻挂冠及未耄當獲一紀閑子亦拙進取才高命堅頑譬如萬斛舟行此九折灣仲氏新得道一漚自塵寰君之兄德孺自言近於佛法有德歲晚家鄉路莫遣生榛菅

送張嘉州

少年不願萬户侯亦不願識韓荆州援李白上韓荆州書曰天下之談士相聚而言人生不願萬户侯但願一識韓荆州頗願身爲漢嘉守載酒時作淩雲遊次公嘉州九頂山上寺曰淩雲虛名無用今白首夢中却到龍泓口次公龍泓口在淩雲之上土人謂之龍湫浮雲軒冕何足言惟有江山難入手峩眉山水半輪秋

影入平羌江水流謫仙此語誰解道【纘】李白峨眉山月歌曰峨眉山月半輪秋影入平羌江水流夜發清溪向三峽思君不見下渝州請君見月時登樓笑談萬事真何有一時付與東巖酒佛峽人家白酒舊有名歸來還受一大錢見送周正孺注好意莫違黃髮叟【任】此詩中兩句全是李謫仙詩故繼之以謫仙此語誰解道請君見月時登樓此格本出於謫仙其詩云解道澄江淨如練令人還憶謝元暉後人襲用此格愈變愈工

送李陶通直赴清溪【堯卿】大臨之子大臨字才元

忠文文正二大老司馬温公范蜀公君之師友【纘】孟子言伯夷太公二老者天下之大老也蘇李廣平三舍人蘇子容宋次道與先公才元熙寧中封還李定詞頭天下謂之三舍人喜見通家賢子弟【纘】孔融謂李膺曰先君孔子與君先人李老君同德比義而相師友則融與君累世通家自言得邑少風塵【次公】陸機詩京洛多風塵【任】高適爲封丘尉有詩云寧堪作吏風塵下從來執利關心薄此去溪山琢句新肯向西湖留數月錢塘初識小麒麟【厚】杜詩盡是天上麒麟兒

送陳之邵僉判赴闕

夜光不自獻【纘】史記鄒陽書曰明月之珠夜光之璧以暗投人於道衆莫不按劒相眄何則無因而至前也天驥

良難知【援】賈誼賦驥垂兩耳服塩車兮 從來一狐腋【援】趙良言千羊之皮不如一狐之腋 或出五羖皮【厚】百里奚亡秦走宛楚鄙人執之秦穆公以五羖皮贖之 賢哉江東守收此幕中奇無華豈易識【子仁】漢章帝詔曰安靜之吏悃愊無華 既得不自隨留君望此府【子仁】舊唐書皇甫公義檢校沛王府長史引韋思謙爲同府倉曹謂思謙曰公豈此池中之物豈公爲數旬客以望此府耳【倬】世說王東亭爲桓宣武主簿有美與言爲一府之望 助我怜其衰二年促膝語一旦長挹辭林深伏猛在岸改潛珍移【次公】伏猛以言虎潛珍以言龍先生又有潛珍閣銘【倬】賈誼賦襲九淵之神龍兮沕淵潛以自珍 去此當安從失君徒自悲念君瑚璉質當今臺閣宜去矣會有合豈常懷其私

送江公著知吉州

三吳行盡千山水猶道桐廬更清美【次公】桐廬公著鄉里也憲桐廬縣在今嚴州 豈獨濁世隱狂歌【援】司徒霸與嚴光素舊遣使奉書光答曰懷仁輔義天下悅阿諛順旨腰領絕霸得書封奏之帝曰狂奴故態也 時平亦出佳公子【子仁】史記太史公曰平原君翩翩濁世之佳公子也 初冠惠文讀城旦【次公】漢張武曰梁國大都吏民凋敝且當以柱後惠文彈治之耳秦時獄法吏冠柱後惠文武意以刑法治梁也城

旦則司空城旦書盖刑書也晚入奉常陪劒履【次公】奉常公之太常也蕭何劒履上殿方將華省起彈冠【援】貢禹傳王陽在位貢禹彈冠忽憶釣臺歸洗耳【績】嚴光除諫議大夫不屈車駕即日幸其館光卧不起帝即其卧所撫光腹曰咄咄子陵不可相助爲理耶良久乃張目熟視曰昔唐堯著德巢父洗耳士固有志何至相迫乎來應良木弃大匠要使名駒試千里奉親官舍當有擇得郡江南差可喜白粲連檣一萬艘【倬】郭景純江賦云舳艫相屬萬里連檣注軸船傍艫船尾色檣掛帆木也紅粧執樂三千指簿書期會得餘閑【師】前漢禮樂志大臣特以簿書不報期會爲故至於風俗流溢恬而不怪以爲是適然耳亦念人生行樂耳二耳義不同故得重用【公】楊惲詩田彼南山蕪穢不治種一頃豆落而爲萁人生行樂耳須富貴何時

送歐陽主簿赴官韋城四首

鳳雛驥子日相高【次公】杜詩竇侍御驥之子鳳之雛年未三十名位俱白髮蒼顏笑我曹讀遍牙籤三萬軸【績】韓詩鄴侯家多書插架三萬軸一一懸牙籤新若手未觸却來小邑試牛刀【援】論語子之武城聞絃歌之聲曰割雞焉用牛刀

出處年來恨不齊一樽臨水記分攜【厚】楚詞九辯登山臨水兮送將歸江湖

咫尺吾將老【次公】先生不忘杭州又屢有乞越之興故欲老於江湖也 汝潁東流子却西

白馬津頭春水來【厚子】九域志滑州黎陽津一名白馬津 白魚猶喜似江淮使君

已復冰堂酒更看重新畫舫齋【次公】韋城在滑州主簿之父醉翁嘗知滑州白馬津滑州之地也醉翁知滑州有冰堂酒法作畫舫齋今先王之意所謂使君指見任之太守雖已復造冰堂酒而未修畫舫齋因醉翁之子往爲主簿遂令勸太守更修其父遺迹

道傍垂白定沾巾正似當年綠髮新故國依然喬木在【續】孟子所謂有故國者非謂有喬木之謂也有世臣之謂也 典刑復見老成人【援】詩雖無老成人尚有典刑【次公】老成人指言醉翁典刑指言主簿後漢孔融與蔡邕素善邕卒後有虎賁士貌類邕融每酒酣引與同坐曰雖無老成人尚有典刑

送歐陽推官赴華州監酒

我觀文忠公四子皆超越【次公】謂伯和仲純叔弼季默也 仲也徑寸珠照夜明如月【續】搜神記隋侯見大蛇被傷而治之後蛇銜珠以報其珠徑寸純白夜有光明如月之照一名隋侯珠一名明月珠 好詩眞脫兔【厚子】孫子九地篇始如處女適人開戶終如脫兔敵不及拒 下筆先落鶻知音如周郎【援】吳志周瑜字公瑾少精於音樂雖三爵之後其有闕誤瑜知之必顧人爲之語曰曲有誤周郎顧 議論

亦英發【次公】吳志孫權論呂蒙曰子明學問開益籌略奇至可以次於公瑾但言議英發不及之耳文章乃餘事【厚】退之詩多情懷酒伴餘事作詩人學道探玄窟死爲長白主熙寧之末仲純父見僕於京城之東曰吾夢道士持告身授吾曰上帝命汝爲長白山主此何祥也明年仲純父没【安國】松漠紀聞云長白山在冷山東南白衣觀音所居其山禽獸皆白人或穢其間則致蛇虺之害名字書絳闕【厚】金泉碑謝自然欲過海求師或謂蓬萊去弱水三十萬里不可到天台有司馬子微身居赤城名在絳闕可往從之傷心清潁尾【厚】左傳楚子次于州來次於潁尾注潁水之尾在下蔡西已伴白鷗没【次公】杜詩白鷗没浩蕩喜見三年少俱有千里骨千里不難到莫遣歷塊蹶【須】王褒聖主得賢臣頌過都越國蹶如歷塊顏師古曰如經歷一塊言其速疾之甚【厚】范傳正李白墓碑騏驥筋力成意在萬里外歷塊一蹶死於空谷【次公】曰杜詩云當時歷塊誤一蹶臨分出苦語頗子書之笏【次公】唐書魏徵死太宗使人至其家得書一紙始半幅大抵論任賢去邪之事帝曰朕顧思之恐不免於過公物侍臣可書之於笏知而必諫也

送歐陽季默赴闕

先生豈止一懷祖郎君不減王文度膝上幾日今白鬚【次公】王述字懷祖其子坦之字文度皆晉之名士坦之雖長大述嘗置之膝上先生指言歐陽永叔也郎君指言季默也古稱貞之子而白

嘗及事其父者曰郎君故藩鎮之子曰郎君而李商隱有令狐綯詩曰郎君官貴施行馬王虎之年二十而髭須白時號王白髭須令我眼中見此父【厚】南史王彧字景文袁粲見之稱其風流或云景文比謝叔原猶爲野父粲惆悵良久曰但眼中不見此人汝南相從三晦朔君去苦早我來暮【續】後漢廉范爲蜀郡守民歌曰廉叔度來何暮霜風淒緊正脫木【厚】謝希逸月賦洞庭始波木葉微脫潁水清淺可立鷺莫辭白首爲香泉【次公】香泉酒名已覺扁舟掠新渡坐看士衡執別手更遣夢得出奇句【次公】晉陸機字士衡雲之兄意謂叔弼與之別也唐劉禹錫字夢得意謂劉景文必有送行詩郎君可是筦庫人【厚】禮記檀弓云趙文子舉晉國筦庫之士七十餘家乃使騏騄隨蹇步【厚】劉向新序驊騮騄驥天下之駿馬也置之行矣無足道賢愚豈在遇不遇【次公】揚雄傳君子得時則大行不得則龍蛇遇不遇命也

次前韻送劉景文

白雲在天不可呼【次公】西王母爲周穆王謠曰白雲在天山陵自出道里遥遠山川間之又南史謝朓與子隆牋曰白雲在天龍門不見去德滋永思德滋深蓋别德之語也明月豈肯留庭隅怪君西行八百里清坐十日一事無路人不識呼尚書但見凛凛雄千

夫君一馬兩僕率然枉訪逆旅多呼尚書意謂君都頭也【厚】南史張褰字祖逸時集書每兼門下東省褰清貧有不識褰者呼爲散騎

豈知入骨愛詩酒醉倒正欲蛾眉扶一篇向人寫肝肺四

海知我霜鬢鬚君前有詩見寄云四海共知霜鬢滿重陽曾插菊花無歐陽趙陳皆我

有豈謂夫子駕復迂爾來又見三點柳【縯】論語柳下惠爲士師三黜言柳戒之也

共此煖熱飧氊蘇【厚】前漢蘇武使匈奴單于留武置大窖中絕不飲食天雨雪武臥齧雪與氊毛并咽之數

日得不死酒殺酸薄紅粉暗紙有潁水清而姝一朝寂寞風雨

散對影誰念月與吾郡中日與歐陽叔弼趙景貺陳履常相從而景文復至不數日柳戒之亦見過賓客之盛頃所未有然不數日叔弼景文戒之皆去矣何時歸帆泝江水春酒一變甘棠

湖景文近卜居九江近甘棠湖【次公】李白襄陽歌云此江若變作春酒壘麴便築糟丘臺

送王竦朝散赴闕

我家衡山公清而畏人知【縯】晉良吏傳胡威質之子也武帝嘗謂威曰卿孰與父清對曰臣不如也臣父清恐人知臣清畏人不知臧否不出口【援】晉阮籍雖不拘禮數然發言玄遠口不臧否人物默識如

蓍龜擢子拱把中【次公】孟子拱把之桐梓人苟欲生之皆知所以養之注云兩手曰拱一手[illegible]云有

騹騄姿【次公】孫卿子曰驊騮騹驥纖離騄耳古之良馬也盧子諒贈劉琨四言詩云眷同尤良用乏騹騄古胡爲

三十載【次公】陶詩閑居三十載【任】杜詩騎驢三十載尚作窮苦詞【績】退之荆潭唱和詩序讙愉之辭難工窮苦之言易好文人不妄語未効此何疑朅來清潁上渙濕中郎

詩怪我一年長而作十年衰同時幾人在豈敢怨白髭頗

君指松栢永與霜雪期伯父爲衡州日與君相知有送行詩

送路都曹并引

乖崖公在蜀【厚】范蜀公東齋記張詠自蜀代去留一卷實封立字與僧正希白且云十年後開後十年公薨於陳訃至僧發開所留文字乃公畫像自贊曰乖則違衆崖不利物乖崖之名聊以自表德因號乖崖公有

録事叅軍老病廢事公責之曰胡不歸明日叅軍求

去且以詩留别其略曰秋光都似宦情薄山色不如

歸意濃公驚謝之曰吾過矣同僚有詩人而吾不知

因留而慁薦之予幼時聞父老言恨不問其姓名今

都曹路君以小疾求致仕予誦此語留之不可乃採

前人意作詩送之并送趙德麟陳履常各賦一篇

積雪困桃李春心誰爲容【次公】字詩豈無膏沐誰適爲容淮光釀山色先作歸意濃我亦倦遊者【編】前漢司馬相如傳言長卿故倦游君恩繫疎慵欲留耿介士伴我衰遲蹤吏課升斗積崎嶇等鉛舂【援】前漢江都易王建宮人有過者髡鉗以鉛杵舂不中程輒掠那忓露電身【次公】維摩經言是身如電念念不忘又佛書云如露亦如電坐待收千鍾結髮空百戰市人看先封【編】前漢李廣謂望氣王朔曰自漢征匈奴廣未嘗不在其中而諸妄校尉已下材能不及中以軍功取封侯者數十人廣終無尺寸功以得封邑者何也後元狩四年大將軍擊匈奴廣自請行失道謂麾下曰廣結髮與匈奴大小七十餘戰今幸從大將軍出又迷失道豈非天哉誰能搔白首抱關望久烽【厚】前漢蕭望之以射策甲科爲郎上署東都侯王仲翁謂之曰不肯碌碌反抱關爲【次公】邊障夜舉火以告急曰烽杜詩久烽來不近子意諒已成我言寧復從恨無乘崖老一洗芥蔕胸【編】司馬相如上林賦言齊國青丘之大吞楚雲夢者八九於其胸中曾不芥蔕也我田荆溪上【次公】荆溪有田先生實事此後滕達道挽詞中亦云荆溪欲歸老也【堯祖】荆溪在常之宜興伏臘亦自供懷哉江南路會作林下逢【次公】僧靈徹詩相逢盡道休官去林下何曾見一人

新渡寺送任仲微

春陰洗洗雪野氣方升雲【子仁】良之詠風伯二云山升雲兮畢上氣我遊清上題

想見翠被君【次公】左傳楚子狩于州來次于潁尾圍徐以懼吳子次于乾谿以為之援雨雪王皮冠秦復陶翠被豹

舄執鞭以出古來聚散地【厚】杜詩昔日長安地宿昔長求荆棘與子復言分從他遊天涯

稅駕【演】漢書司馬長卿故倦游若【任】史記李斯云當今大臣之位無居臣上者五吾未知所稅駕慕瘦田夫歸耒

獨宿古寺中荒雞亂鳴晝【次公】晉書祖逖聞荒雞而起舞送子以曉角幽

幽醒時聞

送運判朱朝奉入蜀

靄靄青城雲娟娟峨眉月【次公】此嶓崔及西復用岷峨雲月為是青城山則岷也峨眉則峨也杜詩云

自為青城客不唾青城地為愛丈人山丹梯近幽意丈人祠西佳氣濃緣雲擬住最高峯又李白云峨眉山月半輪秋【箋】青城山記云

蜀之山近江源者通謂之岷山連峯接岫千里不絕青城乃第一峯也福地記云青城山高二千六百丈周回五千里隨我

西北來照我光不滅我在塵土中白雲呼我歸我遊江湖

上明月濕我衣岷峨天一方【子仁】文選蘇子卿詩良友遠離別各在天一方雲月在

我側謂是山中人相望了不㴰夢尋西南路點數短長亭【厚】庾子山哀江南賦云十里五里短亭長亭似聞嘉陵江【續】山水志嘉陵江其源出于大散關嘉陵谷跳波

吹枕屏送君無一物清江飲君馬路穿慈竹林【明仲】芋亭客話慈竹聚生根不離母故名之慈也父老拜馬下不用驚走藏使者我交生聽訟如家人【援】唐書陽城爲道州刺史以家人法待吏人宜罰者罰之宜賞者賞之細君爲汝評若逢山中友問我歸何日爲話腰脚輕猶堪踏泉石

和趙德麟送陳傳道

二陳既妙士兩歐惟德人【次公】二陳言傳道履常也兩歐言叔弼季默也王孫乃龍種【續】杜甫哀王孫詩高帝子孫盡隆準龍種自與常人殊世有藺雲鱗【援】漢武天馬歌籋浮雲晻上馳五君從我遊傾瀉出怪珍俗物敗人意【續】晉王戎與阮籍爲竹林之遊戎嘗後至籍曰俗物已復來敗人意戎笑曰卿意亦復易敗耳茲遊實清醇那知有聚散佳夢失欠伸我舟下清淮【次公】先生將離潁州而赴揚州故云沙水吹玉塵【次公】幽怪録載橘中四叟相謂曰汝輸我瀛州玉塵九斛君行踏曉月踈木挂寸銀尚寄別後詩前到淮南春

送陳伯脩察院赴闕

裕陵固天縱【次公】裕陵神宗皇帝也天縱出論語　筆有雲漢姿【次公】詩曰倬彼雲漢爲章于天帝王文章如雲漢之昭回故每以爲比

嘗重連山象【援】連山易名夏曰連山商曰歸藏周曰周易其實一也伏羲畫八卦文王重之爲六十四　不數秋風辭【績】漢武帝幸河東祠后土作秋風詞云秋風起兮白雲飛草木黃落兮鴈南飛

龍騰與虎變貍豹復何施【厚】揚子大人虎別君子豹別辯人貍別貍變則豹豹變則虎　我窮眞有數文字乃見知【次公】先生因言陳伯脩殿策時爲神考所知故首述神聖之文而自言其誤蒙聖知乃稱述伯脩亦受知之事也

聞君射策白【子仁】前漢蕭望之傳注師古曰射策者謂爲問難書之於策量其大小署爲甲乙之科列而置之不使彰顯有欲射者隨其所取得而釋之以之優劣　妙語發嘻咨一日喧萬口驚倒同舍兒豈知二十年道路猶遲遲苦言如藥石【援】史記商鞅言苦言藥也甘言疾也【養源】唐太宗賜高馬鐘乳一劑曰而進藥石之言朕以藥石相報　瞑眩終見恩【次公】書曰若藥弗瞑眩厥疾弗瘳言藥攻人之疾使先瞑眩憒亂乃得瘳愈也此以言伯脩殿策時獻直言也

蚤信反覆手獨於君何疑【次公】言雖天下之理有蚤則有信伯脩久蚤不信爲可疑也者　四門方穆穆【次公】書曰賓于四門四門穆穆　行矣及此時

送張嘉父長官

都城昔傾蓋【續】家語孔子之郯遇程子於塗傾蓋而語終日甚相親駿馬初服輈【次公】輈車轅也馬服輈史所謂服轅之馬也考工記輈人爲輈有國馬之輈有田馬之輈有駑馬之輈而張衡賦云馬倚輈而徘徊再見江湖間秋鴈鶩已離鞲【次公】鞲所以絆鴈鶩也鮑明遠詩昔如鞲上鷹今似檻中猿于今三會合每進不少留豫章既可識【次公】豫章堅才之木最難長其才生之時雜在草莱未易辨識淮南子曰豫章生七年而可知也瑚璉誰當收微官有民社【援】論語孔子謂子貢汝器也瑚璉也又仲由曰有民人焉有社稷焉妙割無雞牛【次公】子游爲武城宰而每絃歌孔子戲之曰割雞焉用牛刀言以大器施之小用也今先生云妙割雞所以無雞無牛其刀皆可用也歸來我益敬器博用自周【續】後漢伏湛傳論曰器博者無近用道長者其功遠百年子初筵【援】詩賓之初筵杜詩彫瘵延初秋【任】我已迫旅酬【次公】筵將終而勸衆人酒謂之旅酬禮記曾子問曰祭如之何則不行旅酬之事但當記若語高節貫白頭

次韻范淳父送秦少章

宿緣在江海世網如予何【子仁】文選陸機詩借問子何之世網嬰我身【任】白樂天云塵嬰忽已解誠堪

喜世綱重來未可知西來庾公塵【續】晉王導傳庾亮雖在外鎮而執朝廷之權趨向者多歸之導內不能平常遇西風塵起舉扇自蔽徐日元規塵汙人已濯長淮波十年淮海人初見一麥禾【次公】春秋莊公二十八年大無麥禾十年見一麥禾言久不登豐也但欣爭訟少未覺舟車長秦郎忽過我賦詩如卷阿【次公】卷阿之詩言求賢用吉士此必秦之詩中勸先生薦賢故下句多言薦拔之意也句法本黃子謂魯直也二豪與揩磨其兄少游與張文潛嗟我久離羣【援】禮記子夏曰吾離羣而索居亦已久矣逝將老西河【續】禮記曾子謂子夏曰事夫子於洙泗之間退而老於西河之上後生多名士欲薦空悲歌小范真可人【次公】桓溫過王敦墓曰可人可人獨肯勤收羅瘦馬識騄耳【次公】騄耳穆天子駿馬名而史記滑稽傳曰相士失之貧相馬失之瘦近聞館李生李廌枯桐得雲和【續】周禮雲和之琴瑟【任】杜詩君不見前者枯梧栢百年死樹中琴瑟方叔病鶴借一柯【厚】成都記李義甫作烏詩曰上林無限樹不借一枝棲太宗曰將與卿全樹何止一枝贈行苦說我妙語𢤱蹉跎西羌已解仇【續】趙充國傳先零與諸羌解仇交質盟詛言解釋乎音仇鮮而相親也烽火連朝那【次公】朝那西邊地名屬蜀安定烽火連朝那則使烽火通於甘泉之勢也坐籌付公等【任】前漢宋義謂項羽曰坐運籌策公不如我吾將寄潛沱【次公】潛沱成都水名先生言吾則歸

休於此也禹貢沱潛既道

次韻蘇伯固游蜀岡送李孝博奉使嶺表

新苗未沒鶴【任】退之稻畦詩魚肥知已秀鶴沒覺秋深老葉方翳蟬【子仁】傅玄蟬賦翳密葉之重陰芳菱開樹之肅清綠渠浸麻水白板燒松煙笑窺有紅頰醉臥皆華顛家家機杼鳴樹樹梨棗懸野無佩犢子【編】謂人不事武而皆耕種也龔遂為渤海太守民有帶持刀劍者謂曰胡為帶牛佩犢府有騎鶴山【次公】太平廣記昔有四人各言所願甲曰願多財乙曰願為揚州太守丙曰願為神仙丁皆笑之衆問如何曰腰纏十萬貫騎鶴上揚州欲兼三子之願也先生為揚州故以騎鶴為言觀風嶠南使出相山東賢【次公】嶠南即嶺南也李孝博山東人而又相家子故云出相山東賢山東出相語在前漢贊渡江弔很石【編】很石在潤州甘露寺有石如羊相傳謂之很石云諸葛孔明坐其上與孫仲謀論曹公也過嶺酌貪泉【援】晉書吳隱之為廣州刺史未至州二十里地名石門有水曰貪泉飲者懷無厭之心隱之既至乃酌而飲之賦詩曰縱使夷齊飲終當不易心與君步徒倚望彼修連娟願及南枝謝【次公】南枝梅也蜀州紅梅閣上鬼詩云南枝向暖北枝寒庾嶺多梅故以梅為南枝也月令季冬之月鴈北鄉歸來春酒熟共看山櫻然【次公】沈約詩野棠開未落山櫻發欲然早隨北鴈翩【編】月

次晁美叔

我年二十無朋儔當時四海一子由君家叩門如有求頎然病鶴清而脩次公詩云碩人其頎頎然長貌也醉翁遣我從子游翁如退之蹈軻丘縯退之贈張籍詩云子身蹈軻丘爵位不早綰尚欲放子出一頭嘉祐初軾與子由寓興國浴室美叔忽見訪云吾從歐陽公遊久矣公令我來與子定交謂子必名世老夫須放他出一頭地酒醒夢斷四十秋病鶴不病骨愈峭惟有我顏老可羞子仁退之送侯繼詩我齒豁何鄙君顏老可憎醉翁賓客散九州幾人白髮還相收我如懷祖拙自謀正作尚書已過優縯晉書王述字懷祖與羲之齊名而羲之甚輕之由是精好不協羲之嘗謂賓友懷祖正當作尚書耳投老可得僕射若求會稽便自邀然君求會稽實良籌次公先生因言美叔求越州故用越州事往看萬壑爭交流君近乞越州厚晉書人或問顧愷之實良籌詩又暗用郗超爲其父方回畫計乞會稽也會稽山水之狀曰千巖競秀萬壑爭流者也

送陳德林赴眞州

君爲縣令元豐中吏貪功利似病農君欲言之路無從移

書諫臣以自通諫臣蹇授之也元豐天子爲改容次公元豐天子神宗皇帝也我

時乏馬江西東問之逆旅言頗同老人愛君如劉寵縯後漢劉寵爲會稽郡有五六老叟從若耶山谷間出人持百錢送寵寵曰吾政何能及公言耶勤苦父老爲人選一大錢受之也小兒

敬君如魯恭援後漢魯恭爲中牟令豎子化之不擊桑下將雛之雉也爾來明目達四聰

收拾騏驥冀北空縯退之送溫造處士序云伯樂一過冀北之野而馬羣遂空君爲赤令有

古風次公東京惟開封祥符西京惟河南永安南京惟宋城北京惟元城謂之赤縣其餘乃謂之畿縣也政聲直入

明光宮次公明光宮漢宮名武帝時起德麟新開西湖詩注中天廐如海養羣龍并收

其子豈不公君之子祁舉制策文學行義爲時所稱白沙何必須此翁子仁真州唐永正縣白沙鎮也

送蔣穎叔帥熙河并引

穎叔出使臨洮軾與穆父仲至同餞之各賦詩一篇以今我來思爲韻致遥歸之意軾得我字

西方猶宿師論將不及我苟無深入計厚前漢李陵武帝以爲有廣之風使將攻

可騎深入匈奴二千餘里緩帶我亦可【縯】晉書羊祜在軍不親戎服常輕裘緩帶也承明正須君

【援】承明漢殿廬名嚴助為會稽守帝賜書曰君厭承明之廬勞侍從之事懷故士出為郡吏文字粲藻火【厚】尚書宗彝藻火自薦誰云數留行終不果【縯】孟子去齊有欲為王留行者云云正坐喜論兵臨老付邊瑣【厚】前漢丙吉傳案邊長安瑣科條其人張晏曰瑣錄也欲科條其人老少及所經歷知其本以文武進也新詩出談笑僚友困掀簸我欲歌杕杜楊柳方婀娜

【次公】詩杕杜勞還帥之詩也詩曰昔我往矣楊柳依依今我來思雨雪霏霏又詩云婀娜其枝也邊風事首虜

【次公】首虜奏虜首之數也馮唐傳曰魏尚為雲中守坐首虜差六級而奪爵所得蓋么麼【厚】通俗文云不長曰么細小曰麼頗為魯連書一射聊城笴【縯】史記燕將保守聊城齊田單攻之不下死傷無數魯連乃為書約之矢以射城中遺燕將燕將自殺聊乃下也陰功在不殺結草酬魏顆【援】左傳載魏武子有嬖妾無子武子疾命顆曰必嫁是疾病則曰必以為殉及卒顆嫁之及輔氏之役見老人結草以抗杜回回躓而顛故獲之夜夢之曰余而所嫁婦人之父也汝用先人之治命余是以報者也

再送二首

使君九萬擊鵬鶤【縯】莊子北溟有魚其名為鶤化而為鳥其名為鵬鵬之徙於南溟也水擊三千里摶風而上者

九萬里也肯爲陽關一斷魂【次公】陽關送别之曲所謂勸君更盡一杯酒西出陽關無故人不用寛心九千里安西都護國西門【次公】安西都護則唐正觀中置府也都護本事漢鄭吉初護鄯善以西南道既破車師降日逐威震西域遂并護車師以西北道故號都護自吉始爲國西門則置都護之處言安西都護乃國之西門不可不謹也

餘刃西屠橫海鯤【厚】莊子恢恢乎其於遊刃必有餘地矣【次公】李白詩橫行青海夜帶刀西屠石堡取錦袍而賁詛賦云橫海之鱣鮪也【子仁】魏顥李翰林集序云橫海鯤負天鵬豈池籠縈之應子詩讖是游魂【次公】先生舊有本注云潁叔未有帥兆之命作邑駕詩某和有游魂之句遂成吟讖蓋先生詩云回首鶏行有人傑坐知羞虜勇是游魂是也歸來趂别陶洪景看挂衣冠神虎門【縯】梁史陶洪景桂衣冠神虎門上書辭祿

送襄陽從事李友諒歸錢塘

居杭積五歲【師川】按年譜先生熙寧四年通判杭州凡三年又元祐四年知杭州凡二年自意本杭人故山歸無家欲卜西湖鄰良田不難買靜士誰當親髯張既超然老潛亦絕倫李子冰玉姿【次公】髯張老潛李子皆杭州人髯張不知爲誰老潛豈道潛師曰參寥子者乎李子則友諒也文行兩清淳歸從三人遊便足了此

身【縯】晉書畢卓云得酒滿數百斛船四時美味置兩頭便足了此生矣公堤不改作姥嶺行開新【次公】公堤乃先生所築杭人謂之蘇公堤也姥嶺則天姥山也幽夢隨子去松花落衣巾

送黄師是赴兩浙憲

世久無此士我晚得王孫寧非叔度家豈出次公門【縯】後漢黄憲字叔度前漢黄霸字次公白首沉下吏【厚】文選左思詩世冑躡高位英俊沉下僚緑衣有公言【次公】當時人有未解此句問之先生先生曰吾家朝雲每見師是怪其官職不遷耳然後知緑衣指朝雲蓋緑衣乃詩篇名妾之服也哀哉吳越人久爲江湖吞官自倒帑廩飽不及黎元【次公】詩意言吳越之人久罹水患官雖費財於帑庫費糧於倉廩而終不救黎元之飢困也近聞海上港漸出水底村願君五袴手廉范事屢見上注招此半菽魂【厚】漢書項羽曰歲飢民貧士卒食半菽一見刺史天【縯】後漢蘇章字孺文爲冀州刺史故人爲清河太守章行部案其姦贓乃請太守爲設酒殽陳平生之好甚歡太守喜曰人皆有一天我獨有二天章曰今夕蘇孺文飲故人酒私恩也明日冀州刺史按事公法也遂舉正其罪稍忘獄吏尊【厚】前漢周勃下獄獄吏侵辱之及後出獄曰吾嘗將百萬兵安知獄吏之貴也會稽入吾手【厚】樂天詩濟源山水好老尹知之久常日聽人言今秋入吾手鏡湖小於盆【次公】是時先生欲乞守越此言水患銷而湖水不足溢也比

我東來時無復瘡痍存【次公】季布傳云今創痍未瘳師古曰痍傷也創即瘡字

送范中濟經略侍郎分韻賦詩軾得先字且贈以

魚枕杯四馬箠一

梁李父樂患【次公】梁李指言西夏二種族也西夏在唐賜姓李則李繼遷是已在本朝賜姓趙元昊是已其承襲者既姓趙而其餘種族猶李姓焉梁則其妻之黨也梁氏擅權遂至弑立故梁李有用兵相鬭之禍自焚豈非天【編】左傳曰兵猶火也弗戢將自焚也【厚】前漢贊楚漢之際豪桀相王唯魏豹韓信田儋兄弟爲舊國之後然皆及身而絶横之志節賓客慕義猶不能自立豈非天乎兩鼠鬭穴中一勝亦偶然【次公】史記秦伐韓軍於閼與廉頗樂乘皆以道遠險狹難救趙奢獨曰道遠險狹譬猶兩鼠鬭穴中將勇者勝也謀初要百慮善後乃萬全覇堂選世將【援】唐書突厥擾河北武后以薛訥世將以爲安東道經略使訥即仁貴之子也范氏眞多賢仁風被宿麥【厚】晉書袁宏出爲東陽郡謝安送之取一扇授之曰聊以贈行宏曰輒當奉揚仁風慰彼黎庶緑浪搖秦川號令聳毛羽先聲落虛弦【厚】戰國策更羸與魏王處京臺之下仰見飛鳥引弓虛發而下之魏王曰射可至此乎更羸曰此孽也其飛徐而鳴悲故瘡未息而驚心未去也聞弦音烈而高飛故瘡隕也我家天一方【子仁】前漢烏孫公主歌曰吾家嫁我兮天一方去路城西偏【厚】左傳鄭伯使公孫獲處許西

脩投竿困障日【次公】杜牧詩惆悵江湖釣竿手却遮西日向長安賣劍行歸田【續】龔遂爲渤海太守令民賣劍買牛賣刀買犢贈君荊魚杯【堯祖】荊州出魚枕可爲杯副以蜀馬鞭【次公】杜牧張好好詩贈之天馬錦副以水犀梳又送奥處士詩贈以蜀馬箠副之胡劉裘【伯共】文粹顧況竹杖歌曰約束蜀兒採馬鞭採得馬鞭長且堅一醉可以起【厚】退之送石處士詩去去事方急酒行可以起無令祖生先【援】晉劉琨與祖逖爲友聞逖被用與親故書曰吾枕戈待旦志梟逆虜常恐祖生先吾著鞭

謝仲適座上送王敏仲北使

衝風振河朔【次公】此巳下定州詩也阮籍詩云寒風振山岡飛霧失太行【次公】太行山在河北鮑昭詩霧失交河城相逢不相識下馬須眉黃洗眼忽驚笑見此玉節郎【任】玉節則使者所持之節也【龜父】沈括云古之節如今之虎符其用則有圭璋龍虎之別此燈燭光【厚】杜詩今夕復何夕共此燈燭光聚散一夢中人北鴈南翔【厚】歐陽送賈推官詩曰雲汾煙水上人北鴈南飛吾生如寄耳【次公】魏文帝樂府云人生如寄多憂何爲又謝安與支遁書云人生如寄耳終日戚戚當來悟言銷之出法苑諸林送老天一方【次公】此先生言其在定州也杜詩我行山川異忽在天一方幸子遇明主陳經入西廂【次公】言王敏仲之在經筵也歸期不可緩

倚相宜在傍【續】左傳楚子與右尹子革語左史倚相趨而過王曰良史也是能讀三墳五典八索九丘

送曾仲錫通判如京師

邊城歲暮多風雪强壓香醪與君別玉帳夜談霜月苦【次公】王帳將軍帳也古有玉帳經杜送嚴公詩公留玉帳術李白司馬將軍歌云退居玉帳臨河魁　鐵騎曉出冰河裂斷蓬飛葉卷黃沙秖有千林鬖髿花【厚】曾子固云齊地寒甚夜氣如霧凝於木上旦起視之如雪日出飄滿庭階尤爲可愛齊人謂之霜松鬖髿鬆花疑即此者也　應爲王孫朝上國珠幢玉節與排衙左援公孝右孟博我居其間嘯且諾【續】後汝南太守宗資以郡事委功曹范滂南陽太守成瑨亦委功曹岑公孝晊郡爲語曰汝南太守范孟博南陽宗資主畫諾南陽太守岑公孝弘農成瑨但坐嘯　僕夫爲我催歸來要與北海春水爭先回

次韻和錢穆父送別并求頓遞酒

聯鑣接武兩長身【厚】禮記堂上接武堂下布武【次公】退之作孔戣墓銘有白而長身之語　鵷鷺行中語笑親九子羨君門户壯【厚】先生嘗云錢四莫亂與他名字然穆父是時已有九子遂以九子母丈夫目之　八州憐我往來頻【次公】先生自杭倅徙知密州又徙徐又徙湖　哲宗即位知登州元祐四

年知杭六年知潁七年徙揚至此又知定州前後凡八州也

佇聞東府開賓閣【續】八公孫洪自從步數年至宰相封侯於是起賓館開東閣以延賢人

便乞西湖洗塞塵【厚】先生云本欲乞鑑湖就東府對耳唐書賀知章嘗乞周宮胡以爲放生池賜鑑湖一曲

更向青齊覓消息要知從事是何人【援】晉桓温有主簿善别酒以好者爲青州從事謂到齊也

次韻李端叔送保倅翟安常赴闕兼寄子由

中山保塞兩窮邊卧治雍容已百年【次公】中山定州也保塞保州也卧治借用汲黯爲海陽太守上謂曰淮陽吏民不相得吾徒得君重卧而治之者也

顧我迂愚分竹使【續】漢制竹使符以竹刻符中破爲二右留京師左與太守其受代則合符也

與君談笑用蒲鞭【厚】後漢劉寬典歷三郡吏民有過但用蒲鞭罰之示辱而已

松荒三徑思元亮【援】陶淵明歸去來云三徑就荒松菊猶存

草合平池憶惠連【續】南史謝靈運每有篇章對族弟惠連輒得佳句嘗於永嘉西堂思詩竟日不就忽夢見惠連即得池塘生春草之句大以爲工

白髮歸心憑說與古來誰似兩疏賢【厚】前漢疏廣爲太傅兄子受爲少傅一旦致仕而歸人皆歎息曰賢哉二大夫也

次韻王雄州送侍其涇州

威聲又數中興年【續】杜甫喜達行在所詩今朝漢社稷新數中興年　二虜行當一矢聯【次公】周易射雉一矢亡又杜甫云一箭正墜雙飛翼又曹子建云左挽因右發一縱兩禽連　聞道名城得真將【厚】孛曰休七愛詩序定大亂者必有真將以李太尉為真將　故應驚鳥羽落空弦　詳見卷內送范中濟經略侍郎詩注　追鋒歸去雄三衛【厚】傅子曰追鋒車虜遽則乘之昔魏帝召司馬仲達乘追鋒車四百餘里一宿而至【次公】三衛在唐制有司戈司階執干執戟謂之四色官而在本朝神考時官制有左右金吾衛有左右衛有諸衛是三也於左右金吾衛則有上將軍於左右衛亦有上將軍於諸衛則有大將軍上將軍有將軍此之謂衛官也　授鉞重來定十連【次公】禮記十國為連連有帥　別酒回頭便陳迹【續】王羲之蘭亭詩序云俯仰之間已為陳迹　號呶端合發初筵　詩賓之初筵篇有曰載號載呶

追餞正輔表兄至博羅賦詩為別

孤臣南遊墮黃管【次公】孤臣先生自謂也字出孟子孤臣孽子而退之云孤臣皆放逐　君亦何事來收蠻艤舟蜑户龍岡窟【次公】惠州有蜑户而龍岡則惠州江之對所也　置酒椰葉桄榔間高談已笑衰語陋傑句尤覺清詩孱博羅小縣僧舍古我不忍去君忘還君應回望秦與楚夢涉漢水愁

秦關我亦坐念高安客【次公】高安客指言筠州也筠州治高安縣時子由分司南京筠州居住也神游黃蘗參桐山【厚】李白大鵬賦序司馬子微謂予有仙風道骨可與神遊八極之表又傳燈録洪州黃蘗希運禪師筠州洞山良价禪師高安昔有蜀洪州故云爾也何時曠蕩洗瑕謫【次公】曠蕩言赦恩也史有云曠蕩之澤又老子善行無瑕謫也與君歸駕相追攀梨花寒食隔江路【厚】雲齋廣録侯穆有詩名因寒食郊行見數少年共飲於梨花之下穆長揖就坐衆皆哂之或曰能詩飲乃以梨花爲題穆遂吟云共飲梨花下梨花插滿頭年年寒食夜吟遶不勝愁兩山遥對雙煙鬟歸耕不用一錢物惟要兩脚飛昇顔玉牀丹鏃記分我【厚】本草圖經丹砂辰州者最勝生深山石崖間土人採之穴地數十丈始見苗乃白石耳謂之朱砂辰砂生石上若箭鏃紫黯鐵而光明瑩徹者真辰砂也助我金鼎光爛斑【韓】大丹秘契圖金鼎篇云金鼎者上應天下應地中應人民

再用前韻

樂天雙鬢須如霜管始知謝遣素與蠻【續】樂天有二妾樊素善歌小蠻善舞嘗有詩曰櫻桃樊素口楊柳小蠻腰其後二妾竟去也我兄緑髮蔚如故已了夢幻齊人間【厚】金剛經一切有爲法如夢幻泡影蛾眉勸酒聊爾耳【援】晉書阮咸嘗曰未能免俗聊復爾耳處

仲太忍茂弘彝［續］晉建王敦字處仲王導字茂弘敦與導嘗造王愷愷使美人行酒以客飲不盡輙殺之酒至導敦所敦故不肯持美人悲懼失色而敦傲然不視導素不能飲恐行酒者得罪遂勉強盡觴導還歎曰處仲若當世心懷剛忍非令終也

三杯徑醉便歸臥海上知復幾往還連娟六幺趂蹋鞠［次公］蹋鞠字出衛青傳今之蹴鞠也於六幺言之則舞有蹴鞠六幺也［師］琵琶錄唐崑崙彈新翻羽調綠要注云綠要即錄要是也本自樂工進曲上令錄出要者乃以為名誤言綠要也

香眇三疊縈陽關［學］先生詩話云世傳陽關三疊然今世歌者每句再疊而已若只通一首言之又是四疊皆非是或每句三唱以應四疊之說則叢然無復節奏予在密州有文勛長官者以事至密自云得古本陽關其聲宛轉淒斷不類向之所聞每再唱而第一句不疊乃知舊本三疊蓋如此

酒醒夢斷何所有落花流水空青山忽驚鐃鼓發半夜明月不許幽人攀［學］李白詩人攀明月不可得月行卻與人相隨

贈行無物惟一語莫遣瘴霧侵雲鬟

羅浮道人一傾蓋欲繫白日留君顏［學］李白惜餘春賦恨不得掛長繩於青天繫此西飛之白日［次公］白樂天詩又云恨無長繩繫白日

應知我是香案吏他年許綴蓬萊班［次公］元稹詩我是玉皇香案吏謫居猶得任蓬萊

送鮮于都曹歸蜀灌口舊居［彥章］成都今古記云秦昭王以李冰代蜀守鑿

離堆辟沫水之害穿二江成都中於是沃千里號爲陸海民思其惠立廟在灌口山

籋盡霜須照碧銅【次公】籋讀如鑷碧石銅鏡也依然春雪在長松【次公】言白髮也白鬚雖去而白髮猶在故言依然也朝行犀浦催收芋【次公】犀浦在郫縣【子翚】青城山記云李冰琢五石犀以厭水一在青城二在犀浦一在成都市橋一在江中號犀浦爲沉犀浦夜渡繩橋看伏龍【次公】灌口引繩架之故云繩橋昔李太守之子禁龍於此今山上有伏龍觀焉【養源】白樂天蠻子朝云泛皮船兮渡繩橋莫歎倦游無駟馬【縯】司馬相如傳或謂卓王孫長卿故倦游又華陽國志相如題昇仙橋云不乘赤車駟馬不復過汝下要將老健敵千鍾子雲三世惟身在【援】揚子雲歷成哀平三世不徙官爲向西南說病容

送邵道士彥肅還都嶠【十朋】洞天福地記三十六小洞天記第二十都嶠山洞周回一百八十里名寶玄之天在容州

乞得紛紛擾擾身結茆都嶠與仙鄰少而寡欲顏常好老不求名語益真許邁有妻還學道【縯】晉許邁字遠游初學道時其妻尚在父母既終乃遣妻孫氏還家遂攜其同志偏游名山焉陶潛無酒亦從人【援】陶潛傳羊松齡龐遵等或有酒要之或要之共至

酒坐雖不識主人亦欣然無怍酣醉便返相隨十日還歸去萬刼清遊結此因

送仲素寺丞致政歸潛山

潛山隱居七十四紺瞳緑髮初謝事腹中靈液變丹砂江山幽居連福地彭城爲我駐三日明月蕭船同一醉丹青細字口傳訣顧我沉迷真棄耳來年四十髮蒼蒼始欲求方救憔悴它年若訪潛山居慎勿逃人改名字

送蘇伯固効韋蘇州

三度別君來此別真遲暮白盡老髭鬚明日淮南去酒罷月隨人淚濕花如霧後夜逐君還夢繞江南路

送柳宜歸

折脚鐺中煨淡粥曲枝桑下飲離杯書生不是南遷客魑魅驚人須早廻【續】舜流四凶投諸四裔以禦魑魅

送都監北歸

一聲鴻鴈破江雲萬里梧桐卷露銀我自飄零是羁客更堪秋晚送行人

跋姜公弼課冊姜君瓊人已卯閏九月來從學於東坡至儋耳庚辰三月方還瓊 四言

雲興天際欻若車蓋凝目未瞬瀰漫霮䨴驚雷出火喬木靡碎殷地藝空萬夫皆廢懸溜縆隧日中見沫移晷而收野無完塊

送柳子玉赴靈山

世事方艱便猛回此心未老已先灰何時夢入真君殿也學傳呼觀主來

留别

詩十四首

和董傳留别 堯卿 董傳字至和洛陽人有詩名於時嘗在鳳翔與東坡相從韓魏公鎮長安傳有

詩云古來風義遺才少近世公卿薦士稀韓舉而已卒矣

麤繒大布裹生涯腹有詩書氣自華【次公】退之詩人之能爲人由腹有詩書猒伴老儒烹瓠葉【續】後漢劉昆教授弟子常五百餘人每春秋享射常備列典儀以素木瓠葉爲俎豆【次公】小雅瓠葉詩曰幡幡瓠葉采之亨之鄭氏注云酒既成先與父兄室人亨瓠葉而飲強隨舉子踏槐花【援】南部新書載長安舉子六月後落第者不出京謂之過夏借淨坊廟院作文章曰夏課時語曰槐花黃舉人忙囊空不辨尋春馬【孚】孟郊詩春風得意馬蹄疾一日看盡長安花眼亂行看擇壻車【援】唐進士開宴常寄曲江亭其日公卿家傾城縱觀鈿車珠鞍櫛比而至中東榻之選十八九得意猶堪誇世俗詔黃新濕字如鴉【續】盧仝示添丁詩開來案上翻墨汁塗抹詩書如老鴉

和沈立之留別二首

而今父老千行淚一似當時初去時不用鐫碑頌遺愛丈人清德畏人知【續】晉胡質有清德武帝問其子威曰卿清何如父清對曰臣父清畏人知臣清畏人不知

臥聞鐃鼓送歸艎夢裏怱怱共一觴試問別來愁幾許春江萬斛若爲量去時子在試院【次公】李後主詩問君都有幾多愁恰似一江春水向東流庾信愁賦且將一寸心能

容萬斛愁而介父詩子山清愁一萬斛用對翰林白髮三千丈

次韻代留別

絳蠟燒殘玉斝飛離歌唱徹萬行啼他年一舸鴟夷去【續】范蠡既佐越滅吴復得西施與之共去乘舟浮海變姓名自謂鴟夷子皮杜牧詩西子下姑蘇一舸逐鴟夷應記儂家舊姓西【次公】按寰宇記載西施姓施其姓也所居在施故有東施家西施家黃魯直詩云世有捧心學取笑如東施今云舊姓西豈偶不契勘耶然不害其詩句之妙

留別金山寶覺圓通二長老

沐罷巾冠快晚凉睡餘齒頰帶茶香艤舟北岸何時渡【宣】項羽欲渡烏江亭長艤舟以待晞髮東軒未肯忙【厚】楚詞與女沐兮咸池晞汝髮兮陽之河【師】後漢張平子思玄賦且余沐於清源兮晞余髮於朝陽注既沐髮於清源而乾髮於山東矣朝陽山東也康濟此身殊有道醫治外物本無方風流二老長還往【續】杜詩寄贊上人與君成二老來往亦風流顧我歸期尚渺茫【子仁】韓詩歸來辛苦欲誰爲坐令再往之計墮渺茫

子由自南都來陳三日而別

夫子自逐客【續】史記李斯傳秦宗室大臣請一切逐客斯乃上書云云尚能哀楚囚【冀】見上注奔馳二百里徑來寬我憂【次公】杜詩斗水何直百憂寬相逢知有得道眼清不流別來未一年落盡驕氣浮【子仁】史記老子謂孔子曰去子之驕氣與多欲態色與淫志至言嗟我晚聞道欵啓如孫休【厚】孫休人名莊子子扁慶子曰今休欵啓寡聞之民也悟彼善知識妙藥應雖久服放心不自收【次公】莊子至言去言孟子求其放心納之憂患場磨以百日愁【次公】所投【師】維摩經言世尊現身爲大醫王善療衆病應病與藥善知識出佛書而此句以下意言對獄百日乃爲妙藥也冥頑雖難化鑴發亦已周平時種種心次第去莫留但餘無所還【續】楞嚴經佛告阿難我今示汝無所還地其餘八種皆有所還見精明性當欲誰還諸可還者自然非汝無所還者非汝而誰則知汝心本妙明淨永與夫子遊此別何足道大江東西州畏蛇不下榻【厚】退之八月十五夜贈張功曹詩下牀畏蛇食畏藥海氣濕蟄熏腥臊睡足吾無求【援】杜牧齊安郡詩平生睡足處雲夢澤南州【堯祖】曰今齊安郡治有睡足齋便爲齊安民何必歸故丘

過新息留示鄉人任師中任時知瀘州亦坐事對獄

昔年嘗羨任夫子，卜居新息臨淮水。【厚】新息，蔡州縣也。怪君便爾忘故鄉，稻熟魚肥信清美。竹陂鴈起天爲黑，小竹陂在縣北。桐柏煙横山半紫。桐柏廟在縣南。知君坐受兒女困，【厚】後漢王式讓諸生曰：我本不欲來，諸生強勸我，竟爲豎子所辱，遂謝病免歸。悔不先歸弄清泚。塵埃我亦失收身，行此蹭蹬尤可鄙。寄食方將依白足，【次公】白足，言僧也。劉禹錫云：白足赤髭之侶。附書未免煩黄耳。見補蝗懷子由詩注。往雖不及來有年，詔書儻許歸田里。【任】劉禹錫詩：皇恩若許歸田去，晚歲當爲鄰舍翁。卻下關山入蔡州。【次公】關山則自蔡州所經由來黄州路。先生後有梅花小詩云：半隨飛雪度關山。爲買烏犍三百尾。黄州出水牛。

別子由三首兼別遲

知君念我欲別難，我今此別非他日。風裏楊花雖未定，雨中荷葉終不濕。三年磨我費百書，一見何止得雙璧。【續】史記：虞卿說趙孝成王，一見，賜黄金百鎰，白璧一雙。頗君亦莫歎留滯，【厚】西漢司馬遷傳：是歲天子始建漢家之封，而太史留滯周南，不得與從事。六十小劫風雨疾。【次公】蓮華經有言六十小劫，又有言八十小劫。

先君昔愛洛陽居 子仁 按子由卜居賦序云昔余先君以布衣官學四方嘗過洛陽愛其山川慨然有卜居意而貧不能遂 我今亦過嵩山麓水南卜宅吾豈敢 續 温造隱居洛水之南烏重胤辟河陽幕韓愈詩曰水南山人又繼往車馬僕從塞閭里 試向伊川買脩竹又聞緱氏好泉眼 次公 老杜有太平寺泉眼詩緱山泉河南志惟氏山有佛光寺寺有甘泉 傍市穿井瀉冰玉遥想茆軒照水開兩翁相對清如鵠

兩翁歸隱非難事惟要傳家好兒子 次公 杜詩有只應與兒子又遠遊長兒子 憶昔汝翁如汝長筆頭一落三千字世人聞此皆大笑慎勿生兒兩翁似不知樗櫟薦明堂 續 莊子吾有大樹人謂之樗大枝拳曲而不中規矩匠石之曲垣見櫟社樹曰此木以不材終其天年 次公 樗櫟而薦明堂以言不材者進用 何似鹽車壓千里 見次韻孔文仲推官見贈詩注 次公 荀子騏驥一日千里今何以言逸蓋謂以千里之騰踏而困壓於鹽車也

初別子由至奉新作

雙鵲先我來 次公 西京雜記陸賈云乾鵲噪而行人至 飛上東軒背 次公 東軒蓋子由在筠州官居所建 書隨好夢到人與佳節會 次公 佳節指言端午相會也 一懽難把玩 師 柳

子厚書悠悠人世越不過爲三十年客耳前過三十七年與瞬息無異後所得者其不足把玩亦已審矣回首了無在却渡來時溪斷橋號淺瀨茫茫暑天闊䳺鴣孤城背青山毦䫨中援唐進士失意相與聚飲謂之打毦䫨落日淒凉外盛衰豈吾意離合非所礙何以解我憂粗了一事大次公禪家之語謂了死生也

東府雨中別子由

庭下梧桐樹次公杜詩西掖梧桐樹空留一院陰三年三見汝前年適汝陰見汝鳴秋雨去年秋雨時我自廣陵歸今年中山去次公汝陰言潁州廣陵言揚州而今中山則言定州也饒按年譜先生以元祐六年知潁州七年知揚州八年守定州白首歸無期客去莫歎息主人亦是客對牀定悠悠夜雨空蕭瑟次公蘇州與元常全真二生詩那知風雨後復此對牀眠先生與子由仕宦讀韋詩至此句惻然感之遂相約早退爲閑居之樂自後詩中屢及之起折梧桐枝贈汝千里行重來知健否莫忘此時情

留別廉守

編萑以苴豬次公編萑綴茅也左傳或取一編菅焉苴塞也傳云不以苴覆也墐塗以塗之子仁

禮記内則篇炮取豚若將封之刳之實棗於其腹中編萑以苴之塗之以謹塗炮之注云謹當爲墐声之誤也小餅如嚼月〔次公〕言行録丁晉公與楊大年拋令大年云有酒如線遇針則見晉公云有餅如月遇食則缺中有酥與飴

知合浦人常誦東坡詩好在真一酒爲我醉宗資〔續〕後漢宗資爲汝南太守而委郡事於范旁郡人謡曰汝南太守范孟博南陽宗資主畫諾

王子立去歳送子由北歸往返百舍今又相逢贛上戲用舊韻作詩留別

米盡無人典破裘送行萬里一鄒游〔次公〕顔曾公與蔡明遠帖云聞鄒游與明遠同來欲至采石計其不久亦合及吾於淮泗之間脫若未到見之宜傳此意解舟又欲携君去〔厚〕晉書賀循赴命入洛經吳閶門於舟中彈琴張翰初不相識乃就言便相欽悦問循知其入洛翰曰吾亦有事北京便同載而去而不告家人歸舍聊須與婦謀〔續〕楚王欲相優孟孟曰請歸與婦計之聞道年來丹伏火不愁老去雪蒙頭剩買山田添鶴口〔次公〕以王子直住鶴田山故也往時先生此詩先傳於世自注云尒〔子仁〕魏野閑居即事詩成家書滿室添口鶴生孫朝堂新拜富民侯〔援〕漢武帝末年拜田千秋爲丞相封富民侯

慶賀

詩十五首

朱壽昌郎中少不知母所在刺血寫經求之五十年去歲得之蜀中以詩賀之

嗟君七歲知念母憐君壯大心愈苦羨君臨老得相逢喜極無言淚如雨不羨白衣作三公【次公】史記儒林傳序公孫洪以春秋白衣為天子三公又荀爽白衣作三公不愛白日生青天【次公】史記始皇本紀注引茅盈內紀盈曾祖父蒙於華山之中承雲駕龍白日昇天而神仙傳亦多矣愛君五十着綵服兒啼却得償當年【續】老萊子年八十衣綵衣為小兒啼以悅親【厚】杜詩孰精文選理休覓綵衣輕烹龍為炙玉為酒鶴髮初生千萬壽金花詔書錦作囊白藤肩輿簾蹙繡感君離合我傷心此事今無古或聞長陵揭來見大姊【厚】漢武帝母王太后微時為金王孫婦生女在長陵小市武帝亡自駕迎之直至其門家人驚恐女逃匿扶將出拜帝下車立曰大姊何藏之深也載至長樂宮與俱謁太后仲孺豈意逢將軍【援】霍仲孺以縣吏給事平陽侯家與侍者衛少兒私通而生去病絕不相聞久之去病既

壯大爲將軍擊匈奴至平陽見仲孺跪曰去病不早自知爲大人遺躰也

開皇苦桃空記面 續 隋文帝外家呂氏其家甚微平齊後求訪不知所在開皇初汝南郡上言有男子呂永吉自稱有姑字苦桃嫁楊氏勘驗知是舅家而貴之

建中天子終不見 厚 代宗皇后沈氏生德宗史思明再陷河洛失后所在德宗即位建中元年遥尊爲皇太后以睦王述爲奉迎太后使分命使臣周行天下終貞元之世无聞焉

西河郡守誰復譏 援 吳起出衛國門與其母訣齧臂而盟曰起不爲卿相不復入衛頃之其母死起終不歸後仕衛爲西河守

潁谷封人羞自薦 次公 鄭莊公寘母姜氏于城潁而誓之曰不及黃泉無相見也既而悔之潁考叔爲潁谷封人聞之有獻於公鄭伯用其説而母子如初

賀陳述古弟章生子

欝葱佳氣夜充閭 續 漢光武紀望氣者蘇伯阿曰氣佳哉欝欝葱葱然賈充始生父逵曰後當有充閭之慶故以爲名充字公閭

始見徐卿第二雛 厚 杜詩徐卿二子生絶奇又云丈夫生兒有如此二雛者名位豈肯卑微休

甚欲去爲湯餅客 續 劉禹錫送張盥赴舉詩尓生始懸弧我作坐上賓引筯舉湯餅祝詞天麒麟 援 唐明皇王后恩寵日衰不自安一日訴曰三郎獨不記阿忠脫新紫半臂換一斗麵爲生日湯餅耶上戚然閔之

惟愁錯寫弄麞書 續 李林甫舅子姜度妻誕子林甫手書慶之曰聞有弄麞之慶客視之皆掩口也

參軍新婦賢相敵 厚 晉王渾妻鍾琰生子濟他日濟趍庭而過渾曰生子如此足慰人心琰曰若使新婦得配參軍生子不翅如此參軍謂渾弟淪阿

大中郎喜有餘【暹】謝道隱嘗曰一門叔父則有阿大中郎盖謂謝安也 我亦從來識英物

試教啼看定何如【續】桓温生未朞温嶠見之曰此兒有奇骨可試使啼及聞其声曰真英物也以其爲温嶠所賞故名曰温

樂全先生生日以鐵拄杖爲壽二首

先生真是地行仙【次公】楞嚴經言仙之品有地行仙 住世因循五百年每向

銅人話疇昔見鐵拄杖詩注 故教鐵杖鬪清堅入懷氷雪生秋思

倚壁蛟龍護晝眠【子仁】退之赤藤杖歌空堂晝眠倚牖户飛電著壁搜蛟螭 遥想人天會方

丈【續】維摩經言三萬二千師子座高八萬四千由旬入維摩方丈室中无所妨礙 衆中驚倒野狐禪【次公】野狐禪禪家之妖魔者【任】傳燈録云臨濟野狐禪

二年相伴影隨身【續】李白詩舉杯邀明月對影成三人月既不解飲影徒隨我身 踏遍江湖草

木春擿石舊痕猶作眼閉門高節欲生鱗畏塗自衛真無

敵【續】莊子畏隸者若畏泥塗【次公】莊子畏塗者十殺一人焉則必盛卒徒而後往 捷徑争先却累人【續】唐書盧藏用始隱終南山晚徇權利嘗謂司馬承禎曰此中大有佳處承禎曰以僕視之仕塗之捷徑耳 遠寄知公不

嫌重筆端猶自斡千鈞〔子仁〕先生嘗云凡人作文字須是筆頭下挽得數万鈞起方可以言文字故歐陽文忠公詩云與來筆下千鈞重

次韻穆父尚書侍祠郊丘瞻望天光退而相慶引滿醉吟

千章杞梓蔭雲天〔厚〕史記貨殖傳山居千章之材左傳云杞梓皮革自楚往也雖楚有材晉實用之樗散誰收老鄭虔〔續〕杜甫送鄭虔詩鄭公樗散鬢成絲酒後常稱老畫師

喜氣到君浮白裏〔續〕說苑魏文侯飲群臣酒曰飲不尽者浮以大白豐年及我挂冠前〔援〕後漢逢萌挂冠東都城門歸遼東又陶弘景脫朝服挂神武門

令嚴鍾鼓三更月〔厚〕杜詩中天懸明月令嚴夜寂寥〔任〕崔涂詩云胡蝶夢中家萬里杜鵑枝上月三更野宿貔貅萬竈煙〔次公〕先生詩話自云七言之偉麗者杜子美詩旌旗日暖龍蛇動宮殿風微燕雀高五更鼓角声悲壯三峽星河影動搖尔後寂寥无聞焉直至歐陽永叔滄波万古流不尽白鶴雙飛意自閑萬馬不嘶聽號令諸蕃无事樂耕耘可以並驅爭先矣某亦云令嚴鍾鼓三更月野宿貔貅萬竈煙又云露布朝馳玉關塞捷書夜到甘泉宮亦庶幾焉

太息何人知帝力〔續〕列子堯時有老人擊壤而歌曰日出而作日入而息鑿井而飲耕田而食帝何力於我哉

歸來金帛看頹肩〔次公〕退之城南聯句刈熟擔肩頹

郊祀慶成

帝出乘昌運【次公】易帝出乎震 天心予太平 文章三代繼【任】漢紀贊文章之風有三代 制作七年成【次公】是歲壬申元祐七年哲宗皇帝即位之七年也 大祀乾坤合【縯】言合祭天地也 剛辰日月明【厚】事用剛日內事用柔日剛辰剛日也禮記言外 泰壇朝掃地【次公】禮記曰燔柴於泰壇祭天也又曰掃地而祭於其質也 魄寶夜垂精【厚】晉書天文志鉤陳口中一星曰天皇大帝其神曰耀魄寶前漢天文志贊云日月周輝星辰垂精 仰御圓蒼蓋 環觀海岳城 北流吞朔易【縯】平在朔易乃北方之地也言黃河順流於北也書云 西極落欃槍【次公】言西夏寧凈也欃槍妖星名出則兵見故也 升燎靈光答【次公】言燔柴之煙也 迴鑾瑞霧迎 需雲徧枯槁【厚】周易需卦雲上於天需又解卦天地解而雷雨作雷雨作而百穀草木皆甲坼又禮記月令云勾者必出萌者盡達 解雨達勾萌 可頌非天德 因箴亦下情【次公】言天德之不可形容也詩庭燎因以箴之也 民言知可酌【厚】禮記坊記上酌民言則下天上施 帝謂本無聲【次公】詩帝謂文王又云上天之載无聲无臭 富國因崇儉 蘄年在好生【次公】周禮曰以祈年而漢有祈年觀書曰好生之德洽于民心 無心斯格物 克己自消兵【厚】禮記大學云致知在格物論語克己復禮為仁唐書蕭俛當國謂四方

無虞遂議太平事乃寄詔天下鎮兵逃亡不補謂之銷兵化國安新政孤臣返舊耕【次公】王符論化國之日舒以長而孟子云孤臣孽子也還將清廟什留與野人賡【次公】清廟祀文王之詩也

次韻王仲至喜雪　御筵

三軍喜氣鑠飛花【續】唐摭言李紳鎮楊州請章孝標賦春雪詩云六出花飛處處飄黏窗拂砌上寒條朱門到曉難盈尺盡是三軍喜氣銷睡起空驚月在沙未集驊騮金騕褭【厚】漢武帝鑄金作馬蹄狀謂之金馬褭蹄其後杜詩云駿馬時看金騕褭佳人屢出董嬌饒故殘鳷鵲玉橫斜【次公】鳷鵲漢殿名杜甫宣政殿退朝詩云雪殘鳷鵲亦多時玉橫斜雪殘之皃也

賒宣勸不多心自醉【次公】宣勸字先生三用之和王晉卿館伴高麗云宣勸不須金盌側又和蔣穎叔端門觀燈云十分宣勸恐難勝而此則其一也又劉寛傳嘗於帝前被酒醉伏帝問太尉醉耶寛仰對曰臣不敢醉但任重責大憂心如醉也偶還仗內身如寄尚憶江南酒可

強扶衰白拜君嘉【續】左傳襄四年穆叔如晉晉侯享之歌鹿鳴之三三拜曰鹿鳴君所以嘉寡君也敢不拜嘉

表弟程德孺生日

伏下千官散紫庭時聞小語說蘇程長身自昔傳甥舅壽骨遙知是弟兄予與君皆壽骨貫耳班列中多指予二人不問而知其為中表也曾活萬人寧

望報君在楚州予在杭州皆遇飢歲舌數萬人秪求五畝却歸耕四朝遺老凋零盡【次公】此詩是元祐八年乃哲宗時也言四朝則仁宗英宗神宗哲宗爲四朝逆數甲子盖三四十年事則程德孺當是時自出仕而來乃四朝之臣矣鶴髮他年幾箇迎

子由生日以檀香觀音像及新合印香銀篆盤爲壽

旃檀婆律海外芬【縯】婆律出皮斯國骨香在木心中【厚】酉陽雜俎一木五香根旃檀節沉香花雞舌葉藿膠薰陸又云龍腦香出婆利國有婆律樹高八九丈瘦者出龍腦香肥者出婆律香【次公】按本草云波律香出波律國與龍腦同生一樹也西山老臍柏所薰【厚】唐本草麝生中臺川谷陶隱居云形似麞常食柏葉故嵇康養生論云麝食柏而香也香螺脫黶來相羣【援】香螺脫黶甲香也能聚衆香故涪翁詩亦云寶螺香脫黶能結縹緲風中雲一燈如螢起微焚何時度盡繆篆紋【厚】前漢藝文志漢興太史試學童以六躰謂古文奇字篆書繆篆虫書音義云繆篆謂其文屈曲纏繞所以摹印章也繚繞無窮合復分東坡持是壽卯君【次公】子由己卯生故云卯君子由也君少與我師皇墳【次公】皇墳言三皇之書三墳是也旁資老聃釋迦文共厄中年點蠅蚊【縯】退之詩朝蠅不須驅暮蚊不須拍蠅蚊滿八區可盡與相格【厚】前漢楊震死詔策曰震正直是與俾匡時政而青蠅點素同茲在藩晚遇斯須何足

云【子仁】白樂天曲江感秋詩晚遇何足言白髮映朱紱　君方論道承華勛【援】韓詩方今向水平元凱承華勛

我亦旗鼓嚴中軍【次公】先生蓋自言作帥定州也　國恩當報敢不勤　但願不

爲世所醺遡來白髮不可耘問君何時返鄉枌【厚】謝靈運詩揮手告鄉曲三載期歸旋且爲樹枌檟無令孤頣言又劉禹錫上武相公書一身主祀萬里望枌榆之鄉【次公】漢高祖少時祭枌榆之社及移新豊亦立焉故後人用枌榆字爲鄉曲也　收拾散亡理放紛此心實與香俱焄聞思

大士應已聞【厚】楞嚴經言觀世音從聞思修入三摩地

借前韻賀子由生第四孫斗老　借子由浴罷詩韻

今日散幽憂【縯】莊子堯以天下讓許由許由不受又讓於子州支父子州支父曰我適有幽憂之病方治之未暇治天下也　彈冠及新沐【厚】楚詞新沐者必彈冠　況聞萬里孫已報三日浴朋来

四男子大壯泰臨復【次公】易復卦朋來无咎爲其有四男子故使大壯泰臨復蓋一陽生則爲復二陽生則爲臨三陽生則爲泰四陽生則爲大壯　開書喜見面【厚】盧仝詩開緘宛見諫議面　未飲春生腹【厚】白樂天家醞時捧疑明水從空化飲似陽和滿腹春　無官一身輕有子萬事足舉家傳

吉夢【援】詩吉夢維何維熊維羆　殊相驚凡目爛爛開眼電【縯】晉書戎眼爛爛如巖下電

王戎也磽磽峙頭玉李賀詩云頭玉磽磽眉刷翠杜郎生得真男子但令彊健可以扛
衍沃【次公】齊沃地之肥美者左傳有云春井衍沃不須富文章端解耗紙竹君歸定
何日我計久已熟長留五車書【厚】莊子謂惠子多方其書五車要使九子讀
吾與子由共九男孫矣簞瓢有內樂軒冕無流矚人言適似我【次公】適則子由之幼
子也窮達已可卜蚤謀二頃田莫待八州督吾前後典八州屢見前注

子由生日

上天不難知好惡與我一方其未定間【次公】申包胥曰人衆者勝天天定亦能破
人人力破陰隲【綱】洪範惟天陰隲下民注云隲定也天不言而嘿定下民也少忍待其定報
應真可必季氏生而仁觀過見其實【援】論語曰觀過斯知仁矣端知柳
下惠焉往不三黜【綱】柳下惠為士師三黜孔子曰直道而事人焉往而不三黜天有時而定
壽考未易畢兒孫七男子三子四孫次第皆逢吉【厚】洪範身其康強子孫其逢吉
遙知設羅門【次公】鄭當時傳載翟公為廷尉賓客填門及廢門外可設雀羅獨掩懸磬室【厚】左
傳曰室如懸磬野無青草回思十年事無愧篋中筆【次公】杜詩篋中有舊筆情至時復援但

頒白髮兄年年作生日

以黃子木拄杖爲子由生日之壽

靈壽扶孔光綜前漢孔光爲太師太后詔曰國之將興尊師重傅其令太師母朝賜靈壽杖菊潭飲伯始厚盛弘之荆州記菊水出穰縣芳菊被水極甘香谷中皆飲此水而壽太尉胡廣所患風疾休沐南歸常飲此水後疾遂瘳胡廣字伯始雖云閑草木豈樂蒙此恥次公孔光胡廣二人皆畏懦詔諛之人故云草木蒙恥一時偶收用千載相𤸇疻海南無佳植野果名黃子堅瘦多節目厚晉書庾敳見和嶠歎曰森森如千丈松雖磥砢多節目施之大厦有棟梁之用天材任操倚嗟我始剪裁世用或緣此貴從老夫手往配先生几相從歸故山不愧仙人杖本草狗杞一名仙人杖

元豐四年十二月二十日謁王文甫於江南岸坐上得陳季常書報是月四日陝西奏种諤領兵入界殺西夏六萬餘人獲馬六十匹衆喜抃唱樂各飲一巨觥

聞説官軍取乞閭將軍旗鼓捷如神故知無定河邊柳得共中原雪絮春[子仁]按王立之詩話云東坡在黄時有一詩云漢塞捷書夜對甘泉宮似聞指揮築上郡已覺談笑無西戎放臣不見天顔喜但驚草木皆春容其後作謝賜御書詩復用其間數句立之所記如此今集中皆無有疑其非全篇故附見于此

獲鬼章二十韻[子仁]按先生謝御書詩自注云時熙河新獲鬼章當在元祐之初

青雲有逋寇白首已窮妖竊據臨洮郡潛通講渚橋廟謨周召虎邊帥漢班超堅壘千兵破連航一炬燒擒姦從窟穴奏捷上煙霄詭異人圖像懽娱路載謡干誅非一事伐叛自先朝[縯]故杜詩偷生惟一老伐叛已三朝取道經陵寢齋前期告廟祧西來聞幾日面縛見今朝二聖臨雲陛千官溢海潮載因車轢轆失主馬蕭條[縯]老杜病馬行失主錯莫無晶光又云毛暗蕭條連雪霜横拜如蹲犬胡裝尚衣貂理御辭具服譯長舌初調緩死恩殊厚求生尾屢搖[縯]太史公言猛虎在陷穽之中搖尾而求食慈仁逢太母寛厚戴唐堯赤手

眞擒虎和羹未賜梟續漢使東郡送梟五月五日作梟羹以賜百官梟惡鳥欲絶其倫也藁街虚授首東市偶全要膂續三輔録言長安城中有藁街陳湯斬郅支單于懸頭藁街鼂錯衣朝衣斬東市左傳有得全要膂須新也困獸何須殺遺雛或可招威聲西振夏武節北通遼帝道有強弱天時或長消羌情防報復軍勝忌矜驕愼重關西將奇功勿再要

太夫人以無咎生日置酒留子夜歸書小詩賀上壽樽餘瀝到朋簪要與郎君語夜深敢請阿婆開夜閤并中車轄任浮沉見燕飲門觀灯之什注

王狀元集百家注分類東坡先生詩卷之二十二

王狀元集百家注分類東坡先生詩卷之二十三

遊賞

詩五十六首

和子由踏青 次公 子由踏青詩序云眉之東門十數里有山曰蟇頤山上有亭榭松竹山下臨大江每正月八日士女相與遊嬉飲酒於其上謂之踏青也

春風陌上驚微塵遊人初樂歲華新人閑正好路傍飲麥短未怕遊車輪城中居人厭城郭喧闐曉出空四鄰歌鼓驚山草木動簞瓢散野烏鳶馴何人聚衆稱道人遮道賣符色怒嗔宜蠶使汝繭如甕 堯卿 太平廣記曰園客者濟陰人嘗種五色香草積十年報其實一日有五色蛾止其旁客收而薦之至蠶時有女夜半至自稱客妻道蠶之狀客與俱蠶得一百二十頭繭皆如甕每繰一頭六十日乃盡遂俱仙又陸龜蒙詩云紅蠶緣枯桑青繭大如甕宜畜使汝羊如麕 次公 爾雅曰麢大羊而杜預奏事曰臣前在南聞魏興北山有野羊大者數千斤試令求之牝牡各得一枚豈爾雅所謂麢羊者乎麢與麕皆從鹿鹿屬蜀也路人未必信此語彊爲買服禳新春道人得錢徑沽酒醉倒自謂吾符神 十朋 按古今詔記一月

三日太宗[illegible]北門[illegible]學射山蓋張百子以是日[illegible]升即此地[illegible]頻女巫會于此寫符篆以鬻蠶於人云宜田蠶辟災疫佩者載者信以為然

和子由蠶市 次公 子由詩序云眉之二月望日鬻蠶器於市因作樂縱觀謂之蠶市

蜀人衣食常苦艱蜀人遊樂不知還千人耕種萬人食 傳曰千人耕之萬人食之雖欲不飢民不可得也 師 後漢王符潛夫論浮侈篇云一夫耕之百人食之一婦桑百人衣之以一奉百孰能供之 一年辛苦一春閑 次公 孔子謂子貢云百日之蜡一日之澤非爾所知注云蜡之祭勞農以休息之言民勤稼穡有百日之勞今一日飲酒燕樂君之恩澤也 閑時尚以蠶爲市共忘辛苦逐欣歡去年霜降斫秋荻今年箔積如連山破瓢爲輪土爲釜爭買不翅金與紈 次公 荻箔乃薦蠶之具瓢輪土釜乃繅絲之物爭買三者以急於用所以甚於金紈也 憶昔與子皆童丱 次公 丱音慣束髮之皃詩云總角丱兮 年年廢書走市觀 次公 太史公言讀樂毅之報燕王書未嘗不廢書而泣 市人爭誇鬭智巧野人喑啞遭欺謾 次公 退之詩厥罪在欺謾 詩來使我感舊事不悲去國悲流年 次公 杜詩去國悲王粲

自金山放船至焦山 敬夫 杭州圖經云焦山普濟院在金山之東

金山樓觀何耽耽 次公 文選有大廈耽耽耽耽屋深貌 撞鍾擊鼓聞淮南焦山

何有有脩竹揉薪汲水僧兩三雲霾浪打人迹絕時有沙户祈春蠶我來金山更留宿而此不到心懷慚同遊盡返决獨往賦命窮薄輕江潭清晨無風浪自湧中流歌嘯倚半酣老僧下山驚客至迎笑喜作巴人談自言久客忘鄉井只有彌勒爲同龕困眠得就紙帳暖飽食未厭山蔬甘山林饑餓古亦有無田不退寧非貪展禽雖未三見黜【次公】柳下惠爲士師三黜叔夜自知七不堪【縯】嵇叔夜與山巨源書有必不堪者七甚不可者二行當投劾謝簪組我爲佳處留茅庵吳人謂水中可爲田者爲沙住山長老中江人也

遊徑山【十朋】按徑山事狀云徑山乃天目東北峯也中有徑路後通天目故謂之徑山

衆峯來自天目山勢若駿馬奔平川中塗勒破千里足金鞭玉轡相迴旋【次公】劉禹錫詩飛鸞操嫛雲清景相回旋人言山住水亦住下有萬古蛟龍淵【次公】水經曰於潛縣北天目山山極高峻東面瀑布下注成沼名曰蛟龍池池水入西溪西溪合于浙江【十朋】徑山事狀云國一大師因獵者導自重崗之西至于危峯之北石巖之隈坐于石床[illegible]有頂[illegible]素衣老人前而致拜師曰汝何人也[illegible]師曰

何以至此曰自師到此吾屬五百皆不安息師若久住于此□擧其屬歸天目願捨此地爲師立錫之所師許之乃請師登山絕頂入五峯之間中有大湫指謂師曰吾家若去此湫當漲留一穴水慎勿堙之我將時至而衛師今此一穴見存謂之龍井言訖乃憑於是雲霧晦冥風雨驟作連夜不息及明既霽湫水盡涸漲沙遂平北峯之隙復有草庵可居師乃止焉庵蓋龍所爲今庵基見在諸草不生

道人天眼識王氣，結茅宴坐荒山顛。次公道人指言欽禪師也十朋狀云大師諱法欽吳郡崑山人姓朱氏年二十二馬素禪師見而識之躬爲去髮謂師曰汝乘流而行遇徑而止師至臨安東北山下而問之樵者曰此山中謂之徑塢乃求挂錫之地四顧無人適遇苦蓋覆罝罘師就之宴坐獵者見之以其地結廬與師居之

精神貫山石爲裂。十朋事狀云永泰中師坐北峯石穽下見白衣儒士拜於前自言是巾子山人也長安佛法有難我聞師道行高邈願度爲沙彌往救師曰汝有何力曰我誦俱胝觀音呪其功無比師曰吾坐後石穽汝能呪令破否曰可遂吒之石穽裂爲三片今謂之喝石巖師知神異爲去髮給衣賜名惠崇至京師與術士競惠崇告勝云

天女下試顏如蓮。續高僧嵬戒行嚴絜有一天女寄宿嵬曰吾心若死灰無以革囊見試

寒窗暖足來扑握，次公扑握兎也木蘭歌雄兎脚扑朔雌兎眼迷離扑朔一本作扑握十朋事狀云師有白兎二常跪于杖屨之間

夜鉢呪水降蜿蜒。厚佛圖澄傳襄國塹水源抱竭石勒問澄何以致水澄曰今當敕龍取水乃坐繩床燒安息香呪數百言如此三日水泫然微流有一小龍長五六寸許有頃水大至

雪眉老人朝扣門，次公宣室志載任頊居深山中嘗一日閉關晝坐一翁扣門來謁曰我非人也乃龍也

願爲弟子長參禪。次公龍見

孫思邈稱弟子以爲言【十朋】此以上並係徑山實事當以徑山事狀注者爲是如趙次公注者皆牽合但不欲盡去之 爾來廢
興三百載奔走吳會輸金錢飛樓湧殿壓山破朝鍾暮鼓
驚龍眠晴空偶見浮海蜃落日下數投村鳶有生共處覆
載內擾擾膏火同烹煎【縯】莊子山木自寇也膏火自煎也 近來愈覺世議隘
每到寬處差便安嗟余老矣百事廢却尋舊學心茫然【次公】李白行路難拔劍四顧心茫然 問龍乞水歸洗眼 龍井水洗病眼有效 欲看細字銷殘年【次公】齊衡陽王蕭鈞常自蠅頭細書五經韓退之短燈檠歌云夜書細字綴語言兩目眵昏頭雪白杜詩短衣匹馬隨李廣看射猛虎終殘年

冬至日獨遊吉祥寺 詳見前吉祥寺牡丹花詩注

井底微陽回未回【次公】月令冬至則水泉動故云 蕭蕭寒雨濕枯荄何人更
似蘇夫子不是花時肯獨來

後十餘日復至

東君意淺著寒梅千朵深紅未暇裁【次公】此言東君止著寒梅而已此所以爲意也千朵深紅則言吉祥寺之牡丹 安得道人殷七七不論時節遣花開寺【厚】鶴林潤州[illegible]事見

十七字文祥周寶舊識之及移鎮浙西鶴林寺杜鵑高丈餘每春末爛熳寺僧相傳言貞元中有僧自天台移種之自後營飾花院鎖閉時或窺見二女子共遊樹下俗傳女子花神也寶一日謂七七曰鶴林之花天下奇絕常聞能作非時花今重九將近能開此花副此日乎七七乃前二日往鶴林爲中夜女子來謂七七曰妾爲上玄所命司此花今與道者開之然此花非久即歸閬苑矣於是女子斃然不見及九日爛熳如春寶驚異遊賞累日花俄不見其後兵火焚寺樹失根株信歸閬苑矣【次公】劉禹錫詩云不論時節請開關

遊道場山何山

道場山頂何山麓【次公】何山以何鍇讀書得名故後句云高人讀書夜達旦上徹雲峯下幽谷【次公】古詩滅迹入雲峯又云平明登雲峯詩出自幽谷我從山中窰中來尚愛此山看不足陂湖行盡白漫漫青山忽作龍蛇盤山高無風松自響誤認石齒號驚湍山僧不放山泉出屋底清池照瑤席堦前合抱香入雲月裏仙人親手植【次公】詳味其意蓋言桂樹也出山回望翠雲鬟碧瓦朱欄縹緲間【次公】杜詩碧瓦朱甍照城郭白水田頭問行路小溪深處是何山高人讀書夜達旦【次公】高人謂何鍇前漢劉向或不寐達旦至今山鶴鳴夜半【援】北山移文蕙帳空兮夜鶴怨春秋繁露曰鶴知半夜鶴水鳥也夜半水立感其生氣則益喜

而鳴我今廢學不歸山山中對酒空三歎次公禮清廟之瑟朱絃而疏越一唱而三嘆子

仁梗陽人有獄魏戊將受賂閻没女寬諫入比置三歎魏子曰置食三嘆何也同辭曰願以小人之腹爲君子之心屬厭而已

正月二十二日病後述古邀往城外尋春

屋上山禽苦喚人檻前冰沼忽生鱗次公鱗蓋言水也郭景純遊山詩閶闔西南來潛波渙鱗起注云允爲閶闔風水波渙然如魚鱗之起也老來厭伴紅裙醉縯退之詩不解文字飲惟能醉紅裙病起空驚白髮新次公李白寄遠詩朱顏凋落盡白髮一何新臥聽使君鳴鼓角厚晉王述爲會稽太守以母喪居郡境王羲之代述止一弔述每聞角聲謂羲之當詣已如此者累年而羲之竟不顧次公公孫瓚言鼓角鳴於地中大守之出得鳴鼓角試呼稚子整冠巾厚杜詩稚子敲針作釣鉤又曰笑倩傍人爲正冠次公陶淵明云稚子候門又曰稚子候簷隙詩我欲收斂加冠巾曲欄幽榭終寒窘一看郊原浩蕩春次公杜詩古松行崔嵬枝幹郊原古

自昌化雙溪館下步尋溪源至治平寺二首子功按昌化縣圖經云雙溪館在縣治前

亂山滴翠衣裘重厚杜牧詩水聲侵笑語嵐翠撲衣裳公王維詩山路元無雨空翠濕人衣次雙澗

響空牕户摇飽食不嫌溪筍瘦穿林閑覓野芎苗却愁騎

令知游寺尚喜漁人爭渡橋正似醴泉山下路桑枝刺眼

麥齊腰【厚】杜詩石角鈎衣破藤梢刺眼新

每見田園輒自招倦飛不擬控扶摇【績】陶潛歸去來詞鳥倦飛而知還莊子摶扶摇而上九萬里

共疑楊惲非鋤豆【厚】楊惲荅孫會宗書載其詩曰田彼南山蕪穢不治種一頃豆落而爲萁人生行樂耳須富貴何時漢宣帝聞而惡之坐死

誰信劉章解立苗【援】劉章忿劉氏不得職常入侍高后燕飲進歌舞曰請爲太后言耕田太后曰若生而爲王子安知田乎章曰深耕穊種立苗欲疏非其種者鉏而去之太后嘿然【次公】先生之意以爲方仕宦之際而欲自招於田園人之所疑而不信也

老去尚飡彭澤米【厚】陶潛爲彭澤令在縣公田悉令種秫妻子固請種秔乃以二頃五十畝種秫五十畝種秔【次公】陶潛爲彭澤令曰安能爲五斗米折腰鄉里小兒邪

夢歸時到錦江橋【次公】錦江橋今在成都大慈寺前所過石橋是已

官遊莫作無家客【次公】擗遺集呂仙翁詩三千里外無家客七百年來雲水身

舉族長懸似細腰【次公】退之詩細腰不自乳舉族長孤懸

五月十日與呂仲甫周邠僧惠勤惠思清順可久

惟肅義詮同泛湖游北山

三吳雨連月，湖水日夜添。尋僧去無路，〔杜〕杜牧詩：石路尋僧去，此生應不逢。瀲瀲水拍簷。鴛言祖北山，得與幽人兼。清風洗昏翳，晚景分濃纖。縹緲朱樓人，斜陽半疎簾。臨風一揮手，悵焉起遐瞻。世人騖朝市，獨向溪山廉。此樂得有命，〔次公〕孟子：得之不得曰有命。輕薄神所殲。

病中遊祖塔院〔無己〕按杭州圖經云：祖塔法雲院，開成二年唐文宗建，太平興國六年改作今額。

紫李黃瓜村路香，烏紗白葛道衣涼。閉門野寺松陰轉，欹枕風軒客夢長。因病得閑殊不惡，〔厚〕晉王凝之妻謝氏初適凝之，還甚不樂。叔安曰：王郎逸少子，不惡，汝何恨也。安心是藥更無方。〔次公〕傳燈錄：惠可謂達磨曰：我心未寧，乞師與安。師曰：將心來與汝安。曰：覓心了不可得。師曰：我與汝安心竟。道人不惜階前水，借與匏樽自在嘗。

與周長官李秀才遊徑山二君先以詩見寄次其韻二首〔堯卿〕周邠字開祖，汝南人。

少年飲紅裙，〔續〕退之詩：不解文字飲，惟能醉紅裙。酒盡推不去。〔厚〕晉書：鄧侯挽不留，謝令推不去。呼來徑山下試與洗塵霧【堯卿】王凝之妻謝氏譏弟兄學不進曰塵霧經心爲天分有限邪癡馬惜鄣泥臨流不肯渡【援】晉書王濟善解馬性嘗乘一馬著連乾鄣泥前有水終不肯渡濟云此必是惜鄣泥使人解去便渡獨有汝南君從我無朝暮肯將紅塵脚暫着白雲屨嗟我與世人何異笑百步【縯】孟子以五十步笑百步功名一破甑弃置何用顧【厚】後漢郭太傳孟敏客居太原荷甑墮地不顧而去林宗見而問其意對曰甑已破矣視之何益林宗異之因勸令遊學十年知名更憑陶靖節往問征夫路【援】陶淵明歸去來去問征夫以前路恨晨光之希微陶謚靖節先生龍亦戀故居百年尚來去【堯卿】山中有龍嵓也至今雨雹夜殿闇風纏霧而我弃鄉國大江忘北渡便欲北山前築室安遲暮又恐太幽獨【仕】杜詩空山無以慰幽獨歲晚霜入屨同遊得李生仄足隨蹇步【師】文選詩四達雖平直蹇步覊無良孔明不自愛臨老起三顧【縯】諸葛亮出師表言臣本布衣躬耕於南陽先帝不以臣卑鄙猥自枉屈三顧臣於草廬之中咨臣以當世之事吾歸便却掃【縯】江文通恨賦言馮衍閉關却掃【厚】南史沈澗字初明閉關却掃無所交接誰踏門前路【子仁】第三聯句使李白詩臨流不肯渡似惜錦鄣泥

再遊徑山

老人登山汗如濯到山困卧呼不覺覺來五鼓日三竿【[illegible]】劉禹錫詩日出三竿春霧消江頭蜀客艤蘭橈【師】南齊天文志永明五年十一月丁亥日出三竿其色黄赤暈始信孤雲天一握古語云孤雲兩角去天一握【次公】芝田録與元有路通巴州險峻處謂之孤雲兩角諺云孤雲兩角去天一握言極高也先生本注止稱古語今詳著之平生未省出艱險兩足慣曾行犖确【學】退之詩山石犖确行徑微含暉亭上望東溟淩霄峯頭挹南嶽共愛絲衫翠絲亂誰見玉芝紅玉琢白雲何事自來往明月長圓無晦朔山有白雲峯明月菴塚上雞鳴猶憶欽山前鳳舞遠徵璞【次公】憶欽欽禪師也思璞郭璞也欽禪師說法時常有白雞來聽璞詩云天目山兩乳長龍飛鳳舞到錢塘【十朋】徑山事狀云自國一大師居山猛獸不搏鷙鳥不擊有雞常隨法會不食生類師之長安雞長鳴三日不食而死今有靈雞冢雪牕馴兎元不死佳見前遊徑山詩煙嶺寒猿苦難捉從來白足傲生死【堯卿】高僧曇始入道之後天有殊迹遊化關[illegible]足白於面跣涉泥水未嘗沾汙天下咸呼白足

按曇始和尚在關中時赫連勃勃斬戮關中而始遇害連晝數刃盡不能傷於是隱遁山林後拓跋燾再入關中博陵崔浩猜忌佛法而專信天師寇謙皓為燾所任僞魏太平七年盡滅佛教運兵燒掠寺院僧尼苟有竄者追捕得必梟斬始聞之乃下山仗錫宮門有司奏曰有一道士足白於面今到宮門燾令斬之不傷燾遂以奏燾燾怒自以所佩刀斫之數下俱無傷損又法苑珠林曰白足阿練長安道人也戒行精高

不怕黃巾把刀槊【次公】劉禹錫白足赤髭之侶黃巾賊也後漢賊有赤眉黃巾之號 捐上雙痕漂然在劍頭一吷何須角 以上皆山中故事【十朋】徑山事狀云第三代法濟大師諱洪諲吳興烏程人姓吳氏咸通八年嗣法位始至是山遇黃巢之亂巢之偏帥領卒千人至而見師宴坐不起以劍揮禪坐者再見師神思湛然帥乃異之獻金寶再拜而去今禪坐尚在二劍迹亦存云【次公】莊子道仁義於戴晉人之前猶劍首之一吷 嗟我昏頑晚聞道與世齟齬空多學靈水先除眼界花 龍井水洗眼有效也注見前徑山詩中 清詩爲洗心源濁騷人未要逃競病【演】梁武帝於華光殿燕飲聯句令沈約賦韻餘競病二字未賦曹景宗便操筆立成其辭曰去時兒女悲歸來笳鼓競借問行路人何如霍去病 禪老但喜聞剝啄【援】退之詩剝剝啄啄有客至門 此生更得幾回來從今有暇無辭數

與梁先舒煥泛舟得臨醸字六首

彭城古戰國【演】彭城徐州也古大彭氏之國自春秋至唐末多戰爭之地【次公】漢高項羽劉裕皆起彭城 孤客倦登臨汴泗交流處【援】退之詩汴泗交流郡城角 清潭百丈深故人輕千里足繭來相尋【演】吳入郢申包胥走秦乞師足皆生繭 何以娛佳客潭水洗君心

老守厭簿書先生罷函丈【厚】禮席間函丈【次公】罷函丈言舒煥也時煥爲教授 風流魏晉

閒談笑羲皇上（演）魏晉間士尚清談慕達節視名教吏事爲俗陶淵明自謂羲皇上人洪河忽已過水色淥可釀君毋輕此樂此樂清且放

攜妓樂遊張山人園（玉父）雲龍山人張天驥也

大杏金黃小麥熟墮巢乳鷰拳新竹故將俗物惱幽人（厚）晉書王戎傳戎每與阮籍爲竹林之遊戎嘗後至籍曰俗物已復來敗人意戎笑曰卿輩意亦復易敗耳細馬紅糚滿山谷（子功）李白詩吳姬十五細馬馱提壺勸酒意雖重（次公）提壺鳥名提壺之聲俗彷之如云提壺盧杜鵑催歸聲更速（續）世傳蜀主杜宇死其魄爲鳥名曰杜鵑聲若云杜詩曰昔日蜀天子化作杜鵑似老烏或言一名子規非也今春夏之間月夜有鳥聲若云不如歸去者此爲子規蓋與杜鵑自別耳（堯祖）成都古今記蜀之先有望帝名杜宇酒闌人散卻關門寂歷斜陽挂疎木（厚）陶詩朝雲吐風寒寂歷窮秋時（次公）劉禹錫龍陽縣歌汝門草綠見吏稀寂歷斜陽照懸鼓

遊張山人園

壁間一軸煙蘿子盆裏千枝錦被堆（次公）煙蘿子今所畫修養者多有之兩句蓋寫所見（子暈）錦被堆一名粉團兒花如月桂而小粉紅色或微黃色葉亦相類而有刺枝柯纖長高丈餘往往作架承之慣與先生

爲酒伴不嫌刺史亦顏開纖纖入麥黃花亂【編】司空圖詩綠樹連村暗黃花入麥稀　颯颯催詩白雨來【任】杜詩片雲頭上黑應是雨催詩　聞道君家好井水歸軒乞得滿瓶回

與頓起孫勉泛舟探韻得未字

牕前堆梧桐牀下鳴絡緯【編】絡緯促織也【師】吳叔秋賦絡緯悲啼蟋蟀宵征【子仁】李白詩離家未幾月絡緯鳴中閨【姜良源】遯齋閑覽云浙人呼螽斯之善鳴者爲絡緯織女　佳人尺書到客子終夜喟朝來一樽酒晤語聊自慰秋蠅已無聲霜蠏初有味當爲壯士飲皆裂須磔蝟【編】劉惔稱桓溫眼如紫石棱須作蝟毛磔　勿作兒女懷坐念蠨蛸畏【援】詩曰蠨蛸在户　山城亦何有一笑瀉肝胃泛舟以娛君魚鼈多可饒縱爲十日飲【次公】史記秦昭王遺平原君書曰願與君爲十日之飲　未遽遂主人瀆吾儕俱老矣耿耿知自愧寧能傍門户啼笑雜猩狒【演】左思賦猩猩啼而就禽狒狒笑而被格【師】猩猩形若狗而人面善與人言彼執將死則相對而泣狒狒狀如人面長黑身有尾踵見人則笑笑則唇掩目　要將百篇詩一吐千丈氣蕭條歲行莫迨此霜雪未

明朝出城南遺迹觀楚魏【厚】彭城本宋地而其後齊并楚魏滅宋三分其地西風迫吹帽【次公】吹帽使孟嘉事而退之云霜風破佳菊嘉節迫吹帽金菊亂如沸願君勿言歸輕別吾所諱【次公】劉備言許汜之求田問舍曰元龍所諱也元龍陳二元字

遊惠山 并序

余昔爲錢塘倅往來無錫未嘗不至惠山旣去五年復爲湖州與高郵秦太虛杭僧參寥同至覽唐處士王武陵竇羣朱宿所賦詩愛其語清簡蕭然有出塵之姿追用其韻各賦三首

夢裏五年過覺來雙鬢蒼還將塵土足一步漪瀾堂【次公】惠山在常州無錫縣漪瀾堂寺中堂名俯窺松桂影仰見鴻鶴翔炯然肝肺間作冰雪光虛明中有色清淨自生香還從世俗去永與世俗忘

薄雲不遮山踈雨不濕人蕭蕭松徑滑策策芒鞵新嘉我

二三子皎然無淄磷〔次公〕此即論語磨而不磷涅而不緇也今使無淄磷字則李白云趙璧無緇磷 勝遊豈殊皆清句仍絶壁弔古泣舊史疾讒歌小旻哀哉扶風子難與巢許鄰 謂竇君羣〔續〕竇君羣扶風人隱居毗陵以節操聞徵拜左拾遺後爲御史中丞探李吉甫陰事帝辨其誣將誅君羣吉甫救之乃免〔次公〕小旻是疾讒之詩也許由巢父嘗隱居 敲火發山泉烹茶避林樾〔厚〕楚人謂兩樹交陰之下曰樾 明牕傾紫盞色味兩奇絶〔次公〕李白詩新粧蕩新波光景兩奇絶 吾生眠食耳一飽萬想滅〔子仁〕杜詩傾身嘗一飽少許便有餘 頻笑王川子饑弄三百月〔續〕盧仝詩開緘宛見諫議面手閱月團三百片 豈如山中人睡起山花發一甌誰與共門外無來轍

端午遍遊諸寺得禪字

肩輿任所適〔次公〕王獻之嘗經吳郡聞顧辟疆有名園先不相識乘平肩輿徑入 遇勝輒留連焚香引幽步酌茗開淨筵微雨止還作小窻幽更妍盆山不見日草木自蒼然〔次公〕先生詩話自云僕爲吳興有遊飛英寺詩云微雨止還作小牕幽更妍盆山不見日草木自蒼然自非至吳越不見此境也 忽登最高塔眼界窮大千〔厚〕釋氏云三千大千世界 十峯

照城郭（敬夫）吴興統記云卞山在烏程縣北一十八里震澤浮雲天（子功）吴興統記云具區數大湖也一名震澤廣一百八十三里深沉既可喜曠蕩亦所便幽尋未云畢（子仁）杜詩幽尋事隨去（延）李白詩幽尋無前期墟落生晚煙（師）陶淵明詩依依墟里煙歸來記所歷耿耿清不眠道人亦未寢孤燈同夜禪

泛舟城南會者五人分韻賦詩得人皆苦炎字四首

城中樓閣似魚鱗不見清風起白蘋（次公）宋玉風賦曰起於青蘋之末今湖州有白蘋洲故變用白蘋試選苕溪最深處（次公）苕溪四水之一名四水合爲一溪曰苕溪曰前溪曰餘不溪曰霅溪仍呼我輩不羈人窺船野鶴何曾下（次公）下字如列子鷗鳥舞而不下之下見燭飛蟲空自馴遶郭荷花一千頃誰知六月下塘春

苦熱誠知處處皆（厚）唐文宗聯句人皆苦炎熱何當危坐學心齋（次公）管子弟子職篇危坐鄉師顔色無怍又漢茅容避雨樹下危坐愈恭莊子顔回曰回不飮酒不茹葷者數月矣若此可以爲心齋乎海螯要共詩人把（次公）畢卓云左手持蟹螯溪月行遭霧雨霾鄉國飄零斷書信弟兄流落隔江淮便應築室苕溪上荷葉遮門水浸堦

紫蟹鱸魚賤如土得錢相付何曾數【次公】杜詩得錢便相覓沽酒不復疑又後漢諺曰何間詫女能數錢碧筩時作象鼻彎白酒微帶荷心苦【縯】張君房脞載歷城北有使君林魏正始中鄭公慤於三伏之際率賓僚避暑於此取大荷葉盛酒以簪刺令與柄通屈莖上輪囷如象鼻傳翕之名為碧筩杯下皆效之大酒味雜蓮氣香冷勝於他酎【次公】李白云白酒初熟山中歸又梁簡文帝詩神蔡上荷心運肘風生看斫膾【次公】禮記深衣格之高下可以運肘也運肘風生亦依莊子運斤成風也隨刀雪落驚飛縷【縯】杜詩饔子左右揮霜刀鱠飛金盤白雪高【次公】張景陽七命曰乃命支離飛霜鍔紅肌綺散素膚雪落又潘岳西征賦云饔人縷切鑾刀若飛應刃落俎靃靃霏霏【師】杜甫姜侯設鱠詩無聲細下落飛雪有骨已剁觜春蔥不將醉語作新詩飽食應慚腹如鼓【次公】談藪載髙爽題鼓嘲孫抱云身有八尺圍腹內無寸腸面皮如許厚受打未憂央橋上遊人夜未厭共依水檻立風簷樓中煑酒初嘗芡月下新粧半出簾南郭清游繼顏謝【次公】顏則顏延年謝則謝靈運也或云謝安顏眞卿皆為吳興太守北牕歸臥等羲炎【厚】陶潛夏月虛閑高臥北牕之下清風颯至自謂羲皇上人今言羲炎羲則伏羲炎則炎帝人間寒熱無窮事自笑疎頑不受痁【次公】痁瘧疾也其為狀一寒一熱今云不受痁則不聽寒熱之侵也

與王郎昆仲及兒子邁遶城觀荷花登峴山亭晚

入飛英寺分韻得月明星稀四首 伯恭 吳興統記云峴山在州南五里本名顯山晉吳興太守殷康於此山上起顯亭後改曰峴山亭

昨夜雨鳴渠曉來風襲月蕭然欲秋意溪水清可啜環城三十里處處皆佳絕蒲蓮浩如海時見舟一葉 次公 退之詩共泛清湘一葉舟 此間眞避世青蒻低白髮 次公 青蒻言笠也 師 唐隱士張志和詩青蒻笠碧蓑衣斜風細雨不須歸 相逢欲相問已逐驚鷗沒 次公 杜詩白鷗沒浩蕩

清風定何物可愛不可名所至如君子草木有嘉聲我行本無事孤舟任斜横 次公 寇萊公詩孤舟盡日横 中流自偃仰適與風相迎舉盃屬浩渺樂此兩無情 次公 兩無情言風與水也 歸來兩溪間雲水夜自明

茗水如漢水鱗鱗鴨頭青 緯 李白詩遥看漢水鴨頭緑恰似蒲萄初醱醅 吳興勝襄陽萬瓦浮青冥我非羊叔子愧此峴山亭 厚 晉書羊祜字叔子鎮襄陽嘗詣峴山慨然歎息顧謂從事鄒湛曰自有宇宙便有此山由來賢達勝士登此遠望如我與卿者多矣皆湮没無聞使人悲傷湛曰公德冠四海道嗣前

哲令問令望必與此山俱傳至如湛輩當如公言耳悲傷意則同歲月如流星從我兩王子【子仁】謂王適王遹也高鴻捕脩翎湛輩何足道當以德自銘吏民憐我懶闘訟日已稀能爲無事飲【厚】史記陳軫謂犀首曰公何好飲也曰無事也可作不夜歸【援】詩厭厭夜飲不醉無歸【縯】解道康齊地記曰齊有不夜城蓋古者有日夜中照於東境故來子立此城以不夜爲名【正】杜詩無風雲出塞不夜月臨關蓋不夜者乃月明如晝也復尋飛英遊盡此一寸暉撞鍾履聲集顛倒山雲衣我來無時節杖屨自推扉莫作使君看外似中已非

與胡祠部遊法華山【無已】蘇州圖經云法華山興福院在吳興西三十里

陂湖欲盡山爲界始見寒泉落高派道人未放泉出山曲折虛堂瀉清快使君年老尚見戲綠棹紅船舞澎湃【縯】綠棹紅船作流杯之戲一笑翻杯水濺裙【縯】裴慶餘佐李紳幕嘗遊流舟子誤濺近待衣公變色裴遽爲詩曰兩頷鶻黃金縷衣翠翹浮動玉釵垂從教水濺羅衣濕知是巫山行雨歸公大悅餘歡濯足波生隘長松攙天龍起立蒼藤倒谷雲崩壞仰穿蒙密得清曠一覽震澤吁

可怪次公魯靈光殿賦吁可畏乎其駭人也誰云四萬八千頃渺渺東盡日所曬次公退之詩白日萬里曬歸途十里盡風荷清唱一聲聞露薤是日樂工有作此聲者次公挽歌有蒿里薤露之曲言薤頭露也今先生卻壓露薤字蓋緣杜詩有盈筐承露薤句也嗟予少小慕真隱子仁宋何尚之致仕方山爲退居賦以明所守後還攝職袁淑乃録古人隱士有迹無名者爲真隱傳以嗤焉白髮青衫天所械忽逢佳士與名山何異枯楊便馬疥君猶鸞鶴偶飄墮六翮如雲豈長鎩次公鎩書云前翦羽也故文選有鎩羽序六翮如揚子所謂鶴鵬冲天不在六翮又莊子云翼若垂天之雲師顏延年五君詠鸞翮有時鎩龍性誰能馴又韓詩外傳曰鵠舉千里所恃六翮耳不將新句紀茲遊恐負山中清淨債

又次前韻贈賈耘老

具區吞滅三州界次公震澤大湖也一名具區地志云南從湖州長城縣界北入常州晉陵縣界又入無錫縣界晉陵之東入蘇州吳縣界周回六百五十四里蓑淵蘇州圖經云具區接蘇常湖秀四州界內有大小山七十二洞庭居其一焉浩浩湯湯納千派從來不著萬斛船次公杜詩蕩蕩萬斛船影若揚白虹一葦漁舟恣奔快次公詩誰謂河廣一葦杭之仙壇古洞不可到次公十道記云太湖廣三萬六千頃下有地道

潛通巴陵昔龍威丈人之所居姑蘇上有臺吳王闔閭之所居此豈所謂仙壇古洞者乎空聽餘瀾鳴湃湃今朝偶上法華嶺縱觀始覺人寰隘山頭卧碣弔孤冢下有至人僵不壞空餘白棘網秋蟲無復青蓮出幽怪事見本院碑我來徙倚長松下【續】文選詩蹇裳順蘭芷徙倚引芳樽欲掘茯苓親洗曬閒道山中富奇藥往往靈芝雜葵薤詩人空腹待黃精生事只看長柄械杜子美詩云長鑱長鑱白木柄我生託子以為命【次公】杜詩下句云黃精無苗白日盛短衣數挽不掩脛黃魯直云天下杜詩本皆作黃精字唯有一本作黃獨至讀本草芋魁一名黃獨然後悟杜詩黃獨指言芋魁則先生所見杜詩猶天下之衆本耳【伯恭】冷齋夜話魯直曰杜詩云黃獨無苗山雪盛俗人易曰黃精子美流離亦未至作道人劍客食黃精也【次公】變山雪為白日非是又杜詩云三春濕黃精一食生毛羽又云掃除白髮黃精在今年大熟期一飽食蕨微蟲真癬疥賈云今歲有小蟲食稻葉不甚為害【次公】傳言患之小者猶癬疥也日花半落紫檖香攘臂欲助磨鎌鍛安得山泉變春酒與子一洗尋常債【次公】杜詩酒債尋常行處有人生七十古來稀【續】孫濟權之叔也嗜酒不治產嘗醉屢欠人酒緡人皆笑之濟恬然自若謂人曰尋常行坐處欠人酒債欲貨此縕袍償之又古詩云典盡春衣無可奈尋常行處欠人錢

安國寺尋春

卧聞百舌呼春風起尋花柳村村同【演】杜詩步屧隨春風村村自花柳【子仁】鮑明遠詩行樂篇云春風太多情村村花柳好城南古寺脩竹合小房曲檻欹深紅看花歎老憶年少對酒思家愁老翁【次公】杜詩偏勸腹腴愧年少軟炊香飯緣老翁病眼不羞雲毋亂鬢貫絲強理茶煙中【厚】杜牧之題禪院詩今日鬢絲禪榻畔茶煙輕颺落花風遥知二月王城外【演】王城在洛陽玉仙洪福花如海【次公】玉仙洪福僧寺名薄羅匀霧蓋新粧快馬爭風鳴雜佩玉川先生眞可憐一生耽酒終無錢【縯】玉川先生盧仝也有詩云天下薄夫苦耽酒玉川先生也耽酒薄夫有錢恣長樂先生無錢養恬淡怡有錢無錢俱可怜百年驟過如流川病過春風九十日獨抱添丁看花發【援】盧仝示添丁詩云數日不食強強行何忍索我抱看滿樹花

雨晴後步至四望亭下魚池上遂自乾明寺前東岡上歸二首

雨過浮萍合【次公】退之詩云綠槐萍合不可芟蛙聲滿四鄰海棠眞一夢梅子欲嘗新拄杖閑挑菜鞦韆不見人慇懃木芍藥【厚】唐開元中禁中呼

牡丹爲木芍藥獨自艱餘春高亭廢已久下有種魚塘【次公】范蠡齊民要術有種魚法暮色千山入春風百草香【注】杜詩遲日江山麗春風花草香市橋人寂寂古寺竹蒼蒼鸛鶴來何處號鳴滿夕陽

與子由同遊寒溪西山【師】寒溪西寺在武昌縣屬湖北路

散人出入無町畦【次公】莊子櫟社見夢於匠石曰子幾死之散人又烏知散才而賀知章自號江湖散人又莊子去彼且無町畦亦與之爲無町畦朝遊湖北暮淮西【次公】黃州在淮南西道高安酒官雖未上【次公】高安筠州也按潁濱遺老傳云子瞻以詩得罪轍從坐謫監筠州鹽酒稅兩脚垂欲穿壁泥與君聚散若雲雨共借此日相提攜【次公】退之詩云此日足可惜千搖萬兀到樊口【次公】即武昌樊口也一篙前放溜先梟鷖層層草木暗西嶺瀏瀏霜雪鳴寒溪【次公】西嶺寒溪皆在黃州對岸空山古寺亦何有歸路萬頃青玻瓈【次公】萬頃玻瓈言水之色似之先生又曰共欲玻瓈江我今漂泊等鴻鴈江南江北無常栖幅衣不擬過城市欲踏徑路開新蹊路有直入寒溪不過武昌者却憂別後不忍到見子行跡空餘悽吾儕流落豈天

意自坐迂闊非人擠行逢山水輒羞歎此去未免勤鹽齏【績】退之送窮文有云大學四年朝齏暮鹽何當一遇李八百【厚】李八百名脫蜀人也歷世見之時人計之年八百歲因以爲號晉書言脫妖術惑衆以鬼道療病又署人官位時人多信事之爲王敦所殺【次公】按神仙傳李八百蜀人也莫知其名或隱山林或出市廛其徒唐公房爲仙事具在本傳【子仁】陳摶傳言有一人青巾短褐叩陳希夷門未報倏去追之見老人衣鹿皮曰此神仙李八百也動則八百里相哀白髮分刀圭李八百宅在筠州【援】本草凡散藥有云刀圭者十分方寸匕之一准如梧桐子大也【子仁】李白詩金丹別後知傳得乞取刀圭救病身

上巳日與二三子攜酒出游隨所見輒作數句明日集之爲詩故詞無倫次【伯恭】先生志林云黃州定惠院東小山上有海棠一株特繁茂每歲盛開時必爲置酒已五醉其下矣今年復與參寥及二三子訪焉則園已易主主雖市井人然以余故稍加培治山上多老枳木花白而圓香色皆不凡以余故亦得不伐既飲復憩於尚氏之第尚所居竹林花木皆可喜醉卧閣上稍醒聞坐客崔成老彈雷琴作悲風曉角錚錚然意謂非人間也晚乃步出城東入何氏韓氏竹園遂置酒竹陰下輿盡乃徑歸元豐七年三月初三日也

薄雲霏霏不成雨杖藜曉入千花塢【次公】莊子原憲杖藜應門柯丘海

棠吾有詩【子仁】按黃州東坡圖云柯山四望直南高丘也故亦名柯丘東西隅海棠一株甚茂故云柯丘海棠也獨笑深林誰敢侮三杯卯酒人徑醉【子仁】退之詩三杯取醉不復論一生長恨春句許一枕春睡日停午【次公】先生詩又云三盃軟飽後一枕黑甜餘竹間老人不讀書留我閉門誰教汝【子仁】晉王徽之傳吳中士大夫家有竹欲觀之便出造竹下嘯詠良久主人掃洒請坐徽之不顧將出主人閉門徽之賞之盡懽而去出簷蓑枳十圍大寫真素壁千蛟舞【子仁】按東坡圖云柯丘南尚氏家有叢枳甚大公嘗自爲圖之故云寫真素壁千蛟舞者也東坡作塘今幾尺【師】塘在東坡雪堂下先生詩又云會堂作堂徑千步攜酒一勞農工苦却尋流水出東門壞垣古塹花無主【次公】杜詩桃花一簇開無主臥開桃李爲誰妍對立鵁鶄相媚嫵【次公】鄭文寶詩日暖鳬鷖行哺子溪深桃李卧開花開鉼藉草勸行路不惜春衫汗泥土褰裳共過春草亭扣門却入韓家園【子仁】按東坡圖云春草亭韓家園皆在東門外轆轤繩斷井深碧【師】盧仝詩三入寺曦未來轆轤無繩井百尺渴心歸去生塵埃鞦韆索掛人何所映簾空復小桃枝乞漿不見應門女乞漿事見留別釋迦院牡丹呈趙倅詩注南上古臺臨斷岸雪陣翻空迷仰俯故人餽我玉葉

羹火冷煙銷誰爲煑崎嶇東蘊下荒徑子厚前蒯通傳云里婦夜亡肉姑逐婦里母即束緼請火於亡肉家云治狗爭肉死遂還婦婭奼隔花聞好語次公李賀詩似路歸來聞好語更隨落景盡餘樽却傍孤城得僧宇主人勸我洗足眠次公先生詩又有云洗足關門聽雨眠倒牀不復聞鍾鼓次公杜詩睡美不聞鍾鼓傳明朝門外泥一尺始悟三更雨如許平生所向無一遂茲遊何事天不阻固知我友不終窮豈弟君子神所予次公詩豈弟君子神所勞矣

日日出東門

日日出東門子仁東坡圖云東門近東坡之門也在乾明寺前五十步今無矣步尋東城遊城門抱關卒笑我此何求我亦無所求駕言寫我憂次公先生詩話言吾有語云日日出東門步尋東城遊又云駕言寫我憂章子厚謂參寥曰前步而後駕何其上下紛紛也僕聞之曰吾以尻爲輪以神爲馬何曾上下乎參寥曰子瞻文過有理似孫子荊曰所以枕流欲洗其耳所以漱石欲礪其齒詩駕言出遊以寫我憂意適忽忘返路窮乃歸休懸知百歲後父老說故侯次公百歲後字見下文注故侯字取漢書言召平云故秦東陵侯也古來賢達人此路誰不由次公羊祜遊峴山顧謂從事鄒湛曰自有宇宙

使有此山由來賢達勝士登此遠望如我與卿者多矣皆湮滅無聞使人悲傷如百歲後有知魂魄猶應登此也 百年寓華屋千載歸山丘何事羊公子不肯過西州 厚 謝安甥羊曇爲安所愛安薨後輟樂彌年行不由西州路嘗因大醉扶路唱樂不覺至西州門左右白曰此西州門曇悲感不已以馬策叩扉誦曹子建詩曰生存華屋處零落歸山丘因慟哭而去

同王勝之游蔣山 縯 舊名鍾山漢末廣陵人蔣子文爲金陵尉討賊死于山下孫權爲立廟改山名蔣山 子仁 勝之名益柔

到郡席不暖 縯 傳云孔席不暖墨突不黔 居民空惘然好山無十里遺恨恐他年欲欵南朝寺 厚 山中寺多是六朝行宮東晉宋齊梁陳皆都江表謂之南朝 同登北郭船朱門收畫戟 次公 畫戟正指言本荊公宅也 紺宇出青蓮 荊公宅以爲寺 夾路蒼髯古 次公 指言松檜也先生詩又云山中只有蒼髯叟數里蕭蕭管送迎 迎人翠麓偏龍腰蟠故國 縯 山脊安轉若蟠龍之狀孔明名之曰龍蟠山 次公 寰宇記載孔明謂吳帝曰鍾山龍蟠石城虎踞眞帝王都也 鳥爪寄曾巔 厚 山有鳥爪峯 次公 高僧傳至公生於鷹鳥窠手類鳥爪死葬此山上舊注非是 竹杪飛華屋松根泫細泉峯多巧障日江遠欲浮天 子仁 水衡記曰天下之至多者水焉浮天而載也 略彴

横秋水【次公】略彴横木橋也陸龜蒙詩頭經略彴冠微亞腰插笭箵帶蠡頭 浮屠插暮煙【子仁】釋氏造塔謂之浮圖 歸來踏人影雲細月娟娟【次公】古詩娟娟新月排

至真州再和二首

老手王摩詰【縯】王維字摩詰嘗有詩曰夙世謬詩客前身老畫師 窮交孟浩然論詩曾伴直【厚】孟浩然為王維所知維待詔金鑾殿名之商較風雅忽遇上幸維所浩然錯愕伏牀下維不敢隱因之奏聞天欣然曰朕素聞其人因得召見命吟詩浩然念曰北闕休上書南山歸敝廬不才明主棄多病故人疎上曰朕未嘗棄人自是卿不求進因命放歸南山【師】南史劉孝標言刺交有五四曰窮交 話舊已忘年北上難陪驥東行且趂船離亭花映肉【縯】杜詩寄呈蘇渙侍御云應子初尉永嘉去紅顏白面花映肉 醉眼鷺鷥窺蓮拖轉三山沒風回五兩偏【次公】李善注引兵書曰凡候風法以雞羽重八兩建五丈旗取羽繫其顛立軍營中許真淮南子注曰綄候風也音桓楚人謂之五兩又五臣之翰曰五兩鳥毛為之置竿之上以候風 荒祠過瓜步【縯】揚州江都縣瓜步鎮乃往真州渡口也 古甃墮松巔聞道清香閣【次公】韋應物詩宴寢凝清香 新篘白玉泉莫教門掩夜坐待月流天【厚】謝莊月賦白露曖空素月流天 小院檀槽鬧空庭樺燭煙公詩便堪唱為付小蟬娟文

公顏如雪柏千載故依然笑我無根柳【子仁】退之詩浮雲柳絮無根蔕空中不待年【師】劉義慶世說云顧悅之與晉簡文帝同年悅之早白帝問卿何以先老對曰蒲柳之姿望秋先隕松柏之質隆冬轉茂肯留歸闕茆坐待逆風船特許門傳鑰那知箭前起蓮【縯】蓮花漏法以水浮箭前為候流落相逢月上後小語坐西偏【子仁】退之庭柳詩朝日出其東我常坐西偏流落千帆側【厚】劉禹錫詩沉舟側畔千帆過病木前頭萬木春追思百尺巔躬耕懷谷口【援】揚子云谷口鄭子真耕乎巖石之下名振于京師水石羨平泉【縯】唐李德裕平泉莊周四十里名花異草鉛松怪石靡不畢致【次公】下李衛公詩序云後世以平泉一石一花移他處者非李氏子孫茆屋歸元量【厚】陶詩養真衡茆下庶以善自名淵明一字元亮霓裳醉樂天【援】白樂天嘗侍宴觀舞霓裳曲愛之及在杭州集諸妓教焉行聞宣室召【厚】前漢賈誼傳誼謫長沙文帝思誼徵之至入見上方受釐坐宣室遂問以鬼神之事歸近御爐煙【次公】唐人詩從事不須輕御史蒲身猶帶御炉煙未用歌池上【縯】樂天有池上樂之詩隨宜教李娟【厚】樂天為蘇州和元稹霓裳歌云李娟張態君莫嫌亦擬隨宜且教取

孟震同遊常州僧舍三首【子仁】震東平人嘗為黃州通判

年來轉覺此生浮【次公】莊子其生若浮其死若休又作三吳浪漫遊【次公】唐人元結自稱為浪

士人呼之爲漫郎又曰漫浪於人間忽見東平孟君子夢中相對説黃州【無己】先生君子泉銘序云孟君亨之篤學而力行克有常德信於朋友一時皆稱之曰此君子也因號之孟君子君通守齊安其圃有泉旱不加損水不加益因名之曰君子泉又先生有跋云孟君名震字亨之及進士第爲承議郎

湛湛清池五月寒【次公】五月寒不應寒而寒也杜詩五月松風冷佛骨又云鑑湖五月凉又曰因驚四月雨聲寒皆此類也小山無數碧巑岏稺彩戢戢三千本【厚】戢戢多皃盧仝月蝕詩萬國赤子戢戢魚頭生且作凌雲合抱看

知君此去便歸耕笑指孤舟一葉輕【次公】退之詩共泛清湘一葉舟待向三茆乞靈雨【縯】三茆指言茆山也茆君兄弟三人皆爲神仙而茆山則大茆之所隱也在江寧府句容縣半篙流水送君行

同秦仲二子雨中游寶山

平明已報百吏散半日來陪二子閑立鵲低昂煙雨裏【次公】東方朔外傳武帝宴坐朔執戟在殿階旁屈指獨語上從殿上見朔呼問之對曰殿後與樹上有鵲立松枝上東向而鳴行人出没樹林間

真覺院有洛花花時不暇往四月十八日與劉景文

同往賞枇杷

緑暗初迎夏紅殘不及春魏花非老伴【厚】姚紅魏紫謂牡丹花也盧橘是鄉人【師】談助云盧橘枇杷也揚雄賦盧橘夏熟井落依山盡【子玠】唐王之奐題鸛鵲樓詩云白日依山盡巖崖發興新【厚】老杜詩户牖凭高發興新歲寒君記取松雪看蒼鱗

又和劉景文韻

牡丹松檜一時栽付與春風自在開試問壁間題字客幾人不爲看花來【次公】劉禹錫詩無人不道看花回

游羅浮山一首示兒子過

人間有此白玉京【次公】史記曰天上白玉京五城十二樓也羅浮見日雞一鳴劉夢得有詩記羅浮夜半見日事山不甚高而夜見日此可異也【厚】夢得詩云陰陽迭用事乃俾夜作晨伊啞天雞鳴扶桑色昕昕赤波千萬里湧出黄金輪南樓未必齊日觀【演】漢官儀泰山東南名曰日觀雞一鳴見日始出長三丈所鬱儀自欲朝朱明上有二石樓今延祥寺在南樓下朱明洞在沖虚觀後云是蓬萊第十洞天【厚】黄庭内景經高奔日月吾上道鬱儀結鄰善

相保注云樹郡儀奔日之仙也東坡之師抱朴老【援】葛洪字稚川自號抱朴子真契久已交
前生玉堂金馬久流落【厚】揚雄解嘲云歷金馬上玉堂有日矣寸田尺宅今誰
耕【續】黄庭經云寸田尺宅可理生蓋道家以丹田曰寸田面曰尺宅道華亦嘗啖一棗唐永樂道士侯道華竊食鄧天師藥仙去永樂有無核棗人不可得道華獨得之予在岐下亦嘗得食一枚
契虛正欲仇三彭唐僧契虛遇人道士游稚川仙府真人問曰汝絕三彭之仇乎契虛不能答鐵橋石柱連空橫山有鐵橋石柱人罕至者杖
藜欲趂飛猱輕雲谿夜逢瘖虎伏山有瘂虎巡山斗壇晝出銅
龍獰冲虛觀後有朱真人朝斗壇近於壇上獲銅龍六銅魚一小兒少年有奇志中宵起
坐存黄庭【厚】黄庭内景經云脾神常在字魂庭夜存之可長生注云魂庭即黄庭也近者戲作凌
雲賦【援】司馬相如奏大人賦武帝大悦飄飄然有凌雲氣游天地之間意筆勢彷彿離騷經負
書從我盍歸去羣仙正草新宮銘汝應奴隸蔡少霞我亦
季孟山玄卿唐有夢書新宮銘者云紫陽真人山玄卿撰其略曰良常西麓原澤東池新宮宏宏崇軒轇轕又有蔡少霞者夢人遣書碑略曰公昔乘魚車今履瑞雲躅空仰塗綺輅輪囷其末題云五雲書閣吏蔡少霞書還須略報老同
叔贏糧萬里尋初平子由一字同叔【續】莊子南榮趎贏糧而見老子神仙傳黄初平牧羊有一道士攜至金華

小其徒兒初起尋之但見白石問羊何在初平叱石曰起起皆成羊也

正月二十四日與兒子過過賴仙芝王原秀才僧曇穎行全道士何宗一同游羅浮道院及栖禪精舍過作詩和其韻寄邁迨一首【十朋】栖禪寺在惠州豐湖上

斷橋隅勝踐【次公】勝踐勝游也奇勝而踐履之處脫屨欣小揭【次公】揭音去訏反詩曰深則厲淺則揭注云以衣涉水爲厲由帶以上爲揭言褰衣也瘴花已繁紅官柳猶疎細【縯】杜詩市橋官柳細江路野梅香斜川二三子悼歎吾年逝【厚】陶淵明游斜川詩序云天氣澄和風物閑美與二三鄰曲同游斜川又云悲日月之遂往悼吾年之不留凄涼羅浮館風壁頹雨砌黃冠常苦饑迎客羞破袂仙山在何許歸鶴時[illegible]毨崎嶇食松黃【厚】本草圖經松花上黃粉名松黃山人及時拂取作湯點之欲救齒髮弊坐令禪客笑一夢等千歲栖禪曉置酒蠻果粲蕉荔【援】韓退之羅池廟碑荔子丹兮蕉黃雜肴蔬兮進侯堂齋廚釜無羹野餉籃有蕙嬉游趁時節俯仰了此世猶當洗業障更作臨水褉【厚】應劭風俗通褉者絜也故於水上盥絜之也寄書陽羨兒并語長

頭弟【次公】陽羨兒言邁也長頭弟則言迨也陽羨乃常州二子在常州也迨之長頭先生前集有詩可見其實門户各
努力先期畢租稅

次韻程正輔游碧落洞

空山不難到絶境未易名【厚】白樂天水齋詩絶境應難到同心豈易求何時謫仙人【續】賀知章一見李白呼爲謫仙人來作鈞天聲【援】史記趙簡子疾五日不知人及寤語大夫曰我之帝所游於鈞天廣樂九奏萬舞其聲動人也胷中幾雲夢【續】司馬相如子虛賦齊人言其青丘之澤吞楚雲夢者八九而於胷中曾不芥蔕也餘地多恢宏長庚與北斗錯落綴冠纓【厚】曹子建與陳琳書云被翠雲以爲衣戴北斗以爲冠黃公獻紫芝【厚】崔琦四皓頌昔商山四皓者盖角里先生綺里季夏黃公東園公也秦世道滅德消坑黜儒術乃退而作歌曰莫莫高山深谷減哉曄曄紫芝可以療飢唐虞世遠吾將何歸駟馬高蓋其憂甚大富貴畏人兮不如貧賤之肆志也【子美】按本草紫芝之味甘溫保神益精氣久服輕身不老赤松餽青精【次公】赤松古神仙名曰青精仙飯名如真誥載霍山有道者鄧伯元受青精石飯之法杜詩云豈無青精飯使我顔色好谿山久寂寞請續離騷經抱技寒蜩咽繞耳飛蚊清謫仙撫掌笑此羽皇銘我頃嘗獨游自適孤雲情君今又繼往霧雨愁青冥感君兄弟意尋

羊問初平〔縯〕皇初平牧羊有道士將至金華山而得道他日其兄初起尋之但見白石而不見羊問羊所在初平叱石盡起成羊也玉牀分箭鏃〔次公〕玉牀丹砂所生之處也丹砂如箭鏃者良不忍獨長生詩成輒寄我妙絕陶謝并〔次公〕陶潛謝靈運也杜詩云陶謝不枝梧風騷共推激孤鴻方避弋〔援〕揚子鴻飛冥冥弋人何慕焉老驥猶在坰〔次公〕魏武帝樂府老驥伏櫪志在千里在坰以言其閑散也詩駉駉牧馬在坰之野鳥獸如可群〔縯〕論語鳥獸不可與同群吾非斯人之徒與而誰與永寄槁木形〔援〕莊子形若槁木心若死灰何山不堪隱飲水自脩齡〔厚〕白樂天詩我心既無苦飲水亦自飽

徐元用使君與其子端常邀僕與兒子過同遊金山浮金堂戲作此詩

昔與徐使君共賞錢塘春愛此小天竺〔次公〕錢塘杭州也小天竺則杭州佛寺有上下兩天竺意者今浮金堂之景猶似之故有小之稱也時來中聖人〔見贈孫莘老七絕注〕松如遷客老酒似使君醇〔子仁〕梁書顧憲之爲建康令清儉彊力甚得民和故京師飲酒者得醇旨輒號爲顧建康繫舟藤城下弄月鐔江濱〔次公〕藤州之縣名曰鐔津江月夜夜好雲山朝朝新〔次公〕陳後主詩玄壁月夜夜滿瓊樹朝朝新使君有令子〔子仁〕南史褚淵嘗謂任昉父遙曰聞卿有令子相爲喜之所謂百不爲多一不

爲少眞是石麒麟【援】徐陵生數歲僧寶誌見之曰此天上石麒麟也我子乃散材【補】莊子匠石見櫟社曰此散材也有如木輪囷【援】鄒陽云蟠木根柢輪囷離詭二老白接䍦【補】襄陽小兒歌山簡曰倒着白接䍦兩郎烏角巾【次公】杜詩錦里先生烏角巾醉卧松下石【子仁】李白詩云夜卧松下石飢餐石髓中扶歸江上津浮橋半没水揭此碧粼粼【次公】揭音憩詩云淺則揭褰衣渡水也粼粼言水波如粼

上堵吟【子仁】水經注云堵陽縣有堵水傍有白馬塞孟達爲新城守登之而嘆曰劉封申躭據金城千里而更失之呼爲上堵吟音韻哀切有惻人心今水次尚歌之堵水蓋入沔者也

臺上有客吟秋風悲聲蕭散飄入空臺邊遊女來竊聽欲學聲同意不同君悲竟何事千里金城兩稺子白馬爲塞鳳爲關山川無人空且閑我悲亦何苦江水冬更深鯿魚冷難捕【子仁】鯿魚襄陽所出孟浩然所謂縮頭縮項鯿悠悠江上聽歌人不知我意徒悲辛

重遊終南子由以詩見寄次韻

去年新柳報春回今日殘花覆綠苔溪上有堂還獨宿誰人無事肯重來古琴彈罷風吹坐山閣醒時月照杯【子仁】趙宗有令彈鳴鹿與張果之宿西溪堂皆東坡去年詩中事也嬾不作詩君錯料舊逋應許過時陪【子仁】子由所寄詩云定叡道士彈鳴鹿誰與溪堂共酒杯應有新詩還寄我與君和取當游陪

杭州遊山

山平村塢迷野寺鍾相荅晚陰生林杪落日猶在塔行招兩社僧共步青雲月送客渡石橋迎客出林樾幽尋本真性往事聽徐説錢王方壯年此邦事輕俠鄉人鄙貧賤異類識英傑立石像與王遺址今岌業見臨安三絕注功勲三吳定富貴四海甲歸來父老藏崇高畏輕壁【續】錢越王繇以鄉兵破走黃巢復以入都兵討劉漢宏并越州以奉董昌而自居於杭及昌以越叛則誅昌以并越盡有浙東西地詩人工譏病此欲恣挑扶流傳後世人談笑資口舌是非今已矣興廢何倉卒持歸問禪翁笑指浮漚沒

柳子玉以詩見邀同刀丈遊金山

君年甲子父相逢【纂】左傳絳縣老人曰臣生之歲正月甲子朔四百有四十五甲子矣師曠曰七十五年矣難向君前說老翁更有方瞳八十一奮末矍鑠走山中

射獵　詩五首

司竹監燒葦園因召都巡檢柴貽勗左藏以其徒會獵園下

官園刈葦歲留槎深冬放火如紅霞枯槎燒盡有根在春雨一洗皆萌芽黃狐老兔最狡捷賣侮百獸常矜誇年年此厄竟不悟但愛蒙密爭來家【次公】退之宴喜亭記猿狖所家魚龍所宮風迴焰卷毛尾熱欲出已被蒼鷹遮野人來言此最樂徒手曉出歸蒲車巡邊將軍在近邑呼來颯颯從矛殳戍兵久閑可小試【子仁】吳王闔閭謂孫武曰可以小試勒兵乎戰鼓雖凍猶堪撾雄心欲搏南澗虎陣勢頗學常山蛇【纂】孫子言兵如常山之蛇擊其首則尾應擊其尾則首應擊其中則首尾俱應諸葛孔明造八

陣圖桓溫見之曰此常山蛇勢也【子仁】杜牧之詩常山蛇陣勢縱橫霜乾火烈聲爆野飛走無蹊號且呼迎人截來砉逢箭避犬逸去窮投罝轂擊鮮走馬殊未厭【次公】漢陸賈謂其子曰數擊鮮毋久溷汝爲也注鮮爲新殺之肉但恐落日催棲鴉獘旗仆鼓坐數獲【縯】周官大司馬羣吏獘旗注獘仆也鞍挂雉兔肩分麏麚主人置酒聚狂客紛紛醉語晚更譁燎毛燔肉不暇割飲啖直欲追羲媧【厚】伏羲女媧末有火化食鳥獸之肉茹毛飲血青丘雲夢古所吒【縯】司馬相如賦子虛過吒烏有先生言對齊王曰楚有七澤嘗見其一名曰雲夢方九百里又烏有先生之言齊王曰秋田乎青丘彷徨乎海外吞若雲夢者八九於其胷中曾不芥蔕與此何啻百倍加若遭遣諫疏說夷羿【長】魏絳諫晉侯引虞人之箴曰在帝夷羿冒于原獸又被賦客嘲淫奢【次公】賦客指言司馬相如揚子雲也相如子虛賦爲烏有先生荅楚使曰足下不稱楚王之德厚而盛推雲夢以爲高奢言淫樂而顯侈靡竊爲足下不取也揚雄傳上將大誇胡人以多禽獸雉從至射熊館上長楊賦以諷豈如閑官走山邑放曠不與趨朝衙農工已畢歲云暮車騎雖少賓殊佳酒酣上馬去不告獵獵霜風吹帽斜【厚】北史獨孤信嘗因獵日暮馳馬入城其帽微側詰旦人有戴帽者咸慕信而側其帽焉【堯卿】永叔詩獵獵歸袖風中斜

和梅户曹會獵鐵溝

山西從古説三明【續】後漢安定皇甫威明燉煌張然明武威段紀明並知名顯達京師稱爲涼州三明贊曰山西多猛三明儒學誰信儒冠也捍城【續】詩曰赳赳武夫公侯干城竿上鯨鯢猶未掩近梟取敖盜【宣】左傳楚莊王言古者明王伐不敬取其鯨鯢而封之以爲大戮草中狐兔不須驚【續】杜詩草中狐兔盡

東州趙傻飲無敵南國梅仙詩有聲【次公】左氏言趙蒲云趙傻右益天子不左咸陽宮在後又撝福人謂之梅仙【子仁】石縣鄰句亭云侯喜新有能詩聲不向如皐閑射雉是日唯梅趙不射【厚】左傳賈大夫惡娶妻而美三年不言不笑御以如皐射雉獲之其妻始笑而言【公】皐者澤名也如訓往也言御其妻而往於皐澤也然自古樂府詩已誤使樂府詩有雉子班三篇皆使如皐字張正見曰唯當渡弱水不怯如皐華劑毛甄約曰能使如皐路相追巧笑歸江總曰暫往如皐路當令巧笑開上兩篇猶未覺其誤至江總詩如皐上暫往字萎誤指如皐兩字爲地名矣今先生亦承此誤乎歸來何以得卿

卿【後漢】王戎妻每呼戎爲卿戎曰婦卿壻於理不順答曰我愛卿親卿所以卿卿我不卿卿誰當卿卿

祭常山回小獵【堯卿】熙寧八年作

青蓋前頭點皁旗黃茅岡下出長圍弄風驕馬跑空立趁兔蒼鷹掠地飛回望白雲生翠巘歸來紅葉滿征衣聖朝

若用西凉簿白羽猶能效一揮〔厚〕晉顧榮傳齊王冏召爲大司馬主簿周玘與榮謀起兵攻陳敏榮發敛舟於南岸敏率萬餘人世不獲濟榮麾毛以羽扇其衆潰散〔堯卿〕晉謝艾爲西凉州簿文本書生使之用兵

人日獵城南會者十人以身輕一鳥過槍急萬人呼爲韻軾分得鳥字

兒童笑使君憂慍長悄悄〔次公〕詩憂心悄悄慍于羣小誰拈白接䍦〔縯〕晉山簡鎮襄陽兒童歌之曰山公出何許往至高陽池時時能騎馬倒著白接䍦令跨金騕褭〔縯〕杜詩細馬時登金騕褭〔次公〕馬謂之金腰褭因漢武帝鑄金爲麟趾褭蹄之水而利人遂用之〔注〕杜詩則曰御鞭金騕褭又曰頸隨金騕褭東風吹濕雪手冷怯清曉忽發兩鳴鶻〔厚〕鳴鶻鳴鏑也漢匈奴傳冒頓嘗爲之相趂飛蝱小放弓一長嘯目送孤鴻矯〔縯〕嵇康四言詩云手揮五絃目送歸鴻吟詩忘鞭轡不語頭自挑〔次公〕杜詩巢父掉頭不肯住歸來仍脱粟〔縯〕公孫洪飯脱粟鹽豉煑芹羹〔次公〕陸機云千里蓴羹未下鹽豉何似雷將軍〔堯卿〕將軍雷勝華陰人也〔王父〕唐令狐潮圍雍丘雷萬春立城上面中六矢而不動遥謂張巡曰向見雷將軍乃知足下軍令矣兩眼霜鶻皎黑頭巳爲將〔次公〕此亦挨傍黑頭將軍語也百戰意未了馬上倒銀鉼〔次公〕杜詩馬上誰家白面郎臨階下馬坐人牀不通姓字

奄此豪甚指點銀餅索酒嘗得免不暇燎少年負奇志次公張華博物志言秉搓者云人有奇志蹭蹬

百憂繞次公詩逢此百憂老杜詩嘗命篇曰百憂集回首英雄人老死亦不少青春

還一夢餘年眞過鳥次公蓋使老杜向云餘生如過鳥故謂之眞以明之師李太白詩生猶鳥過目胡乃自結

東景公一何愚牛山涙相續莫上呼鷹鳥臺平生笑劉表編襄陽耆舊傳云劉表任荆州刺史築臺

名呼鷹鳥仍作野鷹鳥來曲養源襄沔記劉表呼鷹鳥臺在縣東七里高三丈周七十里

將官雷勝得過字代作

胡騎入回中厚回中在定安髙平有險阻蕭關在其北鎮戎境也急烽連夜過短刀穿虜

障濺血貂裘涴一來鞾轂下愁悶惟欲卧令朝從公獵稍

覺天宇大次公劉禹錫詩始覺天宇大一雙鐵絲箭未發手先唾射殺雪

毛狐次公倣老杜射殺林中雪色毛也腰間餘一箇

題詠上　詩三十二首

九月中曾題二小詩於南溪竹上既而忘之昨日再遊見而録之

湖上蕭蕭踈雨過山頭靄靄暮雲横[次公]退之詩靄靄春空雲陂塘水落荷將盡城市人歸虎欲行誰謂江湖居而爲虎豹宅焚山豈不能愛此千竿碧

出都來陳所乘船上有題小詩八首不知何人有感於余心聊爲和之

蛙鳴青草泊蟬噪垂楊浦吾行亦偶然及此新過雨鳥樂忘罝罦魚樂忘鈎餌[次公]莊子鈎餌罔罟罾笱之知多則魚亂於水矣削格羅落罝罦之知多則獸亂於澤矣何必擇所安滔滔天下是[次公]論語滔滔者天下皆是也

煙火動村落晨光向熹微田園匆匆好淵明胡不歸[縯]陶淵明歸去來詞云歸去來兮田園將蕪胡不歸又云問征夫以前路恨晨光之熹微[師]陶淵明傳郡遣督郵至縣吏白應束帶見之淵明歎曰吾不能爲五斗米折腰拳拳事鄉里小人邪解印去縣遂賦歸去來

我行無疾徐輕楫信溶漾船留村市鬧閘發寒波漲[堯卿]說文謂開閉門曰閘江淮之間作堰閘以制水而時放決之

舟人苦炎熱【次公】唐元宗與柳公權聯句云人皆苦炎熱我愛夏日長宿此喬木灣清月未

及上黑雲如頹山【敬夫】後漢光武紀王尋營中晝有雲如壞山當營而隕

萬竅號地籟衝風散天池【厚】莊子地籟則衆竅是已又云大塊噫氣其名爲風是唯無作作則萬竅怒號

又曰南冥天池也【子仁】文選衝風起兮橫波喧豗瞬息間【次公】李白蜀道難曰飛湍瀑流爭喧豗還挂斗

與箕

穎水非漢水亦作蒲萄綠【縯】李白詩遥看漢水鴨頭綠恰似蒲萄初醱醅恨無襄陽兒

令唱銅鞮曲【厚】晉山簡鎮襄陽有兒童歌曰山公出何許往至高陽池【莊】李白詩襄陽小兒齊拍手攔街爭唱白銅鞮旁人借問笑何事笑殺山公醉似泥【伯恭】古樂府云襄陽白銅鞮歌云梁武帝在雍鎮有童謡云襄陽白銅鞮反縛揚州兒識者言銅謂金鞮謂馬也及義師之起實以鐵騎揚州之士皆面縛

我詩雖云拙心平聲韻和年來煩惱盡古井無由波【縯】孟郊詩妾心古井水波瀾誓不起【師】白樂天詩無波古井水有節秋竹竿

寶山晝睡【十朋】抗州圖經云寶山在吳山之南

七尺頑軀走世塵【次公】選詩昔爲七尺軀十圍便腹貯天真【縯】邊孝先晝日睡弟子

嘲之曰邊孝先腹便便懶讀書晝日眠 **次公** 尹緯腰帶十圍 此中空洞渾無物何止容君數百人 **厚** 晉王導嘗枕周顗膝而指其腹曰卿此中何所有也荅曰此中空洞無物足容卿輩數百人導亦不以為忤

孤山二詠 并引

孤山有陳時栢二株其一為人所薪山下老人自為兒已見其枯矣然堅悍如金石愈於未枯者僧志詮作堂於其側名之曰栢堂堂與白居易竹閣相連屬余作二詩以記之

栢堂

道人手種幾生前 **次公** 道人指言志詮手種幾生前乃詩人之高意也 鶴骨龍姿尚宛然雙幹一先神物化九朝三見太平年 **續** 九朝謂陳隋唐梁後唐晉漢周及本朝也 **次公** 所謂三見太平豈止隋唐與本朝耶 忽驚華構依巖出乞與佳名到處傳此栢未枯君記取 **無己** 傳燈録僧問西來意趙州荅曰庭前栢樹子 灰心聊伴小乘禪 **厚** 宗密禪師謂悟我本空偏真之理而修者是小乘禪悟我法二空所顯真理而修者是大乘禪若頓悟自心本來清淨元無煩惱無漏智性本自具足

此心即佛畢竟無依此而修者是最上乘禪

竹閣

海山兜率兩茫然【纂】樂天詩海山不是吾歸處歸則須歸兜率天古寺無人竹滿軒白鶴不留歸後語【厚】神仙傳遼東華表柱上有鶴集其上言曰有鳥有鳥丁令威去家千歲今來歸蒼龍猶是種時孫【後】蒼龍謂竹也費長房以青竹投葛陂中化爲龍兩叢恰似蕭郎筆【纂】樂天畫竹詩蕭郎下筆獨逼真又玄森森兩叢十五莖千畝空懷渭上村【厚】史記殖貨傳渭川千畝竹其人與千户侯等欲把新詩問遺像病維摩詰更無言【師】維摩詰言從癡有愛則我病生以一切衆生病是故我病若一切衆生病滅則我病滅又無言字見維摩像詩注

金門寺中見李留臺與二錢唯演易唱和四絶句戲用其韻跋之

帝城春日帽簷斜【纂】隋獨孤信獵歸馳馬入城風吹帽簷側及旦人皆效之二陸初來尚憶家【次公】二陸陸機陸雲也自吴入洛張華曰伐吴之役利獲二俊二錢吴人也故以二陸比之未肯將鹽下蓴菜【厚】陸機嘗詣王濟濟指羊酪謂機曰卿吴中何以敵此答曰千里蓴羹未下鹽豉時以爲名對已應知雪似楊花

【續】世傳錢昭度詩南人如問雪向道似楊花昭度二錢之族也

生平賀老慣乘舟【續】杜詩知章騎馬似乘船【師】阮咸醉騎馬欹傾人皆指而笑曰箇老子騎馬如乘船行波浪中騎馬風前怕打頭【厚】吳越王初入朝上賜以寶馬馬出禁門驕行却退王謂左右曰豈遇打頭風邪欲問君王乞符竹但憂無蠏有監州皆世所傳錢氏故事【續】國朝始置諸州通判既非官屬故嘗與知州爭權每云我是監郡朝廷使我來監汝舉動爲所制有錢昆少卿家世餘杭人也嗜蠏常求補外郡人問所欲何郡昆曰但得有螃蠏無通判處可矣

西臺妙迹繼楊風凝式【續】西臺李留臺建中也楊凝式善書自顏柳沒書法衰絕獨凝式筆迹雄傑有二王顏柳之餘以心疾致仕人謂之楊風云無限龍蛇洛寺中一紙清詩弔興廢塵埃零落梵王宮

五季文章墮劫灰【厚】漢武帝鑿昆明池極深悉是灰墨無復土舉朝不解以問東方朔朔曰臣愚不足以知之可試問西域胡帝以胡不知難以核問至明帝時外國道人入洛陽時有憶東方朔言者乃試以問之胡人云天地大劫將盡則劫灰此劫灰之餘乃知朔言有旨升平格力未全回故知前輩宗徐庾數首風流似玉臺【次公】徐庾徐陵庾信也徐有玉臺新詠十卷蓋言錢李文翰綺艷學江左之辭也

書雙竹湛師房二首

我本江湖一釣舟【次公】劉禹錫云我本山東人又杜詩平生一釣舟 意嫌高屋冷颼颼羡師此室纔方丈【續】維摩經言三萬二十師子座入維摩方丈室中無所妨礙 一炷清香盡日留

暮鼓朝鍾自擊撞【次公】退之詩文章自娛嬉金石日擊撞 閉門孤枕對殘釭白灰旋撥通紅火卧聽蕭蕭雪打牕

寶山新開徑

藤梢橘刺元無路【子仁】杜詩竹寒沙碧浣花溪橘刺藤梢咫尺迷 竹杖欆鞋不用扶風自遠來聞笑語水分流處見江湖回觀佛骨青螺髻【續】梁武帝改造阿育王寺塔塔下得佛髮青紺色以手伸之隨手長短放之則右旋屈為螺形也 踏遍仙人碧玉壺【迪】神仙傳費長房為沛掾有壺公來賣藥常懸一空壺於坐上日入之後輒跳入壺中長房隨公試展足則亦入壺見樓觀五色重門閣道公語長房曰我神仙人也見謫暫還人間耳 野客歸時山月上棠梨葉戰暝禽呼【厚】白樂天詩天寒路曠何處宿棠梨葉戰風颼颼

監洞霄宮俞康直郎中所居四詠

退圃

百丈休牽上瀨船【續】杜詩一聲何處送書鴈百丈誰家上瀨船【次公】漢書下瀨將軍注引伍子胥書有下瀨船故得翻使上瀨船言難進也一鈎歸釣縮頭鯿【子仁】漢中鯿魚肥美襄陽禁捕遂以槎斷水因謂之槎頭縮項鯿張敬兒爲刺史齊高帝取此魚敬兒作六櫓船置魚而進作書曰奉槎頭縮項鯿一千八百頭孟浩然峴潭詩云試垂竹竿釣果得槎頭鯿杜詩解悶去復憶襄陽孟浩然清詩句句盡堪傳即今耆舊無新語謾釣槎頭縮項鯿園中草木春無數只有黃楊厄閏年俗說黃楊歲長一寸遇閏退三寸

逸堂

新第誰來作並鄰舊官寧復憶星辰【續】劉禹錫詩朝驅旌旆行時令夜看星辰憶舊官請君置酒吾當賀知向江湖拜散人【次公】散人陸龜蒙也龜蒙詩云官家未議活蒼生詔賜江湖散人號

遯軒

冠蓋相望起隱淪先生那得老江村古來真遯何曾遯【厚】揚子曰聖人不得乎世不離乎羣笑殺踰垣與閉門【次公】踰垣段干木也閉門泄柳也事見孟子

遠樓

西山煙雨卷疎簾【厚】王勃滕王閣詩畫棟朝飛南浦雲珠簾暮卷西山雨 北户星河落短簷【厚】杜甫登慈恩寺塔詩七星在北户河漢聲西流 不獨江天解空闊地偏心遠似陶潛【後】陶潛詩結廬在人境而無車馬喧問君何能爾心遠地自偏

戲書吳江三賢畫像三首

誰將射御教吳兒長笑申公爲夏姬【後】左傳楚莊王欲納夏姬申公巫臣曰不可遂以夏姬奔晉楚殺巫臣之族巫臣乃通吳于晉教其射御戰陣吳始伐楚 郤遣姑蘇有麋鹿【厚】伍子胥諫吳王夫差不聽子胥曰臣今見麋鹿遊於姑蘇之臺宮中生荆棘露沾衣也 更怜夫子得西施【次公】按本朝樂史寰宇記越州諸曁縣有苧蘿山山下有石跡水是西施浣紗之所有西施家東施家則西施者姓施而在西也小說載越王用范蠡計而獻之吳王其後滅吳范蠡復取西施乘扁舟遊五湖而不返先生詩意以巫臣比范蠡以夏姬比西施以吳取楚駕棘箏邑比越滅吳而使其姑蘇有麋鹿之遊巫臣以夏姬之故而楚之奔命於吳此所以爲可笑范蠡佐越滅吳之後而自得西施此所以可怜也【堯卿】杜牧作杜秋娘詩云自古皆一貫變化安能推夏姬滅兩國逃作巫臣姬西子下姑蘇一舸逐鴟夷故東坡此詩下句用西施事

右范蠡

浮世功勞食與眠【次公】杜牧之詩生人但食眠壽域富[illegible]莊子曰其生若浮故曰浮世飢來喫飯困來眠此釋氏語也季鷹眞得水中仙不須更說知機早直爲鱸魚也自賢【厚】張翰傳翰字季鷹齊王冏辟爲大司馬東曹掾冏時執權翰因見秋風起乃思吳中菰菜蓴羹鱸魚鱠曰生人貴得適志何能羇宦數千里以要名爵乎遂命駕而歸俄而冏敗人謂之見機

右張翰

千首文章二頃田【次公】杜牧之詩張祜曰千首詩輕萬戶侯【續】蘇秦曰使我有負郭田二頃豈能佩六國相印乎【子華】新唐書陸龜蒙傳云有田數百畝田苦雨潦則與江通故常苦飢囊中未有一錢看【續】杜詩囊空恐羞澀留得一錢看却因養得能言鴨驚破王孫金彈丸【續】陸龜蒙有鬬鴨一欄頗極馴養一旦驛使過焉挾彈斃其尤者龜蒙曰此鴨善人言見欲附蘇州上進使者奈何斃之使人懼盡與橐中金以窒其口徐使問人語之狀龜蒙曰能自呼名耳【師】西京雜記韓嫣好彈以金爲丸所失者日常十餘長安爲之語曰若飢寒逐金丸京師兒童每聞嫣出輒隨之望彈之所落輒拾焉

右陸龜蒙

青牛嶺高絶處有小寺人迹罕到

暮歸走馬沙河塘爐煙裊裊十里香朝行曳杖青牛嶺崖

泉咽咽千山靜君勿笑老僧耳聾喚不聞【師】古詩師言耳重知師意人是人非不欲聞

百年俱是可怜人【次公】盧仝詩有錢無錢俱可怜百年驟過如流川　明朝且復城中

去白雲却在題詩處【堯卿】王維山中詩玄城郭迸相望惟應見白雲

董儲郎中嘗知眉州與先人遊過安丘訪其故居

見其子希甫留詩屋壁【堯卿】董儲密州安丘人寶元二年以都官員外郎知眉州

白髮郎潛舊使君【績】漢武帝至郎署見一老郎眉須皓白問何時爲郎何其老也對曰臣姓顏名駟以文帝時爲郎文帝好文而臣好武景帝好老而臣尚少陛下好少而臣已老是以三葉不遇上感其言擢爲會稽都尉張衡賦嗟眉而郎潛兮逮三葉而遘武

至今人道最能文隻雞敢忘橋公語【厚】曹操感太尉橋玄知己及後經過玄墓自爲祭文曰承從容誓約之言徂沒之後路有經由不以斗酒隻雞過相沃酹車過三步腹痛勿怨雖臨時戲笑之言非至親之篤好胡肯爲此詞哉

下馬來尋董相墳【績】兩京記膠西相董仲舒墳在長安人爲致敬過者必下馬名下馬陵後人語訛爲蝦蟇陵非是

冬月負薪那得免【厚】史記優孟傳楚相孫叔敖知其賢人也善待之病且死屬其子曰我死汝必貧困若往見優孟言我孫叔敖之子也居數年其子貧困負薪逢優孟道其父之語優孟言之楚王云云莊王封之寢丘四百戶以奉其祀【次公】劉峻見任昉諸子西華等兄弟流離不能自振平生交舊莫有收卹西華冬月著葛巾披練裙路逢峻峻泫然矜之此乃廣朱公叔絕交論所事

相類故用冬〻月負薪也

鄰人吹笛不堪聞，〔援〕向秀作思舊賦序云余與嵇康呂安居止接近其人並有不羈之才其後各以事見法經其舊廬于時日薄虞淵寒氷淒然鄰人有吹笛者發聲寥亮追思曩昔游宴之好感音而歎故作賦云死生契闊君休問〔次公〕詩死生契闊與子成說洒淚西南向白雲〔續〕狄仁傑赴并州其親在河陽過大行山反顧見白雲孤飛謂左右曰吾親所居在此雲下

和孔周翰二絶

再觀邸園留題

小園香霧曉蒙籠醉守狂詞未必工魯叟録詩應有取〔次公〕魯叟指言孔周翰也緣李白稱孔子爲魯叟其句曰荆人泣美玉魯叟悲匏瓜曲收彤管邶鄘風〔續〕詩邶國風靜女云靜女其孌貽我彤管箋云彤管筆赤管也后夫人必有女史氏無大小記以成法〔堯卿〕嘗聞高密老儒之言曰邶氏有賢婦孀居不嫁其節甚高故公此詩用靜女彤管有煒拍舟共姜自誓邶鄘二風之事也

觀靜觀堂效韋蘇州

弱羽巢林在一枝〔次公〕柳子厚詩每憐纖鱗遊尺澤翻然弱羽上丹霄莊子鷦鷯巢於深林不過一枝〔堯卿〕李義父始召見太宗令詠烏其末句云上林多許樹不借一枝栖帝曰吾將全樹借汝豈惟一枝幽人蝸舍兩相宜〔續〕蝸

牛螺虫之有角者俗或呼為黄犢焦先揚佈並作圓舍止其中故謂之蝸牛廬樂天長短三千首却愛韋郎五字詩【集】白居易吳郡詩石記言韋應物為蘇州牧歌詩甚多有郡宴詩云兵衛森畫戟宴寢凝清香最為首篇【厚】崔居易書白居易傳云韋蘇州歌行之麗之外頗近興諷其五言又高雅閑澹自成一家之體今之秉筆者誰能及之然當蘇州在時人亦未甚愛重必待身而後始愛之

與舒教授張山人參寥師同遊戲馬臺書西軒壁兼簡顏長道二首

古寺長廊院院行【堯祖】唐王建詩院院燒燈如白日此軒偏慰旅人情楚山西斷如迎客汴水南來故遶城路失玉鈎芳草合【次公】按桂苑叢談李蔚咸通中自大梁移鎮淮海見郡宴勝遊之地命於戲馬亭西連玉鈎斜道置亭名之曰賞心今云路失玉鈎誤用此揚州戲馬亭事也林亡白鶴古泉清【次公】白鶴則山中故事也淡遊何似娛庠老坐聽郊原琢磬聲【次公】禮記周人養庶老於虞庠也泗濱多磬石故云琢磬聲

竹杖芒鞋取次行下臨官道見人情【堯卿】劉夢得詩云安知從複道然後見人情天寒菽粟猶栖畝【厚】南史宋武帝曰餘糧栖畝軍無[illegible]之憂日暮牛羊半入城【次公】詩[illegible]

矣牛羊下來

沽酒獨教陶令醉【縯】廬山僧惠遠與陶潛遊常沽酒飲之 題詩誰似皎公清【厚】吳興僧晝字皎然唐時有詩名於世【仔】皎然九日詩云重陽擁歌迴持菊須相問含愧愧不才 荊楚尚高會此難陪偶見登龍客同遊戲馬臺風文向水疊雲能

更尋陋巷顏夫子【次公】名長道爲顏夫子故得使陋巷字 乞取微言繼此聲

王狀元集百家注分類東坡先生詩卷之二十三

王狀元集百家註分類東坡先生詩卷之二十四

題詠下

詩四十二首

書泗州孫景山西軒

落日明孤塔次公僧伽塔也青山繞病身知君向西望不愧塔中人次公塔中人則言僧伽士也

題織錦圖上回文三首次公回文詩起於竇滔妻蘇氏於錦上織成之蓋順讀與倒讀皆成詩句也第二篇千字錦第三篇回文錦皆用此事蓋晉書列女傳竇滔符堅時爲秦州刺史被徙流沙蘇氏思之織錦爲回文旋圖詩以贈滔宛轉循環以讀之詞甚悽惋凡八百四十字文多不錄也

春晚落花餘碧草夜涼低月半枯桐人隨遠鴈邊城暮雨映踈簾繡閣空次公杜詩江色映踈簾

紅手素絲千字錦故人新曲九回腸縯司馬遷荅任安書有云腸一日而九回居則忽忽若有所亡

風吹絮雪愁縈骨淚灑縑書恨見郎

羞看一首回文錦，錦似文君別恨深。頭白自吟悲賦客，厚 西京雜記曰：司馬相如將聘茂陵女子爲妾，卓文君作白頭吟以自絶，相如感之乃止。其詞云：晴如山上雪，皎若雲間月。聞君有兩意，故來相決絶。平生共城中，何嘗斗酒會。今日斗酒間，明日溝水頭。躞蹀向溝上，溝水東西流。又云：郰東亦有樵，郰西亦有樵，兩樵相推與，無親爲誰驕。又云：淒淒重淒淒，嫁娶不湏啼。願得一心人，白頭不相離。斷腸愁是斷絃琴。

書李公擇白石山房

偶尋流水上崔嵬，五老蒼顔一笑開。次公 五老即廬山五老峯。公擇少時讀書於五老峯下白石庵之僧舍，先生嘗作李氏山房藏書記，正謂此也。若見謫仙煩寄語，匡山頭白早歸來。續 杜甫憶李白詩：匡山讀書處，頭白早歸來。

題孫思邈真

先生一去五百載，猶在峨眉西崦中。次公 峨眉山記載有僧逢先生者，乃唐衣冠，請僧轉法華經。西崦字，杜老有西崦人家詩。自爲天仙足官府，次公 神仙傳白石先生云：天上多至尊，相奉事更苦於人間耳。而韓退之詩云：上界真仙足官府。不應尸解坐蝱蟲。續 嘗有仙人謂思邈著千金方，多以物命爲藥，以害物之故，不獲上昇，止於尸解。其後思邈乃取草木藥以代蝱蟲、水蛭，作千金方翼三十篇。

歸宜興留題竹西寺三首【次公】宜興常州倚郭縣也竹西寺在揚州北蓋經竹西寺而往常也【堯卿】杜牧詩云斜陽竹西路歌吹是揚州

十年歸夢寄西風此去真爲田舍翁【次公】西風言欲歸西川也田舍翁言有田在常州也宋高祖紀太明中壞上所居陰堂於其處起玉燭殿與羣臣觀之牀頭有土障壁上挂葛燈籠麻繩拂侍中袁顗盛稱上儉素之德孝武不荅獨曰田舍翁得此以爲過矣剩覔蜀岡新井水要攜鄉味過江東【次公】竹西寺山上有井其水味如蜀江號曰蜀岡故先生謂之爲鄉味過江東則江之東乃言常州也

道人勸飲雞蘇水【堯卿】本草有水蘇紫蘇假蘇三種各異水蘇一名雞蘇童子能煎鶯粟湯

暫借藤牀與瓦枕莫教孤負竹風涼【次公】文選李陵書雖孤恩漢亦負德

此生已覺都無事今歲仍逢大有年【續】春秋書有年【次公】唐王維和重陽節宰臣及百官上壽詩應制詩云四海方無事三秋大有年山寺歸來聞好語【厚】李賀詩沙路歸來聞好語旱火不光天下雨野花啼鳥亦欣然【堯卿】王維因赦宥罪拜官詩云花迎喜氣皆知笑鳥識歡心亦解歌

惠崇春江晚景二首

竹外桃花三兩枝春江水暖鴨先知蔞蒿滿地蘆芽短正是

河豚欲上時〔縯〕歐陽公詩春洲生荻芽春岸飛楊花河豚於此時肥不數魚鰕

兩兩歸鴻欲破群依依還似北歸人遥知朔漠多風雪更待江南半月春

書皇親扇

十年江海寄浮沉夢遶江南黃葦林誰謂風流貴公子筆端還有五湖心〔次公〕唐人題韓信廟曰隆準早知同鳥喙將軍應有五湖心

次韻黃魯直寄題郭明父府推潁川西齋二首

樹頭啄木常疑客〔師〕賈島詩時聞啄木鳥疑是叩門僧客去而嗔定不然〔厚〕韓退之剝剝啄啄有客至門我不出應客去而嗔脫轄已應生井沫解衣聊復起爐煙〔縯〕漢陳遵嗜酒每大飲賓客滿堂輒關門取客車轄投井中雖有急終不得去〔任〕杜詩云廚煙覺遠庖此去文書恐獨賢〔援〕杜詩返遭詩酒汚何事忝簪裾早晚西湖映華髮小舟翻動水中天潁州之西湖也

寂寞東京月旦州德星無復綴珠旒〔厚〕後漢許劭字子將與兄靖好共覈論鄉黨人物每

月輒更故汝南俗有月旦評焉又陳寔從諸子造荀爽父子共討論太史奏德星聚皆潁川人也【師】漢曆五星如連珠

莫嗟平輿、空神物輿、音頊尚有西齋接勝流【厚】許劭兄虔亦知名汝南人稱平輿淵有二龍焉唐太子賢注平輿故城今豫州汝南縣東此有二龍鄉月旦里春夢屢尋湖十頃家書新報橘千頭【續】李衡於龍陽州種甘橘將死謂其子曰吾州中有千頭木奴雪堂亦有思歸曲爲謝平生馬少游【援】後漢馬援傳援謂官屬曰吾從弟少游嘗哀吾慷慨多大志曰士生一世但取衣食裁足乘下澤車駁款段馬爲郡縣吏守墳墓鄉里稱善人斯可矣致求盈餘但自苦耳當吾在浪泊西里間虜未滅之時下潦上霧毒氣熏蒸仰視飛鳶跕跕墮水中臥念少游平生時語何可得也今賴士大夫之力被蒙大恩猥先諸君紆佩金紫且喜且慙吏士皆伏稱萬歲【堯卿】公在黄州蓋雪堂嘗裁節陶淵明歸去來爲思鄉曲

劉景文家藏樂天身心問答三首戲書一絶其後

淵明形神自我【續】陶淵明有形神影三首序云貴賤賢愚莫不營營以惜生斯甚惑焉故極陳形影之苦言神辨自然以釋之好事君子共取其心焉樂天身心相物【厚】白樂天自戲三絶句序云閑臥獨吟無人酬和聊假身心相戲往復成三章而今月下三人【援】李白月下獨酌詩舉杯邀明月對影成三人他日當成幾佛【厚】南史孟顗事佛精懇而爲謝靈運所輕嘗謂顗曰得道應須慧業丈人生天在靈運前成佛必在靈運後

次王定國韻書冊元子寧極齋

似人與吾輩寓迹同一塵【任】退之詩下視寓九州一塵集毫端 何曾五漿來饋【續】列子之
齊中道而反遇伯昏瞀人伯昏瞀人曰奚方而反曰吾驚焉吾食於十漿而五漿先餽 但有爭席人【厚】列子楊朱之
沛遇老子其往也舍者迎將公家執席妻執巾櫛舍者避席煬者避竈其反也舍者與之爭席矣 寧極無常居【次公】
齋名寧極取莊子不當時命而大窮乎天下則深根寧極而待也 此齋自隨身人那識郄鑒【次公】紀聞
載有殷碧從一叟入山叟自稱孟期思至山中之室有白老先生者碧問叟曰老先生何姓名叟又取晉書郄鑒傳令讀之曰欲識老先生即郄
太尉也 天不留封倫【厚】唐書魏鄭公勸太宗行仁義封倫非之其後享太平之効太宗曰恨封德彝之不見也故唐
人詩云可憐正觀太平後天且不留封德彝 誤落世網中【厚】見前世網如子何注 俗物愁我神先
生忽叩户夜呼祈孔賓【續】晉書祈嘉字孔賓夜忽窻中有聲呼曰祈孔賓隱去來修飾人間事甚苦不
可諧所得未毛銖所喪如山崖且而逃去 便欲隨子去著書未絕麟【次公】孔子絕筆於獲麟又司馬
遷自言其書述陶唐以來至于麟止 頭挂神虎冠【援】陶洪景挂衣冠於神虎門上表辭禄 往卜飲馬
鄰【次公】蘇州有飲馬橋冉元子蓋蘇州人也【伯】【恭】蘇州圖經云飲馬橋在吳縣東南二里 王郎濯紈綺【厚】前漢班
固序傳班伯以戚里出與王許子弟為群在於綺襦之間非其好也【次公】濯紈綺言定國雖相家子而能洗去驕貴之氣也 意與
陋巷親【續】顏子在陋巷人不堪其憂回也不改其樂 南游苦不早儻及蓴鱸新【厚】晉

張翰爲齊王冏東曹掾因見秋風起乃思吳中菰菜蓴羹鱸魚鱠遂命駕而歸

題靈峯寺壁

靈峯山下寶陁寺白髮東坡又到來前世德雲今我是依希猶記妙高臺〔次公〕德雲比丘居勝樂國妙峯山之上事見華嚴經今南都有妙峯亭而子由詩曰我登妙峯亭欲訪德雲師閩州金山有妙高臺而先生詩曰中有妙高臺雲峯自孤起又曰何須尋德雲即此比丘是則二山之亭與臺所以得名者皆以其孤峯遂取勝樂之妙峯名之耳惟其得妙峯妙高之名故二公詩又遂用德雲爲事實耳

題馮通直明月湖詩後

老衍清篇墨未枯〔縯〕老衍謂馮衍也小馮新作語尤姝〔援〕馮奉世之子野王當時謂之小馮君呼兒淨洗涵星硯爲子賡歌墮月湖聞道牂江空抱珥南詔有西珥河即古牂柯江也河影如月抱珥故名之西珥云〔堯祖〕事出魚豢直緇水遺文年來合浦自還珠〔次公〕後漢孟嘗君爲合浦太守去珠復還合浦廉州也請君多釀蓮花酒準擬王喬下履舄見將往終南和子由見寄

和子由岐下二十一詠 并引

予既至岐下逾月於其廨宇之北隙地爲亭亭前爲橫池長三丈池上爲短橋屬之堂分堂之北厦爲軒窻曲檻俯瞰池上出堂而南爲過廊以屬之廳廊之兩旁各爲一小池三池皆引汧水種蓮養魚於其中池邊有桃李杏梨棗櫻桃石榴樗槐松檜柳三十餘株又以斗酒易牡丹一叢於亭之北子由以詩見寄次韻和荅凡二十一首

北亭

誰人築短墻橫絶擁吾堂不作新亭檻幽花誰爲香（有墻予始去之爲亭　雄曰堂北）

橫池

明月入我池皎皎鋪紵縞何日變成緇太玄吾懶草（子仁　揚雄草太玄或譏玄之尚白雄作解嘲）

短橋

誰能鋪白簟永日卧朱橋樹影欄邊轉波光版底搖

軒窻

東鄰多白楊夜作雨聲急牕下獨無眠秋蟲見燈入

流水照朱欄青紅亂明鑑誰見檻上人無言觀物泛　曲檻

沂流入城郭亹亹渡千家不見雙池水長漂十里花　雙池

田田抗朝陽節節卧春水平鋪亂萍葉屢動報魚子　荷葉

湖上移魚子初生不畏人自從識鈎餌欲見更無因　魚

花好常患稀花多信佳否未有四十枝枝枝大如斗　牡丹花有四十餘枝

爭開不待葉密綴欲無條傍沼人窺鑑驚魚水濺橋　桃花

不及梨英軟應慙梅蕚紅西園有千葉淡泞更纖穠　李　城西有千葉李如茶蘼

開花送餘寒結子及新火關中幸無梅汝彊充鼎和　杏　關中地不生梅

霜降紅梨熟柔柯已不勝未嘗蠲夏渴長見助冬冰　梨

居人幾番老棗樹未成欉汝長才堪軸吾歸已及瓜　棗樹　棗至難長

子仁　左傳瓜期　瓜而往及瓜而代

獨遶櫻桃樹酒醒喉肺乾莫除枝上露從向口中漙　櫻桃

風流意不盡獨自送殘芳色作裙腰染名隨酒盞狂石榴酒名有榴花
自昔爲神樹空聞蜩鵙鳴社公煩見輟爲爾致羊羹樗舊爲土地廟所
蔽予始遷朝墻北
採擷殊未厭忽然已成陰蟬鳴看不見鵲立赴還深梘上有野鵲三四
彊致南山樹來經渭水灘生成未有意鴉鵲莫相干松
依依古仙子鬱鬱綠毛身見前卷註每長須成節明年漸庇人檜
今年手自栽問我何年去他年我復來搖落傷人思柳

和魯人孔宗翰題詩二首

壞壁題詩已五年故人風物兩依然定知來歲中秋月又照先生枕麴眠【續】劉伶酒德頌先生枕麴藉糟更邀明月說明年記取孤吟孟浩然未詳舊注引不才明主棄非是此去宦遊如傳舍揀枝驚鵲幾時眠【續】曹孟德詩月明星稀烏鵲南飛遶樹三匝何枝可依

光祿菴二首

文章悵不見文園【續】司馬相如為文園令 禮樂方將訪石泉何事菴中着
光祿枉教閑處筆如椽
城中太守的何人林下先生非我身若向菴中不見光祿雪中
蓑迹鏡中真

醫藥

詩三首

贈眼醫王生彥若

鍼頭如麥芒氣出如車軸【續】素問曰針頭如芒氣出如筐 間關絡脉中性命寄
毛粟而況清凈眼內景含天燭【子仁】荀子清明內景 琉璃貯沆瀣【韋凡卿】張子
平賦云及沆瀣北方夜半之氣 輕脆不任觸而子於其間來往施鋒鏃笑談紛
自若觀者頸為縮運鍼如運斤【眉子】莊子雜篇郢人堊漫其鼻端若蠅翼使匠石運斤成風聽而
斲之盡堊而鼻不傷 去翳如折屋常疑子善幻他技雜符祝子言吾有
道此理君未矚形骸一塵垢貴賤兩草木世人方重外【續】莊子外
篇以瓦注者巧以鉤注者憚以黃金注者昬其巧一也而有所矜則外重也凡外重者內拙 妄見瓦與玉而我初

不知刺眼如刺肉君看目與翳是翳要非目目翳苟二物易分如麥菽【續】左傳晉悼公兄不能辨菽粟寧聞老農夫去草易傷穀【任】左傳農夫之務去草絕其本根鼻端有餘地【次公】鼻端註見上又杜詩筆力破餘地肝膽分楚越【厚】莊子自其異者視之肝膽楚越也吾於五輪間蕩蕩見空曲【次公】五輪者眼科之常談杜詩陵寢盤空曲又云公君羣流會空曲如行九軌道並驅無擊轂【次公】周禮經涂九軌詩云並驅從兩肩兮又蘇秦云臨淄之塗車擊轂人肩摩空花誰開落【援】楞嚴經云亦如翳人見空中花翳病若除花於空滅明月自朏朒【次公】釋名云朏月未盛明也朏月始生朏然也註承大月月生二日謂之朏永小月月生謂之朏又晦而西方謂之朓朔而見東方謂之朒朏音斐朓音他了反朒音女六反註朓健行皃也朒者縮遲皃也請問樂全堂忘言老尊宿彥若樂全先生門下醫也

次韻子由清汶老龍珠丹

天公不解防癡龍【續】北夢瑣言洛中有洞穴曾有誤墜其中行數里漸明見有宮殿人物凡九處又有大羊羊髯有珠人取食之後出以問張華華曰此地九仙館也大羊名曰癡龍玉函寶方出龍宮【次公】酉陽雜俎孫思邈常隱居終南山時大旱西域僧請於昆明池結壇祈雨凡七日縮水數尺池龍化爲老人至思邈石室請救孫謂曰我知昆明池有仙方三十首留傳與予予將救汝老人曰此方上帝不許妄傳今急矣固無所恡有頃捧方而至孫曰爾第還無慮自是池水忽漲數日溢岸胡僧羞恚而死雷霆下索無處避

逃入先生衣袂中【厚】僧史僧聞禪師住邵武山中一日有老人來謁聞曰我龍也以疲墮行雨不職上天有罰當死賴道力可脫俄失所在聞視坐榻傍有小蛇尺許延緣入袖中屈蟠暮夜風雷挾坐榻雷碎雨射山岳爲搖而聞危坐不顧達旦晴霽垂袖蛇墮地而去先生不作金椎袖【厚】史記朱亥爲魏公子無忌袖鐵椎椎殺晉鄙玩世徜徉隱暑酒夜光明月空自投【援】鄒陽諫梁孝王書曰明月之珠夜光之璧以暗投人則人莫不按劍相眄一鍛何勞綿蕭手【次公】莊子河上有家貧恃緯蕭而食者其子沒於淵得千金之珠其父謂曰取石來鍛之夫千金之珠必在九重之淵驪龍頷下子能得之者必遭其睡也黃門寡好心易足荆棘不生梨棗熟【續】真誥王夫人與許長史書曰交梨火棗此乃飛騰之藥欲生於君心今猶有荆棘相雜是以二樹不生玄珠白璧兩無求【次公】莊子黃帝遺玄珠於赤水之上又史記玄賜白璧一雙無脛金丹來入腹【厚】靈樞經扁鵲註曰化靈爲姹女之胞十月分胎狀如紫金上赤下黑左青右白其中央黃號曰紫金丹【子仁】珠玉無脛而至者以人好之也出孔融之書區區分別笑樂天那知空門不是仙【次公】樂天詩吾學空門非學仙恐君此說是虛傳海山不是吾歸處歸則須歸兜率天

紫團參寄王定國

谽谺土門口突兀太行頂【厚】本草註人參生於路州太行山上謂之紫團參豈惟團紫雲實自俯倒景【厚】陵陽子明經倒景氣去地四千里其景皆倒在下剛風被草木【厚】抱朴子載鳴鳶展

又云動去地四十里風力猛壯所以可驗有剛風世界也【次公】道書載近天之風曰剛風所以持天於空中 **真氣入茗頴**【次公】茗頴頓物之英茗秀頴者也陸機文賦云茗發頴豎又劉禹錫詩云茗頴如雲發 **舊聞人銜芝**【厚】本草人參一名人銜 **生此羊腸嶺**【次公】前漢地理志上黨壺關縣有羊腸阪言山屈曲如羊腸之盤也 **纖攕虎豹鬛蹙縮龍蛇癭蠶頭試小嚼**【厚】俗稱人參如蠶頭者最良 **龜息變方騁**【厚】唐書袁天綱李嶠同宿袁聽嶠息在耳中賀曰郎君貴壽此龜息也 **矧予明真子已造浮玉境清宵月挂戶半夜珠落井**【厚】珠落井以言嚥納也黃庭外景經抱珠懷玉和子室註云珠玉謂津液室謂身也令人煉津液以理一身也 **灰心寧復然**【續】前漢韓安國爲獄吏田甲所辱曰死灰獨不復燃乎 **汗喘久已靜**【厚】本草圖經人參大治喘相傳欲試上黨人參者使二人同走一與人參含之則氣息自如不含者必大喘也 **東坡猶故目北藥往致遺秉**【次公】借用詩遺秉秉穗之語 **欲持三椏根**【次公】本草註高麗人作人參贊曰三椏五葉背陽向陰 **侑九轉鼎**金丹九轉屢見上註 **爲予置齒頰豈不賢酒茗**

卜相詩二首

贈善相程傑

心傳異學不謀身自要清時閱搢紳火色上騰雖有數【續】唐炎文

本謂馬周蒿眉火色騰上必速恐不能久急流勇退豈無人【次公】本朝錢若水見陳摶先生有一僧擁褐對坐謂若水非神仙骨但却得好官能於急流中勇退爾其僧乃白閣道者書中苦覓元非訣醉裏微言却近真我似樂天君記取華顛賞遍洛陽春【師】白居易退老洛中二十餘年【倬】蔡邕賦云華顛丈人蓋老稱也

贈虔州術士謝晉臣

蜀國新從海外歸【縯】蘇武自匈奴歸拜典屬國君平且莫下簾帷【厚】嚴君平賣卜成都閱數人得百錢以自養則閉肆下簾而授老子前生恐是盧行者【次公】盧行者第六祖也名惠能韶州南華寺乃其道場按傳燈錄卽得法於弘忍大師者是已後學過呼韓退之死後人傳戒定慧【次公】傳燈錄法海禪師初見六祖問曰卽心卽佛願垂指喻師云聽吾偈曰卽心名慧卽佛名定定慧等持意中清淨蓋佛氏謂戒生定定生慧也生時宿直斗牛箕【子仁】先生蓋自謂生時與退之相似蓋命宮在斗所而身宮亦在焉故其詩曰我生之辰日宿南斗事見本集憑君爲算行年看【次公】杜詩憑君爲算小行年便數生時到死時

傷悼

詩四十九首

陸龍圖詵挽詞【堯卿】詵字介夫熙寧己酉年以龍圖閣直學士右諫議大夫集英殿修撰知成都府

抉然直節庇峩岷謀道從來不計身屬纊家無十金產【師】禮喪大記屬纊以俟絕氣註云纊卽今之新綿易動搖置口鼻之上以爲候又揚雄傳家產不過十金乏無儋石之儲晏如也過車巷哭六州民【師】晉羊祜卒南州人聞羊祜喪莫不號慟罷市巷哭者聲相接其德所感如此壁埃蕭寺三年別樽俎岐陽一夢新【堯卿】東坡與介夫相別於京師而會於鳳翔故詩及之他日思賢見遺像不論宿草更沾巾成都有思賢閣畫諸公像【續】禮朋友之墓有宿草而不哭

胡完夫母周夫人挽詞【堯卿】完夫名宗愈常州人武平之子常爲尚書左丞

柏舟高節冠鄉鄰【厚】詩柏舟共姜自誓也衛世子共伯蚤死其妻守義父母欲奪而嫁之誓而不許絳帳清風聳搢紳【續】符堅就韋逞母宋氏立講堂置生員百二十人隔絳紗幔而授業號爲宣文君豈似凡人但慈母能令孝子作忠臣【次公】傳言求忠臣必於孝子之門【傳】南史劉敬宣性至孝桓序謂其父牢之曰此兒非爲家之孝子必爲國之忠臣當年織屨隨方進【援】翟方進辭其母至京師授經母憐其幼隨之長安織屨以給方進晚節稱觴見伯仁【厚】晉周顗字伯仁母李氏字絡秀中興時顗等並列顯位嘗冬至絡秀舉觴賜三子曰吾本渡江託足無所不謂爾等皆貴在吾目前回首悲涼便陳迹【次公】王羲之蘭亭記俛仰之間以爲陳迹凱風吹盡棘成薪【厚】詩凱風自南吹彼棘薪註棘薪其成就者

姚屯田挽詞

京口年來耆舊衰【次公】京口在潤州姚屯田又潤州人也【欽夫】晉習鑿齒著襄陽耆舊傳 高人淪喪路人悲空聞韋叟一經在【援】前漢韋賢其子玄成皆以明經歷位丞相齊魯諺曰遺子黃金滿籯不如教子一經 不見恬侯萬石時【續】前漢石奮田子慶爻謚曰恬侯景帝曰石君及四子皆二千石乃号奮爲萬石君 貧病只知爲善樂【續】後漢東平王蒼對明帝曰爲善最樂 逍遥却恨弃官遲七年一别真如夢猶記蕭然瘦鶴姿

哭歐公孤山僧惠思示小詩次韻 熙寧九年壬子作【邦衡】杭州圖經云孤山去錢塘舊治四里

故人已爲土【次公】莊子上見光而下爲土 衰鬢亦驚秋猶喜孤山下相逢説舊游

弔天竺海月辯師三首

欲尋遺迹彊沾裳本自無生可得亡【續】張湛列子註云本自無生故曰不死 今夜生公講堂月滿庭依舊冷如霜【厚】劉禹錫詩生公説法鬼神聽身後空堂夜不扃高座寂寞塵漠漠

一方明月可中庭

生死猶如臂屈伸情鍾我輩一酸辛【縯】王衍嘗喪幼子山簡弔之悲不自勝簡曰懷抱中物何至此衍曰太上忘情最下不及情情之所鍾正在我輩 樂天不是蓬萊客【援】白樂天詩云海山不是吾歸處歸則須歸兜率天 憑仗西方作主人【厚】樂天又與果上人訣別詩云不須惆悵從師去先請西方作主人

欲訪浮雲起滅因【厚】維摩詰言是身如浮雲須臾變滅 無緣却見夢中身安心好住王文度【縯】王坦之初與沙門竺法師甚厚每共論幽明報應便要先死者當報其事後法師來云貧道已死罪福皆不虛惟當勤修道德以升濟幽明耳言訖不見 此理何須更問人

孔長源挽詞二首

少年才氣冠當時晚節孤風益自奇君勝宜爲夫子後【縯】唐孔戣字君勝夫子三十八世孫見韓退之與作墓誌 林宗不愧蔡邕碑【厚】世說蔡伯皆爲郭林宗作碑頌謂盧子幹曰吾與有道作碑須獨無媿 南荒尚記誅元惡東越誰能事細兒【次公】尚書言元惡大憝退之詩曾連細兒點 耆舊如今幾人在爲君無憾爲時悲

小堰門頭柳繫船【堯祖】小堰門杭州明也按圖經在仁和縣一十三里 吳山堂上月侵筵【堯祖】即有

美堂也詳見前註 湖聲半夜千巖響詩句明朝萬口傳 長源自越過杭夜飲有美堂上聯句長源曰天目遠隨雙鳳落海門遥感兩潮趍一座稱善

豈意日斜庚子後 【援】賈誼鵩賦曰單閼之歲四月孟夏庚子日斜鵩集予舍

忽驚歲在巳辰年 【續】鄭玄夢孔子告之曰起起今年歲在辰明年歲在巳既寤以讖合之曰辰爲龍巳爲蛇歲至龍蛇賢人嗟知命當終矣

佳城一閉無窮事 【厚】滕公夏侯嬰常駕至東都門馬悲鳴掊地得石椁有字曰佳城鬱鬱三千年見白日吁嗟滕公居此室

南望題詩淚灑牋

余主簿母挽詞

閨庭蘭玉照鄉閭 【續】謝玄傳曰叔父安嘗曰子弟亦何豫人事而正欲使其佳玄曰如芝蘭玉樹欲使生於階庭爾

自昔雖貧樂有餘 【次公】回先生詩西鄰巳富憂不足東老雖貧樂有餘

豈獨家人在中饋 【續】易家人無攸遂在中饋

却因麟趾識關雎 【續】麟之趾關雎之應也

雲軿忽已歸仙府

喬木依然擁舊廬 見下詩註

忍把還鄉千斛淚一時洒向老萊裾 【厚】老萊子事父母孝年七十而衣綵於父母前

張文裕挽詞 【堯卿】名揆

高才本出朝廷右 【次公】前漢晁錯對策漢庭臣無出其右遂爲第一

能事方推德業餘

每見便聞曹植句【次公】曹子建善詩且有七步之敏鍾嶸嘗評其詩曰植詩原出於國風其氣骨高奇詞彩華茂情兼雅怨體備文質然超逸今古卓爾不群【師】魏陳思王植字子建年十歲餘誦讀詩論及辭賦數十萬言善屬文太祖嘗視其文曰汝倩人耶跪曰言出爲論下筆成章願當面試奈何倩人至今傳寶魏華書【次公】魏華唐人善書其字如褚何南而用筆開闊有豆盧公神道碑見於世【倬】華王徽之外孫善草隸書濟南名士新凋喪【續】杜詩海內此亭古濟南名士多劍外生祠已潔除欲寄西風兩行淚依然喬木鄭公廬【厚】北海相孔融過密縣爲鄭玄特立一鄉曰鄭公鄉【次公】孟子非謂有喬木之謂也

同年王中甫挽詞

先帝親收十五人【堯卿】仁宗天聖七年詔復制科八年得何詠富弼景祐元年得吳育蘇紳張方平其後得余靖林億曾宗道尹洙田況王中用錢易純老二父子公與子由共十五人四方爭看擊鵬鶚如君才業真堪用我衰遲不足論出處升沉十年後死生契闊幾人存【[illegible]】詩曰死生契闊與子成說【仕】杜詩他時一笑後今日幾人存他時京口尋遺迹宿草猶應有淚痕仁宗朝賢良十五人今惟富鄭公張宣徽錢純老及余與舍弟在爾【續】禮曰朋友之墓有宿草而不哭者焉

蘇潛聖挽詞【堯卿】潛聖名泳成都新繁人慶曆二年楊寘榜登第嘗知乾州又知邛州以職方郎中致仕年

六十餘卒有三其中子名既槩年十八嘉祐四年劉煇榜登第終著作郎

妙齡馳譽百夫雄【子仁】詩黃鳥百夫之特【師】文選王仲宣等生爲百夫雄死爲壯士規晚節忘懷大隱中【續】大隱隱朝市小隱隱山林悃愊無華眞漢吏【厚】後漢章帝詔曰安靜之吏悃愊無華文章爾雅稱吾宗【援】公孫洪言吕謹按詔書律令下者文章爾雅訓詞深厚趨時肯負平生志有子還應不死同惟我閑思十年事數行老淚寄西風【吴良源】退之詩數行衰淚落煙霞

京師哭任遵聖【堯卿】名孜字遵聖嘗爲寺丞卒於京師

十年不還鄉兒女日夜長豈惟催老大漸復成凋喪每聞耆舊亡涕泣聲輒放老任况奇逸先子推輩行文章少得譽詩語尤清壯【厚】晉阮籍傳帝讓九錫公卿將勸進使籍爲其詞詞甚清壯爲世所重【悼】陸士衡文賦銘博約而溫潤箴頓挫而清壯吏能復所長談笑萬夫上自喜作劇縣【續】袁甫嘗詣何勗自言能爲劇縣勗問推欲宰縣不知臺閣何也甫曰人各有能與不能偏工破豪黨奮髯走猾吏【援】前漢朱博傳新視事掾吏皆移病卧博問其故奮髯抵几曰齊兒欲以此爲風俗耶嚼齒對姦將【次公】唐張巡守睢陽裂眥血面嚼齒皆碎哀哉命不偶每以才得謗竟使落窮山青衫就黃壤宦遊久

不樂江海永相望退耕本就君時節相勞餉【師】前漢楊惲曰歲時伏臘斗酒相勞此懷今不遂歸見纍纍葬【次公】丁令威何不學仙塚纍纍望哭國西門【續】謝安既死其甥羊曇至西州門慟哭而去落日銜千嶂平生惟一子抱負珠在掌【堯卿】杜子美寄漢中王謂其新誕子詩掌中貪見一珠新見之齠齔中已有食牛量【厚】尸子言虎豹之子雖未成文已有食牛之氣【任】杜詩小兒五歲氣食牛他年如入洛生死一相訪【師】韓愈岳陽樓別竇司直詩行當掛其冠生死君一訪唯有王濬沖心知中散狀【續】嵇紹中散大夫康之子也紹始入洛或謂王戎曰昨於稠人中始見嵇紹昂昂如野鶴之在雞群戎曰君復未見其父耳濬沖戎字

哭刁景純【堯卿】名約字景純天聖二年登進士第

讀書想前輩每恨生不早紛紛少年場【子仁】李太白有結客少年場行猶得見此老此老如松栢不受雪霜槁直從毫末中自養到合抱【續】老子曰合抱之木生於毫末宏材之近用【厚】後漢范曄之言曰器博者無近用道長者其功遠千歲自枯倒文章踰正始【續】正始魏齊王年號時何晏以才秀知名好莊老言作道德論及諸文賦數十篇王弼好論儒道詞才辯逸大詞不如晏天下翕然宗之由是名理之學盛行【厚】晉衛玠傳與王敦相見敦謂謝鯤曰昔王輔嗣吐金聲於中朝此子復玉振於江表微言之緒絕

而復續不意求嘉之末復聞正始之音風節貫華皓平生爲人耳自爲薄如縞是非雖難齊反覆看愈好前年旅吳越把酒慶壽考扣門無晨夜百過迹未掃但知從德公見荅任師中詩未省獻丘嫂【段】漢高祖微時與賓客過其丘嫂食嫂厭叔與客俱來陽爲羹盡轑釜已而視釜有羹由是怨嫂別時公八十後會知難保昨日故人書連年喪翁媼景純妻先亡傷心范橋水漾漾無寒藻華堂不見人瘦馬空戀皁我欲江東去匏樽酌行潦【師】左氏潢汙行潦之水可薦於鬼神鏡湖無賀監【共父】鏡湖世傳軒后鑄鏡于此慟哭嵇山道【續】唐賀知章會稽人授秘書監以病請爲道士上賜鏡湖一曲李白詩嵇山無賀老却棹酒船回忍見萬松岡荒池沒秋草

弔李臺卿 并序

李臺卿字明仲廬州人貌陋甚性介不群而博學強記罕見其比好左氏有史學考正同異多所發明知天文律曆千歲之日可坐數也軾謫居黃州臺卿爲麻城主簿始識之既罷居於廬而曹光州演甫以書報其亡臺

御光州之妻黨也

我初未識君，人以君爲笑。垂頭老鸛鶴，縯唐史裴寬傳：韋詵有女，擇所宜歸，見裴寬而悅之，許妻以女。歸語妻曰：常求佳婿，今得矣。明日幃其族使觀之，時寬衣碧，瘦而長，既入，族人皆笑，呼爲碧鸛雀。煙雨霾七竅。次公莊子之言混沌曰：人皆有七竅，子獨無有。弊衣來過我，危坐若持釣。次公管子弟子職曰：危坐鄉師。又莊子釣於濮水，楚王使大夫二人往見焉，莊子持竿不顧。褚裒半面新，厚褚裒有器識，庾亮大會州府人士，孟嘉坐次甚遠。裒問亮：聞江州有孟嘉，其人何在？亮曰：在坐，卿但自覓。裒歷觀，指嘉謂亮曰：此君小異，將無是乎？亮欣然而笑，喜裒得嘉，奇嘉爲裒所得，乃益器焉。次公後漢應奉見造車匠門間半面，它日路逢而識之。鬷蔑一語妙。援晉叔向適鄭，鬷蔑惡，欲觀叔向，從使之收器者而往，立於堂下，一言而善。叔向將飲酒，聞之曰：必鬷明也。下執其手以上，曰：子若無言，吾幾失子矣。徐徐涉其瀾，極望不得徼。却觀元嫵媚，縯唐太宗曰：人言魏徵舉動疎慢，我但見其嫵媚耳。士固難輕料。次公史記范雎傳：侯嬴曰：人固未易知，知人亦未易。看書眼如月，罅隙靡不照。我老多遺亡，厚南史劉杳字士深，博綜群書，沈約、任昉以下每有遺忘，皆訪問焉。得君如再少。從横通雜藝，甚博且知要。所恨言無文，子仁孔子曰：言之不文，行之不遠。至老幽不耀。其生世莫識，已死誰復弔。作詩遺故人，庶免俗子譙。

曹既見和復次其韻

造物本兒嬉【績】唐書曰杜審言病武平一省候荅曰甚爲造化小兒相苦風噫雷電笑【次公】莊子大塊噫氣其名爲風神仙傳木公與玉女投壺梟而脫悞不接者天爲之笑而別說謂乃所以爲雷電也誰令妾驚怪失匕號萬竅【厚】曹操從容謂劉先主曰今天下英雄惟使君與操爾本初之徒不足數也先主方食失匕筯于時正當雷震因謂操曰一震之威乃至於此【任】莊子云是惟無作作則萬竅怒號人人走江湖一一操網釣偶然連六鼇【師】列子龍伯之國有大人一釣而連六鼇便謂此手妙空令任公子【次公】莊子任公子爲大鉤巨緇五十犗以爲餌蹲乎會稽投竿東海旦旦而釣朞年不得魚三歲蹲海徼長貧固不詞【子仁】漢書張負曰豈有美如陳平而長貧者乎一死實未料【次公】杜詩百年不敢料【子仁】諸葛亮與司馬宣王對壘渭南亮死軍退人爲之語曰死諸葛走生仲達宣王曰吾便料生不料死也難將耆草莽除用佛眼照何人嗣家學恨子兒尚少嗟我與曹公衰世老不要空言今無救奇志後必耀【次公】博物志言秉槎者云此人有奇志吟公五字詩義重千金弔收藏慎勿出免使群兒譙【子仁】退之詩不知群兒愚那用故謗傷

孔毅父妻挽詞

結褵託初歡【績】詩東山親結其褵九十其儀其新孔嘉其舊如之何同穴期晚歲【厚】詩大車穀則異室死則

同穴謂子不信有如皦日

擇夫得溫嶠[援]世說云晉溫嶠姑有女屬嶠覓婚嶠自有婚意荅曰佳壻難得但得如嶠如何姑曰何敢希汝比也後日嶠報姑云已得壻矣門地壻身不減嶠因下玉鏡臺一枚姑大喜既交婚禮畢姑女披紗扇撫掌大笑曰我固疑是老奴果如所卜

生子勝王濟[縯]晉王渾妻鍾氏字琰適渾生濟渾嘗共琰坐濟趍庭而過渾欣然曰生子如此足慰人心琰笑曰若使新婦得配參軍生子故不啻如此參軍謂渾中弟淪也

高風相賓友[次公]左傳冀缺耨其妻饁之敬相待如賓

古義仍兄弟[次公]詩宴爾新婚如兄如弟

從君吏隱中[次公]汝南先賢傳郭欽吏隱于蟻陂之陽

窮達初不計云何抱沉疾俯仰便一世幽陰凄房櫳芳澤在巾袂百年縱得蒲[師]退之詩百年未滿不得死且可勤買拋青春

此路行亦逝那將有限身長瀉無益涕君文照今古不比山石脆當觀千字誄寧用百金瘞

任師中挽詞

大任剛烈世無有疾惡如風朱伯厚[縯]後漢朱震字伯厚時為言曰車如雞栖馬如狗疾惡如風朱伯厚

小任溫毅老更文聰明慈愛小馮君[厚]前漢馮野王與弟立相代為上郡太守吏民歌之曰大馮君小馮君兄弟繼踵相因循聰明賢智惠利民政如魯衛德化鈞周公康叔猶二君

兩任才行不須說疇昔並友吾先人相看半作晨星沒可憐太白與殘月[援]退之詩東方未明

大星沒儘有太白配殘月 大任先去塚未乾小任相繼呼不還彊寄一樽生
死别樽中有淚酒應酸貴賤賢愚同盡耳 [次公] 白樂天詩賢愚貴賤同歸盡北邙塚
墓高嵯峩 君子不盡緣賢子人間得喪了無憑惡只有天公終可倚

鄧忠臣毋周挽詞 [堯卿] 忠臣字慎思

微生真草木無處謝天力慈顏如春風不見桃李實古今抱
此恨有志俯仰失公子豈先知戰戰嘗惜日 [次公] 韓文此日足可惜 吾君
日月照委曲到肝膈哀哉人子心吾何愛一邑家庭拜前後
[子仁] 公羊傳曰周公何以稱太廟于魯曰封魯公以爲周公也周公拜乎前魯公拜乎後 粲然發笑色 [續] 穀梁傳楚軍粲然
皆笑 豈比黄壤下焚瘞千金璧若人道德人視此亦戲劇聊償
曾閔意遽與仙佛寂孤纍卧江渚 [次公] 揚雄反騷謂屈原爲湘纍註謂囚者爲纍 永望
墳墓傍作詩相楚挽慼慟淚冊滴

徐君猷挽詞 [堯卿] 君猷知黄州卒

一舸南遊遂不歸 [次公] 杜牧詩一舸逐鴟夷 清江赤壁照人悲請看行路無

從涕【續】孔子之衛遇舊館人之喪入而哭之哀出曰予惡夫涕之無從也 盡是當年不忍欺【厚】史記子產去治鄭民不忍欺 雪後獨來栽柳處竹間行復採茶時山城散盡樽前客舊恨新愁只自知

去歲九月二十七日在黃州生子名遯小名幹兒頎然穎異至今年七月二十八日病亡於金陵作二詩哭之

吾年四十九羈旅失幼子【子翬】按年譜元豐七年先生年四十九在黃三月量移汝州餘見贈朝雲詩註中 幼子真吾兒眉角生已似未朞觀所好蹁躚逐書史搖頭却梨栗似識非分恥【援】淵明責子詩云通子垂九齡但覓梨與栗 吾老常鮮歡賴此一笑喜忽然遭奪去惡業我累爾衣薪那免俗【續】易曰古之葬者厚衣之以薪葬之中野 變滅須臾爾【次公】維摩經言是身如浮雲須臾變滅 歸來懷抱空老淚如瀉水【子仁】晉書曰或謂顧愷之哭桓宣武之狀曰淚如傾河注水 我淚猶可拭日遠當日忘母哭不可聞欲與汝俱亡故衣尚

懸架漲乳已流牀（次公 潘岳悼亡云流芳未及歇遺掛猶在壁）感此欲忘生一卧終日僵中年忝聞道夢幻講已詳儲藥如丘山臨病更求方仍將恩愛刃割此衰老腸知迷欲自返一慟送餘傷

萊濤致遠見和二詩復次其韻（濤顛倒元韻）

平主無一女誰復歎爾尔（縯 魏志崔琰與楊訓書曰省表事佳耳時乎時乎會當有變時太祖怒曰諺言生女耳耳非佳語會當有變時意指不遜於是罰琰爲徒隸）滯留生此兒足慰周南史（厚 司馬遷傳言武帝始建漢家之封而太史公留滯周南不得與從事）那知非真實造物聊戲爾煩惱初無根恩愛爲種子（援 樂天詩不將恩愛子更種愛惱根）煩公爲假説反復相指似（任 樂天詩蒲池春水何人愛唯我回看指似君）欲除苦海浪先乾愛河水棄置一寸鱗悠然笑侯喜（次公 退之贈侯喜以釣魚詩舉竿引線忽有得一寸纔分鱗與鬐）爲公寫餘習缾罍一時恥（縯 詩缾之罄矣維罍之恥）

聞公少已悟拄杖久倚牀笑我老而癡負鼓欲求亡（厚 莊子偈偈乎揭仁義若負建鼓而求亡子也）庶幾東門子（次公 潘安仁悼亡詩云上慙東門吳下愧蒙莊子註云東門吳者子死而不憂曰吾

嘗無子無子時不憂今子死乃與向無子同吾何憂焉柱史安敢望次公柱史老子也爲周柱下史今先生用此意者意言老氏之齊死生也嗜毒戲猛獸縯枚乘七發云越女侍前齊姬奉後此甘餐毒藥戲猛獸之爪牙也慮患先不詳

囊破蛇已走尚未省蟄傷妙哉兩篇詩洗我千結腸黠蟲不作繭未老輙自僵永謝湯火厄泠然超無方

張庖民挽詞堯卿字翔父金陵人元豐壬戌年以疾卒於曹溪

東晉巾車令次公周禮巾車掌王車孔叢子孔子歌曰巾車命駕將適唐都又陶淵明歸去來云或命巾車今云巾車令蓋淵明嘗爲彭澤令故也西京執戟郎次公漢制凡郎皆執戟殆東方朔爲中郎執戟殿下是也又揚雄位不過執戟又杜牧寄李虢州云今日還珠守何年執戟郎舊註一引東方朔一引揚子雲云皆西漢人以下句結髮事文章言之則爲揚子雲矣甘心向山水

結髮事文章次公結髮言自小時也前漢書有結髮爲翰墨結髮而戰故自輕千户縯杜牧之言張祜曰何人得似張公子千百詩輕萬户侯何曾羡一囊厚東方朔言侏儒長三尺餘奉一囊粟臣朔長九尺餘亦奉一囊粟次公趙壹云文籍雖滿腹不如一囊錢天高鬼神惡援韓詩天公高居鬼神惡欲保性命誠難哉骨朽姓名芳庾嶺銘旌暗秦淮舊宅荒吾詩不用刻妙語有黃香黃魯直作哀詞縯黃香後漢時人博學能文當時語曰天下無雙江夏黃童

王中父哀詞 并叙

仁宗朝以制策登科者十五人軾忝冒時尚有富彦國張安道錢子飛吴長文夏公西陳令舉錢醇老王中父并軾與家弟轍九人存焉其後十有五年哭中父於密州作詩弔之則子飛長文令舉没矣又八年軾自黄州量移汝海與中父之子沇之相遇於京口相持而泣則十五人者獨三人存耳蓋安道及軾與家弟而已嗚呼悲夫乃復次前韻以遺沇之時沇之亦以罪謫家于錢塘

生芻不獨比前人【縯】後漢徐穉字孺子郭林宗有母憂穉往弔之置生芻一束於廬前而去衆怪不知其故林宗曰此必南州高士徐孺子也詩不云乎生芻一束其人如玉吾無德以堪之東槀端能廢謝鯤【厚】晉謝鯤爲東海王越掾任達不拘坐家僮取官槀除名子逵想無身後念【子仁】晉張翰嘗云使我有身後名不如即時一杯酒吾衰不復夢中論【縯】論語子曰甚矣吾衰也久矣吾不復夢見周公已知穀豹爲均死【援】莊子田開之曰魯有單豹者巖居而水飲不與民共利行年七十猶有嬰兒之色不幸遇餓虎虎殺而食之有張毅者高門縣薄無不走也行年四十而有

內熱之病以死豹養其內而虎食其外毅養其外而病攻其內此二子者皆不鞭其後者也**未識荆凡定孰存**【演】莊子楚王與凡君坐少焉楚王左右曰凡亡者三凡君曰凡之亡也不足以喪吾存夫凡之亡也不足以喪吾存則楚之存不足以存存由是觀之則凡未始亡而楚未始存也**堪笑東坡癡鈍老區區猶記刻舟痕**【次公】有涉江者其劍自舟中墜於水遽刻其舟曰是吾劍之所墜也舟止從其所刻者入水求之舟已行矣而劍不行求劍若此不亦惑乎呂氏春秋楚

李憲仲哀詞 并序

同年友李君諱惇字憲仲賢而有文不幸早世軾不及與之遊也而識其子廌有年矣廌自陽翟見子於南京泣曰吾祖母邊母馬前母張與君之喪皆未葬貧不敢以饑寒爲戚顧四喪未舉死不瞑目矣適會故人梁先吉老聞余當歸耕陽羨以絹十疋絲百兩爲贐辭之不可乃以遺廌曰此亦仁人之餽也既又作詩以告知君與廌者庶幾皆有以助之廌年二十五其文曄然氣節不凡此豈終窮者哉

大夢行當覺【次公】莊子且有大覺而後知此其大夢也【師】退之祭柳子厚文云人生一世如夢一覺　百年特
未滿【次公】古詩人生不滿百【師】退之詩百年未滿不得死且可勤買拋青春　追哀已逝人長眠寄孤
館念我同年生意長日月短鹽車困騏驥【縯】賈誼弔屈原曰驥垂兩耳服鹽車兮
烈火廢圭瓚【援】書曰火炎崑岡玉石俱焚【師】盧仝聞錦職方貶有感詩烈火能燒火庭蕪不養蘭　後生有奇
骨【厚】晉桓溫傳溫未朞而太原溫嶠見之曰此兒有奇骨可試使啼及聞其聲曰真英物也　出語已精悍【次公】杜詩短小精悍
姿又史記郭解傳云解爲人短小精悍　蕭然野鶴姿誰復識中散【縯】晉書嵇紹始入洛或謂王戎曰昨
於稠人中始見嵇紹昂昂然如野鶴之在雞群戎曰君復未見其父耳其父則中散叔夜也　有生寓大塊【厚】莊子大塊載我以
形勞我以生佚我以老息我以死　死者誰不歎嗟君獨久客【援】西漢楊王孫答祈侯書曰裹以幣帛鬲以棺槨支
體絡束口含玉石欲化不得鬱爲枯腊千載之後乃得歸土就其真宅由是言之焉用久客　不識黃土㥶拄衣助孝
子一溉滋湯旱【次公】嵇康養生論云爲稼於湯世偏有一溉之功者雖終於焦爛必一溉者後枯然則一溉之益固不可誣也
誰能脫左驂【縯】禮記檀弓篇孔子之衛遇舊館人之喪入而哭之哀出使子貢脫驂而賻之【次公】史記越石父賢在縲紲中晏子解
左驂贖之　大事不可緩【師】孔子曰養生不足以當大事惟送死可以當大事

蘇子容母陳夫人挽詞【彥輔】名頌字子容元祐中爲尚書左丞

蘇陳甥舅真冰玉【次公】甥者子婿之謂也舅者婦翁之謂也爾雅曰謂我舅者吾謂之甥孟子言堯之於舜曰帝館甥于貳室是已真冰玉云者取婦翁冰清女婿玉潤也因言玉潤則以衛玠當之故次句遂言正始風流也正始風流起頹俗【縯】晉衛玠傳王敦見之謂謝鯤曰昔王輔嗣吐金聲於中朝此子復玉振於江表微言之緒絶而復續不意永嘉之末復聞正始之音夫人高節稱其家凜凜寒松映脩竹雞鳴爲善日日新【縯】孟子雞鳴而起孳孳爲善者舜之徒也【次公】湯之鼎銘曰德日新又日新八十三年如一晨豈惟室家宜壽母【縯】魯頌魯侯燕喜令妻壽母實與朝廷生異人忘駈徇國乃吾子三仕何曾知愠喜【厚】令尹子文三仕爲令尹無喜色三已之無愠色不須擁笏疆垂魚【次公】退之曹成王碑云王之遭誣在治念太妃老將驚而戚出則囚服就辯入則擁笏垂魚我視去來皆夢爾【次公】我自指言夫人也去來言外物之儻來去也莊子曰軒冕在身物之儻來寄也寄之其來不可圉其去不可止誦詩相挽真區區墓碑千字多遺餘他年太史取家傳知有班昭續漢書【援】班昭字惠班彪之女兄固嘗著漢書其八表及天文志未及竟而卒和帝詔昭就東觀藏書閣踵而成之

神宗皇帝挽詞三首

文武固天縱【任】論語夫子曰固天縱之將聖欽明又日新見上莆註化民何止聖【援】

則孟子大而化之之謂聖而化民則化民成俗也妙物獨稱神【援】易神也者妙萬物而爲言也政已三王上

言皆六籍醇巍巍本無象【纘】論語云巍巍乎唯天爲大唯堯則之【次公】老子曰是謂無象之象又唐仲僧孺曰太平無象刻畫愧孤臣【厚】杜詩詞人取佳句刻畫竟難傳

未易名堯德【纘】孔子言堯曰蕩蕩乎民無能名焉何須數舜功【纘】左傳史克曰舜有大功二十而爲天子

小心仍致孝餘事及平戎【次公】詩大明言文王小心翼翼昭事上帝餘事字則傳言帝王之功聖人之餘事

典禮從周舊官儀與漢隆【次公】典禮言周則魯能秉周禮也官儀言漢則後漢書曰今日復見漢官儀也誰

知本無作【次公】莊子至人無爲聖人無作而佛書有無相無作也千古自承風

接統真千歲【纘】前漢太史公司馬談謂其子遷曰今天子接千歲之統封太山而予不得從行是命也夫膺期上

一章【次公】後漢律歷志閏七而盡其歲十九名之曰章　神宗在位十九年故曰一章周南稍留滯【援】前漢司馬遷傳言天子始建漢家之封而太史公留滯周南不得與從事宣室遂淒涼【厚】前漢賈誼謫長沙歲餘文帝思之召對宣室【次公】杜詩江漢日淒涼【師】公時在謫籍而神廟升遐故去爾病馬空嘶櫪枯葵已泣霜餘生卧江

海歸夢泣嵩邙【次公】嵩山北邙在西京此懷之也【堯卿】嵩高北邙陵寢在焉

潘推官母李氏挽詞

南浦淒涼老逐臣【次公】楚詞曰子交手兮東行送美人兮南浦江文通曰送君南浦傷如之何註云南浦送別之處而寰宇記南浦在武昌縣其註正引楚詞之語黃川正對武昌則南浦逐臣先生自云爾東坡還往盡幽人杯盤慣作陶家客【縯】晉陶侃傳侃早孤貧爲縣吏鄱陽孝廉范逵嘗過侃時倉卒無以待賓其母乃截髮得雙髲以易酒肴樂飲極歡雖僕從亦過所望絃誦常叨孟母鄰【厚】孟母三徙爲子擇鄰【次公】杜詩推遷孟母鄰又芬芳孟母鄰荒蕪孟母鄰尚有升堂他日約【援】後漢范式字巨卿少游太學與汝南張邵爲友邵字元伯二人並告歸鄉里式謂元伯曰後二年當還將過拜尊親見孺子焉乃共勉期日後期方至元伯具以白母請設饌以候之母曰二年之別千里結言爾何相信之審耶對曰巨卿信士必不乖違至日巨卿果到升堂拜飲盡歡而別豈知負土一阡新【縯】晉許孜親沒柴毀負土成墳不受鄉人之助今年我欲江湖去暮雨連山宰樹春【堯卿】劉夢得詩去千行宰木荊歸道暮春雨瀟瀟閒子規【倬】公羊僖三十二年宰上之木拱矣註宰冢也

故李承之待制六丈挽詞

青青一寸松中有梁棟姿天驥墮地走萬里端可期世無阿房宮下建五丈旗【縯】史記秦始皇營朝宮渭南上林苑中先作前殿阿房東西五百步南北五十丈上可以坐萬人下可以建五丈旗以其作宮阿房故天下謂之阿房宮又無穆天子西征燕瑤池【厚】列子穆王肆意遠遊命駕八駿之乘別

日升崑崙之丘以觀黃帝之宮而封之以詔後世遂賓于西王母觴于瑤池之上一日行萬里**才大古難用**【援】老杜古栢行志士幽人莫怨嗟古來才大難爲用**老死亦其宜丈夫恐不免**【續】晉謝安妻劉見家門富貴而安獨靜退乃曰丈夫不如此也安掩鼻曰恐不免耳**豈患莫已知公如松與驥少子稱偉奇**【次公】退之詩少小尚奇偉平生足悲吒**俯仰自廊廟笑談無羌夷**【次公】杜詩笑談無河北**清朝竟不用白首仍憂時願斬橫行將**【厚】前漢樊噲言願得十萬衆橫行匈奴中季布曰噲可斬也夫以高帝兵三十萬餘困於平城噲時亦在其中今噲奈何以十萬衆橫行匈奴中哉**請烹乾沒兒**【援】漢武帝時歲旱上令百官求雨卜式言曰縣官當食租稅今桑弘羊令吏坐市列販物求利烹弘羊乃雨又張湯始爲小吏乾沒與長安富賈田甲魚翁叔之屬交私**言雖不見省坐折姦雄窺嗟我去公久江湖生白髭歸來耆舊盡零落存者誰俱逝**【次公】魏文帝與吳質書云徐陳應劉一時俱逝何數年之間零落略盡言之傷心**此公嵇中散龍性不可羈**【續】顏延年作五君詠言嵇康云鸞翮有時鎩龍性誰能馴**疑公李北海慷慨多雄詞**【厚】唐李邕爲北海太守杜甫作八哀詩言邕云憶昔李公存辭林有根柢聲華當健筆洒落富清製**淒涼五君詠**【續】顏延年五君詠序云延年領步兵好酒踈誕出爲永嘉太守乃作五君詠述竹林七賢以自喻山濤王戎貴盛遂黜而不取五君謂阮籍嵇康劉伶阮咸向秀也**沉痛八哀詩**【厚】杜甫八哀詩序云傷時盜賊未息興起王公李公歎舊懷賢終于張相國八哀謂王思禮李光弼嚴武汝陽王璡李邕蘇源明鄭虔張九齡也**邪正久**

乃明人今屬公思九原不可作【次公】禮記趙文子與叔譽言觀乎九原文子曰死者如可作吾誰與歸千古有餘悲【師】杜詩歲暮有餘悲

韓康公挽詩三首

故國非喬木興王有世臣【師】孟子所謂故國者非謂有喬木之謂也有世臣之謂也嗟予後死者【師】論語後死者不得與於斯文也猶及老成人德業經文武風流表搢紳空餘行樂地處處泣遺民【次公】老成人出詩又楊惲傳人生行樂耳須富貴何時

再世忠清德三朝翼贊勳功成不歸國就訪敢忘君【任】漢成帝車駕至張禹第親問以天變舊學嚴詩律餘威靖塞氛何當繼韓奕【師】韓奕宣王錫命韓侯之詩故吏總能文【次公】三朝者康公所歷英宗神宗及當日之哲宗也杜詩將軍不好武稚子總能文

西地開東閣初筵點後塵笙歌邀白髮燈火樂青春扶路三更罷回頭一夢新賦詩猶墨濕把卷獨沾巾【次公】東閣字出公孫洪又詩有賓之初筵杜詩青雲滿後塵自言造迹康公東閣之筵也【子仁】先生第二章詩云三朝翼贊勳謹按范純仁撰公墓誌公以父蔭補太廟齋郎少好學以文章知名于時慶曆二年進士及第名居第三仁宗嘉祐間已為翰林學士又遷諫議大夫權御史中丞又以端明殿學士知成都屢居顯美不

可槩舉則公已歷　仁宗朝逮　英宗　神宗至　哲宗而薨先生蓋但數
仁宗　英宗　神宗爲三朝也墓誌又云考諱僖以忠義顯於　仁宗之朝
至參知政事謚忠憲封奧國公故先生詩有與王有世臣次章有再世忠清
德等語也墓誌又云公知慶州熟羌有據堡刼鎮城殺吏士者公出兵討之
賊既平詔書將大諭遂知成都又　神宗朝夏人擾邊慶州失利即拜公陜西
宣諭使將校皆得自除又奏攻守策　神宗手詔還之曰此良策也然西略
一委卿安事廷議公增築羅元等城使河東陜西爲犄角後西邊既平　神
宗曰西邊之寧卿之力也故先生詩有德業經文武次章有餘威靖塞氛等
句也又按墓誌　仁宗慶曆二年公初通判陳州又安撫江南又出爲鄆州
鈐轄又知河陽又河北安撫使又知慶州又知成都　英宗朝自成都召還
權知開封府　神宗朝爲陜西河東宣撫使又知鄧又知許未赴知大名又
知許移太原府俄知定州復知潁昌又知河南以　哲宗即位恩封康國公
判大名府兼北京留守元祐三年薨於第公歷大藩府凡二十餘所故先生
詩有空餘行樂地處處泣遺民之句也又按墓誌公爲陜西河東時攻討防
守既有成策而慶州卒有叛亡者言事者因指宣撫司數出師須勞致怨遂
罷相知鄧州故先生有功成不歸國之語意蓋有恨焉又按上卷有次韻韓
康公置酒見留又有和康公憶持國詩故先
生詩有初筵點後塵又賦詩猶墨濕之句也

王鄭州挽詩　克臣

羨君華髮起琳宮右輔初還鼓角雄　次公　右輔則右馮翊乃鄭州也　千里農桑歌子產一時冠蓋慕蕭嵩　厚　左傳子產爲政三年輿人誦之曰我有子弟子產教之我有田疇子產殖之新書載蕭嵩以太子太師請老優游園區家饒財而其子華爲工部侍郎衡以尚主位三品就養年踰八十士艷其榮　那知聚散春糧

外便有悲歡過隙中 次公 莊子適百里者宿舂糧又云人壽無異騏驥之馳過隙也 京兆同僚幾人在猶思對案筆生風 予爲開封幕與子難同廳

哭王子立次兒子追韻三首

彭城初識子照眼白而長 厚 韓退之孔戣墓銘白而長身 異夢成先兆 予爲密州子立未嘗相識忽告同舍生曰吾夢爲密州婿何也已而果以子由之子妻之 清言得未嘗豈惟知禮意遂欲補詩亡 子立能詩而有禮學 咄咄真相逼 次公 王羲之學衛夫人書衛曰有一弟子王逸少咄咄逼人 諸生敢鴈行 援 禮記兄之齒鴈行 師 王羲之自稱我書比鍾繇當抗行比張芝草猶當鴈行也 非無伯鸞志 次公 後漢伯鸞梁鴻也鴻謂其妻曰吾欲衣褐之人可與俱隱深山乃共隱入霸陵山中非無伯鸞志以言王子立有與妻共隱之意 獨有子雲悲 次公 子雲揚雄也子雲嘗曰育而不苗者吾家之童烏乎卒以無子獨有子雲悲似言王子立有無子之悲 恨子非天合猶能使我思兒曹莫凄動老眼欲枯萎會哭皆豪傑誰爲感舊詩 子立與黃魯直張文潛晁無咎秦少游陳無已皆友善 龍困嘗魚服 次公 說苑白魚龍服見困於豫且之網 羊質或虎蒙 援 楊子羊質而虎皮見草而悅見豺而戰 怨怨成鬼録 續 魏文帝書昔年疫疫親故多罹其災徐陳應劉一時俱逝觀其姓名已爲鬼録 師 陶潛詩昨暮同爲人

今旦在憒憒到天公【次公】晉天文志載庾翼與兄冰書曰歲星犯天關占云關梁當分比來江東無他故江道亦不艱難而石季龍頻年再閉關不通信使此復是天公憒憒無早白之徵也而庾信詩亦云憒憒天公曉精神殊乏少偶落藩墻上見張綫仲有硯以劒易之詩同游羿彀中【續】莊子遊於羿之彀中中央者中地也其不中者命也回看十年事黄葉卷秋風

滕達道挽詞二首【龍父】按先生作滕公墓誌云公九歲能賦詩敏捷過人舉進士第第三授大理評事通判湖州孫元規守錢塘一見公曰名臣也後當爲賢將授以治劉守邊之要

先帝知公早虚懷第一人至今詩禮將【續】左傳晉作三軍謀元帥趙衰曰郤縠可臣亟聞其言矣說禮樂而敦詩書獨數武宣臣【次公】武帝宣帝也武宣字則如兩都賦序有云武宣之世左雄傳論有云武宣之軌是時最有名將武之名將則衛霍之屬宣之名將則趙充國之屬材大雖難用【援】杜詩古栢行志士幽人莫怨嗟古來材大難爲用時來亦少信高平風烈在威敏典刑新【次公】公少受知於范希文孫元規空試乘邊策寧留相漢身淒凉舊部曲【子仁】杜甫送郭英乂詩云淒凉餘部曲涙濕冢前麟【次公】冢前石麟也杜詩花邊高冢卧麒麟雲夢連江雨樊山落木秋【次公】雲夢澤在湖州常州之地樊山在鄂州武昌縣皆楚地也【任】連江雨字杜牧詩

云得州芳僻中更值連江雨公方占賈鵩縯賈誼謫居長沙有鵩飛入舍鵩不祥鳥也誼自傷悼以爲占書云野鳥入室

主人將去直夌之而作賦也我正買龍耕牛援龍共遂爲渤海太守使民賣劍買牛賣刀買犢共有江湖樂

子仁退之與孟郊書去今年秋聊復辭去江湖餘樂也與足下終幸矣空懷畎畝憂荆溪欲歸老浮

玉偶同遊次公荆溪歸老蓋當時約居之寘前詩亦嘗及之浮玉乃潤州金山也骯髒儀刑在縯後漢趙

壹詩去伊優北堂上骯髒倚門邊驚呼歲月遒厚宋玉楚詞九辯歲忽忽而遒盡兮恐余壽之弗將任文選潘岳秋興賦

悟時歲之遒盡兮慨俛首之自省回頭雜歌哭挽語不成謳

王文玉挽詞

才名誰似廣文寒縯廣文鄭虔也爲廣文館博士杜甫與之詩曰才名四十年坐客寒無氊月斧雲

斤琢肺肝玄晏一生都卧病援晉書皇甫謐自號玄晏先生終身稱疾辭位子雲三世

不遷官厚前漢揚雄字子雲與王莽劉歆並哀帝之初又與董賢同官當成哀平間莽賢皆爲三公權傾人主所薦莫不拔擢而

雄三世不徙官也幽蘭空覺香風在子仁孟郊贈崔純亮詩云鏡破不改光蘭死不改香宿草何曾

淚葉乾次公禮記曾子曰朋友之墓有宿草而不哭焉説者謂草經一年則陳根言爲師心喪三年朋友則朞可矣今翻用之以言過

朞而猶哭也子仁孟郊樂府薄命妾云青山有蘼蕪淚葉長不乾猶喜諸郎有曹志縯曹志蓋魏東思王植之孽子

亦好臺有才者也　**文章還復富波瀾** 援 杜詩文章曹植波瀾闊

呂與叔學士挽詞 無已 按程氏遺書呂大臨字與叔藍田人學於橫渠張先生之門

言中謀猷行中經關西人物數清英欲過叔度留終日 續 世說郭林宗至汝南造袁奉高車不停軌鑾不輟軛詣黃叔度乃彌日信宿人問其故林宗曰叔度汪汪如萬頃陂澄之不清撓之不濁其深遠難測也

未識魯山空此生 厚 唐書蘇源明嘗語人曰吾不幸生衰世所不恥者識元紫芝也蓋元德秀字紫芝嘗爲魯山令

議論彫零三益友 任 論語益者三友

功名分付二難兄 續 世說陳元方子長文即陳群也與季方子孝先名論其父功德爭之不決諮於陳太丘曰元方難爲兄季方難爲弟 次公 其後晉王珉小名僧彌少有才藝名出珣右時人語曰法護非不佳僧彌難爲兄亦用此也

老來尚有憂時歎此涕無從何處傾 厚 禮記檀弓孔子之衛遇舊館人之喪入而哭之予惡夫涕之無從而出也

大行　太皇太后挽詞二首

至矣吾三后 次公 三后以言章憲明肅之保佑仁宗慈聖光憲之保佑英宗及今大行宣仁聖烈之保佑元祐天子也

功高漢已還復推元祐冠蓋得永昭全 臣 臣嘗於經筵論奏仁宗皇帝謚曰明孝若明而不仁則民畏而不愛仁而不明則民愛而不畏今大行太皇太后亦兼此二德故天下思慕之庶幾於仁宗云

有作猶非聖

〔續〕莊子大聖不作觀於天地之謂也無私乃是天〔厚〕禮記所謂天無私覆也侍臣談要道家法信家傳宰相已下嘗於經筵論奏祖宗以來家法十餘事書於記註

却狄安諸夏先王社稷臣〔次公〕先王則楚王高瓊也却狄事景德契丹之役群臣皆欲避狄獨萊公不可武臣中准楚王與萊公意同公既爭之力上曰卿文臣豈獨盡用兵之利害公曰請召高某既至乃言避狄爲便公大驚以王爲悔也已而徐言避狄固爲安全位恐邑駕之士中路逃亡無與俱西南者爾上大驚始決北征之策此真所謂社稷臣矣固應祠百世〔續〕左傳史趙對晉侯曰臣聞盛德必百世祀何止活千人〔厚〕後漢后妃傳鄧后嘗夢門天后叔父陔言嘗聞活千人者子孫有封兄訓爲謁者使修石臼河歲活千人天道可信家必蒙福定策天知我〔次公〕言太皇太后定立元祐天子之策也忘家帝念親萬方何以報得疾爲勤民

三月二十三日恭聞　皇太后升遐以軾罪人不許承服欲哭則不敢欲泣則不可故作挽詞二章慈聖太后也

巍然開濟兩朝勳信矣才難十亂臣見論語原廟固應祠百世先王何止活千人和熹未聖猶貪位明德雖賢不及民〔任〕武王曰予有亂臣十人孔子曰才難不其然乎有婦人焉九人而已蓋指太姒也左傳盛德必百世祀漢惠帝作原廟王翁孺曰活千人者封子孫吾所活者萬餘人

後世其與乎故有元后後漢和熹鄧后在安帝時臨朝稱制權歸鄧氏明德馬后在章帝時以儉德稱然功不加于民故云月落
風悲天雨泣誰將椽筆寫光塵【續】世記江東亭嘗夢人以大筆與之管如椽子後作烈宗哀冊文【子仁】王立之云此詩蓋未嘗進其後作宣仁挽詞取其兩句云固應祠百世何止活千人
未報山陵國士知遶林松柏已猗猗一聲慟哭猶無所萬死
酬恩更有時夢裏天衢隘雲仗人間雨淚變形帷關雎卷耳
平生事白首纍臣正坐詩【子仁】二詩皆美后妃之德

弔徐德占　并引

余初不識德占但聞其爲呂惠卿所薦以處士用元豐五年二月偶以事至蘇水德占聞余在傳舍惠然見訪與之語有過人者是歲十月聞其遇害作詩弔之

美人種松柏欲使低映門栽培雖易長源惡病其根哀哉歲
寒姿骯髒元直兒誰與論竟爲明所誤【續】柳子厚祐松詩不以險自防遂爲明所誤不免
刀斧痕一遭兒女污始覺山林尊從來覓棟梁未省傍籬藩

南山隔秦嶺千嵗龍蛇奔大厦若果傾萬牛何足論【續】杜古柏行云大厦如傾要梁棟万牛回首丘山重不然老巖谷合抱依山樊死者不可悔吾將貽後昆

絶句　詩二十一首

山村五絶【次公】按詩案云此五絶是熙寧六年所作

竹籬茅屋趁溪斜春入山村處處花無象太平還有象【續】唐文宗延英對宰相曰御筆有意太平乎牛僧孺對曰太平無象今雖未及至治亦可謂小康而更求太平非臣所及孤煙起處是人家【次公】杜詩朝來新火起新煙又云井屋有煙起

煙雨濛濛雞犬聲有生何處不安生但令黄犢無人佩【厚】龔遂爲渤海太守令民賣劍買牛賣刀買犢曰何爲帶牛佩犢布穀何勞也勸耕【次公】布穀鳥名其聲云然俗云催耕鳥也詩案云此譏諷朝廷鹽法太峻不便也

老翁七十自腰鐮【續】鮑照詩腰鐮刈葵藿慚愧春山筍蕨甜豈是聞韶解忘味【厚】子在齊聞韶三月不知肉味【次公】見班固幽通賦云虞韶美而鳳儀兮孔忘味於千載爾來三月食無

鹽【次公】涅槃經云食中無鹽謂食無鹽食中少鹽亦謂【】無鹽詩案云此亦以譏鹽法太暴也

杖藜裹飯去忽忽過眼青錢轉手空贏得兒童語音好一年彊半在城中【次公】莊子言原憲杖藜應門又云裹飯而往食之詩案云此以譏諷青苗助役不便也

竊禄忘歸我自羞豐年底事汝憂愁不須更待飛鳶墮方念平生馬少游【續】後漢馬援傳援擊交趾謂官屬曰吾從弟少游常哀吾忼慨多大志曰士生一世但取衣食裁足乗下澤車御款段馬爲郡縣吏守墳墓鄉里稱善人足矣致求盈餘但自苦耳當吾在浪泊西里間虜未滅之時下潦上霧毒氣熏蒸仰視飛鳶呫呫墮水中卧念少游平生時語何可得也

八月十五日看潮五絶

定知玉兎十分圓已作霜風九月寒寄語重門休上鑰夜潮留向月中看

萬人鼓譟懾吳儂猶似浮江老阿童【續】晉書羊祜傳童謡曰阿童復阿童銜刀浮渡江不畏岸上虎但畏水中龍羊祜曰此必水軍有功知王濬小字阿童因表監益州諸軍事加龍驤將軍密令修舟檝爲順流之計濬終滅吳欲

識潮頭高幾許越山渾在浪花中

江邊身世兩悠悠久與滄波共白頭【厚】樂天詩黃梅縣邊黃梅雨白頭浪裏白頭翁造物亦知人易老故教江水更西流

吳兒生長狎濤淵冒利輕生不自憐東海若知明主意應教斥鹵變桑田是時新有旨禁弄潮【續】太平廣記麻姑自言見東海三為桑田向到蓬萊水又淺於往昔豈將復還為陵陸乎王方平笑曰聖人皆言海中行復揚塵也【師】按公赴詔獄招此詩諷主上好興利而不知害多利少稱海變桑田此事知必不可得者以譏朝廷興水利之必不可成也【倬】漢溝洫志終古舄鹵兮生稻梁師古曰舄即斥鹵也謂鹹鹵之地

江神河伯兩醯雞【援】莊子孔子見老聃曰丘之於道也其猶醯雞歟微夫子之發吾覆也吾不知天地之大全也海若東來氣吐霓【續】莊子河伯見秋水以天下之美盡在己順流而行至于北海東面而視不見水端北海若井蛙不可語於海安得夫差水犀手【厚】吳王夫差有水犀甲三千杜牧詩吳王傳裏水犀軍三千彊弩射潮低吳越王嘗以弓弩射潮頭與海神戰自爾水不近城【次公】三千彊弩字杜牧寧縣記中語

臨安三絕【次公】三絕皆吳越王錢鏐事也鏐里中有大樹鏐少時嘗戲其下坐大石上指麾羣兒為隊伍號令頗有法羣兒皆憚之及貴號大樹為衣錦將軍鏐所居錫名曰衣錦城其宴故老也山林皆蒙以錦故有錦溪之名石照石鏡也鏐嘗照之其鏡甞戰

將軍樹〔伯恭〕按臨安縣圖經此木今在淨土寺西小橋之側乃女貞木也至今茂盛

阿堅澤畔菰蒲節〔續〕符洪始其家池中蒲生長五丈五節如竹形時咸謂之蒲家因以爲氏焉後其孫堅背有草符字後改姓符比見載記　玄德墻頭羽葆桑〔亨〕劉備舍東南角籬上有桑樹生高五丈餘遥望見童童如小車蓋先主少時與宗中諸小兒於樹下戲言吾必當乘此羽葆蓋車　不會世間閑草木與人何事管興亡〔汝公〕晉謝玄傳安嘗戒約子姪因曰子弟亦何豫人事而正欲使其佳管興亡字已見前荣長老方丈詩註〔鏡〕唐沈彬舟過金陵詩江山不管興亡事一任斜陽送客愁

錦溪〔堯祖〕晏殊輿地志云石鏡溪一名錦溪在縣東南一里

楚人休笑沐猴冠〔續〕韓生說項羽關中可都羽懷思東歸曰富貴不歸故鄉如衣錦夜行韓生曰人謂楚人休猴而冠果然　越俗徒誇公子賢〔援〕漢武帝以朱買臣爲會稽太守謂曰富貴不歸故鄉如衣繡衣行買臣會稽人字翁子〔汝公〕二事皆錦繡事以明錢鏐之貴蒙山林以錦繡尤爲盛事也　五百年間異人出〔援〕郭璞杭州歌云天目山前兩乳長龍飛鳳舞到錢塘其末句云五百年生異姓王自東晉迄五代錢鏐時適當五百年故鏐亦自謂當此運也　盡將錦繡裹山川

石照〔汝公〕按樂史寰宇記徑二尺七寸光照如鏡〔十朋〕臨安縣圖經衣錦山在縣南一里本名石鏡山高二十六丈周回二百六十步武肅幼時遊此顧其形服冕旒如王者狀唐昭宗時改賜今名

山雞舞破半巖雲菱葉開殘野水春【次公】異苑南方獻山雞蹔金石鏡而舞不止鏡有菱花之名故使菱葉字補註永叔金雞詩山雞稟其綷舞影還自愛李巨鑑詩云無波菱自動不夜月常明應笑武都山下土枉教明月殉佳人【續】成都記武都山丈夫化爲女子顏色美絕蓋山精也蜀王納以爲妃無何物故乃發之武都擔土葬於成都郭中號曰武擔山以石作鏡一枚表其墓也

東坡

雨洗東坡月色清市人行盡野人行莫嫌犖确坡頭路【次公】退之詩山石犖确行徑微自愛鏗然曳杖聲

次荊公韻四絕【堯卿】荊公在蔣山公同王勝之遊蔣山時荊公宅已爲寺有詩云朱門收畫戟細字出青蓮蓋謂是也【王文】東軒筆録云王荊公再罷政以使相判金陵即求宮觀築第於白門外七里去蔣山亦七里平日乘一驢從數童遊諸山寺所居之宅僅庇風雨元豐末捨爲寺賜名報寧

青李扶踈禽自來【次公】王羲之有來來禽青李帖來禽即今之林檎也以其實美禽來食之故曰來禽今先生詩句借來禽字以言青李之實亦自來於禽鳥耳清真逸少手親栽【續】李白詩右軍本清真蕭灑在風塵【次公】王羲之青李來禽帖云此果佳可爲致子當種之深紅淺紫從爭發雪白鵝黃也鬬開

斫竹穿花破綠苔【敬夫】退之詩竹洞何年有公初斫竹開小詩端爲覓榿栽【學】杜詩有憑何邕覓榿栽云飽聞榿木三年大與致溪邊十畝陰細看造物初無物【涉公】郭象南華真經亭云上知造物無物下知有物之自造春到江南花自開

騎驢渺渺入荒陂題註想見先生未病時勸我試求三畝宅從公已覺十年遲【師】介甫得詩曰十年前後從我便不厭爭

甲第非真有閑花亦偶栽聊爲清淨供却對道人開公病後捨宅作寺

臂痛謁告作三絕句示四君子

公退清閑如致仕酒餘歡適似還鄉不妨更有安心病【續】二祖求安心法於達磨師曰將心來與汝安臥看縈簾一炷香

心有何來遺病安年來古井不生瀾【子仁】孟郊詩妾心古井水波瀾誓不起秖愁

戲尾閑童子却作泠泠一水看【續】楞嚴經月光童子白佛言我憶往昔恒河沙劫我作水觀室中安禪有弟子窺窗惟見清水取一瓦礫投水我出定後頓覺心痛爾時童子來前說如上事我則告言汝更見水可即除去瓦礫童子奉教後入定時開門除之我從出定身即如初

小閣低窻卧晏溫[援]西漢郊祀志上至中山晏溫註云三輔謂日出清濟爲晏晏而温也了然非默亦非言維摩示病吾真病誰識東坡不二門[次公]維摩居士本無疾以其方便現身有疾因以身疾廣爲說法佛告文殊汝行詣問疾居士空内惟置一牀以疾而卧因問文殊等云何爲不二法門文殊等各自說已乃問居士曰仁者何等是菩薩不二法門詰嘿然無言文殊歎曰善哉乃至無有文字語言是真入不二法門也

歌　詩十首

畫魚歌　湖州道中作

天寒水落魚在泥短鉤畫水如耕犂渚蒲拔折藻荇亂[次公]杜詩渚蒲芽白水荇青又云渚蒲隨地有此意豈復遺鰍鯢[次公]鯢奥子也鯢有二有鯨鯢之鯢有奥子之鯢今此言魚子也偶然信手皆虛擊本不辭勞幾平萬一一魚中刃百魚驚蝦蟹奔忙誤跳擲漁人養魚如養雛插竿冠笠驚鵜鶘豈知白挺鬧如雨攪水覓魚嗟已疎

吳中田婦歎　和賈收韻

今年粳稻熟苦遲庶見霜風來幾時霜風來時雨如瀉把頭

出菌鎌生衣【次公】柳子厚云猶能蒸出芝菌鎌又杜詩云歸揖臥生衣　眼枯淚盡雨不盡【次公】杜詩莫自使眼枯收汝淚縱橫　忍見黃穗臥青泥苑苫一月壠上宿天晴穫稻隨車歸汗流肩頳載入市【厚】退之城南聯句云刈熟擔肩頳　價賤乞與如糠粞【次公】糠粞兩物粞碎米　賣牛納稅坼屋炊慮淺不及明年饑官今要錢不要米【子仁】司馬温公曰百姓有米而官不要米百姓无錢而官必要錢　西北萬里招羌兒龔黃滿朝人更苦【續】龔遂渤海太守黃霸潁川太守二公皆以恤民稱善治　不如却作河伯婦【厚】史記滑稽傳魏文侯時西明豹爲鄴令會長老問民所疾苦長老曰苦爲何伯聚婦豹問其故曰鄴三老廷掾常歲賦斂百姓得數百萬爲何伯聚婦當其時巫行視小家女好者共粉飾之沉之河中云不尔即有水患於是豹至始禁絶之

武昌銅劍歌并序

供奉官鄭文嘗官於武昌江岸裂出古銅劍文得以遺余冶鑄精巧非鍛冶所成者

雨餘江清風卷沙【次公】李白江上秋懷詩颯颯風卷沙　雷公蹋雲捕黃蛇【續】廣異記載唐開元末武勝之爲宣州司士知靜江軍事忽然灘中見雷公蹴微雲逐小黃蛇盤繞灘上靜之夫戲以石投之中蛇鏗然作金聲雷公乃飛去使

人往視之得一鐵劍有文曰許旌陽斬蛟第三劍云

蛇行空中如枉矢 [厚]晉天文志枉矢狀類大流星蛇行蒼黑如有毛目然

雷公煜煜燒蛇尾 [次公]封氏見聞記論士人登第必展歡宴謂之燒尾於說有三其一玄魚躍龍門化龍時則有雷電爲燒其尾而化

或投以塊鏗有聲雷飛上天蛇入水水上青山如

削鐵神物欲出山自裂細看兩脅生碧花猶是西江老蛟血 [續]許旌陽斬蛟於洪州即西江所經也

蘇子得之何所爲蒯緱彈鋏詠新詩 [illegible]緱音古侯反劍首也史記馮驩躡屩復見孟嘗君置傳舍中十日孟嘗君問傳舍長曰客何所爲答曰馮先生甚貧猶有一劍耳又蒯緱彈其鋏而歌曰長鋏歸來乎 [師]註蒯若萑切芽之類可爲繩言其劍把無物可裝以小繩纏之也緱音侯謂把劍之處

君不見凌煙功臣長九尺 [厚]唐功臣圖形凌煙閣上張公一身六海客身長九尺髯賓蒼 [次公]杜詩

腰間玉具高拄頤 [次公]王莽傳云王具寶劍又漢光武賜馮異等乘輿七尺又齊語歌田單曰大冠如箕長劍拄頤

蜜酒歌 并序

[次公]先生志林載蜜酒法予作蜜格與真一水亂無米一斗用蒸麪二兩半如常法取醅液再入蒸餅麪一兩釀之三日嘗看味當極辣且硬則以二斗米炊飯投之若甜軟則每投更入麪與餅各半兩又三日再投而熟全在釀者斟酌增損也入水少爲妙

西蜀道士楊世昌善作蜜酒絕醇釅余既得其方作

此歌遺之

真珠爲漿玉爲醴【次公】李賀詩小槽酒滴真珠紅又真誥載右英夫人荅許長史書云玉醴金漿交梨火棗乃飛騰之藥六月田夫汗流泚不如春甕自生香蜂爲耕耘花作米一日小沸魚吐沫【次公】莊子魚相濡以沫二日眩轉清光活【次公】西都賦目眩轉而心迷三日開甕香滿城快瀉銀缾不須潑百錢一斗濃無聲【續】杜詩速宜相就飲一斗恰有三百青銅錢甘露微濁醍醐清君不見南園採花蜂似雨天教釀酒醉先生先生年來窮到骨【子仁】杜詩已許徵求貧到骨問人乞米何曾得【援】顏魯公有問人乞米帖世間萬事真悠悠蜜蜂大勝監河侯【厚】莊周家貧往貸粟於監河侯

又一首荅二猶子與王郎見和

脯青苔炙青蒲【次公】西征賦云野蒲變而成脯註云趙高欲爲亂先設驗以蒲爲脯獻二世群臣敢言蒲者陰誅之【彥祖】南人以青苔爲脯爛蒸鵝鴨乃瓠壺【師】唐盧氏雜記盧懷慎爲相清儉召客食曰爛蒸去毛莫拗折項客疑鵝鴨已而下粟米飯一器蒸葫蘆一枚而已又蜀志張裔傳張府君如瓠壺外雖澤而內實麤煮豆作乳脂爲酥高燒

油燭斟蜜酒貧家百物初何有古來百巧出窮人 次公 以苔爲脯以蒲爲炙以瓠爲鵝鴨以豆爲乳以脂爲酥以油爲燭以蜜爲酒皆百巧之所爲也 搜羅假合亂天真 次公 則佛家所謂四大假合也

詩書與我爲麴櫱醞釀老夫成搢紳質非文是終難久 縯 楊子言羊質虎皮云其文是也其質非也 脫冠還作扶犂叟不如蜜酒無燠寒冬不加甜夏不酸老夫作詩殊少味愛此三篇如酒美 次公 杜詩酒旗誇酒美 封胡羯末已可憐不知更有王郎子 厚 晉書謝奕女道韞初適王凝之還甚不樂安曰王郎逸少子不惡汝何恨也答曰一門叔父則有阿大中郎群從兄弟則有封胡羯末不意天壤之中乃有王郎封謂謝韶胡謂謝朗羯謂謝玄末謂謝川 次公 唐王仙客劉振之甥也振有女曰無雙小仙客數歲皆幼稚戲弄相狎振妻常戲呼仙客爲王郎子正以比子由之婿王子立

安州老人食蜜歌 贈僧仲殊

安州老人心似鐵老人心肝小兒舌 縯 佛言財色於人譬如刀刃有蜜小兒舐之有截舌之患也 不食五穀惟食蜜笑指蜜蜂作檀越蜜中有詩人不知千花百草争含姿老人咀嚼時一吐還引世間癡小兒小兒得詩如得蜜蜜中有樂治百疾正當狂走捉風時 次公 後漢書如中風狂走尔

一笑看詩百憂失東坡先生取人廉幾人相歡幾人嫌恰似飲茶甘苦雜【任】詩誰謂荼苦其甘如薺不如食蜜中邊甜佛云五百言譬如食蜜中邊皆甜因君寄與雙龍餅鏡空一照雙龍影三吳六月水如湯老人心似雙龍井

次韻吳傳正枯木歌

天公水墨自奇絕瘦竹枯松寫殘月夢回踈影在東窻驚恠霜枝連夜發【厚子】卓異記唐則天天授二年嘗遊上苑遣使宣詔曰明朝遊上苑火急報春知花須連夜發莫待曉風吹於是凌晨名花瑞草布苑而開群臣咸服其異生成變壞一彈指【厚子】楞嚴經言我觀世間六塵變壞惟以空寂修於滅盡身心乃能度百千劫猶如彈指頃乃知造物初無物見本卷次荆公韻四絕注古來畫師非俗士妙想實與詩同出【次公】王維詩宿世謬詞客前身應畫師龍眠居士本詩人【次公】龍眠居士李伯時也【伯恭】按同安志龍眠山在桐城縣西北二十里有東西二龍井祈雨有應能使龍池飛霹靂【厚子】杜詩曾兒先帝照夜白龍池十日飛霹靂君雖不作丹青手【縯】杜詩洛陽無限丹青手詩眼亦自工識拔龍眠胷中有千駟【次公】論語云齊景公有馬千駟不獨畫肉兼畫骨【援】杜甫丹青引

幹維畫肉不畫骨忍使驊騮氣凋喪但當與作少陵詩或自與君拈禿筆次公韋偃畫馬詩試拈禿筆掃驊騮欲見麒麟出東壁東南山水相招呼萬象入我摩尼珠厚圓覺經譬如清淨摩尼寶珠映於五色隨方各見任杜詩惟有摩尼珠可照濁水源盡將書畫散朋友獨與長鋏歸來乎次公長鋏劍鋏之長者也史記馮驩彈鋏而歌曰長鋏歸來乎而李白亦嘗拈用曰長鋏歸來乎秋風思歸客

秧馬歌 并引

過廬陵見宣德郎致仕曾君安止出所作禾譜文既溫雅事亦詳實惜其有所缺不譜農器也予昔遊武昌見農夫皆騎秧馬以榆棗為腹欲其滑以楸桐為背欲其輕腹如小舟昂其首尾背如覆瓦以便兩髀雀躍於泥中繫束藁其首以縛秧日行千畦較之傴僂而作者勞佚相絕矣史記禹乘四載泥行乘橇解者曰橇形如箕擿行泥上豈秧馬之類乎作秧馬歌一首附于禾譜之末云

春雲濛濛雨淒淒厚說文有云濛微雨也又有云淒雲雨起也詩大田亦云有渰淒淒興雨祈祈春秧欲

老犂刻齊【次公】杜詩稻畦詩芊芊燗犂羽刻刻向銀漢　嗟我婦子行水泥【演】詩七月嗟我婦子曰爲改歲

朝分一壠暮千畦腰如箜篌首啄雞【次公】箜篌樂器名似箏而腰曲　筋煩骨

殆聲酸嘶【次公】出曹子建賦車殆馬煩　我有銅馬手自提頭尻軒昂腹脇低

背如覆甓尾去角圭【次公】角圭尖稜也出韓詩云磬𥐨出角圭　以我兩足爲四蹄聳踊

滑汏音脫如鳧鷖【次公】汏音提韻書云過也蓋滑而過去也鳧鷖水禽也詩有鳧鷖之篇　纖纖束藁亦

可齎【次公】見謝艱傳云以束藁爲賦也又載記童謠曰一束藁兩頭燃　何用繁纓與月題【演】周禮王之王

路錫繁纓註云繁讀如鞶鞶今爲大帶也纓謂當胷者又莊子加之以衡扼齊之以月題註云馬額上當顱形似月者也　刼從畦東

走畦西山城欲閉聞鼓鼙【厚子】杜詩獨醪自初熟東城多鼓鼙　忽作的盧躍檀溪

【演】世說劉備奔劉表出於楚城左右欲因會取備備覺如廁便出所乘馬的盧走墮襄陽城水中溺不得出備急謂的盧曰今日危矣何不努

力遂踴三丈得過也【子蒼】水經註云檀溪水源出栁子下西分北流爲檀溪水南流爲襄水檀溪今有的盧溪　歸來挂壁從

高栖了無芻秣饑不啼少壯騎汝逮老犂駕何曾蹶軼防顛擠

錦韉公子朝金閨【厚子】江文通別賦金閨之諸彥註云金閨金馬門也　笑我一生蹋牛犂不

知自有木駃騠【厚子】前漢匈奴傳註云駃騠駿馬也

真一酒歌 并引

布算以步五星，不如仰觀之捷；吹律以求中聲，不如耳齊之審；鉛汞以為藥，策易以候火，不如天造之真也。是故神宅空，樂出虛，蹋鞠者以氣升。孰能推是類以求天造之藥乎？於此有物，其名曰真一，遠遊先生方治此道，不飲不食，而飲此酒，食此藥，居此堂，予亦竊其一二，故作真一之歌。其詞曰：

空中細莖插天芒，不生沮澤生陵岡。縯莊子詩固有之曰：青青之麥，生於陵陂。涉閱四氣更六陽，子仁麥以九月種，四月熟。涉閱四氣者，謂九月霜降立冬，十月小雪大雪也。更六陽者，謂自十一月一陽生至四月為六陽也。此以通言麥凡經歷八月而熟耳。森然不受螟與蝗。厚王充論衡：穀之多虫者，粢也。稻時有虫，麥與豆無虫。飛龍御月作秋涼，次公稻以八月九月為秋，書曰若農服田力穡，乃亦有秋是也。而麥則以四月熟時為秋，禮記月令孟夏之月麥秋至是也。子仁按卦氣圖，十一月復卦為乾之初九，十二月臨卦為乾之九二，正月泰卦為乾之九三，二月大壯卦為乾之九四，三月夬卦為乾之九五，故四月為正陽之月，乃純乾卦也。乾九五飛龍在天，則飛龍御月者，指三月也。是時交夏欲秋矣，故下有蒼波改色屯雲黃之句。蒼波改色屯雲黄【次公】麥青謂之波栁子厚云麥芒際天搖青波稍老則謂之蒼波稍熟則又如黄雲之屯也屯雲列子望之若屯雲天旋雷動玉塵香【次公】論衡云日月五星隨天而西譬若蟻行磨石上則磨石可以言天旋也又天文志天無雷而有聲謂之雲磨石則磨石可以言雷動也起搜十裂照坐光【厚】東晳賦云漫頭薄持起搜牢九盖四物之名也何曾性豪修作蒸餅不裂作十字不食跏趺牛噍安且詳【次公】佛氏謂盤足爲跏趺噍音昨笑反楞嚴經云有牛呞病同吐而噍也動搖天關出瓊漿壬公飛空丁女藏【次公】黄庭經言口爲天關瓊漿以言華池之水矣壬公言水也丁女言火也既出華池之水則壬水飛而在上丁火伏而在下矣三伏遇井了不嘗釀爲真一和而莊三杯儼如侍君王湛然寂照非楚狂【厚】楞嚴經湛然寂照論語有楚狂接輿者終身不入無功鄉【演】唐王績字無功嘗作醉鄉記

竹枝歌 并叙 忠州作

竹枝歌本楚聲幽怨惻怛若有所深悲者豈亦往昔之所見有足怨者歟夫傷二妃而哀屈原思懷王而怜項羽此亦楚人之意相傳而然者且其山川風俗鄙野勤苦之態固已見於前人之作與今子由之詩故特緣楚

人嘻昔之意焉一篇九章以補其所未道者
蒼梧山高湘水深中原北望度千岑帝子南遊飄不返【續】湘君堯之二女舜之二妃也舜南廵狩死於蒼梧二妃從之不及溺死沅湘之間唯有蒼蒼楓桂林楓葉蕭蕭桂葉碧萬里遠來超莫及乘龍上天去無蹤草木無情空寄泣【注】湘女泣舜淚染竹皆班水濱擊鼓何喧闐相將叩水求屈原屢見上註屈原死已今千載滿船哀唱似當年海濱長鯨徑十尺食人爲糧安可入招君不歸海水深海魚豈解哀忠直吁嗟忠直死無人可惜懷王西入秦【續】秦昭王遺楚懷王書願與君王會武關懷王至則閉武關遂與西至咸陽懷王大悔亡歸不得遂發病卒于秦楚人憐之秦關已閉無歸日章華不復見車輪【子仁】章華楚臺名君王去時簫鼓咽父老送君車軸折【續】漢景帝徵臨江王榮既上車車軸折臨江父老流涕曰吾王不返矣千里逃歸迷故鄉南公哀痛彈長鋏三戶亡秦信不虛【續】南公有言楚雖三戶亡秦必楚一朝兵起盡歡呼當時項羽年最少提劍本是耕田夫橫行天下竟何事弃馬烏江馬垂涕項王已死無

故人首入漢庭身委地【演】項羽自立爲西楚霸王及敗至烏江以所乘馬與烏江亭長漢騎圍之乃自刎王翳取其頭餘四人各分其一體富貴榮華豈足多至今唯有冢嵯峨故國淒凉

人事改楚鄉千古爲悲歌

行　詩五首

鵶種麥行

霜林老鵶閑無用畦東拾麥畦西種畦西種得青猗猗畦東已作牛尾稀明年麥熟芒攢瘈農夫未食鵶先啄徐行俛仰若自矜鼓翅跳踉上牛角憶昔舜耕歷山鳥爲耘【次公】史記舜本紀舜耕歷山歷山之人皆讓畔其後崩於蒼梧之野註引傳曰舜葬蒼梧象爲之耕又夏禹本紀禹葬會稽註引地理志云山上有禹祠相傳以爲下有群鳥耘田故文選注左思賦云舜葬蒼梧象爲之耕禹葬會稽鳥爲之耘先生下筆痛快不復檢耳【堯祖】笠澤叢書云世謂舜之在下田于歷山象爲之耕鳥爲之耘聖德感召也如今老鵶種麥更辛勤農夫羅拜鵶飛起勸農使者來行水

織蕭行贈喬太傅【堯卿】名叙字禹功

城東坡隴何所似風吹海濤低復起【次公】杜注夷陵江上何所似石黛碧玉相因依公所用此句法也城中病守無所為走馬來尋鐵溝水鐵溝水淺不容輈恰似當年韓與侯【續】退之詩吾嘗黨侯生字叔起呼我持竿釣溫水又云溫水微茫絕又流深如車轍闊容輈有魚無魚何足道【厚】韓詩又云此縱有魚何足求駕言聊復寫我憂孤村野店亦何有欲發狂言須斗酒山頭落日側金盆【厚】杜贈蜀僧詩夜闌接軟語落日傾金盆倒着接䍦搔白首【援】晉山簡傳人歌之曰時時能騎馬倒着白接䍦忽憶從軍年少時輕裘細馬百不知臂弓腰箭南山下追逐長楊射獵兒【續】漢成帝命右扶風發民入南山捕熊羆虎豹之屬輸長楊射熊館以網為周陸縱禽獸其中令胡人手搏之上親臨觀揚雄獻賦以諷見雄傳老去同君兩憔悴犯夜醉歸人不避明年定起故將軍未肯先誅霸陵尉【續】李廣屏去藍田南山下射獵嘗夜從一騎出從人田間飲還至亭霸陵尉醉呵止廣廣騎曰故李將軍尉曰今將軍尚不得夜行何故也宿廣亭下居無何廣為右北平太守請霸陵尉與俱至軍斬之【次公】禹功嘗欲換武故有此句其後果換左藏知施州又作詩云今年果起故將軍蓋謂此言有驗

起伏龍行并序

徐州城東二十里有石潭父老云與泗水通增損清濁相應不差時有河魚出焉元豐元年春旱或云置虎頭潭中可以致雷雨用其說作起伏龍行

何年白竹千鈞弩射殺南山雪毛虎【續】秦昭王時有一白虎數遊秦蜀巴漢之境傷害千餘人昭王乃重募國中殺虎者時有巴郡閬中夷人能作白竹之弩登樓射殺白虎公事見後漢史【次公】戰國策云千鈞之弩潰癰【師】武經教弩法云古有下竹八擔雙弓黃連之號皆弩名至今顱骨帶霜牙尚作四海毛蟲祖東方久旱千里赤三月行人口生土碧潭近在古城東神物所蟠誰敢侮上歆蒼石擁巖竇下應清河通水府眼光作電走金蛇鼻息爲雲擢煙縷當年負圖傳帝命左右羲軒詔神禹【厚】龍馬負圖於何伏羲則之以畫八卦黃帝言余夢兩龍挺白圖以授余於何之都洛出龜書以賜神禹供範是也【次公】河圖書曰舜以太尉即帝位與三公臨觀黃龍五采負圖出舜前爾來懷寶但貪眠【子仁】莊子驪龍頷下有珠得之者必遭其睡也又張華云龍抱寶而眠謂之癡龍蒲腹雷霆痞不吐赤龍白虎戰明日是月丙辰明日庚寅【續】劉禹錫言以虎頭置龍潭中威猛相觸擊其勢必鬬則可致雨或[illegible]或旱爲之有驗倒卷黃河作飛雨[illegible]

吾豈樂鬭兩雄 次公：韓詩云：一棲兩雄，其鬭嚬嚬。有事必須煩一怒

王狀元集百家註分類東坡先生詩卷之二十四

王狀元集百家注東坡先生詩卷之二十五

雜賦

詩九十五首

歐陽少師令賦所蓄石屏

何人遺公石屏風上有水墨希微蹤不畫長林與巨植獨畫峨嵋山西嶺上萬歲不長之孤松【續】松高尺餘四時不改色今歲眉有之崖崩澗絕可望不可到【堯卿】唐周繇愛爲山水遥望之而不能到乃作到難孤煙落日相溟濛含風偃蹇得真態刻畫始信天有工我恐畢宏韋偃死葬虢山下【援】杜詩天下幾人畫古松畢宏已老韋偃少【孝祥】張彥遠名畫記畢宏大曆二年爲給事中善畫松石又韋鶠工畫老松異石筆力勁健骨可朽爛心難窮神機巧思無所發化爲煙霏淪石中古來畫師非俗士摹寫物象略與詩人同顧公作詩慰不遇無使二子含憤泣幽宮

廣陵會三同舍各以其字爲韻仍邀同賦

劉貢父

去年送劉郎醉語已驚衆【次公】據詩案謂熙寧三年劉攽通判泰州軾作詩送之云君不見阮嗣宗片舌
如鎖耳如聾蓋指新法不便不容人直言不如耳不聞而口不言也如今各漂泊筆研誰能弄我
命不在天【無已】曰書云我生不有命在天羿彀未必中【厚】莊子遊於羿之彀中中央者中地也然而不中者
命也作詩聊遣意老大慵譏諷夫子少年時雄辯輕子貢爾
來再傷弓戢翼念前痛【續】傷弓之鳥見曲木而驚廣陵三日語相對恍如
夢況逢賢主人【任】李白詩山公醉後能騎馬別是風流賢主人又退之代張籍與李浙東書云問無恙外不暇出一語且
先賀其得賢主人又杜詩始知賢主人贈此遣愁寂白酒潑春甕竹西已揮手灣口猶屢
送【次公】竹西灣口皆揚州之地杜牧之題禪智寺詩云誰知竹西路歌吹是揚州灣口則揚州地志載之此篇按詩案具載之云此言新法
不便日益不甚也羡子去安閑吾邦政誼閧

孫巨源

三年客京輦憔悴難具論揮汗紅塵中但隨馬蹄翻人情
貴往返不報生禍根坐令平生友終歲不及門南來實清

曠佀恨無與言不謂廣陵城得逢劉與孫異趣不兩立譬如王孫猿【續】柳宗元言猿之德靜以常王孫之德躁以囂吾儕久相聚恐見疑排根【漢】竇嬰失勢欲倚灌夫引繩排根生平慕之後弃者我褊類中散【續】中散嵇康也作憂憤詩曰惟此褊心顯明臧否子通眞巨源【續】山濤字巨源少有器量與嵇康阮籍爲竹林之交後致位三公絶交固未敢【選】山濤爲吏部舉嵇康自代康乃與濤書絶交且復東南犇

劉莘老　劉丞相摯

江陵昔相遇幕府稱上賓【續】郤超在桓溫帷下謝安曰郤生可謂入幕賓矣再見明光宮【次公】明光漢宮名武帝太初四年起明光殿師古曰三輔黃圖在城中近桂宮元后傳曰成都侯商病欲避暑從上借明光宮師古曰明光宮在城內近桂宮三秦記曰明光殿以金爲𡐓以玉爲階峩冠揖搢紳【次公】退之詩峩峩進賢冠如今三見子坎坷爲逐臣朝遊雲霄間欲分丞相茵【續】邴吉馭吏醉吐丞相車上吉曰此不過汙丞相車茵耳汲黯司馬安與周陽由俱在二千石列同車未嘗敢均茵莫落江湖上遂與喦子鄰【宋】喦原流放江濱了不見喜慍【續】令尹子文三仕無喜色三已無慍色子豈眞可人【晉】桓溫經王敦墓曰可人可人邂逅成二歡醉語出眞士方在田里自比

渭與莘【續】太公釣渭伊尹耕莘出試乃大謬，芻狗難重陳【厚】莊子天運篇芻狗之未陳也盛以篋衍巾以文繡及其已陳也行者踐其首脊蘇者取而爨之歲晚多霜露歸耕當及辰

梵天寺見僧守詮小詩清遠可愛次韻【無已】杭州圖經云梵天寺在鳳凰山

但聞煙外鍾不見煙中寺幽人行未已草露濕芒屨惟應山頭月夜夜照來去【次公】此三韻詩杜甫蓋有此格矣【子仁】守詮詩落日寒蟬鳴獨歸林下寺柴扉夜未掩片月隨行屨唯聞犬吠聲又入青蘿去

客位假寐

謁入不得去兀坐如枯株豈惟主忘客今我亦忘吾【次公】莊子今者吾喪我同僚不解事慍色見髯鬚雖無性命憂且復忍須臾【續】晉郗超為中書侍郎謝安與王文度共詣超日旰未得前文度便欲去安曰不能為性命忍須臾邪

富陽妙庭觀董雙成故宅發地得丹鼎覆以銅盤承以琉璃盆盆既破碎丹亦為人爭奪持去今獨盤鼎在耳二首【補】富陽圖經云妙庭觀在縣西十五里國朝天聖中道士發地得丹鼎

人去山空鶴不歸【次公】人去指言董雙成也昔之仙人歸鄉多化爲鶴如丁令威爲鶴集於華表之上又如蘇耽之歸廬皆爲鶴也

丹亡鼎在世徒悲可怜九轉功成後却把飛昇乞

內芝【次公】宣室志河中永樂道淨院唐文宗時道士鄧太玄鍊丹於藥院中藥成疑功未究留貯院內人共掌之太玄死周悟先主院事時有蒲人侯道華者事悟先以供給使諸道士皆奴畜之而道華愈欣然一旦昧爽衆晨起道華房中亡所見獨留一詩云帖裏太還丹多年色不移前宵盜喫却今日碧空飛慚愧深珍重珍重鄧天師定年鍊得藥留着與內芝吾師知此術速鍊莫爲遲三清專相待大羅的有期其下列細詞稱去年七月一日蒙韓君賜姓李名內芝配住上清善進院學者多疑內芝字舊注引真誥言得隱芝服之便爲真仙又或以爲抱朴子所謂內芝且以爲先生曾賦詩者今故爲詳載所出

琉璃擊碎走金丹無復神光發舊壇時有世人來舐鼎欲隨雞犬事劉安【續】前漢淮南王安臨仙去餘藥在庭中雞犬舐之並得飛昇故雞鳴雲中犬吠天上

出城送客不及步至溪上二首

送客客已去尋花花未開未能城裏去且復水邊來父老借問我使君安在哉今年好風雪會見麥千堆

春來六十日笑口幾時開【子仁】白樂天詩青春只有九十日不開笑是癡[illegible]杜牧之詩塵世難逢開

口笑會作堂堂去【厚】古詩青春背我堂堂去白髮欺人故故生何妨得得來【縯】僧貫休詩一瓶一鉢垂垂老萬水千山得得來倦遊行老矣【厚】司馬相如與卓文君歸成都家徒四壁立卓王孫恥之昆弟諸公更謂王孫曰長卿故倦遊雖貧其人材足依也舊隱賦歸哉東望峨眉小盧山翠作堆郡東盧山絕類峩眉而小

讀孟郊詩二首

夜讀孟郊詩細字如牛毛【次公】傳云學者如牛毛寒燈照昏花佳處時一遭孤芳擢荒穢苦語餘詩騷【次公】柳子厚詩詞賦已復窮詩騷水清石鑿鑿【次公】詩揚之水白石鑿鑿湍激不受篙初如食小魚所得不償勞又似煑彭蠘【次公】彭蠘似蟹而小竟日嚼空螯要當鬭僧清【縯】指如賈島者也島初為僧名無本詩才與郊齊名【次公】或云鬭九僧之徒亦是未足當韓豪【厚】韓退之與郊聯句郊不及韓遠甚人生如朝露日夜火銷膏【堯卿】莊子膏火自煎【子仁】董仲舒云積惡在身猶火銷膏而人不見何苦將兩耳聽此寒蟲號不如且置之飲我玉色醪

我憎孟郊詩復作孟郊語飢腸自鳴喚空壁轉飢鼠詩從

胏腑出出輒愁胏腑有如黄河魚出膏以自煑尚愛銅斗歌鄙俚頗近古桃弓射鴨罷獨速短蓑舞次公郊送淡公詩十二首其一曰銅斗飲江酒手拍銅斗歌儂是拍浪兒飲則拜浪婆晞踏小船頭獨速舞短蓑笑伊漁陽摻空恃文章多閑倚青竹竿白日奈我何又曰短蓑不怕雨白鷺相爭飛短楫畫菰蒲鬬作豪攢歸笑伊水健兒浪戰求光輝不如竹枝弓射鴨無是非不憂踏船翻踏浪不踏土次公郊詩又曰射鴨復射鴨鴨驚孤蒲頭鴛鴦亦零落彩色難相求儂是清浪兒每踏清浪遊笑伊鄉貢郎踏土稱風流如何北角翁至死不褁頭吳姬霜雪白赤脚浣白紵嫁與踏浪兒堯卿唐李益詩早知潮有信嫁與弄潮兒不識離别苦歌君江湖曲感我長羇旅

石炭　并引

彭城舊無石炭元豐元年十二月始遣人訪獲於州之西南白土鎮之北以冶鐵作兵犀利勝常云

君不見前年雨雪行人斷城中居民風裂骭濕薪半束抱衾裯日暮敲門無處換次公詩抱衾與裯杜詩城中斗米換衾裯豈料山中有遺寶磊落如瑿萬車炭流膏迸乳無人知陣陣腥風自吹散

根苗一發浩無際萬人鼓舞千人看【次公】上林賦云千人唱萬人和投泥潑水愈光明爍玉流金見精悍南山栗林漸可息【次公】南山栗以言木炭也【任】莊子集于栗林北山頑礦何勞鍜爲君鑄作百鍊刀【縯】晉書載記赫連勃勃造百鍊剛刀爲龍雀大環要斬長鯨爲萬段【援】李白詩跨海斬長鯨又云直斬長鯨海水開

雲龍山觀燒得雲字

丁女真水妃【次公】左傳昭九年夏四月陳災鄭裨竈曰五年陳將復封封五十二年而遂亡子產問其故對曰陳水屬也火水妃也而楚所相也注云火畏水故爲之妃引以女丁字則退之陸渾山火詩云女丁婦壬傳世婚盖言在丁爲女而歸壬則爲婦也【師】丁火也离爲火爲中女坎爲女爲中男寒山便火耘【次公】即今之刀耕火耘耳隕霜知已殺【縯】春秋定公元年冬十月隕霜殺菽坯户聽初焚【厚】季秋隕霜殺草王者順天行誅蟄虫墐户以避殺氣始聽焚萊束緼方熠爗【援】蒯通言里母束緼請火於亡肉家注緼乱麻貫也敲石餓氤氳【縯】劉夢得詩本從敲石光遂致烘火熱【敬夫】柳宗元詩夜發敲石火落點甘泉烽【厚】漢文帝時胡騎入代句注烽火通於甘泉宮【韓】關輔記云甘泉宮在今池陽縣西去長安三百里横煙楚塞氛【援】晉楚會盟于宋伯夙謂趙孟曰楚氛甚惡懼難窮蛇上喬木潛蛟躡浮雲【子仁】漢天馬歌躡浮雲晻上馳驚飛墮傷鴈狂走迷癡麏君谷蟄

起蜩燕【文公】蜩燕二物過秋則蟄山妖竈𪓰夔𧴀【編】木石之怪曰夔土之怪曰𧴀野竹爆哀聲幽桂飄寃芬悲同秋照蠏快若夏燎蚊火牛入燕壘【厚】齊田單守即墨城收城中千餘牛爲絳繒衣畫以五采龍文束兵刃於其角而灌脂束葦於其尾燒其端鑿城千穴夜縱牛牛尾熱怒而奔燕軍燕軍大驚遂敗燧象奔吳軍【援】左氏吳伐楚楚昭王使鍼尹固執燧象以奔吳軍杜預云燒燧火繫象尾者也崩騰井陘口萬馬皆朱幘【編】韓信擊趙未至井陘口三十里止舍夜半傳發選騎二千人人持一赤幟從間道萆山而望趙軍戒曰趙見我走必空壁逐我若疾入趙壁皆拔趙幟立漢幟趙軍歸壁皆漢幟大驚遂乱遁走【文公】詩碩人生朱幘以朱纏鑣扇汗也摇曳驪山陰諸姨爛紅裙【厚】唐玄宗每年十月幸驪山華清宮楊貴妃姊妹五家扈駕一隊着一色衣五家合隊掩映如百花間發方随長風卷忽值絶澗分我本山中人昔見匪獨聞偶從二三子來訪張隱君【堯卿】天驥山人也君家亦何有物象移朝曛把酒看飛燼空庭落繽紛行觀農事起畦壠如纈紋細雨發春潁嚴霜倒秋蕡【厚】草木多實曰蕡【文公】詩有蕡其實始知一炬力洗盡狐兎群【子仁】杜牧阿房賦云楚人一炬可憐焦

遊桓山會者十人以春水滿四澤夏雲多奇峯爲韻

得澤字

東郊欲尋春未見鶯花迹春風在流水鳧鴈先拍拍【次公】退之病鴟詩青泥淹兩翅拍拍不得飛孤帆信溶漾弄此半篙碧艤舟桓山下【厚】桓山在彭城泗水上即宋司馬桓魋墓也長嘯理輕策彈琴石室中幽響清磔磔【子仁】先生遊桓山記云登桓山入石室使道士戴日祥鼓雷氏之琴今詩盖紀實也弔彼泉下人【次公】指言桓魋也墓在此山野火失枯腊悟此人間世何者爲真宅【縯】前漢揚王孫云支躰束絡口含玉石欲化不得鬱爲枯腊千載之後迺得歸土就其真宅暮回白步洪散坐洪上石愧我非王襄子淵肯見客【援】子淵王褒也王襄爲益州刺史得王褒而薦之臨流吹洞簫【次公】蓋王褒有洞簫賦也此歡真不朽回首水月照連璧【厚】謂王氏兄弟晉夏侯湛美容觀與潘岳友善京都謂之連璧歲月隔想象斜川遊作詩繼彭澤【縯】彭澤陶淵明也嘗爲彭澤令其後退歸田園嘗爲斜川之遊今集中有正月五日遊斜川詩

戴道士得四字代作【堯卿】戴日祥江南人也

少小家江南寄迹方外士偶隨白雲出賣藥彭城市【厚】後漢韓

東採藥名山賣於長安市日不二價雪霜侵杖屨塵土汙冠袂賴有三尺桐〔次公〕三尺桐琴也廣雅曰神農氏琴長三尺六寸六分中有山水意〔編〕伯牙鼓琴志在高山鍾子期曰巍巍乎志在流水曰湯湯乎自從夷夏亂七絃久已廢〔次公〕唐法曲雖失雅音然本諸夏之聲故歷朝行焉天寶十三載始詔道調法曲與胡部新聲合作自尔夷夏之聲相乱無復辨者前輩嘗言今世所謂琴者乃古之鄭衛耳今世所謂鄭衛則皆胡風矣而雅音替壞不復存焉心知鹿鳴三〔援〕左傳歌鹿鳴之三而琴操有鹿鳴曲三疊不及胡琴四〔厚〕胡琴琵琶也本胡中馬上所鼓四絃象四時以使君獨慕古嗜好與衆異共弔桓魋宮〔次公〕桓魋墓即桓山也一灑孟嘗淚〔次公〕桓譚新論曰雍門周以琴見孟嘗君曰臣竊悲千秋萬歲外墳墓生荊棘狐兎穴其中樵兒牧豎躑躅而歌其上行人見之悽愴曰孟嘗君之尊貴如何成此乎孟嘗君喟然嘆息淚下承睫文選張孟陽七哀詩感彼雍門言歸來鎖塵匣獨對斷絃喟掛名石壁間寂寞千載事

與秦太虛參寥會于松江而關彥長徐安中適至

分韻得風字二首

吳越溪山興未窮又扶衰病過垂虹〔編〕松江長橋名垂虹浮天自古東南水〔子仁〕郭氏玄中記曰天下之多者水焉浮天載地送客今朝西北風絕境自忘千

里逐勝遊難復五人同舟師不會留連意擬看斜陽萬頃紅

二子緣詩老更窮人間無處吐長虹【子仁】盧仝月蝕詩是夕吐焰如長虹【倬】江淹謂郭璞曰子之咳唾成珠玉吐氣作虹蜺非碌碌儔比也

平生睡足連江雨【續】杜牧之詩平生睡足處雲夢澤南州又云得一州荒僻中更直連江雨又云一夜風欺竹連江雨送秋

盡日舟橫擘岸風【次公】寇萊公詩野水無人渡孤舟盡日橫南中風吹舟泊岸謂之罨岸風吹舟離岸謂之開岸風擘岸乃開岸之義也

人笑年來三點【續】柳下惠為士師三黜

天教我輩一樽同【子仁】李白詩云何時一樽酒更與李膺同

知君欲寫長相憶【次公】古詩客從遠方來遺我雙鯉魚呼兒烹鯉魚中有尺素書上言加餐食下言長相憶

更送銀盤尾鬛紅

林子中以詩寄文與可及余與可既沒追和其韻

斯人所甚厭投畀每不受【次公】詩投畀豺虎投畀有北有北不受投畀有昊

欲其少須臾奪去惟恐後誰云尸此職【次公】詩誰其尸之

無乃亦假守賦才有鉅細無異斛與斗胡不安其分但聽物所誘時來各飛動意合無妍醜坐令雞栖車長載朱伯厚【續】後漢朱震字伯厚為州從事奏濟陰太守單匡贓罪并匡兄常侍超三府諺曰車如雞栖馬如狗疾惡如風朱伯厚

平生無一旅既死咤萬口【次公】五百人為旅左

傳有衆一旅言生雖寡徒而死則人共歎息也自聞與可亡胷臆生堆阜懸知臨絕意

要我一執手相望五百里安得自其牖緼論語伯牛有疾子問之自牖執有手曰亡之命矣夫

遺文付來哲後事待諸友伶俜嵇紹孤厚晉山濤傳濤字巨源與嵇康善康後坐事臨誅謂子紹曰巨源在汝不孤矣子仁杜詩瘦男獨伶俜

老病孟光偶緼後漢梁鴻妻孟光字德耀世

人賤目見爭笑千金帚緼魏文帝曰家有弊帚享之千金君詩與楚詞識者

當有取子仁先生祭與可文云孰能爲詩與楚詞如與可之婉而清乎但知愛墨竹此嘆吾已

久次公先生嘗作與可墨竹贊云有好其德如好其畫者乎亦如此意也故人多厚祿任杜詩厚祿故人書斷絕恒飢稚子色淒涼

能復哀君否不見林與蘇飢寒自奔走

初到黃州堯卿先生以元豐二年自湖州守得罪爲黃州團練副使明年二月至黃州元豐三年詳見年譜中

自笑平生爲口忙老來事業轉荒唐次公韓李台啟言韓昭曰入座事業如拆轣線無一條長者

長江遶郭如魚美好竹連山覺筍香逐客不妨員外置緼秦始皇時一切逐客唐左遷謫降官授州刺史司馬者皆員外置次公譚賓錄載趙謙光荅戶部員外郎趙涉詩曰惟嫌員外置不應列星文

詩人例作水曹郎厚梁何遜唐張籍皆爲水部郎以詩知名白樂天聽吳水部新詩云明朝與

向詩家道水部如今不姓何 次公 王禹偁作孟水詩集序云古之詩人多求水部何遜張籍孟賓于是也 師 公出詔獄責受撿校水部員外郎充黃州團練副使本州安置 任 杜詩云發酒晉山簡能詩何水曹 只慙無補絲毫事尚費官家壓酒囊 撿校官例折支多得退酒袋

二月二十六日雨中熟睡至晚強起出門還作此詩意思殊昏昏也

卯酒困三杯午飡便一肉雨聲來不斷睡味清且熟昏昏覺還臥展轉無由足強起出門行孤夢猶可續泥深竹雞語村暗鳩婦哭 無已 遯齋閑覽云白蟻聞竹雞之聲盡化爲水今之在處山林皆有之其聲自呼爲泥滑滑者是也 師 永叔詩天將陰鳩婦怒啼無好音 明朝看此詩睡語應難讀

觀張師正所蓄辰砂

將軍結髮戰蠻溪 次公 前漢李廣傳結髮與匈奴大小七十餘戰據本草丹砂生符陵符陵涪州也注又云出武陵西川蠻夷中又云出廣州臨漳又云今出辰州錦州今先生戰蠻溪之語則指言辰州也 篋有殊珍勝象犀漫說玉牀分箭鏃 師 辰州出丹砂下有白石上方有砂其石如玉士人謂之砂牀本草辰砂如箭鏃者良 何曾

金鼎識刀圭【續】淮南王安臨仙去餘藥鼎雞犬舐之並得仙韓詩金丹別後知收得乞取刀圭救病身近聞猛士收丹穴【厚】史記貨殖傳巴寡婦清其身得丹穴而擅其利數世欲助君王鑄裊蹄【援】方士有煉丹砂成黃金法漢武帝隴首獲白麟渥洼出天馬泰山見黃金因改鑄黃金爲麟趾裊蹄以協瑞多少空巖人不見自隨初日吐虹霓【續】日流於天其氣之在地者結爲丹砂【鏡】大洞鍊真寶經云上品光明沙者受太陽泪通澄明正真之精氣降結紅光耀如日色中品白馬牙沙者受太陽平和柔順氣結白光粲粲如雲母色下品紫靈沙者受太陽山澤之靈結紅紫色

正月二十日往岐亭郡人潘古郭三人送余於女王城東禪莊院【十朋】先生志林云黃州東十五里有永安城俗謂之女王城

十日春寒不出門不知江柳已搖村稍聞決決流冰谷盡放青青沒燒痕【子仁】古詩崗分河勢斷春入燒痕深數畝荒園留我住半瓶濁酒待君溫去年今日關山路細雨梅花正斷魂【次公】先生集中梅花兩絕乃欲至黃州時詩其一云昨夜東風吹石裂半隨飛雪渡關山集中但題云梅花兩首而先生嘗自寫則題云正月二十日過關山作

是日偶至野人汪氏之居有神降於其室自稱天人李全字德通善篆字用筆奇妙而字不可識云

天篆也與予言有所會者復作一篇仍用前韻

酒渴思茶謁扣門那知竹裏是仙村已聞龜筴通神語更看龍蛇洛筆痕色瘁形枯應笑屈【次公】屈源既放黜顏色憔悴形容枯槁漁父見而問之曰子非三閭大夫邪 道存目擊豈非温【縯】莊子載仲尼見温伯雪子而不言曰善夫人者目擊而道存矣不可容聲矣 歸來獨掃空齋卧猶恐微言入夢魂

魚蠻子

江淮水爲田舟楫爲室居魚鰕以爲糧不耕自有餘異哉魚蠻子本非左衽徒【次公】左衽蠻夷也孔子曰微管仲吾其被髮左衽之矣 連排入江住竹瓦三尺廬【堯祖】江南多以竹木爲排浮水中排上以葦竹瓦爲屋 又黄州竹樓記云黄崗之地多大竹竹工剞去其節用代陶瓦 於焉長子孫戚施且侏儒【次公】戚施者能俯而不能仰之人禮記曰戚施直鎛侏儒者短人孔子爲魯相斬侏儒 擘水取魴鯉易如拾諸塗破釜不著鹽雪鱗芼青蔬一飽便甘寢何異獺與狙人間行路難【縯】古樂府有行路難曲【次公】杜詩行路難行澁如棘 踏地出賦租【縯】魯成公履畝而税之春秋書初税畝 不如魚蠻子駕浪浮空

虛空虛未可知會當筭舟車蠻子叩頭泣勿語桑大夫【厚】前漢桑洪羊洛陽賈人子能以心計年十三爲武帝侍中言利析秋毫請非吏比者三老北邊騎士軺車一筭商旅人軺車二筭舡五丈以上一筭爲御史大夫

聞子由爲郡僚所捃恐當去官

少學不爲身宿志固有在雖然敢自必用舍置度外【次公】置度外字見隗囂傳天初若相我發迹造宏大豈敢負所付捐軀欲投會寧知事大繆【縯】莊子時命大繆【次公】司馬遷荅任安書曰事乃有大繆不然者擧步得狼狽【次公】狼狽二獸名相附而行失一則乖故事許者謂之狼狽我已無可言墮甑難追悔【厚】後漢郭太傳孟敏客居太原荷甑墮地不顧而去林宗見而問其意對曰甑已破矣視之何益林宗異之子雖僅自免雞肋安足賴【援】曹操出令曰雞肋主簿【師】晉劉伶嘗因醉諍客客奮前欲歐之伶徐曰雞肋不足以安尊拳其人笑而止低回畏罪罟黽勉敢言退若人疑或使【次公】臧倉譖孟子而孟子曰行或使之止或尼之子得微罪【次公】孟子曰乃孔子則欲以微罪行不欲爲苟去也時哉歸去來共抱東坡耒

和李太白 并叙

李太白有潯陽紫極宮感秋詩紫極宮今天慶觀也道士胡洞微以石本示予蓋其師卓玘之所刻玘有道術節義過人今亡矣太白詩云四十九年非一往不可復今予亦四十九感之次其韻玉芝一名瓊田草洞微種之七八年矣云更數年可食許以遺予故并記之

何處聞秋聲蕭蕭北牕竹回薄萬古心攬之不盈掬 次公 陸機詩安寢北堂上明月入我牖照之有餘輝攬之不盈手 靜坐觀衆妙 次公 老子云衆妙之門又老子常無欲以觀其妙 浩然媚幽獨 次公 杜詩受性本幽獨 白雲南山來就我簷下宿懶從唐生決 次公 史記蔡澤游學干諸侯不過而從唐舉相曰富貴吾所自有所不知者壽也唐舉曰先生之壽從今以往者四十三歲 羞訪季主卜 次公 史記日者傳言司馬季主卜於長安東市宋忠賈誼嘗見之者也 四十九年非一往不可復 次公 莊子蘧伯玉行年六十而六十化未知今所謂是之非五十有九非也 野情轉蕭散世道有翻覆陶令歸去來田家酒應熟 次公 陶淵明問來使云歸去來山中山中酒應熟 寄卧虛寂堂月明浸疎竹冷然洗我心 次公 易曰聖人以此洗心莊子云冷然善也

欲飲不可掬流光發永歎自昔非余獨行年四十九還此北窗宿緼懷卓道人白首寓醫卜【次公】賈誼曰聖人不在朝廷必在卜醫之中謫仙固遠矣此士亦難復世道如奕棊變化不容覆【次公】左傳視君不如奕棊惟應玉芝老【師】謂胡洞微也待得蟠桃熟【續】漢武外傳西王母言蟠桃三千歲一熟

豆粥

君不見呼沱流澌車折軸公孫倉皇奉豆粥濕薪破竈自燎衣飢寒頓解劉文叔【續】後漢馮異傳異字公孫王郎起光武自薊東南馳晨夜草舍至饒陽蕪蔞亭時天寒烈衆皆飢疲異上豆粥明旦光武謂諸將曰昨得公孫豆粥飢寒俱解及至南宮遇大風雨光武引車入道傍空舍異抱薪鄧禹爇火光武對竈燎衣異復進麥飯因復渡滹沱河至信都光武字文叔也【次公】其後光武詔曰倉卒無蔞亭豆粥滹沱河麥飯厚意久不報或曰滹沱河乃是麥飯而先生用爲豆粥此蓋痛快行語不復撿本耳惟先生則可又不見金谷敲冰草木春帳下烹煎皆美人萍虀豆粥不傳法咄嗟而辦石季倫【厚】晉石崇字季倫爲客作豆粥咄嗟便辦每冬得韭萍虀王愷每以不能及爲恨乃密貨崇帳下問其所以答云豆至難熟豫作熟末客來但作白粥以投之韭萍虀是擣韭根雜以麥苗耳崇有別館在河陽之金谷干戈未解身如寄聲色相纏心

已醉 次公 上句以結光武之豆粥下句以結石崇之傷富也 身心顛倒自不知更識人間有真味豈如江頭千頃雪色蘆茆簷出沒晨煙孤地碓舂秔光似玉沙瓶煮豆軟如酥我老此身無着處賣書來問東家住 次公 杜詩之言何將軍云盡拈書籍賣來問爾東家也 卧聽雞鳴粥熟時蓬頭曳履君家去

漁父四首

漁父飲誰家去魚蟹一時分付酒無多少醉為期 子仁 陶潛傳或置酒招之造飲必盡期在必醉 彼此不論錢數 次公 杜詩白魚如切玉朱橘不論錢

漁父醉蓑衣舞 師 孟郊詩獨述短蓑舞 醉裏却尋歸路孤舟短棹任縱橫醒後不知何處

漁父醒春江午夢斷落花飛絮酒醒還醉醉還醒一笑人間今古

漁父笑輕鷗舉漠漠一江風雨 次公 杜詩江天漠漠鳥雙去 江邊騎馬是

官人借我孤舟南渡

題王逸少帖

顛張醉素兩禿翁【次公】顛張則張旭也當時号爲張顛醉素則僧懷素也頗好飲酒兩禿翁一言其頭童无髮一言其爲僧而祝髮故併以禿翁言之前漢竇嬰與田蚡有隙石建爲上分別兩人蚡已罷朝出止車門召御史大夫韓安國載怒曰與長孺共一禿翁何爲首鼠兩端注云禿翁言嬰無官位版援也今借字用耳追逐世好稱書工何曾夢見王與鍾【續】王羲之鍾繇也妄自粉飾欺盲聾有如市倡抹青紅妖歌嫚舞眩兒童【子仁】退之詩妖歌嫚舞爛不收謝家夫人淡手容蕭然自有林下風【續】謝家夫人謝道藴也爲王凝之妻有濟尼者曰王夫人神情散朗故有林下風氣天門蕩蕩驚跳龍【厚】梁武帝評書謂王右軍書字勢雄強如龍跳天門虎臥鳳閣【次公】前漢禮樂志云天門開詄蕩蕩出林飛鳥一掃空【次公】張旭草書如驚蛇入草飛鳥出林爲君草書續其終待我它日不忽忽【援】衛恒傳云弘農張伯英善草書家之衣帛必書而後練之臨池學書池水盡黑下筆必爲楷則號忽忽不暇草書

書林逋詩後【子仁】逋字君復杭州錢塘人仁宗賜謚曰和靖先生

吳儂生長湖山曲【次公】吳儂吳人之語也其湖及彼皆曰儂呼吸湖光飲山綠不

論世外隱君子傭奴販婦皆冰玉先生可是絕俗人神清骨冷無由俗次公言林先生雖不是與物離絕之人而其所生禀自不俗也我不識君曾夢見瞳子瞭然光可燭縯孟子曰胷中正則眸子瞭然遺篇妙字處處有歩遶西湖看不足詩如東野不言寒縯孟郊字東野詩失之清寒先生祭柳子玉文嘗云郊寒島瘦書似西臺差少肉厚本朝西臺御史李建中善真行字平生高節已難繼將死微言猶可録自言不作封禪書更肯悲吟白頭曲逋臨終詩云茂陵異日求遺草猶喜初無封禪書縯漢書司馬相如既病免家居茂陵天子曰相如病甚可往悉取其書所忠往而相如已死問妻妻對曰長卿未死時爲一卷書曰有使者來求書奏之其言封禪又用白頭曲則相如將聘茂陵女爲妾卓文君作白頭吟以自絕相如乃止我笑吾人不好事好作祠堂傍脩竹不然配食水仙王援杭州西湖有水仙王祠一盞寒泉薦秋菊

登州海市　并叙

子聞登州海市舊矣父老云嘗出於春夏今歲晚不復見矣予到官五日而去以不見爲恨禱於海神廣

德王之廟明日見焉乃作此詩

東方雲海空復空群仙出没空明中蕩揺浮世生萬象豈有貝闕藏珠宮〔次公〕楚詞九歌之河伯篇云魚鱗屋兮龍堂紫貝闕兮朱宮王逸注云言河伯所居以魚鱗蓋屋堂朱畫蛟龍之文紫貝作闕朱丹其宮形容異制甚鮮好也心知所見皆幻影〔次公〕佛言一切有為法如夢幻泡影敢以耳目煩神工歲寒水冷天地閉〔次公〕易坤卦天地閉為我起蟄鞭魚龍重樓翠阜出霜曉異事驚倒百歲翁〔次公〕杜詩私泣百歲翁人間所待容力取世外無物誰為雄率然有請不我拒信我人厄非天窮潮陽太守南遷歸喜見石廪堆祝融〔續〕潮陽太守言退之也謂衡嶽廟詩云我來正值秋雨節陰氣晦昧無清風潛心默禱若有應豈非正直能感通須臾靜掃衆峯出仰見突兀撐青空紫蓋連延接天柱石廪騰擲堆祝融自言正直動山鬼豈知造物哀龍鍾〔次公〕楚詞有山鬼篇又秦始皇云山鬼固不過知一歲事也龍鍾字祖出下和之歌又退之言孟東野曰白首誇龍鍾信眉一笑豈易得〔次公〕前漢薛宣傳云可復伸眉於後又後漢史云伸眉高談神之報汝亦已豐斜陽萬里孤島没但見碧海磨青銅〔援〕十洲記言蓬萊山在碧海之中水皆碧古曰碧海杜詩有人掃碧海功業竟何如新

詩綺語亦安用相與變滅隨東風 子仁 黃魯直跋先生詩帖一東坡乞得海市不時見光景神物亦知愛魁櫑之士乎

遺直坊 并叙

富鄭公客李常登人也故太守李師中榜其閭曰遺直其子大方求詩於軾爲賦一首

使君不浪出羔鴈親扣門 續 禮記下大夫相見以鴈上大夫相見以羔 次公 羔鴈所以爲閭之禮也禮記曰飾羔鴈者以繢 先生但清坐薤水已多言 續 後漢龐參爲漢陽太守郡人任棠者有奇節隱居教授參到先候之棠不與言但以薤一大本水一盂置戶屛前自抱孫兒伏於戶下參思其微意曰水者欲吾清也拔大本薤者欲吾擊強宗也抱兒當戶欲吾開門卹孤也於是歎息而還 當時邦人化市無朝飲豚 援 家語沈猶氏常飲其羊以詐市人仲尼爲司寇沈猶氏不敢朝飲其羊荀子亦云夫飲羊水者所以滿其腹而漆斤重也 歲月曾幾何客主皆九原 續 禮記檀弓趙文子與叔譽觀於九原文子曰死者如可作吾誰與歸注九原者晉卿大夫所葬之地 魯經有餘歎 次公 春秋左傳稱叔向古之遺直 厚 禮記仲尼之歎盖歎魯也 師 意自是春秋止於獲麟公羊言仲尼曰曷爲來哉此其所以爲歎也 楚些無歸魂 次公 宋玉爲屈原作招䰟之詞每句尾曰䰟兮歸來些些楚音 我作遺直詩 師 孔

子稱叔向古之遺直過者式其藩【厚】魏文侯式段干木之廬

昨見韓丞相言王定國今日玉堂獨坐有懷其人

晝卧玉堂上微風舉輕紈銅缾下碧井百尺鳴飛瀾俛仰清夢餘愛此一掬寒〻似子平生友苦語涼肺肝【纘】史記苦軼云甘言疾也苦言藥也秀眉玉兩頰矯矯如翔鸞置之江淮交清詩洗江湍紅鱗對白酒信美非所安【師】王粲登樓賦雖信美而非吾土兮曾何足以銷憂丞相功業成還家酒杯寬人間有此客【厚】晉書謝安見桓溫溫喜言平生談笑竟日安既出溫顧左右曰頗嘗見我有如此客不折簡呼不難【纘】晉史司馬宣王討王凌凌面縛水次遥謂宣王曰卿直以折簡召我我敢不至而乃引軍來耶王曰以君非折簡客故耳相將扣東閤【援】公孫洪為相開東閤以延賢人起舞盡餘歡

次韻魯直效進士作歲寒知松栢

龍蟄雖高卧【師】杜詩蟄龍三冬卧雞鳴不廢時【炎公】詩曰雞鳴喈喈雞鳴膠膠炎令徒自變茂悅兩相知【厚】選云芝焚而蕙歎松茂而柏悅巳負梁棟質肯為兒女姿【纘】世說孫興公齋前種松一株鄰居謂之曰松樹非不森森可憐但永無梁棟用耳又老杜石柏行云大廈雖傾要梁棟萬牛回首丘山重【任】孟

詩云萱草兒女花不解壯士憂那憂霜貿貿未易日遲遲【援】退之猗蘭操云霜雪貿貿薺麥之茂又詩云春日遲遲難與夏蟲語永無秋實悲【厚】莊子曰夏虫不可語於冰篤於時也又莊子闔胡嘗視其良既爲秋柏之實矣誰知此植物亦解秉天彝【續】周禮其動物其植物又詩民之秉彝

夜直玉堂攜李之儀端叔詩百餘篇讀至夜半書其後

玉堂清冷不成眠伴直難呼孟浩然【厚】王維待詔金鑾殿召孟浩然商較風雅詳見前注暫借好詩消永夜每逢佳處輒參禪愁侵研滴初含凍喜入燈花欲鬬妍【續】西京雜記載廣川王去疾盜發晉靈公冢獲玉蟾蜍一枚大如拳腹可盛數合水潤如新王取爲盛水滴老杜云燈花何太喜韓退之云更煩將喜事來報主人翁【倬】西京雜記陸賈之目瞤有酒肉燈花得錢財寄語君家小兒子他時此句一時編【師】白居易作劉白唱和詩序解云命小姪龜兒編録勒成兩卷

贈劉景文

荷盡已無擎雨蓋菊殘猶有傲霜枝一年好處君須記最是橙黃橘緑時

子去杭十六年而復來留二年而去平生自覺出處老少粗似樂天雖才名相遠而安分寡求亦庶幾焉三月六日來別南北山諸道人而下天竺惠淨師以醜石贈行作三絕句【無已】按年譜先生以熙寧四年辛亥通判杭州至七年甲寅移守密州至元祐四年己巳知杭州至六年辛未被召除翰林承旨適十六年

當年霜鬢兩青青強說重臨慰別情衰髮秖今無可白故應相對話前生

出處依稀似樂天【次公】樂天以進士登第以制科進秩元和中爲京兆戶曹參軍以母墮井而作新井詩坐言章貶江州司馬徙忠州刺史入爲司門員外郎以主客郎中知制誥遷中書舍人以言不聽乞外遷爲杭州刺史復拜蘇州刺史病免尋以祕書監召遷刑部侍郎其後遂以刑部尚書致仕而先生以進士登第以制科進秩熙寧中攝開封推官出倅杭守密徙湖乃以詩案責授黃州團練副使起知登州入爲禮部郎中除起居舍人遷中書舍人又爲翰林學士以不見容乞外任爲杭州守二年以翰林承旨召比白公未致仕之前出處蓋相似也敢將衰朽較前賢【厚】退之詩欲爲聖明除弊事豈將衰朽惜殘年便從洛社休官去猶有閑居二十年【續】樂天休官於洛所居履道里疏沼種木葺石樓於香山鑿八節灘自號醉吟先生晚與

恬如滿結香火社号香山居士文酒娛樂僅二十年 次公 樂天致仕年而卒年七十五今先生召還年五十六而起致仕之興則此樂天豈非餘二十年乎

在郡依前六百日山中不記幾回來 次公 樂天詩云到郡六百日入山十二回 還將天竺一峯去 援 昔有胡僧見天竺山曰此山自天竺靈鷲山飛來故亦謂之飛來山 次公 樂天罷杭有詩云三年爲刺史飲冰復食蘗唯向天竺山取得兩片石今惠靜師以醜石贈行故云 欲把雲根到處栽 次公 五岳之雲觸石而出故石可言雲根張協詩雲根臨八極雨足散四溟又樂天云下簷拂雲根

到潁未幾公帑已竭齋廚索然戲作數句

我昔在東武吏方謹新書 次公 東武密州也新書言新法行減公使庫錢也 齋空不知春 次公 齋字指言公庫也古人云齋酒者是已 客至先愁予 援 楚詞帝子降兮北渚目眇眇兮愁予 采杞聊自誑食菊不敢餘 次公 密州又曰膠西先生嘗作後杞菊賦其序曰移守膠西意且一飽而齋廚索然不堪其憂日與通判劉君廷式循古城廢圃求杞菊食之其賦有曰曾杯酒之不設攬草木以誑口今詩蓋述往事耳 歲月今幾何齒髮日向疎幸此一郡老 次公 言幸得此一郡而老也 依然十年初夢飲本來空 次公 唐文粹有何諷渴賦皆言夢飲事 真飽竟亦虛 次公 佛書寶積經云說食

者竟無所飽夢飽者竟無所得言其非真食真飽故也**尚有赤脚婢**續退之贈玉川子詩曰一婢赤脚老無齒**能**

烹赬尾魚厚詩魴魚赬尾**心知皆夢育慎勿歌歸歟**續孔子在陳曰歸歟歸歟

景既復常屢有詩督叔弼季默唱和已許諾矣復以

此句挑之孝祥蘭臺詩文發源云東坡在潁陳無己趙德麟輩適守官於彼而歐陽叔弼與季默亦閑居於波日相唱和而二歐頗不作詩故東坡挑之

君家文律冠西京旋築詩壇按酒兵續南史江謐議有言酒猶兵也兵可千日不用不可一日不備酒可千日不飲不可一飲不醉文公杜牧訪趙嘏詩云今代風騷將誰登李杜壇故後人承用詩壇字歐公荅梅聖俞詩云文會忝子盟詩壇推子將**袖手莫輕真將種**文公將種指言兩歐陽也退之云不善爲歃血拍汗顏巧匠傍觀縮手袖間又晉書胡貴嬪甞與帝博爭道傷帝指帝怒曰真將種也**致師須得老門生**厚周禮夏官司馬上環人掌致師注云致師者致其必戰之志古者將戰必使勇力之士先犯敵焉唐書選舉志舉人既及第綴行通名詣主司第謝謂門生**明朝**

鄭伯降誰受續左傳宣十二年楚子圍鄭鄭伯肉袒牽羊以逆曰孤不天不能事君使君懷怒以及敝邑孤之罪也**昨**

夜條侯壁已驚厚前漢吳王濞傳吳兵欲西梁城守不敢西糧絕卒飢遂夜奔條侯壁驚東南條侯使備西北果從西北不得入遂大敗**從此醉翁天下樂還應一舉百觴傾**文忠公贈蘇梅詩云我亦願助勇力

旗呺其傍快哉天下樂一瓢宜百觴

歐陽叔弼見訪誦淵明事歎其絕識叔弼旣去感槩不已而賦此詩

淵明求縣令本緣食不足束帶向督郵小屈未爲辱翻然賦歸去豈不念窮獨重以五斗米折腰營口腹【縯】晉書陶潛字淵明嘗謂親朋曰聊欲絃歌以爲三逕之資可乎執事者聞之以爲彭澤令然素簡貴不私事上官郡遣督郵至縣吏白應束帶見之潛歎曰吾不能爲五斗米折腰拳拳事鄉里小人遂解印賦歸去來云何元相國萬鍾不滿欲胡椒銖兩多安用八百斛【厚】唐書元載字公輔代宗時爲宰相賜死籍其家胡椒至有八百斛餘物稱是以此殺其身何啻抵鵲玉【次公】鹽鐵論崇禮篇南越以孔雀珥門戶昆山之旁以玉抵烏鵲抵擲也蓋言玉之多也今先生之意譬以身徇貨猶以貴逐賤也與用隋侯之珠彈千仞之雀同意往者不可悔吾其反自燭【子仁】退之謝自然詩往者不可悔孤魂抱深冤

喜劉景文至 小名季孫

天明小兒更平傳呼髯劉巳到城南隅【厚】古樂府陌上桑云羅敷喜蠶桑採桑城南隅

尺書真是髯手迹（厚）前漢韓信傳云發一乘之使奉咫尺之書顏師古曰言其簡牘長咫尺也今俗言尺書或言尺牘皆其遺語耳 起坐熨眼知有無今人不作古人事今世有此古丈夫我聞其來喜欲舞病自能起不用扶江淮旱久塵土惡朝來清雨濯鬢鬚相看握手乃無事千里一笑無乃迂（次公）嵇康呂安每一相思千里命駕 平生所樂在吳會老死欲葬杭與蘇（次公）吳中謂之吳會先生因景文之來而思憶杭州故云 過江西來二百日冷落山水愁吾姝新堤舊井各無恙（續）在唐李泌為杭守引湖水作六井以利民先生杭州日復為完之又於湖中為長堤上植楊柳芙蓉望之如畫杭州名之曰蘇公堤 參寥六一豈念吾（次公）參寥參寥泉六一泉名先生有參寥泉銘所謂石泉槐火九年而信者也有六一泉銘所謂君子之澤豈獨五世而已者也此皆杭州事 別後新詩巧模寫袖中知有錢塘湖

病中夜讀朱博士詩

病眼亂燈火細書數塵沙君詩如秋露洗我空中花（續）楞嚴經云亦如瞖人見空中花瞖病若除花於空滅 古語多妙寄可識不可誇巧笑在頫須

[次公]詩頌人巧笑倩兮注倩好口輔正義曰輔近頰也笑之皃美在於口輔**哀音餘摻撾**[援]後[illegible]以禰衡善擊鼓召爲鼓吏衡爲漁陽摻撾蹀躞而前聲節悲壯**曾坑一掬春**[次公]曾坑茶名蓋因地得名也**紫餅供**

千家懸知貴公子醉眼無真茶嶠嶇爛石上得此一寸芽[孝祥]按蔡襄茶錄云茶色貴白而餅茶多以珍膏油其面故有青黃紫黑之異[次公]陸羽茶經云上者生爛石中者生櫟壤下者生黃土而茶論云白茶自爲一種與常茶不同其條敷闡其葉瑩薄崖石之間偶然生出所生處不過一二株耳**纖封勿浪出湯**

老客未嘉[無已]茶經云湯經三沸爲老詳見前注[次公]詩意謂當眼昏病中苦文書細字如塵沙之煩碎忽得朱君之詩清冷如露一掃病眼之昏花其詩是古語而中藏妙旨可以默識而不可以誦詠誇衒又以美人顏色譬其詩言其巧笑之倩起於頰頰之美又以音樂譬其詩言其音聲之哀恐出於摻撾之餘也尾段又以茶譬之言曾坑上品止一掬之春而所造之餅乃至供千家彼醉公子者例只知紫餅之爲茶豈識曾坑上品白茶方是真茶耶以譬貴人但知世上好句爲詩而不識古詩妙寄者爲真詩也茶之真者在爛石之上才得一寸之芽耳猶朱博士詩得之辛苦當愛惜勿出蓋以無知音也欲點茶而湯老不點正以客未嘉耳亦猶詩不逢知音當祕藏之也

沐浴啓聖僧舍與趙德麟邂逅

南山北闕兩非真[厚]孟浩然詩北闕休上書南山歸敝廬**東潁西湖迹已陳**[次公]言東潁之西湖蓋先生在潁州與趙德麟同治西湖也蘭亭記云俯仰之間已爲陳迹**季子來歸初可喜**[續]春秋閔

元年八月季子來歸穀梁傳其曰季子貴之也其曰來歸喜之也老聃新沐定非人厚莊子孔子見老聃聃新沐方將被髮而乾慹然似非人孔子便而待之少焉見曰向者先生似遺物離人而立於獨也酒清不醉休休暖睡次公曰先生欲乞越州故云穩如禪息息兮自笑塵勞餘一念明年同泛越溪春

劉醜廝詩

劉生望都民次公望都定州屬縣也病羸寄空窑有子曰醜廝十二行操瓢厚莊子盜跖無異操瓢而乞墦間得餘粒厚孟子齊之良人卒之東郭墦間之祭者乞其餘不足又顧而之它注云墦間郭外冢祭也雪中拾墮樵厚王介甫詩云老妻隴上收遺秉稚子林間拾墮樵飢飽共生死水火同焚漂病翁恃一褐度此積雪霄哀哉二暴客次公易重門擊柝以待暴客掣去如飢鷹翁既死於寒客亦易此貂次公貂者貂鼠也其皮可爲裘前曰一褐又曰以貂蓋一毛裘也崎嶇走亭長不憚雪逕遙我仇祝與宛物色同遮邀次公祝與宛兩賊之姓也察其人之請退之桃源行云物色相猜更問語行路爲出涕二賊竟就梟次公梟斬其首而揭之也孝祥遯齋閑覽云百勞一名梟能捕燕雀小禽食之又能禁蛇以其食母不孝故古人惡

梟首矣又標其首於木故後人標賊首以示衆者謂之梟首

譊譊訴我庭慷慨驚吾僚曰此可名寄追配郴之蕘恨我非柳子擊節爲爾謠【縯】柳子厚童區寄傳寄者郴州蕘牧兒也方十一歲二賊劫而賣之寄爲兒啼賊易之一人往市一人卧寄傍植刃道上寄微伺其睡以刃殺之市者還縛寄將遠賣寄夜半解縛復殺市者自聞於官官賜二萬錢無家可歸嬌爲嫞它日婦婉然初垂髫洗沐作小吏【厚】翟方進少孤給事太守府爲小吏裹頭束其腰【厚】杜甫兵車行云去時里正爲裹頭筆研耕學苑【援】張著翰林盛事王勃能文請者甚衆金帛盈積人謂心織而衣筆耕而食戈矛戰天驕【縯】北有強胡胡者天之驕子也單于遺漢書曰南有大漢壯大隨爾好忠孝福可徼【次公】左傳云欲徼福于先君是也相國有折脅【縯】史記范睢從須賈使齊齊王賜金及牛酒魏齊以睢持魏國陰事告齊故受此賜大怒使舍人笞擊睢折脅摺齒睢佯死得免後逃入秦爲相國封侯或吹簫【厚】周勃以吹簫給喪事後封絳侯人事豈易料無輕比僬僥【援】國語曰僬僥國人長三尺短之極也

自笑一首

子石泓琢玉【厚】大.歐陽永叔硯譜端石本以子石爲上子石者在大石中生蓋精石也而流俗傳訛遂以紫石爲上遠煙真削黳【鐃】本草云黳石味甘平無毒古傳松脂千年爲伏苓又千年爲琥珀又千年爲黳三物燒之皆松氣爲用與琥珀同

狀似玄玉而其輕出西戎入我病風手古語云磨墨如病風手玄雲渀淒淒次公詩有渀淒淒渀雲生皃也

是中有何好續晉書桓溫問孟嘉曰酒亦有何好而子嗜之而我喜欲迷旣似蠟屐阮續晉書云或詣阮孚正見自蠟屐因自嘆曰未知一生當着幾緉屐又如鍛柳嵇援晉書嵇康性絶巧而好鍛宅中有一柳樹甚茂乃激水圜之每夏月居其下以鍛醉筆得天全厚莊子醉者墜車雖疾不死其神全也全於酒猶若是而況得全於天乎宛宛天投蜺次公後漢五行志靈帝時有黑氣墮北宮溫明殿東庭中黑如車蓋騰起奮迅長十餘文其皃似龍上問蔡邕對曰所謂天投蜺者也多謝中書君次公退之作毛穎傳旣以筆爲姓毛名穎又目之曰中書君也伴我此幽栖厚白樂天松詩東溪君莫採留看伴幽棲

和子由次月中梳頭韻十朋子由詩序云輸有白髮近二十年矣然止百餘莖不增不減虔州道人王正彥教令拔去以真水火養之恐不復更生從其言已數月而白髮不出更年歲不見豈真不生邪子瞻兄示我月中梳頭詩戲次來韻言拔白之驗詩曰水上有車車自翻懸流如線垂前軒霜蓬已枯不再綠有客勸我拔其根枯根一去紫茸出珍重已試幽人言紛紛華髮不足道當返六十過去魂

夏畦流膏白雨翻北窻幽人卧羲軒續陶潛嘗言夏日虛閑高卧北窻之下清風颯至自謂羲皇上人風輪曉入春筍節露珠夜上秋禾根或爲予言草木之長常在昧明間早作而

何□八見其拔起數寸竹笋尤甚又有□之交稱方含秀□□露珠起于其根纍纍然忽自騰上若有推之者或入于莖心垂于葉端緇以秀實驗之信然此二事與子由養生之説契故以此爲寄從來白髮有公道厚杜牧詩公道世間唯白髮貴人頭上不曾饒始信丹經非妄言此身法報本無二次公法報以言法身報身也乃佛氏之説花嚴合論中詳矣它年妙絶兼形魂傳燈録有形神俱妙者乃不復有解化之事

聞子由瘦儋耳至難得肉食

五日一見花豬肉十日一遇黃雞粥土人頓頓食藷芋厚杜詩家家養烏鬼頓頓食黃魚又嶺表異録藷粮即芋之類也大者如甌皮紫而肉白蒸煮食之薦以熏鼠燒蝙蝠舊聞蜜唧嘗嘔吐次公朝野僉載嶺南獠好蜜唧鼠子未開眼未生毛者飼之以蜜釘之疊上囁囁而行以箸挾取啖之唧唧能作聲故曰蜜唧稍近蝦蟇緣習俗縯退之荅柳柳州食蝦蟇詩余初不下喉近亦能稍稍十年京國厭肥羜厚詩亦有肥羜以速諸父日日饜花壓紅玉從來此腹負將軍俗諺云大將軍食飽捫腹而歎曰我不負汝左右曰將軍固不負此腹此腹負將軍未嘗出少智慮也今者固宜安脫粟援前漢公孫洪食脫粟飯也人言天下無正味即且未遽賢麋鹿次公莊子人食芻豢麋鹿食薦即且甘帶鴟鴉嗜鼠四者孰知正味也海康別駕復何爲厚海康郡即雷州時子由爲雷

州別駕帽寬帶落驚僮僕相看會作兩臞仙【縯】司馬相如云列仙之儒居山澤間形容甚臞還鄉定可騎黃鵠【次公】前漢公主嫁烏孫作歌云願爲黃鵠兮歸故鄉

客俎經旬無肉又子由勸不讀書蕭然清坐乃無一事

病怯醒鹹不買魚【無己】白樂天詩下飯腥鹹白小魚爾來心腹一時虛【次公】老子云虛其心實其腹則腹本欲實今爲經旬無肉所以與心皆虛也使君不復憐烏攫【縯】黃霸爲潁川太守吏食於道傍烏攫其肉後日吏還謁黃霸見迎勞之曰甚苦食於道傍乃爲烏攫肉也屬國方將掘鼠餘【厚】蘇武在匈奴單于欲降之乃徙武北海上無人處使牧羝廩食不至掘野鼠去草實而食之老去獨收人所弃【厚】史記白圭觀時變故人弃我取人取我與悠哉時到物之初【援】莊子老聃方沐孔子見之曰請問所游曰吾方游物之初從今免被孫郎笑絳帕蒙頭讀道書【次公】孫策字伯符人呼之爲孫郎江表傳曰策欲斬道士干吉諸將勸之策曰昔南陽張津爲交州刺史捨前聖典訓廢漢家法律嘗着絳帕頭鼓琴燒香讀邪俗道書云以助化卒爲南夷所殺此甚無益諸君但未悟耳

觀棊　并引

予素不解棊獨遊廬山白鶴觀觀中人皆闔戶晝寢獨聞棊聲於古松流水之間意欣然喜之自爾欲學然終

不解也兒子過乃粗能者信守孤中日從之三功以

坐竟日不以為厭也【次公】童子隅坐而執燭隅偏也禮記

五老峯前白鶴遺址長松蔭亭風日清美【厚】陶淵明斜川詩辛天氣澄和風物閒美【孝祥】廬山南北二境圖云五老峯在山南我時獨游不逢一士誰歟棊者戶外屨二【演】禮記戶外有二屨不聞人聲時聞落子【厚】白樂天池上詩山僧對棊坐局上竹陰清映竹無人見時聞下子聲紋枰坐對【次公】棊局謂之枰紋杜牧之云王子紋楸一路饒誰究此味空鉤意鉤豈在魴鯉小兒近道剝啄信指【演】退之詩剝剝啄啄有客至門勝固欣然敗亦可喜優哉游哉【援】詩優哉游哉聊以卒歲聊復爾耳【厚】晉阮咸曰未能免俗聊復爾耳

糴米

糴米買束薪【厚】詩揚之水不流束薪百物資之市不緣耕樵得飽食殊少味再拜請邦君願受一廛地【新】孟子滕文公篇願受一廛而為氓知非笑昨夢食力免內愧【次公】食力自用其力而食也後漢徐穉家貧常自耕稼非其力不食春秋幾時花夏秬忽已遂悵然撫耒耜誰復識此意

次韻子由浴罷

理髮千梳淨，風晞勝湯沐。次公 晞，乾也。楚詞：晞髮兮陽之阿。湯沐，淮南子：湯沐具而蟣虱相弔。閉息萬竅通，霧散名乾浴。頽然語默喪，靜見天地復。厚 老子：靜曰復命。而易復卦云：復其見天地之心乎。時令具薪水，漫欲濯腰腹。陶匠不可求，盆斛何由足。海南無浴器，故常乾浴而已。老雞卧糞土，振羽雙瞑目。倦馬驟風沙，次公 驟與碌同。黃魯直集有題伯時欲驟玉花驄馬詩是已。奮鬣一噴玉。厚 穆天子傳曰：王東遊於黃澤，宿于曲洛。時人語曰：黃之地，其馬歕沙，皇人威儀；黃之澤，其馬歕玉，皇人壽穀。垢淨各殊性，快愜聊自沃。雲母透蜀紗，琉璃瑩蘄竹。次公 王勃春思詩：水精却挂鴛鴦幬，雲母斜開翡翠帷。又退之簟詩：攜來當晝不得臥，一府傳看黃琉璃。厚 本草：雲母石類也。一名雲珠，色赤；一名雲華，五色具；一名雲英，色多青；一名青液，色多白；一名雲沙，色青黃；一名磷石，色正白。陶隱居云：雲母有八種色。稍能夢中覺，漸使生處熟。厚 傳燈錄：老宿有語：生處常令熟，熟熟處放令生熟。楞嚴在牀頭，妙偈時仰讀。返流歸照性，次公 楞嚴經云：返流全一，六用不行。又云：一返根，六根皆照。獨立遺所矚。厚 世說：山公曰：嵇叔夜之為人也，若孤松之獨立。未知仰次公 傳燈錄：仰山惠寂禪師嘗謂香嚴曰：汝只得如來禪，未得……已就季主卜。厚 史記……

市賈誼當從之卜又漢〔〕〔〕咸〔〕懷百憂將安〔〕〔〕曾占
主卜又李太白詩懷從唐〔〕蓍蔡問季主卜安〔〕
〔〕錄二祖曰我心未寧乞師與〔〕師曰將心來
與汝安曰覓心了不可得師曰我與汝安心竟 助長毋相苦曰孟
子宋人有閔其苗之不長而揠之者芒芒
然歸謂其人曰今日病矣予助苗長矣

獨覺

瘴霧三年恬不怪反畏北風生體疥朝來縮頸似寒鴉焰
火生薪聊一快紅波翻屋春風起先生默坐春風裏浮空
眼纈散雲霞次公李賀詩云甲㢡風醉眼纈無數心花發桃李厚華嚴經云菩提心華亦
復如翛然獨覺午窗明次公陳後主詩午醉醒來晚無人夢自驚夕陽如有意故傍小窗明欲覺
猶聞醉鼾聲厚說文鼾卧息也回首向來蕭瑟處也無風雨也無晴

謫居三適三首

旦起理髮

安眠海自運浩浩朝黃宮次公莊子海運則鵬徙於南溟黃宮字道家以臍下為丹田腦頂為黃宮黃帝云
昔髮不老還精補腦故有河車搬運之
法今先生白以真氣流通如海之運也日出露未晞演詩蒹葭萋萋白露未晞又云

湛湛露斯匪陽不晞 鬱樹蒙濛霜松老櫛從我久齒踈含清風一洗耳

目明習習萬竅通 厚 盧仝詩惟覺兩腋習習清風生 少年苦嗜睡朝謁常怱

怱爬搔未云足已困冠巾重何異服轅馬沙塵蒲風駿 柳宗元晉

問云風 駿駿霧駿颿 珂鞍響珂月 又公 珂月言珂如月以爲馬銜飾也 實與扭械同解放不

可期枯柳豈易逢 又公 柳枯言馬辞磨樹也先生嘗有詩云何異枯楊便馬疥 誰能書此樂

獻與腰金公

午窻坐睡

蒲團盤兩膝竹几閣雙肘此間道路熟徑到無何有 編 莊子何不樹之於無何有之鄉 身心兩不見息息安且久睡蛇本亦無何用鉤與

手 厚 遺教經煩惱毒蛇睡在汝心當以持戒之鉤早併除之睡蛇既出乃可安眠 神凝疑夜禪體適劇卯

酒 厚 白樂天詩春如卯時酒神速功力倍 我生有定數祿盡空餘壽枯楊不飛

花 厚 易大過枯楊生花何可久也 膏澤回衰朽 謂我此爲覺物至了不受謂

我今方夢此心初不垢 厚 經生無垢 非夢亦非覺請

□消花□□圖南自号希夷先生□□知子金勵謂□□勵向游華□欲見之先生睡未覺睡亦有道乎先生爲□□曰

無所重惟睡乃爲重舉世此爲息魂離神不動□□尔無所知貴來心愈動堪笑塵世中不知夢是夢

夜臥濯足

長安大雪年【厚】杜詩漢時長安雪一丈牛馬毛寒縮如蝟一束薪抱衾裯【次公】詩肅肅宵征抱衾與裯【續】杜詩云城中斗米換衾裯相許寧論兩相直雲安市無井斗水寬百憂【次公】杜引水詩月峽瞿唐雲作頂亂石崢嶸俗無井雲安沽水僕奴悲魚復移居心力省白帝城西萬竹蟠接筒引水喉不乾人生留滯生理難斗水何直百憂寬今我逃空谷【續】莊子逃虛空者聞人足音跫然而喜孤城笑鴟鵂【次公】傳有曰鴟鵂嘯夜得米如得珠【厚】說苑墨子謂骨釐曰今凶年有欲與子隋侯之珠者又欲與子鍾粟者得粟不得珠得珠不得粟子將何擇食菜不敢留況有松風聲【厚】南史陶洪景隱居聞松風欣然而樂釜鬲鳴颼颼【次公】史記蔡澤傳澤入韓魏遇奪釜鬲於塗注云爾雅曰款足者謂之鬲郭璞曰鼎曲腳也瓦盎深及膝時復冷暖投明燈一爪剪快若鷹辭韝【厚】退之送侯參謀詩今君行得所勢若脫韝鷹天低瘴雲重地薄海氣浮土無重膇藥【縯】左傳云郇瑕氏之地土薄水淺於是乎有沉溺重膇之疾獨以薪水瘳誰能更包裹冠屨裝沐猴【續】漢書項羽傳韓生曰人謂楚人沐猴而冠果然

倦夜

倦枕厭長夜小牕終未明孤村一犬吠【厚】晉史傳咸云一犬吠形羣犬吠聲殘月幾人行衰鬢久已白旅懷空自清荒園有絡緯【次公】崔豹古今注絡緯促織別一也又蘇鶚演義莎雞一名絡緯謂其鳴如紡緯也虛織竟何成

縱筆三首

寂寂東坡一病翁白須蕭散滿霜風小兒悞喜朱顏在一笑那知是酒紅【厚】白樂天詩霜侵殘鬢無多黑酒伴衰顏只暫紅【次公】樂天詩醉皃如秋葉雖紅不是春

父老爭看烏角巾【績】杜詩錦里先生烏角巾應緣曾現宰官身【次公】觀音經言主宰有官之人不必縣令

谿邊古路三叉口獨立斜陽數過人

北船不到米如珠醉飽蕭條半月無明日東家知祀竈【厚】後漢孫寶為張忠主簿以舍祭竈請比鄰陰子方祀竈以黃羊而致富隻雞斗酒定膰吾【後】後漢喬玄傳曹操祭玄文曰承從容誓約之言殂歿之有經由斗酒隻雞過相沃酹

次韻松明

□戶雨交【杜】交交夕旱雨亦如□ □為雨 容舍淒□□□衣□炊松明火□室

紛龍鸞快熠初煌煌碧煙稍團團幽人忽富貴纓帳芬椒蘭

對爍綴屋角香藹流銅盤香藹松靄也出本草注坐看十八公【續】三國志丁固夢松生其腹上曰松字十八公後十八年吾其為三公乎俯仰灰燼□齊奴朝爨蠟【次公】晉石崇小字齊奴其人奢修嘗以蠟代薪萊公夜長歎【次公】萊公本朝寇平仲也歸田錄言寇公自少富貴不點油燈雖寢室亦然燭所至燭淚成堆

海康無此物燭盡更未闌【次公】海康言雷州也

虔州呂倚承事年八十三讀書作詩不已好收古今帖貧甚至食不足【師】潘子真詩話補遺呂倚夢得維揚人少有場屋聲善屬對喜收書畫晚蹭蹬不偶老始以恩補虔州雩都簿致仕貧無以歸年八十餘唯有一女嫁贛人因居焉與王禹玉有舊元豐間餉錢二萬酒十壺夢得作啓致謝偶句中用白水真人青州從事為對禹玉極嘆賞之其後東坡過虔以詩遺之云

楊雄老無子【次公】楊雄以童烏之死其後竟無子馮衍終不遇【續】馮衍娶北地任氏女為妻老竟逐之遂坎壈於時不識孔方兄【厚】魯褒錢神論曰親之如兄字曰孔方但有靈照女【續】龐蘊女靈照父子皆深造禪理家藏古今帖墨色照箱筥飢來據空案一字不堪煮

枯腸五千卷（續）盧仝茶歌三碗搜枯腸惟有文字五千卷磊落相撑拄吟爲蜩蚻聲時有島可句（六八）賈島可明云人之詩皆清而苦爲語里長者德齒敬已古（八六）孟子朝廷莫如爵鄉黨莫如齒輔世長民莫如德惡得有其一以慢其二哉（續）退之贈盧仝詩俸錢供給公私餘時致薄少助祭祀如翁有幾人薄少可時助

睡起聞米元章冒熱到東園送麥門冬飲子

一枕清風直萬錢無人肯買北窻眠（續）陶淵明臥北窻下清風颯至自謂羲皇上人開心暖胃門冬飲知是東坡手自煎

郭綸 綸本河西弓箭手屢戰有功不賞自黎州都監官滿貧不能歸今權嘉州監稅

河西猛士無人識日暮津亭閲過船路人但覺驄馬瘦不知鐵槊大如椽因言西方久不戰截髮願作萬騎先我當憑式與寓目（續）晉楚戰于城濮楚子玉請戰曰請與君之士戲君憑軾而觀之得臣與寓目焉看君飛矢射[illegible]

[illegible]四首

[illegible]獻　見榆陰緑千株不盈[illegible]東及[illegible]
[illegible]中亦復見此木蠹皮溜秋雨病葉埋墻曲誰言霜雪苦
生意殊未足坐待秋風至飛英覆空堦
檍我初來時草木向衰歇高槐雖驚秋晚蟬猶抱葉淹留
未云幾離離見疎莢棲鴉寒不去哀叫飢啄雪破巢帶空
枝踈影挂殘月豈無兩翅羽伴我此愁絶
今日南風來吹斷庭前竹低昂中音會甲刃紛相觸蕭然
風雪意可折不可辱風霽竹亦回猗猗散青玉故山今何
有秋雨荒松菊此君知健否歸掃三徑緑
故園多珍木翠栢如蒲葦幽囚無與樂百日看不已時來
拾流肪未忍踐落子當年誰所種少長與我齒仰視蒼蒼
幹所閲固多矣應見李將軍膽落温御史　續　李祐爲温造所劾曰吾嘗夜入蔡州擒吴元濟未嘗心動今日膽落於温御史

予以事繫御史臺獄府吏稍見侵自度不能堪死獄中不得一別子由故作二詩授獄卒梁成以遺子由

聖主如天萬物春小臣愚暗自亡身百年未滿先償債十口無歸更累人是處青山可藏骨它年夜雨獨傷神見簡寄門守子由詩與君世世爲兄弟又結來生未了因

柏臺霜氣夜凄凄續漢御史府種柏故号柏臺風動琅璫月向低夢遶雲山心似鹿魂飛湯火今如雞眼中犀角真吾子續鄉語以惡犀角豐盈身後牛衣愧老妻見惠州上元注百歲神遊定何處桐鄉知葬浙江西獄中聞杭湖間民爲余作解厄道場者累月故有此句桐鄉事見送任伋注而比讓賢頌童

十二月二十八日蒙恩責授檢校水部員外郎黃州團練副使復用前韻

出獄歸期恰及春餘年樂事最關身出門便旋風吹面走

[illegible]鵲啄人却對酒杯渾是夢試拈詩筆已如神此災

平生文字爲吾累，此去聲名不厭低。塞上縱歸他日馬，

東不鬬少年雞。塞上翁失馬云云以不爲福。後馬果歸。曹植詩：鬬雞東郊道。休官彭澤貧無酒，

隱几維摩病有妻。陶淵明爲彭澤令，棄官歸家，貧無酒，嘗從人飲。維摩詰示病，又言以法喜爲妻。堪笑

睢陽老從事，爲予投檄向江西。子由聞予下獄，乞以官爵贖予罪，貶筠州監酒。

出局偶書

急景歸來早，窮陰晚不開。傾杯不能飲，待得卯君來。故公呼爲卯君。子由己卯生。

病後醉中

病爲兀兀安身物，酒作蓬蓬入腦聲。堪笑錢塘十萬户，官家

付與老書生。

足柳公權聯句 并引

宋玉對楚王：此獨大王之雄風也，庶人安得而共之。僕

楚王知一而不知人也柳公權小子與文宗聯句有美而
無箴故爲足成其篇
人皆苦炎熱我愛夏日長薰風自南來殿閣生微涼一爲
居所移苦樂永相忘願言均此施清陰分四方
効永叔瑞鷓鴣
霜餘已失長淮闊空聽潺潺清潁咽佳人猶唱醉翁詞四
十三年如電抹草頭秋露流珠滑三五盈盈還二八與余
同是識翁人惟有西湖波底月
問淵明
子知神非形何復異人天豈惟三才中所在靡不然我引
而高之則爲日星懸我散而卑之寧非山與川三皇雖一
逝至今在我前八百要有終彭祖非永年皇皇謀一醉[illegible]
此[illegible]酒[illegible]醉[illegible]泉[illegible]
[illegible]求立善[illegible]我[illegible]人[illegible]

歸去來集字十首并引

予喜淵明歸去來辭，因集字爲十詩

命駕欲何向，欣欣春木榮。世人無往復，鄉老有將迎。雲內

流泉……相携……酌酒話交情。

涉世恨形役，告休成老夫。良欣就歸路，不復向迷途。

……行行田欲蕪。情親有還往，清酒引樽壺。

與世不相入，膝琴聊盡歡。風光歸笑傲，雲物寄游觀。

審無……懷良獨安。東皐清有趣，植杖日盤桓。

雲內……知遠，巾車行……前……尋老木，童子……清泉矯

獨……農夫告春事，扶老向良田。

……言鄉路……向時……命今日悟……亭內

酒愁許　琴寓形知已矣権未倦登臨
貴良月劇組　鼓去休携琴已尋壑　車酒復經丘翳翳景
將入汭　涓泉欲流老　不樂我獨與之遊　入春流乗化
觴酒命嗇僕言歸無復留輕車尋絶壑孤舟
亦安命息交還絶遊琴書樂三徑老矣亦　求
歸去復歸去帝鄉安可期鳥還知已倦雲出　何之
常携幼穉流　賦詩春風吹獨斷不是傲親知　子曰
役役倦人事　歸　載奔征　問前路　僕　衡門入室
亦詩策少遊　酒樽　親書已絶雲壑自相　廿
寄傲知今是求　定　作　樽有酒不恨　登
廿　遠田園生　遠　時有　歸飛
夜坐與
無　有　影侵　戸

枝有驚鵲墻壁鳴飢鼠葉耿高梧風螢落空廡微涼

感團扇古意歌白紵 古樂府有白紵辭 班婕妤有團扇歌 樂哉子久之 獲此

陪枝蔓 傳家法 細已自愁宗武知詩勝上尺 以慰

懷祖 杜少陵子也王十 宗武詩 少陵之 置其子於膝上

王狀元集百家注東坡先生詩卷之二十五